Margaret Mitchell
Vom Winde verweht

MARGARET MITCHELL

Vom Winde verweht

Roman

Aus dem Amerikanischen von
Martin Beheim-Schwarzbach

Mit einem Vorwort von
Eva Demski

Claassen

Das Titelfoto zeigt Vivian Leigh als Scarlett O'Hara und Clark Gable als Rhett Butler
in dem gleichnamigen Film der Metro-Goldwyn-Mayer

Filmfoto auf dem Vor- und Nachsatz © Interfoto-Pressebild-Agentur, München

Die Deutsche Bibliothek – CIP-Einheitsaufnahme

Mitchell, Margaret:
Vom Winde verweht: Roman / Margaret Mitchell.
Aus dem Amerikan. übers. von Martin Beheim-Schwarzbach.
Mit einem Vorw. von Eva Demski.
Jub.-Ausg. – Hildesheim: Claassen, 1996
Einheitssacht.: Gone with the wind ⟨dt.⟩
ISBN 3-546-00103-6

Jubiläumsausgabe

Die Originalausgabe erschien bei
The Macmillan Company, New York
unter dem Titel »Gone with the Wind«

Satz Dörlemann Satz, Lemförde
Druck und Bindung Franz Spiegel Buch, Ulm
Printed in Germany
ISBN 3 546 00103 6

Ein Mensch ist in seinem Leben wie Gras,
er blühet wie eine Blume auf dem Felde;
wenn der Wind darüber geht, so ist sie nimmer da,
und ihre Stätte kennet sie nicht mehr.

Psalm 103

Vorwort

Immer wieder ist morgen auch ein Tag

von Eva Demski

Diesem Buch verdanke ich die erste ganz und gar sinnliche Erfahrung mit dem Phänomen der Leselust, der Gier, ja des Hungers nach einer bestimmten Lektüre. Ich war zu diesem Zeitpunkt des Lesens noch durchaus nicht mächtig und konnte umso unschuldiger und gepackter zuschauen, wie zwei Menschen vor Begierde geschüttelt wurden, leider nach dem gleichen Objekt, jenem dicken Buch. Freunden habe ich, nach Keim und Urzelle der literarischen Tätigkeit in meinem Leben gefragt, oft erzählt, es müsse dieses frühe Bild eine entscheidende Rolle gespielt haben: Meine Großmutter und meine Mutter einander gegenüber, eine jede mit beiden Händen ein dickes Bündel Seiten, genauer gesagt, jeweils eine Hälfte eines Buchs umkrallend. Erst zogen sie zögerlich, noch merkte man ihnen die Scheu vor der Zerstörung des begehrten Gegenstands an. Aber kein weiser Richter war da, der einen Kreidekreis gezogen und vor der Tötung des geliebten Gegenstands gewarnt hätte, und so wurden sie wilder, die beiden buchverfallenen Frauen, sie rissen und knickten, und irgendwann hatten sie es mittendurch. Es war natürlich das Buch, von dem hier die Rede sein soll, keine gönnte der anderen die Erstlektüre, und so einigten sie sich irgendwann beschämt; die schneller lesende Tochter, meine Mutter, hechelte durch die vordere Hälfte und gab sie dann meiner Großmutter Kitty, die nun ruhig beginnen konnte, während meine Mutter, ebenso ruhig und genüßlich, parallel und ungestört ihre zweite Hälfte las.

Ich sage es ungern – diese barbarische Praxis hat sich in meiner Familie viele Jahre erhalten, allerdings mit Krimis, die dann zum Verleihen wieder zusammengepappt wurden.

Noch ein Kindheitsbild: Meine Eltern, friedlich sonntags morgens in den Ehebetten liegend, jeweils eine Hälfte eines Kriminalromans in der Hand. Also: Mit der Mitchell hat das angefangen – und muß man jetzt schon die Wolken des Trivialitätsverdiktes am blauen unendlichen Horizont der Leselust aufziehen lassen? Denn das calvinistisch eingefärbte deutsche Leseurteil schwebt über uns allen – was bares Vergnügen, die Überfressenheit mit Gerüchen, Land- und Leidenschaften und Farben auszulösen vermag, ist schlecht. Also jedenfalls nicht gut. Man macht neutrale Schutzumschläge drum und läßt es nicht rumliegen.

So grün war mein Tal, Amber, Via Mala, Die Unbekannte aus der Seine, Peyton Place – so hießen sie damals, die Entführungen in fremde Gesellschaften und üppige Zeiten, jede Familie, die las, hatte die ihren. Und weit, weit über und vor allen anderen stand das einzige Buch der im Jahre 1900 geborenen und in den vierziger Jahren gestorbenen Margaret Mitchell. Ihr literarischer Topos, ihre Keimzelle, die unerschöpfliche Quelle dieses Welt-Buches hieß Atlanta, sie hieß Süden und Kindheit, noch einmal das ganze aufregende Szenario in ein Buch zu pressen, damit es nicht spurlos und für immer untergehe. Daß selbst die abenteuerlichsten, konstruiertesten und verrücktesten Papierereignisse eine Entsprechung in der Wirklichkeit, in der Biographie haben, entdeckt man immer wieder voller Verwunderung und Entzücken. Thomas Mann und James Joyce, Kafka und Proust, Roth und Musil, um nur den Beginn unseres Jahrhunderts zu bedenken, bieten dafür immer neue und verblüffende Beweise. Die wurzellose Literatur ist undenkbar, nicht einmal die schrägsten Zweige des großen Baums Literatur wachsen ohne Verbindungen.

Mitchell zwingt ihre Leser nicht zur Exegese – sie führt vor, was Wurzeln sind und wie es schmerzt, wenn sie ausgerissen werden. Margaret Mitchells Orte und deren Untergang durch den Bürgerkrieg sind längst legendär geworden, und selbst Analphabeten werden Tara, die Pferde und das schwarze Wunder von Nanny ohne weiteres beschreiben können. Natürlich ist der Film wie in keinem Fall vorher in und über die Bilder des Buches geraten, untrennbar mittlerweile, und natürlich regt sich Generation nach Generation von Frauen stumm darüber auf, daß die zickige Person sich Clark Gable verweigert – nicht Rhett Butler, denn der eine ist aus dem anderen nicht mehr herauszulösen. Wenn man also über das Buch schreibt, hört man die ganze Zeit leise das zärtliche Flüstern der alten Vorführmaschinen, und auf dem Schreibtisch beginnt der Lampenlichtkegel jenem im Kino zu ähneln. Dagegen kann man nichts machen, also muß man es hinnehmen wie es ist und zufrieden konstatieren, daß jener schändliche Versuch, das wunderbar offene Ende des Buchs *Vom Winde verweht* mit einem Machwerk zuzustopfen, umgehend in Vergessenheit geraten ist. Vielleicht schämen sich sogar die nichtswürdigen Erfinder eines solchen Frevels, was aber angesichts der Auflagenhöhen eher ein Wunschtraum von mir bleiben wird. Reden wir nicht mehr über diese Tat, weder über das Buch noch über den Film, der natürlich wie Qualm auf einen Schuß folgte: Wie jener ist er wahrhaft und für alle Zeit verweht.

Margaret Mitchell, die ja Reporterin gewesen war und vom Leben was verstanden hat, wußte selber sehr gut, wie viele Träume ihr Buch in aller Welt hat aufgehen lassen, wie viele Wünsche, wie viele Sehnsüchte. Dabei ist eines der interessantesten Themen aus dieser Reihe meines Wissens noch gar nicht richtig analysiert worden. Als Identifikationsfigur taugt von den Frauen, sieht man vom schwarzen Küchen- und Kinderzimmerengel einmal ab, keine: Scarlett ist ein gräßlicher Besen, indolent, schlecht erzogen, faul und uncharmant, ein widerwärtiges Frauenzimmer. So schön kann sie gar nicht gewesen sein, daß man sie hätte ertragen wollen. Und Melanie? Schweigen wir von ihr. Sterbenslangweilig, Gutmenschgetue, wo man hinschaut. Wahrscheinlich frigide. Sie ist ja auch, entgegen anderslautender Analysen, keine »wahre Hauptfigur«, sondern nur eine Tapete für Scarlett. Was also ist es, das jenes Buch so unvergeßlich und unverzichtbar macht, weit über das Südstaatengedonner und die glanzvollen Feste und Besitzungen hinaus? Es ist genau diese gelassene Ekelhaftigkeit der Hauptfigur.

Margaret Mitchell war der gleiche Jahrgang wie jene eingangs erwähnte lesesüchtige Großmutter Kitty. Neunzehnhundert. Es beginnt etwas, etwas anderes hat geendet. Den Feuerschein am Horizont sieht man wie zum Abschied, noch weiß man nicht, daß er im neuen Jahrhundert, dem letzten des Jahrtausends, neu auflodern und nicht so bald erlöschen wird. Die Frauen hatten bisher nicht gewagt, unhöflich und eigensüchtig zu sein, sie wußten nicht, daß ihnen aus den Katastrophen phantastische Kräfte zuwachsen würden. Aber sie müssen etwas davon gespürt haben, wenn sie in Mitchells Universum sanken und nicht daraus hervorkommen wollten für lange Zeit.

Es ist diese eigenartige Verschränkung von sehnsüchtiger Trauer über das Gewesene und Neugier auf das Neue, das aus den Aschebergen steigt. Fürs erste hat man sich nur beim Lesen getraut zu erwägen, ob man sich nicht die Manieren und Süßholzraspeleien abreißen könnte wie ein angesengtes Unterkleid. Was schert einen schon das Spiegelbild im Auge der Männer? Deshalb kamen sie nicht von ihr los, von dieser Heldin, aus diesen Räumen, diesen Städten und der noch einmal hörbaren Melodie des vergangenen, die Zukunft gierig erwartenden Lebens.

Immer wieder ist morgen auch ein Tag.

November 1995

Erstes Buch

I

Scarlett O'Hara war nicht eigentlich schön zu nennen. Wenn aber Männer in ihren Bann gerieten, wie jetzt die Zwillinge Tarleton, so wurden sie dessen meist nicht gewahr. Allzu unvermittelt zeichneten sich in ihrem Gesicht die zarten Züge ihrer Mutter, einer Aristokratin aus französischem Geblüt, neben den derben Linien ihres urwüchsigen irischen Vaters ab. Dieses Antlitz mit dem spitzen Kinn und den starken Kiefern machte stutzen. Zwischen den strahlenförmigen schwarzen Wimpern prangte ein Paar blaßgrüner Augen ohne eine Spur von Braun. Die äußeren Winkel zogen sich ein klein wenig in die Höhe, und auch die dichten, schwarzen Brauen darüber verliefen in einer scharf nach oben gezogenen schrägen Linie von jener magnolienweißen Haut, die in den Südstaaten so geschätzt und von den Frauen Georgias mit Häubchen, Schleiern und Handschuhen ängstlich vor der sengenden Sonne geschützt wird.

Reizend war der Anblick dieses Mädchens, wie es an einem sonnigen Aprilnachmittage des Jahres 1861 auf Tara, der Plantage ihres Vaters, mit Stuart und Brent Tarleton im kühlen Schatten der weiten offenen Veranda vor der Eingangstür des Hauses saß. Ihr neues Kleid aus grün geblümtem Musselin paßte genau zu den niedrigen grünen Maroquinschuhen, die ihr Vater ihr kürzlich aus Atlanta mitgebracht hatte. Zwölf Meter dieses duftigen Gewebes umbauschten mit der Krinoline ihre Hüften, so daß die ganze Schlankheit einer Taille, die in der Provinz ihresgleichen suchte, zur Geltung kam. Das knapp sitzende Mieder umschloß eine für Scarletts sechzehnjährige Jugend wohlgerundete Brust. Aber was halfen die Fülle des Kleides, das glatt zurückgestrichene Haar, der sauber im Netz festgehaltene Knoten, die Ruhe, mit der die kleinen weißen Hände im Schoß gefaltet lagen! Hinter so viel Sittsamkeit verbarg sich nur mühsam ihre wahre, unbändige Natur. In den grünen Augen blitzte und trotzte es und hungerte nach Leben, so wenig der mit Bedacht gehütete sanfte Gesichtsausdruck und die ehrbare Haltung es auch zugeben wollten. Das Benehmen war ihr von ihrer Mutter in milden Ermahnungen, von ihrer Amme in weit strengerer Zucht beigebracht worden. Die Augen aber waren ihr eigen. Zu ihrer Rechten und Linken lagen lässig in ihre Sessel zurückgelehnt die beiden Tarletons. Durch die hohen Gläser voll Pfefferminz-Whisky blinzelten sie in die Sonne, lachten und schwatzten vergnügt und hatten die langen, vom Reiten gestählten, bis ans Knie gestiefelten Beine bequem übereinandergeschlagen. Beide waren sie neunzehn Jahre alt und über sechseinhalb Fuß hoch, hatten lange Knochen und feste Muskeln, sonnverbrannte Gesichter, kastanienrotes Haar und lustige, herrische Augen; beide steckten in den gleichen blauen Jacken und senffarbenen Reithosen und glichen einander wie eine Baumwollkapsel der anderen.

Draußen sandte die späte Nachmittagssonne schräge Strahlen auf den Parkrasen vor dem Haus und übergoß die Ligustersträucher mit prangendem Licht, ein undurchdringliches weißes Blütenmeer vor dem saftigen Grün. Die Pferde der Zwillinge, große Tiere und ebenso rot wie das Haar ihrer Herren, waren in der Einfahrt angebunden. Zwischen ihren Beinen balgte sich eine Meute nervöser, magerer Jagdhunde, die Stuart und Brent auf Schritt und Tritt begleiteten. Etwas abseits, wie es sich für einen Aristokraten gehört, lag ein schwarz gesprenkelter Dalmatiner, die Schnauze auf den Pfoten, und wartete geduldig darauf, daß die jungen Herren zum Abendbrot nach Hause ritten.

Zwischen Hunden, Pferden und Zwillingen bestand eine tiefere Verwandtschaft, als sie aus beständigem Zusammensein hervorgehen kann. Alle miteinander waren es gesunde, temperamentvolle junge Tiere von geschmeidiger Anmut und unbeschwert von Gedanken, die Burschen ebenso reizbar wie die Pferde, die sie ritten, feurig und gefährlich und dabei fügsam, sobald jemand mit ihnen umzugehen verstand.

Obwohl sie in der Sorglosigkeit des Plantagenlebens geboren und seit frühester Kindheit nie ohne Bedienung gewesen waren, hatten die drei auf der Veranda weder schlaffe noch weiche Gesichter. Es lag etwas von der Kraft und Wachheit der Landleute darin, die ihr ganzes Leben im Freien zubringen und sich den Kopf wenig mit dem Gewicht der Bücher beschweren. In der Provinz Clayton, im nördlichen Georgia, waren die Lebensformen nach Maßstäben von Augusta, Savannah und Charleston etwas rauh, und gesetztere ältere Kreise des Südens blickten sehr von oben herab auf die Leute von Ober-Georgia; aber hier im Norden des Staates waren Mängel in den Feinheiten klassischer Erziehung keine Schande, wenn man nur schneidig in dem war, worauf es ankam: eine tadellose Baumwolle züchten, gut reiten, sicher schießen, gewandt tanzen, den Damen elegant den Hof machen und wie ein Gentleman seinen Schnaps vertragen.

In allen diesen Künsten waren die Zwillinge ebenso Meister wie in der schon berüchtigten Findigkeit, mit der sie allem, was zwischen Buchdeckeln beschlossen ist, aus dem Wege zu gehen wußten. Ihre Familie hatte mehr Geld, mehr Pferde und Sklaven als alle anderen in der Provinz, aber sie, die Söhne, wußten von der Grammatik weniger als die mittellosen weißen Kleinfarmer und Trapper aus der Nachbarschaft.

Und gerade darum stahlen Stuart und Brent an jenem Aprilnachmittag zu Tara ihrem Herrgott die Zeit. Sie waren soeben von der Staatsuniversität Georgias ausgewiesen worden, der vierten Universität, die sie im Laufe zweier Jahre hinausgeworfen hatte, und ihre beiden älteren Brüder Tom und Boyd waren mit ihnen heimgekommen, weil sie in einer Anstalt, wo die Zwillinge nicht gern gesehen wurden, nicht bleiben wollten. Stuart und Brent betrachteten ihre letzte Relegation als einen Hauptspaß, und Scarlett, die freiwillig kein Buch geöffnet, seitdem sie im Jahre vorher die Töchterschule in Fayetteville verlassen hatte, fand es gerade so lustig wie sie.

»Euch beiden macht es doch nichts aus, daß ihr hinausgeworfen seid, und Tom auch nicht«, sagte sie, »aber wie steht es mit Boyd? Er ist doch wohl auf Bildung versessen, und ihr beide habt ihn nun von den vier Universitäten der Staaten Virginia, Alabama, Südcarolina und Georgia vertrieben. In diesem Tempo wird er niemals fertig.«

»Oh, er kann ja drüben in Fayetteville in Richter Parmalees Büro weiterstudieren«, antwortete Brent obenhin. »Übrigens, was liegt daran, wir hätten ohnehin vor Semesterschluß nach Hause gemußt.«

»Warum denn?«

»Wegen des Krieges, Gänschen! Er kann jeden Tag losgehen, und glaube doch nicht, daß irgend jemand von uns weiterstudiert, wenn es Krieg gibt.«

»Du weißt ganz genau, daß es keinen Krieg gibt!« Scarlett langweilte sich. »Das ist alles nur Gerede. Ashley Wilkes und sein Vater haben Pa doch gerade vorige Woche erzählt, daß unsere Unterhändler in Washington wegen der Konföderierten Staaten mit Mr. Lincoln zu einem ... einem Freundschaftsvergleich kommen würden, und überhaupt haben die Yankees viel zu große Angst, mit uns zu kämpfen. Es gibt keinen Krieg, und ich habe es satt, davon zu hören.«

»Keinen Krieg?« Die Zwillinge waren entrüstet, als sollte ihnen etwas, was ihnen zustand, unterschlagen werden.

»Aber Kind, natürlich gibt es Krieg«, sagte Stuart, »die Yankees mögen noch so bange vor uns sein, aber nachdem General Beauregard sie vorgestern aus Fort Sumter hinausgetrommelt hat, müssen sie einfach kämpfen, wenn sie nicht vor aller Welt als Feiglinge dastehen wollen. Siehst du, die Konföderierten Staaten ...«

Scarlett langweilte sich sehr und verzog vor Ungeduld den Mund.

»Wenn ihr noch einmal ›Krieg‹ sagt, gehe ich ins Haus und mache die Tür zu. Nie im Leben habe ich ein Wort so satt gehabt. Pa redet morgens, mittags und abends davon, und alle die Herren, die ihn besuchen, schwatzen von Fort Sumter und dem Recht der Staaten und Abe Lincoln, daß es zum Auswachsen ist, und auch die Jungens reden nur davon und von ihrer dummen

Truppe. Ich habe mich auf keiner Gesellschaft mehr amüsiert, weil die Jungens von nichts anderem mehr reden können. Ich bin nur froh, daß Georgia mit seiner Lostrennung bis nach Weihnachten gewartet hat, sonst wäre mir die Weihnachtsgesellschaft auch noch verleidet worden. Wenn ihr wieder ›Krieg‹ sagt, gehe ich hinein.«

Es war ihr voller Ernst. Sie konnte keine Unterhaltung lange ertragen, in der sie nicht der Hauptgegenstand war. Aber doch lächelte sie zu ihren Worten und wußte es dabei wohl einzurichten, daß ihre Grübchen noch tiefer wurden und ihre schwarzen Strahlenwimpern flink wie Schmetterlingsflügel auf und nieder klappten. Die Jungens waren entzückt und baten eilends um Entschuldigung, daß sie sie gelangweilt hatten. Angesichts solcher Teilnahmslosigkeit schätzten sie Scarlett keineswegs geringer, sondern eher noch höher. Der Krieg war Sache des Mannes, nicht der Frau, und Scarletts Verhalten war ihnen ein Beweis für ihre weibliche Natur.

So hatte sie sie glücklich von dem langweiligen Thema wegmanövriert und kam nun voller Eifer auf die unmittelbare Gegenwart zurück: »Was hat eure Mutter dazu gesagt, daß ihr wieder geflogen seid?« Den beiden war diese Frage sichtlich unbehaglich. Ihnen fiel wieder ein, wie ihre Mutter sich vor einem Vierteljahr verhalten hatte, als sie von der Universität Virginia weggemußt hatten.

»Nun«, sagte Stuart, »sie hatte noch gar keine Gelegenheit, etwas zu sagen. Tom ist heute morgen ganz früh, ehe sie aufstand, mit uns weggegangen und sitzt nun bei Fontaines herum, während wir hier sind.«

»Hat sie nichts gesagt, als ihr gestern nach Hause kamt?«

»Gestern abend hatten wir Glück. Gerade ehe wir einliefen, war der neue Hengst angekommen, den Ma vor vier Wochen in Kentucky gekauft hatte, und zu Hause stand alles auf dem Kopf. Das Riesenvieh – ein fabelhaftes Pferd, Scarlett, dein Vater muß herüberkommen und es sich ansehen – hatte auf dem Weg hierher schon dem Stallknecht ein großes Stück Fleisch weggebissen, und zwei von den Schwarzen, die es in Jonesboro von der Bahn holten, hatte es geschlagen. Und gerade, ehe wir ankamen, hatte der Hengst ungefähr seine ganze Box zerkeilt und dann noch Strawberry, Ma's alten Hengst, schwer verletzt. Als wir kamen, war Ma mit einer Tüte voll Zucker draußen im Stall, um ihn zu beruhigen, und das versteht sie, kann ich dir sagen. Die Schwarzen baumelten von den Dachsparren herunter, und die Augen quollen ihnen vor lauter Angst aus dem Kopf, aber Ma redete dem Pferde zu, als wäre es ein Mensch, und es fraß ihr aus der Hand. Niemand wird mit Pferden fertig wie Ma. Als sie uns sah, sagte sie: ›Um Himmels willen, was macht ihr vier denn wieder zu Hause, ihr seid ja ärger als die zehn Plagen Ägyptens!‹ Und dann fing das Pferd wieder an zu schnauben und zu steigen, und sie sagte: ›Raus hier, seht ihr denn nicht, wie nervös er ist? Um euch kümmere ich mich morgen früh!‹ Wir gingen also zu Bett, und heute morgen waren wir schon weg, ehe sie uns erwischen konnte, und ließen Boyd zurück, um mit ihr fertig zu werden.«

»Meinst du, sie schlägt Boyd?« Scarlett konnte sich, wie die ganze übrige Nachbarschaft, nie an die Art gewöhnen, wie die kleine Mrs. Tarleton mit ihren großen Jungens umsprang und ihnen sogar eins mit der Reitpeitsche überzog, wenn es ihr angebracht erschien.

Beatrice Tarleton war eine vielbeschäftigte Frau. Sie hatte nicht nur eine der größten Baumwollplantagen, hundert Neger und acht Kinder auf dem Hals, sondern obendrein die größte Gestütfarm des Staates. Sie war von heftiger Gemütsart und geriet leicht in Zorn, wenn ihre Söhne etwas ausfraßen, und während niemand ein Pferd oder einen Sklaven schlagen durfte, war sie der Überzeugung, den Jungens könnten ein paar Hiebe dann und wann nichts schaden.

»Auf keinen Fall schlägt sie Boyd, den hat sie nie viel geschlagen, weil er der Älteste ist und außerdem der Kleinste aus dem Wurf.« Stuart war sehr stolz auf seine sechseinhalb Fuß. »Darum haben wir ihn ja gerade zu Hause gelassen, damit er ihr die Sache erklärt. Zum Teufel, Ma sollte uns nicht mehr verhauen, wir sind neunzehn und Tom einundzwanzig, und sie geht mit uns um, als wären wir sechsjährige Kinder.«

»Reitet eure Mutter morgen den neuen Hengst zum Gartenfest bei Wilkes?«

»Sie möchte schon, aber Pa findet es zu gefährlich. Außerdem erlauben es ihr die Mädchen nicht, sie meinen, sie sollte wenigstens einmal auf eine Gesellschaft im Wagen fahren wie eine Dame.«

»Hoffentlich regnet es morgen nicht«, sagte Scarlett, »eine Woche lang hat es nun fast täglich geregnet. Es gibt nichts Schlimmeres als ein Gartenfest, aus dem ein Picknick im Hause wird.«

»Oh, morgen ist es klar und heiß wie im Juni«, sagte Stuart. »Sieh dir doch den Sonnenuntergang an, so rot habe ich noch keinen gesehen. Nach dem Sonnenuntergang läßt sich immer das Wetter voraussagen.«

Sie blickten hinaus auf die endlosen Morgen frisch gepflügter Baumwollfelder vor dem roten Horizont – Gerald O'Haras Eigentum. Als die Sonne blutigrot hinter den Bergen jenseits des Flintflusses langsam niedersank, verebbte der warme Apriltag in einem schwachen, fast wohltuenden Frösteln.

Der Frühling war früh gekommen dieses Jahr, mit warmen belebenden Regengüssen, unter denen die Pfirsichbäume zu lauter rosa Blüten aufgeschäumt waren und die Ligusterbüsche die dunklen Flußufer und die fernen Hügel mit weißen Sternen übersprühten. Das Land war fast fertig gepflügt, und die blutrote Pracht des Sonnenuntergangs färbte die frischen Furchen in der roten Erde Georgias immer noch röter. Der feuchte, aufgewühlte Boden hungerte nach Baumwollsamen, der sandige Grat der Furchen leuchtete rosig, an der beschatteten Seite glühte es scharlach- und kastanienfarbig. Das weiß verputzte Backsteinhaus lag wie eine Insel in dem wilden roten Meer, zwischen züngelnden, schwellenden, sich bäumenden Wogen, die in dem Augenblick, da ihr rosa gesprenkelter Kamm in Gischt aufbranden wollte, versteint waren. Hier gab es nicht die langen, geraden Furchen wie in den gelben Lehmfeldern des flachen Mittel-Georgia oder in der lockeren Erde der Küstenplantagen. Das wellige Land in den Vorbergen Nord-Georgias wurde in Millionen Kurven gepflügt, damit der schwere Boden nicht in die Sümpfe am Fluß geschwemmt werde. Das Land war von beängstigender Röte: nach Regenfällen rot wie Blut, in der Dürre verwandelt in ziegelfarbenen Staub – der beste Baumwollboden der Welt. Es war ein liebliches Gelände mit weißen Häusern, friedlich gepflügten Feldern und trägen gelben Flüssen, doch ein Land voller Gegensätze, von blendendstem Licht und tiefstem Schatten. Die Rodungen für die Plantagen, die meilenweiten Baumwollfelder lächelten gelassen zur heißen Sonne empor. Am Rande ragten die Urwälder, dunkel und kühl selbst am heißesten Mittag, geheimnisvoll, unheimlich fast. Die säuselnden Pechkiefern warteten in zeitloser Geduld und drohten wie mit leisen Seufzern: Habt acht! Habt acht! Einst wart ihr unser, wir können euch wieder holen!

Den drei jungen Leuten vor der Haustür schlug Hufgetrappel, das Klirren von Geschirrketten und schrilles Kinderlachen von Negerstimmen ans Ohr, als die Knechte mit den Maultieren vom Felde kamen. Aus dem Hause schwoll die sanfte Stimme von Scarletts Mutter Ellen O'Hara heraus, wie sie dem kleinen schwarzen Mädchen rief, das ihren Schlüsselkorb trug. Die hohe Kinderstimme antwortete: »Jawohl, Missis!«, und sie hörten Schritte von der Hintertüre nach dem Räucherhause gehen, wo Ellen um diese Zeit den heimkommenden Knechten das Abendbrot zuteilte. Porzellan klirrte, Bestecke klapperten – Pork, der Diener auf Tara, deckte den Tisch zum Abendessen.

Die Zwillinge merkten, daß es an der Zeit war, nach Hause zu gehen; aber sie hatten durchaus kein Verlangen danach, ihrer Mutter unter die Augen zu treten, und konnten sich von der Hoffnung, Scarlett werde sie zum Abendessen einladen, noch immer nicht trennen.

»Hör mal, Scarlett«, sagte Brent, »daß wir weg waren und von dem Gartenessen und dem Ball nichts wußten, ist noch lange kein Grund, daß du für morgen abend nicht einen Haufen Tänze für uns freihältst. Du hast doch nicht etwa alle vergeben?«

»Doch, das habe ich! Wie sollte ich wissen, daß ihr alle zu Hause sein würdet? Sollte ich es euretwegen darauf ankommen lassen, Mauerblümchen zu spielen?«

»Du – ein Mauerblümchen!« Die Burschen lachten schallend. »Paß auf, Goldkind, mir mußt du den ersten Walzer geben und Stu den letzten, und dann mußt du mit uns zu Tisch gehen, wir setzen uns auf den Treppenabsatz wie auf dem letzten Ball, und Mammy Jincy muß wieder kommen und uns wahrsagen.«

»Mammy Jincys Wahrsagungen mag ich aber nicht, sie prophezeite mir einen Mann mit kohlschwarzem Haar und langem, schwarzem Schnurrbart, und ich mag keine schwarzen Männer.«

»Aber rothaarige, was?« grinste Brent. »Komm, versprich uns sämtliche Walzer und das große Abendessen.«

»Wenn du sie uns versprichst, sagen wir dir ein Geheimnis«, sagte Stuart.

»Was?« Scarlett horchte auf wie ein kleines Kind.

»Meinst du, was wir gestern in Atlanta gehört haben, Stu? Aber wir haben versprochen, es nicht zu erzählen.«

»Nun ja, aber Miß Pitty hat es uns doch auch gesagt.«

»Miß wer?«

»Ashley Wilkes' Cousine, die in Atlanta lebt, Miß Pittypat Hamilton, Charles und Melanie Hamiltons Tante.«

»Ich weiß schon, die albernste alte Dame, die ich in meinem Leben gesehen habe.«

»Als wir gestern in Atlanta waren und auf den Zug warteten, fuhr sie am Bahnhof vorbei, ließ halten und sprach mit uns. Sie hat uns erzählt, daß morgen abend auf dem Ball bei Wilkes eine Verlobung verkündet werden soll.«

»Ach, das weiß ich längst«, sagte Scarlett enttäuscht. »Ihr langweiliger Neffe, dieser Charley Hamilton, und Honey Wilkes; seit Jahren weiß das jedermann, wenn er die Sache auch etwas lau betrieben hat.«

»Findest du ihn denn langweilig?« wollte Brent wissen, »Weihnachten hast du ihn reichlich um dich herumschwänzeln lassen.«

»Was soll ich machen, wenn er schwänzelt«, Scarlett zuckte gleichgültig die Achseln. »Ich finde, er ist ein richtiger Waschlappen.«

»Übrigens soll gar nicht seine Verlobung verkündet werden«, triumphierte Stuart, »sondern Ashleys mit Charlies Schwester, Miß Melanie!«

In Scarletts Gesicht veränderte sich nichts, nur ihre Lippen wurden weiß wie bei jemandem, der unvorbereitet einen betäubenden Schlag empfängt und im ersten Augenblick des Schreckens nicht faßt, was ihm geschieht. Sie sah Stuart so groß und still an, daß er sie einfach für überrascht und interessiert hielt und sich nichts dabei dachte. Ein Seelenkenner war er nie gewesen.

»Miß Pitty sagte, sie hätten gar nicht die Absicht gehabt, es dieses Jahr noch bekanntzugeben, denn es sei Miß Melly nicht besonders gut gegangen. Aber bei all den Kriegsgerüchten seien beide Familien für baldige Heirat gewesen, darum soll es morgen abend verkündet werden. Also, nun haben wir dir das Geheimnis gesagt, und du mußt uns versprechen, mit uns zu Tisch zu gehen.«

»Natürlich«, antwortete Scarlett mechanisch.

»Und auch alle Walzer?«

»Alle.«

»Süß von dir! Paß auf, die anderen gehen in die Luft! Wetten?«

»Laß sie«, sagte Brent, »wir beide werden schon mit ihnen fertig. Hör mal, Scarlett, laß uns auch mittags beim Gartenessen zusammen sitzen.«

»Was meinst du?«

Stuart wiederholte seine Bitte.

»Natürlich.«

Die Zwillinge sahen einander selig, aber doch einigermaßen überrascht an. Obwohl sie sich als Scarletts begünstigte Verehrer betrachteten, hatten sie doch noch nie zuvor ihre Auszeichnungen so mühelos gewonnen. Gewöhnlich ließ sie sie betteln und flehen, hielt sie hin, sagte weder ja noch nein, lachte, wenn sie grollten, und wurde kühl, wenn sie sich erhitzten. Und nun hatte sie ihnen so gut wie den ganzen morgigen Tag versprochen. Den Platz an ihrer Seite beim Essen, jeden Walzer – und sie wollten schon dafür sorgen, daß jeder Tanz ein Walzer wurde. Das wog schon ihre Entfernung von der Universität auf.

Der Erfolg gab ihnen neuen Mut, sie blieben immer noch ein Weilchen, sprachen von dem Gartenfest und dem Ball, von Ashley Wilkes und Melanie Hamilton, fielen einander ins Wort, rissen Witze und lachten darüber und machten immer neue Anspielungen auf eine Einladung zum Abendessen. So verging die Zeit, und erst allmählich fiel Scarletts Schweigsamkeit ihnen auf. Die Stimmung hatte sich geändert; wie das gekommen war, wußten die Zwillinge nicht, aber der feine Glanz dieses Nachmittags war dahin. Scarlett achtete nicht auf das, was sie sagten, wenn sie auch richtige Antworten gab. Etwas war da, das sie nicht begriffen. Das war ihnen unbehaglich, sie schleppten die Unterhaltung noch eine Weile fort, dann standen sie auf und sahen nach der Uhr.

Die Sonne stand niedrig über den frisch gepflügten Feldern, jenseits des Flusses verdämmerten die schwarzen Umrisse des hohen Waldes. Mauerschwalben flitzten über den Hof, Küken, Enten und Truthühner kamen einzeln und zuhauf vom Feld stolziert und gewatschelt.

»Jeems!« klang Stuarts Ruf. Nach einer Pause kam ein langer schwarzer Junge etwa ihres Alters atemlos ums Haus herumgelaufen und rannte weiter zu den angebundenen Pferden. Jeems war ihr Leibsklave und wie die Hunde auf Schritt und Tritt in ihrer Nähe. Als Kind hatte er mit ihnen gespielt, und zu ihrem zehnten Geburtstag bekamen sie ihn als Eigentum geschenkt. Die Hunde der Tarletons sprangen aus dem roten Staub auf und warteten ungeduldig auf ihre Herren. Die Zwillinge verbeugten sich, gaben Scarlett die Hand und versprachen, morgen rechtzeitig drüben bei Wilkes auf sie zu warten. Dann stiegen sie zu Pferde und galoppierten die Zedernallee hinunter. Sie winkten mit den Hüten und grüßten rufend zurück. Jeems folgte ihnen.

Als sie auf der staubigen Straße um die Ecke waren, wo man sie von Tara aus nicht mehr sehen konnte, hielt Brent sein Pferd an. Auch Stuart brachte seines zum Stehen, und der Negerjunge hielt ein paar Schritt hinter ihnen. Sobald die Zügel sich lockerten, senkten die Pferde die Hälse, um im zarten Frühlingskraut zu grasen. Die geduldigen Hunde legten sich wieder in den weichen Staub und blickten verlangend nach den Schwalben, die durch die sinkende Dämmerung strichen. Brents breites offenes Gesicht war verwirrt und gelinde entrüstet.

»Du«, sagte er, »kam es dir nicht auch so vor, als hätte sie uns zum Abendessen einladen wollen?«

»Mir schien, sie hatte es vor«, antwortete Stuart. »Ich habe immer darauf gewartet, aber sie tat es nicht. Verstehst du das?«

»Nein, und ich meine, sie hätte es ruhig tun sollen. Schließlich ist es unser erster Tag, und sie hat uns eine Ewigkeit nicht gesehen. Wir haben ihr doch noch so viel zu erzählen.«

»Mir schien, sie freute sich mächtig, als wir kamen.«

»Mir auch.«

»Und dann wurde sie plötzlich still, als ob sie Kopfweh hätte!«

»Ich habe es auch gemerkt, aber nicht weiter darauf geachtet. Was mag ihr gefehlt haben?«

»Ob wir etwas gesagt haben, was sie geärgert hat?«

Beide dachten scharf nach.

»Mir fällt nichts ein. Wenn Scarlett wütend ist, merkt man es immer sofort. Sie hält nicht an sich wie andere Mädchen.«

»Stimmt, das mag ich gern an ihr. Sie geht nicht mit verbissenem Gesicht umher, wenn sie wütend ist, sondern sagt, was los ist; aber irgend etwas müssen wir gesagt oder getan haben, was ihr in die Quere kam. Ich könnte schwören, daß sie eigentlich vorhatte, uns zum Abendessen dazubehalten.«

»Es kann doch wohl nicht deswegen sein, weil wir rausgeworfen worden sind?«

»Zum Teufel, sei nicht so dumm, sie hat sich doch ausgeschüttet vor Lachen, als wir davon erzählten, und außerdem gibt sie auf Bücher und Lernen nicht mehr als wir.«

Brent wandte sich im Sattel um und rief den Negerjungen: »Jeems!«

»Master?«

»Hast du gehört, was wir mit Miß Scarlett sprachen?«

»Nein, nicht, Master Brent! Wie ich dazu kommen, bei Herrschaften spionieren!«

»Mein Gott, spionieren! Ihr Schwarzen wißt doch über alles Bescheid, was vorgeht. Ich habe mit eigenen Augen gesehen, du Schuft, wie du dich um die Ecke geschlängelt und an der Mauer im Jasmingebüsch gesessen hast. Nun also, hast du irgend etwas gehört, was Miß Scarlett hätte wütend machen können?«

Als Jeems sich überführt sah, leugnete er nicht mehr und runzelte seine schwarze Stirn.

»Nein, ich gewiß nichts gehört, was sie wütend machen. Mir kam vor, sie freute sich, Masters zu sehen, und hatte Sie vermißt und zwitscherte lustig wie ein Vögelchen immer und immer, bis wo Masters auf Mr. Ashley und Miß Melly Hamilton kamen und daß sie sich heiraten wollten. Da sein Miß Scarlett auf einmal still wie Vogel, wenn oben der Habicht fliegt.«

Die Zwillinge sahen einander an und nickten, begriffen aber nichts.

»Jeems hat recht, aber das verstehe ich nicht«, sagte Stuart. »Mein Gott, Ashley ist ihr doch nicht mehr als ein Freund, in ihn verliebt ist sie nicht. Verliebt ist sie in uns.«

Brent nickte eifrig zustimmend.

»Aber vielleicht«, sagte er, »hat Ashley ihr nichts davon erzählt, und nun ist sie wütend, weil sie es nicht eher erfahren sollte als die anderen Leute. Mädchen nehmen es immer krumm, wenn sie etwas nicht zuerst erfahren.«

»Mag sein, aber was ist denn dabei, es sollte doch eine Überraschung sein, und man hat doch wohl das Recht, seine eigene Verlobung geheimzuhalten.«

»Hätte Mellys Tante nicht geschwatzt, so wüßten wir auch nichts davon. Scarlett muß doch gewußt haben, daß er Miß Melly einmal heiraten will, das wissen wir ja seit Jahren. Wilkes und Hamiltons heiraten immer ihre eigenen Cousinen.«

»Ach was, ich gebe es auf, aber schade, daß sie uns nicht eingeladen hat. Ich sage dir, ich habe keine Lust, nach Hause zu gehen und Ma toben zu hören. Ja, wenn es die erste Ausweisung gewesen wäre!«

»Vielleicht hat Boyd sie inzwischen beruhigt. Du weißt, wie geschickt der Kleine reden kann. Er beschwichtigt sie jedesmal.«

»Kann sein, aber es braucht Zeit, er muß im großen Bogen drum herumreden, bis es bei Ma so durcheinandergeht, daß sie es aufgibt und ihm sagt, er solle seine Stimme für die Anwaltspraxis schonen. Ich wette, Ma ist noch so aufgeregt über den Hengst, daß sie noch nicht einmal gemerkt hat, daß wir wieder da sind, bis sie sich heute abend zu Tisch setzt und Boyd sieht. Dann legt sie sich ins Zeug und speit Feuer. Dann wird es zehn, bis Boyd Gelegenheit hat zu sagen, es wäre für uns unehrenhaft gewesen, zu bleiben, nachdem der Rektor so mit uns geredet hat. Und dann wird es Mitternacht, bis er sie herumkriegt und sie so wütend über den Rektor wird, daß sie Boyd fragt, warum er ihn nicht niedergeschossen hat. Nein, vor Mitternacht können wir nicht nach Hause.«

Die Zwillinge sahen einander trübselig an. Sie hatten nicht die geringste Angst vor wilden Pferden, Schießereien und dem Zorn ihrer Nachbarn, aber sie hatten einen heillosen Respekt vor ihrer Mutter und der Reitpeitsche, die sie ihnen über die Hosen zu ziehen pflegte.

»Höre«, sagte Brent, »laß uns hinüber zu Wilkes, die freuen sich, wenn wir bei ihnen essen.«

Stuart war mit diesem Vorschlag nicht recht zufrieden. »Nein, lieber nicht, da steht schon alles auf dem Kopf wegen des Festes morgen, und außerdem ...«

»Ach, das habe ich ganz vergessen. Nein, da gehen wir lieber nicht hin.«

Sie schnalzten ihren Pferden und ritten schweigend weiter. Stuarts gebräunte Wangen waren vor Verlegenheit rot geworden. Bis zum vorigen Sommer hatte er India Wilkes mit Billigung beider Familien und der ganzen Nachbarschaft den Hof gemacht. Vielleicht hatte man in der Provinz die Hoffnung, die kühle Art India Wilkes' könnte einen beruhigenden Einfluß auf ihn haben. Stuart hätte die Verbindung wohl eingehen können, aber Brent war nicht einverstanden gewesen. Er mochte India wohl, aber er fand sie reizlos und konnte sich einfach nicht in sie verlieben, nur um Stuart Gesellschaft zu leisten. Die Wege der Zwillinge gingen da zum erstenmal auseinander, und Brent verübelte es seinem Bruder, daß er einem Mädchen den Hof machte, an dem er selbst nicht den geringsten Gefallen fand.

Dann hatten sie beide vorigen Sommer in Jonesboro bei einer Versammlung im Freien plötzlich Scarlett O'Hara gesehen. Sie kannten sie seit Jahren, und in ihrer Kinderzeit war sie ihre beste Spielgefährtin gewesen, denn sie konnte fast ebenso gut wie die beiden reiten und klettern. Nun war sie zu ihrer Verwunderung eine erwachsene junge Dame und obendrein die entzückendste auf der ganzen Welt geworden. Zum erstenmal wurden sie gewahr, wie es in ihren grünen Augen schillerte, wie tief ihre Grübchen waren, wenn sie lachte, was für zierliche Hände und Füße und was für eine schlanke Taille sie hatte. Bei den klugen Bemerkungen der Zwillinge lachte sie fröhlich auf, und beseelt von dem Gedanken, in Scarletts Augen ein ansehnliches Paar vorzustellen, übertrafen die beiden sich selbst. Es war ein denkwürdiger Tag im Leben der Zwillinge. Wenn sie sich später darüber unterhielten, so wunderten sie sich stets, daß ihnen Scarletts Zauber bis dahin entgangen war. Die richtige Antwort darauf fanden sie nie. Die hätte gelautet, daß Scarlett gerade an jenem Tag beschlossen hatte, die beiden auf sich aufmerksam zu machen. Ihrem Temperament war es unerträglich, irgendeinen Mann in irgendeine andere Frau als sich selbst verliebt zu sehen, und der Anblick von India Wilkes und Stuart bei der Versammlung war für ihren Raubtiersinn zuviel gewesen. An Stuart allein hatte sie nicht genug, sie hatte es zugleich auf Brent abgesehen, und zwar so gründlich, daß alle beide überwältigt wurden.

Nun waren sie beide in sie verliebt, und India Wilkes und Letty Munroe aus Lovejoy, der Brent halben Herzens den Hof gemacht hatte, waren bei ihnen gänzlich in den Hintergrund getreten. Was der tun sollte, der Scarlett einmal nicht bekam, falls sie einen von ihnen erhörte, danach fragten sie nicht weiter. Das Hindernis wurde genommen, wenn es soweit war. Für den Augenblick waren sie völlig zufrieden, wieder eines Sinnes über ein Mädchen zu sein; Eifersucht gab es zwischen ihnen nicht. Die Nachbarn hatten ihren Spaß daran, und die Mutter ärgerte sich, denn sie hatte nichts für Scarlett übrig.

»Wenn die schlaue kleine Person einen von euch nimmt, geschieht es euch ganz recht«, sagte sie. »Am Ende nimmt sie euch alle beide, und dann müßt ihr nach Utah ziehen, falls die Mormonen euch haben wollen – was ich mir nicht recht denken kann ... Meine einzige Sorge ist, daß ihr euch beide nächstens einmal betrinkt und wegen dieses kleinen doppelgesichtigen grünäugigen Frauenzimmers eifersüchtig aufeinander werdet, und dann schießt ihr einander tot. Übrigens gar kein schlechter Gedanke.« Seit jener Versammlung hatte Stuart sich in Indias Gegenwart unbehaglich gefühlt. Nicht, daß India ihm Vorwürfe gemacht oder ihn auch nur durch eine Bewegung hätte fühlen lassen, daß sie sein jähes Abschwenken bemerkt hatte. Dazu war sie zu sehr Dame. Aber Stuart fühlte sich schuldig und befangen vor ihr. India liebte ihn, und das war seine Schuld. Sie liebte ihn immer noch. Er wußte es und hatte tief im Innern das Gefühl, sich nicht ganz als Gentleman benommen zu haben. Er mochte sie noch immer gern und hatte große Hochachtung vor ihrer kühlen Wohlerzogenheit, ihrer Liebe zu Büchern, ihrer Bildung und all den gediegenen Eigenschaften, die sie sonst noch besaß. Aber sie war nun einmal so verdammt farblos und uninteressant und ewig sich selber gleich neben Scarletts glänzenden, stets wechselnden Reizen. Man wußte immer, wie man mit India daran war, und bei Scarlett hatte man nie die leiseste Ahnung davon. Das reichte wohl hin, einem den Kopf zu verdrehen.

»Gut, gehen wir also zu Cade Calvert zum Abendessen. Scarlett sagte, Cathleen sei aus Charleston zurück. Vielleicht wissen sie etwas Neues über Fort Sumter, was wir noch nicht gehört haben.«

»Cathleen? Nein. Ich wette zehn gegen eins, sie weiß nicht einmal, daß das Fort da draußen im Hafen liegt, und noch viel weniger, daß es voll von Yankees steckte, bis wir sie hinausgeschossen haben. Sie weiß nur von den Bällen, auf denen sie war, und von den Verehrern, die sie um sich versammelt hat, sonst nichts.«

»Es macht aber doch Spaß, sie reden zu hören, und es wäre doch ein Unterschlupf, bis Ma im Bett ist.«

»Teufel, ja! Ich mag Cathleen wohl leiden, sie ist zum Lachen, und ich höre gern etwas über Caro Rhett und die übrige Charlestoner Gesellschaft. Aber der Teufel soll mich holen, wenn ich noch eine Mahlzeit mit ihrer Yankee-Stiefmutter überstehe.«

»Du mußt nicht ungerecht sein, Stuart, sie meint es gut.«

»Ich bin gar nicht ungerecht, sie tut mir leid, aber Leute, die mir leid tun, kann ich nicht leiden. Und sie macht immer so viel Umstände und sucht das Richtige zu finden, damit man sich gemütlich fühlt, und bringt es fertig, immer genau das Verkehrte zu sagen und zu tun. Sie macht mich verrückt. Und sie hält uns aus den Südstaaten für wilde Barbaren. Das hat sie sogar Ma gesagt, sie hat Angst vor uns. Jedesmal, wenn wir da sind, sieht sie aus, als habe sie eine Todesangst. Sie sitzt auf ihrem Stuhl wie eine gemauserte Henne und hat leere bange Augen, als wollte sie, sobald nur jemand ihr nahe kommt, anfangen zu gackern und mit den Flügeln zu schlagen.«

»Eigentlich dürftest du nichts gegen sie sagen. Du hast Cade ins Bein geschossen.«

»Ich war betrunken, sonst hätte ich es nicht getan«, sagte Stuart, »und Cade hat es mir nicht nachgetragen, auch Cathleen, Raiford und Mr. Calvert nicht, nur diese Yankee-Stiefmutter zeterte, ich sei ein wilder Barbar und anständige Leute wären in den Südstaaten ihres Lebens nicht sicher.«

»Trotzdem kannst du nichts gegen sie sagen, denn schließlich hast du Cade doch angeschossen, und er ist ihr Stiefsohn.«

»Deswegen braucht sie mich doch nicht gleich zu beleidigen. Du bist Ma's Fleisch und Blut, aber hat sie etwa getobt, als Tony Fontaine dich ins Bein schoß? Nein, sie ließ einfach den alten Dr. Fontaine kommen, dich zu verbinden, und fragte ihn, seit wann denn Tony nicht mehr richtig zielen könne, der Schnaps werde ihm noch seine ganze Schützenkunst verderben. Weißt du noch, wie das Tony wild gemacht hat?«

Die beiden bogen sich vor Lachen.

»Ma ist ein ganzer Kerl«, sagte Brent anerkennend, »man kann immer darauf rechnen, daß sie das Richtige tut und einen nicht vor den Leuten blamiert.«

»Ja, aber es sähe ihr ähnlich, uns heute abend, wenn wir nach Hause kommen, vor Vater und den Mädchen gewaltig zu blamieren«, sagte Stuart düster. »Sieh mal, Brent, das wird wohl heißen, daß wir nicht nach Europa dürfen. Ma hat doch gesagt, wenn wir noch einmal hinausgeworfen werden, dürfen wir unsere große Reise nicht machen.«

»Zum Teufel, was liegt uns schon daran, was gibt es denn Großes in Europa zu sehen? Die dort können uns nichts zeigen, was wir nicht ebensogut in Georgia haben. Ich wette, ihre Pferde sind nicht so schnell und ihre Mädchen nicht so hübsch, und ich weiß genau, daß ihr Whisky bei weitem nicht an Vaters heranreicht.«

»Ashley Wilkes sagt, es gäbe da eine Menge Landschaft und Musik. Der hat Europa gern und spricht immerfort davon.«

»Nun, du weißt ja, wie die Familie ist, sie sind alle so sonderbar mit Musik und Büchern und Landschaften. Ma sagt, das kommt, weil ihr Großvater aus Virginia ist. In Virginia sollen die Leute viel auf so etwas geben.«

»Das schenke ich ihnen. Gib mir ein gutes Pferd zum Reiten, einen guten Schnaps zum Trinken, ein gutes Mädchen für die Liebe und ein böses fürs Vergnügen, dann können die da ihr ganzes Europa behalten ... Und wenn wir nun jetzt in Europa wären und es gäbe Krieg, dann kämen wir nicht rechtzeitig nach Hause. Ich gehe tausendmal lieber in den Krieg als nach Europa!«

»Ich auch, lieber heute als morgen ... Hör mal, ich weiß, wohin wir zum Abendessen gehen, wir reiten zu Able Wynder und melden uns fertig zum Exerzieren zurück.«

»Das ist ein guter Gedanke. Dort hören wir alles Neue von der Truppe und erfahren endlich, zu welcher Farbe sie sich für die Uniformen entschlossen haben.«

»Wenn es die Zuavenuniform ist, so hol mich der Teufel, wenn ich noch Lust dazu habe. Ich komme mir in den weiten roten Hosen wie ein Waschlappen vor. Die sehen ja aus wie die Flanellhosen bei den Weibern.«

»Wollen denn Masters beide zu Master Wynder?« ließ sich jetzt Jeems vernehmen. »Da gibt nicht viel Abendbrot, Köchin ist tot und sie noch keine neue kaufen, und nun kochen eine Pflückerin, und die Schwarzen mir erzählen, das die schlechteste Köchin im ganzen Staat.«

»Du meine Güte, warum kaufen sie sich denn keine neue Köchin?«

»Wie sollen denn weißes Bettelpack sich Neger kaufen? Die nie mehr als höchstens vier Stück haben.«

In Jeems' Stimme klang unverhohlene Verachtung. Seine eigene gesellschaftliche Stellung war gesichert, denn Tarletons besaßen hundert Neger, und wie alle Sklaven der großen Plantagenbesitzer sah er auf die kleinen Farmer herab, die nur wenig Sklaven hielten.

»Ich ziehe dir das Fell über die Ohren!« Stuart war wütend. »Daß du mir Able Wynder nicht ›weißes Pack‹ nennst! Gewiß ist er arm, aber durchaus kein Pack, und hol mich der Teufel, wenn ich erlaube, daß irgend jemand, weiß oder schwarz, wegwerfend von ihm spricht. Einen besseren Mann gibt es nicht in der Provinz. Warum hätte die Truppe ihn sonst zum Leutnant gewählt?«

»Das ich auch nie verstehen«, erwiderte Jeems, der sich durch den Anschnauzer seines Herrn nicht aus der Ruhe bringen ließ. »Ich immer denken, sie wählen alle Offiziere unter den reichen Masters und nicht aus dem Pack vom Unterland.«

»Ich sage dir, es ist kein Pack, willst du ihn etwa mit richtigem weißen Pack wie den Slatterys vergleichen? Able ist nun einmal nicht reich, aber wenn wir alle so viel von ihm halten, daß wir ihn zum Leutnant wählen, dann hat kein Schwarzer über ihn herzuziehen. Die Truppe weiß schon, was sie tut.«

Vor drei Monaten war die Kavallerietruppe aufgestellt worden, an demselben Tag, an dem sich Georgia von der Union lossagte, und von dem Augenblick an hatten die Rekruten nach Krieg geschrien. Einen Namen hatte das Kontingent noch nicht, obwohl an Vorschlägen kein Mangel war. Jeder hatte seine eigenen Gedanken und wollte sie durchaus nicht lassen, ebenso wie jeder bei Farbe und Schnitt der Uniform mitzureden haben wollte. »Die Wildkatzen von Clayton«, »Feuerfresser«, »Husaren von Nordgeorgia«, »Zuaven«, »Jäger aus dem Innern« [obwohl die Truppe mit Pistolen, Säbeln, Jagdmessern und nicht mit Flinten bewaffnet war], »Die Grauen von Clayton«, »Blut und Donner«, »Rauh und Rasch« – alles hatte seine Anhänger. Bis darüber Beschluß gefaßt war, hieß die Organisation überall »die Truppe«, und trotz dem hochtönenden Namen, der schließlich angenommen wurde, war sie bis zum Ende ihres Dienstes einfach als »die Truppe« bekannt.

Die Offiziere wurden aus den Reihen der Truppe gewählt, denn niemand aus der Provinz verfügte über militärische Erfahrungen, außer ein paar Veteranen aus dem Mexikanischen Krieg und den Kämpfen gegen die Seminolenindianer, und überdies hätte die Truppe einen Veteranen als Führer verachtet, wenn sie nicht Zuneigung und Vertrauen zu ihm gehabt hätte. Jeder mochte die vier Tarletons und die drei Fontaines gern, konnte sie aber nicht wählen, weil die Tarletons zu rasch benebelt waren und dann gern Unsinn machten und weil die Fontaines so mörderisch unbesonnen von Temperament waren. So wurde Ashley Wilkes zum Hauptmann gewählt; denn er war der beste Reiter in der Provinz, und man rechnete darauf, daß er mit seinem kühlen

Kopf wenigstens einen Schein von Ordnung zu halten imstande wäre. Raiford Calvert wurde zum Oberleutnant gemacht, weil er bei jedermann beliebt war, und Able Wynder, Sohn eines Trappers und selbst kleiner Farmer, wurde Unterleutnant.

Able war ein gescheiter, ernster Riese, ungebildet, gutherzig, aber älter als die anderen Burschen und in Gegenwart von Damen von reichlich so guten Manieren wie sie. Standesdünkel gab es kaum in der Truppe. Dafür waren zu viele ihrer Väter und Großväter aus der Klasse der kleinen Farmer zu Reichtum gekommen. Able war der beste Schütze der Truppe, ein richtiger Scharfschütze, der auf fünfundsiebzig Schritt einem Eichhörnchen das Auge ausschießen konnte, und obendrein wußte er über alles Bescheid, was zum Leben im Freien gehört, konnte im Regen ein Feuer anmachen, Wild aufspüren und Quellen finden. Die Truppe hatte Achtung vor echtem Wert, und weil man Able außerdem gern hatte, machte man ihn zum Offizier. Er trug die Auszeichnung mit Ernst, einfach, als ob sie ihm zukomme, und bildete sich nichts darauf ein, aber die Damen und die Sklaven der Pflanzer konnten nicht wie ihre Männer und Herren über die Tatsache hinwegkommen, daß er nicht als Herr geboren war.

Im Anfang waren nur Pflanzersöhne in der Truppe angemustert worden. Es war ein Herrenkontingent. Jeder hatte für sein eigenes Pferd, für Waffen, Ausrüstung, Uniform und Burschen aufzukommen. Aber in der noch jungen Provinz Clayton gab es nicht viele reiche Pflanzer, und um die Truppe vollzählig zu machen, war es notwendig geworden, unter den Söhnen der kleinen Farmer, der Jäger im Urwald, der Trapper in den Prärien und in ganz wenigen Fällen sogar der weißen Proletarier, soweit sie über dem Durchschnitt dieser Schicht standen, Rekruten auszuheben.

Diese jungen Leute brannten ebenso ungeduldig wie ihre reicheren Nachbarn darauf, im Kriegsfall mit den Yankees zu kämpfen; aber da war die heikle Frage des Geldes. Nur wenige kleine Farmer hatten eigene Pferde. Sie taten die Feldarbeit mit Maultieren und hatten auch daran keinen Überfluß, selten mehr als vier. Die Maultiere waren unentbehrlich und konnten deshalb nicht zu Kriegszwecken benutzt werden, selbst wenn die Truppe bereit gewesen wäre, sich mit ihnen zu behelfen, wogegen sie sich aber energisch verwahrte. Die Proletarier hielten sich schon für wohlhabend, wenn sie ein einziges Maultier besaßen. Die Leute aus dem Urwald und von den Niederungen hatten weder Pferde noch Maultiere, sie lebten ausschließlich von den Erzeugnissen ihrer Ländereien und dem Wild aus den Steppen. Ihr Geschäft betrieben sie meist als Tauschhandel und bekamen höchstens einmal im Jahr fünf Dollar in bar zu sehen. Pferde und Uniformen waren für sie unerschwinglich. Aber sie waren ebenso unbändig stolz in ihrer Armut wie die

Plantagenbesitzer in ihrem Reichtum und wollten nichts annehmen, was nach Wohltätigkeit ihrer reicheren Nachbarn aussah. Um also niemanden vor den Kopf zu stoßen und dennoch die Truppe auf Kriegsstärke zu bringen, hatten Scarletts Vater, John Wilkes, Buck Munroe, Jim Tarleton, Hugh Calvert, überhaupt jeder große Plantagenbesitzer aus der Provinz mit einziger Ausnahme von Angus MacIntosh Geld dazu beigesteuert, die Truppe mit Mann und Roß vollständig auszurüsten. Schließlich kam es darauf hinaus, daß jeder Plantagenbesitzer sich bereit erklärte, die Ausrüstung seiner eigenen Söhne und einer gewissen Anzahl anderer junger Leute zu bezahlen, und es wurde alles so eingerichtet, daß die weniger wohlhabenden Leute im Kontingent Pferde und Uniformen annehmen konnten, ohne daß ihre Ehre darunter litt.

Zweimal wöchentlich kam die Truppe in Jonesboro zusammen, um gedrillt zu werden und um zu beten, daß der Krieg beginnen möge. Noch waren die Verhandlungen über die Aufbringung der vollen Anzahl Pferde nicht abgeschlossen; wer aber ein Pferd hatte, führte, was er für kavalleristische Künste hielt, auf dem Felde hinter dem Gerichtsgebäude vor, wirbelte eine große Menge Staub auf, schrie sich heiser und schwang den Säbel der Revolution, den er in der väterlichen Halle von der Wand genommen hatte. Wer noch kein Pferd hatte, saß auf dem Kantstein vor Bullards Kaufhaus und sah den berittenen Kameraden zu, kaute Tabak und spann sein Garn. Oder man schoß um die Wette. Schießen brauchte niemand erst zu lernen. In den Südstaaten wird fast jeder mit dem Gewehr in der Hand geboren, bringt sein Leben auf der Jagd zu und wird von selbst zum Scharfschützen.

Bei jeder Musterung kamen die verschiedenartigsten Feuerwaffen aus den Pflanzerhäusern und Blockhütten zum Vorschein. Lange altmodische Feuerrohre aus der Zeit, da die Alleghanies zuerst überschritten worden waren, alte Vorderlader, denen in Georgias Jugendzeiten mancher Indianer zum Opfer gefallen war, Sattelpistolen, die 1812 in den Seminolenkriegen und in Mexiko ihren Dienst getan hatten, silberbeschlagene Duellpistolen, Taschenderringers, doppelläufige Jagdflinten und elegante neue Gewehre, englisches Fabrikat, mit blanken Schäften aus Hartholz.

Der Drill endete immer in den Kneipen von Jonesboro, und wenn die Nacht einbrach, waren so viele Raufereien im Gange, daß die Offiziere es schwer hatten, Verluste zu verhindern, noch ehe die Yankees sie ihnen beibrachten. In einer dieser Schlägereien hatte Stuart Tarleton Cade Calvert angeschossen und Tony Fontaine Brent. Als die Truppe aufgestellt wurde, waren die Zwillinge gerade von der Universität Virginias nach Hause geschickt worden und ließen sich voller Begeisterung anmustern. Aber nach dieser Schießerei vor zwei Monaten hatte ihre Mutter sie wieder auf die Universität ihres eigenen Staates geschickt, mit gemessenem Befehl, dort zu bleiben. Die aufregenden Abwechslungen des Drills hatten sie in jener Zeit schmerzlich vermißt. Was war ihnen Wissen und Bildung, wenn sie nur reiten und schreien und schießen konnten!

»Laß uns doch querfeldein über O'Haras und Fontaines Weiden reiten«, schlug Brent vor. »Dann sind wir im Nu da.«

»Wir da kriegen nur Opossum und Grünkram zu essen«, wendete Jeems ein.

»Du kriegst überhaupt nichts«, grinste Stuart, »denn du reitest nach Hause und sagst Ma, daß wir nicht zum Abendessen kommen.«

»Nein, das ich nicht tun«, schrie Jeems voller Angst. »Das ich nicht tun! Ich auch nicht Spaß haben, von Misses Beatrice verprügelt werden. Zuerst sie mich fragen, wie ich es fertigbringen, daß Masters wieder rausgeschmissen, und dann, warum ich Masters heute abend nicht mitbringen, damit sie uns alle prügeln kann. Und dann sagen, ich bin an allem schuld. Und wenn Masters mich nicht mit zu Master Wynder nehmen, ich die ganze Nacht draußen im Wald liegenbleiben. Besser mich Landjäger beim Kragen nehmen, als Misses Beatrice!«

Verblüfft und ärgerlich sahen die Zwillinge den entschlossenen Negerjungen an.

»Er wäre gerade dumm genug, sich vom Landjäger fassen zu lassen, und dann hätte Ma wochenlang etwas Neues zu reden. Du kannst mir glauben, mit den Schwarzen hat sie es noch schwerer als mit uns; manchmal denke ich, daß die ganz recht haben, die den Sklavenhandel abschaffen wollen.«

»Nun, es wäre unrecht, Jeems dem auszusetzen, wovor wir Angst haben. Wir müssen ihn schon mitnehmen. Aber paß auf, du unverschämter schwarzer Schafskopf, wenn du dich vor den Schwarzen bei Wynder damit dicke tust, daß wir jeden Tag Brathuhn und Schinken essen und sie nur Kaninchen und Opossum, dann sage ich es Ma und du darfst nicht mit uns in den Krieg.«

»Dick tun? Ich mich nicht vor billigen Negern dick tun! Ich bessere Manieren, haben mir Misses Beatrice ebenso gute beigebracht wie Masters.«

»Das ist ihr bei uns allen dreien nicht besonders gut gelungen«, sagte Stuart. Er riß seinen Fuchs herum, gab ihm die Sporen und schwang sich leicht über den Lattenzaun auf den weichen Acker von Gerald O'Haras Plantage. Brents Pferd setzte hinterher, und ihm nach Jeems, der sich am Sattelknopf festklammerte. Jeems setzte nicht gern über Zäune, aber er hatte schon höhere als diese nehmen müssen, um mit seinen Herren Schritt zu halten.

Als sie im immer tieferen Dunkel durch die roten Furchen den Hügel hinab bis zur Flußweide ihren Weg verfolgten, rief Brent mit lauter Stimme seinem

Bruder zu: »Stu! Kommt es dir nicht auch so vor, als ob Scarlett uns eigentlich zum Abendessen einladen wollte?«

»Das ist mir die ganze Zeit so vorgekommen«, schrie Stuart zurück. »Warum, meinst du, hat sie ...«

II

Als die Zwillinge Scarlett in Tara an den zur Veranda führenden Stufen verlassen hatten und ihr Hufschlag verhallt war, kehrte sie wie schlafwandelnd zu ihrem Stuhl zurück. Ihr Gesicht war wie vor Schmerz erstarrt, der Mund tat ihr weh, so hatte sie ihn wider Willen zum Lächeln gezwungen, um ihr Geheimnis nicht preiszugeben. Müde setzte sie sich, zog einen Fuß unter sich, und das Herz schwoll ihr vor Weh, bis es sie fast für ihre Brust zu groß dünkte. Es schlug mit wunderlichen kleinen Anläufen; ihre Hände waren kalt, ein Gefühl schweren Unglücks drückte sie nieder. Aus ihren Zügen sprachen Schmerz und Verwirrung, die Verwunderung eines verzogenen Kindes, das auf jede Bitte seinen Willen bekommt und nun zum erstenmal auf die unerbittliche Härte des Lebens stößt.

Ashley heiratet Melanie Hamilton.

Aber das konnte ja nicht sein! Die Zwillinge irrten sich, oder sie trieben wieder einmal Spaß mit ihr. Ashley konnte und konnte nicht in das Mädchen verliebt sein. Niemand konnte sich in ein so kleines Mausgeschöpf wie Melanie verlieben. Voller Verachtung sah Scarlett die magere kindliche Gestalt und das ernsthafte herzförmige Gesichtchen vor sich, unansehnlich und hausbacken. Ashley konnte sie übrigens seit Monaten nicht gesehen haben; seit der Gesellschaft, die er voriges Jahr in Twelve Oaks gegeben hatte, war er höchstens zweimal in Atlanta gewesen. Nein, Ashley konnte Melanie nicht lieben, weil ... ach, es konnte doch kein Irrtum sein, weil sie selber, Scarlett, es war, die er liebte! Das wußte sie!

Sie spürte den Fußboden der Halle unter Mammys schwerfälligen Schritten erbeben. Hastig zog sie den Fuß wieder hervor und suchte ihrem Gesicht einen ruhigeren Ausdruck zu geben. Auf keinen Fall durfte Mammy den Verdacht schöpfen, daß etwas nicht in Ordnung sei. Mammy lebte in dem Gefühl, alle O'Haras gehörten ihr zu eigen mit Leib und Seele und sämtlichen Geheimnissen. Nur die Andeutung eines Geheimnisses genügte, sie erbarmungslos wie einen Spürhund auf die Fährte zu setzen. Wenn Mammys Neugier nicht sofort befriedigt wurde, so brachte sie bei Ellen die Rede darauf, und dann mußte Scarlett ihrer Mutter alles anvertrauen oder sich eine glaubwürdige Lüge ausdenken, das wußte sie aus Erfahrung. Nun erschien Mammy an der Tür der Halle, ein riesenhaftes altes Weib, mit kleinen klugen Elefantenaugen. Sie war eine Negerin reinsten Wassers, glänzend schwarz und den O'Haras bis zum letzten Blutstropfen ergeben, Stab und Stütze für Ellen, die Verzweiflung ihrer drei Töchter, der Schrecken der anderen Dienstboten. Mammy war eine Schwarze, aber ihr Sittenkodex und ihr Stolz standen ebenso hoch, ja höher als der ihrer Eigentümer. Aufgewachsen war sie im Schlafgemach Solange Robillards, der Mutter Ellen O'Haras, einer unnahbar kühlen, vornehmen Französin, die Kindern und Dienstboten keine Strafe für einen Verstoß gegen die Schicklichkeit erließ. Mammy war Ellens Amme gewesen und, als Ellen heiratete, mit ihr aus Savannah nach dem Norden gekommen. Wen Mammy liebhatte, den züchtigte sie, und da ihre Liebe zu Scarlett und ihr Stolz auf sie keine Grenzen kannte, so wurde Scarlett eigentlich ohne Unterbrechung gezüchtigt.

»Sind die Herren weg? Wie kommt es, daß du sie nicht zum Abendessen geladen hast, Miß Scarlett, ich habe Pork gesagt, er soll zwei Gedecke für sie auflegen. Was sind das für Manieren?«

»Ach, ich habe keine Lust, sie immer nur von Krieg reden zu hören, und hätte es bei Tisch nicht ausgehalten, wenn auch Pa noch die ganze Zeit mitgeredet und über Mr. Lincoln getobt hätte!«

»Du hast Manieren wie eine Pflückerin vom Feld, und das nachdem Misses Ellen und ich uns mit dir so abgequält haben, und da sitzt du nun wieder ohne deinen Schal, und gleich kommt die Abendluft, ich habe es dir immer wieder gesagt, daß du von der Abendluft Fieber bekommst, wenn du nichts um die Schultern hast, komm herein, Miß Scarlett.«

Scarlett wandte sich mit künstlichem Gleichmut von Mammy ab und war froh, daß die Alte in ihrem Eifer wegen des Schals ihr Gesicht nicht gesehen hatte.

»Nein, ich will hierbleiben und die Sonne untergehen sehen, das ist so schön. Bitte, hol mir doch meinen Schal, Mammy, ich bleibe hier, bis Pa zurückkommt.«

»Deine Stimme klingt als hättest du dich schon erkältet«, sagte Mammy argwöhnisch.

»Ich habe mich nicht erkältet!« Scarlett wurde ungeduldig. »Du holst mir jetzt meinen Schal.«

Mammy watschelte durch die Halle zurück, Scarlett hörte sie durch das Treppenhaus nach dem Stubenmädchen rufen, hörte die Stiege knarren und stand leise auf.

Wenn Mammy zurückkam, würde sie sich wieder über Scarletts Unhöflichkeit verbreiten, und Scarlett konnte solches Gerede einfach nicht ertragen, während ihr das Herz brach. Da stand sie nun, zögerte, wußte nicht, wo sie sich verstecken sollte, bis das Herzweh ein wenig nachließ. Da kam ihr ein Gedanke. Ihr Vater war nach Twelve Oaks, der Wilkesschen Plantage, hinübergeritten, um Dilcey, die Frau seines Dieners Pork, zu kaufen. Dilcey war Frauenaufseherin und Hebamme in Twelve Oaks, und seit ihrer Heirat vor sechs Monaten hatte Pork seinem Herrn Tag und Nacht in den Ohren gelegen, er möge doch Dilcey kaufen, damit sie auf derselben Plantage zusammen leben könnten. Geralds Widerstandskraft war allmählich fadenscheinig geworden, und so hatte er sich an diesem Nachmittag aufgemacht, um auf Dilcey ein Gebot abzugeben.

»Pa weiß sicher«, dachte Scarlett, »ob die schreckliche Geschichte wahr ist. Wenn er nichts gehört hat, so hat er doch vielleicht etwas bemerkt, vielleicht einige Aufregung bei Wilkes gespürt. Wenn ich ihn vor dem Abendessen noch unter vier Augen sehe, so bekomme ich vielleicht die Wahrheit heraus, daß es nämlich weiter nichts ist als eine dumme Lüge der beiden Tarletons.«

Es war an der Zeit, daß Gerald zurückkam, und wenn sie ihn allein sehen wollte, blieb ihr nichts übrig, als bei der Mündung der Auffahrt in die Landstraße auf ihn zu warten. Leise ging sie die Stufen hinunter, sah sich behutsam um, ob Mammy sie etwa von oben aus einem Fenster beobachten konnte, und als sie kein schwarzes Gesicht mit schneeweißem Turban mißbilligend zwischen wehenden Vorhängen hervorlugen sah, raffte sie entschlossen ihr grünes geblümtes Kleid zusammen und lief, so schnell ihre Füße sie tragen wollten, durch den Garten zur Einfahrt hinunter.

Die dunklen Zedern zu beiden Seiten schlossen sich über ihr zu einem Gewölbe zusammen und verwandelten die lange Allee in einen dämmerigen Tunnel. Sobald sie sich dann geborgen fühlte, ging sie langsamer. Sie keuchte noch, denn sie war zu fest geschnürt, als daß sie schnell hätte laufen können. Bald war sie am Ende der Auffahrt draußen auf der Landstraße, aber sie hielt erst an, als sie um die Ecke gebogen war und eine große Baumgruppe zwischen sich und dem Hause hatte.

Atemlos und mit erhitzten Wangen setzte sie sich auf einen Baumstumpf und wartete auf ihren Vater. Er hätte schon hier sein müssen, aber sie war froh, daß er sich verspätete, so hatte sie Zeit, Atem zu holen und ihr Gesicht so weit zur Ruhe zu bringen, daß er keinen Verdacht schöpfen konnte. Jeden Augenblick mußte Hufschlag erschallen, und sie würde ihn in seinem halsbrecherischen Tempo den Hügel heraufgaloppieren sehen. Aber die Minuten vergingen, und Gerald kam nicht, das Herz wurde ihr wieder bitterlich schwer.

Ihre Gedanken folgten den Windungen der Straße, die nach dem Frühlingsregen blutrot vor ihr lag, den Hügel hinab bis an den trägen Flintfluß, durch das Gewirr der sumpfigen Wiesen und gegenüber den Hügel wieder hinauf nach Twelve Oaks, wo Ashley wohnte. Nur das war jetzt der Sinn dieser Straße: sie führte zu Ashley nach dem schönen Haus mit den weißen Säulen, das den Hügel krönte wie ein griechischer Tempel.

»O Ashley! Ashley!« Das Herz schlug ihr rascher.

Etwas von der eiskalten Verwunderung und Unglückseligkeit, die auf ihr lasteten, seitdem die Tarletons ihr den Klatsch erzählt hatten, glitt in die Tiefen ihres Gemüts zurück und machte dem Fieber Platz, von dem sie seit zwei Jahren besessen war.

Jetzt kam es ihr sonderbar vor, daß sie Ashley früher nie besonders anziehend gefunden hatte. Damals sah sie ihn kommen und gehen und hatte keinen Gedanken für ihn. Aber seit jenem Tag, vor zwei Jahren, als Ashley nach seiner langen Europareise seinen ersten Besuch in Tara machte, hatte sie ihn geliebt. Sie hatte auf der Veranda vor der Eingangstür des Hauses gesessen, als er in seinem grauen Tuchanzug die lange Allee heraufgeritten kam. Wie untadelig seine breite schwarze Krawatte über dem fein gefältelten Hemd saß! Noch jetzt entsann sie sich jeder Einzelheit seiner Kleidung, der blank gewichsten Schuhe, der Kamee mit dem Medusenkopf an der Krawattennadel, des breiten Panamahutes, den er abnahm, sobald er sie erblickte. Er war abgestiegen und hatte die Zügel einem Negerkind zugeworfen. Da stand er und sah zu ihr hinauf, lachend und die verträumten grauen Augen weit geöffnet. Die Sonne schien so hell auf sein blondes Haar, daß es wie eine glänzende Silberkappe aussah. Dann hatte er gesagt: »Nun bist du also erwachsen, Scarlett«, war die Stufen heraufgesprungen und hatte ihr die Hand geküßt. Ach, seine Stimme! Nie konnte sie vergessen, wie ihr Herz geklopft hatte, als hörte sie zum erstenmal die gedehnten klangvollen Laute. In jenem ersten Augenblick hatte sie ihn begehrt, einfach und ohne alle Überlegung nach ihm verlangt, wie sie nach Speisen verlangte, nach Reitpferden und nach ihrem weichen Bett, darin zu schlafen.

Zwei Jahre lang war er in der Provinz ihr Verehrer gewesen, auf Bällen, bei Picknicks und auf Gerichtstagen, nicht so oft wie die Zwillinge Tarleton oder Cade Calvert, nicht so aufdringlich wie die Brüder Fontaine, aber immerhin war keine Woche vergangen, ohne daß Ashley auf Tara vorsprach.

Gewiß, erklärt hatte er sich ihr nie, und in seinen klaren grauen Augen war nie etwas von jener Hitze erschienen, die Scarlett so gut bei anderen Männern kannte. Und dennoch wußte sie, daß er sie liebte, sie konnte sich nicht irren. Der Instinkt, der stärker war als die Vernunft, und ein Wissen, das aus Erfahrung stammte, sagten es ihr. Zu oft war sie seinem Blick begegnet, wie er sie ansah mit einer Sehnsucht und zugleich einer Traurigkeit, die ihr rätselhaft war. Sie wußte doch, daß er sie liebte, aber warum sagte er es ihr nicht? Das konnte sie nicht begreifen, und es gab so viel an ihm, das sie nicht begreifen konnte. Er war immer höflich, aber fern und unnahbar. Nie wußte jemand, woran er dachte, und sie am allerwenigsten. In einem Land, wo jeder zu sagen pflegte, was er dachte, sobald ihm ein Gedanke nur kam, konnte Ashleys Zurückhaltung sie zur Verzweiflung bringen. Bei den üblichen Zerstreuungen, der Jagd, dem Spiel, dem Tanz und der Politik, tat er sich nicht minder hervor als die andern, und zu Pferd übertraf er sie alle. Was ihn aber von allen andern unterschied, war, daß all diese angenehmen Zeitvertreibe weder Zweck noch Ziel seines Lebens bedeuteten. Mit seiner Liebe für Bücher und Musik, mit seinem Hang zum Dichten und Träumen stand er allein.

Ach, warum sah er so gut aus und war so blond, warum so unnahbar und höflich und so aufreizend langweilig in seiner Unterhaltung über alles mögliche, das sie nicht interessierte – und dabei doch so liebenswert! Nacht für Nacht, wenn Scarlett mit ihm im Halbdunkel auf der Veranda vor der Eingangstür gesessen hatte und dann zu Bett ging, warf sie sich stundenlang ruhelos herum und tröstete sich nur mit dem Gedanken, daß er ihr das nächste Mal einen Antrag machen würde. Aber das nächste Mal kam und ging, und es geschah nichts – nichts, als daß das Fieber in ihren Adern immer heißer wurde. Sie liebte ihn, sie begehrte ihn, und sie begriff ihn nicht. Ihr Wesen war so einfach und gerade wie die Winde, die über Tara wehten, wie der gelbe Fluß, der es umströmte, und bis an das Ende ihrer Tage würde sie nicht lernen, etwas Zwiespältiges zu verstehen. Hier stand sie zum erstenmal in ihrem Leben vor einer vielseitigen Natur.

Denn Ashleys Vorfahren hatten ihre Muße zum Denken und nicht zum Tun verwandt. Bunte glänzende Träume hatten sie gesponnen, die nicht Wirklichkeit waren. Ashley lebte und webte in einer anderen Welt, die schöner war als Georgia, und kehrte nur widerstrebend in die Wirklichkeit zurück. Er sah sich die Menschen an, und sie waren ihm weder lieb noch leid. Das Leben sah er sich an, und es riß ihn weder hin, noch drückte es ihn nieder. Er nahm die Welt und seinen Platz darin, wie sie waren, zuckte die Achseln und kehrte in seine bessere Welt mit ihrer Musik und ihren Büchern zurück.

Wie es kam, daß Scarlett von ihm gefesselt wurde, obwohl doch sein Gemüt dem ihren so fremd war, wußte sie nicht. Gerade das Geheimnisvolle an ihm erregte ihre Neugier. Es war wie eine Tür, die weder Schloß noch Schlüssel hatte. Um des Geheimnisvollen willen liebte sie ihn nur um so mehr, und die wunderlich verhaltene Art seiner Zuneigung erhöhte nur ihre Sehnsucht, ihn ganz für sich zu gewinnen. Daß er eines Tages um sie anhalten würde, stand für sie fest. Sie war viel zu jung und zu verwöhnt, um zu wissen, was Niederlage ist. Und nun kam die schreckliche Nachricht wie ein Donnerschlag. Ashley wollte Melanie heiraten! Das konnte nicht sein!

Erst vorige Woche, als sie in der Dämmerung von Fairhill zusammen nach Hause ritten, hatte er gesagt: »Scarlett, ich habe dir etwas so Wichtiges zu erzählen, daß ich kaum weiß, wie ich es dir sagen soll.«

Sie hatte sittsam die Augen niedergeschlagen, während ihr das Herz in wilder Freude schlug. Sie meinte, der Augenblick sei gekommen. Da hatte er fortgefahren: »Jetzt nicht, wir sind beinahe zu Hause und haben keine Zeit mehr. Ach, Scarlett, was bin ich für ein Feigling!« Dann hatte er seinem Pferd die Sporen gegeben und war mit ihr in wildem Rennen den Hügel nach Tara hinaufgestürmt.

Scarlett saß auf ihrem Baumstumpf und bedachte die Worte, die sie so glücklich gemacht hatten, und auf einmal bekamen sie einen anderen, einen häßlichen Sinn. Wenn er ihr nur seine Verlobung hatte mitteilen wollen! Ach, käme doch Pa nach Hause! Das bange Warten ertrug sie nicht mehr.

Die Sonne war nun hinter dem Horizont verschwunden, und die rote Glut am Rande der Welt erlosch in rosigen Tönen. Der blaue Himmel droben verwandelte sich allmählich in das zarte Blaugrün des Rotkehlcheneies, und die überirdische Stille ländlicher Dämmerung senkte sich sacht herab. Die Landschaft zerfloß im Schatten der roten Furchen, die klaffende rote Landstraße war nicht mehr so hexenhaft blutrünstig, sie wurde zu schlichter brauner Erde. Jenseits der Straße standen Pferde, Maultiere und Kühe still auf der Weide, den Kopf über den Zaun gelegt, und warteten darauf, in den Stall getrieben zu werden. Der dunkle Schatten des Dickichts am Wiesenbach war ihnen unheimlich, die Ohren zuckten zu Scarlett hinüber, als sehnten sich die Tiere nach der Gesellschaft des Menschen. Die hohen Pechkiefern auf der Flußniederung, die unterm Sonnenlicht in so warmem Grün erglühten, standen jetzt schwarz vor dem pastellfarbenen Himmel, eine undurchdringliche Reihe von Riesen, die das träge gelbe Wasser zu ihren Füßen verbargen. Auf dem Hügel jenseits des Flusses verschwanden die hohen weißen Schornsteine des Wilkesschen Hauses allmählich in der Finsternis der mächtigen Eichen, die sie umgaben. Nur an den Tischlampen, die fern und winzig wie Stecknadelköpfe herüberleuchteten, konnte man noch sehen, daß dort ein Haus stand. Die warme, balsamische Feuchtigkeit des Frühlings, der frische Duft des gepflügten Ackers, der Sonnenuntergang waren für Scarlett nichts Wunderbares. Sie nahm all die Schönheit so gedankenlos hin wie die Luft, die sie atmete, und das Wasser, das sie trank. Schönheit hatte sie bisher mit Bewußtsein nur auf Frauengesichtern und an Pferden, an seidenen Kleidern und ähnlich greifbaren Dingen wahrgenommen. Doch die friedvolle Dämmerung über Taras Feldern brachte ihrem verwirrten Gemüt ein wenig Ruhe. Ohne es zu wissen, liebte sie ihre Heimat so innig wie das Angesicht ihrer Mutter unter der Lampe zur Stunde der Abendandacht.

Noch immer keine Spur von Gerald auf der stillen gewundenen Landstraße! Wenn sie noch länger wartete, kam sicher Mammy, sie zu suchen und mit Gewalt nach Hause zu bringen. Als sie eben wieder die dunkelnde Landstraße hinabspähte, hörte sie Hufschlag unten am Weidenhügel und sah Pferde und Kühe erschreckt auseinanderstieben. Gerald O'Hara kam quer über die Felder in gestrecktem Galopp nach Hause geritten. Auf seinem schweren langbeinigen Braunen sah er von fern aus wie ein Junge, für den das Pferd viel zu groß ist. Er trieb es mit Peitsche und lautem Zuruf an. Sein langes weißes Haar wehte im Winde hinter ihm her. Obwohl Scarlett von ihren Sorgen ganz erfüllt war, betrachtete sie ihn mit liebevollem Stolz, denn Gerald war ein vorzüglicher Reiter. »Warum er nur immer über Zäune setzen muß, wenn er ein paar Glas getrunken hat«, dachte sie, »und das gerade an dieser Stelle, nach seinem Sturz voriges Jahr, als er sich hier das Knie brach. Dabei hat er Mutter unter Eid versprochen, nie wieder zu springen.«

Scarlett hatte keine kindliche Angst vor ihrem Vater, und sie empfand eher ihn als ihre Schwestern wie gleichaltrig. Über Zäune zu springen und vor seiner Frau etwas geheimzuhalten, erfüllte ihn mit einem knabenhaften Stolz und einer schuldbewußten Wonne, die ihrem eigenen Vergnügen gleichkam, wenn sie Mammy hinters Licht führen konnte. Sie stand auf, um ihn zu beobachten. Das schwere Pferd war jetzt am Zaun angelangt, setzte an und sprang mühelos hinüber. Der Reiter jauchzte vor Begeisterung. Die Peitsche knallte durch die Luft, das weiße Lockenhaar flog empor. Gerald sah seine Tochter im Schatten der Bäume nicht, auf der Landstraße zog er die Zügel wieder an und klopfte seinem Pferd anerkennend den Hals.

»Keiner in der Provinz und keiner im Staat reicht dir das Wasser«, teilte er voll Stolz seinem Roß mit; die Mundart der irischen Grafschaft Meath beschwerte ihm trotz neununddreißigjährigem Aufenthalt in Amerika noch immer die Zunge. Dann machte er sich rasch daran, das Haar zu glätten und die Krawatte zurechtzuziehen, die ihm schief hinter einem Ohr saß. Dies tat er, um als Gentleman vor seine Frau zu treten, der würdevoll von einem Nachbarbesuch nach Hause geritten war. Das wußte Scarlett, und sie hatte die Gelegenheit, die sie brauchte, um ein Gespräch anzufangen, ohne ihre eigentliche Absicht zu verraten. Sie lachte laut auf. Gerald stutzte, dann erkannte er sie, und sein blühendes Gesicht bekam einen zugleich schuldbewußten und trotzigen Ausdruck. Mit einiger Anstrengung stieg er ab, denn sein Knie war noch steif, und stapfte mit den Zügeln über dem Arm auf sie zu.

Er kniff sie in die Wange. »Du hast mir also aufgelauert, kleines Fräulein, damit du mich, wie neulich Suellen, bei deiner Mutter anschwärzen kannst?«

Seine heisere Baßstimme grollte, aber hatte doch einen einschmeichelnden

Klang. Scarlett schnalzte neckend mit der Zunge, als sie die Hand ausstreckte, um ihm die Krawatte wieder zurechtzurücken. Mit seinem Atem schlug ein starker Dunst von Bourbon-Whisky mit einem leichten Anflug von Pfefferminzgeruch ihr ins Gesicht. Auch den Geruch von Kautabak, von geöltem Leder und von Pferden brachte er mit, ein Gemisch, das sie stets an ihren Vater erinnerte und ihr daher auch bei anderen Männern unwillkürlich angenehm war.

»Nein, Pa, ich bin keine Klatschbase wie Suellen.« Sie trat zurück und musterte sachverständig seinen wieder in Ordnung gebrachten Anzug.

Gerald war ein kleiner Mann, wenig größer als fünf Fuß, aber so vierschrötig und stiernackig, daß er, wenn er saß, größer wirkte, als er war. Sein untersetzter Rumpf wurde von kurzen, stämmigen Beinen getragen. Sie steckten immer in den feinsten Reitstiefeln, die aufzutreiben waren, und er stand so breitbeinig darauf wie ein vierjähriger Gernegroß. Wenn ein kleiner Mensch sich ernst nimmt, macht er sich leicht lächerlich, aber der Bantamhahn ist im Hühnerhof eine geachtete Persönlichkeit, und Gerald war es auch. Niemand kam je auf den kühnen Gedanken, in Gerald O'Hara einen Knirps zu sehen. Er war sechzig Jahre alt, und sein krauses Lockenhaar glänzte silberweiß. Aber sein gescheites Gesicht hatte nicht eine Falte, und in den harten kleinen blauen Augen blitzte die unbekümmerte Jugendlichkeit eines Menschen, der sein Gehirn nie mit abstrakteren Problemen beschäftigt hat, als wieviel Karten beim Pokerspiel zu kaufen seien. Sein Gesicht war so irisch, wie es selbst in seiner Heimat, die er schon so lange verlassen hatte, weit und breit kein irischeres gab: rund, hochrot, mit kurzer Nase und breitem Mund und über die Maßen streitlustig.

Aber unter diesem Äußeren verbarg Gerald O'Hara das weichste Herz. Er konnte es nicht mit ansehen, wenn ein Sklave zu seinen Vorhaltungen maulte, mochten sie noch so gerecht sein, er konnte kein Kätzchen miauen, kein Kind schreien hören. Aber es war ihm in der Seele zuwider, auf dieser Schwäche ertappt zu werden. Daß jeder, der ihm begegnete, nach fünf Minuten sein gutes Herz entdeckte, ahnte er nicht, und hätte er es geahnt, seine Eitelkeit hätte gewaltig darunter gelitten. Er gefiel sich in dem Gedanken, daß jeder ihm zitternd gehorchte, wenn er aus Leibeskräften seine Befehle brüllte. Daß auf der Plantage nur eine Stimme Gehorsam fand, nämlich die sanfte Stimme seiner Frau Ellen, war ihm nie in den Sinn gekommen. Dieses Geheimnis sollte er nie erfahren, denn von Ellen bis hinunter zum letzten Sklaven bestand eine stillschweigende Verschwörung, ihn in dem Glauben zu lassen, sein Wort sei Gesetz. Auf Scarlett machte sein lärmendes Gehabe am allerwenigsten Eindruck. Sie war die Älteste, und seitdem Gerald wußte, daß auf seine drei Söhne, die auf dem Familienfriedhof begraben lagen, keine mehr folgen konnten, hatte er sich angewöhnt, gleichsam von Mann zu Mann mit Scarlett zu reden, was sie höchst vergnüglich fand.

Sie glich ihrem Vater mehr als die jüngeren Schwestern. Careen, eigentlich Caroline-Irene geheißen, war zart und träumerisch, und Suellen, die auf die Namen Susanne-Ellinor getauft war, tat sich viel auf ihre Eleganz und vornehme Haltung zugute. Vor allem waren Scarlett und ihr Vater durch ein Abkommen der gegenseitigen Vertuschung aneinander gebunden. Wenn Gerald sie dabei überraschte, daß sie über einen Zaun kletterte, anstatt eine halbe Meile bis zum Gatter zu gehen, oder noch spät mit einem Verehrer auf den Stufen zur Veranda saß, putzte er sie zwar tüchtig herunter, aber verschwieg es vor Ellen und Mammy. Wenn dagegen Scarlett ihn über Zäune springen sah, trotz des feierlichen Versprechens, es nicht zu tun, oder wenn sie die genaue Höhe seiner Pokerverluste erfuhr, was sich beim Provinzklatsch kaum vermeiden ließ, so hütete sie sich, bei Suellens scheinbarer Arglosigkeit am Tisch davon anzufangen. Scarlett und ihr Vater versicherten einander feierlich, es könne Ellen nur verletzen, wenn ihr so etwas zu Ohren käme, und um nichts in der Welt konnten die beiden es übers Herz bringen, ihr weh zu tun.

In dem erlöschenden Tageslicht sah Scarlett ihren Vater an und fand Trost in seiner Gegenwart, ohne zu wissen, warum. Das Urlebendige, Erdhaft-Derbe in ihm erfüllte sie mit Vertrauen. Da sie nicht die geringste Menschenkenntnis hatte, wurde es ihr nicht klar, daß es geschah, weil sie ihm immer noch sehr ähnlich war, obwohl Ellen und Mammy sich sechzehn Jahre lang abgemüht hatten, seine Züge in ihr zu verwischen.

»Jetzt kannst du dich getrost blicken lassen«, sagte sie, »und wenn du dich nicht selbst mit deinen Streichen aufspielst, wirst du keinen Verdacht erregen. Aber ich finde doch, nachdem du dir voriges Jahr das Knie gebrochen hast, als du über denselben Zaun ...

»Hol mich der Satan, wenn ich mir von meiner eigenen Tochter vorschreiben lassen soll, wo ich springen darf und wo nicht«, fuhr er sie an und kniff sie noch einmal in die Wange. »Mein Genick gehört mir, jawohl! Übrigens, was machst du hier ohne deinen Schal?«

Als er so mit seinen üblichen Schlichen aus einer peinlichen Unterhaltung zu entkommen suchte, hakte sie ihn leise ein und sagte: »Ich habe auf dich gewartet. Ich wußte ja nicht, daß du so spät kommen würdest. Ich wartete nur, um zu hören, ob du Dilcey gekauft hast.«

»Freilich habe ich sie gekauft, sie und ihr kleines Mädel Prissy, und der Preis hat mich ruiniert. John Wilkes wollte sie mir schenken, aber niemand soll sagen, daß Gerald O'Hara sich etwas schenken läßt. Schließlich hat er dreitausend für die beiden angenommen.«

»Um Himmels willen, Pa, dreitausend! Und du hättest es doch gar nicht nötig gehabt, Prissy auch zu kaufen!«

»Ist es schon soweit, daß meine eigenen Töchter über mich zu Gericht sitzen?« donnerte Gerald pathetisch. »Prissy ist ein nettes kleines Ding, und deshalb ...«

»Ich kenne sie, ein albernes, gerissenes Balg«, erwiderte Scarlett ruhig. Sein Lärmen machte auf sie keinen Eindruck. »Du hast sie einzig und allein gekauft, weil Dilcey dich darum gebeten hat.«

Gerald machte ein betretenes Gesicht wie immer, wenn er auf einer guten Tat ertappt wurde, und Scarlett mußte lachen, weil er so ohne weiteres zu durchschauen war.

»Und wenn schon! Es hat doch keinen Zweck, Dilcey zu kaufen, wenn sie nachher des Kindes wegen immer den Kopf hängen läßt. Aber nie wieder erlaube ich einem Schwarzen, ein Mädchen von anderswo zu heiraten, das ist mir zu teuer. So, komm mit, Puß, hinein zum Abendessen.«

Das Dunkel wurde immer undurchdringlicher. Der letzte grünliche Schimmer war vom Himmel verschwunden, und die laue Frühlingsluft hatte einer leichten Kühle Platz gemacht. Scarlett überlegte, wie sie wohl das Gespräch auf Ashley bringen konnte, ohne Argwohn zu erregen. Das war schwierig, denn Scarlett besaß keine Spur von Durchtriebenheit, und Gerald glich ihr darin so sehr, daß er ihre schwachen Winkelzüge immer sofort durchschaute, genau wie sie die seinen. Und taktvoll war er auch nicht dabei.

»Wie geht es denn denen drüben in Twelve Oaks?«

»Nun, so ziemlich wie immer. Cade Calvert war da, und als ich wegen Dilcey abgeschlossen hatte, saßen wir alle auf der Galerie und tranken einige Whiskys. Cade war gerade von Atlanta gekommen, und da ist alles aus dem Häuschen und spricht nur von Krieg.«

Scarlett seufzte. Wenn Gerald einmal vom Krieg anfing, konnte es stundenlang dauern, bis er wieder aufhörte. Schnell brachte sie etwas anderes zur Sprache.

»Haben sie etwas vom Gartenfest morgen gesagt?«

»Ja, nun fällt es mir wieder ein. Miß ... wie heißt sie denn ... das nette kleine Tierchen, das voriges Jahr hier war, Ashleys Cousine, weißt du ... ach ja, Miß Melanie Hamilton und ihr Bruder Charles waren schon aus Atlanta heraufgekommen und ...«

»Ach, ist sie schon da?«

»Ja, ein nettes stilles Ding, das nie von selber etwas sagt, ganz wie eine Frau sein sollte. Aber komm jetzt, Mutter sucht uns sicher schon überall.«

Scarlett sank das Herz in die Schuhe, als sie das hörte. Gegen alle Wahrscheinlichkeit hatte sie gehofft, daß irgend etwas Melanie Hamilton in Atlanta, wohin sie gehörte, zurückhalten würde, und in der Erkenntnis, daß sogar Gerald ihr sanftes stilles Wesen, das von ihrem eigenen so gänzlich verschieden war, guthieß, konnte sie nicht länger mehr an sich halten.

»War Ashley auch dabei?«

»Ja.« Gerald ließ den Arm seiner Tochter los, drehte sich um und blickte ihr scharf ins Gesicht. »Wenn du deswegen auf mich gewartet hast, warum sagst du es mir nicht gleich und gehst wie die Katze um den heißen Brei herum?«

Nun fiel Scarlett nichts weiter ein, unwillig fühlte sie, wie sie rot wurde.

»Also, heraus mit der Sprache!«

Sie sagte noch immer nichts. Wenn sie doch den eigenen Vater packen, schütteln, ihm den Mund verbieten dürfte!

»Er war da und hat sehr freundlich nach dir gefragt. Das taten auch seine Schwestern, sie hofften, daß nichts dich morgen abhalten würde, zum Gartenfest zu kommen. Es wird doch nicht etwa?« fragte er verschmitzt. »Nun, Mädchen, was soll das alles heißen mit dir und Ashley?«

»Gar nichts«, sagte sie kurz und zerrte ihn am Arm. »Komm mit, Pa.«

»So, so, nun willst du also nach Hause«, bemerkte er. »Aber ich bleibe hier auf dem Fleck, bis ich weiß, was mit dir los ist. Nun fällt mir auch ein, du warst eigentlich in letzter Zeit sehr sonderbar. Hat er dir den Kopf verdreht? Hat er dich gefragt, ob du ihn heiraten wolltest?«

»Nein.«

»Das wird er auch nicht«, sagte Gerald.

Zornig flammte es in ihr auf, aber Gerald beschwichtigte sie mit einer Handbewegung.

»Mund halten, kleines Fräulein! Ich habe heute nachmittag im strengsten Vertrauen von John Wilkes gehört, daß Ashley Miß Melanie heiraten will. Morgen soll es verkündet werden.«

Scarletts Hand glitt matt von seinem Arm herab. Es war also doch wahr! Der Schmerz zerriß ihr wie mit Raubtierfängen das Herz. Bei alledem fühlte sie ihres Vaters Auge ein wenig mitleidig und zugleich ein wenig verdrießlich auf sich gerichtet, weil er vor einer Frage stand, auf die er keine Antwort wußte. Er hatte Scarlett lieb, aber es war ihm durchaus nicht geheuer, wenn sie mit ihren kindlichen Problemen zu ihm kam, damit er sie löse. Ellen wußte auf das alles eine Antwort. Scarlett sollte mit ihren Kümmernissen zu ihr gehen.

»Du hast dich doch nicht etwa ins Gerede gebracht ... dich und uns alle?« fuhr er sie an. Wenn er aufgeregt war, wurde er immer laut. »Bist du hinter einem Mann hergelaufen, der dich nicht liebt ... wo du doch jeden in der Provinz haben kannst?«

Zorn und verletzter Stolz verdrängten ihren Schmerz.

»Ich bin nicht hinter ihm hergelaufen. – Es ... es hat mich nur so überrascht.«

»Das lügst du!« Dann aber blickte Gerald ihr in das ganz von Schmerz verzerrte Gesichtchen und fügte in einem Anflug von Gutmütigkeit hinzu: »Es tut mir leid, Mädchen, aber schließlich bist du doch noch ein Kind, und andere Verehrer gibt es die Menge.«

»Mutter war erst fünfzehn, als sie heiratete, und ich bin schon sechzehn«, sagte Scarlett mit erstickter Stimme.

»Mutter war anders«, sagte Gerald. »Kein leichter Vogel wie du. Nun komm aber, Mädchen, Kopf hoch, nächste Woche nehme ich dich mit nach Charleston, wir besuchen Tante Eulalia, und bei all dem Hallo wegen Fort Sumter hast du Ashley in einer Woche vergessen.«

»Er hält mich für ein Kind«, dachte Scarlett. Wut und Kummer verschlugen ihr die Stimme. »Er meint, er brauche mir nur ein neues Spielzeug vor die Augen zu halten, und ich vergäße auf der Stelle meine Beulen.«

»Du brauchst das Kinn gar nicht so aufzuwerfen«, warnte Gerald. »Wenn du nur ein bißchen Verstand hättest, so hättest du Stuart oder Brent Tarleton längst geheiratet. Überleg es dir. Heirate einen von den Zwillingen, dann betreiben wir die Plantagen gemeinsam. Jim Tarleton und ich bauen dir gerade, wo sie zusammenstoßen, ein schönes Haus, dort in dem großen Kiefernhain, und ...«

»Hörst du nun bald auf, mich wie ein Kind zu behandeln?« begehrte Scarlett auf. »Ich will nicht nach Charleston, ich will kein Haus haben und auch nicht die Zwillinge heiraten. Ich will nur ...« Sie nahm sich zusammen, aber nicht rechtzeitig.

Geralds Stimme klang merkwürdig ruhig, und er sprach ganz langsam, als hole er Wort für Wort aus einem Gedankenvorrat, den er nur selten anbrach.

»Du willst nur Ashley, und den bekommst du nicht. Und selbst wenn er dich wollte, so hätte ich doch meine schweren Bedenken, ja zu sagen, trotz aller guten Freundschaft zwischen mir und Wilkes.« Als er ihren erschrockenen Blick sah, fuhr er fort: »Ich will mein Kindchen glücklich sehen, und mit ihm würdest du nicht glücklich.«

»O doch, doch!«

»Das würdest du nicht, Mädchen. Nur wenn gleich und gleich sich heiraten, wird die Ehe glücklich.«

Scarlett verspürte plötzlich den Drang aufzuschreien: »Aber du bist doch glücklich, und Mutter und du, ihr seid gar nicht gleich!« Aber sie unterdrückte ihn aus Furcht, er möchte ihr für ihre Frechheit eine Ohrfeige geben.

»Unsereins und Wilkes sind verschieden«, fuhr er langsam fort und suchte nach Worten. »Wilkes sind anders als unsere Nachbarn ... anders als ich je eine Familie gekannt habe. Wunderliche Leute sind sie, und sie tun am besten, ihre Cousinen zu heiraten und ihre Wunderlichkeit für sich zu behalten.«

»Aber Pa, Ashley ist doch nicht ...«

»Halt den Schnabel, Puß! Ich sage nichts gegen den Burschen, denn ich habe ihn gern. Wenn ich ›wunderlich‹ sage, so meine ich damit nicht ›verrückt‹. Er ist nicht so verrückt wie Calverts, die ihre ganze Habe für ein Pferd verspielen, und Tarletons, die mit jedem Wurf einen Trunkenbold zur Welt bringen, oder Fontaines, die hitzköpfigen Viecher, die für eine eingebildete Beleidigung am liebsten einen Mann totschlügen. Solche Wunderlichkeiten sind leicht zu begreifen, weiß Gott, und wäre nicht Seine Gnade, so wäre Gerald O'Hara auch nicht besser! Ich meine nicht etwa, daß Ashley mit einer anderen Frau davonliefe, wenn du seine Frau wärest, oder daß er dich schlüge. Wenn er das täte, würdest du glücklicher werden, denn dann könntest du ihn wenigstens verstehen. Aber seine Wunderlichkeit ist anderer Art, dafür gibt es kein Verständnis. Ich habe ihn gern, aber ich werde nicht aus ihm klug. Sag mir aufrichtig, Puß, verstehst du denn seine Narrheit für Bücher, für Gedichte und Musik und Ölbilder und lauter solchen Unsinn?«

»Ach, Pa«, rief Scarlett ungeduldig, »wenn ich ihn heirate, treibe ich ihm das alles aus!«

»Was du nicht meinst«, sagte Gerald vorsichtig und warf ihr einen scharfen Blick zu. »Du verstehst eben nicht viel von Männern, und nun gar von Ashley. Keine Frau hat ihren Mann je um ein Haarbreit geändert. Laß dir das gesagt sein! Und einen Wilkes ändern – du lieber Gott, Mädchen! Die ganze Familie ist so, und immer sind sie so gewesen und werden wohl auch immer so bleiben. Ich sage dir, die sind als Käuze auf die Welt gekommen. Sieh dir doch nur an, wie sie nach New York und Boston stürzen, um Opern zu hören und Ölbilder zu sehen. Bei den Yankees bestellen sie kistenweise französische und deutsche Bücher. Und da sitzen sie dann und lesen und träumen sich wer weiß was zusammen und sollten ihre Zeit doch besser wie richtige Männer mit Jagdreiten und Pokern verbringen.«

»In der ganzen Provinz sitzt keiner besser im Sattel als Ashley!« Scarlett war wütend, daß Ashley als unmännlich verspottet wurde. »Keiner als vielleicht sein Vater, und was das Pokern betrifft – hat Ashley dir nicht erst vorige Woche in Jonesboro zweihundert Dollar abgenommen?«

»Die Calverts haben mal wieder nicht dichthalten können«, sagte Gerald ergeben. »Ashley kann wohl mit den besten Männern reiten und pokern, und ich leugne gar nicht, daß er sogar Tarleton unter den Tisch trinkt, wenn er will. Er kann das alles wohl, aber er ist nicht mit dem Herzen dabei. Deshalb sage ich, er ist wunderlich.«

Scarlett schwieg bedrückt. Gegen diese letzte Anschuldigung hatte sie nichts anzuführen, denn Gerald hatte recht. Bei all den schönen Dingen, auf die Ashley sich so gut verstand, war sein Herz nicht beteiligt. An allem, was jeden anderen aus tiefstem Herzensgrund beschäftigte, nahm er nie mehr als kühlen und höflichen Anteil.

Gerald verstand ihr Schweigen richtig, streichelte ihr den Arm und triumphierte: »Da hast du es! Du mußt doch zugeben, daß es stimmt. Was willst du mit einem Mann wie Ashley? Mondsüchtig sind sie alle, die Wilkes.« Und dann schmeichelte er: »Wenn ich vorhin von Tarletons sprach, ich wollte sie dir gewiß nicht aufdrängen. Feine Kerle sind es, aber wenn du es auf Cade Calvert abgesehen hast, nun, mir soll es einerlei sein. Calverts sind ein guter Schlag, alle zusammen, wenn auch der Alte eine Yankee geheiratet hat. Und wenn ich nicht mehr bin – pst, Liebling, hör zu! –, hinterlasse ich Tara dir und Cade ...«

»Tara will ich nicht geschenkt!« Scarlett war empört. »Und du sollst mich mit Cade in Ruhe lassen! Ich will weder Tara noch irgendeine andere dumme Plantage. Was mache ich mir aus Plantagen, wenn ...«, sie wollte sagen, »wenn ich nicht den Mann habe, den ich will.« Aber Gerald, außer sich über die hochfahrende Art, wie sie über das angebotene Geschenk hinwegging, über das, was nächst Ellen auf der ganzen Welt seinem Herzen am nächsten stand, fuhr wütend dazwischen: »Da stehst du, Scarlett O'Hara, und sagst mir ins Gesicht, daß Tara – mein Grund und Boden –, daß du dir daraus nichts machst?«

Scarlett nickte eigensinnig. Das Herz tat ihr zu weh. Es war ihr einerlei, ob sie den Vater in Wut brachte oder nicht.

»Das einzige, was auf der Welt überhaupt etwas wert ist, ist das Land«, tobte er und fuhr in seiner Empörung mit den kurzen, dicken Armen durch die Luft. »Das einzige, was auf der Welt von Dauer ist, was wert ist, daß man dafür arbeitet, kämpft und stirbt!«

»Gott, Pa«, es klang angewidert, »du redest wie ein Ire.«

»Habe ich mich dessen je geschämt? Im Gegenteil, ich bin stolz darauf, und vergiß nicht, du Grünschnabel, daß du auch eine halbe Irin bist. Für jeden, der einen Tropfen Irenblut in den Adern hat, ist das Land, auf dem er lebt, wie seine Mutter. Deiner schäme ich mich in diesem Augenblick. Ich biete dir das schönste Land auf der Welt – außer der Grafschaft Meath, in der alten Heimat –, und was tust du? Die Nase rümpfst du!«

Gerald war gerade dabei, sich in eine gelinde Raserei hineinzureden, als das Herzeleid in Scarletts Gesicht ihm Halt gebot.

»Nun ja, du bist noch jung, sie kommt schon noch über dich, die Liebe zur Heimat. Du bist ein Kind, und die Jungens verdrehen dir den Kopf. Wenn du älter bist, dann wirst du schon sehen ... Faß du nur deinen Entschluß wegen Cade, wegen der Zwillinge oder eines von Evan Munroes Jungens und paß auf, wie schön ich dich aussteuere!«

Allmählich hatte Gerald die Unterhaltung satt bekommen und ärgerte sich weidlich darüber, daß er die Geschichte auf dem Halse hatte. Dabei ging es ihm nahe, daß Scarlett noch immer so verzweifelt dreinsah, nachdem er ihr die besten Burschen aus der Provinz angeboten hatte und Tara obendrein. Seine Gaben sollten mit Küssen und Händeklatschen entgegengenommen werden.

»Nun, kleines Fräulein, nicht maulen. Es kommt gar nicht darauf an, wen du heiratest, wenn er nur ein Gentleman ist, der denkt wie du, aus den Südstaaten, mit dem Herzen auf dem rechten Fleck. Bei der Frau kommt die Liebe erst nach der Heirat.«

»Ach, Pa, das ist so eine altmodische Ansicht aus Irland!«

»Aber eine gute und richtige! All dies amerikanische Herumlaufen nach einer Liebesheirat, wie die Dienstboten, wie die Yankees! Die beste Ehe gibt es, wenn die Eltern für das Mädchen die Wahl treffen. Wie kann denn ein dummes Ding wie du einen Mann von einem Schuft unterscheiden? Sieh dir nur die Wilkes an! Was hat sie seit Generationen stolz und stark erhalten? Gleich und gleich hat geheiratet, ihre Cousinen haben sie geheiratet, wie die Familie es immer von ihnen erwartete.«

»Ach Gott!« Es schnitt Scarlett ins Herz, als Geralds Worte ihr die fürchterliche, unausweichliche Wahrheit klarmachten. Gerald sah ihren gesenkten Kopf und trat unruhig von einem Bein aufs andere. »Du weinst doch nicht?« Er tastete ungeschickt nach ihrem Kinn und versuchte, ihr Gesicht zu sich aufzurichten.

»Nein!« Wild zuckte sie zurück.

»Du lügst wieder, und ich bin stolz darauf. Ich freue mich über deinen Stolz, Puß, und auch morgen beim Gartenfest will ich dich stolz sehen. Die Provinz soll nicht über dich klatschen, wie du dir das Herz abhärmst für einen Mann, der nie mehr als Freundschaft für dich empfunden hat.«

»Er hat mehr für mich empfunden«, ging es Scarlett durch das betrübte Herz, »sehr viel mehr! Ich habe es gemerkt. Hätte ich nur ein bißchen länger Zeit gehabt, ich hätte ihn so weit gebracht, daß er es mir gesagt hätte – ach Gott, wenn doch die Wilkes nur nicht immer das Gefühl hätten, sie müßten ihre Cousinen heiraten!«

Gerald faßte sie unter den Arm. »Nun wollen wir zum Abendessen hineingehen. All dies bleibt zwischen uns. Ich will Mutter damit nicht beunruhigen, tu du es auch nicht. So, nun schnupf dich aus, Mädchen!«

Scarlett putzte sich mit ihrem zerrissenen Taschentuch die Nase, und Arm in Arm gingen die beiden die dunkle Einfahrt hinauf. Die Pferde folgten langsam. Nahe beim Haus wollte Scarlett wieder anfangen, aber da erblickte sie ihre Mutter im Schatten der Veranda. Sie trug Haube, Schal und Handschuhe. Hinter ihr stand Mammy, das Gesicht wie eine Gewitterwolke, und hatte die schwarze Ledertasche in der Hand, in der Ellen O'Hara immer Verbandzeug und Arzneien mitnahm, wenn sie nach den kranken Sklaven sah. Mammys Lippen hingen tief herab; wenn sie böse war, konnte sie die untere so weit vorschieben, daß sie doppelt so breit wurde wie sonst. Sie hatte sie jetzt vorgeschoben, und Scarlett wußte, Mammy brütete über irgend etwas, was ihr gegen den Strich ging.

»Mr. O'Hara«, rief Ellen, als sie die beiden die Einfahrt heraufkommen sah. Ellen gehörte zu einer Generation, die auch nach siebzehnjähriger Ehe, in der sie sechs Kinder geboren hatte, noch die Förmlichkeit wahrte. »Mr. O'Hara, bei Slatterys ist jemand krank. Emmies Kleines ist geboren und liegt im Sterben und muß getauft werden. Ich gehe mit Mammy hin und sehe nach, ob ich etwas für sie tun kann.«

Sie hob fragend die Stimme, als hinge ihr Vorhaben von Geralds Einwilligung ab; eine reine Formsache, aber eine, an der Geralds Herz hing.

»In Gottes Namen!« polterte er. »Warum muß das weiße Pack dich gerade zur Abendessenszeit abrufen, gerade wo ich dir von den Kriegsgerüchten erzählen will, die in Atlanta umgehen. Aber geh nur, du kannst ja doch die Nacht nicht ruhig schlafen, wenn du nicht irgendwo draußen helfen kannst.«

»Sie kriegt überhaupt keine Ruhe, weil sie jede Nacht aufspringt, um nach den Negern und dem weißen Pack zu sehen, das lieber für sich selber aufpassen soll«, brummte Mammy eintönig, als sie die Stufen zu dem Wagen, der auf dem Seitenwege hielt, hinabschritt.

»Setz dich bei Tisch auf meinen Platz, Liebes«, sagte Ellen und streichelte Scarlett mit ihrer behandschuhten Hand leise die Wange.

Trotz der Tränen, an denen sie noch schluckte, spürte Scarlett bis ins Innerste den nie versagenden Zauber der mütterlichen Liebkosung und zugleich den feinen Duft von Zitrone und Verbene, der Ellens rauschendem Seidenkleid entströmte. Für Scarlett hatte Ellen O'Hara etwas förmlich Atemberaubendes, wie ein Wunder, das mit ihnen im Hause lebte, das sie entzückte, beruhigte und in seinem Bann hielt.

Gerald half seiner Frau in den Wagen und sagte dem Kutscher, er möge behutsam fahren. Toby, der schon zwanzig Jahre mit Geralds Pferden umgegangen war, stülpte in stummer Entrüstung über diese Ermahnung die Lippen vor, und so fuhr er mit Mammy an seiner Seite davon, ein Doppelbild der grollenden Mißbilligung Afrikas.

»Wenn ich nicht so viel für dies Slattery-Gesindel umsonst täte, wofür sie anderswo bezahlen müßten«, brummte Gerald, »so würden sie mir ihre elenden paar Morgen Sumpfland verkaufen müssen, und man wäre sie los!«

Dann strahlte er auf einmal im Vorgefühl eines Schabernacks, den er seinem Diener antun wollte, über das ganze Gesicht. »Komm, Mädchen, wir wollen Pork weismachen, ich hätte ihn an John Wilkes verkauft, anstatt Dilcey für mich zu kaufen!«

Er warf den Zügel seines Pferdes einem kleinen Negerjungen zu, der dabeistand, und ging die Stufen hinauf. Scarletts Kummer hatte er ganz vergessen, so freute er sich darauf, seinen Diener zum besten zu haben. Scarlett folgte ihm bleiernen Fußes. Schließlich, meinte sie, könnte eine Ehe zwischen ihr und Ashley doch nicht wunderlicher sein als die zwischen ihrem Vater und Ellen Robillard. Wie immer wunderte sie sich darüber, daß es ihr geräuschvoller, rauhbeiniger Vater fertiggebracht hatte, eine Frau wie ihre Mutter zu heiraten. Eine Kluft wie zwischen diesen beiden, nach Geburt, Erziehung und geistiger Haltung, gab es nicht leicht wieder.

III

Ellen O'Hara war zweiunddreissig Jahre alt, nach dem Maßstab ihrer Zeit eine Frau mittleren Alters, eine Frau, die sechs Kinder geboren und drei begraben hatte. Sie war eine hochgewachsene Erscheinung, einen Kopf größer als ihr feuriger kleiner Gatte, aber sie bewegte sich in den wiegenden Hüften mit so ruhiger Anmut, daß ihre Größe gar nicht auffiel. Der elfenbeinfarbene, wohlgerundete schlanke Hals erhob sich aus der schwarzen Tafthülle ihres enganliegenden Kleides, von der Fülle des üppigen Haars, das ein Netz am Hinterkopf zusammenhielt, scheinbar sacht nach hinten gezogen. Von ihrer französischen Mutter, deren Eltern in der Revolution von 1791 aus Haiti geflohen waren, hatte sie die schräggeschnittenen dunklen Augen, die tintenschwarzen Wimpern, die sie überschatteten, und das dunkle Haar; von ihrem Vater, einem Soldaten Napoleons, die lange gerade Nase und das eckig geschnittene Untergesicht, dessen Strenge durch die sanfte Rundung der Wangen gemildert wurde. Aber das Leben selbst hatte Ellens Gesicht seinen Ausdruck verliehen, jenen Ausdruck von Stolz, dem doch jeder Hochmut fremd war, von Güte, Melancholie und völliger Beherrschtheit.

Sie hätte eine auffallend schöne Frau sein können, wäre in ihren Augen nur ein Fünkchen Glut gewesen; ein wenig entgegenkommende Wärme in ihrem Lächeln, ein Unterton von Natürlichkeit in der Stimme, die als sanfte Melodie ihren Angehörigen und ihren Bediensteten ans Ohr schlug. Sie sprach in der weichen, undeutlichen Mundart der georgianischen Küste, mit klingenden Vokalen, leichten Konsonanten und einer Spur von französischem Akzent. Nie hob sich die Stimme zum Befehl an einen Diener, zum Verweis an ein Kind, aber ihr wurde in Tara aufs Wort gehorcht, während das Poltern und Stürmen des Gatten stillschweigend überhört wurde.

Für Scarlett war ihre Mutter seit unvordenklichen Zeiten stets sich selber gleich. Ihre Stimme war ebenmäßig sanft und süß, ob sie lobte oder tadelte, ihre Art und Weise immer gleichmäßig und bestimmt, trotz der täglichen Anforderungen, die Geralds bewegter Haushalt mit sich brachte, der Geist immer ruhig und der Rücken ungebeugt, sogar als die kleinen Söhne starben. Scarlett hatte nie gesehen, daß der Rücken ihrer Mutter eine Stuhllehne berührt hätte. Nie hatte sie gesehen, daß sie sich ohne eine Näharbeit niedersetzte, es sei denn zum Essen, zur Krankenpflege oder zur Buchführung für die Plantage. Wenn Besuch da war, arbeitete sie an feinen Stickereien, sonst waren ihre Hände mit Geralds fein gefältelten Hemden, mit der Garderobe ihrer Töchter oder den Kleidungsstücken für die Sklaven beschäftigt. Ohne goldenen Fingerhut konnte Scarlett sie sich gar nicht vorstellen, ebensowenig wie sie sich von der Seite der seidenraschelnden mütterlichen Gestalt das kleine Negermädchen wegdenken konnte, dessen einziges Amt im Leben war, die Heftfäden aufzulesen und der Herrin den Nähkasten aus Rosenholz von Stube zu Stube nachzutragen, wenn sie durchs Haus ging, um die Küche, das Reinmachen und die große Schneiderei für den Bedarf der Plantage zu überwachen.

Nie hatte sie ihre Mutter aus ihrer strengen Gelassenheit heraustreten sehen, nie ihre Kleidung anders als untadelig erblickt, einerlei zu welcher Tages- oder Nachtstunde. Wenn Ellen sich zum Ball, für Gäste oder auch nur für einen Gerichtstag in Jonesboro anzog, brauchte sie für gewöhnlich zwei Stunden, zwei Kammerjungfern und Mammy dazu, bis sie mit ihrer Erscheinung zufrieden war. Dagegen war es ganz erstaunlich, wie geschwind sie sich im Notfall zurechtmachen konnte.

Scarletts Zimmer war von dem ihrer Mutter nur durch die Halle getrennt, und sie kannte von frühester Jugend an das leise Geräusch, mit dem in der Morgendämmerung nackte schwarze Füße über das Hartholz des Fußbodens huschten, das dringende Klopfen an ihrer Mutter Tür und die gedämpften, angstvollen Negerstimmen, die von Krankheit, Geburt und Tod in der langen Reihe weiß verputzter kleiner Häuser im Negerviertel flüsterten. Als Kind war sie oft an die Tür geschlichen und hatte durch einen winzigen Spalt Ellen aus dem Dunkel des Zimmers, in dem Gerald mit ungestörter Regelmäßigkeit weiterschnarchte, auftauchen und in das flackernde Licht einer emporgehaltenen Kerze treten sehen, die Arzneitasche unter dem Arm, das Haar in seiner glatten Ordnung, und am Kleid kein Knopf, der nicht sauber zugemacht war.

Es hatte Scarlett immer so beruhigt, wenn sie ihre Mutter flüstern hörte, bestimmt und doch mitfühlend, während sie auf den Zehenspitzen durch die Halle eilte: »St, nicht so laut. Ihr weckt Mr. O'Hara. So krank sind sie nicht, daß sie daran sterben müßten.«

Ach ja, es tat so gut, wieder ins Bett zu kriechen und zu wissen, daß Ellen in der Nacht unterwegs und alles in Ordnung war.

Wenn Ellen die ganze Nacht bei Geburt und Tod aufgesessen hatte, weil sowohl der alte wie der junge Dr. Fontaine bei Patienten über Land waren und ihr nicht zu Hilfe kommen konnten, saß sie morgens wie gewöhnlich am Frühstückstisch. Die dunklen Augen hatten Schatten vor Müdigkeit, aber weder der Stimme noch dem Benehmen war eine Spur von Anstrengung anzumerken. Etwas Stählernes verbarg sich hinter ihrer verhaltenen Sanftmut, vor dem das ganze Haus eine scheue Achtung hatte, Gerald nicht minder als die Mädchen, obwohl er lieber gestorben wäre, als es zuzugeben.

Wenn Scarlett sich manchmal abends auf die Zehenspitzen stellte, um der hochgewachsenen Mutter die Wange zu küssen, sah sie hinauf zu dem Munde mit der zu kurzen, allzu zarten Oberlippe, der viel zu empfindsam war für die rauhe Welt, und sie dachte, ob er sich wohl je zu mädchenhaftem Kichern gekräuselt und nächtelang einer Freundin Geheimnisse zugeflüstert hätte. Nein, das war nicht möglich. Mutter war immer genau so gewesen wie jetzt, eine Säule der Kraft, eine Quelle der Weisheit, der einzige Mensch, der auf alles eine Antwort wußte.

Aber Scarlett irrte sich. Vor Jahren hatte Ellen Robillard in Savannah genauso ausgelassen gekichert wie jede Fünfzehnjährige in der reizenden Küstenstadt, hatte mit Freundinnen die ganze Nacht hindurch getuschelt und Vertraulichkeiten ausgetauscht und jedes Geheimnis, bis auf eines, offenbart. Das war das Jahr gewesen, da Gerald O'Hara, achtundzwanzig Jahre älter als sie, in ihr Leben trat – das gleiche Jahr, da die Jugend und ihr schwarzäugiger Vetter Philippe Robillard daraus verschwanden. Als Philippe mit den kecken Augen und dem wilden Wesen Savannah für immer verließ, nahm er allen Glanz aus Ellens Herzen mit und ließ dem säbelbeinigen kleinen Iren, der sie heiratete, nur die freundliche Schale zurück.

Aber für Gerald genügte sie. Er war ganz überwältigt von dem unvorstellbaren Glück, sie wirklich heiraten zu dürfen. War etwas an ihr dahin, er vermißte es nicht. Als gescheiter Mann wußte er, daß es für ihn, einen Iren aus unbekannter Familie und ohne Geld, so etwas wie ein Wunder war, die

Tochter einer der reichsten, stolzesten Familien der Küste für sich zu erobern. Denn Gerald war ein Selfmademan.

Mit einundzwanzig Jahren war er aus Irland nach Amerika gekommen. Überstürzt, wie mancher bessere und mancher schlimmere Ire vor und nach ihm, mit der Kleidung, die er gerade auf dem Leibe trug, zwei Schilling außer seiner Passage in der Tasche und einem Preis auf seinem Kopf, der nach seinem Dafürhalten höher war, als seine Missetat es verdiente. Diesseits der Hölle gab es keinen Anhänger der Oranier, der der britischen Regierung, ja dem Teufel selber, hundert Pfund wert gewesen wäre. Aber nahm sich die Regierung den Tod des Rentmeisters eines nicht einmal auf seinem irischen Gut residierenden englischen Großgrundbesitzers so zu Herzen, da war es für Gerald O'Hara höchste Zeit, abzureisen. Freilich hatte er den Rentmeister einen »Oranierbastard« genannt, aber das gab dem Mann noch lange nicht das Recht, die Anfangsstrophen vom »Boynefluß« vor sich hin zu pfeifen, um ihn zu verhöhnen.

Es war schon länger als hundert Jahre her, daß die Schlacht am Boynefluß geschlagen worden war. Für die O'Haras und ihre Freunde aber war es wie gestern, daß ihre Hoffnungen und Träume mitsamt ihrem Landbesitz und ihrem Vermögen in derselben Staubwolke aufflogen, die die Flucht eines verängstigten Stuartprinzen verhüllte und Wilhelm von Oranien und seinen verhaßten Truppen die irischen Anhänger der Stuarts zum Niedermachen zurückließ.

Aus diesen und anderen Gründen sah Geralds Familie den tödlichen Ausgang seines Streites nicht als tragisch an, es sei denn wegen der ernsten Folgen, die er unfehlbar haben mußte. Seit Jahren standen die O'Haras bei der englischen Polizei in dem Verdacht der Wühlarbeit gegen die Krone, und Gerald war nicht der erste O'Hara, der die Beine unter die Arme nehmen und Irland zwischen Tau und Tag verlassen mußte. Seiner beiden älteren Brüder James und Andrew erinnerte er sich nur dunkel als schweigsamer junger Männer, die zu sonderbaren Nachtstunden auf geheimnisvollen Wegen kamen und gingen und oft, der Mutter eine stets nagende Angst, für Wochen verschwanden. Sie waren schon vor Jahren nach Amerika gegangen, auf die Aushebung eines kleinen Arsenals von Flinten hin, die unter dem O'Haraschen Schweinestall vergraben lagen. Nun waren sie erfolgreiche Kaufleute in Savannah ... »obwohl der liebe Gott allein weiß, wo das liegen mag«, wie ihre Mutter bei der Erwähnung ihrer beiden Ältesten nie zu bemerken unterließ. Und zu ihnen sollte jetzt der junge Gerald fahren.

Er verließ sein Vaterhaus mit einem hastigen Kuß der Mutter, ihren inbrünstigen katholischen Segensworten und der Abschiedsermahnung des Vaters: »Denk daran, wer du bist, und nimm von niemandem etwas an!«

Seine fünf großen Brüder sagten ihm mit einem anerkennenden, aber doch ein klein wenig gönnerhaften Lächeln Lebewohl, denn Gerald war der Jüngste und Kleinste dieser verwegenen Brut.

Seine fünf Brüder und sein Vater maßen mehr als sechs Fuß und entsprechend viel in der Breite, aber der kleine Gerald wußte mit einundzwanzig Jahren, daß fünfeinhalb Fuß Höhe alles war, was der Herr in Seiner Weisheit ihm beschieden hatte. Es sah Gerald ähnlich, daß er nie einen Kummer hieran verschwendete und sich auch nie durch diesen Mangel an Körpergröße in seinem Selbstbewußtsein beeinträchtigt fühlte. Im Gegenteil, seine feste, untersetzte Gestalt machte ihn erst zu dem, was er war, denn er lernte früh, daß kleine Leute dreist sein müssen, wenn sie sich zwischen den Großen durchsetzen wollen. Und dreist war er. Seine großen Brüder waren ein grimmiges, wortkarges Geschlecht, welches seinen endgültig verlorenen Ruhm mit einem verschwiegenen Groll und Haß trug, der nur ab und zu in bitterem Humor aufflackerte. Wäre Gerald auch so verschlossen wie sie gewesen, so wäre er den Weg der anderen O'Haras gegangen und hätte heimlich und still mit den Aufsässigen gegen die Regierung gewühlt. Aber er hatte »ein lautes Maul und einen Bullenschädel«, wie seine Mutter es liebevoll ausdrückte. Von Temperament war er ein Pulverfaß, seine Fäuste waren rasch geballt, und unter den großen O'Haras stolzierte er herum wie ein kleiner Bantamgockel im Hühnerhof unter riesigen Cochinchinahähnchen. Sie hatten ihn lieb, zogen ihn gutmütig auf, um ihn zum Toben zu bringen, und bearbeiteten ihn mit ihren Fäusten nicht mehr als notwendig war, um ihm den ihm gebührenden Platz anzuweisen.

Das Gepäck an Bildung, das Gerald mit nach Amerika nahm, war dürftig, aber er wußte es nicht. Seine Mutter hatte ihn Lesen und Schreiben gelehrt, auch rechnen konnte er gut, und damit war seine Weisheit erschöpft. Das einzige Latein, was er kannte, waren die Responsorien der Messe, die einzige Weltgeschichte war für ihn all das Unrecht, das Irland angetan worden war. In der Poesie kannte er nur Moore, in der Musik nur die irischen Lieder aus den alten Überlieferungen. Er hatte eine lebhafte Hochachtung vor Leuten, die mehr gelernt hatten als er, aber seine eigenen Lücken empfand er nie als Mangel. Wozu auch all das in einem Neuland, wo seine ungebildetsten Landsleute das größte Vermögen gemacht hatten, wo man nur danach fragte, ob jemand kräftig war und keine Arbeit scheute!

Auch James und Andrew, die ihn in ihrem Kaufhaus in Savannah unterbrachten, vermißten nichts an seiner Bildung. Seine Handschrift, sein gutes Rechnen und seine kaufmännische Gerissenheit gewannen ihren Beifall. Literarische und musikalische Kenntnisse hätten nur ihre Verachtung erregt. Im Anfang des Jahrhunderts war Amerika den Iren freundlich gesonnen.

James und Andrew, die damit angefangen hatten, Waren im Planwagen aus Savannah in das Innere Georgias zu bringen, hatten es jetzt zu einem Kaufhaus gebracht, und Gerald kam mit ihnen voran. Der Süden und seine Bewohner gefielen ihm, und bald gehörte er nach seiner eigenen Meinung völlig dazu. Der Süden und seine Bewohner hatten zwar manches an sich, was ihm immer unverständlich blieb; aber wie alles, was er tat, von ganzem Herzen geschah, so machte er sich auch ihre Ansichten und Gewohnheiten ganz zu eigen: Poker und Pferderennen, ihre politische Hitzköpfigkeit und ihren Ehrenkodex, die Rechte der Südstaaten und den Groll gegen die Yankees, Sklaverei und Baumwolle, Verachtung für das besitzlose Gesindel und übertriebene Höflichkeit gegen die Damen. Er hatte sogar Tabakkauen gelernt; das Whiskytrinken brauchte er nicht erst zu lernen; das konnte er von der Wiege auf.

Und doch blieb Gerald O'Hara er selbst. Seine Lebensgewohnheiten und Ansichten veränderten sich, aber seine Eigenart wollte er nicht ändern, auch wenn er es gekonnt hätte. Er bewunderte die lässige Eleganz der reichen Pflanzer, die aus ihren moosverhangenen Königreichen auf Vollblutpferden nach Savannah geritten kamen, hinter ihnen die Equipagen ihrer nicht minder eleganten Damen und die Leiterwagen ihrer Sklaven. Bis zur Eleganz brachte es Gerald nie. Ihre gedehnten, verschleierten Stimmen schlugen angenehm an sein Ohr, er aber blieb bei seiner harten irischen Mundart. Er hatte die Grazie gern, mit der sie wichtige Angelegenheiten obenhin behandelten, ein Vermögen, eine Plantage oder einen Schwarzen auf eine Pokerkarte setzten, ihre Verluste mit sorglosem Gleichmut hinnahmen, als wären sie nicht mehr als die Pfennige, die sie den Negerjungen zuwarfen. Aber Gerald hatte die Armut gekannt und lernte nie, mit Grazie und Humor Geld zu verlieren. Ein angenehmer Schlag waren sie, diese Georgianer von der Küste, mit ihrem raschen Aufbrausen, das sich doch in ihrer Sprache so sanft ausnahm, mit ihren charmanten Widersprüchen und Ungereimtheiten. Gerald hatte sie gern. Der junge Ire, der eben aus einem Lande zugewandert war, wo der Wind kalt und kräftig weht, wo es keine dunstigen, fieberbrütenden Sümpfe gibt, besaß eine unverwüstliche Lebenskraft, die ihn von der trägen Aristokratie der Malarianiederungen mit ihrem subtropischen Klima ein für allemal unterschied. Was ihm nutzen konnte, lernte er; um den Rest kümmerte er sich nicht. Als nützlichste aller südstaatlichen Gepflogenheiten erkannte er bald das Pokerspiel und einen Kopf, der dem Whisky standhielt. Seine angeborene Begabung für Karten und Schnaps trug Gerald zwei seiner drei kostbarsten Besitztümer ein, seinen Diener und seine Plantage. Das dritte war seine Frau, und sie verdankte er, nach seiner Meinung, allein der unerforschlichen Güte Gottes.

Der Diener namens Pork, tiefschwarz und in den erlesensten Feinheiten der Schneiderkunst beschlagen, fiel ihm in einer Nacht zu, die er mit einem Pflanzer aus St.-Simons-Island verpokerte, einem Manne, dessen Kühnheit im Bluffen der Geralds gleichkam, dessen Kopf aber dem New-Orleans-Rum nicht in gleichem Maße standhielt. Porks früherer Besitzer erbot sich, ihn um das Doppelte zurückzukaufen, aber Gerald blieb fest. Mit dem Besitz seines ersten Sklaven und nun gar des »verdammt noch mal besten Dieners an der ganzen Küste« war die erste Stufe zur Erfüllung seiner Herzenswünsche erklommen. Gerald wollte Sklavenhalter und Großgrundbesitzer werden.

Er war entschlossen, nicht wie James und Andrew seine Tage mit Feilschen und seine Nächte bei Kerzenlicht über langen Zahlenreihen zu verbringen. Seine Brüder empfanden nicht den gesellschaftlichen Makel, der den »Händlern« anhaftete. Gerald aber tat es. Er wollte Plantagenbesitzer werden. Mit der unstillbaren Sehnsucht eines Iren, der das Land, auf dem seine Familie einst als Herren gesessen und gejagt, als verarmter Pächter bebaut hatte, verlangte er nach eigenen Morgen Landes, die sich grün vor seinen Augen dehnten. Mit einer Zielsicherheit, die keine Bedenken kannte, begehrte er ein eigenes Haus, eine eigene Plantage, eigene Pferde und eigene Sklaven. Hier in diesem neuen Lande, wo er vor den beiden Gefahren, die über seiner alten Heimat schwebten, der Steuer und der Pachtentziehung, sicher war, hier wollte er sich das alles verschaffen. Aber solchen Ehrgeiz zu haben und ihn auszuführen, war zweierlei. Die Küste Georgias war zu fest in den Händen einer in sich abgeschlossenen Aristokratie, als daß er hoffen konnte, sich je die ersehnte Stellung zu erringen.

Aber dann wirkten Schicksal und Poker zusammen und schenkten ihm die Plantage, die er später Tara nannte, und trieben ihn zugleich von der Küste weg in das Oberland im Norden des Staates.

An einem heißen Frühlingsabend in einer Kneipe zu Savannah wollte es der Zufall, daß Gerald das Gespräch eines Fremden in seiner Nähe mit anhörte. Der Fremde war aus Savannah gebürtig und soeben nach zwölfjährigem Aufenthalt im Innern zurückgekehrt. In der Landlotterie, durch die der Staat das große Gebiet in Mittelgeorgia, das die Indianer abgetreten hatten, aufteilte, hatte er ein Los gezogen. Er war dann hinausgefahren und hatte dort eine Plantage angelegt. Aber dann war das Haus abgebrannt, und er war seitdem des Platzes überdrüssig und wäre ihn mit tausend Freuden los gewesen.

Der Gedanke an eine eigene Besitzung beschäftigte Gerald ununterbrochen. Er ließ sich deshalb dem Manne vorstellen, und sein Interesse wuchs, als der Fremde erzählte, wie die Einwanderer nach dem Norden Georgias strömten. Gerald hatte so lange in Savannah gelebt, daß er die landläufige Auffassung, der ganze übrige Staat sei Urwald, in dem hinter jedem Busch ein Indianer lauerte, übernommen hatte. Eine Geschäftsreise im Auftrage seiner Brüder hatte ihn seinerzeit hundert Meilen den Savannahfluß aufwärts nach Augusta geführt. Dabei war er so weit ins Innere vorgedrungen, daß er sich die alten Städte westlich von Augusta ansehen konnte. Er wußte, daß die Gegend dort ebenso dicht besiedelt war wie die Küste, aber nach der Beschreibung des Fremden lag die Plantage gut hundertfünfzig Meilen westlich von Savannah im Innern, nur wenige Meilen südlich vom Chattahoocheefluß. Gerald wußte, daß das Gebiet nördlich des Flusses noch in den Händen der Cherokesen war. Deshalb verwunderte er sich höchlichst, daß der Fremde seine Vermutung, es könne dort zu Unzuträglichkeiten mit den Indianern kommen, auslachte und erzählte, wie dort blühende Städte emporwüchsen und wie die Plantagen auf dem jungfräulichen Boden gediehen.

Eine Stunde später, als das Gespräch einzuschlafen drohte, schlug Gerald in einer Verschlagenheit, die die offene Unschuld seiner blauen Augen Lügen strafte, ein Spielchen vor. Als es immer später wurde und der Schnaps die Runde machte, kam der Augenblick, da alle anderen Mitspieler die Karten niederlegten und Gerald und der Fremde allein weiterspielten. Der Fremde setzte seine gesamten Spielmarken und dazu die Eigentumsurkunde seiner Plantage. Gerald tat desgleichen und legte statt des Dokumentes seine Brieftasche obendrauf. Daß der Inhalt zufällig der Firma Gebrüder O'Hara gehörte, beschwerte sein Gewissen nicht sonderlich. Morgen früh in der Messe war Zeit genug, es zu beichten. Er wußte, was er wollte, und wenn Gerald etwas wollte, so verschaffte er es sich auf dem kürzesten Weg. Außerdem hatte er so viel Vertrauen in sein Schicksal und das Kartenglück, daß er sich keinen Augenblick überlegte, wie das Geld zurückgezahlt werden könnte, falls er überspielt werden sollte.

»Sie machen kein Geschäft damit, und ich bin froh, daß ich keine Steuern mehr dafür zu zahlen brauche«, seufzte der Verlierer, als er Tinte und Feder bestellte. »Das Haupthaus ist vor einem Jahr abgebrannt, und auf den Feldern wuchern Unterholz und Kiefernschößlinge. Aber nun gehört es Ihnen.«

»Mische nie Karten und Whisky, wenn du nicht mit irischem Whisky entwöhnt worden bist«, sagte Gerald denselben Abend zu Pork, als dieser ihm ins Bett half, und der Diener, der aus Bewunderung für seinen Herrn angefangen hatte, sich im irischen Dialekt zu versuchen, gab die gebührende Antwort in einer Mischung seines Kauderwelschs mit der Mundart der Grafschaft Meath, die jeden anderen als die beiden Eingeweihten in starke Verlegenheit gebracht hätte.

Der schlammige Flintfluß, der lautlos zwischen Mauern von Pechkiefern und mit wirren Weinranken überwucherten Flußeichen dahinströmte, umarmte gleichsam Geralds neuen Besitz von beiden Seiten. Als Gerald auf der niedrigen Kuppe stand, die das Haus getragen hatte, nahm er die hohen, grünen Schranken für eine ebenso sichtbare und angenehme Bestätigung seines Besitzrechtes über den Grund und Boden wie einen Zaun, den er mit eigener Hand errichtet hätte. Er stand auf dem verkohlten Fundament des niedergebrannten Gebäudes, schaute die lange Allee hinunter, die zur Landstraße führte, und fluchte inbrünstig, da ihm für ein Dankgebet die Freude zu tief ging. Die beiden Reihen düsterer Bäume waren sein, sein der verwahrloste Rasen, auf dem unter weißbesternten jungen Magnolienbäumen das Unkraut bis zur Gürtelhöhe wuchs. Die brachliegenden Felder, die über und über mit winzigen Kiefern und Unterholz bestanden waren, dehnten sich wellig in allen vier Himmelsrichtungen aus. Alles das gehörte Gerald O'Hara, weil sein Irenschädel nicht so leicht zu benebeln war und weil er den Mut hatte, alles auf eine Karte zu setzen.

Gerald schloß die Augen, und in der Stille all der unbearbeiteten Morgen Landes hatte er das Gefühl, er sei nun nach Hause gekommen. Das Wohnhaus, aus weißverputzten Backsteinen, sollte sich hier erheben, wo er stand. Jenseits der Straße sollten Lattenzäune fettes Vieh und Vollblutpferde einfriedigen, und die rote Erde am Berghang, bis hinunter zur Flußweide, sollte weiß wie Eiderdaunen in der Sonne flimmern: ein riesiges Baumwollfeld. Mit seinem eigenen kleinen Anlagekapital, das er von seinen wenig begeisterten Brüdern geborgt hatte, und einer Hypothek kaufte Gerald die ersten Feldsklaven und zog auf Tara ein, wo er als Junggeselle einsam bis zu der Zeit, wo die weißen Mauern aus dem Boden steigen sollten, in dem vierzimmerigen Haus des Aufsehers wohnte.

Er rodete die Felder, pflanzte Baumwolle und borgte abermals Geld von James und Andrew, um sich mehr Sklaven zu kaufen. Sie liehen es ihm und bekamen es in den folgenden Jahren mit Zinsen zurück. Allmählich vergrößerte sich die Plantage, Gerald kaufte einige Morgen hinzu, und mit der Zeit wurde das weiße Haus aus einem Traum zur Wirklichkeit.

Es wurde von Sklaven erbaut und breitete sich schwerfällig und weitläufig auf dem Hügel aus. Es gefiel Gerald ausnehmend gut, denn schon als es noch neu war, sah es ganz altersgrau aus. Die alten Eichen, unter deren mächtigen Armen die Indianer dahingezogen waren, umhegten es mit ihren dicken Stämmen, und ihre Äste, die höher reichten als das Dach, hüllten es in dichte Schatten. Auf dem Rasen, der dem Unkraut wieder entrissen war, wuchsen üppiger Klee und Bermudagras, und Gerald sorgte dafür, daß er gut gehalten wurde. Von der Zedernallee bis zu der weißen Reihe der Sklavenhäuser hatte alles sein gediegenes, dauerhaftes Aussehen, und jedesmal, wenn Gerald um die Straßenbiegung galoppierte und sein eigenes Dach aufleuchten sah, schwoll ihm wieder das Herz vor Stolz, als sähe er es zum ersten Male.

Das alles hatte er geleistet, der kleine dickschädelige, hitzköpfige Gerald.

Mit allen seinen Nachbarn stand er auf bestem Fuß, ausgenommen die MacIntoshs, deren Ländereien zur Linken an die seinen grenzten, und die Slatterys, deren dürftige drei Morgen sich rechts, jenseits der Weide, zwischen dem Fluß und John Wilkes' Plantage erstreckten.

MacIntoshs waren Iren schottischen Ursprungs und Anhänger Wilhelms von Oranien, wodurch sie es für alle Zeiten mit Gerald verdorben hatten, obwohl sie siebzig Jahre lang in Georgia und davor schon ein Menschenalter in Carolina gelebt hatten. Aber das erste Mitglied der Familie, das die amerikanische Küste betreten hatte, kam aus Ulster, und das genügte Gerald. Es war eine steife, zugeknöpfte Familie, die sich streng für sich hielt und nur mit ihren Verwandten aus Carolina Ehen einging. Das Gerücht, sie begünstigten die Abschaffung des Sklavenhandels, erhöhte ihre Beliebtheit keineswegs. Der alte Angus hatte zwar nie einen einzigen Sklaven freigelassen und sich sogar das unverzeihliche Vergehen zuschulden kommen lassen, einige seiner Schwarzen an durchreisende Sklavenhändler zu verkaufen, aber trotzdem wollte das Gerücht nicht verstummen. Wenn bei einem »Orangeman« ein Grundsatz mit schottischem Geiz ins Gehege kommt, so zieht der Grundsatz dabei den kürzeren.

Mit den Slatterys war es anders. Sie waren mittellose Weiße, und ihnen wurde nicht einmal die widerwillige Achtung zuteil, die Angus MacIntoshs starrköpfige Unabhängigkeit sich erzwang. Der alte Slattery, der trotz wiederholter Angebote Geralds und John Wilkes' eigensinnig an seinen paar Morgen hing, war ein jämmerlicher armer Schlucker. Seine Frau, eine kränkliche, verblichene Erscheinung mit unordentlichem Haar, hatte eine kaninchenhafte Brut von mißratenen Kindern zur Welt gebracht, die sie gewissenhaft Jahr für Jahr vermehrte. Tom Slattery besaß keine Sklaven. Mit seinen beiden ältesten Söhnen plagte er sich auf seinen paar Baumwollfeldern ab, während die Frau und die kleineren Kinder ein Stück Land zu bearbeiten suchten, welches so etwas wie einen Gemüsegarten vorstellen mochte. Aus irgendwelchen Gründen mißglückte es mit der Baumwolle fortwährend, und da Mrs. Slattery ständig ein Kind erwartete, lieferte der Garten selten genug, um ihre Schar satt zu machen. So hatte man sich daran gewöhnt, Tom Slattery bei seinen Nachbarn herumlungern und um Baumwollsamen und eine Speckseite betteln zu sehen, um sich über Wasser zu halten. Mit dem bißchen Energie, das er besaß, haßte er seine Nachbarn, weil er aus ihrer Höflichkeit die Verachtung herausfühlte, haßte er vor allem die hochnäsigen Schwarzen der Reichen. Die Hausneger der Provinz hielten sich für etwas

Besseres als das »weiße Pack«, und ihr unverblümter Hohn kränkte ihn tief, während ihre gesicherte Lebensstellung seinen Neid erweckte. Im Gegensatz zu seinem kümmerlichen Dasein waren diese Schwarzen wohlgenährt und gut gekleidet, und in Alter und Krankheit wurde für sie gesorgt. Sie waren stolz auf den Namen ihrer Besitzer und zum größten Teil auch darauf, Eigentum von Leuten zu sein, die der guten Gesellschaft angehörten, während Slattery mit allgemeiner Geringschätzung betrachtet wurde. Er hätte seinen Hof an jeden Pflanzer in der Provinz für seinen dreifachen Wert verkaufen können; man hätte das Geld gern daran gewendet, um ihn los zu sein. Ihm aber war es eine Genugtuung und ein Trotz, zu bleiben und von dem Ertrag eines Ballens Baumwolle und der Wohltätigkeit seiner Nachbarn sein Leben zu fristen.

Mit allen anderen in der Provinz stand Gerald auf freundschaftlichem Fuß, und mit einigen war er eng vertraut. Wilkes, Calverts, Tarletons, Fontaines, alle freuten sich, wenn die gedrungene Gestalt auf dem schweren Schimmel ihre Auffahrt heraufgaloppiert kam. Man lächelte und ließ die hohen Gläser kommen, in die ein Gläschen Bourbon-Whisky über einen Teelöffel Zucker und etwas zerquetschte Pfefferminze gegossen war. Man mußte Gerald gern haben, und mit der Zeit entdeckten auch die Nachbarn, was die Kinder, Neger und Hunde auf den ersten Blick herausgehabt hatten, daß hinter der lärmenden Stimme und der rauhen Formlosigkeit ein gütiges Herz, ein verständnisvolles Ohr und eine offene Brieftasche zu finden waren. Bei seiner Ankunft ging es jedesmal wie in einem Tollhaus zu. Hunde bellten, schwarze Kinder jauchzten, wenn sie ihm entgegenliefen, stritten sich darum, sein Pferd halten zu dürfen, und grinsten über seine gutmütigen Flüche. Die weißen Kinder wollten auf seinem Knie reiten, während er mit ihren Eltern über die Niedertracht der Yankees schimpfte. Die Töchter seiner Freunde vertrauten ihm ihre Liebesgeschichten an, die Söhne, die Angst hatten, ihre Spielschulden im Arbeitszimmer des Vaters zu gestehen, hatten an ihm einen Helfer in der Not.

»Das also sind Sie schon einen Monat schuldig, Sie junger Schurke!« fuhr er sie dann wohl an. »Warum, verdammt noch mal, sind Sie nicht eher zu mir gekommen?«

Sein Polterton war zu gut bekannt, als daß ihn jemand übelgenommen hätte. Die jungen Leute lächelten nur betreten und antworteten: »Ach, Mr. O'Hara, es war mir peinlich, Ihnen damit zu kommen, und mein Vater …«

»Ihr Vater ist unleugbar ein guter Mann, aber streng. Darum nehmen Sie dies hier, und damit ist die Sache erledigt.«

Die Damen der Plantagenbesitzer kapitulierten zuletzt. Als aber Mrs. Wilkes, eine vornehme Dame mit einer ungewöhnlichen Gabe zu schweigen, wie Gerald sie schilderte, eines Abends, nachdem Geralds Pferd die Einfahrt hinausgetrappelt war, zu ihrem Manne sagte: »Er hat eine etwas rauhe Zunge, aber er ist ein Gentleman« – da war Gerald endgültig anerkannt. Daß er fast zehn Jahre dazu gebraucht hatte, ahnte er nicht. Von dem Augenblick an, da er Tara betreten, hatte er nie gezweifelt, daß er zur vornehmen Gesellschaft gehörte. Aber als er dreiundvierzig Jahre alt war, sehnig und strotzend von Gesundheit, daß er aussah wie ein Edelmann auf der Hetzjagd auf einem jener Farbstiche, wurde ihm klar, daß Tara, so lieb er es hatte, und alle die Nachbarn mit ihren offenen Herzen und Häusern ihm nicht genügten. Er brauchte eine Frau.

Tara verlangte gebieterisch nach einer Hausfrau. Die dicke Köchin, eine Schwarze vom Feld, die nur, weil irgend jemand die Küche versorgen mußte, zur Köchin befördert war, brachte das Essen nie zur rechten Zeit auf den Tisch, und das Hausmädchen, eine frühere Pflückerin, ließ den Staub sich auf den Möbeln häufen und hatte nie reine Wäsche zur Hand, so daß jedesmal, wenn Gäste kamen, alles drunter und drüber ging. Pork, der einzige ausgebildete Hausneger auf Tara, hatte die allgemeine Aufsicht über die anderen Dienstboten, aber selbst er war im Zusammenleben mit Gerald allmählich nachlässig geworden. Er hielt Geralds Schlafzimmer in Ordnung und servierte mit Würde bei Tisch, aber sonst ließ er so ziemlich alles gehen, wie es wollte.

Mit ihrem unfehlbaren afrikanischen Instinkt hatten die Neger alle längst heraus, daß Gerald zu der Sorte von Hunden gehörte, die bellen und nicht beißen. Das nutzten sie schamlos aus. Fortwährend wurden zwar von Gerald schreckliche Drohungen, die Sklaven nach dem Süden zu verkaufen oder durchzupeitschen, ausgestoßen, aber noch nie war ein Sklave aus Tara verkauft worden, und gepeitscht wurde nur ein einziges Mal, weil Geralds Lieblingspferd nach einem langen Jagdtag nicht gepflegt worden war.

Gerald sah mit seinen scharfen blauen Augen, wie gut bei seinen Nachbarn der Haushalt aufgezogen war und wie die Frauen mit dem glatten Haar und den rauschenden Seidenkleidern ihre Dienstboten zu regieren verstanden. Er wußte nicht, wie gehetzt diese Frauen von Sonnenaufgang bis Mitternacht waren, wie angekettet an ihre Pflicht, Küche, Kinderzimmer, Nähstube und Waschraum unter steter Aufsicht zu halten. Er sah nur das äußere Ergebnis, und das machte ihm Eindruck.

Wie nötig er eine Frau hatte, wurde ihm eines Morgens klar, als er sich anzog, um zum Gerichtstag in die Stadt zu reiten. Pork hatte das gefältelte Hemd, das er am liebsten trug, herausgesucht, aber es war von dem Mädchen so schlecht ausgebessert worden, daß höchstens der Diener es noch tragen konnte.

»Master Gerald«, sagte Pork und rollte das geschenkte Hemd mit Danksagungen zusammen, während Gerald vor Zorn kochte, »was Sie brauchen, sein eine Frau und eine dicke Menge Hausneger.«

Gerald schnauzte Pork wegen seiner Frechheit an, aber er wußte, daß er recht hatte. Eine Frau und Kinder wollte er haben, und wenn er sie sich nicht bald verschaffte, wurde es zu spät. Aber jede beliebige wollte er auch nicht heiraten, wie Mr. Calvert, der die Erzieherin seiner mutterlosen Kinder zur Frau genommen hatte. Seine Frau mußte eine Dame von Geblüt sein, mit so vornehmen Formen wie Mrs. Wilkes und der Fähigkeit, in Tara so gut zu wirtschaften wie Mrs. Wilkes auf Twelve Oaks.

Aber aus zwei Gründen war es schwierig, in die großen Familien der Provinz hineinzuheiraten. Erstens herrschte Mangel an heiratsfähigen Töchtern, und der zweite, noch schwerer wiegende Grund war, daß Gerald trotz seines fast zehnjährigen Aufenthaltes in der Gegend immer noch als Eindringling galt. Von seiner Familie wußte niemand etwas. Wenn auch die Gesellschaft in Ober-Georgia sich nicht so unbedingt absonderte wie die Aristokraten der Küste, so wollte doch keine Familie ihre Tochter einem Manne geben, über dessen Großvater nichts bekannt war. Gerald wußte sehr wohl, daß trotz aller echten Zuneigung kaum einer der Herren, mit denen er jagte, trank und politisierte, ihn zum Schwiegersohn haben wollte. Deshalb kam er sich aber durchaus nicht etwa geringer als seine Nachbarn vor. Es gab überhaupt nichts, das je in ihm das Gefühl irgendeiner Unterlegenheit hätte erwecken können. Für ihn war es nichts weiter als ein wunderlicher alter Brauch im Lande, daß die Töchter nur in Familien hineinheiraten durften, die länger als zwei Jahrzehnte in den Südstaaten gelebt hatten, Land und Sklaven besaßen und in all der Zeit keinen anderen als den gesellschaftlich anerkannten Lastern ergeben gewesen waren.

»Pack ein, wir gehen nach Savannah«, sagte er zu Pork, »und wenn ich noch einmal ›Halt 's Maul‹ oder ›Donnerkeil‹ von dir höre, dann verkaufe ich dich, denn solche Worte nehme selbst ich nur selten in den Mund.«

Vielleicht wußten James und Andrew Rat. Sie hörten sich die Geschichte geduldig an, machten ihm aber wenig Hoffnung. Sie hatten keine Verwandten in Savannah, die ihnen behilflich sein könnten, denn sie waren beide schon als verheiratete Leute nach Amerika gekommen. Die Töchter ihrer alten Freunde aber waren längst Ehefrauen und hatten Hausstand und Kinder.

»Du bist kein reicher Mann, und du stammst nicht aus einer großen Familie«, sagte James.

»Ich habe mein Geld gemacht, da wird es mir auch mit der großen Familie gelingen. Ich heirate nicht die erste beste.«

»Viel Glück«, bemerkte Andrew trocken.

Doch sie taten für Gerald, was sie konnten. James und Andrew waren alt und angesehen in Savannah. Sie hatten viele Freunde, und einen Monat lang schleppten sie Gerald von Haus zu Haus, zum Abendessen, zum Ball, zum Picknick.

»Nur eine einzige kommt in Frage«, sagte Gerald schließlich. »Und sie war noch nicht einmal geboren, als ich hier an Land ging.«

»Und auf wen hast du dein Auge geworfen?«

»Auf Miß Ellen Robillard.« Gerald versuchte, dies recht obenhin auszusprechen, denn Ellen Robillards ein klein wenig schräggeschnittene Augen hatten weit mehr als nur seine Blicke gefesselt. Trotz ihrer rätselhaft teilnahmslosen Art, die an einem fünfzehnjährigen Mädchen so seltsam anmutete, zog sie ihn in ihren Bann. Außerdem hatte sie etwas Verzweifeltes an sich, das ihm tief zu Herzen ging und ihn nicht losließ, so daß er sich weit sanfter und gesitteter gegen sie benahm als gegen irgendeinen andern Menschen auf der Welt.

»Du bist ja alt genug, ihr Vater zu sein!«

»Ich bin in meinen besten Jahren!« Gerald war gekränkt.

»Jerry, auf kein Mädchen in Savannah kannst du weniger rechnen als auf sie. Ihr Vater ist ein Robillard, und diese Franzosen sind stolz wie die Spanier. Ihre Mutter – Gott hab sie selig – war eine sehr vornehme Dame.«

»Was schert das mich?« Gerald wurde hitzig. »Übrigens ist die Dame tot, und der alte Robillard hat mich gern.«

»Als Mann wohl, aber als Schwiegersohn nicht.«

»Das Mädchen nimmt dich doch nicht«, warf Andrew ein. »Sie ist seit einem Jahr verliebt in ihren Vetter Philippe Robillard, einen tollen Draufgänger, obwohl ihre Familie ihr Tag und Nacht in den Ohren liegt, sie solle ihn laufenlassen.«

»Diesen Monat ist er nach Louisiana abgereist«, sagte Gerald.

»Woher weißt du das?«

Gerald hatte keine Lust, ihnen anzuvertrauen, daß er diese unschätzbare Auskunft Pork verdankte, und auch nicht, daß Philippe auf den ausdrücklichen Wunsch der Familie in den Westen gefahren war.

»Sie wird schon nicht so verliebt sein, daß sie ihn nicht vergessen könnte. Mit fünfzehn weiß man noch nicht viel von Liebe.«

»Die Eltern werden den tollköpfigen Vetter immer noch lieber nehmen als dich.«

Aber James und Andrew waren sprachlos, als die Nachricht kam, daß Pierre Robillards Tochter den kleinen Iren aus dem Oberland heiraten wollte. In Savannah zerbrach man sich den Kopf über Philippes Reise nach dem Westen, aber die Klatschmäuler brachten nichts heraus. Warum Robillards reizendste Tochter einen geräuschvollen kleinen Mann mit rotem Gesicht heiraten sollte, der ihr kaum bis an die Ohren reichte, blieb ihnen allen ein Rätsel. Gerald wurde sich selbst nie recht klar darüber, wie alles gekommen war. Ihm war ein Wunder geschehen, und deshalb war er dieses eine Mal in seinem Leben aus ganzem Herzensgrund demütig, als die sehr blasse, aber ganz ruhige Ellen ihm ihre leichte Hand auf den Arm legte und sagte: »Ich will Sie heiraten, Mr. O'Hara.«

Die Robillards, die wie vom Blitz getroffen waren, konnten wohl einiges ahnen. Nur Ellen und ihre Mammy kannten die ganze Geschichte jener Nacht, da das Mädchen herzzerreißend wie ein Kind bis Tagesanbruch geschluchzt hatte und am Morgen als entschlossene Frau wieder aufgestanden war. Mit bangen Ahnungen hatte Mammy ihrer jungen Herrin ein kleines Paket aus New Orleans mit einer Anschrift von fremder Hand überbracht. Es enthielt ein Miniaturbildnis von Ellen – sie warf es mit einem Aufschrei zu Boden –, vier Briefe von ihrer eigenen Hand an Philippe Robillard und die kurze Mitteilung eines Priesters aus New Orleans, der ihr den Tod ihres Vetters bei einer Schlägerei in einer Bar anzeigte.

»Sie haben ihn vertrieben. Vater, Pauline und Eulalia. Sie trieben ihn fort! Ich hasse sie alle, alle! Ich will sie nie wiedersehen! Weg will ich, weg und keinen von ihnen wiedersehen, weder die Stadt noch irgend etwas, was mich an ihn erinnert.«

Als die Nacht fast vorüber war, hatte Mammy, die sich über den Kummer ihrer Herrin selbst die Augen ausgeweint hatte, Einspruch erhoben: »Aber Liebling, das kannst du nicht.«

»Das will ich aber. Mr. O'Hara ist ein guter Mann. Ich tue es, oder ich gehe nach Charleston ins Kloster.«

Die Drohung mit dem Kloster gewann schließlich die Zustimmung des ganz verstörten, tiefgetroffenen Pierre Robillard. Er war strenger Presbyterianer, trotz seiner katholischen Familie, und der Gedanke, seine Tochter könnte Nonne werden, war ihm schrecklicher als die Heirat mit Gerald O'Hara. Schließlich war ja gegen den Mann nichts weiter einzuwenden, als daß er nicht aus bester Familie stammte.

So kam es, daß Ellen Savannah den Rücken kehrte, um es niemals wiederzusehen, und mit ihrem nicht mehr jungen Mann, mit Mammy und zwanzig Hausnegern nach Tara reiste.

Im nächsten Jahr wurde das erste Kind geboren. Sie nannten es Katie Scarlett nach Geralds Mutter. Gerald war enttäuscht, weil er sich einen Sohn gewünscht hatte, aber er freute sich dann doch so sehr über die kleine schwarzhaarige Tochter, daß er jedem Sklaven auf Tara Rum ausschenken ließ und sich selbst einen tosenden, seligen Rausch antrank.

Wenn Ellen ihren jähen Entschluß je bedauerte, so bekam es jedenfalls niemand zu wissen, am allerwenigsten Gerald, der vor Stolz schier bersten wollte, sooft er sie ansah. Ellen hatte Savannah und seine Erinnerungen hinter sich gelassen, und von dem Augenblick ihrer Ankunft auf Tara an wurde Nordgeorgia ihre Heimat.

Ihr Vaterhaus, das sie auf immer verlassen hatte, war in seinen Umrissen schön und fließend wie ein Frauenleib oder wie ein Schiff mit vollen Segeln gewesen: ein blaßrosa Stuckhaus im französischen Kolonialstil, das zierlich vom Boden aufragte, mit geschwungenen Treppen und spitzenzarten Geländern; ein dämmeriges, üppiges Haus, freundlich und unnahbar. Mit ihm zugleich hatte sie die ganze Kultur zurückgelassen, die dort beheimatet war, und sie fand sich in einer so fremden Welt wieder, als hätte sie einen ganzen Erdteil durchquert.

Nordgeorgia war ein rauhes Land, bewohnt von einem wetterharten Volk. Auf der Hochebene, am Fuße der Blue Ridge Mountains, wogten die rötlichen Hügel, so weit das Auge reichte. Riesige Blöcke des granitenen Kerns traten überall daraus hervor, von hageren Pechkiefern überragt. Für ihr Auge war das alles wild und unbändig. Es war die Küste gewohnt, die ruhige Urwaldschönheit der Inseln mit ihrer Hülle von weichem Moos und wucherndem Grün, den weißen Strand unter der tropischen Sonne, den weiten Blick über das flache, sandige Land mit seinen hohen zierlichen Palmen.

Hier aber war eine Gegend, die Winterfrost und Sommerhitze kannte, und die Kraft und Tüchtigkeit der Bewohner waren ihr fremd. Freundliche Leute waren es, großherzig und von guter Laune, aber derb und aufbrausend. Die Küstenbewohner konnten sich wohl rühmen, alle ihre Angelegenheiten, bis zu ihren Fehden und Duellen, mit lächelnder Anmut zu betreiben; die Leute von Nordgeorgia hatten einen Schuß Gewalttätigkeit im Blut. An der Küste schien das Leben vom Alter gereift. Hier war alles jung, lustig, frisch und rauh. Die Leute von Savannah waren alle aus gleichem Guß, gleich nach Anschauung und Herkommen, während es hier ein buntes Gemisch von Typen gab. Aus den verschiedensten Gegenden waren die Leute nach Nordgeorgia gekommen, aus anderen Teilen der Provinz, aus den beiden Carolinas und Virginia, aus Europa und vom Norden her. Einige davon waren, wie Gerald, von unverbrauchtem Blut, das hier sein Glück suchte, einige, wie Ellen, Kinder alter Geschlechter, die im Vaterhaus das Leben unerträglich gefunden und in der Ferne eine Zuflucht gesucht hatten. Viele waren ohne jeden Grund eingewandert, das rastlose Blut ihrer Väter, der Pioniere in der Wildnis, das in ihren Adern nicht ruhen wollte, hatte sie hergetrieben.

All dies Volk, das hier zusammengeströmt war, gab dem ganzen Leben eine Formlosigkeit, die Ellen neu war und an die sie sich nie ganz gewöhnen konnte. Wie die Leute von der Küste jeweilig handeln würden, wußte sie aus Instinkt, wie aber einer von Nordgeorgia sich verhalten würde, war nie vorauszusagen.

Alles in dieser Gegend wurde durch die Flut des Gedeihens, die damals über den Süden kam, belebt. Die ganze Welt verlangte nach Baumwolle, und der jungfräuliche Boden der Provinz, unverbraucht und fruchtbar, wie er war, brachte sie üppig hervor. Baumwolle war das Herzblut des Landes, Baumwollaussaat und Baumwollernte der Pulsschlag der roten Erde. Aus den gekrümmten Furchen wuchsen Reichtum und Hochmut. Wenn Baumwolle schon in der ersten Generation so reich machte, wieviel reicher mußte erst die nächste werden! Die Gewißheit über den morgigen Tag gab dem Leben einen prickelnden, hohen Schwung, und die Leute genossen es so herzhaft, wie Ellen es nie begreifen konnte. Sie hatten Geld und Sklaven in Hülle und Fülle und damit Zeit genug zum Spiel, und spielen taten sie gern. Nie waren sie zu beschäftigt, um nicht um eines Jagdreitens oder eines Pferderennens willen die Arbeit liegenzulassen, und kaum eine Woche verging ohne Gartenfest und Tanz.

Ellen wollte oder konnte nie eine der Ihren werden, dazu hatte sie zuviel von sich selbst in Savannah zurückgelassen; aber sie hatte Achtung vor ihnen und lernte mit der Zeit das offene, gerade Wesen dieser Leute bewundern, die wenig Hemmungen hatten und den Mann danach einschätzten, was er wirklich war. Sie wurde die beliebteste Nachbarin in der Provinz, sie war eine gute und tüchtige Hausfrau, eine vorzügliche Mutter, eine hingebende Gattin. Die Selbstlosigkeit eines gebrochenen Herzens, das sie der Kirche hatte weihen wollen, widmete sie nun dem Dienst ihres Haushalts und dem Manne, der sie ihren Erinnerungen entrissen und der ihr nie eine Frage gestellt hatte.

Als Scarlett ein Jahr alt und so kräftig und gesund war, wie es einem so kleinen Mädchen nach Mammys Ansicht eigentlich kaum zukam, gebar Ellen ihr zweites Kind, Susan-Ellinor getauft, doch allezeit Suellen genannt, und nach einiger Zeit erschien Carreen, die unter dem Namen Caroline-Irene in die Familienbibel eingetragen wurde. Dann kamen drei kleine Jungen, die alle drei starben, ehe sie laufen gelernt hatten, und nun unter den knorrigen Zedern, hundert Schritt vom Hause entfernt, auf dem Friedhof lagen, unter drei Steinen, deren jeder die Aufschrift »Gerald O'Hara jun.« trug.

Von dem Tage an, da Ellen auf Tara einzog, verwandelte es sich. Mit ihren fünfzehn Jahren war sie bereit und imstande, die Verantwortung einer Plantagenherrin auf sich zu nehmen. Vor der Heirat mußten junge Mädchen vor allen Dingen anmutig, schön und lieb, eine Zierde sein; nach der Heirat sollten sie plötzlich einen Haushalt führen können, der hundert Köpfe und darüber zählte, weiße und schwarze. Für diese Aufgaben wurden sie erzogen. Ellen hatte die Vorbereitung auf die Ehe bekommen, wie jede wohlerzogene junge Dame sie erhielt, und obendrein hatte sie Mammy zur Seite, die dem tolpatschigsten Neger Anstand beizubringen wußte. Sie brachte rasch Ordnung, Würde und Anmut in Geralds Haushalt und machte Tara so schön wie nie zuvor.

Das Haus war ohne jeden Bauplan errichtet, neue Räume waren angebaut worden, wann und wo es bequem war, aber unter Ellens aufmerksamer Fürsorge gewann es einen Reiz, der für seine Planlosigkeit entschädigte. Die Zedernallee, die von der Hauptstraße nach dem Hause führte und bei keinem Heim eines georgianischen Pflanzers fehlen durfte, erhöhte mit ihrem kühlen, dunklen Schatten die freundliche Wirkung anderen Grüns. Die Glyzinien, die von den Veranden herabflossen, hoben sich farbig von dem weißen Putz ab und vereinten sich mit dem rosa Krepp der Myrtensträucher neben der Haustür und dem weißen Blütenmeer der Magnolien auf dem Parkrasen, um die ungeschickten Linien im Umriß des Hauses auf das schönste zu verkleiden.

Im Frühling und Sommer bekamen das Bermudagras und der Klee auf dem Rasen einen so berückenden Smaragdschimmer, daß die Truthühner und weißen Gänse, die eigentlich hinter dem Hause bleiben sollten, unwiderstehlich davon angelockt wurden. Unentwegt fühlten sich die Anführer des Geflügels verstohlen nach vorn vor. Das grüne Gras, die schmackhaften Verheißungen der Jasminknospen und Zinnienbeete verführten sie immer aufs neue. Vor der Haustür stand ein Negerjunge Schildwache, um ihren Plünderungen Einhalt zu tun. Der Kleine, der mit einem zerfetzten Handtuch bewaffnet auf den Stufen saß, gehörte mit zu dem Bild von Tara. Die Waffe war reichlich unwirksam, denn es war ihm verboten, damit nach dem Hühnervolk zu schlagen; er durfte nur mit dem Tuch wedeln und die Hühner wegscheuchen. Ellen betraute Dutzende von kleinen Schwarzen mit dieser Aufgabe, der ersten verantwortlichen Stellung eines Sklaven auf Tara. Nach Vollendung ihres zehnten Jahres wurden sie zu dem alten Väterchen, dem Plantagenschuster, in die Lehre geschickt, oder zu Amos, dem Stellmacher und Zimmermann, oder zu dem Kuhhirten Philippe, oder zu dem Maultierpfleger Cuffee. Wenn sie für keins dieser Gewerbe Begabung zeigten, so wurden sie Ackerknechte und hatten damit nach Auffassung der Neger ein für allemal jeden Anspruch auf eine gehobene Stellung verloren.

Ellens Leben war weder leicht, noch war es glücklich. Mühelosigkeit erwartete sie vom Leben nicht, und daß ihm das Glück fehlte, war Frauenlos. Die Welt gehörte dem Mann, und so nahm sie sie hin. Dem Mann gehörte der Besitz, die Frau hatte ihn zu verwalten. Waren Haus und Plantage gut aufgezogen, so hatte der Mann die Ehre, und die Frau lobte seine Geschicklichkeit. Der Mann brüllte wie ein Stier, wenn er einen Splitter im Finger hatte, und die Frau erstickte jedes Stöhnen bei der Geburt, damit es ihn nicht störe. Die Männer waren grob in ihren Worten und oftmals bezecht. Die Frauen überhörten anstößiges Reden und brachten die Trunkenbolde ohne ein Wort der Bitterkeit zu Bett. Die Männer sagten barsch und unverblümt ihre Meinung, die Frauen waren immer freundlich, gütig und verzeihend. Ellen war in den Traditionen vornehmer Damen erzogen worden, die sie gelehrt hatten, ihre Last zu tragen, ohne von ihrem persönlichen Zauber etwas einzubüßen, und sie wollte auch ihre drei Töchter zu vornehmen Damen machen. Mit den jüngeren gelang es ihr; Suellen war so darauf aus, zu gefallen, daß sie aufmerksam und willig auf die Lehren ihrer Mutter hörte, und Carreen war schüchtern und leicht zu lenken. Aber Scarlett, ganz Geralds Kind, fand den Weg zur vollendeten Dame nur ganz mühselig.

Zu Mammys Entrüstung waren ihre liebsten Spielkameraden nicht ihre artigen Schwestern oder die wohlerzogenen Wilkesschen Mädchen, sondern die Negerkinder auf der Plantage und die Jungens aus der Nachbarschaft. Auf Bäume klettern und mit Steinen werfen konnte sie so gut wie der Beste unter ihnen. Mammy war ganz verstört darüber, daß Ellens Tochter sich so entfaltete, und beschwor sie häufig, »sich wie eine kleine Dame zu benehmen«. Aber Ellen betrachtete die Sachlage mit duldsamerem Auge, mehr auf lange Sicht. Sie wußte, daß aus Spielkameraden einstmals Verehrer wurden, und die erste Pflicht eines Mädchens war, zu heiraten. Sie sagte sich, daß dies alles nur die überschäumende Lebensfülle des Kindes sei und daß es immer noch Zeit sein würde, Scarlett die Künste der Anmut und des Liebreizes zu lehren.

Zu diesem Zweck vereinten Ellen und Mammy ihre Bemühungen, und als Scarlett heranwuchs, wurde sie eine gelehrige Schülerin. Viel mehr lernte sie freilich auch nicht. Trotz einer ganzen Reihe von Erzieherinnen und einem zweijährigen Aufenthalt in der nahe gelegenen Töchterschule zu Fayetteville blieb ihre Bildung höchst lückenhaft, aber kein Mädchen aus der Provinz tanzte besser als sie. Sie verstand zu lächeln, daß die Grübchen spielten, auf leichten Füßen zu gehen, daß die weiten Krinolinenröcke einladend um sie her flogen, dem Mann ins Auge zu sehen und sofort den Blick niederzuschlagen, als bebte sie in süßer Erregung. Vor allem lernte sie, ihren scharfen Verstand vor den Männern hinter einem Gesicht zu verbergen, das so sanft und harmlos dreinschauen konnte wie das eines kleinen Kindes. Ellen und Mammy mühten sich beide ab, ihr die Eigenschaften einzuimpfen, die aus ihr eine wahrhaft begehrenswerte Gattin machen sollten, Ellen mit sanften Ermahnungen, Mammy mit ständigem Tadel.

»Du mußt stiller sein, Liebling, und gesetzter«, sagte Ellen zu ihrer Tochter. »Du darfst die Herren nicht unterbrechen, wenn sie sprechen, und wenn du es zehnmal besser weißt als sie. Ein vorlautes Mädchen mögen die Männer nicht.«

»Eine kleine Dame, die die Stirn runzelt und das Kinn aufwirft und sagt ›ich will‹ und ›ich will nicht‹, kriegt keinen Mann ab«, prophezeite Mammy düster, »so eine kleine Dame soll die Augen niederschlagen und sagen ›gewiß doch‹ und ›Sie haben ganz recht‹.«

So gut sie vermochten, lehrten sie sie alles, was eine Dame wissen sollte; Scarlett aber begriff nur den äußeren Schein. Die Herzensanmut, aus der die äußere Form wachsen sollte, lernte sie nie und sah auch keinen Grund ein, sie zu lernen. Der äußere Schein genügte, die damenhaften Formen machten sie beliebt, und mehr verlangte sie nicht. Gerald prahlte damit, daß sie in fünf Provinzen die gefeiertste Schönheit sei, und nicht mit Unrecht. Fast alle jungen Männer aus der Nachbarschaft und viele von weither, aus Atlanta und Savannah, hatten ihr Heiratsanträge gemacht. Mit sechzehn Jahren sah sie, dank Mammy und Ellen, liebreizend und fügsam aus, in Wirklichkeit aber war sie eigensinnig und eitel. Sie hatte die leichterregbare Leidenschaftlichkeit ihres Vaters, aber von dem selbstlosen, duldsamen Wesen ihrer Mutter nur eine dünne Politur. Das wurde Ellen nie ganz bewußt, denn vor ihrer Mutter zeigte sie sich stets von der besten Seite, verbarg ihre Sprunghaftigkeit, unterdrückte ihren Zorn und war so sanft, wie sie nur konnte, denn ein vorwurfsvoller Blick der Mutter konnte sie bis zu Tränen beschämen.

Mammy hingegen gab sich keinen Täuschungen über sie hin und lag ständig auf der Lauer, sie zu durchschauen. Mammy hatte ein schärferes Auge als Ellen, und Scarlett konnte sich ihr Leben lang nicht erinnern, die alte Amme je auf die Dauer hinters Licht geführt zu haben.

Nicht daß die beiden liebevollen Erzieherinnen Scarletts rasches Blut, ihre Lebhaftigkeit und ihre Reize beklagt hätten. Auf solche Züge waren die Frauen in den Südstaaten stolz. Was ihnen Sorge machte, war das von Gerald ererbte halsstarrige, ungestüme Wesen, und zuweilen fürchteten sie, es möge mißlingen, diese verhängnisvollen Eigenschaften zu vertuschen, bis sie eine gute Partie gemacht hatte. Aber Scarlett wollte heiraten, Ashley heiraten, und sie trug geduldig die Maske scheinbarer Sittsamkeit und liebenswürdiger Gedankenlosigkeit, weil nun einmal nur diese Mittel bei den Männern ihre Wirkung taten. Darüber nachzudenken, warum das so war, reizte sie nie; sie hatte keine Ahnung, wie es in der Menschenbrust zugeht, auch nicht in der eigenen. Sie wußte nur eines: wenn sie dies und jenes tat und sagte, antworteten die Männer unfehlbar mit dieser und jener Schmeichelei. Es war nicht schwieriger als eine mathematische Formel. Mathematik war das einzige, was Scarlett in der Schule leichtgefallen war.

Noch weniger als vom Innenleben des Mannes wußte sie von dem der

Frau, denn Frauen interessierten sie nicht. Eine Freundin hatte sie nie gehabt und nie entbehrt. Alle Frauen, auch ihre beiden Schwestern, waren ihre natürlichen Feinde, weil sie dieselbe Beute verfolgten … den Mann. Alle Frauen, mit einer einzigen Ausnahme: ihre Mutter!

Ellen O'Hara war anders. Scarlett betrachtete sie wie etwas Heiliges, das über allen andern Menschen steht. Als Kind hatte sie ihre Mutter mit der Jungfrau Maria verwechselt, und als sie älter wurde, sah sie nicht ein, warum sie ihre Ansicht ändern sollte. Ellen war für sie der Inbegriff der vollkommenen Ruhe, wie nur der Himmel oder eben eine Mutter sie geben kann. Ihre Mutter war die verkörperte Gerechtigkeit, Wahrheit, zärtliche Liebe und tiefe Weisheit – und sie war eine vornehme Dame.

Scarlett wollte von Herzen gern so werden wie ihre Mutter; nur gab es da eine Schwierigkeit: wer gerecht und wahrhaftig, liebevoll und selbstlos war, dem entgingen die meisten Freuden des Lebens und vor allem viele Verehrer. Das Leben aber war zu kurz, als daß man so erfreuliche Dinge versäumen durfte. Später einmal, wenn sie erst Ashleys Frau und älter war, später, wenn sie für so etwas Zeit hatte, wollte sie so sein wie Ellen. Bis dahin …

IV

An diesem Abend vertrat Scarlett ihre Mutter bei der Mahlzeit. Aber in ihrem Gemüt gärte noch immer das Schreckliche, das sie über Ashley und Melanie gehört hatte. Sie sehnte sich voller Verzweiflung danach, daß ihre Mutter von Slatterys zurückkehren möge; ohne sie fühlte sie sich einsam und verlassen. Welches Recht hatten Slatterys mit ihren ewigen Krankheiten, Ellen gerade heute zu beanspruchen, wo doch sie, Scarlett, ihrer so dringend bedurfte!

Während des trübseligen Mahles schlug ihr Geralds dröhnende Stimme schmerzhaft ans Ohr, bis sie meinte, es nicht länger aushalten zu können. Er hatte sein Gespräch mit ihr schon wieder vollständig vergessen und hielt jetzt einen Vortrag über die neuesten Nachrichten aus Fort Sumter, wobei er hin und wieder bekräftigend mit der Faust auf den Tisch schlug und mit den Armen durch die Luft fuchtelte. Er hatte es sich zur Gewohnheit gemacht, bei Tisch die Unterhaltung zu beherrschen, und meistens saß Scarlett in ihre eigenen Gedanken versunken dabei und vernahm kaum ein Wort. Aber heute konnte sie sich nicht gegen seine Stimme abschließen, so angestrengt sie auch nach dem Knarren der Wagenräder horchte, das Ellens Rückkehr anzeigen mußte. Natürlich hatte sie nicht die Absicht, ihrer Mutter zu erzählen, was ihr so schwer auf dem Herzen lag. Es hätte Ellen nur befremdet und bekümmert, zu erfahren, daß ihre Tochter einen Mann begehrte, der mit einem anderen Mädchen verlobt war. Aber im Abgrund dieser ersten Tragödie, die ihr widerfuhr, hätte ihr die tröstliche Gegenwart der Mutter schon viel bedeutet. Sie fühlte sich immer geborgen, wenn Ellen bei ihr war; nichts konnte so arg sein, daß Ellen es nicht durch ihre bloße Gegenwart gelindert hätte.

Sie fuhr unvermutet von ihrem Stuhl empor, als sie Räder über die Auffahrt knirschen hörte, und sank wieder zurück, als sie um das Haus herum weiterfuhren bis in den hinteren Hof. Ellen konnte es nicht sein, denn sie wäre gleich bei der vorderen Eingangstreppe ausgestiegen. Dann klang aufgeregtes Geplapper von Negerstimmen und schrilles Lachen von draußen herein. Durch das Fenster erblickte Scarlett Pork. Er hielt einen brennenden Kiefernscheit hoch, in dessen Licht man undeutliche Gestalten vom Leiterwagen klettern sah. In der dunklen Nachtluft schwoll das Gelächter und Geschwatze an: anheimelnde, sorglose Stimmen, sanfte Kehllaute und helle Fisteltöne. Dann kamen Schritte die Hintertreppe herauf und weiter durch den Flur, der zum Haupthause führte. In der Halle vor dem Speisezimmer blieben sie stehen, ein kurzes Geflüster, und Pork trat ein, seiner üblichen Würde vollständig bar, mit rollenden Augen und gleißenden Zähnen.

»Master Gerald«, meldete er keuchend; sein Gesicht strahlte vor Bräutigamsstolz. »Die neue Frau sein da.«

»Neue Frau? Ich habe keine neue Frau gekauft«, erklärte Gerald und heuchelte ein äußerst erstauntes Gesicht.

»Doch, doch! Master Gerald, sie sein hier draußen und mögen Sie sprechen!« Pork grinste und rang vor lauter Aufregung die Hände.

»Nun also, bring die Braut herein«, sagte Gerald.

Pork ging in die Halle zu seiner Frau, die von Wilkes' Plantage soeben angekommen war, um ein Glied des Haushaltes auf Tara zu werden. Sie kam herein, hinter ihr her, von ihrem mächtigen Kattunrock fast verborgen, ihr zwölfjähriges Mädchen, das sich an das Bein der Mutter schmiegte.

Dilcey war groß und hielt sich sehr gerade. Sie hätte in jedem Alter zwischen dreißig und sechzig sein können, so glatt war ihr unbewegliches, bronzefarbenes Gesicht. Ihren Zügen sah man deutlich das Indianerblut an, das die Merkmale des Negers überwog. Die rote Haut, die schmale, hohe Stirn, die hervortretenden Backenknochen und die Habichtsnase, deren unteres Ende über wulstigen Negerlippen hing, alles verriet die Mischung der beiden Rassen. Sie trug sich mit einer selbstbeherrschten Würde, die selbst Mammys übertraf. Mammy hatte sich ihre Würde anerzogen, Dilcey lag sie im Blut. Wenn sie sprach, klang ihre Stimme nicht so verschliffen wie bei den meisten Negern, auch wählte sie ihre Worte sorgfältiger aus.

»Guten Abend, junge Missis, guten Abend, Master Gerald. Es tut mir leid, daß ich Sie störe, aber ich wollen herkommen und mich bei Ihnen bedanken, weil Sie mich kaufen und mein Kind dazu. Eine Menge Herren vielleicht mich auch kaufen, aber meine Prissy nicht mit kaufen, nur damit ich nicht traurig wäre. Ich danken auch schön. Ich wollen alles für Sie tun und zeigen, daß ich es Ihnen nicht vergesse.«

»Hrr-hmm.« Gerald räusperte sich vor Verlegenheit, weil er öffentlich einer guten Tat überführt wurde.

Dilcey wandte sich zu Scarlett, und etwas wie ein Lächeln huschte um ihre Augenwinkel. »Miß Scarlett, Pork mir sagen, daß Sie Master Gerald gebeten haben, mich doch kaufen. Dafür gebe ich Ihnen meine Prissy als Ihre eigene Kammerzofe.«

Sie langte hinter sich hin und schubste das kleine Mädchen nach vorn. Es war ein schmächtiges braunes Ding, mit Beinen so mager wie Vogelbeine und einer Unzahl sorgfältig mit Zwirn umwickelter Zöpfe, die ihr steif vom Kopf abstanden. Sie hatte ein Paar scharfe Augen, denen nichts entging, und trug eine gewollt dumme Miene zur Schau.

»Danke, Dilcey«, erwiderte Scarlett. »Ich fürchte nur, da hat Mammy ein Wort mitzureden. Sie ist seit meiner Geburt meine Zofe gewesen.«

»Mammy werden alt«, sagte Dilcey mit einer Ruhe, die Mammy in Wut gebracht hätte. »Sie sein eine gute Mammy, aber Miß Scarlett sein jetzt eine junge Dame und brauchen eine gute Zofe, und meine Prissy sein seit einem Jahr bei Miß India Zofe gewesen, sie kann nähen und das Haar aufstecken wie eine Erwachsene.«

Auf einen Rippenstoß der Mutter hin machte Prissy einen Knicks und grinste Scarlett an, die nicht anders konnte als ihr wieder zuzulächeln. Ein gerissenes kleines Mädel, dachte sie und sagte laut: »Dank dir, Dilcey, wir sprechen weiter darüber, wenn Mrs. O'Hara nach Hause kommt.«

»Danke, Miß, ich wünschen allen Herrschaften gute Nacht.« Damit kehrte Dilcey sich um und verließ mit dem Kinde das Zimmer, während Pork dienstbeflissen um sie hertänzelte.

Als das Abendessen abgeräumt war, nahm Gerald seinen Vortrag wieder auf, doch machte es ihm selbst keine rechte Freude mehr und den Zuhörern noch weniger. Wenn er donnernd den Krieg als unmittelbar bevorstehend bezeichnete und rhetorisch fragte, ob der Süden sich weitere Beleidigungen von den Yankees bieten lassen dürfe, bekam er darauf nur ein stilles, gelangweiltes »Ja, Papa« und »Nein, Papa« zu hören. Carreen saß auf einem Kissen unter der großen Lampe und vertiefte sich in den Roman von einem Mädchen, das nach dem Tode ihres Liebsten den Schleier genommen hatte. Stille Wonnetränen tropften ihr dabei aus den Augen, und sie sah sich im Geiste selber wohlgefällig mit der weißen Nonnenhaube. Suellen stickte »etwas für ihre Hoffnungstruhe«, wie sie es kichernd nannte, und überlegte sich, ob sie nicht doch morgen auf dem Gartenfest Stuart Tarleton ihrer Schwester abspenstig machen und mit der süßen Weiblichkeit bestricken könnte, die ihr eigen war und Scarlett so ganz abging. Scarlett aber war voll inneren Aufruhrs wegen Ashley.

Wie konnte Pa nur immer weiter über Fort Sumter und die Yankees reden, wo er doch wußte, daß ihr das Herz brach? Sie wunderte sich nach Art sehr junger Leute darüber, daß man ihren Schmerz vergessen konnte und die Welt sich trotz ihrem gebrochenen Herzen weiter drehte wie immer. Ihr schwirrte der Kopf, als brauste ein Sturmwind durch ihn hindurch, und es war so sonderbar, daß das Speisezimmer mit dem wuchtigen Mahagonitisch, den Anrichteschränken, dem schweren Silbergeschirr, mit den bunten Flickenteppichen auf dem blanken Fußboden so friedlich wie immer vor ihr lag. Die ruhigen Stunden, die die Familie hier nach dem Abendessen verbrachte, hatte Scarlett so gern, aber heute war der Anblick ihr verhaßt, und am liebsten wäre sie leise hinausgegangen durch die dunkle Halle in Ellens kleines Schreibzimmer und hätte auf dem alten Sofa ihren Kummer ausgeweint. Dieses Zimmer hatte Scarlett von allen im Hause am liebsten. Hier saß Ellen morgens an ihrem Schreibtisch, führte die Abrechnungen über die Plantage und nahm den Bericht Jonas Wilkersons, des Aufsehers, entgegen. Dort verbrachte auch die Familie ihre Mußestunden, während Ellens Gänsekiel über die Buchseiten flog, Gerald in dem alten Schaukelstuhl, die Mädchen auf den eingesessenen Sofakissen, die zu zerschlissen und abgenutzt für die Vorderzimmer waren. Dort zu sein, allein mit Ellen, sehnte Scarlett sich jetzt, und – den Kopf im Schoße der Mutter – ungestört zu weinen.

Da knirschten Räder geräuschvoll durch den Kies, und schon war Ellens sanfte Stimme draußen zu vernehmen. Gespannt blickten alle auf, als sie mit ihrem wiegenden Gang hereintrat. Mit ihr kam der schwache Duft von Zitrone und Verbene, der immer den Falten ihres Kleides entströmte und den Scarlett allezeit mit dem Bild der Mutter verband. Ein paar Schritte hinter ihr folgte Mammy, die Ledertasche in der Hand, mit vorgeschobener Unterlippe und gesenkten Brauen. Sie sprach, während sie hereinwatschelte, leise vor sich hin, und zwar so, daß ihre Bemerkungen nicht verstanden wurden, aber doch ihre entschiedene Mißbilligung zum Ausdruck brachten.

»Es tut mir leid, daß ich so spät komme.« Ellen ließ ihr Plaid von den Schultern gleiten, gab es Scarlett und streichelte ihr die Wange. Bei ihrem Eintritt hellte sich Geralds Gesicht auf. »Ist das Wurm getauft?« erkundigte er sich.

»Ja, und tot, das arme Ding«, sagte Ellen. »Ich fürchtete, Emmie würde auch sterben, aber ich glaube, sie bleibt am Leben.« Die Mädchen hoben ihre erschrockenen, fragenden Gesichter empor, und Gerald schüttelte philosophisch den Kopf: »Nun, es ist besser, das Wurm ist tot, das arme vaterlose ...«

»Es ist schon spät, wir sollten lieber jetzt beten.« Ellen unterbrach ihn so sanft, daß die Unterbrechung unbemerkt vorübergegangen wäre, hätte Scarlett ihre Mutter nicht so gut gekannt. Gern hätte Scarlett gewußt, wer der Vater von Emmie Slatterys Baby war, aber wenn sie die Wahrheit von ihrer Mutter zu hören begehrte, so würde sie sie nie erfahren. Sie hatte Jonas Wilkerson im Verdacht, denn sie hatte ihn oft bei einbrechender Nacht mit Emmie die Landstraße entlanggehen sehen. Jonas war Junggeselle und ein Yankee. Seine Stellung als Sklavenaufseher schloß ihn ein für allemal von jeder Berührung mit der Gesellschaft des Landes aus. In keine auch nur halbwegs angesehene Familie konnte er hineinheiraten, mit niemandem konnte er verkehren, außer mit den Slatterys und ähnlichem Gelichter. Da er an Bildung mehrere Stufen höher stand als die Slatterys, hatte er natürlich keine Lust, Emmie zu heiraten, sooft er auch in der Dämmerung mit ihr spazierenging. Scarlett seufzte, denn sie war sehr neugierig. Immer gingen unter den Augen ihrer Mutter Dinge vor sich, die Ellen so wenig bemerkte, als seien sie überhaupt nicht vorhanden. Ellen sah über alles Unschickliche hinweg und verlangte von Scarlett dasselbe, allerdings nur mit kümmerlichem Erfolg.

Ellen war zum Kamin gegangen und hatte aus dem kleinen eingelegten Kästchen ihren Rosenkranz genommen, als Mammy energisch dazwischentrat: »Mrs. Ellen, erst wird zu Abend gegessen, ehe Sie beten.«

»Danke, Mammy, ich habe keinen Hunger.«

»Ich richte Ihnen selbst die Mahlzeit an, und dann essen Sie.« Mammy runzelte vor Entrüstung die Stirn und begab sich durch die Halle in die Küche. »Pork!« rief sie, »sag der Köchin, sie soll das Feuer anblasen, Mrs. Ellen sein da.« Während die Dielen unter ihrem Gewicht erdröhnten, wurde das Selbstgespräch, in dem sie schon zuvor begriffen war, immer lauter, bis man es im Speisezimmer deutlich verstehen konnte: »Ich sagen es immer wieder, es haben keinen Zweck, für das weiße Pack sorgen, das sein die größten Faulpelze und undankbarsten Nichtsnutze, Mrs. Ellen sollen sich nicht todmüde machen für Leute, die Neger genug zum Pflegen haben können, wenn sie nur einen Schuß Pulver wert sein, ich haben gesagt ...«

Ihre Stimme verklang. Sie hatte ihre eigene Methode, den Herrschaften ihren Standpunkt klarzumachen. Sie wußte wohl, daß es unter der Würde der Weißen war, zuzuhören, wenn ein Schwarzer vor sich hin sprach. Sie war vor Antworten und Verweisen sicher, wenn sie sich auch noch so laut vernehmen ließ, und doch blieb keiner über ihre Meinung im Zweifel.

Pork kam mit einem Teller, dem Besteck und einer Serviette herein. Ein kleiner Negerjunge folgte ihm auf dem Fuße. Mit der einen Hand knöpfte er hastig seine weiße Leinenjacke zu, in der anderen trug er einen Fliegenwedel aus dünnen Streifen Zeitungspapiers an einem Bambusrohr, das länger war als er selbst. Ellen besaß einen prachtvollen Fliegenwedel aus Pfauenfedern, aber der wurde nur bei ganz besonderen Anlässen gebraucht, und auch dann nur nach langen häuslichen Kämpfen, denn Pork, die Köchin und Mammy waren der hartnäckigen Überzeugung, daß Pfauenfedern Unglück brächten.

Ellen setzte sich auf den Stuhl, den Gerald für sie hervorzog, und dann fielen sie vierstimmig über sie her:

»Mutter, an meinem Ballkleid ist die Spitze los. Ich will es doch morgen in Twelve Oaks anziehen. Nähst du sie mir wieder an?«

»Mutter, Scarletts neues Kleid ist viel hübscher als meins, ich sehe in Rosa wie eine Vogelscheuche aus. Kann sie nicht mein rosa Kleid anziehen und ich ihr grünes?«

»Mutter, darf ich morgen für den Ball aufbleiben? Ich bin doch schon dreizehn.«

»Mrs. O'Hara, sollte man es glauben – scht, ihr Mädchen, erst komme ich! – Cade Calvert war heute früh in Atlanta und sagt – wollt ihr still sein, ich kann ja mein eigenes Wort nicht verstehen! – er sagt, sie seien dort alle in mächtiger Aufregung und redeten von nichts anderem als vom Krieg, und in Charleston heißt es, man würde sich nun nichts mehr von den Yankees gefallen lassen.«

Ellen lächelte müden Mundes in den Tumult hinein und wandte sich zunächst, wie es sich gehörte, an ihren Mann. »Wenn das die Meinung und das Gefühl der netten Leute in Charleston ist, so haben sie sicher recht«, sagte sie. Sie hatte die feste Überzeugung, daß, mit alleiniger Ausnahme von Savannah, die Vornehmsten auf dem ganzen Erdteil in jenem kleinen Seehafen zu finden seien, eine Überzeugung, die von den Leuten aus Charleston selber in hohem Grade geteilt wurde.

»Nein, Carreen, nächstes Jahr, mein Kind, dann darfst du zum Ball aufbleiben und Kleider wie die Großen tragen. Dann wird mein kleiner Rotback sich aber amüsieren. Nicht maulen, du weißt doch, du darfst auf das Gartenfest und bis zum Abendessen aufbleiben, aber Bälle sind erst mit vierzehn Jahren erlaubt.«

»Gib mir dein Kleid, Scarlett. Ich nähe dir nach der Abendandacht die Spitze an.«

»Suellen, dein Ton gefällt mir nicht. Dein rosa Kleid ist wunderhübsch und steht gut zu deinem Teint wie Scarletts zu dem ihren. Aber du darfst morgen meine Granatkette tragen.«

Hinter dem Rücken der Mutter machte Suellen triumphierend eine krause Nase zu Scarlett, die gehofft hatte, selber die Kette zu tragen. Scarlett steckte ihr die Zunge heraus. Suellen konnte mit ihrem Gejammer und ihrer Selbstsucht unerträglich sein, und hätte nicht Ellens Gegenwart Scarlett zurückgehalten, so hätte sie ihre Schwester schon des öfteren geohrfeigt.

»Erzähl mir mehr davon, was Mr. Calvert aus Charleston berichtet hat«, sagte Ellen zu ihrem Mann.

Scarlett wußte wohl, daß ihre Mutter sich für Krieg und Politik gar nicht interessierte. Das waren für sie männliche Angelegenheiten, um die eine Dame sich nicht kümmerte. Aber Gerald hatte Freude daran, seine Ansichten zum besten zu geben, und Ellen war stets darauf bedacht, ihrem Manne eine Freude zu machen.

Während Gerald seine Neuigkeiten heraussprudelte, stellte Mammy ihrer Herrin die Schüsseln hin: Gebäck mit goldiger Kruste, gebratene Hühnerbrust und eine dampfende, aufgeplatzte gelbe Batate, von der die geschmolzene Butter herabtroff. Mammy gab dem kleinen Jack einen Puff, und er begann eilends, hinter Ellens Rücken zu wedeln. Mammy stand neben dem Tisch und beobachtete jeden Bissen, der vom Teller zum Munde der Herrin wanderte. Scarlett sah, daß Ellen vor Müdigkeit kaum wußte, was sie aß. Nur Mammys unerbittliche Miene zwang sie dazu. Als die Schüssel leer war und Gerald seinen Vortrag über die leidigen Yankees noch nicht annähernd beendet hatte, stand Ellen auf.

»Wollen wir schon beten?« fragte er.

»Ja, es ist schon spät – wahrhaftig, zehn Uhr. Carreen sollte längst schlafen. Bitte, die Lampe, Pork, und mein Gebetbuch, Mammy.« Auf Mammys heiseres Geflüster stellte Jack seinen Fliegenwedel in die Ecke und räumte die Schüsseln weg, während Mammy in der Schublade der Anrichte nach Ellens zerlesenem Gebetbuch suchte. Pork stellte sich auf die Zehen, faßte den Ring an der Kette und zog die Hängelampe langsam herunter, bis das obere Ende des Tisches in Licht getaucht war und die Zimmerdecke im Dunkeln verschwand. Ellen schob ihre Röcke zurecht und ließ sich auf die Knie nieder, legte das offene Gebetbuch auf den Tisch vor sich hin und faltete darüber die Hände. Gerald kniete neben ihr. Scarlett und Suellen nahmen ihre gewohnten Plätze am anderen Ende des Tisches ein und legten ihre faltigen Unterröcke unter den Knien zu einem Polster zusammen, damit ihnen der harte Fußboden nicht so weh täte. Carreen, die klein für ihr Alter war, konnte nicht recht am Tisch knien und ließ sich deshalb vor einem Stuhl nieder, die Ellenbogen auf dem Sitz. So kniete sie gern, denn sie schlief fast immer während der Andacht ein, und wenn sie in dieser Stellung hockte, merkte ihre Mutter nichts davon. Die Hausneger kamen in die Halle geschlurft und geraschelt und knieten dann an der Tür. Mammy stöhnte laut auf, als sie sich niederließ, Pork hielt sich gerade wie ein Ladestock, Rosa und Teena breiteten anmutig die bunten Kattunröcke aus. Die Köchin sah hager und gelb unter ihrem schneeweißen Kopftuch hervor, und der ganz verschlafene Jack suchte sich seinen Platz so weit entfernt von Mammys kneifenden Fingern wie nur möglich. Die dunklen Augen der Neger glänzten erwartungsvoll, die Andacht mit der weißen Herrschaft war eins der Ereignisse des Tages. Von den alten, schönen Sprüchen der Litanei und ihrer morgenländischen Bildersprache verstanden sie nicht viel, und doch gingen sie ihnen zu Herzen, und während sie singend respondierten: »Herr, erbarme dich unser, Christe, erbarme dich unser«, wiegten sie den Oberkörper andächtig hin und her.

Ellen schloß die Augen und fing an zu beten, ihre Stimme hob und senkte sich beruhigend wie ein Schlummerlied. Die Köpfe senkten sich in den gelben Lichtkreis, als Ellen Gott dankte für die Gesundheit und das Glück ihres Heimes und ihrer Familie und ihrer Neger.

Als sie ihr Gebet für alle Bewohner von Tara, für ihren Vater, ihre Mutter, ihre Schwestern, die drei kleinen toten Söhne und »all die armen Seelen im Fegefeuer« beendet hatte, nahm sie die weißen Perlen in ihre schlanken Finger und begann den Rosenkranz zu beten. Wie ein sanfter Wind kamen die Antworten aus schwarzen und aus weißen Kehlen zurückgesäuselt:

»Heilige Maria, Mutter Gottes, bitte für uns Sünder jetzt und in der Stunde unseres Todes. Amen.«

Trotz ihrem Herzweh und dem Schmerz unvergossener Tränen kam Ruhe und tiefer Friede über Scarlett, wie immer zu dieser Stunde. Ein wenig von der Enttäuschung dieses Nachmittags, von der Angst vor dem kommenden Tag wich von ihr. Nicht die Erhebung des Herzens zu Gott brachte ihr diese Linderung; denn Religion war ihr kaum mehr als Lippendienst. Es war der Anblick ihrer Mutter, wie sie ihr verklärtes Gesicht zum Throne Gottes, seinen Heiligen und Engeln erhob und Segen herabflehte auf die Menschen, die sie liebte, der ihr so naheging. Wenn Ellen im Himmel für sie eintrat, mußte der Himmel sie erhören, dessen war Scarlett gewiß.

Ellen war fertig, und Gerald, der seinen Rosenkranz zur Abendandacht nie finden konnte, begann verstohlen sich die Aves und Paternosters an den Fingern abzuzählen. Bei seinem summenden Psalmodieren konnte Scarlett nicht verhindern, daß ihre Gedanken abschweiften. Sie wußte wohl, sie sollte jetzt ihr Gewissen prüfen. Ellen hatte sie gelehrt, es sei ihre Pflicht, am Ende jedes Tages in ihrem Gewissen gründlich Umschau zu halten, ihre zahlreichen Verfehlungen zu gestehen und Gott um Vergebung und um die Kraft zu bitten, nicht wieder rückfällig zu werden. Scarlett aber prüfte ihr Herz.

Sie ließ den Kopf auf den gefalteten Händen, so daß die Mutter ihr Gesicht nicht sehen konnte, und die Gedanken wanderten betrübt zu Ashley zurück. Wie konnte er nur beschlossen haben, Melanie zu heiraten, wo er in Wirklichkeit doch sie, Scarlett, liebte? Und wenn er wußte, wie sehr sie ihn liebte? Wie konnte er ihr so das Herz brechen?

Da auf einmal fuhr ihr strahlend und hell wie ein Komet ein neuer Gedanke durch den Sinn. »Mein Gott, Ashley hat ja keine Ahnung davon, daß ich ihn liebe!«

So unerwartet kam ihr diese Erleuchtung, daß sie vor Schreck beinahe laut aufgeatmet hätte. Einen langen, atemlosen Augenblick stockten ihre Gedanken wie gelähmt, dann rasten sie weiter.

»Woher sollte er es denn wissen? Ich habe mich ihm gegenüber immer so zimperlich und damenhaft benommen und bin in seiner Gegenwart ein solches Rührmichnichtan gewesen, daß er wahrscheinlich denkt, ich mache mir nichts aus ihm, außer höchstens als Freund. Natürlich, darum hat er nie etwas gesagt! Er hält seine Liebe für hoffnungslos, und darum ...«

Geschwind eilten die Gedanken zurück in jene Zeiten, da sie ihn dabei ertappt hatte, wie er sie so seltsam ansah, da die grauen Augen, die seine Gedanken sonst so vollständig verhüllten, offen und nackt vor ihr gelegen hatten mit einem Blick voller Qual und Verzweiflung.

»Er denkt, ich sei in Brent, Stuart oder Cade verliebt, daher sein enttäuschtes Herz. Und wenn er mich doch nicht haben kann, meint er sicherlich, er könne seiner Familie zu Gefallen ebensogut Melanie heiraten. Wenn er aber wüßte, daß ich ihn liebe ...«

Ihr bewegliches Gemüt schnellte aus tiefster Niedergeschlagenheit empor zu seliger Erregung. Das also war die Erklärung für Ashleys Stillschweigen, für sein seltsames Verhalten. Er wußte nicht! Ihre Eitelkeit kam ihrem Wunsch zu Hilfe, Glaube wurde Sicherheit. Wenn er nur wüßte, daß sie ihn liebte, käme er eilends zu ihr. Sie brauchte nur ...

»Ach!« dachte sie überglücklich und grub ihre Finger in die gesenkte Stirn. »Ich Dummkopf, warum fällt mir das jetzt erst ein! Ich muß mir etwas ausdenken, um es ihn wissen zu lassen. Er heiratet sie sicher nicht, wenn er weiß, daß ich ihn liebe! Wie könnte er denn?«

Sie fuhr zusammen, als sie bemerkte, daß Gerald zu beten aufgehört hatte und der Blick ihrer Mutter auf ihr ruhte. Hastig begann sie ihre Gebete und sprach mechanisch herunter, was der Rosenkranz verlangte, aber mit so viel Ergriffenheit in der Stimme, daß Mammy die Augen öffnete und sie forschend von der Seite ansah. Als sie die Gebete gesprochen hatte und Suellen und dann Carreen mit den ihren folgten, jagten ihre Gedanken immer noch weiter mit der berauschenden neuen Hoffnung. Auch jetzt war es noch nicht zu spät! Allzuoft schon hatte sich die Provinz entrüsten müssen über Entführungen in dem Augenblick, da die eine oder die andere Partei mit einem Dritten schon so gut wie vor dem Altar stand. Und Ashleys Verlobung war noch nicht einmal bekanntgegeben worden. O ja, sie hatte reichlich Zeit! Wenn nicht Liebe Ashley an Melanie band, sondern nur ein altes Versprechen, warum sollte es dann nicht möglich sein, daß er sein Wort zurücknahm und sie, Scarlett, heiratete? Das tat er sicher, sobald er nur wußte, daß sie ihn liebte. Sie mußte es ihn auf irgendeine Weise wissen lassen. Wie, das wollte sie schon ersinnen! Und dann ...

Scarlett schreckte jäh aus ihrer Traumseligkeit empor. Sie hatte die Responsorien versäumt, und ihre Mutter sah sie vorwurfsvoll an. Als sie in das Ritual wieder einfiel, schlug sie geschwind die Augen auf und warf einen raschen Blick durch das Zimmer. Die knienden Gestalten, das milde Lampenlicht, der dämmerige Schatten, in dem die Neger sich wiegten, sogar die vertrauten Gegenstände, die noch vor einer Stunde ihrem Auge so verhaßt gewesen waren, alles nahm augenblicklich die Farbe ihres bewegten Gemüts an, und das Zimmer wurde wieder schön. Diesen Augenblick, dieses Bild würde sie niemals vergessen!

»Treueste Jungfrau«, betete die Mutter. Die Litanei der Jungfrau begann, und gehorsam respondierte Scarlett: »Bitte für uns«, während Ellen in sanftem Alt die Attribute der Mutter Gottes pries.

Schon als kleines Kind hatte Scarlett bei diesen Worten immer mehr ihre Mutter angebetet als die Jungfrau, und so war es auch jetzt noch. Mochte es auch eine Gotteslästerung sein, Scarlett sah immer durch die geschlossenen Lider hindurch Ellens emporgerichtetes Gesicht und nicht die Heilige Jungfrau, wenn die uralten Worte erklangen: »Heil der Kranken, Sitz der Weisheit, Zuflucht der Sünder, geheimnisvolle Rose« – die Worte waren schön, weil sie Ellens Attribute waren. Aber heute abend hatte die ganze Zeremonie, die leisen Worte, die gemurmelten Antworten, für Scarlett in ihrem eigenen Hochgefühl eine Schönheit, wie sie sie nie zuvor erlebt hatte. Ihr Herz erhob sich zu Gott in aufrichtigem Dank dafür, daß ihren Füßen ein Pfad sich öffnete – ein Pfad aus dem Elend, geradeswegs in Ashleys Arme.

Als das letzte Amen verklungen war, erhoben sie sich alle auf die etwas steifen Füße, Teena und Rosa richteten mit vereinten Kräften Mammy wieder auf. Pork nahm einen langen Lichtstock vom Kamin, entzündete ihn an der Lampe und ging hinaus in die Halle. Der Wendeltreppe gegenüber befand sich ein Anrichteschrank aus Nußbaumholz, der für das Eßzimmer zu groß war, und auf seinem weiten Sims standen mehrere Lampen und eine lange Reihe Leuchter mit Kerzen. Pork zündete ein Lampe und drei Kerzen an und geleitete mit der Würde eines ersten Kammerherrn des königlichen Schlafgemachs, der dem König und der Königin in ihre Gemächer voranleuchtet, die Prozession die Treppe hinauf, die Kerze hoch über dem Kopf. Ellen folgte ihm an Geralds Arm, dann gingen die Mädchen, jedes mit seinem eigenen Leuchter, hinauf. Scarlett ging in ihr Zimmer, stellte die Kerze auf ihre hohe Kommode und suchte in dem dunklen Wandschrank nach dem Ballkleid, an dem etwas zu nähen war. Sie nahm es und schritt dann leise über den Flur. Die Tür zum Schlafzimmer ihrer Eltern stand ein wenig offen, und ehe sie klopfen konnte, vernahm sie Ellens Stimme leise, aber streng: »Mr. O'Hara, du mußt Jonas Wilkerson entlassen.«

Gerald schäumte auf: »Und woher soll ich einen neuen Aufseher bekommen, der mich nicht übers Ohr haut?«

»Er muß sofort entlassen werden, morgen früh. Der große Sam ist ein guter Vorarbeiter, er kann das Amt so lange übernehmen, bis du einen neuen Aufseher anstellst.«

»Ah, so!« klang darauf Geralds Stimme. »Jetzt verstehe ich! Dann hat also der würdige Jonas mit der ...«

»Er muß entlassen werden.«

»Er ist also der Vater von Emmie Slatterys Baby«, dachte Scarlett. »Nun ja, was kann man von einem Yankee und einem Mädchen aus dem weißen Pack anders erwarten?«

Nach einer behutsamen Pause, in der Geralds Wortschwall Zeit hatte abzuebben, klopfte sie an die Tür und reichte ihrer Mutter das Kleid.

Als sie sich dann ausgezogen und das Licht gelöscht hatte, war ihr Plan für morgen bis in jede Einzelheit fertig. Ein einfacher Plan. Mit der von Gerald ererbten Geradlinigkeit sah sie nur das eine Ziel vor sich und den kürzesten Weg, der dahin führte.

Zuerst wollte sie »stolz« sein, wie Gerald befohlen hatte, sobald sie aber in Twelve Oaks ankamen, wollte sie ihre lustigste, ausgelassenste Miene aufsetzen. Niemand sollte auf den Gedanken kommen, sie könne wegen Ashley und Melanie traurig sein. Und dann wollte sie jedem Manne dort Augen machen. Das war vielleicht grausam gegen Ashley, aber er würde nur um so leidenschaftlicher nach ihr verlangen. Keinen Mann in heiratsfähigem Alter wollte sie übersehen, von dem alten Rotbart Frank Kennedy, Suellens Verehrer, bis zu dem schüchternen, stillen, fortwährend errötenden Charles Hamilton, Melanies Bruder. Sie sollten sie alle umschwärmen wie Bienen ihren Stock; sicher würde das Ashley von Melanies Seite weg in den Kreis ihrer Bewunderer ziehen. Darauf wollte sie es einrichten, fern von der Menge ein paar Minuten mit ihm allein zu sein. Wenn Ashley nicht den ersten Schritt tat, so mußte sie ihn eben selber tun.

Waren sie dann endlich allein, so war der Eindruck von all den andern Männern noch frisch in seiner Seele; die Tatsache, daß alle sie umwarben, ging ihm nahe, und dann würden seine Augen den bekümmerten, verzweifelten Blick haben. Aber dann wollte sie ihn wieder glücklich machen und ihn fühlen lassen, daß sie, die von allen Geliebte, ihn allen andern Männern auf der Welt vorzog. Und während sie es – verschämt und süß – gestand, sollte er noch tausenderlei mehr in ihren Augen lesen. Natürlich würde das alles auf die vornehmste Weise geschehen. Sie würde sich nicht im Traum einfallen lassen, ihm offen zu sagen, daß sie ihn liebte – das ging auf keinen Fall. Die Art, wie sie es ihn merken lassen wollte, war eine Nebensache, über die sie sich nicht den Kopf zerbrach. Mit einer solchen Lage war sie schon öfter fertig geworden, und es würde ihr wieder gelingen.

Wie sie da im dämmerigen Mondenschein in ihrem Bett lag, stellte sie sich die ganze Szene vor. Sie sah sein Gesicht, überrascht, in Glück erstrahlen, wenn er begriff, daß sie ihn wirklich liebte. Sie hörte ihn fragen, ob sie seine Frau werden wollte.

Natürlich mußte sie dann erwidern, daß sie überhaupt gar nicht daran denken könne, jemanden zu heiraten, der mit einem anderen Mädchen verlobt sei, aber dann würde er darauf bestehen, und schließlich wollte sie sich überreden lassen. Und dann würden sie beschließen, noch denselben Nachmittag nach Jonesboro durchzugehen und …

Wahrhaftig, morgen abend um diese Zeit war sie vielleicht schon Frau Ashley Wilkes!

Sie setzte sich im Bett auf, umfaßte ihre Knie und war eine lange, glückliche Weile wirklich Frau Ashley Wilkes – Ashleys Braut! Dann überkam sie ein leiser Schauder. Wenn es nun nicht so gehen würde? Wenn Ashley sie nun nicht entführte? Entschlossen schlug sie sich den Gedanken aus dem Sinn.

»Daran will ich nicht denken«, sagte sie fest, »sonst komme ich aus dem Gleichgewicht. Ich sehe gar keinen Grund dazu, daß es nicht so gehen sollte, wie ich will – wenn er mich liebt. Und ich weiß es, daß er mich liebt!«

Sie hob das Kinn, die grünen Augen funkelten im Mondlicht. Ellen hatte ihr nie gesagt, daß Begehren und Erlangen zweierlei sei. Das Leben hatte sie noch nicht gelehrt, daß nicht immer der Schnellfüßigste das Rennen gewinnt. Da lag sie im silbrigen Dunkel und faßte neuen Mut, schmiedete Pläne, wie eben eine Sechzehnjährige sie schmiedet, wenn das Leben so schön ist, daß eine Niederlage unmöglich scheint; wenn ein hübsches Kleid und ein schöner Teint Waffen genug sind, das Schicksal zu besiegen.

V

Es war zehn Uhr in der Frühe. Für einen Apriltag war es sehr warm, heller Sonnenschein strömte durch die blauen Gardinen der breiten Fenster in Scarletts Zimmer hinein. Die cremefarbenen Wände erglühten in seinem Licht, in den Mahagonimöbeln schimmerte es wie roter Wein, der Fußboden spiegelte wie Glas, wo er nicht mit den farbenfrohen Flickenteppichen belegt war. Schon meldete der georgianische Sommer sich an, vor dessen grimmiger Hitze die Flut des Frühlings widerstrebend zurückebbte. Balsamische Wärme, schwer vom Duft der Blüten und der feuchten Erdschollen, drang in den Raum. Durch das Fenster erblickte Scarlett den prangenden Farbenflor der Narzissen zu beiden Seiten der kiesbestreuten Auffahrt und die goldige Flut gelben Jasmins, der seine Blütenzweige wie einen Reifrock zur Erde spreizte. Spottdrosseln und Häher trugen ihre alte Fehde um den Besitz des Magnolienbaumes unter ihrem Fenster aus. Man hörte ihre zankenden Stimmen, die schrillen, harten der Häher, das sanfte Klagen der Spottdrosseln.

Ein so schöner Morgen rief Scarlett immer ans Fenster, um, die Arme auf das breite Sims gestützt, die Düfte und Laute von Tara einzusaugen. Heute aber hatte sie kein Auge für all die Schönheit, sondern nur den Stoßseufzer: »Gottlob, daß es nicht regnet!« Auf dem Bett lag ihr apfelgrünes Moirékleid mit den maisfarbenen Spitzenvolants, sauber in eine große Pappschachtel verpackt. Es sollte nach Twelve Oaks gebracht und zum Tanz angezogen werden; aber Scarlett zuckte nur die Achseln, als sie es sah. Wenn ihr Plan gelang, so würde sie das Kleid heute abend nicht anziehen. Längst, ehe der Ball anfing, waren sie und Ashley dann schon auf dem Wege nach Jonesboro, um zu heiraten. Die lästige Frage war vielmehr, was sie für das große Gartenessen, das mittags stattfand, anziehen sollte. Welches Kleid brachte ihre Reize am besten zur Geltung und machte sie am unwiderstehlichsten? Seit acht Uhr hatte sie Kleider anprobiert und wieder weggehängt, und nun stand sie mißmutig und unschlüssig in ihrer Spitzenhose, der Batistuntertaille und drei wogenden, spitzenbesetzten Unterröcken da. Alles, was sie schon verworfen hatte, lag auf dem Fußboden, auf Bett und Stühlen um sie her in farbenfrohen Haufen Stoffs und schleifender Bänder.

Das rosa Organdykleid mit der langen Schärpe kleidete sie zwar gut, aber sie hatte es erst vorigen Sommer getragen, als Melanie in Twelve Oaks zu Besuch war, und die hatte es sicher nicht vergessen, war vielleicht sogar boshaft genug, sie daran zu erinnern. Von dem schwarzen Bombasinkleid mit den Puffärmeln und dem Stuartkragen hob ihre Haut sich prachtvoll ab, aber es machte sie älter aussehen. Scarlett warf einen ängstlichen Blick in den Spiegel auf ihr sechzehnjähriges Gesicht, als vermutete sie darin Runzeln und hängende Kinnfalten. Auf keinen Fall durfte sie neben Melanies reizender Jugendlichkeit alt und würdig aussehen. Das Musselinkleid mit den lavendelfarbenen Streifen und den breiten Einsätzen von Spitzen und Filet war prachtvoll, aber es paßte nicht zu ihrer Erscheinung. Carreens zartem Profil und unfertigem Ausdruck mußte es vorzüglich stehen, Scarlett selbst kam sich darin wie ein Schulmädchen vor. Das grünschottische Taftkleid mit all seinen rauschenden Falten, deren jede mit grünem Samtband eingefaßt war, war höchst kleidsam und eigentlich ihr liebstes, denn es machte ihre Augen dunkel wie Smaragde. Ein unverkennbarer Fettfleck saß jedoch gerade vorn auf der Taille. Sie konnte ihn natürlich mit einer Brosche zudecken, aber Melanie hatte scharfe Augen! Dann waren noch verschiedene bunte Waschkleider da, in denen Scarlett sich jedoch nicht festlich genug für diese Gelegenheit fühlte, einige Ballkleider und das grüne, geblümte Musselinkleid, das sie gestern getragen hatte. Aber das war ein Nachmittagskleid und für ein Gartenfest nicht passend. Es hatte nur winzige Puffärmel und war am Halse so tief ausgeschnitten wie ein Tanzkleid. Und doch blieb ihr nichts übrig, als es anzuziehen. Schließlich brauchte sie sich ihres Halses, ihrer Arme, ihres Busens nicht zu schämen, wenn es auch nicht ganz passend war, sie schon vormittags zu zeigen.

Als sie dann vor dem Spiegel stand und sich drehte und wendete, fand sie, daß an ihrer Figur wahrlich nichts zu verstecken sei. Ihr Hals war kurz, aber schön gebogen, die Arme lockend und voll. Die Brust, die das Korsett hochschob, war sehr hübsch. Nie hatte sie feine Seidenrüschen ins Taillenfutter zu nähen brauchen wie die meisten Mädchen ihres Alters, um damit ihrer Figur die gewünschte Rundung zu geben. Sie war froh, daß sie Ellens schlanke Hände und Füße geerbt hatte, und wünschte sich Ellens Größe dazu, obwohl sie mit ihrem eigenen kleineren Wuchs durchaus nicht unzufrieden war. »Schade, daß man die Beine nicht zeigen darf«, dachte sie und zog die Unterröcke empor. Da schauten sie unter den Spitzenhöschen hervor, gut geformt und gerundet, beängstigend hübsch. Sogar auf der Töchterschule in Fayetteville hatten die Mädchen zugeben müssen, daß sie hübsche Beine hatte. Und nun erst ihre Taille – in allen drei Provinzen gab es keine schlankere!

Ihre Taille brachte sie wieder auf praktische Gedanken. Das grüne Musselinkleid maß um den Gürtel dreiundvierzig Zentimeter, und Mammy hatte sie für das fünfundvierzig Zentimeter weite Bombasinkleid geschnürt. Mammy mußte sie fester schnüren. Sie öffnete die Tür und rief ungeduldig nach ihr. Sie durfte ungestraft ihre Stimme erheben, denn Ellen war in der Vorratskammer und teilte der Köchin die Vorräte für den Tag zu.

»Einige Leute denken immer, ich kann fliegen«, knurrte Mammy und schlurfte die Treppe hinauf. Keuchend trat sie ein mit dem Gesicht eines Menschen, der auf einen Kampf gefaßt ist und sich darauf freut. In den großen schwarzen Händen trug sie ein Tablett mit dampfenden Speisen, zwei großen Bataten mit Butter darüber, einem Häufchen Buchweizenkuchen, von denen der Sirup herabtroff, und einer großen Scheibe Schinken in einer fetten Sauce. Als Scarlett sah, was Mammy in der Hand trug, wechselte ihr Ausdruck von leichtem Ärger zu Eigensinn. In ihrer Aufregung hatte sie Mammys eherne Regel vergessen, nach der die O'Haraschen Mädchen vor jeder Gesellschaft daheim so viel essen mußten, daß sie dort keiner Erfrischung mehr bedurften.

»Es hat keinen Zweck, ich esse nicht, du kannst es wieder in die Küche bringen.«

Mammy setzte das Tablett auf den Tisch und stellte sich in Positur. »Du ißt! Ich will es nicht noch einmal erleben, was bei dem letzten Gartenfest passierte, als ich von Schwarzsauer so krank, daß ich dir kein Essen bringen können, hiervon du mir aufessen jeden Bissen!«

»Fällt mir nicht ein! Komm lieber her und schnüre mich fester, sonst kommen wir zu spät. Da kommt schon der Wagen vorgefahren.«

Mammy verfiel in schmeichlerische Töne: »Miß Scarlett, sei lieb und nur ein kleines bißchen essen. Miß Carreen und Miß Suellen haben ihrs alles aufgegessen.«

»Das sieht ihnen ähnlich«, sagte Scarlett verächtlich. »Die haben nicht mehr Mut als ein Karnickel. Ich will nicht! Ich weiß noch, wie ich einmal alles gegessen hatte und zu Calverts ging, und da gab es Rahmeis, das sie die ganze Strecke von Savannah herangeholt hatten, und ich konnte nur einen Löffel davon essen. Heute will ich es mir gutgehen lassen und so viel essen, wie ich Lust habe.«

Vor so viel Trotz senkte Mammy entrüstet die Brauen. Was ein junges Mädchen durfte und was nicht, war in Mammys Kopf eingeteilt in Schwarz und Weiß. Eine Mitte gab es da nicht. Suellen und Carreen waren wie Wachs in ihren gewaltigen Händen und hörten ehrfürchtig auf ihre Ermahnungen. Aber Scarlett beizubringen, daß fast alle ihre natürlichen Neigungen und Einfälle nicht damenhaft seien, war immer ein hartes Stück Arbeit gewesen. Mammys Siege über Scarlett waren schwer erkämpft und zeugten von Winkelzügen, die einem weißen Verstand unbekannt waren.

»Wenn es dir einerlei ist, wie Herrschaften über unsere Familie reden, mir nicht einerlei«, murrte sie. »Ich wollen nicht dabeistehen, wenn sie alle auf der Gesellschaft sagen, Miß Scarlett nicht gut erzogen, ich dir immer schon sagen, daß man eine Dame daran erkennen, ob sie wie ein kleines Vögelchen essen, und du sollst mir nicht zu Wilkes gehen und wie ein Ackerknecht essen und dich vollstopfen wie ein Schwein.«

»Mutter ist eine Dame und ißt doch«, gab Scarlett zurück.

»Wenn du verheiratet bist, darfst du auch essen«, entgegnete Mammy. »Als Mrs. Ellen so alt war wie du, sie nie essen, wenn sie bei fremden Leuten war, und auch Tante Pauline und Tante Eulalia nicht, und die haben alle geheiratet; junge Fräuleins, die so viel essen, kriegen nie einen Mann.«

»Das glaube ich nicht. Bei dem Gartenfest, wo dir schlecht wurde und ich vorher nichts gegessen hatte, sagte Ashley Wilkes, ein Mädchen mit einem gesunden Appetit gefalle ihm.«

Mammy schüttelte unheilverkündend den Kopf.

»Was ein Herr sagen und was er denken – gar nicht dasselbe! Und ich haben nicht gemerkt, daß Mr. Ashley um dich anhalten.«

Scarlett wollte ihr scharf erwidern, faßte sich aber. Als Mammy ihre Verstocktheit sah, nahm sie das Tablett wieder auf und änderte mit der geriebenen Sanftmut ihrer Rasse die Taktik. Sie ging zur Tür und seufzte: »Nun, meinetwegen. Als Cookie das Essen zurechtstellte, ich sagte ihr: du eine Dame an dem erkennen, was sie nicht essen, und ich sagte Cookie: ich nie eine weiße Dame gesehen, die weniger essen als Miß Melly Hamilton das letzte Mal, als sie Mr. Ashley – ich meinen Miß India – besuchen ...«

Scarlett warf ihr einen scharfen, argwöhnischen Blick zu, aber auf Mammys breitem Gesicht stand nur die reine Unschuld geschrieben und ein Bedauern darüber, daß Scarlett weniger Dame sei als Melanie Hamilton.

»Setz dein Tablett hin und schnür mich fester«, sagte Scarlett gereizt.

»Nachher will ich versuchen, ein wenig zu essen. Wenn ich jetzt äße, könntest du mich nicht fest genug schnüren.«

Mammy verbarg ihren Triumph und setzte das Tablett wieder hin.

»Was will mein süßes Lämmchen anziehen?«

»Dies«, Scarlett zeigte auf die duftige Masse grünen geblümten Musselins. Sofort war Mammy in Harnisch.

»Nein, das tust du nicht, das passen nicht für den Morgen, vor drei Uhr darfst du den Busen nicht offen tragen, und dieses Kleid haben nicht Kragen noch Ärmel, du kriegen Sommersprossen, und das wollen ich nicht erleben nach all der Buttermilch, die ich dir aufgelegt, um Sommersprossen wegbleichen, die du dir in Savannah am Strand geholt, ich sagen deiner Mutter.«

»Wenn du ihr ein Wort sagst, ehe ich angezogen bin, esse ich keinen Bissen«, sagte Scarlett kühl. »Nachher hat Mutter keine Zeit, mich wieder hinaufzuschicken, damit ich mich noch einmal umziehe.«

Mammy seufzte ergeben, denn nun war sie geschlagen. Von beiden Übeln war es noch das kleinere, daß Scarlett morgens ein Nachmittagskleid trug, als daß sie schlang wie ein Schwein.

»Halt dich fest und zieh den Atem ein«, befahl sie.

Scarlett gehorchte und klammerte sich an einen Bettpfosten. Mammy zog und zerrte aus Leibeskräften, und als der schmale Umfang der in Fischbein gezwängten Taille immer noch schmäler wurde, bekamen ihre Augen einen stolzen, liebevollen Glanz.

»Kein Mensch haben so eine Taille wie mein süßes Lämmchen«, sagte sie befriedigt. »Jedesmal, wenn ich Miß Suellen enger als fünfzig schnüre, sie beinahe fallen in Ohnmacht.«

»Puh!« Scarlett schnappte nach Luft und brachte kaum die Worte heraus: »Ich bin noch nie in Ohnmacht gefallen.«

»Nun, es schaden gar nichts, wenn du das ab und zu tun«, riet Mammy. »Du manchmal viel zu derb, ich dir schon immer sagen wollen, es macht kein guten Eindruck, daß du bei Schlangen und Mäusen und dergleichen nie in Ohnmacht fallen, nicht gerade zu Hause, aber doch wenn du ausgehst, und ich haben dir immer wieder ...«

»Still! Ich bekomme schon einen Mann, du wirst sehen, auch wenn ich nicht quieke und ohnmächtig werde. Du meine Güte, sitzt das aber fest! Nun zieh mir das Kleid an.«

Mammy ließ behutsam die zwölf Meter grünen, geblümten Musselins über die gewaltigen Unterröcke fallen und hakte die enge, tief ausgeschnittene Taille zu.

»Daß du mir aber den Schal um die Schultern behältst, wenn du in die Sonne gehst, und den Hut nicht abnimmst, wenn du heiß bist«, befahl sie. »Sonst kommst du braun nach Hause wie der alte Slattery, aber nun essen, mein Lämmchen, aber nicht zu schnell, es haben keinen Zweck, wenn alles gleich wieder rauskommen.«

Scarlett setzte sich gehorsam zum Essen und wußte nicht recht, wie etwas in ihren Magen gelangen und ihr dann noch Platz zum Atmen bleiben könnte. Mammy nahm ein großes Handtuch vom Waschtisch, band es Scarlett vorsichtig um den Hals und breitete den weißen Stoff über ihren Schoß. Scarlett fing mit dem Schinken an, weil sie gern Schinken aß, und schluckte ihn mit Mühe hinunter. »Ach Gott, wäre ich doch erst verheiratet«, seufzte sie bitter, als sie sich mit Widerwillen an die Bataten machte. »Ich habe es satt, ewig dies unnatürliche Wesen und daß ich nie tun darf, was ich will. Ich habe keine Lust mehr, so zu tun, als äße ich nicht mehr als ein Vögelchen, zu gehen, wenn ich lieber liefe, und zu behaupten, mir wäre nach dem Walzer schwindelig, wenn ich doch zwei Tage lang weitertanzen könnte, ohne müde zu werden. Ich habe keine Lust mehr, jedem Schafskopf, der nicht mal so viel

Verstand hat wie ich, zu sagen: ›Sie sind wirklich fabelhaft‹, und immer so zu tun, als wüßte ich nichts, so daß die Männer mir von allem möglichen erzählen können und sich dann noch wichtig vorkommen ... Nun kann ich aber keinen Bissen mehr essen!«

»Nimm von dem heißen Kuchen«, mahnte Mammy unerbittlich.

»Warum muß ein Mädchen immer so albern sein, wenn es einen Mann haben will?«

»Ich mir denken, weil die Männer nicht wissen, was sie wollen, sie wissen nur, was sie sich einbilden, daß sie wollen, und wenn man ihnen ihren eingebildeten Willen tut, spart das einem einen ganzen Haufen Unglück und man nicht alte Jungfer, sie bilden sich ein, sie brauchen dumme kleine Mäuschen mit dem Geschmack wie ein Vögelchen und ohne allen Sinn und Verstand, einem Mann vergeht die Lust, eine Dame zu heiraten, wenn er Verdacht hat, sie sein am Ende verständiger als er.«

»Aber glaubst du nicht, die Männer wundern sich nach der Heirat, wenn sie merken, daß ihre Frauen doch Verstand haben?«

»Dann ist es eben zu spät, dann sind sie schon verheiratet. Außerdem, von ihren Frauen erwarten die Herren, daß sie Verstand haben.«

»Später tu' ich doch, was ich will, und sage ich, was ich will, und wenn die Leute das nicht mögen, ist es mir gleichgültig.«

»Nein, das tust du nicht«, schalt Mammy. »Nicht, solange ich noch atmen, nun ißt du deinen Kuchen, tunk ihn in die Sauce, mein Liebling.«

»Die Mädchen bei den Yankees benehmen sich gar nicht wie die Schäfchen. Voriges Jahr in Saratoga habe ich viele gesehen, die sich ganz so betrugen, als wenn sie richtig ihren Verstand hätten, und das in Gegenwart von Männern!«

Mammy schnaubte verächtlich.

»Yankeemädchen, jawohl, die werden vielleicht reden, wie ihnen der Schnabel gewachsen, aber ich nicht gesehen, daß ihnen in Saratoga viele Anträge gemacht werden.«

»Aber Yankees müssen doch auch heiraten«, verteidigte sich Scarlett. »Die wachsen doch nicht einfach wie Gras. Sie müssen doch auch heiraten und Kinder kriegen. Es gibt doch so viele.«

»Die Männer sie heiraten des Geldes wegen«, sagte Mammy unerschütterlich.

Scarlett tauchte den Kuchen in die Sauce und aß. Vielleicht war doch etwas an dem, was Mammy sagte, denn Ellen sagte dasselbe, nur in zarteren Worten. Die Mütter all ihrer Freundinnen prägten ihren Töchtern die Notwendigkeit ein, vor der Welt hilflose, schmiegsame Geschöpfe mit sanften Rehaugen zu sein. Es gehörte wirklich viel dazu, solche Pose beizubehalten. Vielleicht war sie wirklich zu derb gewesen? Gelegentlich hatte sie Ashley freiheraus die Meinung gesagt. Dies und ihre urwüchsige Freude am Reiten und Laufen hatten ihn ihr womöglich entfremdet und der zarten Melanie in die Arme getrieben. Sollte sie ihre Taktik ändern? Aber wenn Ashley auf solch berechnendes Getue hereinfiel, dann könnte sie ihn nie mehr so achten wie bisher, das fühlte sie deutlich. Ein Mann, der dumm genug war, auf gezierte Einfalt, auf Ohnmachten und Schmeicheleien hereinzufallen, war der Mühe nicht wert.

Aber sie waren wohl alle so. Wenn sie es früher bei Ashley falsch angefangen hatte, so mußte sie es eben nun anders versuchen. Sie wollte ihn haben, und es blieben ihr nur wenige Stunden, ihn zu gewinnen. Wenn er Wert auf eine wahre oder gespielte Ohnmacht legte, dann wollte sie schon in Ohnmacht fallen. Wenn eine Piepsstimme, ein bißchen Koketterie und ein Spatzenhirn ihn anzogen, so wollte sie schon die Naive spielen und noch hohlköpfiger tun als Cathleen Calvert. Sollten aber kühnere Maßnahmen nötig werden, so wollte sie auch die ergreifen. Heute kam es darauf an!

Es gab niemanden, der Scarlett sagte, daß ihre eigene beängstigend lebensfrische kleine Person anziehender war als jede Maske, die sie sich anlegen konnte. Hätte es ihr jemand gesagt, sie hätte sich gefreut, es aber schwerlich geglaubt, und auch die Gesellschaft, der sie angehörte, wäre ungläubig gewesen, denn zu keiner Zeit vorher oder nachher hat weibliche Natürlichkeit so wenig gegolten wie damals.

Als der Wagen sie dann die rote Landstraße entlang zur Wilkesschen Plantage brachte, empfand Scarlett eine fast schuldbewußte Freude, daß weder ihre Mutter noch Mammy mitfuhren. Auf der Gesellschaft würde also niemand sein, der mit unmerklich gerunzelten Brauen oder vorgestülpter Unterlippe in ihre Pläne eingreifen konnte. Zwar würde Suellen natürlich morgen ausplaudern, aber wenn alles so ging, wie Scarlett hoffte, mußte die Aufregung der Familie über ihre Verlobung mit Ashley, oder gar ihre Entführung, den Unwillen bei weitem überwiegen. Ja, sie war froh, daß Ellen zu Hause unabkömmlich war.

Gerald hatte am selben Morgen Jonas Wilkerson entlassen, und Ellen war in Tara geblieben, um vor seinem Weggang die Abrechnungen mit ihm durchzugehen. Scarlett hatte ihrer Mutter in dem kleinen Schreibzimmer den Abschiedskuß gegeben, wo sie vor dem hohen alten Sekretär mit seinen von Papier überquellenden Fächern saß. Jonas Wilkerson stand neben ihr, den Hut in der Hand. Das bleiche Gesicht mit der schlaffen Haut verhüllte kaum den wütenden Haß, der ihn erfüllte, seitdem er ohne weiteres aus der besten Aufseherstellung in der Provinz hinausgeworfen worden war, und das alles wegen ein bißchen Liebelei. Er hatte Gerald wieder und wieder gesagt, daß Emmie Slatterys Kind ebensogut einen anderen unter einem Dutzend Männern zum Vater haben könnte – ein Gedanke, den Gerald wohl teilte; aber das hatte die Sachlage in Ellens Augen nicht geändert. Jonas haßte alle Südstaatler. Ihre kühle Höflichkeit, die ihre Verachtung für seinen Stand nur unzulänglich verbarg, war ihm unerträglich. Mehr als alle anderen haßte er Ellen O'Hara, denn sie war der Inbegriff all dessen, was ihm in diesem Lande zuwider war.

Mammy war als Frauenaufseherin der Plantage zu Hause geblieben, um Ellen zu helfen, und statt ihrer saß Dilcey auf dem Kutschbock neben Toby. Die Ballkleider der Mädchen lagen in einer langen Pappschachtel quer über ihren Knien. Gerald ritt auf seinem schweren Jagdpferd neben dem Wagen, noch ein bißchen branntweinselig und sehr mit sich zufrieden, daß er so im Handumdrehen mit Wilkersons unerfreulicher Geschichte fertig geworden war. Die Verantwortung hatte er auf Ellen abgeschoben; an ihre Enttäuschung, daß sie auf der Gesellschaft nicht mit ihren Freunden zusammen sein konnte, dachte er nicht. Es war ein schöner Frühlingstag, seine Felder standen prachtvoll, die Vögel sangen, und er fühlte sich so jung und zu tausend Späßen aufgelegt, daß er unmöglich an anderes denken konnte. Hin und wieder stimmte er »Peggy in der kleinen Chaise« oder andere irische Liedchen an, auch wohl die düstere Klage um Robert Emmet: »Sie ist fern von dem Land, wo ihr junger Held ruht«. Er war glücklich und freudig erregt bei der Aussicht, den Tag in lauter, geräuschvoller Entrüstung über die Yankees und den Krieg zubringen zu können; er war stolz auf seine drei hübschen Töchter in ihren faltigen Reifröcken unter ihren närrisch kleinen spitzenbesetzten Sonnenschirmen. An seine Unterhaltung mit Scarlett vom Tage zuvor dachte er nicht mehr, sie war seinem Gedächtnis vollkommen entschwunden. Sein einziger Gedanke war, daß Scarlett hübsch war und ihm viel Ehre machte und daß ihre Augen heute so grün wie die Hügel Irlands waren. Dieser Einfall erhöhte sein Selbstgefühl, denn es lag etwas wie ein Vollklang von Poesie darin, und so beehrte er denn seine Mädchen mit einer lauten und nicht ganz reinen Wiedergabe von »Hab' ich das grüne Kleidchen an ...«

Scarlett betrachtete ihn mit jener liebevollen Geringschätzung, die Mütter für ihre kleinen großtuerischen Söhne empfinden, und wußte, daß er bei Sonnenuntergang schwer betrunken sein würde. Bei der Heimkehr im Dunkeln versuchte er sicher, wie gewöhnlich, über jeden Zaun zwischen Twelve Oaks und Tara zu springen, und hoffentlich würde er sich dank besonderer Gnade der Vorsehung und dem gesunden Verstand seines Pferdes auch diesmal wieder nicht den Hals brechen. Die Brücke würde er verschmähen und zu Pferde durch den Fluß schwimmen und dann grölend nach Hause kommen und auf dem Sofa im Büro von Pork zu Bett gebracht werden, der bei solchen Gelegenheiten immer vorn in der Halle bei einer Lampe wachte. Sicher verdarb er sich den neuen grauen Tuchanzug, weswegen er anderntags dann gräßlich fluchen und Ellen lang und breit erzählen würde, wie sein Pferd im Dunkeln von der Brücke heruntergefallen sei ... eine grobe Lüge, mit der er niemandem ein X für ein U vormachen konnte, die aber natürlich von allen hingenommen wurde. Er kam sich dann sehr schlau vor.

Pa ist ein goldiger, selbstsüchtiger, leichtsinniger lieber Kerl, dachte Scarlett in aufwallender kindlicher Liebe. So aufgeregt und glücklich war sie heute morgen, daß sie mit Gerald zugleich die ganze Welt liebhatte. Sie war hübsch und wußte es genau. Ehe der Tag verging, war Ashley ihr eigen. Die Sonne schien warm und freundlich, und die Herrlichkeit des georgianischen Frühlings lag ausgebreitet vor ihren Augen. Am Rande der Straße verhüllten Brombeerranken mit zartestem Grün die roten Rinnen, die der Winterregen in den Abhang gerissen hatte, und die nackten Granitblöcke, die aus der roten Erde hervorragten, waren überwachsen von wilden Rosen und übersponnen vom zartesten Blau der Veilchen. Die bewaldeten Hügel über dem Fluß waren von schimmernden weißen Ligusterblüten gekrönt, es sah aus, als läge noch später Schnee zwischen all dem Grün. An den wilden Apfelbäumen waren die Knospen aufgesprungen, eine Schwelgerei vom zartesten Weiß bis zum tiefsten Rosenrot, und unter den Bäumen, wo die Sonne auf abgefallenen Tannennadeln spielte, breitete wilder Jelängerjelieber einen bunten Teppich in Rot, Orange und Rosa aus. Ein frischer, schwacher Wohlgeruch von saftigem Grün kam mit dem leichten Wind, die Welt duftete berauschend.

»Wie schön ist es heute! Das werde ich im ganzen Leben nicht vergessen«, dachte Scarlett. »Vielleicht wird es mein Hochzeitstag!« Und klingend ging es ihr durch Herz und Sinn, wie sie und Ashley vielleicht heute nachmittag durch diese Blütenpracht und all dies frische Grün geschwind dahinfliegen würden, vielleicht gar heute nacht bei Mondenschein nach Jonesboro zu einem Pfarrer. Natürlich mußten sie von einem Priester in Atlanta noch einmal getraut werden, aber darüber mochten Ellen und Gerald sich den Kopf zerbrechen. Sie zagte ein wenig bei dem Gedanken, wie Ellen vor Scham erbleichen würde, wenn sie hörte, daß ihre Tochter mit dem Verlobten eines anderen Mädchens durchgegangen sei, aber sie wußte, Ellen würde ihr verzeihen, wenn sie ihr Glück sah. Gerald würde schelten und fluchen, aber trotz all seiner Schwüre, daß er eine Heirat zwischen ihr und Ashley nicht zuließe, würde er sich doch über eine Verbindung zwischen beiden Familien unsagbar freuen.

»Aber darüber können sie sich noch genug den Kopf zerbrechen, wenn ich erst verheiratet bin«, dachte sie und schob die störenden Gedanken von sich. Im Sonnenschein eines solchen Frühlings, noch dazu, wenn man gerade die

Schornsteine von Twelve Oaks auf dem Hügel am anderen Ufer zum Vorschein kommen sah, konnte man nur vor Freude erbeben!

»Dort werde ich nun mein ganzes Leben wohnen und noch fünfzigmal und öfter solchen Frühling sehen und meinen Kindern und Enkeln erzählen, wie herrlich dieser Frühling war, so schön, wie sie niemals einen erleben werden.« Bei dieser Vorstellung war sie so glücklich, daß sie in den Schlußrefrain von »Hab' ich das grüne Kleidchen an ...« einstimmte und damit Geralds lauten Beifall errang.

»Ich weiß nicht, warum du heute morgen so vergnügt bist«, sagte Suellen patzig. Es wurmte sie immer noch der Gedanke, daß sie in Scarletts grünseidenem Ballkleid viel besser aussehen würde als seine rechtmäßige Besitzerin. Warum war auch Scarlett immer so selbstsüchtig und verlieh ihre Kleider und Hüte so ungern? Und warum nahm Mutter immer ihre Partei und behauptete, Grün sei nicht Suellens Farbe? »Du weißt so gut wie ich, daß Ashleys Verlobung heute abend verkündet wird, Pa sagte es heute morgen. Und ich weiß doch, daß du schon seit Monaten in ihn verliebt bist.«

»Was du nicht sagst!« Scarlett streckte ihr die Zunge raus und ließ sich nicht aus ihrer glücklichen Stimmung bringen. Was wohl Miß Suellen morgen um diese Zeit sagen würde?

»Aber Susi, du weißt doch, daß das nicht wahr ist!« protestierte Carreen verletzt. »Brent ist doch Scarletts Freund!«

Scarlett wandte ihrer jüngeren Schwester lächelnd die grünen Augen zu, verwundert, wie man so reizend sein konnte. Die ganze Familie wußte, daß Carreen ihr dreizehnjähriges Herz an Brent Tarleton verloren hatte, der aber in ihr nichts als Scarletts kleine Schwester sah. Wenn Ellen nicht dabei war, neckten die O'Haras sie bis zu Tränen damit.

»Liebes, ich mach' mir nicht ein bißchen aus Brent.« Scarlett war so glücklich, daß sie auch einmal großmütig sein konnte. »Und er sich auch nichts aus mir. Weißt du, er wartet nur darauf, daß du erst erwachsen bist!«

Im Widerstreit zwischen Glück und Zweifel wurde Carreens Kindergesicht rosenrot. »O Scarlett, wirklich?«

»Scarlett, du weißt doch, Mutter sagt, Carreen ist noch viel zu klein, um an Verehrer zu denken, und nun setzt du ihr solche Flausen in den Kopf.«

»Geh du nur und petze, mir macht das nichts aus«, antwortete Scarlett. »Du willst Carreen nur zurückhalten, weil du weißt, daß sie in einem Jahr viel hübscher ist als du.«

»Wollt ihr wohl eure verehrten Schnäbel halten, sonst gibt's eins mit der Peitsche«, warnte Gerald die beiden. »Pst, hört mal! Rollen da nicht Räder? Das sind Tarletons oder Fontaines.«

Als sie sich der Kreuzung näherten, wo der Weg aus dem dichtbewaldeten

Hügel von Mimosa und Fairhill herunterführte, wurden Hufschlag und Rädergeroll deutlicher, Frauenstimmen schallten herüber, ein lustiges Wortgefecht drang durch den Vorhang der Zweige. Gerald, der voranritt, hielt sein Pferd an und ließ Toby mit dem Wagen halten, wo die beiden Wege sich kreuzten.

»Es sind die Damen Tarleton«, verkündete er seinen Töchtern. Sein blühendes Gesicht strahlte, denn außer Ellen war ihm keine Dame in der Provinz lieber als die rothaarige Mrs. Tarleton. »Und sie selbst fährt. Ja, die Frau hat eine Hand für Pferde! Federleicht und kräftig wie Rohleder und trotzdem zum Küssen hübsch. Schade, daß nicht eine von euch solche Hände hat«, fügte er mit vorwurfsvoll zärtlichem Blick auf seine Töchter hinzu. »Carreen, die Angst vor den armen Viechern hat, und Sues Hände sind schwer wie Bügeleisen, wenn sie einen Zügel anfassen soll, und du, Puß ...«

»Nun, jedenfalls bin ich noch nie abgeworfen worden«, Scarlett war empört. »Und Mrs. Tarleton stürzt auf jeder Jagd.«

»Und bricht sich das Schlüsselbein wie ein Mann«, sagte Gerald. »Ohne Ohnmacht, ohne Getue. Nun aber still, da kommt sie.«

Er hob sich in den Steigbügeln und zog in weitem Bogen den Hut, als der Tarletonsche Wagen, der von Mädchen in bunten Kleidern, mit Sonnenschirmen und wehenden Schleiern überquoll, in Sicht kam, mit Mrs. Tarleton auf dem Bock. Vier Töchter samt ihrer Amme und den langen Pappschachteln mit den Ballkleidern – da war für einen Kutscher kein Platz mehr. Und außerdem gestattete Beatrice Tarleton freiwillig keinem Menschen, sei er schwarz oder weiß, die Zügel zu halten, wenn ihr eigener Arm nicht gerade in einer Schlinge steckte. Zart, feinknochig und von so weißer Haut, als habe ihr flammendes Haar alle Farbe an sich gerissen, war sie bis zum Rande erfüllt von übersprudelnder Gesundheit und unermüdlicher Tatkraft. Acht Kinder hatte sie geboren, rothaarig und lebensstrotzend wie sie selbst, und sie vorzüglich erzogen, indem sie ihnen allen das gleiche liebevolle Gewährenlassen und zugleich die strenge Zucht angedeihen ließ, mit denen sie ihre Füllen aufzog. »Bändige sie, aber brich nicht ihren Willen«, war Mrs. Tarletons Leitspruch.

Sie liebte Pferde und sprach beständig von ihnen. Sie verstand und behandelte sie besser, als alle Männer in der Provinz es konnten. Auf der Koppel wimmelte es von Fohlen bis hinauf zum Parkrasen, wie auch das weitläufige Haus auf dem Hügel zu eng für ihre acht Kinder war. Stets liefen Füllen, Söhne, Töchter und Jagdhunde hinter ihr her, wenn sie über die Plantage ging. Ihren Pferden, namentlich ihrer roten Stute Nellie, traute sie menschlichen Verstand zu, und wenn der Haushalt sie über die Stunde hinaus festhielt, auf die sie ihren täglichen Ritt angesetzt hatte, drückte sie dem ersten besten kleinen Negerjungen die Zuckerschale in die Hand und sagte: »Gib Nellie eine Handvoll und sag ihr, ich käme gleich.«

Fast immer war sie im Reitkleid, ob sie ritt oder nicht, jedenfalls war sie immer im Begriff zu reiten und zog deshalb das Reitkleid gleich früh beim Aufstehen an. Jeden Morgen, ob bei Regen oder Sonnenschein, wurde Nellie gesattelt und vor dem Hause auf und ab geführt in Erwartung des Augenblicks, da Mrs. Tarleton ihren Pflichten eine Stunde absparen konnte. Fairhill war eine schwer zu bewirtschaftende Plantage, und deshalb gab es nur selten eine Mußestunde, und Nellie wurde oft stundenlang im Schritt auf und ab geführt, während Beatrice Tarleton ihre Tagesarbeit verrichtete, den Reifrock geistesabwesend über dem Arm tragend, so daß darunter ein langes Stück von den blanken hohen Stiefeln zum Vorschein kam.

Heute war sie in matter schwarzer Seide mit ganz unmodern engem Reifrock. Es sah immer noch aus, als hätte sie ihr Reitkleid an; denn die Taille war ebenso streng geschnitten, und der kleine schwarze Hut mit der langen schwarzen Straußenfeder, der schräg über den warmherzigen, zwinkernden braunen Augen saß, war der Zwillingsbruder des abgetragenen alten Hutes, den sie zur Hetzjagd trug.

Sie schwenkte die Peitsche, als sie Gerald erblickte, und ließ ihre tänzelnden Rotfüchse halten. Die vier Mädchen hinten im Wagen lehnten sich mit so lautem Gruß heraus, daß die Pferde ängstlich stiegen. Einem zufälligen Beobachter mochte es vorkommen, als seien Jahre vergangen und nicht erst zwei Tage, seit Tarletons und O'Haras einander gesehen hatten. Tarletons waren eine gesellige Familie und hatten ihre Nachbarn gern, besonders die O'Haraschen Mädels. Das heißt: Suellen und Carreen. Kein Mädchen aus der Provinz, mit Ausnahme vielleicht der spatzenhirnigen Cathleen Calvert, hatte wirklich etwas für Scarlett über.

Im Sommer gab es in der Provinz durchschnittlich einmal wöchentlich einen Ball und ein Gartenfest. Trotzdem fanden die rothaarigen Tarletonmädchen mit ihrer unersättlichen Genußsucht jedes neue Gartenfest und jeden neuen Ball so aufregend, als wäre es der erste in ihrem Leben. Es war ein hübsches, munteres Quartett, welches so eng zusammengedrängt im Wagen saß, daß die Reifröcke mit ihren Rüschen über den Wagen hinaushingen und die Sonnenschirme leise aneinanderstießen über den breiten Florentiner Hüten mit ihren Rosen und hängenden Kinnbändern aus schwarzem Samt. Unter den Hüten waren alle Schattierungen roten Haares vertreten, bei Hetty ein volles reines Rot, bei Camilla ein erdbeerfarbenes Blond, Randas Haare leuchteten kupferbraun und die der kleinen Betsy gelbrot wie Karotten.

»Das ist eine schöne Schar, gnädige Frau«, sagte Gerald galant und brachte sein Pferd neben dem Wagen zum Stehen. »Aber keine ist so schön wie die Mutter.«

Mrs. Tarleton rollte die rotbraunen Augen und zog in drolliger Würdigung dieses Kompliments die Unterlippe an, und die Mädchen riefen: »Ma, keine schönen Augen machen, oder wir sagen es Pa!« und »Ich versichere Ihnen, Mr. O'Hara, wenn ein hübscher Mann auftaucht wie Sie, schnappt sie ihn uns allen weg!«

Scarlett lachte mit den anderen über die lustigen Worte und war doch, wie immer, von der freien Art befremdet, in der die Tarletons mit ihrer Mutter umgingen, ganz als wäre sie ihresgleichen und nicht einen Tag älter als sechzehn. Schon der Gedanke, so etwas zu ihrer eigenen Mutter zu sagen, erschien Scarlett fast wie eine Lästerung. Und doch hatten die Beziehungen der Tarletonschen Töchter zu ihrer Mutter etwas sehr Reizvolles, denn bei allem, was sie an ihr auszusetzen, zu schelten und zu necken fanden, beteten sie sie an. Nicht, daß Scarlett, wie sie sich schleunigst sagte, an Ellens Statt lieber eine Mutter wie Mrs. Tarleton gehabt hätte; aber Spaß mußte es doch machen, so mit seiner Mutter umgehen zu dürfen. Schon der Gedanke war Ellen gegenüber ein Mangel an Ehrfurcht, und sie schämte sich seiner. Von solchen Anfechtungen wurden die Hirne unter den vier Rotschöpfen dort im Wagen gewiß niemals heimgesucht. Wie immer, wenn Scarlett das Gefühl hatte, anders als ihre Nachbarn zu sein, befiel sie eine gereizte Unsicherheit.

So gescheit sie auch war, hatte sie doch wenig Menschenkenntnis; trotzdem begriff sie halb unbewußt, daß die Tarletonschen Mädchen zwar unbändig wie Füllen und wild wie Märzhasen waren, aber als glückliches Erbteil eine unbekümmerte innere Sicherheit besaßen. Von seiten der Mutter wie des Vaters waren sie Nordgeorgianer, nur durch eine Generation von den ersten Bahnbrechern in der Wildnis getrennt. Sie waren ihrer selbst und ihrer Umwelt sicher und wußten aus Instinkt, was sie zu tun hatten. Das galt auch für die Wilkes, doch auf ganz andere Art. Jener innere Zwist, den Scarlett so oft durchkämpfen mußte, da in ihren Adern das Blut der überzüchteten Aristokratin sich mit der gescheiten erdnahen Art des irischen Bauern mischte, blieb ihnen erspart. Scarlett hatte das Bedürfnis, ihre Mutter zu verehren und anzubeten, zugleich aber auch ihr Haar zu zausen und sie zu necken. Es war derselbe Widerstreit der Gefühle, der sie wünschen ließ, vor Männern als zarte Dame von edler Herkunft zu erscheinen, gleichzeitig aber auch ein ausgelassenes Mädchen zu sein, das sich nicht zu gut für ein paar Küsse vorkam.

»Wo steckt denn Ellen heute morgen?« fragte Mrs. Tarleton.

»Sie muß unserem Aufseher Entlastung erteilen und ist zu Hause geblieben, um die Bücher mit ihm durchzugehen. Wo ist denn der Gemahl und die Söhne?«

»Ach, die sind schon vor mehreren Stunden nach Twelve Oaks hinübergeritten, den Punsch zu probieren, vermutlich um festzustellen, ob er stark genug ist. Als ob sie nicht von jetzt bis morgen früh Zeit genug dazu hätten! Ich werde John Wilkes bitten, sie über Nacht dazubehalten, und wenn er sie in den Stall legen muß. Fünf Männer, die des Guten zuviel haben, sind auch mir zuviel. Mit dreien will ich schon fertig werden, aber ...«

Rasch unterbrach Gerald sie und wechselte das Thema. Er spürte genau, wie hinter seinem Rücken die eigenen Töchter kicherten und daran dachten, in welcher Verfassung er von dem Wilkesschen Gartenfest im vorigen Herbst nach Hause gekommen war.

»Warum sitzen Sie denn heute nicht zu Pferde, Mrs. Tarleton? Ohne Nellie sehen Sie mir ganz fremd aus. Sie sind doch der wahre Stentor ...«

»Stentor, du meine Güte!« Mrs. Tarleton äffte sein Irisch nach. »Zentaur meinen Sie wohl! Stentor war ein Mann mit einer Stimme wie ein Messinggong.«

»Stentor oder Zentaur, das ist mir eins«, antwortete Gerald und ließ sich durch seinen Irrtum nicht aus der Fassung bringen. »Im übrigen haben Sie ja eine Stimme wie aus Messing, gnädige Frau, wenn Sie die Meute antreiben.«

»Da hast du's, Ma«, sagte Hetty, »ich hab' dir immer gesagt, du kreischst jedesmal wie ein Indianer, wenn du einen Fuchs siehst.«

»Nicht so laut, wie du kreischst, wenn Mammy dir die Ohren wäscht«, gab Mrs. Tarleton zurück. »Und du willst sechzehn Jahre alt sein! Also reiten kann ich heute nicht, weil Nellie in der Frühe gefohlt hat.«

»Wahrhaftig!« Gerald war auf das lebhafteste interessiert, seine irische Leidenschaft für Pferde strahlte ihm aus den Augen, und Scarlett hatte wieder das Gefühl der Bestürzung, als sie ihre Mutter mit Mrs. Tarleton verglich. Für Ellen fohlten Stuten nicht und kalbten keine Kühe. Kaum, daß Hühner Eier legten. Ellen sah über all das vollständig hinweg. Aber Mrs. Tarleton kannte solche Schamhaftigkeiten nicht.

»Eine kleine Stute, nicht wahr?«

»Nein, ein schöner kleiner Hengst mit fast zwei Meter langen Beinen. Sie müssen einmal herüberkommen und ihn sich ansehen, Mr. O'Hara. Ein echt Tarletonsches Pferd, rot wie Hettys Locken.«

»Sieht Hetty auch sonst furchtbar ähnlich«, sagte Camilla und tauchte dann in einen Wirrwarr von Röcken, Spitzenhosen und wippenden Hüten unter, als Hetty sie zu kneifen begann.

»Meine Fohlen sticht heute morgen der Hafer«, sagte Mrs. Tarleton, »sie haben schon die ganze Zeit über hinten ausgeschlagen, seit wir heute morgen die Neuigkeiten über Ashley und seine kleine Cousine aus Atlanta hörten. Wie heißt sie noch? Melanie? Gott segne das Kind, sie ist gewiß ein süßes kleines Ding, aber ich kann mich weder auf ihren Namen noch auf ihr Gesicht besinnen. Unsere Köchin ist die Frau des Wilkesschen Dieners. Er kam gestern abend und erzählte ihr, daß die Verlobung heute abend verkündet werden soll, und Cooky hat es uns heute morgen berichtet. Die Mädchen sind ganz aufgeregt darüber, ich sehe nicht recht ein, warum. Seit Jahren weiß jeder Mensch, daß Ashley sie heiraten will, das heißt, wenn er nicht eine seiner Cousinen aus Macon zur Frau nehmen würde. Genau wie Honey Wilkes ihren Vetter Charles, Melanies Bruder, einmal heiraten wird. Nun sagen Sie mir, Mr. O'Hara, ist es etwa ungesetzlich für Wilkes, außerhalb ihrer eigenen Familie zu heiraten? Wenn nämlich ...«

Den Rest der lachend gesprochenen Worte hörte Scarlett nicht. Für einen kurzen Augenblick war es, als habe sich die Sonne hinter eine kühle Wolke geduckt und überließe die Welt einem Dunkel, das alle Dinge ihrer Farbe beraubte. Das frischgrüne Laub sah kränklich aus, der Liguster wurde fahl, der blühende Apfelbaum, der eben noch in so herrlichem Rosa gestrahlt hatte, wurde bleich und trüb. Scarlett grub die Finger in die Wagenpolster, und einen Augenblick schwankte ihr Sonnenschirm. Zu wissen, daß Ashley verlobt war, bedeutete etwas ganz anderes, als die Leute so leichthin darüber sprechen zu hören. Dann aber strömte der Mut ihr machtvoll zurück, die Sonne kam wieder zum Vorschein und übergoß die Landschaft mit neuem Glanz. Sie wußte, daß Ashley sie liebte. Das war gewiß. Und sie lächelte bei dem Gedanken, wie überrascht Mrs. Tarleton sein würde, wenn heute abend von keiner Verlobung die Rede war – wenn es statt dessen zu einer Entführung kam. Dann würde sie gewiß überall erzählen, was für ein gerissener Schlingel Scarlett sei, einfach dabeizusitzen und zuzuhören, wenn über Melanie gesprochen wurde, wo doch die ganze Zeit schon sie und Ashley ... ihr kamen die Grübchen bei ihren eigenen Vorstellungen, und Hetty, die die Wirkung der mütterlichen Worte scharf beobachtet hatte, lehnte sich mit leichtem, ratlosem Stirnrunzeln zurück.

»Was Sie auch sagen mögen, Mr. O'Hara«, unterstrich Mrs. Tarleton. »Die Heiraterei von Vetter und Cousine ist ganz verkehrt. Schlimm genug, daß Ashley die kleine Hamilton heiratet; daß aber Honey den blassen Charlie Hamilton nehmen will ...«

»Honey bekommt nie einen anderen, wenn sie nicht Charlie heiratet«, erklärte Randa grausam im Vollgefühl ihrer eigenen Beliebtheit. »Außer ihm hat sie nie einen Verehrer gehabt. Und er hat auch nie sehr verliebt getan, obwohl sie verlobt sind. Scarlett, weißt du noch, wie er vorige Weihnachten hinter dir her war?«

»Nicht boshaft werden, Miß«, sagte die Mutter. »Vettern und Cousinen sollten einander nicht heiraten, nicht einmal Vettern und Cousinen zweiten Grades. Das schwächt den Schlag. Das ist nicht wie bei Pferden. Man kann eine Stute mit ihrem Bruder und einen Hengst mit seiner Tochter paaren und gute Ergebnisse erzielen, wenn man die Rasse kennt; aber bei Menschen geht das nun mal nicht. Edle Rasse bekommt man vielleicht, aber ohne Saft und Kraft.«

»Gnädige Frau, ich nehme Sie beim Wort! Gibt es bessere Leute als Wilkes? Und sie haben immer untereinander geheiratet, seitdem Brian Boru ein Junge war.«

»Und es wird höchste Zeit, daß sie damit aufhören, es fängt an, sich bemerkbar zu machen. O nein, nicht so sehr Ashley, der ist ein gutaussehender junger Teufel, obwohl auch er ... Aber sehen Sie sich diese beiden verwaschenen Wilkesschen Mädchen an, die armen Dinger! Nette Mädchen natürlich, aber farblos. Und sehen Sie sich doch die kleine Miß Melanie an. Dünn wie eine Latte, zum Umwehen zart und ohne alles Temperament. Keinen eigenen Einfall im Kopf. ›Nein, gnädige Frau, ja, gnädige Frau!‹ Mehr weiß sie nicht zu sagen. Verstehen Sie, was ich meine? Die Familie braucht neues Blut, gutes, kräftiges Blut, wie meine Rotschöpfe oder wie Ihre Scarlett. Aber mißverstehen Sie mich nicht, Wilkes sind auf ihre Art sehr feine Leute, Sie wissen, wie gern ich sie alle habe, aber, seien Sie aufrichtig, durch Inzucht überzüchtet, stimmt es oder stimmt es nicht? Höchst brauchbar auf trockenem, auf leichtem Geläuf, aber passen Sie auf, was ich sage, ich glaube nicht, daß Wilkes auf schwerem Boden laufen können. Aller Saft und alle Kraft ist aus ihnen herausgezüchtet, glaube ich, und im Notfall sind sie dem Unerwarteten nicht gewachsen. Ein Schlag nur für gutes Wetter! Durch das Untereinanderheiraten sind sie anders geworden als die übrigen Leute in der Gegend. Immer klimpern sie auf dem Klavier und stecken die Nase in Bücher. Ich glaube wahrhaftig, Ashley zieht das Lesen dem Jagdreiten vor! Ja, das ist meine ehrliche Überzeugung, Mr. O'Hara! Sehen Sie sich doch nur ihre Knochen an. Viel zu fein. Die brauchten kraftvolle Väter und Mütter ...«

»Ah – hmm«, machte Gerald, dem plötzlich aufging, daß die Unterhaltung, die für ihn höchst interessant und durchaus passend war, auf Ellen ganz anders wirken würde, und er hatte ein schlechtes Gewissen dabei, daß vor den Ohren ihrer Töchter ein so freimütiges Gespräch geführt wurde. Mrs. Tarleton aber war wie gewöhnlich taub für alles andere, wenn es sich um ihr Lieblingsthema handelte: Zuchtfragen, sei es bei Pferden oder Menschen.

»Ich weiß, was ich sage. Ich hatte einen Vetter und eine Cousine, die einander geheiratet haben. Nun, ich gebe Ihnen mein Wort, die Kinder hatten alle richtige Froschaugen, die armen Dinger. Und als meine Familie von mir verlangte, ich sollte meinen Großvetter heiraten, habe ich gebockt wie ein Fohlen. Ich habe gesagt: ›Nein, Ma, ich nicht! Dann bekommen ja meine Kinder alle den Spat und werden Rohrer.‹ Ma fiel natürlich in Ohnmacht, als ich das vom Spat sagte, aber ich blieb fest, und Großmama hielt mir die Stange. Sie verstand eben auch was von Pferdezucht und gab mir recht. Sie ist mir dann behilflich gewesen, mit Mr. Tarleton durchzugehen. Und nun sehen Sie sich meine Kinder an! Groß und gesund und nicht ein kränkliches oder zurückgebliebenes dazwischen, wenn auch Boyd knapp sechs Fuß mißt. Die Wilkes hingegen ...«

»Nicht etwa, daß ich das Thema wechseln möchte, gnädige Frau«, fiel ihr Gerald hastig ins Wort. Er hatte Carreens entgeisterten Blick gesehen, dazu die gespannte Neugier in Suellens Zügen, und fürchtete, sie könnten am Ende Ellen peinliche Fragen stellen, wobei dann herauskommen würde, was für ein unzulänglicher Aufpasser er war. Mit Freuden bemerkte er, daß Puß offenbar an andere Dinge dachte, wie es sich für eine junge Dame schickte.

Hetty Tarleton half ihm aus der Klemme.

»Du lieber Himmel, Ma, laß uns doch weiterfahren«, rief sie ihrer Mutter ungeduldig zu. »Ich brate in der Sonne und höre förmlich, wie mir die Sommersprossen am Halse sprießen.«

»Eine Sekunde, gnädige Frau, ehe Sie weiterfahren«, sagte Gerald. »Haben Sie schon etwas darüber entschieden, ob Sie der Truppe die Pferde verkaufen wollen? Der Krieg kann jeden Tag ausbrechen, und den Jungens ist daran gelegen, daß die Sache in Ordnung kommt. Für die Truppe aus der Claytonprovinz möchten wir auch Pferde aus Clayton haben. Aber Sie weigern sich immer noch eigensinnig, uns Ihre schönen Tiere zu verkaufen.«

»Vielleicht gibt es ja gar keinen Krieg.« Mrs. Tarleton, deren Geist noch eifrig mit den Heiratssitten der Familie Wilkes beschäftigt war, suchte die Angelegenheit auf die lange Bank zu schieben.

»Aber gnädige Frau, Sie können doch nicht ...«

»Ma«, unterbrach Hetty wieder, »kannst du nicht mit Mr. O'Hara genau sogut in Twelve Oaks über Pferde reden wie hier?«

»Sie treffen den Nagel auf den Kopf, Miß Hetty«, sagte Gerald. »Sehen Sie, ich will Sie nur noch eine Minute aufhalten. Gleich sind wir in Twelve Oaks, und da möchte jeder, jung und alt, über die Pferdeangelegenheit Bescheid wissen. Ach, es bricht mir das Herz, wenn ich sehe, daß eine feine:, schöne Frau wie Ihre Mutter so geizig mit ihren Pferden ist. Wo ist denn Ihre Vaterlandsliebe geblieben, Mrs. Tarleton? Sind Ihnen denn die Konföderierten gar nichts?«

»Ma«, schrie die kleine Betsy, »Randa sitzt auf meinem Kleid, und es wird ganz kraus.«

»Gib Randa einen Schubs und sei still. Nun hören Sie, Gerald O'Hara.« Ihre Augen fingen an, bedenklich zu funkeln. »Kommen Sie mir nicht mit den Konföderierten! Ich denke, die bedeuten mir nicht weniger als Ihnen, denn ich habe vier Jungens bei der Truppe und Sie gar keinen. Aber meine Jungens sorgen für sich selbst, und das können meine Pferde nicht. Wenn ich wüßte, sie würden von den Jungens geritten, die ich kenne, von Gentlemen, die Vollblüter gewohnt sind, ich gäbe sie gern umsonst her. Nein, keinen Augenblick würde ich mich besinnen. Aber soll ich denn meine schönen Tiere den Urwaldbauern und Kleinfarmern, die nur Maultiere kennen, auf Gnade und Ungnade überlassen? O nein, mein Lieber! Ich hätte ja Alpdrükken bei dem Gedanken, daß sie mir wundgeritten und nicht ordentlich gepflegt würden. Meinen Sie, ich lasse ahnungslose Dummköpfe meine im Maul so weichen Lieblinge reiten, ihre Mäuler zersägen und sie schlagen, bis das ganze Temperament zum Teufel ist? Bei dem bloßen Gedanken kommt mir schon jetzt eine Gänsehaut. Nein, Mr. O'Hara, es ist furchtbar nett von Ihnen, daß Sie meine Pferde haben wollen, aber Sie tun besser daran, in Atlanta ein paar alte Schimmel für Ihre Buschklepper zu kaufen. Die merken den Unterschied gar nicht.«

»Ma, bitte, laß uns weiterfahren!« stimmte jetzt auch Camilla in den ungeduldigen Chor ein. »Du weißt ganz genau, am Schlusse gibst du ihnen deine Lieblinge doch, wenn Pa und die Jungens erst einmal richtig anfangen, davon zu reden, daß die Konföderierten sie wirklich brauchen und so weiter, dann wirst du weinen und sie hergeben!«

Mrs. Tarleton schüttelte lächelnd die Zügel.

»Fällt mir gar nicht ein«, sagte sie und streifte die Pferde leicht mit der Peitsche. Der Wagen rollte geschwind von dannen.

»Eine großartige Frau.« Gerald setzte den Hut wieder auf und ritt zum eigenen Wagen zurück. »Fahr zu, Toby. Wir wollen sie schon mürbe machen und die Pferde doch noch von ihr bekommen. Natürlich hat sie recht. Recht hat sie. Wer kein Gentleman ist, soll die Finger von den Pferden lassen. Für ihn ist die Infanterie der rechte Ort. Um so bedauerlicher ist es, daß es hier nicht genug Pflanzersöhne gibt, um die Truppe vollzählig zu machen. Was sagtest du eben, Puß?«

»Pa, bitte, reite voran oder hinterher. Du wirbelst so viel Staub auf, daß wir ersticken.« Scarlett hatte das Gefühl, daß sie eine längere Unterhaltung nun nicht mehr aushalten könnte. Das Sprechen lenkte sie von ihren Gedanken ab, und sie wünschte sehr, Gedanken und Gesicht ganz in der Gewalt zu haben, ehe sie nach Twelve Oaks kam. Gerald gab gehorsam seinem Pferde die Sporen und ritt in einer roten Wolke auf und davon, hinter dem Tarletonschen Wagen her, wo er seine Pferdegespräche fortsetzen konnte.

VI

Sie fuhren über den Fluss und den Berg hinauf. Noch ehe Twelve Oaks in Sicht kam; sah Scarlett in den hohen Baumkronen träge eine Rauchwolke hängen und roch das würzige Duftgemisch von brennenden Holzscheiten und gebratenem Schwein und Hammel.

Die Feuerstellen für den Gartenschmaus, auf denen seit dem Abend vorher ein langsames Feuer glomm, glichen langen Trögen voll rosenroter Glut. Darüber wurde das Fleisch am Spieß gedreht, und der Saft tröpfelte zischend auf die glühenden Kohlen. Scarlett wußte, der Duft, den die schwache Brise ihnen entgegenwehte, kam von dem Hain alter Eichen hinter dem großen Haus. Dort auf dem sandigen Abhang, der in den Rosengarten führte, hielt John Wilkes immer sein Gartenessen ab. Es war ein angenehm schattiger Platz, viel schöner als der, den Calverts benutzten. Mrs. Calvert aß diese am Spieß gebratenen Speisen nicht gern und behauptete, der Geruch bliebe tagelang im Hause. Deshalb mußten ihre Gäste immer auf einem flachen, unbeschatteten Platz, eine Viertelmeile vom Hause entfernt, in der Sonne schmoren. John Wilkes aber, im ganzen Staat für seine Gastfreiheit berühmt, verstand ein Gartenfest richtig zu feiern.

Die langen Picknicktische, mit dem feinsten Leinen aus den Wilkesschen Truhen bedeckt, wurden immer im tiefsten Schatten aufgeschlagen, Bänke ohne Lehnen wurden zu beiden Seiten aufgestellt, und für Leute, die nicht gern darauf saßen, gab es auf der Waldwiese Stühle, Hocker und Kissen genug, die aus dem Hause dort hingebracht wurden. Die länglichen Feuerstellen, wo das Fleisch briet und die riesigen eisernen Waschkessel dampften, denen die leckeren Düfte der üblichen Sauce und des vielfältig zusammengekochten Brunswick-Stews entstiegen, waren so weit von den Gästen entfernt, daß der Rauch sie nicht behelligte. Mindestens ein Dutzend Schwarze liefen geschäftig hin und her und reichten die Speisen auf Tabletts herum. Hinter den Scheunen gab es immer eine gleiche Feuerstelle, an der die Dienstboten des Hauses, die Kutscher und Jungfern der Gäste Maiskuchen, Bataten und Schwarzsauer aßen, das Gericht, das dem Negerherzen so teuer ist, und dazu gab es Wassermelonen, soviel sie begehrten.

Als Scarlett den Duft des knusperigen Schweinebratens spürte, zog sie die Nase begehrlich kraus und hoffte, bis er gar wäre, wieder etwas Appetit zu haben. Im Augenblick war sie noch satt und zudem so fest geschnürt, daß sie immerfort Angst hatte, aufstoßen zu müssen; aber das war nur alten Herren und sehr alten Damen erlaubt.

Nun waren sie oben, und das weiße Haus stand in seinem makellosen

Ebenmaß vor ihnen, mit hohen Säulen, breiten Veranden und flachem Dach, schön wie eine Frau, die ihrer Schönheit so gewiß ist, daß sie gegen jedermann huldreich und gut sein kann. Scarlett liebte Twelve Oaks sogar noch mehr als Tara, denn die Jahre hatten ihm eine Würde verliehen, die Geralds Haus noch fehlte. Die breite, gewundene Auffahrt stand voll von Reitpferden und Wagen und von ab- und aussteigenden Gästen, die mit ihren Freunden Grüße wechselten. Grinsende Neger, aufgeregt wie immer, wenn Gäste kamen, führten die Pferde in den Wirtschaftshof, wo ihnen Geschirr und Sättel abgenommen wurden. Schwarze und weiße Kinder schwärmten kreischend über den frisch ergrünten Rasen, spielten Hüpfen und Verstecken und prahlten damit, wieviel sie essen wollten. In der weiten Halle, die von der Hausfront bis nach hinten durchging, wimmelte es von Menschen. Als der O'Harasche Wagen vorfuhr, sah Scarlett Mädchen in Krinolinen, so bunt wie Schmetterlinge, die Treppe zum zweiten Stock hinaufgehen und herunterkommen. Einzeln und paarweise sah sie sie stehenbleiben und sich über das Treppengeländer lehnen, hörte sie lachen und den jungen Leuten unten in der Halle zurufen. Durch die offenen Glastüren sah sie die alten Damen würdevoll in ihren schwarzen Seidenkleidern im Wohnzimmer sitzen, wie sie sich fächelten und einander von Babys und Krankheiten erzählten und wer wen geheiratet hätte und warum. Der Wilkessche Diener Tom eilte geschäftig mit einem silbernen Tablett durch die verschiedenen Räume und bot grinsend mit einer Verbeugung jungen Herren in rehfarbenen und grauen Hosen und feingefältelten Batisthemden hohe Gläser mit Pfefferminzwhisky an.

In der sonnigen Vorderveranda drängten sich die Gäste. Es war wohl die ganze Provinz da, dünkte es Scarlett. Die vier Tarletonjungens und ihr Vater lehnten an den hohen Säulen, die Zwillinge Stuart und Brent nebeneinander, unzertrennlich wie immer, Boyd und Tom mit ihrem Vater James Tarleton. Mr. Calvert stand dicht neben seiner Yankeegattin, die nach fünfzehn Jahren in Georgia immer noch nirgends so recht hingehörte. Alle waren sehr höflich und freundlich zu ihr, weil sie ihnen leid tat, aber keiner konnte vergessen, daß zu dem Urfehler ihrer Abstammung auch noch die Tatsache kam, daß sie bei Mr. Calverts Kindern Erzieherin gewesen war. Die beiden Calvertsjungen Raiford und Cade waren da mit ihrer blonden Schwester Cathleen, einer blendenden Erscheinung, die sich mit dem dunklen Joe Fontaine neckte und mit Sally Munroe, seiner hübschen Verlobten. Alex und Tony Fontaine flüsterten Dimity Munroe etwas ins Ohr, worauf sie in ein helles Lachen ausbrach. Von weit her waren Leute gekommen, von dem zehn Meilen entfernten Lovejoy, von Fayetteville und von Jonesboro, einige sogar aus Atlanta und Macon. Die Wände wollten ob der Menge schier bersten, ein unendliches Schwatzen und Lachen, Kichern und Kreischen klangen bald lauter, bald leiser ins Freie hinaus.

Auf den Stufen vor der Eingangstür stand hochaufgerichtet John Wilkes in seinem Silberhaar und strahlte den stillen Zauber und die herzliche Gastfreundschaft aus, die warm und nie versagend wie die georgianische Sommersonne waren. Neben ihm stand Honey Wilkes – Honey genannt, weil sie von ihrem Vater an bis zum letzten Ackerknecht unterschiedslos jeder mit diesem Kosenamen anredete – und begrüßte geziert und kichernd die ankommenden Gäste.

Honeys nervöses und gar zu augenfälliges Bestreben, jedem Mann, der in Sicht kam, zu gefallen, stand in scharfem Gegensatz zu der vornehmen Haltung ihres Vaters. Scarlett kam der Gedanke, daß am Ende doch etwas Wahres an alledem sei, was Mrs. Tarleton gesagt hatte. Der gutaussehende Teil der Familie waren zweifellos die Männer. Die dichten tiefen Wimpern, zwischen denen John Wilkes' und Ashleys Augen so schön standen, waren bei Honey und ihrer Schwester India spärlich und farblos geraten. Honey hatte den eigentümlichen wimperlosen Blick eines Kaninchens, und India konnte man nur als häßlich bezeichnen.

India war nirgends zu sehen, Scarlett vermutete sie in der Küche, wo sie wahrscheinlich den Dienstboten die letzten Anweisungen gab. Arme India, dachte Scarlett. Sie hat sich seit dem Tode ihrer Mutter so mit dem Haushalt plagen müssen, daß sie es mit Ausnahme von Stuart Tarleton zu keinem Verehrer gebracht hat; und schließlich ist es nicht meine Schuld, wenn er mich hübscher findet als sie.

John Wilkes kam die Treppe herunter und bot Scarlett den Arm. Als sie aus dem Wagen stieg, bemerkte sie, wie Suellen plötzlich in ihren Bewegungen geziert wurde. Sie mußte wohl Frank Kennedy irgendwo in der Menge entdeckt haben.

Schrecklich, wenn man sich keinen besseren Verehrer einspannen kann als diese alte Jungfer in Hosen! dachte sie verächtlich, als sie den Fuß auf den Boden setzte und John Wilkes ihren Dank zulächelte. Frank Kennedy kam eilig an den Wagen, um Suellen herauszuhelfen, worauf diese sich so stolz gebärdete, daß Scarlett sie hätte ohrfeigen mögen. Mochte Frank Kennedy auch mehr Land sein eigen nennen als irgendwer in der Provinz, mochte er auch ein sehr gutes Herz haben, was bedeutete all das dagegen, daß er schon vierzig war, hager und nervös, und einen dünnen gelbbraunen Backenbart trug und ein altjüngferliches, umständliches Wesen hatte. Doch Scarlett dachte an ihr Vorhaben, schluckte die Verachtung herunter und begrüßte ihn mit so strahlendem Lächeln, daß er mit dem für Suellen ausgestreckten Arm plötzlich innehielt und in beglückter Verwunderung Scarlett anstarrte.

Während Scarlett leichthin mit John Wilkes plauderte, suchten ihre Augen in der Menge nach Ashley, aber vor dem Hause war er nirgends zu sehen.

Dutzende von Stimmen begrüßten sie, Stuart und Brent Tarleton kamen auf sie zu. Die Munroemädchen stürzten herbei und begeisterten sich für ihr Kleid, und im Handumdrehen stand sie im Mittelpunkt eines lauter und lauter sprechenden Kreises, in dem jeder versuchte, den anderen zu überschreien. Wo war Ashley? Und Melanie und Charles? Sie bemühte sich, nicht aufzufallen, während sie überall herumschaute und in die Halle und das lachende Menschengewühl darin spähte.

Als sie so plaudernd und lachend mit raschen Blicken Haus und Hof absuchte, fiel ihr Auge auf einen Fremden, der allein in der Halle stand und sie mit so kühler Unverschämtheit ansah, daß sie augenblicklich stutzte, teils in weiblicher Freude darüber, daß sie einen Mann auf sich aufmerksam gemacht hatte, teils in dem verlegenen Gefühl, daß ihr Kleid vorn zu tief ausgeschnitten sei. Er sah gar nicht mehr jung aus, mindestens wie fünfunddreißig, und war sehr groß und kräftig. Scarlett meinte, sie hätte nie einen so breitschultrigen Mann mit so gewaltigen Muskeln gesehen, fast schon zu kräftig, um vornehm zu sein. Als ihr Auge dem seinen begegnete, lächelte er und zeigte dabei tierhaft weiße Zähne unter seinem kurz geschnittenen schwarzen Schnurrbart. Er war dunkelhäutig, sonnenverbrannt wie ein Seeräuber. Seine Augen waren kühn und schwarz wie die eines Piraten, der sich überlegt, ob er eine Galeone versenken, ob er ein Mädchen rauben soll. Kühle Verwegenheit lag in seinem Gesicht, und ein zynischer Humor spielte um den Mund, als er ihr zulächelte. Scarlett verschlug es den Atem. Eigentlich sollte ein solcher Blick sie beleidigen, und sie ärgerte sich über sich selbst, daß sie sich nicht beleidigt fühlte. Wer das sein mochte, wußte sie nicht; aber unleugbar sprach aus seinem dunklen Gesicht vornehme Abstammung. Man sah es an der dünnen Habichtnase über den vollen roten Lippen, der hohen Stirn und den weit auseinanderstehenden Augen. Widerstrebend nur wandte sie den Blick ab, ohne wiederzulächeln; und er drehte sich um, als jemand rief: »Rhett! Rhett Butler, komm her! Du sollst das hartherzigste Mädchen in Georgia kennenlernen.« Rhett Butler? Der Name kam ihr bekannt vor und erinnerte sie an irgendeine herrliche Skandalgeschichte, aber ihre Gedanken waren bei Ashley und gingen der Sache nicht weiter nach.

»Ich muß hinauf und mir das Haar richten«, sagte sie zu Stuart und Brent, die versuchten, sie von der Menge abzuschneiden. »Wartet hier auf mich und lauft gefälligst nicht mit einem anderen Mädchen davon, sonst werde ich böse.«

Sie gewahrte, daß Stuart heute Schwierigkeiten machen würde, sobald sie mit jemand anderem flirtete. Er hatte getrunken und trug die hochfahrende, kampflustige Miene zur Schau, die nichts Gutes bedeutete, wie sie aus Erfahrung wußte. In der Halle blieb sie stehen, sprach mit Freunden und begrüßte

India, die gerade mit unordentlichem Haar und winzigen Schweißtropfen auf der Stirn aus dem Hinterhause auftauchte. Arme India! Es war schon sehr schlimm, wenn Haar und Wimpern farblos waren und das Kinn als Zeichen einer eigenwilligen Natur vorstand und man obendrein noch nicht zwanzig Jahre alt war und doch schon als alte Jungfer galt. Ob India wohl sehr böse war, daß sie ihr Stuart weggenommen hatte? Es hieß, sie sei noch immer in ihn verliebt, aber man konnte nie genau wissen, was in einem Wilkes vorging. Trug sie es Scarlett nach, so ließ sie es doch niemals merken und behandelte ihre Nebenbuhlerin mit der gleichen zurückhaltenden, liebenswürdigen Höflichkeit, die sie ihr stets gezeigt hatte.

Scarlett sagte ihr einige freundliche Worte und schickte sich an, die breite Treppe hinaufzugehen. Da hörte sie sich von einer schüchternen Stimme beim Namen gerufen, drehte sich um und erblickte Charles Hamilton. Er war ein gutaussehender Junge mit einem Gewirr von weichen braunen Locken auf der weißen Stirn und tiefbraunen, reinen, sanften Augen wie ein Schäferhund. In seinen senfgelben Hosen und seinem schwarzen Rock war er sehr elegant, auf seinem gefältelten Hemd saß die breiteste, modernste schwarze Krawatte, die man sich vorstellen konnte. Eine leichte Röte stieg ihm ins Gesicht, als Scarlett sich ihm zuwandte. Mit Mädchen war er schüchtern, und wie die meisten schüchternen Männer bewunderte er so lebhafte, selbstsichere Mädchen wie Scarlett aufs höchste. Sie hatte bisher nie mehr als oberflächliche Höflichkeit für ihn gehabt, und so benahm ihm die strahlende Freundlichkeit, mit der sie ihn begrüßte und ihm ihre beiden Hände entgegenstreckte, fast den Atem.

»Ach, Charles Hamilton, hübscher alter Junge! Ich wette, Sie sind den weiten Weg von Atlanta nur hergekommen, um mir das arme Herz zu brechen.«

Charles stotterte fast vor Aufregung, als er die warmen kleinen Hände in den seinen hielt und ihr in die schillernden Augen sah. So sprachen Mädchen stets mit anderen Burschen, aber nie mit ihm. Er begriff nicht, warum die Mädchen ihn immer wie einen jüngeren Bruder behandelten und sehr freundlich mit ihm waren, sich aber nie dazu herbeiließen, ihn zu necken. Von jeher wünschte er sich, daß die Mädchen auch mit ihm flirten und scherzen sollten wie mit den andern Burschen, die viel weniger gut aussahen als er und zudem mit den Gütern dieser Welt längst nicht so gesegnet waren. Geschah das aber ganz selten einmal, so fielen ihm nie passende Antworten ein, und er starb vor Verlegenheit über seinen hilflos verschlossenen Mund. Danach lag er nächtelang wach, und all die reizenden Galanterien, die er hätte sagen können, kamen ihm nachträglich in den Sinn. Aber eine zweite Gelegenheit dafür bot sich nie, denn nach einem oder zwei vergeblichen Versuchen ließen die

Mädchen stets von ihm ab. Sogar mit Honey, mit der er sich in dem unausgesprochenen Einverständnis befand, daß sie einander im nächsten Herbst heiraten wollten, war er scheu und still. Zuzeiten hatte er das niederdrückende Gefühl, daß Honeys kokette Art, ihn als Eigentum zu behandeln, ihm nicht eben zur Ehre gereichte. Sie war so hinter den Männern her, daß er sich wohl vorstellen konnte, wie sie mit jedem, der ihr Gelegenheit gab, ebenso umspringen würde. Die Aussicht, sie zu heiraten, erregte ihn nicht sonderlich. Die wildromantischen Gefühle, die sich, nach seinen geliebten Büchern zu urteilen, für einen Liebhaber schickten, vermochte sie nicht in ihm zu erwecken. Er hatte sich immer danach gesehnt, von einem schönen hinreißenden Geschöpf voll Feuer und Gefahr geliebt zu werden, und nun neckte ihn Scarlett O'Hara damit, daß er ihr das Herz bräche!

Er suchte nach Worten, fand aber keine, und so war er insgeheim froh, daß sie ohne Unterlaß auf ihn einredete und ihn der Notwendigkeit enthob, Entgegnungen zu finden. Es war zu schön, um wahr zu sein!

»So, nun rühren Sie sich nicht vom Fleck, bis ich wiederkomme. Wir wollen beim Essen zusammen sitzen. Und daß Sie mir nicht mit den anderen Mädchen anfangen, ich bin furchtbar eifersüchtig!« klang es kaum glaubhaft von den roten Lippen zwischen den beiden Grübchen, während dichte schwarze Wimpern sich sittsam über grüne Augen senkten.

»O nein«, brachte er schließlich leise heraus und ahnte nicht, daß sie ihn dabei wie ein Kalb aussehend fand, das auf den Metzger wartet.

Sie schlug ihm leicht mit dem zusammengefalteten Fächer auf den Arm und wandte sich die Treppe hinauf. Da fiel ihr Blick noch einmal auf den Mann namens Rhett Butler, der ein paar Schritte von Charles entfernt allein stand. Offenbar hatte er die ganze Unterhaltung gehört, denn tückisch wie ein Kater lachte er sie an, und wieder schweiften seine Augen, völlig bar der Ehrerbietung, die sie gewohnt war, über sie hin.

»Heiliger Strohsack!« In ihrer Entrüstung gebrauchte Scarlett im stillen Geralds Lieblingsfluch. »Er tut, als ob er wüßte, wie ich ohne Hemd aussehe!« Damit warf sie den Kopf zurück und ging nach oben. In dem Schlafzimmer, wo die Damen abgelegt hatten, fand sie Cathleen Calvert, die sich vor dem Spiegel putzte und auf die Lippen biß, damit sie röter aussähen. An ihrem Gürtel steckten frische Rosen, die zu ihren Wangen paßten, und ihre kornblumenblauen Augen sprühten vor Erregung.

»Cathleen«, sagte Scarlett und versuchte, sich die Taille höher hinaufzuziehen, »wer ist eigentlich dieser gräßliche Butler da unten?«

»Ja, weißt du denn das nicht?« flüsterte Cathleen aufgeregt und hatte dabei ein scharfes Auge auf das Nebenzimmer, wo Dilcey mit der Mammy der Wilkesschen Mädchen schwatzte. »Es muß für Mr. Wilkes ein peinliches Gefühl sein, ihn hier zu haben, aber er war gerade zu Besuch bei Mr. Kennedy in Jonesboro, ich glaube in Baumwollgeschäften, und da mußte Mr. Kennedy ihn natürlich mit hierherbringen.«

»Was ist denn mit ihm?«

»Man verkehrt nicht mit ihm.«

»Wahrhaftig?«

Scarlett hatte daran ein Weilchen schweigend zu kauen. Noch nie war sie mit jemandem, mit dem man nicht verkehrt, unter einem Dach zusammen gewesen. Das war sehr aufregend.

»Was hat er denn getan?«

»O Scarlett, er hat einen ganz schrecklichen Ruf. Er heißt Rhett Butler und stammt aus Charleston. Seine Eltern gehören da zu den besten Familien, aber mit ihm verkehren sie nicht mehr. Caro Rhett hat mir vorigen Sommer von ihm erzählt. Er ist aus West-Point rausgeschmissen worden. Stell dir vor! Wegen etwas so Schlimmem, daß Caro es nicht wissen darf, und dann war da noch die Geschichte mit dem Mädchen, das er nicht geheiratet hat. Ja, weißt du denn gar nichts davon? Also, dieser Mr. Butler ist in Charleston mit einem Mädchen im Einspänner spazierengefahren. Ich weiß nicht, wer sie war, aber ich habe so meinen Verdacht. Aus sehr guter Familie kann sie nicht gewesen sein, sonst wäre sie nicht so spät nachmittags ohne Begleitung mit ihm ausgefahren, und denk mal, sie blieben beinahe die ganze Nacht und gingen schließlich zu Fuß nach Hause. Sie behaupteten, das Pferd sei ihnen durchgegangen und hätte den Wagen zertrümmert und sie hätten sich im Walde verirrt. Und nun rate, was geschah!«

»Das kann ich nicht raten, erzähle!« sagte Scarlett begeistert und machte sich auf das Schlimmste gefaßt.

»Den nächsten Tag hat er sich geweigert, sie zu heiraten.«

»Ach!« Scarlett war enttäuscht.

»Er sagte, er habe ihr nichts getan und sehe nicht ein, warum er sie heiraten sollte. Natürlich hat ihr Bruder ihn gefordert, und Mr. Butler hat gesagt, lieber ließe er sich totschießen, als eine dumme Gans zu heiraten. Und dann kam das Duell, und Mr. Butler hat den Bruder des Mädchens getötet und mußte aus Charleston weg, und nun kann er nirgends mehr verkehren«, schloß Cathleen triumphierend und eben noch rechtzeitig, denn Dilcey kam zurück, um das Kleid ihrer Schutzbefohlenen einer Prüfung zu unterziehen.

»Hat sie ein Kind gekriegt?« flüsterte Scarlett Cathleen ins Ohr.

Cathleen schüttelte heftig den Kopf. »Aber ruiniert war sie trotzdem«, zischelte sie zurück.

Wenn doch nur Ashley mich kompromittieren wollte, dachte Scarlett plötzlich. Er wäre zu sehr Gentleman, um mich dann nicht zu heiraten. Und doch hatte sie das uneingestandene Gefühl, man müsse vor Rhett Butler Achtung haben, weil er sich geweigert hatte, eine dumme Gans zu heiraten.

Scarlett saß auf einem hohen Liegestuhl aus Rosenholz im Schatten einer riesigen Eiche hinter dem Hause, umwogt von Fallen und Rüschen, unter denen zwei Zoll ihrer grünen Maroquinschuhe – das Äußerste, was eine Dame zeigen durfte – zum Vorschein kamen. Einen kaum berührten Teller hatte sie in der Hand und sieben Kavaliere um sich herum. Das Gartenfest war auf seinem Höhepunkt angelangt. Gelächter und lustige Worte, das Geklirr von Silber und Porzellan und würzige Bratendüfte erfüllten die warme Luft. Wenn der leichte Wind sich drehte, zogen Rauchwolken von den Feuerstellen über die Gesellschaft hin und wurden von den Damen mit lustigem Schreckensgeschrei und heftigem Gewedel ihrer Palmenfächer begrüßt.

Die meisten jungen Damen saßen mit ihren Herren auf den Bänken an den langen Tischen. Aber Scarlett hatte erkannt, daß ein Mädchen nur zwei Seiten und auf jeder nur Platz für einen einzigen Mann hat, und deshalb hatte sie es vorgezogen, sich abseits zu setzen und so viele Männer wie möglich um sich zu versammeln.

Auf dem Rasen in der Laube saßen die verheirateten Damen, ehrbar in ihren dunklen Kleidern inmitten all der Lustigkeit und Buntheit ringsum. Wer verheiratet war, einerlei in welchem Alter, fand sich für immer von den helläugigen Mädchen, den Kavalieren und all ihrer Jugendlichkeit geschieden. Verheiratete Frauen, die noch umworben wurden, gab es im Süden nicht. Von Großmama Fontaine, die von dem Vorrecht ihres Alters, aufzustoßen, unbekümmerten Gebrauch machte, bis zu der siebzehnjährigen Alice Munroe, die gegen die Übelkeit einer ersten Schwangerschaft ankämpfte, hatten sie zu endlosen genealogischen und gynäkologischen Gesprächen ihre Köpfe zusammengesteckt, was solche Gesellschaften zu sehr willkommenen, unterhaltsamen Lehrkursen machte. Scarlett sah von oben auf sie herab und fand, sie sähen aus wie ein Schwarm fetter Krähen.

Verheiratete Frauen durften sich nie amüsieren. Daß sie selbst, wenn Ashley sie heiratete, auch ohne weiteres in die Lauben und in die Salons verbannt würde, zu den gesetzten Matronen in glanzloser Seide, ausgeschlossen von Spaß und Spiel – der Gedanke kam Scarlett nicht. Ihre Phantasie trug sie, wie die meisten Mädchen, nur bis an den Altar und keinen Schritt darüber hinaus. Außerdem war sie jetzt zu unglücklich, um solchen Vorstellungen nachzuhängen.

Sie senkte die Augen auf den Teller und aß zierlich von einem angebrochenen Biskuit mit einer Eleganz und einem so völligen Mangel an Appetit, daß Mammy ihre Freude daran gehabt hätte. Bei allem Überfluß an Verehrern hatte sie sich noch nie im Leben so unglücklich gefühlt wie jetzt. Alle ihre Pläne von gestern abend waren gescheitert. Zu Dutzenden hatten sich die Kavaliere zu ihr gesellt, nur Ashley nicht, und all die Befürchtungen von gestern kamen wieder über sie. Ihr Herz schlug bald rasch, bald träge, ihre Wangen waren einmal flammendrot, dann wieder weiß. Ashley hatte keinerlei Anstalten gemacht, in ihren Bannkreis zu treten, und seit ihrer Ankunft hatte sie keinen Augenblick unter vier Augen mit ihm gehabt, ja, seit der ersten Begrüßung hatte sie überhaupt noch nicht mit ihm sprechen können. Als sie den Hintergarten betrat, war er auf sie zugekommen, aber mit Melanie am Arm, die ihm kaum bis zur Schulter reichte.

Melanie war ein zartgebautes, zierliches Mädchen, gleich einem Kind, das mit den viel zu großen Reifröcken der Mutter Verkleiden spielt, eine Vorstellung, die durch den scheuen, fast furchtsamen Blick ihrer großen Augen noch verstärkt wurde. Die Wolke ihres dunklen lockigen Haares war unter einem Netz streng gefaßt, eine dunkle Masse, die auf der Stirn in eine Spitze wie eine Witwenhaube auslief und das herzförmige Gesichtchen noch herzförmiger erscheinen ließ. Mit den zu breiten Backenknochen und dem allzu spitzen Kinn war es ein süßes, schüchternes, aber keineswegs schönes Gesicht, und Melanie verstand nicht durch weibliche Verführungskünste über seine Unscheinbarkeit hinwegzutäuschen. Sie sah aus, wie sie war, schlicht wie die Erde, gut wie das Brot, durchsichtig wie Quellwasser. Aber trotz dieser Unansehnlichkeit und der Kleinheit ihrer Gestalt lag in ihren Bewegungen eine gelassene Würde, die sie weit über ihre siebzehn Jahre hob und ihr etwas seltsam Eindrucksvolles verlieh. Ihr graues Organdykleid mit der kirschroten Atlasschärpe verhüllte in Rüschen und duftigen Stoffwolken den kindlich unentwickelten Körper. Der gelbe Hut mit den langen kirschroten Bändern ließ ihre elfenbeinfarbene Haut erglühen. In ihren braunen Augen war etwas von dem stillen Glanz eines winterlichen Waldsees, aus dessen Tiefe die dunklen Gewächse durch das ruhige Wasser heraufschimmern.

Sie hatte Scarlett mit schüchterner Zuneigung angelächelt und ihr gesagt, wie hübsch ihr grünes Kleid sei, und es war Scarlett schwergefallen, auch nur höflich zu antworten, so heftig war ihr Verlangen, mit Ashley allein zu sein. Seitdem hatte Ashley auf einem Hocker zu Melanies Füßen gesessen, fern von den anderen Gästen, hatte sich ruhig mit ihr unterhalten und dabei das leichte, versonnene Lächeln gezeigt, das Scarlett so sehr an ihm liebte. Unter seinem Lächeln war ein kleiner Funken in Melanies Augen aufgesprungen, und das machte die Sache noch schlimmer, denn nun mußte sogar Scarlett zugeben, daß sie beinahe hübsch aussah. Als Melanie zu Ashley aufblickte, war ihr Gesicht wie von innen erleuchtet. Hatte je ein liebendes Herz sich auf einem Antlitz gezeigt, so jetzt bei Melanie Hamilton.

Scarlett gab sich Mühe, die Augen von den beiden abzuwenden, aber es gelang ihr nicht. Nach jedem Blick dorthin war sie mit ihren Kavalieren doppelt lustig. Sie lachte und sagte gewagte Dinge, neckte und warf den Kopf zurück, daß die Ohrringe klirrten. Wohl hundertmal sagte sie »Ach Unsinn, dummes Zeug!« und schwur, sie wolle nie etwas von alldem glauben, was Männer ihr sagten. Ashley aber bemerkte es nicht, er blickte nur zu Melanie hinauf und sprach weiter, und Melanie sah zu ihm hinab mit einem Ausdruck, der strahlend bewies, daß sie sein war.

So kam es, daß Scarlett sich unglücklich fühlte. Wer nur das Äußere wahrnahm, mochte meinen, nie habe ein Mädchen weniger Grund dazu gehabt. Unbestritten war sie die Königin des Tages. Zu jeder anderen Zeit hätte ihr das Aufsehen, das sie bei den Männern erregte, zusammen mit dem Herzweh der anderen Mädchen, ungeheures Vergnügen bereitet.

Charles Hamilton wich trotz der vereinten Bemühungen der Zwillinge Tarleton nicht von ihrer Seite. Er hielt ihren Fächer in der einen Hand und seinen unberührten Teller in der andern und vermied es hartnäckig, Honeys Blick zu begegnen, der die Tränen nahe waren. Cade hatte es sich zu ihrer Linken bequem gemacht und sah Stuart mit glimmenden Augen an. Schon schwelte die Glut zwischen ihm und den Zwillingen, schon waren gereizte Worte hin und her gegangen. Frank Kennedy scharwenzelte um Scarlett herum wie eine Henne um ein Küken und rannte zwischen den Eichen und den Tischen hin und her, um Scarlett mit Leckerbissen zu versorgen, als ob nicht schon ein Dutzend Diener zu diesem Zweck da wären. Suellens dumpfer Groll begann ihre vornehme Zurückhaltung zu durchbrechen, und sie schoß feindselige Blicke auf Scarlett. Die kleine Carreen hätte weinen mögen. Trotz Scarletts ermutigenden Worten von heute morgen hatte Brent nur »Hallo, Schwesterchen« zu ihr gesagt und sie am Haarband gezupft, ehe er seine volle Aufmerksamkeit Scarlett zuwandte. Gewöhnlich war er doch so nett zu ihr und behandelte sie mit einer heiteren Ehrerbietung, bei der sie sich ganz erwachsen vorkam; und Carreen träumte insgeheim von dem Tage, da sie ihr Haar aufstecken und einen langen Rock anziehen und ihn wirklich als Verehrer betrachten konnte. Aber nun sah es aus, als gehörte er Scarlett ganz und gar. Die Munroemädchen verbargen mühsam ihren Kummer über die Unaufmerksamkeit der beiden dunklen Fontaines, die mit im Kreise um Scarlett standen und sich an sie heranzuschlängeln suchten, sobald einer der andern Miene machte aufzustehen. Mit erhobenen Augenbrauen funkten sie ihre Mißbilligung über Scarletts Benehmen zu Hetty Tarleton hinüber.

»Schamlos« war das einzig richtige Wort dafür. Alle drei zugleich nahmen die jungen Damen ihre Spitzenschirmchen in die Hand, sagten, sie hätten nun genug gegessen, berührten mit leichtem Finger den Arm des zunächststehenden Herrn und begehrten in holden Tönen den Rosengarten, den Brunnen und das Sommerhaus zu sehen. Dieser strategische Rückzug in guter Ordnung entging keiner der anwesenden Damen und jedem der anwesenden Männer.

Scarlett kicherte in sich hinein, als sie drei Männer ihren Zauberkreis verlassen sah, um den Damen Dinge zu zeigen, die ihnen von Kindheit auf vertraut waren, und warf einen scharfen Blick auf Ashley, um zu sehen, ob er es bemerkt habe. Der aber spielte mit den Enden von Melanies Schärpe und lächelte zu ihr hinauf. Scarletts Herz zog sich vor Weh zusammen. Sie hätte Melanies Elfenbeinhaut bis aufs Blut zerkratzen mögen.

Als ihre Blicke weiterschweiften, begegneten ihre Augen denen Rhett Butlers, der abseits mit John Wilkes sprach. Er hatte sie beobachtet, und jetzt lachte er sie an. Scarlett hatte das unbehagliche Gefühl, daß unter allen Anwesenden nur dieser Mann, mit dem man nicht verkehrte, ihre wilde Lustigkeit durchschaute und sein hämisches Vergnügen daran fand. Auch ihn hätte sie mit Wonne zerkratzen mögen. »Wenn ich nur dieses Fest bis heute mittag überstehe«, dachte sie, »dann gehen alle Mädels zu einem Schläfchen hinauf, und ich bleibe hier und komme endlich dazu, mit Ashley zu reden. Er muß doch bemerkt haben, wie begehrt ich bin.« Noch mit einer anderen Hoffnung suchte sie ihr Herz zu trösten: »Natürlich muß er gegen Melanie aufmerksam sein, denn schließlich ist sie seine Cousine, und so unbeliebt, wie sie ist, wäre sie ohne ihn ein Mauerblümchen.«

Sie schöpfte wieder Mut und verdoppelte ihre Bemühungen um Charles, dessen glühende braune Augen nicht von ihr abließen. Es war ein wundervoller Tag, ein Traumtag für ihn. Er hatte sich in Scarlett verliebt. Vor diesem neuen Gefühl wich Honey wie in einen dichten Nebel zurück. Honey war ein laut zwitschernder Spatz, Scarlett ein schillernder Kolibri. Sie zog ihn vor, stellte Fragen an ihn und gab selbst Antworten darauf, so daß er gescheit wirkte, ohne selbst ein Sterbenswörtchen zu erfinden. Die anderen ärgerten sich und wußten nicht, was sie dazu sagen sollten. Sie mußten sich ernstlich anstrengen, um höflich zu bleiben und die wachsende Wut hinunterzuschlucken. Überall glomm es unter der Asche, und wäre Ashley nicht gewesen, Scarlett hätte einen richtigen Triumph gefeiert.

Als der letzte Bissen aufgegessen war, hoffte Scarlett, India werde nun aufstehen und den Damen vorschlagen, sich ins Haus zurückzuziehen. Es war zwei Uhr, und die Sonne schien warm, aber India war nach den dreitägigen Vorbereitungen so müde, daß sie froh war, sitzen zu dürfen und dabei einem tauben alten Herrn aus Fayetteville ihre Bemerkungen ins Ohr schreien zu können.

Eine träge Schläfrigkeit legte sich über die Gesellschaft. Die Neger gingen herum und deckten die langen Tische, an denen man gespeist hatte, ab. Gelächter und Gespräch wurden stiller, alle warteten darauf, daß die Gastgeberin das Zeichen zum Ende der Festlichkeit geben möge. Palmenfächer wedelten auf und ab, und einige alte Herren waren vor Hitze und Sattheit eingenickt. In dieser Pause zwischen der Geselligkeit des Morgens und dem abendlichen Ball machten sie alle den Eindruck von gemessenen, friedlichen Leuten. Nur die jungen Männer hatten immer noch etwas von der ruhelosen Kraft, die bis vor kurzem die ganze Gesellschaft belebt hatte. Unter der Schlaffheit des Mittags lauerten Leidenschaften, die jeden Augenblick tödlich aufflammen und ebenso schnell ausbrennen konnten. Die Unterhaltung wollte eben völlig einschlafen, als plötzlich alles durch Geralds zornig erhobene Stimme aus dem Halbschlummer geschreckt wurde. Er stand in einiger Entfernung von den Speisetischen und war auf dem Höhepunkt eines Streites mit John Wilkes angelangt.

»Heiliger Strohsack, Mann! Für friedliche Einigung mit den Yankees beten? Nachdem wir die Schufte aus Fort Sumter hinausgefeuert haben? Friedlich? Die Südstaaten sollten mit den Waffen in der Hand zeigen, daß sie sich nicht beleidigen lassen und daß sie sich nicht mit gütiger Erlaubnis der Union von ihr trennen, sondern aus eigener Kraft befreien!«

»Mein Gott«, dachte Scarlett, »nun können wir alle bis Mitternacht hier sitzen bleiben.«

Im Handumdrehen hatte sich alle Schläfrigkeit verflüchtigt. Die Männer sprangen von Bänken und Stühlen auf, die Stimmen begannen einander zu überschreien. Den ganzen Morgen hatte auf Mr. Wilkes' Bitte, die Damen nicht zu langweilen, niemand von Politik und Kriegsgefahr gesprochen. Aber nun hatte Gerald das Eis gebrochen, und alle anwesenden Männer vergaßen die Ermahnung.

»Natürlich wollen wir kämpfen ...« »Diese verfluchten Yankees, diese Spitzbuben ...« »Wir verhauen sie in einem einzigen Monat ...« »Einer von uns prügelt zwanzig von ihnen windelweich ...« »Friedlich? ... Sie lassen uns ja nicht in Frieden!« »Wie Mr. Lincoln unsere Unterhändler beleidigt hat ... Wochenlang hat er sie warten lassen und versprochen, Fort Sumter zu räumen!« »Sie wollen den Krieg, nun, er soll ihnen bald zum Halse heraushängen!« Lauter als alle anderen donnerte Gerald. Scarlett hörte ihn brüllen: »Die Rechte der Südstaaten, Teufel noch mal!« Er ereiferte sich gewaltig und kam endlich auf seine Kosten, seine Tochter aber durchaus nicht. All dies Gerede war ihr gründlich verhaßt, weil sich die Männer nun stundenlang damit beschäftigen und sie vorläufig keine Gelegenheit mehr finden würde, Ashley unter vier Augen zu sprechen. Natürlich gab es keinen Krieg, das wußten die Männer alle. Sie redeten nur gern und hörten sich so gern reden.

Charles Hamilton war nicht mit den andern aufgesprungen und fand sich plötzlich mit Scarlett allein. Da lehnte er sich enger an sie und flüsterte mit der Kühnheit neugeborener Leidenschaft: »Miß O'Hara ... Ich ... ich hatte schon beschlossen, daß ich nach Südcarolina zur Truppe gehen wollte, falls es Krieg gäbe. Mr. Wade Hampton stellt eine Reitertruppe auf, und da wollte ich natürlich dabeisein. Er ist ein großartiger Kerl und war der beste Freund meines Vaters.«

Scarlett sah ihn verwundert an und dachte: »Wie können Männer nur so dumm sein, zu glauben, daß ein Mädchen sich für so etwas interessiert.« Er meinte, sie finde vor lauter Begeisterung keine Worte, und fuhr immer kühner fort:

»Wenn ich nun gehe, sind ... sind Sie dann traurig ... Miß O'Hara?«

»Dann weine ich jede Nacht mein Kissen naß.« Es sollte schnippisch klingen, er aber nahm es ernst und errötete vor Freude. Sie hatte die Hand in den Falten ihres Kleides verborgen, er tastete sich heran und drückte sie fest, von seiner eigenen Kühnheit und ihrer Zuneigung überwältigt.

»Wollen Sie dann für mich beten?«

»Der Schafskopf!« dachte Scarlett bitter und schaute sich verstohlen um, ob nicht jemand sie von dieser Unterhaltung erlöse.

»Wollen Sie es tun?«

»Ja ... gewiß, mindestens drei Rosenkränze jeden Abend!«

Rasch blickte Charles umher, hielt den Atem an und straffte die Muskeln. Sie waren so gut wie allein. Eine solche Gelegenheit bot sich vielleicht nie wieder. Und wenn Gott sie ihm noch einmal bescheren sollte, vielleicht versagte ihm dann die Kraft.

»Miß O'Hara ... ich muß Ihnen etwas sagen. Ich ... ich liebe Sie!«

»Hmmm?« machte Scarlett und versuchte durch die Menge der Streitenden zu Ashley hindurchzublicken.

»Ja!« flüsterte Charles, außer sich vor Entzücken, daß sie weder gelacht hatte noch in Ohnmacht gefallen war. »Ich liebe Sie! Sie sind das ... das ...«, zum erstenmal in seinem Leben löste sich ihm die Zunge, »das schönste Mädchen, das ich je gekannt habe, das süßeste und gütigste, so lieb wie Sie war noch niemand zu mir. Ich liebe Sie von ganzem Herzen. Ich kann ja nicht annehmen, daß Sie jemand wie mich lieben können, aber wenn Sie mir ein ganz klein wenig Mut machen, will ich alles tun, damit Sie mich lieben. Ich will ...«

Charles hielt inne, er konnte sich nichts ausdenken, das stark genug wäre,

Scarlett die Tiefe seines Gefühls zu beweisen, und so sagte er dann einfach: »Ich möchte Sie heiraten.«

Mit einem Ruck war Scarlett wieder auf der Erde, als das Wort »heiraten« an ihr Ohr schlug. Gerade hatte sie an Heiraten und an Ashley gedacht und blickte Charles mit schlecht verhohlener Gereiztheit an. Was mußte auch dieses Kalb ihr gerade jetzt seine Gefühle aufdrängen, da ihr vor lauter eigenen Gedanken und Gefühlen fast der Kopf platzte? Sie blickte ihm in die braunen Augen und sah nicht die Schönheit der ersten scheuen Knabenliebe, die darin lag, nicht die Verzückung eines Traumes, der Wirklichkeit werden will, nicht die wilde, selige Zärtlichkeit, die ihn wie eine Flamme durchfuhr. Scarlett war es gewöhnt, daß Männer ihr einen Heiratsantrag machten, sehr viel anziehendere Männer als Charles Hamilton, die Lebensart genug besaßen, ihr nicht gerade bei einem Gartenessen, wenn sie wichtigere Dinge im Kopf hatte, damit zu kommen. Sie sah nur den zwanzigjährigen Jungen, der rot wie eine Rübe geworden war und sich sehr tölpelhaft ausnahm. Sie hätte ihm das gern gesagt, aber ganz von selbst kamen ihr die Worte, die Ellen sie für solche Fälle gelehrt hatte. Sie schlug gewohnheitsmäßig die Augen nieder, und leise ging es über ihre Lippen:

»Mr. Hamilton, ich bin mir der Ehre wohl bewußt, die Sie mir dadurch erweisen, daß Sie um meine Hand anhalten, aber es kommt alles so plötzlich, daß ich nicht weiß, was ich darauf antworten soll.«

Auf diese Weise vermied man es geschickt, die Eitelkeit eines Mannes zu kränken, und behielt ihn doch am Bändel. Charles biß darauf an, als wäre solcher Köder etwas Neues und ihm als erstem zugeworfen.

»Ich kann ewig warten! Ich möchte Sie nur haben, wenn Sie Ihrer selbst ganz sicher sind. Bitte, Miß O'Hara, sagen Sie mir, daß ich hoffen darf!«

Scarletts scharfe Augen erblickten Ashley, der bei Melanie sitzen geblieben war und zu ihr emporlächelte. Wenn nur dieser Dummkopf, der nach ihrer Hand tastete, einen Augenblick still sein wollte, vielleicht konnte sie dann verstehen, worüber die beiden sprachen. Charles' Worte verwischten die Stimmen, denen sie so angestrengt lauschte.

»Scht«, zischte sie ihn an und kniff ihn in die Hand, ohne ihn auch nur eines Blickes zu würdigen.

Charles fuhr zusammen, im ersten Augenblick fühlte er sich zurückgestoßen und errötete, dann sah er ihren Blick auf seiner Schwester ruhen und wurde wieder froh. Scarlett fürchtete, jemand möchte seine Worte vernehmen. Natürlich war sie verlegen und in Todesangst, belauscht zu werden. Charles fühlte eine Männlichkeit in sich aufwallen, wie er sie noch nie gespürt hatte. Er hatte ein Mädchen in Verlegenheit gebracht. Das war berauschend, und er suchte seinem Gesicht einen unbekümmerten Ausdruck zu geben und erwiderte vorsichtig Scarletts Händedruck, um zu zeigen, daß er ein Mann von Welt sei und ihre Bedenken verstünde.

Sie fühlte es nicht einmal, denn deutlich hörte sie jetzt Melanies süße Stimme, die ihr höchster Zauber war: »Ich fürchte, über Mr. Thackerays Werke bin ich anderer Meinung als du. Er ist ein Zyniker. Ich glaube, er ist weniger Gentleman als Mr. Dickens.«

Wie kann man nur so etwas Albernes sagen! Scarlett hätte vor Erleichterung lachen mögen. Sie ist eben doch ein Blaustrumpf, und was Männer von einem Blaustrumpf denken, weiß ja jeder. Das Interesse eines Mannes kann man doch nur dadurch wecken, daß man von ihm spricht und allmählich die Unterhaltung auf sich selber lenkt. Hätte Melanie gesagt: »Du bist doch fabelhaft!« oder »Wie du nur auf solche Gedanken kommst! Mein dummer Kopf würde platzen, schon allein bei dem Versuch, über so etwas nachzudenken!« – dann hätte Scarlett Grund gehabt, sich zu ängstigen. Nun fühlte sie ihre Aussichten so sehr steigen, daß sie Charles ein strahlendes Gesicht zuwandte und vor Freude lächelte. Dieser Beweis ihrer Zuneigung beseligte ihn. Er griff nach ihrem Fächer und fächelte sie so stürmisch, daß ihr Haar in Unordnung geriet.

»Ashley, wie denkst du darüber?« klang es aus der Gruppe der erhitzten Männer heraus. Er stand auf und entschuldigte sich. Keiner von den anderen sieht doch so gut aus, dachte Scarlett, als sie sah, wie gut ihm seine lässige Bewegung stand. Sogar die älteren Männer hielten inne, um ihm zuzuhören.

»Nun, meine Herren, wenn Georgia kämpft, gehe ich mit. Warum wäre ich sonst in die Truppe eingetreten?« sagte er, die grauen Augen weit geöffnet. Alles Verträumte war daraus verschwunden, und eine Spannkraft lag darin, wie Scarlett sie nie zuvor an ihm wahrgenommen hatte. »Aber ich hoffe wie Vater, daß es nicht zum Kampf kommt und die Yankees uns in Frieden lassen ...« Er hob lächelnd die Hand, als die Fontaines und Tarletons durcheinanderzureden begannen wie weiland die Leute beim Turmbau zu Babel. »Ja, ja, ich weiß, wir sind beleidigt und betrogen worden. Hätten wir aber in der Haut der Yankees gesteckt und wollten sie sich ihrerseits von der Union lossagen, wie hätten wir uns dann wohl verhalten? Ungefähr ebenso!«

»Das sieht ihm wieder einmal ähnlich«, dachte Scarlett. »Immer muß er sich in die anderen hineinversetzen.« Für sie hatte alles nur eine einzige Seite. Manchmal war Ashley einfach unverständlich.

»Wir wollen nicht so hitzköpfig sein und uns zum Krieg hinreißen lassen. Das meiste Elend in der Welt ist vom Krieg gekommen. Und jedesmal, wenn ein Krieg glücklich vorbei war, wußte niemand mehr so recht, um was es eigentlich gegangen war.«

Scarlett rümpfte die Nase. An Ashleys Mut zweifelte zum Glück niemand, sonst wäre die Sache bedenklich gewesen. Schon erhob sich um ihn herum ein unwilliges, gefährliches Lärmen leidenschaftlich widerstreitender Stimmen.

Auf dem Rasenplatz unter den Bäumen stieß der taube alte Herr aus Fayetteville India an. »Was geht da eigentlich vor? Worüber reden sie?«

»Über Krieg!« trompetete ihm India durch die hohle Hand ins Ohr. »Sie wollen mit den Yankees kämpfen!«

»Krieg, sagen Sie?« Er suchte nach seinem Spazierstock und erhob sich mühsam aus seinem Stuhl, aber mit so viel Energie, wie er seit Jahren nicht gezeigt hatte. »Ich will ihnen sagen, was Krieg ist. Ich habe ihn mitgemacht.« Mr. McRae kam selten dazu, vom Krieg zu erzählen, meistens brachten ihn seine Frauensleute vorzeitig zum Schweigen. Eilig stapfte er auf die Gruppe zu und schwenkte mit erhobener Stimme den Stock. Da er die anderen nicht hören konnte, war er bald unbestrittener Herr des Schlachtfeldes.

»Ihr jungen Eisenfresser, hört mich an. Wir wollen keinen Krieg. Ich war im Kriege und weiß, wie das ist. Ich bin im Seminolenkrieg gewesen und war dumm genug, auch noch in den mexikanischen zu gehen. Ihr meint, da reitet man ein hübsches Pferd, die Mädchen streuen euch Blumen und ihr kommt als Held nach Hause. Nein, meine Herren! Hunger hat man und bekommt Masern und Lungenentzündung, weil man im feuchten Gras liegen muß. Und sind es nicht Masern und Lungenentzündung, so ist es das Gedärm. Ja, meine Herren, was der Krieg einem da nicht alles antut ... Durchfall und so was ...«

Die Damen wurden rot bis unter die Haarwurzeln. Mr. McRae war das Überbleibsel eines rauheren Zeitalters. »Hole rasch deinen Großvater«, zischte eine seiner Töchter einem jungen Mädchen zu. »Wahrhaftig!« flüsterte sie den aufgeregten Matronen um sie her zu, »jeden Tag wird es schlimmer mit ihm. Wollen Sie mir glauben, heute morgen sagte er zu Mary – sie ist erst sechzehn –: ›Nun, kleines Fräulein ...‹« Der Rest wurde noch leiser geflüstert, während die Enkelin sich entfernte, um Mr. McRae auf seinen schattigen Platz zurückzuführen.

Unter all den aufgeregt lächelnden Mädchen und leidenschaftlich debattierenden Männern war offenbar nur einer, der nicht aus der Ruhe zu bringen war. Scarlett sah Rhett Butler an einen Baum gelehnt dastehen, die Hände tief in den Hosentaschen vergraben. Seit Mr. Wilkes ihn verlassen hatte, war er allein und hatte, als das Gespräch sich erhitzte, kein Wort mehr gesprochen. Unter dem kurz geschnittenen schwarzen Schnurrbart verzogen sich spöttisch die roten Lippen, ein Strahl belustigter Geringschätzung glomm in den schwarzen Augen, als höre er prahlenden Kindern zu. Ein unangenehmes Lächeln, fand Scarlett. Er hörte ruhig zu, bis Stuart Tarleton mit zerzaustem

Haar und blitzenden Augen wiederholte: »In einem Monat haben wir sie verprügelt! Gentlemen kämpfen immer besser als der Pöbel. Ein Monat ... nein, eine einzige Schlacht ...«

»Meine Herren«, sagte Rhett Butler in der klingenden, verschliffenen Mundart von Charleston, ohne sich aus seiner bequemen Haltung zu rühren oder die Hände aus den Hosentaschen zu nehmen. »Darf ich ein Wort dazu sagen?« Sein Tonfall war ebenso geringschätzig wie seine Blicke, aber verschleiert durch eine Höflichkeit, mit der er sich gleichsam über sich selbst lustig machte. Man wandte sich ihm mit jener Verbindlichkeit zu, die man immer für einen Außenseiter bereit hatte.

»Hat irgendeiner der Herren schon einmal daran gedacht, daß es südlich der Mason-Dixon-Linie keine einzige Waffenfabrik gibt und wie wenig Eisengießereien wir hier im Süden haben? Wie wenig Wollspinnereien, Baumwollwebereien, Gerbereien? Haben Sie daran gedacht, daß wir kein einziges Kriegsschiff haben und daß die Yankeeflotte uns binnen einer Woche die Häfen sperren kann, so daß wir unsere Baumwolle nicht mehr verschiffen können? Aber natürlich ... an all das haben die Herren längst gedacht.«

Der hält wahrhaftig die Jungens für lauter Esel! Scarlett war empört. Das Blut stieg ihr heiß in die Wangen. Mehrere junge Leute warfen das Kinn empor. John Wilkes kam wie zufällig, aber eilig an seinen Platz neben dem Sprechenden zurück, als wollte er den Anwesenden damit deutlich machen, daß dieser Mann sein Gast war, und sie außerdem an die anwesenden Damen erinnern. »Das Schlimmste bei uns Südstaatlern ist«, fuhr Rhett Butler fort, »daß die meisten nicht genug gereist sind oder nicht genug aus ihren Reisen gelernt haben. Von Ihnen, meine Herren, sind natürlich alle weit herumgekommen. Was aber haben Sie gesehen? Europa, New York, Philadelphia, und die Damen waren natürlich in Saratoga.« Er machte eine leichte Verbeugung nach der Damengruppe unter den Bäumen. »Sie haben die Hotels und die Museen, die Bälle und die Spielbank gesehen. Und dann sind Sie mit der Überzeugung nach Hause gekommen, so schön wie hier im Süden sei es doch nirgends auf der Welt. Was mich betrifft – ich bin zwar in Charleston geboren, habe aber die letzten Jahre im Norden verbracht.« Ein Lächeln entblößte seine weißen Zähne, als wäre es ihm wohlbekannt, daß alle Anwesenden seine Geschichte wüßten, und als machte er sich nicht das geringste daraus. »Ich habe vieles gesehen, was Sie alle nicht gesehen haben. Die Tausende von Einwanderern, die gern gegen freie Beköstigung und ein paar Dollar Sold für die Yankees fechten würden, die Fabriken, die Gießereien, die Werften, die Bergwerke ... all das, was wir nicht haben. Wir haben ja nur unsere Baumwolle, unsere Sklaven und unseren Hochmut. Die werden in einem Monat mit uns fertig.«

Einen gespannten Augenblick lang herrschte Schweigen. Rhett Butler zog ein feines Leinentaschentuch hervor und stäubte sich nachlässig den Ärmel. Dann erhob sich ein unheilverkündendes Geraune und Gemurmel ringsum. Das Summen von der Gruppe unter den Bäumen her glich dem eines aufgeschreckten Bienenschwarms. Auch Scarlett spürte, wie ihr der Zorn in die Wangen stieg, aber zugleich schoß durch ihren nüchternen Kopf der Gedanke, daß alles, was dieser Mann da sagte, höchst verständig klinge und richtig sein könne. Sie hatte zwar noch nie eine Fabrik gesehen und kannte auch niemanden, der eine gesehen hatte. Aber selbst wenn er die Wahrheit redete, so war er doch kein Gentleman, denn man sprach solche Dinge nicht auf einer Gesellschaft aus, auf der man zum Vergnügen weilte.

Stuart Tarleton kam mit gesenkten Brauen heran, und Brent folgte ihm auf dem Fuße. Die Zwillinge wußten sich selbstverständlich zu benehmen und würden schwerlich auf einem Gartenfest eine ernstliche Szene machen, aber trotzdem gerieten die Damen in eine wohlige Erregung – es kam so selten vor, daß sie einen Streit selber miterlebten; meistens lernten sie ihn nur vom Hörensagen kennen.

»Herr«, sagte Stuart dumpf, »was wollen Sie damit sagen?«

Rhett sah ihn höflich, aber etwas belustigt an. »Ich will damit«, antwortete er, »dasselbe sagen wie Napoleon – Sie haben vielleicht von ihm gehört? – Er sagte einmal: ›Gott ist immer auf der Seite der stärksten Bataillone!‹«

Dann wandte er sich zu John Wilkes und sagte verbindlich: »Sie haben mir versprochen, mir Ihre Bibliothek zu zeigen; wäre es unbescheiden, wenn ich darum bäte, sie jetzt sehen zu dürfen? Denn ich muß leider heute nachmittag schon zeitig nach Jonesboro zurück.«

Er schlug leicht die Hacken zusammen und verbeugte sich nach allen Seiten wie ein Tanzlehrer. Die Verbeugung war für einen Mann von solchem Körperbau voller Anmut und dabei so frech wie ein Schlag ins Gesicht. Dann schritt er erhobenen Hauptes mit John Wilkes quer über den Rasen, und sein aufreizendes Lachen hallte bis zu der Gruppe bei den Tischen zurück. Für einen Augenblick herrschte verblüfftes Schweigen, dann begann das Stimmengewirr von neuem. India stand müde von ihrem Platz unter den Bäumen auf und ging auf den erbosten Stuart Tarleton zu. Scarlett hörte nicht, was sie sagte, aber bei dem Blick, mit dem sie ihn ansah, empfand sie so etwas wie einen Gewissensbiß. Es war derselbe Blick der Zusammengehörigkeit, mit dem auch Melanie Ashley anschaute – nur daß Stuart ihn nicht erwiderte. Einen Augenblick lang dachte Scarlett, er hätte India vielleicht längst geheiratet, wenn sie, Scarlett, im vorigen Jahre nicht so mit ihm geflirtet hätte. Dann aber beruhigte sie sich bei dem Gedanken, es sei doch nicht ihre Schuld, wenn andere Mädchen ihre Männer nicht festzuhalten verstünden.

Endlich lächelte Stuart zu India hinunter, ein gezwungenes Lächeln, und nickte mit dem Kopf. India hatte ihn wahrscheinlich gebeten, keinen Streit mit Mr. Butler anzufangen. Unter den Bäumen entstand ein Durcheinander, während die Gäste sich erhoben. Die Mütter riefen nach den Kinderfrauen und den kleinen Kindern und versammelten ihre Brut, um Abschied zu nehmen. Die jungen Mädchen brachen gruppenweise auf und gingen lachend und schwatzend ins Haus, um oben in den Schlafräumen ihre Siesta zu halten. Alle Damen überließen jetzt die Laube und den Schatten der Eichen den Männern; nur Mrs. Tarleton wurde von Gerald, Mr. Calvert und anderen zurückgehalten, die wegen der Pferde für die Truppe endlich eine Zusage zu erlangen hofften.

Ashley schlenderte zu Scarlett und Charles hinüber, er hatte ein halb nachdenkliches, halb belustigtes Lächeln um den Mund. »Ein hochnäsiger Teufel, nicht wahr?« bemerkte er und sah Butler nach. »Er sieht aus wie ein Borgia.«

Geschwind dachte Scarlett nach, ob ihr eine Familie dieses Namens in der Provinz, in Atlanta oder in Savannah bekannt wäre. »Die kenne ich nicht. Ist er mit ihnen verwandt? Was sind das für Leute?«

Über Charles' Gesicht huschte ein verlegener Ausdruck: Ungläubigkeit, Scham und Liebe rangen miteinander. Die Liebe siegte, als ihm aufging, daß ein Mädchen nichts weiter brauchte, als anmutig, sanft und schön zu sein, aber keine Bildung obendrein, die ihrem Zauber nur allzu leicht schaden könnte. Er antwortete also rasch: »Die Borgias waren Italiener.«

»Ach«, Scarlett hatte das Interesse verloren, »Fremde!« Sie zeigte Ashley ihr reizendstes Lächeln, aber er sah sie gerade nicht an. Sein Blick lag auf Charles, voller Verständnis und ein wenig mitleidig.

Scarlett stand auf dem Treppenabsatz und lugte vorsichtig über das Geländer nach unten in die Halle. Sie war leer. Aus den Schlafzimmern im oberen Flur kam das endlose Summen leiser Stimmen. Es schwoll an und schwoll wieder ab, und zwischenhinein erscholl Gelächter. Auf den Betten und Diwans der sechs großen Schlafzimmer ruhten die Mädchen sich aus. Das Kleid hatten sie abgelegt, das Korsett gelockert, die Haare flossen geöffnet über den Rücken herab. Ein Nachmittagsschlummer war auf dem Lande Sitte, und selten war er so nötig wie auf solchen Gesellschaften, die den ganzen Tag dauerten, frühmorgens begannen und in einem Ball ihren Höhepunkt fanden. Eine halbe Stunde schwatzten und lachten noch die Mädchen miteinander, dann schlossen die Kammerjungfern die Fensterläden, und in dem warmen Halbdunkel verlor sich das Gespräch im Flüstern und schließlich ganz im Schweigen, das nur durch sanfte, regelmäßige Atemzüge belebt ward.

Scarlett hatte sich davon überzeugt, daß Melanie mit Honey und Hetty Tarleton auf dem Bett lag, dann schlich sie auf den Flur und ging die Treppe hinunter. Aus dem Treppenfenster konnte sie die Gruppe der Männer unter den Bäumen sitzen sehen, wie sie aus hohen Gläsern tranken. Dort blieben sie nun bis zum späten Nachmittag. Sie suchte die Schar mit den Augen ab, aber Ashley war nicht darunter. Dann horchte sie und vernahm seine Stimme, er nahm noch vorn in der Einfahrt Abschied von davonfahrenden Frauen und Kindern.

Das Herz schlug ihr bis zum Halse, geschwind lief sie die Treppe hinunter. Wenn sie nun Mr. Wilkes traf? Wie sollte sie sich dafür entschuldigen, im Hause herumzustöbern, während alle anderen Mädchen schliefen? Nun, sie mußte es darauf ankommen lassen. Als sie die untersten Stufen erreicht hatte, hörte sie die Dienstboten im Speisezimmer hin und her gehen und nach den Anweisungen des ersten Dieners Tisch und Stühle hinaustragen und das Zimmer für den Tanz vorbereiten. Auf der andern Seite der Halle stand die Tür der Bibliothek offen, lautlos lief sie hinüber. Dort konnte sie warten, bis Ashley mit Abschiednehmen fertig war, und ihn dann anrufen, wenn er hereinkam. Die Bibliothek lag im Halbdunkel da, die Vorhänge waren zum Schutz gegen die Sonne geschlossen. Der dämmerige Raum mit seinen hohen Wänden, bis obenhin voller Bücher, bedrückte sie. Für eine Zusammenkunft, wie sie sie erhoffte, hätte sie sich diesen Ort sicher nicht ausgesucht. Große Büchermengen bedrückten sie immer, ebenso wie die Leute, die viele Bücher lasen ... Alle solche Leute mit einer einzigen Ausnahme: Ashley. Schwere Möbel standen vor ihr im Halbdunkel, hochlehnige Stühle mit tiefen Sitzen und breiten Armlehnen für die großen Wilkesschen Männer, niedrige weiche Samtsessel und Schemel für die Mädchen. Ganz am anderen Ende des langen Raumes ragte vor dem Kamin das mächtige Sofa, Ashleys Lieblingsplatz, wie ein schlafendes Riesentier.

Sie schloß die Tür bis auf einen schmalen Spalt und versuchte, den raschen Schlag ihres Herzens zu beruhigen. Sie suchte sich genau auf das zu besinnen, was sie sich gestern abend vorgenommen hatte, Ashley zu sagen, aber es war ihr völlig entschwunden. Hatte sie sich überhaupt etwas ausgedacht und wieder vergessen? Oder hatte nach ihrem Plan Ashley etwas zu ihr sagen sollen? Sie konnte sich nicht erinnern, ein plötzlicher kalter Schauder überkam sie. Wenn nur ihr Herz aufhören wollte, ihr in den Ohren zu dröhnen, vielleicht fiel ihr dann etwas ein. Aber sein Pochen wurde nur noch schneller, als sie hörte, wie Ashley zur Haustür hereinkam.

Ihr fiel nichts anderes ein, als daß sie ihn liebte – alles an ihm, vom stolz emporgetragenen Haupt bis zu den schlanken dunklen Schuhen. Sie liebte sein Lachen, auch wenn sie es nicht verstand, liebte sein beunruhigendes

Verstummen im Gespräch. Ach, käme er doch jetzt herein und nähme sie in die Arme, dann brauchte sie gar nichts mehr zu sagen. Er mußte sie doch lieben ... »Vielleicht, wenn ich bete?« Sie kniff die Augen fest zusammen und leierte vor sich hin: »Ave Maria, Gnadenvolle ...«

»Nun, Scarlett?« Ashleys Stimme drang durch das Dröhnen in ihren Ohren zu ihr und stürzte sie in äußerste Verwirrung. Er stand in der Halle und schaute durch den Türspalt zu ihr herein, ein belustigtes Lächeln auf den Lippen.

»Vor wem versteckst du dich? Vor Charles oder vor den Tarletons?«

Sie schluckte. Er hatte also bemerkt, wie die Männer sie umschwärmt hatten! Wie unaussprechlich lieb stand er da mit seinen lächelnden Augen; wie aufgeregt sie war! Sie konnte nicht sprechen, sie streckte nur die Hand aus und zog ihn herein. Er trat ein, erstaunt, aber voller Neugierde. In ihrer Erscheinung lag etwas Gespanntes, in ihren Augen eine Glut, wie er sie nie an ihr gesehen hatte, und sogar in dem gedämpften Licht war die Röte ihrer Wangen sichtbar. Unwillkürlich schloß er die Tür hinter sich und faßte ihre Hand.

»Was ist?« fragte er fast flüsternd.

Als seine Hand sie berührte, erbebte sie. Jetzt würde es geschehen, genau wie sie es sich erträumt hatte. Tausend zusammenhanglose Gedanken schossen ihr durch den Sinn, nicht einen davon konnte sie fassen und in Worte kleiden. Sie konnte nur bebend zu ihm aufblicken. Warum sagte er nichts?

»Was ist?« wiederholte er. »Willst du mir ein Geheimnis sagen?«

Plötzlich hatte sie ihre Sprache wiedergefunden, und ebenso plötzlich fiel Ellens jahrelange Erziehung von ihr ab, und Geralds irisches Blut brach ohne Hemmung aus ihr hervor.

»Ja ... ein Geheimnis. Ich liebe dich.«

Einen Augenblick war es so überwältigend still zwischen ihnen, als hätten beide aufgehört zu atmen. Dann kam ihr zitterndes Wesen zur Ruhe, und Glück und Stolz erfüllten sie ganz. Warum hatte sie das nicht eher getan? Wieviel einfacher war dies als all die damenhaften Winkelzüge, die man sie gelehrt hatte. Und nun suchten ihre Augen die seinen.

Seine Augen waren bestürzt, ungläubig und ... was noch? So hatte Gerald geblickt an dem Tage, da sein Lieblingspferd sich das Bein gebrochen hatte und er es erschießen mußte. Warum kam ihr das jetzt in den Sinn? Ein dummer Gedanke! Warum sah Ashley so sonderbar aus und sagte nichts? Dann fiel etwas wie eine Maske über sein Gesicht. Er lächelte galant.

»Genügt es dir denn nicht, jedes andern Mannes Herz heute gewonnen zu haben?« sagte er in dem alten, zärtlichen Neckton. »Nun, mein Herz hat dir immer gehört, das weißt du. Du hast dir die Zähne daran gewetzt.«

Da ging etwas verkehrt ... ganz verkehrt! So war es nicht geplant. Aus dem tollen Gedankensturm in ihrem Hirn begann eine Vorstellung Gestalt zu gewinnen. Irgendwie ... aus irgendeinem Grunde ... handelte Ashley so, als dächte er, sie wollte nur mit ihm spielen. Dabei wußte er, daß das nicht der Fall war. Darüber täuschte sie sich nicht.

»Ashley ... Ashley ... sag mir ... du mußt ... ah, neck mich jetzt nicht! Gehört mir dein Herz? Ach Liebster, ich liebe ...«

Rasch fuhr er ihr mit der Hand über die Lippen, die Maske war verschwunden.

»So etwas darfst du nicht sagen! Nein, das darfst du nicht, Scarlett! Du meinst es auch gar nicht so. Du wirst dir nie verzeihen, daß du es gesagt hast, und mir nicht, daß ich es gehört habe.«

Heftig zuckte sie mit dem Kopf zurück. Ein heißer Strom jagte durch sie hin.

»Dir habe ich nie etwas zu verzeihen. Ich sage dir, ich liebe dich, und ich weiß, auch du mußt mich gern haben, weil ...« Sie hielt inne. Nie vorher hatte sie solches Elend in einem Gesicht gesehen. »Ashley, du hast mich lieb ... ja, nicht wahr?«

»Ja«, sagte er dumpf, »ich habe dich lieb.«

Hätte er gesagt, er hasse sie, sie hätte sich nicht mehr erschrecken können. Wortlos zupfte sie ihm am Ärmel.

»Scarlett«, sagte er, »laß uns hinausgehen und vergessen, daß wir je so etwas zueinander gesprochen haben.«

»Nein«, flüsterte sie, »ich kann nicht. Was meinst du damit? Willst du mich denn nicht ... heiraten?«

Er erwiderte: »Ich heirate Melanie.«

Da merkte sie auf einmal, daß sie auf dem niedrigen Samtsessel saß und Ashley auf dem Schemel zu ihren Füßen. Ihre beiden Hände hielt er ganz fest in den seinen. Er sagte allerlei – sie konnte keinen Sinn darin finden. Ihr Hirn war leer, verschwunden waren alle Gedanken, die es eben noch durchzogen hatten, seine Worte machten nicht mehr Eindruck als Regentropfen auf einer Fensterscheibe. Sie schlugen an taube Ohren, eindringliche, zärtliche Worte, Worte des Mitleids, wie sie ein Vater zu einem Kinde spricht, wenn es sich weh getan hat.

Der Klang von Melanies Namen rief sie ins Bewußtsein zurück. Sie blickte in seine kristallgrauen Augen. In ihnen lag wieder jene Ferne, die sie von jeher verwirrt hatte – dazu ein Ausdruck, als hasse er sich selber.

»Vater will die Verlobung heute abend verkünden. Wir heiraten bald. Ich hätte es dir sagen sollen, aber ich dachte, du wüßtest es. Ich dachte, jeder wüßte es seit Jahren. Mir ist es nie im Traum eingefallen, daß du ... du hast so viele Verehrer. Ich dachte, Stuart ...«

Sie begann wieder zu leben, zu fühlen, zu begreifen.

»Aber du hast doch gerade gesagt, du hättest mich gern.«

Seine warmen Hände taten ihr weh.

»Liebes, soll ich denn durchaus sagen, was dir weh tun muß?«

Ihr Schweigen drängte ihn weiter.

»Wie kann ich es dir begreiflich machen, mein Liebes? Du bist so jung und unbedacht, du weißt nicht, was Ehe heißt.«

»Ich weiß, daß ich dich liebe.«

»Liebe genügt für eine glückliche Ehe nicht, wenn zwei Menschen so verschieden sind wie wir beide. Du willst den Mann ganz, Scarlett, Leib und Seele, Herz und Sinn. Wenn du das nicht alles bekommst; wirst du unglücklich. Ich könnte mich dir aber nicht ganz geben. Und ich brauchte auch nicht deinen Geist und deine Seele ganz. Das müßte dich verletzen, und du müßtest mich hassen – bitterlich hassen. Hassen würdest du die Bücher, die ich lese, die Musik, die ich liebe, weil sie mich dir auch nur für Augenblicke wegnähmen. Und ich ... vielleicht habe ich ...«

»Liebst du sie?«

»Sie ist wie ich, sie ist von meinem Blut, und wir verstehen einander. Scarlett! Scarlett! Kann ich dir nicht begreiflich machen, daß es überhaupt keinen Frieden in der Ehe geben kann, wenn zwei Menschen nicht gleicher Art sind?«

Das hatte schon einmal jemand gesagt: »Gleich muß sich mit gleich verheiraten, sonst gibt es keine glückliche Ehe.« Wer war das doch? Es war ihr, als seien tausend Jahre vergangen, seit sie das gehört hatte, aber noch immer fand sie keinen Sinn darin.

»Aber du hast doch gesagt, du hättest mich gern!«

»Ich hätte es nicht sagen sollen.«

In einem Winkel ihres Hirns flammte ein schwelendes Feuer auf, Wut fing an, alles in ihr zu übertäuben.

»Da du nun einmal so gemein warst, es zu sagen ...«

Er erbleichte. »Es war gemein von mir, es zu sagen, denn ich will Melanie heiraten. Dir habe ich Unrecht getan und ihr noch mehr. Ich hätte es nicht sagen sollen; ich wußte, du würdest mich nicht verstehen. Wie sollte ich dich nicht gern haben – dich, die du alle Lebensleidenschaft hast, die mir fehlt? Dich, die du mit einer Heftigkeit, die mir versagt ist, lieben und hassen kannst? Du bist ja so elementar wie Feuer und Sturm und alles Wilde, und ich ...«

Sie dachte an Melanie und sah plötzlich ihre ruhigen braunen Augen vor sich mit dem Blick aus weiter Ferne, ihre gelassenen kleinen Hände in den schwarzen Spitzenhandschuhen, ihr sanftes Schweigen. Und dann brach ihre

Wut los, die gleiche Wut, die Gerald zum Mord getrieben hatte und andere irische Vorfahren zu anderen Missetaten, die ihnen den Kopf gekostet hatten. Von den wohlerzogenen Robillards, die gefaßt und schweigend alles ertragen konnten, was die Welt ihnen auferlegte, war jetzt keine Spur mehr in ihr.

»Warum sagst du es nicht, du Feigling? Du hast Angst, mich zu heiraten! Du willst dein Leben lieber mit dem blöden Schäfchen verbringen, das den Mund nur auftut, um ja und nein zu sagen, und solche Bälger aufziehen wird, die auch nicht bis drei zählen können wie sie! Warum ...«

»So etwas darfst du nicht über Melanie sagen!«

»Ich darf nicht? Verdammt! Wer bist du, daß du mir vorschreibst, was ich darf? Du Feigling, du Lump, du ... du hast mir vorgetäuscht, daß du mich heiraten wolltest ...«

»Sei gerecht«, flehte seine Stimme. »Habe ich je ...«

Sie wollte nicht gerecht sein, obwohl sie sehr gut wußte, daß er die Wahrheit sprach. Nie hatte er bei ihr die Grenzen der Freundschaft überschritten. Und als sie daran dachte, stieg neuer Zorn in ihr auf, der Zorn verletzten Stolzes und gekränkter Eitelkeit. Sie war ihm nachgelaufen, und er wollte nichts von ihr wissen. Er zog ihr ein dummes kleines Milchgesicht wie Melanie vor. Ach, wäre sie doch Ellens und Mammys Vorschriften gefolgt und hätte ihn niemals auch nur fühlen lassen, daß sie ihn gern hatte ... lieber alles andere als diese brennende Schande!

Mit geballten Fäusten sprang sie auf die Füße, auch er stand auf und blickte auf sie herab. In seinem Gesicht lag all die stumme Trauer eines Menschen, der einer qualvollen Wirklichkeit ins Gesicht sehen muß.

»Ich hasse dich bis in den Tod, du Lump ... du niedriger ... niederträchtiger ...« Wie hieß das Wort, nach dem sie suchte? Ihr fiel nichts ein, was arg genug für ihn war.

»Scarlett, bitte ...«

Er streckte die Hand gegen sie aus, da schlug sie ihn mit aller Kraft ins Gesicht. Es klatschte wie ein Peitschenhieb durch den stillen Raum. Auf einmal war all ihre Wut dahin, und nur Trostlosigkeit blieb im Herzen zurück.

Die rote Spur ihrer Hand zeichnete sich deutlich auf seinem bleichen, müden Gesicht ab. Er sagte nichts, hob nur ihre schlaffe Hand an seine Lippen und küßte sie. Ehe sie etwas sagen konnte, war er fort und schloß leise die Tür hinter sich.

Jäh setzte sie sich wieder nieder, unter der Nachwirkung ihrer Wut zitterten ihr die Knie. Nun war er fort, und die Erinnerung an den Schlag in sein Gesicht würde ihr nun ihr Lebtag keine Ruhe mehr lassen.

Sie hörte den weichen, gedämpften Laut seiner Tritte die lange Halle hinunter verklingen, und die ganze Ungeheuerlichkeit dessen, was sie getan hatte, kam über sie. Sie hatte ihn für immer verloren. Nun mußte er sie hassen und jedesmal, wenn er sie sah, sich daran erinnern, wie sie sich ihm an den Hals geworfen hatte, während er doch nicht das leiseste getan hatte, um ihr Hoffnungen zu machen.

»Ich bin nicht besser als Honey Wilkes«, dachte sie plötzlich und besann sich, wie jeder, sie selbst mehr als die anderen, über Honeys schamloses Betragen verächtlich gelacht hatte. Sie sah Honey sich kokett winden und hörte ihr läppisches Kichern, wenn sie sich den Burschen in den Arm hängte. Diese Vorstellung stachelte die Wut aufs neue in ihr an, die Wut auf sich selbst, auf Ashley, auf die ganze Welt. Wie sie sich haßte! Sich und alle, mit der Raserei ihrer sechzehnjährigen, durchkreuzten, gedemütigten Liebe. Nur sehr wenig wahre Zärtlichkeit war in dieser Liebe gewesen. Der größte Teil war Eitelkeit, selbstgefälliges Vertrauen in den eigenen Zauber. Nun hatte sie verloren. Größer aber als das Gefühl ihres Verlustes war die Angst, sich vor den andern an den Pranger gestellt zu haben. Hatte sie sich auffallend benommen wie Honey? Lachte jedermann über sie? Bei dem Gedanken erbebte sie von neuem.

Ihre Hand fiel auf einen kleinen Tisch neben ihr und geriet dabei an eine winzige Porzellanschale für Rosen, an die sich zwei Porzellanengel schmiegten. Sie hätte fast aufgekreischt, nur um die Stille zu durchbrechen, so lautlos war das Zimmer. Irgend etwas mußte sie tun, oder sie verlor den Verstand. Sie packte die Schale, und mit bösartigem Schwung schleuderte sie sie quer durch das Zimmer gegen den Kamin. Sie flog knapp an der hohen Sofalehne vorbei und zerschellte klirrend am Marmor.

»Dies«, sagte eine Stimme aus der Tiefe des Sofas, »geht zu weit.«

Nie im Leben hatte sie sich so erschrocken. Der Mund war ihr so trocken, daß sie keinen Laut herausbrachte. Sie klammerte sich an die Stuhllehne, denn ihr wankten die Knie, als Rhett Butler sich von dem Sofa, auf dem er gelegen hatte, erhob und sich mit übertriebener Höflichkeit vor ihr verbeugte.

»Schlimm genug, wenn einem der Mittagsschlaf durch eine Szene gestört wird, wie ich sie mit anhören mußte. Soll ich da auch noch mein Leben in Gefahr bringen?«

Er war es leibhaftig. Er war kein Geist. Aber, die Heiligen mochten sie bewahren, er hatte alles mit angehört! Sie nahm alle Kraft zusammen und gab sich einen Anschein von Würde.

»Mein Herr, Sie hätten sich bemerkbar machen müssen.«

»So?« Seine weißen Zähne glänzten, die kühnen dunklen Augen lachten sie an. »Aber Sie haben sich doch hier eingedrängt. Ich mußte auf Mr. Kennedy warten, und da mir schien, ich wäre im Hintergarten vielleicht nicht ganz erwünscht, war ich so rücksichtsvoll, meine unwillkommene Gegenwart hierher zu verlegen, wo ich glaubte ungestört zu sein. Aber leider ...«, er zuckte die Achseln und lachte leise.

Das Blut begann ihr wieder zu sieden bei dem Gedanken, daß dieser freche, unverschämte Kerl alles gehört hatte – Worte, von denen sie wünschte, sie wären nie über ihre Lippen gekommen.

»Sie Horcher ...«, begann sie zornig.

»Horcher hören oft höchst unterhaltsame, lehrreiche Dinge«, lächelte er. »Aus einer langen Erfahrung im Horchen weiß ich ...«

»Herr«, sagte sie, »Sie sind kein Gentleman!«

»Eine passende Bemerkung«, antwortete er leichthin. »Und Sie, mein Fräulein, sind keine Lady!« Er fand sie offenbar sehr ergötzlich, denn er lachte wieder leise vor sich hin. »Wer so etwas sagt und tut, wie ich eben mit angehört habe, ist keine Dame mehr. Indessen haben Damen nur selten Reiz für mich gehabt. Sie haben nie den Mut oder den Mangel an Kinderstube, zu sagen, was sie denken. Und das wird mit der Zeit sehr langweilig. Sie aber, meine liebe Miß O'Hara, sind ein Mädchen von bewunderungswürdigem Temperament. Ich nehme den Hut vor Ihnen ab. Welche Reize der elegante Mr. Wilkes für ein Mädchen von so stürmischem Naturell haben kann, ist mir freilich unbegreiflich. Er sollte Gott auf den Knien danken für ein Geschöpf mit Ihrer – wie drückte er sich noch aus? – ›Lebensleidenschaft‹; da er aber nur ein mattherziger Jämmerling ist ...«

»Sie sind nicht wert, ihm die Schuhe zu säubern!« schrie sie wütend.

»Und Sie wollen ihn Ihr Leben lang hassen!« Er ließ sich aufs Sofa zurückfallen, und sie hörte ihn wieder lachen.

Hätte sie ihn umbringen können, sie hätte es getan, statt dessen aber ging sie mit so viel Würde, wie sie aufbringen konnte, aus dem Zimmer und schlug die schwere Tür hinter sich zu.

So schnell rannte sie die Treppe hinauf, daß sie meinte, ihr schwänden die Sinne. Sie blieb stehen, packte krampfhaft das Geländer, ihr Herz hämmerte so wild vor Zorn, Gekränktheit und Anstrengung, daß ihr war, als müsse es ihr Kleid zersprengen. Sie versuchte tief zu atmen, aber dafür hatte Mammy sie zu fest geschnürt. Wenn sie nun ohnmächtig wurde, und man fand sie hier auf dem Treppenabsatz, was sollten die Leute denken? Oh, die dächten sich schon ihr Teil, Ashley und dieser gemeine Butler und die gräßlichen Mädchen, die alle so eifersüchtig waren! Zum erstenmal in ihrem Leben hätte sie gern Riechsalz bei sich gehabt wie die anderen Mädchen, aber sie hatte nie auch nur ein Riechfläschchen besessen. Sie war immer so stolz darauf gewesen, daß ihr nie schwindelte. Es ging einfach nicht an, daß sie jetzt ohnmächtig wurde!

Allmählich kam sie wieder zu sich. In einer Minute fühlte sie sich sicher wieder wohl, und dann würde sie leise in das kleine Ankleidestübchen neben Indias Zimmer gehen, ihr Korsett lockern, ins Zimmer schlüpfen und sich auf eins der Betten neben die schlafenden Mädchen legen. Sie suchte ihr klopfendes Herz und ihr Gesicht zu beruhigen. Sie mußte ja wie eine Irre aussehen. Sollte eines der Mädchen wach sein, so merkte es sicher sofort, daß etwas los war, und das durfte nie und nimmer geschehen.

Durch das breite Erkerfenster auf dem Treppenabsatz sah sie immer noch die Herren unter den Bäumen und im Schatten der Laube auf ihren Stühlen sich rekeln. Wie sie sie beneidete! Herrlich, ein Mann zu sein und nie solchen Jammer durchmachen zu müssen, wie sie ihn eben erlebt hatte! Während sie dastand und mit heißen Augen, noch immer ein wenig schwindlig, die Männer beobachtete, hörte sie raschen Hufschlag in der vorderen Auffahrt. Kies prasselte, eine aufgeregte Stimme erklang. Wieder stob Kies, und quer durch ihr Gesichtsfeld galoppierte ein Reiter über den grünen Rasen auf die träge Gruppe unter den Bäumen zu.

Ein verspäteter Gast? Warum aber ritt er quer über den Rasen, der Indias Stolz war? Sie konnte ihn nicht erkennen, aber als er sich aus dem Sattel schwang und John Wilkes am Arm packte, sah sie die Aufregung an jedem Zoll seiner Gestalt. Die Schar umdrängte ihn. Trotz der Entfernung hörte sie den Tumult der fragenden, laut rufenden Stimmen und empfand die fieberhafte Spannung der Männer. Dann erhob sich über dem verworrenen Geräusch Stuart Tarletons Stimme und frohlockte »Yee – Yaay – ee!«, als wäre er auf der Jagd. Ohne es zu wissen, hörte sie zum ersten Male den Kriegsruf der Rebellen.

Die vier Tarletons, hinter ihnen die Fontaineschen Jungens, lösten sich von den übrigen, liefen eilig nach dem Stall und riefen dabei gellend: »Jeems! Jeems! Pferde satteln!«

Einem von ihnen muß das Haus brennen, sagte sich Scarlett. Feuer hin, Feuer her, sie mußte jetzt ins Schlafzimmer zurückgelangen, ehe sie entdeckt wurde.

Ihr Herz hatte sich beruhigt, auf Zehen schlich sie die Stufen hinauf in den lautlosen Flur. Schwere warme Schläfrigkeit lag über dem Hause, als schliefe es selbst ruhig wie die Mädchen bis zum Abend, um dann mit Musik und Kerzen zur vollen Schönheit aufzublühen. Vorsichtig hob sie die Tür des Ankleidezimmers ein wenig an, öffnete sie und schlüpfte hinein. Ihre Hand lag noch hinter ihr auf der Klinke, als Honey Wilkes' Stimme leise, fast flüsternd, durch den Spalt der gegenüberliegenden Schlafzimmertür zu ihr drang: »Ich finde, Scarlett hat sich heute so schamlos benommen, wie ein Mädchen überhaupt nur kann.«

Scarletts Herz begann wieder seinen wilden Tanz, unbewußt stemmte sie die Hand dagegen, als wollte sie es mit Gewalt unterdrücken. »Horcher hören oft höchst lehrreiche Dinge«, äffte sie eine Erinnerung. Sollte sie sich leise wieder entfernen? Oder sich bemerkbar machen und Honey in Verlegenheit bringen, wie sie es verdient hatte? Da hörte sie wieder etwas und hielt inne. Ein ganzes Gespann Maultiere hätte sie nicht wegzerren können, als sie Melanies Stimme vernahm.

»Ach, Honey, nicht doch! Nicht so unfreundlich sein! Sie ist eben temperamentvoll und lebhaft. Ich fand sie sehr reizend.«

»Oho!« Scarlett krallte die Nägel in ihre Taille ein. »Dies schüchterne kleine Persönchen tritt für mich ein!«

Das war mühsamer anzuhören als Honeys gehässige Stichelei. Scarlett hatte nie einem weiblichen Wesen getraut und außer ihrer Mutter keiner Frau andere als selbstsüchtige Antriebe zugebilligt. Melanie war Ashleys sicher, da konnte sie sich solch selbstlose Denkungsart leisten. Das war echt Melanie, dachte Scarlett, auf solche Weise mit ihrer Eroberung großzutun und sich zugleich in den Ruf eines sanften Gemütes zu bringen. Oft hatte Scarlett sich, wenn sie mit Männern andere Mädchen durchhechelte, desselben Kniffes bedient, und er hatte die dumme Männerwelt jedesmal unfehlbar von ihrer Sanftmut und Selbstlosigkeit überzeugt.

»Nun, mein Fräulein«, erhob Honey patzig die Stimme, »dann mußt du blind sein.«

»Scht, Honey«, zischte Sally Munroes scharfe Stimme. »Man hört dich ja im ganzen Haus.«

Gedämpft fuhr Honey fort: »Du hast doch gesehen, wie sie mit jedem Mann, den sie erwischen konnte, ins Zeug ging ... sogar mit Mr. Kennedy, und er ist doch der Verehrer ihrer eigenen Schwester. So etwas habe ich nie erlebt! Und ganz sicher hatte sie es auf Charles abgesehen.« Honey verfiel in ein gereiztes Kichern: »Und du weißt doch, Charles und ich ...«

»Wahrhaftig?« flüsterten erregte Stimmen.

»Nun, erzählt es, bitte, niemand ... noch nicht!«

Das Getuschel nahm zu, Bettfedern krachten. Melanie flüsterte, wie glücklich sie sei, daß Honey ihre Schwester werden sollte.

»Ich freue mich aber gar nicht darauf, Scarlett zur Schwester zu bekommen«, ertönte bekümmert Hetty Tarletons Stimme. »Was ist sie nur für ein unglaublicher Draufgänger. Sie ist mit Stuart so gut wie verlobt. Brent sagt zwar, sie gebe keinen Deut um ihn, aber Brent ist natürlich auch in sie verliebt.«

»Wenn ihr mich fragt«, tuschelte Honey geheimnisvoll, »ich sage euch, es gibt nur einen, aus dem sie sich wirklich etwas macht, und das ist Ashley.«

Als das Getuschel der Fragen und Antworten immer heftiger wurde, ging ein Frösteln der Angst und Scham durch Scarletts Brust. Honey war eine dumme Gans, ein albernes, einfältiges, unerfahrenes Ding, soweit es sich um Männer handelte; für andere Frauen aber hatte sie einen Spürsinn, den Scarlett unterschätzt hatte. Neben der Schmach, die sie hier auf ihrem Lauscherposten erlitt, waren die Demütigung und der verletzte Stolz, die sie bei Ashley und Rhett Butler in der Bibliothek gepeinigt hatten, nur Nadelstiche. Männern konnte man zutrauen, daß sie den Mund hielten, sogar solchen wie Mr. Butler, aber Honey Wilkes gab Laut wie ein Jagdhund, und dann wußte die ganze Provinz noch vor sechs Uhr alles. Gestern abend erst hatte Gerald gesagt, er wolle nicht, daß die Provinz über seine Tochter lache. Und wie nun alle lachen würden! Der kalte Schweiß brach ihr aus. Melanies gemessene, friedliche Stimme erhob sich ein bißchen vorwurfsvoll über die der andern:

»Honey, du weißt, daß das nicht wahr ist. Es ist lieblos von dir.«

»Es ist doch so, Melly, und wärest du nicht immer so darauf aus, etwas Gutes an Leuten zu entdecken, an denen gar nichts Gutes ist, dann hättest du es auch gesehen. Und ich freue mich, daß es so ist. Es geschieht ihr ganz recht. Scarlett O'Hara hat immer nur überall Unfrieden gestiftet und versucht, andern Mädels die Freunde wegzuschnappen. Du weißt ganz gut, daß sie India ihren Stuart weggeschnappt hat und ihn jetzt nicht einmal will. Heute hat sie es nun mit Mr. Kennedy und Ashley und Charles versucht ...«

»Ich muß nach Hause!« dachte Scarlett. »Ich muß einfach nach Hause!«

Könnte doch Zauberei sie nach Tara entrücken und in Sicherheit bringen! Könnte sie doch bei Ellen sein, nur sie sehen, sie am Rock fassen und in Ellens Schoß weinen und ihr ganzes Herz ausschütten! Hörte sie nur noch ein Wort, so stürzte sie hinein, das wußte sie, und riß ganze Hände voll von Honeys dünnen blaßblonden Haaren aus und spie Melanie Hamilton ins Gesicht, um ihr zu zeigen, was sie von ihrer Nächstenliebe hielt. Aber sie hatte sich heute schon gemein genug benommen, ganz wie »weißes Pack« ... daher rührte überhaupt das ganze Unheil!

Mit den Händen drückte sie ihre Röcke ganz fest an sich, damit sie nicht raschelten, und entwischte verstohlen wie ein Tier. Nach Hause! Damit jagte sie hinunter in die Halle an verschlossenen Türen und stillen Zimmern vorbei. Sie mußte nach Hause. Schon war sie an der Haustür, da stutzte sie. Ihr war eingefallen – sie konnte ja nicht nach Hause. Weglaufen konnte sie nicht! Sie mußte hindurch, durch alle Bosheit der Mädchen, durch ihre eigene Schmach und all das Herzweh. Lief sie weg, so gab sie ihnen nur neue Waffen in die Hand.

Mit der geballten Faust schlug sie gegen die hohe weiße Säule neben sich und wünschte sich, Simson zu sein, um das ganze Twelve Oaks samt allen Menschen darin in Grund und Boden reißen zu können. Sie sollten es noch zu fühlen bekommen. Sie wollte es ihnen schon zeigen! Sie wollte ihnen noch weher tun, als sie ihr getan hatten. Für den Augenblick war Ashley vergessen. Er war nicht mehr der große, träumerische Junge, den sie liebte, sondern gehörte zu der ganzen Wilkesschen Sippe, zu Twelve Oaks, zur Provinz – sie haßte sie alle, weil sie sie auslachten. Mit sechzehn Jahren ist die Eitelkeit stärker als die Liebe; in ihrem heißen Herzen hatte nichts anderes mehr Raum als der Haß.

»Ich will nicht nach Hause. Ich bleibe hier und lasse es sie fühlen. Mutter sage ich nichts davon, nein, keinem Menschen.« Sie raffte sich zusammen, um ins Haus zurückzukehren. Die Treppe hinauf in ein anderes Schlafzimmer. Als sie sich in der Halle umwandte, sah sie Charles am andern Ende ins Haus treten. Er erblickte sie und kam rasch auf sie zu, sein Haar war zerzaust, sein Gesicht vor Aufregung so rot wie eine Geranienblüte.

»Wissen Sie, was geschehen ist?« rief er ihr schon von weitem entgegen. »Haben Sie es gehört? Paul Wilson kommt eben von Jonesboro herübergeritten!«

Er hielt atemlos inne. Sie entgegnete nichts, sie starrte ihn nur an.

»Mr. Lincoln hat die Männer aufgerufen, Soldaten – Freiwillige meine ich – fünfundsiebzigtausend!«

Schon wieder Mr. Lincoln! Dachten denn die Männer nie an wirklich Wichtiges? Dieser dumme Junge erwartete von ihr, sie solle sich über Mr. Lincolns Possen aufregen, während ihr das Herz brach und ihr Ruf so gut wie zerstört war. Jetzt starrte Charles sie an. Ihr Gesicht war weiß wie Papier, ihre schmalen Augen sprühten grünes Feuer wie Smaragde. Solches Feuer hatte er nie in einem Mädchengesicht gesehen, solche Glut noch nie in einem menschlichen Auge.

»Ich bin so ungeschickt, ich hätte es Ihnen zarter beibringen sollen. Ich habe vergessen, wie empfindsam Damen sind. Es tut mir leid, daß ich Sie so erschreckt habe. Kann ich Ihnen ein Glas Wasser holen?«

»Nein.« Sie brachte ein schiefes Lächeln zustande.

»Wollen wir uns auf die Bank setzen?« Er nahm ihren Arm. Sie nickte, und er geleitete sie behutsam die Stufen hinunter und führte sie nach der Bank unter der großen Eiche im Vorgarten. »Wie zart und zerbrechlich Frauen sind«, dachte er, »schon die Erwähnung von Krieg und Greuel benimmt ihnen die Sinne.« Dabei fühlte er sich sehr männlich und verdoppelte seine Fürsorge. Sie sah so seltsam aus. Auf ihrem bleichen Gesicht lag eine wilde Schönheit, die ihm das Herz zusammenzog. Wäre es möglich, daß der Gedanke, er würde in den Krieg gehen, ihr Kummer machte? Nein, das war zu anmaßend, das konnte er nicht glauben. Warum sah sie ihn dann aber so wunderlich an? Warum zitterten ihr die Hände, während sie an ihrem Spitzentaschentuch zerrte? Und die dichten kohlschwarzen Wimpern zuckten auf und nieder, wie es bei den Mädchen, von denen man in Romanen las, vor Schüchternheit und Liebe geschah.

Er räusperte sich dreimal, um etwas zu sagen, und es mißlang ihm jedesmal. Er schlug die Blicke nieder, weil ihre grünen Augen die seinen so starr durchdrangen, als sähe sie ihn gar nicht.

»Er hat eine Menge Geld«, dachte sie schnell, indem ein Gedanke ihr durchs Hirn zog. »Er hat keine Eltern, die mir das Leben schwermachen würden, er lebt in Atlanta, und wenn ich ihn jetzt auf der Stelle heirate, kann ich Ashley zeigen, daß ich mir nicht das mindeste aus ihm mache, daß ich nur mit ihm gespielt habe, und Honey würde es einfach umbringen. Einen anderen Verehrer kriegt sie nie und nimmer, und jedermann würde sich über sie totlachen. Und Melanie könnte ich auch damit weh tun, weil sie Charles liebhat. Und Stu und Brent könnte ich damit kränken.« Sie wußte nicht recht, warum sie eigentlich alle kränken wollte. Nun ja, sie hatten boshafte Schwestern. »Und es würde sie alle kränken, wenn ich in einem schönen Wagen mit vielen hübschen Kleidern hierher auf Besuch käme und hätte mein eigenes Haus daheim. Dann lachen sie nie wieder über mich.«

»Das bedeutet natürlich Kampf«, sagte Charles nach mehreren weiteren schüchternen Versuchen. »Aber grämen Sie sich nicht, Miß Scarlett, in einem Monat ist es vorbei, dann kriegen sie das Heulen. Jawohl! das Heulen! Um alles in der Welt muß ich dabeisein. Heute wird wohl nicht viel aus dem Ball werden; die Truppe hat Appell in Jonesboro. Die vier Tarletons bringen die Nachricht herum. Ich weiß, den Damen wird es leid tun.«

Sie sagte »Ach«, weil ihr nichts Besseres einfiel, aber es genügte. Allmählich fand sie ihr Gleichgewicht wieder, und die Gedanken begannen sich zu sammeln. Auf allen ihren Gefühlen lag es wie Rauhreif, sie meinte, sie würde nie wieder warm empfinden können. Warum nicht diesen hübschen, errötenden Jungen nehmen? Er war so gut wie jeder andere. Und ihr war es so einerlei. An nichts lag ihr mehr etwas, ihr Leben lang, und wenn sie neunzig Jahre alt würde.

»Ich kann mich noch nicht entschließen, ob ich mit Mr. Wade Hamptons Südcarolina-Legion oder mit der Atlantaer Stadtgarde hinausgehe.«

Wieder sagte sie »Oh«, ihre Augen begegneten einander, ihre bebenden Lider gaben ihm den Rest.

»Wollen Sie auf mich warten, Miß Scarlett? Es wäre himmlisch, wenn ich wüßte, Sie warteten auf mich, bis wir sie verdroschen haben!« Atemlos hing er an ihrem Munde und bemerkte, wie ihre Lippen sich in den Winkeln verzogen, sah zum erstenmal die Schatten darin und dachte, wie es wohl wäre, sie zu küssen. Ihre Hand, die innen kalt von Schweiß war, glitt in die seine.

»Ich möchte eigentlich nicht warten«, sagte sie mit verschleierten Augen.

Er umklammerte ihre Hand, der Mund stand ihm weit offen. Durch ihre Wimpern beobachtete Scarlett ihn völlig unbeteiligt und fand, er sähe aus wie ein aufgespießter Frosch. Mehrmals fing er stotternd an, schloß den Mund und öffnete ihn wieder und wurde rot wie eine Geranie.

»Ist es denn möglich, daß Sie mich lieben?«

Sie antwortete nichts, sie blickte nur in ihren Schoß und stürzte Charles in neue Wonne und neue Verlegenheit. Vielleicht durfte der Mann ein Mädchen nicht so etwas fragen, vielleicht war es nicht mädchenhaft, darauf zu antworten. Charles hatte nie vorher den Mut gehabt, solche Fragen zu stellen, und wußte nun nicht, was er tun sollte. Am liebsten hätte er gejubelt und gesungen und sie geküßt und auf dem Rasen Purzelbäume geschlagen und wäre dann hingelaufen und hätte jedem, Schwarz oder Weiß, erzählt, daß sie ihn liebte. So aber drückte er nur ihre Hand immer fester, bis die Ringe ihr ins Fleisch schnitten.

»Wollen Sie mich schon bald heiraten, Miß Scarlett?«

Sie fingerte an den Falten ihres Kleides.

»Wollen wir eine Doppelhochzeit mit Mel ...?«

»Nein!« sagte sie rasch, ihre Augen blitzten unheilverkündend zu ihm auf. Wieder merkte Charles, daß er etwas falsch gemacht hatte. Natürlich wollte ein Mädchen ihre eigene Hochzeit haben, ihren Ehrentag nicht teilen. Wie gut von ihr, seine Tölpeleien zu übersehen! Wäre es doch dunkel, fände er doch den Mut, den die Dunkelheit gibt, könnte er ihr doch die Hand küssen und ihr sagen, wovon sein Herz voll war!

»Wann kann ich mit Ihrem Vater sprechen?«

»Je eher, desto besser.« Sie hoffte, er würde vielleicht ihre Hand von dem lästigen Druck der Ringe erlösen, ehe sie ihn darum bitten müßte. Er sprang auf, und einen Augenblick meinte sie, er wollte einen Purzelbaum schlagen, ehe der Anstand es ihm verbot. Strahlend blickte er auf sie nieder, sein ganzes Herz in all seiner reinen Einfalt lag in den Augen. So hatte noch niemand sie angeschaut, und so sollte auch nie wieder jemand sie anschauen. Aber traumhaft losgelöst von allem, wie sie war, fand sie nur, er sähe aus wie ein Kalb.

»Ich will nun Ihren Vater suchen«, sagte er und lächelte über das ganze Gesicht. »Ich kann nicht länger warten. Willst du mich entschuldigen ... du Liebe?« Das Du wurde ihm schwer. Als er es aber einmal gesagt hatte, wiederholte er es voller Wonne immer von neuem.

»Ja«, sagte sie, »ich warte hier. Hier ist es so schön kühl.«

Er ging quer über den Rasen und verschwand hinter dem Hause. Sie saß allein unter der rauschenden Eiche. Von den Ställen kamen Scharen von Reitern, schwarze Diener dicht hinter ihren Herren. Die Munroes preschten vorbei und schwenkten die Hüte. Die Fontaines und Calverts ritten jauchzend die Straße hinunter. Die vier Tarletons jagten miteinander über den Rasen, und Brent rief: »Mutter, gib uns die Pferde! Yee – aay – ee!« Rasenstücke flogen, weg waren sie. Sie war wieder allein.

Vor ihr ragten die Säulen des weißen Hauses empor, als zöge es sich, würdig und unnahbar, von ihr zurück. Ihr Haus würde es nun nie werden. Nie würde Ashley sie als Braut über die Schwelle tragen. Ach, Ashley, Ashley! Was hab' ich getan? Tief unter Schichten von verletztem Stolz und kalter Berechnung regte es sich in ihr und schmerzte. Ein reifes Gefühl wurde in ihr geboren, stärker als ihre Eitelkeit und Selbstsucht. Sie liebte Ashley und wußte, wie sehr sie ihn liebte, und hatte ihn nie so heiß geliebt wie in diesem Augenblick, da sie Charles auf dem gewundenen Kiesweg verschwinden sah.

VII

INNERHALB VON ZWEI WOCHEN WAR SCARLETT VERHEIRATET. Zwei Monate später war sie Witwe. Die Bande, die sie so hastig und gedankenlos geknüpft hatte, waren schnell zerrissen, aber die sorglose Freiheit ihrer Mädchentage sollte sie nie wieder kennenlernen. Witwentum war der Heirat auf dem Fuße gefolgt, und nach ihr kam zu Scarletts Schrecken bald auch die Mutterschaft.

Wenn Scarlett in späteren Jahren an diese letzten Apriltage des Jahres 1861 dachte, konnte sie sich der Einzelheiten nie mehr deutlich entsinnen. Zeit und Ereignisse schoben sich ineinander, wirr wie bei einem Alpdrücken, bar jeder Wirklichkeit und jeden Sinnes. Bis zu ihrer Todesstunde behielten die Erinnerungen an jene Tage blinde Flecken. Nebelhaft verschwand ihr besonders die Zeit zwischen ihrem Jawort an Charles und der Hochzeit. Vierzehn Tage! In Friedenszeiten wäre eine so kurze Verlobung undenkbar gewesen; der Schicklichkeit halber hätte man ein ganzes Jahr oder mindestens sechs Monate gewartet. Aber der Süden stand in Kriegsflammen, die Ereignisse brausten wie vor einem gewaltigen Winde dahin, das langsame Zeitmaß vergangener Tage war vorüber. Ellen hatte die Hände gerungen und zum Aufschub geraten, damit Scarlett sich ihre Entscheidung gründlicher überlegte. Aber für ihre Bitten hatte Scarlett nur taube Ohren und ein abweisendes Gesicht. Heiraten wollte sie, und das schleunigst – binnen vierzehn Tagen.

Als sie erfuhr, daß Ashleys Hochzeit vom Herbst auf den i. Mai vorverlegt worden sei, damit er ins Feld gehen könne, setzte sie das Datum für die eigene Hochzeit auf den Tag vor der seinigen fest. Ellen war nicht damit einverstanden, aber Charles trat mit neugeborener Beredsamkeit dafür ein. Er war ungeduldig, zu Wade Hamptons Legion in Südcarolina zu stoßen, und Gerald nahm für die jungen Leute Partei. Ihn hatte das Kriegsfieber gepackt, auch freute er sich, daß Scarlett eine so gute Partie machte – und sollte etwa er junger Liebe sich in den Weg stellen, wenn der Krieg im Anzug war? Ellen gab schließlich verzweifelt nach, wie es andere Mütter im Süden auch taten. Ihre geruhsame Welt war auf den Kopf gestellt, ihr Rat, ihr Bitten und Beten war machtlos gegen die Gewalten, die sie mit sich fortrissen.

Der Süden war trunken vor Begeisterung und Erregung. Jeder glaubte, daß eine einzige Schlacht den ganzen Krieg beenden würde. Jeder junge Mann stellte sich, so rasch er konnte, um noch mit dabeisein zu können – heiratete seine Liebste, so schnell es ging, und ritt dann auf und davon nach Virginia, um die Yankees zu schlagen. Dutzende von Kriegsheiraten fanden in der Provinz statt. Für Abschiedsschmerz war kaum Zeit, jeder war zu geschäftig und aufgeregt für ernste Gedanken und Tränen. Die Damen nähten Uniformen, strickten Socken und wickelten Binden, die Männer exerzierten und schossen. Durch Jonesboro fuhren täglich Militärzüge auf ihrem Weg nordwärts nach Atlanta und Virginia. Einige Truppenabteilungen hatten bunte, scharlachrote, hellblaue und grüne Uniformen, es war die Miliz, die von der besten Gesellschaft gebildet wurde. Andere Abteilungen trugen grobe handgewebte Jacken und Bärenmützen, noch andere überhaupt keine Uniform, sondern Tuchanzüge und Batistwäsche. Alle waren halb ausgebildet, halb bewaffnet, außer sich vor Erregung und schrien durcheinander, als wären sie zu einem Picknick unterwegs. Der Anblick dieser Leute versetzte die jungen Leute der Provinz in eine wahre Panik. Sie fürchteten, der Krieg könnte aussein, bevor sie nach Virginia gelangten, und die Vorbereitungen für den Abmarsch der »Truppe« wurden beschleunigt.

Mitten in all diesem Durcheinander rüstete man zu Scarletts Hochzeit, und ehe sie es sich versah, hatte sie Ellens Hochzeitskleid und Schleier an und schritt an ihres Vaters Arm die breite Treppe in Tara hinunter, um ein ganzes Haus voller Gäste zu begrüßen. Später kam ihr alles wie ein Traum vor, die vielen hundert Kerzen, die an den Wänden flammten, das liebevolle, ein wenig beunruhigte Gesicht der Mutter, in dem die Lippen sich in stummem Gebet für das Glück der Tochter bewegten, Gerald, hochrot von Branntwein und von Stolz, daß seine Tochter sowohl Geld wie einen vornehmen und alten Namen in die Familie brachte – und Ashley, der unten an der Treppe stand, mit Melanie am Arm.

Als sie sein Gesicht sah, dachte sie: »Dies alles kann nicht wahr sein. Es kann nicht sein. Es ist ein böser Traum. Nachher wache ich auf und sehe, daß alles nur ein Traum war. Jetzt darf ich nicht daran denken, sonst fange ich vor all den Leuten an zu schreien. Ich kann jetzt überhaupt nicht denken. Das tue ich später, wenn ich es aushalten kann – wenn ich seine Augen nicht mehr sehe.«

Alles war wie ein Traum, der Weg durch die Reihen lächelnder Menschen, Charles' rotes Gesicht, sein Stottern und ihre eigenen Antworten, die so erschreckend klar und kalt herauskamen. Und dann die Glückwünsche, die vielen Verwandtenküsse, die Tischreden, der Tanz – alles, alles wie ein Traum. Sogar Ashleys Kuß auf ihre Wange, sogar Melanies sanftes Flüstern: »Nun sind wir wirklich und wahrhaftig Schwestern«, kamen ihr unwirklich vor. Selbst die Aufregung, die der Ohnmachtsanfall von Charles' rundlicher, gefühlvoller Tante Miß Pittypat Hamilton hervorrief, wirkte wie ein Alpdruck.

Als aber Ball und Gläserklingen endlich zu Ende waren, als der Morgen dämmerte und all die Gäste aus Atlanta, die in das Herrenhaus und das Haus des Aufsehers gepfercht werden konnten, sich auf Betten, Sofas und am Boden ausgebreiteten Strohsäcken zur Ruhe gelegt hatten und die Nachbarn nach Hause gefahren waren, um sich für den nächsten Tag und die Hochzeit in Twelve Oaks vorzubereiten, da zerbrach die traumhafte Entrücktheit wie Kristall an der Wirklichkeit. Wirklich aber war der errötende Charles, der im Nachthemd aus ihrem Ankleidezimmer zum Vorschein kam und dem erschrockenen Blick auswich, mit dem sie ihn über das heraufgezogene Laken anstarrte.

Natürlich wußte sie, daß verheiratete Leute in demselben Bett schlafen, aber sie hatte noch nie näher darüber nachgedacht. Bei Vater und Mutter war das etwas ganz Natürliches, auf sich selbst hatte sie die Tatsache nie bezogen. Nun wurde ihr zum erstenmal seit jenem Gartenfest wirklich klar, was sie auf sich genommen hatte. Der Gedanke, dieser fremde Junge, den sie eigentlich gar nicht hatte heiraten wollen, sollte zu ihr ins Bett steigen, während ihr das Herz brach vor Reue über ihre Übereilung und vor Schmerz, Ashley auf immer verloren zu haben, war mehr, als sie ertragen konnte. Als er zögernd näher kam, flüsterte sie heiser: »Wenn du mir nahe kommst, schreie ich. Das tue ich! So laut ich kann! Mach, daß du wegkommst! Untersteh dich nicht, mich anzurühren!«

Charles Hamilton verbrachte also seine Hochzeitsnacht auf einem Sessel in der Ecke, nicht einmal so unglücklich, denn er verstand die zarte Verschämtheit seiner Braut oder glaubte doch, sie zu verstehen. Er wollte gern warten, bis ihre Angst sich verlöre, nur ... nur – er seufzte, während er sich verrenkte, um eine bequeme Lage zu finden – er mußte ja so sehr bald schon in den Krieg!

War ihre eigene Hochzeit für sie schon gespenstisch gewesen, Ashleys. Hochzeit war es noch mehr. Scarlett stand in dem apfelgrünen Kleid für den »zweiten Tag« im Salon zu Twelve Oaks mitten im Glanz von vielen hundert Kerzen, umdrängt von der gleichen Menschenmenge wie am Abend vorher, und sah Melanie Hamiltons schlichtes Gesichtchen zu Schönheit erglühen, als sie Melanie Wilkes wurde. Nun war Ashley auf immer dahin. Ihr Ashley. Nein, jetzt nicht mehr der ihre. War er es jemals gewesen? Alles ging so durcheinander in ihrem Sinn, ihr Kopf war so müde, so verworren. Er hatte gesagt, daß er sie liebte. Was hatte sie denn eigentlich getrennt? Wenn sie sich nur darauf besinnen könnte! Sie hatte die Klatschmäuler der Provinz durch ihre Hochzeit mit Charles zum Schweigen gebracht, aber was lag daran? Es war ihr damals so wichtig vorgekommen, jetzt war es so völlig gleichgültig. Das einzige, worauf es ankam, war Ashley. Nun war er fort und sie an einen Mann verheiratet, den sie nicht liebte, den sie sogar verachtete.

Am schlimmsten ward die Erkenntnis, daß sie allein an allem schuld war. Ellen hatte versucht, sie zurückzuhalten, aber sie hatte nicht hören wollen. So vertanzte sie die Nacht von Ashleys Hochzeit wie betäubt, sprach mechanisch allerlei, lächelte und verwunderte sich über die Dummheit der Menschen, die sie für eine glückliche Braut hielten und nicht sahen, daß ihr das Herz gebrochen war. Nun, Gott sei Dank, daß sie es nicht sehen konnten.

Als Mammy ihr dann beim Ausziehen geholfen hatte und hinausgegangen war, als Charles schüchtern in der Tür des Ankleidezimmers auftauchte, unsicher, ob er auch die zweite Nacht in dem Roßhaarstuhl zubringen mußte, brach sie in Tränen aus. Sie weinte, bis Charles zu ihr ins Bett stieg und sie zu trösten suchte, weinte wortlos, bis ihr keine Tränen mehr kamen, weinte sich schließlich an seiner Schulter in den Schlaf.

Wäre nicht Krieg gewesen, so wäre jetzt eine Woche gefolgt mit Besuchen in der ganzen Provinz, mit Bällen und Gartenfesten zu Ehren der beiden jungverheirateten Paare, ehe diese nach Saratoga oder nach White Sulphur auf die Hochzeitsreise gingen. Wäre nicht Krieg gewesen, so hätte Scarlett die verschiedenen Kleider für den »dritten«, »vierten« und »fünften Tag« bei Fontaines, Calverts und Tarletons auf den Gesellschaften, die ihr zu Ehren dort gegeben wurden, anziehen können. Jetzt aber gab es weder Gesellschaften noch Flitterwochen. Acht Tage nach der Hochzeit reiste Charles ab, um sich dem Oberst Wade Hampton zu stellen, und vierzehn Tage später marschierte Ashley mit der »Truppe« ab, und die ganze Provinz war vereinsamt.

In diesen vierzehn Tagen sah Scarlett Ashley niemals allein und wechselte kein Wort unter vier Augen mit ihm, nicht einmal in dem schrecklichen Augenblick des Abschieds, als er auf dem Wege zur Bahn in Tara vorsprach. Melanie mit Haube und Schal hing, erfüllt von ihrer neuerworbenen Frauenwürde, an seinem Arm, und die ganze Einwohnerschaft von Tara, Schwarze wie Weiße, kamen heraus, um Abschied zu nehmen von Ashley, der jetzt in den Krieg zog.

Melanie sagte: »Du mußt Scarlett einen Kuß geben, sie ist jetzt meine Schwester.« Und Ashley beugte sein von Qual gespanntes Gesicht herab und berührte mit kalten Lippen ihre Wangen. Scarlett hatte kaum Freude an dem Kuß, so verdroß es sie, daß Melly ihn dazu auffordern durfte. Melanie selbst erstickte sie fast in ihrer Abschiedsumarmung.

»Du besuchst mich doch in Atlanta bei Tante Pittypat, nicht wahr? Ach, Liebes, wir hätten dich so gern bei uns, wir möchten doch Charles' Frau besser kennenlernen!«

Fünf Wochen verstrichen, in denen Briefe von Charles aus Südcarolina ankamen, scheue, überschwengliche, zärtliche Briefe, in denen er von seiner Liebe, von seinen Zukunftsplänen für die Zeit nach dem Kriege schrieb, von seiner Sehnsucht, um Scarletts willen ein Held zu werden, und von seiner Verehrung für seinen Oberst Wade Hampton. In der siebenten Woche kam ein Telegramm von Oberst Hampton persönlich, und dann ein gütiger, würdiger Kondolenzbrief. Charles war tot. Der Oberst hatte eher telegraphieren wollen, aber Charles hatte seine Krankheit leichter genommen und wollte seine Familie nicht beunruhigen. Der unselige Junge war nicht nur um die Liebe betrogen worden, die er sich erobert zu haben meinte, sondern auch um seine hochfliegenden Hoffnungen auf Ruhm und Ehre in der Schlacht. Er starb einen schmählichen, raschen Tod an einer Lungenentzündung infolge von Masern, ohne näher an die Yankees herangekommen zu sein als bis in das Feldlager in Südcarolina.

Nach der gehörigen Zeit wurde Charles' Sohn geboren und Wade Hampton Hamilton genannt, weil es gerade Mode war, einen Jungen nach dem Vorgesetzten seines Vaters zu nennen. Scarlett hatte vor Verzweiflung geweint, als sie merkte, daß sie schwanger war, und zu sterben gewünscht. Aber sie trug das Kind ohne alle Beschwerden aus, brachte es leicht zur Welt und erholte sich so rasch, daß Mammy ihr insgeheim sagte, es sei einfach unvornehm – Damen müßten dabei mehr leiden. Sie empfand wenig Zärtlichkeit für das Kind, wenn sie auch diese Tatsache verbarg. Sie hatte es nicht haben wollen und sein Erscheinen übelgenommen. Und nun, da es da war, kam es ihr unmöglich vor, daß es von ihr geboren, daß es ein Teil ihrer selbst sein sollte.

Obwohl sie sich körperlich von Wades Geburt in wiederum unvornehm kurzer Zeit erholte, war ihr Gemüt trotz der Bemühungen der ganzen

Plantage, sie aufzumuntern, wie betäubt. Ellen ging mit faltiger, sorgenvoller Stirn umher, Gerald fluchte noch häufiger als sonst und brachte ihr aus Jonesboro Geschenke mit, die nichts fruchteten, so daß der alte Dr. Fontaine zugab, daß er nicht mehr recht ein noch aus wisse, nachdem sein Stärkungsmittel aus Schwefel, Zuckersirup und Kräutern versagt hatte. Er teilte Ellen unter vier Augen mit, die Ursache für Scarletts abwechselnd reizbare und schwermütige Stimmung sei in gebrochenem Herzen zu suchen. Hätte Scarlett sich äußern wollen, sie hätte ihnen sagen können, daß ihr Leiden ganz anderer und viel komplizierterer Natur sei. Sie verschwieg ihnen, daß eine maßlose Langeweile, Fassungslosigkeit gegenüber der Tatsache, daß sie wirklich Mutter war, und vor allem Ashleys Abwesenheit ihr dies schmerzliche Aussehen gaben.

Ihre Langeweile war schmerzhaft und verfolgte sie auf Schritt und Tritt. Seitdem die »Truppe« im Felde stand, hatten alle Vergnügungen, alles gesellige Leben der Provinz aufgehört. Alle unterhaltenden jungen Männer waren fort – die vier Tarletons, die beiden Calverts, die Fontaines, die Munroes und alles aus Jonesboro, Fayetteville und Lovejoy, was jung und nett war. Nur die älteren Männer, die Krüppel und die Frauen waren zurückgeblieben und brachten die Zeit mit Stricken und Nähen zu, mit dem Anbau von immer mehr Baumwolle und Getreide, mit der Aufzucht von immer mehr Schweinen, Schafen und Kühen für das Heer. Einen richtigen Mann bekam man nie zu Gesicht, außer Suellens etwas angejahrten Verehrer Kennedy, den Leiter der Intendantur, der allmonatlich kam, um die erforderlichen Bestände zu requirieren. Die Herren dieser Behörde waren wenig aufregend, und der Anblick von Franks schüchternem Liebeswerben ging Scarlett so auf die Nerven, daß sie Mühe hatte, höflich zu bleiben. Wenn er und Suellen es doch endlich einmal überstanden hätten!

Aber selbst wenn die Herren der Intendantur amüsanter gewesen wären, es hätte Scarlett doch nicht geholfen. Sie war Witwe, und ihr Herz lag im Grabe. So nahm wenigstens jeder an und erwartete von ihr, daß sie sich demgemäß betrage. Das reizte sie unbeschreiblich, denn sosehr sie sich auch bemühte, sie konnte sich keines Zuges an Charles entsinnen außer seines Blickes zu ihrem Jawort, der dem eines verendenden Kalbes glich. Und sogar dieses Bild verblaßte. Aber sie war Witwe und mußte ihre Haltung wahren. Die Vergnügungen der jungen Mädchen waren nicht mehr für sie da. Sie mußte die Trauernde, Unnahbare spielen. Ellen hatte ihr das ernst vorgehalten, nachdem sie Franks Leutnant dabei ertappt hatte, wie er für Scarlett die Gartenschaukel stieß, bis sie vor Lachen schrie. Tiefbekümmert hatte Ellen ihr gesagt, wie leicht eine Witwe ins Gerede komme. Ihr Betragen müsse doppelt so vorsichtig sein wie das einer verheirateten Frau. Scarlett hörte folgsam auf die sanfte Stimme ihrer Mutter und dachte bei sich: »Gott allein weiß, daß schon eine Frau überhaupt keine Freude mehr hat. Witwen aber täten besser daran, sich begraben zu lassen.«

Als Witwe mußte man scheußliche schwarze Kleider tragen, keine bunten Farben durften sie beleben, keine Blumen, kein Band, keine Spitzen, nicht einmal Schmuck, nur dunkle Onyxbroschen und Halsketten aus dem Haar des Verstorbenen. Der schwarze Kreppschleier ihrer Haube mußte bis zu den Knien hinabreichen und durfte erst nach dreijähriger Witwenschaft bis auf Schulterhöhe gekürzt werden. Eine Witwe durfte niemals lebhaft plaudern, nie laut lachen. Selbst lächeln durfte sie nur mit gramvoller Miene. Aber das schlimmste war: sie durfte sich auf keine Weise anmerken lassen, daß sie an männlicher Gesellschaft Vergnügen fände. Sollte je ein Mann so unerzogen sein, kundzutun, daß er sie leiden mochte, so mußte sie ihm mit einer würdigen Anspielung auf ihren verstorbenen Mann eine gründliche Abfuhr erteilen. Ja, gewiß, dachte Scarlett müde, es kommt wohl vor, daß eine Witwe später einmal wieder heiratet, wenn sie alt und runzelig geworden ist. Aber der Himmel mag wissen, wie sie das unter den Späheraugen ihrer Nachbarn fertigbringt; meistens ist es dann auch ein alter, grämlicher Witwer mit einer großen Plantage und einem Dutzend Kinder.

Ja, für eine Witwe war es für immer mit dem Leben vorbei. Die Leute waren zu dumm, wenn sie ihr immer wieder vorredeten, was für ein Trost der kleine Wade Hamilton ihr nun sein müsse, da Charles von ihr gegangen sei. Zu dumm, wenn sie meinten, sie hätte jetzt etwas, wofür sie leben könnte! Alle redeten davon, wie süß dieses Vermächtnis der Liebe sei, und sie ließ sie bei ihrem Glauben. Ihr aber lag dieser Gedanke am allerfernsten. Wade bedeutete ihr wenig; manchmal fiel es ihr schwer, sich daran zu erinnern, daß er wirklich ihr eigen sei.

Jeden Morgen, wenn sie aufwachte, war sie im Halbschlummer auf einen Augenblick wieder Scarlett O'Hara. Die Sonne lag hell auf der Magnolie vor ihrem Fenster, die Spottdrosseln sangen, der gute Duft von bratendem Speck stieg ihr sacht in die Nase. Sie war wieder sorglos und jung. Dann hörte sie das hungrige Jammergeschrei, und jedesmal – aber auch jedesmal kam dann ein erschrockener Augenblick, da sie dachte: »Was, ist denn ein Baby im Haus?« Dann fiel ihr ein, daß es ihr eigenes war. Es war sehr schwer, sich darein zu finden.

Und Ashley! Ach, vor allem Ashley! Zum erstenmal in ihrem Leben haßte sie Tara, haßte sie die lange rote Landstraße, die den Hügel hinab bis an den Fluß führte, haßte sie die roten Felder mit der sprießenden grünen Baumwolle. Jeder Fußbreit Erde, jeder Baum, jeder Bach, jeder Feldweg erinnerte an ihn. Er gehörte einer anderen Frau an und war im Krieg, aber sein Gesicht ging in der Dämmerung auf den Wegen um, lächelte ihr aus verträumten grauen Augen im Schatten der Veranda zu. Nie hörte sie Hufschlag die Straße über den Fluß aus Twelve Oaks heraufkommen, ohne einen wonnevollen Augenblick lang zu denken: Ashley!

Jetzt haßte sie auch Twelve Oaks und hatte es doch einst so geliebt. Sie haßte es, und trotzdem zog es sie hin. Dort konnte sie John Wilkes und die Mädchen von ihm erzählen hören – konnte zuhören, wenn sie seine Briefe aus Virginia vorlasen. Sie taten ihr weh, aber sie mußte sie hören. Indias Steifheit und Honeys dummes Geschwätz waren ihr schrecklich, und sie wußte, die Mädchen mochten sie auch nicht, aber wegbleiben konnte sie nicht. Und jedesmal, wenn sie aus Twelve Oaks heimkam, legte sie sich vergrämt auf ihr Bett und wollte zum Abendessen nicht aufstehen. Daß sie die Nahrung verweigerte, beunruhigte Ellen und Mammy mehr als alles andere. Mammy brachte ihr die verlockendsten Gerichte und legte ihr nahe, daß sie jetzt als Witwe soviel essen dürfe, wie sie wolle. Aber Scarlett hatte keinen Appetit. Als Dr. Fontaine in ernstem Tone Ellen mitteilte, ein gebrochenes Herz führe oftmals raschen Verfall herbei und es gebe Frauen, die sich ins Grab härmten, erbleichte sie, denn davor hatte sie im tiefsten Herzen gebangt.

»Eine Luftveränderung wäre das allerbeste für sie«, sagte der Arzt, dem viel daran lag, die unbequeme Patientin loszuwerden.

Scarlett machte sich also ohne Lust und Liebe mit ihrem Kinde auf und besuchte die O'Haraschen und Robillardschen Verwandten in Savannah und dann Ellens Schwestern Pauline und Eulalia in Charleston. Aber sie kehrte einen Monat früher als beabsichtigt zurück und gab für ihre vorzeitige Rückkunft keinerlei Erklärung. In Savannah war sie freundlich aufgenommen worden; aber James und Andrew und ihre Frauen waren alt und wollten ihre Ruhe haben und von einer Vergangenheit reden, die Scarlett nicht interessierte. Ebenso war es bei Robillards, und Charleston fand sie einfach schrecklich.

Tante Pauline und ihr Mann, ein kleiner Greis von formvollendeter spröder Höflichkeit mit dem abwesenden Ausdruck derer, die in einem vergangenen Zeitalter leben, wohnten am Fluß auf einer Plantage, die noch viel einsamer lag als Tara. Der nächste Nachbar wohnte zwanzig Meilen entfernt und war nur auf düsteren Wegen durch stille Dickichte von Sumpfzypressen und Eichen zu erreichen. Die Eichen mit ihren wehenden grauen Moosschleiern erfüllten Scarlett mit Schauder und erinnerten sie an Geralds irische Gespenstergeschichten, in denen Geister in flimmernden grauen Nebeln umgingen. Zudem mußte sie dort den ganzen Tag stricken und abends Onkel Carey zuhören, wenn er aus den belehrenden Werken Bulwer-Lyttons vorlas.

Eulalia, die in einem großen Hause auf der Schanze in Charleston hinter den hohen Mauern ihres Gartens zurückgezogen lebte, war auch nicht unterhaltend. Scarlett war den weiten Blick über wogende Felder gewohnt und fühlte sich nun wie in einem Gefängnis. Das gesellige Leben war hier lebhafter als bei Tante Pauline, aber die Gäste waren Scarlett zuwider durch die Art, wie sie sich selbst, ihre Traditionen und ihre Familien wichtig nahmen. Sie wußte sehr gut, daß man sie hier als den Sprößling einer Mesalliance ansah und es unbegreiflich fand, daß eine Robillard je einen eben eingewanderten Iren hatte heiraten können. Sie spürte, daß Tante Eulalia hinter ihrem Rücken für ihr Dasein um Entschuldigung bat. Das erregte ihren Zorn, denn sie gab nicht mehr auf Familie als ihr Vater. Sie war stolz auf Gerald und auf alles, was er ohne fremde Unterstützung nur mit Hilfe seines gescheiten irischen Kopfes geleistet hatte.

Und wie die Leute in Charleston mit Fort Sumter prahlten! Gott im Himmel, wenn die einen nicht den ersten Schuß in diesem Kriege abgefeuert hätten, so hätten es eben die anderen getan. Scarlett war die scharf akzentuierenden Stimmen Obergeorgias gewöhnt, die gedehnten, klingenden Laute des Unterlandes kamen ihr geziert vor. Ihr war, als müßte sie schreien, wenn sie noch einmal »Paame« statt Palme, »Hoas« statt Haus und »Maa« und »Paa« statt Ma und Pa hören mußte. Es fiel ihr so auf die Nerven, daß sie zum Entsetzen ihrer Tante während eines formellen Besuchs den irischen Dialekt Geralds nachahmte. Schließlich kehrte sie nach Tara zurück. Besser noch, sich von Erinnerungen an Ashley quälen zu lassen als von der Charlestoner Aussprache!

Ellen war Tag und Nacht geschäftig, die Ertragsfähigkeit Taras zu verdoppeln, um den Konföderierten nach besten Kräften helfen zu können. Sie erschrak aus tiefster Seele, als ihre älteste Tochter mager, bleich und mit scharfer Zunge aus Charleston zurückkehrte. Sie wußte selbst, was ein gebrochenes Herz bedeutete, und lag Nacht für Nacht neben dem schnarchenden Gatten wach und grübelte, wie man wohl Scarletts Seelennot lindern konnte.

Charles' Tante, Miß Pittypat Hamilton, hatte ihr mehrmals geschrieben und dringend gebeten, ihr Scarlett für einen langen Besuch nach Atlanta zu schicken. Zum erstenmal zog Ellen den Vorschlag ernstlich in Erwägung.

Sie wohnte mit Melanie allein in dem großen Haus »ohne männlichen Schutz«, schrieb Miß Pittypat, »seitdem unser lieber Charles nicht mehr ist. Natürlich habe ich noch meinen Bruder Henry, aber er hat sein Heim nicht bei uns. Vielleicht hat Scarlett Ihnen von Henry erzählt. Mein Zartgefühl verbietet mir, mehr von ihm dem Papier anzuvertrauen. Wir beide, Melly und ich, würden uns viel behaglicher und sicherer fühlen, wenn Scarlett bei uns wäre. Drei einsame Frauen sind besser als zwei. Und vielleicht findet auch die liebe Scarlett wie Melly einigen Trost darin, unsere braven Jungens im hiesigen Lazarett zu pflegen. – Und natürlich haben Melly und ich große Sehnsucht, den süßen Kleinen zu sehen.«

So wurden Scarletts Trauerkleider denn von neuem in den Koffer gepackt, und sie machte sich mit Wade Hampton und seinem Kindermädchen Prissy auf den Weg, den Kopf voller Ermahnungen von Ellen und von Mammy und in der Tasche hundert Dollar in Banknoten der Konföderierten, die Gerald ihr mitgab. Sie hatte keine Lust, nach Atlanta zu gehen. Tante Pitty war nach ihrer Meinung die albernste alte Dame, die sie sich vorstellen konnte, und der bloße Gedanke, mit Ashleys Frau unter einem Dach zu wohnen, war ihr schrecklich. Aber die Heimat mit ihren Erinnerungen war ganz unerträglich geworden, und jede Veränderung war ihr willkommen.

Zweites Buch

VIII

Als an einem Maimorgen des Jahres 1862 die Eisenbahn Scarlett nordwärts trug, meinte sie, Atlanta könne unmöglich so langweilig sein wie Charleston und Savannah, und trotz ihrer Abneigung gegen Miß Pitty und Melanie war sie doch ein wenig neugierig, zu sehen, wie es der Stadt seit ihrem letzten Besuch im Winter vor Beginn des Krieges ergangen war. Atlanta hatte sie immer mehr interessiert als jede andere Stadt, weil Gerald ihr einmal erzählt hatte, sie und Atlanta seien gleichaltrig. Später kam sie allerdings dahinter, daß Gerald es mit der Wahrheit nicht so genau genommen hatte. Atlanta war immerhin neun Jahre älter als sie, aber es gehörte doch ihrer eigenen Generation an. Es war rauh wie die Jugend und ungestüm und eigensinnig wie Scarlett selbst. Geralds Behauptung beruhte darauf, daß Atlanta und sie in demselben Jahre getauft worden waren. Die Stadt hatte zuerst Terminus und dann Marthasville geheißen, und erst in dem Jahre, da Scarlett geboren wurde, war Atlanta daraus geworden. Als Gerald auf seinen neuen Besitz nach Nordgeorgia hinaufzog, hatte es an dieser öden und leeren Stätte noch nicht einmal ein Dorf gegeben. Dann hatte der Staat den Bau einer Eisenbahn nordwärts durch die von den Cherokesen kürzlich abgetretenen Territorien genehmigt. Endpunkt und Richtung der geplanten Eisenbahn waren klar und deutlich, Tennessee und der Westen, aber ihr Ausgangspunkt in Georgia lag noch im dunkeln, bis ein Jahr später ein Ingenieur einen Pfahl in den roten Lehm rammte und damit den südlichen Endpunkt der Linie bezeichnete. Das war der Anfang von Atlanta, geborener Terminus.

Damals gab es noch keine Schienenstränge in Nordgeorgia und auch anderswo nur sehr wenige. Aber in den Jahren vor Geralds Heirat wuchs die winzige Niederlassung fünfundzwanzig Meilen von Tara allmählich zu einem Dorf heran, und die Schienen rückten langsam nach Norden vor. Die Zeit des Eisenbahnbaues begann. Von der alten Stadt Augusta ging westwärts durch den Staat eine zweite Strecke, die die Verbindung mit der neuen Linie nach Tennessee herstellen sollte. Von der alten Stadt Savannah aus wurde eine dritte Linie zuerst bis Macon im Herzen Georgias und dann nordwärts durch Geralds eigene Provinz bis Atlanta geführt, wo sie mit den andren beiden Strecken zusammentraf und dadurch dem Hafen Savannah eine Verbindung mit dem Westen verschaffte. Schließlich wurde von demselben Knotenpunkt

Atlanta aus noch eine vierte Strecke südwärts nach Montgomery und Mobile gebaut.

Mit den Eisenbahnen geboren, wuchs Atlanta auch mit ihnen. Nach Fertigstellung der vier Linien war es nun verbunden mit dem Westen, dem Süden, mit der Küste und über Augusta mit dem Norden und dem Osten. Es war der Kreuzungspunkt für Reisen nach allen vier Himmelsrichtungen geworden, mit einem Satz stand das kleine Dorf mitten im großen Leben.

In einem Zeitraum, der wenig länger war als Scarletts siebzehn Jahre, war Atlanta aus einem einzigen in den Erdboden geschlagenen Pfahl zu einer blühenden Kleinstadt von zehntausend Einwohnern aufgewachsen, auf die der ganze Staat sein Augenmerk richtete. Die älteren, stilleren Städte blickten auf den geschäftigen Neuling mit den Gefühlen einer Henne, die ein Entlein ausgebrütet hat. Die Einwohner der jungen Stadt waren rastlose, unternehmungslustige, energische Leute, die ihre Ellbogen gebrauchten. Sie kamen von allen Seiten mit Begeisterung herbei. Sie bauten ihre Lagerhäuser an den fünf morastigen Straßen, die sich in der Nähe des Bahnhofs kreuzten. Ihre Villen aber bauten sie in der Whitehall- und Washingtonstraße und an dem hohen Hügelrücken, wo unzählige Indianergenerationen mit ihren Mokassins einen Weg getreten hatten, der sich Pfirsichpfad nannte. Sie waren stolz auf die Stadt, stolz auf ihr rasches Wachstum und stolz auf sich selbst. Atlanta kümmerte sich nicht um den Neid der anderen Städte. Aus denselben Gründen, die es in Savannah, Augusta und Macon unbeliebt machten, hatte Scarlett von jeher Atlanta gern gehabt. Es war wie sie selbst, ein Gemisch aus dem alten und dem neuen Georgia, darin sich das alte oft als das weniger Gute erwies. Dazu kam die aufregend persönliche Note, die für sie die Stadt haben mußte, die in demselben Jahre wie sie getauft worden war.

Nachdem es die Nacht zuvor geregnet und gestürmt hatte, war, als Scarlett in Atlanta ankam, die heiße Sonne schon emsig an der Arbeit, die Straßen, die sich wie Ströme roten Schlammes durch die Stadt wanden, wieder zu trocknen. In dem freien Gelände um den Bahnhof war der weiche Boden durch den beständigen Strom des Verkehrs so aufgerissen und durcheinandergequirlt worden, daß die Fuhrwerke in den tiefen Wagenfurchen manchmal bis an die Nabe einsanken. Eine ununterbrochene Reihe von Militärwagen und Ambulanzen, die Vorräte und Verwundete ein- und ausluden, verschlimmerten noch mit ihrem ewigen Hin und Her die allgemeine Verwirrung. Fahrer fluchten, Maultiere wateten tief durchs Wasser, und meterweit spritzte der Schmutz.

Scarlett stand auf dem unteren Trittbrett des Zuges, eine bleiche, hübsche Erscheinung in ihrer schwarzen Trauerkleidung mit dem Kreppschleier, der lang herunterfiel. Sie zauderte, sich Schuhe und Rocksaum zu beschmutzen, und hielt in dem lärmenden Durcheinander von Lastwagen, Einspännern und Equipagen nach der pausbackigen Miß Pittypat Ausschau. Da kam ein alter dürrer Neger mit grauem Bart und würdevoller Herrschermiene, den Hut in der Hand, auf sie zugestapft.

»Miß Scarlett, nicht wahr? Ich bin Peter, Miß Pittys Kutscher. Nicht in den Schmutz treten!« befahl er streng, als Scarlett den Rock zusammenraffte, um auszusteigen. »Sie sind genauso schlimm wie Miß Pitty, und sie ist wie ein kleines Kind und holt sich immer nasse Füße. Ich will Sie tragen.«

Trotz seiner Bejahrtheit nahm er Scarlett mühelos auf den Arm, zögerte aber, als er auf der Plattform des Zuges Prissy mit dem Kind erblickte. »Ist dieses kleine Mädel Ihr Kindermädchen? Oh, Miß Scarlett, die ist aber viel, viel zu klein für Master Charles' einziges Baby! Aber das später. Mädel, komm hinter mir her, und daß du mir das Baby nicht fallen läßt!«

Scarlett ergab sich drein, zur Equipage getragen zu werden, und fügte sich auch in Onkel Peters unverblümte Art, an ihr und Prissy Kritik zu üben. Als sie durch den Schmutz zogen und Prissy maulend hinter ihr herwatete, fiel ihr ein, daß Charles ihr ja auch von »Onkel Peter« erzählt hatte.

»Er hat die ganzen mexikanischen Feldzüge mit Vater zusammen mitgemacht und ihn gepflegt, als er verwundet war. Er hat ihm das Leben gerettet. Eigentlich hat er Melanie und mich aufgezogen, denn wir waren sehr klein, als Vater und Mutter starben. Damals hatte Tante Pitty ein Zerwürfnis mit ihrem Bruder, Onkel Henry. Daher kam sie zu uns, wohnte bei uns im Hause und sorgte für uns. Sie ist das hilfloseste Geschöpf unter der Sonne – ein liebes erwachsenes Kind, und so behandelt Onkel Peter sie auch. Um nichts in der Welt kann sie einen Entschluß fassen, also faßt stets Peter ihn für sie. Er hat bestimmt, daß ich mit fünfzehn Jahren ein größeres Taschengeld bekam, er bestand darauf, daß ich für mein Studium nach dem ehrwürdigen Harvard ging, während Onkel Henry lieber gesehen hätte, wenn ich auf einer der neuen Universitäten möglichst rasch meine Examina machte. Onkel Peter hat darüber entschieden, wann Melly alt genug war, ihr Haar aufzustekken und auf Gesellschaften zu gehen. Er sagt Tante Pitty, wann es zu kalt und naß für sie ist, um Besuche zu machen, und wann sie einen Schal um die Schultern nehmen muß. Er ist der prächtigste und treueste Schwarze, den ich je gesehen habe. Die einzige Schwierigkeit bei ihm ist, daß wir drei mit Leib und Seele sein Eigentum geworden sind – und daß er das weiß.«

Charles' Worte wurden vollen Umfangs bestätigt, als Onkel Peter auf den Bock stieg und die Peitsche ergriff.

»Miß Pitty«, erklärte er, »hat Zustände, weil sie Sie nicht von der Bahn holen konnte. Sie fürchtete, daß Sie das nicht verstehen. Aber ich habe ihr gesagt, daß sie und Miß Melly über und über mit Schmutz bespritzt würden, und die neuen Kleider würden dabei verderben, und ich würde es Ihnen schon erklären. Miß Scarlett, Sie nehmen das Kind besser selbst auf den Arm, das kleine Negerding läßt es doch noch fallen.«

Scarlett blickte zu Prissy hinüber und seufzte. Das geschickteste Kindermädchen war sie tatsächlich nicht. Ihre neuerliche Beförderung vom hageren Negerlein mit kurzem Rock und steif eingebundenen Zöpfen zu der Würde eines langen Kattunkleides und eines gestärkten weißen Turbans hatte berauschend auf sie gewirkt. Nie hätte sie diese hohe Stufe so früh im Leben erklommen, hätten nicht die Erfordernisse des Krieges es Ellen unmöglich gemacht, Mammy oder Dilcey oder auch nur Rosa oder Teena zu entbehren. Prissy hatte sich bisher nie weiter als eine Meile von Tara oder Twelve Oaks entfernt, und die Reise in der Eisenbahn zusammen mit ihrer Erhebung zum Kindermädchen ging fast über das kleine Hirn ihres schwarzen Kopfes hinaus. Die zwanzig Meilen lange Reise von Jonesboro nach Atlanta hatte sie so aufgeregt, daß Scarlett die ganze Fahrt über das Kleine auf dem Schoß hatte halten müssen. Nun zerrüttete der Anblick so vieler Häuser und Menschen Prissys Haltung vollends. Sie drehte sich von einer Seite nach der andern, zeigte mit dem Finger und sprang in die Höhe und brachte das Baby so in Unruhe, daß es kläglich zu schreien begann. Scarlett sehnte sich nach Mammys festen alten Armen. Mammy brauchte ein Kind nur in ihre Hände zu nehmen, schon war es still. Aber Mammy war auf Tara, und Scarlett konnte nichts tun. Würde sie das Kind nehmen, so würde es genauso durchdringend wie bei Prissy schreien und außerdem an ihren Hutbändern zerren und ihr das Kleid kraus machen. Sie tat deshalb so, als habe sie Onkel Peters Rat nicht gehört.

»Vielleicht lerne ich noch einmal, mit Babys umzugehen«, dachte sie ärgerlich, während der Wagen sich stoßend und schwankend aus dem Morast herausarbeitete. »Aber mit ihnen spielen werde ich sicher nie!« Als Wades Gesicht bei seinem Geplärr dunkelrot wurde, fuhr sie Prissy unwirsch an: »Gib ihm den Zuckerlutscher aus der Tasche, Priß, damit er nur ja still ist. Ich weiß, er hat Hunger, aber augenblicklich kann ich nichts dabei machen.«

Prissy holte den Lutscher, den Mammy ihr am Morgen gegeben hatte, und das Klagegeheul ließ nach. Scarletts Stimmung hob sich wieder etwas bei all dem Neuen, das sie sah. Als der Wagen endlich aus den Schmutzlöchern heraus war und in die Pfirsichstraße einbog, verspürte sie zum erstenmal seit Monaten ein Interesse an ihrer Umgebung. Wie war die Stadt gewachsen! Es war nicht viel länger als ein Jahr her, daß sie zuletzt hiergewesen war, und es war kaum glaublich, wie sich das kleine Atlanta inzwischen verändert hatte.

Von dem Augenblick des Kriegsbeginns an hatte seine Wandlung begonnen. Dieselben Schienenstränge, die die Stadt im Frieden zum Brennpunkt des Handels gemacht hatten, gewannen nun im Krieg die höchste strategische Bedeutung. Fern von der Front bildete die Stadt das Verbindungsglied zwischen den Truppen der Konföderierten in Virginia und in Tennessee und dem Westen. Beide Armeen verband Atlanta wiederum mit den südlichen Gebieten, aus denen sie ihren Bedarf deckten. Es war ein Fabrikzentrum, eine Lazarettbasis und ein Stapelplatz des Südens für die Verpflegung und Ausrüstung des Heeres geworden: nicht mehr die Kleinstadt, deren Scarlett sich noch so gut erinnerte, sondern ein geschäftiger, weit ausgreifender Riese. Es summte wie ein Bienenstock und war stolz auf seine Bedeutung für die Konföderierten. Tag und Nacht wurde gearbeitet, um ein Agrarland in ein Industrieland zu verwandeln.

Vor dem Kriege hatte es südlich von Maryland nur wenige Baumwollfabriken, Wollspinnereien, Waffen- und Maschinenfabriken gegeben, und die Bewohner der Südstaaten hatten sich viel darauf zugute getan. Sie brachten Staatsmänner und Soldaten, Pflanzer und Ärzte, Juristen und Dichter hervor, aber keine Ingenieure und Techniker. Mit solchen Gewerben mochten sich die Yankees abgeben. Nun aber, da die Häfen von den Kanonenbooten der Yankees gesperrt waren und europäische Waren nur tropfenweise durch die Blockade gelangten, bemühte sich der Süden verzweifelt, sein eigenes Kriegsmaterial herzustellen. Dem Norden stand die ganze Welt offen. Tausende von Iren und Deutschen strömten dem Unionsheere zu, das Handgeld der Nordstaaten lockte. Allein der Süden war ganz auf sich selbst angewiesen.

Mühselig wurden die Maschinen zur Herstellung des Kriegsmaterials gebaut, denn es gab kaum Modelle, und fast jedes Rädchen mußte nach neuen Zeichnungen angefertigt werden, die man aus England bezog. Merkwürdige Gesichter tauchten jetzt in den Straßen von Atlanta auf. Die Bewohner, die noch vor kurzem beim Klang westlichen Jargons die Ohren spitzten, achteten schon nicht mehr auf die fremden Sprachen von Europäern, die die Blockade durchbrochen hatten, um hier Maschinen zur Erzeugung von Munition zu bauen. Es waren geschickte Leute, ohne die es den Konföderierten wohl schwerlich gelungen wäre, Pistolen, Gewehre, Kanonen und Pulver herzustellen. Tag und Nacht schlug das Herz dieser Stadt und trieb das Material durch die Adern der Eisenbahn an die Fronten. Stündlich brausten Züge herein und hinaus. Aus den neu gebauten Fabriken fiel der Ruß in dichten Schauern auf die weißen Häuser. Nachts glühten die Öfen und dröhnten die Hämmer noch lange, nachdem die Bürger ins Bett gegangen waren. Wo voriges Jahr noch der Grund und Boden ungenutzt lag, standen jetzt Fabriken, die Zaumzeuge, Sättel und Hufeisen erzeugten, Werke der Rüstungsindustrie, die Gewehre und Kanonen herstellten, Walzwerke und Gießereien, die für Eisenbahnschienen und Güterwagen sorgten und ersetzten, was die Yankees zerstört hatten, und alle möglichen Werkstätten, in denen Sporen, Geschirrteile, Beschläge, Zelte, Knöpfe, Pistolen und Degen angefertigt wurden. Aber schon machte sich ein Mangel an Eisen bemerkbar. Die Blockade ließ so gut wie nichts durch, und die Bergwerke in Alabama standen beinahe still, weil die Bergleute an der Front waren. Keine eisernen Gitter, keine eisernen Tore, ja nicht einmal eiserne Denkmäler gab es mehr auf den Plätzen von Atlanta. Sie waren in die Schmelzkessel und Walzwerke gewandert.

Die Pfirsichstraße und ihre Nebenstraßen waren das Hauptquartier der verschiedenen Heeresabteilungen. Die Requirierungsbehörde, der Nachrichtendienst, die Feldpost, das Eisenbahntransportwesen, der Generalprofos hatten hier ihre Stätte. In allen Gebäuden wimmelte es von Leuten in Uniform. Draußen im Weichbilde der Stadt waren die Remonten untergebracht, Pferde und Maultiere in großen Hürden; an Seitenstraßen lagen die Lazarette. Als Onkel Peter ihr von diesen erzählte, hatte Scarlett fast das Gefühl, Atlanta wäre eine wahre Krankenstadt, so zahllos waren die Lazarette für Verwundete, für Infektionskranke, für Genesende, und täglich spien die Züge neue Kranke und Verwundete aus.

Der Anblick all der Geschäftigkeit benahm Scarlett, die frisch aus ihrer ländlichen Ruhe kam, fast den Atem. Aber sie sah es gern, fast meinte sie zu fühlen, wie der gleichmäßig rasche Puls der Stadt mit dem ihren zusammen schlug. Während der Wagen sich langsam auf der Hauptstraße seinen Weg suchte, nahm sie all die neuen Eindrücke interessiert in sich auf. Auf den Fußwegen drängten sich die Männer in Uniform mit den Abzeichen aller Dienstgrade und aller Waffengattungen. Die schmale Straße war von Fuhrwerken verstopft. Kuriere in Grau sprengten von einem Hauptquartier zum andern und brachten Befehle und Depeschen. Verwundete humpelten auf Krücken, von besorgten Frauen am Ellbogen gestützt. Von dem Exerzierplatz, wo man Rekruten drillte, schallten Hornsignale, Trommelschlag und helle Kommandos. Scarlett stieg das Herz in die Kehle, als sie zum ersten Male die Uniform der Yankees erblickte. Onkel Peter zeigte mit der Peitsche auf einen Trupp abgerissen aussehender Blauröcke, die von einer Abteilung mit aufgepflanztem Bajonette zum Bahnhof getrieben wurden, um ins Gefangenenlager abtransportiert zu werden.

Zum ersten Male seit dem Tage jenes Gartenfestes verspürte Scarlett eine frohe Wallung. Immer noch verstärkte sich der Eindruck der Lebendigkeit in dieser Stadt. Neue Bars waren zu Dutzenden wie aus dem Boden gesprossen. Dirnen, die dem Heer folgten, zogen durch die Stadt, und zur Entrüstung der Kirchenleute wimmelte es in den Bordellen von Frauen. Jedes Hotel, jede

Pension, jedes Privathaus war überfüllt von Besuchern, die bei den verwundeten Angehörigen in den Lazaretten Atlantas sein wollten. Jede Woche gab es Gesellschaften, Bälle, Basare, dazu Kriegstrauungen ohne Zahl. Der beurlaubte Bräutigam in goldbetreßtem Hellgrau, die Braut in hereingeschmuggeltem Putz, in den Kirchen gekreuzte Degen, zu den Tischreden geschmuggelter Sekt und dann tränenreicher Abschied.

Nachts schurrte es in den baumbepflanzten Straßen von tanzenden Füßen, aus den Salons tönte der helle Klang des Klaviers, Sopran- und Soldatenstimmen mischten sich zu den schwermütigen Balladen »Die Hörner tönten Waffenruh« oder »Wohl kam dein Brief, doch ach, er kam zu spät.« Sanfte Augen, die Tränen echten Kummers noch nie gekannt, wurden feucht.

Scarlett stellte Frage auf Frage, und Onkel Peter gab Antwort, stolz, seine Kenntnisse zum besten geben zu können, und wies mit der Peitsche hierhin und dorthin.

»Das ist das Arsenal. Ja, gnädige Miß Scarlett, da bewahren sie die Kanonen und all so was auf. Nein, gnädige Miß Scarlett, das sind keine Läden, das sind Blockadebüros. Aber, gnädige Miß Scarlett, wissen Sie denn nicht, was Blockadebüros sind? Das sind die Büros, wo die Fremden wohnen, die uns die Baumwolle abkaufen und sie nach Charleston und Wilmington verschiffen und dafür Pulver zurückbringen. Nein, ich weiß nicht genau, was für eine Sorte Fremder das ist. Miß Pitty sagt, daß es Engländer sind, aber kein Mensch versteht ein Wort von dem, was sie sagen. Ja, es ist furchtbar rauchig, der Ruß verdirbt Miß Pittys Seidenvorhänge ganz und gar, der kommt aus der Gießerei und dem Walzwerk. Und was die nachts für einen Lärm machen! Kein Mensch kann dabei schlafen. Nein, gnädige Miß Scarlett, ich kann bestimmt nicht halten, ich habe Miß Pitty versprochen, Sie auf dem kürzesten Wege nach Hause zu bringen. Miß Scarlett, Sie müssen wiedergrüßen. Da kommen Miß Merriwether und Miß Elsing und grüßen uns.«

Scarlett entsann sich dunkel der beiden Damen, die aus Atlanta nach Tara zu ihrer Hochzeit gekommen waren. Es waren Miß Pittypats beste Freundinnen. Sie wandte sich rasch um, wohin Onkel Peter zeigte, und neigte den Kopf. Die beiden Damen hielten in ihrer Equipage vor einem Laden. Der Besitzer und zwei Verkäufer standen mit einem Stoffballen beladen auf dem Fußsteig, wo sie die Ware gerade gezeigt hatten. Mrs. Merriwether war eine große, sehr stattliche Frau, die so fest geschnürt war, daß der Busen wie der Bug eines Schiffes vorsprang. Vor der Fülle ihres eisengrauen Haares prangten in stolzem Braun, in die Stirn hineingekämmt, einige falsche Löckchen, die es durchaus verschmähten, sich dem übrigen Haar anzupassen. In ihrem runden, hochroten Gesicht vereinigten sich gescheite Gutmütigkeit und Gewohnheit zu befehlen. Mrs. Elsing war jünger, eine zarte, schlanke Frau, die früher einmal schön gewesen war und der noch immer etwas von verwelkter Frische, etwas vornehm Königliches anhing.

Diese beiden Damen waren mitsamt einer dritten, Mrs. Whiting, die Säulen von Atlanta. Sie hatten die Führung in den drei Kirchen, denen sie angehörten, und hielten die Geistlichkeit, die Chöre und die ganze Gemeinde in Atem. Sie veranstalteten Basare und regierten Nähzirkel. Unter ihrem Schutze fanden Bälle und Picknicks statt. Sie wußten, wer eine gute Partie machte und wer nicht, wer heimlich trank und wer ein Kind erwartete. Sie waren die maßgebenden Sachkenner für den Stammbaum eines jeden, der in Georgia, Südcarolina und Virginia jemand war. Über die anderen Staaten zerbrachen sie sich nicht weiter den Kopf. Nach ihrer Ansicht stammte überhaupt niemand, der jemand war, aus einem anderen Staat als diesen dreien. Sie wußten, was sich schickte und was nicht, und hielten mit ihrer Meinung darüber niemals zurück. Mrs. Merriwether äußerte sich, so laut sie konnte, Mrs. Elsing in vornehm ersterbendem Gesäusele und Mrs. Whiting in einem wehleidigen Flüsterton, der zu erkennen gab, wie ungern sie über derlei sprach. Die drei Damen mißtrauten einander aus Herzensgrund und konnten einander ebensowenig leiden wie die Männer des ersten Triumvirats in Rom; und wahrscheinlich hatten sie sich aus ähnlichen Gründen wie jene so eng verbündet.

»Ich habe schon Miß Pitty gesagt, Sie müssen in mein Lazarett kommen«, rief Mrs. Merriwether lächelnd. »Daß Sie mir nicht etwa Mrs. Meade und Mrs. Whiting Zusagen machen!«

»O nein!« Scarlett hatte keine Ahnung, wovon Mrs. Merriwether sprach, aber das Gefühl, willkommen zu sein und gebraucht zu werden, erwärmte sie. »Ich hoffe, Sie bald wiederzusehen.«

Der Wagen pflügte sich weiter durch den Morast und hielt einen Augenblick, damit zwei Damen mit Körben voll Verbandzeug über dem Arm sich auf Schrittsteinen einen halsbrecherischen Weg über die Straße suchen konnten. Da fiel Scarletts Blick auf eine Gestalt, die für die Straße zu bunt gekleidet war, mit einem schottischen Schal, dessen Fransen ihr bis auf die Absätze herabhingen. Es war eine große, hübsche Frau, mit einem kecken Gesicht und üppigem rotem Haar, zu rot, um echt zu sein. Zum erstenmal sah Scarlett eine Frau, die ohne Zweifel ›etwas mit ihrem Haar aufgestellt‹ hatte, und konnte den Blick nicht von ihr abwenden.

»Wer ist das, Onkel Peter?«

»Weiß nicht.«

»Natürlich weißt du es, ich sehe es dir an. Wer ist das?«

»Sie heißt Belle Watling.« Onkel Peters Unterlippe schob sich langsam mißbilligend vor. Es entging Scarlett nicht, daß er weder »Miß« noch »Mrs.« gesagt hatte.

»Wer ist das denn?«

»Gnädige Miß Scarlett«, sagte Peter geheimnisvoll, »Miß Pitty liebt es nicht, daß Sie nach etwas fragen, das Sie nichts angeht. Es gibt hier in der Stadt ein Pack von Leuten, die nicht mitzählen, und über die zu reden, hat überhaupt keinen Zweck.«

Scarlett schwieg auf seinen Verweis. »Das muß bestimmt ein schlechtes Frauenzimmer sein!«

Noch nie zuvor hatte sie ein schlechtes Frauenzimmer gesehen. Sie drehte sich um und starrte der Frau nach, bis sie sich in der Menge verlor.

Endlich hatten sie die Geschäftsgegend hinter sich, die Wohnhäuser kamen in Sicht. Einzelne davon begrüßte Scarlett als alte Freunde, das würdige, stattliche Leydensche Haus, das Bonnellsche Haus mit den kleinen weißen Säulen und den grünen Fensterläden, das unnahbare Barockhaus aus rotem Backstein hinter niedrigen Hecken, das der Familie McLure gehörte. Sie kamen immer langsamer vorwärts. Aus den Haustüren, aus Gärten und vom Fußweg aus wurden sie von Damen angerufen. Einige kannte sie flüchtig, an andere hatte sie eine unbestimmte Erinnerung, die meisten waren ihr völlig unbekannt. Pittypat hatte anscheinend ihre Ankunft überall angekündigt. Immer wieder mußte sie den kleinen Wade in die Höhe halten, damit Damen, die sich durch den Straßenschlamm bis zu den Prellsteinen vorwagten, ihn bewundern konnten. Jede rief Scarlett zu, sie dürfe nur in ihren Strick- und Nähzirkel, nur in ihr Lazarettkomitee eintreten, und unbekümmert sagte sie nach rechts und nach links zu.

Als sie an einem weitläufigen grünen Fachwerkhaus vorbeikamen, rief ein kleines schwarzes Mädel: »Da kommt sie!«, und Dr. Meade, seine Frau und der kleine dreizehnjährige Phil kamen heraus und begrüßten sie. Scarlett erinnerte sich daran, sie auch auf ihrer Hochzeit gesehen zu haben. Mrs. Meade trat auf den Prellstein ihres Hauses und reckte den Hals, um das Baby zu sehen. Aber der Doktor achtete nicht auf den Schmutz und stapfte bis an den Wagen heran. Er war groß und hager und hatte einen eisgrauen Spitzbart, die Kleidungsstücke hingen an seiner dürren Gestalt, als habe ein Orkan sie darangeweht. Atlanta betrachtete ihn als die Wurzel aller Kraft und aller Weisheit, und es war nicht zu verwundern, daß etwas von dem allgemeinen Glauben in ihn selbst übergegangen war. Aber bei all seinen Orakelsprüchen und seiner etwas pathetischen Art war er einer der gütigsten Männer der Stadt.

Nachdem er Scarlett die Hand geschüttelt und Wade die Wange gestreichelt hatte, verkündete er, Tante Pittypat habe ihm unter Eid versprochen, daß Scarlett keinem anderen Lazarett und keinem anderen Verbandzeugkomitee angehören dürfe als dem von Mrs. Meade.

»O je, das habe ich doch schon tausend Damen versprochen!« sagte Scarlett.

»Natürlich auch Mrs. Merriwether! Das verflixte Frauenzimmer läuft ja wohl an jeden Zug!«

»Ich habe es ihr versprochen, weil ich keine Ahnung hatte, was das alles bedeutet«, gestand Scarlett. »Was sind denn überhaupt Lazarettkomitees?«

Der Doktor und seine Frau waren beide über ihre Unwissenheit befremdet.

»Nun ja, Sie sind natürlich auf dem Lande vergraben gewesen und können es nicht wissen«, entschuldigte Mrs. Meade sie. »Wir haben Pflegekomitees für verschiedene Lazarette und für verschiedene Arbeitstage. Wir pflegen die Verwundeten, wir helfen den Ärzten und nähen Bandagen und Anzüge, und wenn die Leute so weit wiederhergestellt sind, daß sie entlassen werden können, nehmen wir sie zu uns ins Haus und pflegen sie so lange weiter, bis sie wieder an die Front können. Wir sorgen auch für die Frauen und Kinder der mittellosen Verwundeten – einige sind wahrhaftig noch elender als mittellos. Doktor Meade ist am Institutslazarett tätig, für das auch mein Komitee arbeitet, und alle sagen, er sei großartig und ...«

»Nun, nun«, sagte der Doktor, »du darfst vor den Leuten nicht mit mir prahlen. Ich kann ja nur so wenig tun, da du mich durchaus nicht an die Front lassen willst.«

»Ich lasse dich nicht? Ich?« Sie war empört. »Die Stadt läßt dich nicht, das weißt du sehr gut. Denken Sie, Scarlett, als die Leute hörten, daß er als Militärarzt nach Virginia wollte, haben alle Damen eine Bittschrift unterzeichnet, er möge hierbleiben. Die Stadt ist es, die dich nicht entbehren kann.«

»Nun, nun, Mrs. Meade.« Der Doktor sonnte sich sichtlich in ihrem Lob. »Vielleicht haben wir mit einem Jungen an der Front fürs erste genug getan.«

»Nächstes Jahr gehe ich ins Feld!« rief der kleine Phil voller Aufregung. »Als Trommler! Ich lerne jetzt trommeln. Wollen Sie es hören? Ich hole rasch meine Trommel.«

»Nein, jetzt nicht«, sagte Mrs. Meade und zog ihn mit einem plötzlich gespannten Gesichtsausdruck an sich. »Nächstes Jahr noch nicht, Liebling, vielleicht übernächstes.«

»Aber dann ist der Krieg vorbei!« Ungeduldig riß der Kleine sich von ihr los. »Du hast es mir doch versprochen.«

Über seinen Kopf hinweg sahen die Eltern einander ins Auge. Scarlett gewahrte den Blick. Darcy Meade stand in Virginia, und um so fester klammerte sich die Liebe der Eltern an den Kleinen, der noch im Hause war.

Onkel Peter räusperte sich. »Miß Pitty hatte ihren Zustand, als ich wegfuhr, und wenn ich nicht bald wiederkomme, liegt sie ohnmächtig da.«

»Auf Wiedersehen, ich komme heute nachmittag hinüber!« rief Mrs. Meade ihnen nach. »Und bestellen Sie Miß Pitty von mir, wenn Sie nicht in mein Komitee eintreten – dann wehe ihr!«

Der Wagen glitt und rutschte die schmutzige Straße hinunter. Scarlett lehnte sich in die Kissen zurück und lächelte. Sie fühlte sich glücklicher als seit Monaten. Atlantas Lebendigkeit munterte sie auf.

Wieviel schöner war es hier als auf der einsamen Plantage vor den Toren von Charleston, wo die Alligatoren durch die stillen Nächte bellten! Schöner als in Charleston selbst, das in seinen Gärten hinter hohen Mauern träumte. Schöner als in Savannah mit seinen breiten Palmenstraßen und mit seinem schlammigen Fluß. Vielleicht schöner sogar als Tara, mochte sie Tara auch noch so liebhaben. Diese Stadt mit ihren engen und schmutzigen Straßen mitten im welligen Hügelland hatte etwas Erregendes, Rohes und Ungeschliffenes, verwandt jenem Rohen unter der feinen Politur, mit der Ellen und Mammy Scarlett versehen hatten. Plötzlich hatte sie das Gefühl, hierher gehöre sie und nicht in die ruhigen, abgeklärten alten Städte, die flach an den gelben Flüssen lagen.

Die Zwischenräume zwischen den Häusern wurden immer größer, und als Scarlett sich aus dem Wagen lehnte, sah sie Miß Pittypats rotes Backsteinhaus mit seinem Schieferdach auftauchen. Es war fast das letzte Haus im Norden der Stadt. Weiterhin wurde die Pfirsichstraße schmäler und verlor sich in die stillen dichten Wälder hinein. Der saubere weiße Lattenzaun war frisch gestrichen. In dem Vorgarten, den er einschloß, blühten die letzten Narzissen des Jahres. Auf der Haustreppe standen zwei Frauen in Schwarz, hinter ihnen eine große braune Frau mit den Händen unter der Schürze und einem breiten Lächeln, das die weißen Zähne entblößte. Die rundliche Miß Pittypat wippte aufgeregt auf ihren winzigen Füßen. Die eine Hand hielt sie an den vollen Busen gepreßt, um ihr klopfendes Herz zu beruhigen. Neben ihr stand Melanie. In Scarlett regte sich der Widerwille, und ihr wurde klar, daß diese feine kleine Person im schwarzen Trauerkleid mit den fraulich geglätteten, widerspenstigen Locken und dem herzförmigen Gesicht, das jetzt ein liebevolles glückliches Willkommenlächeln erhellte, in Atlanta das Haar in der Suppe für sie sein würde.

Wenn jemand aus den Südstaaten einmal seinen Koffer packte und zwanzig Meilen auf Besuch reiste, so dauerte ein solcher Besuch selten kürzer als einen Monat, meist aber länger. Die Leute waren ebenso begeistert Gast wie

Gastgeber, und es war nichts Ungewöhnliches, daß Verwandte zu den Weihnachtsferien kamen und bis in den Juli hinein blieben. Junge Paare, die auf der Hochzeitsreise ihre übliche Besuchsrunde machten, blieben oft, wenn es ihnen irgendwo gefiel, bis zur Geburt des zweiten Kindes. Häufig kamen ältere Tanten und Onkel am Sonntag zum Mittagessen und blieben, bis sie Jahre später begraben wurden. Ein Gast war kein Problem. Das Haus war groß, die Dienstboten waren zahlreich, und einige Mäuler mehr zu sättigen war in dem Lande des Überflusses eine Kleinigkeit. Jedes Alter, jedes Geschlecht fuhr auf Besuch, Hochzeitsreisende, junge Mütter, die ihre Kleinen herumzeigten, Erholungsreisende, Trauernde, Mädchen, deren Eltern Wert darauf legten, sie den Gefahren einer törichten Heirat zu entrücken, andere Mädchen, die unverlobt das gefährliche Alter erreicht hatten und nun unter Führung auswärtiger Verwandten eine passende Partie machen sollten. Gäste brachten Anregung und Abwechslung in das langsam fließende Leben des Südens und waren immer willkommen.

So war auch Scarlett ohne eine Ahnung, wie lange sie bleiben würde, nach Atlanta gekommen. War es dort so langweilig wie in Savannah und Charleston, so kehrte sie nach einem Monat wieder nach Hause zurück. War es aber schön, so konnte sie unendlich lange bleiben. Aber kaum war sie angekommen, so begannen Tante Pitty und Melanie einen Feldzug, um sie zu überreden, sich für die Dauer bei ihnen niederzulassen. Jeden nur erdenklichen Grund führten sie an. Um ihrer selbst willen wollten sie sie dabehalten, weil sie sie liebhätten. Sie wären so einsam und fürchteten sich oft nachts in dem großen Hause; sie aber sei tapfer und mache ihnen Mut. So reizend sei sie, daß sie sie in ihrem Kummer richtig aufmuntern könne. Seitdem Charles nicht mehr lebe, sei ihr und ihres Sohnes Platz bei seinen Verwandten. Außerdem gehöre ihr jetzt laut Charles' Testament die Hälfte des Hauses. Und schließlich brauche die Bundesregierung jede Hand zum Nähen, Strikken, Scharpiezupfen und zur Verwundetenpflege.

Auch Henry Hamilton, Charles' Onkel, der als alter Junggeselle im Hotel neben dem Bahnhof wohnte, sprach ernsthaft mit ihr darüber. Er war ein untersetzter, unzugänglicher alter Hagestolz mit dickem Bauch, rosigem Gesicht und vollem Silberhaar. Für weibliche Schamhaftigkeiten und Grillen war er ohne jegliches Verständnis. Deshalb sprach er auch kein Wort mit seiner Schwester Pittypat. Von der Kinderzeit an waren die beiden in ihrem ganzen Naturell Gegensätze gewesen und hatten sich dann durch seine Einwendungen gegen ihre Art, Charles aufzuziehen, noch weiter entfremdet. »Einen richtigen Waschlappen machst du aus einem Soldatenkind!« Vor Jahren hatte er Pitty dermaßen beleidigt, daß sie seitdem nur mit solcher Scheu und so verstohlen von ihm sprach, daß ein Fremder den armen alten

Rechtsanwalt mindestens für einen Mörder halten mußte. Zu dieser Beleidigung war es gekommen, als Miß Pitty von ihrem Vermögen, das er verwaltete, fünfhundert Dollar abzuheben und in einem gar nicht vorhandenen Goldbergwerk anzulegen wünschte. Er hatte darauf hitzig erklärt, daß sie nicht mehr Verstand als ein Maikäfer habe, und es mache ihn nervös, länger als fünf Minuten mit ihr zusammen sein zu müssen. Seitdem sah sie ihn nur noch einmal im Monat, wenn sie in seinem Büro ihr Hausstandsgeld in Empfang nahm. Nach diesen kurzen, förmlichen Besuchen mußte sie sich jedesmal für den Rest des Tages unter Tränen und mit Riechsalz ins Bett legen. Melanie und Charles, die ausgezeichnet mit ihrem Onkel standen, hatten sich oft erboten, ihr diese Prüfung abzunehmen, aber sie hatte stets ihre Kinderlippen fest zusammengepreßt und es abgelehnt. Henry war ihr Kreuz, und ihr Kreuz mußte sie tragen. Daraus konnte man nur schließen, daß sie an solchen gelegentlichen Aufregungen, den einzigen in ihrem behüteten Leben, eine wahre Herzensfreude hatte.

Onkel Henry hatte Scarlett sofort gern; er sehe ohne weiteres – so sagte er –, daß sie trotz all ihrer albernen Ziererei doch ein paar Gran Verstand habe. Er verwaltete nicht nur Pittys und Melanies Vermögen, sondern auch Scarletts Erbteil von Charles. Für Scarlett war es eine angenehme Überraschung, daß sie jetzt eine wohlhabende junge Frau war. Charles hatte ihr nicht nur die Hälfte von Tante Pittys Haus hinterlassen, sondern auch Ländereien und städtischen Grundbesitz. Und die Speicher und Lagerhäuser längs des Schienenstranges beim Bahnhof, die sie ebenfalls geerbt hatte, waren jetzt dreimal soviel wert wie bei Ausbruch des Krieges. Als Onkel Henry ihr die Abrechnung vorlegte, warf er die Frage auf, ob sie nicht ihren dauernden Wohnsitz in Atlanta aufschlagen wolle.

»Wenn Wade Hampton mündig wird, ist er ein reicher junger Mann«, sagte er. »Wächst Atlanta in diesem Tempo weiter, so steigt der Wert seines Vermögens in zwanzig Jahren um das Zehnfache, und es ist nur richtig, daß der Junge dort aufwächst, wo sein Besitz ist. Dort lernt er am besten, sich um ihn und auch um Pittys und Melanies Vermögen zu kümmern. Und bald ist er der einzige männliche Hamilton, denn ich lebe ja nicht ewig.«

Was nun Onkel Peter betraf, so war es für ihn beschlossene Sache, daß Scarlett gekommen sei, um zu bleiben. Ihm war es ein Unding, daß Charles' einziger Sohn irgendwo anders als unter seiner, Onkel Peters, Erziehung aufwachsen sollte.

Scarlett wollte sich nicht entscheiden, ehe sie nicht wußte, wie es ihr hier auf die Dauer gefallen würde. Außerdem mußten erst Gerald und Ellen gefragt werden, und Tara war so fern! Sie verspürte Heimweh nach den roten Feldern, den aufspringenden grünen Baumwollknospen und den sanften schweigenden Dämmerungen. Zum erstenmal ging ihr leise auf, was Gerald gemeint hatte, als er sagte, die Liebe zur Heimat läge auch ihr im Blut. So vermied sie denn einstweilen mit geschickter Höflichkeit, eine bestimmte Zusage zu geben, und suchte sich zunächst in das Leben des roten Backsteinhauses am Ende der Pfirsichstraße einzufügen. Sie lebte mit Charles' Verwandten zusammen und begann den Mann, der sie so rasch hintereinander zur Frau, zur Witwe und zur Mutter gemacht hatte, ein wenig besser zu verstehen. Sie begann zu begreifen, warum er so schüchtern und so reinen Gemüts gewesen war. Hatte Charles überhaupt etwas von der harten, heißblütigen Soldatenart seines Vaters geerbt, so war das in der vornehm damenhaften Atmosphäre seiner Kindheit bald untergegangen. Er hatte an der kindlichen Tante Pitty gehangen und seine Schwester Melanie mehr geliebt, als es sonst Geschwisterart ist, und zwei sanftere, weltfremdere Frauen konnte man sich kaum vorstellen.

Tante Pittypat war vor sechzig Jahren auf die Namen Sarah Jane Hamilton getauft worden, aber seit dem längst vergangenen Tage, da ihr spaßesfroher Vater ihr wegen ihrer trippelnden, trappelnden Füße den Kosenamen angehängt hatte, wurde sie nie mehr anders genannt. Seither hatte sich vieles an ihr verändert, und der Name wollte nicht mehr recht passen. Von dem wilden frischen Kind war nichts übriggeblieben als zwei überaus zierliche Füßchen, die ihr Gewicht kaum tragen konnten, und eine Neigung, verloren und ziellos vor sich hin zu schwatzen. Sie war dick, rotwangig und weißhaarig geworden und hatte einen kurzen Atem, weil sie sich immer zu fest schnürte. Weiter als einen Häuserblock vermochte sie auf ihren winzigen Füßchen, die sie obendrein immer in zu kleine Schuhe preßte, nicht zu gehen. Bei jeder Erregung geriet ihr Herz aus dem Takt, denn sie verhätschelte es sehr. Bei jedem Anlaß schwanden ihr die Sinne, aber jeder wußte, daß ihre Ohnmachten nichts weiter waren als zimperliche Posen; und jeder hatte Miß Pittypat zu gern, um es ihr zu sagen. Jeder hatte sie gern, verzog sie wie ein Kind und nahm sie nicht ernst – mit der einzigen Ausnahme ihres Bruders Henry. Mehr noch als alles andere auf der Welt, sogar als die Freuden der Tafel, liebte sie harmlosen Klatsch. Stundenlang schwatzte sie freundlich über die Angelegenheiten anderer Leute. Weder für Namen noch für Daten und Orte hatte sie ein Gedächtnis, und alle handelnden Personen wurden von ihr hoffnungslos miteinander verwechselt. Das störte aber niemanden, denn niemand war so töricht, ernst zu nehmen, was sie sagte, niemand erzählte ihr je etwas wirklich Anstößiges; ihre altjüngferliche Zimperlichkeit mußte auch mit sechzig Jahren noch geschont und behütet werden, und ihre Freunde waren im allgemeinen Wohlwollen miteinander verschworen, sie als verzogenes und umhegtes Kind zu erhalten.

Melanie war ihrer Tante in manchen Zügen ähnlich. Sie hatte etwas von ihrer Schamhaftigkeit, ihrer Bescheidenheit und ihrer Neigung zum plötzlichen Erröten; aber sie besaß daneben einen gesunden Menschenverstand. »In gewissem Sinne, das muß ich zugeben«, meinte Scarlett mit einigem Widerstreben. Melanie hatte wie Tante Pitty die Miene eines umhegten, herzensguten und einfältigen Kindes, welches das Böse nie mit Augen gesehen hat und es nicht erkennen würde, wenn es ihm begegnete. Sie war immer glücklich gewesen und wollte, daß auch alle um sie herum glücklich und zufrieden seien. Sie betrachtete alles von der besten und freundlichsten Seite. Kein Dienstbote war so dumm, daß sie nicht irgendeinen ausgleichenden Zug der Treue und Herzensgüte an ihm entdeckte, kein Mädchen so häßlich, daß sie nicht seine Gestalt anmutig oder seinen Charakter edel fand, kein Mann so ohne Wert und Bedeutung, daß sie ihn nicht dennoch im Lichte seiner besten Möglichkeiten zu sehen versuchte. Um dieser gutherzigen Züge willen scharte sich alles um sie, denn wer könnte der Anziehungskraft eines Menschen widerstehen, der an allen anderen so hohe Eigenschaften entdeckt, wie sie selber sich niemals träumen lassen! Sie hatte mehr Freundinnen als irgend jemand sonst und auch mehr Freunde, wenn auch nur wenige Verehrer. Ihr fehlten der Eigensinn und die Eigenliebe, die den Männerherzen ein gut Stück voranzuhelfen pflegen.

Melanie tat nur das, was allen Mädchen aus den Südstaaten anerzogen wurde: sie sorgte unentwegt für allgemeine Unbefangenheit und Selbstzufriedenheit. Diese segensreiche Verschwörung der Frauen machte das gesellige Leben in den Südstaaten so angenehm. Ein Land, wo die Männer zufrieden waren, wo ihnen nicht widersprochen und sie in ihrer Eitelkeit nicht verletzt wurden, mußte ein angenehmer Aufenthaltsort für Frauen sein. Das wußten sie und richteten sich danach. Die Männer vergalten es ihnen reichlich mit Ritterlichkeit und Verehrung. Sie gönnten den Damen von Herzen alles in der Welt, nur nicht ihren Verstand. Scarlett ließ dieselben Künste wie Melanie spielen, jedoch mit vollendeter Geschicklichkeit. Der Unterschied zwischen den beiden Mädchen bestand darin, daß Melanie die Menschen, Scarlett aber sich selber glücklich machen wollte.

Charles hatte in diesem Hause keinerlei stählenden Einfluß erfahren und nichts von der rauhen Wirklichkeit des Lebens zu spüren bekommen. Verglichen mit Tara war dies Heim ein weiches, altmodisches Nest. Scarlett fand, es schreie förmlich nach Branntwein und Tabakduft, nach lauten Stimmen und Flüchen, nach Bärten und Gewehren, nach Jagdhunden, die einem zwischen den Beinen herumliefen. Sie vermißte den Klang streitender Stimmen, der auf Tara immer zu hören war, sobald Ellen den Rücken gekehrt hatte. Hier war alles still, jeder fügte sich den Wünschen der andern, und am Ende hatte stets der schwarze grauhaarige Selbstherrscher in der Küche seinen Willen. Scarlett hatte, fern von Mammys Aufsicht, die Zügel lockerer zu finden gehofft. Zu ihrem Leidwesen mußte sie aber feststellen, daß Onkel Peters Ansichten über vornehmes Betragen, besonders wo es sich um Master Charles' Witwe handelte, noch strenger waren als Mammys.

Scarlett war erst siebzehn Jahre und von prachtvoller Gesundheit und Lebenskraft, und Charles' Familie tat das menschenmögliche, um sie glücklich zu machen. Wenn es nicht ganz gelang, so war das nicht ihre Schuld, denn niemand konnte die Wunde in ihrem Herzen heilen, die zu schmerzen begann, sobald Ashleys Name genannt wurde. Und Melanie nannte ihn so oft! Aber Melanie und Pitty waren unermüdlich, immer neue Linderungsmittel für den Kummer herauszufinden, mit dem sie sich nach ihrer Meinung herumquälte. Sie taten alles, um sie zu zerstreuen. Sie nahmen es peinlich genau mit ihrer Ernährung, mit ihrer Ruhe und ihren Spazierfahrten. Sie bewunderten nicht nur über die Maßen Scarletts Temperament, ihren schlanken Wuchs, ihre zierlichen Hände und Füße, ihre weiße Haut, sondern sagten es ihr auch oft und streichelten und umschmeichelten und küßten sie immer aufs neue. An Liebkosungen lag Scarlett nichts, aber sie sonnte sich in den Schmeicheleien. Auf Tara hatte ihr niemand so viel Schmeichelhaftes gesagt; im Gegenteil, Mammy hatte ihre Tage damit verbracht, an ihr herumzumäkeln. Der kleine Wade war ihr keine Last mehr. Die Familie und alles, was an Schwarzen und Weißen dazugehörte, auch alle Nachbarn, vergötterten ihn, und es war eine unaufhörliche Eifersüchtelei im Gange, wem er gerade auf dem Schoß sitzen durfte. Besonders Melanie war in ihn vernarrt. Noch wenn er am durchdringendsten kreischte, fand Melanie ihn himmlisch und schmachtete: »Ach, du süßer Liebling! Wärst du doch mein!«

Manchmal fiel es Scarlett schwer, ihre wahren Gefühle zu verbergen. Tante Pitty war ihr noch immer die albernste unter allen alten Damen. Ihre Fahrigkeit und ihre Grillen fielen ihr unerträglich auf die Nerven. Scarletts eifersüchtige Abneigung gegen Melanie wuchs mit jedem Tag, und manchmal mußte sie unvermittelt das Zimmer verlassen, wenn Melanie strahlend von Ashley sprach und aus seinen Briefen vorlas. Aber es lebte sich hier doch so glücklich, wie es unter den Umständen nur möglich war. Atlanta bot ihr so viel neuartige Ablenkung, daß ihr zum Denken und Trauern wenig Zeit blieb. Nur manchmal, des Abends, wenn sie das Licht ausgeblasen hätte, seufzte sie, den Kopf im Kissen vergraben: »Wäre Ashley doch nicht verheiratet! Wenn ich nur nicht in diesem schrecklichen Lazarett zu pflegen brauchte! Was gäbe ich nicht um ein paar Verehrer!« Der Krankendienst war ihr vom ersten Tag an abscheulich, aber sie konnte sich der Pflicht nicht entziehen, weil sie sowohl in Mrs. Meades wie in Mrs. Merriwethers Komitee saß.

Viermal in der Woche hatte sie, vom Hals bis zu den Füßen in einer viel zu warmen Schürze steckend und ein Tuch fest um den Kopf gebunden, den ganzen Vormittag in dem stickigen Lazarett Dienst. Jede Frau in Atlanta, ob alt oder jung, pflegte mit einer Begeisterung, die in Scarletts Augen an Fanatismus grenzte. Ihnen allen war es selbstverständlich, daß auch sie von glühendem Patriotismus erfüllt sei; hätten sie gewußt, wie wenig inneren Anteil sie am Kriege nahm, sie wären empört gewesen. Das einzige, was Scarlett beschäftigte, war die ununterbrochene Seelenangst, Ashley könnte fallen.

Romantisch war die Tätigkeit der Krankenschwestern durchaus nicht. Stöhnen, Delirium, Tod und Gestank! Das Lazarett war übervoll von verschmutzten, bärtigen Männern voller Ungeziefer, die abstoßend rochen und so scheußliche Verletzungen am Körper hatten, daß einem Christenmenschen wohl übel davon werden konnte. Der Geruch der brandigen Wunden schlug ihr schon weit vor der Tür in die Nase, ein ekler süßlicher Gestank, der ihr am Haar und an den Händen haftenblieb. Über den Patienten summten Schwärme von Fliegen, Moskitos und Mücken und quälten sie, daß sie fluchten oder matt aufschluchzten. Scarlett kratzte die eigenen Moskitostiche und schwenkte Palmenwedel, bis ihr die Arme schmerzten und sie allen Verwundeten den Tod wünschte.

An Melanie hingegen schienen die Gerüche, die Wunden und die Nacktheit der Männer spurlos vorüberzugehen, was Scarlett an dieser schüchternsten, verschämtesten aller Frauen wundernahm. Manchmal sah Melanie allerdings sehr bleich aus, wenn sie Dr. Meade die Schalen und Instrumente reichte, während er brandiges Fleisch wegschnitt. Einmal fand Scarlett sie nach einer solchen Operation in der Wäschekammer, wie sie sich heimlich erbrach. Aber solange die Verwundeten sie sehen konnten, war sie sanft, verständnisvoll und froh, und die Leute nannten sie einen Engel des Erbarmens. Diesen Titel hätte Scarlett auch gern gehabt, aber damit war verbunden, daß man verlauste Männer anfaßte, mit dem Finger im Hals von bewußtlosen Patienten nachfühlte, ob sie nicht etwa an einem verschluckten Priem erstickten, daß man Stümpfe verband und faules und eitriges Fleisch säuberte. Nein, sie mochte durchaus nicht pflegen! Vielleicht wäre es hier erträglicher gewesen, wenn sie bei den Genesenden ihren weiblichen Zauber hätte spielen lassen dürfen. Aber als Witwe konnte sie sich derlei nicht erlauben. Die Genesenden waren in der Hut der jungen Mädchen aus der Stadt, die nicht pflegen durften, damit ihre jungfräulichen Augen nichts Unziemliches zu sehen bekamen. Unbeschwert von Ehe und Witwenschaft konnten sie sich ausleben, und auch die Unscheinbarsten unter ihnen hatten, wie Scarlett mißmutig beobachtete, keine Schwierigkeiten, einen Bräutigam zu finden. Abgesehen von den schwerverletzten und sterbenden Männern im Lazarett, lebte Scarlett ganz und gar in einer Welt von Frauen. An drei Nachmittagen in der Woche mußte sie an den Nähzirkeln von Melanies Freundinnen teilnehmen. Alle Mädchen waren sehr freundlich und zuvorkommend gegen sie, besonders Fanny Elsing und Maybelle Merriwether, die Töchter der beiden städtischen Machthaberinnen. Sie kamen ihr mit solcher Ehrerbietung entgegen, als wäre sie alt und zähle nicht mehr mit. Ihr ständiges Gerede über Bälle und Verehrer erfüllte Scarlett mit Bitterkeit, weil ihre Witwenschaft sie davon ausschloß. War sie nicht dreimal so anziehend wie Fanny und Maybelle? Ach, wie ungerecht war das Leben! Wie ungerecht, daß jeder dachte, ihr Herz läge im Grabe, und es war doch in Virginia bei Ashley!

Aber trotz aller Kümmernisse gefiel Atlanta ihr gut. Die Wochen vergingen, und ihr Besuch dauerte länger und länger.

IX

An einem Hochsommermorgen sass Scarlett am Fenster ihres Schlafzimmers und sah betrübt die Leiterwagen und Equipagen voller Soldaten und Mädchen mit ihren Chaperons fröhlich die Pfirsichstraße hinunterfahren, um Blätterschmuck für den Basar zu holen, der am Abend zum Besten der Lazarette stattfinden sollte. Auf die schattige rote Straße fielen helle Sonnenflecken durch das Laubgewölbe der Bäume. Die Hufe wirbelten kleine Staubwolken auf. In einem Leiterwagen, der den anderen voranfuhr, saßen vier dicke Neger mit Äxten, während sich hinten im Wagen die mit Servietten bedeckten Frühstückskörbe und Dutzende von Wassermelonen häuften. Zwei der schwarzen Gesellen waren mit Banjo und Harmonika ausgerüstet und gaben schwungvoll »Wenn ihr es gut haben wollt, kommt zur Kavallerie!« zum besten. Hinter ihnen her strömte die lustige Kavalkade, die Mädchen in leichten geblümten Waschkleidern mit feinen Schals, Häubchen, Handschuhen und Sonnenschirmchen. Alte Damen lächelten zufrieden unter Scherzen und Anrufen von Wagen zu Wagen. Genesende Soldaten, eingekeilt zwischen dicken Chaperons und schlanken Mädchen, die viel Lärm und Wesens um sie machten, Offiziere zu Pferde im Schneckenschritt neben den Equipagen, Rädergequietsch und Sporengeklirr, schimmernde goldene Tressen, Fächergewedel und Negergesang. Ganz Atlanta fuhr über die Pfirsichstraße hinaus, um Laub zu pflücken und ein Picknick zu feiern. »Ganz Atlanta«, dachte Scarlett, »nur ich nicht.«

Man winkte ihr fröhlich im Vorbeifahren zu. Sie suchte mit fröhlicher Miene zu antworten, aber es wurde ihr schwer. Mit einem Stich im Herzen hatte es begonnen und stieg nun langsam zum Halse herauf. Jeder ging zum Picknick, nur sie nicht. Und heute abend ging jeder zum Basar und zum Ball, nur sie nicht. Das heißt, nur sie, Pittypat und Melly und all die anderen Unglücksvögel in der Stadt, die Trauer hatten, nicht. Melly machte sich nichts daraus und kam gar nicht auf den Gedanken, daß sie gern hingegangen wäre. Aber Scarlett fühlte den brennenden Schmerz der Entsagung.

Es war ungerecht. Sie hatte doppelt so schwer wie andere Mädchen in der Stadt gearbeitet, um mit allem für den Basar fertig zu werden, hatte Socken, Babykappen und Halsbinden gestrickt und zahllose Meter Spitzen geklöppelt. Viele Kissenbezüge hatte sie mit der Konföderiertenflagge bestickt. Die Sterne waren wohl ein wenig schief geworden, einige beinahe rund, andere sechs- und sogar siebeneckig, aber es machte sich doch gut. Gestern hatte sie bis zur Erschöpfung in dem alten verstaubten Schuppen eines Waffenarsenals gearbeitet, um die Verkaufsbuden, die an den Wänden entlang errichtet waren, mit buntem Stoff zu verkleiden. Das war rechtschaffene Arbeit und kein Spaß gewesen. Den Damen Merriwether und Elsing zur Hand zu gehen, war niemals ein Spaß, sie sprangen mit ihr um, als wäre sie eine Schwarze. Dazu mußte sie auch noch mit anhören, wie sie mit der Beliebtheit ihrer Töchter prahlten. Was aber das Schlimmste war, sie hatte sich, als sie Pittypat und Cookie bei den Schichttorten für die Tombola half, zwei Blasen in die Finger gebrannt. Sie hatte gearbeitet wie eine Magd und sollte sich jetzt, wo das Vergnügen anfangen sollte, zurückziehen. Ach, es war hart, daß sie einen toten Mann und ein Kind hatte und von allem Schönen ausgeschlossen war! Noch vor einem Jahre hatte sie getanzt und statt der dunklen Trauer bunte Kleider getragen und war mit drei Burschen so gut wie verlobt gewesen.

Sie war siebzehn Jahre alt, und ihre Füße warteten noch auf viele ungetanzte Tänze. Das Leben ging in grauen Uniformen, mit Sporengeklirr, in geblümten Organdykleidern und mit Banjoklang an ihr vorüber. Beim lächelnden Grüßen war es ihr nicht leicht, ihre Grübchen in Zucht zu halten und immer noch so auszusehen, als läge ihr Herz im Grabe. Jäh hörte sie auf zu grüßen und zu winken, als Pittypat ins Zimmer stürzte und sie vom Fenster wegriß. »Kindchen, hast du den Kopf denn ganz und gar verloren, daß du Männer vom Schlafzimmerfenster aus grüßt? Ich bin entsetzt, Scarlett; was würde deine Mutter dazu sagen?«

»Sie wissen doch nicht, daß es mein Schlafzimmer ist.«

»Aber sie könnten es denken, und das ist ebenso schlimm. Alle werden nun über dich reden, und jedenfalls weiß Mrs. Merriwether, daß es dein Schlafzimmer ist!«

»Und nun erzählt die alte Katze das überall herum?«

»Kindchen, Dolly Merriwether ist meine beste Freundin!«

»Meinetwegen, aber eine alte Katze ist sie trotzdem – ach, es tut mir ja leid, Tantchen, weine nur nicht! Ich habe ganz vergessen, daß es mein Schlafzimmerfenster war. Ich wollte sie nur vorbeifahren sehen. Ach, ich wollte, ich könnte mitfahren.«

»Um Himmels willen, Kindchen!«

»Jawohl, ich habe es satt, zu Hause zu sitzen.«

»Scarlett, versprich mir, daß du so etwas nicht wieder sagst. Sonst müßten die Leute ja denken, du ehrtest nicht das Andenken des armen Charlie.«

»Ach, Tantchen, weine doch nur nicht!«

»Oh, nein ... sieh, nun mußt du auch weinen«, schluchzte Pittypat voller Wohlbehagen und suchte in der Rocktasche nach ihrem Taschentuch. Auch Scarlett wurde jetzt überwältigt und verlor alle Fassung. Sie schluchzte laut – nicht um den armen Charlie, wie Pittypat dachte, sondern weil das Räderrollen und Gelächter nun verklungen war. Melanie kam aus ihrem Zimmer hereingerasselt, eine Bürste in der Hand, ihr sonst so ordentliches schwarzes Haar war frei vom Netz und plusterte ihr in hundert winzigen Wellen und Löckchen ins Gesicht.

»Ihr Lieben, was ist denn?«

»Charlie!« jammerte Pittypat, barg den Kopf an Mellys Schulter und gab sich ganz dem Genuß ihres Kummers hin.

»Ach!« Mellys Lippen zitterten sogleich, als der Name ihres Bruders fiel. »Sei tapfer, Liebes, nicht weinen. Ach, Scarlett!«

Scarlett hatte sich aufs Bett geworfen und schluchzte herzzerreißend um ihre verlorene Jugend, um die Freuden, die ihr verwehrt wurden, schluchzte empört und verzweifelt wie ein Kind, das einst mit seinen Tränen alles erreichte und nun weiß, daß kein Schluchzen mehr hilft. Sie vergrub den Kopf in die Kissen und weinte und stieß mit den Füßen die mit Quasten behangene Steppdecke weg.

»Ich könnte ebensogut tot sein!« Vor einem solchen Schmerzensausbruch versiegten Pittys wohlige Tränen, und Melly stürzte ans Bett, um die Schwägerin zu trösten.

»Liebes, nicht weinen! Denke doch, wie lieb Charlie dich gehabt hat, kann dich das nicht trösten? Denk doch an den süßen Kleinen!«

Das Gefühl der Einsamkeit und des Nichtverstandenwerdens war so stark in Scarlett, daß es ihr den Mund verschloß, und das war gut, denn hätte sie jetzt gesprochen, so wäre manche schlimme Wahrheit zutage gekommen. Melly streichelte ihr die Schulter, und Pittypat ging auf Zehenspitzen durch das Zimmer und schloß die Vorhänge. Scarlett hob ihr rotes geschwollenes

Gesicht aus den Kissen: »Laß das! Ich bin noch nicht so tot, daß ihr die Vorhänge schließen müßt. Ach, bitte, geht hinaus und laßt mich allein!«

Wieder verbarg sie ihr Gesicht in den Kissen, und nach einigem erregten Geflüster gingen die beiden hinaus. Sie hörte, wie Melanie leise auf der Treppe zu Pittypat sagte:

»Tante Pitty, wenn du doch nicht mehr mit ihr über Charlie sprechen wolltest! Du weißt doch, wie nahe es ihr geht. Armes Ding, sie sieht dann plötzlich so sonderbar aus. Ich weiß, sie versucht dann, die Tränen zu unterdrücken. Wir dürfen es ihr nicht noch schwerer machen.«

In ohnmächtiger Wut stieß Scarlett das Deckbett weg und suchte nach einem Ausdruck, der alles, was sie bewegte, kräftig genug ausdrückte. »Heiliger Strohsack!« kam es schließlich aus ihr hervor, und sie fühlte sich ein klein wenig erleichtert. Wie konnte Melanie sich damit abfinden, zu Hause zu sitzen und für ihren Bruder Krepp zu tragen! Spürte sie nicht, wie das Leben mit Sporenklirren vorüberschritt? Scarlett schlug das Kissen mit Fäusten. »Sie ist nie so geliebt worden wie ich, und deshalb vermißt sie nicht, was ich vermisse. Und ... und ... außerdem hat sie Ashley, und ich habe keinen Menschen!« Und sie brach von neuem in Schluchzen aus.

In düsterer Stimmung blieb sie bis zum Nachmittag auf ihrem Zimmer. Dann kamen draußen die heimkehrenden Picknickgäste wieder vorbeigefahren, müde vor lauter Lebensfreude und Glück, und wieder winkten sie ihr zu, und sie erwiderte trübselig die Grüße. Das Leben war nicht wert, gelebt zu werden.

Die Erlösung aber kam von einer Seite, von der sie sie am wenigsten erwartet hätte. Zur Zeit des Mittagsschlafes kamen die Damen Merriwether und Elsing vorgefahren. Über den unerwarteten Besuch erschrocken, fuhren Melanie, Scarlett und Miß Pittypat in die Höhe, hakten sich rasch die Taille zu, strichen sich das Haar glatt und gingen in den Salon hinunter.

»Mrs. Bonnells Kinder haben die Masern«, sagte Mrs. Merriwether in einem Tonfall, der deutlich zu erkennen gab, daß sie Mrs. Bonnell für ein derartiges Vorkommnis persönlich verantwortlich machte.

»Und die McLureschen Mädchen sind nach Virginia gerufen worden«, sagte Mrs. Elsing mit ihrer ersterbenden Stimme und fächelte sich so müde, als ginge das Folgende über ihre Kraft. »Dallas McLure ist verwundet.«

»Wie schrecklich!« riefen ihre Gastgeberinnen im Chor aus. »Ist der arme Dallas ...«

»Nein, nur ein wenig durch die Schulter«, fiel ihnen Mrs. Merriwether ins Wort. »Aber es hätte zu keiner unpassenderen Zeit geschehen können. Die Mädchen fahren nach dem Norden, um ihn nach Hause zu holen. Aber, Himmel, wir haben gar keine Zeit, hier zu sitzen und uns zu unterhalten. Wir müssen sofort zum Arsenal zurück und die Ausschmückung beenden. Pitty, wir brauchen dich und Melly heute abend. Ihr müßt Mrs. Bonnell und die McLures vertreten.«

»Aber Dolly, wir können doch nicht!«

»Pittypat Hamilton«, sagte Mrs. Merriwether energisch, »dieses Wort gibt es bei mir nicht. Ihr müßt die Schwarzen mit den Erfrischungen beaufsichtigen, das war Mrs. Bonnells Amt, und du, Melly, mußt die Bude der McLureschen Mädchen übernehmen.«

»Ach, das geht doch nicht, wo der arme Charlie erst ...«

»Ich weiß, wie euch ums Herz ist, aber für die heilige Sache ist kein Opfer zu groß«, entschied Mrs. Elsing mit sanfter Stimme.

»Wir würden euch ja so gern helfen, aber ... könnt ihr denn nicht ein paar junge Mädchen für die Bude bekommen?«

»Ich weiß nicht«, schnaubte Mrs. Merriwether, »was die jungen Leute heutzutage haben! Jedenfalls kein Verantwortungsgefühl. Alle jungen Mädchen, die schon Buden übernommen haben, kommen mir mit mehr Ausreden, als ich Haare auf dem Kopf habe. Oh, mir machen sie nichts weis. Sie wollen sich nur ungehindert mit den Offizieren amüsieren, das ist alles. Sie sind bange, ihre neuen Kleider könnten hinter den Budenauslagen nicht recht zur Geltung kommen. Ich wünschte wahrhaftig, dieser Blockadebrecher ... wie heißt er doch noch?«

»Kapitän Butler«, half Mrs. Elsing nach.

»Ich wollte, er brächte mehr Lazarettbedarf und weniger Reifröcke und Spitzen herein. Wo ich auch heute ein Kleid bewundern mußte, und es waren mindestens zwanzig, alle hatte er durch die Blockade geschmuggelt. Kapitän Butler ... ich mag den Namen nicht mehr hören. Also, Pitty, wir haben keine Zeit, länger zu reden, du mußt kommen. Im hinteren Raum sieht dich niemand, und Melly fällt ohnehin nicht auf. Die Bude liegt ganz am Ende und ist nicht sehr hübsch. Da bemerkt euch niemand.«

»Ich finde, wir sollten hingehen«, mischte sich Scarlett ein und versuchte, so harmlos wie irgend möglich auszusehen. »Es ist das mindeste, was wir für das Lazarett tun können.«

Keine der Besucherinnen war auch nur auf den Gedanken gekommen, eine Frau, die kaum ein Jahr Witwe war, bei dieser gesellschaftlichen Veranstaltung um ihre Mitwirkung zu bitten. Sie sahen sie scharf und erstaunt an; mit großen Kinderaugen hielt Scarlett ihren Blick aus. »Ich finde, jeder hat die Pflicht, das Seine zu tun. Melly und ich könnten doch vielleicht zusammen diese Bude übernehmen, denn ... macht es nicht auch einen besseren Eindruck, wenn wir zu zweien da sind, als eine allein? Was meinst du, Melly?«

»Gott, ja«, stammelte Melly hilflos. Der Gedanke, auf einer gesellschaftlichen Veranstaltung öffentlich zu erscheinen, während sie in Trauer waren, schien ihr so unerhört, daß sie damit nicht zurechtkommen konnte.

»Scarlett hat recht«, sagte Mrs. Merriwether. Sie stand auf und schüttelte den Reifrock zurecht. »Ihr beide ... ihr alle müßt kommen. Nein, Pitty, fang nicht wieder mit Entschuldigungen an. Bedenk doch nur, wie dringend das Lazarett Geld braucht! Und wie lieb wäre es Charlie, wenn ihr der heiligen Sache helfen würdet, für die er starb!«

Pittypat war einer stärkeren Persönlichkeit gegenüber immer hilflos. »Wenn ihr meint, daß die Leute es richtig verstehen ...«

»Es ist zu schön, um wahr zu sein! Es ist zu schön, um wahr zu sein!« jubelte Scarletts Herz, als sie unauffällig in die rosa und gelb verhängte Bude schlüpfte, die eigentlich den McLureschen Mädchen gehörte. Sie war auf einer Gesellschaft! Nach einjähriger Abgeschiedenheit in Trauerkleidern und mit gedämpften Stimmen, nach einer Langeweile, die sie schier verrückt gemacht hatte, war sie nun wirklich auf einer Gesellschaft, der größten, die Atlanta je erlebt hatte. Sie konnte wieder Leute sprechen, durfte Lichter sehen und mit eigenen Augen die entzückenden Spitzen, Kleider und Rüschen betrachten, die der berühmte Kapitän Butler auf seiner letzten Fahrt durch die Blockade geschmuggelt hatte.

Sie sank auf einen der kleinen Hocker hinter der Auslage der Bude und blickte den langen Saal entlang, der noch vor kurzem ein kahler Exerzierraum gewesen war. Wie mußten die Damen heute noch gearbeitet haben, um ihn schön zu machen! Jeder Leuchter und jede Kerze aus ganz Atlanta schien heute abend hier aufgestellt zu sein. Silberne Leuchter mit einem Dutzend gespreizter Arme, Porzellankandelaber mit zierlichen Figürchen am Fuße, hohe würdige Messingleuchter, alle mit Kerzen von jeder Größe und Farbe versehen, waren auf den Gewehrständern, an den Wänden, auf den langen blumengeschmückten Tischen und sogar vor den offenen Fenstern aufgestellt, durch die die warme Sommerluft gerade kräftig genug hereinwehte, um die Flämmchen ins Flackern zu bringen. Die häßliche Riesenlampe, die in der Mitte der Halle an rostigen Ketten von der Decke herabhing, war mit Efeu und Weinlaub, das in der Hitze schon schlaff wurde, völlig verkleidet worden. Die Wände waren ebenfalls über und über mit würzig duftenden Kiefernzweigen bedeckt, in den Ecken hatte man hübsche Lauben für die alten Damen entstehen lassen. Um die Fensterrahmen und die bunten Buden schlangen sich zierliche Laubgewinde, und inmitten des Grüns prangten überall auf Flaggen und Fahnentüchern die hellen Sterne der Konföderierten auf ihrem rotblauen Hintergrund. Besonders kunstvoll war das erhöhte

Podium für die Musik geschmückt: alle Topf- und Kübelpflanzen der Stadt waren hier zusammengetragen worden, Geranien, Hortensien, Oleander, Begonien und sogar Mrs. Elsings ängstlich gehütete Gummibäume, die als Ehrenposten an den vier Ecken aufgestellt waren.

Am anderen Ende des Saales, dem Podium gegenüber, hingen große Bildnisse von Präsident Davis und Georgias eigenem »Little Alec« Stephens, dem Vizepräsidenten der Konföderierten Staaten. Über ihnen prangte ein Riesenbanner, und darunter lag auf langen Tischen alles, was die Gärten nur hatten hergeben können, Farne, Haufen von roten, gelben und weißen Rosen, stolze Sträuße goldgelber Gladiolen, bunte Kapuzinerkresse, hohe steife Stockmalven, die ihre rotbraunen und rahmweißen Köpfe über die andern Blumen erhoben. Dazwischen brannten helle Kerzen wie auf einem Altar. Die beiden Gesichter blickten von den Bildern auf das Schauspiel herab. Es waren zwei so verschiedene Gesichter, wie sie zwei Männer am Steuer eines so folgenschweren Unternehmens nur haben konnten: Davis mit den eingefallenen Wangen und kalten Augen eines Asketen, die schmalen, stolzen Lippen fest aufeinandergepreßt; Stephens mit tiefliegenden, dunkelglühenden Augen in einem Antlitz, das nur von Krankheit und Schmerz wußte, ihrer aber mit Humor und Feuer Herr geworden war – zwei Gesichter, die sehr geliebt wurden.

Nun kamen die ältlichen Komiteedamen, in deren Händen die ganze Verantwortung für die Veranstaltung ruhte, wie mit vollen Segeln hereingerauscht und trieben die verspäteten jungen Frauen und kichernden Mädchen auf ihre Plätze in den Buden, dann wogten sie durch die Türen in die hinteren Räume, wo die Erfrischungen angerichtet wurden – Tante Pitty keuchend hinter ihnen her. Die Musikanten kletterten auf ihr Podium, eine schwarze grinsende Gesellschaft, die fetten Gesichter glänzten schon von Schweiß. Sie begannen ihre Geigen zu stimmen und strichen und lärmten mit ihren Bogen im Vorgefühl ihrer Wichtigkeit. Der alte Levi, Mrs. Merriwethers Kutscher, der seit der Zeit, da Atlanta noch Marthasville hieß, auf jedem Basar und auf jedem Ball das Orchester dirigierte, klopfte geräuschvoll mit dem Bogen, um die Aufmerksamkeit auf sich zu lenken. Aller Augen wendeten sich ihm zu. Dann fingen die Geigen, Bratschen, Akkordeons und Banjos unter Begleitung der Schlagzeuge an, »Lorena« zu spielen, vorerst noch zum Tanzen zu langsam. Der Tanz sollte erst später beginnen, wenn die Buden leergekauft waren. Scarlett schlug das Herz rascher, als die süße Schwermut des Walzers an ihr Ohr klang:

»Langsam schwinden die Jahre, Lorena!
Auf den Feldern liegt wieder der Schnee.
Schon tief steht die Sonne am Himmel, Lorena ...!«

Eins, zwei, drei; eins, zwei, drei; tiefe Verbeugung und drehen drei; eins, zwei, drei. Was für ein herrlicher Walzer! Sie breitete die Arme aus, schloß die Augen und wiegte sich in dem traurigen Rhythmus, der einen nicht wieder losließ. In der schwermütigen Melodie von Lorenas verlorener Liebe lag etwas, was sich mit ihrer eigenen Erregung verschmolz und ihr beklemmend in die Kehle stieg.

Dann drangen, als hätte die Walzermusik sie hereingeholt, Klänge von der schattigen, mondbeschienenen Straße herauf: Pferdegetrappel und Wagenrollen, getragen von der warmen, lieblichen Luft, viel frohes Gelächter, Negerstimmen in ihrer eigentümlich weichen Schärfe, die sich um die Plätze zum Anbinden der Pferde stritten. Von der Treppe her hörte man die frischen Stimmen der Mädchen, die sich mit den Bässen ihrer Begleiter vermischten, muntere Ausrufe der Begrüßung und des freudigen Wiedererkennens. Plötzlich kam Leben in den Saal, die Mädchen erschienen in ihren schmetterlingsbunten Kleidern mit riesigen Reifröcken und Spitzenhöschen, die darunter hervorlugten; kleine, runde, nackte Schultern, zarteste Ansätze feiner, weicher Brüste unter Spitzenrüschen, leicht über den Arm geschlagene Schals, Fächer aus Schwanendaunen und Pfauenfedern, die an Samtbändern von zierlichen Handgelenken herabhingen. Mädchen mit schlicht über den Ohren zurückgestrichenen Haaren, die hinten zu so schweren Knoten geschlungen waren, daß die Köpfe sich in herrischer Gebärde zurückbogen, Mädchen mit blonden Locken um schlanke Nacken und schweren goldenen Ohrgehängen dazwischen. Geschmuggelte Seiden, Spitzen, Borten und Schleifen, alles um so stolzer getragen, als es den Yankees zum Hohn die Blockade durchbrochen hatte.

Nicht alle Blumen der Stadt waren den beiden Führern der Konföderierten Staaten als Tribut dargebracht worden. Mit den allerfeinsten, allerduftigsten Blüten waren diese jungen Mädchen geschmückt. Teerosen staken hinter rosigen Ohren, Jasmin und Rosenknospen hingen in kleinen Girlanden über fallenden Seidenlocken. Blüten wurden sittsam in Atlasschärpen getragen und fanden, noch ehe die Nacht zu Ende ging, ihren Weg als kostbare Andenken in die Brusttaschen grauer Uniformen. In diesen Uniformen waren viele Männer erschienen, die Scarlett vom Lazarett, von der Straße oder vom Exerzierplatz her kannte. Es waren prächtige Waffenröcke mit blanken Knöpfen und funkelnden Goldtressen an Aufschlägen und Kragen; vorzüglich hoben sich von dem Grau der Hosen die roten, gelben und blauen Streifen der verschiedenen Waffengattungen ab. Die breiten Fransen der rot-goldenen Offiziersschärpen glitzerten im vielfachen Licht der Kerzen, schimmernde Degen klappten gegen Lackstiefel, Sporen rasselten und klirrten.

»Was für gut aussehende Männer!« dachte Scarlett in freudiger Erregung, als die Begrüßungen begannen. Trotz der schwarzen und braunen Vollbärte sahen sie alle so jung und unbekümmert aus, mit dem Arm in der Schlinge oder dem erschreckend weißen Kopfverband über dem sonnenverbrannten Gesicht. Einige kamen an Krücken – wie sorgsam paßten ihrem Humpeln die Mädchen den Schritt an! Eine Uniform beschämte durch ihre Farbenpracht den buntesten Putz der Damen und stach aus dem Schwarm wie ein tropischer Vogel hervor. Es war ein Zuave aus Louisiana mit blau und weiß gestreiften Pluderhosen, elfenbeinfarbenen Gamaschen und einem enganliegenden roten Jäckchen – ein dunkler, grinsender kleiner Affe von Mann mit dem Arm in einer schwarzen Seidenschlinge. Das war Maybelle Merriwethers bevorzugter Verehrer, René Picard. Das ganze Lazarett war offenbar hier, wenigstens jeder, der gehen konnte, alle Urlauber, alle vom Eisenbahn- und Postdienst, von den Sanitäts- und Requirierungskommandos zwischen hier und Macon. Wie mußten sich die Komiteedamen freuen! Das Lazarett mußte eine Unsumme von Geld dabei einnehmen.

Von der Straße herauf erscholl Trommelwirbel. Ein Signalhorn ertönte, eine Baßstimme kommandierte: »Rührt euch!« Darauf erdröhnte die schmale Treppe unter den Tritten der Landwehr und des Landsturms, deren bunte Uniformen sich nun gleichfalls in den Saal ergossen. Hier gab es blutjunge Burschen, die sich gelobt hatten, nächstes Jahr um diese Zeit in Virginia zu sein, falls der Krieg so lange dauerte, und alte weißbärtige Männer, die sich wünschten, jünger zu sein, und doch stolz waren, Uniform zu tragen, stolz in dem Abglanz ihrer Söhne an der Front. Unter den Landsturmleuten aber erblickte man vereinzelt auch Männer in felddienstfähigem Alter, die nicht ganz so unbefangen einhergingen wie die Knaben und Greise. Schon begann es um sie her zu tuscheln und zu fragen, warum sie nicht bei General Lee an der Front seien.

Wie sollten sie nur alle in diesem Saal Platz finden! Noch ein paar Minuten vorher hatte er so groß und leer ausgesehen, und nun war er gedrängt voll. Warme sommerliche Düfte erfüllten ihn: Eau de Cologne, Riechwasser, Pomade und brennende Wachskerzen, Blumenduft und schwacher Staub von dem Tritt so vieler Füße auf den alten verbrauchten Dielen. In dem Lärm und Durcheinander der Stimmen war fast nichts mehr zu verstehen, und als spürte der alte Levi die freudige Erregung des Augenblicks, brach er »Lorena« mitten im Takt ab, gab ein lautes Klopfzeichen mit dem Bogen, und das Orchester spielte, als ginge es ums Leben, die »Schöne blaue Flagge«. Hunderte stimmten ein, sangen mit, jubelten das Lied wie einen einzigen Hochruf. Der Hornist des Landsturms stieg auf die Plattform und fiel ein, gerade als der Refrain begann, und die hohen Silbertöne stiegen über den Massengesang hinaus, daß es allen durch Mark und Bein ging, auf nackten Armen die Gänsehaut ausbrach und die tiefe Erregung kalte Schauer das Rückgrat hinunterjagte:

»Hurra, hurra! Für das Recht des Südens!
Für die schöne blaue Flagge, hurra!
Nur ein Stern ziert sie, hurra!«

Dröhnend stimmten sie den zweiten Vers an. Scarlett hörte, während sie mitsang, wie hinter ihr Melanies hoher süßer Sopran ebenso klar und eindringlich wie der Silberklang des Horns aufstieg. Sie drehte sich um und sah Melly mit geschlossenen Augen und auf der Brust gefalteten Händen dastehen. Feine Tränen liefen ihr die Wangen hinunter. Als die Musik aufhörte, lächelte sie Scarlett seltsam zu, verzog ein wenig den Mund, als ob sie sich entschuldigen wollte, während sie sich mit dem Taschentüchlein die Augen abtupfte. »Ich bin so glücklich«, flüsterte sie, »und so stolz auf die Soldaten, daß ich weinen muß.« In ihren Augen leuchtete eine tiefe, fanatische Glut, die ihr unscheinbares Gesichtchen überstrahlte und verschönte.

Als das Lied zu Ende war, lag derselbe Glanz auf den Gesichtern aller Frauen, Tränen des Stolzes auf rosigen wie auf runzligen Wangen, ein Lächeln auf den Lippen und in den Augen heiße Glut, wenn sie ihre Männer ansahen, die Liebste den Geliebten, die Mutter den Sohn, die Gattin den Gatten. Alle hatten teil an jener Schönheit, die auch die unscheinbarste Frau verklärt, wenn sie sich ganz und gar geliebt und beschützt fühlt und die Liebe tausendfältig zurückgibt. Sie liebten die Männer ihres Vaterlandes, sie glaubten an sie und vertrauten ihnen bis zum letzten Atemzug. Wie konnte denn der Heimat ein Unglück widerfahren, wenn diese hochgemute graue Mauer der heldenhaftesten und ritterlichsten Männer, die je auf der Welt gelebt hatten, sich zwischen ihr und den Yankees erhob! Aller Herzen waren übervoll von Hingabe und Stolz, übervoll von der gerechten Sache der Konföderierten, deren endgültiger Sieg zum Greifen nahe war. »Stonewall« Jacksons Erfolge im Shenandoahtal und die Niederlage der Yankees in der siebentägigen Schlacht um Richmond ließen daran keinen Zweifel. Wie konnte das bei solchen Heerführern wie Lee und Jackson auch anders sein? Noch ein Sieg, dann lagen die Yankees am Boden und bettelten um Frieden. Dann kamen die Männer nach Hause geritten, und dann war des Küssens und Lachens kein Ende. Noch ein Sieg, und der Krieg war aus.

Freilich stand mancher Stuhl leer, mancher Säugling sollte die väterlichen Züge nie zu Gesicht bekommen, manches namenlose Grab lag an einsamen Bächen in Virginia und in den stillen Bergen von Tennessee. Aber war denn solcher Preis für die heilige Sache zu hoch? Daß Seidenstoffe und Genußmittel schwer zu haben waren, darüber lachte man nur. Außerdem brachten die schneidigen Blockadebrecher vor der Nase der Yankees manches herein, und das machte seinen Besitz doppelt aufregend. Bald würden Raphael Semmes und die konföderierte Flotte sich etwas näher mit den Kanonenbooten der Yankees befassen, und dann standen die Häfen wieder weit offen. Überdies mußte England den Südstaaten zu Hilfe kommen, denn dort standen die Spinnereien still, solange sie keine Baumwolle erhielten. Natürlich stand auch der britische Adel auf seiten der Konföderierten, wie eben Aristokraten gegen ein Gesindel von Geldmachern zusammenhielten.

So ließen denn die Frauen ihre Seide rauschen und empfanden die doppelte Süßigkeit der Liebe im Angesicht von Tod und Gefahr. Scarletts Herz pochte in der stürmischen Erregung, endlich wieder unter Menschen zu sein. Aber der Ausdruck einer schwärmerischen Begeisterung auf allen Gesichtern, die sie nicht teilte und nur halb verstand, dämpfte ihre Freude. Der Saal schien ihr nicht mehr so schön, die Mädchen nicht mehr so elegant, als ihr der Gedanke kam, daß all diese Glut der Hingabe auf jedem Antlitz vergeblich und ... albern sei.

Voller Entsetzen sagte sie sich: »Nein, nein! So etwas darfst du nicht denken, das ist unrecht, das ist Sünde!« Aber doch war ihr klargeworden, daß die große heilige Sache ihr nichts bedeutete. Es langweilte sie nur, wenn alle Menschen mit fanatischem Blick in den Augen davon sprachen. Der Krieg kam ihr durchaus nicht als etwas Heiliges, sondern als etwas sehr Lästiges und Sinnloses vor. Ihr wurde klar, wie müde sie des endlosen Strickens, des Bindenrollens und Scharpiezupfens war, von dem ihre Fingerspitzen rauh wurden. Ach, und das Lazarett hatte sie so satt! Es machte sie elend und krank mit seinen ekelerregenden Gerüchen und dem endlosen Gestöhn. Der Ausdruck nahenden Todes auf den eingefallenen Gesichtern war ihr fürchterlich.

Verstohlen blickte sie sich um, voller Sorge, es möchte jemand in ihrem Gesicht lesen, was in ihrer Seele vorging. Warum konnte sie nicht wie die anderen Frauen empfinden? Sie alle meinten wirklich von ganzen Herzen, was sie sagten und taten, sie aber mußte die Begeisterung und den Stolz, den sie nicht empfinden konnte, spielen; mußte die Maske der Kriegerwitwe anlegen, die ihren Schmerz tapfer trägt, während ihr Herz im Grabe liegt; die davon durchdrungen ist, daß ihres Mannes Tod nichts gegen den Sieg der großen heiligen Sache bedeutet. Ach, wie einsam sie sich fühlte, sie, die doch niemals zuvor einsam gewesen war! Anfangs versuchte sie, sich selber über ihre Empfindungen zu täuschen, aber die harte Ehrlichkeit, die ein Grundzug ihres Wesens war, ließ es nicht zu, und während dieses Wohltätigkeitsfest seinen Gang ging, war ihr Geist emsig beschäftigt, sich vor sich selbst zu rechtfertigen, eine Aufgabe, die ihr selten schwerfiel. Alle andern Männer und Frauen schienen ihr wie benebelt von ihrer Vaterlandsliebe; sie allein, Scarlett O'Hara-Hamilton, hatte den klaren irischen Verstand, der sich nicht bestechen ließ; aber keiner durfte je die Nüchternheit ihrer Anschauungen erfahren! Welche Empörung würde es hervorrufen, wenn sie plötzlich aufs Podium spränge und sagte, der Krieg möge aufhören, damit sie alle wieder heimkehren und sich um ihre Baumwolle kümmern könnten, damit es wieder Gesellschaften und Verehrer und blaßgrüne Kleider in Hülle und Fülle gäbe!

Für einen Augenblick blickte sie angewidert und voller Hochmut auf das Treiben rings um sie her. Ihre Bude war unauffällig gelegen, selten nur kam jemand daran vorbei, und Scarlett konnte nichts anderes tun als den frohen Schwarm von weitem betrachten. Melanie, die ihre Mißstimmung bemerkte, sie aber der Sehnsucht nach Charlie zuschrieb, beschäftigte sich damit, die Waren in ihrer Auslage schöner zu verteilen, während Scarlett mürrisch in den Saal blickte und sogar an den vielen Blumen unter den Bildern von Davis und Stephens nichts als Mißfallen fand. »Wie ein Altar sieht es aus«, dachte sie abfällig. »Die beiden könnten fast Gott, Vater und Sohn, darstellen!« Erschrocken über ihren eigenen Einfall bekreuzigte sie sich verstohlen, verfolgte den Gedanken aber doch weiter. Die Leute machten so viel Wesens von den beiden, als seien sie Heilige, und dabei waren es doch nur Menschen, und sie sahen nicht einmal gut aus. Natürlich konnte Stephens nicht dafür, daß er sein Leben lang krank gewesen war; aber Davis' stolzes Gesicht mit den reinen, scharfgeschnittenen Zügen verdroß sie wegen seines Ziegenbartes, und sie sah nicht darin die klare kalte Intelligenz, die die Bürde einer neuen Nation trug. Scarlett fühlte sich nicht glücklich, denn niemand achtete ihrer. Sie war hier die einzige junge, nicht verheiratete Frau, die keinen Verehrer hatte. Sie war siebzehn Jahre alt, ihre Füße wollten tanzen und springen. Sie hatte einen Mann auf dem Friedhof von Oakland liegen und ein kleines Kind in der Wiege bei Tante Pittypat, und jeder meinte, sie könnte mit ihrem Los zufrieden sein, und es half ihr nichts, daß ihre Brust weißer, ihre Taille schlanker, ihre Füße zierlicher waren als bei irgendeinem anderen Mädchen. Sie war nicht alt genug, um Witwe zu sein, und doch mußte sie hier in vorbildlicher Witwenwürde sitzen und ihre Stimme dämpfen und ihre Augen verschämt niederschlagen, wenn Herren an ihre Bude traten. Sie kam sich in dem heißen schwarzen Taft, der kaum ihre Handgelenke freiließ und bis ans Kinn zugeknöpft war, wie eine Krähe vor und mußte geduldig zusehen, wie so viele unscheinbare Mädchen sich gutaussehenden Männern an den Arm hängten. Und alles, weil Charles die Masern gehabt hatte. Nicht einmal den Heldentod in der Schlacht war er gestorben, womit sie wenigstens noch hätte prahlen können. Gereizt stützte sie die Ellbogen auf den Auslagentisch und sah herausfordernd in die Menge. Was scherte es sie, daß Mammy sie so oft ermahnt hatte, die Ellbogen nicht aufzustützen, damit sie nicht runzlig würden! Was lag daran, wenn sie häßlich wurden? Wahrscheinlich bekam sie doch nie wieder Gelegenheit, sie zu zeigen. Begehrlich betrachtete sie die Menge. Maybelle Merriwether ging am Arm des Zuaven an der nächsten Bude vorbei. Sie trug ein apfelgrünes Tarlatankleid, übersät von elfenbeinfarbenen Chantillyspitzen, die mit dem letzten Blockadezug aus Charleston gekommen waren, und protzte so damit, als hätte sie selbst und nicht der berühmte Kapitän Butler die Blockade durchbrochen.

»Wie süß müßte ich darin aussehen! Sie hat eine Taille wie eine Kuh. Das Grün ist meine Farbe, meine Augen würden darin ... Warum versuchen Blondinen überhaupt, diese Farbe zu tragen! Ihre Haut sieht darin grün wie Käse aus. Ach, wenn ich denke, daß ich die Farbe nie wieder tragen darf, selbst dann nicht, wenn die Trauer vorüber ist! Dann werde ich altes, verstaubtes Grau und Braun und Lila tragen müssen. War es nicht ein furchtbarer Unsinn, die ganze Mädchenzeit hindurch zu lernen, wie man Männer gewinnt, und seine Fähigkeiten dann nur ein oder zwei Jahre gebrauchen zu dürfen?« Wenn sie über ihre Erziehung unter Ellens und Mammys Augen nachdachte, so wußte sie, daß sie gründlich und gut gewesen war, denn der Erfolg war nie ausgeblieben. Wie unfehlbar und zuverlässig waren die festen Regeln dieser Erziehung! Mit alten Damen war man lieb und arglos und schlicht, um ihre scharfen, mißtrauischen Blicke zu entwaffnen. Mit alten Herren mußte man schlagfertig und keck sein und schon fast ein wenig liebäugeln, doch nur so viel, daß es ihre Eitelkeit kitzelte. Dann fühlten sie sich wieder jung und kniffen einen in die Wangen. Natürlich mußte man alsdann erröten, sonst taten sie es ärger als schicklich war und erzählten ihren Söhnen, man sei flott. Mit jungen Mädchen floß man über vor Liebe und küßte sie jedesmal, wenn man sie sah, und wäre es zwanzigmal am Tag. Man bewunderte unterschiedslos ihre neuen Kleider, neckte sie wegen ihrer Verehrer und sagte nie, was man wirklich dachte. Die Männer anderer Frauen ließ man gänzlich ungeschoren, um nicht ins Gerede zu kommen. Aber mit den jungen unverheirateten Männern war das eine andere Sache! Ihnen konnte man leise zulachen, mit den Augen konnte man viel Aufregendes versprechen, bis der Mann Himmel und Erde in Bewegung setzte, um mit einem allein zu sein. War man aber allein, so konnte man tiefgekränkt oder sehr böse sein, wenn er zu küssen versuchte. Man konnte ihn dann dazu bringen, sich zu entschuldigen, daß er sich wie ein Schuft benommen habe, und ihm so lieb verzeihen, daß es ihm den Kopf vollends verdrehte. Manchmal ließ man sich auch küssen. Dann weinte man hernach und behauptete, nicht zu wissen, was über einen gekommen sei, und nun könne er wohl nie wieder Achtung vor einem haben. Dann trocknete er einem die nassen Augen und machte meistens einen Heiratsantrag, um so seine Achtung gleich zu beweisen. Oh, wieviel ließ sich doch mit Junggesellen anfangen! Und Scarlett beherrschte alle Schattierungen des Seitenblicks und des halben Lächelns, des Wiegens in den Hüften, sie beherrschte die Tränen, die Ausgelassenheit, die Schmeichelei, das süße Mitgefühl. Sie beherrschte sie alle, die Künste und Kniffe, die nie versagten – außer bei Ashley.

Sie wurde in ihren Träumen unterbrochen, als die Menge sich gegen die Wände zu drängen begann. Scarlett hob sich auf die Zehenspitzen und sah über die Köpfe hinweg den Hauptmann des Landsturms auf das Orchesterpodium steigen. Er rief einige Kommandos in den Saal, und eine halbe Kompanie trat an. Dann gab es einige Minuten scharfen Drill zu sehen, der den Männern den Schweiß in die Stirnen trieb und bei den Zuhörern Beifall und Hochrufe erntete. Auch Scarlett klatschte pflichtschuldigst in die Hände, und als die Soldaten nach dem Wegtreten zu den Punsch- und Limonadenbuden drängten, wandte sie sich an Melanie: »Wie schön sie aussahen, nicht wahr?«

Melanie machte sich an ihren Strickwaren in der Auslage zu schaffen und antwortete, ohne sich die Mühe zu machen, ihre Stimme zu dämpfen: »Die meisten würden sich in Virginia und in grauer Uniform noch sehr viel schöner ausmachen.«

Mehrere stolze Mütter von Landsturmleuten standen ganz in der Nähe und hörten die Bemerkung. Mrs. Guinan wurde purpurrot und dann bleich. Ihr fünfundzwanzigjähriger Willie war bei der Kompanie.

Scarlett war entgeistert, solche Worte aus Mellys Mund zu hören. »Aber Melly!«

»Du weißt, Scarlett, daß es wahr ist. Ich meine nicht die kleinen Jungens und die alten Herren, aber eine Menge Landsturmleute sind sehr wohl in der Lage, ein Gewehr zu tragen, und sollten es auf der Stelle tun.«

»Aber ... aber ...«, fing Scarlett an, die noch nie darüber nachgedacht hatte. »Jemand muß doch zu Hause bleiben, um ...« Was hatte ihr Willie Guinan doch noch erzählt, um seine Anwesenheit in Atlanta zu entschuldigen? »Jemand muß doch zu Hause bleiben, um den Staat vor feindlichen Einfällen zu schützen.«

»Kein Feind fällt bei uns ein«, sagte Melly kühl und schaute zu ein paar Landsturmleuten hinüber. »Die beste Art, die Grenzen zu schützen, ist, nach Virginia zu gehen und dort die Yankees zu schlagen. Und all das Gerede, der Landsturm müsse hierbleiben, um einen Negeraufstand zu verhüten, nun, das ist der größte Unsinn, den ich je gehört habe. Das ist nur eine Ausrede für

Feiglinge. Ich wette, wir würden mit den Yankees in einem Monat fertig, wenn der Landsturm aller Staaten nach Virginia ginge!«

»Aber Melly!« Scarlett sah sie noch immer fassungslos an. In Mellys sanften Augen blitzte es zornig auf.

»Mein Mann hatte keine Angst hinauszugehen, und auch deiner nicht. Mir wäre lieber, beide wären tot, als hier zu Hause ... Ach, Liebling, sei nicht böse. Wie gedankenlos von mir!« Bittend strich sie Scarlett, die sie groß ansah, über den Arm. Scarlett dachte gar nicht an Charlie, sie dachte an Ashley. Wenn er nun auch stürbe? Rasch wandte sie sich um und lächelte mechanisch, als Dr. Meade auf ihre Bude zugeschritten kam.

»Na, ihr Mädel«, begrüßte er sie, »schön, daß ihr gekommen seid. Ich weiß, welche Überwindung es euch gekostet haben mag. Aber alles für die gute Sache! Ich will euch ein Geheimnis sagen. Ich habe eine Überraschung vor, mit der ich noch mehr Geld für das Lazarett einnehmen will. Aber ich fürchte, einige von den Damen werden Anstoß daran nehmen.« Er hielt inne und zupfte an seinem grauen Spitzbart.

»Was denn, was? Bitte erzählen!«

»Nein, ich glaube, ich lasse es euch lieber raten, ihr werdet schon sehen. Aber ihr Mädchen müßt für mich eintreten, wenn die Kirchenvorstände mich deshalb aus der Stadt jagen wollen.« Feierlich schritt er auf eine Gruppe Chaperons in einer Ecke zu, und gerade, als die beiden Mädchen die Köpfe zusammengesteckt hatten, um herauszubekommen, was er wohl vorhaben könnte, kamen zwei ausgelassene alte Herren schnurstracks auf die Bude zu und verlangten mit lauter Stimme zehn Ellen Spitzen. Scarlett begann abzumessen und ließ es geschehen, daß man sie unters Kinn faßte. Dann zogen die beiden ab, und hin und wieder nahm ein anderer ihren Platz vor der Auslage ein. So viele Kunden hatten sie nicht wie die andern Buden, wo Maybelle Merriwethers gurrendes Lachen und Fanny Elsings Kichern erklang und die schlagfertigen Antworten der Whitingschen Mädchen allgemeine Lustigkeit erregten. Ruhig und gelassen wie ein Ladenbesitzer verkaufte Melly unnützes Zeug an Männer, die nie irgendeinen Gebrauch davon machen konnten, und Scarlett suchte es ihr gleichzutun. Einige Male erzählten Käufer, daß sie mit Ashley auf der Universität gewesen waren und was für ein ausgezeichneter Soldat er sei, oder sie sprachen voller Hochachtung von Charles, und welchen Verlust sein Tod für Atlanta bedeute. Dann schmetterte die Musik die ausgelassene Melodie »Johnny Booker, hilf dem Nigger!«. Scarlett hätte schreien mögen. Sie wollte tanzen! Sie blickte über den Tanzboden hin und klopfte mit dem Fuß den Takt. Ihre grünen Augen schillerten lebenshungrig. Auf der andern Seite des Saales bemerkte ein Mann, der soeben in die Tür getreten war, den Blick dieser schrägen Augen in dem rebellischen Gesicht, erkannte sie und stutzte. Dann lächelte er vor sich hin, denn er entzifferte in ihnen, was jedes männliche Wesen sofort zu entziffern vermag.

Er war hoch gewachsen, trug einen eleganten schwarzen Tuchanzug und überragte alle Umstehenden. Seine Schultern waren von gewaltiger Breite, aber nach der Taille zu wurde er immer schlanker bis hinunter zu den auffallend kleinen Füßen in Lackstiefeln. Seine gepflegte Kleidung stach wunderlich von der Strenge seiner ganzen Erscheinung und besonders seines Gesichtes ab. Das war die Kleidung eines Dandys auf einem Athletenkörper. Er hatte kohlschwarzes Haar und einen kurzgeschnittenen Schnurrbart, der neben den martialischen Schnauzbärten der Kavallerieoffiziere fast fremdartig anmutete. Er trug eine gelassene, überlegene Unverschämtheit zur Schau. In dem frechen Blick, mit dem er Scarlett ansah, funkelte es boshaft, bis sie den Blick endlich spürte und zu ihm hinblickte. Einen Augenblick lang konnte sie sich nicht darauf besinnen, wer er war. Als er sich verbeugte, grüßte sie wieder, aber als er sich mit seinem eigentümlich geschmeidigen, indianerhaften Gang zu ihr aufmachte, fuhr die Hand vor Entsetzen zum Mund. Sie wußte nun, wer er war, und stand wie vom Blitz getroffen, während er sich durch die Menge Bahn brach. Dann machte sie blindlings kehrt und wollte in die Erfrischungsräume entfliehen, aber ihr Rock verfing sich an einem Nagel. Wütend riß sie sich los, da stand er schon neben ihr.

»Erlauben Sie«, sagte er höflich, beugte sich vor und brachte ihre Rüschen in Ordnung. »Ich hatte kaum gehofft, Miß O'Hara, daß Sie mich wiedererkennen würden.«

Es war die schön modulierende Stimme eines Gentleman, klangvoll und doch belegt, in der trägen, verschliffenen Mundart Charlestons. Sie war ihrem Ohr eigentümlich angenehm. Hochrot vor Scham über ihr letztes Zusammentreffen blickte sie zu ihm auf und sah die kohlschwarzen Augen in erbarmungsloser Lustigkeit sprühen. Daß unter allen Menschen gerade dieser hier auftauchen mußte, der Zeuge ihrer Demütigung gewesen war, der abscheuliche Lump, der Mädchen zugrunde richtete und bei anständigen Leuten nicht empfangen wurde! Der verächtliche Kerl, der ihr – mit Recht – gesagt hatte, sie sei keine Dame.

Beim Klang seiner Stimme wandte Melanie sich um, und zum ersten Male in ihrem Leben dankte Scarlett Gott für die Existenz ihrer Schwägerin. »Aber ist das nicht Mr. Rhett Butler?« sagte Melanie und streckte lächelnd die Hand aus. »Ich sah Sie ...«

»... an dem frohen Abend, als Ihre Verlobung verkündet wurde«, vollendete er und beugte sich über ihre Hand. »Es ist sehr liebenswürdig, daß Sie sich meiner entsinnen.«

»Und was machen Sie so weit von Charleston entfernt, Mr. Butler?«

»Langweilige Geschäfte, Mrs. Wilkes. Aber ich werde jetzt öfter in dieser Stadt ein und aus gehen. Es hat sich herausgestellt, daß ich die Ware nicht nur hereinbringen, sondern mich auch darum kümmern muß, was weiterhin damit geschieht.«

»Hereinbringen ...?« Melly zog die Stirn kraus. Aber dann strahlte sie auf: »Was, Sie müssen ja der berühmte Kapitän Butler sein, der Blockadebrecher, von dem wir soviel gehört haben! Jedes Mädchen trägt ja ein Kleid, das Sie hereingebracht haben. Scarlett, ist das nicht interessant? ... Aber was ist dir denn? Ist dir nicht wohl?«

Scarlett sank auf den Hocker. Ihr Herz klopfte rasch. Daß etwas so Schreckliches ihr widerfahren mußte! Sie hatte gehofft, den Mann nie wiederzusehen. Er ergriff ihren schwarzen Fächer und begann, sie mit ernstem Gesicht, aber immer noch funkelnden Augen zu fächeln. »Es ist recht warm hier drinnen«, sagte er, »kein Wunder, daß Miß O'Hara sich nicht wohl fühlt. Darf ich Sie ans Fenster führen?«

»Nein!« sagte Scarlett so abweisend, daß Melly große Augen machte.

»Sie ist nicht mehr Miß O'Hara«, sagte Melly. »Sie heißt Mrs. Hamilton und ist meine Schwester.«

Scarlett hatte das Gefühl, als lege sich der Ausdruck in Kapitän Butlers wettergebräuntem Piratengesicht wie eine Klammer um ihren Hals.

»Damit haben zwei reizende Damen gewiß sehr viel gewonnen.« Das war eine der üblichen Bemerkungen, die alle Herren machten; die Art aber, in der er es sagte, ließ es ihr so klingen, als meine er das Gegenteil.

»Ihre Gatten sind doch heute bei einem so glücklichen Anlaß zugegen? Es würde mir eine Freude sein, meine Bekanntschaft mit ihnen zu erneuern.«

»Mein Mann ist in Virginia.« Melly hob stolz den Kopf. »Aber Charles ...«

»Er ist im Ausbildungslager gestorben«, sagte Scarlett nüchtern, beinahe barsch. Wollte denn der Mensch nicht wieder fortgehen? Melly sah sie betroffen an, und der Kapitän erwiderte mit einer Miene aufrichtigen Bedauerns: »Meine lieben, verehrten Damen, wie konnte ich nur ...! Verzeihen Sie mir; doch erlauben Sie einem Fremden, Ihnen zum Trost zu sagen, daß der Tod fürs Vaterland ewiges Leben verheißt.«

Melanie lächelte ihm durch schimmernde Tränen zu, aber in Scarletts Innern nagte ohnmächtiger Haß. Wieder hatte er eine höfliche Bemerkung gemacht, wie jeder Gentleman sie machen konnte, aber sie wußte, daß er sie dabei verhöhnte. Ihm war ja bekannt, daß sie Charles nicht geliebt hatte. Melly war zum Glück dumm genug, ihn nicht zu durchschauen. Gott mochte verhüten, daß ihn jemals jemand durchschaute! Ob er wohl ausplauderte, was er wußte? Er war ja kein Gentleman! Sie sah, daß seine Mundwinkel in spöttischem Mitgefühl herabgezogen waren, während er ihr immer noch zufächelte. In einer Aufwallung des Abscheus riß sie ihm den Fächer aus der Hand.

»Mir ist sehr wohl«, sagte sie, »Sie brauchen mir nicht das Haar in Unordnung zu bringen.«

»Scarlett, Liebling! Kapitän Butler, Sie müssen ihr verzeihen, sie ist nicht mehr sie selbst, sobald von dem armen Charlie die Rede ist. Wir hätten beide heute abend nicht herkommen sollen. Sehen Sie, wir sind noch in Trauer, und all die Lustigkeit und die Musik strengt das arme Kind sehr an.«

»Ich verstehe vollkommen«, sagte er mit betonter Zurückhaltung. Als er aber auf Melanie einen forschenden Blick warf und ihren klaren Augen bis auf den Grund schaute, verwandelte sich sein Ausdruck. Verhaltene Achtung und Zartheit zogen über sein dunkles Gesicht. »Sie sind eine mutige kleine Frau, Mrs. Wilkes.« Scarlett war empört, daß er sie in das Kompliment nicht mit einschloß. Melanie lächelte verschämt.

»Du meine Güte, nein, Kapitän Butler! Das Lazarettkomitee brauchte uns im letzten Augenblick für diese Bude ... ein Kissenbezug gefällig? Hier ist ein sehr schöner, mit einer Flagge darauf.« Sie wandte sich an drei Kavalleristen, die vor ihrer Auslage auftauchten. Einen Augenblick schoß es Melanie durch den Sinn, wie nett Kapitän Butler doch sei. Dann kam ihr der Wunsch dazwischen, es möchte eine festere Schutzwand als der dünne Dekorationsstoff zwischen ihrem Rock und dem Spucknapf sein, der gerade an der Außenseite ihrer Bude stand: mit ihrem bernsteinfarbenen Tabaksaft zielten die Reiter nicht immer so unfehlbar wie mit ihren langen Sattelpistolen. Dann vergaß sie den Kapitän, Scarlett und den Spucknapf über andere Kunden, die sich herandrängten. Scarlett saß still auf ihrem Hocker und wagte nicht aufzublicken. Sie wünschte Butler zurück an das Deck seines Schiffes, wohin er gehörte.

»Ist Ihr Mann schon lange tot?«

»O ja, schon fast ein Jahr.«

»Das ist ja ein Äon!«

Scarlett wußte nicht, was ein Äon sei. Aber der Spott ihres Peinigers war nicht mißzuverstehen. Sie schwieg.

»Waren Sie lange verheiratet? Verzeihen Sie meine Frage, aber ich war so lange nicht in dieser Gegend.«

»Zwei Monate«, antwortete Scarlett widerwillig.

»Darum ist es nicht minder traurig«, fuhr er beharrlich fort.

»Hol ihn der Teufel!« dachte sie zornig. »Wäre er ein anderer, so könnte ich ihn einfach eiskalt behandeln und wegschicken. Aber er weiß von Ashley, und daß ich Charlie nicht geliebt habe.« Sie sagte nichts und blickte auf ihren Fächer nieder.

»Sie sind heute zum erstenmal wieder in Gesellschaft?«

»Ich weiß, es sieht etwas sonderbar aus«, fiel sie rasch ein, »aber die Mädchen, die diese Bude übernehmen sollten, mußten plötzlich abreisen, und es war niemand zum Ersatz da. Deshalb haben Melanie und ich ...«

»Kein Opfer ist zu groß für die gerechte Sache.«

Das hatte auch Mrs. Elsing gesagt, aber da hatte es ganz anders geklungen. Hitzige Worte wollten ihr über die Lippen, aber sie schluckte sie wieder hinunter.

»Ich habe immer gefunden«, sagte er nachdenklich, »daß die ganze Art, wie die Witwen für den Rest ihres Lebens eingekerkert werden, ebenso barbarisch ist wie die Sati der Hindus.«

»Die Sage?«

Er lachte, und sie errötete über ihre Unwissenheit. Wer Worte gebrauchte, die sie nicht verstand, war ihr unausstehlich.

»Wenn in Indien ein Mann stirbt, wird er nicht begraben, sondern verbrannt, und dann steigt seine Frau zu ihm auf den Scheiterhaufen und läßt sich mitverbrennen.«

»Wie schrecklich! Aber warum tun sie das, und sieht die Polizei da ruhig zu?«

»Eine Frau, die sich nicht verbrennen ließe, wäre eine Ausgestoßene. Alle ehrbaren Hindumatronen würden über sie reden, daß sie sich nicht benehme wie eine wohlerzogene Dame. Genau wie jene ehrbaren Matronen in der Ecke dort drüben über Sie reden würden, wenn Sie heute abend in Rot erschienen wären und einen Walzer tanzen wollten. Mir persönlich kommt die Witwenverbrennung viel barmherziger vor als unsere hiesige Sitte, die Witwen lebendig zu begraben.«

»Wie können Sie sich unterstehen zu behaupten, ich sei lebendig begraben!«

»Wie doch die Frauen an ihren Ketten hängen! Sie finden die Sitte der Hindus barbarisch, aber ob Sie wohl den Mut gehabt hätten, heute abend zu erscheinen, wenn nicht das Vaterland Sie gerade gebraucht hätte?«

Solche Schlußfolgerungen verwirrten Scarlett immer, und diese ganz besonders, weil ihr dämmerte, daß Wahrheit darin enthalten war. Es wurde Zeit, ihm eins auf den Mund zu geben.

»Auf keinen Fall wäre ich gekommen. Es wäre ... eine Kränkung für ... es sähe so aus, als hätte ich Charles nicht ...«

Seine Augen hingen in zynischer Belustigung an ihren Lippen. Sie konnte nicht fortfahren. Er wußte, daß sie Charles nicht geliebt hatte, und all die schönen und edlen Gefühle, die auszudrücken sie sich anschickte, würden bei ihm nicht verfangen. Wie schrecklich war es doch, mit jemandem zu tun zu haben, der kein Gentleman war! Ein Gentleman tat immer, als schenke er einer Dame Glauben, auch wenn er wußte, daß sie log. Das war die Ritterlichkeit des Südens. Dieser Mann hingegen genoß es sichtlich, an peinliche Dinge zu rühren.

»Ich warte in großer Spannung.«

»Sie sind abscheulich«, sagte sie hilflos und schlug die Augen nieder.

Er lehnte sich weit über die Auslage, bis sein Mund ihrem Ohr nahe war, und zischte ihr in überaus glaubwürdiger Nachahmung eines Bühnenschurken die Worte zu: »Fürchte nichts, schöne Dame, dein sündiges Geheimnis ist bei mir sicher.«

»Wie können Sie nur so etwas sagen?« flüsterte sie fiebernd.

»Ich wollte nur Ihr Gemüt erleichtern, was hätte ich sonst sagen sollen? Vielleicht: ›Sei mein, schönes Weib, oder ich bringe alles an den Tag‹?« Wider Willen begegnete ihr Blick dem seinen, und sie sah den Schalk darin wie bei einem kleinen Jungen. Da lachte sie plötzlich auf. Schließlich war es doch eine gar zu alberne Situation. Er lachte auch, so laut, daß mehrere Chaperons aus der Ecke herüberschauten. Als sie bemerkten, wie gut die Witwe Charles Hamiltons sich mit einem Fremden unterhielt, steckten sie die Köpfe mißbilligend zusammen.

In diesem Augenblick erscholl ein Trommelwirbel. Viele Stimmen zischten, Ruhe heischend, als Dr. Meade auf das Podium trat und mit erhobenem Arm um Gehör ersuchte.

»Wir sind den liebenswürdigen Damen den größten Dank dafür schuldig«, hub er an, »daß ihre unermüdliche Arbeit für das Vaterland diese Veranstaltung nicht nur zu einem finanziellen Erfolg gemacht, sondern obendrein diese unwirtliche Halle in einen festlichen Garten verwandelt hat, in den die reizenden Rosenknospen, die ich hier um mich sehe, so recht hineinpassen.«

Alles klatschte Beifall.

»Die Damen haben ihr Bestes an Zeit und Mühe hergegeben, und alle die schönen Dinge in diesen Buden sind doppelt schön, weil die feinen Hände unserer reizenden Frauen aus dem Süden sie verfertigt haben.«

Die Beifallsrufe wurden lauter, aber Rhett Butler, der sich lässig neben Scarlett über die Auslage lehnte, flüsterte ihr ins Ohr: »Pathetischer Ziegenbock!« Erschrocken über diese Majestätsbeleidigung – Dr. Meade war doch Atlantas beliebtester Bürger – starrte sie ihn an. Aber tatsächlich sah der Doktor mit seinem grauen Kinnbart, der heftig hin und her wackelte, wie ein Ziegenbock aus, und nur mit Mühe unterdrückte Scarlett ein Kichern.

»Aber das ist noch nicht alles. Die guten Damen des Lazarettkomitees, deren kühle Hände mancher Leidensstirn so wohlgetan und manchen Braven, der sein Blut für die gute Sache vergossen hat, dem Rachen des Todes entrissen haben, kennen unsere Bedürfnisse. Ich will sie nicht aufzählen. Wir brauchen mehr Geld, um Arzneien aus England zu kaufen, und in unserem Kreise befindet sich heute abend der verwegene Kapitän, der schon ein Jahr lang immer wieder die Blockade durchbrochen hat und es auch künftig tun wird, um uns die notwendigen Arzneien zu verschaffen: Kapitän Rhett Butler!«

Das kam unerwartet. Der Blockadebrecher machte eine anmutige Verbeugung – allzu anmutig, fand Scarlett und versuchte zu deuten, was er damit ausdrücken wollte. Fast schien es ihr, als übertreibe er seine Höflichkeit, weil seine Verachtung für alle Anwesenden so über alle Maßen groß war. Ein Beifallssturm brach aus, und die Damen in der Ecke reckten die Hälse. Das also war der Mann, mit dem sich die Witwe des armen Charles Hamilton amüsierte, und Charlie war doch erst ein Jahr tot.

»Wir brauchen mehr Gold, und ich bitte Sie darum«, fuhr der Doktor fort. »Ich bitte Sie um ein Opfer, ein kleines Opfer, lächerlich klein im Vergleich zu den Opfern, die unsere tapferen Grauen uns bringen. Meine Damen, ich brauche Ihren Schmuck. Ich? Nein, die Konföderierten Staaten bitten darum, und ich weiß, da wird niemand zurückhalten. Wie schön glitzert ein Geschmeide an einem lieblichen Handgelenk, wie herrlich glänzt eine goldene Brosche am Busen unserer patriotischen Frauen! Aber wieviel herrlicher als alles Gold, als alle Edelsteine ist doch das Opfer auf dem Altar des Vaterlandes! Das Gold wird eingeschmolzen, die Steine werden verkauft, und für das Geld werden Arzneien und anderer Lazarettbedarf beschafft. Meine Damen, zwei unserer tapferen Verwundeten werden jetzt mit einem Korb unter Ihnen die Runde machen ...« Das Ende der Rede ging im Sturm und Tumult des Händeklatschens und der Zurufe unter.

Scarletts erster Gedanke war inniger Dank dafür, daß die Trauer ihr verbot, Großmama Robillards kostbare Ohrringe und schwere goldene Kette zu tragen oder ihre in schwarzem Email eingefaßten goldenen Armbänder und die Granatbrosche. Der kleine Zuave ging mit einem Spankorb am unverwundeten Arm langsam durch die Menge, und alte und junge Frauen zogen in lachendem Eifer ihren Schmuck ab, schrien vor gespieltem Schmerz auf, wenn sie die Ringe aus dem Ohr lösten, halfen einander, das Schloß der Halsketten zu öffnen, nahmen sich die Broschen vom Busen. Fortwährend erklang der helle Laut, mit dem Metall gegen Metall schlägt. Dazwischen rief es durcheinander: »Warten Sie ... einen Augenblick! So, jetzt ist es los!« Maybelle Merriwether zog die hübschen Zwillingsarmbänder, die sie über und unter dem Ellbogen trug, ab; Fanny Elsing rief: »Ma, darf ich?« und löste den Perlenschmuck mit seiner schweren Goldfassung, der seit Generationen in der Familie war, aus ihren Locken. Bei jeder Gabe erhob sich neues Händeklatschen und Beifallsgeschrei.

Der grinsende kleine Mann kam jetzt mit dem Korb auf Scarletts Bude zu, an Rhett Butler vorbei, der ein schönes goldenes Zigarettenetui achtlos hineinwarf. Als er vor Scarlett den Korb auf den Auslagentisch hinstellte, schüttelte sie den Kopf und breitete beide Hände aus, um zu zeigen, daß sie keinen Schmuck zu geben hätte. Da fiel ihr der helle Schimmer ihres breiten goldenen Eheringes ins Auge. Während eines verworrenen Augenblicks suchte sie sich im Geiste Charles' Gesicht, als er ihr den Ring an den Finger steckte, zu vergegenwärtigen. Aber die Erinnerung ward durch die Gereiztheit, die jeder Gedanke an ihn in ihr wachrief, ausgelöscht. Mit raschem Griff wollte sie den Ring abziehen, aber er saß fest. Der Zuave ging weiter zu Melanie.

»Halt!« rief Scarlett. »Ich habe etwas für Sie!« Der Ring glitt vom Finger, und als sie die Hand hob, um ihn auf all die Schmucksachen in den Korb zu werfen, begegnete sie Rhett Butlers Blicken. Seine Lippen waren zu einem winzigen Lächeln verzogen. Trotzig warf sie den Ring in den Korb.

»Oh, Liebste!« flüsterte Melly und packte sie am Arm, und die Augen funkelten ihr vor Liebe und Stolz. »Ach, du tapferes Mädchen! Halt! Bitte warten Sie, Leutnant Picard, ich habe noch etwas für Sie!«

Sie zog an ihrem eigenen Trauring, von dem Scarlett wußte, daß er ihr nie vom Finger gekommen war, seitdem Ashley ihn darauf gesteckt hatte. Scarlett wußte wie niemand sonst, was dieser Ring ihr bedeutete. Er ließ sich nur mit Schwierigkeit abziehen, und einen kurzen Augenblick umschloß die kleine Hand ihn fest. Dann legte sie ihn sanft in den Korb. Beide Mädchen schauten dem Zuaven nach, der zu den älteren Damen hinüberging, Scarlett trotzig, Melanie mit einem unbeschreiblichen Blick, der tiefer zu Herzen ging als alle Tränen; und der Mann, der neben ihnen stand, ließ sich nichts von dem entgehen, was auf den beiden Gesichtern zu lesen war.

»Wärest du nicht so tapfer gewesen, ich hätte mich nie dazu entschließen können!« Melly legte den Arm um Scarletts Taille und drückte sie an sich. Eine Augenblick lang hatte Scarlett den Wunsch, sie abzuschütteln und einen kräftigen Fluch auszustoßen, wie Gerald tat, wenn er sich ärgerte. Aber sie sah Rhett Butlers Blick auf sich gerichtet, und es gelang ihr, sich zu beherrschen. Es war ihr verhaßt, wie Melly ihr immer Empfindungen unterschob, die sie gar nicht verspürte ... aber vielleicht doch besser so, als wenn sie die Wahrheit ahnte!

»Welch schöne Geste!« sagte Rhett Butler. »Solch ein Opfer wie das Ihre macht unseren braven grauen Jungens wieder Mut.«

Eine hitzige Erwiderung drängte sich ihr auf die Lippen, aber sie hielt sie zurück. Mit jedem Wort, das er sprach, machte er sich über sie lustig. Er war ihr von ganzem Herzen zuwider. Aber dennoch, er hatte etwas Anfeuerndes,

Lebendiges, Elektrisierendes. Ihr irisches Naturell bäumte sich gegen die Herausforderung seiner schwarzen Augen auf. Sie beschloß, den Kampf mit diesem Mann aufzunehmen. Daß er ihr Geheimnis kannte, gab ihm einen Vorteil, der sie zur Raserei brachte. Aber die Versuchung, ihm ihre Empörung ins Gesicht zu sagen, überwand sie. Mit Zucker fängt man mehr Fliegen als mit Essig, pflegte Mammy zu sagen, und diese Fliege wollte sie fangen! Nie wieder durfte sie ihm auf Gnade und Ungnade ausgeliefert sein.

»Vielen Dank«, sagte sie liebenswürdig und überhörte geflissentlich seinen Hohn. »Ein solches Kompliment von einem so berühmten Mann wie Kapitän Butler wissen wir zu schätzen.«

Er warf den Kopf zurück und lachte laut auf – kläffte, wie Scarlett zornerfüllt fand, während sie fühlte, daß sie wieder rot wurde.

»Warum sagen Sie nicht, was Sie meinen?« fragte er so leise, daß in dem Lärm ringsumher nur sie es hören konnte. »Warum sagen Sie nicht, ich sei ein verdammter Schuft und kein Gentleman, und ich sollte machen, daß ich fortkäme, sonst würden Sie einen der tapferen grauen Jungens bitten, mich zu fordern?«

Eine patzige Antwort lag ihr schon auf der Zunge, aber sie bezwang sich und brachte liebenswürdig heraus: »Aber Kapitän Butler, wo denken Sie hin? Als wüßte nicht jeder, wie berühmt und wie tapfer Sie sind und was für ein ... was für ein ...«

»Ich bin von Ihnen enttäuscht«, sagte er.

»Enttäuscht?«

»Ja. Bei unserem ersten, so ereignisreichen Zusammentreffen dachte ich bei mir selbst, ich hätte endlich ein Mädchen getroffen, das nicht nur schön, sondern auch mutig ist. Nun aber sehe ich, daß Sie nur schön sind.«

»Soll das etwa heißen, daß ich ein Feigling bin?«

»Allerdings. Sie haben nicht den Mut zu sagen, was Sie meinen. Als ich Ihnen zuerst begegnete, dachte ich: da ist unter Millionen endlich ein Mädchen einmal nicht wie die andern Gänse, die alles glauben und nachplappern, was Mama ihnen sagt, einerlei, was sie dabei empfinden, die alle ihre Gefühle unter einem Strom von süßer Heuchelei verbergen; ich dachte, Miß O'Hara ist ein Mädchen von seltenem Temperament, sie weiß, was sie will, und scheut sich nicht, es auszusprechen – oder Vasen zu zerschmeißen.«

»Dann«, sagte sie mit aufbrechender Wut, »werde ich Ihnen auf der Stelle sagen, was ich von Ihnen denke. Wenn Sie überhaupt eine Spur von Kinderstube hätten, dann wären Sie nie hergekommen und hätten nie mit mir gesprochen, dann hätten Sie gewußt, daß Sie mir aus den Augen zu bleiben haben. Aber Sie sind kein Gentleman! Sie sind ein unerzogener Flegel! Sie meinen, weil Ihre verdammten kleinen Boote schneller fahren als die der Yankees, hätten Sie ein Recht, tapfere Männer und Frauen, die alles für die heilige Sache opfern, zu verhöhnen ...«

»Halten Sie ein!« bat er lachend. »Sie fingen ganz hübsch an und sagten, was Sie dachten, aber nun kommen Sie mir wieder mit der heiligen Sache. Ich mag nichts mehr davon hören, und ich wette, Sie auch nicht.«

»Was, wieso ... woher ...« stammelte sie ratlos. Er hatte sie aus dem Gleichgewicht gebracht, und schon kochte sie wieder vor Zorn, daß er sie so durchschaute.

»Ich stand dort in der Tür, ehe Sie mich sahen, und beobachtete Sie«, sagte er. »Ich beobachtete auch die anderen Mädchen. Die sahen alle aus, als wären ihre Gesichter aus einer einzigen Form gegossen. Nur Ihres nicht. In Ihrem Gesicht ist leicht zu lesen. Ihr Gesicht war nicht bei der heiligen Sache, sondern es war voll davon, daß Sie tanzen und sich amüsieren wollten und nicht durften. Sagen Sie mir die Wahrheit, habe ich recht?«

»Ich habe Ihnen nichts mehr zu sagen, Kapitän Butler«, sagte sie so förmlich, wie sie nur konnte, und raffte notdürftig die Reste ihrer Würde zusammen. »Wenn Sie sich etwas darauf einbilden, der große Blockadebrecher zu sein, so gibt Ihnen das noch lange kein Recht, eine Frau zu beschimpfen.«

»Der große Blockadebrecher! Das ist ein Witz! Bitte, schenken Sie mir noch einen Augenblick Gehör, ehe Sie mich in die Finsternis hinabstoßen. Eine so reizende kleine Patriotin soll nicht im unklaren bleiben über das, was ich für die Sache der Konföderierten tue.«

»Es liegt mir nichts daran, von Ihrem Heldentum zu hören!«

»Bei mir ist das Blockadebrechen kein Heldentum, sondern lediglich ein Geschäft. Ich mache Geld damit. Wenn das nicht mehr geht, nehme ich meinen Abschied. Was halten Sie nun davon?«

»Ich halte Sie für einen ganz gewöhnlichen Dollarjäger, genau wie die Yankees.«

»Genauso!« grinste er. »Die Yankees helfen mir beim Dollarjagen. Vor einem Monat bin ich mit meinem Boot schnurstracks in den Hafen von New York gefahren und habe eine Ladung an Bord genommen.«

Wider ihren Willen horchte Scarlett auf. »Wie, und die Yankees haben Sie nicht in Grund und Boden geschossen?«

»Sie Unschuldsengel, die Yankees dachten gar nicht daran. Es gibt eine Menge wackerer Patrioten in der Union, die gar nicht abgeneigt sind, den Konföderierten Waren zu verkaufen und dabei zu Geld zu kommen. Ich laufe New York an, kaufe bei einer Firma alles Nötige zusammen und bin wieder verschwunden. Wird mir dort der Boden zu heiß so fahre ich nach Nassau, wohin die gleichen Patrioten der Union mir Pulver, Kanonenkugeln und Reifröcke bringen. Das ist bequemer, als nach England zu fahren.

Manchmal ist es nicht ganz einfach, in Charleston oder Wilmington damit durchzukommen, aber Sie haben keine Ahnung, was ein bißchen Gold alles ausrichtet.«

»Oh, ich wußte, daß die Yankees gemein sind, ich wußte aber nicht ...«

»Wozu vertuschen, daß die Yankees ein anständiges Stück Geld damit verdienen, daß sie die Warenbestände der Union ausverkaufen. In hundert Jahren kräht kein Hahn mehr danach. Daß die Konföderierten am Ende doch Prügel bekommen, steht fest, und warum sollten diese Leute dabei nicht verdienen?«

»Wir, Prügel?«

»Selbstverständlich.«

»Wollen Sie bitte gehen ... oder ich lasse meinen Wagen holen und fahre nach Hause, um Sie loszuwerden.«

»Sie hitzköpfige kleine Rebellin«, sagte er und lachte über das ganze Gesicht. Dann verbeugte er sich und machte sich gemächlich davon, und sie blieb, bis zum Rande erfüllt von ohnmächtiger Wut und Empörung, zurück. Eine Enttäuschung brannte in ihr, aus der sie nicht klug wurde. Es war die Enttäuschung eines Kindes, das seine Träume in Stücke gehen sieht. Wie durfte er sich unterstehen zu behaupten, die Konföderierten würden Prügel bekommen! Dafür verdiente er, erschossen zu werden wie ein gemeiner Verräter. Sie blickte im Saal umher auf all die vertrauten Gesichter, die des Sieges ihrer Sache so sicher waren und so viel Tapferkeit und Hingebung ausdrückten; und dennoch kroch etwas wie ein kalter Schauder ihr ins Herz. Prügel? Diese Leute? Unsinn! Schon der bloße Gedanke war Verräterei.

»Was hattet ihr beiden da zu flüstern?« wandte sich Melanie an Scarlett, als ihre Kunden sich entfernt hatten. »Mrs. Merriwether hat die ganze Zeit über ein Auge auf dich gehabt, und du, Liebes, kennst ihre Zunge!«

»Ach, dieser Mann ist unmöglich ... ein ungezogener Flegel«, sagte Scarlett, »und die alte Merriwether laß nur reden. Ich habe keine Lust mehr, mich ihr zuliebe wie ein Lamm aufzuführen.«

»Aber Scarlett!« rief Melanie bestürzt.

Plötzlich verstummte der Lärm der Versammlung abermals, als Dr. Meade seine Stimme erhob, um den Damen seinen Dank dafür auszusprechen, daß sie so bereitwillig ihre Schmucksachen hergegeben hatten. »Und nun, meine Damen und Herren«, fuhr er fort, »möchte ich Ihnen eine Überraschung vorschlagen. Etwas ganz Neues, das bei einigen von Ihnen vielleicht Anstoß erregen wird, aber ich bitte Sie, daran zu denken, daß es um des Lazaretts willen geschieht und zum Besten unserer Braven, die dort liegen.«

Alle drängten erwartungsvoll zu ihm hin und versuchten zu erraten, was der würdige Doktor wohl Anstößiges vorschlagen könnte.

»Jetzt beginnt der Tanz, und als erstes natürlich eine Polonäse mit nachfolgendem Walzer. Jedem der folgenden Tänze, den Polkas, den Schottischen, den Mazurkas geht eine kurze Polonäse vorauf. Ich kenne wohl den stillen Wettbewerb um die Führung dabei, und deshalb ...« Der Doktor wischte sich die Stirn und warf einen besorgten Seitenblick in die Ecke, wo seine Frau unter den Chaperons saß. »Meine Herren, wenn Sie mit der Dame Ihrer Wahl eine Polonäse anführen möchten, müssen Sie auf Ihre Dame bieten. Ich bin der Auktionator. Der Ertrag geht an das Lazarett.«

Mitten im Wedeln hielten die Fächer plötzlich inne, und ein erregtes Gemurmel lief durch den Saal. Die Ecke der alten Damen geriet in Aufruhr. Mrs. Meade, die ihrem Mann in einer Aktion, die sie mißbilligte, doch von Herzen gern beistehen wollte, befand sich im Nachteil. Die Damen Elsing, Merriwether und Whiting hatten rote Köpfe vor Entrüstung, aber die gesamte Landwehr stimmte einen begeisterten Hochruf an, in den alle andern Gäste in Uniform einfielen. Die jungen Mädchen klatschten in die Hände und liefen voller Aufregung umher.

»Findest du nicht ... es ... es ist doch ein bißchen wie eine Sklavenauktion«, sagte Melanie leise und sah etwas unsicher zu dem unternehmungslustigen Doktor, der bisher in ihren Augen eine Autorität gewesen war, hinüber.

Scarlett erwiderte nichts, aber ihre Augen glänzten, während sich ihr das Herz in leisem Schmerz zusammenzog. Wäre sie doch nur keine Witwe, wäre sie doch wieder Scarlett O'Hara und dort auf dem Tanzboden in einem apfelgrünen Kleid mit dunkelgrünen Samtbändern, die ihr über die Brust herabhingen, und mit Tuberosen im schwarzen Haar – die Polonäse würde sie anführen und keine andere! Ein Dutzend Männer würden um sie kämpfen und einander bei Dr. Meade überbieten. Ach, daß sie hier sitzen mußte, ein Mauerblümchen wider Willen, und zusehen, wie Fanny oder Maybelle als Königin von Atlanta die Polonäse anführte!

Über den Tumult erhob sich die Stimme des kleinen Zuaven mit seinem unverkennbar kreolischen Akzent: »Wenn's erlaubt ist, zwanzig Dollar für Miß Maybelle Merriwether!«

Maybelle sank errötend an Fannys Schulter. Die beiden Mädchen bargen ihre Gesichter kichernd eins am Nacken des andern, während neue Stimmen neue Namen aufriefen und neue Summen nannten. Dr. Meade hatte seine Sicherheit wiedergewonnen und überhörte das entrüstete Geflüster in der Ecke der alten Damen. Zuerst hatte Mrs. Merriwether laut und energisch erklärt, daß ihre Maybelle sich an solchem Verfahren niemals beteiligen dürfe. Als aber Maybelles Name öfter und öfter genannt wurde und das Gebot bis zu fünfundsiebzig Dollar stieg, begann ihr Widerstand zu erlahmen.

Scarlett stützte die Ellbogen auf das Auslagebrett und stierte in die aufgeregte, lachende Menge, die mit Händen voll konföderierten Papiergeldes das Podium umdrängte. Gleich durften sie alle tanzen, nur sie und die alten Damen nicht. Sie sah Rhett Butler in unmittelbarer Nähe des Doktors stehen. Er blickte sie an, und sein rechter Mundwinkel zog sich sacht herab und seine linke Augenbraue aufwärts. Mit einem Ruck warf sie das Kinn empor und wandte sich weg. Da hörte sie ihren eigenen Namen von einer Stimme gerufen, die sich laut über das Durcheinander all der Namen erhob, von einer allzu bekannten Stimme: »Mrs. Charles Hamilton – hundertfünfzig Dollar in Gold!«

Jäh verstummte die Menge, als eine solche Summe und als dieser Name genannt wurde. Scarlett war so erschrocken, daß sie kein Glied rühren konnte. Mit aufgestütztem Kinn blieb sie sitzen, die Augen vor Verwunderung ganz weit geöffnet. Alles drehte sich um und schaute sie an. Sie sah, wie sich der Doktor vom Podium herniederbeugte und dem Kapitän etwas ins Ohr sagte, wahrscheinlich, daß sie in Trauer sei und unmöglich auf dem Tanzboden erscheinen könne. Sie sah Rhett Butler lässig die Achsel zucken. »Vielleicht eine andere von unseren Schönen?« fragte der Doktor leise.

»Nein«, sagte Rhett Butler mit deutlich vernehmbarer Stimme und ließ die Augen gleichgültig über die Menge schweifen. »Mrs. Hamilton.«

»Ich sage Ihnen, das ist unmöglich«, sagte der Doktor aufgeregt, »Mrs. Hamilton wird nicht ...«

Scarlett hörte eine Stimme, die sie zuerst gar nicht als ihre eigene erkannte: »Ja, ich tanze!«

Sie sprang auf die Füße, das Herz hämmerte ihr so wild, daß sie glaubte umsinken zu müssen, hämmerte in dem Triumphgefühl, daß sie nun wieder der Mittelpunkt der allgemeinen Aufmerksamkeit, das begehrteste aller anwesenden Mädchen war, und, ach, vor allem in der Erwartung, wieder tanzen zu dürfen.

»Ach, laß sie reden, was schert es mich!« flüsterte sie toll vor Aufregung vor sich hin. Zurückgeworfenen Hauptes kam sie aus ihrer Bude hervor, klapperte mit den Hacken wie mit Kastagnetten und öffnete mit einem Ruck den schwarzen Fächer, so weit es irgend ging. Einen flüchtigen Augenblick sah sie Melanies ungläubiges Gesicht, die Mienen der Chaperons, die enttäuschten Blicke der Mädchen, die begeisterte Zustimmung der Soldaten. Dann stand sie auf dem Tanzboden, und Rhett Butler kam ihr durch das Spalier der Menge, mit seinem widerwärtig spöttischen Lächeln auf den Lippen, entgegen. Sie kehrte sich nicht daran. Es war ihr einerlei, wer er war, und wäre er Abe Lincoln selber; sie wollte tanzen, die Polonäse anführen wollte sie.

Sie verneigte sich vor ihm bis auf die Erde und lächelte ihm funkelnd ins Gesicht. Er verbeugte sich, die eine Hand auf der gefältelten Hemdbrust. Levi, dem die Haare zu Berge standen, brüllte, um über den Augenblick hinwegzukommen, mit schallender Stimme. »Bitte zur Polonäse auffordern!«

Und das Orchester stimmte krachend den schneidigsten aller Polonäsenmärsche an, den »Dixie«.

»Wie können Sie sich unterstehen, mich so zu kompromittieren, Kapitän Butler?«

»Aber meine liebe Mrs. Hamilton, Sie hatten so offensichtlich den Wunsch, kompromittiert zu werden.«

»Wie konnten Sie vor aller Welt meinen Namen aufrufen?«

»Sie hätten ja ablehnen können.«

»Aber das konnte ich nicht, eine solche Summe in Gold – ich bin es unserer Sache schuldig. Lachen Sie nicht, alles schaut uns an.«

»Das tun die Leute ohnehin. Versuchen Sie doch nicht, mir den Unsinn von ›unserer Sache‹ aufzutischen. Sie wollten tanzen, und ich gab Ihnen die Gelegenheit. Dies sind schon die letzten Takte der Polonäse, nicht wahr?«

»Ja. – Ich muß jetzt aufhören und mich setzen.«

»Warum? Habe ich Ihnen auf den Fuß getreten?«

»Nein, aber die Leute werden über mich reden.«

»Macht Ihnen das wirklich – drinnen im Herzen – etwas aus? Es ist doch kein Verbrechen, nicht wahr? Warum wollen Sie den Walzer nicht mit mir tanzen?«

»Wenn Mutter je ...«

»Also immer noch an Mamas Schürzenband?«

»Was für eine scheußliche Art Sie haben, bei Ihnen wird alle Tugend ...«

»Tugend ist dumm. Kehren Sie sich wirklich an das, was die Leute reden?«

»Nein, aber ... Gott sei Dank, da fängt der Walzer an.«

»Zur Sache bitte! Haben Sie sich je daran gekehrt, was andere Frauen sagen?«

»Wenn Sie es durchaus wissen wollen – nein! Heute abend ist es mir einerlei.«

»Bravo! Endlich fangen Sie an, selber zu denken. Das ist der Anfang aller Weisheit.«

»Ach, aber ...«

»Wenn man erst soviel über Sie geredet hat wie über mich, dann wird Ihnen auch nicht mehr daran liegen. Denken Sie doch, in Charleston gibt es kein Haus mehr, in dem ich noch empfangen werde. Nicht einmal, was ich für die gerechte heilige Sache tue, löst den Bann.«

»Wie schrecklich!«

»Durchaus nicht. Ehe Sie nicht Ihren guten Ruf verloren haben, merken Sie gar nicht, was für eine Last er ist.«

»Was Sie sagen, ist unerhört!«

»Unerhört und wahr. Immer vorausgesetzt, daß Sie Mut haben – oder Geld, kommen Sie auch ohne guten Ruf aus.«

»Für Geld kann man nicht alles kaufen.«

»Das muß Ihnen jemand gesagt haben. Auf solche Plattheit wären Sie nie von selbst verfallen. Was kann man denn nicht dafür kaufen?«

»Nun, ich weiß nicht recht ... jedenfalls kein Glück und keine Liebe.«

»Meistens doch. Mindestens kann man ansehnlichen Ersatz dafür kaufen.«

»Haben Sie denn so viel Geld, Kapitän Butler?«

»Was für eine ungehörige Frage, Mrs. Hamilton. Ich muß mich wundern. Ja, für einen seit früher Jugend verfemten jungen Mann habe ich es zu einem ganz hübschen Vermögen gebracht, und bei der Blockade werde ich sicher noch eine Million einstecken.«

»Nicht möglich!«

»Doch! Den meisten Leuten ist eben nicht klar, daß man aus dem Untergang einer Kultur ebensoviel Geld herausschlagen kann wie aus dem Aufbau einer neuen.«

»Was soll das heißen?«

»Ihre Familie, meine Familie und jeder, der heute abend hier ist, alle haben ihr Vermögen damit gemacht, daß sie eine Wüste in Kulturland verwandelt haben. Das heißt ein Reich aufbauen. Beim Aufbau eines Reiches läßt sich freilich viel Geld verdienen. Beim Untergang eines Reiches aber noch mehr.«

»Was für ein Reich meinen Sie?«

»Das Reich, in dem wir leben. Der Süden, die Konföderierten Staaten, das Baumwollreich – es bricht uns jetzt unter den Füßen zusammen. Das aber wollen die meisten Dummköpfe nicht einsehen. Sie werden ihren Vorteil erst aus der Lage zu ziehen suchen, die nach dem Zusammenbruch entsteht. Ich ziehe ihn aus dem Zusammenbruch selbst.«

»Dann glauben Sie also wirklich, wir werden geschlagen?«

»Ja, warum denn Vogel Strauß spielen?«

»Ach Gott, ist das alles langweilig! Können Sie eigentlich jemals auch etwas Hübsches sagen, Kapitän Butler?«

»Macht es Ihnen Freude, wenn ich Ihnen sage, daß Ihre Augen zwei Goldfischhäfen gleichen, die bis zum Rand mit dem klarsten grünen Wasser gefüllt sind? Und wenn die Fische an die Oberfläche kommen, wie in diesem Augenblick, dann sind sie verteufelt reizend.«

»Ach, das mag ich gar nicht ... Ist die Musik nicht wunderbar? Ach, ich könnte ewig so weitertanzen. Ich habe gar nicht gewußt, wie sehr ich es vermißt habe.«

»Sie sind die schönste Tänzerin, die ich je im Arm gehalten habe.«

»Kapitän Butler, Sie dürfen mich nicht so fest anfassen. Alles schaut auf uns.«

»Wenn es niemand sähe, hätten Sie dann auch etwas dagegen?«

»Kapitän Butler, Sie vergessen sich.«

»Nicht einen Augenblick. Wie könnte ich, solange ich Sie im Arm habe! ... Was ist das für ein Walzer, ist er neu?«

»Ja. Ist er nicht herrlich? Den haben wir von den Yankees gekapert.«

»Wie heißt er?«

»Wenn der grausige Krieg zu Ende ...«

»Wie sind die Worte? Singen Sie sie mir vor.«

»›Liebster, weißt du noch, das letztemal,
Als wir zwei uns sahn?
Als du mir zu Füßen knietest
Und von der Liebe sprachst?
Ach, wie stolz du vor mir standest
Ganz in Grau,
Als du schwurst, mich nie zu lassen,
Nie das Vaterland.
Ach, nun wein' ich, einsam, traurig,
Seufzer, Tränen, ach, umsonst!
Wenn der grause Krieg zu Ende,
Wollen wir uns wiedersehen!‹

Natürlich hieß es ›Ganz in Blau‹, aber wir haben es in ›Grau‹ umgeändert ... Ach, Sie tanzen so gut Walzer, Kapitän Butler. Sie wissen doch, große Männer können das selten. Und zu denken, daß es nun Jahre dauert, bis ich wieder tanze!«

»Das dauert nur ein paar Minuten. Ich biete auch für die nächste Polonäse auf Sie ... und für die übernächste und überübernächste.«

»O nein, das geht nicht! Das dürfen Sie nicht! Dann ist mein Ruf hin.«

»An dem kann auch der nächste Tanz nicht mehr viel verderben. Mag sein, daß ich den andern Jungens auch einmal Gelegenheit gebe, wenn ich fünf oder sechs hinter mir habe, aber den letzten bekomme ich!«

»Also gut. Ich weiß, ich bin verrückt, aber was schert das mich! Mir ist es ganz einerlei, was die Leute sagen. Ich habe es so satt, zu Hause zu sitzen. Ich will tanzen und immer wieder tanzen.«

»Und nicht mehr Schwarz tragen? Krepp ist mir ein Greuel.«

»O nein, meine Trauer kann ich nicht ablegen ... Kapitän Butler, Sie dürfen mich nicht so an sich drücken. Wenn Sie das tun, werde ich böse.«

»Sie sehen so wunderbar aus, wenn Sie böse sind. Ich will Sie noch einmal recht fest drücken ... so ... nur um zu sehen, ob Sie wirklich böse werden. Sie haben ja keine Ahnung, wie reizend Sie damals in Twelve Oaks waren, als Sie in Wut gerieten und Gegenstände zerschmissen.«

»Ach, bitte ... wollen Sie das nicht vergessen?«

»Nein, das gehört zu meinen ganz unbezahlbaren Erinnerungen ... eine wohlerzogene Schöne aus den Südstaaten, mit der ihr irisches Blut durchgeht.«

»O je, nun ist die Musik zu Ende, und da kommt Tante Pittypat aus dem Hinterzimmer. Mrs. Merriwether muß es ihr erzählt haben, das weiß ich gewiß. Ach, um Gottes willen, lassen Sie uns hinübergehen und zum Fenster hinausschauen. Jetzt darf sie mich nicht abfangen. Ihre Augen sind so groß wie Untertassen.«

X

Am nächsten Morgen sass Tante Pittypat in Tränen aufgelöst über ihren Waffeln. Melanie war still, Scarlett trotzig.

»Was geht das mich an, was sie reden! Ich habe dem Lazarett mehr Geld eingebracht als all der alte Kram, den wir verkauft haben.«

»Ach Gott, was liegt denn an Geld«, jammerte Tante Pittypat und rang die Hände. »Ich traute einfach meinen Augen nicht, und dabei ist der arme Charlie kaum ein Jahr tot. Und dieser schreckliche Kapitän Butler, der dich so kompromittiert hat. Er ist ein ganz, ganz furchtbarer Mensch. Mrs. Whitings Cousine, Mrs. Coleman, deren Mann aus Charleston ist, hat mir davon erzählt. Er ist das schwarze Schaf einer angesehenen Familie. In Charleston wird er von niemandem empfangen, er hat den schlimmsten Ruf von der Welt, und da war etwas mit einem Mädchen, etwas so Schreckliches. Mrs. Coleman wußte nicht einmal, was es eigentlich war.«

»Nein, ich kann nicht glauben, daß er so schlecht ist«, sagte Melanie sanft. »Er machte den Eindruck eines vollkommenen Gentleman, und wenn man bedenkt, wie tapfer er die Blockade durchbrochen hat ...«

»Er ist gar nicht tapfer«, sagte Scarlett störrisch und goß sich das halbe Glas Sirup über die Waffeln. »Er tut es nur um des Geldes willen. Das hat er mir gesagt. Die Konföderierten Staaten sind ihm gleichgültig, und er sagt, wir bekommen Prügel. Aber tanzen tut er göttlich!«

Die beiden Zuhörerinnen waren vor Entsetzen sprachlos.

»Ich habe es satt, zu Hause zu sitzen. Ich tue es nicht mehr. Wenn alle jetzt über mich herziehen, ist mein Ruf ohnehin erledigt, und es kommt nicht mehr darauf an, was sie sonst noch sagen.«

Sie merkte nicht, daß dies Rhett Butlers Gedanke war. Er kam ihr so gelegen und fügte sich so gut in ihre eigenen Gedanken ein.

»Ach, was wird deine Mutter sagen, wenn sie davon hört? Was soll sie nur von mir denken?«

Als Scarlett sich Ellens Bestürzung vorstellte, falls sie je von dem anstößigen Benehmen ihrer Tochter erfahren sollte, wurde ihr beklommen ums Herz. Aber sie schöpfte wieder Mut, als sie sich überlegte, daß zwischen Atlanta und Tara fünfundzwanzig Meilen lagen. Miß Pitty erzählte Ellen sicher nichts, denn sie würde sich als Tante in ein gar zu schlechtes Licht setzen.

»Ich glaube«, sagte Pitty, »es ist besser, ich schreibe Henry einen Brief darüber, so ungern ich das auch tue, aber er ist unser einziger männlicher Verwandter und sollte Kapitän Butler ins Gewissen reden. Ach, wenn nur Charlie noch lebte! Mit dem Mann darfst du niemals wieder auch nur ein Wort sprechen, Scarlett.«

Melanie hatte ruhig mit den Händen im Schoß dagesessen, während ihr die Waffeln auf dem Teller kalt wurden. Sie stand auf, trat hinter Scarlett und legte ihr die Arme um den Hals.

»Liebes«, sagte sie, »laß dich nicht irremachen. Ich verstehe dich. Was du gestern abend getan hast, war tapfer von dir und eine große Hilfe für das Lazarett. Wenn jemand sich untersteht, daran zu mäkeln, bekommt er es mit mir zu tun ... Tante Pitty, nicht weinen! Es war hart für Scarlett, daß sie nirgends hingehen durfte. Sie ist eben noch ein Kind.« Ihre Finger glitten spielend durch Scarletts schwarzes Haar. »Vielleicht täte es uns allen besser, wenn wir hin und wieder ausgingen. Ist es nicht eigentlich sehr selbstsüchtig von uns, wenn wir uns so mit unserem Kummer einschließen? In Kriegszeiten ist das etwas anderes als sonst. Wenn ich an all die Soldaten in der Stadt denke, die fern von zu Hause sind und keine Freunde haben, die sie abends besuchen können ... und an die im Lazarett, die gesund genug sind, aufzustehen, und doch nicht gesund genug, an die Front zurückzukehren ... ja, wir sind selbstsüchtig gewesen! Wir sollten auf der Stelle, wie jeder andere, drei Genesende ins Haus nehmen und jeden Sonntag ein paar Soldaten zu Tische haben. So, Scarlett, nun mach dir keine Gedanken mehr. Wenn die Leute dich verstehen, reden sie auch nicht. Wir alle wissen, wie lieb du Charlie gehabt hast.«

Scarlett machte sich durchaus keine Gedanken mehr darüber, aber Melanies weiche Hände in ihrem Haar waren ihr unangenehm. Es reizte sie, mit einem Ruck den Kopf wegzuziehen und »dummes Zeug!« zu sagen, denn die Erinnerung daran, wie Landwehr, Landsturm und all die Frontsoldaten aus dem Lazarett sich um Tänze mit ihr gerissen hatten, erwärmte sie noch immer. Von allen Menschen wünschte sie sich Melly am wenigsten zur Verteidigerin. Sie wollte schon für sich selbst aufkommen, danke schön, und wenn die alten Drachen fauchen wollten – nun, sie konnte auch ohne sie auskommen. Für sie gab es viel zuviel nette Offiziere auf der Welt, als daß sie sich über alte Weiber und ihr Gerede den Kopf zerbrechen müßte.

Bei Melanies beruhigenden Worten tupfte sich Pittypat die Augen. Da kam Prissy mit einem dicken Brief herein.

»Für Sie, Miß Melly. Ein kleiner Negerjunge ihn bringen.«

»Für mich?« Melly konnte sich nicht denken, woher er kam, und öffnete den Umschlag.

Scarlett beschäftigte sich gerade mit ihren Waffeln und bemerkte nichts weiter, bis sie Melly in Tränen ausbrechen hörte und, als sie aufblickte, Tante Pittypat sich nach dem Herzen greifen sah.

»Ashley ist tot!« kreischte Pittypat, warf den Kopf zurück und ließ beide Arme schlaff heruntersinken.

»Mein Gott!« Scarletts Blut erstarrte.

»Nein! Nein!« rief Melanie. »Rasch das Riechsalz, Scarlett! Nun komm, Tante, fühlst du dich besser? Tief atmen! Nein, es ist nicht Ashley. Es tut mir leid, daß ich euch einen Schrecken eingejagt habe. Ich weinte vor lauter Freude.« Und auf einmal öffnete sie die Faust und drückte etwas, was darin steckte, an die Lippen. »Ich bin so glücklich!« Und wieder brach sie in Tränen aus.

Scarlett sah, daß es ein breiter, goldener Ring war.

»Lies.« Melly wies auf den Brief, der am Boden lag. »Ach, wie lieb und gut von ihm!«

Scarlett wußte nicht, was sie davon denken sollte, sie hob das Blatt auf und las die breiten kühnen Schriftzüge: »Mögen die Konföderierten auch das Blut ihrer Männer brauchen, das Herzblut ihrer Frauen verlangen sie noch nicht. Nehmen Sie, liebe gnädige Frau, dieses Zeichen meiner Verehrung für Ihre Tapferkeit entgegen, und meinen Sie nicht, Ihr Opfer sei umsonst gebracht. Dieser Ring ist für das Zehnfache seines Wertes eingelöst worden. Kapitän Rhett Butler.«

Melanie steckte sich den Ring an den Finger und betrachtete ihn liebevoll.

»Habe ich nicht gesagt, daß er ein Gentleman ist?« wandte sie sich an Pittypat und lächelte glücklich durch die Tränen auf ihren Wangen. »Nur ein feinfühliger, verständnisvoller Gentleman konnte sich vorstellen, wie es mir das Herz brach! Ich schicke statt dessen meine goldene Kette. Tante Pittypat, du mußt ihm eine Zeile schreiben und ihn Sonntag zum Mittagessen einladen, damit ich ihm danken kann.«

Keiner der beiden andern war es in ihrer Erregung aufgefallen, daß Kapitän Butler nicht auch Scarletts Ring zurückgeschickt hatte. Sie aber merkte es und ärgerte sich darüber. Sie wußte, daß Kapitän Butler nicht aus Feingefühl so ritterlich gehandelt hatte. Er wollte gern in Pittypats Haus eingeladen werden und hatte das sicherste Mittel dazu herausgefunden.

»Es hat mich tief bekümmert, zu hören, wie Du Dich kürzlich aufgeführt hast«, lautete Ellens Brief, und Scarlett, die ihn bei Tisch las, machte ein finsteres Gesicht. Schlechte Nachrichten reisen schnell. Sie hatte in Charleston und Savannah oft sagen hören, daß die Leute von Atlanta ärger klatschten als irgend jemand sonst im Süden, und nun glaubte sie es. Erst vorige Woche hatte das Fest stattgefunden. Wer von den alten Drachen mochte es wohl auf sich genommen haben, Ellen zu benachrichtigen? Einen Augenblick hatte sie Tante Pittypat im Verdacht, ließ den Gedanken aber sofort fallen. Die arme Tante hatte Qualen der Angst ausgestanden, Scarletts dreistes Betragen könnte ihr zur Last gelegt werden. Es mußte wohl Mrs. Merriwether gewesen sein.

»Es fällt mir schwer zu glauben, daß Du Dich und Deine Erziehung so völlig vergessen hast. Von der Ungeschicklichkeit, in Trauer öffentlich zu erscheinen, will ich nicht reden. Ich begreife, wie es Dir am Herzen gelegen hat, etwas für das Lazarett zu tun. Aber tanzen und das mit einem Mann wie Kapitän Butler? Ich habe viel von ihm gehört, wer hätte das nicht, und Pauline schrieb mir, er würde in Charleston nicht einmal von seiner eigenen Familie mehr empfangen, außer von seiner untröstlichen Mutter. Er ist ein durch und durch schlechter Charakter, der Deine Jugend und Deine Unschuld benutzt, um Dich zu kompromittieren, um Dir und Deiner Familie Schmach anzutun. Wie konnte Miß Pittypat ihre Pflicht gegen Dich so vernachlässigen?«

Scarlett blickte über den Tisch zu ihrer Tante hinüber. Die alte Dame hatte Ellens Handschrift erkannt und spitzte erschrocken ihr Mündchen wie ein kleines Kind, das vor Schelte bange ist und sie durch Tränen abwenden möchte.

»Es geht mir sehr nahe, daß Du Deine Erziehung so vergessen konntest. Ich ging schon mit dem Gedanken um, Dich sofort nach Hause zurückzurufen, stelle aber das lieber Deinem Vater anheim. Freitag kommt er nach Atlanta, um mit Kapitän Butler zu sprechen und Dich nach Hause zu bringen. Ich fürchte, trotz meiner Bitten wird er sehr streng sein. Ich hoffe und bete, nur Deine jugendliche Unerfahrenheit möge die Ursache zu so keckem Benehmen gewesen sein.«

Es ging noch lange in demselben Ton weiter, aber Scarlett las den Brief nicht zu Ende. Dieses Mal war sie wirklich zu Tode erschrocken. Dies ließ sich nicht einfach trotzig abschütteln. Sie fühlte sich so klein und schuldbewußt wie mit zehn Jahren, wenn sie Suellen über den Tisch einen Zwieback ins Gesicht geworfen hatte, und nun wollte ihr Vater gar in die Stadt kommen, um mit Kapitän Butler zu sprechen! Der Ernst der Sache ging ihr immer deutlicher auf. Dieses Mal, wußte sie, konnte sie sich der Strafe nicht dadurch entziehen, daß sie sich schmeichelnd auf Geralds Knie setzte.

»Es sind doch keine schlechten Nachrichten?« stammelte Pittypat.

»Pa kommt morgen und will mich tüchtig abkanzeln«, antwortete Scarlett kläglich.

»Prissy, mein Riechsalz!« wimmerte Pittypat und schob den Stuhl zurück. »Mir wird schlecht!«

»Das haben Sie in Rocktasche«, sagte Prissy. Sie ahnte das Drama und genoß es. Master Gerald war immer so schön aufgeregt, wenn er böse wurde, und das liebte sie sehr, vorausgesetzt, daß ihr wolliger Kopf nicht gerade das Opfer war. Pittypat suchte in ihrem Rock und hielt sich das Fläschchen an die Nase.

»Ihr müßt mir alle beistehen und dürft mich keinen Augenblick allein lassen«, sagte Scarlett. »Er hat euch beide gern, und wenn ihr dabei seid ...«

»Ich kann nicht«, sagte Pittypat matt und erhob sich mühsam. »Ich ... ich fühle mich krank ... ich muß mich hinlegen, den ganzen Tag muß ich mich morgen hinlegen. Ihr müßt mich bei ihm entschuldigen.«

»Feigling!« dachte Scarlett und funkelte sie voll Verachtung an. Melly nahm alle Kraft zusammen, obwohl sie bei dem Gedanken an den feuerspeienden Mr. O'Hara ganz blaß vor Schreck wurde.

»Ich helfe dir, ihm klarzumachen, daß du es um des Lazaretts willen getan hast. Das muß er doch begreifen.«

»Nein, das tut er nicht. Ach, ich sterbe, wenn ich nach Tara zurück muß, wie Mutter mir droht!«

»Ach Gott, du kannst doch nicht nach Hause«, sagte Pittypat unter Tränen. »Wenn du fortgingst, wäre ich ja gezwungen, Henry zu bitten, er möge zu uns ziehen, und du weißt doch, ich kann und kann nicht mit Henry unter einem Dache leben. Mir ist abends so bange, wenn ich mit Melly allein im Haus bin, bei all den fremden Männern, die jetzt in der Stadt sind! Du bist so tapfer, da macht es mir weniger aus, daß kein Mann im Haus ist!«

»Ach, er kann dich doch nicht mit nach Tara nehmen!« Auch Melly sah aus, als wären ihr die Tränen ganz nahe. »Dein Heim ist jetzt bei uns, was sollten wir je ohne dich anfangen?«

Ihr würdet mich mit Freuden entbehren, wenn ihr wüßtet, wie ich in Wirklichkeit über euch denke, dachte Scarlett mißmutig und wünschte, jemand anders als Melanie möge ihr helfen, Geralds Zorn abzuwehren. Es war ihr ein jämmerliches Gefühl, gerade von der verteidigt zu werden, die sie so wenig leiden mochte.

»Sollten wir nicht lieber die Einladung an Kapitän Butler widerrufen?« fing Pittypat an.

»Aber das können wir doch nicht! Das wäre wirklich die Höhe der Unhöflichkeit!« Melly war ganz unglücklich.

»Bringt mich ins Bett, ich werde krank«, stöhnte Pittypat. »Ach, Scarlett, wie konntest du mir das antun?«

Pittypat lag wirklich im Bett, als Gerald am nächsten Nachmittag ankam. Hinter ihrer verschlossenen Tür verschanzt, hatte sie sich tausendfach entschuldigen lassen und überließ es den beiden verängstigten Mädchen, sie beim Abendessen zu vertreten. Gerald war von unheilverkündender Schweigsamkeit, wenn er auch Scarlett küßte und Melly in die Wange kniff und sie »Cousine Melly« nannte. Flüche und Vorwürfe wären Scarlett sehr viel lieber gewesen. Melanie hielt getreulich ihr Versprechen und hängte sich, ein kleiner raschelnder Schatten, an Scarletts Rock. Gerald war zu sehr Gentleman, um seiner Tochter in ihrer Gegenwart die Leviten zu lesen. Scarlett mußte zugeben, daß Melanie es sehr geschickt anfing. Sie benahm sich, als wäre alles in bester Ordnung, und als das Abendessen aufgetragen war, gelang es ihr auch, Gerald in ein Gespräch zu ziehen.

»Ich möchte alles aus der Provinz hören«, sagte sie strahlend zu ihm. »India und Honey schreiben keine Briefe; Sie aber wissen ja alles, was dort vorgeht, bitte, erzählen Sie uns von Joe Fontaines Hochzeit.«

Das schmeichelte Gerald, und er erzählte, die Hochzeit sei recht still verlaufen, weil Joe nur kurzen Urlaub hatte. Sally, das kleine Munroeküken, habe sehr niedlich ausgesehen. Nein, was für ein Kleid sie anhatte, wußte er nicht mehr, er hatte aber gehört, ein Kleid für den »zweiten Tag« habe sie nicht gehabt.

»Nicht möglich!« Die beiden Mädchen waren entrüstet.

»Sicher nicht, sie hatte ja gar keinen ›zweiten Tag‹«, erklärte Gerald und lachte dabei schallend, ehe ihm einfiel, daß solche Bemerkungen für weibliche Ohren nicht geeignet sein mochten. Es wurde Scarlett bei seinem Gelächter wieder ein wenig wohler, und sie segnete Melanies Taktik.

»Joe ist am nächsten Tage schon wieder nach Virginia gegangen«, fuhr Gerald hastig fort, »da gab es keine Besuche und keinen Tanz hinterher. Die Tarleton-Zwillinge aber sind zu Hause.«

»Wir haben davon gehört, sind sie wieder hergestellt?«

»Sie waren nur leicht verwundet. Stuart hatte einen Schuß ins Knie, und durch Brents Schulter war eine Gewehrkugel gegangen. Habt ihr schon gehört, daß sie wegen ihrer Tapferkeit im Kriegsbericht erwähnt worden sind?«

»Nein! Erzähle!«

»Tollköpfe – alle beide. Mir scheint fast, sie haben irisches Blut«, sagte Gerald wohlgefällig. »Was sie eigentlich gemacht haben, ist mir entfallen, aber Brent ist jetzt Leutnant.«

Es machte Scarlett Freude, von ihren Heldentaten zu hören. Es war eine Freude am Eigentum. War ein Mann einmal ihr Verehrer gewesen, so betrachtete sie ihn immer weiter als ihr Eigentum, und alles, was er leistete, gereichte ihr zur Ehre.

»Ich habe noch eine Neuigkeit für euch beide«, sagte Gerald, »es heißt, Stuart gehe in Twelve Oaks auf Freiersfüßen.«

»Bei Honey oder India?« fragte Melly gespannt, während Scarlett fast entrüstet dreinsah.

»Natürlich Miß India, die hatte ihn doch am Bändel, bis mein eigenes Gelichter nach ihm äugte. Stimmt's?«

Melly war in nicht geringer Verlegenheit über Geralds freimütige Ausdrucksweise.

»Und, was noch mehr ist, der junge Brent fängt an, in Tara herumzulungern. Was sagt ihr nun?«

Scarlett war sprachlos. Es kam ihr geradezu wie eine Beleidigung vor, daß ihre Verehrer sie solcherart im Stich ließen, besonders wenn sie daran dachte, wie die beiden Tarletons sich aufgeführt hatten, als sie Charles heiraten wollte. Stuart hatte sogar damit gedroht, Charles zu erschießen oder Scarlett oder sich selbst oder alle drei. Es war höchst aufregend gewesen.

»Suellen?« fragte Melly und lächelte freudig. »Aber ich dachte, Mr. Kennedy ...«

»Der?« sagte Gerald, »ja, er katzbuckelt immer noch um sie herum und hat Angst vor seinem eigenen Schatten. Wenn er nicht bald selber mit der Sprache herausrückt, frage ich ihn nächstens, was er eigentlich vorhat. Nein, dies gilt meiner Kleinen.«

»Carreen?«

»Aber sie ist doch noch ein Kind«, sagte Scarlett scharf. Sie hatte ihre Sprache wiedergefunden.

»Sie ist nur ein gutes Jahr jünger, als du bei deiner Hochzeit warst, mein Kind«, gab Gerald zurück. »Gönnst du deiner Schwester deine alten Verehrer nicht?«

Melly, der solche Offenheiten äußerst peinlich waren, wurde rot und gab Onkel Peter ein Zeichen, daß er den süßen Kartoffelauflauf hereinbringe.

Verzweifelt suchte sie in ihrem Hirn nach einem Gesprächsthema, das nicht so persönlich, aber doch geeignet wäre, Mr. O'Hara von seinem eigentlichen Reisezweck abzulenken. Ihr fiel nichts ein. Nachdem aber Gerald einmal im Gange war, brauchte er zu seiner Anregung nichts weiter als Zuhörer. Er redete sich in Zorn über die diebische Intendantur, die jeden Monat höhere Forderungen stellte, über Jefferson Davis' schuftige Dummheit und die Schäbigkeit der Iren, die sich durchs Handgeld verlocken ließen, in das Heer der Yankees einzutreten.

Als der Wein auf dem Tisch stand und die beiden Mädchen sich erhoben, um den alten Herrn allein zu lassen, warf er hinter zusammengezogenen Brauen seiner Tochter einen strengen Blick zu und befahl sie zu einer kurzen Unterhaltung unter vier Augen. Während Scarlett ihr verzweifelt nachsah, ging Melly, hilflos an ihrem Taschentuch zerrend, hinaus und schloß leise die Flügeltür.

Gerald schenkte sich ein Glas Portwein ein. »Also, mein Kind, das ist ja eine hübsche Geschichte! So kurz erst Witwe und schon auf den zweiten Mann aus!«

»Nicht so laut, Pa, die Dienstboten ...«

»Die wissen längst alles. Jeder weiß von deiner Schande. Deine arme Mutter liegt deswegen zu Bett, und ich mag mich nirgends mehr sehen lassen. Schmählich ist es. Nein, Puß, diesmal kommst du mir nicht mit Tränen davon.« Zwischen seinen hastigen Worten wurde eine gelinde Panik wahrnehmbar, als Scarletts Lider zu beben und ihr Mund zu zucken begann. »Ich kenne dich. Du würdest noch unter den Augen deines eigenen Mannes flirten. Nicht weinen! Nun, nun, ich will heute abend nichts mehr sagen. Ich suche jetzt den famosen Kapitän Butler auf, der es mit dem Ruf meiner Tochter so leicht nimmt. Aber morgen früh ... Nicht weinen, das hilft dir gar nichts, nicht das geringste. Ich bleibe fest, und morgen kommst du wieder mit mir nach Tara, ehe du uns noch alle in Verruf bringst. Nicht weinen, Kindchen. Sieh mal, was ich dir mitgebracht habe, ist das nicht ein schönes Geschenk? Sieh doch her! Wie konntest du mir nur so viel Plage machen und mich den ganzen langen Weg hierher fahren lassen? Ich habe doch so viel um die Ohren. Nicht weinen!«

Melanie und Pittypat schliefen schon seit mehreren Stunden, Scarlett aber, mit ihrem schweren angstvollen Herzen, lag noch immer wach in der warmen Dunkelheit. Nun, wo das Leben gerade wieder anfing, sollte sie Atlanta verlassen, heimfahren und vor Ellens Angesicht treten! Lieber wollte sie auf der Stelle sterben, dann würden sie es alle bereuen, daß sie so hart gegen sie gewesen waren. Sie drehte und wälzte sich auf den heißen Kissen, als von fernher aus der stillen Straße herauf ein merkwürdig vertrautes Geräusch an ihr Ohr schlug. Sie schlüpfte aus dem Bett und sah aus dem Fenster. In dem weichen Schatten der hohen Bäume lag die Straße tiefdunkel unter dem dämmerigen Sternenhimmel. Das Geräusch kam näher, Räderrollen, Hufschlag, Menschenstimmen, und auf einmal mußte sie lächeln: eine weinselige irische Stimme sang vernehmbar das vertraute »Peggy in der kleinen Chaise«, und nun wußte sie Bescheid. Gerichtstag in Jonesboro war freilich nicht, aber Gerald kam in der gewohnten Verfassung nach Hause.

Sie sah die dunklen Umrisse eines Einspänners halten und unbestimmte Gestalten aussteigen. Es waren zwei. Sie blieben an der Gartenpforte stehen, und Scarlett hörte die eiserne Klinke knacken. Dann erklang deutlich Geralds Stimme. »Nun noch die ›Klage um Robert Emmet‹. Das Lied solltest du wirklich kennen, mein Junge, ich will es dich lehren.«

»Ich möchte es wirklich lernen«, erwiderte der andere mit einem leisen unterdrückten Lachen in seinem gedehnten, verschliffenen Tonfall, »aber nicht jetzt, Mr. O'Hara.«

»Du mein Gott, das ist ja dieser schreckliche Butler.« Scarletts erste Regung war Ärger, dann faßte sie Mut. Jedenfalls hatte es keine Schießerei gegeben. Sie mußten schon auf freundschaftlichem Fuß miteinander stehen, wenn sie zu dieser nächtlichen Stunde in einer solchen Verfassung miteinander nach Hause kamen.

»Ich will es aber singen, und du sollst mir zuhören, sonst schieße ich dich Orangeman tot.«

»Ich bin kein Orangeman, ich bin aus Charleston.«

»Das ist auch nicht besser, das ist noch viel schlimmer. Ich habe zwei Schwägerinnen in Charleston und weiß Bescheid.«

»Will er denn der ganzen Nachbarschaft davon erzählen?« dachte Scarlett erbleichend und schlüpfte in ihren leichten Schlafrock. Was sollte sie nun machen? Sie konnte unmöglich so spät in der Nacht hinuntergehen und ihren Vater von der Straße ins Haus zerren.

Gerald aber, über die Pforte lehnend, warf ohne weitere Aufforderung den Kopf zurück und stimmte in seinem grölenden Baß die »Klage« an. Scarlett stützte die Ellbogen auf die Fensterbank und hörte zu. Sie mußte unwillkürlich lachen. Wenn ihr Vater nur den Ton richtig halten wollte! Es war ein so herrliches Lied, eins ihrer Lieblingslieder, und für einen Augenblick gab sie sich der schönen Schwermut der Anfangsverse hin.

»Fern weilt sie dem Land, da ihr junger Held ruht,
Und lauscht den Liebesseufzern um sie her!«

Gerald sang hemmungslos weiter. In Pittypats und Mellys Zimmer regte es sich. Die armen Dinger waren sicherlich außer sich, sie waren keine Vollblutmänner wie Gerald gewohnt. Als seine Stimme endlich verstummte, verschmolzen die beiden Schattengestalten zu einer, die den Gartenweg heraufkam und die Haustreppe bestieg. Leise klopfte es an die Tür.

»Ich muß hinunter«, dachte Scarlett. »Schließlich ist es mein Vater, und die arme Pitty stürbe eher, als daß sie hinunterginge.« Vor allem sollten die Dienstboten ihren Vater nicht in dieser Verfassung sehen. Wenn Onkel Peter ihn zu Bett zu bringen versuchte, setzte er sich womöglich zur Wehr, Pork war der einzige, der mit ihm fertig zu werden verstand.

Sie knöpfte sich den Schlafrock bis zum Halse zu, zündete ihre Kerze an und lief die dunkle Treppe hinunter in die Eingangshalle. Dort schloß sie die Tür auf und sah in dem flackernden Licht draußen Rhett Butler stehen, an dessen Kleidung kein Fältchen verschoben war, und ihren kleinen vierschrötigen Vater sah sie hilflos an seinem Arm hängen. Die »Klage« war offensichtlich Geralds Schwanengesang gewesen. Sein Hut war weg, das lange Lockenhaar hatte sich in eine zerzauste weiße Mähne verwandelt. Die Krawatte saß hinterm Ohr, und auf der Hemdbrust waren Schnapsflecke zu sehen.

»Dies ist doch wohl Ihr Herr Vater?« sagte Kapitän Butler. Seine Augen glitzerten lustig in dem wettergebräunten Gesicht. Ihre mangelhafte Bekleidung schien er mit seinem Blick zu durchdringen. »Bringen Sie ihn herein«, sagte sie kurz. Ihr Schlafrock setzte sie in Verlegenheit. Sie war wütend auf Gerald, der sie in die Lage brachte, von diesem Menschen so angeblickt zu werden.

Rhett schob Gerald vor sich her. »Soll ich Ihnen helfen, ihn nach oben zu bringen? Sie werden nicht allein mit ihm fertig, er ist recht schwer.«

Ihr Mund blieb vor Entsetzen ob solcher Frechheit offenstehen. Was sollten Pittypat und Melly in ihren Betten denken, wenn Kapitän Butler zu dieser Nachtzeit in die oberen Gemächer eindringen würde!

»Heilige Mutter Gottes, nein, hier, herein ins Wohnzimmer, auf den Diwan.«

»Soll ich ihm die Stiefel ausziehen?«

»Nein, er hat schon öfter darin geschlafen.«

Kaum hatte sie dies gesagt, so hätte sie sich die Zunge dafür abbeißen mögen. Er lachte leise in sich hinein, während er Gerald sorgsam die Beine übereinanderlegte.

»Nun gehen Sie bitte!« Er schritt in die dämmerige Halle und hob seinen Hut auf, den er bei der Türschwelle hatte fallen lassen.

»Ich sehe Sie Sonntag beim Mittagessen«, sagte er, ging hinaus und schloß lautlos die Tür hinter sich zu.

Um halb sechs Uhr in der Frühe, ehe die Dienstboten vom Hinterhof hereingekommen waren, um das Frühstück herzurichten, stand Scarlett auf und schlüpfte die Treppe hinunter ins Erdgeschoß. Gerald saß wach auf dem Sofa und hatte seinen kugeligen Kopf mit beiden Händen gepackt, als wolle er ihn zerdrücken. Vorsichtig blickte er auf, als sie hereinkam. Die Augen zu bewegen schmerzte mehr, als er ertragen konnte. Er stöhnte auf.

»Au, das Licht!«

»Wie hast du dich nur benommen, Pa«, flüsterte Scarlett ihm zu. »Zu solcher Stunde nach Hause zu kommen und alle Nachbarn mit deinem Gesang zu wecken!«

»Gesungen habe ich?«

»Allerdings! Einen Höllenlärm hast du mit deiner ›Klage‹ gemacht.«

»Ich erinnere mich an nichts.«

»Aber die Nachbarn werden sich bis in ihr letztes Stündlein daran erinnern, und ebenso Miß Pittypat und Melanie.«

»Heilige Schmerzensmutter«, ächzte Gerald und leckte sich mit belegter Zunge die ausgetrockneten Lippen. »Ich weiß gar nicht mehr, was geschah, nachdem wir angefangen hatten zu spielen.«

»Zu spielen?«

»Dieser Butler, dieser Schuft, tat, als ob er der beste Pokerspieler in den Staaten sei ...«

»Wieviel hast du verloren?«

»Verloren? Gewonnen natürlich. Ein paar Schnäpse helfen mir immer beim Spiel.«

»Sieh in deiner Brieftasche nach!«

Mühsam, als werde ihm jede Bewegung zur Qual, zog Gerald die Brieftasche aus dem Rock und öffnete sie. Sie war leer. Er sah hinein und war sprachlos.

»Fünfhundert Dollar«, sagte er, »und ich wollte doch etwas für Mrs. O'Hara bei den Blockadebrechern kaufen, und nun habe ich nicht einmal mehr das Fahrgeld nach Tara!«

Während Scarlett voller Empörung in die leere Brieftasche starrte, entstanden die Umrisse eines Planes in ihr und nahmen sogleich Gestalt an. »Ich kann mich ja in der Stadt nicht mehr sehen lassen«, begann sie. »Du hast uns alle in Schande gebracht.«

»Halt den Mund, Puß, siehst du denn nicht, wie mir der Kopf platzt?«

»Kommst uns da betrunken nach Hause mit einem Menschen wie Kapitän Butler und singst aus vollem Hals, so daß alle es hören, und verlierst noch dazu eine solche Summe Geldes.«

»Der Mann versteht sich zu gut auf Karten, um ein Gentleman zu sein.«

»Was wird Mutter sagen, wenn sie davon hört?«

In plötzlicher Angst vor den Dingen, die da noch kommen sollten, blickte er auf. »Du sagst deiner Mutter kein Wort davon, hörst du, sonst regt sie sich auf!«

Scarlett erwiderte nichts. Sie spitzte nur ein wenig die Lippen.

»Stelle dir doch nur vor, wie so etwas sie verletzen muß in ihrem sanften Herzen.«

»Und dabei hast du mir erst gestern abend gesagt, ich hätte die Familie in Verruf gebracht. Denke doch, ich, mit meinem bißchen Tanzen, zum Besten der Soldaten. Ach, es ist zum Heulen.«

»Ach nein, laß es lieber«, bat Gerald, »das wäre mehr, als mein armer Kopf aushalten könnte. Weiß Gott, er zerplatzt schon jetzt.«

»Und du sagtest, ich ...«

»Aber Puß, komm, sei nicht böse darüber, was dein armer alter Vater dir gesagt hat. Er meinte doch gar nicht, was er sagte, und verstand selbst kein Wort davon. Weiß Gott, du bist ein famoses, anständiges Mädel.«

»Und mich wolltest du in Schande nach Hause zurückbringen!«

»Aber Kindchen, das fällt mir gar nicht ein, ich wollte dich doch nur necken. Und du sagst deiner Mutter nichts von dem Geld, verstanden? Sie ist ohnehin schon so aufgeregt wegen all der Ausgaben.«

»Wenn du mich hier läßt«, sagte Scarlett nun ganz offen, »und Mutter sagst, es sei alles weiter nichts als ein dummer Riesenklatsch unter den alten Weibern, dann sage ich auch nichts.«

Gerald schaute seine Tochter bekümmert an. »Das ist eine regelrechte Erpressung.«

»Und heute nacht war es ein regelrechter Skandal.«

»Nun, nun«, begütigte er, »wir wollen nicht mehr daran denken. Sag mal, meinst du wohl, daß eine so feine Dame wie Miß Pittypat vielleicht ein bißchen Branntwein im Hause hätte? Der Kater muß zu trinken haben.« Scarlett wandte sich um und ging auf Zehenspitzen über den Flur ins Eßzimmer, um die Branntweinflasche zu holen, die sie und Melly die »Ohnmachtsflasche« getauft hatten, weil Pittypat jedesmal ein Schlückchen daraus trank, wenn sie vor Herzklopfen ohnmächtig wurde oder zu werden vermeinte.

Keine Spur von Gewissensbissen, sondern nur der Triumph stand auf ihrem Gesicht geschrieben. Nun konnte sie in Atlanta bleiben und tun, was ihr beliebte. Mit Pittypat und Melly würde sie schon fertig werden. Sie schloß das Schränkchen auf und drückte einen Augenblick Flasche und Glas aufatmend an die Brust. Sie sah eine lange Reihe von Picknicks am plätschernden Wasser des Pfirsichbaches im Geiste vor sich, Gartenfeste in Stone Mountain, Empfänge, Bälle, Tanztees, Spazierfahrten und kalte Büfetts am Sonntagabend. Da wollte sie nach Kräften mittun, umgeben von einem Schwarm von Männern. Die Männer waren immer sogleich verliebt, wenn man ihnen nur im Lazarett einen kleinen Dienst tat. Auch das Lazarett war nun nicht mehr so schlimm. Nach einer Krankheit waren die Männer alle so lenkbar und zugänglich und fielen einem geschickten Mädchen in die Hand, wie auf Tara die reifen Pfirsiche, wenn man den Baum nur ganz sacht schüttelte.

Sie kehrte mit dem Labetrunk zu ihrem Vater zurück und dankte Gott, daß der berühmte O'Harasche Irenschädel der Schlacht von gestern abend doch nicht gewachsen gewesen war. Ob wohl Rhett Butler da seine Hand im Spiel hatte?

XI

An einem Nachmittag der folgenden Woche kam Scarlett müde und gereizt aus dem Lazarett nach Hause. Müde, weil sie den ganzen Morgen auf den Beinen gewesen war, und gereizt, weil Mrs. Merriwether ihr einen harten Verweis erteilt hatte, daß sie sich zu einem Soldaten aufs Bett gesetzt hatte, um ihm den Arm zu verbinden. Tante Pittypat und Melanie standen in ihren schönsten Hüten mit Wade und Prissy vor der Tür und wollten gerade die übliche Besuchsrunde machen. Scarlett bat um Entschuldigung, daß sie sie nicht begleiten könnte, und ging in ihr Zimmer hinauf.

Als das Räderrollen verklungen war und sie die Familie in sicherer Entfernung wußte, schlüpfte sie leise in Melanies Zimmer und schloß hinter sich ab. Das saubere, jungfräuliche kleine Stübchen lag still und warm in den schrägen Strahlen der Nachmittagssonne. Bis auf ein paar kleine bunte Flickenteppiche lag der Fußboden unbedeckt und glänzend da. An den weißen Wänden war keinerlei Zierde; nur eine Ecke hatte Melanie wie eine Art Altar hergerichtet. Hier hing unter einer drapierten Konföderationsfahne der Degen, den Melanies Vater im mexikanischen Kriege getragen hatte, derselbe, den Charles mit ins Feld genommen hatte. Daneben hingen Charles' Schärpe und Pistolengürtel mit dem Revolver im Halfter. Zwischen Degen und Pistole war eine Daguerreotypie von Charles selbst aufgehängt. Er sah sehr steif und stolz in seiner grauen Uniform aus. Seine großen braunen Augen leuchteten aus dem Rahmen hervor, und ein scheues Lächeln lag auf seinen Lippen.

Scarlett gönnte diesem Bild nicht einen einzigen Blick, sondern schritt quer durch das Zimmer auf den kleinen viereckigen Kasten aus Rosenholz zu, der auf dem Tisch neben dem schmalen Bett stand. Hier zog sie ein Päckchen Briefe hervor, die mit einem blauen Band zusammengebunden waren. Sie waren von Ashleys Hand an Melanie gerichtet. Zuoberst lag der Brief, der an diesem Morgen gekommen war. Scarlett öffnete ihn.

Als sie zuerst damit begonnen hatte, diese Briefe heimlich zu lesen, hatte sie solche Gewissensbisse und solche Angst vor der Entdeckung verspürt, daß sie mit ihren zitternden Händen kaum die Umschläge hatte öffnen können. Allmählich aber war ihr Ehrgefühl durch die Gewohnheit abgestumpft worden. Sogar die Angst vor der Entdeckung hatte sich gelegt. Hin und wieder verspürte sie wohl noch einen Stich in der Brust bei dem Gedanken, was ihre Mutter dazu sagen würde. Sie wußte, daß Ellen sie lieber tot als solcher Unehrenhaftigkeit schuldig sehen würde. Das beunruhigte sie sehr, denn immer noch wollte Scarlett gern in allen Stücken ihrer Mutter gleichen. Aber die Versuchung war zu stark. Sie hatte es überhaupt in dieser Zeit gelernt, sich unerfreuliche Gedanken aus dem Sinn zu schlagen und die Selbstbesinnung auf den nächsten Tag zu verschieben. Wenn dann der nächste Tag da war, so hatte die Schärfe des Konflikts sich schon ein wenig gemildert, und so machte sie sich auch aus ihrer Gewohnheit, Ashleys Briefe zu öffnen, keine Gewissensbisse mehr.

Melanie war mit ihren Briefen sehr freigebig und las häufig Stellen daraus Tante Pitty und Scarlett vor. Aber gerade das, was sie nicht las, quälte Scarlett auf das unerträglichste. Sie mußte wissen, ob Ashley seine Frau seit der Heirat wirklich lieben gelernt hatte oder ob er nur vorgab, sie zu lieben. Schrieb er ihr Zärtlichkeiten? Was für Gefühle drückte er aus und mit wieviel Wärme?

Sorgsam glättete sie das Papier. Da lag Ashleys kleine ebenmäßige Handschrift vor ihr, und sie las: »Meine liebe Frau!« Erleichtert atmete sie auf. Noch immer nannte er Melanie nicht mit einem Kosenamen.

»Meine liebe Frau, Du schreibst mir, Du seist in Unruhe, ob ich nicht meine wahren Gedanken vor Dir verberge, und fragst, was mich diese Tage innerlich beschäftigte.«

»Heilige Mutter Gottes«, dachte Scarlett schuldbewußt. »›Meine wahren Gedanken vor Dir verbergen?‹ Kann denn Melly seine Gedanken lesen? Oder meine? Ahnt sie denn, daß er und ich ...«

Die Hände zitterten ihr vor Angst, als sie weiterlas. Als sie aber an den nächsten Absatz kam, beruhigte sie sich wieder.

»Liebe Melanie, wenn ich etwas vor Dir verborgen habe, so geschah es, weil ich Dir keine neue Last auf die Schultern legen und zu Deiner Unruhe um mich nicht auch noch neue Konflikte hinzufügen wollte. Aber vor Dir kann ich nichts geheimhalten, Du kennst mich zu gut. Mach Dir keine Sorgen, ich bin nicht verwundet, ich bin nicht krank, ich habe genug zu essen und zuweilen auch ein Bett zum Schlafen. Mehr kann ein Soldat nicht verlangen. Aber, Melanie, schwere Gedanken liegen mir auf der Seele, und ich will Dir mein Herz ausschütten.

Ich liege nächtelang wach, wenn das Lager schon längst zur Ruhe ist, und blicke in die Sterne hinauf. Immer wieder stelle ich mir die Frage: ›Warum bist du hier, Ashley Wilkes, und wofür kämpfst du?‹ Gewiß nicht für Ehre und Ruhm. Der Krieg ist ein schmutziges Geschäft, und Schmutz ist mir zuwider. Ich bin keine Soldatennatur und suche nicht leeren Ruhm vor den Mündungen der Kanonen. Und doch bin ich hier im Felde, ich, der ich niemals etwas anderes sein sollte als ein Mann der Arbeit. Die Trompeten bringen mein Blut nicht in Wallung, die Trommeln reißen meinen Fuß nicht mit sich fort. Ich sehe allzu deutlich, daß wir verraten sind, verraten von unserem eigenen Hochmut, von unserem Wahn, einer von uns werde mit einem Dutzend Yankees fertig und König Baumwolle könne die Welt regieren. Verraten auch von Phrasen, Schlagwörtern, Vorurteilen und Gehässigkeiten aus dem Munde derer, die wir geachtet und verehrt haben …

Wenn ich so unter meiner Decke liege und in die Sterne hinaufblicke und mich frage: ›Wofür kämpfst du eigentlich?‹, so denke ich an die Rechte der Staaten, an die Baumwolle und die Neger und an die Yankees, die zu hassen uns anerzogen worden ist, und ich weiß, daß es all dieses nicht ist, was mich bewegt. Aber dann sehe ich Twelve Oaks, und ich denke daran, wie der schräge Mondstrahl zwischen den weißen Säulen spielt, wie überirdisch die Magnolie aussieht, wenn sie sich öffnet, wie die Kletterrosen am heißen Mittag die Veranda beschatten. Ich sehe Mutter dasitzen und nähen, wie sie schon tat, als ich ein kleines Kind war, den Gesang der Schwarzen höre ich, wenn sie am Feierabend müde und hungrig über die Felder kommen. Ich höre das Spill abrollen, wenn der Eimer in den Brunnen hinuntersinkt. Ich sehe die weite Aussicht über die Baumwollfelder hin bis an den Fluß und sehe im Zwielicht aus den Niederungen die Nebel emporsteigen. Darum bin ich hier, und nicht, weil ich irgend jemanden hasse. Vielleicht ist es dies, was man die Liebe zur Heimat und zum Vaterland nennt. Aber, Melanie, es geht noch tiefer. Was ich aufgezählt habe, ist nur das Sinnbild dessen, wofür ich mein Leben aufs Spiel setze. Das Sinnbild des Lebens, wie ich es liebe. Ich kämpfe für die alten Zeiten und die alte Art, die ich liebe. Aber ich fürchte, sie ist für immer dahin, wie auch die Würfel fallen werden. Ob wir den Krieg gewinnen oder verlieren – verlieren tun wir in jedem Fall.

Wenn wir diesen Krieg gewinnen und das Baumwollreich unserer Träume sich verwirklicht, auch dann haben wir verloren, denn dann sind wir ein anderes Volk geworden, und die alte ruhige Lebensweise ist aus dem Leben verschwunden. Vor unseren Türen wird die Welt nach unserer Baumwolle schreien, und wir können ihr den Preis vorschreiben. Dann, so fürchte ich, werden wir sein wie die Yankees, deren Geldgier und Krämergeist wir so verachten. Wenn wir aber verlieren, Melanie, wenn wir verlieren!

Ich fürchte mich vor keiner Gefahr und auch nicht vor dem Tode, wenn mir der Tod bestimmt ist. Was ich fürchte, ist, daß nach diesem Kriege die alte Zeit nie wiederkommen wird. Ihr allein aber gehöre ich an. Ich gehöre nicht der irrsinnigen, mörderischen Gegenwart an und fürchte, ich passe auch in keinerlei Zukunft hinein, und wenn ich mir noch soviel Mühe gebe. Auch Du nicht, Liebes, denn Du und ich, wir sind eines Geblüts. Ich weiß nicht, was die Zukunft bringt, aber so schön und beglückend wie die Vergangenheit kann sie nie werden. Da liege ich und schaue mir die jungen Männer an, die neben mir schlafen, und denke, ob wohl einem von ihnen ähnliche Gedanken kommen, und ob sie wohl wissen, daß sie für eine Sache kämpfen, die seit dem ersten Schuß schon verloren ist? Denn unsere Sache ist die Lebensform, die uns eigen ist, und mit der ist es schon vorbei. Aber ich glaube nicht, daß einem von ihnen solche Gedanken kommen. Wohl ihnen! Das alles habe ich nicht bedacht, als ich Dich um Deine Hand bat. Ich dachte, das Leben in Twelve Oaks müsse so schön und glücklich unwandelbar weitergehen, wie es bisher gegangen ist. Wir sind einander gleich, Melanie, wir haben dieselben stillen Dinge lieb, und ich sah eine lange Strecke ruhiger Jahre vor uns, in denen wir lesen, Musik hören und träumen dürften. Aber nicht dies sah ich voraus, dies nie im Leben! Ach, daß uns all dies zustoßen mußte, dieser Zusammenbruch, dieses blutige Gemetzel, der Haß! Nichts in der Welt wiegt das auf, weder die Rechte der Staaten, noch die Sklaven, noch die Baumwolle. Nichts wiegt das auf, was uns jetzt widerfährt und immer weiter widerfahren wird. Denn wenn die Yankees uns schlagen, so ist die Zukunft voll unerhörten Grauens, und, meine Liebe, es kann sehr wohl geschehen, daß sie uns schlagen.

Ich weiß wohl, ich sollte das nicht schreiben und nicht einmal denken. Aber Du fragst, was mir auf der Seele liegt, und es ist nichts anderes als die Furcht vor der Niederlage. Entsinnst Du Dich noch des Gartenfestes an dem Tage unserer Verlobung? Entsinnst Du Dich jenes Mannes namens Butler aus Charleston, der durch seine Bemerkungen über die Ahnungslosigkeit der Südstaatler fast einen Streit hervorrief, und wie die Zwillinge ihn niederknallen wollten, weil er sagte, wir hätten keine Gießereien und Fabriken, keine Spinnereien und Schiffe, keine Waffenlager und Maschinenwerkstätten? Entsinnst Du Dich seiner Worte, die Flotte der Yankees könne uns so fest abriegeln, daß wir unsere Baumwolle nicht mehr verschiffen könnten? Er hatte recht. Wir kämpfen gegen die modernen Gewehre der Yankees mit Musketen aus dem Revolutionskrieg, und bald werden nicht einmal mehr Arzneien durch die Blockade gelangen. Wir hätten mehr auf solche Zyniker wie Butler hören sollen, die etwas wußten, anstatt auf unsere Staatsmänner, die nur fühlten und redeten. Seine Worte liefen darauf hinaus, daß der Süden einen Krieg führe und nichts weiter besäße als seine Baumwolle und seinen Hochmut. Unsere Baumwolle aber ist wertlos, und nur, was er unsern Hochmut nannte, ist uns geblieben. Ich aber nenne diesen Hochmut unvergleichlichen Mut.«

Scarlett las den Brief nicht zu Ende, sondern faltete ihn sorgsam zusammen und legte ihn in den Umschlag zurück. Er war ihr gar zu langweilig, und all das Gerede von Unglück und Niederlage war ihr zu traurig. Schließlich las sie doch nicht Ashleys Zeilen, um seine Hirngespinste und Grübeleien mitzumachen. Von ihnen hatte sie genug gehört, als er noch in Tara auf der Veranda gesessen hatte. Sie wollte nur wissen, ob er die Glut der Leidenschaft für seine Frau empfand. Bis jetzt schrieb er nichts davon. Bis jetzt hatte sie nichts gelesen, was nicht auch ein Bruder seiner Schwester hätte schreiben können. Liebevolle, ernste oder humoristische Briefe waren es, zuweilen im Ton belehrender Abhandlung gehalten. Aber Liebesbriefe waren es nicht. Scarlett hatte selbst schon zu viele glühende Liebesbriefe bekommen, als daß sie nicht den echten Ton der Leidenschaft hätte erkennen sollen. Hier fehlte er. Wie immer überkam sie auch dieses Mal ein Gefühl der Genugtuung. Sie war überzeugt, daß Ashley sie noch liebte. Sie fragte sich, wie denn Melanie immer noch nicht einsehen wolle, daß Ashley nur Freundschaft für sie hege. Aber Melanie vermißte offenbar nichts in diesen Briefen, hatte sie doch nie im Leben von einem anderen Manne Liebesbriefe erhalten, mit denen sie Ashleys hätte vergleichen können. Scarlett entsann sich mancher schönen Schilderung von Landschaften, Gefechten und Biwaks, wie Darcy Meade seinen Eltern oder Dallas McLure seinen altjüngferlichen Schwestern schrieb, und die mit Stolz in der Nachbarschaft überall herumgeschickt wurden. Scarlett hatte sich oft insgeheim geschämt, daß Melanie keine solchen Briefe von Ashley bekam, die sie in den Nähzirkeln zum besten geben konnte. Manchmal schrieb Ashley so, als ob er den Krieg ganz und gar vergessen habe, er schrieb von Büchern, die er mit Melanie gelesen hatte, von gemeinschaftlich gesungenen Liedern, von alten Freunden oder von Orten, die er kennengelernt hatte. Immer waren sie von einem sehnsüchtigen Heimweh nach Twelve Oaks erfüllt, und manches kam Scarlett vor wie der Aufschrei einer gequälten Seele, die Dingen ins Gesicht sehen muß, welche über ihre Kraft gehen. Sie wurde nicht daraus klug: Wenn er sich vor Schmerz und Tod nicht fürchtete, vor was fürchtete er sich denn?

»Der Krieg bringt ihn aus seiner Ruhe«, überlegte sie, »und alles das mag er nicht, was ihn aus der Ruhe bringt, mich zum Beispiel … Er liebte mich, aber er hatte Angst, mich zu heiraten, weil er fürchtete, ich würde Unruhe in sein

Dasein bringen. Nein, Angst vor mir hatte er eigentlich nicht. Er ist kein Feigling. Er wird in Kriegsberichten erwähnt, und Oberst Sloan hat an Melanie geschrieben, wie tapfer er den Sturmangriff führte. Hat er sich einmal zu etwas entschlossen, so kann niemand tapferer sein als er, aber – er lebt in seinem Innern anstatt draußen in der Welt. Er haßt es, in die unruhige Welt hinaus zu müssen. Hätte ich aber dieses eine an ihm schon damals verstanden, ich weiß, er hätte mich geheiratet.«

Ihre Sehnsucht nach ihm hatte sich seit dem Tage, da sie sich zuerst in ihn verliebte, nicht geändert. Immer noch war die mädchenhafte Schwärmerei für den Mann, den die kindliche Seele nicht begreift, die Anbetung dessen, der alles hat, was sie nicht hat, in Scarlett lebendig. Immer noch war er der vollkommene Ritter aus den Träumen eines kleinen Mädchens, ein Traum, der nichts weiter heischte als die Gewährung der Liebe und nicht weiter ging als bis zum Kuß. Nachdem sie die Briefe gelesen hatte, wußte sie sicher, daß er sie, Scarlett, liebte, obwohl er Melanie geheiratet hatte, und mehr als diese Gewißheit begehrte sie kaum. So jung und unberührt war sie, trotz allem, immer noch. Wäre Charles mit seiner schüchternen Zärtlichkeit an die wirkliche Ader ihrer verborgenen Leidenschaft gestoßen, so würden ihre Träume von Ashley jetzt nicht bei einem Kusse enden. Aber die paar Mondnächte mit Charles hatten sie nicht zur Reife entwickelt. Bisher hatte Leidenschaft ihr nur als Dienst an einer unerklärlichen männlichen Verrücktheit, an der die Frau keinen Teil hat, gegolten, als ein schmerzlicher und peinlicher Vorgang, der unentrinnbar zu dem noch schmerzlicheren und peinvolleren Vorgang des Gebärens führte. Vor der Hochzeit hatte Ellen ihr angedeutet, die Ehe sei etwas, was die Frau mit Würde und Seelenstärke zu ertragen habe. Die verstohlenen Bemerkungen anderer Frauen hatten ihr dies während ihrer Witwenschaft bestätigt. Scarlett war froh, Leidenschaft und Ehe hinter sich zu haben.

Die Ehe hatte sie hinter sich, nicht aber die Liebe. Ihre Liebe zu Ashley war etwas anderes, das nichts mit Leidenschaft und Ehe zu tun hatte, war etwas Heiliges und atemberaubend Schönes, ein Gefühl, das in den langen Tagen der ihr aufgezwungenen Stille heimlich anwuchs und sich von süßen und schmerzlichen Erinnerungen nährte. Und wie immer entglitt die Lösung der Frage, warum sie denn eigentlich Ashley liebe, ihrem allzu ungeübten Verstand. Sie legte die Briefe in die Schatulle zurück und schloß den Deckel. Aber plötzlich fiel ihr der letzte Teil, den sie gelesen hatte, wieder ein. Wie sonderbar, daß etwas, was dieser Kapitän Butler vor einem Jahr gesagt hatte, Ashley noch immer nachging! Kapitän Butler war unleugbar ein Schuft, wenn er auch noch so göttlich tanzte. Nur ein Schuft konnte so etwas über die Konföderierten Staaten sagen wie er damals auf dem Basar.

Sie ging durch das Zimmer an den Spiegel und ordnete voller Zufriedenheit ihr glattes Haar. Ihre Stimmung hob sich wie immer beim Anblick ihrer schönen weißen Haut und ihrer schrägen grünen Augen, und sie lächelte, um ihre reizenden Grübchen zu erproben. Während sie so beglückt ihr Spiegelbild betrachtete, vergaß sie alles andere und dachte nur noch daran, wie gern Ashley immer ihre Grübchen gehabt hatte. Nichts trübte ihre Freude an dem eigenen jugendlichen Zauber und der erneuten Gewißheit von Ashleys Liebe. Sie schloß die Tür auf und ging leichten Herzens die halbdunkle gewundene Treppe hinunter, und nach wenigen Stufen fing sie an, den Walzer vor sich hin zu trällern: »Wenn der grause Krieg zu Ende«.

XII

Der Krieg nahm, mit manchen Erfolgen, seinen Fortgang. Aber die Leute sagten nicht mehr: »Noch ein Sieg, und der Krieg ist aus«, und sie sagten auch nicht mehr, daß die Yankees Feiglinge seien. Es war allmählich allen klargeworden, daß die Yankees alles andere als Feiglinge waren und daß mehr als ein Sieg dazu gehörte, sie zu bezwingen. Immerhin hatte man die Siege in Tennessee, die die Generale Morgan und Forrest gewonnen hatten, und den Triumph der zweiten Schlacht bei Bull Run zu verzeichnen, um sich daran zu weiden wie an sichtbar aufgehängten Yankeeskalps. Aber diese Skalps waren teuer bezahlt worden. Die Lazarette in Atlanta wimmelten von Kranken und Verwundeten, und immer mehr Frauen erschienen in Schwarz. Die einförmige Reihe der Soldatengräber auf dem Oaklandfriedhof wurde von Tag zu Tag länger.

Das konföderierte Geld war beängstigend im Werte gesunken, und die Preise für Nahrungsmittel und Kleidung stiegen entsprechend. Die Requirierungen rissen solche Lücken in die Vorräte, daß man in Atlanta bei den Mahlzeiten sich schon einschränken mußte. Weißes Mehl war so knapp, daß man Maisbrot statt der gewohnten Semmeln, Waffeln und Zwiebacke aß, die Schlachterläden führten fast überhaupt kein Ochsen- und Hammelfleisch mehr, und das wenige vorhandene kostete so viel, daß nur die Reichsten es sich leisten konnten. Immerhin gab es noch genug Schweinefleisch, Hühner und Gemüse.

Die Blockade hatte die Häfen der Konföderierten immer enger umschlossen, und Luxuswaren wie Tee, Kaffee, Seide, Parfüms, Modezeitschriften und Bücher wurden knapp und teuer. Selbst die billigsten Baumwollwaren stiegen schwindelnd im Preise, und die Damen machten voller Trübsal die alten Kleider für das neue Jahr noch einmal zurecht. Webstühle, auf denen sich der Staub vieler Jahre gesammelt hatte, wurden vom Boden geholt und in fast jedem Salon in Gebrauch genommen. Soldaten, Zivilisten, Frauen, Kinder und Neger, alle trugen handgewebte Stoffe. Das Grau verschwand als Farbe der Uniformen fast völlig. An seiner Stelle erschien das Nußbraun der handgewebten Stoffe. Zuzeiten war in den Lazaretten die Knappheit an Chinin, Opium, Chloroform und Jod besorgniserregend. Leinene und baumwollene Binden waren jetzt zu kostbar, um nach Gebrauch fortgeworfen zu werden. Die Damen brachten aus den Lazaretten Körbe blutiger Stoffstreifen mit nach Hause, um sie für weiteren Gebrauch zu waschen und zu bügeln.

Für Scarlett aber, die nun frisch aus der Puppe ihrer Witwenschaft geschlüpft war, bedeutete der Krieg eitel Fröhlichkeit und Erregung. Nicht einmal die kleinen Entbehrungen an Kleidung und Ernährung bekümmerten sie, so glücklich war sie, wieder in der Welt zu sein. Wenn sie an die stumpfsinnigen Zeiten des vergangenen Jahres dachte, kam ihr das neue Leben wie eine einzige Zerstreuung vor. Jeder Tag kündigte sich als aufregendes Abenteuer an, als eine Gelegenheit, wieder neue Männer kennenzulernen, die sie mit Anträgen bestürmten und ihr sagten, wie hübsch sie sei und welche Ehre es wäre, für sie zu kämpfen und womöglich zu sterben. Sie konnte Ashley lieben und tat es, aber das hinderte sie nicht, an anderen Männern ihre Reize zu erproben.

Die Allgegenwart des Krieges gab dem ganzen gesellschaftlichen Leben eine angenehme Formlosigkeit, die die älteren Leute beunruhigte. Mütter trafen bei ihren Töchtern fremde Männer an, die ohne Empfehlungsbriefe zu Besuch gekommen waren und von deren Vorleben und Herkunft niemand etwas wußte. Zu ihrem Entsetzen mußten die Mütter ihre Töchter sogar Hand in Hand mit solchen Männern dasitzen sehen. Mrs. Merriwether, die ihren Mann nicht ein einziges Mal vor der Hochzeit geküßt hatte, traute ihren Augen nicht, als sie Maybelle dabei erwischte, wie sie sich von dem kleinen Zuaven René Picard umarmen ließ, und ihre Bestürzung wuchs, als Maybelle sich nicht einmal deswegen schämte. Selbst die Tatsache, daß René auf der Stelle um ihre Hand anhielt, besserte für sie an der Sache nichts. Mrs. Merriwether hatte das Gefühl, daß der Süden einem vollständigen moralischen Zusammenbruch entgegenging, und ließ das auch des öfteren verlauten. Viele andere Mütter waren von Herzen derselben Meinung und gaben dem Kriege die Schuld an allem.

Männer, die darauf gefaßt sein mußten, binnen einer Woche zu sterben, konnten nicht ein Jahr lang darauf warten, ein Mädchen auch nur mit Vornamen nennen zu dürfen. Sie hatten auch keine Lust, sich den umständlichen festgelegten Formen des Werbens zu unterwerfen, die vor dem Kriege unumstößliche Geltung hatten. Sie hielten womöglich schon nach drei bis vier Monaten um ein Mädchen an, und die Mädchen, die doch wußten, daß eine Dame dem Herrn mindestens die ersten drei Male einen Korb zu geben hatte, stürzten sich schon beim ersten Antrag kopfüber in das Jawort.

Durch diese Formlosigkeit bereitete der Krieg Scarlett viel Freude. Wäre nicht das schreckliche Pflegen und Scharpiezupfen gewesen, so hätte der Krieg für sie ewig dauern können. Sie nahm das Lazarett mit Gleichmut in Kauf, weil es einen unschätzbaren Jagdgrund abgab. Die hilflosen Verwundeten unterlagen kampflos ihren Reizen. Wenn sie ihnen den Verband erneuerte, das Gesicht wusch, die Kissen aufschüttelte und die Fliegen verscheuchte, waren sie auf der Stelle in sie verliebt. Ja, es war wie im Himmel, und Scarlett fühlte sich wieder wie vor ihrer Hochzeit mit Charles. Es war, als hätte sie ihn nie geheiratet und verloren und als wäre keine Geburt und keine Witwenschaft über sie hingegangen. Nichts hatte sich in ihr verändert. Sie besaß ein Kind, aber die anderen Frauen in dem roten Backsteinhaus nahmen sich seiner so liebevoll an, daß sie selber es fast vergaß. Sie war wieder Scarlett O'Hara, die Königin der Provinz. Ihr Denken und Tun war dasselbe wie früher, nur ihr Betätigungsfeld hatte sich unendlich erweitert. Ohne der Mißbilligung von Tante Pittys Freundinnen und anderen alten Damen zu achten, benahm sie sich wie vor ihrer Ehe, ging auf Gesellschaften und Tanztees, ritt und flirtete wie ein junges Mädchen. Nur ihre Trauer legte sie nicht ab, denn dies hätte bei Pittypat und Melanie das Faß zum Überlaufen gebracht. Sie war eine ebenso reizende Witwe, wie sie ein reizendes Mädchen gewesen war: liebenswürdig, wenn man ihr den Willen tat, zuvorkommend, solange es ihr nicht unbequem wurde, und voller Stolz auf ihre Schönheit und Beliebtheit; und selbst der Gedanke, daß Ashley einer anderen gehörte, war leichter zu ertragen, wenn er fern war. Über die Hunderte von Meilen Entfernung hinweg war es ihr manchmal, als gehörte sein Herz ihr nicht weniger als Melanie.

So flogen die Herbstmonate dieses Jahres 1862 dahin. Dann und wann fuhr sie zu einem kurzen Besuch nach Tara. Diese Besuche waren für sie eine Enttäuschung. Zu den langen ruhigen Gesprächen mit ihrer Mutter, auf die sie sich in Atlanta gefreut hatte, war wenig Gelegenheit vorhanden. Sie hatte keine Muße und Geduld, dabeizusitzen, wenn Ellen nähte, den schwachen Zitronen- und Verbenenduft, der ihre Mutter umgab, einzuatmen und ihre weichen Hände mit sanfter Liebkosung auf der Wange zu fühlen. Ellen war von früh bis spät auf den Beinen. Sie war mager geworden und immer ganz mit ihren Gedanken beschäftigt. Die Requisitionen für die konföderierten Truppen wurden von Monat zu Monat größer, und Ellen hatte alle Hände voll zu tun, größere Erträgnisse aus Tara herauszuwirtschaften. Sogar Gerald hatte zum erstenmal seit langen Jahren wieder reichlich zu tun. Er hatte keinen Ersatz für den Aufseher Jonas Wilkerson finden können und ritt nun selbst über seine Felder und sah nach dem Rechten. Auch Scarletts Schwestern steckten tief in ihren eigenen Angelegenheiten. Suellen war jetzt mit Frank Kennedy zu einem Einverständnis gekommen und sang das Lied »Wenn der grause Krieg zu Ende« so aufdringlich und anzüglich, daß Scarlett es kaum noch ertragen konnte. Carreen war zu sehr in Träumereien über ihren Brent versunken, um selber eine teilnehmende Gefährtin zu sein.

Obwohl Scarlett sich jedesmal freute, wenn sie nach Tara ging, kamen ihr die unvermeidlichen Briefe Pittys und Melanies, worin sie um ihre Rückkehr baten, doch niemals ungelegen. Ellen seufzte dann jedesmal, denn immer wieder wurde es ihr schwer, ihre älteste Tochter und ihr einziges Enkelkind herzugeben. »Ich darf nicht selbstsüchtig sein«, sagte sie, »wenn du in Atlanta im Lazarett gebraucht wirst. Kaum daß ich begriffen habe, mein Liebling, daß du da bist und wieder mein kleines Mädchen bist und ich vieles mit dir reden müßte, so fährst du schon wieder davon.«

»Ich bin immer dein kleines Mädchen«, sagte dann wohl Scarlett und legte den Kopf an Ellens Brust. Sie verschwieg ihrer Mutter, daß Tanz und Verehrer sie nach Atlanta zurückholten und nicht der Dienst an der Sache der Konföderierten. Sie hatte viel vor ihrer Mutter zu verheimlichen. Vor allem aber verschwieg sie ihr, daß Rhett Butler so häufig bei Tante Pittypat aus und ein ging.

In den Monaten nach dem Basar kam Rhett Butler jedesmal, wenn er in der Stadt war, bei Tante Pittypat zu Besuch, fuhr Scarlett mit seiner Equipage spazieren, begleitete sie auf Tanzereien und Basare und wartete draußen vor dem Lazarett, um sie nach Hause zu bringen. Allmählich schwand in ihr die Angst, er würde ihr Geheimnis verraten. Aber nie kam in ihr die beunruhigende Erinnerung zum Schweigen, daß er wußte, wie es in Wahrheit um ihr Herz stand. Dies lähmte ihr die Zunge, wenn er sie ärgerte, und er ärgerte sie häufig.

Er war Mitte der Dreißiger, also älter als irgendein Verehrer, den sie bislang gehabt hatte, und sie fühlte sich ihm gegenüber hilflos wie ein Kind und völlig unfähig, mit ihm so umzuspringen, wie sie es mit den Verehrern, die ihr im Alter näher standen, gewohnt war. Er wirkte so, als habe ihn im Leben noch niemals etwas überrascht, vieles dagegen belustigt, und wenn er sie so weit hatte, daß sie innerlich kochte, so schien er dies wie ein ergötzliches Schauspiel zu genießen. Oft brach bei ihr der offene Zorn über die gerissenen Winkelzüge, mit denen er sie quälte, hervor. Denn bei aller Sanftmut des Antlitzes, Ellens täuschendem Erbteil, hatte sie Geralds leicht aufbrausendes irisches Blut in den Adern. Bisher hatte sie sich nie Mühe gegeben, sich zu beherrschen, außer in Ellens Gegenwart. Jetzt aber tat es weh, sich aus Angst vor seinem spöttischen Grinsen beherrschen zu müssen. Wenn er doch nur ein einziges Mal selber in Zorn hätte geraten wollen, dann wäre sie nicht mehr gar so sehr im Nachteil gegen ihn gewesen!

Nach all diesen Wortgefechten, aus denen sie selten als Siegerin hervorging, schwor sie, nichts mehr mit ihm zu tun haben zu wollen, weil er unmöglich, ungezogen und kein Gentleman sei. Aber nach einiger Zeit kehrte er nach Atlanta zurück, machte seinen Höflichkeitsbesuch bei Tante Pitty und überreichte Scarlett mit übertriebener Liebenswürdigkeit eine Schachtel mit Konfekt, die er ihr aus Nassau mitgebracht hatte. Hin und wieder belegte er bei einem Konzert einen Platz neben ihr, oder er forderte sie zum Tanz auf, und seine sanfte Unverschämtheit machte ihr meistens so viel Spaß, daß sie lachend über seine verflossenen Missetaten hinwegsah, bis er die nächste beging.

Trotz all seiner höchst ärgerlichen Eigenschaften freute sie sich von Mal zu Mal mehr auf seine Besuche. Er hatte etwas Aufregendes an sich, das sie sich nicht erklären konnte und das ihn von allen Männern unterschied, die sie bisher kennengelernt hatte. Die Anmut seines athletischen Körpers hatte etwas Atemberaubendes, so daß schon sein Eintreten in ein Zimmer ihr etwas wie einen körperlichen Stoß versetzte. Seine Frechheit und der unbeirrbare freundliche Spott in seinen dunklen Augen forderte ihren heißen Wunsch heraus, ihn zu besiegen.

»Es ist fast, als wäre ich in ihn verliebt!« dachte sie erschrocken, »aber das bin ich nicht, und ich begreife es einfach nicht.«

Aber das aufregende Gefühl wollte nicht weichen. Wenn er zu Besuch kam, nahm sich Tante Pittys wohlausgestattetes vornehmes Heim neben seiner unbändigen Männlichkeit klein, blaß, ja geradezu muffig aus. Scarlett war nicht das einzige Mitglied des Haushaltes, das widerwillig in Kapitän Butlers Bann gezogen wurde. Auch Tante Pitty hielt er in ständiger Gärung und Erregung.

Pitty wußte ganz genau, daß Ellen diese Besuche bei ihrer Tochter mißbilligen würde, und ebenfalls, daß die Acht, die von der guten Gesellschaft Charlestons über ihn verhängt war, nicht leichtfertig übersehen werden durfte. Aber seinen klugen Höflichkeiten konnte sie sowenig widerstehen wie die Fliege dem Honigtopf. Überdies brachte er ihr häufig ein kleines Geschenk aus Nassau mit, das er, wie er ihr versicherte, eigens für sie gekauft und unter Lebensgefahr durch die Blockade geschmuggelt hatte: Kärtchen mit Näh- und Stecknadeln, Knöpfe, Spulen mit Seide und Haarspangen. Diese kleinen Luxusartikel zu bekommen, war jetzt fast unmöglich. Die

Damen trugen handgeschnitzte Haarspangen aus Holz und überzogen Eicheln mit Stoff, um sie als Knöpfe zu verwenden. Pitty hatte nicht die Kraft, diese Geschenke auszuschlagen. Überdies hatte sie eine kindische Freude an eingepackten Überraschungen und konnte der Versuchung niemals widerstehen, sie auszuwickeln. War dies aber einmal geschehen, so hatte sie das Recht verwirkt, das Geschenk noch zurückzuweisen. Alsdann aber brachte sie wiederum den Mut nicht mehr auf, ihm zu sagen, daß es bei seinem schlechten Ruf unschicklich sei, drei alleinstehende Damen, die ohne männlichen Schutz lebten, zu besuchen. Tante Pitty hatte immer das Gefühl, sie brauche einen männlichen Schutz, wenn Rhett Butler im Hause war.

»Ich weiß nicht, was es mit ihm ist«, seufzte sie dann wohl hilflos. »Er könnte wirklich ein so netter, anziehender Mann sein, wenn man nur einmal das Gefühl haben dürfte ... nun, ja, daß er im tiefsten Herzen die Frauen achtet!«

Melanie aber hielt, seit sie ihren Ehering wiederbekommen hatte, Rhett Butler für einen Gentleman von ungemein feinem Zartgefühl und war über Pittys Bemerkung entrüstet. Gegen sie versagte seine Ritterlichkeit niemals; wenn sie ihm gegenüber zaghaft war, so war sie es, weil nun einmal jeder Mann, den sie nicht von Kindheit auf kannte, sie einschüchterte. Insgeheim tat Kapitän Butler ihr sehr leid, was ihm, wäre er es gewahr geworden, größten Spaß bereitet hätte. Sie war überzeugt, daß irgendein romantischer Kummer ihm das Leben zerstört und ihn hart und bitter gemacht habe, und sie glaubte, daß ihm nur die Liebe einer guten Frau fehle. In ihrem ganzen umhüteten Dasein hatte sie nie das Böse gesehen und hielt es überhaupt kaum für möglich. Wenn etwa über Rhett und das bewußte Mädchen in Charleston getuschelt wurde, so war sie ungläubig und voller Empörung. Es nahm sie keineswegs gegen ihn ein, sondern ihre Entrüstung über das große Unrecht, das man ihm antat, erhöhte nur ihre schüchterne Huld.

Scarlett dagegen war insgeheim derselben Ansicht wie Tante Pitty. Auch sie hatte das Gefühl, daß er für keine Frau Achtung empfände, außer vielleicht für Melanie. Sie fühlte sich noch immer nackend ausgezogen, wenn sein Blick ihre Gestalt von oben bis unten abmaß. Nicht, daß er jemals etwas Ungezogenes gesagt hätte. Dann hätte sie ihn mit hitzigen Worten zurechtweisen können. Es war die Art, wie seine Augen mit ihrer sanften Unverschämtheit aus seinem gebräunten Piratengesicht hervorschauten, als wären alle Frauen sein Eigentum und nach Belieben zu seinem Genusse geschaffen. Nur Melanie schaute er niemals so an. Ihr gegenüber hatte er nie den kühlen Ausdruck des abschätzenden Kenners, seine Augen waren dann frei von jeder Spöttelei. Er sprach zu ihr in einem ganz besonderen Ton, höflich, ehrerbietig und dienstbeflissen.

»Ich kann nicht einsehen, warum Sie gegen Melanie soviel höflicher sind als gegen mich«, bemerkte Scarlett eines Nachmittags unzufrieden, als Melanie und Pitty sich zur Mittagsruhe zurückgezogen hatten und sie mit Rhett Butler allein war. Eine Stunde lang hatte sie zugesehen, wie Rhett geduldig das Garn hielt, das Melanie zum Stricken aufwickelte. Sie hatte den gleichmütigen und undurchdringlichen Ausdruck auf seinem Gesicht bemerkt, als Melanie voller Stolz von Ashley und seiner Beförderung erzählte. Scarlett wußte ja, daß Rhett keine sonderlich hohe Meinung von Ashley hatte und daß ihm seine Beförderung zum Major ganz gleichgültig war. Dennoch antwortete er höflich und murmelte etwas geziemend Beifälliges über Ashleys Tapferkeit.

»Wenn aber ich nur Ashleys Namen nenne«, dachte sie unwillig, »zieht er die Braue in die Höhe und setzt sein widerliches, wissendes Lächeln auf!«

»Ich bin viel hübscher als sie«, fuhr sie fort, »ich sehe nicht ein, warum Sie gegen sie soviel höflicher sind.«

»Darf ich zu hoffen wagen, daß Sie eifersüchtig sind?«

»Oh, bilden Sie sich das nur ja nicht ein!«

»Wieder eine Hoffnung zertrümmert! Wenn ich gegen Mrs. Wilkes höflicher bin, so deshalb, weil sie es verdient. Sie ist einer der ganz wenigen gütigen, aufrichtigen und selbstlosen Menschen, die ich je gekannt habe. Aber möglicherweise sind diese Eigenschaften Ihrer Aufmerksamkeit entgangen. Außerdem ist sie bei all ihrer Jugend eine der wenigen wirklich vornehmen Damen, die zu kennen ich den Vorzug gehabt habe.«

»Wollen Sie damit sagen, daß Sie mich nicht für eine vornehme Dame halten?«

»Ich meine, wir wären schon bei unserer ersten Begegnung übereingekommen, daß Sie überhaupt keine Dame sind.«

»Nun besitzen Sie wieder die Ungezogenheit, hiervon anzufangen! Wie können Sie eine kleine kindische Aufwallung so ernst nehmen! Es ist schon so lange her, ich bin seitdem erwachsen geworden und hätte es längst vergessen, wenn Sie nicht immerfort mit Ihren Andeutungen wieder daran rühren würden.«

»Nach meiner Ansicht war das gar keine kleine kindische Aufwallung, und ich glaube auch nicht, daß Sie sich inzwischen geändert haben. Sie sind jetzt genau wie damals imstande, Vasen zu zerschmeißen, wenn etwas nicht nach Ihrem Kopfe geht. Nur bekommen Sie jetzt meistens Ihren Willen, und deshalb besteht zu Wutanfällen kein Grund mehr.«

»Ach, Sie sind ein … Wäre ich doch ein Mann! Dann würde ich Sie fordern und …«

»… und für Ihre Mühe totgeschossen werden. Ich kann auf fünfzig Schritt ein Zehncentstück durchschießen. Halten Sie sich nur lieber an Ihre eigenen Waffen – Augen, Grübchen, Vasen und dergleichen.«

»Sie sind ganz einfach ein Schuft.«

»Soll ich nun deswegen in Wut geraten? Es tut mir leid, Sie da enttäuschen zu müssen. Sie können mich nicht dadurch in Wut bringen, daß Sie mir die Wahrheit sagen. Ich bin ein Schuft – warum auch nicht? Wir wohnen in einem freien Lande, da darf man ein Schuft sein, wenn man dazu Lust hat. Nur Heuchler wie Sie, meine liebe Dame, die Sie nicht minder schwarz von Herzen sind als ich, aber es zu verbergen suchen, fahren aus der Haut, wenn man sie bei ihrem rechtmäßigen Namen nennt.«

Seinem gelassenen Lächeln und seinen sanften unbeirrbaren Bemerkungen gegenüber war sie hilflos. Noch nie zuvor hatte sie solch einen Menschen getroffen, und alle ihre gewohnten Waffen – Verachtung, Kälte und Beschimpfungen – wurden ihr unter den Händen stumpf. Es gab nichts, dessen dieser Mensch sich je schämen würde. Nach ihrer Erfahrung verteidigte der Lügner am leidenschaftlichsten seine Aufrichtigkeit, der Feigling seinen Mut, der Flegel seine Wohlerzogenheit und der Schuft seine Ehre. Bei Rhett Butler war das alles anders. Er lachte über alles und forderte sie nur dazu heraus, noch mehr zu sagen.

In diesen Monaten ging er bei ihr nach Belieben ein und aus, kam unangemeldet oder blieb weg, ohne sich zu verabschieden. Nie kam Scarlett dahinter, welche Geschäfte ihn eigentlich nach Atlanta führten. Nur wenige Blockadebrecher hielten es für nötig, sich so weit von der Küste zu entfernen. Sie brachten ihre Ladung in Wilmington oder Charleston an Land, wo Schwärme von Händlern und Spekulanten sie erwarteten, die aus dem ganzen Süden dort zusammenströmten, um die durchgeschmuggelten Waren zu ersteigern. Gern hätte Scarlett sich dem Glauben hingegeben, er mache diese Reisen eigens, um sie zu besuchen. Aber selbst ihre ausgeprägte Eitelkeit gestattete es ihr nicht. Hätte er ihr nur jemals eine Liebeserklärung gemacht oder sich eifersüchtig auf andere Männer, die sie umschwärmten, gezeigt, hätte er auch nur versucht, ihre Hand zu drücken, oder um ein Bild oder ein Taschentuch zum Andenken an sie gebeten, sie hätte triumphiert und an ihren Sieg zu glauben begonnen. Aber zu ihrem Ärger war er mit keinem Mittel zu dieser Rolle zu bewegen, und, was das schlimmste war, er schien all die kleinen Machenschaften, mit denen sie ihn auf die Knie zwingen wollte, zu durchschauen. Jedesmal, wenn er in die Stadt kam, geriet die gesamte Weiblichkeit in Aufruhr. Ihn umschwebte nicht nur die Romantik des Blockadebrechers, um ihn war auch der Kitzel des Bösen und Verbotenen. Sein Ruf wurde jedesmal, wenn die Matronen von Atlanta zum Klatsch zusammenkamen, noch ein bißchen schlechter, aber damit freilich wurde sein Nimbus für die jungen Mädchen nur immer noch größer. Die meisten von ihnen waren ganz unschuldige Kinder und hatten wohl einmal gehört, er benähme sich »locker mit Frauen«; wie aber ein Mann das eigentlich machte, war ihnen keineswegs klar. Auch hörten sie raunen, daß kein Mädchen vor ihm sicher sei. Bei einem solchen Ruf war es immerhin verwunderlich, daß er seit seinem ersten Erscheinen in Atlanta keinem Mädchen auch nur die Hand geküßt hatte. Aber das machte ihn nur immer noch geheimnisvoller und aufregender.

Abgesehen von den Helden an der Front war er in Atlanta derjenige, von dem am meisten die Rede war. Jedermann kannte alle Einzelheiten darüber, wie er wegen Trunkenheit und einer »Geschichte mit einer Frau« aus West Point ausgewiesen worden war. Der grauenhafte Skandal mit dem Mädchen aus Charleston, das er kompromittiert, und dem Bruder, den er totgeschossen hatte, war offenes Geheimnis. Durch Briefwechsel mit Leuten aus Charleston kam ferner zutage, daß sein Vater, ein reizender alter Herr mit eisernem Willen und einem Rückgrat wie ein Ladestock, ihn mit zwanzig Jahren ohne einen Cent aus dem Hause gejagt und sogar seinen Namen aus der Familienbibel gestrichen hatte. Darauf war er in dem Goldfieber von 1849 nach Kalifornien und von dort nach Südamerika und Kuba gegangen. Die Berichte über seine Wirksamkeit in jenen Gegenden waren ebenfalls nicht erbaulich. Frauengeschichten, Schießereien, Waffenschmuggel und Aufruhr in Mittelamerika und endlich, als Ärgstes, berufsmäßiges Kartenspiel zierten diesen Lebenslauf, wie er in Atlanta von Mund zu Mund ging. Fast jede Familie in Georgia hatte zu ihrem Leidwesen irgendein männliches Mitglied oder einen Verwandten, der Geld, Häuser, Ländereien und Sklaven verspielte. Aber das war etwas anderes. Ein Mann konnte sich arm spielen und trotzdem Gentleman bleiben. Ein berufsmäßiger Spieler aber blieb immer ein Ausgestoßener.

Nur infolge der zerrütteten Kriegsmoral und der Dienste, die Rhett Butler den Konföderierten Staaten erwies, wurde er überhaupt in Atlanta empfangen. Jetzt hatten auch die beschränktesten Geister das Gefühl, sie könnten dem Vaterland zuliebe etwas weitherziger sein. Die Sentimentalen neigten zu der Ansicht, das schwarze Schaf der Familie Butler kehre reuig von seinen Abwegen zurück und sei willens, seine Sünden zu büßen. Daraufhin fühlten sich die Damen verpflichtet, besonders bei einem so verwegenen Blockadebrecher, ein Auge zuzudrücken. Jeder wußte genau, daß das Schicksal der Südstaaten ebensosehr von der Geschicklichkeit der Blockadekapitäne abhing, der Flotte der Yankees zu entrinnen, wie von den Soldaten, die im offenen Kampf an der Front standen.

Das Gerücht wußte zu melden, Kapitän Butler sei einer der geschicktesten Seefahrer des Südens, furchtlos und ohne eine Spur von Nerven. Er war in

Charleston aufgewachsen und kannte in der Umgebung des Hafens jede Bucht, jede Fahrrinne, Untiefe und Klippe der Küste Carolinas, und ebenso war er in den Gewässern um Wilmington zu Hause. Noch nie hatte er ein Schiff verloren oder auch nur eine Ladung versenken müssen. Zu Beginn des Krieges war er mit genug Geld aus der Verborgenheit aufgetaucht, um sich ein kleines, schnelles Boot zu kaufen, und jetzt, seitdem an jeder Ladung von ihm geschmuggelter Waren zweitausend Prozent verdient wurden, war er Eigentümer von vier Booten. Er hatte gute Lotsen und bezahlte sie anständig. In dunklen Nächten verließen sie Charleston und Wilmington mit Baumwolle für Nassau, England und Kanada. Die englischen Baumwollspinnereien waren stillgelegt, und die Arbeiter hungerten; jeder Blockadefahrer, der durch die Flotte der Yankees gelangte, konnte in Liverpool seine Preise diktieren. Rhett Butlers Schiff hatte ein erstaunliches Glück, sowohl bei der Ausfuhr von Baumwolle wie beim Einbringen von Kriegsmaterial, woran im Süden bitterer Mangel herrschte. Ja, die Damen meinten, diesem tapferen Mann müsse man viel vergeben und nachsehen.

Er war eine blendende Erscheinung – einer, nach dem die Leute sich umsahen. Er warf mit Geld um sich, ritt einen prachtvollen Rappenhengst und war mit seinem Anzug immer auf der Höhe der Eleganz. Schon das genügte, um die Aufmerksamkeit auf ihn zu lenken; denn die Waffenröcke der Soldaten waren abgetragen und schmutzig. Die Anzüge der Zivilisten wiesen Flicken und Stopfstellen auf. Scarlett meinte, sie habe nie so elegante Hosen gesehen, wie er sie trug, rehfarben, schwarz-weiß in schottisch oder kariert. Seine Westen waren unbeschreiblich schick, besonders die aus weißem Moiré mit winzigen gestickten Rosenknospen darauf. Alle diese Kleidungsstücke überbot er noch durch die elegante lässige Art, sie zu tragen, als wisse er von ihrer Erlesenheit nichts.

Wenige Frauen konnten seinen Reizen widerstehen, wenn er geruhte, sie spielen zu lassen, und schließlich gab sogar Mrs. Merriwether klein bei und lud ihn eines Sonntags zum Mittagessen ein.

Maybelle Merriwether sollte den kleinen Zuaven heiraten, wenn er das nächstemal auf Urlaub kam, und weinte jedesmal, wenn sie daran dachte. Sie hatte es sich in den Kopf gesetzt, sich in einem weißen Atlaskleid trauen zu lassen, aber in den ganzen Südstaaten war kein weißer Atlas mehr aufzutreiben. Auch borgen konnte sie keinen, denn die Atlaskleider früherer Jahre waren zu Regimentsfahnen verarbeitet worden. Es fruchtete auch nichts, daß die patriotische Mrs. Merriwether ihre Tochter ausschalt und ihr vorhielt, daß nur handgewebter Stoff sich für das Hochzeitskleid einer konföderierten Braut zieme. Maybelle wollte durchaus Atlas. Bereitwillig und stolz verzichtete sie auf Haarnadeln, Knöpfe und schöne Schuhe, auf Zucker und Tee um der heiligen Sache willen, aber ein Brautkleid aus Atlas wollte sie haben. Rhett Butler erfuhr durch Melanie davon, brachte aus England etliche Meter schimmernden weißen Atlas sowie einen Spitzenschleier mit und überreichte ihr die Kostbarkeiten als Hochzeitsgeschenk. Er richtete es so ein, daß es undenkbar war, dabei von Bezahlung zu sprechen. Maybelle war so selig, daß sie ihn beinahe geküßt hätte. Mrs. Merriwether wußte gut, daß ein so wertvolles Geschenk – und nun gar Kleidung – höchst unschicklich war. Aber ihr fiel durchaus keine passende Erwiderung ein, als Rhett Butler ihr in blumenreichen Ausdrücken versicherte, nichts sei zu gut und kostbar als Schmuck für die Braut eines unserer tapferen Helden. Mrs. Merriwether lud ihn also zum Essen ein in dem Gefühl, ein solches Zugeständnis sei eine mehr als angemessene Bezahlung für das kostbare Geschenk.

Nicht nur den Atlas brachte er Maybelle mit, sondern auch noch den unbezahlbaren Rat, wie sie das Brautkleid am modernsten anfertigen lassen sollte. In Paris wurden diese Saison die Reifen breiter und die Röcke kürzer getragen, nicht mehr gefältelt, sondern in Bogen gerafft, unter denen litzenbesetzte Unterröcke hervorschauten. Auch sagte er, er habe auf der Straße keine Spitzenhöschen mehr unter den Reifröcken herauslugen sehen und glaube deshalb, sie seien aus der Mode gekommen. Mrs. Merriwether erzählte ihrer Freundin Mrs. Elsing später, wenn sie ihn auch nur im geringsten dazu ermuntert haben würde, so hätte er ihr genauestens beschrieben, was für Leibwäsche die Pariserinnen trügen.

Wäre er nicht so ausgesprochen männlich gewesen, so hätte man ihm seine Fähigkeit, Kleider, Hüte und Haartrachten im Kopf zu behalten, als weibische Eigenschaft schlimmster Art angekreidet. Den Damen war es nie ganz geheuer, wenn sie ihn mit ihren Modefragen bestürmten, aber sie taten es trotzdem. Sie waren von der Modewelt abgeschnitten wie gestrandete Seeleute, denn nur wenig Zeitschriften schlüpften durch die Blockade. Die französischen Damen hätten sich den Kopf rasieren und Bärenmützen tragen können, hier hätte man nichts davon gewußt. Rhett Butlers ausgezeichnetes Gedächtnis war daher ein guter Ersatz für »Godeys Damenalmanach«. Er hatte ein unfehlbares Auge für all die modischen Kleinigkeiten, die den Frauen am Herzen liegen. Nach jeder Europareise sah man ihn wieder als Mittelpunkt eines Schwarms von Damen, denen er berichtete, daß die Hüte dieses Jahr kleiner seien und höher auf dem Kopf säßen, den sie immerhin zum größten Teil bedeckten, daß nicht mehr Blumen, sondern Federn zur Verzierung dienten, daß die französische Kaiserin zur Abendtoilette keinen Chignon mehr trage, sondern ihr Haar ganz oben auf dem Kopf auftürme und die Ohren völlig frei lasse, daß die Abendkleider wieder anstößig tief ausgeschnitten seien. Einige Monate lang war er also trotz den unbestimmten

Gerüchten, er spekuliere obendrein mit Nahrungsmitteln, die beliebteste und romantischste Gestalt in der Stadt. Wer ihn nicht mochte, behauptete, jedesmal, wenn er nach Atlanta käme, schnellten die Preise von neuem um ein paar Dollar in die Höhe. Aber bei allem Klatsch hätte er so beliebt bleiben können, wie er nur wollte, wenn es ihm nur der Mühe wert gewesen wäre. Statt dessen schien es, als diente die Gesellschaft gesetzter Patrioten ihm nur zum Zeitvertreib, als triebe ihn, nachdem er die widerwillige Hochachtung gewonnen hatte, eine neue Schrulle, sie eigens vor den Kopf zu stoßen und ihr zu zeigen, wie gleichgültig sie ihm sei.

Es war, als hege er für alles und jedes im Süden und insbesondere für die Konföderierten Staaten nur Verachtung und gebe sich nicht einmal Mühe, dies zu verbergen. Bei seinen Bemerkungen über die Konföderierten wurde Atlanta zuerst stutzig, dann kühl und zuletzt wütend. Noch ehe das Jahr 1862 zu Ende ging, grüßten ihn die Männer nur noch mit eisiger Kälte, und die Frauen fingen an, ihre Töchter nicht aus den Augen zu lassen, wenn er in einer Gesellschaft erschien. Er machte sich offenbar ein Vergnügen daraus, nicht nur die Wohlgesinnten in Atlanta vor den Kopf zu stoßen, sondern auch sich selbst im denkbar schlechtesten Licht erscheinen zu lassen. Wenn man ihm eine Schmeichelei über seine Tapferkeit sagte, erwiderte er sanft, er habe in der Gefahr immer Angst, genau wie die braven Jungen an der Front. Jedermann wußte, daß es einen feigen Soldaten bei den Konföderierten noch nie gegeben hatte, und fand eine solche Feststellung ganz besonders ungehörig. Von den Soldaten sprach er immer als von »unseren braven Jungens« oder »unseren grauen Helden«, und das in einem Ton, der nur allzudeutlich die äußerste, schimpflichste Ironie durchblicken ließ. Wenn kokette junge Damen ihm dafür Dank sagten, daß er einer der Helden sei, die für sie kämpften, verbeugte er sich bescheiden und erklärte, das sei nicht der Fall; denn er würde dasselbe für die Damen der Yankees tun, wenn dieselbe Summe Geldes dabei herausspränge.

Auch mit Scarlett hatte er seit ihrem ersten Zusammentreffen in Atlanta in diesem Ton gesprochen. Wenn er bewundert wurde, antwortete er unfehlbar, seine Heldentaten seien für ihn nur ein Geschäft. Wenn er mit Regierungsaufträgen ebensoviel Geld verdienen könnte, pflegte er zu sagen und dabei diejenigen anzusehen, die Regierungsaufträge hatten, dann würde er sicher nicht mehr die Gefahr der Blockadeschiffahrt auf sich nehmen, sondern lieber den Konföderierten schlechtes Tuch, sandigen Zucker, verdorbenes Mehl und rissiges Leder verkaufen.

Die meisten solcher Bemerkungen wirkten um so schlimmer, als sie nicht zu widerlegen waren. Mit den Inhabern von Regierungsaufträgen war es schon zu Skandalen gekommen. Die Frontkämpfer beklagten sich in ihren

Briefen fortwährend über Schuhe, die in einer Woche zerschlissen seien, über Pulver, das nicht zündete, über Zaumzeug, das zerriß, über verdorbenes Fleisch und Mehl voller Würmer. Die Leute aus Atlanta suchten sich einzureden, daß die Firmen, die der Regierung solchen Schund verkauften, aus Alabama, Virginia oder Tennessee, nicht aber aus Georgia sein müßten. Unter den Vertragsinhabern aus Georgia waren ja Männer aus den allerbesten Familien. Waren sie nicht die ersten, die Betriebskapital für Lazarette und Beiträge für die Hinterbliebenen zeichneten? Die ersten, die jubelten und Beifall klatschten, wenn »Dixie« gespielt wurde, die Blutdürstigsten, wenn von der Vernichtung der Yankees die Rede war? Noch war die Flut des Unwillens gegen die Kriegsgewinnler nicht auf ihrer vollen Höhe, und Rhett Butlers zynische Worte zeugten nur für seine schlechte Erziehung.

Er beleidigte die Stadt nicht nur dadurch, daß er hochgestellten Mitbürgern Bestechlichkeit zutraute und den Mut der Frontkämpfer in Frage stellte, er fand auch Vergnügen daran, die würdige Bürgerschaft in peinliche Lagen zu bringen. Er konnte der Versuchung nicht widerstehen, dem Dünkel, der Heuchelei und der Vaterlandsliebe seiner Umgebung Nadelstiche zu versetzen, sowenig, wie ein kleiner Junge es sich verkneifen kann, einen Luftballon anzustechen. Fein säuberlich und fast unmerklich wurde von ihm alles Pathos entwertet, die Unwissenheit entlarvt, das Frömmlertum verspottet. Er fing es so schlau an, seine Opfer durch scheinbar höflichste Anteilnahme aus sich herauszulocken, daß sie nie genau wußten, was eigentlich geschehen war, bis sie als offenkundige Windbeutel und Narren am Pranger standen.

Während der Monate, die er in der Stadt eine so große Rolle gespielt, hatte sich Scarlett keinen Illusionen über ihn hingegeben. Sie wußte, daß er die Rolle des schneidigen Patrioten zum bloßen Spaß und Zeitvertreib spielte. Manchmal kam er ihr vor wie die Jungens aus der Provinz, mit denen sie aufgewachsen war, die wilden Zwillinge Tarleton mit ihrem unbändigen Hang zu Streichen, die Fontaines, die nichts wie Unfug im Kopf hatten, und die Calverts, die nächtelang aufsaßen und Schabernack trieben. Aber da war ein Unterschied. Denn hinter Rhetts scheinbarer Freundlichkeit war etwas Boshaftes, ja in seiner sanften Brutalität etwas Finsteres verborgen.

Obwohl Scarlett seine Unaufrichtigkeit gründlich durchschaute, hatte sie ihn doch lieber in der Rolle des romantischen, tapferen Seefahrers. Diese Rolle machte es ihr leichter, mit ihm gemeinsam in Gesellschaften zu erscheinen, als es im Anfang der Fall gewesen war. Deshalb ärgerte es sie sehr, daß er die Maske fallen ließ und geflissentlich darauf ausging, Atlantas Wohlwollen wieder zu verscherzen. Es ärgerte sie, weil es ihr so töricht vorkam, und auch, weil manches harte Urteil, das ihm zugedacht war, gleichzeitig auf sie fiel. Auf Mrs. Elsings musikalischem Wohltätigkeitsfest zum Besten der genesenden

Lazarettinsassen geschah es, daß Butler sich sein endgültiges Scherbengerichtsurteil selbst ausstellte. An diesem Nachmittag wimmelte es bei Elsings von Gästen, jeder Stuhl im Hause war besetzt, und sogar die lange gewundene Treppe hinauf drängten sich die Besucher. Die große Kristallschale, mit welcher der Diener an der Tür stand, mußte zweimal von Silbermünzen geleert werden, und das genügte schon, um den Erfolg sicherzustellen, denn ein Silberdollar war sechzig Dollar in konföderiertem Papiergeld wert.

Jedes Mädchen, das auf einiges Talent Anspruch machte, hatte bereits gesungen oder Klavier gespielt, und die lebenden Bilder waren mit lautem Beifall aufgenommen worden. Scarlett war sehr mit sich zufrieden. Sie hatte nicht nur mit Melanie ein rührendes Duett und ein lustiges Volkslied gesungen, sie war auch dazu erkoren worden, in dem letzten der lebenden Bilder den Geist der Konföderation darzustellen. Sie hatte in ihrem züchtig gerafften griechischen Gewand aus weißem Nessel mit rotblauem Gürtel reizend ausgesehen. Mit der einen Hand hatte sie das Sternenbanner, mit der anderen Charles' Degen gehalten und über dem knienden Hauptmann Carey Ashburn aus Alabama ausgestreckt. Als ihr Bild vorüber war, konnte sie es sich nicht versagen, nach Rhett Butlers anerkennendem Blick zu suchen. Aber zu ihrem großen Ärger befand er sich in angeregter Unterhaltung und schien sie überhaupt nicht bemerkt zu haben. Scarlett sah die Gesichter um ihn herum flammend vor Zorn über das, was er sagte.

Sie brach sich zu ihm Bahn und hörte in einer verlegenen Stille gerade Willie Guinan vom Landsturm sagen: »Verstehe ich Sie recht, daß nach Ihrer Meinung die Sache, für die unsere Helden gefallen sind, keine heilige Sache ist?«

»Wenn Sie von einem Eisenbahnzug überfahren werden, so würde Ihr Tod doch wohl kaum die Gesellschaft heiligen, der die Eisenbahn gehört, nicht wahr?« fragte Rhett, und es klang so bescheiden, als bäte er um Rat und Belehrung.

»Herr«, sagte Willie mit bebender Stimme, »wenn wir nicht unter diesem Dache wären ...«

»Mir zittern die Glieder, wenn ich daran denke, was dann geschehen könnte«, sagte Rhett. »Ihre Tapferkeit ist ja allgemein bekannt.«

Willie war stark und gesund und befand sich im felddienstfähigen Alter, und doch stand er nicht an der Front. Freilich war er der einzige Sohn seiner Mutter, und schließlich mußte wohl irgend jemand im Landsturm sein, um die Etappe zu beschützen. Immerhin ging über die Gesichter mancher kaum genesener Offiziere ein Schmunzeln, als Rhett von Willies Tapferkeit sprach.

»Ach, warum kann er nur nicht den Mund halten!« dachte Scarlett voller Unwillen. »Er verdirbt die Stimmung der ganzen Gesellschaft.«

Auf Dr. Meades Stirn zog sich ein Gewitter zusammen.

»Ihnen, junger Mann, mag nichts heilig sein«, sagte er in demselben salbungsvollen Ton, in dem er seine Reden zu halten pflegte, »aber den patriotischen Männern und Frauen des Südens sind gar viele Dinge heilig. Die Freiheit unseres Vaterlandes vor dem Usurpator zu schützen, ist eins davon, die Rechte der Staaten sind ein zweites ... und ...«

Rhett blickte ungemein verschlafen drein. Seine Stimme klang seidenweich und beinahe gelangweilt. »Alle Kriege sind heilig«, sagte er, »für die, die mitkämpfen müssen. Wenn die Leute, die den Krieg erklären, ihn nicht heiligsprächen, wer wäre dann so dumm, zu kämpfen? Aber einerlei, mit welchem Feldgeschrei die Narren, die kämpfen, angefeuert werden, und einerlei, was für edle Zwecke die Redner dem Krieg unterschieben, er hat doch immer nur eine einzige Ursache: das Geld. Alle Kriege sind in Wirklichkeit Streitereien um Geld. Aber das begreifen so wenige. Alle Ohren sind ja voll von Hörnerklang und Trommelwirbel und den großen Worten der Redner daheim. Einmal heißt der Schlachtruf: ›Rettet das Grab Christi aus den Händen der Heiden!‹, ein anderes Mal: ›Nieder mit den Papisten!‹, manchmal: ›Freiheit!‹ und manchmal ›Baumwolle, Sklaverei und Rechte der Südstaaten!‹.«

»Was hat denn nur der Papst oder das Grab Christi damit zu tun«, dachte Scarlett ärgerlich. Dann sah sie Rhett sich elegant verbeugen und durch die Menge seinen Weg nach der Tür einschlagen. Sie wollte ihm folgen, aber Mrs. Elsing erwischte sie beim Rock und hielt sie fest.

»Laß ihn laufen«, sagte sie mit lauter Stimme, daß es durch den gespannt schweigenden Saal schallte, »laß ihn laufen. Er ist ein Verräter, ein Spekulant, eine Schlange, die wir am Busen genährt haben.«

Rhett stand mit dem Hut in der Hand und hörte, was er hören sollte, ließ einen Augenblick die Blicke über den Saal schweifen, sah anzüglich auf Mrs. Elsings flachen Busen, grinste plötzlich und empfahl sich mit einer Verbeugung.

Mrs. Merriwether fuhr mit Tante Pittys Equipage nach Hause, und kaum hatten die vier Damen Platz genommen, da brach sie los. »Das hast du nun davon, Pittypat Hamilton, nun bist du wohl zufrieden!«

»Womit?« Es schwante Pitty nichts Gutes.

»Mit dem Benehmen des elenden Burschen Butler, den du unter deinen Schutz genommen hast.«

Pittypat verlor unter der Wucht dieser Anklage so völlig die Fassung, daß sie nicht auf den Gedanken kam, Mrs. Merriwether zu erwidern, sie habe ja auch bei verschiedenen Gelegenheiten den Menschen Butler bewirtet. Scarlett und Melanie dachten wohl daran, aber sie schwiegen aus Höflichkeit gegen die älteren Damen und betrachteten angelegentlich ihre behandschuhten Hände.

»Er hat uns alle beleidigt und die Konföderierten Staaten dazu!«

Mrs. Merriwethers mächtiger Busen wogte gewaltig unter dem glitzernden Schmuck der Borten. »Um Geld kämpfen! Unsere führenden Männer uns belügen! Ins Gefängnis gehört er, ja, ins Gefängnis! Ich spreche noch mit Dr. Meade darüber. Wenn nur Mr. Merriwether noch lebte, er würde ihn sich ins Gebet nehmen. Pittypat Hamilton, höre nun, was ich dir sage. Du darfst den Schurken nie wieder dein Haus betreten lassen!«

Pittypat wimmerte hilflos und mit einem Gesicht, als wünsche sie auf der Stelle den Tod herbei. Flehend schaute sie zu den beiden Mädchen hinüber, die ihre Augen durchaus nicht aufschlagen wollten, und dann voller Hoffnung auf Onkel Peters aufrechten Rücken. Sie wußte, er verfolgte aufmerksam Wort für Wort, was gesprochen wurde, und sie hoffte, er möchte sich umdrehen und die Unterhaltung in die Hand nehmen, wie er es manchmal tat. Sie hoffte, er würde sagen: »Miß Dolly, lassen Sie nun Miß Pitty in Ruhe!«

Aber Onkel Peter rührte sich nicht. Rhett Butler war ihm von ganzem Herzen zuwider, und das wußte die arme Pitty. Sie seufzte: »Nun, Dolly, wenn du meinst ...«

»Allerdings meine ich«, erwiderte Mrs. Merriwether scharf. »Was hast du dir eigentlich dabei gedacht, als du ihn zuerst empfingst? Von heute an wird er in keinem anständigen Hause der Stadt mehr Zutritt haben. Faß dir nur einmal das Herz und verbiete ihm deine Schwelle.«

Scarlett kochte innerlich und hätte sich aufbäumen mögen wie ein Pferd, das eine fremde, grobe Hand am Zügel fühlt, aber sie hatte Angst, etwas zu sagen. Die Gefahr, Mrs. Merriwether könnte ihrer Mutter doch noch einen Brief schreiben, war gar zu groß. »Könnte ich dir nur einmal geradeheraus sagen«, dachte sie, »was ich von dir und deiner Herrschsucht halte!«

»Das noch erleben zu müssen, daß so verräterisch von unserer Sache gesprochen wird!« fuhr Mrs. Merriwether brodelnd in gerechtem Zorn fort. »Wer unsere Sache nicht für heilig hält, sollte gehenkt werden. Ihr beiden Mädchen dürft überhaupt nicht wieder mit ihm sprechen. Um Gottes willen, Melly, was fehlt dir?«

Melly war bleich geworden, und ihre Augen waren riesengroß. »Und ich spreche doch wieder mit ihm«, sagte sie leise, »ich will nicht ungezogen gegen ihn sein, ich verbiete ihm das Haus nicht.«

Mrs. Merriwethers Atem fuhr mit solcher Gewalt aus ihrer Lunge, als hätte sie einen Stoß in den Magen bekommen. Tante Pittys volle Lippen klappten auf. Onkel Peter wandte sich um und starrte.

»Warum habe ich nicht den Mut gehabt, dasselbe zu sagen?« dachte Scarlett halb eifersüchtig und halb bewundernd. »Wo hat der kleine Angsthase den Mut her, dem alten Drachen Merriwether so die Stirn zu bieten?«

Melanies Hände bebten, aber hastig, als fürchtete sie, der Mut könnte ihr wieder schwinden, fuhr sie fort: »Ich darf um der Dinge willen, die er sagte, nicht hart gegen ihn sein, weil ... es war ungezogen von ihm, es so laut zu sagen, höchst verkehrt ... aber ... aber ... so denkt Ashley auch, und ich kann nicht einem Manne das Haus verbieten, weil er ebenso denkt wie mein Mann.«

Mrs. Merriwether hatte ihre Fassung wiedergefunden und brach los: »Melly Hamilton, ich habe im Leben noch nicht eine solche Lüge gehört. Einen Wilkes, der ein Feigling war, hat es noch nie gegeben.«

»Ich habe nicht gesagt, daß Ashley feige ist«, entgegnete Melanie, und ihre Augen begannen aufzufunkeln. »Ich sage nur, daß er genauso denkt wie Kapitän Butler, nur drückt er sich anders aus, und er geht nicht auf Tees und Gesellschaften damit hausieren, hoffe ich, aber er hat es mir geschrieben.«

Scarletts schlechtes Gewissen regte sich, indem sie nachsann, was Ashley wohl geschrieben haben könnte, das Melly zu einer solchen Behauptung Anlaß gäbe. Aber es war ihr alles wieder entschwunden. Melanie mußte wohl den Verstand verloren haben.

»Ashley schrieb mir«, fuhr Melanie schnell fort, »wir sollten lieber nicht gegen die Yankees kämpfen, wir seien durch Staatsmänner und Redner mit Schlagworten und Vorurteilen dazu verleitet worden. Er sagt, nichts auf der Welt könne das wiedergutmachen, was der Krieg uns noch antun würde. Er sagt auch, es sei überhaupt nichts Ruhmreiches daran, nichts als Schmutz und Elend.«

»Ach, *der* Brief war es«, dachte Scarlett, »das also wollte er damit sagen?«

»Das kann ich nicht glauben«, erwiderte Mrs. Merriwether mit unerschütterlichem Ton. »Du hast ihn mißverstanden.«

»Ich mißverstehe Ashley nie«, antwortete Melanie ruhig, wenn auch mit bebenden Lippen. »Ich verstehe ihn ganz und gar. Er meint dasselbe wie Kapitän Butler und sagt es nur nicht in so unverschämtem Ton.«

»Du solltest dich schämen, einen anständigen Menschen wie Wilkes mit einem Schurken wie Kapitän Butler zu vergleichen. Auch du hältst also von unserer großen Sache nichts!«

»Ich ... ich weiß nicht, was ich denken soll«, begann Melly unsicher. Ihre feurige Aufwallung hatte sie verlassen, und nun erschrak sie über ihren eigenen Freimut. »Ich würde für unsere Sache sterben. Ashley auch, aber ...

ich meine ... ich will lieber den Männern das Denken überlassen, weil sie so viel gescheiter sind.«

»So etwas habe ich noch nie gehört«, schnob Mrs. Merriwether. »Halt, Onkel Peter, du fährst ja an meinem Hause vorbei!«

Onkel Peter hatte so scharf auf die Unterhaltung hinter seinem Rücken achtgegeben, daß er am Merriwetherschen Prellstein vorbeigefahren war, nun riß er das Pferd zurück. Die alte Dame stieg aus, und ihre Haubenbänder flatterten wie Segel im Sturm.

»Das wirst du noch bereuen!« sagte sie. Onkel Peter gab dem Pferd die Peitsche. »Ihr jungen Fräuleins sollt euch schämen, Miß Pitty in Zustände zu bringen«, schalt er.

»Ich bin gar nicht in Zuständen«, erwiderte Pitty erstaunlicherweise, denn gewöhnlich wurde sie schon bei viel geringeren Aufregungen ohnmächtig. »Melly, Liebling, ich weiß, das hast du nur gesagt, um für mich einzutreten. Ich habe mich wirklich gefreut, daß Dolly die Antwort bekam. Sie ist zu herrschsüchtig. Aber woher nahmst du nur den Mut? Hättest du das über Ashley auch sagen dürfen?«

»Es ist aber wirklich wahr«, antwortete Melanie und begann leise zu weinen. »Ich schäme mich nicht, daß er so denkt. Er hält den Krieg für verkehrt, und trotzdem ist er bereit, zu kämpfen und zu sterben. Dazu gehört eine Unmenge mehr Mut, als für etwas kämpfen, was man für richtig hält.«

»Herrje, Miß Melly, weinen Sie doch nicht hier auf der Pfirsichstraße«, tadelte Onkel Peter und trieb das Pferd an. »Die Leute werden schrecklich darüber klatschen. Warten Sie doch, bis wir zu Hause sind.«

Scarlett sagte nichts. Sie drückte nicht einmal die Hand, die Melanie trostbedürftig in die ihre geschoben hatte. Sie hatte nur zu einem Zweck Ashleys Briefe gelesen – um Gewißheit zu bekommen, ob er sie noch liebte. Nun hatte Melanie vielen Stellen, die Scarlett nur mit den Augen gelesen hatte, einen neuen Sinn gegeben. Sie war bestürzt, daß jemand, der so makellos vollkommen war wie Ashley, mit einem so verdorbenen Menschen wie Rhett Butler einen Gedanken gemeinsam haben konnte. Sie dachte: »Beide sehen sie die Wahrheit über diesen Krieg, aber Ashley ist bereit, dafür zu sterben. Rhett nicht. Und ich finde, daran erkennt man Rhetts gesunden Menschenverstand.« Sie hielt einen Augenblick inne, erschrocken, daß sie so etwas über Ashley hatte denken können. »Beide sehen sie die gleiche schreckliche Wahrheit, und Rhett hat seine Freude daran, sie zu erkennen und die Leute damit rasend zu machen – Ashley aber erträgt diese Erkenntnis kaum.«

Was sollte sie nur davon denken?

XIII

Auf Betreiben von Mrs. Merriwether griff Dr. Meade in der Form eines Zeitungsartikels in die Angelegenheit ein. Er nannte Rhett Butler zwar nicht beim Namen, ließ aber keinen Zweifel darüber, wer gemeint sei. Der Redakteur witterte die gesellschaftliche Sensation, die sich hinter dem Artikel verbarg, und setzte ihn auf die zweite Seite der Zeitung, was eine auffällige Neuerung war, da die beiden ersten Seiten sonst ausschließlich für Anzeigen von Sklaven, Maultieren, Pflügen, Särgen und Häusern sowie von Kuren für diskrete Krankheiten oder Abtreibungsmitteln vorbehalten waren.

Die Ausführungen des Doktors stimmten jenen Entrüstungschor an, der sich alsbald im ganzen Süden gegen Spekulanten, Kriegsgewinnler und Inhaber von Regierungsaufträgen erheben sollte. Die Verhältnisse in Wilmington, dem wichtigsten Blockadehafen, seitdem der Hafen von Charleston von den Kanonenbooten der Yankees völlig abgeriegelt war, wuchsen sich zu einem öffentlichen Skandal aus. Es wimmelte in Wilmington von Spekulanten, die Bargeld hatten und ganze Schiffsladungen aufkauften, um sie bis zur nächsten Preissteigerung zurückzuhalten. Diese blieb niemals aus, denn bei zunehmender Knappheit am Notwendigsten schnellten die Preise immer weiter in die Höhe. Die bürgerliche Bevölkerung mußte entweder sich behelfen oder zu Spekulationspreisen kaufen. Die Armen und Minderbemittelten aber litten immer härtere Entbehrungen. Gleichzeitig sank der Wert des konföderierten Geldes, und mit seinem schnellen Sinken erhob sich eine wilde Leidenschaft für jederlei Luxus. Die Blockadebrecher hatten den Auftrag, hereinzubringen, was irgend lebensnotwendig war. Der Handel mit Luxusartikeln war ihnen nur als Nebengeschäft gestattet. Jetzt aber füllten sie ihre Schiffsräume mit kostspieligem Tand und hatten keinen Platz für die Waren, die das Land für den nackten Lebensunterhalt brauchte. Die Lage wurde dadurch weiter verschlimmert, daß es nur eine einzige Eisenbahnlinie von Wilmington nach Richmond gab. Während Fässer mit Mehl und Kisten mit Schinken zu Tausenden an den Zwischenstationen verdarben, weil sie nicht befördert werden konnten, fanden die Spekulanten, die Wein, Kaffee und Seidenstoffe zu verkaufen hatten, immer noch Mittel und Wege, ihre Waren zwei Tage nach der Landung in Wilmington bereits nach Richmond gelangen zu lassen.

Jetzt erhob das Gerücht offener seine Stimme, wonach Rhett Butler nicht nur die Waren seiner vier eigenen Schiffe, sondern auch die Ladungen anderer Schiffe aufkaufen und für weitere Preissteigerungen zurückhalten sollte. Es hieß, er stehe an der Spitze einer Gesellschaft, die über eine Million Dollar Kapital verfüge und ihren Sitz in Wilmington habe und sich damit befasse,Blockadewaren gleich am Kai aufzukaufen. Diese Gesellschaft besitze, so ging das Gerede, Dutzende von Speichern dort und in Richmond, die bis oben angefüllt seien mit Nahrungsmitteln und Stoffen. Die Erbitterung gegen ihn und seine Mitspekulanten wuchs von Tag zu Tag.

»In der Blockadeabteilung der konföderierten Marine dienen viele tapfere Patrioten«, lautete der Artikel des Doktors im letzten Absatz, »selbstlose Männer, die ihr Leben und ihr Vermögen aufs Spiel setzen, damit die Konföderierten Staaten durchhalten können. Die Herzen aller Wohlgesinnten schlagen für sie, und niemand mißgönnt ihnen die karge Entschädigung, die ihnen für ihre gefährliche Arbeit zuteil wird. Das sind aufopfernde Gentlemen, und wir zollen ihnen Lob und Ruhm. Von ihnen ist hier aber nicht die Rede. Es gibt andere, Schurken, die unter dem Mantel des Blockadedienstes ihrer eigenen Gewinnsucht nachgehen. Auf diese Geier in Menschengestalt rufe ich den gerechten Zorn eines streitbaren Volkes herab, das für eine große Sache kämpft. Sie bringen Atlas und Spitzen herein, während unsere Leute aus Mangel an Arzneien zugrunde gehen, sie laden Tee und Wein auf ihre Schiffe, während unsere Helden sich aus Mangel an Morphium in Schmerzen winden. Ich verabscheue diese Vampire, die am Lebensblut der Gefolgsmänner Robert Lees saugen – diese Naturen, die schon den Namen eines Blockadebrechers zum Gestank in der Nase aller Patrioten machen. Wie können wir diese Schmutzfinken mit ihren Lackstiefeln in unserer Mitte dulden, während unsere Söhne barfuß in die Schlacht gehen? Sollen wir sie mit ihrem Sekt und ihren Gänseleberpasteten ungeschoren lassen, während unsere Soldaten am Lagerfeuer frieren und an verschimmelten Schinkenknochen nagen? Ich rufe daher alle treuen Mitbürger auf, diese Leute zu verfemen und zu ächten.«

Atlanta las, das Orakel hatte gesprochen, und die Wohlgesinnten beeilten sich, Rhett Butler zu verstoßen. Von allen Häusern, in denen er Ende 1862 noch aus und ein gegangen war, blieb Miß Pittypats fast das einzige, das er 1863 noch betreten durfte. Wäre Melanie nicht gewesen, er wäre auch dort wohl kaum noch empfangen worden. Tante Pitty hatte jedesmal, wenn er in der Stadt weilte, ihre Zustände. Sie wußte sehr wohl, was ihre Freundinnen sagten, wenn sie die Besuche Kapitän Butlers duldete. Aber sie brachte nicht den Mut auf, ihm das Haus zu verbieten. Jedesmal, wenn er nach Atlanta kam, preßte sie die Lippen zusammen und erklärte, sie werde ihm an der Tür entgegentreten und ihm den Eintritt verwehren. Aber jedesmal, wenn er mit einem Paketchen in der Hand und einem Kompliment über ihre Liebenswürdigkeit und Schönheit auf den Lippen eintraf, war es mit ihrer Entschlossenheit vorbei. »Ich weiß wirklich nicht, was ich dabei machen soll«, jammerte sie dann, »er sieht mich nur an, und dann habe ich eine Todesangst, was er wohl tut, wenn ich es ihm sage. Er hat doch solch einen schlechten Ruf. Meint ihr, er würde mich schlagen – o je, wenn doch Charlie noch lebte! Scarlett, du mußt ihm sagen, daß er uns nicht wieder besuchen darf, aber auf höfliche Weise, hörst du ...? Ach, ich Arme! Ich glaube wahrhaftig, du ermunterst ihn noch zu kommen, und die ganze Stadt redet darüber, und wenn deine Mutter jetzt dahinterkommt, was soll sie von mir denken? Auch du, Melly, du darfst nicht so nett zu ihm sein. Sei kühl und unnahbar, dann wird er es schon verstehen. Ach, Melly, findest du nicht, ich sollte lieber Henry ein paar Zeilen schreiben und ihn bitten, mit Kapitän Butler zu sprechen?«

»Nein, das finde ich nicht«, sagte Melanie, »und ich will auch nicht unhöflich gegen ihn sein. Ich finde, die Leute führen sich alle wegen Kapitän Butler wie kopflose Hühner auf. All das Schlechte, was Dr. Meade und Mrs. Merriwether von ihm behaupten, ist sicher nicht wahr. Niemals wird er den Hungernden ihre Nahrung vorenthalten. Er hat mir doch sogar hundert Dollar für die Waisen gegeben. Ich bin überzeugt, er ist ein ebenso guter Patriot wie wir alle und nur zu stolz, sich zu verteidigen. Du weißt doch, wie halsstarrig Männer werden, wenn man ihnen zu nahetritt.«

Tante Pitty wußte nicht viel von den Männern und ihrer Halsstarrigkeit und konnte nur hilflos die dicken Händchen sinken lassen. Scarlett hatte sich längst mit Melanies Angewohnheit, in allem nur das Gute zu sehen, abgefunden. Sie wußte, daß Rhett Butler kein Patriot war, und es war ihr einerlei. Ihr kam es am meisten auf die kleinen Geschenke an, die er ihr mitbrachte, Kleinigkeiten, die eine Dame annehmen durfte, ohne sich etwas zu vergeben. Wo in aller Welt sollte sie sonst bei den schwindelnden Preisen Nadeln, Haarspangen und Leckereien hernehmen, wenn sie ihm das Haus verbot? Nein, da war es bequemer, die Verantwortung auf Tante Pitty abzuschieben, die doch schließlich Hausherrin, Chaperon und Hüterin der Moral war. Scarlett wußte, daß die ganze Stadt über Rhetts Besuche in diesem Hause klatschte. Aber ganz Atlanta wußte auch, daß Melanie Wilkes kein Unrecht tun konnte, und wenn Melanie für Rhett Butler eintrat, so hatten selbst seine Besuche noch einen Schimmer von Achtbarkeit.

Freilich wäre es angenehmer gewesen, wenn Rhett seine Ketzereien widerrufen wollte.

»Und wenn Sie nun schon so etwas denken, warum sagen Sie es denn?« schalt sie. »Wieviel netter wäre es, wenn Sie den Mund nicht auftun wollten!«

»Das ist Ihre Taktik, nicht wahr, Sie grünäugige Gleisnerin?« war seine Antwort. »Scarlett, Scarlett, ich hätte Sie wirklich für mutiger gehalten. Ich dachte, die Iren sagten stets, was sie denken, und scherten sich den Teufel darum, was danach kommt. Sagen Sie mir die Wahrheit, Scarlett: Bersten Sie nicht manchmal fast daran, daß Sie den Mund nicht auftun?«

»Nun, freilich«, gestand Scarlett widerstrebend, »es ist schließlich langweilig, morgens, mittags und abends nur von unserer großen Sache reden zu hören. Aber, du mein Gott, Rhett, wenn ich das zugeben wollte, spräche niemand mehr ein Wort mit mir, und kein Mann würde mehr mit mir tanzen.«

»Natürlich, getanzt werden muß um jeden Preis, und ich bewundere Ihre Selbstbeherrschung, aber ich fühle mich nicht imstande, es Ihnen gleichzutun. Ich kann mich nicht in den Mantel patriotischer Romantik hüllen, auch wenn es noch so bequem wäre. Es gibt genug Dummköpfe, die jeden Cent, den sie besitzen, in der Blockade aufs Spiel setzen. Sie werden aus diesem Krieg als arme Schlucker hervorgehen. Ich habe in ihren Reihen nichts zu suchen, weder zur Steigerung der patriotischen Gefühle noch zur Vermehrung der armen Schlucker. Mögen sie ihren Heiligenschein behalten. Sie verdienen ihn wirklich – dieses Mal spreche ich aufrichtig –, und außerdem wird er in knapp einem Jahre wohl ziemlich ihr einziges Besitztum sein.«

»Ich finde es abscheulich von Ihnen, so etwas auch nur anzudeuten. Sie wissen doch sehr gut, daß England und Frankreich sich binnen kurzem auf unsere Seite schlagen werden.«

»Aber Scarlett, das müssen Sie in der Zeitung gelesen haben. Ich wundere mich über Sie. Lesen Sie nur ja nicht wieder Zeitung. Frauenhirnen bekommt das schlecht. Zur Orientierung sei Ihnen gesagt, daß ich vor knapp einem Monat in England war. Ich versichere Ihnen, England hilft den Konföderierten nicht. England setzt niemals auf das schlechtere Pferd. Außerdem ist die dicke Deutsche, die auf dem Thron von England sitzt, eine gottesfürchtige Seele und hat etwas gegen die Sklaverei. Mögen die Arbeiter in den englischen Spinnereien in Gottes Namen verhungern, weil sie unsere Baumwolle nicht bekommen, aber für die Sklaverei zum Schwerte greifen, das wird man dort nicht. Und was Frankreich betrifft, so ist man dort viel zu eifrig mit Mexiko beschäftigt, um sich über uns den Kopf zu zerbrechen. Im Gegenteil, dieser Krieg kommt ihnen sehr gelegen, weil wir jetzt andere Dinge vorhaben, als Napoleons Truppen aus Mexiko zu vertreiben. Nein, Scarlett, die Hilfe von auswärts ist nur eine Erfindung der Zeitungen, um Mut und Ausdauer des Südens aufrechtzuhalten. Das Schicksal der Konföderierten ist besiegelt. Noch leben sie von ihrem Höcker wie das Kamel. Aber auch der größte Höcker ist nicht unerschöpflich. Ich rechne noch mit sechs Monaten Blockadedienst. Dann ist damit Schluß. Dann verkaufe ich meine Schiffe einem dummen Engländer, der meint, er könne es immer noch schaffen. Wie dem auch sei, darüber mache ich mir keine Gedanken. Geld habe ich genug verdient. Es liegt in Gold auf englischen Banken. Mit dem wertlosen Papier hier kann ich nichts anfangen.«

Alles, was er sagte, leuchtete ihr wie immer ein. Mochten die Leute in seinen Äußerungen schuftige Verräterei sehen, für Scarlett klangen sie nur nach gesundem Menschenverstand und nach Wahrheit. Dabei war sie sich wohl bewußt, daß schweres Unrecht darin steckte und daß sie darüber hätte empört sein müssen. Konnte sie dafür, daß sie es nicht war?

»Ich glaube, Dr. Meade hat recht mit dem, was er über Sie geschrieben hat, Kapitän Butler, und das einzige Mittel für Sie, sich reinzuwaschen, wäre, sich zu stellen, sobald Sie Ihre Schiffe verkauft haben. Sie waren in West Point Kadett und ...«

»Sie reden wie ein Baptistenprediger in einer Werberede. Wenn ich mich nun gar nicht reinwaschen will, warum soll ich dann kämpfen für ein System, das mich ausgestoßen hat? Ich freue mich, wenn es in tausend Stücke geht.«

»Von einem System habe ich niemals gehört«, sagte sie ungehalten.

»Nein? Und doch sind Sie ein Teil davon, wie ich es war, und ich möchte wetten, Sie haben nicht mehr dafür übrig als ich. Warum bin ich denn das schwarze Schaf in der Familie Butler? Aus diesem und keinem anderen Grunde. Ich habe mich nicht nach den Sitten von Charleston gerichtet und konnte es nicht. Charleston aber ist der Süden, ist selbst südlicher als der ganze Süden, wenn Sie so wollen. Ob Sie wohl schon gemerkt haben, wie langweilig der Süden ist? Da gibt es so viel, was man tun muß, nur weil die Leute es immer so getan haben, und ebenso viele ganz harmlose Dinge, die man aus demselben Grunde nicht tun darf. Wie vieles hat mich dort nicht schon durch seine Sinnlosigkeit zur Verzweiflung gebracht! Daß ich die junge Dame, von der Sie wahrscheinlich gehört haben, nicht geheiratet habe, schlug dem Faß den Boden aus. Warum sollte ich ein langweiliges Schaf heiraten, nur weil ein Unfall mich daran hinderte, sie vorm Dunkelwerden nach Hause zu bringen, und warum sollte ich mich von ihrem tollköpfigen Bruder totschießen lassen, wenn ich selbst besser zielen konnte als er? Wäre ich ein Gentleman gewesen, so hätte ich mich selbstverständlich totschießen lassen. Das hätte den Flecken auf dem Ehrenschild der Butlers gelöscht, aber – ich lebe nun einmal gern, und deshalb bin ich am Leben geblieben und habe mein Leben genossen. Wenn ich an meinen Bruder denke, wie ehrerbietig er unter den heiligen Kühen von Charleston dahinlebt, und an seine dicke Frau, seine Bälle am Cäcilientag und seine ewigen Reisfelder – dann weiß ich es erst zu schätzen, daß ich mit allem gebrochen habe. Scarlett, unsere Lebensweise hier im Süden ist so veraltet wie das Lehnssystem des Mittelalters. Ein Wunder nur, daß sie immer noch vorhanden ist. Aber sie mußte verschwinden, und nun geschieht es. Und dann erwarten Sie von mir, daß ich auf Schwätzer wie Dr. Meade höre, die mir erzählen, unsere Sache sei heilig und gerecht? Und mich beim Trommelwirbel so errege, daß ich die nächstbeste Muskete packe und nach Virginia laufe, um mein Blut für Marse Robert zu vergießen? Für was halten Sie mich? Es liegt nicht in meiner Natur, die Knute zu küssen, die mich züchtigt. Der Süden und ich, wir sind miteinander quitt. Der Süden hat mich einst verstoßen. Ich aber bin nicht umgekommen, sondern schlage so viel Geld aus den Todeszuckungen des Südens, daß es mich für mein verlorenes Geburtsrecht entschädigen wird.«

»Ich finde das häßlich und selbstsüchtig«, erwiderte Scarlett. Aber dieses Urteil kam nur mechanisch heraus. Das meiste hatte er über ihren Kopf hinweggesprochen, wie es ihr bei jedem Gespräch geschah, das sich nicht um Persönliches drehte. Aber doch schien es ihr zum Teil ganz vernünftig zu klingen. Wieviel Torheiten mußte man in Kauf nehmen, wollte man in einer guten Familie so leben, wie es sein sollte! Da mußte man so tun, als sei das Herz im Grab, wo es doch gar nicht war! Wie waren sie alle entrüstet gewesen, als sie auf dem Basar getanzt hatte. Wie rissen die Leute voller Entsetzen die Augen auf und zogen die Brauen in die Höhe, wenn sie etwas tat oder sagte, das nur im geringsten von dem Üblichen abwich. Und doch ging es ihr gegen den Strich, wenn er gerade dasjenige angriff, worunter sie selbst am meisten litt. Sie hatte so lange unter Leuten gelebt, die ihre Gefühle höflich verbargen oder beschönigten, daß es sie beunruhigte, ihre eigenen Gedanken, in so klare Worte gefaßt zu vernehmen.

»Selbstsüchtig? Nein, nur weitblickend. Aber vielleicht ist das nichts als ein anderer Ausdruck dafür. Wenigstens werden minder nüchterne Leute als ich das behaupten. Jeder gute Bürger in den Südstaaten, der Anfang 1861 tausend Dollar in bar besaß, hätte dasselbe tun können wie ich. Aber wie wenige waren so nüchtern, die Gelegenheit zu benutzen. So habe ich unmittelbar vor dem Fall von Fort Sumter, ehe die Häfen blockiert wurden, mehrere tausend Ballen Baumwolle zu Schleuderpreisen aufgekauft und nach England gebracht. Sie lagern noch heute im Speicher von Liverpool. Ich habe sie nicht verkauft. Ich halte sie so lange zurück, bis die englischen Spinnereien die Baumwolle einfach haben müssen und mir jeden Preis dafür geben, den ich fordere. Es sollte mich nicht wundern, wenn ich einen Dollar für das Pfund bekomme.«

»Darauf werden Sie lange warten können!«

»Ich glaube, nicht lange. Die Baumwolle steht jetzt schon auf zweiundsiebzig Cent das Pfund. Wenn der Krieg vorbei ist, Scarlett, bin ich ein reicher Mann, weil ich weitblickend – Verzeihung – selbstsüchtig war. Ich habe Ihnen schon einmal gesagt, es gibt zwei Gelegenheiten, viel Geld zu machen: beim Aufbau eines Landes und bei seiner Zerstörung. Beim Aufbau geht es langsam, beim Zusammenbruch geht es schnell. Vergessen Sie meine Worte nicht. Vielleicht können sie Ihnen einmal nützlich sein.«

»Ich weiß guten Rat gar sehr zu schätzen«, sagte Scarlett mit so viel Sarkasmus, als sie nur aufbringen konnte. »Aber ich brauche Ihren Rat nicht. Meinen Sie, Pa sei ein armer Schlucker? Er hat so viel Geld, wie ich mein Leben lang brauche, und außerdem habe ich noch Charles' Besitztümer.«

»Ich fürchte, die französischen Aristokraten haben ungefähr genauso gedacht, bis zu dem Augenblick, da sie auf den Karren klettern mußten.«

Immer wieder wies Rhett Butler Scarlett darauf hin, wie widersinnig es sei, schwarze Trauerkleider zu tragen, wenn sie doch an allen gesellschaftlichen Veranstaltungen teilnahm. Er hatte leuchtende Farben gern. Scarletts Trauerkleidung und der Kreppschleier, der ihr von der Haube bis auf die Fersen fiel, belustigte und beleidigte ihn zugleich. Aber sie hielt an ihrem stumpfen Schwarz und ihrem traurigen Schleier fest, weil sie wußte, daß das Gerede in der Stadt noch heftiger umgehen würde, wenn sie nicht noch mehrere Jahre wartete, ehe sie wieder buntere Farben anlegte, und vor allem – wie hätte sie dies je ihrer Mutter klarmachen sollen?

Rhett sagte ihr offen, in dem Kreppschleier sehe sie wie eine Krähe aus und in den schwarzen Kleidern um zehn Jahre älter, als sie sei. Auf solche ungalanten Äußerungen hin lief sie dann vor den Spiegel, um nachzusehen, ob sie wirklich wie eine Achtundzwanzigjährige aussehe anstatt wie eine Achtzehnjährige.

»Ich habe gemeint, Sie wären zu stolz, um Mrs. Merriwether im Aussehen nachzueifern«, stichelte er, »und hätten besseren Geschmack, als mit diesem Schleier einen Kummer zur Schau zu tragen, den Sie nie empfunden haben. Ich mache eine Wette mit Ihnen. Binnen zwei Monaten verschwinden Haube und Schleier von Ihrem Kopf und werden durch eine elegante Pariser Modeschöpfung ersetzt.«

»Wir wollen nicht weiter darüber sprechen«, sagte Scarlett. Sie ärgerte sich über seine erneute Anspielung auf Charles. Rhett war eben im Begriff, von Wilmington nach Europa abzureisen, und verabschiedete sich mit spöttischem Lächeln auf seinem Gesicht.

Ein paar Wochen später erschien er an einem strahlenden Sommermorgen mit einer bunt verzierten Hutschachtel in der Hand, und als er sah, daß Scarlett allein zu Hause war, öffnete er sie. Unter Schichten von Seidenpapier steckte ein Hut, bei dessen Anblick sie in die Worte ausbrach: »Ach, wie entzückend!« Sie hatte den Anblick und nun gar den Besitz neuer Kleider so lange bitterlich entbehren müssen, daß ihr dieses Pariser Modell als das entzückendste vorkam, was sie je gesehen hatte. Der Hut war aus dunkelgrünem Taft und mit matt-jadefarbenem Moiré gefüttert. Die Bänder, mit denen er unter dem Kinn zugebunden wurde, waren so breit wie ihre Hand und ebenfalls mattgrün, und um den Rand kräuselte sich eine herrliche grüne Straußenfeder.

»Setzen Sie ihn auf«, sagte Rhett lächelnd.

Sie lief durchs Zimmer vor den Spiegel, drückte sich den Hut auf den Kopf, streifte das Haar zurück, um die Ohrringe sichtbar werden zu lassen, und band die Schleife unter dem Kinn zu.

»Wie sehe ich aus?« Sie wandte sich auf den Zehenspitzen um und warf den Kopf zurück, daß die Feder tanzte. Sie wußte, wie hübsch sie war, noch ehe sie die Bestätigung in seinen Augen las. Unter den grünen Hutbändern sah sie verführerisch keck aus, und ihre Augen funkelten wie dunkle Smaragde.

»Ach, Rhett, wessen Hut ist das? Ich will ihn kaufen. Ich gebe Ihnen jeden Cent dafür, den ich habe!«

»Das ist Ihr Hut«, sagte er, »wer könnte wohl sonst dieses Grün tragen? Haben Sie etwa gedacht, ich hätte die Farbe Ihrer Augen vergessen?«

»Haben Sie ihn wirklich eigens für mich machen lassen?«

»Allerdings, und auf der Schachtel steht ›Rue de la Paix‹, wenn Sie sich etwas dabei denken können.«

Das konnte sie nicht, während sie sich da im Spiegelbild zulächelte. In diesem Augenblick war ihr wirklich alles einerlei. Sie sah nur, daß sie mit dem ersten Hütchen, das sie sich seit zwei Jahren auf den Kopf setzte, bestrickend aussah. Was wollte sie mit einem solchen Hut auf dem Kopf nicht alles anstellen! Und dann plötzlich verging ihr das Lächeln.

»Mögen Sie ihn nicht?«

»Ach, er ist ja ein Traum, aber der Gedanke ist mir so schrecklich, das entzückende Grün mit Krepp bedecken und die Feder schwarz färben zu müssen.«

Im Nu war er bei ihr, löste ihr mit geschickten Fingern die breite Schleife unter dem Kinn, und schon lag der Hut wieder in der Schachtel.

»Was machen Sie da? Sie sagten doch, er gehöre mir.«

»Aber nicht, wenn Sie eine Trauerhaube daraus machen wollen. Ich finde schon noch eine andere Dame mit grünen Augen, die meinen Geschmack zu würdigen versteht.«

»Nein, das dürfen Sie nicht! Ich sterbe, wenn ich ihn nicht bekomme. Ich bitte, Rhett, seien Sie nicht so gemein, geben Sie ihn mir doch.«

»Damit Sie solche Schreckgespenster daraus machen, wie Ihre andern Hüte sind? Nein!«

Sie hielt die Schachtel mit beiden Händen fest. Das süße Ding, mit dem sie so jung und bezaubernd aussah, sollte ein anderes Mädchen tragen? Nie im Leben! Einen Augenblick lang kam ihr der Gedanke an Pittys und Melanies Entsetzen. Sie dachte daran, was alle sagen würden, und ihr schauderte. Aber die Eitelkeit war stärker.

»Ich ändere ihn nicht, ich verspreche es Ihnen. Aber nun geben Sie ihn mir.« Mit einem leisen, spöttischen Lächeln gab er ihr die Schachtel und beobachtete, wie sie von neuem den Hut aufsetzte und zurechtzupfte und sich vor dem Spiegel drehte und wand.

»Was kostet er?« fragte sie plötzlich mit langem Gesicht. »Ich habe nur fünfzig Dollar, aber nächsten Monat ...«

»In konföderiertem Geld würde er ungefähr zweitausend Dollar kosten«, sagte er und grinste über ihre erschrockene Miene.

»O weh ... aber wenn ich Ihnen fünfzig Dollar jetzt gebe und dann, wenn ich ...«

»Aber ich will kein Geld dafür«, sagte er, »es ist ein Geschenk.«

Scarlett blieb der Mund offenstehen. Bei Geschenken von Männern gab es eine Linie, die nicht überschritten werden durfte. Sie war sehr genau und sorgfältig erzogen.

»Bonbons und Blumen, Kind«, hatte Ellen wieder und wieder gesagt, »und vielleicht noch einen Band Gedichte, ein Stammbuch oder ein Fläschchen Floridawasser, das ist das einzige, was eine Dame von einem Herrn annehmen darf. Nie und nimmer aber kostspielige Geschenke, auch nicht von deinem Verlobten. Und nie Juwelen oder etwas zum Anziehen, nicht einmal Handschuhe oder Taschentücher. Sobald du solche Geschenke annimmst, bist du keine Dame mehr, und die Männer wissen es und nehmen sich Freiheiten heraus.«

»O weh«, dachte Scarlett und blickte zuerst sich selbst im Spiegel an und dann Rhetts undurchdringliches Gesicht.

»Ich bringe es nicht übers Herz, den Hut auszuschlagen. Er ist zu entzükkend. Dann mag Rhett sich schon lieber eine Freiheit herausnehmen, wenn es nur eine ganz kleine ist.« Sie entsetzte sich über ihre eigenen Gedanken und wurde rot.

»Ich ... ich gebe Ihnen die fünfzig Dollar ...«

»Wenn Sie das tun, werfe ich die Scheine in die Gosse oder, noch besser, ich bezahle Messen für Ihre Seele. Ihre Seele käme sicher schon mit wenigen Messen aus.«

Sie mußte lachen, und das lachende Spiegelbild unter dem grünen Hutrand gab auf der Stelle den Ausschlag.

»Was haben Sie eigentlich mit mir vor?«

»Ich verführe Sie mit schönen Geschenken so lange, bis von Ihren Mädchenidealen nichts mehr übrig ist und Sie mir auf Gnade und Ungnade ausgeliefert sind«, sagte er. »Nimm von Herren nichts als Bonbons und Blumen an, Kindchen«, spottete er, und sie brach in Kichern aus.

»Sie sind ein gerissener Gauner, mit Ihrer schwarzen Seele, Rhett Butler. Sie wissen sehr gut, daß man einen so hübschen Hut nicht ausschlagen kann.«

Seine Augen blitzten spöttisch und waren dennoch zugleich voller Huldigung für ihre Schönheit. »Miß Pitty können Sie natürlich erzählen, daß Sie mir Proben von Taft und grüner Seide mitgegeben und ein Hutmodell aufgezeichnet haben und daß ich Ihnen alsdann fünfzig Dollar dafür abgenommen hätte.«

»Nein, wir sagen hundert, und sie erzählt es jedem in der Stadt, und alle werden grün vor Neid und klatschen über meine Verschwendungssucht. Aber Rhett, etwas so Teures dürfen Sie mir nicht wieder mitbringen. Es ist furchtbar nett von Ihnen, aber mehr könnte ich wirklich nicht annehmen.«

»So? Nun, ich bringe Ihnen Geschenke, solange es mir beliebt und solange ich noch etwas sehe, was Ihren Zauber erhöhen kann. Ich bringe Ihnen dunkelgrünen Moiré für ein Kleid, das zu Ihrem Hut paßt. Und eins will ich Ihnen sagen, nett bin ich nicht. Ich verführe Sie mit Hüten und Stoffen und Schmucksachen und bringe Sie an den Abgrund. Denken Sie immer daran, daß ich nie etwas ohne Grund tue und nie etwas weggebe, ohne dafür etwas zu erwarten. Ich lasse mich immer bezahlen.«

Seine schwarzen Augen suchten in ihrem Gesicht und wanderten hinunter zu den Lippen. Scarlett schlug die Blicke nieder und wurde aufgeregt. Nun würde er sich die Freiheiten herausnehmen, die Ellen vorausgesagt hatte. Nun würde er sie küssen oder es versuchen, und sie konnte sich in ihrem wirren Kopf nicht entscheiden, welches von beiden schließlich dabei herauskommen sollte. Wenn sie sich wehrte, riß er ihr womöglich den Hut wieder vom Kopf und schenkte ihn einer anderen Dame. Wenn sie anderseits einen kleinen, ganz kleinen Versuch zuließ, brachte er ihr vielleicht noch weitere Köstlichkeiten in der Hoffnung auf einen weiteren Kuß. Männern lag ja soviel an Küssen, der Himmel mochte wissen warum. Sehr oft verliebten sie sich nach einem Kuß bis über die Ohren in ein Mädchen, wenn es nur klug genug war, hernach sorgfältig und sparsam mit ihrer Gunst umzugehen. Es wäre so aufregend, wenn Rhett Butler sich in sie verliebte, es ihr eingestände und um einen Kuß oder einen Händedruck bettelte. Ja, sie wollte sich von ihm küssen lassen.

Aber er machte gar keine Anstalten, sie zu küssen. Sie blickte ihn durch die Wimpern von der Seite an und flüsterte: »Also immer lassen Sie sich bezahlen? Und was erwarten Sie nun von mir?«

»Das werden wir sehen.«

»Nun, wenn Sie sich einbilden, ich heirate Sie, um den Hut zu bezahlen, so irren Sie sich«, sagte sie dreist und gab dem Hut einen kecken Stoß, daß die Feder wippte.

Unter seinem kleinen Schnurrbart glitzerten die weißen Zähne. »Gnädige Frau, Sie tun sich zuviel Ehre an. Ich heirate weder Sie noch jemand anders. Ich bin nicht zum Heiraten geschaffen.«

»Nein, wirklich!« Sie war verblüfft und beschloß, daß er sich nun endlich eine Freiheit herauszunehmen habe. »Ich habe nicht einmal die Absicht, Ihnen auch nur einen Kuß zu geben.«

»Warum aber spitzen Sie denn so das Mündchen?«

»Oh«, fuhr sie auf, als sie sich plötzlich im Spiegel sah und bemerkte, daß ihre roten Lippen in der Tat voller Bereitschaft geschürzt waren. »Oh!« brach sie noch einmal los, verlor die Fassung und stampfte mit dem Fuß auf. »Sie sind der unverschämteste Mensch, den ich jemals gesehen habe. Ich mache mir gar nichts daraus, wenn Sie mir für immer aus den Augen gehen!«

»Wenn das wirklich Ihres Herzens Meinung wäre, dann würden Sie mit dem Fuß auf den Hut stampfen, statt auf den Boden. Mein Gott, wie Sie sich nur aufregen! Aber wie Sie vermutlich wissen, steht es Ihnen prachtvoll! Kommen Sie, Scarlett, stampfen Sie tüchtig auf den Hut, damit ich sehe, was Sie von mir und meinen Geschenken halten.«

»Unterstehen Sie sich nicht, ihn anzurühren!« rief sie, faßte den Hut bei der Schleife und wich ein paar Schritt zurück. Leise lachend folgte er ihr und ergriff ihre beiden Hände.

»Ach, Scarlett, du bist so jung, du marterst mir das Herz«, sagte er, »und ich will dich auch küssen, wie du es von mir erwartest.«

Er beugte sich lässig zu ihr herab und ließ seinen Schnurrbart obenhin ihre Wange streifen. »Haben Sie nun das Gefühl, daß Sie mich schlagen müßten, um die Schicklichkeit zu wahren?«

Trotzig blickte sie ihm in die Augen und sah in ihren dunklen Tiefen so viel jungenhafte Lustigkeit, daß sie auflachte. Wie konnte er einen doch mit seiner Neckerei zur Verzweiflung bringen! Wenn er sie nicht heiraten, nicht einmal küssen wollte, was wollte er denn eigentlich? Wenn er nicht in sie verliebt war, warum besuchte er sie so oft und brachte ihr Geschenke mit?

»So ist's besser, Scarlett. Ich habe einen schlechten Einfluß auf Sie. Wenn Sie vernünftig sind, so geben Sie mir den Laufpaß – wenn Sie können. Ich bin sehr schwer loszuwerden und bin doch so schädlich für Sie.«

»Meinen Sie?«

»Merken Sie das denn nicht? Seitdem ich Sie auf dem Basar getroffen habe, ist Ihr Lebenslauf durchaus anstößig gewesen, und das ist zum größten Teil meine Schuld. Wer hat Sie zum Tanzen verführt, wer hat Sie zu dem Eingeständnis gezwungen, daß Ihnen unsere große Sache weder ruhmreich noch heilig ist? Wer trieb Sie dazu, auszusprechen, daß Sie die Männer, die für hochtönende Phrasen sterben, für Narren halten? Wer hat Ihnen dabei geholfen, den alten Damen unerschöpflichen Stoff zum Klatsch zu liefern? Wer hat Sie um Jahre zu früh aus der Trauer herausgelockt, und wer hat Sie zu guter Letzt dazu verleitet, ein Geschenk anzunehmen, das keine Dame annehmen darf, wenn sie Dame bleiben will?«

»Sie tun sich zuviel Ehre an, Kapitän Butler. Ich hätte das alles, was Sie da aufzählen, auch ohne Ihre Hilfe fertiggebracht.«

»Das bezweifle ich«, sagte er, und plötzlich wurde sein Gesicht ruhig und ernst. »Sie wären immer noch Charles Hamiltons Witwe mit dem gebrochenen Herzen, viel gerühmt für Ihre Wohltaten bei den Verwundeten. Später einmal ...«

Aber sie hörte gar nicht mehr zu. Sie betrachtete sich hingerissen im Spiegel und überlegte, daß sie schon heute nachmittag den Hut ins Lazarett aufsetzen und den genesenden Offizieren Blumen mitbringen könnte. Daß in seinen letzten Worten etwas Wahres lag, kam ihr nicht in den Sinn. Sie machte sich nicht klar, daß es Rhett Butler war, der das Gefängnis ihrer Witwenschaft gesprengt hatte, damit sie unter den jungen Mädchen wieder die Königin sei, nachdem ihre Tage als junge Schönheit schon gezählt sein sollten. Sie erkannte auch nicht, daß sie sich unter seinem Einfluß weit von Ellens Lehren entfernt hatte. Die Wandlung war so allmählich vor sich gegangen. Ein einmaliger kleiner Verstoß gegen die Sitten schien immer ganz ohne alle Beziehung zu dem nächsten, und keiner davon schien mit dem Kapitän verknüpft zu sein. Ihr wurde nicht klar, daß sie auf seine Anleitung hin gegen viele Gesetze des Damenanstandes, die Ellen ihr strengstens eingeschärft, verstoßen hatte.

Sie sah nur, daß sie noch nie einen so kleidsamen Hut wie diesen getragen hatte, der sie zudem keinen Cent kostete, und daß Rhett in sie verliebt sein mußte, mochte er es nun zugeben oder nicht. Und zugeben sollte er es, dafür wollte sie schon sorgen.

Tags darauf stand sie mit einem Kamm in der Hand und dem Mund voller Haarnadeln vor dem Spiegel und probierte eine neue Frisur aus, von der Maybelle, die gerade aus Richmond zurückgekehrt war, behauptete, sie sei in der Hauptstadt letzte Mode. Sie wurde »Katzen, Ratten und Mäuse« genannt und bot manche Schwierigkeit. Das Haar wurde in der Mitte gescheitelt und zu beiden Seiten des Kopfes in drei Rollen gelegt, eine immer kleiner als die andere, deren größte, dem Scheitel zunächst, die »Katze« hieß. Die »Katze« und die »Ratte« waren leicht zu befestigen, die »Mäuse« dagegen brachten sie schier zur Verzweiflung, weil sie immer wieder den Haarnadeln entwischten. Sie war jedoch fest entschlossen, das Getier zu bewältigen, denn Rhett wurde zum Abendessen erwartet. Ihm entging keine Neuerung an ihrer Kleidung oder ihrer Frisur.

Als sie noch mit ihren widerspenstigen Locken kämpfte, daß ihr der Schweiß auf der Stirn stand, vernahm sie auf dem unteren Flur die leichten, flinken Schritte Melanies, die vom Lazarett nach Hause gekommen war. Als sie dann hörte, wie sie die Treppe herauflief, immer zwei Stufen mit einem Schritt nehmend, hielt Scarlett mit der Haarnadel auf halbem Wege inne. Da mußte etwas nicht in Ordnung sein, denn Melanie war in ihren Bewegungen sonst so gemessen wie eine alte Dame. Die Tür wurde aufgerissen, und schon kam mit hochrotem, verstörtem Gesicht Melanie hereingestürzt wie ein schuldbewußtes Kind. Auf ihren Wangen saßen Tränen, der Hut, der noch von den Bändern gehalten wurde, war ihr in den Nacken gerutscht. Sie hielt etwas fest in der Hand, und der Dunst starken, billigen Parfüms kam mit ihr ins Zimmer.

»Ach, Scarlett«, rief sie ihr entgegen, schloß die Tür und fiel auf das Bett, »ist Tantchen schon zu Hause? Scarlett, ich schäme mich so, ich möchte sterben, und fast wäre ich ohnmächtig geworden, und denke dir, Scarlett, Onkel Peter hat gedroht, er wolle es Tante Pitty sagen.«

»Was sagen?«

»Daß ich mit ... mit Fräulein ... mit Frau ...« Melanie fächelte sich das heiße Gesicht mit dem Taschentuch. »... mit der Frau mit dem roten Haar, mit Belle Watling gesprochen habe!«

»Aber Melly!« Scarlett war so entsetzt, daß sie sie nur groß anschauen konnte.

Belle Watling war jene rothaarige Frau, die ihr an ihrem ersten Tag in Atlanta auf der Straße aufgefallen war. Inzwischen war sie bei weitem das stadtbekannteste Frauenzimmer geworden. Viele Dirnen waren auf den Spuren der Soldaten nach Atlanta gekommen, aber Belle stach von allen anderen durch ihr flammendes Haar und ihre herausfordernde Kleidung ab. Auf der Pfirsichstraße oder in anderen guten Gegenden ließ sie sich selten blicken; tauchte sie aber auf, so gingen ehrbare Damen schleunigst über die Straße, um ihre Nähe zu meiden. Und Melanic hatte mit ihr gesprochen! Kein Wunder, daß Onkel Peter böse war.

»Wenn Tante Pitty dahinterkommt, sterbe ich! Du weißt ja, sie fällt zuerst in Ohnmacht und erzählt es dann jedem in der Stadt, und dann bin ich verloren«, schluchzte Melanie, »und ich konnte doch nichts dafür. Ich konnte doch nicht vor ihr davonlaufen. Es wäre zu ungezogen gewesen. Scarlett, sie tat mir so leid. Ob ich wohl ein sehr schlechter Mensch bin, weil ich das empfinde?«

Die moralische Seite der Sache berührte Scarlett nicht im geringsten. Wie die meisten wohlerzogenen jungen Frauen verspürte sie eine verzehrende Neugier nach allem, was mit Dirnen zusammenhing.

»Was wollte sie? Wovon sprach sie?«

»Ach, ihre Redeweise war fürchterlich, aber ich sah, wie sehr sie sich Mühe gab, richtig zu sprechen, das arme Ding. Ich kam aus dem Lazarett, Onkel Peter war mit dem Wagen noch nicht da, und ich dachte, ich könnte zu Fuß nach Hause gehen. Als ich bei Emersons Garten vorbeikam, stand sie hinter der Hecke. Gott sei Dank, Emersons sind in Macon. Sie sagte: ›Bitte, Mrs. Wilkes, kann ich Sie nicht eine Minute sprechen?‹ Ich weiß nicht, woher sie meinen Namen kannte. Ich hätte so rasch wie möglich weitergehen sollen, aber ich konnte nicht... weißt du, Scarlett, sie sah so traurig aus, und sie hatte etwas Flehendes im Blick. Sie war ganz schwarz angezogen und trug einen schwarzen Hut, war auch gar nicht geschminkt und sah, abgesehen von dem roten Haar, wirklich ganz anständig aus, und ehe ich antworten konnte, sagte sie: ›Ich weiß, ich sollte nicht mit Ihnen reden, aber ich habe versucht, mit Mrs. Elsing zu sprechen, und die alte Pute lief vor mir weg ins Lazarett.‹«

»Hat sie wirklich Pute gesagt?« Scarlett fand das drollig und lachte.

»Bitte, nicht lachen! Es ist gar nicht komisch. Mir scheint, das Fräulein ... die Frau wollte etwas für das Lazarett tun. Stelle dir vor ... sie erbot sich, jeden Morgen zu pflegen. Mrs. Elsing hat ihr das Lazarett verboten. Dann sagte sie: ›Ich möchte doch auch etwas tun, bin ich nicht auch eine Konföderierte so gut wie Sie?‹ Scarlett, ich war wirklich gerührt, daß auch sie helfen wollte. Ganz schlecht kann sie doch nicht sein, wenn sie den Wunsch hat, der großen Sache zu dienen. Findest du es schlecht von mir, daß ich so denke?«

»Mein Gott, Melly, wer fragt danach, ob du ein schlechter Mensch bist oder nicht? Was hat sie sonst noch gesagt?«

»Sie sagte, sie hätte alle Damen beobachtet, die ins Lazarett gingen, und gemeint, ich hätte ein ... ein freundliches Gesicht, deshalb hat sie mich angehalten. Sie hätte etwas Geld und wollte, ich sollte es nehmen und für das Lazarett verwenden und keiner Seele sagen, woher es käme. Was ist das aber für Geld! Bei dem Gedanken ist mir ganz schwarz vor den Augen geworden. Ich war außer mir und wünschte nur schnell wegzukommen und sagte ihr hastig: ›O ja, wirklich, wie lieb von Ihnen‹, oder ähnliches dummes Zeug, und sie lächelte und sagte: ›Das ist wirklich christlich von Ihnen‹, und steckte mir dieses schmutzige Taschentuch in die Hand. Puh, riechst du das Parfüm?«

Melanie zeigte ein sehr schmutziges und stark parfümiertes Männertaschentuch, in das einige Münzen eingeknotet waren. »Sie sagte ›danke‹ und noch so etwas, als wollte sie mir nun jede Woche Geld bringen, und in diesem Augenblick fuhr Onkel Peter vorbei und sah mich.«

Melanie sank weinend auf das Kissen. »Und als er sah, mit wem ich zusammen stand, rief er mich an. Im Leben hat mich niemand so einfach mit ›Hallo‹ angerufen. Und dann sagte er: ›Auf der Stelle steigen Sie hier in den Wagen!‹ Ich tat es natürlich, und den ganzen Heimweg schimpfte er mich aus, und ich durfte ihm nichts erklären. Er sagte, er wollte es Tante Pitty erzählen. Scarlett, bitte, geh du hinunter und sag ihm, er möchte schweigen. Auf dich hört er vielleicht. Tantchen stirbt, wenn sie erfährt, daß ich die Frau auch nur angesehen habe. Bitte!«

»Ja, gleich, wir wollen einmal sehen, wieviel Geld darin ist. Es fühlt sich so schwer an.«

Sie löste den Knoten, und eine Handvoll Goldmünzen rollten auf das Bett.

»Scarlett, das sind ja fünfzig Dollar in Gold!«

Melanie war entgeistert, als sie die glänzenden Münzen zählte. »Sag, findest du es recht, Geld, das ... das ... daher stammt, für unsere Soldaten zu gebrauchen? Meinst du nicht, Gott versteht am Ende, daß sie doch nur helfen wollte, und sieht nicht darauf, ob das Geld befleckt ist? Wenn ich daran denke, wieviel das Lazarett noch braucht ...«

Aber Scarlett hörte nicht zu. Sie sah sich das schmutzige Taschentuch an – gedemütigt und empört. In der Ecke stand ein Monogramm mit den Buchstaben »R.K.B.«. In ihrer obersten Schublade aber lag ein genau gleiches Taschentuch, das Rhett Butler ihr erst gestern geliehen hatte, damit sie die Stiele der Feldblumen, die sie gepflückt hatte, darin einwickele. Sie hatte vorgehabt, es ihm wiederzugeben, wenn er heute abend zum Essen kam.

Rhett also ging mit dieser gemeinen Person um und gab ihr Geld! Von ihm also stammte das Geld fürs Lazarett! Blockadegeld. Er hatte die Unverfrorenheit, einer anständigen Frau in die Augen zu blicken, nachdem er bei diesem Frauenzimmer gewesen war, und sie hatte glauben können, er sei in sie verliebt. Nun hatte sie den Beweis in Händen, daß dem nicht so war.

Käufliche Weiber und alles, was mit ihnen zusammenhing, waren für sie geheimnisvoll und abstoßend. Sie wußte, die Männer besuchten solche Frauen zu Zwecken, von denen eine Dame nicht sprechen durfte oder, wenn – dann nur flüsternd und durch die Blume. Sie hatte immer gemeint, anständige Männer gingen nicht zu solchen Frauen. Nun eröffnete sich ihr ein ganz neuer, ein entsetzlicher Gesichtskreis. Am Ende taten das alle Männer! Schlimm genug, daß sie ihre eigenen Frauen den unaussprechlichen Unanständigkeiten unterzogen – aber niedrige Frauenzimmer wirklich aufzusuchen und zu bezahlen! Ach, sie waren doch zu gemein. Rhett Butler war der gemeinste von allen.

Sie wollte das Taschentuch nehmen und es ihm ins Gesicht schleudern, sie wollte ihm die Tür weisen und nie ein Sterbenswort mehr mit ihm sprechen. Aber nein, das ging wieder nicht. Er durfte nie und nimmermehr erfahren, daß sie überhaupt von dem Dasein solcher Dirnen wußte, und nun gar, daß er zu solchen Dirnen ging. Das war für eine Dame unmöglich.

»Ach, wenn ich nur keine Dame wäre«, dachte sie ingrimmig. »Was wollte ich dem Halunken alles ins Gesicht sagen!«

Mit dem zerknitterten Taschentuch in der Hand ging sie in die Küche zu Onkel Peter hinunter. Als sie am Herde vorbeikam, steckte sie das Taschentuch in die Flammen und sah mit ohnmächtigem Zorn zu, wie es verbrannte.

XIV

ALS DER SOMMER DES JAHRES 1863 HERANKAM, SCHLUGEN IN DEN Südstaaten alle Herzen höher. Trotz Mangel und Mühsal, trotz Korruption und Spekulation, trotz Krankheit, Leiden und Tod, die nun in fast jeder Familie schon ihre Spuren hinterlassen hatten, sprach der Süden wieder einmal das Wort »Noch ein Sieg, und der Krieg ist aus« und war seiner Sache noch freudiger gewiß als im vergangenen Sommer. Die Yankees erwiesen sich zwar als eine harte Nuß, aber endlich krachte sie doch.

Das Weihnachtsfest war für Atlanta und den ganzen Süden glücklich und froh gewesen. Die konföderierten Truppen hatten einen überwältigenden Sieg bei Fredericksburg errungen. Die Toten und Verwundeten der Yankees zählten nach Tausenden. Es herrschte allgemeiner Jubel, daß das Schicksal sich wendete. Die Armee bestand jetzt aus kampfgewohnten Soldaten, ihre Heerführer hatten sich bewährt, und alle waren überzeugt, daß die Yankees, wenn mit dem Frühling der Kampf von neuem begann, ein für allemal vernichtet würden. Der Frühling kam, und der Kampf begann von neuem. Im Mai errangen die Konföderierten abermals einen großen Sieg bei Chancellorsville. Der Süden frohlockte.

Ganz nahe der Heimat war ein feindlicher Kavallerievorstoß nach Georgia den Konföderierten zum Sieg ausgeschlagen. Immer wieder lachten die Leute und klopften einander auf den Rücken und sagten: »Jawohl! wenn der alte Nathan Bedford Forrest erst hinter ihnen her ist, dann machen sie lange Beine!«

Ende April hatte Oberst Streight mit eintausendachthundert Yankees zu

Pferde einen überraschenden Streich versucht. Das Ziel war Rome, nur sechzig Meilen nördlich von Atlanta, gewesen. Sie hatten die für den Süden unentbehrliche Eisenbahnlinie zwischen Atlanta und Tennessee abschneiden und dann südwärts nach Atlanta schwenken wollen, um die Fabriken und Vorratsplätze, die dort in der Schlüsselstellung der Konföderierten konzentriert waren, zu zerstören. Ein kühner Streich, der dem Süden teuer zu stehen gekommen wäre, wenn nicht Forrest gewesen wäre. Mit nur einem Drittel soviel Leuten – aber was für Leuten, was für Reitern! – war er aufgebrochen und hatte die Feinde, noch ehe sie Rome erreichten, in ein Gefecht verwikkelt, hatte ihnen Tag und Nacht keine Ruhe gelassen und schließlich die ganze Truppe umzingelt.

Die Nachricht erreichte Atlanta fast gleichzeitig mit der Siegesmeldung von Chancellorsville, und die Stadt erbebte vor lauter lachendem Jubel. Der Sieg bei Chancellorsville mochte bedeutender sein, aber die Umzingelung von Streights Vortrupp machte die Yankees einfach lächerlich.

»O nein, mit dem alten Forrest ist nicht gut Kirschen essen!« sagte man in Atlanta voller Stolz, wenn die Geschichte immer von neuem erzählt wurde.

Die Flut des Glücks strömte jetzt mächtig und jubelnd dahin und riß alles mit sich fort. Freilich belagerten die Yankees unter General Grant seit Mitte Mai Vicksburg, freilich hatte der Süden einen schmerzlichen Verlust erlitten, als ›Stonewall‹ Jackson bei Chancellorsville tödlich verwundet worden war. Freilich hatte Georgia mit General Cobb, der bei Fredericksburg fiel, einen seiner tapfersten und begabtesten Söhne verloren. Aber noch mehr solche Niederlagen konnten die Yankees nicht aushalten. Bald mußten sie sich ergeben, und dann war der grause Krieg vorbei. Die ersten Tage des Juli kamen heran und mit ihnen das Gerücht, das später durch Depeschen bestätigt wurde, daß General Lee in Pennsylvanien einmarschiere. Lee auf feindlichem Boden! Lee stellte den Feind zur Schlacht! Das war der Endkampf des Krieges.

Atlanta tobte vor Erregung, vor Freude und vor heißem Rachedurst. Nun sollten die Yankees erfahren, was es heißt, den Krieg im eigenen Lande zu haben. Nun sollten sie erleben, daß fruchtbare Felder verwüstet, Pferde und Rinder gestohlen, Häuser verbrannt, Kinder und Greise verschleppt und Frauen in den Hungertod getrieben wurden. Jeder wußte, wie die Yankees in Missouri, Kentucky, Tennessee und Virginia gehaust hatten. Sogar kleine Kinder konnten von den Greueln erzählen, die die Yankees in den eroberten Gebieten angerichtet hatten. Schon wimmelte es in Atlanta von Flüchtlingen, und die Stadt erfuhr aus erster Hand, was sie durchgemacht hatten. In jenen Gegenden waren die Anhänger der Konföderierten in der Minderzahl, und die Hand des Krieges lag schwer auf ihnen, wie in jedem Grenzstaat, wo der

Nachbar den Nachbarn anzeigte und der Bruder den Bruder erschlug. Die Flüchtlinge wünschten den Tag herbei, da ganz Pennsylvanien eine einzige Feuersbrunst sein würde. Selbst auf den Gesichtern der gütigsten alten Damen zeigte sich grimmiger Rachedurst.

Aber als man erfuhr, Lee habe Befehl gegeben, daß in Pennsylvanien kein Privateigentum angerührt werden dürfe, daß Plünderung mit dem Tod bestraft werde und die Armee für jedes Stück zu zahlen habe, das sie requirierte, da bedurfte es der ganzen Verehrung, die der General genoß, um seine Popularität zu retten. Die Mannschaften sollten in den reichen Warenlägern jenes blühenden Landes nicht freie Hand haben?

Dabei litten die Frontkämpfer Hunger. Sie hatten Mangel an Schuhen, Kleidungsstücken und Pferden. Ein eilig geschriebener Zettel von Darcy Meade an seinen Vater, die einzige Nachricht in jenen ersten Julitagen, die Atlanta direkt von der Front empfing, ging unter steigender Empörung von Hand zu Hand.

»Pa, kannst Du mir denn nicht ein Paar Stiefel verschaffen? Ich laufe seit vierzehn Tagen barfuß und habe nicht die geringste Aussicht, neue zu bekommen. Wenn ich nicht so große Füße hätte, so könnte ich wie die anderen den gefallenen Yankees die Schuhe ausziehen, aber ich bin noch nirgends auf einen gestoßen, der annähernd so große Füße hatte wie ich. Wenn Du welche bekommen kannst, schicke sie nicht mit der Post. Es könnte sie jemand unterwegs stehlen, und ich würde es ihm nicht einmal verdenken. Setz deshalb Phil in den Zug und gib sie ihm mit. Ich schreibe Euch bald, wo wir zu finden sind, im Augenblick weiß ich nur, daß wir nordwärts marschieren. Wir sind jetzt in Maryland, und es heißt allgemein, wir gehen weiter nach Pennsylvanien vor …

Pa, ich dachte, wir könnten den Yankees ihre eigene Arznei zu schmecken geben, aber der General verbietet es, und ich lege keinen Wert darauf, nur für den Spaß, ein Yankeehaus abzubrennen, erschossen zu werden. Heute sind wir durch die fabelhaftesten Kornfelder marschiert, die ich je gesehen habe. Solches Korn haben wir zu Hause nicht. Wir haben auf eigene Hand ein bißchen geplündert, denn wir haben alle Hunger, und was der General nicht weiß, macht ihn nicht heiß! Aber dieses grüne Korn ist uns durchaus nicht gut bekommen. Die Jungens haben ohnehin alle die Ruhr, und von dem Korn ist es noch schlimmer geworden. Leichter marschiert es sich noch mit einer Wunde am Bein als mit Ruhr. Pa, bitte, sieh zu, daß Du ein Paar Stiefel für mich bekommst. Ich bin jetzt Hauptmann, und ein Hauptmann sollte wenigstens Stiefel haben, wenn er auch keine neue Uniform und keine Achselstücke hat.«

Aber die Armee stand in Pennsylvanien, und darauf allein kam es an! Noch ein Sieg, dann war der Krieg aus, und dann bekam Darcy so viel Stiefel, wie er wollte, dann kamen die Jungens nach Hause marschiert, und alle waren wieder glücklich. Mrs. Meade wurden die Augen naß, wenn sie sich ihren Soldatensohn daheim vorstellte, daheim für immer.

Am 3. Juli schwiegen plötzlich alle Drähte aus dem Norden. Das dauerte bis zum Mittag des vierten, und nun begannen bruchstückhafte und verstümmelte Berichte ins Hauptquartier nach Atlanta durchzusickern. In Pennsylvanien war es in der Nähe einer kleinen Stadt namens Gettysburg zu harten Kämpfen gekommen, die zu einer großen Schlacht mit Lees gesammelter Streitmacht anwuchsen. Die Nachrichten kamen undeutlich und langsam. Die Schlacht hatte ja auf feindlichem Gebiet stattgefunden. Die Berichte mußten zunächst durch Maryland, wurden nach Richmond weitergegeben und gelangten dann erst nach Atlanta.

Die Spannung wuchs. Langsam kroch die Furcht über die Stadt. Nichts ist schlimmer, als nicht zu wissen, was vorgeht. Familien, die Söhne an der Front hatten, beteten inbrünstig, ihre Jungens möchten nicht mit nach Pennsylvanien gezogen sein, und wer wußte, daß die Seinen bei dem gleichen Regiment wie Darcy Meade standen, biß die Zähne zusammen und sagte, es sei eine Ehre, in jener großen Schlacht mitzukämpfen, in der die Yankees doch ein für allemal Prügel bekamen.

In Tante Pittys Haus blickten die drei Frauen einander voller Angst ins Auge. Sie konnten sich nichts mehr verbergen. Ashley stand in Darcys Regiment.

Am Fünften kamen schlechte Nachrichten, nicht aus dem Norden, sondern aus dem Westen. Vicksburg war nach langer, erbitterter Belagerung gefallen, und damit war der Mississippi von St. Louis bis New Orleans in den Händen der Yankees. Die Konföderierten Staaten waren jetzt mitten durchgeteilt. Zu jeder anderen Zeit hätte die Nachricht von diesem Unglück Angst und Wehklage in Atlanta hervorgerufen, aber jetzt hatte man für Vicksburg kaum einen Gedanken übrig. Man dachte nur an Lee, der sich in Pennsylvanien schlug. Der Verlust Vicksburgs wäre keine Katastrophe, wenn Lee im Osten siegte. Dort lagen Philadelphia, New York, Washington. Ihr Fall mußte den Norden lahmlegen und die Niederlage am Mississippi reichlich wettmachen.

Die Stunden und Tage schlichen vorüber, das Verhängnis brütete über der Stadt wie ein schwarzer Schatten, der die heiße Sonne verdunkelt, bis die Leute erschreckt zum Himmel aufblickten, als könnten sie nicht glauben, daß er noch klar und blau war und nicht von jagenden Wolken verfinstert. Überall sammelten sich Frauen in dichten Gruppen an, vor den Haustüren, auf den Fußsteigen und sogar in der Mitte der Straße, versicherten einander, keine

Nachricht bedeute gute Nachricht, und suchten tapfer zu erscheinen und einander zu trösten. Aber schreckliche Gerüchte von einer verlorenen Schlacht und riesigen Verlusten huschten wie Fledermäuse durch die stillen Straßen. Der bleiche Schrecken trieb die Bewohner nach den Zeitungsbüros und vors Hauptquartier, wo sie auf Nachricht warteten, sei sie gut oder schlecht. Die Menge war befremdlich still, schweigend kamen immer mehr Leute hinzu. Es fiel kein Wort. Die Stille wurde nur noch stiller, wenn das oft wiederholte Wort: »Noch keine Nachricht; nur daß Kämpfe im Gange sind« ertönte. Immer mehr Frauen zu Fuß und zu Wagen fanden sich ein. Die Hitze in dem Gedränge war bei dem Staub, den die rastlosen Füße aufwirbelten, schier zum Ersticken. Es fiel kein Wort, aber all diese blassen, gefaßten Gesichter waren beredter als der lauteste Jammer. Alle hatten sie einen Sohn oder einen Bruder, einen Gatten, einen Vater, einen Liebsten in die Schlacht geschickt. An den Tod dachten sie, an Niederlage nicht. Diesen Gedanken verbannten sie aus ihrem Hirn. Vielleicht starben die Männer, die sie liebhatten, gerade in diesem Augenblick im sonnengedörrten Gras der pennsylvanischen Berge. In diesem Augenblick wurden vielleicht die Reihen der Ihren hingemäht wie Korn unter einem Hagelschauer. Aber die Sache, für die sie kämpften, konnte nicht untergehen. Sie mochten zu Tausenden sterben, an ihrer Stelle mußten, wie die Saat aus Drachenzähnen, Tausende von neuen Männern in Grau und Braun mit dem Rebellenruf auf den Lippen von der Erde aufspringen. Woher sie kommen sollten, wußte niemand. Aber so gewiß ein gerechter eifriger Gott im Himmel thronte, so zweifellos konnte General Lee Wunder tun, und die Armee in Virginia war unbesiegbar.

Scarlett, Melanie und Pittypat saßen in ihrer Equipage bei niedergeschlagenem Verdeck, beschattet von ihren Sonnenschirmen, vor den Geschäftsräumen des »Daily Examiner«. Scarlett bebten die Hände so, daß der Schirm über ihrem Kopf schwankte. In Pittys rotem Kindergesicht zitterte die Nase wie die eines Kaninchens. Nur Melanie saß wie aus Stein gehauen, und ihre dunklen Augen wurden mit der Zeit immer größer. Während zweier Stunden machte sie nur ein einziges Mal, während sie der Tante ihr Riechfläschchen reichte, eine Bemerkung, und es war das einzige Mal in ihrem Leben, daß sie kühl und lieblos mit ihr sprach.

»Nimm dies, Tante, und gebrauche es, wenn dir schwach wird; nur das sage ich dir: wenn du in Ohnmacht fällst, dann mußt du eben in Ohnmacht fallen, und Onkel Peter muß dich nach Hause bringen. Ich gehe hier nicht weg, ehe ich etwas höre, und auch Scarlett lasse ich nicht von mir.«

Scarlett selbst hatte nicht die Absicht, den Ort zu verlassen, wo sie etwas über Ashleys Schicksal erfahren sollte. Nein, nicht einmal, wenn Tante Pitty stürbe, ginge sie hier weg. Irgendwo kämpfte Ashley, irgendwo fiel er vielleicht, und die Redaktion war der einzige Ort, wo sie die Wahrheit erfahren konnte.

Sie ließ ihre Blicke über die Menge schweifen und erblickte Freunde und Nachbarn. Mrs. Meade, den Hut schief auf dem Kopf, neben sich den fünfzehnjährigen Phil, die beiden Fräulein McLure, die ihre Pferdezähne mit bebender Oberlippe zu bedecken suchten. Mrs. Elsing, aufrecht wie eine spartanische Mutter, deren innerer Aufruhr nur durch die grauen Haarsträhnen, die sich aus ihrem Knoten gelöst hatten, verraten wurde. Daneben die geisterhaft bleiche Fanny Elsing. Hatte sie einen richtigen Verehrer an der Front, von dem kein Mensch etwas wußte?

Mrs. Merriwether saß in ihrem Wagen und streichelte Maybelles Hand. Maybelle war hochschwanger, eigentlich war es eine Schande, daß sie sich in der Öffentlichkeit zeigte, wenn sie sich auch noch so geschickt mit ihrem Schal zudeckte. Warum machte sie sich solche Sorgen? Niemand hatte etwas davon gehört, daß die Louisiana-Truppe auch in Pennsylvanien stünde. Wahrscheinlich saß ihr kleiner Zuave gut aufgehoben in Richmond.

Am Rande der Menschenmenge entstand eine Bewegung, als Rhett Butler sich mit seinem Pferde behutsam zu Tante Pittys Wagen Bahn brach. Scarlett dachte: »Er hat Mut, denn bei dem kleinsten Anlaß kann der Pöbel ihn in Stücke reißen, weil er nicht in Uniform ist.« Als er näher kam, dachte sie, sie möchte wohl als erste über ihn herfallen. Wie durfte er es wagen, mit seinen glänzenden Lackstiefeln und seinem eleganten Leinenanzug das schönste Pferd zu reiten, glatt und wohlgenährt, die teure Zigarre im Mund, während Ashley und all die anderen barfuß, vor Hitze schmachtend, hungrig, mit kranken Eingeweiden gegen die Yankees kämpften!

Böse Blicke trafen ihn, als er langsam durch das Gedränge herankam. Alte Männer knurrten in den Bart, und Mrs. Merriwether, die sich vor nichts fürchtete, erhob sich ein wenig in ihrem Wagen und sagte laut und vernehmlich: »Spekulant!« Der Ton ihrer Stimme machte das Wort zur schmählichsten, giftigsten Beschimpfung. Kapitän Butler achtete dessen gar nicht, sondern zog vor Melly und Pitty den Hut, ritt zu Scarlett heran, beugte sich nieder und sagte leise: »Wäre dies nicht der richtige Augenblick für Dr. Meade, uns seine übliche Rede zu halten, daß der Sieg wie ein triumphierender Adler über unserem Banner throne?«

Ihre Nerven befanden sich in schmerzhafter Anspannung. Wie eine wütende Katze wandte sie sich um, und hitzige Worte kamen ihr hervorgesprudelt, aber er schnitt sie mit einer Handbewegung ab.

»Ich komme, um den Damen mitzuteilen«, sagte er laut und vernehmlich,

»daß ich im Hauptquartier war. Die ersten Verlustlisten kommen gerade herein.«

Bei diesen Worten erhob sich unter den Nächststehenden, die seine Worte gehört hatten, ein Summen. Die Menge staute sich, im Begriff, kehrtzumachen und die Whitehall-Straße hinunter zum Hauptquartier zu stürzen.

»Nicht weggehen!« rief er, erhob sich im Sattel und hielt die Hand in die Höhe. »Die Listen sind beiden Zeitungen zugestellt worden und werden in diesem Augenblick gedruckt! Hierbleiben!«

»Oh, Kapitän Butler«, rief ihm Melly mit Tränen in den Augen zu, »wie freundlich von Ihnen, daß Sie gekommen sind, uns das zu sagen! Wann werden sie angeschlagen?«

»Sie werden jeden Augenblick herauskommen, gnädige Frau. Die Kriegsberichte sind schon seit einer halben Stunde in der Redaktion. Der diensttuende Offizier wollte nur nichts bekanntgeben, ehe der Druck fertig ist, aus Angst, die Menge würde die Büros stürmen. Da, sehen Sie!«

Ein Seitenfenster des Zeitungsbüros wurde geöffnet, eine Hand mit einem Packen langer, schmaler Druckfahnen, mit frischer Druckerschwärze verschmiert und eng mit Namen besetzt, langte heraus. Die Menge balgte sich darum, riß die Zettel in der Mitte durch, und wer einen erwischt hatte, versuchte, rückwärts aus dem Gedränge zu kommen, um zu lesen. Die Hintenstehenden drängten nach vorn und schrien: »Durchlassen!«

»Nimm die Zügel«, sagte Rhett Butler kurz, schwang sich vom Pferde und warf Onkel Peter die Zügel zu. Sie sahen seine breiten Schultern über die Menge hinausragen, während er sich mit rücksichtslosen Stößen vorschob. Bald kam er mit einem halben Dutzend Zettel in der Hand zurück. Er warf Melanie einen zu und verteilte die anderen an die Damen in den nächsten Wagen, an die McLures, Meades, Merriwethers und Elsings.

»Schnell, Melly!«

Scarlett war außer sich. Das Herz klopfte ihr bis zum Hals, als sie Mellys Hände so beben sah, daß sie unmöglich lesen konnte.

»Nimm«, flüsterte Melly, und Scarlett riß ihr das Blatt aus der Hand.

Die W's, wo waren die W's? Da unten, ganz verschmiert. »White«, las sie mit zitternder Stimme, »Wilkins ... Winn ... Zebulon ... Oh, Melly, er ist nicht dabei, er ist nicht dabei! Ach, um Gottes willen, Tantchen! Melly, das Riechsalz!«

Melly brachte unter hellen Freudentränen Miß Pittys schwankenden Kopf zur Ruhe und hielt ihr das Riechfläschchen unter die Nase. Scarlett stützte die dicke alte Dame von der anderen Seite. Ihr frohlockte das Herz. Ashley lebte, er wurde nicht einmal als verwundet gemeldet. Gütiger Gott, es hatte ihn verschont!

Sie hörte einen leisen Jammerlaut, drehte sich um und sah, wie Fanny Elsing den Kopf an ihrer Mutter Brust legte. Die Verlustliste wehte aus dem Wagen auf den Boden nieder. Mrs. Elsings schmale Lippen bebten, als sie ihre Tochter in die Arme schloß und leise zum Kutscher sagte: »Nach Hause, schnell!« Scarlett überflog die Liste. Hugh Elsing, Fannys Bruder, war nicht aufgeführt. Fanny mußte einen Freund gehabt haben, und nun war er tot. In teilnahmsvollem Schweigen machten die Umstehenden Platz für den Wagen, ihm folgte der kleine Korbwagen mit dem Pony der McLures. Miß Faith fuhr selbst, ihr Gesicht war wie von Stein, und diesmal bedeckten die Lippen ihre Zähne. Miß Hope saß aufrecht neben ihr und hielt den Rock der Schwester fest gepackt. Wie ganz alte Frauen sahen sie aus. Ihr junger Bruder Dallas war ihr Liebling und der einzige Verwandte, den die beiden unverheirateten Damen auf der Welt hatten. Dallas lebte nicht mehr.

»Melly, Melly!« rief Maybelle freudig. »René ist in Sicherheit! Und Ashley auch! Ach, Gott sei Dank!« Der Schal war ihr von den Schultern geglitten, und ihr Zustand wurde völlig sichtbar, aber es war ihr und Mrs. Merriwether einerlei. »Oh, Mrs. Meade! René ...« Ihr brach die Stimme. »Sieh doch, Melly! ... Mrs. Meade. Darcy ist doch nicht ...?«

Mrs. Meade blickte in ihren Schoß und hob den Kopf nicht, auch nicht, als sie beim Namen gerufen wurde. Aber das Gesicht des kleinen Phil neben ihr war wie ein offenes Buch, in dem alle lesen konnten.

»Ach, Mutter«, sagte er hilflos.

Mrs. Meade blickte auf und begegnete Mellys Blicken.

»Nun braucht er die Stiefel nicht mehr«, sagte sie tonlos.

Melly fing an zu schluchzen, während sie Tante Pitty gegen Scarletts Schulter schob, stieg aus dem Wagen und ging zu der Frau des Doktors hinüber.

»Mutter, du hast mich ja noch«, sagte Phil in hilflosem Versuch, die bleiche Frau zu trösten, »und wenn du mich nur fortläßt, schlage ich all die Yankees.«

Mrs. Meade packte ihn am Arm, als wollte sie ihn niemals wieder loslassen, und sagte »Nein!« mit einer Stimme, als erstickte sie daran.

»Phil, sei still!« fuhr Melanie ihn leise an, stieg zu Mrs. Meade in den Wagen und umarmte sie. »Meinst du, es hilft deiner Mutter, wenn du fortläufst und auch noch fällst? Etwas so Dummes habe ich im Leben noch nicht gehört. Fahr schnell nach Hause, aber schnell.«

Als Phil die Zügel faßte, wandte sich Melanie zu Scarlett zurück. »Sobald du Tantchen glücklich nach Hause gebracht hast, komm zu Meades herüber. Kapitän Butler, möchten Sie den Doktor benachrichtigen? Er ist im Lazarett.«

Der Wagen fuhr durch die sich schon zerstreuende Menge hindurch, einige

Frauen weinten vor Freude, aber viele sahen wie betäubt aus, als könnten sie den schweren Verlust nicht begreifen. Scarlett überflog gebeugten Kopfes die verschmierte Liste, um nach Freundesnamen zu suchen. Nun, da sie Ashley in Sicherheit wußte, konnte sie auch an andere denken. Ach, wie lang war die Liste! Wie schwer der Zoll, den Atlanta, den ganz Georgia hatte entrichten müssen!

Himmel! »Calvert, Raiford, Leutnant.« Raif! Plötzlich entsann sie sich des längst vergangenen Tages, da sie zusammen fortgelaufen waren und dann doch beschlossen hatten, lieber bei Dunkelwerden wieder nach Hause zu gehen, weil sie Hunger hatten und sich vor der Nacht fürchteten.

»Fontaine, Joseph, Gefreiter.« Der kleine mürrische Joe! Und Sally hatte kaum ihr Kind bekommen!

»Munroe, Lafayette, Hauptmann.« Er war mit Cathleen Calvert verlobt gewesen. Arme Cathleen. Ihr Kummer war zweifach, ein Bruder und der Liebste. Aber noch größer war Sallys Verlust. Ein Bruder und der Mann.

Ach, dies war fürchterlich. Fast hatte sie Angst, weiterzulesen. Tante Pittypat atmete schwer an ihrer Schulter. Scarlett stieß sie achtlos in die Wagenecke und las weiter.

Da konnten doch unmöglich ... drei Tarletons auf der Liste stehen? Vielleicht hatte der Setzer in der Eile die Namen aus Versehen wiederholt? Aber nein. Da waren sie: »Tarleton, Brenton, Leutnant.« »Tarleton, Stuart, Korporal.« »Tarleton, Thomas, Gefreiter.« Und Boyd war im ersten Kriegsjahr gefallen und lag irgendwo in Virginia begraben. Alle vier Tarletons waren tot. Tom und die lustigen, langbeinigen Zwillinge mit dem nie stillstehenden Mund und den lächerlich dummen Streichen, und Boyd mit der scharfen Zunge und der Anmut eines Tanzlehrers.

Sie konnte nicht weiterlesen. Sie wollte nicht wissen, ob noch andere der jungen Männer, mit denen sie aufgewachsen war, mit denen sie getanzt, geflirtet und geküßt hatte, auf dieser Liste standen. Sie hätte gern laut geweint, um sich von den Eisenkrallen zu befreien, die sie am Hals würgten.

»Traurig«, sagte Rhett. Sie blickte zu ihm auf. Sie hatte ganz vergessen, daß er da war.

»Viele von Ihren Freunden?«

Sie nickte und rang nach Worten. »Fast aus jeder Familie der Provinz ... und alle ... alle drei Tarletons.«

Sein Gesicht war jetzt ruhig und ernst, beinahe düster, und seine Augen allen Spottes bar. »Es ist noch nicht zu Ende«, sagte er. »Dies sind nur die ersten Listen, sie sind nicht vollständig. Morgen kommt eine längere Liste heraus.« Er dämpfte die Stimme, damit er in den Wagen in der Nähe nicht gehört werde, »Scarlett, General Lee muß eine Schlacht verloren haben. Ich hörte im Hauptquartier, er habe sich nach Maryland zurückgezogen.«

Sie blickte entsetzt zu ihm auf. Sie dachte nicht an die Niederlage, sondern an die nächsten Verlustlisten. Sie war so glücklich gewesen, Ashleys Namen nicht auf der Liste zu finden, daß sie an das Weitere nicht mehr gedacht hatte. Morgen! In diesem Augenblick konnte er schon tot sein, und sie erfuhr es erst morgen oder womöglich erst in einer Woche.

»Ach, Rhett, warum müssen Kriege sein? Es wäre besser gewesen, die Yankees hätten die Schwarzen losgekauft ... oder wir hätten sie umsonst freigegeben ... als alles dies zu erleben.«

»Es handelt sich nicht um die Schwarzen, Scarlett. Sie sind nur der Vorwand. Kriege wird es immer geben, denn die Männer lieben den Krieg. Die Frauen nicht, aber die Männer. Ja, sie lieben ihn mehr als die Liebe der Frauen.« Sein Mund verzog sich zu dem gewohnten spöttischen Lächeln, der Ernst war wieder aus seinem Gesicht gewichen. Er grüßte mit seinem breiten Panamahut. »Leben Sie wohl. Ich suche Dr. Meade auf. Ich fürchte, für die Ironie, die darin liegt, daß gerade ich ihm diese Nachricht bringen muß, hat er im Augenblick keinen Sinn. Aber später ist es ihm wahrscheinlich ein grauenhafter Gedanke, daß ihm ein schurkischer Spekulant einen Heldentod berichtet hat.«

Scarlett brachte ihre Tante mit einem stärkenden Glühwein zu Bett, ließ Prissy und Cookie zur Wartung da und ging die Straße hinunter zu Meades. Mrs. Meade wartete oben mit Phil auf die Rückkehr ihres Mannes, und Melanie saß im Wohnzimmer und unterhielt sich leise mit einigen teilnehmenden Nachbarinnen. Sie war mit Nadel und Schere dabei, ein Trauerkleid, das Mrs. Elsing Mrs. Meade geliehen hatte, zu ändern. Schon zog der ätzende Geruch selbstgemachten schwarzen Farbstoffes, in dem Kleidungsstücke kochten, durchs Haus. Die schluchzende Köchin rührte Mrs. Meades sämtliche Kleider in dem großen Waschtopf um.

»Wie geht es ihr?« fragte Scarlett leise.

»Ihr kommt keine Träne«, sagte Melanie. »Es ist furchtbar, wenn Frauen nicht weinen können. Ich weiß nicht, wie Männer Schweres aushalten, ohne zu weinen. Sie müssen wohl stärker und tapferer sein als Frauen. Sie sagt, sie will selbst nach Pennsylvanien und ihn holen. Der Doktor kann das Lazarett nicht im Stich lassen.«

»Das wird schrecklich für sie! Kann denn Phil nicht gehen?«

»Sie hat Angst, er tritt sogleich in die Armee ein, wenn er ihr aus den Augen kommt. Er ist ja sehr groß für sein Alter, und Sechzehnjährige nehmen sie bereits.«

Die Nachbarinnen verabschiedeten sich eine nach der anderen, sie wollten nicht gern dabeisein, wenn der Doktor nach Hause kam. Scarlett und Melanie blieben allein mit ihrer Näherei im Wohnzimmer sitzen. Melanie sah traurig, aber ruhig aus, obwohl auch ihr Tränen auf das Kleid tropften, das sie in der Hand hatte. Ihr war offenbar der Gedanke noch nicht gekommen, die Schlacht könne noch weitergehen und auch Ashley als Opfer fordern. In ihrem zu Tode erschrockenen Herzen wußte Scarlett nicht, ob sie Rhetts Worte weitergeben und in Melanies Jammer zweifelhaften Trost für sich suchen sollte oder ob es besser wäre, das Gehörte bei sich zu behalten. Schließlich entschied sie sich zu schweigen. Melanie durfte nicht merken, wie sehr sie um Ashley bangte. Scarlett dankte Gott dafür, daß jeder, auch Melly und Pitty, an diesem Morgen reichlich mit den eigenen Sorgen zu tun gehabt und niemand sie beachtet hatte.

Nachdem sie eine Weile still gewartet hatten, hörten sie draußen ein Geräusch und sahen durch die Vorhänge Dr. Meade vom Pferde steigen. Die Schultern waren ihm zusammengesunken, der Kopf hing ihm so tief, daß sein grauer Bart sich wie ein Fächer auf der Brust ausbreitete. Langsam trat er ins Haus, legte Hut und Tasche ab und küßte stumm die beiden Mädchen. Gleich darauf kam Phil herunter, ganz und gar Unbeholfenheit mit seinen langen Beinen und Armen. Die beiden Mädchen forderten ihn mit einem Blick auf, sich zu ihnen zu setzen, aber er ging zur Haustür hinaus, setzte sich draußen auf die oberste Stufe und stützte den Kopf in beide Hände.

Melanie seufzte: »Er ist böse, weil sie ihm nicht erlauben wollen, gegen die Yankees zu kämpfen. Fünfzehn Jahre! Ach, Scarlett, es wäre der Himmel auf Erden, solch einen Sohn zu haben.«

»Damit er totgeschossen wird?« sagte Scarlett und dachte an Darcy.

»Es ist besser, einen Sohn zu haben, auch wenn er sterben muß, als überhaupt keinen zu haben«, sagte Melanie und schluckte. »Aber das verstehst du nicht, Scarlett, weil du den kleinen Wade hast. Ach, Scarlett, ich hätte so schrecklich gern ein Kind. Du findest es gewiß ungehörig, daß ich das so frei heraussage, aber es ist wahr. Jede Frau möchte das.«

Scarlett hielt eine abfällige Bemerkung nur mit Mühe zurück.

»Sollte es Gottes Wille sein«, fuhr Melanie fort, »daß mir Ashley genommen wird, ich glaube, ich könnte es tragen. Zwar würde ich lieber sterben mögen, aber Gott würde mir die Kraft geben. Unerträglich wäre mir nur, daß er fiele und ich kein Kind von ihm hätte zu meinem Trost. Ach, du glückliche Scarlett! Charlie hast du verloren, aber du hast seinen Sohn dafür. Wenn Ashley dahingeht, habe ich nichts. Scarlett, verzeih mir, aber manchmal war ich so eifersüchtig auf dich ...«

»Eifersüchtig ... auf mich?« Scarlett schrak voller Schuldbewußtsein zusammen.

»Ja, weil du einen Sohn hast und ich nicht. Manchmal habe ich mir eingeredet, Wade wäre mein Kind, weil es gar zu schrecklich ist, kein Kind zu haben.«

»Dummes Zeug!« sagte Scarlett erleichtert. Sie warf einen raschen Blick auf die zarte Gestalt, die errötend über ihre Näharbeit gebeugt saß. Melanie mochte sich nach Kindern sehnen, aber die Figur dazu, eins auszutragen, besaß sie nicht. Sie war kaum größer als ein zwölfjähriges Mädchen, schmal in den Hüften und flach auf der Brust. Der bloße Gedanke, daß Melanie ein Kind haben könnte, war Scarlett zuwider. Er brachte zuviel mit sich, das zu denken sie nicht ertrug. Wenn Melanie ein Kind von Ashley hatte, so würde Scarlett gleichsam etwas von ihrem Eigentum genommen sein.

»Bitte, verzeih mir, was ich über Wade gesagt habe. Ich habe ihn ja so lieb. Du bist doch nicht böse auf mich?«

»Sei nicht albern«, sagte Scarlett kurz, »geh hinaus vor die Tür und kümmere dich um Phil, er weint.«

XV

Das Heer war nach Virginia zurückgegangen und bezog Winterquartier am Rapidan, müde und erschöpft von der Niederlage bei Gettysburg, und zur Weihnachtszeit kam Ashley auf Urlaub.

Als Scarlett ihn nach mehr als zwei Jahren zum erstenmal wiedersah, erschrak sie über die Heftigkeit ihres Gefühls. Damals, im Wohnzimmer zu Twelve Oaks, als er Melanies Mann wurde, hatte sie gemeint, niemals werde sie ihn heftiger und leidenschaftlicher lieben können als in diesem Augenblick. Aber jetzt wußte sie, daß sie an jenem längst vergangenen Abend nur die Empfindungen eines Kindes gehabt hatte, das sein Spielzeug nicht bekommt. Jetzt hatte sich ihr Gefühl während unerschöpflicher Träume entwickelt und durch die Zurückhaltung, die sie sich hatte auferlegen müssen, mächtig verstärkt.

Ashley Wilkes in seiner verblichenen, geflickten Uniform, dem die Sommersonne das blonde Haar fast weiß gebleicht hatte, war ein ganz anderer als der ruhige Junge mit den versonnenen Augen, den sie vor dem Kriege bis zur Verzweiflung geliebt hatte. Erst jetzt ging ihr diese Liebe wirklich durchs Herz. Jetzt war gebräunt und hager, was sonst hell und schlank gewesen war, und der lange, goldblonde Schnurrbart, den er nach Kavalleristenart um den Mund herabhängend trug, machte ihn zum Urbild eines Soldaten. Er hielt sich militärisch stramm in seiner alten Uniform, die Pistole hing ihm am abgetragenen Halfter, die verbeulte Degenscheide klappte gegen die hohen Stiefel, und die abgenutzten Sporen hatten einen matten Glanz. Ashley Wilkes, Major der Konföderierten Staaten von Amerika. Man sah ihm an, daß er jetzt gewohnt war, zu befehlen und Gehorsam zu finden. Ein ruhiges Selbstvertrauen lag in seinem Wesen, ernste Furchen begannen sich um seinen Mund abzuzeichnen. Die eckigen Schultern und der kühle Glanz seiner Augen waren Scarlett neu und fremd. War er einst lässig, gleichmütig und verträumt gewesen, so war er jetzt katzenhaft wach und angespannt gleich einem, dessen Nerven beständig wie Geigensaiten straffgezogen sind. In seinen Augen lag etwas Angestrengtes und Pflichtbesessenes. Die sonnverbrannte Haut umschloß knapp das feinknochige Antlitz. Es war ihr alter, gutaussehender Ashley und doch ein ganz anderer.

Scarlett hatte vorgehabt, Weihnachten in Tara zu verleben. Aber seitdem Ashleys Depesche eingetroffen war, konnte keine Macht der Welt, nicht einmal der ausdrückliche Befehl der enttäuschten Eltern, sie von Atlanta wegholen. Hätte Ashley nach Twelve Oaks gehen wollen, so wäre sie eilig nach Tara gefahren, nur um in seiner Nähe zu sein. Aber er hatte seine Familie nach Atlanta kommen lassen, und Mr. Wilkes, Honey und India waren schon in der Stadt. Nach Tara gehen und ihn nach zwei langen Jahren nicht sehen? Den berückenden Klang seiner Stimme nicht hören, nicht in seinen Augen lesen, daß er ihrer noch gedachte? Niemals, nicht für alle Mütter der Welt.

Ashley kam vier Tage vor Weihnachten mit mehreren anderen Kameraden aus der Provinz, die gleichfalls Urlaub hatten, nach Hause. Die Gefährten der Heimat bildeten seit Gettysburg eine schmerzlich zusammengeschmolzene Schar. Cade Calvert war darunter, ein magerer, hagerer Cade, der fortwährend hustete, zwei von den Munroeschen Jungens, die vor Aufregung barsten, weil dies seit 1861 ihr erster Urlaub war, Alex und Tony Fontaine, lärmend und streitlustig und voll großartiger Trunkenheit. Die Schar mußte zwei Stunden bis zum nächsten Zuge warten, und die Aufgabe, die Fontaines davon abzuhalten, daß sie auf dem Bahnhof miteinander und mit völlig Fremden Streit anfingen, stellte der Diplomatie ihrer Kameraden eine so unlösbare Aufgabe, daß Ashley sie lieber allesamt zu Pittypat mit nach Hause nahm.

»Man sollte meinen, sie hätten in Virginia genug zu kämpfen gehabt«, sagte Cade bitter, als er die beiden wie Kampfhähne aufeinander losgehen sah, weil sie sich den ersten Kuß auf die Wange der aufgeregten, über die Maßen geschmeichelten Tante Pitty streitig machten. »Aber nein. Seit Richmond sind sie betrunken und brechen einen Streit nach dem anderen vom Zaun. Die Wache hat sie dort schon festgenommen, und nur Ashleys glatter Zunge haben sie es zu verdanken, daß sie nicht im Gefängnis Weihnachten feiern müssen.«

Scarlett hörte kaum ein Wort von dem, was er sagte, so beseligt war sie, mit Ashley wieder zusammen in demselben Zimmer zu sein. Wie hatte sie nur während dieser zwei Jahre andere Männer ansehen können! Wie hatte sie deren Verliebtheit ertragen können, wo doch Ashley auf der Welt war! Nun war er wieder daheim und nur durch die Breite eines Teppichs von ihr getrennt. Sie mußte alle Kraft aufbieten, um nicht immer aufs neue in Freudentränen auszubrechen, während sie ihn da auf dem Sofa zwischen Melly und India sitzen sah und Honey sich von hinten ihm über die Schulter beugte. Hätte sie nur das Recht, dort mit ihm Arm in Arm zu sitzen, könnte sie ihm nur dann und wann über den Ärmel streichen, um seiner leibhaftigen Gegenwart ganz gewiß zu werden, ihm die Hand halten und sich mit seinem Taschentuch die Freudentränen trocknen! Das alles tat Melanie und schämte sich nicht. Zu glücklich, um noch Scheu und Zurückhaltung zu üben, hing sie am Arm ihres Mannes und betete ihn mit ihren Blicken, ihrem Lächeln und ihren Tränen an. Und Scarlett war gleichfalls zu glücklich, um ihn ihr zu mißgönnen, zu froh, um eifersüchtig zu sein. Ashley war wieder zu Hause!

Hin und wieder legte sie die Hand auf die Wange, wo er sie geküßt hatte, spürte seine Lippen von neuem bis ins Innerste und lächelte ihm zu. Natürlich hatte er sie nicht als erste geküßt. Melly hatte sich ihm in die Arme geworfen und ihn unter lauter unzusammenhängenden Ausrufen festgehalten, als wollte sie ihn nie wieder loslassen. Dann hatten India und Honey ihn ihr weggerissen und ihn geliebkost. Darauf hatte er seinen Vater mit einer Umarmung begrüßt, der man das ruhige, starke Freundschaftsverhältnis wohl anmerkte, das die beiden verband. Und dann Tante Pitty, die vor Aufregung auf ihren viel zu kleinen Füßen hin und her hüpfte. Endlich hatte er sich dann zu ihr gewandt, zu Scarlett, die wie leblos inmitten all derer, die ihren Kuß haben wollten, dastand, und hatte sie mit den Worten: »Ach, Scarlett, du schönes, schönes Ding!« auf die Wange geküßt.

Mit dem Kuß war alles verflogen, was sie ihm zur Begrüßung hatte sagen wollen. Erst viele Stunden später fiel ihr ein, daß er sie nicht auf den Mund geküßt hatte. Dann begann sie fieberhaft zu überlegen, ob er es wohl getan hätte, wenn er mit ihr allein gewesen wäre. Ob er sich dann wohl zu ihr niedergebeugt, sie zu sich emporgehoben und lange, lange an sich gedrückt hätte? Es machte sie glücklich, sich das vorzustellen, und deshalb glaubte sie daran, daß es so gekommen wäre. Aber all das hatte ja Zeit, eine ganze Woche lang. Sicherlich würde sie es einmal einrichten können, mit ihm allein zu sein und ihm zu sagen: »Weißt du noch, wie wir auf unseren geheimen Reitwegen zusammen geritten sind? Weißt du noch, wie der Mond an dem Abend aussah, als wir auf den Stufen zu Tara saßen und du ein Gedicht sprachst? (Himmel, wie hieß doch nur das Gedicht?) Weißt du noch den Nachmittag, als ich mir den Enkel verstauchte und du mich in deinen Armen durch die Dämmerung nach Hause trugst?«

Ach, da war so viel, was sich mit »weißt du noch« einleiten ließ, so viele liebe Erinnerungen, die ihm die schönen Tage wieder ins Gedächtnis zurückrufen konnten, da sie wie sorglose Kinder die Provinz durchstreiften, ehe Melanie Hamilton auf der Bildfläche erschien. Und wenn sie dann miteinander redeten, würde vielleicht in seinen Augen die tiefe wahre Leidenschaft wieder aufglühen ... Auf den Gedanken, sich einen Plan für den Fall zu machen, daß Ashley ihr unmißverständlich seine Liebe erklärte, kam sie nicht. Wenn sie nur wußte, daß er sie liebhatte ... Ihre Zeit mußte kommen.

»Liebling, du siehst ja ganz zerlumpt aus«, sagte Melanie, als die erste Aufregung vorüber war. »Wer hat dir denn deine Uniform geflickt und warum mit Blau?«

»Und ich dachte, ich sähe untadelig aus«, erwiderte Ashley und betrachtete sich. »Sieh dir doch nur das Lumpengesindel da drüben an, dann weißt du mich besser zu würdigen. Moses hat mir die Uniform geflickt, und zwar gut, wenn man bedenkt, daß er nie zuvor eine Nadel in der Hand gehabt hat. Und das blaue Tuch ... nun, wenn du vor der Wahl stehst, Löcher in den Hosen zu haben oder sie mit dem Uniformtuch eines gefallenen Yankees zu flicken, dann bleibt eben keine Wahl. Ein Wunder übrigens, daß dein Mann nicht auch noch barfuß nach Hause kommt. Vorige Woche waren meine alten Stiefel vollkommen erledigt, und ich wäre mit Säcken um die Füße heimgekommen, hätten wir nicht das Glück gehabt, zwei feindliche Kundschafter totzuschießen. Die Stiefel des einen paßten mir wie angegossen.«

Er streckte seine langen Beine aus, damit sie seine verschrammten Stiefel bewunderten.

»Mir aber paßten die Stiefel des anderen nicht«, sagte Cade. »Die sind zwei Nummern zu klein, und ich werde noch verrückt vor Schmerzen. Wenigstens komme ich aber anständig mit Stiefeln nach Hause.«

»Das eigensüchtige Schwein will sie keinem von uns geben«, sagte Tony, »und unseren aristokratischen Füßen würden sie doch ausgezeichnet passen. Ich schäme mich, in diesen Kähnen vor Mutter zu erscheinen. Vor dem Krieg hätten wir sie nicht einmal einen unserer Neger tragen lassen.«

»Beruhige dich«, sagte Alex und betrachtete die Stiefel des Bruders. »Wir ziehen sie ihm im Zuge auf der Heimfahrt aus. Vor Mutter so zu erscheinen, macht mir nichts aus, aber ... Dimity Munroe darf nicht sehen, wie mir die Zehen herausschauen.«

»Was wollt ihr, das sind meine Stiefel, ich habe sie zuerst gehabt.«

Tony machte seinem Bruder ein grimmiges Gesicht, aber Melanie trat in bebender Angst vor einer der berühmten Fontaineschen Fehden dazwischen und stiftete Frieden.

»Mir war eigens für euch Mädchen schon ein Vollbart gewachsen«, sagte Ashley und rieb sich wehmütig das Kinn, wo die kaum vernarbten Rasierwunden noch zu sehen waren. »Es war ein herrlicher Bart. Weder Jeb Stuart noch Nathan Bedford Forrest hatten einen schöneren, aber als wir nach Richmond kamen, beschlossen diese beiden Schurken da, sich zu rasieren, und deswegen müßte auch mein Bart fallen. Sie setzten mich hin und rasierten mich, und ein Wunder ist nur, daß mit dem Bart nicht auch die Kehle hat dran glauben müssen. Mein Schnurrbart wurde nur durch das Dazwischentreten von Evan und Cade gerettet.«

»Mrs. Wilkes, Sie sollten mir dankbar sein«, warf Alex ein, »Sie hätten ihn nicht wiedererkannt und nicht zur Tür hereingelassen. Und Sie brauchen es nur zu sagen, dann nehmen wir ihm Ihnen zuliebe auch den Schnurrbart ab.«

»O nein«, sagte Melanie geschwind und schmiegte sich ängstlich an Ashley, »ich finde ihn wunderschön so.«

»Das macht die Liebe«, sagten die Fontaines und nickten einander ernsthaft zu.

Als Ashley fortging, um die beiden in Tante Pittys Equipage zum Bahnhof zu bringen, faßte Melanie Scarlett beim Arm. »Ist die Uniform nicht fürchterlich? Mein Waffenrock wird aber eine Überraschung werden! Hätte ich doch nur noch genug Stoff für die Hosen!«

Der Waffenrock für Ashley war in Scarletts Herzen ein wunder Punkt. Wie gern hätte sie selber ihm zu Weihnachten einen solchen Rock geschenkt! Graue Wolle für Uniformen war buchstäblich so unerschwinglich wie Diamanten, und Ashley trug das übliche handgewebte Tuch. Viele Soldaten hatten die Uniformen gefallener Yankees angezogen, die mit Walnußschale dunkelbraun gefärbt worden waren. Aber ein seltenes Glück hatte Melanie genügend graues Tuch für einen Waffenrock in die Hand gespielt. Es wurde ein ziemlich kurzer, aber immerhin ein Waffenrock. Sie hatte einen Jüngling aus Charleston im Lazarett gepflegt. Als er starb, hatte sie ihm eine Haarlocke abgeschnitten und mit dem dürftigen Inhalt seiner Tasche und einem trostreichen Bericht über seine letzte Stunde an seine Mutter geschickt. Daraus war ein Briefwechsel entstanden, und schließlich hatte die Mutter ihr das graue Tuch und die Messingknöpfe geschickt, die sie für den toten Sohn gekauft hatte. Es war ein prachtvoller, dicker, warmer Stoff mit mattem Glanz. Zweifellos Blockadeware und zweifellos sehr teuer. Jetzt hatte der Schneider ihn in Händen, damit er bis zum Weihnachtsmorgen fertig werde. Scarlett hatte alles daran gesetzt, den Rest der Uniform zu beschaffen, aber was dazu gehörte, war in Atlanta einfach nicht aufzutreiben.

Auch sie hatte ein Weihnachtsgeschenk für Ashley. Aber neben der Pracht des grauen Waffenrockes nahm es sich nur sehr unscheinbar aus. Es war ein kleiner Behälter für Nähzeug und enthielt das kostbare Bündel Nadeln, das Rhett ihr aus Nassau mitgebracht hatte, drei ihrer leinenen Taschentücher, die aus derselben Quelle stammten, zwei Rollen Garn und eine kleine Schere. Aber sie wollte ihm gern etwas Persönliches schenken, wie die Frau es dem Gatten schenken darf, ein Hemd, ein Paar Reithandschuhe, einen Hut. Ach ja, einen Hut um jeden Preis. Die kleine flache Feldmütze, die Ashley trug, sah einfach lächerlich aus. Scarlett hatte sie niemals ausstehen können, aber die einzigen Hüte, die es in Atlanta gab, waren grob aus Wolle gearbeitet und sahen noch schäbiger aus als die Feldmütze. Bei Hüten mußte sie an Rhett Butler denken. Er hatte so viele Hüte aller Arten, Panamahüte, Zylinder, Jagdhüte in Braun, Schwarz oder Blau, aus weichem Filz. Wozu brauchte er sie alle, während ihr geliebter Ashley durch den Regen ritt und die Nässe ihm von der Mütze herab in den Kragen troff?

»Rhett soll mir seinen schwarzen Filzhut geben«, entschied sie. »Ich fasse den Rand grau ein und nähe Ashleys Offiziersabzeichen, die umkränzten Initialen C. S. A., auf die hochgeklappte Seite, dann sieht er famos aus.« Sie hielt inne, denn ganz einfach war es sicher nicht, den Hut zu bekommen. Rhett zu sagen, daß sie ihn für Ashley haben wollte, brachte sie nicht fertig. Er zog dann so unangenehm spöttisch die Brauen in die Höhe, wie er immer tat, wenn sie Ashley nur erwähnte. Bestimmt würde er ihr die Bitte abschlagen. So mußte sie also eine rührende Geschichte von einem Soldaten erfinden, der ihn brauchte; dann würde Rhett die Wahrheit nicht erfahren.

Den ganzen Nachmittag stellte sie alles mögliche an, um wenigstens ein paar Augenblicke mit Ashley allein zu sein. Aber Melanie war beständig um ihn, und India und Honey folgten ihm auf Schritt und Tritt durchs ganze Haus, während ihre blassen, wimperlosen Augen vor Begeisterung glühten. Selbst John Wilkes fand zu ruhiger Unterhaltung mit seinem Sohn keine Gelegenheit. Nicht anders war es beim Abendessen, wo alle Ashley mit ihren Fragen über den Krieg bestürmten. Der Krieg! Was kümmerte denn sie noch der Krieg! Scarlett hatte den Eindruck, daß Ashley selber nicht gern davon sprach. Er beherrschte die Unterhaltung so völlig, wie man es bei ihm nie gesehen hatte, und dabei sagte er ihnen doch nur wenig. Er erzählte Witze und Anekdoten von Kameraden, berichtete launig, wie sie sich manchmal hätten behelfen und den Hunger und die Mühsal im Regen leicht nehmen müssen, und beschrieb eingehend, wie General Lee ausgesehen hätte, als er bei dem Rückzug von Gettysburg an ihnen vorbeigeritten sei mit der Frage:

»Meine Herren, gehören Sie zur Truppe Georgia? Ohne euch Leute aus Georgia kommen wir nicht aus!«

Es kam Scarlett so vor, als redete er fieberhaft, um von anderen Fragen, die er nicht beantworten wollte, abzulenken. Als sie einmal bemerkte, wie er dem langen, sorgenvollen Blick seines Vaters auswich, stieg eine beklommene Verwunderung in ihr auf, und sie sann lange nach, was sich wohl in Ashleys Herzen so tief verborgen halten könnte. Aber das ging wieder vorüber, denn in ihrem Gemüt war nur Raum für strahlende Freude und für den sehnlichen Wunsch, mit ihm allein zu sein.

Die Glückseligkeit dauerte so lange, bis alle in dem Kreise um das offene Feuer zu gähnen begannen und Mr. Wilkes und die Mädchen sich verabschiedeten, um ins Hotel zu gehen. Als dann Ashley und Melanie, Pittypat und Scarlett hinaufgingen und Onkel Peter ihnen leuchtete, wurde Scarlett von einem Frösteln gepackt. Bisher hatte Ashley ihr gehört, ihr allein, obwohl sie kein Wort unter vier Augen mit ihm hatte sprechen können. Aber nun, als sie einander »Gute Nacht« sagten, sah sie Melly plötzlich erglühen und erbeben. Ihre Augen waren auf den Teppich gerichtet, und sie blickte nicht einmal auf, als Ashley die Tür zum Schlafzimmer öffnete, und ging rasch hinein. Ashley sagte unvermittelt: »Gute Nacht« und sah Scarlett dabei gleichfalls nicht an. Die Tür schloß sich hinter ihnen, Scarlett aber blieb mit einem wehen Schmerz draußen stehen. Nun gehörte Ashley nicht mehr ihr, er gehörte Melanie. Solange Melanie lebte, konnte sie mit Ashley in ein Zimmer gehen und die Tür hinter ihm vor der ganzen übrigen Welt zuschließen.

Dann ging Ashley wieder fort, zurück nach Virginia, wo lange Märsche in Schnee und Regen seiner warteten, wo Gefahr seiner wartete, die Gefahr, daß seine ganze strahlende Schönheit in einem einzigen Augenblick vernichtet werde wie ein Wurm unter einem achtlosen Tritt. Die ganze vergangene Woche mit ihrer schimmernden, traumhaften Schönheit, mit all ihren überglücklichen Stunden war vorüber. Sie war schnell vergangen: ein Traum voller Tannenduft und Christbaumherrlichkeit, mit kleinen Kerzen und selbstgemachtem Rauschgoldschmuck, ein Traum, in dem die Minuten so rasch wie Herzschläge verflossen. Eine atemlose Woche, in der Scarlett sich halb vor Schmerz und halb vor Freude im Innersten getrieben fühlte, jeden einzelnen Augenblick bis zum Rand mit Ereignissen zu füllen, an denen sie zehren konnte, wenn er fort war. In den langen Monaten, die bevorstanden, wollte sie sie dann in Muße betrachten und allen Trost, den sie brauchte, aus ihnen herauspressen – und so tanzte, sang und lachte sie für Ashley, brachte ihm, was er brauchte, kam seinen Wünschen zuvor, lächelte, wenn er lächelte, schwieg, wenn er sprach, verfolgte ihn mit den Augen, damit jeder

Zoll seines Körpers, jede Bewegung seiner Mienen sich ihrem Gemüt unauslöschlich einprägte; denn eine Woche ist schnell vorüber, und der Krieg dauert ewig.

Sie saß auf dem Diwan im Wohnzimmer und hielt ihr Abschiedsgeschenk auf dem Schoß. Hier wartete sie, bis er von Melanie Abschied genommen hatte, und betete, er möge, wenn er endlich kam, allein kommen und der Himmel möge ihr nur einen kurzen Augenblick mit ihm allein gewähren. Sie lauschte – das Haus war so sonderbar still, daß ihr das eigene Atmen laut klang. Tante Pitty lag in ihrem Zimmer und weinte in die Kissen; Ashley hatte ihr vor einer halben Stunde Lebewohl gesagt. Kein Geräusch drang durch die geschlossene Tür von Melanies Schlafzimmer, und es war Scarlett, als weile er schon seit vielen Stunden darin, und sie grollte ihm bitterlich für jeden Augenblick, den er noch blieb und von seiner Frau Abschied nahm. Und die Zeit verrann.

Sie überlegte sich alles, was sie ihm während dieser Woche hatte sagen wollen. Sie wußte, daß sie wohl nie wieder die Möglichkeit finden würde, es ihm zu sagen. Sogar die wenigen Minuten, die übrigblieben, konnten ihr noch genommen werden, wenn Melanie ihm bis an die Tür oder gar bis auf die Straße das Geleit gab. Nicht ein einziges Mal in diesen Tagen hatte er Scarlett durch einen Blick oder ein Wort mehr verraten als die liebevolle Zuneigung, die ein Bruder seiner Schwester erweist. Sie konnte ihn nicht fortgehen lassen, womöglich für immer, ohne daß er ihr seine Liebe gestand. Tat er das aber, dann würde sie, auch wenn er nicht wiederkam, einen Trost bis an das Ende ihrer Tage haben.

Nach einer Ewigkeit des Wartens hörte sie ihn die Treppe herunterkommen. Allein! Gott sei bedankt! Melanie war gewiß zu überwältigt von ihrem Abschiedsschmerz, um ihr Zimmer zu verlassen. Nun hatte sie ihn ein paar köstliche Augenblicke für sich. Langsam kam er mit seinen klirrenden Sporen herunter, sein Degen klappte leise gegen die hohen Stiefel. Als er ins Wohnzimmer trat, blickten seine Augen trübe. Er versuchte zu lächeln, aber sein Gesicht war bleich und verfallen wie das eines Kranken, der an einer inneren Wunde verblutet. Sie stand auf, als er eintrat, und dachte voller Stolz, er sei der schönste Soldat, den sie je erblickt habe. Der neue Waffenrock saß nicht gut. Der Schneider hatte sich zu sehr beeilt, einige Nähte waren ihm schief geraten, und der Glanz des neuen Tuches stach traurig von den abgetragenen braunen Hosen und den verschrammten Stiefeln ab. Aber wäre er in eine silberne Rüstung gekleidet gewesen, sie hätte ihn nicht schöner finden können als jetzt.

»Ashley«, bat sie unvermittelt, »darf ich dich an den Zug bringen?«

»Bitte nicht, Vater und die Mädchen sind da, und in der Erinnerung wird mir dein Abschied hier drinnen lieber sein als ein fröstelndes Herumstehen auf dem Bahnhof. Es hängt soviel an Erinnerungen.«

Sofort gab sie ihren Wunsch auf. Wenn India und Honey auf dem Bahnhof von ihm Abschied nahmen, konnte sie auch dort kein Wort mit ihm allein sprechen. »Dann komme ich nicht mit«, sagte sie. »Sieh, Ashley, ich habe noch ein Geschenk für dich.«

Schüchtern wickelte sie ihr Paket aus. Es war eine lange gelbseidene Schärpe aus dicker, chinesischer Seide mit schweren Fransen daran. Rhett Butler hatte ihr vor einigen Monaten einen gelben Schal aus Havanna mitgebracht, auf den prachtvolle bunte Vögel und Blumen gestickt waren. Während dieser Tage nun hatte sie geduldig die ganze kunstvolle Stickerei aufgetrennt und herausgezupft, das Seidenstück zerschnitten und zu einer langen Schärpe zusammengenäht.

»Scarlett, wie herrlich! Hast du es selber gemacht? Dann ist es mir um so teurer. Binde es mir um, liebes Kind. Die Kameraden werden grün vor Neid sein, wenn sie mich in der Pracht meines neuen Rockes und der Schärpe sehen.«

Sie legte ihm die Schärpe um die schlanken Hüften oberhalb des Gürtels und verschlang die Enden zu einem Liebesknoten. Melanie hatte ihm wohl den neuen Rock geschenkt, die Schärpe aber war ihr, Scarletts, heimliches Liebeszeichen, das er in der Schlacht tragen und bei dem er sich zu jeder Stunde ihrer entsinnen sollte. Sie trat zurück und betrachtete ihn stolz. Ihr schien, selbst Jeb Stuart mit seiner wehenden Schärpe und seiner stolzen Feder könnte nicht so herrlich aussehen wie Ashley.

»Wunderschön ist sie«, wiederholte er und ließ die Fransen durch seine Finger gleiten. »Aber du hast sicher ein Kleid oder einen Schal dafür zerschnitten. Das hättest du nicht tun sollen, Scarlett, es ist heute so schwer, etwas Hübsches zu bekommen.«

»Ach, Ashley, ich hätte ...«

Sie wollte sagen: ich hätte mir das Herz aus der Brust geschnitten, damit du es trügest. Aber sie endete: »... ich hätte alles für dich getan!«

»Wirklich?« fragte er, und sein Gesicht erhellte sich. »Aber da ist etwas, Scarlett, was du für mich tun kannst, wenn du mir das Herz erleichtern willst.«

»Was?« fragte sie freudig und war bereit, Wunder für ihn zu verrichten.

»Scarlett, willst du statt meiner für Melanie sorgen?«

»Für Melanie sorgen?«

Tiefe Enttäuschung fiel ihr schwer aufs Herz. Das also war seine letzte, seine einzige Bitte an sie! In ihr flammte der Zorn auf. Selbst in diesem kurzen Augenblick, den Ashley ihr allein gehörte, stand Melanie wie ein bleicher

Schatten zwischen ihnen. Er sah ihre Enttäuschung nicht. Wie früher schauten seine Augen ganz durch sie hindurch, als sähen sie die fernsten Dinge, nicht aber sie.

»Ja, Scarlett, hab ein Auge auf sie und sorge für sie. Sie reibt sich auf mit Pflegen und Nähen. Sie ist so zart, so sanft und zaghaft. Außer Tante Pitty, Onkel Henry und dir hat sie keine nahen Verwandten auf der Welt. Tante Pitty ist ein Kind und Onkel Henry ein alter Mann. Melanie hat dich lieb, nicht weil du Charlies Frau warst, sondern weil ... nun, weil du eben du bist und sie dich liebhat wie eine Schwester. Scarlett, der Gedanke, was ihr widerfahren könnte, wenn ich falle, ist mir ein Alpdruck. Willst du es mir versprechen?«

Seine letzte Bitte hörte sie nicht einmal, so erschrak sie über die unheilvollen Worte: »wenn ich falle«. Tag für Tag hatte sie mit von Tränen verschleierten Augen in den Verlustlisten gelesen, dennoch hatte nie das Gefühl sie verlassen, daß, auch wenn die konföderierte Armee völlig vernichtet würde, Ashley verschont bliebe. Es überlief sie kalt. Sie war Irin genug, um an das zweite Gesicht zu glauben. In seinen großen grauen Augen lag eine abgrundtiefe Traurigkeit, die sie nur als ein Vorgefühl dessen zu deuten wußte, der schon den kalten Finger auf der Schulter gespürt und die Totenklage vernommen hat.

»Das darfst du nicht sagen! Das darfst du nicht einmal denken! Vom Tode sprechen bringt Unglück. Ach, sprich nur rasch ein Gebet!«

»Sprich du es für mich und zünde ein paar Kerzen an«, sagte er und lächelte über die drängende Angst in ihrer Stimme.

Sie konnte nichts antworten, so sehr betäubten sie die Bilder, die ihr Geist sich ausmalte. Er sprach weiter, und in seiner Stimme lag so viel Traurigkeit und Verzicht, daß Scarletts Betroffenheit jede Spur von Zorn und Enttäuschung in ihr auslöschte.

»Ich bitte dich darum, Scarlett ... Wenn das Ende kommt, so bin ich, selbst wenn ich es miterlebe, zu weit fort von hier, um nach Melanie zu sehen.«

»Das Ende?«

»Das Ende des Krieges und das Ende unserer Welt.«

»Aber Ashley, du kannst doch nicht glauben, daß die Yankees uns schlagen? Die ganze Woche hast du ...«

»Die ganze Woche habe ich gelogen, wie alle Männer, wenn sie auf Urlaub sind. Ja, Scarlett, die Yankees schlagen uns. Gettysburg war der Anfang vom Ende. Zu Hause weiß man es noch nicht. Viele unserer Leute gehen barfuß, und in Virginia liegt hoher Schnee. Wenn ich ihre erfrorenen Füße, mit Lumpen und Säcken umwickelt, sehe und die Blutspuren, die sie im Schnee hinterlassen, und weiß, ich habe ein Paar heile Stiefel, dann habe ich das Gefühl, ich sollte sie weggeben und auch barfuß laufen.«

»Ach, Ashley, versprich mir, sie nicht wegzugeben!«

»Wenn ich so etwas sehe, dann erkenne ich, daß es mit uns aus ist. Siehst du, Scarlett, die Yankees kaufen Soldaten zu Tausenden von Europa! Die meisten Gefangenen, die wir neulich eingebracht haben, sprechen nicht einmal Englisch. Deutsche und Polen sind es, und Iren, die Gälisch sprechen. Wir aber können keinen Mann, den wir verlieren, ersetzen. Wenn unsere Schuhe aufgetragen sind, gibt es keine neuen. Wir sind eingeschlossen, Scarlett. Wir können nicht gegen die ganze Welt kämpfen. In kurzem haben sie uns!«

Wild fuhr es ihr durch den Sinn: Mögen alle Konföderierten zu Staub zerfallen, mag die Welt enden, aber du darfst nicht sterben! Ich könnte nicht mehr leben, wenn du tot bist!

»Du darfst nicht weitererzählen, was ich dir gesagt habe, Scarlett. Ich hätte auch dich nicht damit erschreckt, hätte ich dir nicht auseinandersetzen müssen, warum ich dich bitte, für Melanie zu sorgen. Sie ist so zart und schwach, und du bist stark, Scarlett. Es wäre mir ein Trost, euch beieinander zu wissen, wenn mir etwas zustößt. Du versprichst es mir, nicht wahr?«

»Ja doch«, antwortete sie mit tränenerstickter Stimme. Sie sah den Tod hinter ihm stehen und hätte im Augenblick alles versprochen. »Ashley, Ashley, ich kann dich aber nicht fortlassen! Darin kann ich einfach nicht tapfer sein!«

»Du mußt es.« Mit seiner Stimme war eine feine Veränderung vorgegangen, sie klang voller und tiefer, und seine Worte kamen rasch, wie von innen her getrieben. »Du mußt tapfer sein, wie soll ich es sonst ertragen?«

Ihre Augen spähten rasch und freudig nach seinem Gesicht. Wollte er damit sagen, der Abschied von ihr bräche ihm das Herz, wie er das ihre brach?

Sein Gesicht sah immer noch traurig und verfallen aus, aber in seinen Augen war nichts zu lesen. Er beugte sich nieder, nahm ihr Gesicht in beide Hände und küßte sie auf die Stirn.

»Scarlett, Scarlett! Du bist so lieb, so stark und gut. Und schön bist du, nicht nur dein liebes Gesicht, Kind, sondern dein Körper, deine Seele und dein Geist.«

»Ach, Ashley«, flüsterte sie glücklich. Seine Worte und die Berührung seiner Lippen gingen ihr mitten durchs Herz.

»Ich denke gern daran, daß ich dich vielleicht besser kenne als die meisten anderen und daß ich das Schöne sehe, das tief in dir verborgen liegt ...«

Er hielt inne und ließ ihr Gesicht aus seinen Händen gleiten, aber seine Augen hingen noch an den ihren. Sie wartete noch einen Augenblick, atemlos, ob er wohl fortfahre. Ihr ganzes Ich stand auf den Zehenspitzen und lauschte, ob er die drei Zauberworte ausspreche. Sie kamen nicht. Inbrünstig forschte sie in seinem Gesicht. Ihr bebten die Lippen, als sie sah, daß er schon zu Ende gesprochen hatte. Als da ihre Hoffnungen zum zweitenmal zerstört waren, ertrug ihr Herz es nicht länger, und unter heißen schmerzenden Tränen setzte sie sich nieder. Da hörte sie aus der Einfahrt vor dem Fenster das bedrohliche Geräusch, das den unaufschiebbaren Abschied ankündigte. Onkel Peter holte den Wagen heraus, der Ashley zum Bahnhof fahren sollte.

Ashley sagte ganz leise »Lebe wohl«, nahm den breiten Filzhut, den sie Rhett abgeschmeichelt hatte, vom Tisch und ging in den dunklen Flur hinaus. Als seine Hand schon auf der Türklinke lag, drehte er sich um und sah sie an, als wollte er mit einem einzigen, langen, verzweifelten Blick jede Einzelheit ihres Gesichts und ihrer Gestalt mitnehmen. Durch den Nebel ihrer Tränen sah sie ihn und begriff, daß er fortging, vielleicht für immer, und ohne die Worte gesprochen zu haben, die zu hören sie so sehnlich begehrte. Die Zeit verrann wie ein Mühlbach. Stolpernd lief sie durch das Wohnzimmer in den Flur hinaus und bekam noch das Ende seiner Schärpe zu fassen.

»Küß mich«, flüsterte sie, »küß mich zum Abschied.«

Sanft legte er die Arme um sie und neigte den Kopf zu ihrem Gesicht hinab. Kaum berührten seine Lippen die ihren, da flogen ihre Arme um seinen Hals, als wollte sie ihn ersticken. Einen flüchtigen unbeschreiblichen Augenblick lang drückte er ihren Körper fest an sich, dann fühlte sie plötzlich, wie alle seine Muskeln sich strafften. Er ließ den Hut zu Boden fallen und löste ihre Arme von seinem Halse.

»Nicht, Scarlett, nicht«, sagte er und hielt ihre beiden gekreuzten Handgelenke so fest, daß es sie schmerzte.

»Ich liebe dich«, sagte sie mit erstickter Stimme, »ich habe dich immer geliebt und niemals einen anderen. Charlie habe ich nur geheiratet, um dich zu kränken. Ach, Ashley, ich liebe dich so sehr. Ich könnte zu Fuß nach Virginia laufen, um bei dir zu bleiben. Da wollte ich für dich kochen und dir die Stiefel putzen und dein Pferd warten ... Ashley, sag, daß du mich liebst – damit will ich mich den Rest meines Lebens trösten.«

Plötzlich bückte er sich, um seinen Hut aufzuheben, und sie tat einen einzigen Blick in sein Gesicht. Es war das unseligste Antlitz, das sie je in ihrem Leben erblicken sollte. Ein Antlitz, dem alle Beherrschung verlorengegangen war. Seine Liebe zu ihr stand darin geschrieben und die Freude darüber, daß sie ihn liebte, doch im Kampf damit waren Scham und Verzweiflung.

»Leb wohl«, sagte er heiser.

Knackend öffnete sich die Tür, ein kalter Luftzug fegte durchs Haus, daß die Vorhänge wehten. Scarlett zitterte, als sie ihn den Weg zum Wagen hinunterstürzen sah, der Säbel schimmerte in der schwachen Wintersonne, lustig tanzten die Fransen der Schärpe.

XVI

Die Monate Januar und Februar des Jahres 1864 gingen vorüber, durchpeitscht von kaltem Regen und wildem Sturm, bewölkt von alles umhüllender Finsternis und Trauer. Zu den Niederlagen bei Gettysburg und Vicksburg kam noch, daß die Front der Konföderierten in der Mitte eingedrückt war. Nach harten Kämpfen hatten die Truppen der Union jetzt fast ganz Tennessee besetzt. Aber auch dieser Verlust nach so vielen anderen konnte den Geist des Südens noch nicht brechen. An die Stelle stolzer Hoffnung war finstere Entschlossenheit getreten. Immer noch hatte der Horizont einen Silberstreifen. Wenigstens waren die Yankees im September, als sie versucht hatten, ihre Siege in Tennessee durch einen Vorstoß nach Georgia hinein weiter auszubauen, energisch zurückgeschlagen worden. Hier in der äußersten Nordwestecke des Staates, bei Chickamauga, hatte zum erstenmal seit Kriegsbeginn ein ernsthafter Kampf auf georgianischem Boden stattgefunden. Die Yankees hatten Chattanooga eingenommen und waren dann über die Bergpässe nach Georgia marschiert, aber mit starken Verlusten abgedrängt worden.

Atlanta und seine Eisenbahnen hatten einen wichtigen Anteil an diesem großen Siege. Die Linie, die von Virginia über Atlanta nach Tennessee führte, hatte das Korps des Generals Longstreet mit unerwarteter Schnelligkeit auf den Kriegsschauplatz geworfen. Man hatte die ganze Strecke von mehreren hundert Meilen frei gemacht und alles verfügbare Wagenmaterial zu der nötigen Truppenverschiebung zusammengezogen. Atlanta hatte zugesehen, wie die endlosen Züge Stunde für Stunde durch die Stadt rollten, Personenwagen, offene und geschlossene Güterwagen voll jubelnder Soldaten. Ohne Nahrung und Schlaf, ohne Pferde, Ambulanzen und Trainkolonnen waren sie eingetroffen, aus dem Zuge gesprungen und in die Schlacht gestürzt. Sie hatten die Yankees aus Georgia nach Tennessee zurückgetrieben. Es war die Großtat des Krieges, und der Gedanke, daß die Eisenbahn diesen Sieg ermöglicht hatte, gereichte Atlanta zur besonderen Genugtuung.

Aber der Süden hatte die Siegesnachricht von Chickamauga bitter nötig gehabt, um sich den Winter hindurch aufrechtzuhalten. Jetzt leugnete niemand mehr, daß die Yankees gute Kämpfer waren und endlich auch gute Heerführer hatten. Grant war ein Mann, der nicht danach fragte, wieviel Männer ein Sieg kostete. Er wollte nichts als den Sieg. Sheridan war ein Name, der den Südstaaten Furcht einflößte. Immer öfter aber wurde ein Mann namens Sherman genannt. Er hatte sich in den Feldzügen in Tennessee und im Westen einen Namen gemacht und galt als einer der entschlossensten, unbarmherzigsten Heerführer. Selbstverständlich aber kam keiner von ihnen dem General Lee gleich. Der Glaube an ihn und die Armee war immer noch stark, das Vertrauen auf den Endsieg wankte immer noch nicht. Aber wie lange schleppte der Krieg sich nun schon hin!

Verschlimmert wurde die Lage noch durch ein wachsendes Mißtrauen gegen die hohen Stellen, das sich bei der Zivilbevölkerung einschlich. Viele Zeitungen machten aus ihren Anklagen gegen den Präsidenten Davis selbst und die Art, wie er den Krieg führte, kein Hehl. Im Kabinett gab es Zwistigkeiten zwischen Davis und seinen Generalen. Die Valuta fiel immer mehr. Es fehlte an Schuhen und Bekleidung für das Heer, Artilleriemunition und Arzneimittel gab es so gut wie gar nicht mehr. Die Eisenbahnen bedurften dringend neuer Wagen und neuer Schienen zum Ersatz für die von den Yankees zerstörten. Die Generäle an der Front riefen nach frischen Truppen. Ersatztransporte aber trafen immer seltener ein. Das schlimmste war, daß die Gouverneure einiger Staaten, darunter Gouverneur Brown von Georgia, sich weigerten, den Landsturm über ihre Grenzen zu schicken. Tausende von felddienstfähigen Leuten, die das Frontheer dringend nötig hatte, standen im Dienst, aber die Heeresleitung forderte sie vergeblich an.

Mit dem neuen Fallen der Valuta sprangen die Preise abermals in die Höhe. Fleisch und Butter kosteten fünfunddreißig Dollar das Pfund, Mehl vierzehnhundert Dollar der Zentner, Soda hundert Dollar das Pfund, Tee fünfhundert Dollar. Warme Stoffe, soweit sie überhaupt zu haben waren, stiegen zu so unerschwinglichen Preisen, daß die Damen in Atlanta ihre alten Kleider mit Flicken ausbesserten und mit Zeitungspapier fütterten, damit sie besser warm hielten. Schuhe kosteten zwischen zweihundert und achthundert Dollar das Paar, je nachdem, ob sie aus »Karton-Ersatzleder« oder echtem Leder waren. Damen trugen jetzt Halbschuhe, die sie sich aus alten Wollschals und Teppichstücken anfertigen ließen. Die Sohlen waren aus Holz.

Der Norden hielt den Süden tatsächlich in einem regelrechten Belagerungszustand, den viele immer noch nicht begriffen. Die Kanonenboote der Yankees hatten das Netz um die Häfen immer enger gezogen, und es gelang nur noch den allerwenigsten Schiffen, durch die Blockade zu schlüpfen.

Der Süden hatte immer vom Verkauf seiner Baumwolle gelebt und alles, was er nicht selbst produzierte, von außen bezogen, aber jetzt konnte er weder kaufen noch verkaufen. Gerald O'Hara hatte auf Tara die Ernte dreier Jahre in den Schuppen liegen. In Liverpool hätten seine Bestände ihm hundertfünfzigtausend Dollar gebracht, aber es bestand nicht die geringste Hoffnung, sie dorthin zu befördern. Gerald war aus einem reichen Mann zu einem Manne geworden, der sich überlegte, wie er seine Familie und seine

Neger durch den Winter bringen sollte. Und überall waren die meisten Baumwollpflanzer in derselben traurigen Lage. Als die Blockade sich immer fester schloß, gab es kein Mittel mehr, die Ernte zu verwerten. Der Krieg mit dem industriellen Norden erheischte Unzähliges, das zu beschaffen man in Friedenszeiten nie bedacht hatte. Für gewissenlose Spekulanten war die Lage wie eigens für sie geschaffen, und es fehlte an ihnen nicht. Als Not und Teuerung immer weiter fortschritten, wurde die allgemeine Wut gegen die Spekulanten immer lauter. Anfang 1864 konnte man keine Zeitung aufschlagen, ohne erbitterte Leitartikel zu lesen, die die Regierung aufforderten, die Blutsauger mit drakonischen Maßnahmen zu bekämpfen. Die Regierung tat ihr Bestes, aber ihre Bemühungen verliefen im Sande. Die Aufgabe schien unlösbar.

Gegen niemand war die Verbitterung stärker als gegen Rhett Butler. Er hatte seine Schiffe verkauft, als die Blockadeseefahrt zu gefährlich wurde, und betrieb nun ganz öffentlich Spekulationshandel in Nahrungsmitteln. Bei den Geschichten über ihn, die aus Richmond und Wilmington nach Atlanta kamen, wollten diejenigen, die ihn früher empfangen hatten, vor Scham vergehen.

Trotz aller Prüfungen und Heimsuchungen hatte sich Atlantas zehntausendköpfige Bevölkerung während des Krieges verdoppelt, sogar die Blockade hatte Atlantas Ansehen erhöht. Zu allen Zeiten hatten die Küstenstädte den Süden wirtschaftlich und in mancher anderen Beziehung beherrscht. Aber seitdem die Häfen geschlossen und viele Hafenstädte erobert oder belagert waren, hing das Heil der Südstaaten von ihrem Binnenland ab. Auf dieses kam es an, wenn der Krieg weitergeführt werden sollte, und Atlanta lag jetzt im Mittelpunkt allen Geschehens. Die Städter hatten an Mühsal, Entbehrungen, Krankheit und Tod ebenso unbarmherzig zu leiden wie das übrige Gebiet der Konföderierten Staaten, aber als Stadt hatte Atlanta im Kriege mehr gewonnen als verloren. Sein Herz schlug noch warm und kräftig, und durch die Eisenbahnen, seine Arterien, pulste der endlose Strom von Mannschaften, Munition und Kriegsbedarf.

Zu anderen Zeiten hätte Scarlett sich bitterlich über ihre abgetragenen Kleider und geflickten Schuhe beklagt, jetzt aber lag ihr nichts mehr daran. Der einzige, auf den es ankam, war ja nicht da und sah es nicht. In diesen zwei Monaten fühlte sie sich glücklicher als seit Jahren. Hatte sie nicht gefühlt, wie Ashleys Herz erschrak, als ihr Arm sich um seinen Hals schlang, hatte sie nicht in sein verzweifeltes Gesicht geblickt, das ein beredteres Geständnis ablegte als alle Worte? Er liebte sie. Dessen war sie jetzt gewiß, und die

Gewißheit war so beglückend, daß sie sogar gegen Melanie freundlicher sein konnte. Jetzt tat Melanie ihr zuweilen leid, und es mischte sich fast eine leise Verachtung für das arme, dumme, blinde Ding hinein.

»Wenn der Krieg vorüber ist ...« Nur selten dachte sie beklommenen Herzens: »Was dann?« Alles würde sich schon zum Guten wenden, denn Ashley liebte sie ja. Mit Melanie würde er einfach nicht weiterleben können. Freilich würde an eine Scheidung nicht zu denken sein. Ellen und Gerald konnten ihr als strenge Katholiken niemals erlauben, einen geschiedenen Mann zu heiraten. Das hätte bedeutet, von der Kirche verstoßen zu werden! Scarlett dachte darüber nach, und für den Fall, daß sie zwischen Ashley und der Kirche zu wählen hätte, würde sie sich für Ashley entscheiden. Aber ach, welch einen Skandal gäbe das! Geschiedene Leute standen nicht nur im Bann der Kirche, sondern wurden auch von der Gesellschaft geächtet. Sie wurden nirgends empfangen. Doch auch das wollte sie für Ashley auf sich nehmen. Alles, alles wollte sie für ihn opfern.

Mit jedem Tag, der verging, wurde sie der Liebe und Ergebenheit Ashleys gewisser, wurde sie fester davon überzeugt, daß er alles zur Zufriedenheit regeln würde, sobald nur die Yankees endgültig besiegt waren.

Freilich hatte er gesagt, die Yankees »hätten« sie. Aber war das ernst zu nehmen? Er war müde und aufgeregt gewesen, als er es gesagt hatte. Ihr selbst lag kaum noch etwas daran, ob die Yankees siegten oder nicht. Worauf es einzig und allein ankam, war das rasche Ende des Krieges und Ashleys Heimkehr in ihre Arme.

Da, als an einem Märztage voll Schnee und Regen jedermann zu Hause geblieben war, fiel der böse Schlag. Melanie teilte ihr freudestrahlend und verschämt gesenkten Kopfes mit, daß sie ein Kind bekommen würde.

»Dr. Meade sagt, Ende August oder im September«, berichtete sie. »Oh, Scarlett, ist es nicht wunderbar? Ich habe dich so um Wade beneidet und mich nach einem Kinde gesehnt. Ich hatte solche Angst, ich bekäme vielleicht nie eins. Ach, ein Dutzend möchte ich haben!«

Scarlett war gerade beim Kämmen ihres Haares vor dem Schlafengehen, als Melanie anfing zu sprechen, und hielt mit dem Kamm auf halbem Wege inne. Einen Augenblick begriff sie es nicht. Dann stand jählings die verschlossene Tür von Melanies Schlafzimmer vor ihrer Seele, und ein so grimmiger Schmerz durchfuhr ihre Brust, als wäre Ashley ihr Mann und wäre ihr untreu geworden. Melanie ein Kind! Wo er doch sie liebte und nicht Melanie!

»Ich weiß, du bist überrascht«, plapperte Melanie atemlos weiter. »Aber ist es nicht herrlich? Ach, Scarlett, ich weiß nicht, wie ich es Ashley schreiben soll. Es wäre weniger peinlich, wenn ich es ihm sagen dürfte oder ... wenn ich gar nichts sagte und ihn selber allmählich dahinterkommen ließe.«

»Du lieber Gott!« Scarlett schluchzte fast, als sie den Kamm hinlegte und sich auf die Marmorplatte des Frisiertisches stützte.

»Liebe, mach nicht solch ein Gesicht! Du weißt, es ist gar nicht so schlimm, ein Kind zu bekommen, du hast es selbst gesagt. Du darfst dich nicht so um mich ängstigen. Freilich sagte Dr. Meade, ich sei ...«, Melanie errötete, »recht schmal, aber darum könnte doch alles ganz gut gehen ... Sag, Scarlett, hast du damals an Charlie geschrieben, oder tat es deine Mutter oder vielleicht Mr. O'Hara? Ach, hätte ich nur auch eine Mutter, die es für mich tun könnte!«

»Sei still«, fuhr Scarlett sie an, »sei still!«

»Ach, Scarlett, ich bin so dumm, wie selbstsüchtig ist man im Glück! Ich vergaß wieder, daß Charlie ...«

»Still!« sagte Scarlett noch einmal und rang danach, Gesicht und Herz zu besänftigen. Niemals durfte Melanie sehen oder ahnen, was in ihr vorging.

Melanie aber, diese zartfühlendste aller Frauen, hatte über ihre eigene Grausamkeit Tränen in den Augen. Wie konnte sie nur wieder Scarlett an das Schreckliche erinnern, daß Wade erst nach dem Tode des armen Charlie geboren war!

»Darf ich dir beim Ausziehen helfen, Liebste?« bat sie demütig.

»Laß mich in Ruhe«, entgegnete Scarlett mit steinernem Gesicht, und Melanie brach vor Entsetzen über sich selbst fassungslos in Tränen aus. Sie floh aus dem Zimmer, und Scarlett blieb ihrem tränenlosen Bett, ihrem verwundeten Stolz, dem Trümmerfeld ihrer Träume überlassen.

Sie konnte nicht länger mit der Frau, die Ashleys Kind trug, unter einem Dache leben. Nach Hause wollte sie, wohin sie gehörte. Wie konnte sie Melanie je wieder ansehen, ohne ihr Geheimnis in ihrem Gesichte ganz offenbar werden zu lassen! Am nächsten Morgen stand sie mit der festen Absicht auf, sogleich nach dem Frühstück den Koffer zu packen. Als sie aber bei Tisch saßen, Scarlett still und düster, Pittypat ratlos und Melanie unglücklich, kam ein Telegramm. Es war von Ashleys Burschen Moses an Melanie und lautete: »Habe überall ausgeschaut und ihn nicht gefunden. Soll ich nach Hause kommen?«

Keiner verstand, was das heißen sollte, aber die drei Frauen sahen einander mit großen, erschrockenen Augen an. Scarlett dachte nicht mehr daran, den Koffer zu packen. Ohne ihr Frühstück zu beenden, fuhren sie in die Stadt, um an Ashleys Obersten zu telegraphieren. Als sie aber an die Post kamen, lag dort schon eine Depesche von ihm vor.

»Bedaure, mitteilen zu müssen, Major Wilkes seit drei Tagen auf Patrouille vermißt. Gebe weitere Nachricht.«

Die Fahrt nach Hause war grauenhaft. Tante Pitty weinte ununterbrochen in ihr Taschentuch. Melanie saß bleich und aufrecht da, Scarlett war halb betäubt in die Wagenecke gesunken. Als sie heimkamen, stolperte Scarlett die Treppe hinauf in ihr Schlafzimmer, ergriff ihren Rosenkranz, fiel auf die Knie und versuchte zu beten. Aber ihr kam kein Gebet. Nur die bodenlose Furcht fiel sie an, Gott habe um ihrer Sünde willen sein Angesicht von ihr abgewandt. Sie hatte einen verheirateten Mann geliebt und versucht, ihn seiner Frau wegzunehmen. Zur Strafe hatte Gott ihm das Leben genommen. Sie wollte beten, aber sie konnte ihre Augen nicht zum Himmel erheben. Sie wollte weinen, aber ihr kam keine Träne. Ihr war, als fülle eine Flut heißer, brennender Tränen ihre Brust, aber fließen wollten sie nicht.

Die Tür öffnete sich, und Melanie trat herein. Umrahmt von ihrem schwarzen Haar sah ihr Gesicht aus wie ein aus weißem Papier ausgeschnittenes Herz. Ihre Augen waren weit geöffnet wie die eines verängstigten Kindes, das sich im Dunkeln verirrt hat.

»Scarlett«, sagte sie und streckte ihr die Hände entgegen. »Verzeih mir, was ich gestern sagte. Du bist jetzt alles, was ich habe. Ach, Scarlett, ich weiß es gewiß, mein Ashley ist tot.«

Sie lag in Scarletts Armen, ihre schmale Brust hob und senkte sich im Schluchzen, und dann fanden sie sich plötzlich zusammen auf dem Bett und hielten einander eng umschlungen. Scarlett weinte auch, ihr Gesicht lag fest an Melanies gedrückt, die Tränen der einen benetzten die Wange der anderen. Das Weinen tat auch weh, aber doch nicht so weh wie der tränenlose Schmerz. Ashley ist tot, und ich habe ihn mit meiner Liebe ums Leben gebracht! Von neuem brach sie in Schluchzen aus, während Melanie, die in ihren Tränen Trost fand, die Arme fester um ihren Hals schloß.

»Wenigstens«, flüsterte sie, »habe ich sein Kind.«

»Und ich«, dachte Scarlett allzutief getroffen, um noch Eifersucht zu fühlen, »ich habe nichts, nichts, nichts, nur den Blick seiner Augen, mit dem er mir Lebewohl sagte.«

Die ersten Berichte lauteten: »Vermißt, wahrscheinlich gefallen.« So stand es auch in der Verlustliste zu lesen. Melanie telegraphierte dem Obersten Sloan wohl ein Dutzend Male. Endlich kam ein teilnahmsvoller Brief, in dem sie las, daß Ashley mit einem Trupp auf Patrouille geritten und nicht zurückgekehrt war. Man hatte von einem leichten Scharmützel hinter den Linien der Yankees gehört, Moses hatte in seiner Verzweiflung das eigene Leben aufs Spiel gesetzt, um Ashleys Leichnam zu finden, aber umsonst. Melanie war jetzt merkwürdig ruhig. Sie schickte Moses Geld und ließ ihn nach Hause kommen.

Als dann die Worte »Vermißt, wahrscheinlich gefangen« in den Verlustlisten standen, gaben Freude und Hoffnung den schmerzerfüllten Seelen neues Leben. Melanie konnte kaum noch vom Telegraphenbüro wegfinden und eilte an jeden Zug, um womöglich einen Brief abzufangen. Es ging ihr nicht gut, denn ihre Schwangerschaft machte sich auf das unangenehmste fühlbar. Aber sie weigerte sich, dem Doktor zu gehorchen und im Bett zu bleiben. Fieberhafte Erregung erfüllte sie und raubte ihr die Ruhe. Wenn Scarlett längst zu Bett war, hörte sie Melanie nebenan nächtelang auf und ab gehen.

Eines Tages kam Melanie mit dem verängstigten Onkel Peter auf dem Bock aus der Stadt zurückgefahren, Rhett Butler neben sich, der sie stützte. Sie war im Telegraphenbüro ohnmächtig geworden. Rhett war gerade vorbei gekommen und hatte sie dann nach Hause gebracht. Er trug sie die Treppe hinauf in ihr Schlafzimmer, und während der aufgeschreckte Haushalt nach heißen Ziegelsteinen, Decken und Whisky umherlief, legte er ihr im Bett die Kissen zurecht.

»Mrs. Wilkes«, fragte er schroff, »Sie bekommen ein Kind, nicht wahr?«

Wäre Melanie nicht so schwach und elend und nicht so todwund im Herzen gewesen, die Frage hätte sie aus der Fassung gebracht. Sogar unter ihren Freundinnen setzte jede Erwähnung ihres Zustandes sie in Verlegenheit, und die Besuche bei Dr. Meade waren ihr eine Qual. Daß ein Mann und nun gar Rhett Butler solche Frage stellte, war einfach unvorstellbar. Aber schwach und hilflos, wie sie dalag, konnte sie nur nicken, und als sie genickt hatte, war es ihr nicht einmal mehr schrecklich, so gütig und besorgt sah er sie an.

»Dann müssen Sie sich aber viel mehr schonen«, sagte er. »All diese unruhige Lauferei hilft Ihnen nichts, aber sie schadet dem Kinde. Wenn Sie mir erlauben, Mrs. Wilkes, will ich alles aufbieten, was ich an Beziehungen in Washington habe, um zu erfahren, was aus Mr. Wilkes geworden ist. Wenn er gefangen ist, so steht er auf der Bundesliste, und wenn er es nicht ist ... Nun ja, es gibt nichts Schlimmeres als Ungewißheit. Aber dafür muß ich Ihr Versprechen haben. Schonen Sie sich, oder, bei Gott, ich rühre keine Hand.«

»Ach, Sie sind so gut«, flüsterte Melanie, »wie können die Leute nur so Schreckliches über Sie erzählen!« Dann ward sie sich ihrer Taktlosigkeit bewußt, und zugleich überlief es sie kalt, daß sie mit einem Manne über ihren Zustand gesprochen hatte, und sie weinte widerstandslos. So kam es, daß Scarlett, die mit einem heißen, in Flanell gewickelten Ziegelstein die Treppe heraufgejagt kam, Rhett Butler an Melanies Bett fand, während er ihr die Hand streichelte.

Er hielt Wort. Sie erfuhren nie, welche Drähte er eigentlich zog, und scheuten sich, danach zu fragen, damit die Art seiner Verbindung zu den

Yankees nicht zur Sprache käme. Es dauerte einen Monat, bis er Nachricht hatte, und es war eine Nachricht, die sie zuerst mit seligem Glück erfüllte und später zur nagenden Herzensangst wurde.

Ashley war nicht tot. Er war verwundet und gefangengenommen worden, und aus dem Bericht ergab sich, daß er sich in Rock Island, dem Gefangenenlager in Illinois, befand. In ihrer ersten Freude dachten sie an nichts anderes als daran, daß er lebte. Aber als ihre Gemüter sich wieder beruhigt hatten, sahen sie einander an und sprachen das Wort »Rock Island« in demselben Tone aus wie nur das Wort Hölle. Wie im Norden die Nennung des Lagers Andersonville, so erregte Rock Island Entsetzen im Herzen jedes Südstaatlers, der dort Verwandte in Gefangenschaft wußte.

Als Lincoln sich weigerte, die Gefangenen auszutauschen, weil dies nach seiner Meinung den Krieg nur weiter in die Länge ziehen würde, befanden sich Tausende von Blauröcken in Andersonville in Georgia. Die Konföderierten saßen auf kargen Rationen und hatten für ihre eigenen Kranken und Verwundeten so gut wie keine Arzneien und Verbandstoffe. Sie besaßen herzlich wenig, was sie mit den Gefangenen noch teilen konnten. Sie ernährten sie wie ihre eigenen Soldaten im Felde mit fettem Schweinefleisch und getrockneten Erbsen, und bei solcher Diät starben die Yankees wie die Fliegen, manchmal zu Hunderten am Tage. Der Norden war empört über diese Zustände und behandelte seine konföderierten Gefangenen fortan mit größerer Schärfe, und nirgends waren die Verhältnisse schlechter als in Rock Island. Die Ernährung war karg, eine Bettdecke mußte für drei Mann ausreichen, und die Verheerungen, die durch Blattern, Lungenentzündung und Typhus angerichtet wurden, machten den Ort zu einem Pesthause. Drei Viertel der Leute, die dorthin geschickt wurden, kamen nicht lebend wieder zurück.

An diesem fürchterlichen Ort war Ashley! Er lebte, aber er war verwundet und befand sich in Rock Island, und der Schnee mußte in Illinois hoch gelegen haben, als er dorthin gebracht wurde. War er an seinen Wunden gestorben, seitdem Rhett Butler Nachricht über ihn bekommen hatte? War er den Blattern zum Opfer gefallen? Lag er mit kranker Lunge in Fieberphantasien und hatte keine Decke, sich zu wärmen?

»Ach, Kapitän Butler, gibt es nicht einen Weg … können Sie nicht Ihre Beziehungen benutzen, damit er ausgetauscht wird?« fragte Melanie erregt.

»Mr. Lincoln, der Barmherzige und Gerechte, der helle Tränen über Mrs. Bixbys fünf Jungens vergoß, hat keine Träne für die Tausende von Yankees, die in Andersonville sterben«, sagte Rhett mit verzogenem Mund. »Ihm ist es gleich, wenn alle zugrunde gehen. Der Befehl ist heraus, ausgetauscht wird nicht. Ich habe es Ihnen noch nicht erzählt, Mrs. Wilkes, aber Ihr Mann hatte die Möglichkeit herauszukommen und hat keinen Gebrauch davon gemacht.«

»Nein, wirklich!« rief Melanie ungläubig.

»Jawohl. Die Yankees stellen Leute aus den Gefangenenlagern zum Grenzkampf gegen die Indianer ein. Jeder, der den Treueid leistet und sich auf zwei Jahre anwerben läßt, wird freigelassen und nach dem Westen geschickt. Mr. Wilkes hat sich geweigert.«

»Wie konnte er!« fuhr Scarlett auf. »Warum hat er nicht den Eid geleistet und ist dann desertiert und nach Hause gekommen!«

Wie eine kleine Furie wandte Melanie sich gegen sie. »Wie kannst du nur an so etwas denken! Sein eigenes Vaterland durch den schmählichen Eid verraten und dann den Yankees sein Wort brechen! Lieber möchte ich, er wäre tot in Rock Island, als daß er solchen Eid leistete. Wenn er in Gefangenschaft stürbe, wäre ich stolz auf ihn. Täte er aber so etwas, so könnte ich ihm nicht mehr ins Angesicht sehen.«

Als Rhett Butler aufbrach, fragte Scarlett ihn zornig: »Wenn Sie es gewesen wären, hätten Sie sich von den Yankees anwerben lassen, um aus dem Lager zu kommen, und wären dann desertiert?«

»Selbstverständlich!« Rhett Butler lächelte unter seinem Schnurrbart.

»Warum hat denn Ashley es nicht getan?«

»Er ist ein Gentleman«, sagte Rhett, und Scarlett wunderte sich, daß man in dieses eine schöne, ehrenhafte Wort so viel bittere Menschenverachtung legen konnte.

Drittes Buch

XVII

Es kam der Mai 1864, ein heisser, trockener Mai, der die Blüte in den Knospen verdorren ließ, und die Yankees unter General Sherman standen wieder in Georgia. Dieses Mal oberhalb Daltons, hundert Meilen nordwestlich von Atlanta. Das Gerücht wollte wissen, daß es dort oben an der Grenze zwischen Georgia und Tennessee zu schweren Kämpfen kommen würde. Die Yankees zogen ihre Truppen zusammen zu einem Angriff auf die Eisenbahnlinie, die Atlanta mit dem Westen verband, dieselbe, über die die konföderierten Truppen im vorigen Herbst nach Chickamauga geworfen worden waren, wo sie ihren stolzen Sieg errungen hatten.

Doch Atlanta ließ sich durch die bevorstehenden Kämpfe bei Dalton nicht aus der Ruhe bringen. Die Gegend, wo die Yankees sich zusammenzogen, lag in unmittelbarer Nähe des Schlachtfeldes von Chickamauga. Sie waren schon einmal zurückgeschlagen worden, als sie über die Gebirgspässe hereinzubrechen versucht hatten, und auch dieses Mal würde es ihnen nicht besser ergehen. Ganz Georgia wußte, daß dieser Staat eine viel zu große Bedeutung für die Konföderierten hatte, als daß General Johnston die Yankees lange innerhalb seiner Grenzen dulden konnte. Der alte Joe ließ sicher keinen einzigen Gegner über Dalton hinaus nach Süden gelangen. Allzuviel hing davon ab, daß in Georgia das Leben ungestört seinen Gang ging. Georgia war bisher noch nicht vom Feinde heimgesucht worden und bildete daher die Kornkammer, die Maschinenwerkstätte und das ganze Warenlager der Konföderierten. Ein großer Teil des Pulvers und der Waffen, die das Heer gebrauchte, und die meisten Baumwoll- und Wollwaren wurden hier hergestellt. Zwischen Atlanta und Dalton lag die Stadt Rome mit ihren Kanonengießereien und ihren sonstigen Industrien. Ferner Etowah und Allatoona mit den größten Eisenwerken südlich von Richmond. In Atlanta selber lagen schließlich die umfangreichsten Walzwerke des Südens, die Depots der Eisenbahnen und die riesigen Lazarette. Und Atlanta war der Knotenpunkt aller vier Eisenbahnlinien, von denen das ganze Leben in den Südstaaten überhaupt abhing.

Darum machte sich niemand besondere Sorgen. Schließlich lag Dalton weit entfernt, nahe der Grenze von Tennessee. Dort hatte man seit drei Jahren gekämpft, und Atlanta war gewohnt, den Kriegsschauplatz als eine entlegene

Gegend zu betrachten, die fast so fern lag wie Virginia und der Mississippi. Dazu kam, daß der alte Joe dort stand, und seit Stonewall Jacksons Tode hatte es nächst General Lee keinen größeren Kriegsmann als ihn gegeben.

An einem warmen Maiabend faßte Dr. Meade auf Tante Pittys Veranda die Auffassung der Zivilisten von der Sachlage mit den Worten zusammen: »Atlanta hat nichts zu befürchten, General Johnston steht im Gebirge wie eine Wehr von Eisen.« Seine Zuhörer lauschten mit gemischten Gefühlen. Alle, die dort im erblassenden Zwielicht auf ihren Schaukelstühlen saßen und zusahen, wie die ersten Glühwürmer des Jahres durch die Dämmerung schwebten, hatten schwere Sorgen im Herzen. Mrs. Meade hatte die Hand auf Phils Arm liegen und hoffte, ihr Mann behielte recht. Wenn der Krieg sich der Stadt nähere, dann würde Phil mit müssen. Er war jetzt sechzehn Jahre alt und in der Landwehr. Fanny Elsing, seit Gettysburg blaß und hohläugig, suchte sich das qualvolle Bild, das ihr während der letzten Monate den müden Kopf zermürbt hatte, aus dem Sinn zu schlagen – Leutnant Dallas McLure sterbend in einem rüttelnden Ochsenwagen auf dem langen verregneten Rückzug nach Maryland.

Hauptmann Carey Ashburns steifer Arm schmerzte ihn wieder, und außerdem bedrückte es ihn, daß er mit seiner Werbung bei Scarlett nicht weiterkam. Seit der Nachricht von der Gefangennahme Ashley Wilkes' war alles geblieben, wie es war, obwohl ihm der Zusammenhang zwischen den beiden Ereignissen nicht klar werden wollte. Scarlett und Melanie dachten beide an Ashley. Scarlett sagte sich in bitterem Kummer: »Er muß tot sein, sonst hätten wir irgend etwas gehört.« Melanie drängte die qualvolle Furcht immer von neuem zurück und sagte sich: »Er kann nicht tot sein, denn ich würde es spüren, wenn er tot wäre.« Rhett Butler lag etwas abseits auf seinem Stuhl, die langen Beine mit den eleganten Stiefeln bequem übereinandergeschlagen; sein dunkles Gesicht war nicht zu entziffern. In seinem Arm schlief friedlich Wade, einen sauber abgenagten Wunschknochen in der kleinen Hand. Scarlett erlaubte Wade stets, länger aufzubleiben, wenn Rhett Butler zu Besuch war, weil das schüchterne Kind an ihm hing und Rhett seltsamerweise auch Wade liebzuhaben schien. Meistens fiel das Kind Scarlett auf die Nerven, aber wenn Rhett es auf dem Arm hatte, war es immer still und artig. Tante Pitty bemühte sich angestrengt, ein Aufstoßen zu unterdrücken, denn der Hahn zum Abendessen war ein zäher alter Herr gewesen.

In letzter Minute war zu Tante Pittys kleiner Gesellschaft Rhett Butler als Gast, den sie weder erwartete noch wünschte, hinzugekommen. Gerade, als der Duft des Bratens das Haus erfüllte, hatte er an die Tür geklopft. Er kam von einer seiner geheimnisvollen Reisen zurück, mit einer großen eingewickelten Schachtel Konfekt unter dem Arm und dem Mund voller vieldeutiger

Liebenswürdigkeiten für Pitty. Es blieb nichts anderes übrig, als ihn zum Essen aufzufordern, obwohl Tante Pitty wußte, was die Meades von ihm hielten und wie erbittert Fanny auf jeden Mann war, der keine Uniform trug. Auf der Straße hätten weder Meades noch Elsings mit ihm gesprochen; in einem befreundeten Hause aber mußten sie natürlich höflich gegen ihn sein. Außerdem stand er jetzt entschiedener denn je unter dem Schutz der zarten Melanie. Nachdem er sich für sie verwendet hatte, um Nachrichten über Ashley zu bekommen, hatte sie öffentlich erklärt, ihr Haus stehe ihm offen, solange es ihm beliebe einzutreten, einerlei, was andere Menschen über ihn sagten.

Tante Pitty beruhigte sich ein wenig, als sie sah, daß der Kapitän sich von seiner besten Seite zeigte. Er widmete sich Fanny Elsing so ehrerbietig und teilnahmsvoll, daß er ihr sogar ein Lächeln entlockte, und bei Tisch ging alles gut. Es war ein fürstliches Gelage. Carey Ashburn hatte etwas Tee mitgebracht, den er im Tabaksbeutel eines gefangenen Yankees auf dem Wege nach Andersonville gefunden hatte, und jeder bekam eine Tasse, die leicht nach Tabak schmeckte. Für jeden fiel ein Bissen von dem zähen alten Hahn ab, die Sauce war aus Maismehl hergestellt und mit Zwiebeln gewürzt, und dazu gab es Reis und getrocknete Erbsen. Den Nachtisch ersetzte ein Auflauf von süßen Kartoffeln, zu dem sich Rhett Butlers Bonbons gesellten, und als Rhett für die Herren echte Havannazigarren hervorholte, die sie zu ihrem Glase Brombeerwein rauchen konnten, waren alle darin einig, es sei ein wahrhaft lukullisches Mahl.

Als die Herren sich auf der vorderen Veranda zu den Damen gesellten, ging das Gespräch auf den Krieg über. Jede Unterhaltung, wo immer sie auch stattfinden mochte, ging vom Krieg aus oder führte auf den Krieg zurück. Kriegsschicksale, Kriegstrauungen, Tod im Lazarett und im Felde, Anekdoten aus dem Lager, von der Schlacht und den Märschen, Tapferkeit und Feigheit, Humor und Betrübnis, Entbehrung und Hoffnung. Immer wieder Hoffnung, unbesiegt und unerschütterlich trotz der Rückschläge des letzten Sommers.

Als Hauptmann Ashburn mitteilte, er habe ein Gesuch eingereicht, von Atlanta in das Heer nach Dalton versetzt zu werden, und es sei ihm bewilligt worden, liebkosten die Damen seinen steifen Arm mit den Blicken und verbargen ihren Stolz unter dem Einwand, er dürfe nicht fort, denn wer sollte dann bei ihnen den Verehrer spielen? Der junge Carey machte ein verwirrtes Gesicht, als er so etwas von gesetzten Damen wie Mrs. Meade, Melanie, Tante Pitty und Fanny zu hören bekam, und versuchte zu hoffen, daß Scarlett es damit ernst meinte.

»Nun, er ist ja im Handumdrehen wieder da«, sagte der Doktor und legte

Carey den Arm um die Schulter, »nur noch ein kleines Gefecht, und die Yankees reißen nach Tennessee aus. Wenn sie aber erst dort sind, so wird General Forrest sich ihrer schon annehmen. Meine Damen, Sie brauchen sich wegen der Sache nicht zu ängstigen, denn General Johnston und sein Heer stehen in den Bergen wie eine Wehr von Eisen. Ja, eine Wehr von Eisen«, wiederholte er und schmeckte den Satz auf der Zunge nach. »Sherman kommt nicht durch. Gegen den alten Joe richtet er nichts aus.«

Die Damen lächelten beruhigt. Die geringste Äußerung Dr. Meades galt als unbestreitbare Wahrheit. Schließlich verstanden doch die Männer von solchen Dingen mehr als die Frauen. Wenn der Doktor sagte, General Joe sei eine Wehr von Eisen, so war er es auch. Nur Rhett äußerte etwas. Seit dem Abendessen hatte er schweigend in der Dämmerung gesessen und mit herabgezogenen Mundwinkeln der Unterhaltung zugehört, den Kopf des schlafenden Kindes an der Schulter.

»Heißt es nicht, Sherman habe über hunderttausend Mann, seitdem seine Verstärkungen eingetroffen sind?«

Der Doktor hatte es seit seiner Ankunft als sehr unangenehm empfunden, mit jemandem bei Tisch sitzen zu müssen, der ihm so von Herzen zuwider war; nur die Höflichkeit seiner Gastgeberin gegenüber hatte ihn daran gehindert, seinen Gefühlen Ausdruck zu geben. »Nun, und?« antwortete er kurz.

»Soweit ich Hauptmann Ashburn verstanden habe, hat General Johnston nur vierzigtausend Mann, wenn man die Deserteure mitzählt, die durch den letzten Sieg ermutigt wurden, wieder unter die Fahne zu treten.«

»Herr!« warf jetzt Mrs. Meade empört ein, »im konföderierten Heer gibt es keine Deserteure.«

»Verzeihung«, antwortete Rhett in gekünstelter Bescheidenheit, »ich meinte nur die Tausende von Urlaubern, die vergessen haben, zum Regiment zurückzukehren, und diejenigen, die seit sechs Monaten von ihren Wunden geheilt sind und doch zu Hause bleiben und ihrem täglichen Geschäft oder der Frühjahrsbestellung nachgehen.«

Mrs. Meade verbiß sich eine aufbrausende Bemerkung. Scarlett wandelte die Lust an, zu kichern. Rhett hatte sie gar zu gründlich abgefertigt. Hunderte versteckten sich in den Waldsümpfen und in den Bergen und dachten nicht daran, sich von der Feldgendarmerie zum Heer zurückschleppen zu lassen. Sie sagten, dies sei »der Krieg der Reichen und der Kampf der Armen«, und sie hätten es satt. Ferner gab es viele, die in den Kompanielisten als Deserteure geführt wurden. Es waren Leute, die seit drei Jahren vergeblich auf Urlaub gewartet, aber dafür zahllose Briefe ihrer Angehörigen aus der Heimat bekommen hatten, aus denen immer wieder die eine Klage hervorbrach: »Wann kommst du nach Hause? Wir haben Hunger, Hunger, Hunger!«

Seitdem in der rasch dahinschwindenden Armee kein Urlaub mehr bewilligt wurde, gingen solche Soldaten auf eigene Faust nach Hause, um ihre Felder zu bestellen, ihre Häuser auszubessern und die Zäune wieder aufzurichten. Wenn die Offiziere, die ein Verständnis dafür hatten, harte Kämpfe kommen sahen, schrieben sie den Leuten, sie sollten wieder zur Kompanie zurückkehren und alles sei gut. Gewöhnlich folgten die Leute dann diesen Rufen, wenn sie erkannten, daß der Hunger daheim sich noch ein paar Monate hinhalten ließ. Dieser sogenannte »Pflügeurlaub« wurde weniger ernst genommen als die Desertion vor dem Feinde, obwohl er die Armee genauso schwächte.

Hastig überbrückte Dr. Meade eiskalten Tones die unbehagliche Pause, die eingetreten war.

»Kapitän Butler, der zahlenmäßige Unterschied zwischen unseren Truppen und denen der Yankees ist noch niemals ins Gewicht gefallen. Ein Konföderierter wiegt ein Dutzend Yankees auf.«

Die Damen nickten. Jedermann wußte das.

»Das war zu Anfang des Krieges richtig«, sagte Rhett, »und ist es vielleicht noch, solange der konföderierte Soldat Patronen für sein Gewehr, Schuhe an den Füßen und etwas im Magen hat. Was meinen Sie, Hauptmann Ashburn?«

Seine Stimme klang immer noch weich in geheuchelter Ehrerbietung. Carey Ashburn machte ein höchst unglückliches Gesicht. Auch er konnte Rhett nicht ausstehen. Mit Freuden hätte er dem Doktor beipflichten mögen, aber er konnte nicht lügen. Er hatte sich trotz seines steifen Armes wieder zur Front gemeldet, weil er den Ernst der Lage erkannte, was die Zivilisten nicht taten. Es gab noch viele andere, die auf Holzbeinen humpelten oder auf einem Auge blind waren, denen der Arm oder die Finger abgeschossen waren und die sich trotzdem zurückmeldeten. Der alte Joe brauchte Leute, das wußten sie alle.

Ashburn erwiderte nichts, aber Dr. Meade brauste auf: »Unsere Leute haben schon oft barfuß und ohne Proviant gekämpft und gesiegt. Sie werden weiter kämpfen und siegen! Ich sage Ihnen, General Johnston steht wie Eisen. Von altersher sind die Gebirgsbefestigungen immer Zuflucht und Bollwerk der Völker, gewesen, die den Feind im Lande hatten. Denken Sie an die Thermopylen.«

Scarlett dachte angestrengt nach, konnte sich aber an keine Thermopylen erinnern.

»In den Thermopylen fielen alle, bis auf den letzten Mann, nicht wahr?« Um Rhett Butlers Lippen zuckte ein Lächeln.

»Wollen Sie mich beleidigen, junger Mann?«

»Doktor, ich bitte Sie, Sie mißverstehen mich! Ich möchte mich nur belehren lassen, in alter Geschichte läßt mich mein Gedächtnis zuweilen im Stich.«

»Wenn Not am Mann ist, fällt unser Heer bis zum letzten Mann, ehe es die Yankees weiter nach Georgia hereinläßt«, fuhr ihm der Doktor über den Mund. »Aber dazu kommt es nicht. Wir werfen sie in einem einzigen Gefecht aus Georgia hinaus.«

Tante Pitty hatte sich eiligst erhoben und bat Scarlett, etwas vorzuspielen und zu singen. Daß es Unannehmlichkeiten geben mußte, wenn sie Rhett zum Abendessen einlud, hatte sie vorausgesehen. Es gab immer Unannehmlichkeiten, wenn er da war. Wie konnte nur die liebe Melly so für ihn eintreten?

Als Scarlett gehorsam ins Wohnzimmer hinüberging, senkte sich ein mit Groll geladenes Schweigen über die Gäste auf der Veranda. Scarlett schlug ein paar Akkorde an, und voller Süße und Traurigkeit klang ihre Stimme mit den Worten des Volksliedes in die Abendluft hinaus:

»In dem Schutz der heißen Mauer
liegen Sterbende und Tote,
hingemäht vom Kugelschauer,
nur die Liebe bleibt als Bote.

Ach, der Liebste! Stummer Schrecken
auf den schönen, bleichen Zügen.
Bald wird ihn die Erde decken,
und sein Ruhm wird nicht versiegen.
Sieh im Staub die goldnen Locken«,

klagte Scarletts etwas unreiner Sopran weiter, aber da erhob sich Fanny ein wenig und sagte mit matter, erstickter Stimme: »Sing etwas anderes.«

Das Klavier schwieg. Scarlett, überrascht und verlegen, wußte nicht weiter. Dann stürzte sie sich Hals über Kopf in die ersten Strophen vom »Ehrenrock in Grau« und schloß mit einer Dissonanz, als ihr einfiel, wie herzzerreißend traurig auch dieses Lied war. Wieder schwieg das Klavier, sie wußte nicht mehr aus noch ein. Alle Lieder handelten von Tod, von Abschied und Kummer.

Da stand plötzlich Rhett auf, legte den Kleinen auf Fannys Schoß und ging zu Scarlett ins Wohnzimmer hinein.

»Spielen Sie ›Mein altes Haus in Kentucky‹«, schlug er vor, und dankbar spielte Scarlett darauflos. Ihrer Stimme kam Rhetts ausgezeichneter Baß zur Hilfe, und als sie die zweite Strophe begannen, atmeten die draußen auf der Veranda erleichtert auf, obwohl auch dies nicht gerade ein frohes Lied war:

»Noch ein paar Tage trag die Last,
sie wird nicht leichter je.
Noch ein paar Tage ohne Rast,
dann, altes Haus, ade!«

Dr. Meade hatte richtig vorausgesagt: Johnston stand wie eine eiserne Wehr in den Bergen oberhalb Daltons und wehrte sich so erbittert gegen Shermans Vorstoß nach Atlanta, daß die Yankees sich endlich zurückzogen. Im Frontalangriff waren die grauen Reihen nicht zu durchbrechen. Deshalb marschierte Sherman unter dem Schutz der Nacht in einem Halbkreis über die Gebirgspässe, um Joe in den Rücken zu kommen. Da die Konföderierten die kostbaren Schienenstrecken aufs neue in Gefahr sahen, verließen sie ihre hartnäckig verteidigten Unterstände und führten einen Gewaltmarsch zurück nach Resaca aus. Als die Yankees von den Hügeln herabschwärmten, stießen sie auf die Brustwehren der Südtruppen mit aufgefahrenen Batterien und schimmernden Bajonetten. Verwundete brachten bruchstückhafte Berichte vom Rückzug des alten Joe auf Resaca mit, und Atlanta war überrascht und etwas beunruhigt, als wäre eine kleine dunkle Wolke im Nordwesten aufgetaucht, die erste Wolke eines sommerlichen Gewitters. Was dachte sich der General dabei, die Yankees achtzehn Meilen nach Georgia hereinzulassen?

Der alte General schlug sich verzweifelt bei Resaca und warf die Yankees nochmals zurück, aber sein Gegner griff wieder zu demselben Flankenmanöver, ließ seine Übermacht abermals im Halbkreis schwenken, überschritt den Oostanaulafluß und führte einen Schlag gegen die Eisenbahnlinie im Rücken der Konföderierten. Wieder wurden die grauen Reihen zur Verteidigung des Schienenstranges eiligst aus ihren roten Gräben geholt, und von Märschen und Gefechten erschöpft, unausgeschlafen und hungrig machten sie wieder einen Eilmarsch talabwärts. Sie erreichten das Städtchen Calhoun, sechs Meilen unterhalb Resacas, noch vor den Yankees, gruben sich ein und waren abermals bereit, als der Feind herankam. Er griff an, es wurde wütend gefochten, und die Yankees wurden zurückgeschlagen. Müde legten die konföderierten Soldaten den Kopf auf den Arm und beteten zu Gott um eine Atempause, aber Sherman ließ ihnen keine Ruhe. Unerbittlich blieb er in Bewegung, führte seine Armee im weiten Bogen um den Feind herum und zwang ihn zu einem weiteren Rückzug zur Verteidigung der Eisenbahnstrecke. Die Konföderierten marschierten im Schlaf. Soweit sie überhaupt noch einen Gedanken im Kopf hatten, war es der des Vertrauens auf den alten

Joe. Sie wußten, daß sie sich auf dem Rückzug befanden, aber auch, daß sie noch nicht geschlagen worden waren. Sie hatten eben nicht Truppen genug, um ihre Stellungen zu halten und gleichzeitig die feindlichen Flankenbewegungen zu verhindern. Wo dieser Rückzug enden sollte, das wußten sie nicht. Aber der alte Joe wußte, was er tat, und das war ihnen genug. Er hatte den Rückzug meisterhaft geführt. Sie hatten nur geringe Verluste zu beklagen, die Yankees dagegen viele Tote und Verwundete. Nicht einen einzigen Eisenbahnwagen hatten sie verloren, nur vier Kanonen, und auch die Straße in ihrem Rücken, die sich das sonnige Tal hinunter nach Atlanta schlängelte, war noch in ihrer Hand. Männer legten sich schlafen, wo sie die Schienen matt im Sternenglanz schimmern sahen. Männer legten sich zum Sterben nieder, und das letzte, dem ihre wirren Blicke begegneten, waren die Schienen, deren Metall in der erbarmungslosen Sonnenhitze flimmerte.

Als die Armee durch das Tal zurückmarschierte, zog ein Heer von Flüchtlingen vor ihnen her. Pflanzer und Kleinfarmer, reich und arm, weiß und schwarz, Frauen und Kinder, die Alten, die Sterbenden, die Verwundeten, die Schwangeren, alles drängte sich die Straße nach Atlanta hinunter, im Zug, zu Fuß und zu Pferde, in Equipagen und Leiterwagen, die mit Koffern und Hausgerät beladen waren. Fünf Meilen vor der Armee zogen die Flüchtlinge her, machten in Resaca, in Calhoun, in Kingston halt und hofften auf jeder Rast zu erfahren, daß die Yankees sich zurückzogen. Aber hier gab es kein Zurück. Die grauen Truppen zogen an leeren Gutshäusern, verlassenen Höfen und einsamen Hütten, deren Türen offenstanden, vorbei. Hier und dort waren eine einsame Frau und ein paar verängstigte Sklaven zurückgeblieben, sie kamen auf die Straße und jubelten den Soldaten zu, brachten Eimer mit Wasser für die Durstigen, verbanden die Wunden und begruben die Toten auf ihren eigenen Friedhöfen. Aber zumeist lag das sonnenbeschienene Tal wüst und verlassen, und auf den verbrannten Feldern standen die uneingebrachten Ernten.

Als Johnston von neuem angegriffen wurde, zog er sich nach Adairsville, dann nach Cassville und endlich noch über Cartersville nach Süden zurück. Der Feind war jetzt fünfundfünfzig Meilen über Dalton hinaus vorgedrungen. Wieder gruben sich die grauen Reihen ein, um entschlossenen Widerstand zu leisten. Die blauen Reiter rückten erbarmungslos nach, einer ungeheuerlichen Schlange gleich, die sich heranwand, giftig zubiß, sich wieder aufrollte, wenn sie verletzt wurde, und immer von neuem vorstieß. Bei der »Neuen-Hoffnung-Kirche« kam es zu einem elf Tage langen verzweifelten Kampf, in dem jeder Sturm der Yankees blutig abgeschlagen wurde. Dann fielen sie Johnston abermals in die Flanken, und er zog seine gelichteten Reihen wiederum ein paar Meilen zurück.

Bei der »Neuen-Hoffnung-Kirche« hatten die Konföderierten viele Tote und Verwundete zu beklagen. Die Verwundeten fluteten in Eisenbahnwagen nach Atlanta hinein, und die Stadt schauderte. Noch nie, auch nach Chickamauga nicht, hatte die Stadt so viele Verwundete gesehen. Die Lazarette quollen über. Die Ärmsten lagen in leeren Speichern am Boden oder in den Lagerhäusern auf Baumwollballen. Jedes Hotel, jede Pension, jedes Privathaus war mit Leidenden besetzt. Auch Tante Pitty bekam ihr Teil, obwohl sie sich dagegen verwahrt hatte, weil es unpassend sei, fremde Männer im Hause zu haben, während Melanie in anderen Umständen sei und aufregende Eindrücke eine vorzeitige Niederkunft herbeiführen könnten. Aber Melanie knüpfte den Reifrock höher, um ihren Zustand zu verbergen, und die Verwundeten zogen in das Backsteinhaus ein. Nun wurde gekocht und gebettet, gewaschen und gefächelt, Binden gerollt und Scharpie gezupft, und endlose Nächte kamen, in denen man vor dem stammelnden Delirium der Verwundeten im Nebenzimmer nicht schlafen konnte. Schließlich vermochte die erstickende Stadt keine Verwundeten mehr aufzunehmen, und der Überschuß wurde in die Lazarette von Macon und Augusta abgeschoben.

Mit den verzweifelten Flüchtlingen und Verwundeten strömten die widersprechendsten Berichte und Gerüchte herein. Das Wölkchen am Horizont hatte sich schnell zu einer drohenden, schwarzen Gewitterwolke ausgewachsen. Es war, als wehte von dort ein eisiger Windhauch heran. Den Glauben an die Unbesiegbarkeit der Truppen hatte man noch immer nicht verloren. Aber schon geriet das Vertrauen auf die Kriegskunst des alten Joe ins Wanken. Die »Neue-Hoffnung-Kirche« lag nur fünfunddreißig Meilen von Atlanta entfernt! Der General hatte sich von den Yankees in drei Wochen um fünfundsechzig Meilen zurückdrängen lassen. Warum hielt er die Yankees nicht auf, anstatt sich immer weiter zurückzuziehen? Ein Dummkopf war er, und Graubärte aus der Landwehr und Leute aus dem Landsturm, die wohlgeborgen in Atlanta saßen, versicherten ungeschminkt, sie hätten den Feldzug geschickter zu führen verstanden. Sie zeichneten Landkarten auf die Tische, um ihre Meinungen darzulegen. Als die grauen Reihen sich immer mehr lichteten und der General zu neuen Rückwärtsbewegungen gezwungen war, forderte er verzweifelt ebendiese Männer beim Gouverneur an, aber der Landsturm fühlte sich zu Hause am sichersten. Hatte doch der Gouverneur Brown sogar des Präsidenten Davis Anforderungen abschlägig beschieden – wie sollte er gegen General Johnston nachgiebiger sein?

Kampf und Rückzug, Rückzug und Kampf.

Siebzig Meilen weit und fünfundzwanzig Tage lang hatten die Konföderierten tagtäglich im Gefecht gestanden. Die »Neue-Hoffnung-Kirche« lag schon wieder hinter den grauen Truppen, eine Erinnerung mehr in dem trüben, tollen Dunst bleicher Erinnerungen. Hitze, Staub, Hunger, Müdigkeit. Der Trott auf den roten, ausgefahrenen Straßen und durch den zähen Schlamm. Rückzug, Eingraben, Gefecht. Rückzug, Eingraben, Gefecht. Schon war die »Neue-Hoffnung-Kirche« wie ein Alpdruck aus einem anderen Leben, und ebenso Big Shanty, wo sie kehrtmachten und wie die Teufel über die Yankees herfielen. Aber mochten sie die Feinde auch niederkämpfen, bis die Felder blau von den Uniformen all der Toten waren, es kamen immer mehr frische Yankees nach. Immer weiter bog die blaue Front mit unheimlicher Stetigkeit nach Südosten ab, gegen die Rückzugslinie der Konföderierten, gegen die Eisenbahn – gegen Atlanta!

Von Big Shanty zogen die müden, schlaflosen Kolonnen die Straße nach Kennesaw Mountain hinunter und stellten sich bei dem Städtchen Marietta in einer zehn Meilen langen Kurve aufs neue zum Kampf. An den steilen Hängen der Berge gruben sie ihre Unterstände, und auf den ragenden Höhen stellten sie ihre Geschütze auf. Unter unsäglichen Mühen schoben sie die schweren Kanonen über die abschüssigen Hänge, wo kein Maultier sich mehr bewegen konnte. Kuriere und Verwundete brachten der erschrockenen Bevölkerung beruhigende Nachrichten, die Höhen von Kennesaw waren uneinnehmbar, ebenso Pine Mountain und Lost Mountain, wo ebenfalls starke Befestigungen errichtet wurden. Die Yankees konnten den alten Joe aus dieser Stellung schwerlich werfen, ja ihn kaum flankieren, denn die Batterien auf den Berggipfeln beherrschten meilenweit die Zugangsstraßen. Atlanta atmete wieder ruhiger, aber …

Kennesaw Mountain war nur noch zweiundzwanzig Meilen entfernt.

Eines Tages, als die ersten Verwundeten von diesem neuen Schlachtfeld hereinkamen, hielt Mrs. Merriwethers Wagen zu einer unerhörten Stunde, um sieben Uhr früh, vor Tante Pittys Haus, und der schwarze Levi ließ Scarlett bestellen, sie müsse sich sofort anziehen und ins Lazarett kommen. Auch Fanny Elsing und die Bonnellschen Mädchen waren früh aus dem Schlaf geweckt worden und saßen gähnend auf dem Rücksitz, und auf dem Bock knurrte die Elsingsche Mammy, einen Korb frisch gewaschener Bandagen auf dem Schoß.

Ungern kam Scarlett mit, denn sie hatte die Nacht bis zum Morgengrauen auf dem Ball der Landwehr getanzt, und die Füße waren ihr müde. Im stillen verwünschte sie die unermüdliche Mrs. Merriwether, die Verwundeten und die ganze Konföderation des Südens, während Prissy ihr das älteste, lumpigste Kattunkleid zuknöpfte, das sie bei der Lazarettarbeit zu tragen pflegte. Sie schluckte das bittere Gebräu aus gedörrtem Mais und getrockneten süßen Kartoffeln, das den Kaffee ersetzte, hinunter und ging zu den anderen Mädchen hinaus.

Sie hatte die gesamte Krankenpflege satt. Noch heute wollte sie Mrs. Merriwether sagen, die Mutter habe sie gebeten, zu Besuch nach Hause zu kommen. Das half ihr aber nicht viel, die würdige Matrone in ihren aufgekrempelten Ärmeln und der großen Schürze um die ansehnliche Gestalt sah sie nur scharf an und sagte: »Laß mich solche Torheiten nicht wieder hören, Scarlett Hamilton. Ich schreibe deiner Mutter heute noch, wie nötig wir dich brauchen. Binde die Schürze um und lauf zu Dr. Meade hinüber, aber schnell! Er braucht jemanden, der ihm beim Verbinden zur Hand geht.«

»Ach Gott«, dachte Scarlett verzweifelt. »Ich sterbe, wenn ich diesen Gestank noch länger aushalten soll. Wäre ich doch eine alte Dame, dann könnte ich selber die jungen anschnauzen, anstatt mich anschnauzen zu lassen, und einem alten Drachen wie der Merriwether sagen, sie solle sich zum Kuckuck scheren!«

Ja, sie hatte das Lazarett satt. Sie konnte die ekelerregenden Gerüche, das Ungeziefer, die ungewaschenen Körper und den Anblick all der Schmerzen nicht mehr ertragen. Wenn je etwas Erhebendes und Romantisches an dieser Arbeit gewesen war, so war es seit langem damit vorbei. Außerdem waren die Leute, die jetzt auf dem Rückzug verwundet wurden, den ersten Verwundeten von damals wenig ähnlich. Sie hatten nicht das mindeste für Scarlett übrig und wußten wenig mehr zu sagen als: »Wie steht der Kampf? Was macht der alte Joe jetzt? Ein mächtig kluger Bursche, der alte Joe.« Sie selbst fand das durchaus nicht. Er hatte die Yankees achtundachtzig Meilen nach Georgia hereingelassen und weiter nichts fertiggebracht. Nein, dies alles war wirklich nicht anziehend. Viele starben rasch und still. Sie hatten nicht mehr Kraft genug übrig, um der Blutvergiftung, des Brandes, des Typhus und der Lungenentzündung Herr zu werden, die schon ausgebrochen waren, ehe sie nach Atlanta in Behandlung kamen.

Der Tag war heiß, die Fliegen kamen in Schwärmen zum offenen Fenster herein. Feiste träge Fliegen, die mehr noch als der Schmerz die Widerstandskraft der Leute zerstörten. Die trübe Flut von Dunst und Qual stieg höher und höher um Scarlett. Schweiß durchnäßte ihr frisch gestärktes Kleid, als sie mit dem Becken in der Hand Dr. Meade überallhin folgte.

Ach, ihr war so übel, wie sie da neben dem Doktor stand und mit dem Brechreiz kämpfte, wenn er mit dem blanken Messer in brandiges Fleisch schnitt. Und wie grauenhaft war es, das Geschrei aus dem Operationssaal, wo Amputationen vorgenommen wurden, mit anhören zu müssen! Dazu dieses elende hilflose Mitleid, das ihr kam, wenn sie die gespannten bleichen Gesichter der Männer sah, die auf den Doktor warteten und alsbald die furchtbaren Worte vernehmen sollten: »Es tut mir sehr leid, mein Junge, aber die Hand muß ab. Ja, ich weiß schon, aber sieh hier die roten Streifen! Sie muß ab.«

Chloroform war jetzt so knapp, daß es nur noch bei den schlimmsten Operationen gebraucht wurde, und Opium war eine Kostbarkeit, die man nur noch benutzte, um den Hoffnungslosen aus dem Leben zu helfen, und nicht mehr, um Lebenden die Schmerzen zu lindern; Chinin und Jod gab es überhaupt nicht mehr. Ja, Scarlett hatte es alles satt und hätte viel darum gegeben, sich wie Melanie mit Schwangerschaft entschuldigen zu können. Dies war in jenen Tagen ungefähr die einzige Entschuldigung, die man gelten ließ.

Als es Mittag wurde, band sie die Schürze ab und stahl sich aus dem Lazarett, während Mrs. Merriwether gerade damit beschäftigt war, einem humpelnden Gebirgsbewohner, der nicht schreiben konnte, einen Brief aufzusetzen. Scarlett konnte es einfach nicht mehr aushalten. Und wenn erst die neuen Verwundeten mit dem Mittagszug hereinkamen, gab es sicher abermals Arbeit bis Mitternacht und wahrscheinlich nichts zu essen.

Eilig lief sie die beiden Häuserblocks entlang bis zur Pfirsichstraße und sog die reinere Luft in so tiefen Zügen ein, wie es ihr festgeschnürtes Korsett nur zuließ. Sie stand an der Ecke und zauderte. Sie schämte sich, nach Hause zu gehen, aber sie war entschlossen, nicht ins Lazarett zurückzukehren. Da kam Rhett Butler vorbeigefahren.

»Sie sehen ja aus wie des Lumpensammlers Töchterlein«, bemerkte er und umfaßte mit den Augen das geflickte, fleckige lavendelblaue Kattunkleid, über das sich stellenweise Wasser aus dem Becken ergossen hatte. Scarlett zitterte vor Verlegenheit und vor Zorn. Warum bemerkte er es immer, wenn eine Frau unvorteilhaft aussah, und unterließ es nie, seine ungezogenen Glossen darüber zu machen!

»Ich will kein Wort von Ihnen hören. Steigen Sie aus, helfen Sie mir in den Wagen und fahren Sie mich irgendwohin, wo niemand mich sieht; ich will nicht ins Lazarett zurück, und wenn sie mich aufhängen! Herrgott noch einmal, ich habe den Krieg nicht angefangen, und ich sehe nicht ein, warum ich mich von ihm totquälen lassen soll!«

»Ein Verräter an unserer ruhmreichen Sache?«

»Und Sie? – Wohin wir fahren, ist mir gleich. Fahren will ich.«

Er schwang sich aus dem Wagen, und plötzlich kam ihr der Gedanke, wie schön es doch sei, einem Mann zu begegnen, der seine heilen Gliedmaßen hatte, dem nicht ein Auge oder eine Hand fehlte, und der nicht bleich vor Schmerzen und gelb von der Malaria aussah, sondern gut genährt und gesund. Und er war auch so ausgezeichnet angezogen. Rock und Hose waren aus demselben Stoff und schlotterten ihm nicht um den Leib, saßen auch nicht so stramm, daß sie seine Bewegungen hinderten, sondern paßten ihm untadelig. Sie waren neu und nicht zerlumpt, und kein schmutziges, nacktes Fleisch, keine behaarten Beine schauten daraus hervor. Er sah aus, als habe er auf der Welt keine Sorgen, und das allein war schon höchst auffallend in jenen Tagen, da man nur ruhelose, sorgenvolle, bittere und leiderfüllte Mienen gewahrte. Sein braunes Gesicht war freundlich, die frauenhaft feingeschnittenen roten Lippen, auf denen die Sinnenfreude geschrieben stand, lächelten ihr zu, als er sie in den Wagen hob. Die Muskeln seines schweren Körpers strafften sich unter dem eleganten Anzug, und wie immer empfand sie seine kraftvolle Körperlichkeit wie einen elektrischen Schlag. Dies nahm sie so gefangen, daß sie zusammenschrak. Sein Körper machte denselben zähen und festen Eindruck wie sein scharfer Geist. In seiner Kraft war so viel mühelose Anmut verborgen wie bei einem Panther, der sich träge in der Sonne reckt, bevor er behende aufspringt und zupackt.

»Sie kleine Schwindlerin«, sagte er und schnalzte dem Pferde. »Sie vertanzen die Nacht mit den Soldaten und schenken ihnen Rosen und Bänder und machen ihnen weis, Sie wären bereit, für unsere heilige Sache zu sterben, und wenn Sie ein paar Wunden verbinden und ein paar Läuse absuchen sollen, machen Sie sich aus dem Staube.«

»Können Sie nicht von etwas anderem sprechen und schneller fahren? Sonst habe ich am Ende das Glück, daß Großpapa Merriwether gerade aus seinem Kaufhaus kommt und mich sieht und es der alten Dame zuträgt.«

Er streifte die Stute mit der Peitsche, und in raschem Trabe ging es über Five Points und die Schienen hinaus, die die Stadt mittendurch schnitten. Ein Zug mit Verwundeten war soeben eingefahren, und die Träger mit den Bahren arbeiteten emsig in der heißen Sonne. Scarlett empfand keine Gewissensbisse, als sie dies sah, sondern atmete nur tief und erleichtert auf.

»Ich bin dieses verwünschten Lazaretts so müde und so elend«, seufzte sie, während sie den sich bauschenden Rock glättete und sich den Hut unter dem Kinn fester band. »Und täglich kommen neue Verwundete herein. Daran ist nur General Johnston schuld. Hätte er den Yankees bei Dalton standgehalten ...«

»Aber er hat ihnen doch standgehalten, Sie ahnungsloses Kind! Wäre er dort stehengeblieben, so hätte Sherman ihn umflügelt und zwischen den beiden Flanken seines Heeres zerdrückt. Dann wäre die Eisenbahn verlorengegangen, und gerade um die Eisenbahn kämpft er ja!«

»Schon gut«, sagte Scarlett, die von keinerlei Strategie eine Ahnung hatte, »aber er hätte doch irgend etwas dagegen tun müssen. Man sollte ihm den Abschied geben! Warum stellt er sich nicht und kämpft, anstatt sich zurückzuziehen?«

»Sie sind wie all die anderen und schreien: ›Kreuzigt ihn‹, weil er nicht das Unmögliche fertigbringt. Bei Dalton war er der wahre Heiland, und bei Kennesaw Mountain ist er nun auf einmal der Verräter Judas, und das alles innerhalb von sechs Wochen. Lassen Sie ihn die Yankees jetzt zwanzig Meilen zurückwerfen, flugs ist er wieder der Heiland. Mein Kind, Sherman hat doppelt soviel Leute wie Johnston. Er kann es sich leisten, gegen jeden unserer tapferen Burschen zwei zu verlieren. Johnston aber kann keinen einzigen entbehren. Er braucht Verstärkungen, und was bekommt er? ›Joe Browns Schoßkinder‹.«

»Muß der Landsturm wirklich an die Front? Und die Landwehr auch? Woher wissen Sie das?«

»Das Gerücht geht um. Sie sollen hinaus, um Joe zu verstärken. Ja, nun werden wohl Gouverneur Browns Lieblinge endlich Pulver riechen, und ich kann mir denken, wie das den meisten bekommt. Sie hielten sich für so sicher, nachdem der Gouverneur sich sogar Jeff Davis gegenüber geweigert hat, sie nach Virginia zu schicken, weil sie für die Verteidigung ihres eigenen Staates unentbehrlich seien. Wer hätte das je gedacht, daß der Krieg bis an ihre eigenen Häuser vordringen könnte und sie tatsächlich ihren Staat Georgia verteidigen müßten!«

»Wie können Sie darüber lachen. Denken Sie an die alten Herren und die kleinen Jungens, an den kleinen Phil Meade, Großpapa Merriwether und Onkel Henry Hamilton.«

»Ich spreche nicht von den Kindern und nicht von den Veteranen aus dem mexikanischen Krieg. Ich spreche von tapferen jungen Männern wie Willie Guinan, die gern eine hübsche Uniform tragen und mit dem Säbel rasseln ...«

»Und Sie selbst?«

»Meine Liebe, damit treffen Sie mich nicht. Ich trage keine Uniform und rassele mit keinem Säbel, und das Schicksal der Konföderierten läßt mich kalt. Ich lasse mich weder tot noch lebendig in irgendein Heer stecken, denn davon habe ich seit West Point für mein Lebtag genug. Ich wünsche dem alten Joe Glück. General Lee kann ihm keine Hilfe senden, weil er selbst in Virginia alle Hände voll zu tun hat. Die Truppen aus Georgia sind also die einzige Unterstützung, die Joe bekommen kann. Er hätte Besseres verdient, denn er ist ein großer Heerführer. Er bringt es fertig, jedesmal in Stellung zu gehen, bevor die Yankees kommen. Aber wenn er die Eisenbahn schützen will, wird er sich noch weiter zurückziehen müssen, und – denken Sie daran, was ich Ihnen sage – und wenn es den Yankees gelingt, ihn aus den Bergen hinunter ins Flachland zu treiben, wird er niedergemetzelt.«

»Hierher ins Flachland? Sie wissen gut, daß die Yankees nie so weit kommen.«

»Kind, Kennesaw ist nur noch zweiundzwanzig Meilen entfernt ...«

»Rhett, sehen Sie doch all die Menschen da unten! Aber das sind doch gar keine Soldaten, was in aller Welt ...? Aber das sind ja Schwarze!«

Eine mächtige rote Staubwolke bewegte sich die Straße herauf. Der Klang vieler schwerer Schritte war hörbar, und nun vernahm man wohl hundert Negerstimmen, die tief aus der Kehle hervor in ihrer lässigen Artikulation ein Kirchenlied sangen. Rhett lenkte den Wagen an den Kantstein, und Scarlett sah sich neugierig die schwitzenden schwarzen Männer an, die mit Spitzhacke und Schaufel auf der Schulter vorüberzogen und von einem Offizier und einem Trupp Soldaten mit Pionierabzeichen geführt wurden.

»Was in aller Welt ...«, fing sie wieder an. Da fiel ihr Blick auf einen singenden schwarzen Riesen in der vordersten Reihe. Er war weit über sechs Fuß hoch, ein ebenholzfarbiger Goliath, der mit der biegsamen Anmut eines kräftigen Tieres einherschritt und der Schar Ton und Takt des Liedes »Moses, zieh dahin« angab, wahrend seine weißen Zähne im dunklen Angesicht blitzten. Unmöglich konnte es auf der Welt einen zweiten so hochgewachsenen Neger mit einer so kräftigen Stimme geben wie Big Sam, den Vorarbeiter auf Tara. Was aber hatte Big Sam hier, so weit von zu Hause, zu suchen, gerade jetzt, wo in der Plantage kein Aufseher und er Geralds rechte Hand war?

Als sie sich halb vom Sitz erhob, um besser zu sehen, erblickte der Mann sie, und sein schwarzes Gesicht zerbarst in einem Grinsen beglückten Wiedererkennens. Er blieb stehen, ließ die Schaufel sinken und rief seinen Gefährten zu: »Allmächtiger! Das sein Miß Scarlett. Hallo, Elias, Apostel, Prophet! Da sein Miß Scarlett!«

Verwirrung kam in die Reihen, unentschlossen und grinsend blieb der Trupp stehen. Big Sam aber lief quer über die Straße auf den Wagen zu, drei seiner Gefährten hinter ihm drein, und hinter ihm her erscholl die gereizte Stimme des kommandierenden Offiziers: »Wollt ihr wohl ins Glied zurück, Kerls! Antreten, sage ich, oder ich will euch ... Ach, das ist ja Mrs. Hamilton. Guten Morgen, gnädige Frau, guten Morgen, Herr ... Was treiben Sie hier und wiegeln meine Leute zu Meuterei auf! Ich habe heute schon genug Arbeit mit den Burschen gehabt.«

»Seien Sie nicht böse, Hauptmann Randall, es sind unsere Leute von Tara. Dies ist unser Vorarbeiter Big Sam, und das sind Elias und Apostel und Prophet. Natürlich mußten sie mir guten Tag sagen. Wie geht es euch, Jungens?«

Sie schüttelte allen die Hand, und ihre feinen weißen Finger verschwanden dabei in den mächtigen Tatzen der Neger. Die vier aber vollführten Bocksprünge vor eitel Wonne und Stolz, daß sie ihren Kameraden ihre hübsche junge Miß vorführen konnten.

»Was macht ihr denn so weit von Tara? Ihr seid doch wohl nicht ausgekniffen? Wißt ihr nicht, daß die Landjäger euch abfassen werden?«

Sie kreischten vor Lachen. »Ausgekniffen?« rief Big Sam, »nein, Miß nicht ausgekniffen, die uns holen, wir die vier größten und stärksten Nigger von Tara!« Stolz zeigte er die weißen Zähne. »Ganz besonders mich sie wollen haben, weil ich so gut singen. Master Frank Kennedy uns holen.«

»Aber wozu denn, Sam?«

»Herr Jesus, Miß Scarlett, haben Miß nicht hören? Wir doch sollen für die weißen Herren die Gräben machen, wo sie sich verstecken, wenn Yankees kommen!«

Hauptmann Randall und die Insassen des Wagens verbissen sich das Lachen, als sie diese Auffassung vom Zweck des Schützengrabens vernahmen.

»Master Gerald kriegen natürlich beinahe einen Wutanfall, als sie mich holen. Er sagen, er ohne mich nicht fertig werden, aber Miß Ellen sagen: ›Nimm ihn, Master Kennedy, die Konföderierten haben Big Sam noch nötiger als wir‹, und sie mir einen Dollar geben und sagen, ich soll genau tun, was die weißen Herren mir befehlen, und nun sein wir alle hier.«

»Was hat das nur alles zu bedeuten, Hauptmann Randall?«

»Oh, ganz einfach, die Befestigungen von Atlanta sollen mit noch ein paar Meilen Schützengraben verstärkt werden, und der General kann an der Front keinen Mann dafür entbehren; deshalb haben wir die kräftigsten Neger aus der Provinz für die Arbeit requiriert.«

Nun überlief es Scarlett doch ein wenig kalt. Ein paar Meilen Schützengräben vor Atlanta? Wozu? Im vergangenen Jahr war doch eine ganze Reihe gewaltiger Erdbastionen und Batteriestellungen eine Meile vom Mittelpunkt der Stadt entfernt rings um Atlanta gelegt worden. Sie waren durch Schützengräben verbunden, die Meile für Meile die Stadt lückenlos umschlossen.

»Aber warum denn noch mehr Befestigungen, als wir schon haben? Der General Joe wird doch nicht ...?«

»Unsere Befestigungen sind nur eine Meile von der Stadt entfernt«, sagte der Hauptmann kurz. »Das ist für die Ruhe und Sicherheit der Stadt zuwenig. Die neuen sollen weiter weg angelegt werden. Ein weiterer Rückzug kann unsere Leute bis nach Atlanta hereinbringen.«

Als er ihre großen, verängstigten Augen sah, tat ihm seine Bemerkung leid.

»Natürlich kommt es zu einem weiteren Rückzug nicht«, fügte er hastig hinzu. »Die Stellungen bei Kennesaw Mountain sind uneinnehmbar. Die Geschütze stehen hoch oben und beherrschen die ganze Straße. Die Yankees können unmöglich vorbei.«

Aber Scarlett mußte sehen, wie er vor dem durchdringenden Blick, den

Rhett Butler in aller Ruhe auf ihn richtete, die Augen niederschlug. Sie erschrak und erinnerte sich an Rhetts Bemerkung: »Wenn sie ihn in das Flachland treiben, wird er niedergemetzelt.«

»Hauptmann, meinen Sie ...«

»Unsinn! Machen Sie sich nicht das Herz schwer, der alte Joe ist vorsichtig, das ist der einzige Grund. Aber ich muß weiter. Sagt der Herrin Lebewohl, Kerls, und vorwärts!«

»Lebt wohl, Jungens, und wenn ihr krank oder verwundet seid oder in Not kommt, gebt mir Bescheid. Ich wohne dort drüben in der Pfirsichstraße, fast im letzten Hause der Stadt. Einen Augenblick ...«

Sie suchte in ihrem Beutel. »O je, ich habe nicht einen einzigen Cent. Rhett, geben Sie mir doch ein paar Scheine. Hier, Sam, kaufe dir und den Jungens Tabak und seid brav und tut, was der Hauptmann euch sagt.«

Die aufgelösten Reihen formierten sich. Wieder stieg der Staub in einer roten Wolke empor, als sie weiterzogen, und wieder erscholl das Lied aus ihren Negerkehlen:

»Moses, zieh dahin nach Ägypterland,
Sag dem Vater Pharao,
Ziehen lassen solle er mein Volk!«

»Rhett, der Hauptmann hat mich angelogen, wie sie alle tun, um uns Frauen die Wahrheit zu verbergen, damit wir nicht in Ohnmacht fallen. Ach, Rhett, wenn keine Gefahr ist, warum ziehen sie dann neue Gräben? Ist das Heer so knapp an Leuten, daß sie die Schwarzen verwenden müssen?«

Rhett schnalzte seiner Stute.

»Verflucht knapp an Leuten ist das Heer, warum müßte sonst die Landwehr an die Front! Und die Gräben? Nun, dergleichen soll ja wohl bei Belagerungen von einigem Nutzen sein. Der General bereitet alles vor, um sich zum Endkampf zu stellen.«

»Eine Belagerung? Ach, wenden Sie um, ich will auf der Stelle nach Tara zurück.«

»Was fehlt Ihnen denn?«

»Belagerung, Herrgott, Belagerung! Pa hat eine miterlebt, oder vielleicht war es sein Pa, und Pa hat es mir erzählt ...«

»Was für eine Belagerung?«

»Die von Drogheda, als Cromwell die Iren einschloß. Sie hatten nichts zu essen, und Pa sagte, sie seien auf der Straße Hungers gestorben, und schließlich hätten sie alle Katzen und Ratten und sogar leibhaftige Küchenschaben gegessen, und zuletzt hätten sie sogar einander aufgegessen, ehe sie sich ergaben. Ich wußte zwar nie recht, ob ich das glauben sollte. Und als Cromwell die Stadt einnahm, wurden alle Frauen ... Belagerung! Heilige Mutter Gottes!«

»Sie sind so barbarisch ungebildet, wie ich noch nie einen Menschen gefunden habe. Drogheda fiel sechzehnhundertundsoundsoviel, und das kann Mr. O'Hara kaum mitgemacht haben. Außerdem ist Sherman nicht Cromwell.«

»Nein, er ist noch schlimmer! Die Leute sagen ...«

»Und was diese pikanten Gerichte betrifft, die die Ihren während der Belagerung gegessen haben – mir persönlich wäre eine fette, saftige Ratte immer noch lieber als der Fraß, den sie mir kürzlich im Hotel vorgesetzt haben. Ich werde wohl besser nach Richmond gehen müssen, dort ißt man gut, wenn man bezahlen kann.«

Seine Augen machten sich über ihr verängstigtes Gesicht lustig. Sie ärgerte sich, ihre Furcht gezeigt zu haben, und sagte um so lauter: »Ich weiß nicht, warum Sie überhaupt noch hier sind. Sie denken ja immer nur daran, wie Sie es sich selber bequem machen und gut essen und all das!«

»Ich kann mir keinen angenehmeren Zeitvertreib denken als gut essen und all das«, sagte er, »und warum ich noch hier bin? Nun, ich habe viel von Belagerungen und dergleichen gelesen, aber nie so etwas selber gesehen. Ich denke also, ich bleibe hier und sehe es mir an. Verwundet werde ich kaum, weil ich ja Zivilist bin. Ein neues Erlebnis soll man sich nie entgehen lassen, es bereichert den Geist, Scarlett.«

»Mein Geist ist reich genug.«

»Das müssen Sie selbst am besten wissen, obwohl ich dachte ... aber nein, das ist ja zu ungalant. Wer weiß, ob ich nicht etwa hierbleibe, um Ihnen zu helfen, wenn es wirklich zu einer Belagerung kommt. Ich habe noch nie ein Mädchen aus der Bedrängnis befreit. Auch das wäre ein neues Erlebnis für mich.«

Sie wußte gut, daß er sie neckte, und doch spürte sie hinter seinen Worten den Ernst. Sie warf den Kopf zurück. »Mich brauchen Sie nicht zu befreien, ich werde schon allein fertig.«

»Scarlett, sagen Sie das nie! Denken Sie es, wenn Sie wollen, aber sagen Sie es nie und am allerwenigsten einem Mann. Ebendies ist das Schlimme bei den Yankeemädchen. Sie wären ganz reizend, wenn sie nicht in einem fort versicherten, sie würden mit allem allein fertig. Meistens sagen sie übrigens sogar die Wahrheit, Gott beschütze sie, und deshalb lassen die Männer sie auch allein fertig werden.«

»Reden Sie nicht soviel«, sagte sie kalt. Ärger konnte man sie nicht beleidigen, als wenn man sie mit einem Yankeemädchen verglich. »Das mit der Belagerung ist sicher eine Lüge, die Yankees kommen doch nicht nach Atlanta.«

»In einem Monat sind sie hier. Ich wette eine Schachtel Bonbons gegen ...« Seine dunklen Augen wanderten bis zu ihren Lippen hin, »gegen einen Kuß.«

Nur noch einen kurzen Augenblick hielt die Angst vor den Yankees ihr Herz umklammert; bei dem Wort »Kuß« hatte sie alles vergessen. Das war wieder vertrauter Boden und weit interessanter als alle militärischen Erwägungen. Kaum hielt sie ein glückliches Lächeln zurück. Seit dem Tage, da Rhett ihr den grünen Hut gebracht, hatte er nie mehr etwas getan, was ihm als Verliebtheit ausgelegt werden konnte. Nie ließ er sich zu einem persönlichen Gespräch herbei, so geschickt sie ihn auch dazu zu verleiten suchte, und nun sprach er ganz ohne jede Nachhilfe von ihrer Seite plötzlich vom Küssen.

»Ich bin nicht für persönliche Gespräche«, sagte sie kühl, und es gelang ihr sogar ein leichtes Runzeln der Stirn. »Und ... lieber noch küßte ich ein Schwein.«

»Jedem Tierchen sein Pläsierchen. Ich habe immer gehört, die Iren hätten viel für Schweine übrig und sie hielten sie sogar unter ihrem Bett. Scarlett, Scarlett, du hast dringend nötig, geküßt zu werden. Das ist es, was dir fehlt. Alle deine Verehrer haben viel zuviel Achtung vor dir gehabt, Gott allein mag wissen, warum, und viel zuviel Angst, um mit dir umzugehen, wie sich's gehört. Dich sollte einmal jemand küssen, der sich darauf versteht.«

Das Gespräch nahm nicht den Verlauf, auf den sie es hatte leiten wollen; damit hatte sie bei ihm niemals Glück. In solchen Wortgefechten zog sie jedesmal den kürzeren.

»Und Sie meinen wohl gar, Sie seien der Rechte dazu?« fragte sie mit mühsamer Beherrschtheit.

»Freilich, wenn es mir nur der Mühe wert wäre«, rief er hin, »man sagt, ich küsse gut.«

Sie war wütend über diese Nichtachtung ihrer Reize, aber plötzlich schlug sie verwirrt die Augen nieder. In der dunklen Tiefe seiner Blicke hatte sie etwas wie eine winzige, nackte Flamme gesehen.

»Natürlich haben Sie sich gewundert, daß ich nach jenem Küßchen von damals ...«

»Ich habe niemals ...«

»Dann sind Sie kein nettes Mädchen, und das höre ich ungern. Alle wirklich netten Mädchen wundern sich, wenn ein Mann sie nicht zu küssen versucht. Sie wissen zwar, daß sie beleidigt tun müssen, wenn es geschieht, aber dennoch mögen sie es gern ... Nun, Liebste, fasse Mut. Eines Tages werde ich dich küssen, und es soll mir gefallen, aber jetzt noch nicht. Und ich bitte Sie, nicht ungeduldig zu werden.«

Sie wußte ja, daß er sie nur neckte, aber das brachte sie wie immer in Wut. Es war zuviel Wahres daran. Er sollte es nur je im Leben wagen!

»Wollen Sie so gut sein und wenden, Kapitän Butler, ich muß ins Lazarett zurück.«

»Oh, Sie helfender Engel, wahrhaftig. Also sind Ihnen Läuse und Dreck lieber als meine Worte? Gut: ferne sei es von mir, ein Paar dienstwilliger Hände von der Arbeit für unsere heilige Sache abhalten zu wollen.«

Er ließ das Pferd wenden, und sie machten sich auf den Weg nach Five Points zurück.

»Warum ich bei Ihnen bisher noch immer nicht weitergegangen bin?« fuhr er so unbefangen fort, als habe er ihren Befehl, das Gespräch zu beenden, überhaupt nicht gehört. »Ich warte nämlich darauf, daß Sie erwachsener werden. Sehen Sie, jetzt hätte ich wenig davon, Sie zu küssen, und was mein Vergnügen angeht, so bin ich darin ganz einfach selbstsüchtig. Mir ist noch nie die Lust angekommen, Kinder zu küssen.«

Er verbiß sich das Lachen, als er aus den Augenwinkeln heraus sah, wie ihre Brust sich in stummem Zorn hob und senkte. »Und dann«, fuhr er leise fort, »warte ich auch darauf, daß die Erinnerung an den hochachtbaren Ashley Wilkes verblassen möge.«

Als dieser Name fiel, durchfuhr sie ein wilder Schmerz, und heiße Tränen brannten ihr unter den Lidern. »Verblassen?« Das konnte die Erinnerung an Ashley nie, und wenn er tausend Jahre tot wäre. Sie dachte an den Verwundeten, der fern im Gefangenenlager auf dem Sterbebette lag, ohne Decke, sich einzuhüllen, und ohne eine liebende Hand, die die seine hielt; und Haß gegen den wohlgenährten Mann an ihrer Seite erfüllte sie. Sie war zu aufgebracht, um zu antworten, und eine Weile fuhren sie schweigend weiter.

»Ich verstehe jetzt eigentlich alles, was Sie und Ashley angeht«, fing Rhett wieder an. »Das erste, was ich sah, war Ihr wenig vornehmer Auftritt in Twelve Oaks, und seitdem habe ich die Augen offen gehabt und noch manches erhascht. – Zum Beispiel? Nun, daß Sie immer noch eine romantische Backfischleidenschaft für ihn hegen und pflegen, die er erwidert, soweit seine ehrenwerte Natur es ihm gestattet. Auch, daß Mrs. Wilkes davon nichts ahnt und daß ihr alle beide sie an der Nase führt. Ich verstehe also fast alles; nur eins verstehe ich nicht, und es reizt meine Neugierde. Hat der ehrenwerte Ashley seine unsterbliche Seele jemals durch einen Kuß auf Ihren Mund in Gefahr gebracht?«

Steinernes Schweigen und ein abgewendetes Gesicht waren die Antwort.

»Gut, er hat Sie also geküßt, vermutlich, als er hier auf Urlaub war. Nun aber ist er wahrscheinlich tot, und Sie hegen seinen Kuß in Ihrem Herzen. Doch ich bin überzeugt, Sie kommen schließlich darüber hinweg, und wenn Sie seinen Kuß vergessen haben, will ich ...«

Wie eine Rasende wandte sie sich ihm zu: »Scheren Sie sich zum Teufel!« brach es aus ihr hervor, und in den halbgeschlossenen grünen Augen funkelte die Wut. »Lassen Sie mich aussteigen, ehe ich über das Rad weg hinausspringe. Ich wünsche nie wieder ein Wort mit Ihnen zu reden!«

Er hielt an, aber ehe er aussteigen und ihr heraushelfen konnte, sprang sie mit einem Satz auf die Straße. Mit dem Reifen ihres Rockes blieb sie dabei am Wagen hängen, und für einen Augenblick boten sich Unterröcke und Hosen den Blicken des Publikums von Five Points dar. Rhett Butler lehnte sich hinaus und machte sie frei. Ohne ihn auch nur noch eines Blickes zu würdigen, rauschte sie davon; er aber lachte in sich hinein und schnalzte seinem Pferde zu.

XVIII

Zum erstenmal seit Beginn des Krieges drang der Lärm der Schlacht bis nach Atlanta hinein. In den frühen Morgenstunden, ehe die Geräusche der Stadt erwachten, waren die Kanonen von Kennesaw Mountain aus weiter Ferne zu hören. Es war ein schwaches, unbestimmtes Gedröhn, das einem fernen sommerlichen Gewitter glich. Manchmal machte es sich selbst zur Mittagszeit noch durch den Lärm des Verkehrs bemerkbar. Man versuchte, es nicht zu hören, suchte zu reden, zu lachen und sich zu belustigen, als lägen keine Yankees zweiundzwanzig Meilen vor der Stadt. Dennoch lauschte jedermann auf den Klang. Die ganze Stadt mutete an, als wäre sie nie recht bei der Sache, denn womit auch die Hand beschäftigt sein mochte, das Ohr horchte, und das Herz stockte wohl hundertmal am Tag. Ob General Johnston dieses Mal standhielt? Die scheinbare Ruhe verhüllte kaum noch die drohende Panik. Alle Nerven waren zum Zerreißen angespannt. Von Furcht sprach niemand. Dies Thema war verpönt. Aber die Aufregung machte sich in unverhohlener Kritik an dem General Luft. Die Stimmung in der Öffentlichkeit fieberte heiß. Sherman stand unmittelbar vor den Toren Atlantas.

Gebt uns einen General, der nicht zurückweicht! Gebt uns einen, der standhält und kämpft!

Unter dem fernen Grollen der Kanonen verließen der Landsturm des Staates, »Joe Browns Schoßkinder«, und die Landwehr die Stadt, um in Johnstons Rücken die Fähren und Brücken über den Chattahoocheefluß zu verteidigen. Es war ein grauer, bewölkter Tag, und als sie durch Five Points und die Straße nach Marietta hinauszogen, begann ein feiner Regen zu fallen. Die ganze Stadt war auf den Beinen, um ihnen das Geleit zu geben. Dichtgedrängt standen die Leute unter den hölzernen Sonnendächern der Kaufhäuser in der Pfirsichstraße und versuchten, ihnen zuzujubeln.

Scarlett und Maybelle Merriwether-Picard hatten Erlaubnis bekommen, das Lazarett zu verlassen und die Leute abmarschieren zu sehen, weil Onkel Henry Hamilton und Großpapa Merriwether bei der Landwehr waren. Sie standen mit Mrs. Meade im Gedränge und hoben sich auf die Zehenspitzen, um besser zu sehen. Obwohl Scarlett von dem allgemeinen Wunsch des Südens beseelt war, nur das Erfreulichste und Beruhigendste vom Kriege zu hören und zu glauben, wurde ihr doch heiß und kalt, als sie die buntscheckigen Reihen an sich vorbeiziehen sah. Die Sache mußte schon verzweifelt stehen, wenn dieses Durcheinander von Greisen und Knaben wirklich in den Kampf sollte! Freilich waren auch junge, kräftige Männer darunter, die sich in der schmucken Uniform gesellschaftlich exklusiver Truppenteile mit wehenden Federn und tanzenden Schärpen gefielen. Aber doch zog sich Scarlett das Herz vor Mitleid und Schreck zusammen. Graubärte, die noch älter waren als ihr Vater, versuchten in dem feinen Regen zum Takt der Trommeln und Pfeifen festen Tritt zu halten. Großpapa Merriwether hatte sich Mrs. Merriwethers bestes Plaid um die Schultern geschlagen und ging in der vordersten Reihe. Er grüßte die Mädchen mit einem Lächeln, und sie winkten mit den Taschentüchern und riefen ein herzliches Lebewohl. Aber Maybelle packte Scarlett beim Arm und flüsterte: »Ach Gott, der Alte! Ein tüchtiger Regenguß, und er ist erledigt. Sein Rheuma!«

Onkel Henry Hamilton marschierte in der nächsten Reihe, den Kragen seines langen, schwarzen Mantels bis über die Ohren hinaufgeschlagen, zwei Pistolen aus dem letzten mexikanischen Krieg am Gürtel und eine kleine Reisetasche in der Hand. Neben ihm schritt sein fast ebenso alter schwarzer Diener und hielt einen geöffneten Regenschirm über sie beide. Schulter an Schulter mit den Alten kamen Knaben, von denen keiner älter als sechzehn aussah. Viele davon waren aus der Schule weggelaufen, um ins Heer einzutreten. Hier und dort trug ein Trupp die Kadettenuniform der Militärakademie, die schwarze Hahnenfeder schlaff an den nassen grauen Mützen, die sauberen weißen Leinenstreifen über der Brust durchnäßt. Unter ihnen befand sich auch Phil Meade, der stolz den Säbel und die Sattelpistole seines gefallenen Bruders trug und den Hut an einer Seite kühn aufgeschlagen hatte. Seiner Mutter gelang es, zu lächeln und zu winken, bis er vorbei war, dann legte sie den Kopf einen Augenblick auf Scarletts Schulter, als hätte alle Kraft sie plötzlich verlassen.

Manche dieser Leute waren völlig unbewaffnet; man hatte ihnen weder Gewehre noch Munition austeilen können. Sie hofften, sich später mit den Waffen gefallener und gefangener Yankees ausrüsten zu können. Viele trugen

Buschmesser im Stiefel und dicke Stöcke mit Eisenspitzen in der Hand, die unter dem Namen »Joe Browns Piken« bekannt waren. Hier und da hatte ein Glücklicherer eine alte Muskete mit Feuersteinschloß über der Schulter und ein Pulverhorn am Gürtel hängen. Johnston hatte rund zehntausend Mann auf dem Rückzug verloren, er brauchte zehntausend Mann ganz frischer Truppen. »Und jetzt bekommt er dies!« dachte Scarlett erschrocken.

Als die Artillerie vorbeirumpelte und die Zuschauenden mit Schmutz bespritzte, fiel ihr ein Schwarzer auf einem Maultier ins Auge, der neben einer Kanone einherritt. Es war ein junger Neger mit ernstem Gesicht, und als Scarlett ihn erblickte, rief sie laut: »Das ist ja Moses, Ashleys Moses!« Sie kämpfte sich durchs Gedränge bis an den Kantstein und rief ihn an. Moses zog die Zügel, lächelte beglückt und wollte absteigen. Ein klatschnasser Feldwebel, der hinter ihm ritt, schrie: »Bleib auf deinem Maultier, Junge, oder ich mache dir Dampf!«

Zögernd blickte Moses zwischen dem Feldwebel und Scarlett hin und her, sie aber patschte durch den Schmutz bis dicht an die vorbeifahrenden Räder heran und bekam Moses' Steigbügel zu fassen. »Ach, einen Augenblick, Herr Feldwebel. Bleib im Sattel, Moses. Was in aller Welt machst du hier?«

»Ich will wieder in den Krieg, Miß Scarlett, dieses Mal mit dem alten Master John anstatt mit Master Ashley.«

»Mr. Wilkes!« Scarlett erstarrte. Mr. Wilkes war beinahe siebzig Jahre alt. »Wo ist er?«

»Dahinten, bei der letzten Kanone, Miß Scarlett.«

»Entschuldigen Sie, meine Dame. Vorwärts, Junge!«

Einen Augenblick lang stand Scarlett bis zu den Enkeln im Schmutz, während die Kanonen vorüberschwankten. Das kann nicht sein, dachte sie. Er ist zu alt, und er denkt über den Krieg ebenso wie Ashley. Sie trat wieder ein paar Schritte zurück und musterte scharf jedes Gesicht, das vorüberzog. Da, als die letzte Kanone ächzend und spritzend herankam, erblickte sie ihn, schlank und aufrecht, das lange silberne Haar naß an den Nacken geklebt, auf einer kleinen, hellen Fuchsstute sitzend, die sich zwischen den Schmutzlöchern so zierlich ihren Weg suchte wie eine Dame im Atlaskleid. Aber ... das war ja Nellie! Mrs. Tarletons Nellie! Beatrice Tarletons ängstlich gehüteter Liebling!

Als Mr. Wilkes Scarlett im Schmutz dastehen sah, zog er mit freundlichem Lächeln die Zügel an, stieg ab und kam auf sie zu. »Ich hatte Sie aufsuchen wollen, Scarlett, ich hatte so viele Grüße von Ihrer Familie auszurichten. Aber wir hatten keine Zeit. Heute morgen sind wir erst angekommen, nun jagen sie uns schon wieder hinaus.«

»Ach, Mr. Wilkes«, sagte sie ganz verzweifelt und hielt seine Hand fest, »bleiben Sie doch hier! Warum müssen Sie denn mit?«

»Ei, Sie halten mich wohl für zu alt?« lächelte er, und es war Ashley Lächeln auf seinem alten Gesicht. »Vielleicht bin ich zu alt zum Marschieren, aber zum Reiten und zum Schießen bin ich es nicht. Mrs. Tarleton war so freundlich, mir Nellie zu leihen, also habe ich ein gutes Pferd. Hoffentlich stößt ihr nichts zu, denn dann möchte ich Mrs. Tarleton nicht wieder unter die Augen treten. Es war ihr letztes Pferd im Stall.« Jetzt lachte er wieder, um sie zu beruhigen. »Mutter, Vater und den Mädchen geht es gut, und alle lassen herzlich grüßen. Beinahe wäre auch Ihr Vater mitgekommen.«

»Nein, nein!« rief Scarlett voller Schrecken. »Nicht Pa! Pa geht doch nicht in den Krieg?«

»Er wollte es. Natürlich kann er mit seinem steifen Knie nicht weit gehen, aber er wollte durchaus mit uns reiten. Ihre Mutter wollte nur unter der Bedingung einwilligen, daß er über den Wiesenzaun springen könnte, denn bei der Armee, meinte sie, würde scharf geritten. Ihr Vater hielt das für eine Kleinigkeit, aber – wollen Sie es mir glauben? – als das Pferd an den Zaun kam, bockte es und stieg, und Ihr Vater stürzte kopfüber ins Feld. Ein Wunder, daß er sich nicht das Genick brach. Sie kennen seinen Eigensinn. Denken Sie, Scarlett, er ist dreimal gestürzt, ehe Mrs. O'Hara und Pork ihn zu Bett bringen durften. Er war ganz aus dem Häuschen und schwor, Ihre Mutter habe dem Gaul ein Wörtlein ins Ohr gesagt. Nein, er ist nicht felddienstfähig. Sie brauchen sich seiner nicht zu schämen. Schließlich muß ja auch jemand zu Hause bleiben und das Land bestellen.«

Scarlett schämte sich durchaus nicht, sondern fühlte sich nur von Herzen erleichtert.

»Ich habe India und Honey nach Macon zu Burrs geschickt, und Mr. O'Hara kümmert sich um Twelve Oaks ebenso wie um Tara. Ich muß weiter, liebes Kind, lassen Sie mich Ihr hübsches Gesichtchen küssen.«

Scarlett bot ihm die Lippen. Es würgte ihr im Hals. Sie hatte Mr. Wilkes so lieb. Vor langer Zeit hatte sie gehofft, seine Schwiegertochter zu werden.

»Diesen Kuß müssen Sie Pittypat und diesen Melanie weitergeben«, sagte er und küßte sie noch zweimal. »Wie geht es Melanie?«

»Gut.«

Seine Augen schauten gleich denen Ashleys wie durch sie hindurch in etwas Jenseitiges. Es waren unerreichbare, ferne graue Augen, die in eine andere Welt blickten. »Ich hätte gern mein erstes Enkelkind gesehen. Leben Sie wohl, Kind.«

Er schwang sich auf Nellies Rücken und entfernte sich in leichtem Galopp, den Hut in der Hand, das unbedeckte Silberhaar dem Regen preisgegeben. Scarlett war schon wieder bei Maybelle und Mrs. Meade, als seine letzten Worte ihr in ihrer ganzen Schwere aufgingen. Da bekreuzigte sie sich in abergläubischer Furcht und versuchte, ein Gebet zu sprechen. Wie Ashley hatte er vom Tod gesprochen, und Ashley war jetzt ... Nie sollte jemand vom Tode sprechen! Das hieß die Vorsehung herausfordern. Als die drei Frauen schweigend durch den Regen ins Lazarett zurückkehrten, betete Scarlett: »Nicht auch noch ihn, o Gott, nicht ihn und Ashley!«

Der Rückzug von Dalton nach Kennesaw Mountain hatte von Anfang Mai bis Mitte Juni gedauert, und als die heißen Regentage des Juni vorüber waren und Sherman die Konföderierten noch immer nicht aus ihren steilen, schlüpfrigen Hängen hatte vertreiben können, erhob die Hoffnung von neuem ihr Haupt. Man war wieder zuversichtlicher und sprach freundlicher vom alten Joe, und als aus dem nassen Juni ein noch nasserer Juli wurde und die Konföderierten in verzweifeltem Kampf um ihre befestigten Höhen Sherman noch immer in Schach hielten, ergriff eine wilde Fröhlichkeit die Stadt. Die Hoffnung stieg den Leuten wie Sekt zu Kopf. Eine wahre Seuche von Gesellschaften und Vergnügungen brach aus. Für jeden Soldaten, der für einen Abend nach Hause kam, wurden Essen gegeben und Bälle veranstaltet, und die Mädchen, von denen zehn auf einen Mann kamen, machten viel Aufhebens um ihn und stritten sich, mit ihm zu tanzen.

Atlanta war überfüllt von Besuchern, von Flüchtlingen, von Angehörigen der Verwundeten in den Lazaretten, von Frauen und Müttern derer, die draußen in den Bergen standen: sie wollten für den Fall einer Verwundung ihres Gatten oder Sohnes in seiner Nähe sein. Dazu kamen in Scharen all die jungen Töchter von den Plantagen, wo die noch vorhandenen Männer entweder über sechzig oder unter sechzehn Jahren zählten, in die Stadt herein. Tante Pitty mißbilligte das sehr. Sie war überzeugt, sie alle seien einzig und allein nach Atlanta gekommen, um einen Mann zum Heiraten zu erwischen, und fragte sich angesichts solcher Schamlosigkeit, was aus alledem noch werden sollte. Auch Scarlett war damit nicht einverstanden. Ihr lag nichts an dem lebhaften Wettbewerb jener Sechzehnjährigen, über deren frische, strahlende Gesichter man die zwiefach gewendeten Kleider und die geflickten Schuhe vergaß. Ihre eigenen Kleider waren hübscher und neuer als die der anderen, dank den Stoffen, die Rhett Butler wieder einmal mitgebracht hatte. Aber sie war immerhin neunzehn Jahre alt. Die Männer rissen sich um die blutjungen Dinger. Eine Witwe mit einem Kind war gegen diese Mädel im Nachteil. Aber doch lasteten Witwentum und Mutterschaft jetzt weniger schwer auf ihr als sonst. Zwischen den Lazarettpflichten am Tage und den Gesellschaften in der Nacht bekam sie Wade kaum zu Gesicht. Manchmal vergaß sie ganz, daß sie ein Kind hatte.

In den warmen, feuchten Sommernächten standen alle Häuser in Atlanta den Verteidigern der Stadt weit offen. Von der Washingtonstraße bis zur Pfirsichstraße erstrahlten sie alle im Lichterglanz, wenn die schmutzigen Kämpfer aus den Schützengräben bewirtet wurden, und der Klang der Banjos und Geigen, das Schurren tanzender Füße und das helle Gelächter schollen weithin durch die Nachtluft. Gruppen standen am Flügel und sangen mit Inbrunst die traurigen Verse: »Wohl kam dein Brief, doch ach, er kam zu spät«, während ein abgerissener Galan das Mädchen, das ihm hinterm Truthahnfächer zulachte, bedeutsam ansah und bat, es möge nicht warten, bis es zu spät sei. Soweit es auf die Mädchen ankam, wartete keines. Auf dem Strom überspannter Fröhlichkeit und Erregung, der die Stadt durchflutete, trieben sie in die Ehe. In den Monaten, die Johnston den Feind bei Kennesaw Mountain festhielt, fanden viele Hochzeiten statt, bei denen der einzige Schmuck der Braut ihr errötendes Glück und der rasch zusammengeborgte Staat von einem Dutzend Freundinnen war und der des Bräutigams nur aus dem Säbel bestand, der ihm gegen die ausgeflickten Knie klapperte. Ach, all die Aufregung, all die Gesellschaften und all die bebenden Herzen! Hurra! Johnston hat zweiundzwanzig Meilen von Atlanta die Yankees zum Stehen gebracht!

Ja, die Front von Kennesaw Mountain war unüberwindlich. Nach fünfundzwanzigtägigem Kampf mußte sich auch General Sherman davon überzeugen, denn seine Verluste waren ungeheuer. Anstatt nochmals anzugreifen, ließ er seine Armee wieder in einem großen Bogen schwenken und versuchte, sich zwischen den Gegner und Atlanta zu schieben. Wieder errang seine Kriegskunst einen Erfolg. Johnston sah sich gezwungen, die Höhen, die er so tapfer gehalten hatte, zu verlassen, um seine Rückzugslinie zu decken. Ein Drittel seiner Leute hatte er verloren. Der Rest schlich im Regen müde durch das Land, dem Chattahoocheeflusse zu. Die Konföderierten konnten keine Verstärkungen mehr erwarten, während die Eisenbahn von Tennessee nach Süden bis an das Kampfgebiet jetzt in den Händen der Yankees war und diesen täglich frische Truppen und Kriegsmaterial zuführte. Die grauen Reihen zogen sich durch die sumpfigen Felder zurück, zurück nach Atlanta.

Als die für uneinnehmbar gehaltenen Stellungen verlorengegangen waren, brach eine neue Woge des Schreckens über die Bevölkerung herein. Fünfundzwanzig wilde, glückliche Tage lang hatte jeder dem andern versichert, dies könne sich unmöglich ereignen. Nun war es geschehen. Aber der General stellte sich den Yankees jetzt sicher am jenseitigen Ufer, wenn auch der Fluß weiß Gott nahe genug war, nur sieben Meilen von der Stadt entfernt.

Sherman jedoch ging stromaufwärts über den Fluß und fiel den müden grauen Kolonnen abermals in die Flanke. Hals über Kopf mußten sie durch das gelbe Wasser, um sich von neuem zwischen Atlanta und den Feind zu schieben.

In aller Eile gruben sie sich nördlich der Stadt im Tal des Pfirsichbaches in flache Gräben ein. In Atlanta herrschte die Panik der Todesangst. Kampf und Rückzug, Rückzug und Kampf. Jede Stunde brachte die Yankees näher an die Stadt heran. Der Pfirsichbach war nur noch fünf Meilen weit weg.

Der Schrei nach dem Manne, der standhält und kämpft, drang sogar bis nach Richmond. Richmond wußte, daß mit Atlanta der Krieg verloren war, und nachdem das Heer den Chattahoochee überschritten hatte, wurde dem General Johnston der Oberbefehl entzogen. General Hood, einer seiner Korpskommandeure, wurde Armeeführer. Die Stadt Atlanta atmete ein wenig ruhiger. Der hochgewachsene Mann aus Kentucky mit dem wehenden Bart und den blitzenden Augen, der als eine wahre Bulldogge galt, würde nicht zurückweichen. Er würde die Yankees vom Bach zum Fluß und vom Fluß zur Straße und von der Straße zum Gebirge und Schritt für Schritt bis nach Dalton zurückdrängen. Aber die Armee rief: »Gebt uns unseren alten Joe wieder!« Sie war mit ihm all die mühseligen Meilen von Dalton rückwärts marschiert und kannte, was die Zivilisten nicht kannten: die ungeheure Übermacht des Gegners.

Sherman wartete nicht, bis Hood zum Angriff fertig war. Einen Tag nach dem Wechsel im Oberbefehl nahm er mit einem raschen Handstreich das Städtchen Decatur, sechs Meilen vor Atlanta, und schnitt die Eisenbahn ab, die Atlanta mit Augusta, Charleston, Wilmington und Virginia verband. Damit hatte er den Konföderierten einen vernichtenden Schlag versetzt. Jetzt wurde es Zeit, zu handeln. Atlanta schrie nach der Tat.

In der dampfenden Hitze eines Julinachmittags bekam Atlanta seinen Willen. General Hood begnügte sich nicht mit der Verteidigung. Beim Pfirsichbach griff er die Yankees ingrimmig an und warf seine Leute aus den Schützengräben gegen die blauen Reihen, die doppelt so stark wie die seinen waren. In angstvollem Gebet horchten die Bewohner der Stadt auf das Dröhnen der Kanonen und das tausendstimmige Knattern der Gewehre, das so laut klang, als käme es aus dem nächsten Häuserblock. Man konnte sogar die Batterien rumpeln hören und den Rauch sehen, der wie niedrig hängende Wolken durch die Bäume schwebte. Aber stundenlang wußte niemand, wie die Schlacht stand.

Am späten Nachmittag trafen die ersten ungewissen und widerspruchsvollen Nachrichten mit den Leuten ein, die zu Beginn der Schlacht verwundet worden waren. Tropfenweise kamen sie jetzt herein, einzeln und in Gruppen, die leichter Verwundeten stützten die Humpelnden und Taumelnden. Bald war es ein ununterbrochener Strom, der den Schmerzensweg in die Stadt zum Lazarett dahinzog. Die Gesichter von Staub, Pulver und Schweiß so schwarz wie die von Negern, die Wunden unverbunden und blutüberkrustet, und alle von dichten Fliegenschwärmen gepeinigt.

Tante Pittys Haus gehörte zu den ersten, das die Verwundeten erreichten, wenn sie sich vom Norden her zur Stadt hereinschleppten. Einer nach dem andern taumelte gegen die Pforte, brach auf dem Rasen zusammen und ächzte: »Wasser!«

Den ganzen glühendheißen Nachmittag hindurch standen Pittypat und ihre Hausgenossen, Weiße und Schwarze, mit Eimern voll Wasser und Verbandzeug in der Sonne, flößten Getränke ein und verbanden Wunden, bis keine Bandagen mehr da waren und auch die zerrissenen Laken und Handtücher aufgebraucht waren. Tante Pitty hatte völlig vergessen, daß es ihr immer schwarz vor den Augen wurde, sobald sie Blut sah, und sie arbeitete, bis die Füßchen in den zu kleinen Schuhen sie nicht länger mehr trugen. Sogar Melanie vergaß die Scham ihrer Schwangerschaft und arbeitete fieberhaft mit Prissy, Cookie und Scarlett, bis ihre Gesichtszüge einfielen wie die der Verwundeten. Als sie schließlich zusammenbrach, war nur noch auf dem Küchentisch für sie Platz, denn jedes Bett und jeder Stuhl im Hause war mit Verwundeten besetzt.

Inmitten all der Unruhe hockte der kleine Wade vergessen hinter dem Treppengeländer und spähte wie ein gefangenes Kaninchen mit großen, angstvollen Augen auf den Rasen hinunter, lutschte am Daumen und hatte seinen Schluckauf. Einmal erblickte Scarlett ihn und rief ihm ungehalten zu: »Geh nach hinten in den Garten, Wade, und spiel!«

Aber er war von den wüsten Szenen, die sich vor seinen Augen abspielten, so gebannt, daß er nicht gehorchte.

Überall auf dem Rasen lagen die Leute ausgestreckt, zu erschöpft, um weiterzugehen, und von ihren Wunden so geschwächt, daß die sich nicht zu rühren vermochten. Onkel Peter lud sie dann in die Equipage und fuhr sie ins Lazarett, und so ging es immer hin und her, hin und her, bis das alte Pferd von Schaum bedeckt war. Auch Mrs. Meade und Mrs. Merriwether stellten ihre Wagen zur Verfügung, die nun ebenfalls hin- und herfuhren, und die Federn bogen sich unter dem Gewicht der Verwundeten.

Später kamen dann in der Dämmerung die Ambulanzen und die mit schmutzigen Planen bedeckten Intendanturwagen vom Schlachtfeld her die Straße herangerumpelt. Ihnen folgten Bauernwagen, Ochsenkarren und Privatequipagen, die man requiriert hatte. Sie polterten über die höckerige Straße, vollgepackt mit Verwundeten und Sterbenden, am Hause vorbei, und das Blut tropfte in den roten Staub. Beim Anblick der Frauen mit den Eimern und Schöpfkellen hielten die Fuhrwerke an, und der ganze Chor ächzte und wimmerte durcheinander: »Wasser! Wasser!« Scarlett hielt die schwankenden Köpfe, damit die verdorrten Lippen trinken konnten, goß Wasser über staubige, fiebernde Stirnen und in offene Wunden hinein, damit die Leute für einen kurzen Augenblick Linderung verspürten. Sie stellte sich auf die Zehenspitzen, um den Fahrern zur Erquickung die Schöpfkelle zu reichen, und fragte jeden einzelnen, das Herz in der Kehle: »Wie steht es, wie steht es?«

Und immer kam die Antwort: »Weiß nicht, meine Dame, man kann noch nichts sagen!«

Die Nacht brach an, es war schwül, und kein Lüftchen regte sich. Die flammenden Kienspäne in den Händen der Neger machten die Luft noch heißer. Der Staub verstopfte Scarlett die Nase und dörrte ihr die Lippen. Ihr lavendelblaues Kattunkleid, das sie am Morgen frisch gewaschen angezogen hatte, war jetzt über und über von Schweiß und Schmutz und Blut besudelt. Das also hatte Ashley gemeint, als er schrieb, Krieg wäre nicht Ruhm, sondern Elend und Schmutz.

In ihrer Ermüdung erschien ihr das ganze Bild wie ein unwirklicher, böser Traum. Denn wenn dies alles Wirklichkeit war, dann war die Welt irrsinnig geworden. Wenn es aber nicht Wirklichkeit war, warum stand sie denn hier in Tante Pittys friedlichem Vorgarten zwischen flackernden Lichtern und goß Wasser über sterbende junge Männer? So viele von ihnen waren ihre Verehrer gewesen und versuchten zu lächeln, wenn sie sie erblickten. So viele vertraute Gefährten ihrer Jugend kamen diese dunkle staubige Straße herunter, so viele starben vor ihren Augen, das blutige Antlitz von Mücken umschwärmt. So viele, mit denen sie getanzt und gelacht, denen sie vorgespielt und vorgesungen, die sie geneckt, getröstet und – ein wenig – auch geliebt hatte.

Carey Ashburn lag inmitten eines Haufens anderer Verwundeter zuunterst auf einem Ochsenwagen, nach einem Kopfschuß kaum noch am Leben. Aber sie konnte ihn nicht herauszerren, ohne sechs andere Leidensgefährten zu behelligen. Deshalb ließ sie ihn ins Hospital weiterfahren. Später erfuhr sie, er sei gestorben, ehe ihn überhaupt ein Arzt zu sehen bekam, und irgendwo begraben worden, niemand wußte genau, an welcher Stelle. In diesen Tagen waren Unzählige in eilig geschaufelten, flachen Gräbern auf dem Oaklandfriedhof eingesenkt worden. Melanie empfand es bitter, daß sie keine Locke von Careys Haar hatte abschneiden und seiner Mutter nach Alabama schicken können.

Als die schwüle Nacht weiter vorrückte und der Rücken ihnen schmerzte und die Knie vor Erschöpfung zitterten, riefen Scarlett und Pitty immer noch Soldaten um Soldaten an: »Wie steht es, wie steht es?«

Und als die endlosen Stunden weiterschlichen, bekamen sie andere Antworten und sahen einander erbleichend an:

»Wir weichen zurück.« – »Sie sind zu Tausenden in der Übermacht.« – »Sie haben Wheelers Reiterei bei Decatur abgeschnitten.« – »Bald sind wir nun alle in der Stadt.«

Scarlett und Pitty packten einander am Arm, um sich zu stützen. »Ja, und kommen nun die Yankees?«

»Ja, sie kommen, aber herein kommen sie nicht, meine Dame.« – »Keine Sorge, Fräulein, Atlanta bekommen sie nicht.« – »Nein, wir haben tausend Befestigungen um die Stadt.« – »Der alte Joe hat gesagt: ›Ich kann Atlanta ewig halten.‹« – »Aber wir haben den alten Joe nicht mehr.« – »Warum sind die Damen nicht nach Macon gegangen oder irgendwohin, wo es sicher ist?« – »Die Yankees kriegen Atlanta nicht, aber solange sie es versuchen, ist es für die Damen nicht gut hier drinnen.« – »Sie werden uns gewaltig beschießen.«

Am nächsten Tag strömte die geschlagene Armee im warmen dampfenden Regen durch Atlanta, von Hunger und Müdigkeit durch sechsundsiebzig Tage Kampf und Rückzug zu Tode erschöpft. Ihre Pferde glichen verhungerten Vogelscheuchen. Kanonen und Munitionswagen waren mit Tauenden und Streifen ungegerbten Leders angeschirrt. Sie kamen aber nicht als ein zuchtloser Haufe, sondern marschierten in guter Ordnung, und ihre zerfetzten roten Schlachtfahnen wehten im Regen. Unter dem alten Joe hatten sie gelernt, wie man sich zurückzieht; er hatte den Rückzug zu einer ebenso vollendeten strategischen Meisterleistung gemacht wie den Vormarsch. Diese bärtigen, zerlumpten Kolonnen marschierten mit dem Gesang des Liedes »Maryland, mein Maryland« auf den Lippen die Pfirsichstraße hinunter. Die ganze Stadt war auf den Beinen und jubelte ihnen zu. Ob Sieg, ob Niederlage, es waren ihre Jungens.

Der Landsturm, der noch so kurz zuvor in glänzenden, neuen Uniformen ausgezogen war, unterschied sich jetzt kaum noch von den kampferprobten alten Truppen, so schmutzig und zerrissen sah auch er aus. Die Augen der Leute hatten einen neuen Blick bekommen. Die drei Jahre, in denen sie für sich selbst nach Entschuldigungen gesucht hatten, warum sie nicht an der Front waren, lagen jetzt hinter ihnen. Sie hatten die Sicherheit daheim gegen die Strapazen des Schlachtfeldes eingetauscht und manche ein leichtes Leben gegen einen schweren Tod. Jetzt waren sie Veteranen, wenn auch nach gar kurzem Dienst, und hatten sich bewährt. Sie suchten in der Menge nach befreundeten Gesichtern und blickten ihnen stolz und trotzig ins Auge. Jetzt durften auch sie den Kopf hoch tragen.

Die alten Männer und die großen Knaben aus der Landwehr marschierten vorbei, die Graubärte fast zu matt, die Füße voranzusetzen, die Knaben mit dem Ausdruck müder Kinder, die zu früh den Problemen der Großen ins Gesicht sehen müssen. Scarlett erblickte Phil Meade und erkannte ihn kaum, so geschwärzt waren seine Züge von Pulver und Ruß, so verfallen vor Anstrengung und Müdigkeit. Onkel Henry humpelte ohne Hut im Regen vorbei, sein Kopf schaute durch ein Loch aus einem Stück alten Ölzeuges hervor. Großpapa Merriwether kam auf einer Lafette gefahren, die bloßen Füße in die Lumpen einer alten Decke gewickelt. Aber so eifrig sie suchte, von John Wilkes war keine Spur ausfindig zu machen.

Johnstons Veteranen indessen zogen mit jenen unermüdlichen, lässigen Schritten vorüber, die sie durch den Feldzug dreier Jahre getragen hatten, und legten noch so viel Lebensmut an den Tag, den hübschen Mädchen zuzuwinken und zuzulachen und Männern, die nicht in Uniform waren, derbe Schimpfworte nachzurufen. Sie waren auf dem Wege zu den Befestigungen, die die Stadt umringten. Dies waren keine flachen, eilig aufgeworfenen Schützengräben mehr, sondern brusthohe Erdwälle, mit Sandsäcken verstärkt und von Palisaden überhöht. Meile um Meile umgaben diese Bastionen die Stadt und warteten der Männer, die sie füllen sollten.

Die Einwohner boten den Truppen ein so begeistertes Willkommen wie nach einem Siege. In jedem Herzen wachte die Angst, aber seitdem man die Wahrheit wußte, seitdem das Schlimmste geschehen und der Krieg in ihre Vordergärten eingedrungen war, hatte die Stadt sich gewandelt. Nichts war mehr von Panik, nichts von überspannter Erregung zu spüren. Was auch in den Herzen wohnen mochte, auf den Gesichtern zeigte sich nichts. Jeder schaute zuversichtlich drein, auch wenn ihn seine Zuversicht verzweifelte Mühe kostete. Jeder suchte den Truppen ein mutiges, vertrauensvolles Gesicht zu zeigen. Was der alte Joe gesagt hatte, kurz bevor ihm der Oberbefehl genommen wurde, ging von Mund zu Mund: »Ich kann Atlanta ewig halten.«

Seit Hoods Niederlage wünschten sie sich alle, Soldaten und Zivilisten, den alten Joe zurück. Aber sie sagten es nicht und machten sich Mut mit seinen Worten: »Ich kann Atlanta ewig halten.«

Die vorsichtige Taktik des alten Joe war Hoods Sache nicht. Er griff die Yankees im Osten und er griff sie im Westen an. Sherman umkreiste die Stadt wie ein Ringer, der den Körper des Gegners aufs neue zu packen sucht, aber Hood wartete ihn nicht in seinen Unterständen ab. Er kam kühn aus den Stellungen hervor und fiel wütend über die Yankees her. Im Verlaufe weniger Tage wurden die Schlachten bei Atlanta und bei der Esrakirche geschlagen, beides größere Kampfhandlungen, neben denen das Treffen am Pfirsichbach sich wie ein Scharmützel ausnahm.

Die Yankees hatten schwere Verluste erlitten, aber sie konnten es sich leisten, immer von neuem zu stürmen, und dabei überschütteten ihre Geschütze Atlanta mit Granaten, erschlugen die Leute in ihren Häusern, rissen die Dächer ab und wühlten riesige Krater ins Straßenpflaster. Die Bewohner suchten, so gut sie konnten, Schutz in Kellern und Erdlöchern und in flachen Tunneln, die in die Eisenbahndämme gegraben wurden. In Atlanta herrschte Belagerungszustand. Elf Tage nach der Übernahme des Oberbefehls hatte General Hood bereits fast ebensoviel Verluste wie Johnston nach vierundsiebzig Tagen Kampf und Rückzug zu verzeichnen, und Atlanta war von drei Seiten eingeschlossen.

Die Eisenbahn nach Tennessee war jetzt in ihrer ganzen Länge in Shermans Händen. Seine Front lief auch quer über die Bahn nach dem Osten, und außerdem hatte er die Linie, die von Südwesten auf Atlanta zulief, abgeschnitten. Nur ein einziger Schienenstrang, der südliche, nach Macon und Savannah, lag noch frei. Die gepeinigte Stadt war von Soldaten, Verwundeten und Flüchtlingen überschwemmt. Die einzige Bahnlinie konnte selbst die notwendigsten Bedürfnisse bei weitem nicht befriedigen. Aber solange sie gehalten wurde, vermochte Atlanta noch standzuhalten.

Scarlett erschrak, als sie begriff, wie wichtig diese Strecke jetzt geworden war, wie heftig Sherman darum kämpfte, und wie verzweifelt Hood sie verteidigen mußte. Das war die Linie, die durch die Provinz, durch Jonesboro führte. Und Tara lag nur fünf Meilen von Jonesboro entfernt! Tara erschien ihr wie ein Hafen des Friedens im Vergleich mit der grauenhaften Hölle von Atlanta, aber Tara lag nur fünf Meilen von Jonesboro entfernt!

Mit vielen anderen Damen zusammen saß auch Scarlett im Schatten ihres winzigen Sonnenschirms auf dem flachen Dach eines Kaufhauses und sah am Tage der Schlacht bei Atlanta dem Kampfe zu. Aber als die ersten Granaten in die Straße fielen, flohen alle in die Keller, und in der Nacht begann der Auszug von Frauen, Kindern und alten Leuten aus der Stadt. Sie wollten nach Macon. Viele von denen, die in jener Nacht den Zug bestiegen, waren schon fünf- und sechsmal vorher geflohen, während Johnston seinen Rückzug von Dalton vollzog. Ihr Gepäck war jetzt leichter als bei ihrer Ankunft in Atlanta. Viele hatten nur eine Reisetasche und ein spärliches Frühstück, in ein Taschentuch geknotet, bei sich. Hier und da trugen angstvolle Dienstboten silberne Kannen, Messer und Gabeln oder ein paar Familienbilder, die bei der ersten Flucht gerettet worden waren.

Mrs. Merriwether und Mrs. Elsing weigerten sich, die Stadt zu verlassen. Sie wurden im Lazarett gebraucht und erklärten, sie hätten keine Angst und kein Yankee sollte sie aus dem Hause jagen. Aber Maybelle mit ihrem Kindchen und Fanny Elsing gingen nach Macon. Mrs. Meade war zum erstenmal in ihrer Ehe ungehorsam und schlug es ihrem Manne rundweg ab, sich in Sicherheit zu bringen. Sie werde gebraucht, sagte sie. Außerdem lag Phil irgendwo im Schützengraben, und in seiner Nähe wollte sie bleiben.

Aber Mrs. Whiting und viele andere Damen aus Scarletts Kreise reisten ab. Pitty war unter den ersten gewesen, die über den alten Joe wegen seiner Rückzugstaktik herfielen; nun war sie auch unter den ersten, die die Koffer packten. Sie habe zarte Nerven, sagte sie, und könne den Lärm nicht vertragen. Bei einer Explosion könne sie wohl gar in Ohnmacht fallen und nicht mehr rechtzeitig in den Keller gelangen. Nein, Angst habe sie nicht. Ihr kindliches Mündchen suchte sich mit wenig Erfolg den Anblick einer kriegerischen Festigkeit zu geben. Sie wollte aber doch lieber nach Macon, zu ihrer Cousine, der alten Mrs. Burr, und die Mädchen sollten mitkommen. Scarlett wollte nicht. Wohl hatte sie Angst vor den Granaten, aber sie konnte die alte Mrs. Burr auf den Tod nicht ausstehen. Vor Jahren hatte Mrs. Burr einmal gesagt, sie sei »schamlos«, weil sie sie dabei ertappte, wie sie auf einer Gesellschaft bei Wilkes ihren Sohn Willie küßte. »Nein«, sagte sie zu Tante Pitty, »ich fahre heim nach Tara, und Melly kann mit dir nach Macon gehen.«

Bei diesen Worten fing Melly angstvoll und herzzerreißend zu weinen an. Als darauf Tante Pitty entfloh, um Dr. Meade zu holen, ergriff Melanie Scarletts Hand und flehte: »Liebes, verlaß mich nicht, geh nicht nach Tara! Ich bin ohne dich so einsam. Ach, Scarlett, bleib bei mir, bis das Kind kommt. Ich weiß ja, ich habe Tante Pitty, aber sie hat doch nie ein Kind gehabt, und manchmal fällt sie mir so auf die Nerven, daß ich schreien möchte. Laß mich nicht allein, du bist mir wie eine Schwester, und ... hast du nicht auch Ashley versprochen, für mich zu sorgen? Er sagte mir, er wolle dich darum bitten.«

Scarlett blickte sie verwundert an. Wie war es nur möglich, daß diese Frau, für die sie so wenig übrig hatte, sie so liebte! Wie konnte Melly so blind sein, dem Geheimnis ihrer Liebe zu Ashley nicht auf die Spur zu kommen? Hatte sie sich in diesen qualvollen Monaten, wenn sie auf Nachrichten von ihm wartete, nicht tausendmal verraten? Aber Melanie merkte nichts, sie sah immer nur das Gute. Ja, Scarlett hatte Ashley versprochen, sich seiner Frau anzunehmen. Nun war die Stunde gekommen, das Versprechen einzulösen.

»Gut«, sagte sie kurz, »ich halte mein Wort. Aber nach Macon will ich nicht, denn ich würde der alten Burr nach fünf Minuten die Augen auskratzen. Ich gehe nach Tara, und du kannst mitkommen. Mutter würde sich sehr freuen.«

Dr. Meade kam ganz außer Atem und erwartete, Melanie bereits in den ersten Wehen zu finden, so dringend hatte Tante Pitty ihn gerufen. Jetzt war er sehr ernstlich böse und verhehlte es nicht. Als er den Grund der Aufregung erfuhr, entschied er die Frage mit Worten, die keinen Widerspruch mehr duldeten: »Eine Reise nach Macon ist für Sie ganz ausgeschlossen, Miß Melly, ich übernehme keine Verantwortung für Sie, wenn Sie fahren. Die Züge sind überfüllt und unsicher, oft genug werden die Passagiere irgendwo im Walde abgesetzt, wenn die Wagen für Truppen oder Kriegsmaterial gebraucht werden, und in Ihrem Zustand ...«

»Aber wenn ich mit Scarlett nach Tara ginge?«

»Sie dürfen nicht von hier weg. Die Fahrt nach Tara wäre nicht anders als die nach Macon. Außerdem weiß niemand genau, wo die Yankees eigentlich stecken. Sie sind überall und nirgends. Ihr Zug kann angehalten werden, und selbst wenn Sie heil bis Jonesboro kommen, haben Sie immer noch fünf Meilen schlechter Straße vor sich, ehe Sie in Tara sind. Das ist keine Reise für eine Frau in anderen Umständen. Außerdem ist kein Arzt mehr in der Provinz, seitdem auch der alte Dr. Fontaine zur Armee gegangen ist.«

»Aber es gibt doch Hebammen ...«

»Ich spreche von einem Arzt«, antwortete er schroff. Seine Augen glitten über ihren allzu zarten Körper. »Ich sage Ihnen, Sie dürfen nicht reisen. Sie wollen doch Ihr Kind nicht im Zug oder in der Kutsche bekommen, nicht wahr?«

Vor so viel ärztlichem Freimut schwiegen die Damen betreten.

»Sie bleiben hier unter meiner Aufsicht und gehen zu Bett. Es gibt auch kein Treppenlaufen in den Keller und wieder zurück, und sollten die Granaten schnurstracks zum Fenster hereinfliegen. So groß ist die Gefahr schließlich hier nicht. Bald haben wir ja die Yankees zurückgeschlagen. So, Miß Pitty, nun also auf nach Macon, und die jungen Damen lassen Sie hier!«

»Ohne Aufsicht?« Pittypat war entgeistert.

»Es sind ja erwachsene Frauen«, rief der Doktor, »und Mrs. Meade wohnt nur zwei Häuser weiter! In Miß Mellys Zustand empfangen sie ja wohl ohnehin keinen Männerbesuch. Gott im Himmel, Miß Pitty, es sind Kriegszeiten. Wir können jetzt nicht daran denken, was sich schickt und was nicht.«

Er stapfte aus dem Zimmer und wartete an der Haustür, bis Scarlett ihm nachkam.

»Ich will offen mit Ihnen reden, Miß Scarlett«, fing er an und zog an seinem grauen Bart. »Sie sind doch wohl ein vernünftiges Frauenzimmerchen, deshalb verschonen Sie mich bitte mit Ihrem Rotwerden. Ich will nichts mehr davon hören, daß Miß Melly abreist. Sie würde die Fahrt nicht überstehen. Sie hat eine schwere Entbindung vor sich. Ohne die Zange wird es nicht abgehen. Ich will nicht, daß eine schwarze Hebamme an ihr herumpfuscht. Frauen wie sie dürfen überhaupt keine Kinder haben. Packen Sie also Miß Pittys Koffer und schicken Sie sie nach Macon, denn sie hat ein solches Hasenherz, daß sie nur schädliche Aufregung verursacht. Aber von Ihrer

Reise nach Hause, Miß Scarlett, will ich auch nichts mehr hören.« Er blickte sie fest und durchdringend an. »Sie bleiben bei Miß Melly, bis das Kind kommt. Keine Angst, was?«

»Aber nein«, log Scarlett tapfer.

»Brav! Mrs. Meade hilft Ihnen gern, sooft Sie sie brauchen. Ich schicke Ihnen die alte Betsy zum Kochen, wenn Miß Pitty ihre Dienstboten mitnehmen will. Es ist ja nicht auf lange Zeit. Das Kind sollte in fünf Wochen dasein, aber bei all der Aufregung kann es jeden Tag kommen.«

Tante Pitty zog also unter Tränenfluten nach Macon und nahm Onkel Peter und Cookie mit. Equipage und Pferd stiftete sie in einer Anwandlung von Patriotismus dem Lazarett, bereute es aber sofort, was noch mehr Tränen kostete. Scarlett und Melanie blieben mit Wade und Prissy in dem Hause zurück, das nun, trotz der fortwährenden Beschießung, weit ruhiger war als vorher.

XIX

In den ersten Tagen der Belagerung hatte Scarlett vor den explodierenden Granaten solche Angst, daß sie sich nur die Ohren zuhalten und hilflos niederkauern konnte; jeden Augenblick erwartete sie, in die Ewigkeit hineingesprengt zu werden. Wenn sie das Pfeifen und Krachen hörte, das den Einschlag begleitete, stürzte sie in Mellys Zimmer und warf sich neben sie aufs Bett, und die beiden umklammerten sich und versteckten die Köpfe im Kissen, während Prissy und Wade in den Keller liefen und sich in den spinnwebüberzogenen Ecken niederkauerten, Prissy aus Leibeskräften jaulend, Wade schluchzend und schluckend.

Scarlett erstickte fast in den Kissen, während kreischend der Tod über sie hinzog, und verwünschte im stillen Melanie, die sie von dem sicheren Bereich des Kellers fernhielt. Aber der Doktor hatte Melanie verboten aufzustehen, und Scarlett mußte bei ihr bleiben. Zu der Todesfurcht kam die nicht minder schreckliche Angst, daß Melanies Kind jeden Augenblick kommen könnte. Scarlett brach der Schweiß aus allen Poren, sooft sie nur daran dachte. Was sollte sie tun, wenn die Wehen eintraten? Lieber ließ sie Melanie umkommen, als auf die Straße zu laufen und den Doktor zu holen, während die Granaten wie ein Aprilregen fielen. Prissy aber würde sie zu Tode prügeln können, ehe die sich hinauswagte. Als sie jedoch eines Abends leise mit ihr darüber sprach, kamen zu ihrem Erstaunen aus Prissys Munde beruhigende Worte.

»Miß Scarlett, wenn es mit Miß Melly soweit ist, regen sich nicht auf, selbst wenn wir Doktor nicht holen können, mich bin schon mit allem allein fertig, mich mit allem bei Geburt sehr, sehr gut Bescheid weiß, Ma sein doch sehr, sehr gute Hebamme, mich auch dazu erzogen später Hebamme werden, das überlassen Miß Scarlett nur immer Prissy.«

Seitdem sie wußte, daß erfahrene Hände in der Nähe seien, war Scarlett ruhiger geworden. Trotzdem aber wünschte sie, alles erst überstanden zu haben. Sie verspürte ein sehnliches Verlangen, den schrecklichen Granaten zu entfliehen und nach Hause auf das ruhige Tara zu gehen, und Abend für Abend betete sie, das Kind möge endlich kommen. Dann hatte sie ihr Versprechen eingelöst und konnte Atlanta verlassen.

Sie sehnte sich so schmerzlich wie noch nie im Leben nach Hause und nach ihrer Mutter. Allabendlich ging sie mit dem Vorsatz zu Bett, am Morgen Melanie zu sagen, sie halte es nicht mehr aus und müsse nach Hause, und Melanie müsse hinüber zu Mrs. Meade. Aber dann tauchte vor ihr Ashleys Gesicht auf, wie sie es zuletzt gesehen hatte, und sie hörte seine Worte in ihren Ohren klingen: »Du sorgst für Melanie, nicht wahr? Du bist so stark ... Versprich es mir.« Irgendwo lag er nun, vielleicht tot. Aber wo er auch sein mochte, er sah sie und nahm sie beim Wort. Weder dem Lebenden noch dem Toten konnte sie die Treue brechen, und Tag für Tag blieb sie da. Ellens Briefe, die sie nach Hause riefen, beantwortete sie, indem sie die Gefahren der Belagerung als geringfügig hinstellte, Melanies schwierige Lage schilderte und zu kommen versprach, sobald das Kind geboren wäre. Mit ihrem feinen Gefühl für die Pflichten der Verantwortung stimmte Ellen widerstrebend zu, verlangte aber, daß Wade und Prissy nach Hause kämen. Bei Prissy fand dieser Vorschlag lebhaften Beifall, sie war jetzt so verängstigt, daß sie bei jedem unerwarteten Laut in zähneklappernde Blödigkeit verfiel. Sie verbrachte so viel Zeit im Keller, daß es den beiden Mädchen ohne Mrs. Meades wackere alte Betsy schlecht ergangen wäre. Auch Scarlett hätte ihr Kind gern aus Atlanta entfernt, weil seine beständige Angst so viel Nervenkraft kostete. Wenn die Granaten platzten, hing Wade verängstigt und tränenlos an ihrem Rock. Er war bange, abends ins Bett zu gehen, bange vor der Dunkelheit, bange vor dem Einschlafen und bange davor, daß ihn die Yankees holen könnten, und sein feines Wimmern in der Nacht war ihr unerträglich. Ja, Tara war der richtige Ort für ihn; Prissy sollte ihn hinbringen und sofort wiederkommen, um zur Stelle zu sein, wenn Mellys Kind erschien.

Aber ehe sie zu weiteren Entschlüssen kam, traf die Nachricht ein, daß die Yankees nach Süden abgeschwenkt seien und schon längs der Eisenbahnlinie nach Jonesboro auftauchten. Wenn sie nun den Zug abfingen, in dem Wade und Prissy saßen ... Jeder wußte, daß sie mit hilflosen Kindern noch abscheulicher verfuhren als mit Frauen. So mußte Wade in Atlanta bleiben, ein stummer, verstörter kleiner Geist, der auf Schritt und Tritt verzweifelt hinter seiner Mutter hertrappelte und sich fürchtete, wenn er ihren Rock nur eine Minute aus der Hand ließ.

Die heißen Tage des Juli kamen, und die Belagerung dauerte immer noch an. An das Donnern der Geschütze begann die Stadt sich allmählich zu gewöhnen. Fast war es, als sei das Schlimmste bereits geschehen und als gäbe es nichts mehr, wovor man sich noch fürchten konnte. Man hatte sich vor der Belagerung zu Tode gegrault; nun war sie da. Das Leben ging fast genauso weiter wie bisher. Man wußte, daß man auf einem Vulkan saß, aber vielleicht brach er ja gar nicht aus. Seht doch, wie General Hood die Yankees aus der Stadt fernhält und wie die Reiterei die Eisenbahnlinie nach Macon beschützt.

Allmählich flößte die Gewöhnung auch Scarlett wieder Mut ein. Gewiß schreckte sie beim Lärm der Einschläge noch jedesmal in die Höhe, aber sie rannte nicht mehr schreiend zu Melanie, um den Kopf in ihre Kissen zu bergen. Manchmal schluckte sie wohl nur matt und sagte: »Dieses Mal war es aber sehr nahe, fandest du nicht auch?«

Sie wurde auch weniger von Angst und Furcht gequält, weil das ganze Leben jetzt wie ein Traum war, ein Traum, zu grausig, um wahr zu sein. Es war nicht möglich, daß sie, Scarlett O'Hara, sich in einer so verzweifelten Lage befinden sollte, jede Stunde, jede Minute den Tod drohend über sich. Es war nicht möglich, daß die ruhige Geborgenheit ihres Lebens sich in so kurzer Zeit so völlig gewandelt haben sollte.

Es konnte nur ein schauriger Traum sein, daß die zarte Bläue des Morgenhimmels durch Geschützrauch entstellt wurde, der wie niedrige Gewitterwolken über der Stadt hing – daß heiße Mittagsstunden, erfüllt vom honigsüßen Blütenduft, derart von Grauen zerrissen wurden, wenn Granaten mit kreischendem Sausen über die Straßen flogen, dann mit einem Getöse wie beim Jüngsten Gericht explodierten und auf Hunderte von Metern im Umkreis Menschen und Tiere durch todbringende Splitter zerrissen.

Stille, schläfrige Nachmittagsstunden gab es nicht mehr. Wenn auch der Schlachtenlärm von Zeit zu Zeit abebbte, so ging es doch zu jeder Stunde des Tages und der Nacht in der Pfirsichstraße geräuschvoll her. Kanonen und Ambulanzen rumpelten vorbei. Verwundete kamen aus den Schützengräben hereingestolpert, Regimenter wurden aus den Gräben der einen Stadtseite zur Verteidigung einer schwer bedrängten Bastion auf die andere Seite geworfen. Kuriere stürzten Hals über Kopf die Straße hinunter nach dem Hauptquartier, als hinge das Schicksal der ganzen Konföderation von ihnen ab.

Die heißen Nächte brachten eine gewisse Ruhe, aber es war eine unheilschwangere Ruhe. War die Nacht ausnahmsweise ganz still, so war es, als hätten selbst die Baumfrösche und Heuschrecken und die Spottdrosseln Angst, ihre Stimme zum gewohnten Sommernachtschor zu erheben. Hin und wieder wurde die Stille durch knatterndes Gewehrfeuer in der vordersten Verteidigungslinie grell unterbrochen.

Oftmals, zu später Stunde, wenn alle Lampen gelöscht waren und Melanie schlummerte, lag Scarlett wach und hörte die Klinke des Gartentors knacken und jemanden leise und dringlich an die Haustür pochen. Dann stand in der dunklen Veranda immer eine unverkennbare Soldatengestalt vor ihr, und in vielerlei Stimmen redete es aus der Finsternis sie an. Manchmal war es das harte Schnarren in der Mundart der Leute vom Gebirge, manchmal der nasale Laut des Flachlandes im fernen Süden, dann wieder der wiegende Sington der Küste, der ihr ans Herz griff, weil er sie an Ellens Stimme erinnerte.

»Ich bitte sehr um Entschuldigung, daß ich störe, aber kann ich etwas Wasser für mich und mein Pferd bekommen?«

»Fräulein, ich habe hier einen verwundeten Kameraden, er müßte ins Lazarett, aber mir scheint, er hält so lange nicht mehr aus, darf er hereinkommen?«

»Meine Dame, mit einem Bissen Brot ginge es wohl wieder.«

Oder: »Gnädige Frau, verzeihen Sie meine Aufdringlichkeit, aber dürfte ich wohl die Nacht vor Ihrer Haustür bleiben? Ich sah die Rosen, und der Jelängerjelieber duftete, es ist ganz wie zu Hause ...«

Nein, diese Nächte waren nicht wirklich. Ein Alpdruck waren sie, mit Traumgestalten ohne Leib und Gesicht, mit müden Stimmen aus der warmen Dunkelheit. Wasser pumpen, Essen holen, Kissen vor die Haustür legen, Wunden verbinden, Sterbenden den Kopf halten. Nein, all das konnte ihr doch unmöglich geschehen!

Es war Ende Juli, als eines Nachts Onkel Henry Hamilton an die Tür klopfte. Seinen Schirm, seine Reisetasche und seinen dicken Bauch hatte er nicht mehr. In seinem ehemals rosigen, wohlgenährten Gesicht hingen die lockeren Hautfalten herunter wie bei einer Bulldogge. Sein langes weißes Haar war unbeschreiblich schmutzig. Er ging fast barfuß, war über und über verlaust und hatte Hunger, aber sein zornmütiger Geist war ungebrochen.

Trotz seiner Bemerkung: »Ein törichter Krieg, wenn alte Toren wie ich das Gewehr schleppen müssen!« hatten die Mädchen den Eindruck, daß Onkel Henry sich freute. Man brauchte ihn, und er tat die Arbeit eines jungen Menschen. Er konnte noch mit allen anderen Schritt halten, und Großpapa Merriwether konnte es, wie er vergnügt erzählte, nicht. Großpapa quälte sich mit seinem Rheuma, und der Hauptmann wollte ihn entlassen. Aber der Alte wollte nicht nach Hause. Er sagte offen, die Flüche seiner Vorgesetzten seien ihm lieber als die Zimperlichkeiten seiner Schwiegertochter und ihre ständige Forderung, er solle das Tabakkauen aufgeben und täglich seinen Bart waschen.

Onkel Henrys Besuch war kurz, er hatte nur vier Stunden Urlaub und brauchte die Hälfte davon für den weiten Weg von den Bastionen in die Stadt und wieder zurück.

»Mädchen, ich sehe euch nun eine Weile nicht wieder«, verkündete er, als er in Melanies Schlafzimmer saß und seine blasenbedeckten Füße behaglich in dem Eimer kalten Wassers kühlte, den Scarlett vor ihn hingesetzt hatte. »Morgen zieht unsere Kompanie ab.«

»Wohin?« fragte Melanie und packte ihn erschrocken am Arm.

»Rühr mich nicht an«, sagte Onkel Henry gereizt, »ich wimmle von Läusen. Der Krieg wäre ein Sonntagsausflug, wenn es keine Läuse und keine Ruhr gäbe. Wo ich hingehe? Nun, ich weiß es nicht, aber ich denke es mir. Ich denke mir, wir marschieren morgen früh nach Süden in Richtung Jonesboro.«

»Ach, warum denn nach Jonesboro?«

»Weil es da zu einer Schlacht kommt, Missy, die Yankees möchten die Eisenbahn haben, und wenn es ihnen gelingt, dann lebe wohl, Atlanta!«

»Ach, Onkel Henry, meinst du, es gelingt ihnen?«

»Kinder, wie könnt ihr so etwas denken, wenn ich dabei bin?« Er grinste über das ganze Gesicht. Dann wurde er wieder ernst. »Es wird schwere Kämpfe setzen, und wir müssen siegen. Sie haben alle Eisenbahnen außer der nach Macon, aber sie haben noch mehr. Sie haben alle Straßen, alle Pfade und Reitwege besetzt außer der Straße nach McDonough. Atlanta ist wie ein Sack, und von Jonesboro aus kann er zugeschnürt werden. Wenn die Yankees die Eisenbahn kriegen, ziehen sie an der Schnur, und wir sitzen in der Falle. Mag sein, daß ich eine Zeitlang fortbleibe, Kinder. Ich wollte euch nur Lebewohl sagen und mich davon überzeugen, daß ihr beisammen seid.«

»Selbstverständlich sind wir beisammen«, sagte Melly liebevoll, »mach dir um uns keine Gedanken und habe auf dich selber acht.«

Onkel Henry trocknete sich die nassen Füße auf dem Flickenteppich und stöhnte, als er die zerlumpten Schuhe wieder anzog.

»Ich muß aufbrechen«, sagte er, »denn ich habe fünf Meilen zu laufen. Scarlett, du packst mir wohl ein bißchen Frühstück ein, wenn ihr etwas habt.«

Als er Melanie den Abschiedskuß gegeben hatte, ging er zu Scarlett hinunter in die Küche, wo sie ein Maisbrot und einige Äpfel in eine Serviette wickelte.

»Onkel Henry … steht es … steht es denn wirklich so ernst?«

»Allmächtiger Gott, sei keine Gans, es geht ums Letzte.«

»Meinst du, sie kommen nach Tara?«

Onkel Henry ärgerte sich über ihren Weibersinn, der an das Persönliche dachte, wenn das Ganze auf dem Spiele stand. Aber ihr schmerzerfülltes Gesicht besänftigte ihn wieder. »Wie werden sie denn! Tara liegt fünf Meilen von der Eisenbahn entfernt, und nur auf die Eisenbahn haben die Yankees es abgesehen. Du hast auch nicht mehr Verstand als ein Maikäfer.« Schroff brach er ab. »Ich bin heute nacht den ganzen Weg nicht nur hierhergekommen, um euch Lebewohl zu sagen. Ich habe eine schlechte Nachricht für Melanie, aber als ich dann bei ihr saß, brachte ich es einfach nicht fertig, es ihr zu sagen. So muß ich also dir diese Aufgabe hinterlassen.«

»Ashley ist doch nicht ...?«

»Zum Teufel, was soll ich denn über Ashley wissen, wenn ich im Schützengraben bis zum Hosenboden im Dreck stehe«, rief der alte Herr ärgerlich. »Nein. Es ist sein Vater. John Wilkes ist tot.«

Scarlett setzte sich nieder, das halb eingewickelte Frühstück in der kraftlosen Hand.

»Du mußt es Melly sagen, und gib ihr dies.«

Aus der Tasche zog er eine schwere goldene Uhr mit daranhängendem Petschaft, ein kleines Miniaturbildnis der längst verstorbenen Mrs. Wilkes und ein Paar massive Manschettenknöpfe. Als Scarlett die Uhr erblickte, die sie tausendmal in John Wilkes' Hand gesehen hatte, begriff sie erst völlig, daß Ashleys Vater tot war. Sie konnte weder weinen noch ein Wort hervorbringen. Onkel Henry wurde verlegen, hustete und vermied es, sie anzuschauen. »Er war ein tapferer Mann, Scarlett, sag das Melly, und sie soll es den Mädels schreiben. Eine Granate hat ihn erwischt, ihn und sein Pferd. Ich habe das Pferd selbst totgeschossen, das arme Tier. Eine schöne kleine Stute war es. Du solltest auch Mrs. Tarleton darüber schreiben, sie hat soviel von der Nellie gehalten. Pack mein Frühstück ein, ich muß gehen. Nimm es nicht so schwer. Gibt es einen schöneren Tod für einen alten Mann, als zu sterben, während er die Arbeit eines Jünglings verrichtet?«

»Ach, er hätte nicht mitgehen sollen. Leben hätte er sollen und sein Enkelkind heranwachsen sehen und friedlich im Bett sterben. Ach, er hielt nichts von der Lossagung der Staaten und haßte den Krieg!«

»Viele von uns denken so, aber was hilft es?« Onkel Henry schneuzte sich. »Meinst du, mir ist es ein Genuß, in meinem Alter den Yankees als Schießscheibe zu dienen? Aber ein Gentleman hat keine Wahl. Küß mich, mein Kind, und mach dir keine Sorgen um mich.«

Scarlett küßte ihn und hörte ihn die Stufen hinunter in die Finsternis gehen. Sie hörte das Gartentor zuschnappen. Einen Augenblick betrachtete sie die Andenken, die sie in der Hand hatte. Dann ging sie hinauf, um es Melanie zu sagen.

Ende Juli kam die Nachricht, daß die Yankees auf Jonesboro marschierten. Sie hatten die Eisenbahn vier Meilen unterhalb der Stadt abgeschnitten, waren aber von der konföderierten Reiterei wieder verjagt worden, und die Pioniere brieten jetzt in der Sonne, um die Schienen auszubessern.

Scarlett war außer sich vor Angst. Drei Tage wartete sie in immer steigender Erregung, dann kam endlich ein beruhigender Brief von Gerald. Der Feind hatte Tara nicht erreicht. Sie hatten den Schlachtenlärm gehört, aber keine Yankees gesehen. Der Brief berichtete von der Vertreibung der Yankees so schwungvoll, als sei es Gerald, der die Heldentat mit eigener Hand vollbracht hatte. Drei Seiten füllte er mit der Schilderung von der Tapferkeit der Truppen und erwähnte erst am Schlusse seines Briefes kurz, Carreen sei krank. Mrs. O'Hara halte es für Typhus, aber ernstlich krank sei sie eigentlich gar nicht. Scarlett sollte sich keine Sorgen machen, dürfe aber, selbst wenn die Eisenbahn wieder sicher wäre, unter keinen Umständen nach Hause kommen. Mrs. O'Hara sei froh, daß Scarlett und Wade in Atlanta ausgehalten hätten. Sie lasse Scarlett bitten, in die Kirche zu gehen, um für Carreen einen Rosenkranz zu beten.

Bei diesen Worten regte sich Scarletts Gewissen. Sie war seit Monaten nicht in der Kirche gewesen. Sie gehorchte ihrer Mutter, ging in ihr Zimmer und leierte eilig einen Rosenkranz herunter. Aber als sie sich von den Knien erhob, fühlte sie sich nicht so getröstet wie früher nach einem Gebet. Seit einiger Zeit hatte sie das Gefühl, trotz der Millionen Gebete, die täglich zu Gott aufstiegen, kümmerte er sich nicht mehr um sie, nicht um die Konföderation, nicht um den Süden.

Am Abend saß sie mit Geralds Brief im Busen vor der Haustür. Die Nacht war totenstill. Seit Sonnenuntergang hatte nicht einmal ein Gewehrschuß mehr gekracht. Die Lampe im Wohnzimmer warf schräge Lichter in die dunkle Veranda, das Durcheinander der Kletterrosen und des Jelängerjelieber umgab sie mit einer Wolke von Wohlgeruch. Die Welt war weit fort. Scarlett wiegte sich auf ihrem Stuhl hin und her, einsam und unglücklich, und sehnte sich nach jemandem, mit dem sie ein Wort wechseln konnte. Aber Mrs. Merriwether hatte Nachtdienst im Lazarett, Mrs. Meade richtete für Phil, der auf Urlaub da war, einen Festschmaus, und Melanie schlief. Nicht einmal auf zufälligen Besuch durfte sie hoffen. Niemand war in den letzten Wochen mehr gekommen, alles lag im Schützengraben oder kämpfte bei Jonesboro mit den Yankees.

Es kam nicht oft vor, daß sie so allein war wie jetzt, und sie mochte es auch nicht. Wenn sie allein war, mußte sie denken, und die Gedanken waren in diesen Zeiten nicht erfreulich. Wie alle dachte sie immer häufiger an das Vergangene, an die Toten.

Atlanta war so ruhig diese Nacht. Sie schloß die Augen und meinte, sie sei in die ländliche Stille von Tara zurückgekehrt und das Leben ginge unverwandelt seinen friedlichen Gang. Und doch wußte sie, daß das Leben niemals wieder so werden konnte, wie es gewesen war. Sie dachte an all die vielen, die dahingegangen waren, und plötzlich schluchzte sie auf und ließ den Kopf in die Hände sinken. »Ach, Ashley, ich kann es nicht ertragen, daß du nicht mehr da bist!«

Sie hörte das Gartentor gehen, hob hastig den Kopf und fuhr sich mit der Hand über die nassen Augen. Dann erhob sie sich und sah Rhett Butler, den breiten Panamahut in der Hand, den Weg heraufkommen. Seit jenem Tage, da sie in Five Points aus seinem Wagen gesprungen war, hatte sie ihn nicht wiedergesehen. Damals hatte sie gewünscht, er möge ihr nie wieder unter die Augen treten. Aber jetzt war sie froh, mit jemandem reden zu können, der ihr die trüben Gedanken verscheuchte, daß sie sich ihren Vorsatz von damals geschwind aus dem Sinn schlug. Auch er hatte ihre Worte offenbar vergessen oder tat wenigstens so. Er setzte sich auf der obersten Stufe zu ihren Füßen nieder.

»Sie also haben sich nicht in Sicherheit gebracht! Ich hörte, Miß Pitty habe den Rückzug angetreten, und dachte schon, auch Sie seien geflohen. Aber als ich bei Ihnen Licht sah, bin ich gekommen, um nachzusehen. Warum sind Sie hiergeblieben?«

»Um Melanie Gesellschaft zu leisten. Sie kann jetzt nicht fliehen.«

»Donnerwetter«, sagte er, und sie sah im Lampenlicht, wie er die Stirn runzelte. »Sie wollen doch nicht sagen, daß Mrs. Wilkes noch hier ist? Das ist ja ein unglaublicher Leichtsinn. In ihren Umständen ist das im höchsten Maße gefährlich.«

Scarlett schwieg verlegen. Melanies Umstände waren kein Gesprächsstoff mit einem Manne.

»Es ist nicht galant von Ihnen«, sagte sie endlich, »daß Sie nicht auch an meine Sicherheit denken.«

Er sah sie belustigt an. »Sie haben von den Yankees nichts zu fürchten, das ist meine Überzeugung.«

»Ich weiß nicht, ob das ein Kompliment ist«, sagte sie achselzuckend.

»Es ist keins«, antwortete er. »Wie lange wollen Sie noch in jeder geringsten Bemerkung eines Mannes nach Komplimenten suchen?«

»Bis zum Totenbett«, lächelte sie.

»Du liebe Eitelkeit«, entgegnete er, »wenigstens sind Sie nun endlich aufrichtig.«

Er öffnete sein Etui, nahm eine schwärzliche Zigarre heraus und hielt sie einen Augenblick an die Nase. Ein Streichholz flammte auf, er lehnte sich an den Pfosten, faltete die Hände um die Knie und rauchte eine Weile schweigend. Wieder schloß das tiefe Dunkel der warmen Nacht sie ein. Die Spottdrossel, die in dem Gewirr der Gebüsche nistete, gab schlummernd einen scheuen, hellen Ton von sich. Dann war alles wieder still.

Plötzlich fing Rhett tief und leise zu lachen an: »Sie sind also bei Mrs. Wilkes geblieben. Das ist das Seltsamste, das mir je vorgekommen ist.«

»Ich finde nichts Seltsames daran«, antwortete sie betreten.

»Nein? Nun, ich hatte seit einiger Zeit den Eindruck, daß Sie Mrs. Wilkes kaum noch ertrügen. Daher kommt es mir so seltsam vor, daß Sie während dieser Gefahr bei ihr aushalten. Warum tun Sie das?«

»Weil sie Charlies Schwester und auch für mich wie eine Schwester ist«, antwortete Scarlett würdevoll, obwohl sie fühlte, wie sie rot wurde.

»Sie meinen, weil sie Ashley Wilkes' Witwe ist?«

Scarlett stand rasch auf und bezwang nur mit Mühe ihren Zorn. »Fast war ich soweit, Ihnen Ihr Benehmen von neulich zu verzeihen. Und ich hätte Sie nicht wieder hier hereingelassen, wenn mir nicht gar so jämmerlich zumute gewesen wäre.«

»Setzen Sie sich und glätten Sie das gesträubte Gefieder«, sagte er mit veränderter Stimme. Er zog sie an der Hand in den Stuhl zurück. »Warum ist Ihnen denn so jämmerlich?«

»Ich habe heute einen Brief aus Tara bekommen. Die Yankees sind in der Nähe, meine kleine Schwester hat Typhus, und Mutter will nicht erlauben, daß ich nach Hause komme. Ach, und ich möchte so gern nach Hause!«

»Weinen Sie nicht«, sagte er mit weicher Stimme. »Sie sind hier in Atlanta viel sicherer als in Tara, auch wenn die Yankees hierherkommen sollten. Die Yankees tun Ihnen nichts, wohl aber der Typhus.«

»Die Yankees tun mir nichts? Wie können Sie so lügen!«

»Kind, die Yankees sind keine Teufel. Sie haben weder Hörner noch Hufe, wie Sie zu glauben scheinen. Sie sind den Leuten der Südstaaten ganz ähnlich, wenn sie natürlich auch schlechtere Manieren haben und einen schrecklichen Dialekt.«

»Aber sie werden ...«

»... Sie vergewaltigen? Ich glaube es nicht, obwohl sie natürlich dazu Lust haben werden.«

»Wenn Sie so gemein reden, gehe ich hinein«, fuhr sie ihn an, dankbar, daß die Dunkelheit ihr Erröten verbarg.

»Seien Sie aufrichtig, haben Sie das nicht eben gedacht?«

»Nein, bestimmt nicht!«

»Aber bestimmt doch! Daß Sie böse werden, weil ich Ihre Gedanken errate, hat keinen Zweck. Alle Ihre Damen aus dem Süden denken in ihrem reinen Herzen so. Es liegt ihnen beständig im Sinn, ich möchte wetten, selbst den würdigsten alten Damen, wie Mrs. Merriwether ...«

Scarlett schwieg und mußte daran denken, daß immer, wo in diesen schweren Tagen zwei oder mehrere Frauen zusammensaßen, von solchen Untaten getuschelt wurde, die sich in Virginia, Tennessee oder Louisiana zugetragen haben sollten. Die Yankees vergewaltigten Frauen, spießten Kinder auf Bajonette und zündeten den Leuten die Häuser über dem Kopfe an. Wenn Rhett einen Rest von Anstand besaß, mußte er einsehen, daß dies alles wahr sei, und er durfte nicht darüber reden. Außerdem war nichts daran zu lachen. Und sie hörte ihn leise in sich hineinlachen. Er war wirklich abscheulich. Es war unerhört von einem Manne, zu wissen, woran die Frauen dachten, und obendrein davon zu reden. Man kam sich wie nackend vor. Scarlett fühlte sich so gern in den Augen der Männer als ein geheimnisvolles Rätselwesen und wußte doch, daß Rhett sie durchschaute wie Glas.

»Dabei fällt mir ein«, fuhr er fort, »haben Sie so etwas wie einen Schutz oder eine Aufsicht im Hause, vielleicht die bewunderungswerte Mrs. Merriwether oder Mrs. Meade?«

»Mrs. Meade kommt manchmal herüber.« Scarlett war froh, von etwas anderem zu reden. »Aber heute abend konnte sie nicht; Phil ist zu Hause.«

»Welch ein Glück, Sie allein anzutreffen«, sagte er leise.

Etwas in seiner Stimme trieb ihr Herz zu angenehm rascheren Schlägen, und sie spürte, wie sie errötete. Auf diesen Ton in Männerstimmen verstand sie sich, und sie wußte, er kündigte ihr eine Liebeserklärung an. Ach, welch eine Freude! Wenn er nun von seiner Liebe sprach, wie wollte sie ihn zur Strafe für all seine höhnischen Bemerkungen quälen! Dann waren sie miteinander quitt. Sogar für jene schreckliche Demütigung, da er Zeuge gewesen war, wie sie Ashley geohrfeigt hatte, wollte sie Rache nehmen. Und dann wollte sie ihm in sanftem Ton mitteilen, sie könne ihm nicht mehr als eine Schwester sein, und sich mit Ehre und Würde aus der Affäre ziehen. Sie lachte ein wenig nervös auf.

»Lachen Sie nicht«, sagte er, ergriff ihre Hand, drehte sie um und drückte seine Lippen in die Handfläche. Als sie die Wärme seines Mundes spürte, sprang etwas Urlebendiges auf sie über und rann ihr liebkosend durch Mark und Bein. Seine Lippen glitten zu ihrem Handgelenk hinauf. Sie suchte ihre Hand wegzuziehen. Er mußte ja an ihrem Pulsschlag fühlen, wie ihr Herz immer hurtiger schlug. Damit hatte sie nicht gerechnet, mit diesem verräterisch aufsteigenden Verlangen, ihm mit den Händen im Haar zu wühlen und seine Lippen auf ihrem Mund zu spüren. Sie beteuerte sich selbst inmitten all ihrer Verwirrung, in ihn verliebt sei sie nicht. Verliebt war sie in Ashley. Wie sollte sie sich nur erklären, warum ihr die Hände so zitterten?

Er lachte leise. »Nicht wegziehen! Ich tue dir nichts!«

»Ich habe keine Angst vor Ihnen, Rhett Butler, und vor keinem Manne aus Fleisch und Blut«, brachte sie hervor, böse darüber, daß ihre Stimme nicht weniger bebte als ihre Hände.

»Eine schöne Gewißheit! Aber, bitte, sprechen Sie leiser, denn Mrs. Wilkes könnte Sie hören, und bitte, beruhigen Sie sich.« Es klang, als weidete er sich an ihrer Verwirrung. »Scarlett, du hast mich gern, nicht wahr?«

Das klang schon mehr nach dem, was sie erwartete.

»Nun, manchmal«, antwortete sie vorsichtig. »Wenn Sie sich nicht wie ein Flegel benehmen.«

Er lachte von neuem und legte ihre Handfläche an seine rauhe Wange.

»Ich glaube, du hast mich gern, weil ich ein Flegel bin. Du hast in deinem umhüteten Leben so wenige Flegel kennengelernt, die mit allen Wassern gewaschen sind, daß ich gerade, weil ich anders bin als alle anderen, einen eigenen Reiz für dich habe.«

Diese Wendung hatte sie wiederum nicht erwartet. Sie versuchte vergeblich, ihm die Hand zu entziehen.

»Das ist nicht wahr. Ich habe wohlerzogene Männer gern, bei denen man sich darauf verlassen kann, daß sie immer Gentleman bleiben.«

»Du meinst solche, die sich von dir einschüchtern lassen. Aber es kommt nicht auf das Wort an. Es ist einerlei.«

Wieder bedeckte er die Innenfläche ihrer Hand mit Küssen, wieder überlief es ihr prickelnd den Nacken.

»Aber du hast mich gern. Könntest du mich jemals lieben, Scarlett?«

»Nun ist es soweit!« dachte sie triumphierend, und mit wohlberechneter Kälte erwiderte sie: »Ganz gewiß nicht. Sie müßten sich denn bedeutend bessere Manieren angewöhnen.«

»Diese Absicht habe ich keineswegs. Dann könnten Sie mich also nicht lieben? Das eben hatte ich auch gehofft. Ich habe Sie zwar schrecklich gern, aber lieben kann ich Sie nicht, und es wäre doch wirklich traurig für Sie, zweimal an unerwiderter Liebe zu leiden, nicht wahr? Darf ich ›Liebste‹ zu Ihnen sagen, Mrs. Hamilton? Nun, ich nenne Sie so, ob Sie es nun mögen oder nicht. Aber der Wahrheit gebührt die Ehre.«

»Sie lieben mich also nicht?«

»Nein, gewiß nicht, hatten Sie es gehofft?«

»Wie eingebildet Sie sind!«

»Sie hatten es also gehofft! Ach, daß ich diese Hoffnungen enttäuschen muß! Ich sollte Sie eigentlich lieben, denn Sie sind reizend und für nutzlose Künste so begabt! Viele Damen aber sind begabt und reizend und ebenso nutzlos wie Sie. Nein, ich liebe Sie nicht. Aber ich habe Sie ganz schrecklich gern – wegen Ihres geschmeidigen Gewissens, wegen der Selbstsucht, die Sie so selten zu verbergen wissen, und wegen der praktischen Gescheitheit, die, wie ich fürchte, von einem nicht allzu entfernten bäuerlichen irischen Vorfahren stammt. Unterbrechen Sie mich nicht«, bat er und drückte ihre Hand fester. »Ich habe Sie gern, weil ich dieselben Eigenschaften besitze, und gleich und gleich gesellt sich gern. Ich sehe, Sie pflegen immer noch das Andenken an den göttlichen Mr. Wilkes mit dem holzgeschnitzten Gesicht, der jetzt wahrscheinlich seit Monaten im Grabe liegt. Aber Sie könnten doch auch für mich in Ihrem Herzen ein klein wenig Platz haben, Scarlett. Lassen Sie mir doch Ihre Hand! Ich mache Ihnen ja eine Liebeserklärung. Ich habe Sie von dem ersten Augenblick an begehrt, da ich Ihrer in der Halle von Twelve Oaks ansichtig wurde, damals, als Sie den armen Charlie Hamilton umgarnten. Ich begehre Sie mehr, als ich je ein Weib begehrt habe, und ich habe länger auf Sie gewartet als je auf eine andere Frau.«

Ihr verging der Atem vor Verblüffung bei seinen letzten Worten. Trotz all seiner Beleidigungen und Unverschämtheiten liebte er sie also doch und war nur zu eigensinnig, es zu gestehen. Nun, sie wollte ihn schon auf den Weg helfen, und das geschwind.

»Machen Sie mir etwa einen Heiratsantrag?«

Er ließ ihre Hand fallen und lachte so laut auf, daß sie aus ihrem Stuhl emporschrak. »Du lieber Himmel, nein! Ich habe Ihnen doch gesagt, daß das Heiraten mir nicht liegt!«

»Ja ... aber ... was ...«

Er stellte sich vor sie hin, legte die Hand aufs Herz und machte ihr eine burleske Verbeugung. »Liebste«, sagte er ruhig, »ich appelliere an deinen Verstand. Ohne dich erst verführt zu haben, bitte ich dich hiermit feierlich, meine Geliebte zu werden.«

»Geliebte!« Ihr Gewissen schrie dieses Wort, schrie ihr zu, sie sei auf das niedrigste beschimpft worden. Aber in Wirklichkeit fühlte sie sich gar nicht beschimpft. Was in ihr aufwallte, war nur wütende Empörung darüber, daß er sie für so dumm hielt. Er mußte sie schon für sehr dumm halten, wenn er ein solches Ansinnen an sie richtete, anstatt ihr den Heiratsantrag, den sie erwartete, zu machen. Wut, verletzte Eitelkeit und Enttäuschung brachten ihr Gemüt in einen wilden Aufruhr, und ehe ihr überhaupt einfiel, von welchen Höhen moralischer Entrüstung herab sie ihn zurückweisen sollte, platzte sie mit dem ersten Satz heraus, der sich ihr auf die Lippen drängte: »Geliebte! Was hätte ich weiter davon als ein halbes Dutzend Bälger!«

Schon aber blieb ihr der Mund vor Schreck offenstehen. Was hatte sie da gesagt! Er erstickte fast vor Lachen und spähte aus dem Dunkel zu ihr herüber, wie sie verstummt dasaß und sich das Taschentuch an den Mund drückte.

»Siehst du, das ist es, warum ich dich so gern habe. Du bist die einzige aufrichtige Frau, die ich kenne, die einzige, die sich die praktische Seite einer Sache ansieht, ohne ein großes Geschrei über Sünde und Moral dabei zu erheben. Jede andere Frau wäre zuerst in Ohnmacht gefallen und hätte mir dann die Tür gewiesen.«

Scarlett sprang, dunkelrot vor Scham, auf die Füße. Wie hatte sie so etwas über ihre Lippen bringen können! Wie hatte sie, Ellens Tochter, hier ruhig sitzen bleiben und sich so erniedrigende Anträge anhören und sie mit so schamlosen Worten beantworten können! Sie hätte erbleichen, sie hätte schreien sollen. Kalt und stumm hätte sie sich abwenden und aus der Veranda rauschen sollen. Nun war es zu spät.

»Da ist die Tür«, schrie sie ihn an, ohne Rücksicht auf Melanie oder auf Meades zu nehmen, die nur ein paar Häuser weiter wohnten. »Hinaus mit Ihnen! Wie können Sie so etwas zu mir sagen! Womit hätte ich Sie je ermutigt ... Sie je fühlen lassen ... machen Sie, daß Sie fortkommen, und kommen Sie nie wieder! Diesmal meine ich es ernst! Daß Sie mir nie wieder unter die Augen treten mit Ihren läppischen Nadelkarten und Bändern und daß Sie es nicht wagen, sich einzubilden, ich verziehe Ihnen jemals! Ich ... sage es meinem Vater, und der erschießt Sie!«

Er nahm seinen Hut und verbeugte sich, und im Lampenlicht sah sie, wie er unter dem Schnurrbart lächelnd die Zähne entblößte. Er schämte sich keineswegs, sondern hatte seinen Spaß an ihrer Aufregung und beobachtete sie mit lebhafter Neugierde.

Sie drehte sich schroff auf dem Absatz um und ging ins Haus. Sie packte die Tür fest an, um sie krachend ins Schloß zu werfen, konnte aber den Haken, der sie festhielt, nicht lösen. Angestrengt mühte sie sich damit ab.

»Darf ich Ihnen helfen?« fragte er.

Sie hatte die Empfindung, daß ihr die Brust zerspringen müsse, wenn sie noch eine Minute länger hierbliebe, und stürmte die Treppe hinauf. Als sie das erste Stockwerk erreicht hatte, vernahm sie, wie er geflissentlich, wie sie es gewollt, die Tür zuschmetterte.

XX

Als die heissen Augusttage zu Ende gingen, hörte die Beschießung plötzlich auf. Die Ruhe, die sich über die Stadt lagerte, war erschreckend. Nachbarn begegneten einander auf der Straße und starrten sich in ungewisser Erwartung an. Es war ihnen allen nicht geheuer. Nach dem Schlachtenlärm der vergangenen Tage brachte die plötzliche Stille den Nerven keine Erleichterung, sondern machte die Spannung eher noch schlimmer. Niemand konnte es sich erklären, warum die Batterien der Yankees schwiegen. Von den Truppen hatte man keine Nachricht. Man hörte nur, sie seien in großer Zahl aus den Befestigungen zurückgezogen und nach dem Süden in Marsch gesetzt worden, um die Eisenbahn zu verteidigen. Niemand wußte, wo Kämpfe im Gange waren und wie sie standen. Man war auf die Nachrichten angewiesen, die von Mund zu Mund gingen. Die Zeitungen hatten, als die Belagerung begann, aus Mangel an Papier und Personal ihr Erscheinen einstellen müssen, nun entstanden die wildesten Gerüchte aus dem Nichts und jagten durch die Stadt. Die Menge sammelte sich vor General Hoods Hauptquartier, vor dem Telegraphenbüro, vor dem Bahnhof und wartete auf Nachrichten. Jedermann hoffte, das Verstummen der feindlichen Kanonen bedeute den Rückzug der Yankees.

Aber es kamen keine Nachrichten. Die Telegraphendrähte schwiegen. Auf der einzigen Eisenbahnstrecke, die noch frei war, verkehrten keine Züge. Der Postdienst war unterbrochen.

Der Herbst kam mit seiner staubigen, schwülen Hitze herangeschlichen, erstickte die plötzlich so ruhig gewordene Stadt und legte auf die müden, angstvollen Herzen auch noch das Gewicht seiner verzehrenden Dürre. Scarlett lechzte nach Briefen aus Tara und versuchte, trotz allem ein tapferes Gesicht zu machen. Es schien ihr eine Ewigkeit vergangen zu sein, seit die Belagerung begonnen hatte. Ihr war, als habe sie ihr ganzes Leben mit dem Kanonendonner in den Ohren verbracht, bis diese unheimliche Ruhe hereinbrach. Und doch hatte die Belagerung erst vor dreißig Tagen angefangen. Dreißig Tage lang war nun die Stadt von Schützengräben aus rotem Lehm umgeben, dreißig Tage hatten die nie rastenden Kanonen eintönig gedröhnt, hatten die langen Reihen von Krankenwagen und Ochsenkarren die staubigen Straßen bis zu dem Lazarett hinunter eine Fährte von Blut gezogen, hatten die überarbeiteten Totengräber die Leute herausgezerrt, kaum daß sie erkaltet waren, und sie wie Holzklötze in endlose Reihen flacher Gräber geworfen. Nur dreißig Tage.

Und es war erst vier Monate her, seitdem die Yankees aus Dalton nach

Süden vorgedrungen waren. Wenn Scarlett an jenen fernen Tag zurückdachte, war ihr, als gehörte er einem anderen Leben an. Ein ganzes Menschenalter schien dazwischen zu liegen. Damals waren Dalton, Resaca, Kennesaw Mountain ihr nur Ortsnamen an der Eisenbahnstrecke gewesen. Nun bezeichneten sie blutige und furchtbare, umsonst geschlagene Schlachten. Jetzt waren der Pfirsichbach, Decatur, die Esrakirche und der Utoybach nicht mehr schöne Namen für idyllische Orte. Nie mehr konnte man an sie als stille Stätten gastlicher Freude denken, als Ausflugsorte im Grünen, wo man mit hübschen Offizieren an den sanft abfallenden Ufern langsam fließender Gewässer gelagert hatte. Die Namen waren jetzt die Bezeichnungen von Schlachten geworden. Das weiche grüne Gras, auf dem sie gesessen hatten, war von den Spuren schwerer Kanonenräder zerrissen, von wilden Füßen im Nahkampf zertreten, von Leibern im Todeskampf zerdrückt worden. Die trägen Wasser waren jetzt röter, als je der Lehm Georgias sie hätte färben können. Der Pfirsichbach sei dunkelrot gewesen, hieß es, als die Yankees ihn überschritten. Pfirsichbach, Decatur, Esrakirche, Utoybach ... das waren nicht mehr die Namen von Orten, sondern von Friedhöfen. Namen der vier Seiten von Atlanta, auf denen Sherman durchzubrechen versucht hatte, auf denen er von den verbissenen Truppen Hoods zurückgeschlagen war.

Schließlich bekamen die von äußerster Angst gepeinigten Einwohner Nachrichten aus dem Süden. Es waren Schreckensnachrichten, besonders für Scarlett. General Sherman versuchte es nochmals von der vierten Seite der Stadt aus und führte einen neuen Schlag gegen die Eisenbahn bei Jonesboro. Diesmal lagen keine vereinzelten Trupps oder nur Kavallerieabteilungen, sondern die gesammelten Streitkräfte des Feindes dort an der vierten Seite der Stadt. Tausende von konföderierten Truppen waren aus der Front rings um die Stadt herausgezogen worden, um sich ihnen entgegenzustellen. Das war die Erklärung für die plötzliche Stille.

»Warum haben sie es immer auf Jonesboro abgesehen?« dachte Scarlett voller Schrecken. Tara lag ja so nahe. »Warum suchen sie sich nicht einen anderen Ort aus, um die Bahn anzugreifen?«

Seit einer Woche hatte sie nichts mehr aus Tara gehört, und Geralds letzte Zeilen hatten ihre Angst noch vergrößert. Carreen ging es schlechter, sie war sehr krank. Es konnte nun tagelang dauern, bis die nächste Post durchkam, bis sie erfuhr, ob Carreen noch lebte oder nicht. Ach, wäre sie nur beim Beginn der Belagerung nach Hause gegangen, ganz gleich, was aus Melanie wurde!

Bei Jonesboro wurde gekämpft, das wußte man in Atlanta, aber weiter auch nichts. Die schrecklichsten Gerüchte durchschwirrten die Stadt. Schließlich kam ein Kurier mit der beruhigenden Nachricht, die Yankees seien zurückgeschlagen worden. Aber sie waren bis nach Jonesboro hinein vorgestoßen, hatten den Bahnhof verbrannt, die Telegraphenverbindungen zerstört und drei Meilen Schienen aufgerissen, ehe sie sich zurückzogen. Die Pioniere arbeiteten mit verzweifelten Kräften, um den Strang wieder instand zu setzen. Und es konnte einige Zeit dauern, denn die Yankees hatten sogar die Schwellen aufgebrochen und Freudenfeuer damit entfacht. Alsdann hatten sie die Schienen in das Feuer gelegt, bis sie rotglühend waren, und sie um die Telegraphenpfähle gebogen, so daß diese wie riesige Korkenzieher aussahen, und es war sehr schwer, Eisenbahnschienen, wie überhaupt irgend etwas aus Eisen, zu ersetzen.

Nein, nach Tara waren die Yankees nicht gekommen. Derselbe Kurier, der dem General die Depesche brachte, versicherte es Scarlett. Er hatte Gerald nach der Schlacht bei Jonesboro getroffen, und Gerald hatte ihn gebeten, einen Brief für Scarlett mitzunehmen. Aber was hatte Pa in Jonesboro zu tun? Der junge Kurier antwortete mit einiger Verlegenheit, Gerald sei auf der Suche nach einem Militärarzt gewesen, der mit ihm nach Tara gehen sollte.

Während Scarlett noch im Sonnenschein vor der Haustür stand und dem jungen Mann für seine Bemühungen dankte, versagten ihr fast die Knie. Carreen mußte dem Tod sehr nahe sein, wenn ihr Zustand so weit über Ellens Heilkunst hinausging, daß nach einem Doktor geschickt werden mußte. Als der Kurier in einem Staubwirbel davonritt, öffnete Scarlett mit bebenden Fingern Geralds Brief. Die Papierknappheit war in den Südstaaten so groß, daß Gerald seine Mitteilungen zwischen die Zeilen ihres letzten Briefes an ihn geschrieben hatte, und sie waren deshalb schwer zu entziffern.

»Liebe Tochter, Deine Mutter und beide Mädchen haben den Typhus, sie sind sehr krank, aber wir wollen das Beste hoffen. Als Deine Mutter sich zu Bett legte, trug sie mir auf, Dir zu schreiben, Du möchtest unter keinen Umständen nach Hause kommen und Dich und den Jungen der Ansteckung aussetzen. Sie läßt Dich herzlich grüßen und bittet Dich, für sie zu beten.«

Für sie beten! Scarlett flog die Treppe hinauf, fiel vor dem Bett auf die Knie und betete, wie sie nie zuvor gebetet hatte. Dies waren keine Rosenkranzformeln, sondern immer dieselben inbrünstigen Worte: »Mutter Gottes, laß sie nicht sterben! Ich will gut werden, wenn du sie nicht sterben läßt! Bitte, bitte, laß sie nicht sterben!«

Eine Woche lang schlich sie wie ein angeschossenes, todwundes Tier durch das Haus. Sie wartete vergeblich auf Nachrichten. Bei jedem Hufschlag schreckte sie empor, stürzte nachts die dunkle Treppe hinunter, wenn Soldaten an die Tür klopften, aber aus Tara kam nichts. Es war, als läge zwischen ihr und daheim ein ganzer Erdteil anstatt der fünfundzwanzig Meilen staubiger Landstraße.

Der Postdienst war immer noch unterbrochen, und niemand wußte, wo die Konföderierten standen, noch was die Yankees im Sinn hatten. Alles, was man wußte, war, daß Tausende von blauen und grauen Truppen irgendwo zwischen Atlanta und Jonesboro standen. Eine Woche lang kam kein Sterbenswort aus Tara.

Scarlett hatte im Lazarett genug vom Typhus gesehen, um zu wissen, was eine Woche bei dieser furchtbaren Krankheit bedeutete. Ellen war vielleicht todkrank. Scarlett saß hier hilflos in Atlanta und hatte eine schwangere Frau zu pflegen, und zwischen ihr und der Heimat lagen zwei Armeen. Ellen krank – vielleicht sterbend! Ellen war nie krank gewesen. Der Gedanke allein war unglaublich und rührte an die Grundfesten von Scarletts Lebensgefühl. Ellen war nie krank, sondern sie pflegte Kranke und machte sie wieder gesund. Scarlett wollte nach Hause. Sie begehrte nach Tara wie ein verängstigtes Kind, das verzweifelt nach der einzigen Zufluchtsstätte ruft, welche es kennt. »Ach, die verwünschte Melanie«, dachte sie wohl tausendmal. Sie mußte auf das Kind warten! Warum kam es nicht! Sie wollte zu Dr. Meade laufen und ihn fragen, ob es kein Mittel gäbe, die Geburt zu beschleunigen, damit sie, Scarlett, nach Hause konnte. Sie würde zu General Hood gehen und um eine Eskorte bitten, eine Eskorte mit einer weißen Flagge, damit sie die Fronten passieren könnte. Ach, käme doch nur das Kind! Sie hatte Ashley versprochen, bei Melanie auszuharren. Sie hatte Gott versprochen, gut zu werden, wenn Mutter am Leben blieb.

Ihr war der Anblick der unheimlich stillen Stadt jetzt ebenso verhaßt, wie sie sie einst geliebt hatte. Atlanta war nicht mehr die Stätte fröhlicher Vergnügungen, sondern es war häßlich geworden wie ein von der Pest heimgesuchter Ort, von Todesschweigen erfüllt nach dem Getöse der Belagerung. Es war, als gingen Geister um. Die wenigen Soldaten, die man erblickte, sahen so erschöpft aus wie Läufer, die sich zur letzten Runde eines schon verlorenen Wettkampfes zwingen.

Es kam der letzte Augusttag und mit ihm das gut bezeugte Gerücht, daß die schwersten Kämpfe seit der Schlacht bei Atlanta im Gange seien. Nun wußte jeder, was die Soldaten schon vierzehn Tage vorher gewußt hatten: es war für Atlanta die Schicksalsstunde. Wenn die Eisenbahn nach Macon verlorenging, mußte auch Atlanta fallen.

Am Morgen des ersten September wachte Scarlett mit dem erstickenden Nachgefühl einer Angst auf, die sie beim Einschlafen mit ins Bett genommen hatte. Sie dachte noch halb im Schlummer: »Was hat mich so bedrückt? Ach ja, der Kampf. Irgendwo war doch gestern eine Schlacht. Wer wohl gesiegt hat?« Geschwind setzte sie sich auf und rieb sich die Augen, und ihr bedrücktes Herz nahm seine gestrige Last wieder auf sich. Selbst in dieser frühen Morgenstunde war die Luft unangenehm schwül und barg die Verheißung eines grellen Mittagshimmels und einer erbarmungslosen Sonnenglut. Auf der Straße war es still. Kein Wagen knarrte, keine marschierenden Schritte wühlten den Staub auf. Aus den Nachbarküchen war kein Laut von Negerstimmen zu vernehmen. Alle Nachbarn, außer den Damen Meade und Merriwether, waren nach Macon geflohen. Das Geschäftsviertel am unteren Ende der Straße war ruhig. Viele Läden und Büros waren geschlossen und verrammelt, während ihre Inhaber draußen auf dem Lande unter Waffen standen.

Eilig erhob sich Scarlett, ohne sich, wie gewöhnlich, vorher zu recken und zu strecken, und ging in der Hoffnung ans Fenster, irgend etwas Tröstliches zu erblicken. Die Straße war leer. Es fiel ihr auf, wie dunkelgrün das Laub noch war, aber wie trocken und dick mit rotem Staub bedeckt, und wie welk und trübselig die vernachlässigten Blumen im Vordergarten sie ansahen.

Während sie noch hinausschaute, drang ein ferner Laut an ihr Ohr: ganz leise und gedämpft wie das erste ferne Grollen eines heraufziehenden Gewitters. »Regen«, dachte sie und fügte, auf dem Lande groß geworden, in Gedanken hinzu: »Wir brauchen ihn nötig.« Aber gleich darauf wußte sie, daß es kein Gewitter war, sondern Kanonendonner.

Ihr Herz klopfte wie rasend. Sie lehnte sich weit hinaus und suchte zu erlauschen, aus welcher Richtung das Dröhnen kam, es war jedoch nicht zu erkennen, denn noch war es zu fern. »Laß es von Marietta kommen, Herr«, betete sie, »oder aus Decatur oder vom Pfirsichbach, aber nicht aus dem Süden.« Sie hielt sich am Fenstersims fest und spitzte die Ohren. Immer lauter schien ihr das ferne Donnern zu werden, und es kam aus dem Süden. Im Süden lagen Jonesboro und Tara, im Süden war Ellen.

Vielleicht waren in dieser Minute die Yankees in Tara! Sie horchte wieder. Doch nun pochte ihr das eigene Blut bis in die Ohren hinauf und verwischte den Klang der Geschütze. Nein, bis Jonesboro konnten sie nicht sein, denn dann klängen sie deutlicher. Wahrscheinlich standen sie bei der zehn Meilen entfernten kleinen Niederlassung Rough and Ready. Aber Jonesboro lag kaum zehn Meilen von Rough and Ready entfernt.

Kanonendonner im Süden. Vielleicht war es das Totengeläut für Atlanta. Aber Scarlett dachte nur an ihre Mutter. Eine Schlacht im Süden bedeutete für sie eine Schlacht auf Tara. Sie ging auf und ab und rang die Hände und dachte zum erstenmal den Gedanken an eine Niederlage der grauen Armee mit all ihren Folgen bis zum Ende. Sie wurde des Krieges und all seiner Schrecken klarer inne, als sie es je beim Donner der Belagerungsgeschütze, beim Klirren der zerschossenen Fensterscheiben, bei allen Entbehrungen an

Nahrung und Kleidung, bei der endlosen Reihe der Verwundeten und Sterbenden geworden war. Shermans Armee befand sich im Bereich von Tara, und selbst wenn er geschlagen wurde, würden die Yankees womöglich über Tara zurückweichen, und Gerald konnte mit den drei kranken Frauen nicht mehr entfliehen.

Barfuß ging sie auf dem Fußboden auf und ab. Das Nachthemd wickelte sich ihr um die Beine. Immer deutlicher wurden ihre Ahnungen. Sie wollte nach Hause zu Ellen! Aus der Küche vernahm sie das leise Klirren von Porzellan, während Prissy das Frühstück bereitete, aber keinen Laut von Mrs. Meades Betsy. Prissy sang in schwermütigem Moll das Lied vom ›Alten Kentuckyhaus‹: »Noch ein paar Tage trag die Last ...« Das Lied zerriß Scarlett das Herz, sein traurig bedeutungsvoller Inhalt jagte ihr Furcht und Schrecken ein. Sie warf sich den Morgenrock über und rief hinunter: »Hör auf mit dem Lied, Prissy!« Ein verdrossenes »Ja, Missis« klang zu ihr herauf. Sie holte tief Atem: »Wo ist Betsy?«

»Weiß nicht, nicht gekommen.«

Scarlett ging an Melanies Tür, öffnete sie einen Spalt und spähte in das sonnige Zimmer. Melanie lag in ihren Kissen, die Augen noch geschlossen und dunkel gerändert, das herzförmige Gesichtchen geschwollen, der schlanke Körper entstellt. Scarlett verspürte den bösen Wunsch, Ashley möge sie so sehen. Sie sah schlechter aus als alle schwangeren Frauen, die sie jemals gesehen hatte. Unter ihrem Blick öffnete Melanie die Augen, und ihr Gesicht leuchtete in einem warmen Lächeln auf.

»Komm herein«, sagte sie und drehte sich unbeholfen zur Seite. »Seit Sonnenaufgang bin ich wach und denke nach, und ich möchte dich etwas fragen, Scarlett.«

Scarlett trat ins Zimmer und setzte sich auf das Bett, das grell in der blendenden Sonne lag. Melanie faßte sanft und vertrauensvoll nach Scarletts Hand.

»Liebe, die Kanonen machen mir Kummer. Es kommt von Jonesboro, nicht wahr?«

Scarlett nickte zustimmend, und das Herz schlug ihr rascher, als sie wieder daran dachte. »Ich weiß, wieviel Sorge du dir machst. Wäre ich nicht gewesen, du wärest schon vorige Woche nach Hause gefahren, nicht wahr?«

»Ja«, sagte Scarlett mißmutig.

»Scarlett, Liebling, du bist gut gegen mich gewesen. Eine Schwester könnte nicht liebevoller und tapferer sein. Ich habe dich so lieb. Es tut mir so leid, daß ich dir im Wege bin.«

Scarlett sah sie groß an.

»Scarlett, ich habe hier gelegen und nachgedacht und möchte dich um etwas Großes bitten.« Sie faßte ihre Hand fester. »Wenn ich sterbe – nimmst du dann mein Kind?«

Scarlett zog, überwältigt von einer neuen Furcht, mit einem Ruck die Hand weg. Mit rauher Stimme erwiderte sie: »Melly, sei keine Gans. Du stirbst nicht. Jede Frau meint bei ihrem ersten Kind, sie stirbt. Ich habe es auch getan.«

»Nein, das sagst du nur, um mir Mut zu machen. Ich habe keine Angst vor dem Tode, aber ich habe Angst davor, das Kind zu verlassen, wenn Ashley … Scarlett, wenn du mir versprichst, daß du mein Kind zu dir nimmst, falls ich sterbe, dann habe ich keine Angst. Tante Pitty ist zu alt, um ein Kind aufzuziehen, und Honey und India … Scarlett, du sollst mein Kind haben. Versprich es mir, und wenn es ein Junge ist, erzieh ihn wie Ashley. Ist es aber ein Mädchen … dann wollte ich, es gliche dir.«

»Himmel!« Scarlett sprang ungeduldig vom Bett auf. »Ist es hier nicht schon schlimm genug, ohne daß auch du noch vom Sterben sprichst?«

»Verzeih, Liebe, aber versprich es mir. Ich glaube, es kommt heute, ich glaube es sicher. Bitte, versprich es mir.«

»Nun gut, ich verspreche es«, sagte Scarlett und sah sie verwundert an. War Melanie wirklich so dumm, daß sie nicht wußte, was Ashley ihr bedeutete? Oder wußte sie alles und meinte, Scarlett müsse gerade um ihrer Liebe willen für Ashleys Kind sorgen? Sie fühlte den wilden Drang, Melanie mit Fragen zu bestürmen, aber da ergriff Melanie ihre Hand und legte sie sich einen Augenblick auf die Wange. Ihre Augen waren wieder ruhig.

»Warum meinst du, daß es heute kommt, Melly?«

»Seit Tagesanbruch habe ich Wehen.«

»Ja, warum hast du mich denn nicht gerufen? Ich schicke Prissy zu Doktor Meade.«

»Nein, Scarlett, noch nicht. Du weißt, wieviel er zu tun hat. Laß ihm nur sagen, wir würden ihn heute noch brauchen. Schick zu Mrs. Meade hinüber und bitte sie, zu kommen und bei mir zu sitzen.«

»Nein, du brauchst den Doktor genauso wie jeder im Lazarett. Ich lasse ihn sofort kommen.«

»Nein, bitte nicht, manchmal dauert es einen ganzen Tag, und ich kann den Doktor doch nicht stundenlang hier sitzen haben, während die Verwundeten ihn so dringend brauchen. Laß nur Mrs. Meade kommen.«

»Na gut«, sagte Scarlett.

XXI

Scarlett schickte Frühstück für Melanie hinauf, dann machte Prissy sich auf den Weg zu Mrs. Meade, und Scarlett setzte sich zu Wade, um selber zu frühstücken. Aber sie hatte keinen Appetit. Ihre furchtsame Unruhe über Melanies Stunde und das angestrengte Lauschen auf den Kanonendonner hinderten sie am Essen. Ihr Herz zeigte sich launisch: manchmal schlug es regelmäßig, dann wieder pochte es so laut und rasch, daß ihr fast schlecht davon wurde. Der schwere Maisbrei blieb ihr wie Leim im Halse kleben, und nie zuvor war ihr die Mischung aus gedörrtem Mais und gemahlener Batate, die als Kaffee diente, so zuwider gewesen. Ohne Zucker und Rahm schmeckte sie gallenbitter. Nach einem Schluck schob sie die Tasse weg. Schon aus diesem Grunde haßte sie die Yankees, weil sie ihr den richtigen Kaffee mit Zucker und Rahm raubten. Wade war ruhiger als sonst und beschwerte sich nicht einmal, wie allmorgendlich, über den Maisbrei, der ihm widerstand. Schweigend aß er die Löffel leer, die sie ihm in den Mund schob, und spülte es dann laut schlürfend mit Wasser hinunter. Seine sanften braunen Augen folgten jeder ihrer Bewegungen. Sie waren groß und rund wie Dollarstücke und voll kindlicher Ratlosigkeit, als hätte sich ihre eigene Furcht auf ihn übertragen. Als er fertig war, schickte sie ihn zum Spielen in den Hintergarten und sah erleichtert, wie er sich durch das spärliche Gras nach seiner Spielkiste trollte.

Sie stand auf und verharrte unentschlossen unten an der Treppe. Sie hätte hinaufgehen und bei Melanie sitzen sollen, um ihr die trüben Gedanken zu vertreiben, aber sie fühlte sich dem nicht gewachsen. Gerade diesen Tag mußte Melanie sich aussuchen, ihr Kind zu bekommen. Gerade diesen Tag mußte sie vom Sterben sprechen. Scarlett setzte sich auf die Treppe und suchte sich zu beruhigen. Inbrünstig wünschte sie sich Onkel Peter herbei, damit er ins Hauptquartier ginge und erführe, was sich draußen abspielte. Wäre nicht Melanie droben, sie selber ginge noch diese Minute in die Stadt und erkundigte sich selbst. Aber ehe nicht Mrs. Meade kam, konnte sie nicht fort. Warum kam nur Mrs. Meade nicht, und wo blieb Prissy?

Sie trat vor die Haustür und schaute ungeduldig aus, aber das Meadesche Haus lag hinter einer Biegung der Straße verborgen. Nach längerer Zeit erschien Prissy allein und schlenderte die Straße entlang, als hätte sie noch den ganzen Tag Zeit. Sie ließ ihren Rock von einer Seite zur anderen wippen und blickte sich über die Schulter, um das eigene Spiel zu betrachten. »Langsam wie der Sirup im Januar«, fuhr Scarlett sie an. »Was hat Mrs. Meade gesagt, wann kommt sie herüber?«

»War nicht da«, sagte Prissy.

»Wo ist sie, wann kommt sie zurück?«

»Ja, nun, Missis.« Prissy zog ihre Worte voller Genuß in die Länge, um ihrer Botschaft das nötige Gewicht zu verleihen. »Cookie sagt, Missis Meade hat heute morgen früh schlechte Nachricht kriegen, daß junger Master Phil angeschossen, und Missis Meade haben den Wagen genommen und den alten Talbot und Betsy und sind alle zusammen weg und wollen ihn holen. Cookie sagt, er sehr schwer verwundet, und Missis Meade können nicht daran denken, herkommen.«

Scarlett starrte sie entgeistert an und hatte nicht übel Lust, sie durchzuschütteln. Immer waren Neger so stolz darauf, eine schlechte Nachricht überbringen zu können.

»Lauf zu Mrs. Merriwether und bitte sie, herzukommen oder ihre Mammy zu schicken, flink!«

»Die sind nicht da, niemand da, Miß, ich hineingeschaut, ich wollen ein bißchen bei Mammy bleiben, die sind aus, Haus ganz verschlossen, sind wohl vielleicht zu Lazarett.«

»Da hast du dich also so lange herumgetrieben! Wenn ich dich irgendwohin schicke, so hast du dich nirgends aufzuhalten, sondern zu gehen und gleich wiederzukommen! Marsch ...«

Sie hielt inne und zerbrach sich den Kopf. Wer war noch von ihren Freundinnen in der Stadt, der ihr helfen konnte? Mrs. Elsing! Mrs. Elsing konnte sie zwar nicht ausstehen, aber Melanie hatte sie immer gern gehabt. »Geh zu Mrs. Elsing, setz ihr alles genau auseinander und frag sie, ob sie nicht herkommen könne. Aber, hör genau zu, Prissy, mit Miß Melly ist es soweit, sie kann dich jetzt jede Minute brauchen. Halte dich mit nichts auf und komme gleich wieder zurück.«

»Jawohl, Miß.«

Prissy machte kehrt und schlenderte im Schneckengang den Weg hinunter.

»Beeil dich!«

»Jawohl, Miß.«

Prissy beschleunigte ihre Schritte um ein weniges. Scarlett trat ins Haus. Wieder besann sie sich, ehe sie zu Melanie hinaufging. Die Nachricht von Phils schwerer Verwundung würde sie aufregen, sie würde ihr irgend etwas vorlügen müssen. Sie trat in Melanies Zimmer, das Frühstück stand unberührt da. Melanie lag mit schneeweißem Gesicht auf der Seite.

»Mrs. Meade ist ins Lazarett hinüber«, sagte Scarlett, »aber Mrs. Elsing kommt. Ist dir sehr elend?«

»Nicht besonders«, log Melanie. »Sag, Scarlett, wie lange hat es bei Wade gedauert?«

»Er war im Handumdrehen da«, antwortete Scarlett so zuversichtlich, wie ihr durchaus nicht zumute war. »Ich war draußen im Garten und hatte kaum Zeit, ins Haus zu kommen. Mammy fand das höchst unschicklich. Es sei genau wie bei den Schwarzen.«

»Ich wollte, ich wäre auch wie eine Schwarze.« Melanie brachte ein mattes Lächeln zustande, das plötzlich wieder verschwand, als ihr Gesicht sich vor Schmerz verzerrte. Scarlett blickte auf Melanies allzu schmale Hüften mit dem Gefühl der Hoffnungslosigkeit herab, sagte aber beruhigend: »Ach, es ist doch nicht so schlimm.«

»Ich weiß, ich bin wohl sehr feige. Kommt Mrs. Elsing sofort?«

»Ja, sofort«, sagte Scarlett. »Ich gehe jetzt hinunter und hole frisches Wasser, dann kühle ich dich ein wenig ab. Es ist heute so heiß.«

Sie hielt sich so lange wie möglich beim Wasserholen auf und lief alle zwei Minuten nach der Tür, um nachzusehen, ob Prissy nicht kam. Dann ging sie wieder hinauf, kühlte Melanies schweißnassen Körper mit dem Schwamm und kämmte ihr das lange schwarze Haar.

Nach einer Stunde hörte sie Negerfüße auf der Straße heranschlurfen und sah aus dem Fenster, wie Prissy langsam daherkam und sich drehte und den Rock schwenkte, wie vorher, und mit tausend kindischen Ziererejen den Kopf zurückwarf, als hätte sie ein großes beifälliges Publikum.

»Ich bleue dem Balg noch das Fell durch«, dachte Scarlett ingrimmig und lief die Treppe hinunter ihr entgegen.

»Missis Elsing drüben im Lazarett, Cookie meint, ein ganzer Haufen verwundeter Soldaten mit Frühzug kommen sind, und Cookie packt Suppe ein, um rüberbringen, Cookie sagt ...«

»Einerlei, was sie sagt«, unterbrach Scarlett sie verzweifelt. »Binde dir eine reine Schürze um und lauf hinüber ins Lazarett. Ich gebe dir einen Brief für Dr. Meade mit. Wenn er nicht da ist, gib ihn Dr. Jones oder einem der anderen Ärzte, und wenn du dich dieses Mal nicht mehr beeilst, ziehe ich dir bei lebendigem Leibe das Fell über die Ohren.«

»Jawohl, Miß.«

»Frage einen der Herren, wie die Kämpfe stehen. Wenn sie es nicht wissen, geh zum Bahnhof und frag die Lokomotivführer, die die Verwundeten hereinbrachten; frag, ob bei Jonesboro gekämpft wird.«

»Allmächtiger Gott, Miß!« In Prissys schwarzem Gesicht malte sich die Panik. »Die Yankees sein doch nicht in Tara?«

»Ich weiß es nicht. Du sollst es ja gerade in Erfahrung bringen.«

»Allmächtiger! Miß, was tun sie nun mit meiner Ma!« Prissy fing an laut zu heulen.

»Laß das Heulen, Miß Melanie hört es. Binde dir schnell eine andere Schürze um.«

Scarlett warf ein paar hastige Zeilen auf den Rand von Geralds letztem Brief, das einzige Stück Papier im Hause. Als sie es zusammenfaltete, fiel ihr Blick auf Geralds Worte: »Deine Mutter ... Typhus ... unter keinen Umständen nach Hause kommen ...« Sie schluchzte beinahe. Wäre nicht Melanie, sie bräche noch in dieser Minute auf, und wenn sie Schritt für Schritt zu Fuß nach Hause gehen müßte.

Prissy lief dieses Mal im Laufschritt davon, den Brief fest in der Hand. Scarlett ging wieder zu Melanie und dachte über eine glaubwürdige Lüge nach, mit der sie erklären konnte, warum auch Mrs. Elsing nicht kam. Aber Melanie fragte nicht. Mit ihrem klaren, sanften Gesicht lag sie da auf dem Rücken, ihr Anblick beruhigte Scarlett wieder ein wenig. Sie setzte sich zu ihr und versuchte, von gleichgültigen Dingen zu sprechen. Aber die Gedanken an Tara bohrten grausam in ihr. Sie sah die sterbende Ellen vor sich und die Yankees, die nach Atlanta kamen und alles umbrachten und verbrannten. Bei alledem wogte der dumpfe, ferne Donner immer wieder beängstigend gegen ihr Ohr. Schließlich wußte sie nichts mehr zu sagen und schaute schweigend aus dem Fenster. Auch Melanie schwieg, nur von Zeit zu Zeit verzerrte sich ihr stilles Gesicht vor Schmerz. Danach sagte sie jedesmal: »Nein, es ist nicht so schlimm«, und Scarlett wußte, daß sie log. Lautes Schreien wäre ihr lieber gewesen als dieses stille Dulden. Es war sonderbar, aber sie brachte keinen Funken von Mitgefühl auf. Die eigene Not zehrte zu sehr an ihrem Gemüt. Manchmal, wenn ihr Blick auf das schmerzverzerrte Gesichtchen fiel, fragte sie sich, warum in aller Welt gerade sie jetzt bei Melanie sein mußte. Sie hatte doch nichts mit ihr gemein, ja, sie haßte sie sogar und hätte sie mit Freuden tot gesehen. Nun, vielleicht bekam sie ihren Willen, noch ehe der Tag vorüber war. Bei diesem Gedanken überlief sie eine kalte, abergläubische Furcht. Es brachte Unglück, jemandem den Tod zu wünschen, es war fast so unheilvoll wie ein Fluch. Flüche fallen auf einen zurück, pflegte Mammy zu sagen. Hastig sprach sie ein Gebet, Melanie möge nicht sterben, und versuchte wieder fieberhaft, die Kranke zu unterhalten.

Plötzlich legte Melanie die heiße Hand auf ihren Arm. »Gib dir keine Mühe, Liebes. Ich weiß, wie du dich grämst. Verzeih, daß ich dir so zur Last falle.«

Scarlett verstummte wieder, aber sie konnte nicht stillsitzen, sie ging zum Fenster, blickte auf die Straße hinunter, setzte sich wieder und blickte abermals auf der anderen Seite des Zimmers zum Fenster hinaus.

Eine Stunde verging und noch eine. Der Mittag kam. Die Sonne stand hoch und brannte heiß, kein Hauch regte sich in den staubigen Blättern. Melanies Wehen wurden jetzt heftiger, und ihr langes Haar war feucht von Schweiß. Das Nachthemd klebte ihr in nassen Flecken am Körper. Schweigend wusch Scarlett ihr mit einem Schwamm das Gesicht. Gott im Himmel, wenn nun das Kind kam, ehe ein Helfer zur Stelle war. Was sollte sie tun! Von

Geburtshilfe wußte sie weniger als nichts. Gerade das hatte sie seit Wochen befürchtet. Sie hatte darauf gerechnet, daß Prissy sich auf die Hebammenkunst verstehen würde. Aber wo sie nur steckte? Warum kam der Doktor nicht? Sie horchte abermals angestrengt zum Fenster hinaus, und plötzlich kam es ihr vor, als sei das ferne Kanonengrollen verstummt.

Endlich kam Prissy die Straße heruntergelaufen, blickte empor, sah die Herrin und öffnete den Mund zu einem Geschrei. Scarlett gewahrte das Entsetzen in ihrem kleinen schwarzen Gesicht und legte schleunigst den Finger an die Lippen, damit Melanie nicht durch eine Schreckensnachricht aufgeregt würde. Dann verließ sie das Zimmer und ging Prissy entgegen. Prissy saß keuchend auf der untersten Treppenstufe im Flur.

»Sie kämpfen bei Jonesboro, Miß Scarlett! Sie sagen, unsere Herren werden geschlagen, o Gott, Miß Scarlett, was wird aus Ma und Pork, o Gott, Miß Scarlett, was wird aus uns, wenn die Yankees herkommen! O Gott, o mein Gott!«

Scarlett verschloß ihr den schreienden Mund mit der Hand. Entschlossen schob sie alle anderen Gedanken in den Hintergrund und hielt sich an die drängenden Forderungen des Augenblicks. »Wo ist Dr. Meade, wann kommt er?«

»Ich haben ihn gar nicht nie überhaupt nicht gesehen, Miß Scarlett! Nein, in Wirklichkeit, Miß, er nicht im Lazarett, auch Missis Merriwether und Missis Elsing nicht, ein Mann mir sagen, der Doktor ist unten im Wagenschuppen bei den verwundeten Soldaten, die eben von Jonesboro gekommen, aber Miß Scarlett, ich zu bange zum Schuppen gehen, da unten sterben die Leute alle tot, ich habe so Angst vor toten Menschen!«

»Und die anderen Doktoren?«

»Bei Gott, Miß Scarlett, ich kann keinen dazu bringen, daß er Ihren Brief lesen. Die arbeiten alle im Lazarett, als wenn sie alle verrückt sind, ein Doktor mir sagen, ›verfluchtes Gör, komme uns nicht hier mit Babys, wenn wir mit sterbenden Männern zu tun haben!‹ Dann ich bin überall herumgelaufen und nach Nachrichten fragen, wie Miß mir gesagt, und alle haben gesagt ›Kämpfe bei Jonesboro‹, und ich ...«

»Du sagst, Dr. Meade ist am Bahnhof?«

»Jawohl, Miß.«

»Nun höre genau zu. Ich hole Dr. Meade, und du sitzt solange bei Miß Melanie und tust aufs Wort, was sie dir sagt. Und wenn du ihr ein Sterbenswort von den Kämpfen verrätst, verkaufe ich dich nach dem Süden, so sicher, wie ein Gewehr aus Eisen ist. Und sag ihr auch nicht, daß die anderen Doktoren nicht kommen können, hörst du?«

»Jawohl, Miß.«

»Trockne dir die Augen, hol einen Eimer frisches Wasser und geh hinauf. Wasch Miß Melanie ab und sag ihr, ich hole Dr. Meade.«

»Es ist schon soweit, Miß Scarlett?«

»Ich fürchte, aber ich weiß nicht genau. Du solltest es wissen. Geh jetzt hinauf.«

Sie stülpte sich den breiten Strohhut auf den Kopf und strich sich mechanisch vorm Spiegel die losen Haarsträhnen unter den Hut. Aber sie sah ihr Spiegelbild gar nicht. Kalte Schauer durchliefen ihren ganzen Körper, obwohl sie vom Schweiß durchnäßt war. Sie lief aus dem Hause in die glühende Sonnenhitze hinein und jagte die Pfirsichstraße hinunter. Ganz unten am Ende der Straße hörte sie ein Durcheinander von vielen Stimmen. Als sie das Leydensche Haus vor sich sah, begann sie zu keuchen, denn ihr Korsett war fest geschnürt, aber sie dachte nicht daran, ihre Schritte zu mäßigen. Der Lärm wurde immer lauter.

Vom Leydenschen Hause bis nach Five Points glich die Straße einem eben zerstörten Ameisenhaufen. Neger rannten erschrocken hin und her, vor den Haustüren standen verlassene weiße Kinder und heulten. Auf der Straße drängten sich Fuhrwerke und Ambulanzen voll Verwundeter und Wagen, die mit Gepäck und Möbelstücken beladen waren. Reiter kamen aus den Seitenstraßen gesprengt und jagten auf Hoods Hauptquartier zu. Vor dem Bonnellschen Hause stand der alte Amos beim Wagen; er hielt den Kopf des Pferdes und grüßte Scarlett mit rollenden Augen.

»Sind Sie noch nicht weg, Miß Scarlett? Wir gehen jetzt. Die alte Miß packt ihren Koffer.«

»Ihr geht? Wohin?«

»Das weiß der Allmächtige, Miß, irgendwohin, die Yankees kommen.«

Sie jagte weiter, ohne zu grüßen. Die Yankees kommen! Bei der Wesleykapelle blieb sie stehen, um Atem zu schöpfen und zu warten, daß das hämmernde Herz sich beruhigte. Als sie dastand und sich an einem Laternenpfahl festhielt, sah sie einen Offizier zu Pferde die Straße von Five Points herabgaloppieren, und es trieb sie plötzlich, ihm in den Weg zu laufen und zu winken. »Halt! Bitte, halt!«

Er zog so plötzlich die Zügel an, daß das Pferd stieg und mit den Hufen in die Luft schlug. Sein Gesicht trug die scharfen Züge der Hetze und Übermüdung. »Sagen Sie, ist es wahr? Kommen die Yankees?«

»Ich fürchte, ja.«

»Wissen Sie es genau?«

»Ja, vor einer halben Stunde ist aus Jonesboro eine Depesche ins Hauptquartier gelangt.«

»Aus Jonesboro, sind Sie sicher?«

»Ganz sicher, die Depesche kam von General Hardee und lautete: ›Habe Schlacht verloren, bin in vollem Rückzuge.‹«

»O mein Gott!«

Das dunkle Gesicht des Mannes blickte sie müde und unerregt an. Er faßte die Zügel und setzte den Hut wieder auf.

»Ach, bitte noch einen Augenblick, was sollen wir tun?«

»Gnädige Frau, das kann ich nicht sagen, die Armee wird Atlanta räumen.«

»Und überläßt uns den Yankees?«

»Ich fürchte, ja.«

Er jagte davon und ließ Scarlett mitten auf der Straße in dem roten Staub stehen.

Die Yankees kamen. Die Armee zog ab. Was sollten sie tun? Wohin sollten sie fliehen? Sie konnten nicht fliehen, denn Melanie lag im Bett und erwartete das Kind. Ach, warum mußten Frauen Kinder bekommen! Wäre nicht Melanie, so könnte sie Wade und Prissy nehmen und sich im Wald verstecken. Ach, wäre das Kind doch eher gekommen, dann hätten sie alle zusammen fliehen können. Aber nun mußte sie Dr. Meade suchen – vielleicht konnte er die Niederkunft beschleunigen. Sie raffte die Röcke und lief die Straße hinunter. In ihren Ohren hämmerte es: »Die Yankees kommen, die Yankees kommen!«

In Five Points wimmelte es von kopflosen Menschen, von Wagen, Karren, Equipagen voller Verwundeter. Ein Brausen, gleich dem der Meeresbrandung, stieg von dieser Menge empor. Dann sah sie etwas Seltsames. Aus der Richtung der Eisenbahnlinie kamen Scharen von Frauen daher, die Schinken auf der Schulter trugen. Kleine Kinder stolperten unter der Last voller Sirupeimer neben ihnen her. Junge Burschen schleppten Säcke voller Getreide und Kartoffeln. Ein alter Mann schob mühsam eine Karre mit einem kleinen Faß Mehl vor sich her. Männer, Frauen und Kinder, Weiße und Schwarze, schleppten Ballen, Säcke und Kisten voller Nahrungsmittel, mehr, als sie im ganzen letzten Jahre gesehen hatte. Plötzlich brach eine schwankende Chaise sich Bahn, und in ihr stand die zarte, elegante Mrs. Elsing, Zügel in der einen, Peitsche in der andern Hand. Bleichen Gesichts, ohne Hut, mit aufgelöstem grauem Haar, das ihr im Rücken flatterte, hieb sie wie eine Furie auf das Pferd ein. Auf dem Rücksitz des Wagens wurde ihre schwarze Amme Melissy hin und her geschüttelt. Mit der einen Hand hielt sie eine fette Speckseite an sich gepreßt, mit der andern und mit beiden Füßen suchte sie die Kisten und Kasten festzuhalten, die um sie herum aufgetürmt waren. Ein Sack mit getrockneten Erbsen war geplatzt, und die Erbsen rollten auf die Straße. Scarlett schrie ihr zu, aber in dem Tumult ging ihre Stimme unter, und der Wagen schaukelte und rumpelte vorüber. Einen Augenblick begriff sie nicht, was das alles zu bedeuten hatte. Dann entsann sie sich, daß die Speicher der Heeresverwaltung an der Eisenbahnstrecke lagen, und sagte sich, daß man sie für die Bevölkerung geöffnet hatte, damit möglichst viel gerettet werde, ehe die Yankees kamen.

Eilig drängte sie sich durch die Menge, die den freien Platz von Five Points überschwemmte, und lief, so schnell ihre Füße sie tragen wollten, die Straße bis zum Bahnhof entlang. Durch das Gewirr der Ambulanzen und durch die Staubwolken erblickte sie die Ärzte und Krankenpfleger. Gottlob, nun mußte sie Dr. Meade bald finden. Als sie beim Atlanta-Hotel um die Ecke bog und den Bahnhof vor sich liegen sah, blieb sie schaudernd stehen.

In der erbarmungslosen Sonne lagen Hunderte von Verwundeten, Schulter an Schulter, Sohle an Sohle, in Reih und Glied. Die Schienen und die Seitenstraßen entlang und in den Wagenschuppen lagen sie in endlosen Reihen. Einige steif und still, andere wanden sich stöhnend unter der heißen Sonne. Überall schwärmten die Fliegen um sie herum, krochen ihnen summend übers Gesicht, überall waren Blut, Schmutz, Bandagen, Gestöhn, gellende Flüche und Schmerzensschreie, wenn die Krankenträger die Leute anhoben. Der Geruch von Schweiß, Staub und Kot stieg in sengend heißen Wellen empor. Scarlett wurde bei dem Gestank übel.

Sie hielt sich die Hand vor den Mund und kämpfte mit dem Brechreiz. Dies konnte sie nicht mehr ertragen. Verwundete hatte sie im Lazarett gesehen, auf Tante Pittys Wagen und nach den Gefechten am Bach, aber so etwas wie diese langen Reihen stinkender, blutiger Leiber, die in der grellen Sonne schmachteten, noch nie. Diese Schmerzen, dieser Dunst, dieser Lärm – es war das Inferno.

Sie befand sich jetzt mitten darin, biß die Zähne zusammen, ging die Reihen entlang und spähte unter den aufrechten Gestalten nach Dr. Meade aus. Aber sogleich bemerkte sie, daß das so nicht ging. Bei jedem Schritt, den ihre Blicke nicht begleiteten, trat sie auf einen der Ärmsten. Sie raffte die Röcke empor und versuchte, sich zu einem Menschenknäuel, von wo aus die Krankenträger ihre Weisungen bekamen, einen Weg zu bahnen.

Aber auf Schritt und Tritt zogen fiebernde Hände sie am Rock und heisere Stimmen ächzten zu ihr empor: »Wasser! Bitte, Wasser! Um Christi willen, Wasser!«

Der Schweiß strömte ihr vor Angst und Entsetzen übers Gesicht. Sie würde aufschreien und ohnmächtig werden, wenn sie auf einen dieser zuckenden Leiber trat. Sie schritt über Tote hinweg, über Männer mit stumpfen Augen, deren Hände an den Bauch griffen, wo zerrissene Uniformfetzen mit angetrocknetem Blut an den Wunden klebten, über Männer, deren Bärte von Blut starrten und die aus zertrümmerten Kiefern Laute von sich gaben, die nur bedeuten konnten: »Wasser, Wasser!«

Wenn sie Dr. Meade nicht bald fand, so brach sie noch in ein fassungsloses Geschrei aus. Sie blickte zu der Gruppe von Männern hinüber, die beim Wagenschuppen stand, und rief so laut sie konnte: »Dr. Meade! Ist Dr. Meade da?«

Ein Mann löste sich endlich aus der Gruppe und schaute zu ihr herüber. Es war der Doktor. Er hatte den Rock abgelegt und die Ärmel bis zu den Schultern aufgekrempelt. Hemd und Hose waren rot wie die eines Schlachters, und sogar die Spitzen seines eisgrauen Bartes waren von Blut besudelt. Sein Gesicht sah wie trunken aus vor Überanstrengung, vor ohnmächtigem Zorn, vor heißem Mitleid. Es war grau und schmutzig. Der Schweiß war ihm in langen Bächen heruntergelaufen. Aber seine Stimme klang ruhig und entschieden, als er ihr zurief: »Gott sei Dank, daß Sie da sind. Ich kann alle Hände gebrauchen.«

Einen Augenblick starrte sie ihn entgeistert an und ließ vor Entsetzen die Röcke fallen. Sie streiften über das schmutzige Gesicht eines Verwundeten, der einen matten Versuch machte, den Kopf aus den erstickenden Stoffen zu befreien. Was hatte Mr. Meade da gesagt? Der Staub schlug ihr von den Ambulanzen her betäubend ins Gesicht, der Gestank drang ihr wie eine faulende Flüssigkeit in die Nase.

»Rasch, Kind, komm her!«

Sie raffte den Rock wieder hoch und ging, so schnell es zwischen den herumliegenden Leibern möglich war, auf ihn zu, legte ihm die Hand auf den Arm und fühlte, wie er vor Erschöpfung zitterte. Aber seinem Gesicht war nichts von Schwäche anzusehen.

»Ach, Doktor«, rief sie, »Sie müssen kommen. Melanie bekommt ihr Kind.« Er blickte sie an, als gingen ihre Worte seinem Bewußtsein überhaupt nicht ein. Ein Mann, der zu ihren Füßen mit dem Kopf auf seiner Feldflasche am Boden lag, lächelte ihr kameradschaftlich zu: »Wird schon gehen«, sagte er zuversichtlich.

Sie blickte nicht einmal zu ihm hinunter, sondern schüttelte den Doktor am Arm. »Melanie, das Kind, Sie müssen kommen...« Es wurde ihr schwer, die Worte herauszubringen, da fremde Männer zu Hunderten zuhörten. »Die Wehen sind schon sehr schwer ... bitte, Doktor!«

»Ein Baby? Großer Gott!« schrie der Doktor, und sein Gesicht verzog sich plötzlich vor Haß und Wut, nicht gegen sie oder irgendeinen andern Menschen, sondern gegen die ganze Welt, in der sich so etwas ereignen konnte. »Bist du wahnsinnig? Ich kann doch die Leute hier nicht verlassen! Sie liegen zu Hunderten im Sterben, ich kann sie doch nicht wegen eines verwünschten Babys im Stich lassen. Hole dir eine Frau, die dir hilft. Meine Frau!«

Sie öffnete den Mund, um ihm zu sagen, warum Mrs. Meade nicht kommen konnte, und schloß ihn wieder, er wußte also nicht, daß sein Sohn verwundet war! Ob er wohl noch hier wäre, wenn er es wüßte? Eine innere

Stimme sagte ihr, auch wenn Phil im Sterben läge, so stünde der Doktor immer noch hier und hülfe den vielen statt dem einen.

»Nein, Sie müssen kommen, Doktor. Sie haben doch gesagt, es würde eine schwere Entbindung. Wenn Sie nicht kommen, stirbt sie!«

Er schüttelte rücksichtslos ihre Hand ab und erwiderte, als hätte er sie kaum gehört: »Stirbt? Ja, sie sterben alle. Alle die Leute hier sterben. Keine Verbandstoffe, kein Pflaster, kein Chinin, kein Chloroform. Was gäbe ich nicht um ein wenig Morphium! Nur für die schlimmsten Fälle, nur ein wenig Chloroform. Gott verdamm die Yankees!«

»Zur Hölle mit ihnen!« sagte der Mann auf dem Fußboden und zeigte unter seinem Bart die Zähne.

Um Scarlett begann es zu schwanken, in ihren Augen standen die Tränen der Verzweiflung. Der Doktor konnte nicht mitkommen. Nun mußte Melanie sterben, und sie hatte ihr den Tod gewünscht.

»Um Gottes willen, Doktor, bitte!«

Der Doktor biß sich auf die Lippen, sein Gesicht wurde hart, als sein Ausdruck wieder kühler wurde. »Kind, ich will es versuchen. Versprechen kann ich nichts, aber versuchen will ich es. Wenn wir diese Leute versorgt haben! Die Yankees kommen, die Truppen ziehen ab. Ich weiß nicht, was mit den Verwundeten geschehen soll. Züge gibt es nicht. Die Strecke nach Macon ist vom Feinde besetzt. Ich will es versuchen. Aber jetzt geh du nur nach Haus. Ein Kind holen ist nicht schwer. Einfach abbinden ...«

Er wandte sich wieder ab, als ein Wärter ihn an den Arm tippte, gab seine kurzen Weisungen und zeigte auf diesen und jenen Verwundeten. Die Männer zu Scarletts Füßen blickten mitleidig zu ihr auf. Sie wandte sich zum Gehen, der Doktor hatte sie vergessen.

Rasch suchte sie sich ihren Weg durch diese Hölle der Verwundeten zurück nach der Pfirsichstraße. Der Doktor kam nicht. Sie mußte sehen, wie sie sich selber half. Gott sei Dank, daß Prissy ein wenig von Geburtshilfe verstand. Der Kopf schmerzte ihr von der Hitze, die Taille, naß von Schweiß, klebte ihr am Körper. Ihre Beine waren kraftlos wie in einem bösen Traum, wenn man zu laufen versuchte und sie nicht bewegen konnte. Dann begann in ihrem Kopf wieder der Refrain: »Die Yankees kommen.« Sie wühlte sich mit hämmerndem Herzen durch das Gedränge der Volksmenge bei Five Points. Es war jetzt so arg, daß auf den schmalen Fußsteigen kein Platz mehr war. Sie mußte auf dem Fahrweg gehen. Lange Kolonnen staubbedeckter Soldaten schleppten sich todmüde vorbei. Es mußten Tausende sein, bärtige, verschmutzte Leute, das Gewehr über der Schulter, zogen sie in raschem Schritt dahin. Kanonen rollten vorüber, die Fahrer schlugen mit Streifen ungegerbten Leders auf die mageren Gäule ein. Planwagen mit zerrissenen Verdecken schwankten über die ausgefahrenen Furchen. Reiter preschten in endlosen, erstickenden Staubwolken dahin. So viele Soldaten hatte sie noch nie auf einmal gesehen. Zurück, zurück! Die Yankees kommen, die Armee zieht ab!

Die fliehenden Truppen drängten sie wieder auf den überfüllten Fußsteig. Ihr schlug der Dunst billigen Fusels entgegen. Unter dem Pöbel der Decaturstraße waren allerlei auffallende Frauenzimmer zu sehen, deren bunter Putz und geschminkte Gesichter schlecht in dieses Trauerspiel paßten. Die meisten waren betrunken, und die Soldaten, an deren Arm sie hingen, waren es noch mehr. Ein brandroter Lockenkopf fiel ihr ins Auge, sie sah Belle Watling und hörte ihr schrilles, weinseliges Gelächter, als sie sich an einen einarmigen Soldaten hängte, der taumelte und stolperte.

Als sie sich einen Häuserblock aus Five Points hinaus durch die Menge gedrängt und gestoßen hatte, wurde die Straße etwas leerer. Sie raffte die Röcke hoch und fing wieder an zu laufen. Vor den Stufen der Wesleykapelle sank sie nieder und barg den Kopf in den Händen, bis ihr das Atmen wieder leichter wurde. Wenn doch ihr Herz aufhören wollte zu hämmern, zu trommeln und zu jagen. Ihr war, als schnitte das Korsett ihr die Rippen mittendurch. Könnte sie doch nur einmal bis tief in den Bauch hinein Atem holen! Und wäre doch nur irgend jemand da, an den sie sich um Hilfe wenden könnte! Immer, ihr ganzes Leben hindurch, hatten bei jeder Schwierigkeit willige Hände ihr beigestanden; nun aber, im Augenblick der allerhöchsten Not, war sie allein.

Noch immer schwindelig, stand sie wieder auf und machte sich von neuem auf den Weg. Als sie ihr Haus erblickte, sah sie Wade auf der Gartentür stehen und sich darauf hin und her schwenken. Er sah sie, verzog sein Gesicht, begann zu heulen und hielt einen geschwollenen Finger in die Höhe. »Weh getan«, schluchzte er, »tut weh!«

»Sei still! Geh in den Hintergarten und spiel!«

Sie blickte empor und sah droben Prissy, Angst und Beklommenheit im Gesicht, zum Fenster hinauslehnen. Scarlett winkte ihr, herunterzukommen, und trat ins Haus. Sie löste die Hutschleife, warf den Hut auf den Tisch und fuhr sich mit dem Unterarm über die nasse Stirn. Oben hörte sie eine Tür gehen, und leises, jammervolles Stöhnen aus einem Abgrund von Qual schlug ihr ans Ohr. Prissy kam in großen Sätzen die Treppe hinunter. »Ist der Doktor da?«

»Nein, er kann nicht kommen.«

»Ach, du lieber Gott, Miß Scarlett! Miß Melly geht es sehr schlecht!«

»Der Doktor kann nicht kommen, niemand kann kommen. Du mußt das Kind holen. Ich helfe dir dabei.«

Prissy sperrte den Mund auf und bewegte wortlos die Zunge. Sie sah

Scarlett von der Seite an, drehte sich auf den Füßen hin und her und verrenkte den mageren Oberkörper.

»Mach nicht solch dummes Gesicht«, fuhr Scarlett sie an.

»Um Gottes willen, Miß Scarlett!« Prissys Augen rollten vor Angst im Kopf. »Um Gottes willen, wir müssen Doktor haben! Ich ... ich ... Miß Scarlett, ich weiß nicht keine Ahnung, wie Kinder holen. Ma mir immer verboten dabeisein, wenn Kinder kommen!«

»Du schwarze Lügnerin – was soll das heißen! Du hast mir doch gesagt, du weißt mit Entbindungen Bescheid. Was soll ich nun glauben! Heraus mit der Sprache!«

Sie schüttelte das Mädchen, bis der wollige Kopf wie betrunken hin und her schwankte.

»Ich gelogen, Miß Scarlett, gelogen! Ich weiß auch nicht, warum gelogen, nur einmal bei einem Baby ich haben zugesehen, und Ma mich deswegen schrecklich verprügeln!«

Scarlett starrte sie fassungslos an, und Prissy versuchte sich loszureißen. Einen Augenblick lang wollte Scarlett es nicht glauben, aber als sie endlich begriff, übermannte sie der Zorn. Nie im Leben hatte sie einen Sklaven geschlagen, aber jetzt versetzte sie mit der ganzen Kraft ihres müden Armes der schwarzen Wange eine schallende Ohrfeige. Prissy kreischte aus Leibeskräften und versuchte, sich frei zu machen. Da hörte das Stöhnen im zweiten Stock auf, und mit schwacher, bebender Stimme rief Melanie: »Scarlett, bist du es? Bitte, bitte komm!«

Scarlett ließ Prissys Arm los, das Mädchen setzte sich wimmernd auf die Treppenstufe. Einen Augenblick blieb Scarlett stehen und horchte auf das Stöhnen, das von neuem einsetzte. Ihr war, als legte sich ihr ein Joch schwer auf den Nacken, ein Joch mit einer schweren Last darauf, die sie fühlen mußte, sobald sie den ersten Schritt tat. Sie versuchte, sich zu überlegen, was Mammy und Ellen bei Wades Geburt alles getan hatten, aber die Wehen hatten fast alles in einem barmherzigen Nebel verschwimmen lassen. Nur weniges fiel ihr wieder ein, und sie erteilte Prissy rasch einige Weisungen: »Mach Feuer im Herd und sorg für kochendes Wasser. Bring alle Handtücher, die du finden kannst, und auch die Rolle Garn. Hol meine Schere. Sag nicht, du kannst sie nicht finden. Hol sie, aber schnell.« Mit einem Ruck zog sie Prissy in die Höhe und stieß sie zur Küche, dann biß sie die Zähne aufeinander und ging die Treppe hinauf. Es war schrecklich, Melanie beibringen zu müssen, daß sie und Prissy die einzigen Helfer waren.

XXII

Einen so langen, so heissen und unerträglichen Nachmittag erlebte sie gewiß nicht wieder. Die Fliegen umschwärmten Melanie trotz Scarletts beständigem Fächeln. Der Arm tat ihr weh von dem unaufhörlichen Schwenken des breiten Palmblattes. Alle Mühe schien umsonst; kaum daß sie das Getier von Melanies feuchtem Gesicht verscheucht hatte, krabbelte es ihr auf den schweißbedeckten Füßen und Beinen, so daß sie zusammenzuckte und jammerte: »Bitte, am Fuß!«

Das Zimmer lag im Halbdunkel, Scarlett hatte die Jalousien heruntergelassen, um Hitze und Helligkeit fernzuhalten. Haarfeine Sonnenstrahlen drangen durch die schmalen Ritzen herein. Dennoch glich das Zimmer einem Ofen. Scarletts Kleider wurden vom Schweiß nicht mehr trocken, sondern von Stunde zu Stunde nasser und klebriger. Prissy hockte schwitzend in einer Ecke und roch so abscheulich, daß Scarlett sie aus dem Zimmer geschickt hätte, wenn sie nicht hätte befürchten müssen, daß das Mädchen, ihr kaum aus den Augen, davonlaufen würde. Melanie lag auf dem Laken voll dunkler Schweiß- und Wasserflecken und wälzte sich unaufhörlich von einer Seite auf die andere. Manchmal versuchte sie, sich aufzusetzen, sank wieder zurück und wälzte sich von neuem. Zuerst hatte sie versucht, das Schreien zu unterdrücken, und sich auf die Lippen gebissen, bis sie wund waren, aber Scarlett, deren Nerven nicht minder wund waren, hatte heiser gesagt: »Melly, um Gottes willen, laß das Unterdrücken. Schrei, wenn dir danach zumute ist. Niemand hört dich außer uns.« Gegen Mittag ließ Melanie, ob sie nun tapfer sein wollte oder nicht, ihrem Stöhnen freien Lauf, und manchmal schrie sie auf. Dann ließ Scarlett den Kopf in die Hände sinken und hielt sich die Ohren zu, wand sich vor Furcht und wünschte sich selber den Tod. Lieber alles andere, als dies hilflos mit anzusehen, wenn ein Mensch sich so quälte, nicht fort zu können und auf das Kind warten zu müssen, das so lange auf sich warten ließ, und dabei standen die Yankees vielleicht schon vor Five Points.

Inbrünstig wünschte sie jetzt, sie hätte früher dem Getuschel der Frauen über Entbindungen aufmerksamer zugehört. Dann wüßte sie heute, was zu tun sei und ob es noch lange dauern würde oder nicht. Sie entsann sich dunkel eines Berichts von Tante Pitty, wonach eine Freundin zwei Tage in Wehen gelegen hatte und dann gestorben war, ohne daß das Kind zur Welt gekommen war. Sollte es denn mit Melanie zwei Tage so weitergehen? Die Ärmste war zu zart, um dies noch zwei Tage lang auszuhalten. Wenn das Kind nicht bald kam, konnte es sicher nicht lange mehr mit ihr dauern. Wie aber sollte sie Ashley, falls er noch lebte, mit der Nachricht unter die Augen treten, Melanie sei gestorben ... sie hatte ihm doch versprochen, sich ihrer anzunehmen.

Zuerst wollte Melanie Scarletts Hand halten, wenn es sehr weh tat, aber sie umklammerte sie so fest, daß ihr die Knöchel schier zerbrechen wollten. Nach einer Stunde waren Scarletts Hände so geschwollen, daß sie sie kaum noch bewegen konnte. Sie knotete zwei lange Handtücher zusammen, befestigte sie am Fußende des Bettes und gab Melanie den Knoten in die Hand. Melanie klammerte sich daran, als sei es eine Rettungsleine, und zog sie abwechselnd straff, riß daran und ließ sie wieder los. Den ganzen Nachmittag erklang ihre Stimme wie die eines Tieres, das in einer Falle zugrunde geht. Manchmal ließ sie das Handtuch fahren, rieb sich matt die Hände und schaute Scarlett mit riesengroßen, angsterfüllten Augen an.

»Erzähl mir was, bitte, erzähl mir was«, hauchte sie. Scarlett schwatzte etwas vor sich hin, bis Melanie von neuem nach dem Handtuchknoten griff und sich zu winden begann.

Einmal kam Wade auf Zehenspitzen die Treppe herauf und stand wehklagend draußen vor der Tür: »Wade hungrig!«

Scarlett erhob sich, um zu ihm hinauszugehen, aber Melanie flüsterte: »Bitte, laß mich nicht allein, ich kann es nur aushalten, wenn du da bist.«

Scarlett schickte Prissy hinunter, um dem Kind den Maisbrei vom Frühstück aufzuwärmen. Sie selber hatte das Gefühl, nach diesem Nachmittag nie im Leben wieder einen Bissen zu sich nehmen zu können. Die Uhr auf dem Kamin war stehengeblieben, sie konnte nicht feststellen, wie spät es war, aber als die Hitze im Zimmer nachließ und die winzigen Lichtstreifen matter wurden, zog sie die Jalousien hoch. Sie sah, daß es schon spät am Nachmittag war und die Sonne wie ein roter Ball tief am Horizont stand. Sie hatte sich gar nicht vorstellen können, daß dieser siedendheiße Tag je vorüberging.

Leidenschaftlich gern hätte sie gewußt, was sich in der Stadt zutrug. Ob die Yankees schon da waren? Sherman! Der Name des Leibhaftigen jagte ihr nicht so viel Schrecken ein wie dieser. Aber immer von neuem lenkte die Kranke sie von ihren Gedanken ab. Als die Dämmerung hereinbrach und Prissy die Lampe anzündete, wurde Melanie schwächer. Immer wieder rief sie in Fieberphantasien nach Ashley, bis Scarlett von der wilden Lust ergriffen wurde, diesen unheimlichen, eintönigen Ruf in den Kissen zu ersticken. Vielleicht kam der Doktor schließlich doch noch? Sie schickte Prissy mit dem Auftrage fort, hinüberzulaufen und zu sehen, ob der Doktor oder seine Frau dort sei. »Wenn er nicht da ist, frag Mrs. Meade oder Cookie, was wir tun sollen, und bitte sie, herüberzukommen.« Prissy klapperte davon, und Scarlett sah sie die Straße schneller hinunterrennen, als sie es dem nichtsnutzigen Kind zugetraut hätte. Nach längerer Zeit kam sie allein zurück.

»Doktor ganzen Tag nicht nach Hause kommen, hat bestellen lassen, er mußte mit den Soldaten weg, Miß Scarlett, und mit Master Phil ist vorbei.«

»Tot?«

»Jawohl, Missis«, Prissy kam sich ungemein wichtig vor. »Kutscher Talbot es mir erzählen, er hat einen Schuß ...«

»Einerlei jetzt.«

»Mrs. Meade auch nicht gesehen, Cookie sagen, Mrs. Meade ihn waschen und zurechtmachen, daß er begraben werden, ehe die Yankees herkommen, Cookie sagen, wenn die Schmerzen zu schlimm werden, wir einfach ein Messer unter Miß Melanies Bett legen, das schneidet den Schmerz entzwei.«

Am liebsten hätte Scarlett ihr für diese Mitteilung wieder eine Ohrfeige gegeben, aber Melanie riß die Augen weit auf und flüsterte: »O Gott, kommen denn die Yankees?«

»Nein«, sagte Scarlett, ohne mit der Wimper zu zucken, »Prissy lügt.«

»Doch, Missis, ganz gewiß«, widersprach Prissy voll Eifer.

»Sie kommen«, flüsterte Melanie und verbarg ihr Gesicht im Kissen. Sie ließ sich nicht täuschen. Gedämpft kam es von ihrem Bett her: »Mein armes, armes Kindchen!« und nach einer langen Pause: »O Scarlett, du darfst nicht hierbleiben, du mußt mit Wade fortgehen.«

Was Melanie da sagte, war nichts anderes, als was Scarlett selber gedacht hatte. Als sie es aber mit Worten hörte, brachte es sie in Wut und beschämte sie, als stünde ihre heimliche Feigheit ihr deutlich auf dem Gesicht geschrieben.

»Sei keine Gans, ich habe keine Angst. Du weißt, daß ich dich hier nicht allein lasse.«

»Du könntest es getrost tun, ich sterbe doch!« Und wieder begann sie zu stöhnen.

Langsam, wie eine alte Frau, tastete Scarlett sich im Dunkeln die Treppe hinunter, um nicht zu fallen. Die Beine waren ihr bleischwer und zitterten vor Erschöpfung. In dem Schweiß, der ihre Kleider durchnäßt hatte, zitterte sie vor Kälte, und matt sank sie vor der Haustür auf der obersten Stufe nieder, lehnte sich gegen einen Pfeiler und knöpfte mit bebender Hand ihr Kleid bis zum Busen auf. In der warmen, linden Dunkelheit der Nacht kauerte sie da und starrte stumpf wie ein Tier vor sich hin.

Alles war überstanden. Melanie war nicht tot, und der kleine Junge, wie ein Kätzchen quiekend, bekam von Prissys Händen sein erstes Bad. Melanie schlief. Wie konnte sie nach so schauerlichen Schmerzen und einer so unzulänglichen Geburtshilfe, die eher weh tat als half, noch schlafen! Scarlett war überzeugt, sie selbst wäre bei solcher Behandlung zugrunde gegangen. Aber als alles vorüber war, hatte Melanie sogar, so leise, daß Scarlett sich über sie beugen mußte, um es zu verstehen, das Wort »Danke …« geflüstert. Dann war sie eingeschlafen. Scarlett hatte ganz vergessen, daß auch sie damals nach Wades Geburt sogleich eingeschlummert war. Sie begann alles zu vergessen. Der Kopf war ihr leer, die ganze Welt war leer. Nichts weiter war um sie, keine Erinnerung als nur die schwüle Nacht und der Klang ihres heiseren, müden Atems. Sie hörte zu, wie er plötzlich in krampfhaftes Schluchzen überging. Aber ihre Augen brannten nur trocken, als könnten sie sich nie wieder mit Tränen füllen. Mühsam beugte sie sich vornüber und zog die schweren Röcke bis auf die Schenkel hinauf. Die Nachtluft sollte ihr die Glieder erquicken. Es ging ihr durch den Kopf, was Tante Pitty wohl sagen würde, wenn sie sie hier auf der Vorderveranda hingestreckt sähe, die Röcke bis zu den Knien heraufgezogen.

Die Zeit stand still. Es mußte Mitternacht sein. Sie wußte es nicht. Es war ihr einerlei.

Oben hörte sie Schritte gehen, dann schlossen sich ihre Augen, und etwas wie Schlaf überkam sie. Nach einer unbestimmten Weile stand Prissy neben ihr und schwatzte vergnügt auf sie ein. »Das haben wir gut machen, Miß Scarlett … das machen Ma auch nicht besser.«

Müde starrte Scarlett sie an, zu müde, um sie noch auszuschelten und ihr all ihre Untaten vorzuhalten; wie sie sich einer Erfahrung gerühmt hatte, die sie nicht besaß, ihre Angst, ihre täppische Ungeschicklichkeit, ihre völlige Unbrauchbarkeit in der Not; wie sie die Schere verlegt, das Wasser vergossen, das Neugeborene fallen gelassen hatte. Und nun tat sie sich mit ihrer Leistung groß.

Die Yankees wollten die Neger befreien! Nun, wohl bekomm es ihnen. Sie lehnte sich schweigend wieder gegen den Pfosten, und Prissy zog sich auf Zehenspitzen in die Dunkelheit der Veranda zurück. Nach einer längeren Weile, während ihr Atem und ihr Kopf endlich zur Ruhe kamen, hörte Scarlett leise Stimmen von der Straße her und viele Schritte aus der nördlichen Richtung. Soldaten! Langsam richtete sie sich auf, zog die Röcke herunter, obwohl sie wußte, daß sie in der Dunkelheit nicht gesehen werden konnte, und als die Schritte, deren Zahl nicht abzumessen war, vor dem Hause ankamen, rief sie: »Ach bitte!«

Ein Schatten löste sich aus der dunklen Masse und trat an die Pforte.

»Marschieren Sie jetzt ab? Verlassen Sie uns?«

Der Schatten schien den Hut abzunehmen. Ruhig kam es aus der Finsternis zurück:

»Ja, gnädige Frau, wir sind die letzten Leute aus den Befestigungen nördlich der Stadt.«

»So zieht die Armee also wirklich ab?«

»Ja, gnädige Frau, die Yankees kommen.«

»Die Yankees kommen!« Das hatte sie ja vergessen. Der Schatten entfernte sich, die Schritte verklangen im Dunkeln. Die Yankees kommen! Wieder schlug ihr laut hämmerndes Herz diesen Satz mit jedem Schlag von neuem.

»Die Yankees kommen«, heulte Prissy und drängte sich dicht an Scarlett. »Ach, Miß Scarlett, sie uns schlagen alle tot! Sie uns rennen alle ihre Bajonette in Bauch!«

»Still!« Es war schlimm genug, an so etwas zu denken. Was sollte sie tun, wie konnten sie entfliehen, an wen sich wenden? Alle hatten sie im Stich gelassen.

Plötzlich fiel ihr Rhett Butler ein, und jede Furcht verschwand. Warum hatte sie nicht heute morgen an ihn gedacht, während sie kopflos umhergeirrt war. Sie haßte ihn, aber er war stark und unerschrocken und fürchtete die Yankees nicht. Er befand sich noch in der Stadt. Natürlich war sie ihm sehr böse. Er hatte das letztemal Unverzeihliches gesagt. Aber in Augenblikken höchster Not mußte man darüber hinwegsehen. Zudem besaß er Pferd und Wagen. Ach, warum hatte sie nicht eher an ihn gedacht! Er konnte sie alle aus dieser gottverlassenen Stadt und von den Yankees fortführen, irgendwohin.

Fieberhaft sprach sie auf Prissy ein. »Du weißt, wo Kapitän Butler wohnt, im Atlanta-Hotel? Schön, lauf dahin, so schnell du kannst, und sage ihm, er möchte rasch herkommen und Wagen und Pferd mitbringen oder einen Krankenwagen, wenn er einen auftriebe. Erzähl ihm von dem Kind. Sag ihm, er solle uns von hier fortbringen. Lauf, aber flink!«

»Allmächtiger Gott, Miß Scarlett, ich haben Angst ganz allein im Dunkeln herumlaufen, wenn die Yankees mich kriegen ...«

»Wenn du dich beeilst, kannst du die Soldaten noch einholen, und die Yankees werden dich nicht kriegen. Mach, daß du fortkommst.«

»Ich haben Angst! Wenn nun Kapitän Butler nicht in Hotel ...«

»Dann frag nach ihm. Hast du denn nicht einen Funken Mut? Wenn er nicht im Hotel ist, so frag nach ihm in den Bars an der Decaturstraße. Geh zu Belle Watling. Such ihn überall. Du Schafskopf! Begreifst du denn nicht, daß die Yankees uns alle überfallen, wenn du ihn nicht schleunigst herholst?«

»Aber, Miß Scarlett, Ma mich wie einen Baumwollstengel prügeln, wenn ich in eine Bar oder in ein Hurenhaus gehen.«

Scarlett stand mit Mühe auf. »Wenn du jetzt nicht gehst, verprügle ich dich. Du kannst ja draußen von der Straße aus nach ihm schreien. Marsch!«

Als Prissy immer noch unschlüssig von einem Fuß auf den andern trat, gab ihr Scarlett einen Stoß, der sie beinahe kopfüber die Haustreppe hinuntergeworfen hätte. »Jetzt gehst du, oder ich verkaufe dich als Pflückerin nach dem Süden!«

Unter Heulen und Zähneklappern hatte sich Prissy endlich auf den Weg treppabwärts gemacht. Die Gartenpforte schlug, und Scarlett rief ihr nach: »Beeil dich! Beeil dich, dumme Gans!«

Sie hörte Prissy im Trab davonklappern, dann verklangen ihre Schritte auf dem weichen Boden.

XXIII

Sobald sie allein war, ging Scarlett müde in die Halle und entzündete die Lampe. Im Hause herrschte eine Schwüle, als wäre in seinen Wänden die ganze Sonnenglut des Mittags zurückgeblieben. Scarlett war wieder wacher geworden, und der Magen verlangte sein Recht. Seit dem Abend vorher hatte sie nichts als einen Löffel Maisbrei zu sich genommen. Sie ging in die Küche, fand ein halbes Maisbrot in der Backform und nagte hungrig daran. Im Topf fand sich noch etwas Maisbrei. Sie nahm sich nicht die Zeit, ihn auf einen Teller zu füllen, sondern aß ihn gierig mit dem großen Kochlöffel aus dem Topf. Er war ganz salzlos und ohne Geschmack, aber sie achtete dessen nicht. Als sie vier Löffel gegessen hatte, nahm sie die Lampe in die eine Hand und ein Stück Maisbrot in die andere und ging wieder in die Halle.

Eigentlich hätte sie sich zu Melanie setzen sollen. Aber sie scheute vor dem Zimmer zurück, in dem sie so viele grauenhafte Stunden verbracht hatte. Sie stellte die Lampe auf das Fensterbrett und setzte sich wieder auf ihren Platz vor der Haustür. Hier war es trotz der schwülen Nacht kühler. Sie ließ sich im Lichtkreis der Lampe auf eine Treppenstufe nieder und nagte weiter an ihrem Maisbrot. Danach kam ihr ein wenig Kraft zurück, aber auch die Angst stellte sich von neuem ein. Weit weg, am anderen Ende der Straße, vernahm sie ein Summen, ein Geräusch, das an- und abschwoll, dessen Herkunft jedoch nicht zu erkennen war. Bald taten ihr von der Anspannung des Lauschens alle Muskeln weh. Könnte sie doch endlich Hufschlag hören und Rhett ankommen sehen, wie er mit unbekümmerten, selbstsicheren Augen ihre Angst hinweglachte! Rhett konnte sie fortbringen, irgendwohin. Wohin, das wußte sie nicht, es war ihr auch gleich.

Während sie so lauschte, erschien ein schwacher Schimmer über den Bäumen. Sie betrachtete ihn verwundert und sah ihn heller werden. Der dunkle Himmel wurde rosig und ging dann in ein stumpfes Rot über, und auf einmal leckte in der Ferne über den Baumwipfeln eine gewaltige Flamme gen Himmel. Sie sprang auf. Die Yankees waren da! Sie zündeten die Stadt an.

Anscheinend kamen die Flammen nicht aus der Mitte Atlantas, weiter nach Osten hin mußte es brennen. Immer höher loderten sie und breiteten sich rasch vor Scarletts entsetzten Augen aus. Ein ganzer Häuserblock mußte brennen. Eine leichte Brise hatte sich erhoben, und nun kam auch der Brandgeruch zu ihr herüber.

Sie flog die Treppe hinauf in ihr eigenes Zimmer und lehnte sich weit zum Fenster hinaus, um besser zu sehen. Der Himmel war grauenhaft finster, aber gewaltige Rauchwirbel stiegen empor und wogten in dichten Wolken über die Flammen hin. Der Brandgeruch wurde stärker. Zusammenhanglos zogen ihr die Gedanken durch den Kopf. Wann wird das Feuer hier sein und das Haus ergreifen? Wann würden die Yankees sich auf sie stürzen? Wohin sollte sie entfliehen, was sollte sie tun? Es war, als kreischten alle bösen Geister der Hölle ihr in die Ohren, ihr Hirn verwirrte sich, das Entsetzen überwältigte sie. Sie hielt sich an der Fensterbank fest, um nicht niederzusinken.

»Ich muß nachdenken«, sagte sie sich immer wieder. »Ich muß nachdenken.«

Aber die Gedanken, die wie aufgescheuchte Vögel durch ihren Kopf jagten, wollten sich nicht fangen lassen. Während sie noch am Fensterbrett lehnte, ertönte eine gewaltige Explosion, lauter als aller Geschützlärm, den sie je vernommen hatte. Eine riesige Flamme riß den ganzen Himmel entzwei. Dann folgten weitere Explosionen. Die Erde bebte. Die Scheiben über ihrem Kopf klirrten und fielen mit Getöse herab. Die ganze Welt war in eine tosende, lodernde, weithin bebende Hölle verwandelt, während eine ohrenzerreißende Explosion der andern folgte. Funkenschwärme sprühten zum Himmel empor und fielen langsam durch die glutroten Rauchwolken wieder herunter. Ihr war, als hätte es von nebenan leise gerufen. Aber sie achtete dessen nicht. Jetzt hatte sie keine Zeit mehr für Melanie, sondern nur noch für die Angst, die ihr den Flammen gleich durch die Adern züngelte. Sie glich einem zu Tode erschrockenen Kind, das den Kopf im Schoß der Mutter bergen und nichts mehr sehen und hören will. Wäre sie doch zu Hause, zu Hause bei Ellen!

In dem nervenerschütternden Lärm unterschied sie Schritte, die, immer zwei Stufen überschlagend, die Treppe heraufpolterten, und eine Stimme winselte wie ein Jagdhund, der sich verirrt hat. Prissy stürzte ins Zimmer auf Scarlett zu und umklammerte sie so heftig, als wollte sie sie zerreißen.

»Die Yankees?« rief Scarlett.

»Nein, Miß, unsere Herren!« kreischte Prissy und drückte die Nägel noch tiefer in Scarletts Arm. »Die haben Gießerei angezündet und Militärlager und Speicher und haben, o Gott, siebzig Güterwagen mit Kanonenkugeln und Pulver in Luft gesprengt, und, Herr Jesus, wir alle zusammen brennen auf!«

Ihre Stimme ging in ein schrilles Winseln über, und sie krallte sich so heftig in Scarletts Arm, daß diese vor Zorn und Schmerz aufschrie und das Mädchen abschüttelte. Also waren die Yankees noch nicht da. Also war es noch Zeit, zu entfliehen! Sie nahm all ihre verängstigte Kraft zusammen. Auch der Anblick von Prissys Kopflosigkeit ließ sie wieder inneren Halt finden.

»Laß das Geschrei, du dummes Ding! Hast du mit Kapitän Butler gesprochen? Was hat er gesagt? Kommt er?«

Prissy schwieg, aber ihre Zähne klapperten. Endlich brachte sie hervor: »Ja, Miß, ich ihn gefunden in Bar.«

»Einerlei wo, kommt. er? Hast du ihm gesagt, er soll sein Pferd mitbringen?«

»O Gott, Miß Scarlett, er sagen, unsere Herren haben sein Pferd und Wagen für Ambulanz weggenommen, aber er kommen ...«

Allmählich kam Prissy wieder zu Atem und einigermaßen zur Besinnung, wenn auch ihre Augen noch glotzend vor Schreck im Kopfe rollten.

»Also, Miß, wie Sie sagen, er war in Bar, ich draußen stehen und schreien, er sollen rauskommen, und er mich gesehen und etwas reden, da haben die Soldaten Speicher in Decaturstraße in Feuer, und es flammen, und er sagen, komm mit, und mich beim Arm, und wir nach Five Points gerannt und er, was ist los, sag schnell, und ich sagen zu ihm, wie Sie mir sagen, Kapitän Butler schnell kommen, Pferd und Wagen mitbringen, und er sagen, wo will sie denn hin, und ich sagen, weiß nicht, aber Missis müssen weg, weil die Yankees uns überfallen, und wollen gern, er soll mitkommen, und er lachen und sagen, sein Pferd ist weggenommen.«

Scarlett fühlte ihr Herz schwer wie Blei werden, als nun auch diese letzte Hoffnung dahinschwand. Daß sie nicht daran gedacht hatte! Natürlich hatte die fliehende Armee jedes Fuhrwerk und jedes Pferd aus der Stadt mitgenommen. Einen Augenblick war sie zu betäubt, um Prissy weiter zuzuhören, aber dann nahm sie sich zusammen, um den Rest der Erzählung zu erfahren.

»Und dann sagte er, Miß Scarlett sagen, sie soll ruhig sein, ich stehle ihr ein Pferd mitten aus den Armeeställen, wenn noch eins da ist, und er sagte, ich habe auch sonst schon Pferde gestohlen, sag ihr, ich kriege ein Pferd für sie, und wenn ich erschossen werde, dann er wieder gelacht und gesagt, nun Galopp nach Hause, und bevor ich noch laufen, Krach bums geht alles los und ich auf Stelle umgefallen, und er, das ist nichts, unsere Herren sprengen nur die Munition in die Luft, damit die Yankees sie nicht kriegen ...«

»Er kommt? Er bringt ein Pferd mit?«

»Jawohl, Missis, er hat gesagt.«

Sie atmete von ganzem Herzen erleichtert auf. Wenn es irgendwo ein Pferd gab, so würde Rhett Butler es auch bekommen, denn ein schneidiger Kerl war er doch. Wenn er ihr aus dieser Not half, wollte sie ihm alles verzeihen. Fliehen! Unter Rhetts Schutz hatte sie keine Angst. Dem Himmel sei Dank für Rhett Butler. Als dieser Hoffnungsstrahl aufleuchtete, wurden ihre Gedanken wieder nüchterner.

»Weck Wade auf, zieh ihn an und pack für uns alle etwas zum Anziehen in einen kleinen Koffer ein. Sag Miß Melanie nichts davon, daß wir fortgehen. Wickle das Baby in ein paar dicke Handtücher und vergiß nicht sein Zeug. Flink!« fuhr sie Prissy an, und das Negermädchen verschwand im Nu wie ein Kaninchen im Schlupfloch.

Eigentlich hätte Scarlett zu Melanie gehen und sie beruhigen sollen. Die Kranke mußte ja vor Angst umkommen bei dem Donnergetöse, das nicht aufhören wollte, und bei dem roten Feuerschein am Himmel. Es war wie das Ende der Welt. Aber immer noch konnte sie sich nicht dazu überwinden, jenes Zimmer zu betreten. Sie lief die Treppe hinunter und dachte einen Augenblick daran, Miß Pittypats Porzellan und Silber, das sie zurückgelassen hatte, mit einzupacken. Aber im Eßzimmer zitterten ihr die Hände so arg, daß sie drei Teller fallen ließ. Sie lief vor die Tür, horchte, kehrte ins Eßzimmer zurück und ließ dieses Mal das Silber klirrend zu Boden fallen. Alles, was sie anfaßte, ließ sie fallen. In ihrer Hast glitt sie auf einem Flickenteppich aus und stürzte selber krachend zu Boden, sprang aber so schnell wieder auf, daß sie nicht einmal merkte, wie weh es tat. Oben hörte sie Prissy wie ein wildes Tier umherrennen. Der Lärm machte sie wütend, denn Prissy benahm sich ebenso ziellos wie sie selbst. Sie gab ihr sinnloses Packen auf und setzte sich nieder. Es war unmöglich, etwas anderes zu tun, als mit pochendem Herzen dazusitzen und auf Rhett zu warten. Ihr war, als dauerte es Stunden. Endlich hörte sie kreischende Räder sich die Straße heraufarbeiten, dazu unsicheren, langsamen Hufschlag. Warum fuhr er nicht schneller? Warum setzte er das Pferd nicht in Trab? Der Wagen kam näher. Sie sprang auf die Füße und rief den Erwarteten beim Namen. Darauf sah sie ihn schattenhaft von einem kleinen Leiterwagen herabklettern und hörte die Pforte schlagen. Nun erblickte sie ihn. Im Lampenlicht war er deutlich zu erkennen. Er sah so elegant aus, als ginge er auf einen Ball. Er hatte einen gutsitzenden weißen Leinenanzug mit gestickter grauer Moiréweste an, und die feinen Fältchen auf seiner Hemdbrust waren untadelig wie immer. Auf dem Kopf saß ihm schief und sehr kleidsam der breite Panamahut. In seinem Gürtel staken zwei langläufige Duellpistolen mit Elfenbeingriff; die Rocktaschen hingen schwer von Munition herunter.

Mit dem federnden Gang eines Wilden kam er den Weg herauf, den Kopf hoch erhoben wie ein heidnischer Fürst. Die Gefahr dieser Nacht, die Scarlett in so tödliche Schrecken versetzt hatte, schien ihn zu berauschen. In seinem dunklen Gesicht stand eine kaum gebändigte Wildheit, ja eine Grausamkeit geschrieben, die ihr Angst eingejagt haben würde, wenn sie sie klaren Blickes erkannt hätte. In seinen schwarzen Augen glomm es, als sei der Höllenlärm und die gespenstische Glut nur ein Spaß für ihn. Als er die Stufen emporstieg, schwankte sie ihm entgegen, die grünen Augen brannten in ihrem bleichen Gesicht.

»Guten Abend«, sagte er nachlässig und zog schwungvoll den Hut. »Ich höre, Sie wollen verreisen.«

»Wenn Sie auch nur einen einzigen Witz machen, spreche ich kein Wort mehr mit Ihnen«, sagte sie mit bebender Stimme.

»Wie, Sie haben doch nicht Angst?« Er tat überrascht und lächelte so, daß sie ihn am liebsten nach rückwärts die Stufen wieder hinuntergestoßen hätte.

»Doch, ich habe Angst, und wenn Sie nur soviel Verstand hätten, wie Gott einer Ziege gegeben hat, so würden Sie sich auch ängstigen. Aber es ist zum Reden keine Zeit. Wir müssen von hier fort.«

»Ich stehe Ihnen ganz zu Diensten, Gnädigste, aber wohin, meinen Sie, sollten wir gehen? Ich bin aus reiner Neugierde hergekommen, um zu erfahren, wohin Sie wohl wollten. Nach Norden, Osten, Süden, Westen ist alles versperrt. Ringsum stehen die Yankees. Es gibt nur eine einzige Straße aus der Stadt, die die Yankees noch nicht haben, und dort ist die Armee auf dem Rückmarsch. Auch sie steht nicht lange mehr offen. General Lees Reiterei kämpft bei Rough and Ready in einem Rückzugsgefecht, um sie freizuhalten, bis die Armee in Sicherheit ist. Wenn Sie der Armee diese Straße hinab folgen, wird Ihnen Ihr Pferd weggenommen, und wenn an dem Gaul auch nicht viel dran ist, hat es mich doch viel Mühe gekostet, ihn zu stehlen. Wo wollen Sie also hin?«

Zitternd stand sie da und begriff kaum, was er sagte. Bei seiner letzten Frage aber wußte sie plötzlich, wohin sie wollte und woran sie den ganzen unglückseligen Tag hindurch gedacht hatte.

»Ich will nach Hause«, sagte sie.

»Nach Hause? Sie meinen nach Tara?«

»Ja, ja, nach Tara. Oh, Rhett, wir müssen uns beeilen.«

Er blickte sie an, als habe sie den Verstand verloren. »Nach Tara, Scarlett? Wissen Sie denn nicht, daß den ganzen Tag bei Jonesboro gekämpft worden ist, zehn Meilen die Straße hinauf und hinunter? Die Yankees können schon ganz Tara, ja die ganze Provinz überschwemmt haben. Sie können nicht mitten durch die ganze feindliche Armee nach Hause!« »Ich will aber nach Haus! Ich will!«

»Sie dummes, kleines Kind.« Scharf und rasch kamen seine Worte. »Sie können nicht. Selbst wenn Sie nicht auf die Yankees stoßen. In den Wäldern wimmelt es von Flüchtlingen und Deserteuren aus beiden Heeren, unsere

Truppen ziehen sich noch in dichten Scharen aus Jonesboro zurück, sie nehmen Ihnen das Pferd ebenso geschwind weg wie die Yankees. Die einzige Möglichkeit für Sie wäre noch, auf der Straße nach McDonough den Truppen zu folgen und Gott zu bitten, daß Sie in der Dunkelheit von niemandem gesehen werden. Nach Tara kommen Sie nicht, und wenn Sie dorthin kämen, Sie fänden es wahrscheinlich schon abgebrannt vor. Nach Hause lasse ich Sie nicht, das ist Wahnsinn.«

»Ich will aber nach Haus!« kreischte sie. Ihre Stimme überschlug sich. »Ich will nach Hause, Sie können mich nicht halten! Ich will zu Mutter! Wenn Sie mich festhalten, bringe ich Sie um! Ich will nach Haus, ich will nach Haus!«

Tränen überströmten ihr Gesicht, als sie endlich der langen Anspannung erlag. Sie schlug mit Fäusten um sich, trampelte auf den Fußboden und schrie immer wieder: »Ich will, ich will, und wenn ich den ganzen Weg zu Fuß laufen muß!«

Plötzlich lag sie in seinen Armen, die nasse Wange gegen die gestärkten Fältchen seines Hemdes gelehnt, die geballten Fäuste gefangen an seiner Brust. Seine Hand strich ihr sanft und beruhigend über das wirre Haar. Auch seine Stimme war sanfter geworden, so still und allen Spottes bar, daß sie überhaupt nicht wie Rhett Butlers Stimme klang, sondern einem gütigen, starken Freunde anzugehören schien, der tröstlich nach Branntwein, nach Tabak und nach Pferden roch – tröstlich, weil es sie an Gerald erinnerte.

»Liebling«, sagte er leise, »nicht weinen. Du sollst nach Hause, mein tapferes kleines Mädchen, du sollst ja nach Hause, sei nun still.«

Sie spürte eine Berührung auf ihrem Haar und dachte in all ihrem Aufruhr daran, ob es wohl seine Lippen seien. So zärtlich und unendlich beruhigend war es, am liebsten wäre sie für immer in seinen Armen geblieben. Er suchte in seiner Tasche, zog ein Tuch hervor und trocknete ihr die Tränen.

»So, nun putz dir die Nase wie ein artiges Kind«, befahl er mit einem Anflug von Lächeln in den Augen. »Sag mir, was wir tun sollen. Wir müssen schnell handeln.«

Sie zitterte noch ein wenig, aber ihr fiel nichts ein, was sie ihm auftragen könnte. Er sah ihre bebenden Lippen und hilflosen Blicke und übernahm das Kommando.

»Mrs. Wilkes hat ihr Kind bekommen? Dann ist es gefährlich, sie in den holpernden Wagen zu stecken und fünfundzwanzig Meilen weit zu fahren. Wir täten besser daran, sie bei Mrs. Meade zu lassen.«

»Meades sind nicht zu Hause.«

»Gut, dann kommt sie in den Wagen. Wo ist das dumme kleine Negermädel?«

»Prissy ist oben und packt den Koffer.«

»Packt den Koffer? In dem Wagen können Sie keinen Koffer mitnehmen. Er ist zu klein, und fast brechen ihm ohnehin schon die Räder. Rufen Sie Prissy, sie soll das kleinste Federbett holen, das Sie im Hause haben, und in den Wagen legen.«

Immer noch hatte Scarlett sich nicht beruhigt. Aber als er sie energisch am Arm packte, war ihr zumute, als ginge etwas von seiner Lebenskraft in sie über. Könnte sie doch alles ebenso kühl und leicht meistern wie er! Er schob sie vor sich her in die Halle hinein, aber immer noch hingen ihre Blicke voller Hilflosigkeit an ihm. Da zogen sich seine Mundwinkel spöttisch herunter. »Ist das die heldenhafte junge Frau, die mir stolz versichert hat, sie fürchte weder Mensch noch Gott?«

Plötzlich brach er in ein lautes Gelächter aus und ließ sie los. Verletzt und haßerfüllt starrte sie ihn an. »Ich fürchte«, sagte er, »Sie fallen in Ohnmacht, und ich habe kein Riechsalz bei mir!«

Zornig stampfte sie mit dem Fuß auf, weil ihr keine Erwiderung einfiel; dann ergriff sie wortlos die Lampe und ging die Treppe hinauf. Er folgte ihr auf dem Fuße, und sie hörte ihn leise in sich hineinlachen. Diese kleine Szene hatte ihr wieder den Nacken gesteift. Sie ging in Wades Kinderzimmer und fand ihn, an Prissy geklammert, halb angekleidet und mit seinem Schluckauf. Prissy wimmerte. Wades Deckbett war das kleinste im Hause, und sie wies Prissy an, es in den Wagen zu tragen. Prissy setzte das Kind nieder und gehorchte. Wade folgte ihr die Treppe hinab; alles, was jetzt um ihn her vorging, nahm seine Aufmerksamkeit so gefangen, daß sein Schluckauf ihm verging.

»Kommen Sie«, sagte Scarlett und wandte sich zu Melanies Tür. Rhett folgte ihr mit dem Hute in der Hand.

Melanie lag ruhig da und hatte sich das Laken bis zum Kinn heraufgezogen. Ihr Gesicht war totenbleich, aber die eingesunkenen, dunkel umränderten Augen blickten klar und heiter. Von Rhetts Gegenwart in ihrem Schlafzimmer war sie offenbar nicht überrascht. Sie versuchte, ein mattes Lächeln auf ihren Mundwinkeln hervorzurufen, aber es verschwand wieder, kaum daß es dort angelangt war.

»Wir gehen heim nach Tara«, erklärte Scarlett ihr rasch. »Die Yankees kommen. Rhett bringt uns dorthin – anders geht es nicht, Melly.«

Melanie versuchte ein wenig mit dem Kopf zu nicken und wies mit einer Handbewegung auf das Kind. Scarlett nahm das Kleine empor und wickelte es hastig in ein dickes Handtuch. Rhett trat ans Bett.

»Ich will versuchen, Ihnen nicht weh zu tun«, sagte er leise und schlug das Laken um sie. »Können Sie mir die Arme um den Hals legen?« Melanie machte eine Anstrengung, aber matt sanken ihr die Arme zurück. Er beugte sich nieder, schob ihr den einen Arm unter die Schulter und den anderen unter die Knie und hob sie sanft empor. Sie gab keinen Laut von sich, aber Scarlett sah, wie sie sich auf die Lippen biß und noch blasser wurde als zuvor. Scarlett hielt die Lampe in die Höhe, um Rhett zu leuchten, als Melanie mit einer schwachen Bewegung zur Wand wies. ›Bitte‹, flüsterte sie und versuchte, auf etwas zu zeigen. »Charles.«

Rhett schaute sie mitleidig an, als hielte er diese Worte für eine Fieberphantasie, aber Scarlett verstand sie und ärgerte sich. Sie wußte, daß Melanie nach dem Bilde von Charles verlangte, welches unter seinem Degen und seiner Pistole an der Wand hing.

»Bitte«, flüsterte Melanie noch einmal, »auch den Degen.«

»Ach ja, gut«, sagte Scarlett, und als sie Rhett behutsam die Treppe hinuntergeleuchtet hatte, kam sie zurück und nahm Degen und Pistolengurt von der Wand. Es war nicht leicht, die beiden Gegenstände mit dem Kind und der Lampe zusammen hinunterzutragen. Das sah Melanie ähnlich, sich keine Sorge darüber zu machen, daß sie kaum dem Tode entgangen war und die Yankees auf den Fersen hatte, sondern sich um Charles' Andenken zu kümmern. Als sie das Bild von der Wand nahm, zog Charles' Gesicht ihre Blicke auf sich. Seine großen braunen Augen schauten in die ihren, und einen Augenblick blieb sie stehen und betrachtete nachdenklich das Bild. Dieser Mann war ihr Gatte gewesen, hatte ein paar Nächte bei ihr gelegen und ihr ein Kind mit so sanften, braunen Augen wie seine eigenen geschenkt – und sie konnte sich seiner kaum entsinnen. Das Kind in ihrem Arm bewegte die kleinen Fäuste und plärrte leise. Sie schaute zu ihm hernieder. Zum erstenmal ging ihr auf, daß es Ashleys Kind war, und plötzlich sehnte sie sich mit der ganzen Kraft, die ihr noch verblieben war, danach, es möge ihr Kind sein, ihres und Ashleys.

Prissy kam die Treppe heraufgestürzt, und Scarlett übergab ihr das Kind. Rasch liefen sie beide hinunter. Die Lampe warf unbestimmte Schatten an die Wand. In der Halle sah Scarlett einen Hut, setzte ihn hastig auf und knüpfte die Bänder unter dem Kinn zu. Es war Melanies schwarzer Trauerhut, und er paßte Scarlett nicht, aber sie konnte sich nicht darauf besinnen, wo sie ihren eigenen gelassen hatte. Sie ging mit der Lampe in der Hand aus dem Hause die Stufen hinab und sah Melanie schon der Länge nach hinten im Wagen liegen und neben ihr Wade und das in ein Handtuch eingewickelte kleine Kind. Prissy stieg hinauf und nahm es auf den Arm.

Es war ein ganz kleiner Leiterwagen mit sehr niedrigen Seitenbrettern. Die Räder waren schief nach innen geneigt, als wollten sie bei der ersten Umdrehung auseinanderbrechen. Scarlett warf einen Blick auf das Pferd und verzagte. Es war ein kleines, ausgemergeltes Tier und ließ den Kopf müde fast bis zwischen die Vorderbeine hängen. Sein Rücken war voller Wunden und Druckstellen vom Geschirr, und es schnaufte, wie es kein gesundes Pferd tut.

»Es ist nicht viel daran, was?« grinste Rhett. »Es sieht aus, als sollte es in den Sielen sterben, aber etwas Besseres war nicht aufzutreiben. Eines Tages erzähle ich Ihnen mit gebührender Ausschmückung, wie und wo ich es gestohlen habe und wie ich ums Haar dabei erschossen worden wäre. Nur meine Ergebenheit für Sie konnte mich an diesem Punkte meines Lebenslaufes zum Pferdedieb machen – um eine so elende Kreatur zu stehlen. Darf ich Ihnen hineinhelfen?«

Er nahm ihr die Lampe ab und stellte sie auf die Erde. Der Vordersitz war nur ein schmales Holzbrett, das quer über den Wagen gelegt war. Rhett nahm Scarlett in den Arm und setzte sie darauf. »Wunderbar, ein Mann zu sein und so stark wie Rhett«, dachte sie und legte sich die weiten Röcke zurecht. An Rhetts Seite fürchtete sie sich vor nichts, weder vor dem Feuer noch vor dem Lärm noch vor den Yankees. Er setzte sich neben sie und ergriff die Zügel.

»Oh, warten Sie«, rief sie. »Ich habe vergessen, die Haustür abzuschließen.«

Er lachte laut auf und schlug mit den Zügeln dem Pferd auf den Rücken.

»Worüber lachen Sie?«

»Darüber, daß Sie vor den Yankees abschließen wollen«, sagte er; langsam und widerstrebend zog das Pferd an. Die Lampe stand noch immer auf dem Fußweg und brannte weiter, ein winziger, kleiner Lichtkreis, der immer schwächer wurde, je weiter sie sich entfernten.

Rhett lenkte die langsamen Tritte des Pferdes von der Pfirsichstraße ab gegen Westen, und der wackelige Wagen bog in so heftigen Stößen in die ausgefahrenen Räderspuren der Gasse ein, daß Melanie, so sehr sie sich auch zusammennahm, laut aufstöhnen mußte. Zu ihren Häuptern zog sich ein Geflecht dunkler Baumkronen hin, schwarze Häuserkonturen tauchten stumm zu beiden Seiten auf, die weißen Pfähle der Zäune schimmerten matt wie Reihen von Grabsteinen. Die schmale Straße glich einem dämmerigen Tunnel, aber durch das dichte Laubdach drang noch ein Schimmer des feuerroten Himmels, und Schatten jagten einander längs des dunklen Fahrweges wie drohende Gespenster. Der Brandgeruch wurde immer stärker. Auf den Flügeln der heißen Brise kam es wie eine tosende Brandung aus dem Mittelpunkt der Stadt hergeweht: Gekreisch, dumpfes Gerassel schwerer Militärwagen und stetiger, wuchtiger Marschtritt. Als Rhett den Kopf des Pferdes herumriß und in eine andere Straße einbog, schmetterte abermals eine ungeheure Explosion durch die Luft, und im Westen schoß eine Flammen- und Rauchgarbe empor.

»Das muß der letzte der Munitionszüge gewesen sein«, sagte Rhett ruhig. »Warum haben sie das Zeugs nicht heute früh geborgen? Die Dummköpfe!

Sie hatten Zeit genug. Ich hatte gedacht, wir könnten in einem Bogen um das Stadtzentrum herum dem Feuer und dem Pöbel aus dem Wege gehen und ungefährdet durch das Südwestviertel gelangen. Aber irgendwo müssen wir die Mariettastraße kreuzen, und dort in der Nähe muß eben die Explosion gewesen sein, oder ich müßte mich sehr irren.«

»Müssen wir wirklich durch das Feuer?« stammelte Scarlett.

»Nicht, wenn wir uns sehr beeilen«, erwiderte Rhett, sprang aus dem Wagen und verschwand in einem dunklen Garten. Als er zurückkam, hatte er einen Zweig in der Hand und schlug damit das Pferd erbarmungslos auf den wunden Rücken. Keuchend verfiel es in einen schlottrigen Trab, und der Wagen zog mit solchem Ruck an, daß die Insassen durcheinandergeschüttelt wurden wie die Körner im Maisröster. Das Kleine plärrte, Prissy und Wade schrien laut auf, als sie sich an den Seiten des Wagens stießen. Nur Melanie gab keinen Ton von sich.

Als sie sich der Mariettastraße näherten, wurde das Laubdach spärlicher, und die hohen Flammen, die prasselnd aus den Gebäuden emporschlugen, beleuchteten Straße und Häuser heller als der Tag und warfen gespenstische Schatten, die sich in wildem Durcheinander verschlangen wie die im Sturme flatternden zerfetzten Segel eines sinkenden Schiffes. Scarlett klapperten die Zähne. Das Entsetzen war so übermächtig in ihr, daß sie sich dessen nicht einmal mehr bewußt war. Sie zitterte vor Kälte, obwohl ihnen die Glut der Flammen schon heiß ins Gesicht schlug. Dies war die Hölle, und sie befanden sich mitten darin. Hätte sie nur ihre bebenden Knie in der Gewalt, sie spränge aus dem Wagen und liefe schreiend die dunkle Straße, die sie gekommen waren, wieder zurück, bis sie in Pittypats Hause einen Unterschlupf fand. Schaudernd klammerte sie sich an Rhett, faßte seinen Arm mit zitternden Fingern und flehte um ein Wort, um Trost, um eine kleine Beruhigung. Von der höllischen Glut, die um sie her loderte, hob sich sein dunkles Profil scharf ab, wie der Kopf auf einer antiken Münze, schön, grausam und kaum noch menschlich. Als sie seinen Arm berührte, wandte er ihr sein Gesicht zu. Seine Augen erstrahlten nicht weniger fürchterlich als die Feuersbrunst. Es schien Scarlett, als erfüllte all das Grauenhafte, das sie umgab, ihn mit einer wilden, lustigen und verachtungsvollen Freude.

»Hier«, sagte er und legte die Hand auf eine der Pistolen an seinem Gürtel. »Wenn irgend jemand, weiß oder schwarz, auf Ihrer Seite an den Wagen kommt und versucht, Hand an das Pferd zu legen, so erschießen Sie ihn, und wir wollen später fragen, wer es war. Aber um Himmels willen schießen Sie in der Aufregung nicht den Klepper nieder.«

»Ich ... ich habe eine Pistole«, flüsterte sie und faßte die Waffe fester, die auf ihrem Schoß lag, obwohl sie felsenfest davon überzeugt war, daß sie niemals, und wenn der leibhaftige Tod selber vor ihr stünde, den Mut aufbringen würde, den Hahn abzudrücken.

»Woher haben Sie die Waffe?«

»Es ist Charles' Pistole.«

»Charles?«

»Ja, meines Mannes Pistole.«

»Hast du denn wirklich jemals einen Mann gehabt, Geliebte?« flüsterte er und lachte leise.

»Woher sollte ich denn sonst meinen Jungen haben!« fuhr sie wütend empor.

»Oh, da gibt es noch andere Wege als die Ehe.«

»Schweigen Sie still und fahren Sie weiter!«

Aber plötzlich zog er dicht vor der Mariettastraße im Schatten eines Speichers, den die Flammen noch nicht ergriffen hatten, die Zügel an.

»Weiter, weiter!« Sie hatte nichts anderes mehr im Kopf.

»Soldaten«, sagte er.

Der Trupp kam in müdem Marschtritt zwischen den brennenden Häusern die Mariettastraße herunter, mit gesenkten Köpfen, die Gewehre kreuz und quer über den Schultern, zu erschöpft, um der Balken zu achten, die rechts und links herunterkrachten, zu müde, um den alles umwogenden Rauch zu spüren, der die Menschen zu ersticken drohte. Alle waren gleichermaßen zerlumpt, und zwischen den Offizieren und den Mannschaften gab es keine unterscheidenden Abzeichen mehr, höchstens hier und da einen zerfetzten Hutrand, der noch an der Seite hochgeklappt und mit der umkränzten Initiale »C.S.A.« befestigt war. Viele gingen barfuß, hier und da steckte ein Arm oder ein Kopf in einem schmutzigen Verband. Ohne nach rechts oder nach links zu schauen, zogen sie stumm wie Gespenster vorüber, und nur der Klang der Schritte bezeugte, daß es Menschen waren.

»Sieh sie dir genau an«, tönte Rhetts spöttische Stimme, »damit du deinen Enkeln erzählen kannst, daß du die Nachhut unserer großen, ruhmreichen Sache auf dem Rückzug gesehen hast.«

Plötzlich haßte sie ihn mit einer Gewalt, die in diesem Augenblick selbst ihre Furcht überwältigte, so daß diese ihr kleinlich und geringfügig vorkam. Sie wußte, ihre Sicherheit und die der andern hinter ihr im Wagen hing einzig und allein von diesem Manne ab, den sie haßte, weil er jene zerlumpten Kolonnen verspottete, und sie dachte an den toten Charles, an Ashley, der wohl auch nicht mehr lebte, an all die frohen, tapferen jungen Männer, die nun in den flachen Gräbern ruhten, und vergaß, daß auch sie selber all diese Kämpfer einmal für Narren erklärt hatte. Sie konnte kein Wort hervorbringen, aber Haß und Abscheu sprühten aus ihren wilden grünen Augen.

Als die letzten Soldaten vorüberzogen, kam in der hintersten Reihe eine schmächtige Gestalt, die den Gewehrkolben am Boden schleifen ließ, ins Schwanken, blieb stehen und starrte den anderen nach. Das verschmutzte Gesicht dieses Knaben war vor Überanstrengung so stumpf, daß er wie ein Schlafwandler aussah. Er war nicht größer als Scarlett, sein Gewehr war fast so lang wie er selber. In seinem völlig verrußten Gesicht wuchs noch kein Bart. »Höchstens sechzehn«, ging es Scarlett durch den Sinn. »Wohl einer aus der Landwehr, oder von der Schule entlaufen.«

Während sie noch dorthin schaute, sank der Knabe langsam in die Knie und fiel in den Staub. Wortlos traten zwei der Kameraden aus der letzten Reihe heraus und kamen zu ihm zurück. Der eine, ein großer hagerer Mann mit einem schwarzen Bart, der ihm bis auf den Gürtel hing, übergab dem andern schweigend sein eigenes Gewehr und das des Jungen. Dann bückte er sich und hob so behende wie ein Akrobat den Jungen mit einem einzigen Ruck auf die Schulter. Langsam zog er so der sich entfernenden Kolonne nach. Sein Rücken beugte sich unter der Last. In all seiner Schwäche schrie der Junge wutentbrannt auf wie ein Kind, das von einem Großen geneckt wird: »Laß mich runter, verflucht, laß mich runter, ich kann allein gehen!«

Der Bärtige erwiderte nichts, sondern stapfte stumm und unverdrossen weiter und verschwand hinter einer Biegung der Straße.

Rhett saß still, die Zügel locker in der Hand, und blickte ihnen mit einem sonderbar verbissenen Ausdruck in seinen gebräunten Zügen nach. Da krachten ein paar Balken ganz in ihrer Nähe herunter, und Scarlett sah eine feine rote Flamme das Dach des Speichers hinaufzüngeln, in dessen Schatten sie Schutz gesucht hatten. Dann flackerten und loderten die Wimpel und Fahnen der Flammen triumphierend gen Himmel. Der Rauch versengte den Flüchtlingen die Gesichter und benahm ihnen den Atem. Prissy und Wade fingen an zu husten, und das Neugeborene gab leise Nieslaute von sich.

»Um Gottes willen, Rhett, sind Sie toll geworden, fahren Sie doch weiter!«

Rhett antwortete nicht, ließ aber seinen Zweig mit grausamer Kraft auf den Rücken des Pferdes niedersausen, daß es mit ein paar heftigen Sätzen anzog. So schnell das schwache Tier es schaffen konnte, rüttelten und rumpelten sie nun durch die Mariettastraße. Vor ihnen öffnete sich ein Feuertunnel, und zu beiden Seiten der kurzen, schmalen Straße, die zu den Eisenbahnschienen führte, lohte die Glut in dem Innern der Gebäude. Sie stürzten sich mitten hindurch. Ein Feuerschein, greller als die Sonne, blendete die Augen, die sengende Hitze verbrannte ihnen die Haut, unaufhörliches Sausen, Knistern und Krachen schlug ihnen qualvoll ans Ohr. Wohl eine Ewigkeit lang fuhren sie durch diese feurige Hölle, und dann auf einmal befanden sie sich wieder im Halbdunkel. Während sie so die Straße entlang und über die Schienen polterten, gebrauchte

Rhett regelmäßig, fast automatisch, die Peitsche. Verschlossen und geistesabwesend blickte er vor sich hin, als hätte er vergessen, wo er sich befand. Seine breiten Schultern lehnten vornüber, das Kinn hatte er vorgeschoben, als wälze er keine erfreulichen Gedanken in seinem Kopf. Bei der Hitze strömte ihm der Schweiß über Stirn und Wangen, aber er wischte ihn nicht ab.

Es ging in eine Seitenstraße hinein, und wieder und wieder bogen sie aus einer schmalen Gasse in die andere, bis Scarlett völlig die Richtung verloren hatte und das Prasseln der Flammen hinter ihnen verklang. Immer noch sprach Rhett kein Wort. Er gab nur dem Pferde regelmäßig die Peitsche. Am Himmel erlosch jetzt die rote Glut, die Straße wurde so beängstigend dunkel, daß irgendein Wort, jedes Wort von ihm, auch eine höhnische, kränkende, schneidende Bemerkung Scarlett jetzt willkommen gewesen wäre. Aber er sagte nichts.

Aber ob er nun schwieg oder sprach – für seine Gegenwart dankte sie Gott. Es tat so gut, einen Mann neben sich zu haben, an ihn gelehnt seine festen Arme zu spüren und zu wissen, daß er zwischen ihr und dem Unbeschreiblichen stand, auch wenn er nur dasaß und vor sich hin starrte.

»Ach, Rhett«, flüsterte sie und faßte seinen Arm. »Was hätten wir ohne Sie angefangen! Ich bin so froh, daß Sie nicht bei der Armee sind.«

Er wandte den Kopf und sah sie mit einem Blick an, vor dem sie zurückschreckend seinen Arm fahren ließ. In seinen Augen war dieses Mal kein Spott, nackt lagen sie vor ihr, Zorn und etwas wie ratlose Verwunderung las sie darin. Doch schon verzogen sich wieder seine Lippen, und er wandte sich ab. Eine lange Weile holperten sie in ununterbrochenem Schweigen weiter dahin. Nur das Neugeborene wimmerte leise, und Prissy schnaubte vor sich hin. Als Scarlett das Schnauben nicht länger ertrug, drehte sie sich um und stieß Prissy so heftig in die Seite, daß sie laut aufschrie, um dann wieder in ihr verängstigtes Schweigen zurückzusinken.

Wieder lenkte Rhett das Pferd in scharfer Wendung um eine Ecke, und nach einer Weile kamen sie in eine breitere, bessere Straße. Die Zwischenräume zwischen den schattenhaften Häusern wurden immer größer. Dann ragte zu beiden Seiten wie zwei Mauern der dichte Wald ohne Unterbrechung empor.

»Jetzt sind wir aus der Stadt heraus«, sagte Rhett kurz und zog die Zügel an, »und auf der Hauptstraße nach Rough and Ready!«

»Weiter, weiter! Nur nicht stehenbleiben!«

»Das Pferd muß sich einen Augenblick verschnaufen«, erwiderte er; dann wandte er sich voll zu ihr und fragte plötzlich langsam: »Scarlett, sind Sie immer noch zu diesem Wahnsinn entschlossen?«

»Zu was?«

»Haben Sie immer noch die Absicht, sich bis nach Tara durchzuschlagen? Es ist der reine Selbstmord: Lees Reiterei und die Armee der Yankees stehen zwischen uns und Tara.«

Du lieber Gott! Wollte er sie nun doch noch, nach allem Fürchterlichen, was sie heute durchgemacht hatte, im Stich lassen? »Doch, doch! Bitte, Rhett, fahren Sie doch! Das Pferd ist nicht müde.«

»Einen Augenblick. Auf dieser Straße können Sie nicht nach Jonesboro gelangen. Den Schienen können Sie nicht folgen, dort wird heute überall gekämpft. Sind Ihnen irgendwelche anderen Landwege oder kleinen Feldwege bekannt, die nicht durch Rough and Ready nach Jonesboro führen?«

»Ja, freilich!« Scarlett fiel ein Stein vom Herzen. »Wenn wir nur bis in die Nähe von Rough and Ready gelangen, weiß ich einen Pfad, der von der Hauptstraße abzweigt und sich meilenweit durch die Gegend zieht. Pa und ich sind ihn oft geritten. Ganz dicht bei MacIntoshs kommt man heraus, und dann ist es nur noch eine Meile bis Tara.«

»Gut. Vielleicht kommen Sie auch unbehelligt durch Rough and Ready. General Lee stand heute nachmittag dort, um den Rückzug zu decken. Vielleicht sind die Yankees noch nicht da, und wenn Lees Leute Ihnen nicht das Pferd wegnehmen, kommen Sie durch.«

»Ich komme durch … ich?«

»Jawohl, Sie.« Es klang scharf.

»Aber Rhett … kommen Sie denn nicht mit?«

»Nein, ich verlasse Sie hier.«

Verzweifelt schaute sie sich um nach dem fahlen Brandhimmel hinter ihnen, nach den dunklen Bäumen, die sie zu beiden Seiten wie eine Gefängnismauer einschlossen, nach den verängstigten Gestalten hinten im Wagen und schließlich nach ihm. Hatte sie den Verstand verloren? Hatte sie ihn falsch verstanden?

Er grinste. Im Dämmerlicht konnte sie gerade noch seine weißen Zähne erkennen. In seinen Augen lag der alte Spott.

»Uns verlassen? Ja, wohin wollen Sie denn?«

»Mein liebes Kind, ich gehe zur Armee.«

Sie seufzte erleichtert und gleichzeitig verärgert auf. Warum mußte er gerade jetzt noch Späße treiben! Rhett zur Armee, nach allem, was er von den Narren gesagt hatte, die sich durch Trommelwirbel und Phrasen verleiten ließen, ihr Leben aufs Spiel zu setzen, von den Dummköpfen, die ihr Blut vergossen, damit die Klugen Geld machen konnten!

»Ach, mir einen solchen Schrecken einzujagen! Ich könnte Sie erwürgen. Lassen Sie uns weiterfahren.«

»Kind, ich mache keinen Spaß. Ich bin erstaunt, Scarlett, daß du meinen hochherzigen Entschluß so aufnimmst. Wo ist dein Patriotismus geblieben, deine Liebe zu unserer heiligen Sache? Jetzt hast du die Gelegenheit, mir zu sagen: ›Kehre heim mit reinem Schild oder auf dem Schild!‹ – Aber mach rasch ... auch ich habe noch eine schwungvolle Rede zu halten, ehe ich in den Kampf ziehe.«

Sein schleppender Tonfall höhnte ihr ins Ohr. Er spottete über sie, und er spottete über sich selbst. Was redete er da? Von Patriotismus, reinem Schild und schwungvoller Rede? Er konnte sie doch nicht einfach hier auf der dunklen Straße mit einer vielleicht sterbenden Frau, einem neugeborenen Kind und einem dummen Negermädel sitzenlassen, von Schlachtfeldern, Yankees, Feuersbrünsten und Gott weiß was allem umgeben? Sie packte seinen Arm und fühlte Tränen der Angst auf ihre Hand niederströmen. Er führte diese Hand an die Lippen und küßte sie leichthin.

»Also selbstsüchtig bis zum letzten Atemzug? Nur daran denken, wie Ihre kostbare Person in Sicherheit zu bringen ist, und nicht an die tapferen Konföderierten? Stellen Sie sich doch nur vor, wie mein Erscheinen in zwölfter Stunde den Truppen Mut machen muß.« Etwas Boshaftes, aber zugleich Zärtliches klang in seiner Stimme.

»Ach, Rhett«, jammerte sie, »wie können Sie mir das antun? Warum verlassen Sie mich?«

»Warum?« lachte er hochfahrend. »Vielleicht wegen der Sentimentalität, die uns Südstaatlern nun einmal im Blut liegt. Vielleicht ... vielleicht, weil ich mich schäme; wer weiß?«

»Schämen? Sie sollten sich zu Tode schämen, uns hier allein und hilflos auf der Straße sitzenzulassen.«

»Liebe Scarlett, Sie sind nicht hilflos. Ein so selbstsüchtiges und entschlossenes Geschöpf wie Sie ist niemals hilflos. Gott stehe den armen Yankees bei, wenn sie Sie erwischen.«

Auf einmal stieg er vom Wagen herab, und während sie ihm noch halbbetäubt zusah und nicht wußte, was sie davon denken sollte, kam er um den Wagen herum an ihre Seite. »Aussteigen!« befahl er. Sie starrte ihn nur an. Fest griff er nach ihr, hob sie mit einem Schwung aus dem Wagen, stellte sie neben sich auf die Füße und zog sie dann mehrere Schritte mit sich fort. Staub und Kies drangen ihr in die Schuhe und taten ihr weh. Die heiße, schweigende Finsternis umhüllte sie wie im Traum.

»Keineswegs verlange ich, daß Sie mich verstehen oder mir vergeben. An beidem liegt mir gar nichts. Ich verstehe mich selbst nicht und verzeihe mir dies nie. Immer noch ist der Don Quichotte in mir nicht tot. Unser schöner Süden braucht jeden Mann. Hat nicht der tapfere Gouverneur Brown es gesagt? Einerlei, ich ziehe in den Krieg!«

Plötzlich lachte er so frei und schallend auf, daß die Echos aus den dunklen Wäldern ihm antworteten.

»›Dich, Liebste, könnt' ich nicht lieben so heiß, lieb' ich nicht heißer die Ehre noch!‹ Ein passendes Wort, nicht wahr? Passender als alles andere, was ich mir im Augenblick selber ausdenken könnte. Denn ich liebe dich, Scarlett, trotz allem, was ich vorigen Monat abends vor der Haustür zu dir gesagt habe.«

Sein gedehnter Tonfall klang voller Zärtlichkeit. Seine starken, warmen Hände strichen ihre nackten Arme hinauf. »Ich liebe dich, Scarlett, weil wir einander so ähnlich sind – beide Abtrünnige, Geliebte. Beide selbstsüchtige Schurken. Uns beiden macht es nichts aus, wenn die ganze Welt in Stücke geht, solange wir es nur sicher und behaglich haben.«

Seine Stimme tönte noch weiter durch die Dunkelheit. Sie hörte auch Worte, aber ihren Sinn verstand sie nicht. Müde versuchte sie, die harte Wahrheit in sich aufzunehmen, daß er sie hier im Angesicht der Yankees allein ließ. Ihr Verstand wiederholte immerfort: »Er läßt mich allein.« Ihr Gefühl regte sich nicht.

Da legte er ihr die Arme um die Hüfte und Schultern, und sie spürte die festen Muskeln seiner Schenkel an ihrem Körper. Die Knöpfe seines Anzuges drückten sich gegen ihre Brust. Verwirrend und erschreckend strömte es über sie hin, eine warme Flut, die Zeit und Ort und Umgebung und alles andere aus ihrem Hirn fortspülte. Sie fühlte sich so schlaff wie eine Stoffpuppe. Schwach und hilflos, aber lebenswarm hing sie in seinen Armen, und es tat so gut, sich von ihm stützen zu lassen.

»Denkst du immer noch nicht anders über alles, was ich dir vor einem Monat sagte? Können selbst Gefahr und Tod deine Meinung nicht ändern? Sei eine Patriotin, Scarlett! Bedenke, daß du einen Soldaten mit einer schönen Erinnerung in den Tod ziehen lassen kannst.«

Nun küßte er sie, und sein Bart berührte ihren Mund, küßte sie mit bedächtigen, heißen Lippen, die sich Zeit ließen, als läge die ganze Nacht vor ihnen. So hatte Charles sie nie geküßt. Nie war ihr unter den Küssen der Tarletons und Calverts so heiß und kalt und schwindlig geworden. Er bog sie zurück, seine Lippen wanderten ihr über die Kehle abwärts bis dort, wo die Kamee ihr Kleid zusammenhielt.

»Süße«, flüsterte er, »Süße.«

Undeutlich sah sie den Wagen im Dunkeln stehen und hörte Wades hohe, klägliche Stimme. »Mutter! Wade bange!«

In ihrer verworrenen, verzweifelten Aufregung kehrte ihr plötzlich die kalte Überlegenheit zurück. Ihr wurde wieder bewußt, was sie für einen Augenblick vergessen hatte: daß sie sich fürchtete und auf ihn angewiesen war, und nun ließ er sie im Stich, ließ sie im Stich, der verdammte Schurke.

Hier stand er und hatte obendrein noch die Unverschämtheit, sie mitten auf der Straße mit gemeinen Anträgen zu beleidigen. Wut und Haß durchströmten sie und steiften ihr das Rückgrat. Mit einem Ruck riß sie sich aus seinen Armen los.

»Oh, Sie Flegel«, schrie sie ihn an, und dabei suchte sie mit wilder Verzweiflung nach noch schlimmeren Schimpfworten, die sie ihm an den Kopf werfen konnte, nach Bezeichnungen, die Gerald für Mr. Lincoln, die MacIntoshs und für störrische Maultiere gehabt hatte – aber keines von ihnen fiel ihr ein. »Sie verkommenes, feiges, niedriges, ekelhaftes Subjekt!«, und weil ihr nichts weiter einfiel, das vernichtend genug klang, hob sie den Arm und schlug ihn mit aller Kraft, die ihr geblieben war, auf den Mund. Er trat einen Schritt zurück und hielt sich die Hand ans Gesicht.

»Oh«, sagte er leise, und einen Augenblick standen die beiden einander in der Dunkelheit schweigend gegenüber. Scarlett hörte ihn schwer atmen, sie selber rang nach Luft, als wäre sie zu schnell gelaufen.

»Die Leute hatten recht! Alle hatten sie recht! Sie sind kein Gentleman!«

»Geliebtes Kind«, sagte er, »wie zeitgemäß!« Sie spürte, wie er lachte, und das brachte sie vollends zur Raserei.

»Gehen Sie, machen Sie, daß Sie weiterkommen, schnell! Ich will Sie nie wiedersehen. Ich hoffe, eine Kanonenkugel trifft Sie mitten ins Herz und zerschmettert Sie zu Millionen Fetzen.«

»Spare dir den Rest. Ich weiß schon, was du sagen willst. Wenn ich tot auf dem Altar des Vaterlandes liege, meldet sich vielleicht dein Gewissen.«

Lachend wandte er sich um und ging zum Wagen zurück. Sie sah ihn dastehen und hörte, wie er mit ganz anderer Stimme, höflich und ehrerbietig wie immer, wenn er mit Melanie sprach, sie anrief: »Mrs. Wilkes?«

Prissys verängstigte Stimme antwortete aus dem Wagen: »O Gott, Kapitän Butler! Miß Wilkes sein schon ganze Zeit ohnmächtig.«

»Doch nicht tot? Atmet sie?«

»Sicher, Master, sie atmet.«

»Dann ist es so am besten für sie. Wenn sie bei Bewußtsein geblieben wäre, weiß ich nicht, ob sie dies alles überlebt hätte. Daß du mir gut für sie sorgst, Prissy! Hier ist ein Geldschein für dich, gib dir Mühe, dich nicht noch dümmer anzustellen, als du schon bist.«

»Jawohl, Master. Dank auch, Master.«

»Lebe wohl, Scarlett!«

Sie wußte, daß er ihr dies zugerufen hatte, aber sie erwiderte nichts. Der Haß verschlug ihr die Worte. Seine Füße knirschten über den Kies der Straße. Einen Augenblick tauchten seine breiten Schultern im Dunkel auf, dann war er verschwunden. Eine Weile hörte sie noch seine Schritte, dann verklangen sie. Langsam kehrte sie mit wankenden Knien zum Wagen zurück.

Warum war er fortgegangen, in die Finsternis hinein, in den Krieg, in eine verlorene Sache, in eine toll gewordene Welt? Warum war Rhett gegangen, der die Frauen und den Schnaps liebte, gutes Essen und weiche Betten, Vergnügen, Behagen und die Reize der Sinne, der den Süden haßte und die Narren verhöhnte, die für ihn kämpften? Nun hatte er mit seinen Lackstiefeln jenen harten Weg beschritten, wo Hunger und Durst ihn unermüdlich begleiten, wo Wunden, Erschöpfung und Herzweh wie winselnde Wölfe ihn umkreisen würden. Am Ende des Weges wartete der Tod. Er hätte nicht zu gehen brauchen. Gesichert, reich und ohne Sorgen stand er im Leben. Aber er war gegangen und hatte sie in der Nacht allein gelassen, einer Nacht, die so schwarz war, als wären einem die Augen erblindet, und zwischen ihr und der Heimat standen die Yankees.

Nun fielen ihr all die Schimpfnamen ein, die sie ihm hatte an den Kopf werfen wollen, aber nun war es zu spät. Sie lehnte den Kopf an den gesenkten Hals des Pferdes und weinte.

XXIV

Die helle Morgensonne schien durch die Bäume herab und weckte Scarlett aus dem Schlummer. Sie fuhr aus der steifen, verkrampften Stellung empor, in der sie eingeschlafen war, und konnte sich eine Weile nicht darauf besinnen, wo sie sich eigentlich befand. Die Sonne blendete sie, die harten Wagenbretter, auf denen sie lag, taten ihrem Rücken weh, und eine schwere Last lag ihr quer über den Beinen. Sie versuchte sich aufzusetzen und gewahrte Wades Kopf, der schlafend auf ihren Knien lag. Melanies bloße Füße lagen dicht neben ihrem Gesicht, Prissy schlief unter dem Sitz, zusammengerollt wie eine schwarze Katze, und das Neugeborene lag eingezwängt zwischen ihr und Wade.

Dann fiel ihr alles wieder ein. Mit einem Ruck kam sie hoch und blickte hastig um sich. Gott sei Dank, es waren keine Yankees in Sicht! Ihr Versteck war während der Nacht nicht entdeckt worden. Jetzt kam ihr alles Geschehene wieder zum Bewußtsein. Die unheimliche Fahrt, nachdem Rhetts Schritte verklungen waren, die endlose Nacht, die dunkle Straße, auf der es über Stock und Stein ging, die tiefen Rinnen zu beiden Seiten, in die der Wagen hineinrutschte, die schier übermenschliche Kraft der Angst, mit der Prissy und sie die Räder wieder herausgezerrt hatten. Schaudernd erinnerte sie sich, wie oft sie das bockbeinige Pferd in Äcker und Felder getrieben hatte, sobald sie Soldaten kommen hörte und nicht wußte, ob es Freunde oder Feinde waren. Ihre Angst, daß ein Husten, ein Niesen oder Wades ewiger Schluckauf sie den marschierenden Truppen verrieten.

Auch die dunkle Straße, wo Menschen still wie Geister vorübergezogen und nur ihr gedämpfter Schritt im weichen Staub, das leise Klappen der Zügel und das Quietschen straffgezogenen Leders zu hören war! Und der fürchterliche Augenblick, da das elende Pferd nicht weiter wollte und Reiterei und leichtes Geschütz im Dunkeln gerade dort vorüberrumpelte, wo sie saßen und den Atem anhielten – so nahe, daß sie sie fast mit der ausgestreckten Hand hätte berühren können und daß sie den Dunst der Menschenleiber roch.

Als sie schließlich Rough and Ready erreichten, glommen dort noch ein paar Lagerfeuer: es waren die letzten von Lees Nachhut, die auf den Befehl warteten, zurückzugehen. Sie war eine Meile weit im Bogen über einen Sturzacker gefahren, bis sie die Feuer hinter sich hatte. Dann hatte sie im Dunkeln den Weg verloren und geschluchzt, als sie den kleinen Feldweg nicht finden konnte, der ihr doch so gut bekannt war. Als sie ihn dann endlich hatte, sank das Pferd in den tiefen Wagenspuren zu Boden und rührte sich nicht mehr und wollte auch nicht aufstehen, als sie und Prissy es am Zügel in die Höhe zu zerren suchten.

Dann hatte sie es ausgespannt und war, selber todmüde, in den Wagen gekrochen, um ihre schmerzenden Beine auszustrecken. Sie entsann sich noch dunkel, wie, ehe der Schlaf ihr die Lider schloß, Melanies schwache Stimme sie anflehte: »Scarlett, bitte, kannst du mir nicht etwas Wasser geben?«

»Es ist keins da«, hatte sie erwidert und war eingeschlafen, ehe sie die Worte noch völlig ausgesprochen hatte.

Nun war der Morgen da. Still und klar lag die Welt vor ihr, grün und voll goldener Sonnenflecke. Kein Soldat war zu sehen, so weit das Auge reichte. Sie war hungrig und dem Verdursten nahe, und die verkrampften Glieder taten ihr weh. Sie spürte eine dumpfe Verwunderung darüber, daß sie, Scarlett O'Hara, die nur in den weichsten Federbetten, auf den besten Leinenlaken zu schlafen vermochte, wie eine Pflückerin auf harten Brettern genächtigt hatte.

Ihre Augen blinzelten im hellen Sonnenlicht, und ihre Blicke fielen auf Melanie. Das Entsetzen packte sie an, so still und bleich lag sie da – sie mußte wohl tot sein. Sie sah mit ihrem zermarterten Antlitz und dem wirren schwarzen Haar, das darüber lag, wie eine tote alte Frau aus. Aber dann gewahrte Scarlett voller Erleichterung, wie ihre Brust sich leise hob und senkte, und sie wußte nun, daß auch Melanie diese Nacht überlebt hatte.

Sie hielt sich die Hand über die Augen und spähte umher. Offenbar hatten sie die Nacht unter dem Baum eines Vorgartens zugebracht, denn eine sandige, kiesbestreute Einfahrt, die sich unter einer Zedernallee hinzog, lag vor ihren Augen. »Wir sind bei Mallorys«, dachte sie frohen Herzens und wähnte Freunde und Hilfe nahe.

Aber Totenstille lag über die Plantage gebreitet. Die Büsche und der Rasen waren von Hufen, Rädern und Tritten, die darüber hingetobt sein mußten, in Stücke zerrissen, der Boden war wie aufgewühlt. Anstatt des weißen, mit Schindeln gedeckten Hauses, das sie so gut kannte, sah sie nur im langen Rechteck den geschwärzten Granit der Fundamente vor sich liegen und zwei hohe Schornsteine, die rauchgeschwärzt in die versengten Blätter regloser Bäume hineinragten.

Tief und erschauernd schöpfte sie Atem. War auch Tara so, dem Erdboden gleich – schweigsam wie der Tod?

»Daran darf ich jetzt nicht denken«, sagte sie sich rasch. »Wenn ich daran denke, sterbe ich.« Aber doch konnte sie sich nicht dagegen wehren, daß ihr das Herz rascher und rascher hämmerte und ihr mit jedem Schlag in die Ohren donnerte: »Nach Haus, nach Haus!«

Sie mußte den Heimweg weiterverfolgen. Aber zuerst mußte sie etwas zu essen haben und Wasser finden. Mit einem Stoß weckte sie Prissy. Prissy rollte die Augen, als sie sich umschaute. »O Gott, o Gott, Miß Scarlett, ich hatten nicht gedacht, daß ich noch wieder aufwachen, höchstens nur vielleicht im gelobten Land!«

»Bis dahin ist es noch weit«, sagte Scarlett und versuchte, sich das wirre Haar zu glätten. Schon waren ihr Gesicht und Körper naß von Schweiß. Sie fühlte sich schmutzig und klebrig, und ihr war, als müßte sie schlecht riechen. Ihr Kleid war zerknüllt und faltig, weil sie darin geschlafen hatte. Sie hatte sich ihr Lebtag noch nie so müde und wund gefühlt; Muskeln, von deren Dasein sie gar nichts wußte, taten ihr nach den ungewohnten Anstrengungen der beiden letzten Nächte weh, und jede Bewegung schmerzte.

Ein Blick auf Melanie zeigte, daß deren schwarze Augen nun geöffnet waren. Es waren fieberglänzende, kranke Augen mit tiefen dunklen Rändern darunter. Zwei trockene, aufgesprungene Lippen öffneten sich und flüsterten bittend: »Wasser.«

»Steh auf, Prissy«, befahl Scarlett, »wir wollen zum Brunnen und Wasser holen.«

»Ach, Miß Scarlett, da können doch Gespenster sein, wenn da nun jemand gestorben ist!«

»Ich mache dich zum Gespenst, wenn du nicht sofort gehorchst!« schalt Scarlett, die keine Lust mehr hatte, auf Einwände zu antworten, und kletterte selber mit lahmen Gliedern aus dem Wagen.

Da kam ihr der Gedanke an das Pferd. Herrgott, wenn das Pferd nun in der Nacht verendet war! Als sie es ausgespannt hatte, war es dem Tode anscheinend sehr nahe. Sie lief um den Wagen herum und sah es dort auf der Seite liegen. Wenn es verendet war, so wollte sie Gott fluchen und auch sterben. Hatte das nicht jemand in der Bibel getan? »Er fluchte Gott und starb.« Sie wußte jetzt, was jener Mensch empfunden haben mußte. Das Pferd aber war noch lebendig, es atmete schwer, die schmerzenden Augen waren halb geschlossen, aber es lebte. Etwas Wasser würde ihm wieder auf die Beine helfen.

Widerspenstig und stöhnend kletterte auch Prissy aus dem Wagen und folgte Scarlett furchtsam die Allee entlang. Hinter den Ruinen standen die kleinen weißverputzten Sklavenhäuser stumm und verlassen unter überhängenden Zweigen. Zwischen den Sklavenhäusern und den verräucherten Fundamenten fanden sie den Brunnen. Sein Dach war noch heil, der Eimer hing tief unten im Wasser. Mit vereinten Kräften wanden sie das Seil in die Höhe, und als der Eimer voll klaren, schimmernden Wassers aus der dunklen Tiefe aufstieg, setzte Scarlett ihn an die Lippen, schlürfte gierig und verschüttete dabei Wasser über ihren ganzen Körper. Sie trank, bis Prissys klägliches »Ich auch Durst, Missis!« sie an die Bedürfnisse der anderen gemahnte.

»Mach das Seil los, bring den Eimer an den Wagen und gib ihnen zu trinken. Den Rest bekommt das Pferd. Meinst du nicht, Miß Melly müßte das Kind nähren? Es verhungert uns doch.«

»O Gott, Miß Scarlett, Miß Melly hat doch keine Milch und kriegt auch keine.«

»Woher weißt du das?«

»Ich schon so viele solche gesehen.«

»Tu dich nicht wieder wichtig. Gestern wußtest du wenig genug von Babys. Mach schnell, ich will sehen, ob ich etwas zu essen finde.«

Scarlett suchte vergebens im Obstgarten, ob sie ein paar Äpfel fände. Vor ihr waren Soldaten dagewesen. An den Bäumen saßen keine Früchte mehr, und was am Boden lag, war größtenteils verrottet. Sie sammelte sich das Beste in ihren Rock und kehrte über den lockeren Boden zum Wagen zurück. Ihre Schuhe füllten sich mit Kieselsteinen. Warum hatte sie gestern abend nicht daran gedacht, festere Schuhe anzuziehen und ihren Sonnenhut aufzusetzen? Warum hatte sie nichts zu essen mitgenommen? Wie eine dumme Gans hatte sie gehandelt. Aber sie hatte ja geglaubt, Rhett Butler würde für sie sorgen.

»Rhett!« Sie spie auf den Boden. Schon der Name gab ihr einen üblen Geschmack im Mund. Wie sie ihn haßte, wie verächtlich er ihr war! Und sie hatte auf der Straße gestanden und sich von ihm küssen lassen, und das beinahe gern. Sie war verrückt gewesen! Wie gemein er war!

Sie verteilte die Äpfel und warf den Rest in den Wagen. Das Pferd stand jetzt zwar wieder auf den Beinen, aber das Wasser schien es nicht genügend erfrischt zu haben. Bei Tage sah es noch viel erbärmlicher aus als am Abend. Die Hüftknochen standen hervor wie bei einer alten Kuh, die Rippen mit der schlaffen Haut darüber sahen wie ein Waschbrett aus, der ganze Rücken war wund. Es widerte sie an, ihn zu berühren, als sie das Pferd anschirrte. Als sie ihm die Trense ins Maul steckte, sah sie, daß es so gut wie keine Zähne mehr hatte. Wenn Rhett ihr schon ein Pferd stahl, warum konnte er dann kein besseres finden? Sie stieg auf den Wagen und gab dem Tier einen Schlag mit der Nußgerte auf den Rücken. Das Pferd schnaubte und zog an, ging aber so langsam, daß sie ohne Mühe schneller hätte nebenher gehen können. Ach, hätte sie doch nicht Melanie, Wade, das Kleine und Prissy auf dem Hals, wie schnell wollte sie nach Hause gelangen, Schritt für Schritt bis zur Mutter nach Tara!

Es konnten keine fünfzehn Meilen mehr bis dorthin sein, aber bei der Langsamkeit des alten Kleppers würden sie wohl den ganzen Tag dazu brauchen. Oft mußten sie anhalten, damit er sich ausruhe. Sie schaute die blendend rote Straße hinunter, die von Wagenrädern tief durchfurcht war. Es konnte Stunden dauern, bis sie erfuhr, ob Tara noch stand und ob Ellen da war, Stunden, ehe sie unter der glühenden Septembersonne ans Ziel dieser Fahrt gelangten.

Sie schaute zurück und sah, wie Melanie die schmerzenden Augen gegen die Sonne geschlossen hielt. Da nahm sie ihren Hut vom Kopf und gab ihn Prissy. »Leg ihn übers Gesicht.« Als nun die Hitze auf ihren eigenen, ungeschützten Kopf erbarmungslos herabstrahlte, dachte sie: »Bis zum Abend bin ich mit Sommersprossen gesprenkelt wie ein Perlhuhnei.«

Nie im Leben war sie ohne Hut und Schleier in der Sonne gewesen, nie hatte sie ohne Handschuhe, die die weiße Haut ihrer Hände schützten, Zügel gehalten. Hier, auf diesem halb zerbrochenen Wagen mit dem kranken Gaul davor, war sie nun der Sonne preisgegeben, schmutzig, schweißbedeckt und hungrig, unfähig, etwas anderes zu tun, als mühselig im Schneckengang durch das verwüstete Land zu zuckeln. Vor wenigen Wochen war sie noch beschirmt und in Sicherheit gewesen. Sie und alle anderen hatten noch vor kurzem gedacht, Atlanta könne niemals fallen und Georgia niemals vom Feinde durchzogen werden. Aber das Wölkchen, das vor vier Monaten am nordwestlichen Horizont zuerst auftauchte, war nun zu einem wüsten Ungewitter herangewachsen, zu einem Tornado, der ihre ganze Welt mit sich fortriß, der sie aus ihrem umhegten Leben davonwirbelte und inmitten dieser gespenstischen, stillen Einöde aussetzte.

Stand Tara noch oder war auch Tara im Sturm, der über Georgia hinwegging, zerstört und vernichtet?

Sie gab dem müden Tier von neuem die Peitsche und versuchte, es anzutreiben, während die wackeligen Räder wie Betrunkene von einer Seite zur anderen schaukelten.

Der Tod lastete über dem Land. Unter den Strahlen der Nachmittagssonne lag jedes vertraute Feld und Gehölz in einem unirdischen Schweigen da, das Scarlett das Herz abdrückte. Jedes leere, von Granaten zerstörte Haus, an dem sie vorbeigefahren war, jeder ragende Schornstein, der einsam über geschwärzten Trümmern Wache hielt, erschreckte sie noch tiefer. Seit voriger Nacht hatte sie keine Menschenseele und kein lebendiges Tier mehr angetroffen. Tote Männer und tote Pferde freilich, auch krepierte Maultiere, die aufgedunsen und von Fliegen bedeckt an der Straße lagen, aber nichts Lebendiges. Nirgends brüllte in der Ferne ein Rind, kein Vogel sang, kein Hauch bewegte die Bäume. Nur das müde Stampfen der Hufe und das schwache Wimmern von Melanies Kind unterbrachen das Schweigen. Die ganze Landschaft lag unter einem grausigen Bann. Es war, als seien die vertrauten Züge einer Mutter nach einem Todeskampf erstarrt und endlich zur Ruhe gekommen. In den einst so lieblichen Wäldern gingen jetzt Geister um. Tausende waren während der Kämpfe bei Jonesboro gefallen. Da geisterten sie nun in diesen verwunschenen Wäldern, wo die schrägen Sonnenstrahlen durch reglose Blätter schienen. Freund und Feind, alle lugten nach ihr aus, wie sie auf ihrem gebrechlichen Wagen dahinzottelte, starrten aus Augen, die von Blut und rotem Staub blind geworden waren, aus glasigen, fürchterlichen Augen sie an.

»Mutter, Mutter«, flüsterte sie vor sich hin. Wenn sie sich nur bis nach Hause durchkämpfen konnte, und wenn nur durch ein Wunder Gottes Tara noch stand! Dann konnte sie die lange Allee hinauffahren, ins Haus treten und das gütige, zarte Gesicht ihrer Mutter anschauen, konnte die sanften Segenshände wieder spüren, die all ihre Furcht vertrieben, konnte den Rock fassen und ihr Gesicht darein bergen.

Das todmüde Pferd schien die Peitschenhiebe und Zügelschläge nicht mehr zu spüren, sondern wankte schleppenden Hufes weiter und stolperte über Felsstücke und Furchen, als wollte es jeden Augenblick in die Knie brechen. Als die Dämmerung nahte, waren sie endlich am letzten Abschnitt dieser schrecklichen Fahrt angekommen. Nach der nächsten Krümmung des Feldweges bogen sie wieder in die Landstraße ein, und Tara war nur noch eine Meile entfernt!

Hier erhob sich die dunkle Masse der Jasminhecke, an welcher der Besitz der Familie MacIntosh begann. Etwas weiterhin tauchte das Ende der Eichenallee auf, die von der Straße zum Hause des alten Angus führte. Scarlett spähte durch die sinkende Dämmerung die beiden Reihen der alten Bäume entlang. Alles war dunkel, weder im Hause noch im Sklavenviertel war ein einziges Licht zu sehen. Sie strengte die Augen an und unterschied undeutlich in der Dunkelheit, was ihr während des schrecklichen Tages schon ein gewohnter Anblick geworden war – zwei riesige Schornsteine, die wie mächtige Grabmale die Trümmer der zwei Stockwerke überragten, und zersplitterte, lichtlose Fenster, die wie stille, erblindete Augen die Mauern durchbrachen.

»Hallo!« rief Scarlett mit aller Kraft, »hallo!«

Außer sich vor Angst riß Prissy sie am Arm. Die Augen rollten ihr im Kopf. »Nicht hallo, Miß Scarlett, bitte, nicht hallo!« flüsterte sie mit bebender Stimme. »Man kann nicht wissen, wer antwortet!«

Scarlett überlief es kalt. Sie hatte recht. Gott weiß, was da herauskommen konnte! Sie trieb das Pferd mit den Zügeln weiter.

Der Anblick des MacIntoshschen Anwesens hatte ihr die letzte Hoffnung zerstört. Eine Trümmerstätte war es, wie alle Plantagen, an denen sie vorbei gekommen war. Tara aber lag nur noch eine halbe Meile weiter an derselben Straße, der Straße, auf der die Armee entlanggezogen war. Auch Tara war dem Erdboden gleich! Sicher fand sie nur noch geschwärzte Backsteine, und die Sterne schienen auf die Trümmer herab. Ellen und Gerald waren fort, die Mädchen fort, Mammy fort, die Neger fort und Gott weiß wo, und über allem die schauerliche Stille.

Warum war sie gegen jeden gesunden Menschenverstand diesen sinnlosen Weg gegangen! Warum hatte sie Melanie und das Kind mit sich geschleppt! Besser wäre es gewesen, sie wären in Atlanta umgekommen, als nach der Folter dieses Sonnentages im rüttelnden Wagen vor den stummen Ruinen von Tara zu sterben.

Aber Ashley hatte Melanie Scarletts Fürsorge anvertraut. Ach, der herzzerbrechend schöne Tag, da er sie zum Abschied geküßt hatte, ehe er für immer fortging! »Versprich es mir!« Warum hatte sie sich an ein solches Versprechen gebunden, das sie nun doppelt belastete, seitdem Ashley dahin war! In all ihrer Erschöpfung haßte sie doch noch Melanie und das winzige Stimmchen des Neugeborenen, das immer schwächer in die Stille hinausdrang. Aber sie hatte es Ashley versprochen, und nun gehörten Melanie und das Kleine ihr, genauso wie Wade und Prissy, und sie mußte sich für sie abmühen und kämpfen, solange noch Kraft und Atem in ihr waren. Sie hätte sie in Atlanta lassen, Melanie im Lazarett abliefern und dann fortgehen können. Hätte sie das aber getan, so hätte sie weder auf Erden noch im Himmel Ashley jemals wieder ins Angesicht sehen können. Ach, Ashley! Wo war er jetzt, während sie sich mit seiner Frau und seinem Kind diesen gespenstischen Weg entlangmühte? Lebte er noch, und dachte er an sie?

Ihre aufs äußerste angespannten Nerven wollten schier zerreißen, als im

Unterholz neben ihr plötzlich ein Geräusch laut wurde. Prissy kreischte auf und warf sich über das Kleine hinweg auf den Boden des Wagens nieder. Melanie machte eine schwache Bewegung und tastete nach dem Kind, Wade hielt sich die Augen zu und kauerte sich zusammen, zu verängstigt, um noch zu weinen. Dann krachte das Gebüsch unter schweren Hufen auseinander, und ein tiefes, schmerzliches Gebrüll schlug ihnen ans Ohr. »Das ist nur eine Kuh«, murmelte Scarlett, und es klang heiser vor Schrecken. »Sei nicht so dumm, Prissy, du hast das Kleine gequetscht und Miß Melly und Wade erschreckt!«

»Ein Gespenst«, stöhnte Prissy und preßte ihr Gesicht fest auf den Wagenboden.

Nun wandte Scarlett sich zu ihr um und hob in voller Überlegung die Gerte, die sie als Peitsche gebraucht hatte, empor und zog sie Prissy über den Rücken. Sie war selber zu erschöpft und schwach, um auch noch bei anderen Schwäche dulden zu können.

»Sitz gerade, du Schafskopf«, schrie sie, »sonst bekommst du noch mehr zu fühlen.« Winselnd hob Prissy den Kopf, spähte über die Bretter des Wagens hinweg und sah, daß es wirklich eine buntscheckige Kuh war, die sie mit großen, erschrockenen Augen ansah und zu neuem Gebrüll das Maul öffnete, als litte sie Schmerzen.

»Ist sie verletzt? Es klingt nicht wie gewöhnliches Muhen.«

»Klingt, als ob Euter voll und melken ihr mächtig not«, sagte Prissy jetzt ruhiger. »Ist wohl eine von Master MacIntoshs, die die Neger in den Wald jagen und die Yankees nicht gekriegt haben.«

»Wir nehmen sie mit«, entschied Scarlett sofort, »dann haben wir Milch für das Kleine.«

»Wie sollen wir denn Kuh mitnehmen, Miß Scarlett?« widersprach Prissy. »Wir können doch nicht Kuh mitnehmen, müssen gemolken werden, sonst Euter schwellen auf und platzen und darum brüllen sie.«

»Zieh deinen Unterrock aus, zerreiß ihn und binde sie hinten an den Wagen.«

»Ach, Miß Scarlett, ich haben doch schon einen Monat keine Unterrock mehr, und wenn ich einen haben, gebe ich ihn nicht ganz umsonst für eine Kuh her. Ich haben noch nie mit Kühen zu tun gehabt, ich bin vor Kühen bange.«

Scarlett ließ die Zügel los und zog ihren Rock in die Höhe. Der spitzenbesetzte Unterrock darunter war das letzte gute Kleidungsstück, das sie besaß, und das letzte, welches noch heil war. Sie löste das Band, raffte die weichen Batistfalten fest zusammen und zog sich den Unterrock über die Füße. Batist und Spitze hatte Rhett ihr mit dem letzten Boot, das er durch die Blockade gesteuert hatte, mitgebracht. Sie hatte eine Woche daran gearbeitet. Entschlossen riß sie den Stoff der Länge nach auseinander. Bald lag der ganze Unterrock in Streifen vor ihr. Mit ihren Fingern, die aus vielen Blasen bluteten und vor Müdigkeit zitterten, knotete sie die Enden zusammen.

»Streif ihr das über die Hörner«, wies sie Prissy an. Aber das Mädchen wollte nicht. »Ich bin so bange vor Kühen, Miß Scarlett, ich noch nie etwas mit Kühen zu tun haben, ich bin kein Hofnigger, ich bin ein Hausnigger.«

»Ein Eselsnigger bist du, und Pas schlimmster Einfall war es, dich zu kaufen«, sagte Scarlett langsam, zu müde, um zu schelten. »Wenn ich je wieder meinen Arm gebrauchen kann, bekommst du etwas mit dieser Peitsche.«

»So«, dachte sie bei sich, »nun habe ich ›Nigger‹ gesagt, und das hat Mutter nie haben wollen.«

Prissy rollte wild mit den Augen und warf zuerst einen Blick auf das unbewegliche Gesicht ihrer Herrin und dann auf die kläglich brüllende Kuh. Offenbar hielt sie Scarlett für die geringere Gefahr, sie klammerte sich an die Wagenbretter und rührte sich nicht vom Fleck.

Mit steifen Gliedmaßen kletterte Scarlett vom Sitz herab. Prissy war nicht die einzige, die Angst vor Kühen hatte. Auch Scarlett war immer vor ihnen bange gewesen, selbst die sanftmütigste war ihr unheimlich erschienen, aber dieses Mal konnte sie ihren kleinen Ängsten nicht nachgeben, da die großen mit solcher Gewalt über sie herfielen. Zum Glück war die Kuh von der sanftesten Gemütsart. In ihrem Schmerz hatte sie nach menschlicher Hilfe gesucht und ließ es sich ruhig gefallen, daß Scarlett ihr ein Ende des zerrissenen Unterrocks am Horn befestigte. Das andere Ende wurde hinten an den Wagen gebunden, so fest es die wunden Finger vermochten. Als sie wieder auf den Bock steigen wollte, überkam sie eine ungeheure Müdigkeit, und plötzlich wurde ihr schwarz vor den Augen. Sie mußte sich am Wagen festhalten, um nicht hinzufallen.

Melanie schlug die Augen auf, sah Scarlett neben sich und flüsterte: »Liebes, sind wir zu Hause?«

Bei dieser Frage traten Scarlett die heißen Tränen in die Augen. Melanie ahnte noch nicht, daß es kein Zuhause mehr gab, daß sie in der sinnlosen unerbittlichen Welt allein waren.

»Noch nicht«, erwiderte sie so sanft, wie ihre tränenerstickte Kehle es zuließ, »aber bald. Ich habe eben eine Kuh gefunden, und nun haben wir Milch für dich und das Kleine.«

»Armes Kleines«, flüsterte Melanie. Ihre Hand tastete mühsam nach dem Kind und erreichte es nicht.

Scarlett faßte von neuem die Zügel. Aber das Pferd ließ in äußerster Erschöpfung den Kopf hängen und war nicht von der Stelle zu bringen.

Erbarmungslos gebrauchte Scarlett die Gerte und hoffte, Gott möchte ihr vergeben, daß sie einem müden Pferd so weh tat. Nach einer Viertelmeile, wenn Tara vor ihnen lag, mochte das Pferd in Gottes Namen zusammenbrechen. Schließlich setzte es sich langsam wieder in Bewegung, bei jedem Schritt quietschte der Wagen, und die Kuh brüllte gequält. Die Stimme des leidenden Tieres brachte Scarlett zur Verzweiflung, und sie kämpfte mit der Versuchung, zu halten und das Tier wieder loszubinden. Was sollte sie mit der Kuh anfangen, wenn auf Tara kein Mensch war? Melken konnte sie nicht, und auch wenn sie es gekonnt hätte, so hätte das Tier sicher nach jedem gestoßen, der es an seinem wunden Euter berührte. Aber nun hatte sie die Kuh einmal, und viel mehr besaß sie kaum noch auf dieser Welt.

Als sie endlich am Fuße einer sanften Erhebung anlangten, schwindelte es Scarlett vor den Augen. Unmittelbar am jenseitigen Abhang lag Tara. Da entsank ihr der Mut. Nie im Leben würde das kranke Tier sie den Hügel hinaufziehen. Früher, wenn sie auf ihrer schnellfüßigen Stute dahingaloppierte, war ihr diese Steigung immer so geringfügig vorgekommen – wie konnte nun der Hang plötzlich so steil geworden sein? Sie stieg ab und nahm das Pferd beim Zügel. »Steig aus, Prissy«, befahl sie, »und nimm Wade auf den Arm oder laß ihn laufen. Das Kleine legst du neben Miß Melanie.«

Wade begann zu schluchzen und zu wimmern, und Scarlett verstand nicht mehr als die Worte: »So dunkel, Wade bange!«

»Miß Scarlett, ich können nicht gehen, ich haben Blasen an Füßen, die scheuern an Schuhen, und ich und Wade wiegen doch nur ganz wenig.«

»Heraus mit dir, sonst laß ich dich hier im Dunkeln allein sitzen. Mach schnell.«

Prissy wimmerte und warf einen scheuen Blick auf die dunklen Bäume, die sich zu beiden Seiten der Straße neben ihnen erhoben. Wer konnte wissen, ob sie nicht nach ihr greifen und sie packen würden, wenn sie sich aus dem Schutz des Wagens fortwagte! Aber voller Angst legte sie doch das Kleine neben Melanie, kletterte herab und hob auch Wade heraus. Der kleine Junge schluchzte.

»Du mußt ihn beruhigen, ich kann es nicht aushalten«, sagte Scarlett, faßte das Pferd am Zügel und zerrte es vorwärts.

»Sei ein kleiner Mann, Wade, und weine nicht, sonst komme ich und gebe dir einen Klaps.« Wozu hatte Gott nur die Kinder erfunden, dachte sie bitter, während sie den dunklen Weg entlangstolperte. Sie waren eine nutzlose, ewig heulende Plage. Immer waren sie im Wege. Sie verspürte nichts als Überdruß, daß sie Wade überhaupt zur Welt gebracht hatte, und eine müde Verwunderung, wie sie Charles Hamilton je hatte heiraten können.

»Miß Scarlett!« Prissy packte sie beim Arm. »Nicht nach Tara! Da sind niemand, sie sind alle weg, vielleicht tot, Ma und alle!«

Scarlett schüttelte sie ab. Der Widerhall ihrer eigenen Gedanken war ihr unerträglich. Wie langsam nur das Pferd von der Stelle kam! Der Schaum aus seinem Mund troff ihr auf die Hand. Ein paar Worte des Liedes, das sie einst mit Rhett Butler gesungen hatte, zogen ihr wieder durch den Sinn:

»Noch ein paar Tage trag die Last ...«

»Noch ein paar Schritte«, summte es in ihrem Kopfe, »ein ganz paar Schritte noch trag die Last.« Wie es weiterging, wollte ihr nicht einfallen.

Dann waren sie endlich droben angelangt, und vor ihnen standen die Eichen von Tara, eine ragende, dunkle Masse vor dem schon fast nächtlichen Himmel. Scarlett spähte gierig nach einem Licht. Es war keins zu sehen.

»Sie sind alle fort«, sprach ihr Herz, das kalt wie Blei in ihrer Brust lag, »alle fort!«

Sie lenkte das Pferd in die Einfahrt hinein. Die Zedern wölbten sich über ihrem Kopf und umgaben sie mit dichter Finsternis. Sie strengte die Augen an, um den langen, schwarzen Tunnel zu durchdringen, und sah vor sich – oder sah sie es nicht, spielten die müden Augen ihr einen träumerischen Streich? Verschwommen und undeutlich erblickte sie die weißen Mauern von Tara. Daheim! Die lieben weißen Mauern, die Fenster mit den flatternden Vorhängen, die geräumigen Veranden – lag alles das dort vor ihnen im Dunkel, oder verbarg die Finsternis ihr gnädig ein gleiches Grauen wie die MacIntoshschen Trümmer?

Endlos zog sich vor ihr die Allee hin. Das Pferd zerrte störrisch an ihrer Hand und tappte immer langsamer vorwärts. Gierig spähten ihre Augen durch die Finsternis. Das Dach schien noch heil zu sein. War es denn möglich? Sollte der Krieg, der nirgends innehielt, Tara verschont haben?

Der schattenhafte Umriß gewann Gestalt. Immer weiter vorwärts zerrte sie das Pferd. Dort standen die weißen Mauern in der Finsternis. Tara war verschont geblieben. Scarlett ließ die Zügel fallen und legte die letzten Schritte laufend zurück, sie sprang auf die Mauern zu, um sie zu umarmen. Da sah sie eine schattenhafte Gestalt sich aus dem Dunkel der vorderen Veranda lösen und auf der obersten Stufe stehen. Tara war nicht verlassen, es war jemand daheim!

Ein Freudenschrei stieg ihr in die Kehle und erstarb dort. Das Haus war so dunkel und still, die Gestalt bewegte sich nicht, gab keinen Laut von sich. Was ging hier vor? Tara stand noch unzerstört, und doch war es von der gleichen unheimlichen Stille verhangen, die schwer auf der ganzen Landschaft lag. Da endlich regte sich die Gestalt. Steif und langsamen Schrittes kam sie die Stufen herunter.

»Pa?« flüsterte sie heiser und wußte nicht, ob sie ihren Sinnen trauen sollte. »Ich bin es – Katie Scarlett. Ich bin heimgekommen.«

Gerald kam ihr stumm, wie ein Schlafwandler, entgegen und zog das steife Bein nach. Er trat an sie heran und sah ihr blinzelnd in das Gesicht, als hielte er sie für einen Spuk. Er streckte die Hand aus und legte sie ihr auf die Schulter. Scarlett erbebte, als wäre sie aus einem Alpdruck zu einem Vorgefühl der Wirklichkeit erwacht.

»Tochter«, sagte er mit Anstrengung. »Meine Tochter.« Dann schwieg er wieder.

»Aber er ist ja ein alter Mann geworden«, dachte Scarlett. Seine Schultern waren vornüber gesunken. In dem Antlitz, das sie nur undeutlich erkennen konnte, war nichts von Geralds rastloser männlicher Lebendigkeit, und in den Augen, in die sie blickte, lag etwas ebenso von Angst Gelähmtes wie in den Augen des kleinen Wade. Er war nur noch ein kleiner, gebrochener alter Mann.

Nun packte aus dem Dunkel her die Furcht vor dem Ungewissen sie an. Sie konnte nur dastehen und ihn anstarren, die ganze Flut der Fragen stockte ihr auf den Lippen. Aus dem Wagen erklang wieder das leise Gewimmer, und Gerald schien sich mühsam aufzuraffen.

»Das ist Melanie und ihr Kleines«, flüsterte Scarlett. »Sie ist sehr krank ... ich habe sie mitgebracht.«

Gerald ließ die Hand von ihrem Arm sinken und gab sich einen Ruck. Während er langsam zum Wagen schritt, hatte er eine gespenstische Ähnlichkeit mit dem früheren Gutsherrn von Tara, der seine Gäste willkommen hieß.

»Kusine Melanie.«

Melanies Stimme kam undeutlich zurück.

»Kusine Melanie, hier bist du nun zu Hause. Twelve Oaks ist abgebrannt. Du wirst bei uns bleiben.«

Der Gedanke an Melanies qualvollen Zustand, der nun schon so lange dauerte, trieb Scarlett endlich zum Handeln. Nun war wieder Gegenwart um sie her, die gebieterische Forderung, Melanie und das Kind ins Bett zu bringen und ihr die kleinen Dienste zu leisten, die man für sie leisten konnte. »Sie muß hineingetragen werden, gehen kann sie nicht.«

Tritte erklangen, eine dunkle Gestalt tauchte aus der schwarzen Höhle der Haustür auf. Pork kam die Stufen herunter. Scarlett griff ihn beim Arm. Pork, ein Stück von Tara, vertraut wie seine Mauern und Wege! Sie fühlte heiße Tränen über ihren Händen, als Pork sie ungeschickt streichelte und rief: »Freu mich aber, daß Sie wieder da sind, Miß! Freu mich so sehr ...«

Prissy brach in Tränen und in unzusammenhängendes Gestammel aus:

»Poke! Poke!« Den kleinen Wade machte die Weichherzigkeit der Großen von neuem lebendig, und er begann zu schnüffeln: »Wade durstig!«

Nun nahm Scarlett alles in die Hand.

»Melly ist im Wagen und ihr Kleines auch. Pork, du mußt sie ganz behutsam in das Gastzimmer hinauftragen. Prissy, bring das Kleine und Wade hinein und gib Wade zu trinken. Ist Mammy da, Pork? Sie soll herauskommen.«

Pork stand ganz im Banne ihrer gebieterischen Stimme, trat an den Wagen und machte sich darin zu schaffen. Melanie stöhnte auf, als er sie von dem Federbett, auf dem sie so viele Stunden gelegen hatte, hochhob und herabzerrte. Dann lag sie in seinen kräftigen Armen und ließ den Kopf wie ein Kind an seine Schulter sinken. Prissy, mit dem Baby auf dem Arm und dem kleinen Jungen an der Hand, folgte ihm die Stufen hinauf und verschwand im Dunkel der Halle.

Scarletts blutige Finger griffen erregt nach der Hand des Vaters. »Pa, sind sie wieder gesund?«

»Den Mädchen geht es besser ...«

Dann war Schweigen, und in diesem Schweigen gewann ein Gedanke, zu ungeheuerlich für Worte, Gestalt. Sie konnte und konnte ihn nicht über die Lippen bringen. Sie würgte und schluckte, es war, als sei ihr der ausgetrocknete Hals plötzlich zugeschnürt. War dies die Erklärung für das furchtbare Rätsel von Taras Schweigen? Wie eine Antwort auf ihre stumme Frage begann Gerald zu sprechen.

»Deine Mutter ...«, sagte er und schwieg wieder.

»Mutter?«

»Deine Mutter ist gestern gestorben.«

Scarlett hatte ihren Vater fest untergefaßt und tastete sich durch die große dunkle Halle, die ihr auch in der Finsternis vertraut war wie ihr eigenes Gemüt. Sie umschritt die hochbeinigen Stühle, die Gewehrständer, die alte Anrichte mit ihren hervorstehenden Klauenfüßen und fühlte sich unwiderstehlich in das winzige Schreibzimmer am hinteren Ende gezogen, wo Ellen immer saß und in ihren Büchern rechnete. Wenn sie dort erst eintrat, würde Mutter wie immer an ihrem Schreibtisch sitzen, die Feder hinlegen, aufblicken und ihrer Tochter mit leise duftendem, raschelndem Reifrock entgegenkommen. Ellen konnte nicht tot sein, auch wenn Pa es sagte und immer wieder sagte, gleich einem Papagei, der nur einen einzigen Satz sagen konnte: »Gestern ist sie gestorben, gestern ist sie gestorben, gestern ist sie gestorben ...«

Seltsam, daß sie jetzt außer der furchtbaren Erschöpfung, die ihre Glieder wie mit Eisenketten gefesselt hielt, und außer dem Hunger, der ihre Knie erzittern ließ, nichts weiter empfand. An Mutter wollte sie später denken. Jetzt mußte sie dies von sich wegschieben, sonst würde sie stumpfsinnig wie Gerald dahinstolpern oder eintönig wie Wade vor sich hin schluchzen müssen.

Pork kam die breiten dunklen Stufen auf sie zugeschritten und schien sich an Scarlett drängen zu wollen wie ein frierendes Tier ans Feuer.

»Licht!« sagte sie, »warum ist das Haus so dunkel, Pork? Bring die Kerzen.«

»Die Kerzen haben sie alle weggenommen, alle, außer einer. Die eine gebrauchen wir nur, wenn wir im Dunkeln was suchen müssen, sie ist schon fast ausgebrannt. Als Licht für das Krankenzimmer von Miß Carreen und Miß Suellen hat Mammy eine Schüssel mit Schweinefett genommen, in die sie einen aufgedrehten Stofflappen gesteckt hat.«

»Bring den Rest der Kerze«, befahl Scarlett. »Stell ihn in Mutters ... in das Schreibzimmer.«

Pork schlurfte klappernd ins Eßzimmer. Scarlett tastete sich durch die schwarze Finsternis bis zum kleinen Zimmer und sank auf das Sofa nieder. Der Arm des Vaters war immer noch hilflos vertrauend und gleichsam flehend in den ihren gelegt, wie es nur die Hände der ganz Jungen oder der ganz Alten können.

»Er ist ein alter Mann, ein alter, müder Mann«, dachte sie wieder und begriff nicht, warum sie das nicht tiefer berührte.

Ein Lichtschein flackerte ins Zimmer. Pork kam mit einer halb abgebrannten Kerze auf einer Untertasse herein, die er zum Leuchten emporhielt. In die dunkle Höhle kam ein wenig Leben. Das eingesessene alte Sofa, der hohe Sekretär mit Mutters zierlich geschnitztem Stuhl davor, die Fächer, die noch voll von Papieren staken, von Ellens feiner Handschrift beschrieben, der abgenutzte Teppich – alles war da, nur Ellen nicht mit ihrem feinen Duft von Zitrone und Verbene und dem sanften Blick in den schrägen Augen. Scarlett fühlte in ihrem Herzen einen leisen Schmerz, wie von Nerven, die, nach einer schweren Verwundung fühllos geworden, auf einmal die Empfindung langsam wieder erlangen. Jetzt durften sie aber noch nicht wieder lebendig werden. Sie hatte ihr ganzes Leben vor sich, da konnten sie schmerzen, aber nicht jetzt! Lieber Gott, nur nicht jetzt

Sie sah in Geralds aschgraues Gesicht. Zum erstenmal in ihrem Leben erblickte sie ihn unrasiert. Die sonst so wohlgepflegten, blühenden Wangen standen voll silberweißer Stoppeln. Pork setzte die Kerze auf den Halter und trat zu ihr. Wäre er ein Hund gewesen, er hätte wohl die Schnauze in ihren Schoß gelegt und um eine Hand gebettelt, die ihm über den Kopf strich.

»Pork, wie viele Schwarze sind hier?«

»Miß Scarlett, das Niggerpack ist weggelaufen. Einige sind mit den Yankees auf und davon ...«

»Wie viele sind noch da?«

»Ich und Mammy. Sie hat die jungen Missis den ganzen Tag gepflegt. Und Dilcey. Sie sitzt jetzt bei jungen Misses. Wir drei, Miß Scarlett.«

»Wir drei!« Und es waren hundert gewesen. Mühsam hob Scarlett den Kopf auf dem schmerzenden Nacken empor. Sie durfte ihrer Stimme nichts anmerken lassen. Zu ihrer eigenen Überraschung kamen ihre Worte so kühl und gelassen heraus, als habe es nie einen Krieg gegeben und als könne sie wie immer mit einem Blick zehn Dienstboten um sich versammeln.

»Pork, ich habe Hunger. Gibt es nichts zu essen?«

»Nein, Missis, sie haben alles weggenommen.«

»Aber der Garten?«

»Darin haben sie ihre Pferde sich tummeln lassen.«

»Und die Hügel mit den Bataten?«

Auf seinen dicken Lippen erglänzte es wie ein freudiges Lächeln: »Miß Scarlett, die Bataten hab' ich ganz vergessen. Die müssen noch dasein. Die Yankees haben nie keine mit Augen gesehen und meinen, das wären bloß Wurzeln.«

»Wenn der Mond aufgeht, lauf hinüber, grab welche aus und röste sie. Maismehl ist nicht da? Keine getrockneten Erbsen? Keine Hühner?«

»Nein, Miß, nein, nein, Miß. Die Hühner, die sie nicht gleich gegessen haben, sie haben auf Sattel mitgenommen.«

›Sie‹ und immer ›sie‹. Fand es denn kein Ende, was ›sie‹ alles getan hatten?

»Miß Scarlett, ich habe ein paar Äpfel, die Mammy unter dem Hause vergraben hat. Wir haben heute davon gegessen.«

»Bring sie her, ehe du die Bataten ausgräbst. Ach, Pork, mir ist gar nicht wohl. Ist da nicht noch Wein im Keller, und wenn es nur Brombeerwein ist?«

»Ach, Miß Scarlett, in den Keller sind sie zuerst gegangen.«

Vor Übermüdung und Betäubung nach dem schweren Schicksalsschlag schwanden ihr jetzt wirklich die Sinne. Sie umklammerte die geschnitzten Rosen unter ihrer Hand auf der Stuhllehne.

»Kein Wein«, lallte sie und entsann sich der zahllosen Flaschen im Keller. Da kam ihr ein Gedanke. »Pork, was ist aus dem Kornbranntwein geworden, den Pa im eichenen Fasse unter der Laube vergraben hatte?«

Wieder erhellte etwas wie ein Lächeln das schwarze Gesicht, ein Lächeln der Freude und Hochachtung.

»Oh, Miß Scarlett, das Faß hab' ich reinweg vergessen. Aber, Miß Scarlett, der Whisky ist noch nicht gut. Er liegt erst seit einem Jahr, und Whisky ist überhaupt nicht gut für Damen.«

Wie dumm die Neger waren! Nie dachten sie an etwas, bevor man es ihnen ausdrücklich sagte. Eine solche Gesellschaft wollten die Yankees nun befreien!

»Für diese Dame hier und für Pa ist er gut genug. Grab ihn schnell aus, Pork, bring uns zwei Gläser, Pfefferminz und Zucker, und ich mische uns einen guten Pfefferminz-Whisky.«

Er sah sie vorwurfsvoll an. »Miß Scarlett, wir haben auf Tara schon lange keinen Zucker mehr, und die Pferde haben den ganzen Pfefferminz gefressen, und alle Gläser haben sie uns zerschlagen.«

»Wenn er noch einmal ›sie‹ sagt, schreie ich auf«, dachte Scarlett und sagte laut: »Dann lauf rasch und hole den Whisky, wir trinken ihn ungemischt.«

Gleich darauf rief sie ihn noch einmal zurück. »Warte, Pork, ich vergesse das Wichtigste! Ich habe ein Pferd und eine Kuh mitgebracht. Die Kuh muß schleunigst gemolken werden. Spann das Pferd aus und gib ihm Wasser. Sag Mammy, sie soll nach der Kuh sehen und sie anbinden. Miß Melanies Kind stirbt, wenn es nichts zu essen bekommt und ...«

»Miß Melly hat ... keine ...?« Verschämt hielt Pork inne.

»Miß Melanie hat keine Milch.« Du lieber Gott, Mutter fiele in Ohnmacht, wenn sie das hörte.

»Miß Scarlett, Dilcey kann für Miß Mellys Kleines sorgen. Dilcey hat auch gerade ein Kind gehabt und hat genug für beide.«

»Ihr habt wieder ein Kind bekommen, Pork?«

Kinder, nichts als Kinder. Warum machte Gott so viele Kinder? Aber das tat nicht Gott, das taten die dummen Menschen.

»Ja, Miß, ein großer, dicker schwarzer Junge.«

»Sag Dilcey, sie braucht nicht bei den Mädchen zu bleiben. Ich kümmere mich um sie. Sie soll Miß Mellys Baby versorgen und für Miß Melly tun, was sie kann. Und Mammy soll nach der Kuh sehen und das arme Pferd in den Stall bringen.«

»Kein Stall da, Miß Scarlett, sie haben ihn zu Feuerholz geschlagen.«

»Schweig endlich davon, was ›sie‹ alles getan haben! Und du, Pork, grab den Whisky aus und hol dann die Bataten.«

»Miß Scarlett, ich habe kein Licht, wobei ich graben kann.«

»Nimm ein Stück Feuerholz.«

»Feuerholz ist nicht mehr da.«

»Hilf dir, einerlei wie! Mach, daß du fortkommst.«

Pork machte sich schnell aus dem Staube, als ihre Stimme schärfer wurde, und Scarlett blieb mit Gerald allein. Leise streichelte sie ihm das Bein. Ihr fiel auf, wieviel dünner seine Schenkel geworden waren, die sonst von Reitmuskeln gestrotzt hatten. Sie mußte etwas tun, um ihn aus seiner Stumpfheit zu reißen. »Warum haben sie Tara nicht abgebrannt?«

Gerald starrte sie einen Augenblick an, als hätte er sie nicht verstanden, und sie wiederholte ihre Frage.

»Warum? Sie haben das Haus als Hauptquartier benutzt.«

»Die Yankees? ... In unserem Hause?« Sie hatte das Gefühl, als seien die geliebten Wände besudelt. Dieses Haus, das Ellen bewohnt und geheiligt hatte, und darin die Yankees!

»Ja, das haben sie, Tochter. Wir sahen drüben über dem Fluß den Rauch von Twelve Oaks aufsteigen, ehe sie kamen. Aber Miß Honey und Miß India und einige von ihren Schwarzen waren nach Macon geflohen, wir brauchten uns über sie keine Gedanken zu machen. Wir aber konnten nicht nach Macon. Die Mädchen waren so krank, und deine Mutter ... Wir konnten nicht fort. Unsere Schwarzen sind davongelaufen, ich weiß nicht, wohin. Sie haben Wagen und Maultiere mitgenommen. Nur Mammy, Dilcey und Pork sind dageblieben. Die Yankees rückten nach Jonesboro vor, um die Eisenbahn abzuschneiden. Vom Flusse kamen sie die Straße herauf, Tausende und aber Tausende, Kanonen und Pferde. Ich habe sie an der Haustür empfangen.«

Tapferer kleiner Gerald! Scarlett schwoll das Herz vor Stolz auf ihren Vater, wie er auf den Stufen seines Besitzes den Feinden entgegentrat, als stände ein Heer hinter ihm und nicht vor ihm.

»Sie sagten, ich sollte fortgehen, damit sie das Haus anzünden könnten. Dann sollten sie es mir über dem Kopf anzünden, habe ich ihnen erwidert. Wir könnten nicht weg ... die Mädchen ... die Mutter ...«

»Und dann?«

»Ich sagte ihnen, es sei Typhus im Haus. Sie sollten uns nur das Dach über dem Kopf anzünden. Niemals würde ich Tara verlassen.«

Seine Stimme verlor sich im Schweigen, und geistesabwesend starrte er vor sich hin. Scarlett verstand ihn. Hinter seiner Gestalt stiegen die Schatten der vielen irischen Vorfahren auf, die auf ihrem kargen Grund und Boden gestorben waren und sich lieber bis zum bitteren Ende durchgekämpft hatten, als daß sie Haus und Hof, in denen sie gelebt, gepflügt, geliebt und Kinder gezeugt, verlassen hätten.

»Ich sagte ihnen, sie sollten nur das Haus über drei sterbenden Frauen anzünden ... wir würden es doch nicht verlassen. Der junge Offizier war ein Gentleman.«

»Ein Yankee ein Gentleman?«

»Ein Gentleman. Er galoppierte davon und kam bald danach mit einem Militärarzt zurück, der sich die Mädchen und Mutter ansah.«

»Du hast einen der verfluchten Yankees zu ihnen ins Zimmer gelassen?«

»Er hatte Opium. Wir hatten keines. Er hat deine Schwestern gerettet. Suellen hatte Blutungen. Er war so, wie ein Arzt sein muß. Und als er bestätigte, sie seien schwer krank, haben sie das Haus nicht angezündet. In Scharen kamen sie herein, ein General und sein ganzer Stab. Alle Zimmer haben sie besetzt, außer dem Krankenzimmer. Die Soldaten ...«

Wieder stockte er. Er war zu müde, um weiterzusprechen. Sein stoppeliges Kinn sank schwer auf die Brust herab. Mit Mühe begann er von neuem. »Sie schlugen überall rings um das Haus herum ihre Lager auf, in der Baumwolle und im Korn. Die Wiese war ganz blau von ihren Uniformen. In jener Nacht brannten tausend Lagerfeuer. Sie rissen die Zäune nieder und verbrannten das Holz, um darauf zu kochen; danach die Scheunen, die Ställe und das Räucherhaus. Kühe, Schweine und Hühner haben sie geschlachtet ... sogar meine Truthühner. Alles haben sie genommen, sogar die Bilder, die Möbel, das Porzellan ...«

»Und das Silber?«

»Pork und Mammy haben das Silber irgendwo versteckt, vielleicht im Brunnen. Ich kann mich jetzt nicht mehr darauf besinnen. Dann haben sie von hier, von Tara aus eine Schlacht geschlagen. Es war ein entsetzlicher Lärm, wie immerfort welche angaloppiert kamen und durchs Haus trampelten. Und dann die Kanonen von Jonesboro, wie Donner klang es, die Mädchen mußten es hören und sagten immer wieder: ›Pa, der Donner soll still sein.‹«

»Und Mutter? Wußte sie, daß die Yankees im Hause waren?«

»Sie wußte von nichts.«

»Gott sei Dank«, sagte Scarlett. »Das also ist Mutter erspart geblieben.«

»Selbst ich habe wenig von ihnen gesehen. Ich bin oben bei den Mädchen und bei Mutter geblieben. Oft habe ich mit dem jungen Arzt gesprochen. Wenn er den ganzen Tag bei den Verwundeten zu tun gehabt hatte, kam er abends herein und saß bei uns. Er hinterließ uns sogar etwas Arznei. Als sie weiterzogen, sagte er mir, die Mädchen würden wieder gesund, aber Mutter sei zu zart, um all das zu ertragen. Er sagte, sie habe ihre Kräfte untergraben.«

Wieder schwiegen sie, und vor Scarlett stieg das Bild ihrer unermüdlichen Mutter auf, wie sie in jenen letzten Tagen wohl gewesen sein mußte, wie sie gepflegt und gearbeitet hatte, ohne Essen und ohne Schlaf, damit die anderen sich satt essen und ausschlafen konnten.

»Und dann zogen sie weiter.« Er schwieg lange und suchte endlich nach Scarletts Hand. »Nun bin ich froh, daß du wieder da bist«, sagte er leise. Von der Hintertür war ein Scharren zu vernehmen. Pork war seit vierzig Jahren dazu erzogen worden, sich die Schuhe abzutreten, ehe er ins Haus trat, und er vergaß es auch jetzt nicht. Er kam behutsam mit zwei Kürbisflaschen herein. Der starke Geruch des Alkohols zog vor ihm her.

»Ich habe eine ganze Menge übergegossen, Miß Scarlett, es geht furchtbar schwer, aus einem Spundloch in eine Kürbisflasche zu gießen.«

»Schon gut, Pork, danke schön.« Sie nahm ihm das nasse Gefäß ab und zog die Nase über dem Schnapsdunst kraus. »Trink, Vater«, sagte sie und drückte Gerald die Flasche in die Hand, während sie Pork die zweite Flasche mit Wasser abnahm. Gerald schlürfte gehorsam. Danach reichte sie ihm das Wasser, aber er schüttelte den Kopf. Als sie selber den Whisky an den Mund setzte, sah sie, wie seine Augen ihr mit einem Ausdruck der Mißbilligung folgten.

»Ich weiß, eine Dame trinkt keinen Schnaps«, sagte sie kurz. »Aber heute bin ich keine Dame, Pa. Es gibt noch sehr viel zu tun.«

Sie holte tief Atem und trank rasch. Das scharfe Zeug floß ihr brennend durch den Hals hinunter in den Magen, benahm ihr die Luft und trieb ihr die Tränen in die Augen. Sie schöpfte tief Atem und setzte noch einmal an.

»Katie Scarlett«, sagte Gerald, und zum erstenmal seit ihrer Rückkehr klang es wie ein Befehl in seinem Ton, »nun ist es genug. Du verträgst keinen Schnaps, du bekommst davon einen Rausch.«

»Einen Rausch?« Sie lachte verzweifelt. »Einen Rausch? Hoffentlich bekomme ich ihn! Betrunken möchte ich sein und all dies vergessen.«

Sie trank abermals, und langsam erwachte eine leichte Wärme in ihren Adern und verbreitete sich durch den ganzen Körper hindurch, bis sie ihr sogar in den Fingerspitzen fühlbar wurde. Was für ein herrliches Gefühl, dieses gütige Feuer! Es drang ihr bis in das eisumschlossene Herz hinein, und neue Kraft durchströmte sie. Sie sah Geralds ratloses, mißbilligendes Gesicht und streichelte ihm wieder das Knie, und es gelang ihr, eine Spur jenes kecken Lächelns, das er immer so geliebt hatte, auf ihr Gesicht zu zaubern. »Wie sollte ich denn einen Rausch bekommen, Pa? Ich bin doch deine Tochter. Habe ich nicht den trinkfestesten Kopf aus der Provinz Clayton geerbt?«

Er lächelte ihr aus müden Zügen zu. Der Whisky stärkte auch ihn. Sie reichte ihm die Flasche zurück. »Nun trink noch einmal, Pa, und dann gehst du mit mir hinauf, und ich bringe dich zu Bett.« Sie hielt inne. In einem solchen Ton sprach sie doch sonst mit Wade – durfte sie das mit ihrem Vater? Es war unehrerbietig. Er aber hing an ihren Blicken.

»Ja, ich bringe dich zu Bett«, wiederholte sie leichthin, »und gebe dir noch etwas zu trinken, vielleicht den ganzen Rest, damit du einschläfst. Du brauchst Schlaf, und Katie Scarlett ist hier; um nichts brauchst du dich mehr zu kümmern. Trink nur.«

Er trank gehorsam. Dann umschlang sie ihn und zog ihn empor. Pork nahm die Kürbisflasche in die eine Hand und mit der anderen Geralds Arm. Scarlett ergriff die brennende Kerze, und alle drei gingen sie langsam in den dunklen Flur hinaus und die gewundene Treppe hinauf in Geralds Zimmer.

Die Stube, in der Suellen und Carreen sich auf dem gleichen Bette unruhig wälzten und vor sich hin murmelten, roch übel von dem in einer Schüssel mit Schweinefett brennenden Stofflappen, der als einziges Nachtlicht diente. Als Scarlett die Tür öffnete, wurde sie von der verbrauchten Luft in dem völlig geschlossenen Raum, dem Schweißdunst, dem Geruch der Arznei und des brennenden Fettes fast ohnmächtig. Die Ärzte behaupteten, frische Luft in einem Krankenzimmer sei schädlich; aber wenn sie hier sitzen sollte, mußte sie Luft schöpfen, sonst ging sie zugrunde. Sie öffnete alle drei Fenster, und der Duft von Eichenlaub und Erde strömte herein, aber er konnte den Krankendunst nicht vertreiben, der sich seit Wochen in dem verschlossenen Raum gestaut hatte.

Carreen und Suellen lagen abgemagert und totenbleich in fiebrigem Schlummer, und wenn sie erwachten, sprachen sie leise, mit großen, starren Augen vor sich hin. Sie lagen in dem gleichen großen Himmelbett, in dem sie in besseren, glücklichen Tagen lange Abende hindurch miteinander getuschelt hatten.

In der Ecke des Zimmers stand ein schmales, leeres Empirebett mit geschweiftem Kopf- und Fußende, das Ellen aus Savannah mitgebracht hatte. Dort hatte sie gelegen.

Scarlett setzte sich zu den beiden Schwestern auf den Bettrand und starrte sie mit erloschenen Augen an. Der Whisky, den sie auf völlig nüchternen Magen getrunken hatte, begann seine Wirkung zu tun. Manchmal sah sie die Mädchen winzig klein in unendlicher Ferne, und ihr Stöhnen hörte sich wie Bienengesumm an. Dann wieder tauchten sie riesengroß vor ihr auf und schienen sich auf sie niederstürzen zu wollen. Sie war zu Tode erschöpft.

Nun öffnete sich leise die Tür, und Dilcey trat ein. Melanies Kind hielt sie an der Brust und die Whiskyflasche in der Hand. In dem räucherigen, ungewissen Licht sah sie noch hagerer aus, als Scarlett sie zuletzt gesehen hatte. Das Indianische trat in ihrem Gesicht deutlicher hervor. Die hohen Backenknochen waren noch eckiger, die Hakennase noch schärfer und die kupferrote Haut heller als sonst. Ihr verblichenes Kattunkleid war bis zur Taille geöffnet, und ihre breite bronzefarbene Brust war entblößt. Sie drückte das Baby fest an sich. Gierig sog es mit seinem kleinen knospenartigen Mündchen an der dunklen Warze und faßte mit den winzigen Fäusten in das weiche Fleisch wie ein Kätzchen in das warme Fell der Mutter.

Schwankend stand Scarlett auf und legte die Hand auf Dilceys Arm.

»Es ist schön von dir, daß du hiergeblieben bist, Dilcey.«

»Aber wie kann ich denn mit dem Niggerpack weglaufen. Miß Scarlett, wo doch Ihr Pa so gut gewesen, mich und meine kleine Prissy kaufen, und Ihre Ma immer so freundlich zu mir gewesen!«

»Setz dich, Dilcey. Das Kleine trinkt? Und wie geht es Miß Melanie?«

»Dem Kind fehlt nichts, es hat nur Hunger. Was ein hungriges Kind braucht, hab' ich. Und Miß Melly geht es auch gut, sie stirbt nicht, Miß Scarlett, ängstigen Sie sich nicht, ich habe zu viele Weiße und Schwarze gesehen, denen es ging wie Miß Melly. Sie ist gewaltig müde und hat auch Angst für das Baby, aber ich sie beruhigen und ihr etwas aus der Flasche geben, und nun schläft sie.«

Die ganze Familie hatte sich also bereits an dem Kornbranntwein gütlich getan. Scarlett zog es wirr durch den Kopf, ob sie nicht lieber auch dem kleinen Wade etwas davon geben sollte, damit sein Schluckauf nachließe. Und Melanie starb also nicht, und wenn Ashley nach Hause kam, wenn er überhaupt nach Hause kam – doch daran wollte sie später denken. An so vieles mußte sie noch denken, später – so viel gab es zu entwirren und zu entscheiden. Könnte sie es doch alles für immer hinausschieben! Plötzlich fuhr sie empor, als ein gleichmäßiges Knirschen draußen die Stille durchbrach.

»Das ist Mammy«, erklärte Dilcey beruhigend. »Sie holt Wasser, um die jungen Misses abzuspülen.«

Scarlett lachte nervös auf. Wie konnte das wohlvertraute Geräusch des Ziehbrunnens, das sie seit ihrer frühesten Kindheit kannte, ihr noch einen Schrecken einjagen! Dilcey blickte sie, während sie so lachte, unverwandt an, das reglose Gesicht ließ sich nicht aus seiner Würde bringen. Aber Scarlett spürte, daß Dilcey sie verstand. Sie sank in ihren Stuhl zurück. Wenn sie nur das feste Korsett los wäre, den Kragen, der sie erstickte, und die Schuhe voll Sand und Kies, die ihr die Füße wund rieben! Bald würde Mammy mit dem Wasser hier sein, Ellens Mammy, ihre Mammy. Sie saß ganz still und in sich gekehrt da. Das Kleine, das sich schon ganz vollgetrunken hatte, begann zu plärren, weil es die Brustwarze verloren hatte. Dilcey führte den kleinen Mund schweigend an die Quelle zurück und wiegte das Kind in den Armen, während Scarlett Mammys schurrenden Schritt langsam durch den Hintergarten verfolgte. Als ihre gewichtige Person sich dann der Tür näherte, erbebten die Dielen des Flurs. Nun endlich stand Mammy im Zimmer, die beiden schweren Holzeimer zogen ihr die Schultern herunter, in dem guten schwarzen Antlitz lag die abgrundtiefe Schwermut eines Affengesichts. Als sie Scarlett erblickte, leuchteten ihre Augen auf. Die weißen Zähne schimmerten. Sie setzte die Eimer nieder, und Scarlett lief ihr entgegen und legte den Kopf an die breite, schwere Brust, an der schon so mancher schwarze und weiße Kopf gelegen hatte. »Hier ist etwas, das nicht weicht«, dachte Scarlett, »etwas aus dem alten Leben, das unwandelbar bleibt.« Aber Mammys erste Worte zerstörten diese schöne Empfindung.

»Mammys Kind ist wieder da! Ach, Miß Scarlett, was sollen wir nun tun, wo Miß Ellen im Grabe liegt! Ach, Miß Scarlett, läge ich doch auch tot neben Miß Ellen! Ich finde ohne Miß Ellen nicht durch. Nun ist nichts dageblieben weiter als Elend und Sorge. Nur schwere Last, Liebling, nur schwere Last.«

Scarlett streichelte das runzlige schwarze Gesicht mit den Händen.

»Aber Liebling, deine Hände!« Mammy nahm die kleinen Hände mit all den Blasen und Schwielen in die ihren und sah sie entsetzt und entrüstet an. »Miß Scarlett, ich sage dir doch immer wieder, daß man eine Dame immer an ihren Händen erkennt, und ... und auch dein Gesicht ist ganz sonnenverbrannt.«

Arme Mammy! Sicher würde sie sogleich sagen, daß junge Damen mit Blasen und Sommersprossen keinen Mann bekämen.

»Mammy, du sollst mir von Mutter erzählen. Ich kann es nicht aushalten, wenn Pa von ihr spricht.«

Aus Mammys Augen rollten die Tränen herab, als sie sich niederbeugte, um die Eimer aufzuheben. Schweigend setzte sie sie neben dem Bett nieder, schlug das Laken zurück und zog Suellen und Carreen die Nachthemden hinauf. Scarlett sah in dem trüben, flackernden Licht, daß Carreen ein sauberes, aber zerfetztes Hemd anhatte und Suellen in einen alten Morgenrock gehüllt war, in ein Gewand aus braunem Leinen, besetzt mit irischen Spitzen. Mammy weinte stumm in sich hinein, als sie die hageren Körper abspülte und mit dem Rest einer alten Schürze abtrocknete.

»Miß Scarlett, die Slatterys waren es, das nichtsnutzige, heruntergekommene, hungerleidende weiße Pack, die haben Miß Ellen umgebracht. Ich immer wieder gesagt, es hat keinen Zweck, für solches Gesindel etwas tun, aber Miß Ellen war in allem so weichherzig, daß sie nie nein sagte, wenn jemand sie brauchte.«

»Slatterys?« fragte Scarlett und wußte nicht, was sie davon halten sollte.

»Die waren auch krank hieran«, fuhr Mammy fort und wies auf die beiden nackten Mädchen. »Alte Miß Slatterys ihr Mädchen, die Emmie, hat sich damit hingelegt, Miß Slattery kam hierher zu Miß Ellen, als brannte ihr der Boden unter den Füßen, wie sie immer tut, wenn etwas los ist. Warum konnte sie ihr eigenes Fleisch und Blut nicht selber pflegen, aber Miß Ellen ging und pflegte sie. Miß Ellen war selber schon gar nicht wohl, Miß Scarlett, wir hatten nicht mehr genug zu essen, und ich habe ihr immer wieder gesagt, sie sollte das weiße Gesindel in Ruhe lassen, aber sie hörte nicht darauf, und als Emmie soweit war, und es sollte ihr besser gehen, legte sich Miß Carreen. Ja, Miß Scarlett, der Typhus kam zum Fenster hereingeflogen und erwischte Miß Carreen. Dann legte sich Miß Suellen, und da mußte Miß Ellen die beiden auch pflegen, und bei alledem noch der Kampf die Straße auf und ab und die Yankees, die über den Fluß wollten, und wir wußten gar nicht, was nun geschehen sollte, und dann die Feldnigger, die jede Nacht wegliefen, da hätte ich bald den Verstand verloren, aber Miß Ellen blieb ganz ruhig, nur um die jungen Misses hat sie so Angst gehabt, schrecklich viel, daß sie aussah wie ein Geist, und gar nichts und keine Arznei konnten wir kriegen, und dann abends, als wir die jungen Misses zehnmal abgespült hatten, sagte sie mir, Mammy, könnte ich meine Seele verkaufen, ich täte es für ein bißchen Eis, das ich den Kindern auf den Kopf legen kann. Und Master Gerald durfte nicht hereinkommen, auch Rosa und Teena nicht, nur ich, weil ich schon Typhus gehabt habe, und dann … und dann kriegte sie es selber, Miß Scarlett. Ich sah gleich, daß nichts mehr zu machen war.«

Mammy richtete sich in die Höhe, führte die Schürze an die Augen und trocknete die strömenden Tränen.

»Es ging sehr schnell mit ihr, Miß Scarlett. Auch der gute Yankeedoktor konnte ihr nicht mehr helfen, sie wußte von gar nichts. Ich habe sie immer angerufen und zu ihr gesprochen, aber sie kannte nicht einmal ihre alte Mammy mehr.«

»Hat sie wohl auch einmal … nach mir gerufen?«

»Nein, Liebling, sie dachte, sie ist wieder ein kleines Mädchen in Savannah, sie hat niemanden beim Namen gerufen.«

Jetzt regte sich Dilcey, legte das schlafende Kleine auf ihren Schoß und sagte: »Doch, sie hat jemand gerufen.«

»Halt den Mund, du Indianernigger«, wandte sich Mammy drohend gegen Dilcey.

»Sei still, Mammy. Wen hat sie gerufen, Dilcey? Pa?«

»Nein, Miß. Nicht Pa. Es war in der Nacht, in der die Baumwolle brannte …«

»Die Baumwolle brannte?«

»Ja, Miß, brannte. Die Soldaten haben sie aus dem Schuppen in den Garten gewälzt und gerufen: ›Das größte Freudenfeuer in Georgia‹ und sie angesteckt.«

Die Baumwolle von drei Jahren – hundertfünfzigtausend Dollar, ein Freudenfeuer!

»Und das Feuer leuchtete so, daß es überall hell wie der Tag war, wir waren bange, das Haus wird aufbrennen, und hier in der Stube war es so hell, daß man eine Nadel am Fußboden suchen konnte. Da, als das Feuer ins Fenster schien, wachte Miß Ellen davon auf, sie setzte sich aufrecht im Bett und rief ganz laut, immer wieder: ›Philippe, Philippe!‹ Solchen Namen habe ich nie gehört, aber ein Name war es, und sie hat ihn gerufen.«

Mammy stand wie eine steinerne Bildsäule und starrte Dilcey an. Scarlett ließ den Kopf in die Hände sinken. »Philippe, wer war das? Und was war er für Mutter gewesen, daß sie ihn sterbend beim Namen rief?«

So hatte nun der lange Weg von Atlanta nach Tara sein Ende erreicht und hatte sich an einer leeren Mauer totgelaufen – der Weg, der in Ellens Armen hatte enden sollen. Nie wieder konnte Scarlett sich wie ein Kind sicher unter des Vaters Dach schlafen legen und sich in die schirmende Liebe ihrer Mutter einhüllen wie in ein weiches Federbett. Jetzt gab es keine Sicherheit mehr und keinen Hafen, in den sie steuern konnte. Niemand war da, auf dessen Schultern sie ihre Last absetzen konnte. Der Vater war alt und stumpf, die Schwestern waren krank, die Kinder hilflos, Melanie zart und schwach, und die Neger blickten in kindlichem Vertrauen zu ihr auf und erwarteten, bei Ellens Tochter die Zuflucht zu finden, die Ellen ihnen stets gewesen war.

Vor dem Fenster lag Tara im blassen Licht des aufgehenden Mondes vor ihr, ohne Neger, mit verwüsteten Feldern und zerstörten Scheunen, wie ein Körper, der unter ihren Augen verblutete, gleichsam ihr eigener, langsam dahinwelkender Körper. Dies war das Ende ihrer Reise: ein zitternder Greis, Krankheit, hungrige Mäuler, hilflose Hände, die sich nach ihr ausstreckten. Am Ende des Weges war nichts – nichts als nur Scarlett O'Hara Hamilton mit ihren neunzehn Jahren, eine Witwe mit einem kleinen Kind.

Was sollte sie mit sich anfangen? Tante Pitty und Burrs in Macon konnten Melanie und das Kleine aufnehmen, und wenn die Mädchen wieder gesund waren, würde Ellens Familie, ob sie wollte oder nicht, für sie sorgen müssen. Gerald und sie selber aber konnten sich an Onkel James und Onkel Andrew wenden.

Sie warf einen Blick auf die abgezehrten Gestalten, die sich da unruhig in ihren feuchten Laken wälzten. Sie hatte Suellen nicht gern, das erkannte sie jetzt plötzlich klar. Sie hatte sie nie gut leiden können. Auch Carreen liebte sie nicht sonderlich – hatte sie doch nie Schwachheit leiden mögen. Aber sie waren ihres Blutes und ein Teil von Tara. Nein, sie konnte sie nicht im Hause ihrer Tanten als arme Verwandte leben lassen. Eine O'Hara als arme, mitleidig geduldete Verwandte? Niemals! Wo war der Ausweg? Scarletts müdes Hirn arbeitete langsam. Schwerfällig hob sie die Hände an den Kopf, als sei die Luft Wasser, das ihre Arme mühsam zerteilen müßten. Sie nahm die Kürbisflasche wieder auf und blickte hinein. Ein kleiner Rest Whisky war noch darin. Sonderbar, daß der scharfe Duft ihre Nase jetzt nicht mehr beleidigte. Sie trank langsam, der Schnaps brannte nicht mehr, sondern hatte nur noch eine schläfrige Wärme zur Folge. Sie setzte das leere Gefäß nieder und sank in einen Halbschlaf. Dann fand sie sich in ihrem eigenen Zimmer wieder und auf ihrem eigenen Bett. Der schwache Schimmer des Mondes erhellte die Dunkelheit, Mammy und Dilcey zogen sie aus. Das peinigende Korsett zwängte ihr nicht mehr die Taille ein, sie konnte tief und ruhig bis auf den Grund der Lunge atmen. Sie fühlte, wie ihr die Strümpfe sacht abgestreift wurden, und hörte Mammy kosende Mitleidslaute in sich hineinbrummeln, während sie ihr die blasenbedeckten Füße badete. Sie seufzte tief auf, alle Anspannung legte sich, und nach einer Weile, die ebensogut ein Jahr wie eine Sekunde gedauert haben mochte, war sie wieder allein. Es wurde heller in der Stube, da die Strahlen des Mondes sich über ihr Bett ergossen.

Sie wußte nicht, daß sie von der Erschöpfung und dem Kornbranntwein betrunken war. Ihr war nur bewußt, daß sie ihren müden Körper verlassen hatte und irgendwo darüberhin schwebte, wo es keinen Schmerz und keine Müdigkeit mehr gab, und ihr Geist alles in einer übermenschlichen Klarheit durchschaute. Sie sah alles mit anderen Augen als zuvor an, denn irgendwo auf dem langen Weg hierher hatte sie die Kindheit endgültig abgestreift. Heute abend war sie zum letztenmal in ihrem Leben wie ein Kind gewartet worden. Jetzt war sie eine Frau, und die Jugend war vergangen. Morgen, schon morgen wollte sie sich das Joch auf den Nacken legen. Wieviel gab es zu tun! Sie wollte in Tara bleiben und es behalten, Tara, ihren Vater und ihre Schwestern, Melanie und Ashleys Kind und die Neger. Morgen mußte sie nach Twelve Oaks und auf die MacIntoshsche Plantage und nachsehen, ob in den verlassenen Gärten noch etwas zu holen war, mußte auf die Weiden und nach verlaufenen Schweinen und Küken Ausschau halten, mußte mit Ellens Schmuck nach Jonesboro und Lovejoy und jemanden finden, der ihr etwas zu essen verkaufte. Morgen ... morgen ... Ihr Gehirn tickte immer langsamer, wie eine Uhr, die stehenbleiben will.

Aber immer noch blieb das Leben in Bildern von übermenschlicher Klarheit vor ihren Blicken. Alle die alten Familiengeschichten zogen an ihr vorüber. Gerald war ohne einen Pfennig hergekommen und hatte Tara erbaut, Ellen hatte einen geheimnisvollen Kummer überwunden, Großvater Robillard hatte Napoleons Sturz erlebt und neuen Wohlstand an der Küste von Georgia begründet. Urgroßvater Prudhomme hatte aus dem Dschungel von Haiti ein kleines Königreich gemacht und es wieder verloren und hatte erlebt, wie sein Name in Savannah zu neuen Ehren kam. Und da waren die Scarletts, die mit den irischen Freiwilligen um ein freies Vaterland gekämpft hatten und dafür gehenkt worden waren, und die O'Haras, die am Boynefluß gefallen waren und bis zum Tode für ihr Eigentum gestritten hatten. Alle, alle hatten sie zermalmendes Unglück erlebt und sich nicht davon zermalmen lassen. Oft hatte ein tückisches Schicksal ihnen den Nacken gebeugt, aber nie hatte es ihnen das Herz gebrochen. Sie hatten nicht gejammert, sie hatten gekämpft und waren gestorben, aber unbesiegt. Alle die Schattengestalten, deren Blut durch Scarletts Adern floß, wogten still durch das mondhelle Zimmer. Alle hatten sie das Ärgste, was das Schicksal über sie verhängte, auf sich genommen und das Beste daraus geschmiedet. Und Scarlett erkannte: Tara war ihr Schicksal, ihr Kampf, Tara mußte sie erobern. Waren all diese Gestalten, die ihr wortlos Mut zuflüsterten, Wirklichkeit, oder träumte sie nur?

»Ob ihr seid oder nicht«, murmelte sie im Einschlummern, »gute Nacht ... und habt Dank.«

XXV

Am nächsten Morgen war Scarletts Körper so steif und wund, daß jede Bewegung ihr zur Qual wurde. Ihr Gesicht war vom Sonnenbrand entzündet, Blasen bedeckten die Handflächen. Ihre Zunge war rauh, der Hals ausgedörrt, als hätten Flammen ihn versengt, und kein Wasser der Welt konnte ihren Durst löschen. Sie hatte das Gefühl, ihr Kopf sei riesengroß angeschwollen, und sie wand sich vor Schmerz, wenn sie nur die Augen ein wenig drehte. Eine Übelkeit, die sie an die erste Zeit ihrer Schwangerschaft erinnerte, verleidete ihr die dampfenden Bataten auf dem Frühstückstisch. Gerald hätte ihr sagen können, ihr Zustand sei nichts anderes als die Nachwirkung ihres ersten Versuchs im Trinken. Aber Gerald bemerkte nichts. Er saß am oberen Ende des Tisches, ein alter grauer Mann, der mit geistesabwesenden erloschenen Augen unverwandt nach der Tür blickte und den Kopf ein wenig auf die Seite legte, als wolle er Ellens Röcke rascheln hören.

Als Scarlett sich setzte, murmelte er: »Wir wollen auf Mrs. O'Hara warten. Sie hat sich verspätet.« Scarlett hob den schmerzenden Kopf und begegnete Mammys flehenden Blicken. Schwankend erhob sie sich, die Hand an der Kehle, und blickte im Morgensonnenschein auf ihren Vater herab. Sein Kopf und seine Hände zitterten.

Bis zu diesem Augenblick war es ihr nicht klargeworden, wie es mit ihrem Vater stand. Sie wollte etwas sagen, aber sie sah, wie Mammy gewaltsam mit dem Kopf schüttelte und die Schürze an die rotgeweinten Augen führte.

Scarlett ging aus dem Eßzimmer, ohne etwas zu sich genommen zu haben, vor die Hintertür, wo sie Pork barfuß und in den zerlumpten Resten seiner besten Livree auf den Stufen hocken und Erdnüsse kauen sah. Es hämmerte und wuchtete ihr im Kopf, das helle Sonnenlicht schmerzte ihr in den Augen. Nur sich aufrecht halten!

Sie sprach so kurz wie möglich und verzichtete auf jegliche Höflichkeitsformel, die ihre Mutter sie gelehrt hatte den Negern gegenüber zu gebrauchen. Sie stellte so schroffe Fragen und gab so kurzangebundene Befehle, daß Pork vor Verwunderung die Augen aufriß. Derart kurz hatte Miß Ellen niemals mit jemandem gesprochen, selbst nicht, wenn sie einen dabei überraschte, daß er Hühner oder Wassermelonen stahl. Scarlett fragte nach den Feldern und Gärten und nach dem Vieh, und ihre grünen Augen hatten einen so harten metallischen Glanz, wie Pork nie zuvor darin erblickt hatte.

»Ja, Miß, das Pferd ist tot. Es liegt da, wo ich es angebunden hatte, mit der Nase in dem Wassereimer, den es umgestoßen hatte. Nein, Miß, die Kuh ist nicht tot. Wissen Sie denn nicht? Sie hat heute nacht gekalbt, darum hat sie so gebrüllt.«

»Eine schöne Hebamme kann deine Prissy noch einmal werden«, bemerkte Scarlett scharf. »Sie meinte, die Kuh brüllte, weil sie gemolken werden müsse.«

»Aber Miß, Prissy will doch nicht bei Kühen Hebamme sein«, erwiderte Pork taktvoll. »Mit einem Segen soll man nicht hadern. Das Kalb bedeutet viel Milch, und Buttermilch für die jungen Misses, die der Yankeedoktor ihnen verordnet hat.«

»Gut, weiter. Ist noch anderes Vieh da?«

»Nein, Miß, nur die alte Sau und ihr Wurf. Ich habe sie in das Sumpfland getrieben, als die Yankees kamen, und weiß der Himmel, wie wir sie wiederkriegen sollen, die Sau.«

»Wir kriegen sie schon. Du kannst jetzt gleich mit Prissy hinuntergehen und sie holen.«

Pork zeigte sich höchst verwundert und entrüstet.

»Miß Scarlett, das ist Arbeit für Feldnigger, ich bin immer ein Hausneger gewesen.«

In Scarletts Augen glomm ein scharfer Funke auf. »Ihr beiden holt die Sau – oder ihr geht weg, wie die Feldnigger!«

In Porks entzündeten Augen erschien etwas wie eine Träne. Ach, wäre doch Miß Ellen da! Die hatte ein Gefühl dafür, was für Abgründe zwischen den Pflichten eines Feldniggers und den Obliegenheiten eines Hausnegers klafften.

»Weggehen, Miß Scarlett, wo soll ich denn hingehen, Miß Scarlett?«

»Das ist mir einerlei. Wer jetzt in Tara nicht arbeiten will, kann zu den Yankees gehen. Das kannst du auch den anderen sagen.«

»Ja, Miß.«

»Wie steht es mit dem Korn und der Baumwolle?«

»Das Korn? O Gott, Miß Scarlett, sie haben ihre Pferde im Korn weiden lassen und dann alles, was nicht aufgefressen oder zertreten war, noch weggeschleppt. Und durch die Baumwolle haben sie ihre Kanonen und Wagen gefahren, bis alles ganz und gar verdorben war; nur ein paar Morgen hinterm Bach, die haben sie nicht entdeckt. Aber das ist die Arbeit nicht wert. Es sind nur ungefähr drei Ballen.«

Drei Ballen! Scarlett dachte daran, wie viele Ballen Tara sonst abgeworfen hatte, und ihre Kopfschmerzen wurden schlimmer. Drei Ballen ernteten ja beinahe die mittellosen Slatterys. Und dann die Steuern! Die konföderierte Regierung ließ sich die Steuern nicht in Geld, sondern in Baumwolle bezahlen, und nicht einmal dafür reichten die drei Ballen aus. Aber sie schlug sich all dies aus dem Kopf.

»Pork, ist jemand von euch in Twelve Oaks oder bei MacIntoshs gewesen und hat nachgesehen, ob noch etwas im Garten wächst?«

»Nein, Miß. Wir haben Tara nicht verlassen, sonst hätten uns die Yankees erwischt.«

»Dilcey soll zu MacIntoshs gehen. Vielleicht findet sie dort etwas. Ich gehe nach Twelve Oaks.«

»Mit wem denn, Miß?«

»Allein, Mammy muß bei den Mädchen bleiben, und Mr. Gerald kann nicht.«

Pork wandte ein, daß in Twelve Oaks sich womöglich die Yankees oder gemeine Feldnigger herumtreiben könnten. Sie sollte doch nicht allein gehen. Scarlett ärgerte sich.

»Nun ist es genug, Pork. Sag Dilcey, sie soll sofort gehen. Du holst mir mit Prissy die Sau und die Ferkel.« Sie wandte sich schroff auf dem Absatz um.

Mammys alter, verblichener Sonnenhut hing an seinem Haken bei der Hintertür. Scarlett setzte ihn sich auf und dachte dabei an den grünen Hut, den Rhett ihr aus Paris mitgebracht hatte. Sie nahm einen großen Spankorb und ging die Hintertreppe hinunter. Jeden Schritt spürte sie im Kopf, als wollte ihr das Rückgrat durch die Schädeldecke brechen.

Die Landstraße zum Fluß zog sich mit ihrem roten Staub zwischen den verwüsteten Baumwollfeldern dahin. Die Räder der schweren Kanonen hatten tiefe Spuren und Furchen hinterlassen. Überall lag der Unrat und Abfall umher, den ein marschierendes Heer am Wege zurückläßt. Beschläge und Stücke von Zaumleder, von Hufen und Rädern zerbeulte Feldflaschen, Knöpfe, blaue Mützen, alte Socken und blutige Lumpen. Kein Baum warf einen Schatten, die Sonne brannte durch Mammys Hut, und der Staub drang Scarlett in Nase und Kehle, bis sie das Gefühl hatte, die Stimmbänder müßten ihr zerspringen, sobald sie ein einziges Wort sagte. Sie ging an der niedrigen Backsteinmauer vorbei, die den Familienfriedhof umgrenzte und versuchte, nicht an das frische Grab zu denken, das zwischen den drei niedrigen Hügeln ihrer kleinen Brüder lag. Sie schleppte sich an dem Trümmerhaufen, der von dem Slatteryschen Hause übriggeblieben war, vorüber und wünschte leidenschaftlich, die ganze Brut läge hier verbrannt unter der Asche. Wären nicht die Slatterys dagewesen und Emmie, die von dem O'Haraschen Sklavenaufseher einen Bastardbalg hatte – Ellen wäre noch am Leben. Sie stöhnte auf, als ein scharfer Kieselstein ihr in den wunden Fuß schnitt. Zum Tanzen waren ihre kleinen Füße geschaffen und dafür, unter glänzender Seide keck hervorzuschauen, nicht aber, über Staub und scharfe Steine zu wandern. Sie war geboren, verwöhnt und bedient zu werden, und nun trieb sie der Hunger in die verwüsteten Gärten der Nachbarn, um etwas Eßbares zu suchen.

Am Fuße des langgestreckten Hügels winkte der Fluß. Wie kühl und still war es unter dem Laubgewirr, das tief ins Wasser hinabhing! Sie hockte sich ans niedrige Ufer, zog die Reste ihrer Schuhe und Strümpfe aus und kühlte die brennenden Füße im Wasser. Wie gut täte es, hier den ganzen Tag zu sitzen, fern von den hilflosen Blicken auf Tara, allein mit dem Rauschen der Blätter und dem Glucksen des langsam strömenden Wassers. Widerstrebend zog sie Schuhe und Strümpfe wieder an und setzte auf dem weichen Moos unter den schattigen Bäumen am Ufer entlang ihren Weg fort. Die Yankees hatten die Brücke verbrannt, aber hundert Meter flußabwärts wußte sie ein Brett, das über eine schmale Stelle des Flusses gelegt war. Vorsichtig schritt sie hinüber und schleppte sich in der Hitze die halbe Meile bergauf nach Twelve Oaks. Dort standen die zwölf Eichen, wie sie schon in den Tagen der Indianer gestanden hatten, aber die Blätter waren vom Feuer versengt und die Äste geschwärzt. Mitten darin lagen die verkohlten Trümmer von John Wilkes' stattlichem Haus, das mit seinen würdevollen weißen Säulen den Hügel gekrönt hatte. Eine tiefe Grube, die der Keller gewesen war, geschwärzte Fundamente aus Feldsteinen und zwei mächtige Schornsteine bezeichneten die trostlose Stätte. Eine hohe Säule war halbverkohlt auf den Rasen gestürzt und hatte die Jasminbüsche zerdrückt. Scarlett setzte sich auf diese Säule, und einen Augenblick war sie zu elend, um weiterzugehen. Hier hatte sie getanzt und geflirtet, hier hatte sie mit eifersüchtigem, wehem Herzen Melanie und Ashley einander zulächeln sehen. Hier im Schatten der Bäume hatte Charles ihr verzückt die Hand gepreßt, als sie ihm sagte, sie wolle ihn heiraten. Nichts mehr würde hinfort in diesem Hause sich ereignen. Es war tot, und Scarlett war es ums Herz, als lägen alle Wilkes unter seiner Asche begraben.

Sie raffte sich auf und humpelte zwischen den Trümmern hindurch an dem zertretenen Rosengarten vorbei, den die Wilkesschen Mädchen so liebevoll gepflegt hatten, durch die Trümmer des Räucherhauses, der Scheunen und der Ställe. Der Lattenzaun um den Gemüsegarten war niedergerissen, und den einst so säuberlich in Ordnung gehaltenen Beeten war es nicht besser ergangen als denen in Tara. Von Hufspuren und schweren Räderfurchen war der weiche Boden aufgewühlt und alles Grün in die Erde gestampft worden. Nichts war da mehr zu holen.

Sie schlug den Weg hinunter zu der schweigenden Reihe der Sklavenhäuser ein. Sie rief laut »Hallo!«, aber niemand antwortete, nicht einmal ein Hund bellte. Offenbar hatten die Wilkesschen Neger alle die Flucht ergriffen oder waren den Yankees gefolgt. Sie wußte, daß jeder Sklave hier sein eigenes Stück Gartenland hatte, und hoffte, davon wäre vielleicht ein weniges verschont geblieben. Ihr Suchen wurde belohnt, aber sie war zu müde, um sich zu freuen, als sie Rüben und Kohl fand, zwar welk, da niemand ihnen Wasser gegeben hatte, dazu hier und da ein paar niedrige Bohnenpflanzen, an denen gelbe eingetrocknete Bohnen hingen, die aber noch eßbar waren. Sie kniete auf den Erdboden nieder und grub mit zitternden Händen aus, was sie fand, und langsam füllte sich ihr Korb. Heute abend sollte es auf Tara gut zu essen geben, obwohl kein Fleisch da war, das in dem Gemüse hätte gekocht werden können. Vielleicht konnte man etwas von dem Schinkenfett, mit dem Mammy die Kerzen ersetzte, als Würze gebrauchen. Sie würden Dilcey befehlen, einen Kienspan zum Leuchten zu nehmen und das Fett für die Küche zu sparen. Unmittelbar hinter einem der Häuser entdeckte sie eine kurze Reihe Radieschen, und plötzlich überfiel sie der Hunger. Ein würziges, scharfes Radieschen war gerade das, wonach ihr Magen verlangte. Sie nahm sich nicht die Zeit, es von der Erde zu säubern, sondern biß gleich hinein und schluckte die Hälfte hastig hinunter. Es war alt und holzig und so scharf, daß ihr die Tränen in die Augen traten. Kaum war der Bissen hinunter, so empörte sich ihr leerer, mißhandelter Magen. Sie lag auf der weichen Erde und erbrach sich.

Der schwache Negergeruch, der aus dem Hause kam, verschlimmerte ihre Übelkeit, und ohne alle Widerstandskraft würgte sie elend weiter; Bäume und Häuser fingen an, sich um sie zu drehen.

Als sie wieder zu sich kam, blieb sie matt auf dem Gesicht liegen. Der Erdboden war weich wie ein Federkissen, und ihre Gedanken schweiften hierhin und dorthin. Sie, Scarlett O'Hara, lag inmitten all der Verwüstung hinter einem Sklavenhaus, zu elend und zu schwach, um sich zu erheben, und niemand auf der Welt kümmerte sich um sie. Alle waren viel zu sehr mit ihren eigenen Nöten beschäftigt, als daß sie sich Sorgen um andere machten. Und das geschah ihr, Scarlett O'Hara, die nie auch nur einen Finger gerührt hatte, um einen Strumpf aufzuheben oder ein Schuhband zu knüpfen, die mit ihren kleinen Schmerzen und Launen verhätschelt und verzogen worden war.

Ausgestreckt lag sie am Boden, zu schwach, um sich gegen Erinnerungen und Sorgen zu wehren, und nun fielen sie über sie her und umkreisten sie wie Geier, die auf ihren Tod warteten. Jetzt fehlte ihr die Kraft zu sagen: »An

Mutter und Pa, an Ashley und dies ganze Trümmerfeld will ich später denken – später, wenn ich es ertragen kann.« Jetzt konnte sie es nicht ertragen und mußte doch daran denken, ob sie wollte oder nicht. Die Gedanken kreisten über ihr und stießen auf sie nieder, ließen sich herab und hackten mit gierigen Klauen und scharfen Schnäbeln auf ihr Gemüt ein. Eine zeitlose Weile lag sie unbeweglich, das Gesicht auf der Erde, unter der heißen Sonne und dachte an Dinge und Menschen, die dahingegangen waren, und erkannte, daß ein ganzes Geschlecht und sein Zeitalter unwiderruflich tot war. Voller Verzweiflung blickte sie der dunklen Zukunft ins grausame Antlitz.

Als sie sich endlich erhob und die schwarzen Trümmer von Twelve Oaks wieder vor sich sah, trug sie den Kopf hoch, aber das Merkmal der Jugend, der Schönheit und der schlummernden Zärtlichkeit war für immer aus ihrem Gesicht verschwunden. Das Vergangene war vergangen, die Toten waren tot, das gelassen reiche Leben der alten Zeit war dahin und kehrte niemals wieder; und als Scarlett sich den schweren Korb über den Arm hängte, war sie zu einem klaren Entschluß über sich selbst und ihr Leben gekommen.

Ein Zurück gab es nicht – sie ging vorwärts.

Noch einmal schaute sie auf die geschwärzten Steine, und zum letztenmal stieg das alte Twelve Oaks vor ihren Augen auf, wie es einst gewesen, behäbig, reich und stolz, das Wahrzeichen eines ganzen Geschlechts und seiner Art zu leben. Dann machte sie sich wieder auf den Weg nach Tara, der schwere Korb schnitt ihr in den Arm.

Von neuem fühlte sie den nagenden Hunger im leeren Magen, und plötzlich sagte sie mit lauter Stimme: »Gott ist mein Zeuge – mich sollen die Yankees nicht unterkriegen. Ich will hindurch, und wenn es vorüber ist, will ich nie wieder hungern. Weder ich noch die Meinen! Und wenn ich stehlen oder morden müßte! – Gott ist mein Zeuge, hungern will ich nie wieder!«

In den folgenden Tagen hätte Tara die einsame Insel Robinson Crusoes sein können, so still und abgeschlossen von aller Welt lag es da. Es war, als ob Tausende von Meilen es von den Nachbarorten, ja von den nächsten Plantagen trennten. Mit dem alten Pferd hatten sie ihr einziges Beförderungsmittel verloren, und die mühseligen staubigen Meilen zu Fuß zurückzulegen, hatte niemand Zeit noch Kraft.

Manchmal ertappte sich Scarlett während der zermürbenden Tagesarbeit, dem verzweifelten Ringen um Nahrungsmittel und der unaufhörlichen Sorge für die drei Kranken dabei, daß sie auf die alten, vertrauten Laute horchte, das schrille Gelächter der Negermädchen in den Sklavenhäuschen, auf das Knarren der heimkehrenden Wagen, den donnernden Galopp von Geralds Hengst, wenn er über die Koppel sprengte, oder die fröhlichen Stimmen der Nachbarn, die für einen behaglichen Nachmittagsschwatz hereinschauten. Aber sie horchte umsonst! Tara war eine verlassene Insel in dem Meer der wogenden grünen Hügel und der roten Felder. Irgendwo war Krieg, Kanonendonner, waren brennende Städte und Männer, die in Lazaretten starben; und irgendwo waren wohl auch friedliche Familien und fröhlich singende Mädchen, irgendwo marschierte ein Heer barfuß in schmutzigen Uniformfetzen, kämpfte und hungerte; und irgendwo waren die Hügel Georgias blau von wohlgenährten Yankees auf glatten, gepflegten Pferden. Jenseits von Tara waren die Welt und der Krieg, aber auf der Plantage waren die Welt und der Krieg nur noch als Erinnerung vorhanden, die abgewehrt werden mußte. Alles andere trat zurück vor den Forderungen der leeren Mägen. Das Leben bestand nur noch aus diesen beiden Gedanken: etwas zu essen und wie es zu beschaffen war. Warum hatte der Magen eine so viel größere Macht als der Geist! Herzbrechenden Kummer konnte Scarlett sich fernhalten, aber nicht den Hunger. Jeden Morgen, noch ehe sie ganz wach war und das Gedächtnis sie an den Hunger mahnte, dehnte sie sich verschlafen in der Erwartung des Duftes von gebratenem Speck und gebackenen Broten. Aber auf dem Tisch von Tara standen nur Äpfel, Bataten und Milch und auch von diesen einfachsten Speisen niemals genug. Wie gedankenlos und verschwenderisch war sie früher mit den Leckerbissen umgegangen, die in Hülle und Fülle auf die Tafel gekommen waren: mit den Semmeln, Maisbrötchen, Zwiebacken und Waffeln, die von Butter troffen, mit dem Schinken, den gebratenen Hühnern, dem Kohl, der üppig in fetter Fleischbrühe schwamm, mit den Bohnen, dem geschmorten Kürbis und den Karotten in so dicker Rahmsauce, daß man sie durchschneiden konnte. Mit den süßen Speisen, Schokoladenkuchen, Vanillecremes und Schlagsahnetorten.

Die Erinnerung an diese Mahlzeiten konnte ihr die Tränen schmerzhafter in die Augen treiben als Elend, Tod und Krieg. Und ihr Appetit, über den Mammy sich stets beschwert hatte, der gesunde Hunger eines neunzehnjährigen Mädchens wurde jetzt durch die ununterbrochene schwere körperliche Arbeit, die sie zuvor nie gekannt hatte, vervielfacht. Aber ihr lästiger Hunger war nicht der einzige. Wohin sie blickte, sah sie in hungrige Gesichter, weiße und schwarze. Bald brach auch bei Carreen und Suellen der Heißhunger der Genesenden aus. Schon wimmerte der kleine Wade eintönig: »Wade mag keine Bataten, Wade hungrig!« Und auch die anderen murrten:

»Miß Scarlett, wenn ich nicht mehr zu essen kriege, kann ich die beiden Kleinen nicht mehr nähren.«

»Miß Scarlett, wenn ich nicht mehr im Magen habe, kann ich kein Holz spalten.«

»Lämmchen, Liebling, ich vergehe nach richtigem Schwarzsauer!«

»Tochter, muß es denn immer Bataten geben?«

Nur Melanie klagte nicht. Ihr Gesicht wurde immer magerer und bleicher, und sogar im Schlaf schien es sich vor Schmerz zusammenzuziehen.

»Ich habe keinen Hunger, Scarlett«, flüsterte sie. »Gib Dilcey meinen Teil Milch, sie braucht es, um die Kleinen zu nähren. Kranke haben keinen Hunger.«

Ihre sanfte Zähigkeit quälte Scarlett mehr als das Nörgeln und Klagen der andern. Diesen begegnete sie mit hartem Spott, aber Melanies Selbstlosigkeit gegenüber fühlte sie sich entwaffnet. Gerald, die Neger, Wade, alle hingen sie jetzt an Melanie, weil sie auch in ihrer Schwäche gütig und mitfühlend war, und das nagte an Scarletts Herzen. Besonders Wade hielt sich fortwährend in Melanies Zimmer auf. Es fehlte ihm etwas, aber Scarlett hatte keine Zeit, herauszufinden, was es eigentlich war. Sie glaubte Mammys Worten, der kleine Junge habe Würmer, und gab ihm den Aufguß aus getrockneten Kräutern und Baumrinde, den Ellen immer für die Negerkinder gemacht hatte. Aber dieses Mittel machte das Kind nur noch blasser. In diesen Tagen war Wade für seine Mutter kaum noch ein Mensch, sondern nur noch eine weitere Last und ein Mund, der gefüttert werden mußte. Später, wenn diese Not vorüber war, wollte sie mit ihm spielen, ihm Geschichten erzählen und ihn das Abc lehren, aber jetzt hatte sie weder Zeit noch Lust dazu. Und weil er ihr gerade dann am meisten zur Last fiel, wenn sie den Kopf am vollsten hatte, fuhr sie ihn oft mit harten Worten an.

Wenn solche strengen Verweise in seinen aufgerissenen runden Augen die nackte Angst hervorriefen, ärgerte sie sich über ihn aufs neue. Er sah so einfältig aus, wenn er bange war. Sie merkte nicht, daß der kleine Junge in engster Nachbarschaft mit einem Entsetzen lebte, das tief in seinem Herzen eingewurzelt war und über das Verständnis eines Erwachsenen hinausging. Die Angst war Wades Lebensgefährte, sie durchschüttelte ihm die Seele, daß er nachts schreiend davon erwachte. Bei jedem unerwarteten Geräusch, bei jedem harten Wort begann er zu zittern, denn in seinem Geist waren Lärm und harte Worte unlösbar mit den Yankees verknüpft, und vor den Yankees fürchtete er sich noch mehr als vor Prissys Gespenstern.

Bevor der Kanonendonner der Belagerung von Atlanta begann, hatte er nie etwas anderes gekannt als ein glückliches, friedvolles und ruhiges Leben. Obwohl seine Mutter wenig auf ihn achtete, hatte er nur die zärtlichste Behandlung erfahren, bis zu jenem Abend, wo er gewaltsam aus dem Schlaf gerissen wurde und den Himmel in Flammen stehen sah, während die Luft von betäubenden Explosionen erbebte. An diesem Abend und am folgenden Tage hatte seine Mutter ihn zum erstenmal geschlagen und ihn laut und hart angefahren. Damals war das Leben in dem behaglichen Backsteinhaus an der Pfirsichstraße, das einzige Leben, das er kannte, ihm entschwunden, und von diesem Verlust konnte er sich niemals mehr erholen. Auf der Flucht aus Atlanta hatte er nur das eine begriffen: daß die Yankees hinter ihnen her waren, und immer noch lebte er in der würgenden Angst, die Yankees könnten ihn erwischen und zerstückeln. Jedesmal, wenn Scarlett ihn mit erhobener Stimme zurechtwies, wurde ihm schwach vor Angst, und sein verschwommenes kindliches Gedächtnis rief ihm dabei die Schrecknisse jener Stunden, in denen sie es zum erstenmal getan hatte, aus dem Unterbewußtsein herauf. Jetzt waren die Yankees und die harten Worte für immer in seinem Gemüt miteinander verbunden. Er hatte Angst vor seiner scheltenden Mutter.

Scarlett bemerkte wohl, daß das Kind sie zu meiden begann, und in den seltenen Augenblicken, wenn ihre endlosen Pflichten ihr die Zeit ließen, darüber nachzudenken, grämte sie sich darüber. Es war noch schlimmer, als ihn fortwährend am Rock hängen zu haben. Es kränkte sie, daß er an Melanies Bett Zuflucht suchte und still vor sich hin spielte oder ihren Geschichten zuhörte. Wade hing mit all seiner Liebe an »Tantchen«, weil sie eine so sanfte Stimme hatte, immer lächelte und niemals sagte: »Sei still, Wade, ich bekomme sonst Kopfschmerzen«, oder: »Geh und spiel, Wade, ich habe keine Zeit.«

Scarlett hatte weder die Zeit noch die Lust, ihn zu liebkosen, aber sie wurde eifersüchtig, wenn sie Melanie zärtlich mit ihm umgehen sah. Als sie eines Tages eben hinzukam, wie er in Melanies Bett auf dem Kopf zu stehen versuchte und auf die Kranke niederfiel, herrschte sie ihn an und schlug ihn. »Fällt dir denn gar nichts Besseres ein, als Tantchen so weh zu tun, wenn sie krank ist? Marsch, geh in den Garten und spiel und komm hier nicht wieder herein.«

Melanie streckte den schwachen Arm aus und zog das jammernde Kind an sich. »Ach, Wade hat mir doch gar nicht weh tun wollen! Er wird mir wirklich nicht lästig, Scarlett, laß ihn doch hierbleiben und mich auf ihn achthaben. Es ist das einzige, was ich tun kann, bis es mir wieder besser geht, und du hast ohnehin alle Hände voll zu tun.«

»Sei keine Gans, Melly«, sagte Scarlett kurz, »es geht dir nicht so gut, wie es sollte, und daß Wade dir auf den Magen fällt, hilft dir auch nicht gerade weiter. Wade, wenn ich dich noch einmal auf Tantchens Bett ertappe, bekommst du Prügel. Und nun laß das Schnüffeln! Sei doch ein kleiner Mann!«

Schluchzend und schnüffelnd lief Wade hinaus und versteckte sich hinter dem Hause. Melanie biß sich auf die Lippen, und Tränen traten ihr in die Augen, während Mammy, die draußen vom Flur her alles gehört hatte, ein böses Gesicht machte und heftig schnaufte. Aber in jenen Tagen wagte niemand eine Gegenrede. Alle hatten Angst vor Scarletts scharfer Zunge und vor dem neuen Menschen, der in ihrer Gestalt umherging.

Sie herrschte auf Tara jetzt unumschränkt, und wie bei manchen Menschen, die plötzlich zur Macht gelangen, traten all ihre herrschsüchtigen Triebe in den Vordergrund. Sie war nicht von Natur hart, sie fühlte sich im Gegenteil selber unsicher und ängstlich, deshalb gerade wurde sie schroff, damit die anderen ihre innere Hilflosigkeit nicht gewahrten. Außerdem machte sie die Erfahrung, daß es ihren überreizten Nerven wohltat, die Leute anzuschreien und einzuschüchtern. Sie blieb sich über ihre eigene Veränderung nicht im unklaren. Manchmal, wenn auf ihre schroffen Befehle hin Pork die Unterlippe vorschob oder Mammy knurrte, kam ihr wohl die Frage, wo ihre guten Manieren geblieben seien. All die Sanftmut und Höflichkeit, die Ellen ihr anerzogen hatte, waren von ihr abgefallen wie die Blätter von den Bäumen beim ersten kalten Herbstwind. Unermüdlich hatte Ellen ihr eingeprägt: »Sei entschieden, aber milde mit Untergebenen, besonders mit Schwarzen.«

War sie aber milde, so saßen die Schwarzen den ganzen Tag in der Küche herum und unterhielten sich endlos über die guten alten Zeiten, da einem Hausneger noch nicht die Arbeit eines Feldniggers zugemutet wurde. »Liebe deine Schwestern«, hatte Ellen ihr eingeprägt, »und gehe sanft und freundlich mit denen um, die in Kummer und Sorge sind.« Jetzt aber konnte sie ihre Schwestern nicht liebhaben; sie empfand sie nur als schwere Last auf ihren Schultern. Und was das Gutsein anging – badete sie die Kranken nicht, kämmte sie ihnen nicht das Haar und gab ihnen zu essen, auch wenn sie täglich meilenweit laufen mußte, um Gemüse zu finden? Lernte sie nicht die Kuh melken, obwohl ihr jedesmal das Herz in den Hals stieg, wenn das fürchterliche Tier ihr die Hörner wies? Und Freundlichkeit gar war Zeitverschwendung. Wenn sie zu freundlich mit den beiden war, blieben sie womöglich noch länger als notwendig im Bett, und sie sollten doch, sobald es irgend ging, wieder auf die Beine kommen, damit vier helfende Hände mehr da seien.

Ihre Genesung machte nur langsame Fortschritte. Abgezehrt und schwach lagen sie im Bett. Während der Zeit, da sie nicht zu klarem Bewußtsein kamen, hatte sich für sie die ganze Welt verändert. Die Yankees waren gekommen, die Schwarzen waren fortgegangen und Mutter war gestorben. Das waren drei unbegreifliche Ereignisse, und ihr Geist weigerte sich, sie aufzunehmen. Oftmals meinten sie, sie lägen noch im Fieber und all das hätte sich gar nicht ereignet. Vor allem erschien ihnen Scarlett so verändert, daß sie sie immer wieder für eine Wahngestalt ihrer Fieberträume hielten. Wenn sie sich über das Fußende ihres Bettes beugte und die Arbeit beschrieb, die sie nach ihrer Genesung von ihnen erwartete, sahen sie sie an wie einen bösen Geist. Es ging über ihr Fassungsvermögen, daß für solche Arbeit nicht mehr hundert Sklaven da sein sollten. Sie konnten nicht begreifen, daß eine O'Hara körperliche Arbeit tun sollte.

»Aber Scarlett«, sagte Carreen, das süße kindliche Gesicht ganz ausdruckslos vor Bestürzung, »ich kann doch nicht Kleinholz spalten, ich verderbe mir ja die Hände!«

»Sieh dir meine an«, antwortete Scarlett kalt und streckte ihr die wunden, schwieligen Handflächen hin.

»Ich finde es abscheulich von dir, daß du mit Carry und mir so sprichst!« ereiferte sich Suellen. »Du lügst nur und willst uns erschrecken. Wäre Mutter da, sie würde nicht dulden, daß du so mit uns redest. Kleinholz spalten, da hört doch alles auf!«

Mit ohnmächtigem Haß blickte Suellen die ältere Schwester an und war überzeugt, Scarlett sagte dies alles nur aus Bosheit. Suellen war dem Tode nahe gewesen, sie hatte ihre Mutter verloren, sie fühlte sich verlassen und bedroht. Verzogen wollte sie werden und bedauert und gestreichelt! Statt dessen schaute Scarlett jeden Tag über das Fußende des Bettes nach ihr und Carreen, stellte mit kühler Sachlichkeit in den schrägen grünen Augen fest, wieviel besser es ihnen schon ginge, sprach von Bettenmachen, Gemüseputzen, Wasserholen und Kleinholzspalten. Und sie sah dabei aus, als machte es ihr Spaß, so fürchterliche Dinge zu sagen.

Es machte Scarlett wirklich Spaß. Sie fuhr die Neger an und peinigte ihre Schwestern nicht nur, weil sie den Kopf zu voll hatte und zu erschöpft war, um sich zu beherrschen, sondern auch weil sie dann leichter die eigene Verbitterung darüber vergaß, daß all das, was Mutter ihr vom Leben gesagt hatte, keine Geltung mehr besaß. Nicht eine von all den Lehren der Mutter hatte noch den geringsten Wert für Scarlett, und ihr war weh und ratlos ums Herz. Sie kam nicht auf den Gedanken, daß Ellen unmöglich den Zusammenbruch der ganzen Lebensform, in der sie ihre Töchter aufzog, hatte voraussehen oder ahnen können, daß es die gesellschaftliche Stellung, für die sie sie so sorgsam vorbereitete, eines Tages nicht mehr geben würde. Sie überlegte sich nicht, daß Ellen eine unabsehbare Reihe ruhiger Jahre vor sich gesehen hatte, alle so ereignislos und friedsam wie die ihres eigenen Lebens, als sie ihre Tochter gelehrt hatte, sanft und liebenswürdig, ehrenhaft und gütig, bescheiden und wahrhaftig zu sein.

Verzweifelt dachte Scarlett: »Nichts, aber auch gar nichts, was sie mich gelehrt hat, kann mir jetzt helfen. Was soll ich mit Freundlichkeit und Sanftmut! Lieber hätte ich pflügen und Baumwolle rupfen lernen sollen wie ein Schwarzer. Ach, Mutter, du hast dich geirrt!«

Nur Tara gegenüber war Scarletts Gefühl dasselbe geblieben. Nie kam sie müde über die Felder heim und erblickte das weitgestreckte weiße Haus, ohne daß ihr vor Liebe und vor Freude am Heimkommen das Herz aufging. Nie schaute sie aus ihrem Fenster auf die grünen Weiden, die roten Felder und das hohe Laubgewirr der Waldsümpfe, ohne sich beglückt zu fühlen. Ihre Liebe zu dieser Heimat war der Teil ihres Lebens, der unwandelbar blieb, wenn alles andere sich wandelte. Nirgends sonst in der Welt gab es ein Land wie dieses. Wenn sie es anschaute, ging ihr eine Ahnung darüber auf, warum Kriege geführt wurden. Rhett hatte unrecht, wenn er sagte, es geschähe um des Geldes willen, Nein, gekämpft wurde um das wogende Gelände, in das der Pflug weich seine Furchen zog, um die Weiden mit dem grünen Gras, um die trägen Flüsse und die weißen Häuser, die kühl zwischen den Magnolien standen. Das war das einzige, was des Kampfes wert war, die rote Erde, die den kämpfenden Männern gehörte und ihren Söhnen dereinst gehören sollte, die rote Erde, die für Kinder und Kindeskinder Baumwolle trug. Diese zertrampelten Felder von Tara waren das einzige, was ihr blieb, jetzt, da sie die Mutter und Ashley verloren hatte, da Gerald unter den Schlägen des Schicksals in hilflose Greisenhaftigkeit verfiel und Geld, Sklaven, Sicherheit und gesellschaftliche Stellung über Nacht verschwunden waren. Wie aus einem anderen Leben entsann sie sich eines Gesprächs mit ihrem Vater über die Heimat und wunderte sich, wie sie so jung und unwissend hatte sein können, daß sie den Sinn seiner Worte nicht verstand: »Die Heimat ist das einzige auf der Welt, das dauert, und wer nur einen Tropfen irisches Blut in sich hat, dem ist die Heimaterde wie seine Mutter – das einzige auf der Welt, für das es sich lohnt zu arbeiten, zu kämpfen und zu sterben.«

Ja, Tara war den Kampf wert; einfach und ohne zu fragen nahm sie ihn auf. Niemand sollte ihr Tara entreißen und sie und die Ihren ins Elend treiben. Sie wollte Tara halten, und müßte sie auch jeden, der dort wohnte, zu Tode schinden.

XXVI

Vierzehn Tage waren seit Scarletts Rückkehr vergangen, als die größte Blase an ihrem Fuß sich zu entzünden begann und anschwoll, bis sie nicht mehr den Schuh darüberziehen konnte und nur noch auf der Ferse umherhumpelte. Verzweiflung ergriff sie, wenn sie sich die entzündete Stelle betrachtete. Wenn es nun Brand wurde wie bei den Soldaten und sie fern von allen Ärzten sterben mußte? So bitter das Leben auch geworden war, lassen wollte sie es doch nicht. Und wer sollte für Tara sorgen, wenn sie starb?

Während der ersten Tage hatte sie gehofft, in Gerald würde der alte Geist wieder erwachen, aber in diesen zwei Wochen war die Hoffnung zuschanden geworden. Jetzt wußte sie, daß, ob es ihr behagte oder nicht, das Schicksal der Plantage und all ihrer Bewohner in ihren unerfahrenen Händen lag. Noch immer saß Gerald still und sanft wie ein Träumer und starrte erschreckend geistesabwesend vor sich hin. Wenn sie ihn um einen Rat fragte, gab er ihr die Antwort: »Tu, was du für richtig hältst, Tochter«, oder gar, was noch schlimmer war: »Sprich mit Mutter, Puß.«

Er wurde nicht wieder anders, und allmählich hatte Scarlett die Wahrheit begriffen und sich mit ihr abgefunden – daß Gerald bis zu seinem Tode auf Ellen wartete und lauschte. Er lebte in einem dämmerigen Grenzbereich, wo die Zeit stillstand und Ellen sich im Nebenzimmer aufhielt. Als sie starb, war der Quell seines Daseins versiegt und mit ihm all seine leichtherzige Sicherheit, seine dreiste, rastlose Lebendigkeit. Ellen war das Publikum gewesen, vor dem das geräuschvolle Drama des Gerald O'Hara sich abgespielt hatten. Nun war der Vorhang für immer gefallen, das Rampenlicht ausgelöscht, das Publikum war plötzlich verschwunden, während der betäubte, alte Schauspieler auf seiner verlassenen Bühne stehenblieb und auf das Stichwort wartete.

Diesen Morgen war das Haus still, denn außer Scarlett, Wade und den drei Kranken war jedermann im Waldsumpf auf Jagd nach der Sau, sogar Gerald hatte sich ein wenig aufgerafft und war über die welligen Felder gestapft, die eine Hand auf Porks Arm, in der anderen ein aufgerolltes Seil. Suellen und Carreen hatten sich in den Schlaf geweint, wie es des öfteren am Tage geschah, wenn sie an Ellen dachten und Tränen des Kummers und der Schwäche ihre eingesunkenen Wangen herabliefen. Melanie, die heute zum erstenmal, an Kissen gelehnt, aufrecht gesessen hatte, lag jetzt unter einem geflickten Laken zwischen den beiden Babys, den weichen Flachskopf des einen im linken, den wolligen schwarzen Kopf von Dilceys Kleinem ebenso sanft im rechten Arm geborgen. Wade aber saß am Fußende des Bettes und hörte zu, wie sie ein Märchen erzählte.

Die Stille auf Tara war Scarlett unerträglich. Sie gemahnte sie allzu schmerzlich an die Totenstille des verwüsteten Landes, durch das sie ihr Weg von Atlanta hierher an jenem grauenvollen, endlosen Tage geführt hatte. Die Kuh und das Kalb hatten seit Stunden keinen Laut von sich gegeben. Vor dem Fenster zwitscherte kein Vogel, und selbst die lärmende Spottdrosselfamilie, die von jeher zwischen den raschelnden Blättern der Magnolie hauste, wußte heute kein Lied zu singen. Scarlett hatte einen niedrigen Stuhl an das offene Fenster ihres Schlafzimmers gezogen und schaute über die Einfahrt, den Rasen und die Koppel jenseits der Straße hin. Die Röcke hatte sie hoch über die Knie gezogen und das Kinn auf die Fensterbank gestützt. Neben ihr stand ein Eimer mit Brunnenwasser, und alle paar Minuten steckte sie den wunden Fuß hinein und verzog bei dem Schmerz der Kühlung das Gesicht.

Gerade, wenn sie ihre Kraft am notwendigsten brauchte, mußte ihr dies widerfahren! Nie im Leben würden diese Tölpel die Sau fangen; eine Woche hatten sie benötigt, um die Ferkel einzeln einzubringen, und jetzt, nach vierzehn Tagen, lief die Sau immer noch frei herum. Scarlett sagte sich, wenn sie dabei wäre, so würde sie sich das Kleid bis über die Knie heraufziehen, das Seil nehmen und mit einem Wurf das Tier in der Schlinge haben. Aber selbst wenn es nun endlich gelang, und wenn dann eines Tages die Ferkel und schließlich auch das Muttertier aufgegessen waren – was dann? Dann ging das Leben weiter und der Hunger auch. Der Winter kam, und es würde nichts zu essen geben, nicht einmal die kargen Gemüsereste aus den Nachbargärten. Sie brauchte getrocknete Erbsen, Zuckerrohr, Mehl, Reis, Getreide und – Baumwollsaat für die nächste Frühjahrsbestellung, und endlich auch neue Kleider. Wo sollte das alles herkommen, und womit sollte sie es bezahlen?

Sie hatte heimlich Geralds Taschen und seine Kasse durchsucht und nichts gefunden außer einem Bündel konföderierter Staatspapiere und dreitausend Dollar in konföderierten Noten. Damit konnte sie kaum eine Mahlzeit bezahlen, die für sie alle reichte! Das Papiergeld war weniger als nichts wert. Aber selbst wenn sie Geld hätte und irgendwo Nahrungsmittel auftriebe, wie sollte sie sie nach Tara befördern? Warum hatte Gott das alte Pferd sterben lassen? Selbst noch dies elende Tier, das Rhett gestohlen hatte, wäre für sie von unermeßlichem Wert gewesen. Ach, und die schönen glatten Maultiere, die einst auf der Koppel jenseits der Straße umhergesprungen waren, die schmucken Wagenpferde, die kleinen Stuten, die Ponys der Mädchen und Geralds mächtiger Hengst, die da alle hin und her galoppiert waren und das Gras aufgeschlagen hatten – hätte sie jetzt nur eins davon, und wäre es nur ein störrisches Maultier!

Einerlei – wenn ihr Fuß geheilt war, wollte sie nach Jonesboro gehen. Einen so langen Weg hatte sie im Leben noch nicht zu Fuß gemacht, aber sie wollte es tun. Und wenn die Yankees die Stadt vollständig abgebrannt haben sollten, so fände sie vielleicht doch jemanden in der Nachbarschaft, der ihr sagen konnte, wo es etwas zu essen gäbe. Sie sah Wades Gesichtchen vor sich, wie er immer wieder sagte, er möge keine Bataten mehr, er wolle eine Geflügelkeule mit Reis und Brühe.

Plötzlich trübte sich das helle Sonnenlicht im Vordergarten, und die Bäume verschwammen ihr in einem Schleier von Tränen. Sie ließ den Kopf auf die Arme sinken und kämpfte mit dem Würgen in ihrer Kehle. Doch wie zwecklos war jetzt das Weinen! Damit ließ sich nur etwas erreichen, wenn ein Mann da war, den es zu erweichen galt. Als sie nun dort kauerte und die Tränen herunterzuwürgen suchte, wurde sie durch Hufschlag erschreckt. Aber sie hob den Kopf nicht. Sie hatte sich den Klang in den letzten vierzehn Tagen und Nächten allzuoft eingebildet, genau wie sie sich immer wieder eingebildet hatte, Ellens Kleid rascheln zu hören. Das Herz hämmerte ihr wild wie jedesmal in solchen Augenblicken, ehe sie sich unerbittlich zurechtwies: »Narrheiten!«

Aber der Hufschlag verlangsamte sich zum Schritt, und nun knirschte es regelmäßig im Kies. Das war ein Pferd ... Tarletons, Fontaines! Rasch blickte sie auf. Es war ein Yankee. Rasch schlüpfte sie hinter den Vorhang und spähte hinaus – der Schrecken verschlug ihr den Atem. Der Yankee saß schlaff im Sattel, es war ein dicker, grober Mensch mit einem struppigen schwarzen Bart über der aufgeknöpften blauen Jacke. Aus kleinen, engstehenden Augen blinzelte er unter dem Schirm der blauen Mütze durch den Sonnenschein auf das Haus. Als er langsam abstieg und die Leine über den Pfosten warf, kehrte Scarlett so jäh und schmerzhaft, als hätte sie einen Stoß vor den Magen bekommen, der Atem zurück. Ein Yankee mit einer langen Pistole an der Hüfte, und sie war allein im Hause mit drei kranken Mädchen und den Babys!

Als er mit der Hand an der Pistole den Weg heraufgeschlendert kam und die Blicke nach rechts und links schweifen ließ, drehte sich in ihrem Geist ein wirres Kaleidoskop durcheinanderwirbelnder Bilder: Geschichten aus Tante Pittys ängstlichem Munde von Angriffen auf schutzlose Frauen; durchschnittene Kehlen; Häuser, die über Sterbenden angezündet wurden; auf Bajonette gespießte Kinder und all die unsagbaren Greuel, die das Wort »Yankee« umschloß. Im ersten Schrecken wollte sie sich im Schrank verstecken, unter das Bett kriechen oder die Hintertreppe hinunterjagen und schreiend das Weite suchen. Dann hörte sie ihn vorsichtig die Stufen zur Veranda emporsteigen und in die Halle treten und wußte nun, daß die Flucht ihr abgeschnitten war. Vor Angst erstarrt, hörte sie ihn unten von Zimmer zu Zimmer wandern, immer lauteren, kühneren Schrittes, als er niemanden vorfand. Jetzt war er im Eßzimmer, und im nächsten Augenblick mußte er die Küche betreten.

Bei dem Gedanken an die Küche flammte in Scarlett die Wut so heftig auf, als bohre sich ihr ein Messer ins Herz, und überwältigte alle Angst. Die Küche! Dort auf dem offenen Feuer standen zwei Töpfe, einer mit schmorenden Äpfeln und der andere mit einer Suppe aus Gemüsen, die sie mühselig in Twelve Oaks und bei Macintoshs zu einem Mittagessen zusammengelesen hatte, das für neun Hungrige ausreichen mußte und kaum für zwei genügte.

Seit Stunden hatte Scarlett sich den Hunger verbissen und auf die Rückkehr der anderen gewartet. Der Gedanke, daß sich nun ein Yankee über ihr karges Mahl hermachte, versetzte sie in rasende Wut. Gott verdamm die ganze Bande! Wie Heuschrecken waren sie über Tara hergefallen, so daß es langsam verhungerte, und nun kehrten sie zurück und stahlen die armseligen Überreste. Der leere Magen krampfte sich in ihr zusammen. Bei Gott, hier war ein Yankee, der nicht mehr stehlen sollte.

Sie rannte barfuß in das Schreibzimmer, den entzündeten Zeh fühlte sie nicht mehr. Lautlos öffnete sie die oberste Schublade und nahm die schwere Pistole heraus, die sie aus Atlanta mitgebracht hatte, die Waffe, die Charles getragen, aber nie abgefeuert hatte. Sie suchte in der Ledertasche, die unter dem Degen an der Wand hing, und holte ein Zündhütchen heraus. Ihre Hand zitterte nicht mehr, als sie es an seinen Platz schob. Rasch und lautlos lief sie zurück in den oberen Flur und ging dann langsam die Treppe hinunter, mit der einen Hand stützte sie sich am Geländer, in der anderen hielt sie, in den Falten des Rockes verborgen, die Pistole.

»Wer da?« rief plötzlich eine näselnde Stimme, und mitten auf der Treppe blieb sie stehen. Das Blut pochte ihr so laut in den Ohren, daß sie kaum die Worte vernahm, die herauftönten: »Stehenbleiben oder ich schieße!«

Der Mann stand unten an der Tür des Eßzimmers und beugte sich gespannt vornüber, die Pistole in der einen Hand und in der anderen Ellens kleinen Nähkasten aus Rosenholz mit dem goldenen Fingerhut, der Schere mit dem goldenen Griff und dem kleinen Saphir-Stopfei mit der goldenen Spitze. Scarletts Beine waren eiskalt bis zum Knie, aber die Wut brannte ihr im Gesicht. Ellens Nähkasten in seiner Hand! Sie wollte schreien, aber ihr kamen keine Worte. Sie konnte ihn nur über das Geländer anstarren und sehen, wie auf seinem Gesicht die Anspannung einem halb verächtlichen, halb verbindlichen Lächeln wich.

»Da ist also jemand zu Hause«, sagte er, schob die Pistole in das Halfter zurück und trat ein paar Schritte in die Halle hinein, bis er gerade unter ihr stand. »Ganz allein, kleine Dame?«

Wie der Blitz schob sie die Waffe über das Geländer, zielte mitten in das entsetzte Gesicht und zog, ehe er an seinen Gürtel fassen konnte, den Hahn. Unter dem Rückschlag des Schusses taumelte sie, während das Getöse der Explosion ihr die Ohren zersprengte und der Pulverdampf ihr beißend in die Nase stieg. Krachend fiel der Mann mit einer solchen Heftigkeit hintenüber, daß die Möbel des Eßzimmers erzitterten. Der Nähkasten fiel ihm aus der Hand, und sein Inhalt rollte um ihn her. Scarlett lief die Treppe hinunter, ihrer eigenen Schritte nicht achtend, und stand über ihm. Da sah sie, was von dem Gesicht oberhalb des Bartes übriggeblieben war. Eine blutige Höhle, wo die Nase gesessen hatte, zwei glasige, pulververbrannte Augen. Zwei Blutströme rannen über den glänzenden Fußboden, der eine vom Gesicht, der andere vom Hinterkopf.

Ja, er war tot. Ohne Zweifel. Sie hatte einen Menschen umgebracht.

Der Rauch schlängelte sich langsam zur Decke hinauf. Die roten Rinnsale zu ihren Füßen wurden breiter. Einen zeitlosen Augenblick stand sie da, und in der heißen Sommerstille wuchs jeder geringste Laut und Duft ins Ungemessene, der rasche Trommelschlag ihres Herzens, das leichte spröde Rascheln des Magnolienbaumes draußen, der ferne Klagelaut eines Vogels, der süße Blumenduft vor dem Fenster, der Pulvergeruch hier drinnen.

Sie hatte einen Menschen umgebracht, sie, die sich doch auf der Jagd immer so sorglich davor gehütet hatte, beim Fangstoß dabeizusein, die das Schreien eines Schweines beim Schlachten und das Gequiek eines Kaninchens in der Falle nicht ertrug. Mord, dachte sie stumpf. Ich habe gemordet. Ihre Augen wanderten zu der kurzen behaarten Hand auf dem Boden, ganz nahe bei dem Nähkasten, und auf einmal war sie wieder lebendig und froh wie ein Raubtier. Sie hätte ihre Ferse in die klaffende Wunde hineintreten und die Wärme des Blutes an ihrem nackten Fuß genießen können. Sie hatte Rache genommen für Tara und für Ellen.

Plötzlich stolperte oben jemand über den Flur dahin, es wurde wieder still, dann hörte sie abermals Schritte, jetzt schwach und schleppend, dazu ein metallisches Klirren. Nun waren Zeit und Wirklichkeit wieder da. Scarlett blickte auf und sah oben an der Treppe in dem zerlumpten Hemd, das ihr als Nachtgewand diente, Melanie stehen, den schwachen Arm vom Gewicht des Degens zu Boden gezogen. Melanie umfaßte das ganze Bild da unten mit ihren Blicken, den hingestreckten, blau uniformierten Körper in der roten Blutlache, den Nähkasten und Scarlett, barfuß, mit grauen Wangen, in der Hand die lange Pistole.

Schweigend sahen die beiden einander an. In Mellys sonst so sanftem Gesicht glühte ein grimmiger Stolz und eine wilde Freude, die dem flammenden Tumult in Scarletts Brust gleichkam.

»Ja – sie versteht mich!« dachte Scarlett in diesem langen Augenblick. »Sie hätte ebenso gehandelt.«

Im Innersten ergriffen blickte sie zu dieser schwachen, wankenden Gestalt hinauf, für die sie bisher nur Abneigung und Verachtung empfunden hatte. Im Kampf mit dem Haß gegen Ashleys Frau regte sich in ihr ein Gefühl der Bewunderung und Kameradschaft. Ungetrübt von jeder kleinlichen Regung kam ihr in aufblitzender Klarheit die Erkenntnis, daß hinter Melanies sanfter Stimme und ihren Taubenaugen sich eine feine, blanke Klinge unzerbrechlichen Stahls verbarg, daß in Melanies gleichmäßig gelassenem Gemüt die Glut eines heldischen Geistes lebendig war.

In diesem Augenblick gellten die matten, erschreckten Stimmen Suellens und Carreens durch die verschlossene Tür: »Scarlett, Scarlett!« und Wades dünnes Angstgeschrei mischte sich hinein. Sofort legte Melanie den Finger an die Lippen, ließ den Degen auf die oberste Treppenstufe niedergleiten und ging mühsam durch den Flur ins Krankenzimmer zurück. »Nicht bange sein, ihr Hühnchen«, sagte sie lustig. »Eure große Schwester wollte von Charles' Pistole den Rost abputzen, dabei ging sie los und hat uns zu Tode erschreckt! ... Wade Hampton, Mama hat nur des lieben Vaters Pistole abgeschossen. Wenn du groß bist, darfst du selber damit schießen.«

Scarlett war voller Bewunderung. »Das hätte ich mir so schnell nicht ausdenken können. Aber wozu die Lüge? Sie werden ja doch erfahren, was ich getan habe.«

Wieder schaute sie die Leiche an, und als Wut und Entsetzen schwanden, kam ihr der Ekel. Unter der Nachwirkung des Geschehenen zitterten ihr die Knie. Melanie schleppte sich wieder bis an die Treppe und machte sich auf den Weg hinunter, die bleiche Unterlippe zwischen den Zähnen, eine Hand fest am Gitter.

»Geh wieder ins Bett, du holst dir den Tod«, rief Scarlett, aber Melanie mühte sich, halbnackt, wie sie war, die Treppe hinunter.

»Scarlett«, flüsterte sie, »wir müssen ihn fortschaffen und begraben. Vielleicht ist er nicht allein, und wenn sie ihn hier finden ...«

»Er muß allein sein«, versetzte Scarlett. »Ich konnte aus dem oberen Fenster sonst niemanden sehen. Es wird ein Deserteur sein.«

»Auch dann darf es niemand wissen. Die Neger könnten schwatzen, und dann sind sie hinter dir her. Scarlett, wir müssen ihn fortschaffen, ehe unsere Leute zurückkommen.«

Bei Melanies fieberhaftem Drängen dachte Scarlett scharf nach. »Ich könnte ihn in der Ecke des Gartens unter der Laube begraben. Dort, wo Pork das Whiskyfaß verborgen hatte, ist der Boden weich. Aber wie sollen wir ihn hinbringen?«

»Wir fassen jede ein Bein an und ziehen ihn«, sagte Melanie entschlossen. Scarletts widerstrebende Bewunderung wuchs.

»Du könntest doch keine Katze von der Stelle bringen; ich tue es allein«, sagte sie schroff. »Geh wieder ins Bett. Wenn du dich unterstehst, mir zu helfen, trage ich dich auf meinen eigenen Armen nach oben.«

Melanies weiches Gesicht erhellte sich in liebevoll verstehendem Lächeln. »Du bist sehr lieb«, sagte sie und streifte mit den Lippen sacht über ihre Wange. »Während du ihn fortbringst, wische ich ... das hier auf ... ehe die andern wieder nach Hause kommen. Und, Scarlett, meinst du, es wäre schlecht von uns, seinen Tornister zu durchsuchen? Vielleicht hat er etwas zu essen bei sich?«

»Sicher nicht«, versetzte Scarlett und ärgerte sich, daß sie nicht selber auf den Gedanken gekommen war. »Du nimmst seinen Tornister, und ich durchsuche ihm die Taschen.«

Voller Ekel beugte sie sich über den Toten, knöpfte ihm die Jacke auf und untersuchte seine Taschen.

»Du lieber Gott«, flüsterte sie und zog eine dicke Brieftasche hervor, die mit einem Bindfaden zugeschnürt war. »Melly, ich glaube, das ist lauter Geld!«

Melanie erwiderte nichts, sondern setzte sich plötzlich auf den Fußboden und lehnte sich gegen die Wand. »Sieh nach«, sagte sie unsicher, »mir ist ein wenig schwach.«

Scarlett riß den Bindfaden auf und öffnete mit bebenden Händen die Tasche. »Melly, sieh doch!«

Melanie machte große Augen. Eine Unmenge von Banknoten war hier zusammengestopft. Geldscheine der Vereinigten Staaten und konföderiertes Papiergeld bunt durcheinander, und dazwischen glänzte ein goldenes Zehndollarstück und zwei goldene Fünfdollarstücke.

»Halt dich jetzt nicht mit Zählen auf«, sagte Melanie, als Scarlett die Scheine durchblätterte. »Wir haben keine Zeit.«

»Melanie, begreifst du, daß das etwas zu essen für uns bedeutet?«

»Ja, Liebes, ich weiß, aber wir haben jetzt keine Zeit. Sieh in den andern Taschen nach. Ich nehme den Tornister.«

Scarlett legte die Brieftasche aus der Hand. Welche Aussichten! Geld von wirklichem Wert, ein Pferd, etwas zu essen! Schließlich gab es doch einen Gott, und er sorgte für sie, wenn auch auf sehr seltsamen Wegen. In den Hosentaschen des Toten fand sich weiter nichts als ein Stückchen Kerze, ein Taschenmesser, Tabak und Bindfaden. Melanie entnahm dem Tornister ein Päckchen Kaffee, an dem sie roch, als wäre es das köstlichste Parfüm, einige Schiffszwiebacke und – ihr Gesicht veränderte den Ausdruck – das Miniaturbild eines kleinen Mädchens in einem perlenbesetzten goldenen Rahmen, eine Granatbrosche, zwei breite goldene Armreifen mit feinen Goldkettchen, einen goldenen Fingerhut, einen kleinen silbernen Kinderbecher, eine goldene Stickschere, einen Diamantring und ein Paar Ohrringe mit tropfenförmigen Diamanten, die beide, wie sogar ihr ungeübtes Auge erkannte, über einen Karat schwer sein mußten.

»Ein Dieb« flüsterte Melanie schaudernd. »Scarlett, das alles muß er gestohlen haben.«

»Selbstverständlich«, sagte Scarlett, »und er ist hergekommen, um bei uns noch mehr zu stehlen.«

»Ich bin froh, daß du ihn erschossen hast«, sagte Melanie mit einem harten Glanz in den sanften Augen. »Nun aber schnell, Liebste, fort mit ihm.«

Scarlett beugte sich nieder, faßte den toten Mann bei den Stiefeln und zog. Es war so schwer, und sie fühlte sich plötzlich so schwach. Wenn sie ihn nicht von der Stelle bewegen konnte? Sie stellte sich mit dem Rücken gegen die Leiche, nahm unter jeden Arm einen der schweren Stiefel und legte sich mit ihrem vollen Körpergewicht nach vorn. Er regte sich vom Fleck, und wieder zog sie. Ihr wunder Fuß, den sie schon ganz vergessen hatte, tat ihr auf einmal so weh, daß sie mit den Zähnen knirschte und ihr ganzes Gewicht auf die Ferse hinüberschob. Mit aller Anstrengung zog sie von neuem an, der Schweiß tropfte ihr von der Stirn, und so ging es weiter durch den Flur – ein roter Streifen Blutes bezeichnete ihren Weg.

»Wenn er draußen auch blutet, können wir es den andern nicht verheimlichen«, keuchte sie. »Gib mir dein Hemd, ich binde es ihm um den Kopf.«

Melanies bleiches Gesicht wurde dunkelrot.

»Sei nicht albern, ich sehe dich nicht an«, zischte Scarlett.

Melanie zog sich das zerlumpte Kleidungsstück über den Kopf, warf es schweigend Scarlett zu und bedeckte sich mit den Armen, so gut sie konnte.

»Gottlob, daß ich nicht so schamhaft bin«, dachte Scarlett, als sie Melanies tödliche Verlegenheit mehr spürte als sah, während sie das zerlumpte Hemd über das zerschmetterte Gesicht band. Dann humpelte und zerrte sie weiter, bis die Leiche an der Hintertür lag, dort blieb sie stehen, wischte sich mit dem Handrücken über die Stirn und blickte zu Melanie zurück, die an der Wand kauerte und die mageren Knie gegen die entblößte Brust schmiegte. »Wie albern von Melanie«, dachte Scarlett gereizt, »in einem solchen Augenblick!« Aber dann schämte sie sich selber. Schließlich war doch Melanie in all ihrer Krankheit und Schwäche mit blanker Waffe ihr zu Hilfe gekommen. Dazu brauchte man einen Mut, den Scarlett selber, wie sie sich ehrlich gestand, nicht hatte, den stahlharten, seidenfesten Mut, den Melanie in der schrecklichen letzten Nacht zu Atlanta und auch während des ganzen langen Heimwegs bewiesen hatte. Es war der unfaßbare verhaltene Mut, den alle Wilkes besaßen, ein Mut, den Scarlett nicht verstand, dem sie aber widerstrebend Hochachtung zollte.

»Geh wieder ins Bett«, rief sie ihr zu, »du stirbst, wenn du dich nicht hinlegst. Ich will hier schon saubermachen, wenn ich ihn begraben habe.«

»Ich tue es mit einem Flickenteppich«, flüsterte Melanie und sah mit grünlichem Gesicht nach der Blutlache.

»Nun, dann bring dich um! Und wenn jemand nach Hause kommt, ehe ich fertig bin, so halte ihn im Hause fest und sag, das Pferd sei uns zugelaufen.«

Schaudernd saß Melanie da in der Morgensonne und hielt sich die Ohren zu, um nicht zu hören, wie der Kopf des Toten die Haustreppe hinabpolterte.

Niemand fragte, woher das Pferd kam. Es war ganz wahrscheinlich, daß sich ein Pferd aus der Schlacht hierher verlief, und alles freute sich, daß es da war. Der Yankee lag in der flachen Grube, die Scarlett unter der Laube in die Erde gekratzt hatte; die Stützen, die die Ranken trugen, waren angefault, und in der Nacht brachte Scarlett sie mit einem Küchenmesser zum Umfallen, so daß sie mit einem Gewirr von Grün das Grab zudeckten.

Kein Gespenst stand auf und suchte sie in den langen Nächten heim, wenn sie zu müde war, um schlafen zu können. In der Erinnerung überfiel sie kein Entsetzen und quälten sie keine Gewissensbisse. Noch vor einem Monat hätte sie eine solche Tat nicht vollbringen können. Die niedliche Mrs. Hamilton mit ihren Grübchen und ihren klingenden Ohrringen in ihrer reizenden, hilflosen Art – nun hatte sie das Gesicht eines Mannes zu Brei geschossen und ihn hastig in einem notdürftig gescharrten Loch vergraben. Scarlett lächelte grimmig vor sich hin, wenn sie an das Entsetzen dachte, das eine solche Vorstellung bei allen, die sie kannten, hervorrufen würde. »Ich muß mich wohl ein wenig verändert haben, seit ich heimgekommen bin«, dachte sie, »sonst hätte ich es nicht gekonnt. Nun ist es abgetan und vorbei; jedenfalls habe ich mich nicht wie ein Feigling benommen.«

Diese Erinnerung blieb in den Untergründen ihres Gemütes, und jedesmal, wenn sie künftig etwas Unangenehmes und Schweres zu verrichten hatte, gab sie ihr Kraft. »Ich habe einen Mord begangen«, pflegte sie sich dann zu sagen, »wie sollte ich denn dies nicht können?«

Der Panzer von Härte, der sich um ihr Herz zu legen begonnen hatte, als sie im Gemüsegarten zu Twelve Oaks auf der Erde lag, wuchs und wurde immer noch härter.

Nun hatte Scarlett ein Pferd und konnte selber zu den Nachbarplantagen reiten und sich dort umsehen. Seit ihrer Heimkehr hatte sie sich tausendmal verzweifelt gefragt, ob sie denn in der ganzen Provinz allein übriggeblieben seien. Die Erinnerungen an die Ruinen von Twelve Oaks und den Häusern von MacIntoshs und Slatterys waren noch so frisch, daß sie sich fast vor der Wahrheit fürchtete. Aber lieber wollte sie das Schlimmste erfahren als weiter im ungewissen bleiben. Sie beschloß, zu dem Fontaineschen Besitz hinüberzureiten, nicht, weil das die nächsten Nachbarn waren, sondern weil vielleicht der alte Doktor Fontaine noch dasein würde. Melanie brauchte einen

Doktor. Sie erholte sich nicht, wie sie sollte, und erschreckte Scarlett durch ihre anhaltende Schwäche.

Sobald sie wieder einen Schuh am Fuß ertragen konnte, bestieg Scarlett das Pferd des Yankees. Sie ritt über die Felder nach Mimosa und war darauf gefaßt, es abgebrannt vorzufinden. Aber zu ihrer freudigen Überraschung stand das verblichene, gelbverputzte Haus noch zwischen den Mimosenbüschen und sah aus wie immer. Vor Glück hätte sie fast Tränen vergossen, als die drei Fontaineschen Frauen herauskamen und sie mit Küssen und Freudenrufen begrüßten.

Aber als das erste liebevolle Willkommen ausgetauscht war und sie alle ins Eßzimmer gingen, um sich zu setzen, überlief es Scarlett doch kalt. Die Yankees hatten Mimosa nicht überfallen, weil es so weitab von der Hauptstraße lag. Fontaines hatten deshalb auch ihr Vieh und ihre Vorräte behalten, aber dieselbe unheimliche Stille, die über Tara und der ganzen Gegend lag, hielt auch diese Plantage in Bann. Alle Sklaven, mit Ausnahme von vier Hausnegerinnen, waren aus Angst vor den Yankees fortgelaufen. Kein Mann war im Hause. Sallys kleiner Junge Joe war kaum aus den Windeln heraus. In dem großen Hause lebten allein die Großmama, die in den Siebzigern stand, ihre Schwiegertochter, die ihr Leben lang unter dem Namen »junge Miß« ging und auch die Fünfzig schon überschritten hatte, und Sally, die eben zwanzig geworden war. Sie lebten von den nächsten Nachbarn weit entfernt, jeden Schutzes bar, dennoch war auf ihren Gesichtern keine Furcht zu sehen, wahrscheinlich, weil sie so unter dem Einfluß der porzellanfeinen, unerschütterlichen Großmama standen, daß sie ihre Angst lieber für sich behielten. Auch Scarlett hatte Respekt vor der alten Dame, denn sie hatte scharfe Augen und eine scharfe Zunge; beide hatte Scarlett früher schon zu fühlen bekommen.

Obwohl die drei Frauen im Alter so verschieden und nicht blutsverwandt waren, einten sie doch die gleichen Erlebnisse und der gleiche Geist. Alle drei trugen selbstgefärbte Trauerkleidung, alle waren erschöpft, betrübt und sorgenvoll und befanden sich im Zustand einer Bitterkeit, die nicht murrte und klagte, aber noch in ihrem Lächeln sichtbar wurde. Ihre Sklaven waren fort, ihr Geld war wertlos. Joe, Sallys Mann, hatte bei Gettysburg den Tod gefunden, und auch die junge Miß war Witwe, denn der junge Doktor Fontaine war in Vicksburg an der Ruhr gestorben. Die beiden anderen Söhne Alex und Tony waren irgendwo in Virginia, niemand wußte, ob lebendig oder tot, und der alte Doktor stand bei Wheelers Kavallerie.

»Dabei ist der alte Narr dreiundsiebzig Jahre alt und sitzt so voller Rheumatismus wie ein Schwein voller Fliegen«, sagte Großmama mit Stolz auf ihren Mann, und der Freudenschimmer in ihren Augen strafte ihre derben Worte Lügen.

»Haben Sie irgendwelche Nachricht, was in Atlanta vorgehen mag?« fragte Scarlett, als sie beisammen saßen. »In Tara sind wir wie begraben.«

»Wir sind in derselben Lage«, sagte die alte Dame, »wir wissen nichts, als daß Sherman die Stadt schließlich bekommen hat.«

»Also hat er sie. Und was geschieht jetzt? Wo wird weitergekämpft?«

»Wie sollten drei einsame Frauen hier draußen auf dem Lande etwas über den Krieg wissen, wo wir doch seit Wochen keine Briefe und keine Zeitung zu sehen bekommen haben?« sagte die alte Dame bärbeißig. »Eine unserer Schwarzen hat mit einem Schwarzen gesprochen, der einen Schwarzen gesehen hat, der in Jonesboro war. Weiter haben wir nichts gehört. Sie sagen, die Yankees hocken immer noch in Atlanta und ruhen Mann und Pferd aus. Nun, das Ausruhen mögen sie nötig haben, nachdem wir ihnen das Leben so schwergemacht haben.«

»Wenn ich daran denke, daß Sie schon die ganze Zeit auf Tara sind«, fiel ihr die junge Miß ins Wort, »mache ich mir Vorwürfe, daß ich nicht hinübergeritten bin, um nachzusehen. Aber seitdem alle Schwarzen fort sind, gibt es hier so viel zu tun, daß ich nicht abkommen kann. Ja, ich bin keine gute Nachbarin gewesen. Aber wir dachten natürlich, die Yankees hätten Tara abgebrannt wie die andern Häuser, und Ihre Familie wäre in Macon. Wir hatten keine Ahnung, daß Sie wieder zu Hause sind, Scarlett.«

»Wie hätten wir es auch wissen sollen, wo doch die Schwarzen von Tara hier durchkamen und so verängstigt waren, daß ihnen die Augen aus dem Kopfe rollen wollten, und sagten, die Yankees wären dabei, Tara niederzubrennen«, unterbrach Großmama.

»Und wir sahen …«, fing Sally an.

»Das erzähle ich«, sagte die alte Miß kurz. »Sie erzählten, die Yankees hätten in Tara ihr Lager aufgeschlagen, und O'Haras wollten nach Macon. Und am Abend sahen wir einen Feuerschein in der Richtung von Tara, der stundenlang am Himmel blieb und unseren dummen Schwarzen eine solche Angst einjagte, daß sie alle davonliefen. Was ist da abgebrannt?«

»All unsere Baumwolle – im Wert von hundertfünfzigtausend Dollar«, antwortete Scarlett bitter.

»Seien Sie dankbar, daß es nicht das Haus war«, sagte Großmama und stützte das Kinn auf ihren Stock. »Baumwolle könnt ihr neu bauen, ein Haus aber nicht. Hatten Sie übrigens schon angefangen zu pflücken?«

»Nein«, sagte Scarlett, »aber nun ist das meiste zertrampelt. Ich glaube nicht, daß noch mehr als drei Ballen, und die auf einem entlegenen Feld am Fluß, stehen. Und was hilft uns das? Alle unsere Schwarzen sind fort. Wer soll sie pflücken?«

»Gnade mir Gott! Alle Schwarzen sind fort, wer soll sie pflücken?« sprach

Großmama ihr mit spöttischen Blicken nach. »Was fehlt denn Ihren hübschen Pfötchen, Miß, und denen Ihrer Schwestern?«

»Ich? Baumwolle pflücken?« sagte Scarlett entgeistert, als hätte die alte Dame ihr ein Verbrechen zugemutet. »Wie eine schwarze Pflückerin? Wie die weißen Proleten, wie die Slatterys?«

»Kommen Sie mir mit Proleten! Was seid ihr für ein verweichlichtes Geschlecht! Das kann ich Ihnen sagen, Miß, als ich ein Mädchen war, verlor mein Vater sein ganzes Vermögen, und ich war nicht zu gut dazu, mit den Händen zu arbeiten, auch auf dem Felde, bis später Geld genug da war, Schwarze zu kaufen. Ich habe meine Reihen durchgehackt und meine Baumwolle gepflückt und kann es wieder, wenn Not am Mann ist, und soweit wird es wohl bald sein. Weiße Proleten, da hört doch alles auf.«

»Aber Mama«, sagte ihre Schwiegertochter und warf den beiden jungen Frauen flehende Blicke zu, sie möchten ihr helfen, die alte Dame zu besänftigen. »Das ist schon so lange her, es waren ganz andere Zeiten, inzwischen hat die Welt sich verändert.«

»Die Welt verändert sich nicht darin, daß ehrlich gearbeitet werden muß«, beharrte die alte Dame und wollte sich nicht beschwichtigen lassen. »Ich schäme mich in der Seele Ihrer Mutter, wenn Sie so reden, als machte ehrliche Arbeit anständige Leute zu Proleten.«

Scarlett wechselte eilig das Thema und fragte: »Was machen Tarletons und Calverts? Wurden ihre Häuser auch in Brand gesteckt? Sind sie nach Macon geflohen?«

»Bei Tarletons sind die Yankees nicht gewesen. Sie liegen wie wir weitab von der Hauptstraße. Aber bei Calverts waren sie und haben Vieh und Geflügel mitgenommen und auch die Schwarzen«, fing Sally an.

Großmama unterbrach sie: »Ha! All den schwarzen Mädchen haben sie seidene Kleider und Ohrringe versprochen. So haben sie es gemacht. Cathleen Calvert sagte, einige Soldaten hätten die schwarzen Gänse hinten auf den Sattel genommen. Nun, alles, was dabei herauskommt, sind gelbe Babys, und das Yankeeblut wird den Schlag nicht gerade verbessern.«

»Aber Mama!«

»Mach nicht solch dummes Gesicht, Jane. Wir sind doch alle verheiratet und haben weiß Gott schon Mulattenbabys gesehen.«

»Warum haben sie Calverts Haus nicht abgebrannt?«

»Das Haus wurde durch das vereinte Gewäsch der zweiten Mrs. Calvert und ihres Sklavenaufsehers Hilton gerettet«, sagte die alte Miß, die die frühere Erzieherin immer noch als »die zweite Mrs. Calvert« bezeichnete, obwohl die erste Mrs. Calvert schon seit zwanzig Jahren tot war. »Wir halten getreu zu der Union«, äffte die alte Dame und sprach die Worte verächtlich durch ihre lange magere Nase. »Cathleen sagte, die beiden hätten hoch und heilig geschworen, alle Familienmitglieder seien Yankees, und dabei liegt Mr. Calvert tot auf dem Schlachtfeld am Rapidan und Raifort bei Gettysburg, und Cade steht in Virginia bei der Armee. Cathleen hat sich hinterher so geschämt, daß sie lieber das Haus hätte brennen sehen. Cade werde bersten, sagte sie, wenn er zurückkomme und das höre. Aber das hat ein Mann davon, wenn er eine Yankeefrau heiratet – keinen Stolz – keine Ehre, immer nur denken sie an die eigene Haut. Wie kommt es, daß sie Tara nicht abgebrannt haben?«

Einen Augenblick zögerte Scarlett mit der Antwort. Die nächste Frage mußte nun sein, wie es zu Hause ging, was die liebe Mutter mache. Aber erzählen, daß Ellen tot war, konnte sie nicht. Wenn sie die Worte in Gegenwart dieser mitfühlenden Frauen ausspräche, dann würde sie in einen Strom von Tränen ausbrechen und sich krank weinen. Weinen aber durfte sie nicht, sie hatte noch nicht richtig geweint, seitdem sie nach Hause gekommen war. Sie wußte, wenn sie einmal die Schleusen öffnete, dann war es mit ihrem krampfhaft bewahrten Mut vorbei. Aber ebensogut wußte sie, daß Fontaines es ihr nie verzeihen würden, wenn sie Ellens Tod verschwieg. Besonders Großmama hielt soviel von Ellen. Und es waren nur wenig Menschen in der Provinz, für die die alte Dame ihre welken Finger gerührt hätte.

»Nun! Heraus mit der Sprache!« Großmama sah sie scharf an, »wissen Sie das nicht, Miß?«

»Ich bin erst am Tage nach der Schlacht nach Hause gekommen, da waren die Yankees schon alle fort. Pa hat mir erzählt, er habe die Yankees von der Plünderung abgehalten, indem er ihnen sagte, daß Suellen und Carreen schweren Typhus hätten und nicht fortgeschafft werden könnten.«

»Zum erstenmal höre ich, daß ein Yankee sich anständig benommen hat«, sagte Großmama, als täte es ihr leid, von den Feinden etwas Gutes zu vernehmen. »Wie geht es den Mädchen jetzt?«

»Oh, viel besser, beinahe wieder gut. Sie sind nur noch sehr schwach«, antwortete Scarlett. Sie sah, wie die gefürchtete Frage der alten Dame auf den Lippen schwebte, und suchte hastig nach einem anderen Gesprächsstoff.

»Könnten – könnten Sie uns wohl etwas zu essen leihen? Die Yankees haben uns leergefressen wie ein Heuschreckenschwarm. Wenn Sie aber selber knapp sind, sagen Sie es offen.«

»Schicken Sie Pork mit einem Wagen herüber, und Sie sollen die Hälfte von dem bekommen, was wir haben, Reis, Mehl, Schinken und Hühner«, sagte die alte Dame. Plötzlich blickte sie Scarlett scharf in die Augen.

»Ach, das ist zuviel«, widersprach Scarlett.

»Still, kein Wort. Ich will nichts davon hören. Wozu sind wir denn Nachbarn?«

»Sie sind so gütig ... aber ich muß weiter. Zu Hause machen sie sich Sorge um mich.« Mit einem Ruck stand Großmama auf und nahm Scarlett beim Arm. »Ihr beiden bleibt hier«, kommandierte sie und schob Scarlett zur Hintertür. »Ich muß das Kind unter vier Augen sprechen. Helfen Sie mir die Treppe hinunter, Scarlett.«

Die junge Miß und Sally nahmen Abschied und versprachen, Tara bald zu besuchen. Sie brannten vor Neugier, was Großmama Scarlett wohl zu sagen hätte. Von der alten Dame selber würden sie es nie erfahren.

Scarlett hatte die Hand am Zügel des Pferdes. Das Herz war ihr schwer.

»Nun?« Großmama sah ihr scharf ins Auge. »Was ist auf Tara los? Was verschweigen Sie mir?«

Scarlett schaute in die klaren alten Augen und erkannte, daß sie hier ohne Tränen die Wahrheit sagen konnte. In Gegenwart von Großmama Fontaine weinte niemand ohne ihre ausdrückliche Erlaubnis.

»Mutter ist tot«, sagte sie.

Die Hand, die ihren Arm hielt, packte mit schmerzhafter Festigkeit zu, und unter den runzligen Lidern aus den gelben Augen der alten Dame blinkte es feucht.

»Haben die Yankees sie totgeschlagen?«

»Sie ist am Typhus gestorben – am Tage, ehe ich heimkam.«

»Denk nicht daran«, sagte Großmama streng. Scarlett sah, wie sie schluckte. »Und Ihr Pa?«

»Pa ist ... nicht mehr er selbst.«

»Was wollen Sie damit sagen? Heraus damit! Ist er krank?«

»Der Schreck ... er ist so seltsam ...«

»Meinen Sie damit, sein Geist ist gestört?«

Es war für Scarlett eine Erleichterung, die Wahrheit so unumwunden aussprechen zu hören. Wie gut war es von der alten Dame, kein Mitgefühl zu zeigen. Das hätte sie zum Weinen gebracht.

»Ja, er hat den Verstand verloren«, sagte sie dumpf. »Er ist nicht ganz bei sich, und manchmal kann er sich nicht erinnern, daß Mutter tot ist. Ach, Frau Fontaine, es geht über meine Kraft, ihn stundenlang dasitzen und auf sie warten zu sehen, und früher war er doch ungeduldig wie ein Kind. Aber noch schlimmer ist es, wenn ihm wieder einfällt, daß sie nicht mehr da ist. Ab und zu springt er plötzlich auf und läuft aus dem Haus nach dem Friedhof hinüber. Dann kommt er zurückgeschlichen, ganz in Tränen, und sagt immer wieder, bis ich schreien könnte: ›Katie Scarlett, Mrs. O'Hara ist tot, deine Mutter ist tot.‹ Dann ist es immer, als hörte ich es zum erstenmal. Manchmal höre ich ihn auch spät in der Nacht nach ihr rufen, dann stehe ich auf und gehe zu ihm und sage ihm, sie sei zu einem kranken Schwarzen hinübergegangen, und dann beschwert er sich darüber, daß sie sich immer mit der Krankenpflege so abplage. Es ist immer so schwer, ihn wieder ins Bett zu bekommen. Ach, ich wollte, Dr. Fontaine wäre hier, er könnte sicher etwas für ihn tun! Und auch Melanie braucht einen Arzt. Sie erholt sich nicht von ihrem Kind.«

»Melly ... ein Kind? Und sie ist bei Ihnen?«

»Ja.«

»Aber warum ist sie nicht in Macon bei ihrer Tante? Ich dachte gar nicht, daß Sie sie so besonders gern hätten, Scarlett, obwohl sie Charles' Schwester ist. Erzählen Sie mir alles.«

»Das ist eine lange Geschichte, Frau Fontaine. Wollen Sie nicht wieder hineingehen und sich setzen?«

»Ich kann stehen«, sagte Großmama kurz, »reden Sie.«

Zaudernd begann Scarlett von der Belagerung Atlantas und von Melanies Zustand zu berichten. Aber als sie unter den scharfen alten Augen, die sie unverwandt anschauten, fortfuhr, fand sie für alles, was geschehen war, klare, schreckensvolle Worte. Alles kehrte ihr wieder ins Gedächtnis zurück, der elend heiße Tag, da das Kind geboren wurde, die Todesangst, die Flucht und Rhetts treuloses Verschwinden. Sie erzählte von der schaurigen Finsternis der Nacht, von den flammenden Lagerfeuern, die Freund oder Feind bedeuten konnten, den einsam ragenden Schornsteinen, auf die in der Morgensonne ihr Blick fiel, von den toten Männern und Pferden längs der Straße, dem Hunger, der Einsamkeit und der Angst.

»Und ich dachte, bei Mutter könnte ich all meine schwere Last abladen. Auf dem Heimweg glaubte ich, das Schlimmste sei mir bereits widerfahren. Aber als ich ihren Tod erfuhr, wußte ich erst, was in Wirklichkeit das Schlimmste war.«

Sie schlug die Augen zu Boden und wartete auf ein Wort der alten Dame. Die aber schwieg so lange, daß Scarlett schon meinte, sie habe nicht mehr zugehört. Endlich aber erklang ihre Stimme und freundlicher, als Scarlett sie je zu einem Menschen hatte sprechen hören.

»Kind, es ist sehr schwer für eine Frau, das Schlimmste zu erleben, was ihr widerfahren kann; wenn sie dem Schlimmsten ins Gesicht gesehen hat, kann sie sich nie wieder fürchten. Und es ist sehr schlimm, wenn eine Frau vor nichts mehr Angst hat. Sie meinen, ich verstehe nicht, was Sie durchgemacht haben? Ach, ich verstehe es sehr gut. Als ich ungefähr in Ihrem Alter war, wurde ich Zeuge eines Indianeraufstandes, gleich nach der Metzelei in Fort Mims.« Ihre Stimme kam wie aus weiter Ferne. »Ja, ich war genau in Ihrem Alter, es sind einige fünfzig Jahre her. Es gelang mir, ins Gebüsch zu entkommen und mich zu verstecken. Da lag ich und sah unser Haus in Flammen und sah, wie die Indianer meine Geschwister skalpierten. Ich aber konnte nur daliegen und beten, daß der Feuerschein mich ihnen nicht verriete. Dann zerrten sie Mutter heraus und erschlugen sie, etwa zwanzig Fuß von meinem Versteck, und skalpierten auch sie, und immer wieder kam ein Indianer zu ihr zurück und schlug mit seinem Tomahawk in ihren Schädel. Ich war Mutters Liebling, und da lag ich und sah alles mit an. Den nächsten Morgen machte ich mich auf nach der nächsten Niederlassung, die dreißig Meilen entfernt war. Drei Tage brauchte ich, um dahin zu kommen, und nachher meinten sie, ich hätte den Verstand verloren. Dort habe ich Dr. Fontaine getroffen ... Ja, das sind fünfzig Jahre her, und seitdem habe ich vor nichts und niemandem mehr Angst gehabt, weil ich wußte, etwas Schlimmeres konnte mir nicht mehr zustoßen. Und dieser Mangel an Angst hat mir viel Schwierigkeiten gemacht und mich um manches Glück betrogen. Gott hat die Frau zu einem furchtsamen Wesen erschaffen, und eine Frau, die sich nicht fürchtet, hat etwas Unnatürliches ... Scarlett, behalten Sie immer etwas, wovor Sie sich fürchten – so wie Sie immer etwas behalten sollten, was Sie liebhaben ...«

Ihre Stimme verlor sich. Schweigend stand sie da und suchte über ein halbes Jahrhundert hinweg den Tag, an dem sie sich noch gefürchtet hatte. Über Scarlett kam die Ungeduld. Sie hatte gedacht, Großmama würde ihr vielleicht einen Weg aus ihren Kümmernissen zeigen. Aber wie alle alten Leute war sie auf Dinge zu sprechen gekommen, die geschehen waren, ehe irgend jemand geboren war, und die niemanden etwas angingen.

»Nun gehen Sie nach Hause, Kind«, sagte die alte Dame plötzlich. »Schikken Sie Pork heute nachmittag mit dem Wagen. Und denken Sie nicht, Sie könnten je Ihre Last abwerfen. Das können Sie nicht. Ich weiß es.«

In diesem Jahr zog sich der Nachsommer bis in den November hinein, und die warmen Tage wurden für die Bewohner von Tara ein wenig freundlicher. Das Schlimmste war überstanden. Sie hatten jetzt ein Pferd, das sie reiten konnten, und brauchten nicht mehr zu Fuß zu gehen. Sie hatten Spiegeleier zum Frühstück und gebratenen Schinken zum Abendessen, als Abwechslung von den eintönigen Bataten, Erdnüssen und gedörrten Äpfeln. Einmal hatten sie zu einer festlichen Gelegenheit sogar Brathühner. Die alte Sau war endlich eingefangen worden. Mit ihrer Brut wühlte und grunzte sie zufrieden in ihrem Verschlag unter der hinteren Veranda. Manchmal war von dorther ein so lautes Gequietsche zu hören, daß man einander kaum noch verstehen konnte, aber es war allen ein lieblicher Lärm. Er bedeutete frisches Schweinefleisch und Schwarzsauer für die Neger, wenn mit dem kalten Wetter die Schlachtzeit kam, und Nahrung durch den ganzen Winter für alle zusammen.

Scarletts Besuch bei Fontaines hatte ihr mehr Mut gemacht, als sie sich eingestand. Das Bewußtsein, befreundete Nachbarn zu haben, vertrieb das schreckliche Gefühl der Einsamkeit, die sie in den ersten Wochen so niedergedrückt hatte. Fontaines und Tarletons, deren Plantagen weitab von der Heerstraße gelegen waren, teilten das wenige, das ihnen verblieben war, mit ihr auf das freigebigste. Sie wollten keinen Pfennig dafür nehmen und sagten, Scarlett würde ihnen ja sicherlich Gleiches mit Gleichem vergelten, wenn sie in Not wären, und sie könnte im nächsten Jahre, wenn Tara wieder etwas abwürfe, in Waren bezahlen.

Nun konnte Scarlett ihren Haushalt ernähren. Sie hatte ein Pferd, sie hatte Geld und die Juwelen, die sie dem Marodeur abgenommen hatte; das dringendste Bedürfnis waren jetzt neue Kleider. Freilich war es ein gewagtes Unternehmen, Pork nach dem Süden zu schicken, um neue Kleider zu kaufen, denn Yankees und Konföderierte konnten das Pferd abfangen. Aber es mußte gewagt werden.

Ja, das Schlimmste war überstanden. Jeden Morgen beim Aufstehen dankte Scarlett Gott für den hellblauen Himmel und die warme Sonne. Jeder schöne Tag schob das unausweichliche Bedürfnis nach warmer Kleidung hinaus. Und mit jedem warmen Tage häufte sich mehr Baumwolle in dem leeren Sklavenviertel, dem einzigen Stapelplatz, der der Plantage geblieben war. Die Felder trugen mehr Baumwolle, als sie und Pork geschätzt hatten, wahrscheinlich vier Ballen, und bald waren die Hütten voll.

Scarlett hatte, trotz Großmama Fontaines strengem Verweis, nicht die Absicht gehabt, selber zu pflücken. Es war undenkbar, daß sie, Herrin auf Tara, auf dem Feld arbeiten sollte. Diese Aufgabe wies sie den Negern zu, während sie selbst und die genesenden Mädchen das Haus besorgen wollten. Aber da stieß sie auf einen Kastengeist, der noch stärker war als ihr eigener. Pork, Mammy und Prissy verwahrten sich laut und heftig gegen die Zumutung, auf dem Felde zu arbeiten. Sie wiederholten immer aufs neue, sie seien Hausneger und keine Feldnigger. Besonders Mammy beteuerte leidenschaftlich, sie sei niemals auch nur ein Gartenneger gewesen. Sie war bei Robillards im Herrenhaus und nicht im Negerviertel geboren, sie war im Schlafzimmer der alten Miß aufgezogen worden, wo sie am Fußende des Bettes auf einem Strohsack geschlafen hatte. Nur Dilcey sagte kein Wort und sah Prissy so fest und unbeweglich an, daß das Mädchen sich vor Verlegenheit drehte und wand.

Scarlett aber wollte nichts von diesen Weigerungen hören und trieb sie allesamt auf das Baumwollfeld hinaus. Hier arbeiteten Mammy und Pork so langsam und mit so viel Gejammer, daß Scarlett die Alte in die Küche zurückschickte und Pork in den Wald und an den Fluß, um Kaninchen und

Opossums mit Schlingen zu fangen und Fische zu angeln. Baumwollpflükken war weit unter Porks Würde, Jagen und Fischen dagegen nicht.

Dann hatte Scarlett es mit ihren Schwestern und Melanie versucht, doch ohne besseren Erfolg. Melanie hatte eine Stunde lang sauber, flink und willig in der heißen Sonne gearbeitet, war dann aber in Ohnmacht gefallen und mußte eine Woche lang das Bett hüten. Suellen spielte erbittert und tränenreich ebenfalls einen Ohnmachtsanfall und kam spuckend und fauchend wie eine wütende Katze zum Bewußtsein zurück, als Scarlett ihr eine Kürbisflasche voll Wasser ins Gesicht goß. Schließlich weigerte sie sich rundweg.

»Ich will nicht wie eine Schwarze auf dem Felde arbeiten, dazu kannst du mich nicht zwingen. Wenn das jemand von unseren Freunden hörte! Wenn das Mr. Kennedy je erführe ... ach, wenn Mutter das wüßte!«

»Wenn du noch einmal Mutters Namen nennst, Suellen O'Hara, bekommst du eine Ohrfeige«, fuhr Scarlett sie an, »Mutter hat schwerer gearbeitet als irgendein Schwarzer hier!«

»Aber nicht auf dem Felde! Ich beschwere mich bei Papa!«

»Daß du mir nicht Pa mit diesen Sachen kommst!« In Scarletts Zorn über ihre Schwester mischte sich die Angst um Gerald.

Jetzt legte sich Carreen ins Mittel. »Ich helfe dir, Scarlett, ich arbeite für Sue und mich zusammen. Sie ist noch nicht wieder ganz wohl!«

»Dank dir, Liebes«, sagte Scarlett. Aber die jüngere Schwester machte ihr Sorge. Carreens zartes gedankenvolles Gesichtchen hatte noch immer etwas von der Lieblichkeit der Obstblüte im Frühlingswind. Immer noch ging sie wie in einer Betäubung umher, seitdem ihr das Bewußtsein wiedergekehrt war und sie Ellen nicht mehr vorgefunden hatte, seitdem Scarlett die Herrin geworden war, seitdem die Welt sich verändert hatte und unaufhörliche Arbeit die Losung der neuen Zeit hieß. Es lag nicht in Carreens zarter Natur, sich so grausam veränderten Verhältnissen leicht anzupassen. Sie konnte einfach nicht begreifen, was geschehen war, ging wie schlafwandelnd auf Tara umher und tat mit großer Sorgfalt alles, was ihr aufgetragen wurde. Sie war bei all ihrer zerbrechlichen Zartheit willig, gehorsam und gefällig. Wenn sie nicht gerade für Scarlett etwas zu verrichten hatte, glitten ihr beständig die Perlen des Rosenkranzes durch die Finger, und ihre Lippen bewegten sich im Gebet für ihre Mutter und für Brent Tarleton. Sie hatte sich Brents Tod so zu Herzen genommen, daß die Wunde nicht vernarben wollte. Für Scarlett aber war Carreen noch immer »die Kleine« und viel zu jung für eine wirklich ernste Liebe.

Scarlett stand auf dem Baumwollfeld in der Sonne. Der Rücken schmerzte ihr vom ewigen Bücken. Die Hände waren ihr von den dürren Kapseln rauh, und sie sehnte sich nach einer Schwester, die Suellens Kraft und Energie mit

Carreens Sanftmut verbände. Carreen pflückte emsig und ernsthaft. Aber nachdem sie eine Stunde gearbeitet hatte, stellte sich immer wieder heraus, daß nicht Suellen, sondern sie noch viel zu krank für solche Arbeit war. Deshalb schickte Scarlett sie ins Haus zurück.

Auf dem großen Feld waren jetzt nur noch Dilcey und Prissy bei ihr. Prissy pflückte träge und unregelmäßig, klagte über ihre Füße, ihren Rücken, ihre inneren Leiden und ihre völlige Erschöpfung, bis ihre Mutter sie mit einem Baumwollstengel schlug, daß sie aufkreischte. Dann arbeitete sie etwas besser und achtete darauf, ihrer Mutter nicht wieder in die Quere zu kommen.

Dilcey dagegen arbeitete schweigend und unermüdlich wie eine Maschine. Und Scarlett, deren Rücken und Schultern von dem Gewicht des Baumwollsackes schmerzten, war voll Bewunderung. »Dilcey«, sagte sie, »wenn bessere Zeiten kommen, vergesse ich es dir nicht.«

Die bronzefarbene Riesin geriet nicht außer sich, wie alle Neger es sonst bei einem Lobe taten. Sie wandte Scarlett ihr unbewegliches Gesicht zu und sagte mit Würde: »Danke, Miß Scarlett. Master Gerald und Missis Ellen sind gut zu mir gewesen. Master Gerald hat meine Prissy gekauft, damit ich nicht traurig bin, das ich ihm nie vergesse. Indianer vergessen nicht, wenn jemand gut zu ihnen. Es tut mir leid wegen Prissy. Sie ist ein großer Nichtsnutz. Sie sieht auch ganz wie ein Neger aus, wie ihr Pa. Ihr Pa war auch ein Nichtsnutz.«

Trotz aller Schwierigkeiten, die Pflücckarbeit durchzuführen, und trotz aller Bitterkeit, sie selber verrichten zu müssen, hoben sich Scarletts Lebensgeister doch, als die Baumwolle allmählich vom Felde in die Hütten wanderte. Die Baumwolle hatte etwas Tröstliches und Beruhigendes. Wie der ganze Süden war auch Tara durch die Baumwolle reich geworden, und Scarlett war ein Kind ihrer Heimat. Sie glaubte daran, daß Tara und der ganze Süden aus den roten Feldern neu erstehen würden. Wenn die Ernte auch nicht groß war, so würde sie doch eine kleine Summe in konföderiertem Geld einbringen, und dann ließen sich vielleicht das Gold und die Unionscheine, die sie im Tornister des Yankees gefunden hatten, noch aufsparen. Im nächsten Frühling wollte sie versuchen, Big Sam und die anderen angemusterten Feldneger von der konföderierten Regierung wieder freizubekommen. Gelang dies nicht, so wollte sie das Geld des Yankees dazu benutzen, den Nachbarn Feldneger abzumieten. Im nächsten Frühling wollte sie pflanzen, pflanzen, pflanzen. Sie reckte den müden Rücken und sah im Geist auf den braunen herbstlichen Feldern schon die Saat des nächsten Jahres grün und kräftig stehen.

Nächsten Frühling! Vielleicht war dann der Krieg aus, und es kamen wieder bessere Zeiten. Mochten die Konföderierten gewinnen oder verlieren, schlechter konnten die Zeiten nicht mehr werden. Alles andere war der ewigen Gefahr vorzuziehen, von einer der beiden feindlichen Armeen geplündert zu werden. Wenn der Krieg erst zu Ende war, dann konnte man wieder das Feld in der Hoffnung bestellen, das Gesäte auch zu ernten.

Sie hoffte. Der Krieg konnte nicht ewig dauern. Sie hatte ihr bißchen Baumwolle, sie hatte zu essen, sie hatte ein Pferd und einen kleinen, sorglich gehüteten Geldvorrat. Ja, das Schlimmste war vorüber.

XXVII

Mitte November saßen sie eines Tages alle um den Mittagstisch und waren beinahe mit der Nachspeise fertig, die Mammy aus Maismehl und getrockneten Heidelbeeren zusammengebraut und mit Rohrzukker gesüßt hatte. Zum erstenmal im Jahr war die Luft kühl, und Pork, der hinter Scarletts Stuhl stand, rieb sich vergnügt die Hände und fragte: »Ist es nicht bald Zeit zum Schweineschlachten, Miß Scarlett?«

»Du witterst wohl schon das Schwarzsauer«, lächelte Scarlett. »Ja, ich wittere auch schon frisches Schweinefleisch. Wenn das Wetter sich noch ein paar Tage hält ...«

Melanie, den Löffel an den Lippen, unterbrach sie: »Horch! Es kommt jemand.«

Durch die klare Herbstluft tönte deutlich Hufschlag, so rasch wie ein erschrockenes Herz, und eine hohe Frauenstimme schrie: »Scarlett, Scarlett!«

Sie sahen einander erschreckt in die Augen, die Stühle flogen zurück, alle sprangen auf. Die Stimme, schrill vor Angst, gehörte Sally Fontaine, die erst vor einer Stunde ein kurzes Weilchen auf dem Wege nach Jonesboro in Tara verschwatzt hatte. Als sie alle durcheinander an die Haustür stürzten, kam Sally auch schon auf ihrem schaumbedeckten Pferd mit fliegenden Haaren und herabhängendem Hut wie ein Sturmwind die Einfahrt heraufgaloppiert. Mit losen Zügeln sprengte sie wie toll auf die Verandastufen los und wies mit dem Arm in die Richtung zurück, die sie gekommen war.

»Die Yankees kommen! Ich hab' sie gesehen! Unten an der Straße! Die Yankees!«

Unmittelbar vor der Haustür erst riß sie das Pferd hart herum, war in drei Sätzen über den Rasen und nahm die hohe Hecke, als wäre sie auf einem Jagdgelände. Sie hörten den schweren Hufschlag des Pferdes durch den Hintergarten und die schmale Gasse zwischen den Negerhütten. Dann verschwand sie querfeldein nach Mimosa.

Einen Augenblick blieben alle wie gelähmt. Suellen und Carreen fingen an zu schluchzen und die Hände zu ringen. Der kleine Wade stand wie angewurzelt, am ganzen Leibe zitternd und unfähig zu weinen. Was er seit der Flucht aus Atlanta befürchtet hatte, sollte nun geschehen. Die Yankees kamen und wollten ihn holen.

»Die Yankees?« sagte Gerald wie im Traum. »Aber die Yankees waren doch schon hier?«

Scarlett schaute Melanie in die erschrockenen Augen. Wie der Blitz durchzogen die Schrecknisse der letzten Nacht in Atlanta ihr Gedächtnis. Sie sah den Yankee, den sie erschossen hatte, mit Ellens Nähkasten in der Halle auf der Türschwelle stehen und dachte: Ich sterbe, ich halte es nicht mehr aus. Dann fiel ihr Blick auf das gesattelte Pferd, das angebunden auf Pork wartete, der gerade zu Tarletons hatte hinüberreiten sollen. Ihr Pferd, ihr einziges Pferd! Das nahmen nun die Yankees, und sie nahmen die Kuh und das Kalb, und die Sau und die Ferkel, und den Hahn, die Küken und die Enten, die Fontaines ihr geschenkt hatten, und die Äpfel und die Bataten aus der Kiste in der Speisekammer, und das Mehl, und den Reis, und die getrockneten Erbsen, und obendrein das Geld aus der Brieftasche des Marodeurs. Alles würden sie ihnen nun wegnehmen und sie verhungern lassen.

»Sie sollen es nicht haben!« schrie sie laut. Alle starrten sie entsetzt an und meinten, die Nachricht habe ihr den Verstand geraubt.

»Sie sollen es nicht haben. Ich will nicht verhungern! Ich lasse es nicht zu!«

Sie wandte sich zu den vier Negern, die mit einem merkwürdigen aschfahlen Ton in ihrer schwarzen Haut hinter der Tür hockten. »In den Waldsumpf!« schrie sie hastig.

»In den Waldsumpf?«

»Ja, in den Waldsumpf unten am Fluß, ihr Esel! Flink, treibt die Schweine dorthin, alle zusammen! – Pork, du und Prissy, ihr kriecht in den Verschlag unter der hinteren Veranda und holt die Schweine heraus. Suellen und Carreen, ihr füllt die Körbe mit so viel Nahrungsmitteln, wie hineingehen, und lauft dann in den Wald. Mammy, du versenkst das Silber wieder in den Brunnen. Und Pork, hör zu: Nimm Pa mit. Frag mich nicht! Irgendwohin! Geh mit Pork, Pa, sei lieb, geh mit Pork!«

In all ihrem Schrecken dachte sie daran, was der Anblick der Blauröcke Geralds schwankendem Geist antun könnte. Sie hielt inne und rang verzweifelt die Hände. Das angstvolle Schluchzen des kleinen Wade, der sich an Melanies Rock klammerte, brachte sie zur Verzweiflung.

»Und was soll ich tun, Scarlett?« Melanies Stimme klang ganz ruhig zwischen all dem Jammern und den Tränen. Obwohl ihr Gesicht weiß wie Papier war und sie am ganzen Körper bebte, beruhigte doch ihre unerschütterte Stimme Scarlett und zeigte, daß es auf ihre Geistesgegenwart allein ankam.

»Die Kuh und das Kalb«, sagte sie schnell. »Sie sind auf der Wiese. Nimm das Pferd und treibe sie zum Fluß ...«

Noch ehe sie zu Ende gesprochen hatte, schüttelte Melanie Wade ab, stürzte die Treppe hinunter, raffte die weiten Röcke zusammen und lief auf das Pferd zu. Einen Augenblick sah Scarlett ein flüchtiges Durcheinander von mageren Beinen und Unterröcken, dann saß Melanie im Sattel, die Füße baumelten ihr hoch über den Steigbügeln. Sie ergriff die Zügel und drückte die Absätze in die Weichen des Pferdes, aber plötzlich drehte sie ihr verzerrtes Gesicht zurück. »Mein Kleines«, schrie sie, »die Yankees schlagen es tot! Gib es mir her!«

Schon wollte sie wieder vom Pferd herabgleiten, aber Scarlett rief: »Weiter, weiter! Hol die Kuh! Um das Kleine kümmere ich mich. Weiter, sage ich. Meinst du, ich ließe ihnen Ashleys Kind?« Verzweifelt sah Melanie zurück, hämmerte aber mit den Absätzen ins Pferd hinein, der Kies stob, und dann war sie die Einfahrt hinunter zur Wiese verschwunden.

»Melly Hamilton im Herrensitz«, dachte Scarlett. »Wer hätte das für möglich gehalten!«

Dann stürzte sie ins Haus, Wade lief schluchzend hinter ihr her. Als sie, immer zwei Stufen überspringend, die Treppe hinaufstürmte, sah sie Suellen und Carreen mit Spankörben am Arm in die Speisekammer laufen und Pork seinen Herrn unsanft am Arm nach der Hintertür zerren. Gerald brummte eigensinnig, ließ aber wie ein Kind alles mit sich geschehen.

Aus dem Hintergarten hörte sie Mammys schrille Stimme: »Priß, du kriechst runter und langst mir die Ferkel! Du weißt, ich bin zu dick, um durchs Gitter zu kommen ... Dilcey, komm her und bring den Nichtsnutz auf Schwung!«

»Und ich dachte, es wäre ein so guter Gedanke, die Schweine unter dem Hause zu halten, wo niemand sie findet«, dachte Scarlett und lief in ihr Zimmer. »Warum habe ich nicht unten im Waldsumpf einen Verschlag für sie gebaut!« Sie riß die obere Schreibtischschublade auf und holte die Brieftasche des Yankees hervor. Hastig zog sie den Diamantring und die Brillantohrringe aus ihrem Versteck im Nähkorb und legte sie mit in die Brieftasche. Wo sollte sie sie nur verstecken? In der Matratze? Im Schornstein? Im Brunnen? In den Busen stecken? Nein, nur das nicht. Die Brieftasche würde sich durch ihr Kleid abzeichnen, und wenn die Yankees das sahen, würden sie sie nackt ausziehen und sie untersuchen.

Unten war ein wirres Durcheinander von laufenden Schritten und schluchzenden Stimmen. In all ihrer Aufregung wünschte Scarlett sich Melanie mit ihrer Ruhe herbei. Melly wog drei der anderen auf. Was hatte sie noch gesagt? Ach ja, das Kleine. Sie packte die Brieftasche und lief in das Zimmer, wo das

Baby in seiner niedrigen Wiege schlummerte. Sie riß es heraus und nahm es auf den Arm, es wachte auf, reckte die Fäustchen und sabberte im Schlaf. Sie hörte Suellen rufen: »Schnell, Carreen, schnell, wir haben genug!« Aus dem Hintergarten erscholl ein wildes Quieken und Grunzen, und durch das Fenster sah Scarlett Mammy eilig über das Baumwollfeld watscheln, unter jedem Arm ein sich sträubendes Ferkel, und Pork, der Gerald vor sich herschob, ebenfalls mit zwei Ferkeln hinterher. Gerald stapfte über die Furchen und schwang den Stock. Scarlett lehnte sich aus dem Fenster und schrie: »Hol die Sau, Dilcey! Prissy soll sie herausjagen, du kannst sie über die Felder treiben.«

Dilcey blickte mit ihrem bronzenen Gesicht auf. In der Schürze hatte sie einen Haufen Tafelsilber. Sie wies unter das Haus. »Die Sau hat Prissy gebissen und eingeklemmt.«

»Tüchtige Sau!« dachte Scarlett. Sie lief wieder in ihr Zimmer und holte die Armspangen, die Brosche, das Miniaturbild und den Becher, die sie bei dem toten Yankee gefunden hatte, aus ihrem Versteck. Wohin damit? Das kleine Baby auf dem einen Arm zu tragen und die Brieftasche und den Schmuck in der anderen Hand, war sehr unbequem. Deshalb legte sie das Kind wieder nieder. Es fing an zu schreien. Da kam ihr ein Gedanke: Wo konnte sie die Wertsachen besser verstecken als in den Windeln des Kindes? Rasch legte sie es auf den Bauch und schob ihm die Brieftasche hinten in die Windeln hinein. Es schrie laut bei dieser ungewohnten Behandlung. Hastig band sie das dreieckige Tuch wieder fest um seine strampelnden Beine. Sie holte tief Atem. Nun in den Wald!

Sie nahm das schreiende Kind auf den Arm, umklammerte den Schmuck und stürzte in den oberen Flur. Plötzlich hielt sie im raschen Lauf inne, die Knie wurden ihr schwach vor Schrecken. Wie entsetzlich still das Haus war! Waren sie alle schon fort und hatten sie vergessen? Hatte niemand auf sie gewartet? So hatte sie es nicht gemeint! Wenn nun die Yankees kamen, so konnten sie einer einsamen Frau alles nur Erdenkliche antun …

Bei einem leisen Geräusch fuhr sie auf und sah am Geländer ihren vergessenen Sohn mit seinen weitaufgerissenen, erschreckten Augen hocken. Er brachte keinen Ton heraus, in seiner Kehle bewegte es sich nur stumm. »Steh auf, Wade Hampton!« befahl sie.

»Steh auf und geh. Mutter kann dich jetzt nicht tragen.« Wie ein aufgescheuchtes kleines Tier lief er auf sie zu und begrub sein Gesicht in ihrem Rock. Sie fühlte die kleinen Hände durch die Falten nach ihren Beinen greifen. Sie ging die Treppe hinunter, bei jedem Schritt behindert, und sagte wütend: »Laß mich los, Wade!« Aber das Kind umklammerte sie nur immer noch fester.

Als sie auf dem Treppenabsatz anlangte, war ihr bewußt, daß sie nun all dies zum letztenmal sah und daß sie von allem Abschied nehmen mußte. Alles würden die Yankees in Brand stecken. Bald würde sie von fern die Flammen zum Dach herausschlagen und die hohen Schornsteine in Rauch gehüllt sehen.

Die Zähne klapperten ihr vor Angst. »Ich kann dich nicht verlassen«, sagte sie vor sich hin. »Pa wollte dich auch nicht verlassen. Er hat gesagt, sie sollten dich über seinem Kopf anzünden, nun sollen sie dich über meinem Kopf anzünden, denn auch ich kann dich nicht verlassen. Außer dir habe ich nichts.«

Bei diesem Entschluß wich die ärgste Angst von ihr, und nur ein eisiges Gefühl, als wäre alle Hoffnung und alle Furcht in ihr erfroren, blieb ihr in der Brust zurück. Als sie so dastand, hörte sie von der Auffahrt her den Hufschlag vieler Pferde, den Lärm der Geschirre und das Rasseln der Säbel in den Scheiden, und eine rauhe Befehlsstimme rief: »Absitzen!«

Rasch wandte sie sich zu dem Kind an ihrer Seite herunter. Ihre Stimme klang dringend, aber merkwürdig sanft:

»Laß mich los, Wade, mein Liebling. Du läufst nun schnell die Treppe hinunter und durch den Hintergarten zum Wald am Fluß hinunter. Da sind Mammy und Tante Melly. Lauf schnell, mein Liebling, und sei nicht bange!«

Als der Junge sie in diesem Ton sprechen hörte, blickte er empor, und Scarlett schauderte bei dem Ausdruck seiner Augen. Er sah sie an wie ein kleines Kaninchen, das sich in der Falle gefangen hat.

»Ach, Mutter Gottes«, betete sie, »laß ihn keine Krämpfe bekommen. Nicht vor den Yankees. Sie dürfen nicht wissen, daß wir Angst haben.« Und als das Kind ihren Rock immer noch fester packte, sagte sie mit klarer Stimme: »Sei ein kleiner Mann. Das ist ja nur eine verfluchte Yankeebande.«

Sie ging die Treppe hinunter ihnen entgegen.

Sherman kam auf seinem Marsch von Atlanta, das in einen rauchenden Trümmerhaufen verwandelt war, nach der Küste quer durch Georgia. Vor ihm lag ein Gebiet von dreihundert Meilen so gut wie unverteidigt. In einer Breite von achtzig Meilen zog seine Armee sengend und brennend hindurch, und als Scarlett die Blauröcke in die Halle hereindrängen sah, dachte sie nicht daran, daß das ganze Land das gleiche Schicksal erlitt, sondern ihr war, als gelte der haßerfüllte Überfall allein ihrer Person.

Sie stand am Fuße der Treppe, das Kleine auf dem Arm und Wade, mit dem Kopf in ihren Rockfalten, eng an sich gepreßt, als die Yankees ins Haus stürmten, sie zur Seite stießen und die Treppe hinaufpolterten. Sie zerrten Möbel in die vordere Veranda, stießen Messer und Bajonette in die Polster und suchten nach versteckten Kostbarkeiten. Oben schüttelten sie zerbrochene Matratzen und Federbetten aus, bis der ganze Flur von Federn wimmelte. Ohnmächtige Wut erstickte die Furcht in Scarletts Herzen, als sie hilflos dastand und zusehen mußte, während die Soldaten plünderten, raubten und zerstörten.

Der Wachtmeister, ein krummbeiniges, grauhaariges Männchen mit einem großen Priem in der Backe, spuckte vor Scarlett auf den Boden und sagte: »Geben Sie her, was Sie da in der Hand haben, Madam!«

Sie hatte die Schmucksachen, die sie hatte verstecken wollen, vergessen. Mit einem höhnischen Lächeln schleuderte sie die Sachen zu Boden und hatte fast ihre Freude an der raubgierigen Balgerei, die nun einsetzte.

»Ich muß Sie noch um den Ring da und um die Ohrringe bemühen.«

Scarlett schob sich das Baby noch fester unter den Arm, so daß es hochrot und schreiend mit dem Gesicht nach unten hing, und nahm sich die Granatohrringe ab, die Gerald Ellen zur Hochzeit geschenkt hatte. Dann zog sie sich den großen Saphir, Charles' Verlobungsring, vom Finger.

»Nicht hinschmeißen, hergeben«, sagte der Wachtmeister und streckte die Hände aus. »Die Kerls da haben nun genug. Was haben Sie sonst noch?« Mit scharfen Augen musterte er ihre Gestalt.

Einen Augenblick schwindelte Scarlett. Schon fühlte sie rauhe Hände in ihre Brust greifen oder sich an ihren Strumpfbändern zu schaffen machen. »Mehr habe ich nicht, aber es ist wohl bei Ihnen Sitte, Ihre Opfer auszuziehen?«

»Oh, ich glaube Ihnen schon«, sagte der Wachtmeister gutmütig, spuckte abermals auf den Boden und wandte sich ab. Scarlett legte das Baby zurecht und suchte es zu beruhigen. Sie fühlte mit der Hand das Versteck der Brieftasche und dankte Gott, daß Melanie ein Kind und das Kind ein Windeltuch hatte.

Oben vernahm sie schwere Schritte und das Schurren der Möbel, die über den Fußboden gerückt wurden, das Klirren von zerschmettertem Porzellan und von Spiegeln, das Fluchen, wenn nichts Wertvolles zum Vorschein kam. Vom Hof erschollen laute Rufe: »Schlag ihnen den Kopf ab, laß keins entwischen!« und dazu das verzweifelte Gackern der Hennen und das Geschnatter der Enten und Gänse.

Es schnitt ihr durchs Herz, als sie ein lautes Grunzen hörte, das auf einen Pistolenschuß hin verstummte. Die Sau war tot. Die verwünschte Prissy war fortgelaufen und hatte die Sau im Stich gelassen. Wenn nur die Ferkel in Sicherheit waren! Wenn nur die Familie heil im Wald ankam! Aber das konnte sie jetzt nicht in Erfahrung bringen. Ruhig stand sie inmitten des schreienden und fluchenden Soldatengetümmels, mitten im Flur. Wades Finger klammerten sich entsetzt an ihren Rock. Sie fühlte, wie er am ganzen Leibe zitterte, als er sich an sie schmiegte, aber sie brachte es nicht fertig, zu ihm zu sprechen. Auch gegen die Yankees brachte sie kein Wort hervor, keine Bitte, keinen Einspruch und kein Schimpfwort. Sie konnte nur Gott dafür danken, daß ihre Knie noch die Kraft hatten, sie zu tragen, und ihr Hals noch den Kopf aufrecht hielt. Als aber eine Gruppe bärtiger Männer die Treppe herunterkam, beladen mit allerhand Beute, und sie darunter Charles' Degen sah, schrie sie auf.

Der Degen gehörte Wade! Sein Vater und sein Großvater hatten ihn getragen, und Scarlett hatte ihn dem Kleinen zu seinem letzten Geburtstag geschenkt. Es war sehr feierlich dabei zugegangen, und Melanie hatte Tränen des Stolzes und der kummervollen Erinnerung vergossen, hatte den Knaben geküßt und gesagt, er müsse auch ein tapferer Soldat werden wie sein Vater und sein Großvater. Wade war sehr stolz auf den Degen und kletterte oft auf den Tisch, über dem er hing, um ihn zu streicheln. Ihr eigenes Besitztum in verhaßten fremden Händen aus dem Hause wandern zu sehen, konnte Scarlett zur Not ertragen, aber das da, den Stolz ihres kleinen Jungen – niemals! Als Wade einen Schrei hörte, spähte er hinterm Rock hervor, schöpfte, gewaltig aufschluchzend, Mut, streckte eine Hand aus und rief: »Meiner!«

»Den dürfen Sie nicht mitnehmen«, sagte Scarlett und streckte ebenfalls die Hand aus.

»So?« sagte der kleine Soldat, der ihn in der Hand hielt, und grinste sie unverschämt an. »Ich tue es aber doch. Der Degen hat einem Aufrührer gehört.«

»Nein, er stammt aus dem mexikanischen Krieg. Er gehört meinem kleinen Jungen. Es ist der Degen seines Großvaters. Ach, Herr Hauptmann«, sie wandte sich an den Wachtmeister, »bitte, lassen Sie mir den Degen.«

Der Wachtmeister, über seine Beförderung geschmeichelt, trat hinzu. »Zeig mal her, Mann«, sagte er.

Widerstrebend gab der kleine Soldat den Degen her. »Das Heft ist aus massivem Gold«, sagte er.

Der Wachtmeister drehte den Degen in der Hand und hielt das Heft in die Sonne, um die Inschrift zu lesen. »Dem Obersten William R. Hamilton«, entzifferte er, »Von seinem Stabe. Für Tapferkeit, Buena Vista. 1847.«

»Hallo, Madam«, sagte er, »bei Buena Vista war ich auch mit. Da ging es heiß her, das kann ich Ihnen sagen. So hitzig habe ich es in diesem Krieg noch nicht erlebt. Der Degen gehört also dem Großvater des kleinen Mannes hier? Nun, meinetwegen soll er ihn behalten.«

»Aber er hat doch ein massiv goldenes Heft«, beharrte der Soldat.

»Das wollen wir ihr zum Andenken an uns hierlassen«, grinste der Wachtmeister.

Scarlett nahm den Degen an sich und sagte nicht einmal »Danke«. Sollte sie sich etwa noch bei den Dieben bedanken, wenn sie ihr ihr Eigentum zurückgaben? Sie hielt den Degen an sich gepreßt, während der Soldat mit seinem Wachtmeister noch darüber hin und her stritt.

»Bei Gott, diese verdammten Rebellen sollen einen Denkzettel von mir bekommen!« rief der schließlich wütend und machte sich in den Hintergarten davon. Scarlett atmete ruhiger. Noch war nicht davon die Rede, daß das Haus angezündet werden sollte. Von oben und von draußen kamen die Männer jetzt in den Hausflur zurück.

»Was gefunden?« fragte der Wachtmeister.

»Ein Schwein, ein paar Küken und Enten. Etwas Mais, Bataten und Bohnen. Die Wildkatze, die wir vorbeireiten sahen, muß Alarm geschlagen haben.«

»Da ist nicht mehr viel zu holen, Wachtmeister. Das Beste haben Sie selbst ja schon eingesteckt. Besser, wir reiten weiter, ehe sie überall erfahren, daß wir kommen.«

»Habt ihr unter dem Räucherhaus nachgegraben? Meist graben sie da was ein.«

»Es gibt hier kein Räucherhaus.«

»Habt ihr in den Negerhäusern gesucht?«

»Da ist bloß Baumwolle. Die haben wir angesteckt.«

Eine Sekunde lang sah Scarlett im Geist die endlosen, heißen Tage im Baumwollfeld, fühlte die schrecklichen Rückenschmerzen und die wunde Schulter in ihrer Erinnerung. Alles war umsonst gewesen, die Baumwolle war dahin.

»Sie besitzen nicht viel, Madam?«

»Ihre Leute sind schon einmal hiergewesen«, entgegnete sie kühl.

»Das stimmt. Wir waren im September in dieser Gegend«, sagte einer der Männer und drehte etwas in der Hand. Es war Ellens goldener Fingerhut. Wie oft hatte sie ihn an Ellens Finger aus der Stickarbeit blinkend auf- und untertauchen sehen. Nun lag er in der schmutzigen Hand eines Räubers und fand bald seinen Weg nach Norden, an den Finger irgendeiner Yankeefrau. Scarlett ließ den Kopf sinken, damit der Feind sie nicht weinen sähe. Langsam rannen die Tränen auf den Kopf des Babys. Wie durch einen Schleier sah sie die Männer zur Tür hinausgehen und hörte den Wachtmeister seine Befehle erteilen.

Sie zogen ab, und Tara war gerettet, aber in ihrem Schmerz wurde Scarlett dessen kaum froh. Plötzlich überkam sie Schwäche und Verzweiflung, als die Soldaten sich unter Säbelgerassel und Hufschlag mit all dem gestohlenen Gut durch die Allee entfernten.

Da schlug ihr Brandgeruch in die Nase. Durch das offene Fenster sah sie den Qualm träge aus den Negerhäusern aufsteigen. Die Baumwolle ging in Rauch auf und mit ihr das Geld, das ihnen durch den kommenden Winter hatte helfen sollen. Und sie konnte nichts tun als zuschauen. Sie hatte schon mehrmals Baumwolle brennen sehen und wußte, wie schwer sie zu löschen war. Gottlob, das Negerviertel lag weit vom Hause entfernt, und es wehte kein Wind, der die Funken auf das Dach von Tara hätte tragen können.

Plötzlich fuhr sie schreckensstarr herum. Aus der Küche kam Rauch!

Irgendwo legte sie das Baby nieder, irgendwie schüttelte sie Wade ab und schleuderte ihn gegen die Wand. Sie stürzte über den Flur in die verqualmte Küche und taumelte hustend und mit tränenden Augen zurück. Dann hielt sie sich den Rock vor die Nase und stürzte nochmals hinein. Die Küche, die nur durch ein kleines Fenster Licht bekam, war ganz verdunkelt und so voller Rauch, daß Scarlett nichts sehen konnte, aber sie hörte die Flammen knistern und prasseln. Sie hielt die Hand vor die Augen, blinzelte durch die Finger und sah feine Flammen über den Fußboden hin die Wände hinaufzüngeln. Jemand hatte die glimmenden Scheite aus dem offenen Herd über die ganze Küche verstreut, und der trockene Kiefernholzfußboden sog die Flammen wie Zunder ein und spie sie wieder von sich.

Scarlett stürzte ins Eßzimmer zurück, ergriff einen Teppich und warf polternd zwei Stühle um. »Ach Gott, käme mir nur jemand zu Hilfe! Nie im Leben kann ich es allein ersticken! Tara ist verloren. Ach Gott, das meinte der verfluchte kleine Schurke, als er sagte, er wollte uns einen Denkzettel geben; oh, hätte ich ihm nur den Degen gelassen!«

Auf dem Flur lief sie an ihrem Sohn vorbei, der mit seinem Degen in einer Ecke lag, die Augen geschlossen und das Gesicht völlig entspannt, mit dem Ausdruck eines fast überirdischen Friedens.

»Mein Gott, er ist tot. Sie haben ihn zu Tode erschreckt!« ging es ihr wild durch den Kopf. Sie rannte mit dem Eimer voll Trinkwasser, der immer im Gang neben der Küchentür stand, an ihm vorbei. Sie tauchte das Ende des Teppichs in den Eimer und taumelte hustend wieder in die Küche. Eine Ewigkeit lang schlug sie mit dem Teppich gegen die Feuerschlangen, die hurtig neben ihr aufschossen. Zweimal fing ihr Rock Feuer, sie schlug es mit der Hand aus. Der Geruch ihres versengten Haares stieg ihr in die Nase, als sich die Nadeln lösten und das Haar ihr um die Schultern wehte. Überall spielten die Flammen um sie her, bis hinüber in den Gang, feurige Schlangen, die auffuhren und sich wanden, und voller Erschöpfung wußte sie, daß alles verloren war.

Da flog die Tür auf und im Luftzug schlugen die Flammen noch höher. In dem wirbelnden Rauch erkannte Scarlett undeutlich Melanie, die mit etwas Dunklem, Schwerem auf die Glut einschlug. Sie sah sie hin und her schwanken, hörte sie husten, und blitzhaft tauchte das weiße, entschlossene Gesicht, aus dem die Augen in winzigen Spalten hervorblinzelten, vor ihr auf. Sie sah den zarten Körper auf und nieder schwingen, während sie den Teppich schwenkte.

Noch eine Ewigkeit kämpften und taumelten sie so nebeneinander, und Scarlett sah die Feuerzungen kürzer werden. Da drehte sich Melanie plötzlich zu ihr um, und mit einem lauten Schrei schlug sie ihr aus Leibeskräften gegen die Schulter. In einem Wirbel von Rauch und Finsternis fiel Scarlett zu Boden.

Als sie die Augen wieder öffnete, lag sie auf der hinteren Veranda, den Kopf bequem auf Melanies Schoß gebettet, und die Nachmittagssonne schien ihr ins Gesicht. Hände, Gesicht und Schultern schmerzten unerträglich von Brandwunden. Immer noch wallte der Qualm über dem Negerviertel und hüllte die Häuser in dichte Wolken. Die brennende Baumwolle strömte einen beißenden Qualm aus. Scarlett sah Rauchwolken aus der Küche herkommen und fuhr wie außer sich in die Höhe. Aber sie fühlte sich sanft wieder zurückgeschoben und hörte Melanies ruhige Stimme: »Lieg still, Liebes, das Feuer ist aus.«

Einen Augenblick lag sie ruhig und schloß die Augen, atmete erleichtert auf und hörte neben sich Wades Schluckauf. Er war also nicht tot. Sie blickte Melanie ins Gesicht, ihre Locken waren versengt, das Gesicht war von Ruß geschwärzt, aber die Augen funkelten erregt, und sie lächelte.

»Wie ein Neger siehst du aus«, murmelte Scarlett und ließ den Kopf müde zurücksinken.

»Und du gar wie der Clown in einer Negertruppe«, erwiderte Melanie heiter.

»Warum hast du mich so geschlagen?«

»Weil dein Rücken in Flammen stand, Liebste. Ich habe mir nicht träumen lassen, daß du je in Ohnmacht fallen könntest, obwohl du weiß Gott heute genug auszustehen gehabt hast. Ich kam zurück, sobald ich das Vieh sicher im Versteck hatte. Ich bin fast gestorben vor Angst, als mir einfiel, daß du ganz allein warst. Haben ... haben die Yankees dir etwas getan?« »Vergewaltigt haben sie mich nicht.« Scarlett stöhnte, als sie sich aufzusetzen versuchte. Melanies Schoß war weich, die Veranda jedoch, auf der sie lag, war hart. »Aber gestohlen haben sie alles ... Warum machst du denn ein so glückliches Gesicht?«

»Wir haben doch einander nicht verloren, die Kleinen sind gesund, und das Dach steht über unserm Kopf.« Melanies Stimme jubelte fast. »Mehr kann man nicht verlangen ... O je, aber unser kleiner Herr ist naß! Haben die Yankees auch seine reinen Windeln mitgenommen? Scarlett, was in aller Welt steckt denn da in der Windel?«

Erschrocken fuhr sie dem Kleinen mit der Hand den Rücken hinunter und holte die Brieftasche hervor. Einen Augenblick machte sie ein Gesicht, als hätte sie diesen Gegenstand noch nie gesehen, aber dann begann sie zu lachen, lustig und unaufhaltsam und ohne Spur von Überreizung.

»So etwas hast auch nur du dir ausdenken können.« Sie umarmte und küßte Scarlett. »Eine so schlaue Schwester finde ich mein Leben lang nicht wieder.«

Scarlett ließ sich ihre Zärtlichkeiten gefallen, weil sie zu müde war, sie abzuwehren, weil das Lob ihr wohltat und weil in der gespenstischen, qualmigen Küche eine neue Achtung, ein wärmeres Kameradschaftsgefühl für ihre Schwägerin in ihr erwacht war.

»Man muß es ihr lassen«, dachte sie fast widerwillig. »Sie ist immer zur Stelle, wenn man sie braucht.«

XXVIII

Plötzlich setzte Kälte ein und brachte einen alles ertötenden Frost. Eisige Winde fegten unter den Türen herein, und die losen Fensterscheiben klirrten und klapperten eintönig. Von den kahlen Bäumen fielen die letzten Blätter, nur die Kiefern hatten ihr Nadelkleid behalten und hoben sich schwarz und hart vom bleichen Himmel ab. Die ausgefahrenen roten Landstraßen waren steinhart gefroren, und mit dem Winde jagte der Hunger durch Georgia.

Scarlett entsann sich voll Bitterkeit ihres Gesprächs mit Großmama Fontaine. An jenem Nachmittag vor zwei Monaten – ihr war, als wären es Jahre her – hatte sie der alten Dame gesagt, sie hätte das Schlimmste, was ihr widerfahren könnte, schon erlebt, und das war ihr damals von Herzen gekommen. Jetzt erschien ihr diese Bemerkung wie die Übertreibung eines Schulmädchens. Bevor Shermans Soldaten zum zweitenmal durch Tara kamen, hatte sie einen kleinen Vorrat an Nahrungsmitteln und Geld gehabt, einige hilfreiche Nachbarn und die Baumwolle, mit der sie sich bis zum Frühling über Wasser halten wollten. Jetzt aber waren Baumwolle und Nahrungsmittel dahin, mit dem Gelde konnte sie nirgends etwas zu essen kaufen, und die Nachbarn waren noch ärger dran als sie. Sie besaß wenigstens noch die Kuh und das Kalb, ein paar Ferkel und das Pferd. Aber den Nachbarn war nur das wenige geblieben, was sie in den Wäldern hatten verstecken und im Erdboden hatten vergraben können.

Fairhill, der Besitz der Tarletons, war bis auf die Grundmauern niedergebrannt, und Mrs. Tarleton und ihre vier Töchter wohnten jetzt in dem Haus des Sklavenaufsehers; auch Munroes Haus bei Lovejoy war dem Erdboden gleichgemacht. Der hölzerne Flügel von Mimosa war abgebrannt, und nur der dicke Putz des Haupthauses hatte mit Hilfe der Fontaineschen Damen und ihrer Sklaven, die verzweifelt mit nassen Decken gegen das Feuer angekämpft hatten, widerstanden. Calverts Haus war dank der Fürsprache Hiltons, des Yankeeaufsehers, wieder verschont geblieben, aber nicht ein Stück Vieh oder Geflügel und nicht ein Maiskolben waren ihnen verblieben.

Auf Tara und in der ganzen Provinz war die Frage der Ernährung die schwierigste. Die meisten Familien hatten nichts weiter mehr als den Rest ihrer Batatenernte, ihre Erdnüsse und das Wild, das sie im Wald erlegen konnten. Jeder teilte, was er hatte, mit den noch ärger Heimgesuchten, wie man das auch in glücklicheren Zeiten getan hatte. Aber bald kam die Zeit, da es nichts zu teilen mehr gab.

Auf Tara wurden Kaninchen, Opossums und, wenn Pork beim Angeln Glück hatte, Fische gegessen. Ferner ein wenig Milch, Walnüsse, geröstete Eicheln und Bataten. Hunger litten sie ständig. Es kam Scarlett vor, als begegnete sie an jeder Ecke ausgestreckten Händen und bittenden Augen. Der bloße Anblick machte sie nahezu rasend; denn sie war selber nicht weniger hungrig als die anderen.

Sie ließ das Kalb schlachten, weil es zuviel von der kostbaren Milch trank, und an diesem Abend aßen sie so viel frisches Fleisch, daß alle krank davon wurden. Sie wußte, daß es eigentlich richtiger gewesen wäre, eins der Ferkel zu opfern, aber von Tag zu Tag schob sie es auf und hoffte, sie doch noch großziehen zu können. Sie gaben nur wenig her, wenn sie jetzt geschlachtet wurden, und so viel mehr, wenn man noch damit wartete. Allabendlich beratschlagte sie mit Melanie, ob es ratsam sei, Pork zu Pferde mit einigen Banknoten der Union über Land zu schicken, um Nahrungsmittel einzukaufen. Aber die Angst, das Pferd könnte abgefangen und das Geld Pork genommen werden, hielt sie zurück. Sie wußten nicht, wo die Yankees sich aufhielten. Sie konnten tausend Meilen weit entfernt und ebensogut am anderen Ufer des Flusses stehen. Einmal war Scarlett in der Verzweiflung drauf und dran, selbst auf Proviantsuche zu reiten, aber die wilden Angstausbrüche der ganzen Familie brachten sie von dem Plan wieder ab.

Pork ging auf weite Streifzüge und kam manchmal die ganze Nacht nicht nach Hause, und Scarlett fragte ihn nicht, wo er gewesen war. Manchmal kam er mit Wildbret zurück, manchmal mit ein paar Kornähren oder einem Sack getrockneter Erbsen. Einmal brachte er einen Hahn mit nach Hause und behauptete, ihn im Wald aufgetrieben zu haben. Die Familie aß ihn mit Genuß, aber nicht ohne Schuldbewußtsein, denn alle waren überzeugt, daß

Pork ihn so gut wie die Erbsen und das Korn gestohlen hatte. Eines Abends klopfte er, als alles schon längst schlief, an Scarletts Tür und zeigte ihr mit dem harmlosesten Gesicht sein von Schrotschüssen verletztes Bein. Als sie es ihm verband, bekannte er verlegen, daß er ertappt worden sei, als er in einen Hühnerstall in Fayetteville einbrechen wollte. Scarlett fragte nicht danach, wem der Hühnerstall gehörte, sondern klopfte Pork sanft auf die Schulter und hatte Tränen in den Augen. Manchmal waren die Neger schwer erträglich, dumm und faul, aber es steckte eine Treue in ihnen, die für Geld nicht zu kaufen war, eine Verbundenheit mit ihren weißen Herren, die sie das Leben aufs Spiel setzen ließ, nur damit etwas zu essen auf den Tisch kam.

Zu anderen Zeiten wäre Porks Diebstahl eine ernste Sache gewesen, und er hätte die Peitsche dafür zu kosten bekommen. Zum mindesten hätte sie es ihm streng verboten. »Denk immer daran, Kind«, hatte Ellen ihr eingeprägt, »daß du ebenso für das moralische wie für das körperliche Wohl der Schwarzen, die Gott deiner Hut anvertraut hat, verantwortlich bist. Du mußt bedenken, daß sie wie Kinder sind und wie Kinder vor sich selbst behütet werden müssen. Du mußt ihnen immer mit gutem Beispiel vorangehen.«

Jetzt aber schob Scarlett solche erzieherischen Pflichten von sich weg. Daß sie den Diebstahl duldete, vielleicht bei Menschen, denen es noch schlechter ging als ihr, rührte ihr Gewissen nicht mehr. Anstatt Pork auszuschelten und zu bestrafen, tat es ihr nur leid, daß er verletzt worden war. »Du mußt vorsichtig sein, Pork, wir wollen dich nicht verlieren, was sollten wir ohne dich anfangen? Du bist ein guter, treuer Kerl, und wenn wir wieder etwas Geld haben, kaufe ich dir eine goldene Uhr und lasse einen Spruch aus der Bibel eingravieren, oder: ›Dem guten und getreuen Knechte‹.«

Pork strahlte über das Lob und rieb sich bedächtig das verbundene Bein. »Das ist aber mächtig fein, Miß Scarlett. Wann kommt denn das Geld?«

»Das weiß ich noch nicht, Pork, aber irgendwann und irgendwie wird es schon kommen.« In ihren Augen lag so ein bitterer Ausdruck, daß es ihm durchs Herz ging. »Eines Tages, wenn der Krieg vorbei ist, werde ich viel Geld haben, und dann soll keiner von uns je wieder hungern und frieren, und dann kaufen wir uns alle schöne Sachen zum Anziehen, und jeden Tag gibt es gebratenes Huhn ...«

Sie hielt inne. Die strengste Hausregel auf Tara, von ihr selbst aufgestellt und unerbittlich durchgeführt, lautete, daß niemand von den schönen Speisen früherer Zeiten oder davon reden dürfte, was sie sich zu essen wünschten.

Pork schlüpfte aus dem Zimmer, während Scarlett noch immer traurig vor sich hin starrte. In den alten Tagen war das Leben so vielfältig verschlungen und voll der schwierigsten Probleme gewesen. Sie hatte sich den Kopf darüber zerbrechen müssen, wie sie Ashleys Liebe gewinnen und zugleich ein

Dutzend anderer Verehrer am Gängelband halten sollte. Kleine Verstöße gegen die guten Sitten mußten vor älteren Leuten verborgen, eifersüchtige Freundinnen gereizt und wieder besänftigt werden, Stoffe und Modeschnitte waren auszusuchen, Haartrachten zu erproben und noch so vieles, vieles andere zu beschließen und zu entscheiden. Und nun war das Leben so erstaunlich einfach geworden. Das einzig Wichtige war, die Familie vor dem Hunger und der Kälte zu schützen und ein Dach über dem Kopf zu haben, das nicht zu arg leckte.

In diesen Wochen hatte Scarlett immer wieder einen bösen Traum, der ihr noch jahrelang nachgehen sollte. Es war immer derselbe, selbst bis in die Einzelheiten hinein, aber bei jedem Mal wurde er entsetzlicher, und die Angst, ihn noch einmal zu durchleben, suchte sie sogar zur Tageszeit heim. Die Vorfälle des Tages, da sie ihn zuerst geträumt hatte, waren ihr noch lebhaft gegenwärtig.

Seit einiger Zeit war es kalt und regnerisch gewesen, und im Hause wurde es vor Zug und Feuchtigkeit nicht mehr warm. Im Kamin qualmten die nassen Scheite und gaben keine Hitze her. Seit dem Frühstück hatte es nichts anderes als Milch gegeben, die Bataten waren aufgezehrt, und Porks Schlingen und Angelruten hatten nichts gebracht. Wenn am nächsten Tag überhaupt etwas zu essen dasein sollte, so mußte ein Ferkel dran glauben. Erschöpfte, hungrige Gesichter starrten Scarlett an, weiße und schwarze, und verlangten stumm nach Nahrung, und obendrein hatte Wade Halsschmerzen und Fieber, und weder Arzt noch Arznei waren zu haben. Scarlett hatte beim Kind gewacht und war müde und hungrig. Sie ließ sich ein Weilchen von Melanie ablösen und legte sich aufs Bett, um ein wenig zu ruhen. Sie hatte eiskalte Füße und konnte nicht schlafen. Sie wälzte sich von einer Seite zur andern, Angst und Verzweiflung quälten sie. Endlich war sie in einen unruhigen Schlummer gefallen. Sie befand sich in einem wüsten, fremden Lande, wo so dicke Rauchschwaden sie umwirbelten, daß sie die Hand nicht vor Augen sehen konnte. Der Grund und Boden unter ihren Füßen war trügerisch. Ein wahres Gespensterland war es, schweigend lag es in entsetzlicher Stille da. Sie hatte sich verirrt und ängstigte sich wie ein Kind im Dunkeln. Sie litt bitterlich an Kälte und Hunger, sie versuchte aufzuschreien und konnte es nicht. Finger langten aus dem Nebel nach ihrem Rock, stumme, erbarmungslose Geisterhände, um sie auf die unheimlich bebende Erde hinunterzuzerren. Dann war ihr plötzlich bewußt, daß mitten im Undurchsichtigen um sie her irgendwo ein Zufluchtsort war, der Hilfe, Wärme und Sättigung verhieß, ein Hafen, der Schutz gewährte – aber wo? Konnte sie sich darein flüchten, ehe die Geisterhände sie packten und in den Treibsand hineinrissen? Dann rannte sie wie toll durch den Nebel, schreiend und kreischend. Sie streckte die Arme aus, aber faßte nur die leere Luft und den feuchten Nebel. Wo war der sichere Hafen? Sie wußte, daß es ihn gab, aber das Entsetzen lähmte ihr die Beine, und ihr wurde schwarz vor den Augen. Sie stieß einen verzweifelten Schrei aus und erwachte und sah Melanie besorgt über sich gebeugt und im Begriff, sie wachzurütteln.

Immer wenn sie sich mit leerem Magen schlafen legte, kehrte ihr dieser Traum wieder. Es geschah häufig genug. Er war so fürchterlich, daß ihr vor dem Einschlafen bangte, obwohl sie sich krampfhaft einredete, ein Traum habe ja keine Wirklichkeit und nichts Fürchterliches könne an ihm sein. Aber doch ängstigte sie sich so, daß sie fortan bei Melanie schlief, die versprechen mußte, sie zu wecken, sobald sie durch ihre Unruhe und ihr Gestöhn verriet, daß der Alpdruck wieder nach ihr griff.

Dabei wurde sie bleich und mager. Ihr Gesicht verlor alle liebliche Fülle. Die Backenknochen traten hervor, die schrägen grünen Augen darüber sahen noch schräger aus als sonst und gaben ihr etwas von einer hungrigen Katze auf der Lauer.

Der Tag war schon Alpdruck genug, auch ohne nächtliche Träume! Sie sparte fortan ihre Tagesration auf, um sie kurz vor dem Schlafengehen zu essen.

Um Weihnachten kam Frank Kennedy mit einer kleinen Truppe von der Intendantur auf Tara vorbeigeritten, auf nutzloser Jagd nach Getreide und Vieh für das Heer begriffen, eine zerlumpte Gesellschaft, die auf ihren keuchenden, kaum noch dienstfähigen Pferden einer Räuberbande glich. Gleich den Tieren waren auch die Männer als felddienstuntauglich aus der Front heimgeschickt worden; sie hatten alle, außer Frank, einen Arm oder ein Auge verloren oder gingen mühsam mit einem steifen Bein. Die meisten trugen die blauen Jacken gefangener Yankees, und einen kurzen, entsetzlichen Augenblick lang meinte man auf Tara, Shermans Soldaten seien wieder da.

Sie übernachteten auf der Plantage und schliefen im Wohnzimmer auf dem Fußboden, wohlig auf dem Plüschteppich ausgestreckt, denn seit Wochen hatten sie kein Dach über dem Kopf und kein weicheres Lager gehabt als Kiefernzweige und den harten Erdboden. Trotz ihrer schmutzigen Bärte und ihrer Lumpen hatten sie vollendete Manieren und verstanden es auf das angenehmste, eine leichte Unterhaltung voller Scherze und Artigkeiten zu führen. Sie waren sehr froh, den Weihnachtsabend in einem großen Hause unter hübschen Frauen, wie sie es früher gewohnt waren, zu verleben. Sie lehnten es ab, ernsthaft über den Krieg zu sprechen, tischten toll übertriebene Märchen auf, um die Mädchen zum Lachen zu bringen, und zum erstenmal seit langer Zeit herrschte in dem kahlgeplünderten Haus wieder eine freundliche, beinahe festliche Stimmung.

»Ist es nicht fast wie früher?« tuschelte Suellen Scarlett zu. Daß sie wieder einen eigenen Verehrer im Hause hatte, war der Höhepunkt des Glückes, und sie wandte kein Auge von Frank Kennedy ab. Zu Scarletts Überraschung sah Suellen trotz der Magerkeit, die ihr von der Krankheit zurückgeblieben war, beinahe hübsch aus. Sie hatte gerötete Wangen und einen weichen, leuchtenden Blick in den Augen.

»Sie muß ihn ja wohl wirklich gern haben«, dachte Scarlett voller Verachtung. »Ich glaube, sie würde noch ganz umgänglich werden, wenn sie nur erst einen Mann hätte, und wäre es der alte Umstandskrämer Frank!«

Auch Carreen war etwas fröhlicher und sah nicht mehr wie eine Schlafwandlerin aus. Sie hatte entdeckt, daß einer der Soldaten Brent Tarleton gekannt hatte und an dem Tage, da er fiel, bei ihm gewesen war, und sie freute sich auf ein langes Gespräch unter vier Augen nach Tisch.

Beim Abendessen überraschte Melanie alle damit, daß sie ihre Schüchternheit überwand und förmlich lebhaft wurde. Sie lachte und scherzte und unterhielt sich viel mit einem einäugigen Soldaten, der es ihr bereitwillig mit übertriebener Liebenswürdigkeit vergalt. Scarlett wußte, welche Gewalt Melanie sich antun mußte, denn in männlicher Gegenwart litt sie Qualen der Schüchternheit. Außerdem war ihr durchaus nicht wohl. Sie behauptete immer wieder, sie sei vollkommen gesund, und arbeitete noch mehr als Dilcey, aber Scarlett wußte, daß sie leidend war. Wenn sie etwas Schweres hob, wurde sie jedesmal blaß, und sie hatte eine Art, nach einer Anstrengung auf einen Stuhl zu sinken, als versagten ihr die Beine. Aber heute tat sie wie Suellen und Carreen alles Erdenkliche, um den Soldaten einen schönen Weihnachtsabend zu bereiten. Nur Scarlett hatte an den Gästen keine Freude.

Die Leute steuerten ihre Ration gedörrten Mais und Fleisch zu dem Abendessen bei, das aus getrockneten Erbsen, geschmorten Dörräpfeln und Erdnüssen bestand. Alle erklärten, seit Monaten nicht so gut gegessen zu haben. Scarlett aber mißgönnte ihnen jeden Bissen und saß wie auf Kohlen, denn Pork hatte am Tage vorher ein Ferkel geschlachtet. Jetzt hing es in der Speisekammer, und ingrimmig hatte sie gedroht, jedem die Augen auszukratzen, der vor den Gästen von dem Ferkel oder seinen noch lebenden Geschwistern redete, die sicher in ihrem Verschlag aufgehoben waren.

Diese hungrigen Männer würden das ganze Ferkel zu einer einzigen Mahlzeit verzehren. Wenn sie etwas von den lebenden Schweinen erfuhren, konnten sie sie für das Heer requirieren. Auch um die Kuh und das Pferd stand Scarlett Todesängste aus und wünschte, sie im Wald versteckt zu haben, statt sie hinten auf der Weide anzubinden. Wenn ihnen das Vieh fortgenommen wurde, konnte Tara nicht durch den Winter kommen. Es gab kein Mittel, das Fehlende zu ersetzen. Wie das Heer sich durchschlug, kümmerte sie nicht. Mochte das Heer sich selbst ernähren, wenn es konnte. Sie hatte gerade genug Mühe, die Ihrigen durchzubringen.

Zum Nachtisch steuerten die Gäste aus ihren Tornistern einige »Ladestocksemmeln« bei, und zum erstenmal sah Scarlett dieses Gebäck der Konföderierten, über das beinahe ebensoviel gewitzelt wurde wie über die Läuse. Es waren verkohlt aussehende Spiralen, scheinbar aus Holz, und die Männer forderten sie auf, als erste davon abzubeißen, und als sie sich darauf einließ, fand sie unter der rauchgeschwärzten Außenseite ungesalzenes Maisbrot. Die Soldaten mischten ihre Maismehlration mit Wasser und, wenn sie es bekommen konnten, mit Salz, wickelten den dicken Teig um ihren Ladestock und rösteten das Zeug am Lagerfeuer. Es war hart wie Kandis und fade wie Sägemehl, und nach einem Bissen gab Scarlett es unter dem Gelächter der Soldaten schleunigst zurück. Sie begegnete Melanies Blicken, und in beider Gesicht stand deutlich der gleiche Gedanke zu lesen: »Wie können sie bei solcher Ernährung nur kämpfen?«

So verlief die Mahlzeit recht lustig, und sogar Gerald, dem geistesabwesenden Hausherrn, kamen aus der Tiefe seines getrübten Hirns einige gastfreundliche Gebärden und ein unsicheres Lächeln. Die Männer unterhielten sich, die Frauen lachten ihnen zu. Aber als Scarlett sich unvermittelt Frank Kennedy zuwandte, um ihn nach Tante Pittypat zu fragen, bemerkte sie bei ihm einen Gesichtsausdruck, der ihr die Worte in der Kehle steckenbleiben ließ. Seine Augen hingen nicht mehr an Suellen, sondern schweiften im Zimmer umher, zu Geralds geistesabwesender Miene, über den Fußboden, den kein Teppich mehr bedeckte, nach dem kahlen Kamin, den eingesessenen Sprungfedern und zerrissenen Polsterungen, zum zersplitterten Spiegel über der Anrichte, zu den dunklen Vierecken an der Wand, wo, ehe die Plünderer gekommen waren, Bilder gehangen hatten, über das dürftige Tafelgeschirr, die geflickten Kleider der Mädchen und den Kittel Wades, der aus einem Mehlsack gemacht war. Frank gedachte des früheren Tara, und ein Zug müden, ohnmächtigen Zorns entstellte sein Gesicht. Er liebte Suellen, hatte ihre Schwestern gern, achtete Gerald und war der ganzen Plantage von Herzen zugetan. Seitdem Sherman durch Georgia marschiert war, hatte Frank auf seinen Ritten durch das Land vieles Schreckliche gesehen, aber nichts war ihm so zu Herzen gegangen wie dies Tara. Er hätte so gern etwas für O'Haras getan, besonders für Suellen, und vermochte es doch nicht. Als er Scarletts Blicken begegnete, schüttelte er mitleidig den bärtigen Kopf, aber da sah er in ihren Augen die Flamme empörten Stolzes und schlug die seinen verlegen auf den Teller nieder.

Die Mädchen lechzten nach Nachrichten. Seit Atlantas Fall vor vier Monaten war keine Post mehr gekommen. Sie hatten nicht die geringste Vorstellung, wo die Yankees standen, wie es den Konföderierten erging, was in Atlanta geschehen und was aus vielen alten Freunden geworden war. Frank, den der Dienst in alle Teile der Provinz führte, war so gut wie eine Zeitung, besser sogar, denn er war mit fast jedermann zwischen Macon und Atlanta verwandt oder bekannt und konnte vieles erzählen, was nicht einmal die Zeitungen brachten. Um seine Verlegenheit zu bemänteln, stürzte er sich hastig in allerlei Neuigkeiten. Die Konföderierten, erzählte er, hätten Atlanta zurückgewonnen, nachdem Sherman abmarschiert war – ein wertloser Gewinn, denn Sherman hatte es vollständig niedergebrannt.

»Aber ich dachte, Atlanta hätte schon gebrannt, als wir flohen«, rief Scarlett verwundert dazwischen. »Ich dachte, unsere eigenen Leute hätten es angezündet.«

»Aber nein, Miß Scarlett«, erwiderte Frank empört. »Nie hätten wir eine unserer Städte mit unseren eigenen Leuten darin in Brand gesteckt! Was Sie brennen sahen, waren die Speicher, weil die Vorräte den Yankees nicht in die Hände fallen sollten, die Gießereien und die Munition, das war alles. Als Sherman die Stadt einnahm, standen noch alle Häuser und Läden unverändert da. Seine Leute haben dort in Quartier gelegen.«

»Aber was ist mit den Einwohnern geschehen? Sind sie umgebracht worden?«

»Einige wohl, aber nicht durch Kugeln«, versetzte der einäugige Soldat grimmig. »Gleich bei seinem Einmarsch in Atlanta eröffnete Sherman dem Bürgermeister, alle Einwohner bis zum letzten hätten die Stadt zu verlassen. Da waren viele alte Leute, die den Marsch nicht aushielten, Kranke, die sich nicht hätten vom Fleck rühren dürfen, Damen in … nun Damen, die sich auch nicht hätten rühren dürfen. Er aber trieb sie bei dem fürchterlichsten Unwetter, das man je erlebt hat, zu Hunderten und aber Hunderten aus der Stadt, bis in die Wälder bei Rough and Ready, und ließ General Hood sagen, er solle sie dort abholen. Da sind viele an Lungenentzündung gestorben oder einfach daran, daß sie solche Behandlung nicht aushielten.«

»Ach, warum hat er das getan! Sie hätten ihm doch keinen Schaden zugefügt!« rief Melanie entsetzt.

»Er sagte, er brauche die Stadt, damit seine Leute und seine Pferde ein Unterkommen hätten«, erwiderte Frank. »Das dauerte bis Mitte November, und dann zog er ab. Zuvor legte er an allen Ecken Feuer an, und alles ist niedergebrannt.«

»Oh, aber doch wohl nicht alles!« riefen die Mädchen zutiefst erschrokken. Daß diese geschäftige Stadt mit all den vielen Bürgern und Soldaten dahin sein sollte, war ihnen unfaßlich. All die schönen Häuser unter den schattigen Bäumen, all die großen Läden und die eleganten Hotels – das konnte doch nicht alles zerstört sein! Melanie war den Tränen nahe. Sie war dort geboren und hatte keine andere Heimat. Auch Scarlett war das Herz schwer, weil sie die Stadt fast ebenso liebgewonnen hatte wie Tara.

»Nun ... beinahe alles«, berichtigte Frank sehr eifrig, als er all die unglücklichen Gesichter sah. Er versuchte, eine fröhliche Miene aufzusetzen. Damen in Entsetzen zu stürzen, war seine Sache nicht. Ihnen das Allerschlimmste mitzuteilen, konnte er nicht über sich bringen; das mochten sie von jemand anderem erfahren. Er erzählte ihnen nicht, was das Heer erblickt hatte, als es wieder in Atlanta einmarschierte. Das weite, trostlose Gebiet, wo nur noch die Schornsteine schwarz aus den Aschenhaufen ragten; der halbverbrannte Kehricht und die Trümmerfelder, in die sich die Straßen verwandelt hatten; die vom Feuer vernichteten alten Bäume mit den verkohlten Ästen, die im kalten Wind niederbrachen. Hoffentlich erfuhren die Damen nie etwas von den Greueln auf dem geschändeten Kirchhof. Nie würden sie darüber hinwegkommen. Charlie Hamilton und Melanies Eltern lagen dort begraben. Das Bild dieses Friedhofes verfolgte Frank noch bis in seine Träume hinein. Die Yankees hatten gehofft, in den Gräbern Schmucksachen zu finden. Sie hatten sie erbrochen und die Leichen ausgeraubt, sie hatten von den Särgen die goldenen Namensschilder, die silbernen Beschläge und Griffe abgerissen. In wüstem Durcheinander lagen die Gebeine und die Leichen zwischen ihren zertrümmerten Särgen, ein Anblick grausigen Jammers.

Frank mochte auch nichts von den Hunden und Katzen erzählen. Wie hatten den Damen ihre Lieblinge am Herzen gelegen! Die Tausende halbverhungerter Tiere, die heimatlos umherstrichen, nachdem ihre Herren so unbarmherzig verjagt worden waren, hatten Franks Herz fast ebenso wie die Friedhofsschändungen zerrissen. Scheu, gefühllos, heißhungrig und wild wie die Geschöpfe des Waldes waren die Tiere gewesen, die Starken waren den Schwachen zu Leibe gegangen, die Schwachen hatten auf den Tod der noch Schwächeren gewartet, um sie aufzufressen. Und über der zerstörten Stadt hatten die unheimlichen schwarzen Raubvögel unter dem fahlen Winterhimmel gekreist.

Frank Kennedy suchte verzweifelt in seinem Kopf nach irgend etwas Tröstlichem, was er den Damen mitteilen könnte, damit ihnen wohler zumute werde. »Einige Häuser stehen noch«, sagte er, »Häuser auf großen Grundstücken, die von den anderen entfernt stehen und nicht Feuer gefangen haben. Die Kirchen und die Freimaurerloge sind verschont geblieben und auch ein paar Läden. Aber die Geschäftsgegend und alles an der Eisenbahnstrecke und in Five Points ... ja, meine Damen, dieser Teil der Stadt ist nun dem Erdboden gleich.«

»Dann ist der Speicher«, fragte Scarlett, »den Charlie mir hinterlassen hat, dort unten an den Schienen, auch abgebrannt?«

»Wenn er in der Nähe der Schienen war, steht er nicht mehr, aber ...« Plötzlich lächelte Frank. Warum hatte er nicht eher daran gedacht? »Kopf hoch, meine Damen! Das Haus Ihrer Tante Pitty ist noch da, zwar ein wenig beschädigt, aber es steht noch.«

»Oh, wie kommt das?«

»Es ist aus Backstein und hat ein Schieferdach, und darum haben die Funken es nicht in Brand gesetzt. Außerdem ist es das letzte Haus am Nordende der Stadt, und dort war es mit dem Feuer nicht so schlimm. Natürlich haben die Yankees, die dort einquartiert waren, bös darin gehaust und sogar die Täfelung und das Mahagonigeländer an der Treppe als Feuerholz verwendet, aber sonst ... nun, es ist nicht unbewohnbar. Als ich Miß Pitty vorige Woche in Macon sah ...«

»Sie haben sie gesehen? Wie geht es ihr?«

»Glänzend, glänzend. Als ich ihr erzählte, daß ihr Haus noch da stehe, wollte sie auf der Stelle wieder hinfahren ... falls Peter, der alte Schwarze, es erlaubte. Viele Leute aus Atlanta sind schon wieder da, weil ihnen in Macon der Boden zu heiß wurde. Sherman hat Macon nicht eingenommen, aber jeder fürchtet, daß Wilsons Freischärler bald kommen, und der ist noch schlimmer als Sherman.«

»Wie dumm von ihnen, zurückzukehren, wenn keine Häuser da stehen ... wo wohnen sie denn?«

»Sie wohnen in Zelten, Baracken und Holzbuden und legen sechs oder sieben Familien in die paar Häuser, die noch stehen. Sie haben sogar schon mit dem Wiederaufbau angefangen. Aber, Miß Scarlett, daß sie dumm seien, dürfen Sie nicht sagen. Sie sind versessen auf ihre Stadt und sind so stolz auf sie wie die Charlestoner auf Charleston, und es gehört mehr als eine Feuersbrunst und eine Yankeearmee dazu, sie zu vertreiben. Die Leute von Atlanta sind – Verzeihung, Miß Melly – so störrisch wie Maultiere, wenn es sich um ihre Stadt handelt. Warum, weiß ich nicht. Ich bin vom Lande und habe für keine Stadt etwas übrig. Aber, das kann ich Ihnen sagen: die zuerst kommen, sind am besten dran. Wer zuletzt kommt, findet von seinem Hause keinen Stein mehr auf dem andern, weil alles in der Stadt als Strandgut betrachtet wird. Jeder nimmt, was nicht niet- und nagelfest ist, und baut es in sein Haus hinein. Noch vorgestern habe ich Mrs. Merriwether und Miß Maybelle samt ihrer alten Schwarzen in einer Schiebkarre Backsteine sammeln sehen. Mrs. Meade geht mit dem Gedanken um, ein Blockhaus zu bauen, sobald der Doktor zurückkommt und ihr hilft. Sie sagt, als sie zuerst nach Atlanta kam, damals, als es noch Marthasville hieß, habe sie auch in einem Blockhaus gewohnt. Es mache ihr nicht das geringste aus, es noch einmal zu tun.«

»Mut haben sie«, sagte Melanie stolz. »Findest du nicht auch, Scarlett?«

Scarlett nickte. Eine grimmige Freude an ihrer zweiten Heimat erfüllte sie. »Ich bin wie Atlanta«, dachte sie, »es gehört mehr als eine Feuersbrunst und eine Yankeearmee dazu, mich unterzukriegen.«

»Wenn Tante Pitty nach Atlanta geht, sollten wir auch hingehen und bei ihr wohnen, Scarlett«, unterbrach Melanie ihren Gedankengang. »Allein stirbt sie vor Angst.«

»Wie kann ich denn hier weggehen, Melly«, sagte Scarlett erzürnt. »Wenn du durchaus willst, so gehe, ich halte dich nicht.«

»Ach, Liebling, so habe ich es ja nicht gemeint.« Melanie errötete. »Wie rücksichtslos von mir! Natürlich kannst du Tara nicht verlassen, und für Tantchen können Onkel Peter und Cookie sorgen.«

»Dich hält doch nichts hier«, sagte Scarlett kurz.

»Ich möchte nicht von dir weg«, antwortete Melanie. »Ohne dich ängstige ich mich zu Tode.«

»Wie du willst. Ich gehe nicht nach Atlanta zurück. Sobald ein paar neue Häuser wieder stehen, kommt Sherman und brennt sie abermals ab.«

»Er kommt nicht wieder«, sagte Frank und machte ein betrübtes Gesicht, obwohl er sich zu beherrschen suchte. »Er ist an die Küste gezogen und hat Savannah eingenommen, und es heißt, er marschiert weiter nach Südcarolina.«

»Savannah gefallen!«

»Ja, meine Damen, es konnte nicht anders kommen. Sie hatten nicht Leute genug, es zu halten, obwohl sie jeden einstellten, der einen Fuß vor den andern setzen konnte. Als die Yankees auf Milledgeville marschierten, haben die Unsrigen die Kadetten aus den Militärakademien angefordert, einerlei, wie alt sie waren, und sogar das Zuchthaus geöffnet, um frische Truppen zu bekommen. Jawohl, sie haben jeden Sträfling freigelassen, der mitkämpfen wollte, und ihm Begnadigung versprochen, falls er den Krieg überlebt. Mir kam die Gänsehaut, als ich die kleinen Kadetten in einer Reihe mit Dieben und Halsabschneidern aufmarschieren sah.«

»Wie, die Sträflinge haben sie losgelassen?«

»Ach, Miß Scarlett, sie sind weit von hier entfernt, und außerdem sind es gute Soldaten. Auch ein Dieb kann ein guter Soldat sein.«

»Ich finde es großartig«, sagte Melanie leise.

»Ich aber nicht«, gab Scarlett unverblümt zurück. »Es laufen ohnehin genug Diebe herum, die Yankees und ...«

Sie hielt rechtzeitig inne, aber die Männer lachten.

»Und unsere Intendantur«, vollendeten sie, und Scarlett errötete.
»Aber wo steht denn General Hood?« warf Melanie rasch ein. »Hätte er nicht Savannah halten können?«
»Aber Miß Melanie«, erklärte Frank vorwurfsvoll, »in der Gegend ist Hood doch gar nicht gewesen. Er hat oben in Tennessee gekämpft und versucht, die Yankees aus Georgia berauszulocken.«
»Und wie herrlich ist es ihm geglückt!« spottete Scarlett. »Die verfluchten Yankees hat er quer durch unser Land ziehen lassen, und Schuljungens, Sträflinge und Landwehr sollen uns verteidigen.«
»Tochter!« Gerald raffte sich auf. »Du lästerst! Deine Mutter wird sich grämen!«
»Verfluchte Yankees sind es!« rief Scarlett böse. »Ich werde sie nie anders nennen.«
Als Ellens Name fiel, verstummten sie alle. Wieder half Melanie darüber hinweg. »Haben Sie in Macon India und Honey Wilkes gesehen? Haben die beiden ... etwas von Ashley gehört?«
»Aber Miß Melly«, sagte Frank vorwurfsvoll, »Sie wissen sehr gut, daß ich dann spornstreichs von Macon bis hierher geritten wäre, um Ihnen die Nachricht zu bringen. Nein, sie hatten nichts gehört. Aber ängstigen Sie sich nicht um Ashley. Gewiß, es ist lange her, seitdem Sie Nachricht von ihm hatten, aber Sie können nicht erwarten, von jemandem, der gefangensitzt, Briefe zu bekommen. Und bei den Yankees ist es in den Gefangenenlagern nicht so schlecht bestellt wie bei uns. Schließlich haben die Yankees doch reichlich zu essen und Arzneien und Decken genug. Sie sind nicht so schlimm dran wie wir.«
»Wohl haben sie Überfluß an allem«, sagte Melanie bitter, »aber sie geben ihren Gefangenen nichts. Sie wissen, Mr. Kennedy, daß unsere Jungens sich dort zu Tode frieren und hungern und ohne Arzt und Arzneien zugrunde gehen, nur weil die Yankees uns so bitterlich hassen. Könnten wir doch jeden Yankee vom Erdboden vertilgen! Ach, ich weiß, Ashley ist ...«
»Sprich es nicht aus!« fuhr Scarlett mit tränenerstickter Stimme dazwischen. Solange niemand die schrecklichen Worte sagte, daß Ashley tot sei, behielt sie im Herzen die leise Hoffnung, er könne noch leben; erklang das Gefürchtete aber in Worten, so starb er, das fühlte sie, in dem gleichen Augenblick.
»Nun, nun, Mrs. Wilkes, machen Sie sich keine Gedanken«, beruhigte sie der Einäugige. »Ich wurde in der ersten Schlacht bei Manassas gefangengenommen und später ausgetauscht, und als ich im Gefängnis war, haben sie mich gut behandelt, Brathuhn und heißen Zwieback ...«
»Ich fürchte, das ist nicht wahr«, lächelte Melanie leise, »was meinen Sie?«

»Ich fürchte auch!« Der Einäugige schlug sich lachend auf die Schenkel. »Wenn Sie alle mit ins Wohnzimmer kommen wollen, singen wir ein paar Weihnachtslieder.« Melanie war froh, das Gespräch zu wechseln. »Den Flügel haben die Yankees uns nicht fortschleppen können. Ist er sehr verstimmt, Suellen?«

»Furchtbar«, antwortete Suellen und lächelte Frank beglückt zu. Als sie das Zimmer verließen, blieb Frank zurück und zupfte Scarlett am Ärmel. »Darf ich Sie einen Augenblick allein sprechen?«

Sofort überkam sie eine schreckliche Angst, er wolle ihr das Vieh abfordern, und sie bereitete sich auf eine stichhaltige Lüge vor. Als das Zimmer leer war und sie zusammen am Feuer standen, wich alle frohe Zuversicht, die Frank vor den anderen zur Schau getragen hatte, aus seinem Gesicht. Er sah aus wie ein alter Mann. In tiefen Gedanken strich er sich über seinen dünnen rotgelben Backenbart und räusperte sich mit beängstigender Unschlüssigkeit, ehe er anfing zu sprechen.

»Das mit Ihrer Mutter tut mir furchtbar leid, Miß Scarlett.«

»Bitte, reden Sie nicht davon.«

»Und Ihr Vater ist seitdem ...«

»Ja, er ist nicht mehr ganz beieinander, wie Sie sehen.«

»Verzeihen Sie, Miß Scarlett.« Er trat unruhig von einem Fuß auf den andern. »Ich wollte etwas mit Ihrem Vater besprechen und sehe nun, daß es nicht geht.«

»Vielleicht kann ich Ihnen helfen? Ich bin jetzt das Haupt der Familie.«

»Die Sache ist die ...« Wieder kratzte und zupfte Frank sich aufgeregt am Bart. »Miß Scarlett, ich wollte bei ihm um Miß Suellen anhalten.«

»Sie wollen mir doch nicht weismachen«, rief Scarlett in belustigtem Entsetzen aus, »daß Sie Pa noch nicht darum gefragt haben. Sie machen Suellen doch schon seit Jahren den Hof.«

Er wurde rot, lächelte verlegen und sah aus wie ein schüchterner, dummer Junge.

»Ich wußte nicht, ob sie mich haben wollte, ich bin so viel älter als sie, und so viele gutaussehende junge Männer machten Tara unsicher ...«

»Oho«, dachte Scarlett, »das geschah meinetwegen und nicht ihretwegen.«

»Ich weiß immer noch nicht recht, ob sie mich will. Gefragt habe ich sie nie, aber sie muß wissen, wie es um mich steht. Ich hatte mir vorgenommen, Mr. O'Hara die Wahrheit zu sagen und ihn um Erlaubnis zu fragen. Aber ich habe ja im Augenblick nicht einen einzigen Cent. Früher hatte ich viel Geld, wenn ich das sagen darf, aber jetzt habe ich nur noch mein Pferd und den Rock auf dem Leibe. Sehen Sie, als ich ins Heer eintrat, habe ich fast allen Grundbesitz verkauft und mein Geld in konföderierten Anleihen angelegt, und die sind jetzt weniger wert als das Papier, worauf sie gedruckt sind. Und selbst diese Anleihescheine sind mit abgebrannt, als die Yankees das Haus meiner Schwester anzündeten. Ich weiß, es ist dreist von mir, um Miß Suellen anzuhalten, wo ich keinen Cent besitze, aber mir kommt der Krieg vor wie das Ende der Welt. Es gibt nichts mehr, auf das man sich verlassen kann, und da wäre es für mich ein großer Trost, wenn wir verlobt wären, und für Suellen am Ende auch. Das wäre doch etwas Sicheres. Ich will sie ja nicht eher heiraten, als bis ich für sie sorgen kann, Miß Scarlett, und wann das ist, weiß ich nicht. Aber wenn Sie etwas auf echte Liebe geben, so können Sie sicher sein, daß Miß Suellen daran wenigstens nicht Mangel leiden soll.«

Die letzten Worte sagte er mit einer so schlichten Würde, daß Scarlett ganz gerührt war, so drollig sie ihn auch fand. Daß man Suellen lieben konnte, war ihr unfaßlich. Ihr war die Schwester ein Ungeheuer an Selbstsucht und mit ihrem ewigen Gejammer die Widerwärtigkeit in Person.

»Nun, Mr. Kennedy«, sagte sie endlich, »das ist doch alles sehr schön und gut. Ich bin überzeugt, ich darf in Pas Namen sprechen. Er hat immer viel von Ihnen gehalten und es nie anders erwartet, als daß Suellen Sie eines Tages heiratet.«

»Wahrhaftig?« Frank strahlte.

»Ja, freilich!« Scarlett verbiß sich ein Lächeln, als ihr wieder einfiel, wie oft Gerald beim Abendessen Suellen geneckt hatte: »Nun, Missy, wie steht es, soll ich deinen eifrigen Verehrer einmal fragen, was er sich denkt?«

»Ich frage sie heute abend noch«, rief Frank Kennedy aufgeregt, faßte Scarletts Hand und schüttelte sie heftig. »Sie sind so gut, Miß Scarlett.«

»Ich schicke sie Ihnen heraus«, lächelte Scarlett und wandte sich ab, um ins Wohnzimmer zu gehen. Melanie fing eben an zu spielen. Der Flügel war jämmerlich verstimmt, aber einige Saiten klangen noch, und Melanie begann das Lied »Hört der Engel Verkündigung!«.

Scarlett blieb auf halbem Wege stehen und drehte sich jäh wieder zu Frank um. »Was wollten Sie damit sagen – der Krieg käme Ihnen vor wie das Ende der Welt?«

»Ich will offen sein«, antwortete er langsam, »aber die anderen Damen sollen nicht damit geängstigt werden. Lange kann der Krieg nicht mehr dauern. Wir haben keine Leute mehr, die Front aufzufüllen, und es wird mehr desertiert, als die Berichte zugeben. Die Männer halten es nicht mehr aus, fern der Heimat zu sein, wenn sie wissen, daß dort der Hunger herrscht. Dann gehen sie nach Hause und sehen zu, was sie für die Ihren tun können. Ich mache ihnen keinen Vorwurf daraus, aber es schwächt die Armee. Auch kann die Armee nicht ohne Verpflegung kämpfen, und Verpflegung gibt es nicht. Ich weiß das, weil es ja mein Beruf ist, Proviant aufzutreiben. Seitdem wir Atlanta wiederhaben, bin ich überall in dieser Gegend gewesen, und hier wird keine Maus mehr satt. Ebenso sieht es bis dreihundert Meilen südlich von Savannah aus. Die Schienen sind aufgerissen, neue Gewehre gibt es nicht, die Munition geht zu Ende, und Schuhleder ist nirgends mehr zu bekommen. Wir sind am Ende.«

Die schwindenden Hoffnungen der Konföderierten gingen Scarlett nicht sosehr zu Herzen wie das, was er über die Hungersnot sagte. Sie hatte Pork mit Geld und Unionscheinen über Land schicken wollen, um Nahrungsmittel und Stoffe aufzutreiben. Wenn nun Frank die Wahrheit sagte... Aber Macon war noch nicht gefallen, in Macon mußte es noch etwas zu essen geben. Sobald die Einquartierung fort war, wollte sie Pork nach Macon schicken, auf die Gefahr hin, das kostbare Pferd aufs Spiel zu setzen.

»Wir wollen uns heute abend nicht mehr über so Unerfreuliches unterhalten, Mr. Kennedy«, sagte sie. »Gehen Sie in Mutters kleines Schreibzimmer, und ich schicke Ihnen Suellen, damit Sie ... nun, damit Sie ein wenig allein sein können.«

Errötend verließ Frank das Zimmer, und Scarlett sah ihm nach.

»Schade, daß er sie jetzt nicht heiraten kann«, dachte sie, »dann hätten wir einen Esser weniger.«

XXIX

Im April ergab sich General Johnston mit den geschwächten Resten des Heeres, das ihm von neuem unterstellt worden war, in Nordcarolina, und der Krieg war aus. Erst vierzehn Tage später gelangte die Nachricht nach Tara. Auf Tara gab es zuviel zu tun, als daß sich jemand die Zeit hätte nehmen können, außerhalb der Plantage Neuigkeiten zu erfahren, und da die Nachbarn nicht minder beschäftigt waren, sah man einander wenig, und die Nachrichten verbreiteten sich langsam.

Die Frühjahrsbestellung hatte ihren Höhepunkt erreicht. Die Baumwollsaat und die Gartensämereien, die Pork aus Macon geholt hatte, sollten gerade in die Erde. Seit der Reise nach Macon war Pork kaum noch zu gebrauchen gewesen, so stolz war er darauf, mit seiner Ladung Stoffen, Saatgut, Geflügel, Fleisch und Mehl heil heimgekehrt zu sein. Immer wieder erzählte er, wie oft er nur mit einem blauen Auge davongekommen war und welche Schleich- und Seitenwege er bei der Rückkehr habe einschlagen müssen. Fünf Wochen war er unterwegs gewesen, fünf qualvolle Wochen für Scarlett. Als er heimkehrte, schalt sie ihn dennoch nicht, so sehr freute sie sich, daß er Erfolg gehabt hatte und soviel von dem Gelde, das ihm mitgegeben war, wieder zurückbrachte. Sie hatte ihn in dem Verdacht, daß er nur deshalb so viel Geld zurückbrachte, weil er das Geflügel und den größten Teil der Nahrungsmittel keineswegs käuflich erworben hatte. Pork hatte sich geschämt, ihr Geld auszugeben, solange es an der Straße unbewachte Hühnerställe und leicht zugängliche Rauchhäuser gab.

Seitdem es wieder mehr zu essen gab, war auf Tara alles eifrig dabei, dem Leben etwas von seiner alten Natürlichkeit zurückzugewinnen. Arbeit gab es für alle Hände mehr als genug. Die welken Stengel der vorjährigen Baumwolle mußten entfernt werden, ehe die frische Saat in den Boden kam. Das störrische, des Pflügens ungewohnte Pferd schleppte sich unlustig über die Felder. Im Garten wurde gejätet, gesät und gepflanzt. Holz wurde gespalten. Die Verschläge und die vielen Meilen von Zäunen, die die Yankees verbrannt hatten, mußten wieder aufgerichtet werden. Porks Fallen mußten täglich nachgesehen und die Angeln am Fluß mit frischen Ködern versehen werden. Da hieß es Betten machen und Fußböden fegen, Essen kochen und Geschirr waschen, Schweine und Hühner füttern und Eier holen. Die Kuh mußte gemolken, auf die Weide getrieben und den ganzen Tag über gehütet werden, damit nicht etwa die Yankees oder Frank Kennedys Leute, falls sie wiederkamen, sie mitnahmen. Sogar der kleine Wade hatte zum erstenmal seine Pflichten. Jeden Morgen ging er voller Wichtigkeit mit einem Korb hinaus und sammelte Zweige und Späne zum Feueranmachen.

Die Fontaineschen Jungens, die ersten aus der Provinz, die aus dem Krieg heimkehrten, brachten die Nachricht von der Kapitulation. Alex hatte noch Stiefel und kam zu Fuß; Tony traf barfuß auf ungesatteltem Maultier ein. Tony war immer derjenige in der Familie, der das bessere Teil zu erwählen verstand. Sie waren nach vier Jahren in Sonne und Wind brauner, magerer und sehniger denn je und sahen mit den wilden schwarzen Bärten, die sie heimbrachten, ganz fremd aus.

Auf ihrem Wege nach Mimosa hielten sie sich nur kurz in Tara auf, um die Mädchen zu begrüßen und ihnen von der Kapitulation zu erzählen. Dann strebten sie ungeduldig nach Hause. Alles wäre nun vorüber, sagten sie und schienen sich nicht allzuviel daraus zu machen und nicht weiter davon reden zu wollen. Das einzige, was sie beschäftigte, war, ob Mimosa abgebrannt sei oder nicht. Auf dem Wege von Atlanta südwärts hatte Ruine auf Ruine ihnen die Stellen bezeichnet, wo befreundete Häuser gestanden hatten, und die Hoffnung, daß ihr eigenes Haus verschont geblieben sei, war ihnen längst entschwunden. Bei der willkommenen Nachricht, daß Mimosa noch stand, lachten sie vor Freude und klatschten sich auf die Schenkel, als Scarlett ihnen von Sallys wildem Ritt und ihrem schneidigen Sprung über die Hecke erzählte.

»Ein famoses Mädel«, sagte Tony, »und scheußlich für sie, daß Joe gefallen ist. Hat jemand von euch ein bißchen Kautabak, Scarlett?«

»Hier gibt es nur noch Krauttabak! Pa raucht ihn im Maisschober.«

»So tief bin ich noch nicht gesunken«, sagte Tony, »aber lange wird es nicht mehr dauern.«

»Wie geht es Dimity Munroe?« fragte Alex hastig und etwas verlegen. Scarlett erinnerte sich, daß er Sallys jüngere Schwester gern gehabt hatte.

»Gut. Sie lebt mit der Tante jetzt drüben in Fayetteville. Ihr Haus in Lovejoy ist abgebrannt. Der Rest der Familie ist in Macon.«

»Was er eigentlich wissen möchte, ist, ob Dimity inzwischen irgendeinen tapferen Offizier aus der Landwehr geheiratet hat«, spottete Tony, und Alex warf ihm einen wütenden Blick zu.

»Sie hätte es lieber tun sollen«, sagte er düster. »Wie, in drei Teufels Namen – Verzeihung, Scarlett –, aber wie soll wohl jemand um ein Mädchen anhalten, wenn alle Schwarzen freigelassen sind und alles Vieh fort ist und er keinen Cent mehr in der Tasche hat?«

»Du weißt doch, das würde Dimity nicht stören«, erwiderte Scarlett. Über Dimity konnte sie unbedenklich nur Gutes sagen, denn Alex Fontaine war nie unter ihren eigenen Verehrern gewesen.

»Tod und Teufel – ach, nochmals Verzeihung –, ich muß mir das Fluchen abgewöhnen, oder Großmama zieht mir das Fell über die Ohren. Man kann von keinem Mädchen verlangen, daß es einen armen Schlucker heiratet. Wenn es Dimity nicht stört, mich stört es doch.«

Während Scarlett vor der Eingangstür mit den Jungens sprach, gingen Melanie, Suellen und Carreen, als sie von der Kapitulation hörten, leise ins Haus.

Nachdem die Jungens sich querfeldein nach Hause aufgemacht hatten, ging Scarlett hinein und hörte die Mädchen in Ellens kleinem Schreibzimmer schluchzen. Er war ausgeträumt, der herrliche Traum ihrer Liebe und Hoffnung, der Traum von der großen Sache, die ihnen den Mann, den Freund, den Liebsten genommen und ihre Familie an den Bettelstab gebracht hatte. Die Sache, die sie für unvergänglich gehalten hatten, war für immer dahin.

Aber Scarlett hatte keine Tränen mehr. Als sie die Nachricht bekam, war ihr erster Gedanke: »Gott sei Dank, nun kann die Kuh nicht mehr gestohlen werden, nun ist das Pferd in Sicherheit, nun können wir das Silber aus dem Brunnen holen und wieder mit Messer und Gabel essen. Nun brauche ich keine Angst mehr zu haben, über Land zu fahren und nach Nahrungsmitteln zu fahnden.«

Welche Erlösung! Man brauchte nicht mehr erschrocken aufzufahren, wenn Hufschlag erklang, und man brauchte nicht mehr in dunkler, schlafloser Nacht zu horchen, ob im Garten Zaumzeug rasselte, Pferde stampften und die Stimmen der Yankees erklangen. Tara war in Sicherheit! Kein Rauch würde mehr aus dem geliebten Hause aufwallen, keine Flammen würden prasseln, wenn das Dach einstürzte.

Die große Sache war tot. Scarlett aber hatte den Krieg immer gehaßt. Nie hatte sie mit verklärten Augen dabeigestanden, wenn das Sternenbanner an der Flaggenstange gehißt wurde, nie wurde ihr heiß und kalt, wenn »Dixie« erklang. Bei den Entbehrungen der letzten Monate, bei den widerwärtigen Pflichten des Krankendienstes, den Ängsten der Belagerung und dem Hunger war ihr nicht die Glut der Begeisterung zur Hilfe gekommen, mit der alle anderen das Ungemach gern ertragen hatten, solange es nur mit der großen Sache aufwärtsging. Nun war alles vorüber und ausgestanden, und sie weinte ihm keine Träne nach.

Auf dem langen Weg, den sie in diesen vier Jahren zurückgelegt hatte, war an irgendeiner Biegung das zierliche Mädchen mit seinem Parfüm und seinen Tanzschuhen entschwunden, und geblieben war eine Frau mit scharfen grünen Augen, die die Cents zählte und mit den Händen Magddienste tat und die aus dem allgemeinen Zusammenbruch nichts gerettet hatte als die unzerstörbare rote Erde, auf der sie stand.

Ihr Geist war geschäftig, während sie in der Halle stand und auf das Schluchzen der Mädchen lauschte. »Wir pflanzen mehr, viel mehr Baumwolle«, sagte sie sich. »Morgen schicke ich Pork nach Macon, um Samen zu kaufen. Die Yankees verbrennen sie uns nicht mehr, und unsere Truppen haben sie nicht mehr nötig, und im Herbst müssen die Baumwollpreise himmelhoch steigen.«

Sie ging in das kleine Schreibzimmer, ohne die weinenden Mädchen auf dem Sofa zu beachten, setzte sich an den Sekretär und nahm die Feder zur Hand, um zu rechnen. Der Krieg war aus! Plötzlich legte sie die Feder hin, von einem wilden Glücksgefühl überflutet. Der Krieg war aus, und Ashley ... wenn Ashley noch lebte, kam er jetzt nach Haus! Ob Melanie in all ihrer Trauer um die verlorene Sache überhaupt an ihn dachte? Bald mußte ein Brief kommen ... nein, Briefe konnten ja nicht kommen. Aber bald ... ach, irgendwie werden sie schon von ihm hören.

Aber aus Tagen wurden Wochen, und von Ashley kam keine Nachricht. Im Süden war der Postdienst unsicher, und in den ländlichen Bezirken gab es überhaupt keine Zustellung. Dann und wann brachte jemand, der auf der Durchreise vorbeikam, einen Brief von Tante Pitty aus Atlanta, voll tränenreichen Flehens, die Mädchen möchten zurückkommen.

Aber von Ashley kam kein Wort.

Nach der Kapitulation schwebte zwischen Scarlett und Suellen ein unaufhörlicher Zwist wegen des Pferdes. Da die Yankees nicht mehr zu fürchten waren, wollte Suellen bei den Nachbarn Besuche machen. Sie fühlte sich einsam und entbehrte die glückliche Geselligkeit früherer Tage. Sie sehnte sich danach, ihre alten Freunde wiederzusehen, wäre es auch nur, um sich davon zu überzeugen, daß es in der übrigen Provinz nicht besser aussah als auf Tara. Aber Scarlett war nicht dazu zu bewegen, das Pferd herzugeben. Es war zum Arbeiten da, es mußte Holz aus den Wäldern holen, pflügen und für Porks Nahrungsmittelsuche zur Verfügung stehen. Dann hatte es sonntags das wohlverdiente Recht auf Ruhe. Wenn Suellen Besuche machen wollte, so mochte sie zu Fuß gehen.

Suellen war in ihrem Leben noch nicht hundert Meter zu Fuß gegangen; so blieb sie denn zu Hause, klagte und weinte und brach schließlich in den Ruf aus: »Ach, wäre nur Mutter hier!« Daraufhin gab Scarlett ihr die lange versprochene Ohrfeige mit solcher Gewalt, daß sie schreiend auf das Bett fiel und das ganze Haus in Aufruhr versetzte. Fortan nahm sie sich jedoch, wenigstens in Scarletts Gegenwart, mehr zusammen.

Durch die Besuche, die Scarlett selber schon in der Provinz gemacht hatte, war ihr Mut heftiger ins Wanken geraten, als sie zugeben mochte. Der Anblick der alten Freunde und der vertrauten Besitzungen war erschütternd.

Fontaines waren, dank Sallys Gewaltritt, noch am besten davongekommen, aber nur im Vergleich zu der verzweifelten Lage anderer Nachbarn. Die alte Großmutter hatte sich nie mehr völlig von dem Herzanfall erholt, den sie erlitt, nachdem sie den anderen voran die Flammen bekämpft und das Haus so gerettet hatte. Dem alten Dr. Fontaine war ein Arm abgenommen worden, und er genas nur langsam davon. Alex und Tony handhabten unbeholfen den Pflug und die Hacke. Als Scarlett kam, begrüßten sie sie mit einem Gelächter über ihren gebrechlichen Wagen, aber nicht ohne Bitterkeit, denn sie lachten über sich selber. Scarlett fragte, ob sie bei ihnen Maissamen kaufen könnte, und es entspann sich zwischen ihnen ein Gespräch über landwirtschaftliche Fragen. Fontaines besaßen zwölf Hühner, zwei Kühe, fünf Schweine und das Maultier, das sie aus dem Krieg mit heimgebracht hatten. Ein Schwein war eben eingegangen, und sie waren in großer Sorge wegen der anderen. Als Scarlett diese beiden jungen Herren, die früher nie einen ernsteren Gedanken als etwa die Auswahl der elegantesten Krawatte im Kopf gehabt hatten, so sachlich über Schweinefragen reden hörte, brach sie ebenfalls in ein Gelächter aus, und auch bei ihr war es von Bitterkeit erfüllt.

Fontaines hatten sie herzlich in Mimosa willkommen geheißen und darauf bestanden, ihr den Maissamen zu schenken. Der rasch entflammbare Fontainesche Zorn erwachte, als sie einen Unionschein auf den Tisch legte, und sie verweigerten rundweg die Annahme des Geldes. Scarlett nahm den Samen und steckte Sally heimlich eine Dollarnote in die Hand. Sally hatte sich vollkommen verändert, seitdem sie vor acht Monaten Scarlett bei ihrem ersten Besuche begrüßt hatte. Schon damals war sie blaß und traurig, aber doch voller Spannkraft gewesen. Nun aber hatte das unglückliche Ende des Krieges alle Hoffnung und damit auch allen Lebensmut von ihr genommen.

»Scarlett«, flüsterte sie, als sie den Schein nahm, »wozu ist das nun alles gewesen? Warum haben wir überhaupt gekämpft? Ach, mein armer Joe, mein armes Kleines!«

»Gott weiß, warum wir gekämpft haben, mir ist es einerlei«, erwiderte Scarlett. »Mich geht es nichts an, und ich war nie mit dem Herzen dabei. Der Krieg ist Sache der Männer, nicht der Frauen. Mich interessiert jetzt einzig und allein die Baumwollernte. Nimm den Dollar, und kauf dem kleinen Joe etwas anzuziehen, er hat es wahrhaftig nötig. Ich will euch eures Saatgutes nicht berauben, und wenn Alex und Tony auch noch so höflich sind.«

Die jungen Männer begleiteten sie an den Wagen, höflich auch in Lumpen, fröhlich und leichtherzig auf die Fontainesche Art, und halfen ihr hinein. Aber mit dem Eindruck ihrer Verelendung vor Augen fuhr Scarlett schaudernd von Mimosa weg. Wie satt hatte sie Armut und Dürftigkeit! Wie schön wäre es, reiche Leute zu kennen, die sich nicht den Kopf darüber zerbrachen, woher die nächste Mahlzeit zu nehmen sei!

Cade Calvert war daheim in Pine Bloom, und als Scarlett die Stufen zu dem alten Hause hinaufstieg, wo sie in glücklicheren Tagen so oft getanzt hatte, sah sie an seinem Gesicht, daß er vom Tod gezeichnet war. Er bestand nur noch aus Haut und Knochen und lag hustend in einem Lehnsessel in der Sonne, mit einer Decke über den Knien, aber sein Gesicht strahlte, als er Scarlett sah. Nur eine kleine Erkältung, die sich auf der Brust festgesetzt habe, beteuerte er und erhob sich mühsam, um sie zu begrüßen. Er habe zu oft im Regen übernachtet, da habe er es sich geholt, aber bald sei es vorüber, und dann wolle er bei der Arbeit mithelfen. Cathleen Calvert kam heraus, sobald sie Stimmen vernahm, und als Scarlett über Cades Kopf hinweg ihrem Blick begegnete, las sie darin bittere Erkenntnis und Verzweiflung. Cade ahnte nicht, wie es um ihn stand, aber Cathleen wußte es. Pine Bloom sah verwahrlost aus und stand voller Unkraut. Kiefernschößlinge hatten sich auf den Feldern angesiedelt, das Haus war baufällig und unordentlich. Cathleen hatte scharfe, magere Züge.

Die beiden wohnten mit ihrer Yankeestiefmutter, vier kleineren Stiefschwestern und dem Aufseher Hilton, der gleichfalls ein Yankee war, in dem stillen, unheimlich widerhallenden Hause. Scarlett hatte von Hilton nie mehr gehalten als von ihrem eigenen Aufseher Wilkerson. Jetzt aber war er ihr noch mehr zuwider, wie er da angeschlendert kam und sie wie Gleichstehende begrüßte. Früher war er, wie Wilkerson, unterwürfig und unverschämt zugleich gewesen, aber seit dem Tode Mr. Calverts und Raifords und seit Cades Krankheit war alle Dienstbeflissenheit von ihm gewichen. Die »zweite Mrs. Calvert« hatte nicht einmal verstanden, sich bei ihren schwarzen Dienstboten in Respekt zu setzen; es war nicht zu erwarten, daß es ihr bei einem Weißen besser gelang.

»Mr. Hilton ist so gut zu uns gewesen und die ganze schwere Zeit hindurch bei uns geblieben«, sagte Mrs. Calvert unruhig und warf ihrer schweigenden Stieftochter einen langen Blick zu. »Sie haben wohl gehört, daß er zweimal, als Shermans Truppen hier waren, das Haus gerettet hat. Wie wir ohne ihn fertig geworden wären, weiß ich nicht. Wir hatten ja kein Geld...«

Eine dunkle Röte zog über Cades bleiches Gesicht, und Cathleen verbarg die Augen hinter ihren langen Wimpern. Ein harter Zug erschien um ihren Mund. Scarlett wußte, wie ihre Seele sich in ohnmächtiger Wut darüber verzehrte, daß sie ihrem Aufseher zu Dank verpflichtet waren. Mrs. Calvert war offenbar den Tränen nahe, sie hatte etwas gesagt, was sie nicht hätte sagen dürfen. Das tat sie immer. Sie konnte die Leute aus dem Süden nicht begreifen, obwohl sie nun schon zwanzig Jahre in Georgia lebte. Sie wußte nie, was sie zu ihren Stiefkindern sagen oder nicht sagen durfte; was sie auch tat, sie waren immer von ausgesuchter, fremder Höflichkeit gegen sie. Im stillen gelobte sie sich, diese unbegreifbaren, halsstarrigen Fremden zu verlassen und mit ihren eigenen Kindern nach dem Norden zu ihren Verwandten zurückzukehren.

Nach diesen Erfahrungen brachte Scarlett es nicht mehr übers Herz, auch Tarletons zu besuchen. Sie wußte, daß die vier Söhne nicht mehr da waren, daß das Haus niedergebrannt und die Familie notdürftig im Häuschen des Sklavenaufsehers untergebracht war. Aber Suellen, Carreen und Melanie drangen so sehr in sie, ihren Nachbarpflichten nachzukommen, daß sie sich eines Sonntags zusammen auf den Weg machten. Dieser Besuch war der allerschlimmste.

Als sie an den Ruinen des Hauses vorbeifuhren, gewahrten sie Beatrice Tarleton im abgetragenen Reitkleid, die Peitsche unter dem Arm, oben auf dem Gatter der Koppel sitzen und trübselig ins Leere starren. Neben ihr hockte der kleine krummbeinige Neger, der ihre Pferde immer zugeritten hatte, und blickte ebenso freudlos drein wie seine Herrin. Die Koppel, sonst so voll von übermütigen Füllen und stattlichen Zuchtstuten, war jetzt leer. Nur ein einsames Maultier graste dort, das Tier, auf dem Mr. Tarleton aus dem Kriege heimgekehrt war.

»Ich weiß wahrhaftig nicht, wohin mit mir, seitdem meine Lieblinge nicht mehr da sind«, sagte Mrs. Tarleton, als sie vom Zaun herabkletterte. Ein Fremder hätte meinen können, sie spräche von ihren vier gefallenen Söhnen, aber die Mädchen aus Tara wußten, daß sie dabei an ihre Pferde dachte. »Alle meine schönen Pferde sind tot. Ach, meine arme Nellie! Hätte ich doch wenigstens meine Nellie noch! Nur ein elendes Maultier ist noch da, ein elendes Maultier«, wiederholte sie mit einem empörten Blick auf das knochige Geschöpf. »Es schändet das Andenken meiner geliebten Vollblüter, ein solches Tier auf ihrer Koppel zu haben. Maultiere sind widernatürliche Mißgeburten. Ihre Zucht sollte verboten werden.«

Jim Tarleton, der mit seinem buschigen Bart kaum wiederzuerkennen war, kam aus dem Aufseherhäuschen heraus, um die Besucherinnen willkommen zu heißen, und hinter ihm drängten sich in geflickten Kleidern seine vier rothaarigen Töchter und stolperten fast über ein Dutzend schwarzbraun gefleckter Jagdhunde, die bellend vor die Tür stürzten, als sie fremde Stimmen hörten. Die ganze Familie trug eine künstliche, gewollte Fröhlichkeit zur Schau, die Scarlett noch schmerzhafter ins Herz schnitt als die Verbitterung auf Mimosa und die Totenstille auf Pine Bloom.

Tarletons bestanden darauf, daß die Mädchen zum Essen blieben. Sie hätten jetzt nur noch selten Gäste und wollten gern alle Neuigkeiten hören, die es gäbe. Scarlett sagte ungern zu, weil die Atmosphäre sie niederdrückte, aber Melanie und die beiden Schwestern wollten nicht fort. Sie blieben also alle vier da und aßen sparsam von dem Speck und den getrockneten Erbsen, die ihnen vorgesetzt wurden.

Man lachte über die dürftige Kost, und die Tarletonschen Mädchen erzählten kichernd, als wäre es der köstlichste Witz, wie sie sich bei der Herstellung ihrer Kleider hatten behelfen müssen. Melanie kam ihnen entgegen und überraschte Scarlett durch die plötzliche Lustigkeit, mit der sie von ihren Mühseligkeiten auf Tara erzählte. Scarlett selber brachte kaum ein Wort hervor. Das Zimmer war so leer ohne die vier großen Jungens, die sich sonst in diesem Kreise lachend und neckend gerekelt hatten. Wie mußten erst Tarletons selber die Leere in ihrem Hause empfinden, mochten sie auch ihren Nachbarn lächelnde Gesichter zeigen!

Carreen hatte während des Essens wenig gesagt. Nach Tisch schlüpfte sie zu Mrs. Tarleton hinüber und flüsterte ihr etwas zu. Mrs. Tarletons Gesicht veränderte sich, und das erzwungene Lächeln wich von ihren Lippen, als sie den Arm um Carreens schlanke Taille legte. Sie gingen aus dem Zimmer. Scarlett, der die Umgebung immer unerträglicher wurde, folgte ihnen. Sie schritten den Gartenweg hinunter auf den Friedhof zu. Was in aller Welt dachte Carreen sich dabei, sich von Mrs. Tarleton zu den Gräbern der Jungens führen zu lassen, wo Beatrice sich doch solche Mühe gab, tapfer zu sein!

In dem von einer Backsteinmauer umgebenen Platz unter den hohen Zedern standen zwei so neue Marmorsteine, daß noch kein Regen sie mit roter Erde bespritzt hatte. »Vorige Woche haben wir sie bekommen«, sagte Mrs. Tarleton stolz. »Mr. Tarleton hat sie im Wagen aus Macon geholt.«

Grabsteine! Wieviel mußten die gekostet haben! Plötzlich fühlte Scarlett etwas von ihrem Mitleid mit den Tarletons schwinden. Wer so viel kostbares Geld an Grabsteine verschwendete, während die täglichen Bedürfnisse kaum zu erschwingen waren, verdiente kein Mitleid. Auf jedem Stein waren mehrere Zeilen eingemeißelt. Wieviel Geld mußte es gekostet haben, die Leichen der drei Gefallenen nach Hause zu überführen! Von Boyd hatte man nie eine Spur gefunden. Zwischen den Gräbern von Brent und Stuart stand ein Stein mit der Inschrift: »Im Leben lieb und treu, im Tode ungetrennt.« Auf dem anderen Stein waren Boyds und Toms Namen eingemeißelt, dazu ein lateinischer Spruch, der mit »Dulce et...« anfing, aber Scarlett verstand ihn nicht. Es war ihr seinerzeit auf der Töchterschule in Fayetteville gelungen, sich ums Latein zu drücken. »So viel Geld für Grabsteine! Narren sind sie.« Sie war so empört, als wäre ihr eigenes Geld vergeudet worden.

Carreens Augen glänzten. »Schön ist das«, flüsterte sie und wies auf den ersten Stein. Das sah ihr ähnlich. Jede Sentimentalität ging ihr zu Herzen.

»Ja«, sagte Mrs. Tarleton mit weicher Stimme, »wir fanden, die Worte paßten so gut... die beiden sind fast im gleichen Augenblick gefallen, zuerst Stuart und dann Brent, als er die Fahne ergriff, die seinem Bruder entglitt.«

Als die Mädchen nach Tara zurückfuhren, schwieg Scarlett und mußte daran denken, was sie in den verschiedenen Häusern gesehen hatte und wie es nächstes Jahr darin aussehen würde. Bald würden nun all diese Felder voll von kleinen Kiefernschößlingen stehen, denn ohne Schwarze konnte niemand sie ordnungsgemäß bestellen. Langsam mußte der Urwald alles verschlucken. Was aber sollte aus den Plantagenbesitzern werden, wenn keine Baumwolle mehr gezogen wurde! Alles Leben auf diesen Besitzungen würde um hundert Jahre zurückgebracht werden. Man würde wieder wie die ersten Pioniere in kleinen Hütten wohnen und ein paar armselige Morgen umgraben. Ein trostloses Dasein! »Nein«, dachte sie grimmig, »so weit soll es auf Tara nicht kommen, und wenn ich selber pflügen muß. Ganz Georgia kann meinetwegen wieder zum Urwald werden, Tara soll es nicht.« Wenn nur männliche Hilfe vorhanden wäre! Nicht der Verlust der Schwarzen war das Schlimmste, sondern der Verlust der jungen Männer. Ach, wenn sie alle da wären, deren Namen in den Verlustlisten gestanden hatten! Dann könnte man es schaffen. Plötzlich kam ihr ein Gedanke: Wenn sie nun wieder heiratete? Aber nein, daran war nicht zu denken. Sie hatte nie einen anderen gewollt als Ashley. Aber angenommen, sie wollte doch wieder heiraten ... war denn jemand zum Heiraten da? Der Gedanke war erschütternd.

»Melly, was soll aus den Mädchen in den Südstaaten werden?«

»Wie meinst du das?«

»Genau wie ich es sage. Was soll aus ihnen werden? Es ist niemand mehr da, der sie heiraten kann. Melly, im ganzen Süden müssen ja Tausende von Mädchen als alte Jungfern sterben.«

»Und können niemals Kinder bekommen!« fügte Melly traurig hinzu.

Diese Gedanken waren Suellen, die hinten im Wagen saß, offenbar nicht mehr neu, denn sie fing plötzlich an zu weinen. Seit Weihnachten hatte sie nichts mehr von Frank Kennedy gehört und wußte nicht, ob der mangelhafte Postbetrieb oder etwa Franks Gleichgültigkeit daran schuld war. Vielleicht war er noch in den letzten Tagen des Krieges gefallen? Das wäre ihr immer noch lieber, als wenn er sie vergessen hätte.

»Ach, um Gottes willen, Sue, sei still«, rief Scarlett.

»Ihr habt gut reden«, schluchzte Suellen. »Ihr seid verheiratet gewesen und habt ein Kind gehabt und wißt, daß euch ein Mann geliebt hat. Aber seht doch mich an! Und nun müßt ihr so gemein sein und mir sagen, daß ich eine alte Jungfer bin, und ich kann doch nichts dafür. Das ist häßlich von euch.«

»Ach, sei still, du weißt doch, ich kann das ewige Heulen nicht aushalten. Dein alter Gelbbart kommt schon eines Tages wieder und heiratet dich, weil ihm nichts Besseres einfällt. Ich persönlich würde lieber eine alte Jungfer, als daß ich ihn heiratete.«

Eine Weile war es hinten im Wagen still. »Ach«, seufzte Melanie endlich, »was ist der Süden ohne alle unsere lieben Jungens. Was wäre er, wenn sie noch lebten! Wie gut könnten wir ihren Mut, ihre Tatkraft, ihren Verstand gebrauchen! Scarlett, wir alle, die wir kleine Jungens haben, müssen sie dazu erziehen, daß sie tapfere Männer werden wie sie.«

»Solche Männer wie sie gibt es nie wieder«, sagte Carreen leise. »Niemand kann an ihre Stelle treten.«

Schweigend fuhren sie nach Hause.

Bald darauf kam Cathleen Calvert eines Tages bei Sonnenuntergang angeritten. Ihr Damensattel war dem elendesten Maultiere aufgeschnallt, das Scarlett je gesehen hatte, und fast ebenso jämmerlich sah Cathleen selber aus. Sie trug ein verwaschenes baumwollenes Kleid, wie es früher nur Dienstboten getragen hatten, und ihr breitrandiger Hut war unter dem Kinn mit einem Bindfaden festgebunden. Sie kam vor die Veranda geritten und stieg nicht ab. Scarlett und Melanie gingen die Stufen zu ihr hinunter. Cathleen war so schneeweiß wie Cade an dem Tage, da Scarlett zu Besuch kam, hart und spröde, als müsse ihr das Gesicht zerspringen, sobald sie nur den Mund auftat. Aber sie saß aufrecht und erhobenen Hauptes im Sattel und nickte ihnen zu.

Plötzlich fiel Scarlett der Tag ein, da Cathleen und sie auf dem Gartenfest bei Wilkes miteinander über Rhett Butler getuschelt hatten. Wie hübsch und frisch hatte Cathleen damals in ihrem blauen Organdykleid ausgesehen, mit den duftenden Rosen am Gürtel und den kleinen schwarzen Samtschuhen, die um die zierlichen Fußgelenke verschnürt waren! In der steifen Gestalt auf dem Maultier war keine Spur mehr von dem Mädchen von damals zu erkennen.

»Ich komme nicht erst hinein, danke«, sagte sie. »Ich wollte euch nur erzählen, daß ich heirate.«

»Was! Wen? Cathy, wann!«

»Morgen«, sagte Cathleen in einem so starren Ton, daß den beiden ihr neugieriges Lächeln verging. »Ich wollte euch nur sagen, daß ich morgen in Jonesboro heirate ... und euch nicht dazu einlade.«

Sie schluckten und sahen sich eine Weile schweigend an.

Dann sprach Melly zuerst. »Jemand, den wir kennen?«

»Ja«, sagte Cathleen. »Mr. Hilton.«

»Mr. Hilton?«

»Ja, Mr. Hilton, unseren Sklavenaufseher.«

Scarlett brachte nicht einmal ein »Ach« hervor, aber Cathleen sah plötzlich Melanie scharf an und sagte leise und wild: »Melly, wenn du weinst, halte ich es nicht aus, dann sterbe ich!«

Melanie erwiderte nichts, sondern streichelte nur den Fuß, der von einem groben selbstgemachten Schuh umschlossen im Steigbügel herabhing, und senkte den Kopf.

»Und laß das Streicheln, das halte ich auch nicht aus.«

Melanie zog die Hand zurück, blickte aber immer noch nicht auf.

»So, nun muß ich weiter, ich hatte es euch nur sagen wollen.«

Die spröde schneeweiße Maske lag wieder auf Cathleens Gesicht, sie faßte die Zügel.

»Wie geht es Cade?« fragte Scarlett und wußte nicht, was sie tun sollte, um die schreckliche Stille zu unterbrechen.

»Er liegt im Sterben«, sagte Cathleen kurz und völlig fühllos. »Was an mir liegt, soll geschehen, damit er sterben kann, ohne sich über unsere Zukunft Sorgen zu machen. Meine Stiefmutter und die Kinder fahren morgen endgültig in den Norden. Nun muß ich aber weiter.«

Melanie blickte in Cathleens harte Augen hinauf, an ihren eigenen Wimpern hingen helle Tränen des Verständnisses. Da verzog sich Cathleens Mund zu dem schiefen Lächeln eines Kindes, das tapfer sein und nicht weinen möchte. Scarlett versuchte immer noch vergeblich, das Unfaßliche zu fassen. Cathleen beugte sich herab, und Melly erhob sich auf die Zehenspitzen, und sie küßten einander. Dann schlug Cathleen das alte Maultier scharf mit den Zügeln. Es trabte davon.

Melanie blickte ihr nach, und die Tränen liefen ihr über die Wangen. Scarlett starrte noch immer ganz versteinert hinter ihr her. »Melly, ist sie verrückt? Sie kann ihn doch unmöglich lieben!«

»Lieben? Aber Scarlett, wie kannst du etwas so Abscheuliches nur denken! Ach, arme Cathleen! Armer Cade!«

Plötzlich wurde Scarlett ungeduldig und ärgerte sich, daß Melanie von menschlichen Beziehungen immer ein weniges mehr begriff als sie, Cathleens traurige Lage kam ihr wohl ungewöhnlich, aber nicht verhängnisvoll vor. Natürlich war es kein angenehmer Gedanke, einen Yankee und Angestellten zu heiraten, aber schließlich konnte doch ein Mädchen nicht allein auf einer Plantage leben. Sie brauchte einen Mann, der ihr half.

»Melly, ich sagte es ja schon neulich, es gibt keinen mehr, den man heiraten könnte, und ein Mädchen muß doch heiraten.«

»Ach, sie braucht doch nicht zu heiraten! Es ist doch keine Schande, Jungfer zu bleiben; denke doch an Tante Pitty! Ach, mir wäre lieber, Cathleen wäre tot! Nun ist es mit Calverts zu Ende. Stelle dir doch vor, was für Kinder sie zur Welt bringen wird. Ach, Scarlett, laß Pork rasch das Pferd satteln, reite ihr nach und bitte sie, zu uns zu kommen und bei uns zu wohnen.«

»Du lieber Gott!« Scarlett war entsetzt, wie selbstverständlich Melanie über Tara verfügte. Sie hatte keineswegs die Absicht, einen weiteren Esser satt zu machen, und wollte es gerade aussprechen, als etwas in Melanies tiefbetroffenem Gesicht sie zurückhielt.

»Sie käme doch nicht, Melly«, sagte sie statt dessen. »Das weißt du ganz gut. Sie ist zu stolz.«

»Ja, da hast du wohl recht«, murmelte Melanie verstört und sah die kleine rote Staubwolke in der Ferne verschwinden.

XXX

In den warmen Sommertagen nach dem Friedensschluss wurde Tara völlig aus seiner Einsamkeit herausgerissen. Monatelang schleppten sich bärtige, zerlumpte, ewig hungrige Vogelscheuchen mit wunden Füßen den roten Hügel nach Tara hinauf, hockten auf den schattigen Verandastufen, baten um etwas zu essen und um ein Nachtlager. Das waren die konföderierten Soldaten, die heimkehrten. Die Eisenbahn hatte die Reste von Johnstons Heer aus Nordcarolina nach Atlanta gebracht und dort abgesetzt. Von Atlanta aus begannen sie ihre Wanderung zu Fuß. Als der Strom von Johnstons Truppen vorüber war, kamen die erschöpften Veteranen der Virginia-Armee und alsdann die Truppen aus dem Westen, um sich nach dem Süden durchzuschlagen und zu ihrem Heim, das vielleicht gar nicht mehr stand, und zu ihrer Familic, die vielleicht in alle Winde verstreut war, zu gelangen. Die meisten kamen zu Fuß, wenige Glücklichere auf knochigen Pferden und Maultieren, die ihnen bei der Kapitulation verblieben waren. Ausgemergelte Tiere, denen auch ein ungeübtes Auge ihr vorzeitiges Ende, längst ehe sie die ferne Heimat erreichten, voraussagen konnte.

Heimwärts, heimwärts! Das war der einzige Gedanke dieser Elenden. Einige waren traurig und schweigsam, andere lustig und unbekümmert, aber der Gedanke, daß nun alles vorüber war und sie nach Hause zogen, war es, was sie alle aufrechthielt. Nur wenige waren wirklich verbittert. Die Bitterkeit überließen sie ihren Frauen und den Alten. Sie hatten einen guten Kampf gekämpft, hatten sich tapfer geschlagen und waren besiegt worden, und nun wollten sie sich gern unter der Flagge, die sie bekriegt hatten, friedlich niederlassen und das Feld bestellen.

Heimwärts, heimwärts! Von nichts anderem mochten sie sprechen. Nicht von Schlachten, Heldentaten, Wunden und Gefangenschaft und auch nicht von der Zukunft. Später wollten sie allcs Geschehene in ihren Erzählungen wiederaufleben lassen und ihren Kindern und Enkeln von all ihren tollen Streichen, kühnen Beutezügen und wilden Sturmangriffen, von den Märschen, Entbehrungen und Verwundungen berichten. Aber jetzt nicht. Manchem fehlte ein Arm, ein Bein oder ein Auge, viele trugen Narben, die ihnen bei feuchtem Wetter ihr Leben lang weh tun sollten. Aber das waren jetzt Kleinigkeiten. Alte und Junge, Schweigsame und Gesprächige, reiche Pflanzer und arme Trapper … alle hatten sie zweierlei miteinander gemeinsam: Läuse und die Ruhr.

Der Soldat hatte sich an seine Läuse so gewöhnt, daß er sich ihrer kaum noch bewußt wurde und auch in Gegenwart von Damen sich unbekümmert kratzte. Und die Ruhr, der Blutfluß, wie die Damen sie beschönigend nannten, hatte wohl keinen, vom Gemeinen bis zum General, verschont. Vier Jahre waren sie nie richtig satt geworden; vier Jahre immer nur zähe, unreife, halbverdorbene Proviantrationen, das war an keinem spurlos vorübergegangen. Jeder, der in Tara haltmachte, war entweder eben erst von der Ruhr geheilt oder litt noch immer daran.

»Es ist im ganzen konföderierten Heer kein heiles Eingeweide mehr«, bemerkte Mammy düster, als sie über dem Herde schwitzend den bitteren Trank der Brombeerwurzeln braute, der Ellens Heilmittel gegen solche Beschwerden gewesen war. »Ich denke immer noch, nicht die Yankees haben unsere Gentlemen geschlagen, das haben ihre eigenen Gedärme getan, und wenn die Eingeweide zu Wasser werden, kann kein Gentleman mehr kämpfen.«

Mammy gab ihnen allen miteinander ihre Arznei, ohne erst lange Fragen nach dem Zustand ihrer Organe zu stellen, und alle miteinander schluckten gehorsam, was sie zu schlucken bekamen, und schnitten ihre Grimasse dazu. Vielleicht dachten sie dabei an ein anderes strenges schwarzes Gesicht in einem weit entfernten Heimatort und an eine andere schwarze Hand, die ihnen unerbittlich den Arzneilöffel gereicht hatte.

Wenn es aber galt, die verwahrlosten Gäste ins Haus hineinzulassen, war Mammy nicht zu erweichen. Sie befahl sie alle ausnahmslos hinter ein dichtes Gebüsch, nahm ihnen ihre Uniform ab, gab ihnen einen Trog mit Wasser und scharfe grüne Seife zum Waschen und versah sie schließlich mit Tüchern, womit sie ihre Blöße bedecken konnten, während sie ihre Kleidungsstücke in einem riesigen Waschkessel kochte. Mochten die Mädchen auch einwenden, daß ein solches Verfahren beschämend für die Krieger wäre – Mammy entgegnete, daß es viel beschämender für die Mädchen wäre, selber Läuse zu bekommen.

Als nach und nach fast täglich Soldaten kamen, erlaubte Mammy ihnen nicht mehr, in den Schlafzimmern zu übernachten. Scarlett gab allen Widerstand auf und richtete den Salon mit seinem dicken Plüschteppich als Schlafsaal ein. Auch hierüber jammerte Mammy laut, aber Scarlett blieb fest. Irgendwo mußten die Leute doch schlafen. So kam es, daß in den Monaten nach Kriegsende der dicke weiche Plüsch sich abzunutzen begann und schließlich das Grundgewebe zum Vorschein kam.

Jeden Soldaten fragten sie eindringlich nach Ashley, und Suellen erkundigte sich selbstgefällig nach Mr. Kennedy, aber kein Soldat hatte von ihnen gehört oder zeigte Lust, über Vermißte zu sprechen. Genug, daß man selbst noch am Leben war; an die Tausende, die nicht nach Hause kamen, mochte man gar nicht denken.

Nach jeder solchen Enttäuschung suchte die Familie Melanie neuen Mut zu machen. Ashley konnte nicht im Gefangenenlager gestorben sein, sonst hätte ein Kaplan der Yankees es ihnen geschrieben. Er würde eines Tages nach Hause kommen, aber das Gefangenenlager lag so endlos weit entfernt. Man brauchte mehrere Tage dazu, die Reise mit der Eisenbahn zu machen, und wenn nun Ashley zu Fuß kam, wie alle die Leute hier ... Aber warum hatte er dann nicht geschrieben? Ja, die Post war so unsicher und unzuverlässig, selbst da, wo der regelmäßige Dienst wieder eingerichtet war. Aber wenn er nun auf dem Heimweg gestorben war? Nun, dann hätte irgendeine Yankeefrau sicher geschrieben. Taten Yankeefrauen das? Ja doch, Melly, es gibt sicher auch gute Yankeefrauen. Ach, Gott konnte doch nicht ein ganzes Volk erschaffen ohne in paar gute Frauen darin. So ging es zwischen Furcht und Hoffnung hin und her.

Eines Nachmittags im Juni, als alle vor der Hintertür versammelt waren und Pork beim Zerschneiden einer halbreifen Wassermelone zuschauten, erklang Hufschlag auf dem Kies der vorderen Einfahrt. Prissy machte sich träge auf, während die Zurückbleibenden darüber zu streiten begannen, ob sie die Wassermelone verstecken oder mit dem Gaste teilen sollten. Melly und Carreen waren fürs Teilen, aber Scarlett, von Suellen und Mammy unterstützt, zischte Pork zu, er solle die Frucht eiligst verstecken. Während Pork noch unschlüssig über das Schicksal des Leckerbissens dastand, hörten sie Prissy aufkreischen. Mit einem Satz sprang Scarlett die Stufen hinauf und rannte durch den Flur, und alle anderen folgten ihr nach.

»Onkel Peter ist da! Miß Pittypats Onkel Peter!«

Alle sahen zu, wie der graue alte Despot aus Tante Pittys Hause von einem rattenschwänzigen Klepper, auf den ein ganzer Packen Decken geschnallt war, herunterkletterte. Auf seinem breiten schwarzen Gesicht lag die gewohnte Würde im Kampf mit der Freude über das Wiedersehen, und das Ergebnis war, daß seine Stirn sich runzelte, aber der Mund ihm offenhing wie einem beglückten, zahnlosen alten Hunde. Schwarz und Weiß schüttelte ihm die Hand und fragte ihn aus, aber Mellys Stimme erhob sich über alle anderen: »Tantchen ist doch nicht krank?«

»Nein, Missis, es geht ihr mäßig, Gott sei Dank.« Peter sah zuerst Melly und dann Scarlett streng an, und beide fühlten sich auf einmal sehr schuldig, ohne zu wissen, warum. »Es geht ihr einigermaßen, aber sie ist mit euch jungen Misses ganz und gar auseinander, und wenn ich es recht bedenke, ich bin es auch!«

»Aber, Onkel Peter, was um Himmels willen ...«

»Sie brauchen sich gar nicht erst alle viel zu entschuldigen. Hat nicht Miß Pitty geschrieben und geschrieben, Sie sollen nach Hause kommen? Habe ich sie nicht schreiben sehen und weinen sehen, wenn Sie ihr alle immer und immer zurückgeschrieben haben, Sie haben zuviel hier in der alten Farm zu tun und können nicht nach Hause kommen?«

»Aber, Onkel Peter ...«

»Wie können Sie nur die arme Miß Pitty so ganz mutterseelenallein lassen, wenn sie doch so sehr schrecklich bange ist? Sie wissen doch auch, ebensogut wie ich, daß Miß Pitty noch nie für sich allein gewohnt hat, und sie hat in ihren kleinen Schuhen vor Angst furchtbar gezittert, die ganze Zeit, nachdem sie aus Macon zurück ist. Sie hat mir gesagt, ich soll es Ihnen allen Misses ganz offen sagen, was ich auch weiß, daß sie nicht begreifen kann, wie Sie sie in der Stunde der Not im Stich lassen können.«

»Nun sei aber still!« fuhr ihm Mammy böse über den Mund. Daß jemand Tara »eine alte Farm« nannte, konnte sie nicht gut auf sich sitzen lassen. Das brachte nur ein ungebildeter Schwarzer fertig, der in der Stadt aufgewachsen war und den Unterschied zwischen einer Farm und einer Plantage nicht kannte. »Haben wir vielleicht nicht Stunden der Not gehabt?« schalt sie. »Wir brauchen Miß Scarlett und Miß Melanie dringend hier bei uns. Wie kommt es, daß Miß Pitty nicht ihren Bruder zu Hilfe ruft, wenn sie Hilfe brauchte?«

Onkel Peter gönnte ihr einen vernichtenden Blick.

»Master Henry hat seit Jahren nichts mehr mit uns zu schaffen gehabt und ist nun zu alt, um damit anzufangen.« Er wandte sich wieder den Mädchen zu, die sich mit Mühe das Lachen verbissen. »Ihr jungen Misses solltet euch furchtbar schämen, daß ihr die arme alte Miß Pitty allein laßt, wo doch die Hälfte von ihren Freunden tot ist und die andere Hälfte in Macon ist, und in Atlanta ist alles voll von Yankees und freien Niggern.« Die Mädchen hatten die Strafrede mit einiger Beherrschung über sich ergehen lassen. Aber der Gedanke, daß Tante Pitty Peter hergeschickt hatte, um sie. auszuschelten und leibhaftig nach Atlanta zurückzuschleppen, brachte sie schließlich doch aus der Fassung. Sie platzten vor Lachen und lehnten sich aneinander, um sich zu stützen. Natürlich machten sich auch Pork, Dilcey und Mammy in schallendem Gelächter Luft, als sie den Beschimpfer ihres geliebten Tara kaltgestellt sahen. Sogar über Geralds Gesicht huschte ein unbestimmtes Lächeln. Nur Onkel Peter, der abgestiegen war, trat mit wachsender Entrüstung von einem seiner Plattfüße auf den anderen.

»Was ist denn mit dir los, Nigger?« erkundigte sich Mammy kreischend. »Wirst wohl selber nun zu alt, um deine Herrin zu beschützen?«

Peter raste. »Zu alt? Onkel Peter zu alt? Nein, Ma'am! Ich habe Miß Pitty immer beschützt und kann es auch heute noch. Habe ich sie nicht ganz heil nach Macon gebracht, als wir geflohen sind? Habe ich sie nicht beschützt, als die Yankees kamen und sie so bange war, daß sie nur immer wieder in eine neue Ohnmacht fiel? Und habe ich nicht diesen Gaul besorgt, um sie nach Atlanta zurückzubringen, und bin mit ihr und all ihrem Silber heil angekommen?« Peter reckte sich zu seiner vollen würdigen Höhe empor. »Ich rede nicht von Beschützen. Ich rede nur davon, wie das aussieht.«

»Wie was aussieht?«

»Ich rede davon, wie das vor den Leuten aussieht, wenn Miß Pitty so allein lebt. Die Leute reden schlecht von unverheirateten Damen, die allein leben«, fuhr Peter fort, und seine Zuhörer sahen deutlich, wie in seinen Augen Pittypat immer noch das rundliche niedliche kleine Fräulein von sechzehn Jahren war, das er vor den bösen Zungen beschützen mußte. »Und ich kann es nicht haben, wenn die Leute über Miß Pitty herziehen. Und ich will es nicht haben, daß sie fremde Leute ins Haus nimmt, nur wegen der Gesellschaft, das habe ich ihr auch, gesagt. ›Nein, solange Sie Ihr eigen Fleisch und Blut haben, das zu Ihnen gehört‹, habe ich ihr gesagt und nun will ihr eigen Fleisch und Blut nichts von ihr wissen. Miß Pitty ist doch das reine Kind …«

Scarlett und Melanie wußten sich vor Lachen nicht zu helfen und sanken auf die Stufen nieder. Schließlich trocknete sich Melanie die Tränen.

»Armer Onkel Peter! Entschuldige, daß ich gelacht habe, bitte, bitte, verzeih mir. Miß Scarlett und ich können gerade jetzt nicht nach Hause kommen. Vielleicht komme ich im September, wenn die Baumwolle gepflückt ist. Hat Tantchen dich den ganzen weiten Weg hierhergeschickt, damit du uns auf dem Knochengestell da nach Hause bringst?«

Bei dieser Frage klappte Peters Mund vor Verblüffung auf, und sein runzliges schwarzes Gesicht wurde ganz schuldbewußt und bestürzt. Er zog seine vorgeschobene, schmollende Unterlippe so schnell ein, wie die Schildkröte den Kopf unter die Schale zieht.

»Ach, Miß Melly, nun habe ich im Augenblick rein vergessen, wozu Miß Pitty mich hergeschickt hat, und wichtig ist es außerdem. Ich habe einen Brief für Sie. Miß Pitty wollte ihn der Post nicht anvertrauen und keinem anderen Menschen als mir.«

»Einen Brief? Von wem?«

»Miß Pitty sagte: ›Du, Onkel Peter, bringe es Miß Melly schonend bei‹, sagte sie zu mir, und ich sagte …«

Melly fuhr von der Stufe empor, die Hand am Herzen. »Ist Ashley tot?«

»Nein, nein, Miß!« Peters Stimme erhob sich fast zu einem schrillen Geheul, als er in der Brusttasche seines zerlumpten Rockes nach dem Brief suchte. »Er ist noch lebendig. Dies hier ist ein Brief von ihm. Er kommt nach Hause. Allmächtiger, fang sie auf, Mammy! Laß mich …«

»Finger weg, du alter Esel«, donnerte Mammy und mühte sich, Melanies sinkenden Körper zu halten. »Du gottverdammter schwarzer Affe! ›Schonend beibringen‹! Pork, nimm sie bei den Beinen, Miß Carreen, halt ihr den Kopf fest, in den Salon mit ihr aufs Sofa!«

In wildem Durcheinander umschwärmte alles, außer Scarlett, die ohnmächtige Melanie. Gleich darauf standen draußen Scarlett und Onkel Peter einander allein gegenüber. Wie angewurzelt stand sie dort, wo sie aufgesprungen war, als sie seine Worte vernahm, und konnte sich nicht rühren. Onkel Peters altes schwarzes Gesicht war wie das eines kleinen Kindes, wenn es Schelte bekommt. All seine Würde war dahin. Scarletts Herz war wie versteinert. Sie empfand weder Freude noch Erregung. Wie aus weiter Ferne tönte Onkel Peters Stimme kläglich und besänftigend an ihr Ohr.

»Master Willie Burr aus Macon, der mit uns verwandt ist, hat ihn Miß Pitty gebracht. Master Willie war in demselben Gefängnis wie Master Ashley. Master Willie hat ein Pferd gehabt und ist schnell gekommen, aber Master Ashley muß zu Fuß laufen.«

Scarlett riß ihm den Brief aus der Hand. Er war von Miß Pitty an Melanie adressiert, aber sie riß ihn unbekümmert auf, und der Zettel, den Miß Pitty beigelegt hatte, fiel zu Boden. In dem Umschlag steckte ein Stück zusammengefaltetes Papier, schmutzig, zerknittert und an den Ecken abgerissen. Es trug die Anschrift von Ashleys Hand: »Mrs. George Ashley Wilkes, bei Miß Sarah Jane Hamilton, Atlanta, oder Twelve Oaks, Jonesboro, Georgia.«

Mit bebenden Fingern öffnete Scarlett den Zettel und las: »Geliebte, ich komme heim zu dir ...«

Die Tränen rannen ihr übers Gesicht, sie konnte nicht weiterlesen. Das Herz schwoll ihr so gewaltig, daß sie die Freude nicht ertragen konnte.

Sie packte den Brief, rannte die Stufen hinauf und durch die Halle, wo alle Insassen von Tara einander im Wege standen, weil sie sich alle um die bewußtlose Melanie bemühten, bis in Ellens Schreibzimmer. Sie schloß die Tür hinter sich ab, warf sich auf das alte Sofa, weinte, lachte und küßte den Brief.

»Geliebte«, flüsterte sie, »ich komme heim zu dir.«

Der gesunde Menschenverstand sagte ihnen, daß es, wenn Ashley keine Flügel wuchsen, Wochen, ja Monate dauern konnte, bis er den Weg von Illinois nach Georgia zurücklegte. Trotzdem schlugen ihre Herzen jetzt schneller, sobald ein Soldat in die Allee nach Tara einbog. Jede bärtige, zerlumpte Vogelscheuche konnte ja Ashley sein, und wenn es nicht Ashley selber war, so hatte er doch vielleicht Nachrichten über ihn oder einen Brief von ihm. Der Anblick einer Uniform genügte, daß jedermann vom Holzhaufen, von der Weide oder vom Baumwollfeld zum Hause lief. Einen Monat lang nach der Ankunft des Briefes stand die Arbeit beinahe still. Niemand wollte fern vom Hause sein, wenn Ashley ankam, am allerwenigsten Scarlett, und sie konnte nicht darauf bestehen, daß die andern ihren Pflichten nachgingen, wenn sie die eigenen vernachlässigte.

Als aber die Wochen dahinschlichen und weder Ashley noch eine Nachricht von ihm kam, verfiel Tara wieder in seinen alten Gang. Jedes Herz erträgt nur ein begrenztes Maß von Sehnsucht. Scarlett begann sich zu ängstigen. Rock Island war so weit, und vielleicht war er krank aus dem Lager entlassen worden. Jedenfalls hatte er kein Geld und mußte durch ein Land wandern, wo man die Leute aus dem Süden haßte. Wüßte sie nur, wo er sich aufhielt, dann würde sie ihm Geld schicken, jeden Pfennig, den sie hatte, auch wenn die Familie dafür hungern müßte, damit er rasch mit der Eisenbahn heimkehrte.

»Geliebte, ich komme heim zu dir.«

Allmählich begann sie zu begreifen, daß er nicht zu ihr, sondern zu Melanie heimkehrte, die singend vor Freude durchs Haus ging. Manchmal quälte sich Scarlett mit dem schrecklichen Wunsch, Melanie möchte in Atlanta im Kindbett gestorben sein. Dann wäre alles ganz einfach gewesen. Dann hätte sie nach schicklicher Wartezeit Ashley geheiratet und wäre dem kleinen Kinde auch eine gute Stiefmutter geworden. Nach solchen Gedanken betete sie jetzt nicht mehr voll hastiger Reue zu Gott, um Ihm zu sagen, sie habe das gar nicht gemeint. Sie fürchtete Gott nicht mehr.

Immer noch kamen die Soldaten einzeln, in Paaren oder in Scharen an Tara vorbei, und immer waren sie hungrig. Scarlett dachte oft verzweifelt, ein Heuschreckenschwarm wäre ihr willkommener. Sie verfluchte den alten Brauch der Gastfreiheit, der in der Zeit des Überflusses geblüht hatte. Kein Reisender, hoch oder niedrig, den sein Weg über Tara führte, hatte ohne Nachtquartier, Speise für sich und sein Pferd und alle erdenkliche Liebenswürdigkeit der Gastgeber wieder aufbrechen dürfen. Die Zeit des Überflusses war für immer vorbei, aber immer noch wurde jeder Soldat auf Tara aufgenommen wie ein ungeduldig erwarteter Gast. Allmählich, da die Reihe nie enden wollte, verhärtete sich Scarletts Herz. Es war so schwer, etwas zu essen zu bekommen, und das Geld in der Brieftasche des Yankees reichte nicht ewig. Nur ein paar Scheine und die beiden Goldstücke waren noch da. Der Krieg war vorüber, und vor keiner Gefahr mehr boten ihr diese Soldaten Schutz. Deshalb befahl sie Pork, den Tisch kärglicher zu decken, wenn Soldaten im Hause waren. Ihre Anweisungen wurden befolgt, bis sie entdeckte, daß Melanie anfing, ihre eigenen Portionen den Heimkehrern zu geben.

»Das muß aufhören, Melanie«, schalt sie, »du bist selbst halb krank, und wenn du nicht mehr ißt, wirst du bettlägerig, und wir müssen dich pflegen. Die Männer halten ein bißchen Hunger schon noch weiter aus. Sie haben es ja vier Jahre ausgehalten.«

»Ach, Scarlett, schilt nicht. Laß mich gewähren. Du weißt ja nicht, wieviel mir das hilft. Jedesmal, wenn ich meinen Teil einem Hungrigen gebe, denke ich, daß vielleicht jemand auf der Landstraße meinem Ashley auch etwas abgibt und ihm heimhilft.«

Scarlett wandte sich wortlos ab. Von nun an war der Tisch wieder reichlicher gedeckt, wenn Gäste da waren, obwohl Scarlett ihnen noch immer jeden Bissen mißgönnte.

Eines Tages wurde ein Knabe, auf dessen Oberlippe der blonde Flaum kaum zu sprießen begonnen hatte, von einem berittenen Soldaten, der nach Fayetteville wollte, vor der Haustür abgesetzt. Er hatte ihn bewußtlos am Straßenrand gefunden und brachte ihn, quer über den Sattel gelegt, nach Tara, dem einzigen Haus in der Nähe. Es mußte wohl einer der kleinen Kadetten sein, die aus der Militärschule geholt worden waren, als Sherman auf Milledgeville marschierte. Aber die Mädchen erfuhren es nie. Er starb, ohne das Bewußtsein wiederzuerlangen, und aus dem Inhalt seiner Taschen ergab sich keinerlei Aufklärung über ihn. Es war ein gutaussehender Junge, offenbar ein Gentleman, und irgendwo im Süden schaute eine Mutter sich die Augen aus und wußte nicht, wo er geblieben war. Sie begruben ihn auf dem Familienfriedhof neben den drei kleinen O'Haraschen Söhnen, und Melanie weinte laut, als Pork das Grab zuschüttete, und fragte sich mit wehem Herzen, ob vielleicht Fremde zur gleichen Stunde Ashleys Leichnam denselben Dienst erwiesen.

Ein anderer Soldat, namens Will Benteen, kam gleichfalls bewußtlos, quer über dem Sattel eines Kameraden hängend, nach Tara. Er hatte eine schwere Lungenentzündung, und als die Mädchen ihn zu Bett brachten, fürchteten sie, sie müßten ihn bald neben dem Jungen auf dem Friedhof betten. Er hatte das gelbliche Malariagesicht der armen Maisbauern in Süd-Georgia, verblichenes rötliches Haar und wasserblaue Augen, die selbst in den Fieberphantasien sanft und geduldig dreinschauten. Ein Bein war ihm unterm Knie abgenommen worden, und an dem Stumpf war ein roh geschnitztes Holzbein befestigt.

Ebenso gewiß, wie der gestorbene Knabe der Sohn eines Plantagenbesitzers gewesen war, war dieser Mann ein Bauer. Woran man das erkannte, ließ sich schwer sagen. Er war nicht schmutziger, nicht struppiger und nicht verlauster als mancher Gentleman, der nach Tara kam. Was er in seinen Phantasien redete, war grammatikalisch nicht falscher als was die Tarletonschen Zwillinge zu sagen pflegten. Aber wie man ein Vollblutpferd von einem

Ackergaul unterscheidet, so erkannten die Mädchen untrüglich, daß er nicht ihrer Gesellschaftsschicht angehörte, was sie aber nicht hinderte, alles zu tun, was in ihren Kräften stand, um ihn am Leben zu erhalten. Nach einer einjährigen Gefangenschaft und einer mühseligen Wanderung mit seinem schlecht sitzenden Holzbein war ihm wenig Kraft verblieben, um die Lungenentzündung zu überwinden. Tagelang lag er stöhnend im Bett, versuchte aufzustehen und kämpfte seine Schlachten im Fieberwahn noch einmal durch. Nicht ein einziges Mal rief er nach seiner Mutter, seiner Frau, einer Schwester oder Liebsten, und das beunruhigte Carreen.

»Irgendeinen Angehörigen muß ein Mann doch haben«, sagte sie. »Bei ihm aber klingt es, als wäre auf der ganzen Welt keine Seele für ihn da.« So geschwächt er auch war, er hatte eine zähe Natur, und die gute Pflege half ihm durch. Es kam der Tag, da seine wasserblauen Augen ihre Umgebung klar erkannten und dabei auf Carreen fielen, die neben seinem Bett saß und ihren Rosenkranz betete, während ihr die Morgensonne durch das blonde Haar schien.

»Dann waren Sie also doch kein Traum«, sagte er mit seiner tonlosen Stimme. »Hoffentlich habe ich Ihnen nicht zuviel Mühe gemacht, Miß.« Während seiner langen Genesungszeit lag er meist still und blickte aus dem Fenster auf die Magnolie, und niemand hatte Mühe mit ihm. Carreen hatte ihn gern, weil er so gut und friedlich schweigen konnte, und die langen heißen Nachmittage saß sie bei ihm, fächelte ihm Luft zu und sagte nichts.

Carreen sprach überhaupt sehr wenig, während sie wie ein zarter Geist die Arbeiten verrichtete, die ihre Kräfte zuließen. Sie betete viel, und wenn Scarlett ohne anzuklopfen in ihr Zimmer trat, fand sie sie jedesmal vor dem Bette knien. Jedesmal ärgerte sich Scarlett darüber. Sie meinte, die Zeit für Gebete wäre vorüber. Wenn Gott es für angemessen hielt, sie so zu bestrafen, wie Er tat, konnte Er wohl auch ohne Gebete auskommen. Bei Scarlett war der Glaube immer eine Art von Handel gewesen. Sie versprach Gott, sich gut zu benehmen, und erwartete dafür eine Wohltat von Ihm. Nach ihrem Dafürhalten hatte Gott wieder und wieder den Pakt gebrochen, und sie war Ihm nicht das geringste mehr schuldig. Wenn sie Carreen auf den Knien fand, während sie eigentlich ihren Mittagsschlaf halten oder aber flicken und stopfen sollte, hatte sie das Gefühl, Carreen drückte sich um einen Teil ihrer häuslichen Pflichten.

Eines Tages sagte sie das auch zu Will Benteen, der schon wieder auf dem Stuhl sitzen konnte, und war überrascht, als er mit seiner tonlosen Stimme erwiderte: »Lassen Sie sie nur, Miß Scarlett, es ist ihr ein Trost. Ja, sie betet für ihre Ma und für ihn.«

»Für ihn?«

Seine blaßblauen Augen blickten sie durch die farblosen Wimpern ohne Verwunderung an. Ihn schien nichts zu überraschen oder aufzuregen. Vielleicht hatte er zuviel gesehen und das Erschrecken verlernt. Daß Scarlett nicht wußte, was im Herzen ihrer Schwester vorging, kam ihm anscheinend nicht weiter verwunderlich vor. Er nahm es ebenso selbstverständlich hin wie die Tatsache, daß es Carreen eine Wohltat war, sich mit ihm, dem Fremden, zu unterhalten.

»Für ihren Verehrer, den jungen Brent Soundso, der bei Gettysburg gefallen ist.«

»Brent, ihr Verehrer?« sagte Scarlett kurz, »er und sein Bruder waren meine Verehrer.«

»Ja, das hat sie mir erzählt. Schließlich sind ja alle jungen Männer einmal Ihre Verehrer gewesen. Trotzdem wurde er Carreens Verehrer, nachdem Sie ihn abgesetzt hatten. Als er das letztemal auf Urlaub kam, haben sie sich verlobt. Sie hat gesagt, er sei der einzige, den sie je geliebt habe, und da ist es ihr ein Trost, für ihn zu beten.«

»Ach, dummes Zeug!« Ein winziger Pfeil der Eifersucht war in Scarletts Herz gedrungen.

Neugierig betrachtete sie den schmächtigen Mann mit seinen knochigen, vornübergebeugten Schultern, dem rötlichen Haar und dem ruhigen, unerschütterlichen Blick. Er wußte also um Dinge aus ihrer eigenen Familie, die zu entdecken sie sich nicht die Mühe genommen hatte. Darum also ging Carreen so verträumt umher und betete. Nun, nun, bald würde sie darüber hinwegkommen. Viele Mädchen hatten den Tod ihres Liebsten, ja ihres Mannes verwunden. Sie kannte ein Mädchen in Atlanta, das durch den Krieg dreimal zur Witwe gemacht worden war und sich immer noch für Männer interessierte. Sie sagte es Will, aber er schüttelte den Kopf.

»Miß Carreen nicht«, sagte er in einer Art, die keinen Widerspruch zuließ.

Mit Will ließ es sich so angenehm plaudern, weil er selber so wenig zu sagen hatte und doch so gut zuhören konnte. Sie erzählte ihm von all ihren Sorgen, dem Jäten, Hacken und Pflanzen, dem Mästen der Schweine und dem Aufziehen des Kalbes, und er gab ihr mancherlei gute Ratschläge, denn er hatte in Süd-Georgia eine kleine Farm und zwei Neger besessen. Er wußte, daß seine Sklaven jetzt frei waren und auf dem Hof das Unkraut emporschoß. Seine Schwester, die einzige Angehörige, die er besaß, war vor Jahren mit ihrem Mann nach Texas gezogen, und er stand allein. Aber all das schien ihm nicht mehr Kopfzerbrechen zu bereiten als das Bein, das er in Virginia verloren hatte.

Ja, Will war für Scarlett ein Trost nach den schweren Tagen, wenn die Neger murrten, Suellen jammerte und Gerald immer wieder nach Ellen fragte.

Ihm konnte sie alles erzählen. Sie verschwieg ihm nicht einmal, wie sie den marodierenden Yankee erschossen hatte, und sie strahlte vor Stolz, als er anerkennend dazu nickte: »Gut gemacht!«

Nach und nach fand die ganze Familie den Weg in Wills Zimmer, um alle erdenklichen Kümmernisse auszukramen. Sogar Mammy erschien, nachdem sie zuerst den gehörigen Abstand gewahrt hatte, weil er nicht vom besten Stand war und nur zwei Sklaven besessen hatte.

Als er wieder durchs Haus humpeln konnte, fing er an, Spankörbe zu verfertigen und die beschädigten Möbel auszubessern. Er verstand sich aufs Schnitzen, und Wade war beständig in seiner Nähe, weil er ihm Spielzeug schnitzte, das einzige, das der kleine Junge hatte. Wenn Will im Hause war, konnte man ihm getrost Wade und auch die beiden Kleinen überlassen, während die Erwachsenen ihren Pflichten nachgingen. Er beaufsichtigte sie so gut wie Mammy, und einzig Melly verstand es noch besser als er, die Babys, wenn sie schrien, zu beruhigen.

»Sie sind so gut zu mir gewesen, Miß Scarlett«, sagte er, »und ich bin doch ein Fremder, und Sie haben nichts von mir. Ich habe Ihnen ungeheuer viel Sorge und Mühe gemacht, und wenn Sie nichts dagegen haben, bleibe ich hier und helfe Ihnen bei aller Arbeit, bis ich Ihnen etwas von alledem vergelten kann. Bezahlen kann ich es Ihnen nicht, denn für sein Leben kann niemand bezahlen.«

So blieb er denn da, und allmählich und ganz unmerklich nahm er auf seine knochigen Schultern einen großen Teil der Last, die Scarlett bisher allein hatte tragen müssen.

Der September nahte, und es wurde Zeit, die Baumwolle zu pflücken. In dem wohligen Sonnenschein eines frühen Herbstnachmittags saß Will Benteen auf den Stufen vor dem Hauseingang zu Scarletts Füßen und erging sich mit seiner tonlosen Stimme lang und breit über die ungeheuren Kosten, die das Entkörnen der Baumwolle in der neuen Maschine bei Fayetteville verursachen mußte. Aber er hatte gerade heute in Fayetteville erfahren, daß er ein gutes Viertel der Kosten sparen könnte, wenn er dem Besitzer der Maschine auf vierzehn Tage Pferd und Wagen borgte. Er hatte den Tauschhandel noch nicht abgeschlossen, weil er erst mit Scarlett darüber sprechen wollte.

Sie betrachtete die schmächtige Gestalt, die dort auf einer Stufe kauerte und an einem Strohhalm kaute. Zweifellos hatte der Herr im Himmel ihnen Will geschickt, wie Mammy häufig erklärte. Scarlett fragte sich oft, wie Tara sich in den letzten Monaten ohne ihn überhaupt hätte halten sollen. Er hatte nie viel zu sagen und machte nie einen sonderlich tatkräftigen und beschäftigten Eindruck, aber er wußte alles, was in Tara vorging. Schweigend, geduldig und sachgemäß tat er alles, was gerade zu tun war. Trotz dem Verlust eines Beines arbeitete er rascher als Pork. Auch brachte er es fertig, Pork zum Arbeiten anzuhalten, was nach Scarletts Ansicht kaum mit rechten Dingen zugehen konnte. Wenn die Kuh Kolik hatte oder das Pferd von geheimnisvollen Beschwerden heimgesucht wurde, die es ihnen auf immer zu nehmen drohten, saß Will nächtelang auf und rettete den Tieren das Leben. Daß er ein gerissener Geschäftsmann war, trug ihm Scarletts besondere Achtung ein. Er konnte morgens mit einem oder zwei Maß Äpfeln, Bataten und anderem Gemüse fortreiten, um abends mit allerhand Sämereien, Tuch, Mehl und sonstigen Bedarfsartikeln zurückzukehren, die sie selbst nie dafür bekommen hätte, obwohl doch auch sie sich einigermaßen aufs Handeln verstand.

Allmählich war er unmerklich zu einem Mitglied der Familie geworden und schlief auf einem Feldbett in dem kleinen Ankleideraum neben Geralds Zimmer. Vom Fortgehen sprach er nicht, und Scarlett vermied es behutsam, diesen Punkt zu berühren. In ihren Gedanken betete sie inbrünstig, er möge weiter bei ihnen bleiben. Es war eine so große Erleichterung, einen Mann im Hause zu haben.

Wenn Carreen nur so viel Verstand hätte wie eine Maus, so mußte sie sehen, daß Will sie gern hatte. Scarlett wäre ihm ewig dankbar gewesen, wenn er um Carreens Hand angehalten hätte. Vor dem Kriege freilich wäre er keinesfalls ein willkommener Bewerber gewesen. Er gehörte ganz und gar nicht zur Klasse der Plantagenbesitzer, doch auch wieder nicht zur proletarischen Schicht. Es war ein schlichter kleiner Maisbauer, halbgebildet, zu grammatikalischen Fehlern neigend, ohne die feineren Manieren, die die O'Haras bei einem Gentleman voraussetzten. Scarlett wußte nicht recht, ob er überhaupt als Gentleman gelten konnte, und entschied sich schließlich dagegen. Melanie jedoch trat eifrig für ihn ein und sagte, jeder, der ein gutes Herz und soviel Aufopferungsfähigkeit wie Will besäße, sei auch vornehm von Geburt. Ellen hätte den Gedanken kaum ertragen, daß eine ihrer Töchter einen solchen Mann heiraten sollte, aber die Notwendigkeiten des Lebens hatten Scarlett schon allzuweit von Ellens Lehren entfernt, als daß sie sich darüber noch Gedanken machte. Männer waren selten, irgendeinen mußte ein Mädchen heiraten, und Tara brauchte einen Mann. Carreen jedoch versenkte sich immer tiefer in ihr Gebetbuch und verlor sich täglich mehr aus der Welt der Wirklichkeit. Sie behandelte Will so freundlich wie einen Bruder und nahm ihn als etwas so Selbstverständliches hin wie Pork.

»Wenn Carreen mir nur im mindesten für all das, was ich getan habe, dankbar wäre, so heiratete sie ihn und ließe ihn nicht mehr von hier fortgehen«, dachte Scarlett entrüstet. »Statt dessen verliert sie ihre Zeit damit, einem dummen Jungen nachzutrauern, der wahrscheinlich nie einen ernsthaften Gedanken an sie gewendet hat.«

Will blieb also weiter auf Tara, und die sachliche Art, mit der er Scarlett begegnete, als wäre sie ein Mann, empfand sie als angenehm und nützlich. Gegen den verstörten Gerald legte er eine ernste Ehrerbietung an den Tag, aber Scarlett betrachtete er als das eigentliche Haupt der Familie.

Sie gab ihre Einwilligung dazu, daß das Pferd vermietet wurde, obwohl dann die Familie vorübergehend ihres Beförderungsmittels beraubt war. Besonders Suellen würde das schmerzlich empfinden. Sie hatte die größte Freude daran, mit Will nach Jonesboro und Fayetteville zu fahren, wenn er dort etwas zu erledigen hatte. Mit dem Besten herausgeputzt, was in der Familie aufzutreiben war, besuchte sie dort alte Freunde, erfuhr den laufenden Klatsch aus der Provinz und fühlte sich wieder als Miß O'Hara auf Tara.

Sie ließ niemals dic Gelegenheit vorübergehen, die Plantage zu verlassen, um unter Menschen, die nicht wußten, daß sie Betten machte und im Garten jätete, vornehm zu tun.

Melanie kam zu Scarlett und Will auf die Veranda hinaus, das Kleine im Arm; sie breitete eine alte Decke auf den Fußboden und setzte das Kind darauf, damit es dort herumkrieche. Seit dem Eintreffen des Briefes von Ashley hatte Melanie ihre Zeit bald singend und von Glück überquellend, bald sehnsüchtig und voller Sorge zugebracht. Immer noch aber sah sie viel zu mager und bleich aus. Klaglos tat sie die Arbeit, die ihr zugewiesen wurde, es ging ihr jedoch nicht gut dabei. Der alte Dr. Fontaine stellte ein Frauenleiden fest und sagte, wie Dr. Meade, sie hätte das Kind nie haben dürfen und ein zweites würde sie das Leben kosten.

»Drüben in Fayetteville«, sagte Will, »habe ich heute etwas gefunden, was die Damen vielleicht interessiert, und ich habe es mitgebracht.« Er suchte in den Taschen und brachte eine Brieftasche zum Vorschein, die Carreen ihm aus Baumrinde verfertigt und mit Kattun überzogen hatte. Dann zog er eine konföderierte Banknote daraus hervor.

»Wenn Sie konföderiertes Geld für etwas Interessantes halten, Will – ich tue es nicht«, sagte Scarlett kurz. Schon der Anblick solcher Banknoten brachte sie in Zorn. »Wir haben jetzt noch dreitausend Dollar davon in Pa's Koffer. Mammy setzt mir zu, ich solle damit die Wände ihrer Dachstube überkleben, damit es nicht durchzieht. Ich glaube, ich tue es, dann ist es dort doch wenigstens zu etwas nütze.«

»Tu es nicht, Scarlett«, versetzte Melanie mit traurigem Lächeln. »Bewahre es für Wade auf, er wird eines Tages stolz darauf sein.«

»Was ich hier habe«, fuhr Will geduldig fort, »ist ein Gedicht, das hinten auf die Note geklebt ist. Ich weiß, Miß Scarlett ist nicht sehr für Gedichte, aber ich dachte, dieses müsse sie doch interessieren.«

Er drehte den Schein um. Auf den Rücken war ein Streifen braunes Packpapier geklebt, auf dem mit blasser Tintenschrift etwas geschrieben stand. Will räusperte sich und las langsam und mit Mühe: »Es heißt ›Zeilen auf der Rückseite einer konföderierten Banknote‹«, sagte er.

»Auf Erden bin ich so wenig wert
wie in dem Schattenreich.
Als Pfand des Volks, das aufgehört,
bin ich den Schatten gleich.

Bewahrt mich und gedenkt der Mär,
die dieser Schein erzählt,
von Freiheit, Vaterland und Ehr,
vom Volk, im Sturm zerschellt.«

»Oh, wie herrlich, wie ergreifend!« rief Melanie. »Scarlett, du darfst das Geld nicht zum Wändebekleben hergeben. Es ist mehr als Papier: ›Das Pfand eines Volkes, das aufgehört‹ – wie dies Gedicht eben sagte.«

»Ach, Melly, sei nicht so rührselig. Papier ist Papier. Wir haben wenig genug davon, und ich habe es satt, Mammy über die Ritzen in den Wänden der Dachkammer murren zu hören. Wenn Wade groß wird, habe ich hoffentlich viele Unionscheine, die ich ihm für den konföderierten Schund geben kann.«

In diesem Augenblick sah Will empor, legte die Hand über die Augen und schaute die Auffahrt hinunter. »Wir bekommen Besuch«, sagte er, in die Sonne blinzelnd. »Ein Soldat.«

Scarlett folge seinem Blick und gewahrte das alltägliche, gewohnte Bild: ein bärtiger Mann, mit einem zerlumpten Mischmasch blauer und grauer Uniformfetzen bekleidet, kam schleppenden Schrittes und müden, gebeugten Hauptes langsam die Zedernallee herauf.

»Ich glaubte schon, es wäre mit den Soldaten so ziemlich vorbei«, sagte Scarlett. »Hoffentlich ist er nicht allzu hungrig.«

»Wird schon hungrig sein«, bemerkte Will.

Melanie stand auf. »Ich will Dilcey lieber sagen, daß sie noch ein Gedeck auflegt«, meinte sie, »und Mammy ermahnen, daß sie dem armen Teufel seine Sachen nicht zu unsanft vom Leibe …«

Sie hielt mitten im Sprechen so plötzlich inne, daß Scarlett sich nach ihr umdrehte. Melly faßte sich mit der abgezehrten Hand nach der Kehle, ihr

Gesicht wurde noch bleicher, die braunen Augen waren ins Riesenhafte vergrößert. Scarlett glaubte, sie fiele in Ohnmacht, und sprang auf die Füße.

Aber im nächsten Augenblick war Melanie die Stufen hinuntergestürzt und flog, leicht wie ein Vögelchen, den Kies hinunter. Der verblichene Rock wehte zurück, ihre Arme streckten sich aus. Da wußte Scarlett die Wahrheit und spürte sie wie einen Schlag vor den Kopf. Sie taumelte gegen die nächste Säule zurück, als der Mann sein Gesicht mit dem schmutzigen blonden Bart erhob, stillstand und nach dem Hause starrte, als wäre er zu müde, auch nur einen einzigen Schritt zu machen. Ihr Herz tat einen Sprung, stockte und begann alsbald zu hämmern, während Melanie sich mit lautem, wirrem Gestammel dem schmutzigen Ankömmling in die Arme warf und sein Kopf sich zu ihr hinabbeugte. Beseligt lief Scarlett zwei Schritte vorwärts, konnte aber nicht weiter, weil Will sie am Rock festhielt.

»Verderben Sie es ihnen nicht«, sagte er ruhig.

»Loslassen, Sie Esel, lassen Sie mich los, es ist Ashley!«

Er ließ ihren Rock nicht los.

»Schließlich ist er doch *ihr* Mann, nicht wahr?« fragte er ruhig. In dem verworrenen Gefühl des Glückes und einer ohnmächtigen Wut blickte Scarlett ihn an und gewahrte in der ruhigen Tiefe seiner Augen einen Ausdruck des Verständnisses und des Mitleids.

Viertes Buch

XXXI

An einem kalten Januarnachmittag des Jahres 1866 sass Scarlett im Schreibzimmer vor einem Brief an Tante Pitty, in dem sie ihr zum zehnten Male auseinandersetzte, warum weder sie noch Melanie noch Ashley nach Atlanta zurückkommen und bei ihr wohnen konnten. Sie schrieb mit einiger Ungeduld, weil sie wußte, daß Tante Pitty doch nur die allerersten Zeilen lesen und dann jammernd zurückschreiben würde: »Aber ich habe doch solche Angst, wenn ich allein wohne!«

Ihre Hände waren kalt, und sie unterbrach sich oft, um sie zu reiben und die Füße tiefer in die Fetzen einer alten Steppdecke zu schmiegen, die sie sich um die Beine gelegt hatte. Die völlig durchgelaufenen Sohlen ihrer Schuhe waren mit alten Teppichstücken ausgebessert. Diese Flicken schützten ihren Fuß notdürftig vor dem nackten Boden, aber warm hielten sie nicht. Am Morgen hatte Will das Pferd nach Jonesboro gebracht, um es beschlagen zu lassen. Scarlett dachte vollem Bitterkeit, es sei doch eine sehr verfahrene Welt, in der die Pferde beschlagen wurden und die Menschen barfuß herumlaufen mußten wie die Hofhunde.

Sie nahm die Feder wieder zur Hand, um weiterzuschreiben, legte sie aber von neuem hin, als sie Will durch die Hintertür hereinkommen hörte. Sein Holzbein klappte regelmäßig auf den Flur vor dem Schreibzimmer, dann blieb er stehen. Einen Augenblick wartete sie, daß er hereinkäme, dann rief sie ihn. Mit rotgefrorenen Ohren und zerzaustem Haar kam er herein, stand da und schaute auf sie hernieder, ein eigenartiges Lächeln um die Lippen.

»Miß Scarlett«, sagte er, »wieviel bares Geld haben Sie?«

»Sind Sie vielleicht darauf aus, mich meines Geldes wegen zu heiraten, Will?« fragte sie.

»Nein, Miß Scarlett, ich wollte es nur wissen.«

Sie sah ihn fragend an. Ernst sah Will nicht aus, aber das tat er nie. Immerhin hatte sie das Gefühl, etwas sei nicht in Ordnung.

»Ich habe zehn Golddollar«, sagte sie, »das ist der Rest vom Gelde des Yankees.«

»Das reicht nicht.«

»Wofür?«

»Für die Steuern«, antwortete er und bumste mit seinem Holzbein zum Kamin hinüber, beugte sich vor und hielt die roten Hände an die Glut.

»Steuern?« wiederholte sie. »Gott im Himmel, Will, wir haben doch die Steuern schon bezahlt.«

»Ja, aber sie behaupten, es seien noch nicht genug bezahlt. Ich habe heute in Jonesboro davon gehört.«

»Aber Will, das verstehe ich nicht. Was meinen Sie damit?«

»Miß Scarlett, es ist mir gräßlich, Ihnen schon wieder mit etwas Unangenehmem kommen zu müssen, wo Sie doch schon reichlich genug Sorgen haben. Aber es heißt, Sie müßten noch eine Menge Steuern mehr zahlen, als Sie schon gezahlt haben. Die Schätzung von Tara wird da gewaltig in die Höhe getrieben, mehr als irgendeine andere in der Provinz, möchte ich wetten!«

»Aber sie können uns doch nicht dazu zwingen, noch mehr Steuern zu zahlen, wenn wir sie schon einmal bezahlt haben!«

»Miß Scarlett, Sie kommen nicht oft nach Jonesboro, und das ist gut so, denn heutzutage ist es da nicht schön für eine Dame. Wenn Sie aber öfter dagewesen wären, wüßten Sie, was für ein gemeines Gesindel von Republikanern, Gesinnungslumpen und Schiebern dort neuerdings alles in der Hand hat. Man könnte platzen vor Wut, und die Neger stoßen die Weißen vom Fußweg herunter und ...«

»Aber was hat das mit den Steuern zu tun?«

»Dazu komme ich jetzt, Miß Scarlett. Aus irgendeinem Grund haben die Schufte die Steuern für Tara so hoch angesetzt, als wäre es eine Plantage, die tausend Ballen Baumwolle bringt. Als ich davon Wind bekam, bin ich in den Kneipen herumgeschlichen und habe mir angehört, was die Leute redeten, und da habe ich herausbekommen, daß jemand bei der Zwangsversteigerung Tara billig kaufen will, wenn Sie den Steuerzuschlag nicht bezahlen, und daß Sie das nicht können, ist ziemlich allgemein bekannt. Ich weiß noch nicht, wer es kaufen will, aber mir scheint, der feige Lump, der Hilton, der Miß Cathleen geheiratet hat, muß es wissen, weil er so gemein lachte, als ich ihn aushorchen wollte.«

Will ließ sich auf das Sofa nieder und rieb sich den Beinstumpf. Er tat ihm bei kaltem Wetter weh, und das Holzbein saß unbequem und war schlecht gepolstert. Ganz außer sich hörte Scarlett ihn an. Er sagte das so obenhin und läutete damit doch für Tara die Totenglocke. Zwangsversteigerung? Tara sollte jemand anderem gehören? Das war ja nicht auszudenken!

Sie war von der Aufgabe, Tara wieder hochzubringen, so in Anspruch genommen, daß sie kaum darauf geachtet hatte, was draußen in der Welt vorging. Seitdem Will und Ashley ihr alle Geschäfte in Jonesboro und Fayetteville abnehmen konnten, verließ sie die Plantage nur noch selten, und wie sie vor Kriegsausbruch kaum Ohren für die Kriegsgespräche der Männer gehabt hatte, so hörte sie auch jetzt nicht zu, wenn Will und Ashley sich bei Tisch über die Anfänge des Wiederaufbaues unterhielten. Natürlich wußte sie, was man unter Gesinnungslumpen verstand: Leute aus den Südstaaten, die sehr zu ihrem Vorteil Republikaner geworden waren – und was unter Schiebern: die Yankees, die nach der Kapitulation raubgierig nach dem Süden kamen, all ihr irdisches Hab und Gut in einer einzigen Reisetasche. Ein paar unangenehme Erfahrungen hatte sie mit der Behörde für Negerbefreiung gehabt. Sie hatte auch gehört, daß viele von den freigelassenen Negern unverschämt wurden. Das konnte sie aber kaum glauben, denn sie hatte nie in ihrem Leben einen unverschämten Neger gesehen.

Will und Ashley hatten einander das Wort gegeben, mancherlei vor Scarlett zu verheimlichen. Auf die Geißel des Krieges war die viel schlimmere Geißel des Wiederaufbaus gefolgt, und die beiden Männer waren übereingekommen, seine schrecklichen Einzelheiten zu verschweigen, wenn sie zu Hause die allgemeine Lage besprachen. Und wenn Scarlett sich überhaupt die Mühe machte, ihnen zuzuhören, so ging das meiste bei ihr zu dem einen Ohr hinein und zum anderen wieder hinaus.

Ashley hatte gesagt, der Süden werde wie ein erobertes Land behandelt und die Politik der Eroberer werde von Rachsucht geleitet. Aber solche Behauptungen sagten Scarlett gar nichts. Politik war Sache der Männer. Will behauptete, nach seiner Ansicht sei der Norden darauf aus, daß der Süden nicht wieder auf die Beine käme. Nun, dachte Scarlett, die Männer mußten sich eben immer über irgendwelche Torheiten aufregen. Was sie selbst betraf – die Yankees waren damals nicht mit ihr fertig geworden und sollten es auch jetzt nicht. Das richtigste war, wie ein Pferd zu arbeiten und sich über die neue Regierung nicht weiter den Kopf zu zerbrechen. Der Krieg war ja schließlich vorüber.

Scarlett hatte nicht begriffen, daß alle Spielregeln auf den Kopf gestellt waren und ehrliche Arbeit nicht mehr ihren gerechten Lohn eintrug. Georgia stand jetzt tatsächlich unter Kriegsrecht. Die Yankees hatten ihre Garnisonen überall, die Negerbefreiungsbehörde herrschte unbeschränkt und regelte alles nach Willkür und Belieben. Diese Behörde, die die Union zur Befreiung der früheren Sklaven eingerichtet hatte, zog die Neger zu Tausenden aus den Plantagen in die Städte und Dörfer. Von dieser Behörde aus wurden sie erhalten, solange sie arbeitslos herumlungerten; von dort aus wurde ihr Geist gegen ihre früheren Eigentümer vergiftet. Geralds alter Sklavenaufseher Jonas Wilkerson hatte die Bezirksstelle Jonesboro zu leiten, und sein Assistent war Hilton, Cathleen Calverts Mann. Beide verbreiteten geflissentlich das Gerücht, die Südstaatler und Demokraten warteten nur auf eine gute Gelegenheit, die Neger wieder zu Sklaven zu machen, und die einzige Hoffnung der Schwarzen sei der Schutz, den sie von der Behörde und der Republikanischen Partei empfingen. Sie verkündeten den Negern das Evangelium der völligen Gleichheit mit den Weißen und eröffneten ihnen, daß in Bälde Ehen zwischen Schwarzen und Weißen gestattet und die Güter ihrer früheren Eigentümer aufgeteilt würden; jeder Neger sollte dann vierzig Morgen und ein eigenes Maultier erhalten. Sie peitschten die Gemüter der Neger mit Geschichten von Grausamkeiten auf, die die Weißen begangen haben sollten, und so begannen in einem Gebiet, das von jeher für die guten Beziehungen zwischen Sklaven und Sklavenbesitzern bekannt gewesen war, Haß und Argwohn zu wachsen.

Hinter der Behörde standen die Soldaten. Das Militär regelte mit vielen einander widersprechenden Verordnungen das Leben der Besiegten. Ins Gefängnis wanderte man leicht, sobald man sich von einem Beamten der Behörde etwas nicht gefallen ließ. Militärische Vorschriften über Schulen, über gesundheitliche Einrichtungen, über die Knöpfe, die man am Rock tragen durfte, über den Verkauf von Waren und alles mögliche andere wurden öffentlich bekanntgemacht. Wilkerson und Hilton hatten die Macht, Scarlett in jedes Geschäft dreinzureden, das sie abschloß, und für alles, was sie kaufte oder verkaufte, die Preise festzusetzen.

Zu ihrem Glück war Scarlett bisher sehr wenig mit den beiden in Berührung gekommen. Will hatte sie überredet, das Geschäftliche ihm zu überlassen, während sie die Plantage leitete. In seiner ruhigen Art hatte er mehrere Schwierigkeiten beigelegt und ihr nichts davon gesagt. Wenn es sein mußte, konnte er mit Schiebern und Yankees fertig werden, aber nun war ein Problem aufgetaucht, das ihm über den Kopf wuchs. Über die Steuereinschätzung von Tara und die Gefahr der Zwangsversteigerung mußte Scarlett sofort unterrichtet werden.

Sie sah ihn mit funkelnden Augen an. »Die verfluchten Yankees! Ist es nicht genug, daß sie uns an den Bettelstab gebracht haben? Müssen sie nun auch noch Schufte auf uns loslassen?«

Der Krieg war aus, der Friede geschlossen, aber die Yankees konnten sie immer noch ausrauben, aushungern und aus dem Hause jagen. Ein paar mühselige Monate lang hatte sie in ihrer Gutgläubigkeit gedacht, wenn sie nur bis zum Frühling aushielten, sei alles gut. Diese niederschmetternde Nachricht nach einem Jahr der zermürbendsten Arbeit und der immer wieder betrogenen und aufgeschobenen Hoffnungen schlug dem Faß den Boden aus.

»Ach, Will, ich hatte gedacht, alle Mühsal sei vorüber, wenn nur der Krieg zu Ende wäre!«

»Nein, Miß Scarlett.« Will hob das eingefallene bäuerliche Gesicht und sah sie lange und unverwandt an. »Unsere Mühsal beginnt erst.«

»Wieviel Zuschlag sollen wir denn bezahlen?«

»Dreihundert Dollar.«

Einen Augenblick brachte sie kein Wort hervor. Ebensogut hätten es drei Millionen Dollar sein können.

»Ja ...«, stotterte sie, »ja ... dann müssen wir wohl irgendwie dreihundert Dollar aufbringen.«

»Ja, Miß Scarlett, und dazu einen Regenbogen und ein oder zwei Monde.«

»Ja, aber Will! Sie können doch Tara nicht unter den Hammer bringen ...«

Seine gutmütigen blauen Augen enthielten mehr Haß und Bitterkeit, als sie ihnen zugetraut hatte. »Nicht? Sie können es, sie tun es, und sie tun es sogar gern! Miß Scarlett, unser Land ist schnurstracks zur Hölle gefahren. Die Schieber und Lumpen dürfen wählen und die meisten von uns Demokraten nicht. In diesem Staat hat kein Demokrat das Stimmrecht, wenn er im Jahre 65 mit mehr als zweitausend Dollar zu Buch gestanden hat. Damit fallen Leute wie Ihr Pa, Mr. Tarleton, McRaes und Fontaines einfach aus. Niemand hat Stimmrecht, der im Krieg Oberst oder etwas Höheres war, und ich möchte wetten, Miß Scarlett, gerade aus Georgia haben es mehr bis zum Oberst gebracht als aus irgendeinem anderen konföderierten Staat. Und niemand hat Stimmrecht, der unter der konföderierten Regierung Beamter war; damit fallen wieder alle vom Notar bis zum Richter aus, und die Wälder stecken voll von solchen Leuten. So wie die Yankees den Treueid abgefaßt haben, kann überhaupt niemand, der vor dem Krieg etwas war, heute abstimmen, die Tüchtigen nicht, die Vornehmen nicht, die Reichen nicht. – Ha! Ich könnte wählen, wenn ich ihren verfluchten Eid leisten würde. Ich hatte 65 kein Geld, und ganz gewiß war ich kein Oberst oder sonst etwas von Bedeutung, aber ich leiste den Eid nicht, darauf können die Kerls sich verlassen. Hätten die Yankees anders und gerecht gehandelt, dann hätte ich den Treueid geschworen, aber so nicht. Man kann mich der Union einverleiben, aber ein Yankee werde ich nicht. Ich leiste den Eid nicht, und wenn ich nie wieder wählen sollte. Aber solche Schufte wie Jonas Wilkerson und Hilton und solch Bettelpack wie die Slatterys und MacIntoshs, die können wählen, die sitzen jetzt an den leitenden Stellen. Und wenn sie jemanden ein dutzendmal für neue Steuern belangen wollen, so können sie es. Und ein Neger kann einen weißen Mann umbringen, ohne dafür gehenkt zu werden, und er kann eine weiße Frau ...« Er hielt betroffen inne, und beide dachten an das Schicksal einer einsamen weißen Frau auf einer abgelegenen Farm bei Lovejoy. »Alles können die Nigger uns antun, und die Freilassungsbehörde und die Soldaten stehen mit ihren Gewehren hinter ihnen, und wir können nicht einmal wählen.«

»Wählen!« fuhr sie auf, »abstimmen! Was in aller Welt hat das Wählen damit zu tun, Will? Wir reden doch von Steuern. Will, jeder weiß doch, was für eine gute Plantage Tara ist. Wenn es sein muß, könnten wir eine Hypothek aufnehmen, die für die Steuern hinreicht.«

»Miß Scarlett, Sie sind nicht dumm, aber manchmal reden Sie, als seien Sie es doch. Wer hat denn Geld, um uns etwas auf unseren Grundbesitz zu leihen? Wer außer den Schiebern, die uns Tara gerade wegnehmen wollen? Und Land hat jeder mehr als genug. Land können Sie nicht einmal verschenken!«

»Ich habe doch die Diamantohrringe, die ich dem Marodeur abgenommen habe, die könnte ich doch verkaufen.«

»Wer hat denn Geld für Ohrringe? Die Leute haben nicht einmal genug, um Fleisch zu kaufen. Wenn Sie zehn Golddollar haben, so möchte ich schwören, besitzen Sie mehr als die meisten anderen.«

Sie schwiegen wieder, und Scarlett hatte das Gefühl, als renne sie, wie schon so oft in diesem Jahr, mit dem Kopf gegen eine Steinwand.

»Was sollen wir tun, Miß Scarlett?«

»Ich weiß es nicht«, sagte sie stumpf. Es war ihr plötzlich einerlei. Dies letzte wurde ihr zuviel, und sie war so müde, daß sie es bis in die Knochen verspürte. Wozu sollte sie arbeiten, sich abmühen und sich aufreiben? Am Ende eines jeden Kampfes wartete die Niederlage und spottete ihrer.

»Ich weiß es nicht«, wiederholte sie, »aber lassen Sie Pa nichts davon wissen. Haben Sie irgend jemandem sonst davon erzählt?«

»Nein, ich bin gleich zu Ihnen gekommen.«

Ja, jeder kam mit seinen schlechten Nachrichten gleich zu ihr. Sie hatte es satt.

»Wo ist Mr. Wilkes? Vielleicht weiß er Rat?«

Will wandte ihr seinen milden Blick zu, und sie hatte wie am ersten Tage bei Ashleys Heimkehr das Gefühl, er wisse alles.

»Er ist im Obstgarten und spaltet Holz. Ich hörte seine Axt, als ich das Pferd einstellte. Aber er hat auch nicht mehr Geld als wir.«

»Wenn ich mit ihm darüber reden möchte, so darf ich das doch, nicht wahr?« fuhr sie ihm über den Mund, stand auf und schleuderte die alte Decke von ihren Füßen.

Will nahm es ihr nicht übel. Er rieb sich weiter die Hände über dem Feuer. »Sie sollten lieber Ihren Schal umtun, Miß Scarlett, es ist frisch draußen.«

Aber sie ging ohne Schal hinaus. Er lag oben, und ihr Bedürfnis, Ashley ihren Kummer mitzuteilen, war allzu dringend. Welch ein Glück wäre es, wenn sie ihn allein anträfe! Noch nicht ein einziges Mal seit seiner Rückkehr hatte sie ein vertrautes Wort mit ihm sprechen können. Immer umdrängte ihn die Familie, immer war Melanie an seiner Seite und strich ihm über den

Arm, um seiner leibhaftigen Gegenwart ganz gewiß zu sein. Diese Gebärde glücklichen Eigentumsgefühls hatte in Scarlett die ganze Bitterkeit der Eifersucht wieder aufgeweckt, die in den Monaten, da sie Ashley tot geglaubt hatte, eingeschlummert war. Jetzt war sie entschlossen, ihn allein zu sehen. Dieses Mal sollte niemand sie daran hindern, unter vier Augen mit ihm zu sprechen.

Unter den kahlen Ästen hindurch ging sie in den Obstgarten. Das Unkraut unter den Bäumen benetzte ihr die Füße, und sie hörte am Klang der Axt, wie Ashley die Blöcke, die aus dem Waldsumpf hereingeschafft waren, zu Latten spaltete. Die Zäune wieder aufzurichten, die die Yankees verbrannt hatten, war eine lange, harte Arbeit – wie alles, dachte sie müde, und sie war all dessen überdrüssig, müde und satt. Wäre nur Ashley ihr Mann und nicht Melanies! Wie süß wäre es, zu ihm zu gehen, ihm weinend den Kopf an die Schulter zu legen und ihre Last auf ihn abzuwälzen, damit er sie trüge!

Sie ging um ein Dickicht von Granatapfelbäumen herum, deren kahle Äste im kalten Winde schwankten. Da stand er, auf seine Axt gelehnt, und wischte sich mit dem Handrücken die Stirn. Er trug die Überreste seiner braungefärbten Uniformhose und ein Hemd von Gerald, das in besseren Zeiten zu Gerichtstagen und Gesellschaften getragen worden war, ein gefälteltes Hemd, das seinem jetzigen Eigentümer viel zu kurz war. Den Rock hatte er an einen Zweig gehängt, denn ihm war bei der Arbeit warm geworden. Er schöpfte gerade Atem, während sie auf ihn zukam.

Als sie ihn so in Lumpen mit der Axt in der Hand stehen sah, wallte ihr das Herz auf vor Liebe und vor Zorn gegen das Schicksal. Es war unerträglich, ihren eleganten, tadellosen Ashley in zerlumpter Kleidung bei solcher Arbeit zu sehen. Seine Hände waren nicht dafür geschaffen. Sein Körper sollte nur Tuch und feines Leinen tragen. Gott hatte ihn dazu bestimmt, in einem großen Hause zu sitzen und sich mit liebenswürdigen Menschen zu unterhalten, Klavier zu spielen und Dinge zu schreiben, die herrlich klangen und nicht den geringsten Sinn hatten. Den Anblick ihres eigenen Kindes in Schürzen aus Sacktuch und der Schwestern in schmutzigen alten Baumwollstoffen konnte sie ertragen und auch, daß Will schwerer arbeitete als irgendein Ackerknecht. Aber Ashley war für all das nicht geschaffen, und sie hatte ihn zu namenlos lieb. Sie wollte eher selbst Holz spalten als zusehen, wie er es tat.

»Es heißt, Abe Lincoln habe damit angefangen, Holz zu spalten«, sagte er, als sie sich näherte. »Stell dir nur vor, welche Höhen ich noch erklimmen kann.«

Sie runzelte die Stirn. Immer sprach er über alle Mühseligkeiten, die für sie tödlicher Ernst waren, mit scherzender Leichtigkeit. Oft machten seine Bemerkungen sie ungeduldig. Ohne weiteres erzählte sie ihm kurz und bündig Wills Nachricht und fühlte sich schon beim Sprechen erleichtert. Sicher würde er einen Ausweg finden. Er erwiderte nichts, aber als er sie vor Kälte zittern sah, nahm er seinen Rock und legte ihn ihr über die Schultern.

»Nun«, sagte sie endlich, »meinst du nicht auch, wir müssen das Geld auftreiben?«

»Ja, aber wo?«

»Das frage ich dich«, antwortete sie ärgerlich. Das Gefühl der Erleichterung, mit dem sie ihm ihre Last zugeschoben hatte, verlor sich. Auch wenn er nicht helfen konnte, warum sagte er nicht etwas Tröstliches, und sei es auch nur die Redensart: »Ach, wie tut es mir leid!«

Er lächelte.

»In all den Monaten, seitdem ich wieder hier bin, habe ich nur von einem einzigen Menschen gehört, der wirklich Geld hat«, sagte er. »Das ist Rhett Butler.«

Tante Pitty hatte vorige Woche an Melanie geschrieben, Rhett sei mit einem Wagen und zwei schönen Pferden, die Taschen voller Unionscheine, wieder in Atlanta aufgetaucht. Sie hatte dabei durchblicken lassen, er sei nicht auf ehrliche Weise zu seinem Reichtum gelangt. Tante Pitty hatte sich die in Atlanta allgemein umgehende Legende zu eigen gemacht, nach der es Rhett gelungen sei, sich die sagenhaften Millionen des konföderierten Staatsschatzes anzueignen.

»Wir wollen nicht von ihm sprechen«, sagte Scarlett kurz. »Wenn es je einen Schuft gegeben hat, so ist er einer. Was soll aus uns allen werden?«

Ashley setzte die Axt nieder und blickte weg, und seine Augen schweiften in ein fernes, fernes Land, wohin sie ihm nicht folgen konnte.

»Ich frage mich«, sagte er, »nicht nur, was aus uns in Tara werden soll, sondern aus uns allen im Süden.«

Sie verspürte die Lust, ihn anzufahren: »Zum Teufel mit dem ganzen Süden – was wird aus uns?« Aber sie schwieg still, weil die Müdigkeit sie stärker als je übermannte. Ashley war ihr keine Hilfe.

»Schließlich wird mit uns geschehen«, fuhr er fort, »was immer geschieht, wenn eine Kultur zerbricht. Wer Mut und Verstand hat, kommt durch, die anderen werden als Spreu vom Weizen gesondert. Immerhin ist es interessant, wenn auch nicht gerade behaglich, bei einer Götterdämmerung dabeizusein.«

»Bei was?«

»Bei einer Götterdämmerung. Leider haben wir in den Südstaaten uns immer für Götter gehalten.«

»Zum Teufel, Ashley Wilkes! Steh nicht da und rede Unsinn, während man uns zu Tode trampelt.«

Etwas von ihrer Verzweiflung wurde ihm wohl spürbar und rief seinen Geist von seiner Wanderung zurück. Zärtlich hob er ihre beiden Hände, drehte ihre Flächen nach oben und betrachtete die Schwielen. »Das sind die schönsten Hände, die ich kenne«, sagte er und streifte jede mit einem leichten Kuß. »Schön, weil sie stark sind. Jede Schwiele ist eine Ehrung, Scarlett, jede Blase eine Belohnung für Tapferkeit und Opfermut. Für uns alle sind sie rauh geworden, für deinen Vater, die Mädchen, Melanie, das Kind, die Neger und für mich. Liebes Kind, ich weiß, was du denkst: Hier steht ein weltfremder Tropf und faselt von Göttern, wenn lebende Menschen in Gefahr sind. Habe ich nicht recht?«

Sie nickte und sehnte sich danach, er möge ihre Hände ewig festhalten, aber er ließ sie los.

»Und du kommst zu mir, damit ich dir helfe. Nun, ich kann dir nicht helfen.«

Seine Augen hatten einen bitteren Ausdruck, als er sie auf die Axt und den Holzhaufen richtete. »Mein Heim und all mein Vermögen ist dahin, und es war mir doch so selbstverständlich, daß ich es nicht einmal bemerkte, als ich es besaß. In dieser Welt tauge ich zu nichts, und die Welt, in die ich gehöre, steht nicht mehr. Ich kann dir nicht anders helfen, Scarlett, als daß ich lerne, ein unbeholfener Farmer zu werden und zum bösen Spiel eine möglichst gute Miene zu machen. Aber dadurch kann ich dir Tara nicht erhalten. Glaubst du, ich empfinde nicht, wie bitter es ist, hier von deiner Barmherzigkeit zu leben – o ja, Scarlett, von deiner Barmherzigkeit. Nie werde ich es dir vergelten können, was du für mich und die Meinen getan hast, das spüre ich jeden Tag schmerzlicher. Und jeden Tag sehe ich klarer, wie gänzlich unfähig ich bin, es mit unserem Schicksal aufzunehmen und den neuen Wirklichkeiten ins Angesicht zu sehen. Verstehst du, was ich meine?«

Sie nickte. Ganz klar war es ihr nicht, aber sie hing atemlos an seinen Lippen. Zum erstenmal hatte er zu ihr von dem gesprochen, was er dachte, wenn er in einer anderen Welt zu weilen schien. Es war so aufregend für sie, als stünde sie vor einer Entdeckung.

»Ich scheue mich vor der nackten Wirklichkeit. – Es ist wie ein Fluch. Vor dem Kriege war mir das Leben nicht wirklicher als ein Schattenspiel auf einem Vorhang, und so war es mir lieb. Ich habe allzu scharfe Umrisse nicht gern, lieber sehe ich sie ein wenig verwischt ...«

Er hielt inne und lächelte matt. Als der kalte Wind durch sein dünnes Hemd blies, schauderte er ein wenig zusammen.

»Mit anderen Worten, Scarlett, ich bin ein Feigling.«

Mit seinen Worten von Schattenspiel und verwischten Umrissen konnte sie nicht viel anfangen, aber das letzte hatte er in einer Sprache gesprochen, die sie verstand. Er hatte unrecht, in ihm war keine Feigheit. Jede Linie seines schlanken Körpers kündete von Generationen tapferer, unerschrockener Männer. Scarlett kannte sein Führungszeugnis aus dem Krieg auswendig.

»Das ist nicht wahr. Wäre ein Feigling bei Gettysburg auf die Kanone gestiegen und hätte die Truppe wieder gesammelt? Hätte der General persönlich Melly einen Brief geschrieben, wenn du ein Feigling wärst ...«

»Das ist nicht Mut«, sagte er müde. »Der Kampf ist wie Wein. Er steigt den Feiglingen ebenso rasch in den Kopf wie den Helden. Auf dem Schlachtfeld kann jeder Wicht tapfer sein, wenn es heißt, tapfer zu sein oder zu sterben. Ich spreche von etwas ganz anderem, und meine Feigheit ist etwas viel Schlimmeres, als wenn ich beim ersten Schuß davongelaufen wäre.«

Langsam, mühselig kamen ihm die Worte hervor, als schmerzte es ihn, sie auszusprechen, und als stünde er abseits und höre sie selber traurigen Herzens mit an. Bei jedem anderen, der solche Worte sprach, hätte Scarlett sie verächtlich als eine Koketterie empfunden, aber Ashley meinte wirklich, was er sagte, und in seinen Augen war etwas, was sie nicht zu fassen vermochte. Der Winterwind fegte ihr um die feuchten Enkel, wieder schauderte sie zusammen, aber weniger vor Kälte als vor Grauen über seine Worte.

»Ashley, wovor fürchtest du dich?«

»Ach, vor all dem Namenlosen, vor mancherlei, was sehr kindisch klänge, spräche man es aus. Am meisten davor, daß das Leben auf einmal zu wirklich geworden ist und man mit seinen einfachsten Tatsachen in so wehe Berührung gebracht wird. Nicht, daß ich etwas dagegen hätte, hier im Dreck zu stehen und Holz zu spalten, nein, aber das, was dahintersteht, nehme ich schwer. Ich nehme es schwer, daß die Schönheit des alten Lebens verlorengegangen ist. Scarlett, vor dem Kriege war das Leben schön, ein Ebenmaß lag darüber wie über der griechischen Kunst. Vielleicht hat nicht jeder es so empfunden. Das weiß ich jetzt. Für mich auf Twelve Oaks war das Leben allen Ernstes schön. Damals gehörte ich in dieses Leben hinein, aber nun ist es vorbei. In dem neuen Leben ist kein Platz für mich mehr da. Mir ist angst. Ich weiß wohl, es war ein Schattenspiel, dem ich zusah. Allem, was nicht Schatten war, ging ich aus dem Wege, Menschen und Verhältnissen, und ich grollte ihnen, wenn sie sich eindrängten. Auch dich habe ich zu fliehen gesucht, Scarlett. Du warst zu sehr voller Leben, zu wirklich, und ich war feige genug, lieber unter Schatten und Träumen zu sein.«

»Aber ... aber ... Melly?«

»Melly ist unter allen Träumen der edelste. Ihre Gestalt gehört in meine Träume, und wäre der Krieg nicht gewesen, ich hätte mein Leben zu Ende gelebt und wäre zufrieden in Twelve Oaks begraben worden, zufrieden damit, daß das Leben vor meinen Augen vorbeizog, ohne mich hineinzureißen. Aber als der Krieg kam, warf sich mir das Leben entgegen, wie es wirklich ist. Das erstemal, als ich ins Gefecht kam, bei Bull Run, sah ich die Freunde meiner Kindheit zerschmettert und hörte den Schrei verendender Pferde und lernte das Grauen, das einen ankommt, wenn man einen Menschen, auf den man geschossen hat, sich zusammenkrampfen und Blut speien sieht. Aber das war nicht das Schlimmste, Scarlett. Das Schlimmste waren die Menschen, mit denen ich leben mußte. Immer hatte ich mich vor den Menschen gehütet und behutsam meine wenigen Freunde gewählt. Aber der Krieg hat mich gelehrt, daß ich mir nur eine Traumwelt mit Schattenfiguren erschaffen hatte. Im Kriege habe ich gesehen, wie die Menschen in Wirklichkeit sind. Aber gelernt habe ich nicht, wie ich mit ihnen leben soll. Das lerne ich nie. Ich weiß wohl, ich muß, um Weib und Kind zu ernähren, mich durch eine Welt voller Menschen schlagen, mit denen ich nichts gemein habe. Ich bin nicht wie du, Scarlett, die du das Leben bei den Hörnern nimmst und es biegst nach deinem Willen. Mir ist angst.«

Während seine leise, klangvolle Stimme weitertönte, trostlos, unbegreiflich, versuchte sich Scarlett hier und da an einem Wort festzuhalten, aber sie entflogen ihren Händen alle wie scheue Vögel.

»Scarlett, ich weiß nicht genau, wann mir zum erstenmal aufging, daß das Schattenspiel aus war. Vielleicht in den ersten Minuten bei Bull Run, als der erste Mann, den ich umgebracht hatte, vor meinen Augen umsank. Plötzlich fand ich mich selbst auf der Bühne. Meine kleine innere Welt war von fremden Menschen zerstört, die mit schmutzigen Füßen durch sie hintrampelten und mir keinen Zufluchtsort mehr ließen. Als ich gefangen war, dachte ich, später könnte ich zurück und die Träume und das Schattenspiel noch einmal von neuem erleben. Aber, Scarlett, er gibt kein Zurück. Was uns jetzt bevorsteht, ist schlimmer als alles Frühere ... Du siehst, wie ich dafür bestraft werde, daß mir bange ist.«

»Aber, Ashley ...«, sie tappte gänzlich im dunkeln. »Wenn du Angst hast, wir könnten verhungern ... ach, Ashley, wir schlagen uns schon irgendwie durch!«

Einen Augenblick lang kehrten seine Augen zu ihr zurück, weit offen und kristallgrau und von Bewunderung erfüllt. Dann entwichen sie wieder in unerreichbare Ferne, und schweren Herzens begriff sie, daß es nicht der Hunger war, woran er gedacht hatte. Ihr war, als sprächen sie in verschiedenen Sprachen miteinander. Aber sie liebte ihn so sehr, daß ihr jetzt, während er wieder zurückwich, zumute war, als ginge die Sonne unter und ließe sie in der traurigen Kälte der Dämmerung zurück. Am liebsten hätte sie ihn bei den Schultern genommen und an sich gezogen, damit er spüre, daß sie Fleisch und Blut war und nicht eine Gestalt aus Büchern und Träumen. Könnte sie sich doch nur einmal eins mit ihm fühlen! Seit jenem längst vergangenen Tage, da er aus Europa zurückkam und auf den Verandastufen von Tara zu ihr emporlächelte, hatte sie sich danach gesehnt.

»Der Hunger? Nein, der Hunger ist es nicht …«, sagte er. Verzweifelt dachte Scarlett, Melanie verstünde ihn sicher. Sie und er redeten immer solch närrisches Zeug miteinander. Er fürchtete nicht das, was sie fürchtete, nicht den nagenden leeren Magen, den scharfen Winterwind, nicht die Heimatlosigkeit, wenn sie von Tara fort müßten. Ihm schauderte vor etwas anderem, wovon sie nichts wußte.

»Ach«, seufzte sie mit der Enttäuschung eines Kindes, das ein verheißungsvoll eingewickeltes Paket öffnet und es leer findet. Er lächelte wehmütig, als bäte er um Entschuldigung.

»Vergib mir meine Worte, Scarlett. Ich kann mich dir nicht verständlich machen, weil du nicht weißt, was Furcht heißt. Du bist beherzt wie ein Löwe und hast nicht eine Spur von Phantasie. Um beides beneide ich dich. Dir macht es nichts aus, der Wirklichkeit dein Leben lang ins Gesicht zu sehen, und nie wirst du ihr entfliehen wollen wie ich.«

Fliehen! Das war das einzige verständliche Wort, das er gesprochen hatte. Ashley war des Kampfes müde wie sie und wollte fliehen. Sie atmete rasch. »Ashley, du irrst dich, ich möchte auch fliehen! Ich bin es alles so müde!«

Seine Brauen hoben sich ungläubig. Sie legte ihm fiebernd und drängend die Hand auf den Arm.

»Hör mich an«, begann sie rasch, und ihre Worte überstürzten sich. »Ich sage dir, ich bin es alles so müde, müde bis in die Knochen, und ich habe keine Lust, es länger zu ertragen. Ich habe mich abgearbeitet, um Nahrung zu beschaffen und Geld zu verdienen. Ich habe gejätet, gehackt und Baumwolle gepflückt. Ich habe sogar gepflügt, bis ich beinah umfiel vor Ermattung. Ashley, mit dem Süden ist es vorbei. Die Yankees, die Schieber und die befreiten Neger haben ihn an sich gerissen und uns nichts mehr übriggelassen. Ashley, laß uns davonlaufen!«

Er blickte sie scharf an und beugte den Kopf nieder, um ihr dicht in das flammende, erregte Gesicht zu sehen.

»Ja, laß uns davonlaufen und alles stehen- und liegenlassen. Ich habe es satt, für dies alles zu arbeiten. Es wird sich schon jemand unserer Leute annehmen. Immer findet sich jemand, der für die sorgt, die nicht für sich selber sorgen können. Ashley, laß uns davonlaufen! Laß uns fort! Wir wollen nach Mexiko, wir beide … In der mexikanischen Armee werden Offiziere gebraucht, da könnten wir so glücklich sein. Ich will für dich arbeiten, Ashley, ich will alles für dich tun. Melanie liebst du ja doch nicht ...« In tiefer Betroffenheit wollte er etwas erwidern, aber sie verwehrte ihm das Wort mit dem Strom ihrer eigenen.

»Du hast es mir gesagt, an jenem Tage damals, du hättest mich lieber als sie. Ach, weißt du es noch? Das kann sich doch nicht geändert haben! Nein, du hast dich nicht geändert, das weiß ich. Und eben erst hast du gesagt, sie sei nur ein Traum. Ach, Ashley, laß uns fortgehen! Ich könnte dich so glücklich machen, und ...«, fügte sie hinzu, »Melanie kann es nicht. Dr. Fontaine sagt, sie dürfe keine Kinder mehr haben, und ich ...«

Seine Hände packten sie an ihren Schultern so fest, daß es schmerzte, und atemlos hielt sie inne.

»Den Tag damals in Twelve Oaks wollten wir doch vergessen!«

»Du meinst, ich könnte ihn je vergessen? Hast du ihn vergessen? Kannst du ehrlich sagen, daß du mich nicht liebst?«

Er holte tief Atem und erwiderte rasch: »Nein, ich liebe dich nicht.«

»Du lügst.«

»Und wenn ich löge ...« in Ashleys Stimme lag eine tödliche Ruhe, »so ist das etwas, was wir nicht miteinander erörtern können.«

»Du meinst ...«

»Glaubst du, ich könnte fortgehen und Melanie und das Kind verlassen, selbst wenn ich sie beide haßte? Ich könnte Melanie das Herz brechen und die beiden der Barmherzigkeit fremder Menschen überlassen? Scarlett, bist du wahnsinnig? Hast du denn gar kein Ehrgefühl? Du könntest doch auch deinen Vater und die beiden Mädchen nicht verlassen. Du bist für sie verantwortlich wie ich für Melanie und das Kind. Und ob du ihrer müde bist oder nicht, sie sind da. Du mußt es ertragen.«

»Ich könnte sie verlassen, denn ich bin ihrer müde und überdrüssig.«

Er beugte sich zu ihr herab. Einen Augenblick stockte ihr das Herz, und sie glaubte, er wolle sie umarmen. Aber er strich ihr nur über den Arm und sprach ihr zu wie einem Kinde.

»Ich weiß, wie müde, wie überdrüssig du ihrer aller bist, darum sprichst du so. Du hast die Last von drei Männern getragen. Aber ich will dir helfen ... ich bleibe nicht immer so unbeholfen wie jetzt.«

»Nur auf eine einzige Weise kannst du mir helfen«, erwiderte sie dumpf. »Du mußt mit mir fortgehen, wir müssen irgendwo neu anfangen, um glücklich zu werden. Hier hält uns nichts.«

»Nichts«, sagte er ruhig, »nur die Ehre.«

Mit scheuer Sehnsucht sah sie ihn an und gewahrte, als sei es zum erstenmal, das reine Halbrund seiner dichten goldblonden Wimpern, sah, wie stolz sein nackter Hals den Kopf trug und wie der schlanke, aufrechte Körper auch in den elenden Lumpen Würde und vornehme Haltung bewahrte. Ihre Augen begegneten den seinen, die ihren flehend und unverhüllt, die seinen rätselhaft wie Bergseen unter grauem Himmel. Sie las darin, daß ihr wilder Traum und ihre tollen Wünsche unerfüllt bleiben mußten.

Herzweh und Müdigkeit überkamen sie. Sie ließ den Kopf auf die Hände sinken und weinte. Er hatte sie nie weinen sehen. Er hatte nicht geglaubt, daß eine Frau von ihrer Art weinen könnte. Reue und Zärtlichkeit wallten in ihm auf. Sogleich war er bei ihr und hatte sie in seinen Armen, wiegte sie tröstend, drückte den dunklen Kopf an sein Herz und flüsterte:

»Laß das, liebes Herz! ... Mein tapferes Kind, nicht weinen!«

Als er sie berührte, fühlte er, wie sie sich in seinen Armen verwandelte. In dem schlanken Körper, den er umfing, stak Zauberkraft. In den grünen Augen, die zu ihm aufblickten, funkelte eine weiche, erregende Glut. Plötzlich war es nicht mehr öder Winter. Für Ashley war es wieder Frühling, halbvergessener, erquickender Frühling, rauschend, murmelnd und grün, voller Behagen und Gleichmut, sorglose Tage, da die Träume der Jugend ihn noch wärmten. Die bitteren Jahre waren verschwunden. Er sah ihre roten, bebenden Lippen, die sich ihm zuwandten, und küßte sie.

Ein seltsam sachtes Brausen klang ihr im Ohr, als hielte sie eine Muschel dagegen, und durch das Tönen vernahm sie undeutlich den raschen Schlag ihres Herzens. Ihr war, als verschmolzen ihre Lippen mit den seinen, und eine zeitlose Weile waren sie eins, während seine Lippen durstig die ihren tranken, als könnten sie nie genug bekommen.

Als er sie dann jäh losließ, konnte sie nicht allein stehen und griff nach dem Zaun, um sich zu stützen. Ihre Augen glühten vor Liebe und Triumph, als sie zu ihm aufsah.

»Du liebst mich! Du liebst mich! Sag es, o sag es!«

Noch immer hielten seine Hände ihre Schultern umfaßt. Sie fühlte sie zittern. Leidenschaftlich lehnte sie sich zu ihm, aber er hielt sie von sich fern und sah sie an, und in seinen Augen war nichts Unerreichbares mehr, nur noch Qual, Kampf und Verzweiflung.

»Laß das!« sagte er, »nicht! Sonst vergesse ich mich.«

Sie lächelte strahlend heiß. Zeit und Raum waren vergessen. Sie spürte nur noch seinen Mund auf dem ihren. Da begann er sie plötzlich zu schütteln, und er schüttelte sie, bis ihr schwarzes Haar sich löste und ihr über die Schultern herabfiel, schüttelte sie wie in wilder Wut über sie ... und über sich selbst.

»Das tun wir nicht!« sagte er. »Nein, das nicht!«

Ihr war, als müsse ihr das Genick zerbrechen, wenn er sie so weiterschüttelte.

Ihr Haar hing ihr über die Augen, seine Wildheit betäubte sie. Sie riß sich los und starrte ihn an. Kleine Tropfen standen ihm auf der Stirn. Unverhüllt sah er sie mit durchdringenden grauen Augen an.

»Es ist alles meine Schuld, nicht deine, und es soll nie wieder geschehen. Ich gehe fort und nehme Melanie und das Kind mit.«

»Du gehst?« rief sie in höchster Angst. »Nein, nein!«

»Doch, bei Gott! Glaubst du, ich bleibe hier, nachdem dies geschehen ist und wieder geschehen könnte?«

»Ach, Ashley, du kannst ja nicht fort, wohin solltest du denn? Du liebst mich ja!«

»Soll ich es durchaus sagen? Gut, ich sage es. Ich liebe dich.«

Er beugte sich mit einer solchen Wildheit über sie, daß sie gegen den Zaun zurückwich.

»Ich liebe dich, deinen Mut, deinen Eigensinn, dein Feuer, deine völlige Herzlosigkeit. Wie sehr ich dich liebe? So sehr, daß ich vor einem Augenblick nahe daran war, das gastliche Haus, das mir und meiner Familie Schutz gewährt, zu schänden und die beste Frau, die je ein Mann hatte, zu vergessen ... und dich hier im Dreck wie eine ...«

Sie rang mit einem Wirrwarr von Gedanken und fühlte plötzlich im Herzen einen kalten Schmerz, wie wenn ein Eiszapfen es durchfuhr. Stockend sagte sie: »Wenn du ebenso fühltest ... und mich doch nicht genommen hast ... dann liebst du mich nicht.«

»Du kannst mich ja doch nie verstehen.«

Sie versanken in Schweigen und starrten einander an. Plötzlich schauerte Scarlett zusammen. Als käme sie von einer langen Reise zurück, gewahrte sie auf einmal, daß es Winter war und die Felder mit ihren hartgefrorenen Stoppeln vor ihr lagen. Es fror sie sehr. Da sah sie, daß auch Ashley sein altes, unnahbares Gesicht wieder hatte, das sie gut kannte – winterlich spröde vor Reue und Weh. Sie hätte sich abwenden und ihn stehenlassen müssen, um im Hause Schutz zu suchen, aber sie war zu müde, um nur einen Schritt zu tun, und sogar das Sprechen war ihr eine Mühsal.

»Es bleibt mir nichts«, sagte sie endlich. »Nichts zu lieben, nichts, wofür ich kämpfen könnte. Mit dir ist es aus und mit Tara auch bald.«

Er sah sie lange an, dann bückte er sich und nahm einen kleinen roten Lehmklumpen vom Boden auf.

»Doch, eins ist dir geblieben«, sagte er, und geisterhaft kehrte sein altes Lächeln, das ihn selbst und sie zu verspotten schien, auf sein Gesicht zurück. »Etwas, das du mehr liebst als mich, wenn du es vielleicht auch nicht weißt. Du hast immer noch Tara.«

Er nahm ihre schlaffe Hand in die seine, drückte den feuchten Lehm hinein und schloß ihr die Finger darüber zusammen. Alles Fieber war aus seiner wie aus ihrer Hand gewichen. Einen Augenblick betrachtete sie den roten Erdklumpen und empfand nichts dabei. Sie sah Ashley an, und es dämmerte ihr, wie reinen Herzens er war und daß ihre leidenschaftlichen Hände, daß alle irdischen Dinge ihm nichts anhaben konnten. Und wenn er daran zugrunde ging, Melanie verließ er nie. Und wenn er bis an das Ende seines Lebens sich in Liebe zu Scarlett verzehren sollte, nie würde er sich an ihr vergreifen und immer danach ringen, sie von sich fernzuhalten.

Diese Rüstung konnte sie nie wieder durchbrechen. Gastfreundschaft, Treue und Ehre, diese Worte bedeuteten ihm mehr als sie.

Kalt lag der Lehm in ihrer Hand, und wieder schaute sie den Klumpen an. »Ja«, sagte sie, »dies habe ich noch.«

Zuerst hatten seine Worte nichts zu bedeuten gehabt, und der Lehm war nur roter Lehm. Aber ungeheißen kam ihr der Gedanke an die wogende, rote Erde, die Tara umgab, wie innig lieb sie ihr war und wie schwer sie darum gerungen hatte; wie schwer sie auch weiterhin darum ringen mußte, wenn sie sie künftig behalten wollte. Wieder blickte sie zu Ashley und fragte sich verwundert, was aus der Welle heißen Gefühls geworden sein mochte. Denken konnte sie, aber nicht mehr fühlen. Weder für ihn konnte sie etwas empfinden noch für Tara, ihr Gemüt war keiner Erregung mehr fähig.

»Du brauchst nicht fortzugehen«, sagte sie mit klarer Stimme. »Ihr sollt nicht verhungern, nur, weil ich mich dir an den Hals geworfen habe. Das kommt nicht wieder vor.«

Sie drehte sich um und schlug den Weg durch die unwirtlichen Felder nach Hause ein und schlang ihr Haar im Nacken zu einem Knoten zusammen. Ashley sah ihr nach, wie sie im Gehen die schmalen, mageren Schultern straffte, und das ging ihm tiefer zu Herzen als alle Worte, die sie gesprochen hatte.

XXXII

Immer noch hielt sie den roten Erdklumpen in der Hand, als sie die Stufen zum vorderen Hauseingang hinaufschritt. Die Tür auf der Rückseite des Hauses hatte sie lieber vermieden, Mammys scharfe Augen hätten sofort erkannt, daß etwas nicht in Ordnung war, und Scarlett wollte weder Mammy noch sonst jemanden sehen. Ihr war, als könne sie es nicht ertragen, je wieder einen Menschen zu sehen oder gar mit ihm zu sprechen. Von Scham, Enttäuschung und Bitterkeit empfand sie nichts, nur die Schwäche in ihren Knien und die große Leere in ihrem Herzen. Sie drückte den

Lehm so fest, daß er ihr aus der geballten Faust durch die Finger glitt, und wiederholte immer wieder, wie ein Papagei: »Dies habe ich noch! Ja, dies habe ich noch!«

Sonst hatte sie nichts mehr, nur noch dieses rote Land, das sie vor ein paar Minuten hatte wegwerfen wollen wie ein zerrissenes Taschentuch, und nun war es ihr plötzlich wieder lieb und teuer. Dumpf ging ihr die Frage durch den Kopf, welcher Wahnsinn sie dazu getrieben haben könnte, es so gering zu achten. Hätte Ashley eingewilligt, sie hätte mit ihm fortgehen und all die Ihren, ohne auch nur einen Blick zurückzuwerfen, verlassen können.

Aber sogar jetzt in ihrer Herzensleere war ihr bewußt, daß es ihr das Herz zerrissen hätte, diese teuren roten Hügel, die langen ausgewaschenen Wasserrinnen und die hohen schwarzen Kiefern zu verlassen. Sehnsüchtig wären ihre Gedanken bis in ihre letzte Stunde hierher zurückgekehrt. Nicht einmal Ashley hätte den Raum in ihrem Herzen ausfüllen können. Wie weise war Ashley, wie gut kannte er sie! Er brauchte ihr nur die feuchte Erde in die Hand zu drücken, um sie wieder zur Besinnung zu bringen.

Sie stand im Flur und wollte gerade die Tür hinter sich schließen, als sie Hufschlag vernahm und sich umdrehte, um die Auffahrt hinunterzublicken. Jetzt Besuch, das war zuviel! Sie würde in ihr Zimmer laufen und vorgeben, sie hätte Kopfweh.

Aber als sie den näher kommenden Wagen erblickte, regte sich ihre Neugier. Es war ein nagelneuer, glänzend lackierter Wagen, auch das Geschirr mit seinen polierten Messingbeschlägen war neu. Sicherlich Fremde. Niemand von ihren Bekannten hatte Geld für eine so prachtvolle Aufmachung. Sie stand auf der Schwelle. Der eisige Zugwind wehte ihr die Röcke um die nassen Fußgelenke. Da hielt der Wagen vor dem Hause, und Jonas Wilkerson stieg aus. Scarlett war so überrascht, als sie ihren früheren Sklavenaufseher in einem so eleganten Wagen und in einem so kostbaren Mantel sah, daß sie ihren Augen nicht trauen wollte. Will hatte ihr erzählt, er sähe recht wohlhabend aus, seitdem er den neuen Posten in der Befreiungsbehörde habe. Eine Menge Geld hätte er gemacht, sagte Will. Hätte die Neger oder die Regierung oder alle beide beschwindelt, den Leuten die Baumwolle beschlagnahmt mit der Begründung, sie gehöre der konföderierten Regierung. Auf redliche Weise war er in dieser schweren Zeit sicher nicht zu all dem Gelde gekommen.

Da war er nun, stieg aus dem Wagen und half einer übermäßig aufgeputzten Frau heraus. Auf den ersten Blick sah Scarlett, daß die Farbe des Kleides für eine Dame viel zu grell war, aber trotzdem verschlang sie es mit den Blicken. Es war schon so lange her, daß sie moderne, teure Kleider gesehen hatte. Die Reifen wurden also dieses Jahr weniger weit getragen? Sie sah sich das Kleid aus rotem Plaidstoff und den schwarzen Samtmantel genau an. Wie kurz er war! Und was für ein Hut! Die Hauben waren offenbar nicht mehr Mode. Dieser Hut war etwas lächerlich Flaches aus rotem Samt, das der Frau hoch oben auf dem Kopf thronte wie ein steifgefrorener Pfannkuchen. Die Bänder schlossen nicht wie früher unter dem Kinn, sondern hinten unter dem dicken Lockenschopf, der aus dem Hut hervorquoll und weder in der Farbe noch in seiner Beschaffenheit zu dem übrigen Haar paßte.

Als diese Frau ausstieg und zum Hause hinaufblickte, entdeckte Scarlett in dem von Puder starrenden Kaninchengesicht eine Bekannte. »Aber das ist ja Emmie Slattery!« Sie war so überrascht, daß sie es laut sagte.

»Ja, Miß O'Hara, ich bin es.« Emmie warf mit verbindlichem Lächeln den Kopf zurück und wollte die Stufen hinaufsteigen.

Emmie Slattery! Die schmutzige flachshaarige Schlampe, deren uneheliches Kind Ellen getauft hatte. Emmie Slattery, bei der Ellen sich den Typhus und den Tod geholt hatte. Dieses aufgedonnerte, gemeine, heimtückische Gesindel kam die Stufen von Tara herauf, trug die Nase hoch und grinste, als sei es hier zu Hause. Scarlett dachte an Ellen, und eine mörderische Wut brach in ihr leeres Gemüt ein, so gewaltsam, daß sie erschauerte wie in einem Schüttelfrost.

»Hinunter von der Treppe, du gemeines Frauenzimmer!« schrie sie sie an. »Mach, daß du von hier fortkommst! Hinaus mit dir!«

Emmie ließ plötzlich den Unterkiefer hängen und blickte zu Jonas, der ihr mit zusammengezogenen Brauen nachkam. Er gab sich Mühe, trotz seinem Zorn die Würde zu wahren.

»So dürfen Sie nicht mit meiner Frau sprechen«, sagte er.

»Frau?« Scarlett brach in ein schneidendes, höhnisches Gelächter aus. »War auch höchste Zeit, daß Sie sie zur Frau nahmen! Wer hat denn Ihre Bälger getauft, nachdem Sie meine Mutter umgebracht haben?«

Emmie kreischte: »Oh!« und lief rasch die Stufen wieder hinunter. Aber Jonas hielt sie am Arm fest, als sie sich in den Wagen zurückziehen wollte. »Wir sind hergekommen, um Ihnen einen Besuch zu machen, einen freundschaftlichen Besuch«, knurrte er, »und um etwas Geschäftliches als alte Freunde mit Ihnen zu besprechen.«

»Freunde?« Es kam wie ein Peitschenhieb. »Wann wären wir mit euresgleichen je befreundet gewesen! Slatterys haben ihr Leben von unserer Wohltätigkeit gefristet und es damit vergolten, daß sie Mutter umgebracht haben. Und Sie ... Sie hat Pa wegen Emmies Balg entlassen, das wissen Sie ganz genau. Freunde? Scheren Sie sich fort, ehe ich Mr. Benteen und Mr. Wilkes rufe!«

Bei diesen Worten riß Emmie sich von ihrem Manne los und flüchtete in den Wagen. Beim Einsteigen zeigten sich für einen Augenblick ein Paar Lackstiefel mit knallroten Rändern und roten Quasten.

Jetzt bebte Jonas ebenso vor Wut wie Scarlett. Sein fahles Gesicht lief rot an wie bei einem wütenden Truthahn.

»Noch immer auf dem hohen Roß, was? Nun, ich weiß Bescheid über Sie. Ich weiß, daß Sie keine Schuhe mehr an den Füßen haben und daß Ihr Vater schwachsinnig ist und ...«

»Macht, daß ihr fortkommt!«

»Oh, in dem Ton geht es nicht mehr lange. Sie sind ja bankrott und können nicht einmal Ihre Steuern bezahlen. Ich wollte Ihnen anbieten, das Gut zu kaufen, wollte Ihnen ein rechtschaffenes Angebot machen. Emmie will ja durchaus hier wohnen. Aber, bei Gott, jetzt gebe ich Ihnen keinen Cent! Ihr hochnäsigen irischen Sumpfbauern werdet schon merken, wer hier zu sagen hat, wenn es erst wegen der Steuern zur Zwangsversteigerung kommt. Dann werde ich dieses Gut erwerben mit allem Drum und Dran, und ich werde hier wohnen!«

Also Jonas Wilkerson war es, der Tara haben wollte! Jonas und Emmie. Scarletts sämtliche Nerven erzitterten vor Haß, wie damals, als sie den Pistolenlauf mitten in das bärtige Yankeegesicht richtete und abfeuerte. Hätte sie doch jetzt eine Pistole!

»Ich reiße das Haus nieder, Stein für Stein, und stecke es in Brand und bestreue jeden Morgen Landes mit Salz, ehe ich einen von euch den Fuß über die Schwelle setzen lasse«, schrie sie. »Schert euch fort, sage ich. Hinaus mit euch!«

Jonas starrte sie an, wollte noch etwas entgegnen, besann sich aber und ging an den Wagen. Er stieg zu seiner wimmernden Frau und wendete. Als sie abfuhren, trieb es Scarlett, ihnen nachzuspucken, und sie tat es. Es war wohl kindisch und gemein, aber es war ihr wohler danach. Sie hätte es nur tun sollen, als das Gesindel es noch sehen konnte.

Diese verdammten Negerfreunde wagten es, herzukommen und sie wegen ihrer Armut zu verhöhnen! Der Hund hatte bestimmt nicht die Absicht gehabt, ihr überhaupt einen Preis für Tara zu bieten. Das war nur ein Vorwand gewesen, um herzukommen und mit seinem Geld und seiner Emmie sich aufzuspielen. Dieses schmutzige, gesinnungslose Pack prahlte damit, daß es auf Tara wohnen wollte!

Plötzlich schrak sie zusammen, und die Wut verging ihr in einem kalten Meer des Entsetzens. Heiliger Strohsack! Die wollen hier wohnen! Aber was konnte sie denn dagegen tun, wenn diese Leute anfingen, Tara durch Pfändungen stückweise zu rauben? Jeden Spiegel, jeden Tisch und jedes Bett, Ellens schöne Möbel aus Mahagoni und Rosenholz, von denen jedes einzelne ihr teuer war, mochten die Yankeeplünderer alles auch noch so verschrammt haben, alles würden sie an sich bringen! Auch das Robillardsche Silber. Nein, das sollen sie nicht, dachte Scarlett leidenschaftlich, und wenn ich alles niederbrennen muß. Emmie Slattery soll keinen Fuß auf den Boden setzen, über den Mutter gegangen ist.

Sie schloß die Tür, lehnte sich dagegen und stand größere Angst aus als zu der Stunde, da Shermans Soldaten kamen und plünderten. Damals erschien ihr als das Schlimmste, das je geschehen könnte, daß Tara ihr über dem Kopf angezündet würde. Aber dies war schlimmer – daß diese gemeinen Menschen hier in diesem Hause wohnen sollten und ihren gemeinen Freunden vorprahlen, sie hätten die stolzen O'Haras vor die Tür gesetzt. Vielleicht brachten sie gar Neger zum Essen und Schlafen mit her. Und Will hatte ihr erzählt, Jonas mache sich sehr wichtig damit, auf gleichem Fuß mit den Negern zu verkehren, er esse mit ihnen, besuche sie in ihren Häusern, fahre mit ihnen in seinem Wagen spazieren und lege ihnen den Arm um die Schultern.

Als sie sich diese äußerste Schmähung Taras vorstellte, schlug ihr das Herz so gewaltig, daß sie kaum zu atmen vermochte. Sie versuchte, ihre Gedanken zu sammeln und einen Ausweg zu ersinnen, aber immer von neuem packte sie die Wut. Es mußte einen Ausweg geben, irgendwo mußte doch irgend jemand sein, der Geld hatte und es ihr borgen würde. Das Geld konnte doch nicht einfach vom Erdboden verschwunden sein. Da kamen ihr Ashleys Worte in den Sinn:

»Nur ein Mensch hat Geld: Rhett Butler.«

Rhett Butler. Rasch ging sie ins Wohnzimmer und schloß die Tür hinter sich. Das trübe Zwielicht der frühen Winterdämmerung hinter den geschlossenen Vorhängen hüllte sie ein. Niemand konnte auf den Gedanken kommen, sie hier zu suchen, und sie brauchte Zeit, um ungestört nachzudenken. Was ihr soeben eingefallen war, lag so nahe, daß sie gar nicht begreifen konnte, warum sie nicht eher darauf gekommen war.

»Rhett muß mir das Geld geben. Ich verkaufe ihm die Diamantohrringe, oder ich borge das Geld von ihm und verpfände ihm die Ohrringe, bis ich es zurückzahle.«

Der Stein, der ihr vom Herzen fiel, war so schwer, daß ihr einen Augenblick ganz schwach wurde. Sie würde die Steuern bezahlen und Jonas Wilkerson ins Gesicht lachen! Aber dem glücklichen Einfall folgte erbarmungslos die Ernüchterung auf dem Fuße.

»Ich brauche ja die Steuersumme nicht nur für dieses Jahr. Nach diesem Jahre kommt das nächste und so fort mein ganzes Leben lang. Wenn ich dieses Mal alles bezahle, treiben sie mir nächstes Mal die Steuern noch weiter in die Höhe, bis sie mich vor die Tür setzen können. Wenn ich eine gute

Baumwollernte habe, besteuern sie sie mir, bis ich nichts mehr dabei übrig habe, oder sie beschlagnahmen sie einfach und behaupten, sie habe der konföderierten Regierung gehört. Die Yankees und die Schufte, die mit ihnen an einem Strang ziehen, haben mich nun soweit, wie sie mich haben wollten. In ewiger Angst werde ich leben vor dem Augenblick, da sie mir doch noch die Luft abschnüren; an nichts anderes werde ich mehr denken können, als Geld zusammenzukratzen, ich werde mich totarbeiten für nichts und wieder nichts und zusehen müssen, wie man mir meine Baumwolle stiehlt. Wenn ich mir jetzt wirklich dreihundert Dollar für die Steuern borge, so stopfen sie dies eine augenblickliche Loch. Ich will aber ein für allemal aus der Patsche heraus ... so daß ich nachts schlafen kann, ohne mir Gedanken darüber zu machen, was morgen, was in einem Monat, in einem Jahre aus mir wird.«

Ihr Geist arbeitete fieberhaft. Eiskalt und folgerichtig entfaltete sich ein Gedanke in ihrem Hirn. Sie dachte an Rhett, an seine blitzend weißen Zähne inmitten der braunen Haut, an seine hämischen schwarzen Augen, die sie liebkosten. Sie entsann sich der heißen Nacht in Atlanta, kurz vor der Belagerung, als sie an Tante Pittys Haustür saßen. Sie fühlte wieder seine Hand auf ihrem Arm und hörte ihn: »Ich begehre dich mehr, als ich je eine Frau begehrt habe. Ich habe länger auf dich gewartet als je auf eine andere.«

»Ich will ihn heiraten«, dachte sie kühl. »Dann brauche ich mir keine Geldsorgen mehr zu machen.«

Ein Gedanke, süßer als die Hoffnung auf die Ewigkeit: »Keine Geldsorgen mehr, Tara in Sicherheit, Nahrung und Kleidung für alle Angehörigen, eine sorgenlose Zukunft.«

Sie fühlte sich uralt. Die Ereignisse des Nachmittags hatten alles Gefühl in ihr ersterben lassen. Zuerst die Nachricht von der Steuerforderung, dann die Stunde mit Ashley und schließlich Jonas Wilkerson. Ihr Gemüt war tot. Wäre nicht alle Empfindung in ihr erschöpft gewesen, so hätte etwas in ihr sich dagegen gewehrt, daß dieser Plan in ihrem Geiste Gestalt gewann. Sie haßte ja Rhett wie niemand anderen auf der Welt. Aber sie empfand nichts, sie konnte nur denken, und ihre Gedanken waren sehr praktischer Art.

»Ich habe ihm schreckliche Dinge gesagt an dem Abend, da er uns auf der Landstraße sitzenließ, aber er soll es schon vergessen«, dachte sie verächtlich im Vollgefühl ihres Zaubers. »Er muß den Eindruck gewinnen, ich hätte ihn immer geliebt und mich in jener Nacht nur vor ihm gefürchtet. Ach, die Männer sind ja so eingebildet, sie glauben alles, was ihnen schmeichelt ... Er darf nicht ahnen, wie schlecht es uns geht, nicht eher, als bis ich ihn habe. Nein, er darf es nicht erfahren. Wenn er je dahinterkommt, wie arm wir sind, so weiß er gleich, daß ich sein Geld will und nicht ihn. Aber er kann ja auch gar nichts von unserer Not wissen. Nicht einmal Tante Pitty weiß ja, wie es wirklich um uns steht, und wenn ich ihn erst geheiratet habe, muß er uns allen helfen. Er kann doch die Familie seiner Frau nicht verhungern lassen.«

Seine Frau. Mrs. Rhett Butler. Ein kleiner Widerwille regte sich tief unter dem kalten Denken, regte sich schwach und wurde zur Ruhe gebracht. Die peinlichen, abstoßenden Geschehnisse in den kurzen Flitterwochen mit Charles, seine suchenden, ungeschickten Hände, das Unbegreifliche, was er dabei empfand – und Wade Hamilton.

»Ich will jetzt nicht daran denken. Darüber zerbreche ich mir den Kopf, wenn ich ihn geheiratet habe.«

Wenn ich ihn geheiratet habe. In ihrem Gedächtnis schlug eine Glocke. Kalt überlief es sie. Wieder sah sie sich in jener Nacht vor Tante Pittys Haustür sitzen, hörte sich fragen, ob er ihr einen Antrag mache, und entsann sich seines unausstehlichen Lächelns, mit dem er sagte: »Heiraten, mein Kind, liegt mir nicht.«

Wenn er sich nun all ihren Reizen und Listen zum Trotz weigerte, sie zu heiraten? Wenn er ... wenn er sie völlig vergessen hatte und hinter einer anderen Frau her war?

»Ich begehre dich mehr, als ich je eine Frau begehrt habe ...«

Scarlett ballte die Fäuste, bis ihr die Nägel ins Fleisch drangen. »Wenn er mich vergessen hat – er soll sich meiner wieder erinnern und mich von neuem begehren.«

Und wenn er sie nicht heiraten und doch haben wollte, so gab es immer noch einen Weg, zu dem Gelde zu kommen. Er hatte sie ja einmal gefragt, ob sie nicht seine Geliebte werden wollte.

Im grauen Dämmerlicht des Wohnzimmers kämpfte sie einen raschen entscheidenden Kampf mit den drei Bindungen, die ihre Seele am festesten hielten: mit der Erinnerung an Ellen, mit den Lehren ihrer Religion und mit ihrer Liebe zu Ashley. Sie wußte, was sie jetzt vorhatte, mußte ihrer Mutter auch in dem fernen Himmel, wo sie nun weilte, ein Gram sein. Sie wußte, Unzucht war eine Todsünde. Sie wußte, bei ihrer Liebe zu Ashley war ihr Vorhaben in doppeltem Sinne Prostitution.

Aber all das ging unter in der erbarmungslosen Kälte ihres Verstandes, in der Hölle ihrer Verzweiflung. Ellen war tot, und vielleicht gab der Tod Verständnis für alles. Die Religion verbot Unzucht bei Strafe des höllischen Feuers – aber wenn die Kirche glaubte, sie ließe irgend etwas ungetan, womit sie Tara retten und ihre Familie vor dem Hunger bewahren könnte ... nun, da mochte die Kirche zusehen. Sie selbst würde sich jedenfalls keine Sorgen darum machen, wenigstens vorläufig nicht. Und Ashley? Ashley wollte sie ja nicht. Nein, nein! Sein heißer Kuß sagte das Gegenteil! Aber er würde nie mit ihr davonlaufen, irgendwohin ... Sonderbar, mit Ashley davonzulaufen, erschien ihr nicht als Sünde, aber mit Rhett ...

In der trüben Winterdämmerung langte sie am Ende des mühseligen Weges an, den sie in der Nacht, da Atlanta fiel, angetreten hatte. Als verwöhntes, selbstsüchtiges Kind hatte sie sich damals aufgemacht in der Fülle der Jugend und des Gefühls, sehr ratlos noch vor dem Leben. Jetzt am Ende des Weges war von diesem Kinde nichts mehr übrig. Hunger und harte Arbeit, Angst und beständige Anspannung, die Schrecken des Krieges und die Schrecken des Wiederaufbaus hatten alle Wärme, alle Jugend, alle Weichheit von ihr genommen. Um ihr Wesen hatte sich eine harte Schale gebildet, die in den endlosen Monaten nach und nach, Schicht um Schicht, immer undurchdringlicher geworden war.

Aber bis heute hatte zweierlei Hoffnung sie aufrechtgehalten. Sie hatte gehofft, daß nach dem Ende des Krieges das Leben allmählich in seine alten Bahnen zurückgleiten würde, und gehofft, daß Ashleys Heimkehr dem Leben wieder einen Sinn geben könnte. Beides war nicht in Erfüllung gegangen. Der Anblick von Jonas Wilkerson in der Einfahrt von Tara hatte ihr klargemacht, daß für sie und den ganzen Süden der Krieg nie zu Ende ging. Der bitterste Kampf, die grausamste Vergeltung, fing jetzt erst an. Und Ashley hatte sich durch Worte gebunden, die stärker waren als alle Fesseln.

Der Friede und Ashley hatten Scarlett gleichermaßen enttäuscht, und nun hatte sich die letzte Ritze in der Schale geschlossen, die äußerste Schicht war hart geworden. Jetzt war Scarlett zu dem geworden, wovor Großmama Fontaine sie gewarnt hatte, zu einer Frau, die das Schlimmste erlebt und nichts mehr zu fürchten hat. Weder das Leben noch die Mutter, noch verlorene Liebe, noch die Meinung der Leute fürchtete sie mehr. Nur den Hunger, das Elend und das Schicksal von Tara.

Eine seltsame Leichtigkeit und Freiheit erfüllte sie, da sie nun ihr Herz endgültig gegen alles verhärtet hatte, was sie an die alte Zeit und an die alte Scarlett band. Sie hatte ihre Entscheidung gefällt und verspürte keine Angst mehr. Sie hatte nichts zu verlieren.

Wenn es ihr nun gelang, Rhett in eine Ehe mit ihr hineinzuschmeicheln, so war alles gut. Gelang es nicht ... nun, dann mußte sie trotzdem zu dem Gelde kommen. Einen Augenblick überlegte sie mit kalter Neugierde und ohne Beziehung auf sich selbst, was wohl von einer Geliebten erwartet wurde. Ob Rhett wohl darauf bestand, sie in Atlanta zu haben, wie es hieß, daß er die Watling dort halte? Wenn er von ihr verlangte, daß sie in Atlanta wohnen blieb, so mußte er tüchtig zahlen – genug, um sie für alles zu entschädigen, was eine Trennung von Tara ihr bedeutete. Scarlett hatte wenig Ahnung von den verborgenen Seiten des Männerlebens und hatte nicht die Möglichkeit zu erfahren, was ein solches Verhältnis alles mit sich brachte. Ob sie ein Kind bekommen würde? Das wäre fürchterlich.

»Daran will ich jetzt nicht denken. Darüber denke ich später nach.« Damit schob sie den unwillkommenen Gedanken von sich, damit er sie in ihrem Entschluß nicht beirre. Heute noch wollte sie der Familie mitteilen, daß sie nach Atlanta ginge, um Geld aufzutreiben und wenn nötig eine Hypothek auf das Gut zu beschaffen. Mehr brauchten die andern fürs erste nicht zu wissen. Bis das Unglück es eines Tages fügen würde, daß sie hinter die Wahrheit kamen.

Als sie nun alles wußte, was sie zu tun hatte, richtete sich ihr Kopf auf, und ihre Schultern strafften sich. Leicht würde es nicht sein. Früher hatte Rhett um ihre Gunst geworben, hatte sie ihn in der Gewalt gehabt. Jetzt war sie die Bittstellerin und nicht mehr in der Lage, Bedingungen zu stellen.

»Aber ich gehe nicht wie eine Bittstellerin zu ihm, sondern wie eine Königin, die ihre Gunst gewährt. Er soll nicht erfahren, wie es sich in Wirklichkeit verhält.«

Sie trat vor den langen Spiegel und blickte erhobenen Hauptes hinein.

In dem rissigen vergoldeten Stuckrahmen sah sie eine Fremde vor sich. Es war, als sähe sie sich seit einem Jahr zum ersten Male wieder. Jeden Morgen hatte sie flüchtig in den Spiegel geschaut, ob ihr Gesicht sauber und ihr Haar in Ordnung wäre, aber immer viel zu hastig, um sich wirklich zu betrachten. Und nun diese Fremde! Diese hagere, hohlwangige Frau konnte doch nicht Scarlett O'Hara sein! Scarlett O'Hara war ein hübsches, kokettes, pikantes Geschöpf. Das Gesicht, das sie dort anstarrte, war durchaus nicht hübsch und wies nichts von dem Zauber mehr auf, an den sie sich so gut erinnerte. Es war bleich und abgespannt, die schwarzen Brauen über den schrägen grünen Augen fuhren auf der weißen Haut gleich Flügeln aufgescheuchter Vögel erschreckend in die Höhe. Ein harter, abgehetzter Ausdruck lag in ihren Mienen.

»Ich bin nicht hübsch genug, um ihn zu fangen!« dachte sie und verfiel in neue Mutlosigkeit. »Ich bin ja so mager, so furchtbar mager!«

Sie rieb sich die Wangen und tastete angstvoll nach dem hervorstehenden Schlüsselbein. Ihre Brust war fast so klein wie die Melanies geworden. Sie würde sich Rüschen ins Kleid nähen müssen, damit sie voller wirke, und wie hatte sie immer die Mädchen verachtet, die zu solchen Mitteln ihre Zuflucht nahmen! Rüschen! Dabei fiel ihr etwas anderes ein. Ihre Kleider! Sie blickte an sich hinunter und breitete die geflickten Falten ihres Rockes mit den Händen weit aus. Und Rhett liebte es, wenn eine Frau elegant angezogen war. Sehnsüchtig gedachte sie des spitzenbesetzten grünen Kleides, das sie nach der Trauer zuerst zu dem grünen Federhut getragen, den er ihr mitgebracht hatte ... und der beifälligen Anerkennung, die er ihr gezollt hatte. Sie gedachte aber auch mit einem Haß, den der Neid verschärfte, des roten Plaidkleides, der rot eingefaßten Stiefel mit Quasten und des modischen Pfannkuchenhutes, den Emmie Slattery getragen hatte. Auffallend waren sie freilich, aber modern und schick. Ach, wenn Rhett Butler sie in ihren alten Kleidern sah, so wußte er, daß es in Tara nicht so ging, wie es gehen sollte, und das durfte er nicht wissen.

Wie dumm von ihr, zu meinen, sie brauchte nur nach Atlanta zu gehen und die Hand nach ihm auszustrecken – sie mit ihrem mageren Hals, ihren hungrigen Katzenaugen und ihrem zerlumpten Kleid! Wenn sie ihm auf der Höhe ihrer Schönheit nicht einmal einen Heiratsantrag hatte abluchsen können, als sie ihre herrlichen Kleider hatte, wie sollte sie das jetzt, da sie häßlich war und schäbig angezogen? Wenn Miß Pitty wahr berichtete, dann mußte er mehr Geld haben als irgend jemand in Atlanta, und damit hatte er unter allen hübschen Frauen und Frauenzimmern die Auswahl. Nun, dachte sie grimmig, ich habe etwas, was die meisten schönen Damen nicht haben: ich weiß, was ich will. Und hätte ich nur ein hübsches Kleid dazu ...

Auf Tara gab es kein hübsches Kleid, überhaupt keins, das nicht mindestens zweimal gewendet und obendrein geflickt war.

Sie blickte trübselig zu Boden. Da lag Ellens moosgrüner Plüschteppich, fleckig, abgenutzt und verschlissen von den unzähligen Soldaten, die darauf geschlafen hatten. Der Anblick stimmte sie noch trüber. Das war Tara, und Tara war ebenso zerlumpt wie sie. Sie ging nachdenklich ans Fenster, schob das Schiebefenster in die Höhe, machte die Läden auf und ließ den letzten Schein des winterlichen Sonnenuntergangs in das Zimmer hinein. Dann schloß sie das Fenster wieder, lehnte den Kopf gegen die Samtvorhänge und blickte hinaus über die kahlen Felder bis zu den dunklen Zedern des Friedhofes. Die moosgrünen Samtvorhänge fühlten sich prickelnd und weich an, und dankbar wie ein Kätzchen rieb sie die Wange dagegen. Und plötzlich faßte sie den Stoff genauer ins Auge.

Eine Minute darauf zog sie einen Tisch über den Fußboden, daß die rostigen Rollen empört quietschten, rückte ihn ans Fenster, raffte die Röcke zusammen, kletterte hinauf und stellte sich auf die Zehenspitzen, um die schwere Gardinenstange zu fassen. Sie konnte sie kaum erreichen und griff so gewaltsam danach, daß die Nägel aus dem Holz gerissen wurden und die Vorhänge mitsamt der Stange krachend zu Boden fielen.

Sogleich öffnete sich die Tür, und Mammys breites schwarzes Gesicht, Neugier und Argwohn in jedem Fältchen, erschien im Rahmen. Empört sah sie Scarlett auf dem Tisch stehen, die Röcke über den Knien zusammengenommen, bereit, auf den Fußboden zu springen. Aber in Scarletts Gesicht lag so viel Aufregung und Genugtuung, daß Mammys äußerstes Mißtrauen lebendig wurde.

»Was soll das da mit Miß Ellens Portieren?« fragte Mammy.

»Was soll das, daß du an der Tür horchst?« fragte sie zurück, sprang behende auf den Boden und raffte den einen schweren, staubigen Vorhang auf. »Das hat gar nichts damit zu tun«, versetzte Mammy und rüstete sich zum Kampf. »Du hast bei Miß Ellens Portieren gar nichts zu suchen. Was soll das, einfach die Stangen herauszureißen und sie auf den Fußboden in den Staub zu schmeißen? Miß Ellen hielt sehr viel auf ihre Portieren, und du sollst sie nicht ruinieren.«

Scarlett wandte Mammy ihre grünen Augen zu, fieberhaft lustige Augen wie die des ungezogenen, kleinen Mädchens der guten alten Zeit.

»Lauf schnell auf den Boden und hol mir den Kasten mit meinen Schnittmustern, Mammy«, rief sie ihr zu und gab ihr einen Schubs. »Ich bekomme ein neues Kleid.«

Mammy wurde hin und her gerissen zwischen ihrer Empörung über den bloßen Gedanken, daß sie mit ihren zwei Zentnern irgendwohin und gar auf den Boden schnell laufen sollte, und einem schrecklichen Verdacht, der ihr aufdämmerte. Mit raschem Griff riß sie Scarlett die Vorhänge aus der Hand und hielt sie gegen ihre gewaltigen Brüste, als seien es Reliquien.

»Aus Miß Ellens Portieren kriegst du aber kein neues Kleid, wenn du das etwa willst, nicht solange noch ein Atemzug in mir ist.« Blitzschnell huschte der alte, Mammy so wohlvertraute, eigensinnige Ausdruck über das Gesicht ihrer jungen Herrin, und dann ging er in ein Lächeln über, dem die alte Amme nur so schwer widerstehen konnte. Aber dieses Mal ließ sie sich nicht hinters Licht führen. Sie war entschlossen, sich nicht überrumpeln zu lassen.

»Mammy, sei nicht häßlich zu mir. Ich will nach Atlanta, um Geld zu borgen, und dazu muß ich ein neues Kleid haben.«

»Du brauchst kein neues Kleid. Andere Damen haben auch kein neues Kleid, sie tragen ihre alten und sind stolz, und Miß Ellens Kind hat gar keinen Grund, nicht in Lumpen zu gehen, wenn sie in Lumpen gehen will, achtet sie doch jeder, als ob sie in Seide geht.«

Der trotzige Ausdruck zeigte sich wieder. Wie sehr Miß Scarlett Master Gerald immer ähnlicher wurde und Miß Ellen immer unähnlicher, je älter sie wurde!

»Hör mal, Mammy, Tante Pitty hat uns doch geschrieben, daß Fanny Elsing diesen Sonnabend heiratet, und natürlich gehe ich auf die Hochzeit. Da muß ich doch ein neues Kleid haben.«

»Das Kleid, das du anhast, ist ebenso schön wie Miß Fannys Brautkleid. Miß Pitty hat geschrieben, daß Elsings mächtig arm sind.«

»Und ich muß doch ein neues Kleid haben, Mammy, du weißt ja gar nicht, wie nötig wir Geld brauchen, die Steuern ...«

»Doch, Missie, ich weiß alles von den Steuern, aber ...«

»So?«

»Gott hat mir doch Ohren gegeben, um damit zu hören, besonders, wenn Master Will sich nie die Mühe macht, die Tür zuzumachen.«

Scarlett konnte niemals begreifen, wie der gewichtige Körper, unter dem die Fußböden erdröhnten, es fertigbrachte, zu schleichen wie ein wildes Tier, wenn seine Besitzerin an der Tür zu horchen wünschte.

»Wenn du alles gehört hast, hast du wohl auch Jonas Wilkerson und diese Emmie ...«

»Freilich«, sagte Mammy mit grimmigen Augen.

»Nun, sei kein Esel, Mammy. Siehst du denn nicht ein, daß ich nach Atlanta muß, um Geld für die Steuern aufzutreiben? Ich muß Geld haben, ich muß!« Sie hämmerte sich mit der kleinen Faust in die Hand. »Gott im Himmel, Mammy, sie setzen uns alle auf die Straße, und wo sollen wir denn hin! Willst du wegen einer solchen Kleinigkeit wie Mutters Vorhängen Streit anfangen, wenn das Pack sich in den Kopf gesetzt hat, uns von Haus und Hof zu vertreiben und in dem Bett zu schlafen, wo Mutter geschlafen hat?«

Wie ein störrischer Elefant schob Mammy sich von einem Fuß auf den andern. Sie hatte das dunkle Gefühl, überwältigt zu werden.

»Nein, Miß, ich will kein Pack in Miß Ellens Haus haben, und ich will nicht, daß sie uns alle auf die Straße setzen, aber ...«

Plötzlich schaute sie Scarlett mißtrauisch ins Gesicht. »Wo willst du das Geld denn hernehmen, daß du ein neues Kleid dazu brauchst?«

Scarlett erschrak. »Das ist meine Sache.«

Die Alte sah sie so durchdringend an wie früher, wenn Scarlett vergeblich versuchte, sich mit einer glaubhaften Lüge aus der Klemme zu ziehen. Es war, als lese sie in ihr wie in einem Buch, und schuldbewußt schlug Scarlett die Augen nieder.

»Du brauchst also ein schickes neues Kleid, um Geld zu borgen, und du sagst mir nicht, wo das Geld herkommen soll.«

»Ich sage gar nichts«, entrüstete sich Scarlett. »Das geht dich gar nichts an. Willst du mir jetzt den Vorhang geben und mir helfen oder nicht?«

»Ja, Missie«, sagte Mammy sanft und gab so plötzlich nach, daß es Scarlett nicht geheuer war. »Ich will dir helfen, und du mußt wohl auch einen Unterrock aus dem Seidenfutter haben und eine Hose mit den Spitzengardinen eingefaßt.«

Sie reichte Scarlett den Samtvorhang zurück, und ein schlaues Lächeln breitete sich über ihr Gesicht.

»Miß Melly geht doch mit nach Atlanta?«

»Nein«, sagte Scarlett scharf und merkte, was kommen sollte. »Ich gehe allein.«

»Das meinst du«, sagte Mammy fest. »Aber ich gehe mit dir und mit dem neuen Kleid. Jawohl, jeden Schritt!«

Einen Augenblick stellte sich Scarlett ihre Fahrt nach Atlanta und ihr Zusammensein mit Rhett unter Mammys strenger Aufsicht vor, wenn sie wie ein großer schwarzer Drache im Hintergrund stand. Sie lächelte wieder und legte Mammy die Hand auf den Arm.

»Liebe gute Mammy, es ist süß von dir, daß du mit willst und mir helfen, aber wie in aller Welt sollen sie hier ohne dich fertig werden. Du hältst doch den ganzen Betrieb hier auf Tara in Gang!«

»Das nützt dir gar nichts«, entgegnete Mammy unbeirrbar, »daß du süß mit mir bist, Miß Scarlett. Ich kenne dich, seitdem du in den Windeln warst, und ich habe gesagt, ich gehe mit dir nach Atlanta, und da gehe ich nun auch hin. Miß Ellen dreht sich im Grabe um, wenn du allein hingehst. Die Stadt ist voll Yankees und freien Niggern und dergleichen Pack.«

»Aber ich wohne doch bei Tante Pittypat«, wandte Scarlett ein.

»Miß Pittypat ist eine feine Dame, und sie meint, sie sieht alles, aber das tut sie nicht.« Mit der Miene einer Majestät, die eine Audienz beendigt, drehte sich Mammy um und ging in die Halle hinaus.

Die Balken bebten, als sie rief: »Prissy, lauf hinauf und hol Miß Scarletts Schnittmusterkasten vom Boden und such die Schere, flink!«

»Das ist eine schöne Bescherung«, dachte Scarlett verzagt. »Ebensogut könnte ich einen Bluthund auf den Fersen haben.«

Als das Abendessen abgeräumt war, breiteten Scarlett und Mammy die Schnittmuster auf dem Eßtisch aus, während Suellen und Carreen emsig das Seidenfutter von den Vorhängen abtrennten und Melanie den Samt mit einer sauberen Haarbürste bearbeitete, um den Staub zu entfernen. Gerald, Will und Ashley saßen rauchend im Zimmer und betrachteten den weiblichen Aufruhr, und eine freudige Erregung, die anscheinend von Scarlett ausging, hatte sie alle ergriffen, und niemand wußte, was eigentlich geschah. Scarletts Augen hatten einen hellen Glanz und ihre Wangen Farbe bekommen. Das gefiel allen, denn seit Monaten hatten sie sie nicht mehr richtig lachen sehen. Besonders gefiel es Gerald. Seine Augen hatten einen weniger verschwommenen Blick als sonst, wenn sie Scarletts raschelnder Gestalt durchs Zimmer folgten, und sobald sie in Reichweite kam, streichelte er sie zufrieden. Die Mädchen waren so aufgeregt, als ob sie sich zu einem Ball rüsteten, und trennten und schnitten und hefteten, als machte jede ihr eigenes Ballkleid.

Scarlett wollte nach Atlanta, um Geld zu borgen oder notfalls eine Hypothek aufzunehmen. Was hatte schließlich eine Hypothek zu bedeuten? Scarlett sagte, sie könnten sie leicht mit der Baumwolle des nächsten Jahres abtragen und noch Geld übrigbehalten, und es klang so überzeugt, daß niemand daran zweifelte. Und als sie gefragt wurde, wer ihr denn das Geld leihen sollte, erwiderte sie geheimnisvoll: »Wer viel fragt, geht viel irre«, bis die anderen sie mit ihren befreundeten Millionären zu necken anfingen.

»Es muß schon Kapitän Rhett Butler sein«, sagte Melanie schlau, und alle platzten vor Lachen über solch einen Einfall. Sie wußten ja, wie Scarlett ihn haßte. Nie sprach sie anders von ihm als »Rhett Butler, der Lump«.

Aber Scarlett lachte nicht, und Ashley, der mitgelacht hatte, hörte plötzlich auf, als er Mammy Scarlett einen raschen, verstohlenen Blick zuwerfen sah.

Suellen wurde von der Gemeinschaftsstimmung dieses Abends bis zur Großmut gerührt, sie holte ihren Kragen aus irischer Spitze, der zwar ein wenig abgetragen, aber doch noch sehr hübsch war, und Carreen bestand darauf, Scarlett müsse ihre Schuhe tragen, die noch besser instand waren als alle anderen auf Tara. Melanie bat Mammy, einen Samtflicken übrigzulassen, damit sie die Form ihres verregneten Hutes neu überziehen und garnieren könnte, und erregte stürmische Heiterkeit mit dem Vorschlag, den alten Hahn einer prachtvollen, schillernden grünschwarzen Schwanzfeder zu dem gleichen Zweck zu berauben.

Scarlett sah die Finger fliegen, hörte das Gelächter schallen und betrachtete sie alle mit heimlicher Bitterkeit und Verachtung.

»Sie alle haben keine Ahnung, was in Wirklichkeit mit mir, mit ihnen und dem ganzen Süden vorgeht. Trotz allem meinen sie immer noch, daß ihnen nichts wirklich Schreckliches zustoßen kann, weil sie O'Haras, Wilkes, Hamiltons sind. Sogar die Schwarzen haben das Gefühl. Narren sind sie alle! Sie begreifen es nie! Sie denken und leben einfach weiter wie bisher, und nichts kann sie ändern. Melly kann in Lumpen gehen und Baumwolle pflücken – ja, sie kann mir helfen, einen Menschen zu ermorden, das alles ändert sie nicht. Sie ist immer noch die schüchterne, wohlerzogene Mrs. Wilkes, die vollkommene Dame! Und Ashley mag den Tod und den Krieg sehen, verwundet und gefangen werden und heimkehren und weniger als nichts vorfinden, er bleibt doch der Gentleman, der er war, als er noch ganz Twelve Oaks hinter sich hatte. Will ist anders. Er weiß, wie es wirklich steht, aber er hatte auch nie viel zu verlieren. Und Suellen und Carreen meinen, dies alles geht vorüber. Sie wollen den veränderten Umständen nicht ins Gesicht sehen, weil sie meinen, das alles dauert nicht lange. Sie meinen, Gott wird ihnen zuliebe ein Wunder tun. Aber das einzige Wunder, das hier geschehen wird, ist das, was ich an Rhett Butler tun will ... Sie alle ändern sich nicht. Vielleicht können sie es nicht. Ich bin die einzige, die sich geändert hat ... und hätte mich auch nicht geändert, wenn es nach mir gegangen wäre.«

Endlich schickte Mammy die Männer aus dem Eßzimmer, und die Anprobe konnte beginnen. Pork brachte Gerald ins Bett, und Ashley und Will blieben allein bei der Lampe in der vorderen Halle sitzen. Sie schwiegen eine Weile, und Will kaute seinen Tabak wie ein friedlich wiederkäuendes Tier. Aber sein mildes Gesicht sah keineswegs friedlich aus.

»Diese Fahrt nach Atlanta«, sagte er schließlich bedächtig, »will mir gar nicht gefallen.«

Rasch sah Ashley ihn an und blickte dann wieder weg. Er erwiderte nichts und dachte daran, ob Will wohl den gleichen schrecklichen Verdacht hegte, der ihn verfolgte. Das war doch unmöglich. Will wußte nicht, was nachmittags im Obstgarten vorgegangen war und was Scarlett zur Verzweiflung getrieben hatte. Will konnte Mammys mißtrauisches Gesicht nicht bemerkt haben, und er wußte nichts von Rhetts Geld und seinem schlechten Ruf. Wenigstens glaubte Ashley es nicht, wenn er auch die Erfahrung gemacht hatte, daß Will, ähnlich wie Mammy, alles, was auf Tara geschah, wußte, ohne daß es ihm gesagt wurde. Es lag etwas wie Unheil in der Luft, und Ashley fühlte sich machtlos, Scarlett davor zu bewahren. Den ganzen Abend war sie seinem Blick nicht ein einziges Mal begegnet, und die heftige Lustigkeit, mit der sie ihn behandelte, war beängstigend. Der Argwohn, der ihn zerriß, war zu schrecklich für Worte. Er hatte nicht das Recht, sie mit der Frage zu beleidigen, ob das, was er mutmaßte, wahr sei. Er ballte die Fäuste. Er hatte überhaupt kein Recht auf sie; heute hatte er es für immer verwirkt. Niemand konnte ihr helfen. Nur als er an Mammy dachte und an die grimmige Entschlossenheit, mit der sie in die Samtvorhänge hineinschnitt, faßte er ein wenig Mut. Mammy würde auf Scarlett aufpassen, ob Scarlett wollte oder nicht.

»Ich bin schuld an allem«, dachte er verzweifelt, »ich habe sie dazu getrieben.«

Er besann sich darauf, wie sich ihre Schultern gestrafft hatten, als sie sich am Nachmittag von ihm abwandte, wie trotzig sie da den Kopf trug. Sein Herz suchte nach ihr, zerrissen von seiner eigenen Hilflosigkeit, von Bewunderung gequält. In ihrem Wortschatz gab es ja das Wort Tapferkeit nicht. Sie würde ihn leer und ohne Verständnis anstarren, wenn er ihr sagte, sie sei die tapferste Seele, der er je begegnet sei. Sie verstand ja nicht, wieviel wahrhaft Hohes er damit ausdrücken wollte, wenn er sie tapfer nannte. Sie nahm das Leben, wie es kam, und setzte jedem Hindernis ihre Zähigkeit und Entschlossenheit entgegen, die sich nicht geschlagen gab und weiterkämpfte, auch wenn sie die Niederlage unausweichlich kommen sah.

Aber in den letzten vier Jahren hatte er viele gesehen, die sich nicht geschlagen geben wollten, Männer, die fröhlich ins sichere Verderben ritten, weil sie tapfer waren – sie waren trotzdem geschlagen worden.

Als er dort in der dämmerigen Halle mit Will zusammen saß und vor sich hin starrte, meinte er, nie habe er solche Tapferkeit gesehen wie bei Scarlett O'Hara, die, in einem Kleid aus ihrer Mutter Samtvorhängen und mit den Schwanzfedern ihres Hahnes auf dem Hut, hinging, um die Welt zu erobern.

XXXIII

SCHARF UND KALT BLIES DER WIND, UND SCHIEFERGRAUE WOLKEN jagten über den Himmel, als Scarlett und Mammy am nächsten Nachmittag in Atlanta aus dem Zug stiegen. Seit dem Brande der Stadt war der Bahnhof nicht wieder aufgebaut worden. Sie stiegen zwischen Schmutz und Asche aus, ein paar Meter oberhalb der rauchgeschwärzten Trümmer, die seine Stätte bezeichneten. Nach alter Gewohnheit hielt Scarlett Ausschau nach Pittys Wagen und Onkel Peter. In den Kriegsjahren war sie jedesmal im Wagen abgeholt worden, wenn sie aus Tara nach Atlanta zurückkam. Sie erschrak über ihre eigene Geistesabwesenheit. Selbstverständlich war Onkel Peter nicht da, denn sie hatte an Pitty nicht geschrieben, und außerdem erinnerte sie sich, von der alten Dame kürzlich einen tränenreichen Brief über den Tod des alten Kleppers empfangen zu haben, den Peter in Macon aufgetrieben hatte, um Pitty nach Atlanta zurückzubringen.

Sie blickte über den aufgewühlten, ausgefahrenen Platz um den früheren Bahnhof hin, ob sie nicht einen Wagen alter Freunde oder Bekannter fände, der sie zu Tante Pitty mitnehmen konnte. Aber keines der schwarzen und weißen Gesichter war ihr vertraut. Wahrscheinlich besaß keiner ihrer alten Freunde überhaupt noch einen Wagen. Es war schon schwierig, Menschen unterzubringen und zu beköstigen, wieviel schwieriger noch Tiere. Die meisten von Pittys Freunden mußten, wie sie selber, zu Fuß gehen.

Ein paar Lastwagen standen da, die von den Güterwagen Ladung aufnahmen, und mehrere schmutzbespritzte Einspänner mit roh aussehenden Fremden auf dem Kutschbock, aber nur zwei herrschaftliche Equipagen. Die eine war geschlossen, und in der anderen, offenen, saß eine gut angezogene Dame mit einem Yankeeoffizier. Scarlett hielt den Atem an, als sie die Uniform erblickte. Obwohl Tante Pitty geschrieben hatte, daß in Atlanta eine

Garnison liege und die Straßen voll von Soldaten seien, flößte ihr der erste Blaurock dennoch Entsetzen ein. Es war schwer, sich zu vergegenwärtigen, daß der Krieg vorbei war und der Mann nicht die Absicht hatte, sie zu verfolgen, zu berauben oder zu beschimpfen.

Am Zug war es verhältnismäßig leer, und sie entsann sich jenes Morgens im Jahre 1862, da sie als junge Witwe, in Krepp gehüllt und außer sich vor Langeweile, in Atlanta eingetroffen war. Wie hatten sich damals die Lastfuhrwerke und Equipagen und die Ambulanzen hier gedrängt, was für ein Lärm von fluchenden Kutschern und von Leuten, die laut ihre Freunde begrüßten, hatte geherrscht! Seufzend wünschte sie sich die leichtsinnige Erregung der Kriegstage zurück und seufzte abermals bei dem Gedanken, den ganzen Weg nach Tante Pittys Hause zu Fuß gehen zu müssen. Hoffentlich traf sie in der Pfirsichstraße jemanden, der sie ein Stück mitnahm.

Als sie so dastand und sich umschaute, fuhr ein sattelbrauner Neger von mittleren Jahren mit dem geschlossenen Wagen zu ihr heran, beugte sich vom Bock herab und fragte: »Wagen, meine Dame? Zwei Cents bis überall in Atlanta.«

Mammy warf ihm einen vernichtenden Blick zu. »Eine Mietsdroschke«, grollte sie. »Nigger, weißt du auch, wer wir sind?«

Mammy war eine Negerin vom Lande, aber sie war nicht immer auf dem Lande gewesen und wußte, daß keine anständige Dame je ein Mietsfuhrwerk benutzte, am wenigsten einen geschlossenen Wagen, wenn nicht ein männliches Familienmitglied sie begleitete. Selbst die Gegenwart einer schwarzen Zofe genügte der Sitte nicht. Sie blickte Scarlett streng an, als sie die sehnsüchtigen Blicke sah, mit denen sie die Mietskutsche betrachtete.

»Komm mit, Miß Scarlett! Eine Mietsdroschke und ein freigelassener Nigger! Das ist mir eine schöne Zusammenstellung!«

»Ich bin kein freigelassener Nigger«, fuhr der Kutscher hitzig dazwischen. »Ich gehören der alten Miß Talbot, und dies hier sein ihr Wagen, und ich fahren, um Geld für uns machen.«

»Was für eine Miß Talbot ist das?«

»Miß Suzannah Talbot aus Milledgeville. Wir sein hierhergekommen, als der alte Marse gefallen.«

»Kennst du sie, Miß Scarlett?«

»Nein«, sagte Scarlett bedauernd. »Ich kenne so wenig Leute aus Milledgeville.«

»Dann gehen wir zu Fuß«, sagte Mammy unbeugsam. »Fahr weiter, Nigger.«

Sie ergriff die Reisetasche, die Scarletts neues Samtkleid, ihren Hut und ihr Nachthemd enthielt, nahm das saubere bunte Kattunbündel mit ihren eigenen Habseligkeiten unter den Arm und führte Scarlett mitten durch die nasse Asche. Scarlett ließ es sich gefallen, obwohl sie viel lieber gefahren wäre. Aber sie wollte keinen Streit mit Mammy heraufbeschwören. Seit dem gestrigen Nachmittag, da sie sie bei den Samtvorhängen überrascht hatte, wiesen Mammys Augen einen wachsamen, argwöhnischen Blick auf, der Scarlett beunruhigte. Es würde sicher noch sehr schwer werden, sich ihrer Aufsicht zu entziehen, und sie wollte ihre Kampfeslust nicht eher wecken, als es unbedingt notwendig war.

Während sie auf schmalen Seitengassen den Weg nach der Pfirsichstraße einschlugen, fiel Scarlett von einem Entsetzen ins andere. Atlanta war vollständig verwüstet! Sie gingen an der Stelle vorbei, wo das große Hotel gestanden hatte, Rhetts und Onkel Henrys ständiger Aufenthalt – von dem eleganten Hause war nur noch ein Teil der geschwärzten Mauern übrig. Die Speicher, die eine Viertelmeile längs der Schienen gestanden hatten, waren nicht wieder aufgebaut worden. Ihre rechteckigen Fundamente starrten trübselig gegen den dunklen Himmel. Ohne die Hausmauern zu beiden Seiten und ohne das Wagendepot wirkten die Schienenstränge nackt und bloß. Irgendwo, unkenntlich zwischen diesen Trümmern, lagen auch die Überreste von Scarletts eigenem Speicher auf dem Grundstück, das Charles ihr hinterlassen hatte. Onkel Henry hatte die Steuern des letzten Jahres darauf für sie bezahlt. Das Geld mußte sie ihm gelegentlich zurückerstatten – noch eine Sorge mehr.

Als sie in die Pfirsichstraße einbogen, schaute sie nach Five Points hinunter. Sie stieß einen Schreckensschrei aus. Obwohl Frank ihr erzählt hatte, daß die Stadt dem Erdboden gleichgemacht wäre, hatte sie sich doch nie eine völlige Zerstörung vorstellen können. In ihrem Geist stand die Stadt, die sie so gern hatte, immer noch voll dichtgedrängter Gebäude und schöner Häuser, aber die Pfirsichstraße, die sie jetzt erblickte, hatte so völlig ihr früheres Aussehen verloren, daß sie ihr fremd wie eine gänzlich unbekannte Gegend vorkam. Diese schmutzige Straße, die sie während des Krieges wohl tausendmal hinuntergefahren war, die sie geduckten Kopfes, von Angst getrieben, entlanggeflohen war, als die Granaten in der Luft platzten, diese Straße, die sie zum letztenmal in der Angst und Hast des Rückzuges gesehen hatte, blickte sie jetzt so fremd an, daß ihr die Tränen in die Augen stiegen.

Obwohl in den Jahren nach Shermans Abzug aus der brennenden Stadt und der Rückkehr der konföderierten Truppen zahlreiche neue Gebäude entstanden waren, lagen um Five Points herum noch viele Grundstücke voll rauchgeschwärzter Steintrümmer und wüsten Kehrichts, bewachsen von welkem Unkraut und üppigem Ginster. Von ein paar Gebäuden, deren sie sich erinnerte, erkannte sie mühsam die Reste, Backsteinmauern ohne Dach, in die der trübe Tag hineinschien, scheibenlos klaffende Fenster, einsam ragende

Schornsteine. Hier und dort fiel ihr Blick erfreut auf einen bekannten Laden, der Beschießung und Feuersbrunst teilweise überlebt hatte und ausgeflickt worden war und an dem nun die neuen roten Steine grell von den alten berußten Mauern abstachen. Von vielen Schaufenstern und Büros grüßten sie bekannte Namen, aber weit häufiger waren die Namen ihr fremd, besonders bei den vielen Schildern von Ärzten, Anwälten und Händlern. Früher hatte sie so gut wie jeden in Atlanta gekannt, und der Anblick so vieler fremder Namen bedrückte sie. Aber sie empfand es doch als tröstlich, daß längs der ganzen Straße wieder neu gebaut wurde. Dutzende von neuen Häusern hatten sich erhoben, mehrere drei Stockwerke hoch. Überall wurde gebaut. Als sie die Straße entlangging und sich in diesem neuen Atlanta zurechtzufinden suchte, hörte sie überall den lustigen Klang von Hämmern und das schnarchende Geräusch der Sägen, sah die Gerüste aufsteigen und Männer mit Tragmulden voller Backsteine auf der Schulter die Leitern hinaufklettern. Feuchten Auges blickte sie die geliebte Straße hinunter.

»Sie haben dich niedergebrannt«, dachte sie, »und dem Erdboden gleichgemacht. Aber unterkriegen läßt du dich nicht. Du wirst wieder ebenso groß und dreist dastehen wie zuvor.«

Als sie, mit der watschelnden Mammy hinter sich, die Pfirsichstraße entlangging, fand sie die Fußsteige genauso voller Menschen wie mitten im Kriege, und in der wiederauferstandenen Stadt herrschte das gleiche Hasten und Jagen, bei dem ihr Herz vor Freude gepocht hatte, als sie zu ihrem ersten Besuch hergekommen war. Es schienen ihr noch ebenso viele Fuhrwerke wie damals zu sein, die durch die Schmutzlöcher rumpelten, nur fehlten die Krankenwagen der Konföderierten; noch ebenso viele Pferde und Maultiere waren an den Stangen der hölzernen Sonnendächer vor den Läden angebunden. Trotz des Gedränges auf dem Fußsteig waren ihr die Gesichter so fremd wie die Namen auf den Schildern über den Auslagen. Viele Leute waren es, roh aussehende Männer und aufgeputzte Frauen. Die Straße wimmelte von herumlungernden Negern, die an den Mauern lehnten oder auf dem Bordstein hockten und mit kindlicher Neugierde die Fuhrwerke vorbeifahren sahen, als böten sie eine Zirkusvorstellung.

»Freigelassene Nigger vom Lande«, schnob Mammy. »Haben in ihrem ganzen Leben noch nie einen richtigen Wagen gesehen. Und unverschämt sehen sie aus.«

Das fand Scarlett auch. Sie starrten ihr frech ins Gesicht, sie aber achtete dessen nicht vor lauter Uniformen, die sie immer von neuem in Schrecken versetzten. Es wimmelte vor Militär zu Pferde und zu Fuß und auf Armeewagen. Sie lungerten auf den Straßen herum oder kamen aus den Bars herausgetaumelt.

»An die gewöhne ich mich nie«, dachte sie ingrimmig und ballte die Fäuste. »Nie und nimmermehr. – Rasch, Mammy, daß wir aus dem Gedränge kommen.«

»Gleich, ich muß nur erst das schwarze Gesindel aus dem Weg schubsen«, antwortete Mammy und schwang energisch ihre Reisetasche gegen einen Schwarzen, der vor ihr herschlenderte, so daß er zur Seite springen mußte. »Die Stadt mag ich nicht, Miß Scarlett, es sind zuviel Yankees und freigelassene Tagediebe darin.«

»Wenn wir nur erst über Five Points hinaus sind, ist es nicht mehr so schlimm.«

Behutsam überschritten sie die schlüpfrigen Steine, die über den Schlamm der Decaturstraße hinüberführten, und gelangten in den ruhigeren Teil der Pfirsichstraße. Als sie bei der Wesleykapelle anlangten, wo sie damals auf der Suche nach Dr. Meade Atem geschöpft hatte, lachte Scarlett kurz und grimmig auf. Sie lachte über das Entsetzen, das sie an jenem Tage gepackt hatte. Sie hatte vor Angst völlig die Nerven verloren gehabt, und heute begriff sie nicht mehr, daß sie solche Angst hatte ausstehen können, wie ein Kind bei einem lauten Geräusch. Was für eine Törin war sie gewesen, als sie noch dachte, Yankees, Feuersbrunst und Niederlage wären das Schlimmste, was ihr widerfahren könnte. Wie geringfügig war das alles neben Ellens Tod und Geralds Umnachtung, neben Hunger, Kälte, Mühsal und dem ewigen Alpdruck der Unsicherheit gewesen! Wie leicht kam es ihr jetzt vor, einer Armee von Eroberern standzuhalten, wie schwer aber, der Gefahr zu begegnen, die Tara bedrohte! Nein, vor nichts hatte sie mehr Angst als vor der Armut.

Ein geschlossener Wagen näherte sich, und neugierig trat Scarlett an den Kantstein, um zu sehen, wer darin saß. Als er herankam, stieß sie fast einen Schrei aus, denn ein brennendroter Frauenkopf unter einem eleganten Pelzhut erschien am Fenster. Scarlett trat einen Schritt zurück, als sie einander erkannten. Es war Belle Watling, und Scarlett konnte gerade noch sehen, wie ihre Nase sich abfällig krauszog. Dann war sie vorüber. Seltsam, daß dies das erste bekannte Gesicht war, dem sie begegnete.

»Wer ist das?« fragte Mammy argwöhnisch. »Sie kannte dich, aber sie grüßte nicht. Solches Haar habe ich noch nie im Leben gesehen, nicht einmal bei Tarletons. Es sah aus wie gefärbt.«

»Stimmt«, sagte Scarlett kurz und ging rascher.

»Wer ist das mit dem gefärbten Haar, frage ich dich.«

»Sie ist das schlechte Frauenzimmer der Stadt«, versetzte Scarlett kurz. »Ich gebe dir mein Wort, daß ich sie nicht kenne, also halt den Mund.«

»Allmächtiger«, hauchte Mammy, und vor leidenschaftlicher Neugier sperrte sie den Mund auf, als sie dem Wagen nachsah. Seitdem sie vor mehr als zwanzig Jahren mit Ellen Savannah verlassen, hatte sie kein gewerbsmäßiges schlechtes Frauenzimmer mehr gesehen und wünschte sich inbrünstig, sie hätte sich Belle genauer betrachtet.

»Die ist aber fein angezogen und hat einen feinen Wagen und einen feinen Kutscher«, knurrte sie. »Ich weiß gar nicht, was dem Herrgott einfällt, daß es den schlechten Frauenzimmern so gut geht, während die guten Menschen Hunger leiden und barfuß laufen.«

»Der Herrgott denkt seit Jahren nicht mehr an uns«, sagte Scarlett ingrimmig. »Nun sage mir nicht etwa, Mutter drehe sich im Grabe um, wenn ich so etwas rede.«

Sie hätte gern von der Höhe ihrer Tugend auf Belle Watling herabgesehen, aber das konnte sie nicht. Wenn ihr Plan gelang, stand sie vielleicht auf einer Stufe mit Belle und wurde von demselben Mann ausgehalten. Sie bereute ihren Entschluß nicht, aber doch verwirrte es sie, das alles in seinem wahren Lichte zu sehen.

Sie gingen an dem Platz vorbei, wo Meades Haus gestanden hatte. Nur ein paar verlassene Steinstufen und ein Gartenweg, der ins Nichts hinaufführte, waren dort übriggeblieben. Wo Whitings Haus gestanden hatte, war jetzt kahler Erdboden. Auch die Fundamente und die Backsteinschornsteine waren fort, und Wagenspuren verrieten, daß sie abgefahren worden waren. Das Elsingsche Haus stand noch da, mit einem neuen Dach und aufgebautem zweiten Stock. Bonnels Haus sah leidlich bewohnbar aus, obwohl es ungeschickt ausgebessert und mit rohen Balken statt der Schindeln gedeckt war und einen etwas baufälligen Eindruck machte. Aber nirgends zeigte sich ein Gesicht am Fenster, nirgends eine Gestalt an der Haustür. Scarlett war froh darüber, denn sie hatte keine Lust, mit jemandem zu sprechen.

Dann kam das neue Schieferdach auf Tante Pittys Haus mitsamt den roten Backsteinmauern in Sicht, und Scarlett schlug das Herz. Wie gut hatte das Schicksal es gemeint, daß dies Haus noch stand! Im Vordergarten erschien Onkel Peter mit einem Marktkorb am Arm, und als er Scarlett und Mammy müde näher kommen sah, zog sich sein schwarzes Gesicht zu einem breiten ungläubigen Lächeln auseinander. Scarlett wäre dem alten Schwarzen am liebsten um den Hals gefallen, so sehr freute sie sich, ihn zu sehen. Sie rief ihm zu: »Lauf und hol Tantchens Ohnmachtsfläschchen, Peter, ich bin es wirklich.«

Abends stand der unvermeidliche Maisbrei mit getrockneten Erbsen auf Tante Pittys Tisch, und Scarlett gelobte sich, während sie davon aß, daß diese beiden Gerichte nie mehr auf ihren Tisch kommen sollten, sobald sie wieder

Geld hatte. Und Geld wollte sie wieder haben, einerlei um welchen Preis. Mehr Geld, als sie für die Steuern auf Tara benötigte.

Im hellen Lampenlicht des Eßzimmers fragte sie Tante Pitty nach ihren Finanzverhältnissen und hegte immer noch die leise ungläubige Hoffnung, Charles' Familie könne ihr vielleicht das Geld leihen, das sie brauchte.

Ihre Fragen waren nicht allzu zartfühlend, aber Pitty freute sich so darüber, mit einem Familienmitglied sprechen zu können, daß sie nicht einmal bemerkte, wie unverblümt Scarlett damit herauskam, und tränenreich verbreitete sie sich über die Einzelheiten all ihrer Mißgeschicke. Sie verstand nicht, wo ihr Gutshof, ihr städtischer Besitz und das ganze Geld geblieben sein konnte. Alles war verschwunden – wenigstens sagte das Onkel Henry. Er hatte die Steuern auf ihr Vermögen nicht bezahlen können, und alles außer dem Hause war dahin. Und Pitty kam nicht einmal darauf, daß dieses Haus niemals ihres, sondern das gemeinsame Eigentum von Melanie und Scarlett gewesen war. Bruder Henry konnte mit knapper Not die Steuern auf das Haus bezahlen. Er gab ihr monatlich etwas, wovon sie leben konnte, und obwohl es sehr demütigend war, Geld von ihm anzunehmen, so blieb ihr doch nichts anderes übrig.

»Henry sagt, er wisse nicht, wie er auskommen solle, bei allem, was auf ihm laste, und bei den hohen Steuern, aber er wird wohl lügen und einen Haufen Geld haben, und mir nur nichts geben wollen.« Scarlett wußte, daß Onkel Henry nicht log. Die paar Briefe, die sie wegen Charles' Vermögen von ihm bekommen hatte, bewiesen es ihr. Der alte Anwalt kämpfte tapfer, um das Haus und das städtische Grundstück, auf dem der Speicher gestanden hatte, zu retten, damit Scarlett und Wade aus dem Ruin noch etwas übrigbehielten. Scarlett wußte, daß er mit großen Opfern die Steuern einstweilen für sie auslegte.

»Natürlich hat er kein Geld«, dachte Scarlett, »also muß ich ihn und Tante Pitty auf meiner Liste streichen. Es bleibt mir niemand anders als Rhett. Ich muß es tun. Ich habe gar keine Wahl. Aber ich darf jetzt nicht weiter darüber nachdenken ... Ich muß Pitty dazu bringen, daß sie über Rhett spricht. Dann kann ich unauffällig vorschlagen, daß sie ihn zu morgen einlädt.«

Sie lächelte und drückte Tante Pittys rundliche Hände in den ihren. »Liebstes Tantchen«, sagte sie, »wir wollen nicht mehr über die peinlichen Geldgeschichten reden. Sprechen wir lieber von angenehmeren Dingen. Du mußt mir erzählen, was aus all unseren Freunden geworden ist. Wie geht es Mrs. Merriwether und Maybelle? Ich hörte, Maybelles kleiner Kreole sei heil nach Hause gekommen. Wie geht es Elsings und Meades?«

Pittypat strahlte über die neue Wendung des Gesprächs, und auf ihrem Kindergesicht versiegten die Tränen. Sie berichtete ausführlich über ihre alten

Nachbarn, was sie taten, was sie anzogen, was sie aßen und dachten. Schaudernd erzählte sie, vor René Picards Heimkehr hätten Mrs. Merriwether und Maybelle sich durchzuhelfen gesucht, indem sie Pasteten backten und den Yankees verkauften. Man stelle sich das vor! Manchmal hatten zwei Dutzend Yankeesoldaten in dem Merriwetherschen Hintergarten gestanden und auf die Pasteten gewartet. Seitdem René wieder daheim war, fuhr er täglich mit einem alten Wagen in das Yankeelager und verkaufte dort Kuchen und Pasteten an die Soldaten. Mrs. Merriwether sagte, wenn sie erst etwas mehr Geld habe, wolle sie in der Stadt einen Bäckerladen eröffnen. Pitty hatte nicht gern an ihren Freunden etwas auszusetzen, aber was sie beträfe, so wolle sie lieber verhungern als solche Beziehungen mit den Yankees unterhalten. Sie machte es sich zur Pflicht, jeden Soldaten, dem sie begegnete, verächtlich zu mustern und ostentativ auf die andere Seite der Straße hinüberzugehen, obgleich das bei nassem Wetter sehr unbequem war.

Mrs. Meade und der Doktor hatten ihr Heim verloren, als die Stadt beschossen wurde, und besaßen weder das Geld noch den Mut, neu zu bauen, denn Phil und Darcy waren tot. Mrs. Meade sagte, sie wolle nie wieder ein Haus haben, denn was sei ein Haus ohne Kinder und Enkel. Sie waren sehr einsam und wohnten jetzt bei Elsings, die den beschädigten Teil ihres Hauses wieder aufgebaut hatten. Auch Mr. und Mrs. Whiting hatten dort ein Zimmer, und Mrs. Bonnell sprach davon, gleichfalls dorthin zu ziehen, sobald sie das Glück hatte, ihr eigenes Haus an einen Yankeeoffizier und seine Familie zu vermieten.

»Aber ist denn dort Platz für so viele?« wunderte sich Scarlett.

»Mrs. Elsing und Fanny schlafen im Wohnzimmer und Hugh in der Dachkammer«, erklärte Pitty, die alle Einzelheiten wußte. »Kind, ich mag es gar nicht sagen. Mrs. Elsing nennt das ›zahlende Gäste‹, aber«, Pittys Stimme dämpfte sich zum Flüstern, »im Grunde sind es doch Pensionäre. Mrs. Elsing hat eine Pension. Ist das nicht fürchterlich?«

»Ich finde es großartig«, sagte Scarlett kurz. »Ich wollte, wir hätten das letzte Jahr auch ›zahlende Gäste‹ anstatt all der Freitischesser gehabt. Vielleicht wären wir dann nicht so arm.«

»Scarlett, wie kannst du nur so etwas sagen! Für die Gastfreiheit auf Tara Geld zu nehmen! Allerdings war Mrs. Elsing einfach dazu gezwungen, weil sie mit ihrer Näherei und Fanny mit ihrer Porzellanmalerei und Hugh mit seinem Feuerholzhandel nicht genug Geld verdienten. Stelle dir vor, daß der liebe Hugh an den Türen mit Feuerholz handelt, und er sollte doch ein großer Rechtsanwalt werden. Ich könnte darüber weinen, was unsere Jungens jetzt alles tun müssen!«

Scarlett dachte an die Baumwollreihen unter dem sengenden Himmel, an ihren schmerzenden Rücken und ihre blasenbedeckten Hände. Was für eine unschuldige Närrin Pitty doch war! Nein, sie fand nicht, daß Hugh Elsing besonderes Mitgefühl verdiente.

»Wenn ihm das Hausieren nicht gefällt, warum arbeitet er denn nicht als Rechtsanwalt? Gibt es in Atlanta keine Prozesse mehr?«

»Ach, und ob! Prozesse gibt es genug. Eigentlich klagt jeder gegen jeden. Wo alles verbrannt und keine Grenzlinien mehr da sind, weiß niemand mehr genau, wo sein Land anfängt und aufhört. Aber die Anwälte bekommen keine Bezahlung, weil niemand Geld hat. Daher hält Hugh sich an seinen Handel. Ach, und habe ich dir eigentlich geschrieben, daß Fanny Elsing morgen abend heiratet? Natürlich mußt du hin. Mrs. Elsing wird sich schrecklich freuen. Hoffentlich hast du noch ein Kleid mit außer diesem. Es ist ja ein ganz süßes Kleid, Liebling, aber ein bißchen abgetragen sieht es doch aus. So, du hast noch eins, das freut mich, denn es ist die erste wirkliche Hochzeit hier seit der Kapitulation, mit Kuchen und Wein und Tanz, obgleich ich nicht weiß, wie Elsings das auftreiben wollen. Sie sind ja so arm.«

»Wen heiratet Fanny? Nachdem Dallas MacLure bei Gettysburg gefallen ist, dachte ich ...«

»Ach, denk nicht schlecht von ihr! So treu wie du deinem Charlie können die wenigsten Mädchen sein. Wie hieß er doch? Ich kann mich nie auf Namen besinnen. Tom Soundso. Seine Mutter habe ich gut gekannt, sie war eine Tomlinson, und ihre Mutter, warte mal ... nun, eine sehr gute Familie, aber trotzdem! Ich weiß, ich sollte so etwas nicht sagen, aber ich verstehe nicht, wie Fanny es über sich bringt ...«

»Trinkt er?«

»O Gott, nein! Er ist ein vortrefflicher Mensch, aber siehst du, er ist durch einen Granatsplitter im Unterleib verwundet worden, und das hat seinen Beinen geschadet, und nun muß er ... er muß ... es ist mir schrecklich, zu sagen ... es sieht sehr unfein aus, wenn er ... wenn er geht, es macht sich nicht gerade sehr hübsch. Ich begreife nicht, warum sie ihn heiratet.«

»Irgendwen muß ein Mädchen doch heiraten.«

»Ganz und gar nicht!« Tante Pitty kam in Harnisch. »Ich habe das nie gemußt.«

Scarlett hatte Mühe, sie wieder zu beruhigen und von diesem Gesprächsstoff weiterzuführen, von einem Bekannten zum andern, vor Ungeduld brennend, die Sprache endlich auf Rhett Butler zu bringen. Ohne Umschweife nach diesem zu fragen, ging so rasch nicht an. Tante Pitty freute sich wie ein Kind, einen Zuhörer für ihr Geschwätz zu haben.

»Denke dir, die Schwarzen sollen das Stimmrecht haben! Hast du je etwas so Unsinniges gehört? Freilich hat Onkel Peter eigentlich mehr Verstand als irgendein Republikaner und auch bessere Manieren. Aber selbstverständlich ist er viel zu gut erzogen, um je abstimmen zu wollen. Der bloße Gedanke hat allen Schwarzen den Kopf verdreht, und einige sind furchtbar unverschämt. Im Dunkeln ist man auf der Straße seines Lebens nicht mehr sicher, und sogar bei hellichtem Tage stoßen sie die Damen vom Fußsteig hinunter in den Schmutz, und wenn irgendein Gentleman dagegen Einspruch erhebt, wird er verhaftet und ... habe ich dir erzählt, liebes Kind, daß Kapitän Butler im Gefängnis sitzt?«

»Rhett Butler?«

Trotz dieser erschreckenden Mitteilung war Scarlett froh, daß Tante Pitty so bald auf ihn zu sprechen kam.

»Ja wirklich!« Tante Pittys Wangen waren rot vor Aufregung. »Jetzt, in diesem Augenblick sitzt er im Gefängnis, weil er einen Neger umgebracht hat; womöglich wird er gehenkt. Stelle dir vor, Kapitän Butler am Galgen!« Scarlett starrte die alte Dame, die die Wirkung dieser Nachricht offensichtlich genoß, fassungslos an.

»Bewiesen hat man es ihm nicht, aber irgend jemand hat diesen Schwarzen umgebracht, weil er eine weiße Frau belästigt hatte. Die Yankees sind ganz außer sich, weil neuerdings so viele übermütige Schwarze umgebracht werden. Sie können es Kapitän Butler nicht beweisen, aber sie wollen an irgend jemandem ein Exempel statuieren, sagt Dr. Meade. Der Doktor meint, wenn sie ihn hängen, so sei dies die erste wirklich vernünftige Tat, die die Yankees verrichten, aber ich weiß nicht so recht ... Wenn ich bedenke, daß Kapitän Butler noch vor acht Tagen bei mir war und mir den entzückendsten Kanarienvogel geschenkt hat, den du dir denken kannst! Er erkundigte sich ausführlich nach dir und sagte, hoffentlich habe er dich nicht so gekränkt, daß du ihm nie verzeihen würdest.«

»Wie lange muß er im Gefängnis sitzen?«

»Das weiß niemand. Vielleicht, bis sie ihn aufhängen. Es macht den Yankees anscheinend nicht viel aus, ob die Leute schuldig sind oder nicht, wenn sie nur überhaupt jemanden hängen können. Sie sind in gewaltiger Aufregung wegen ...« Pitty senkte geheimnisvoll die Stimme, »wegen des Ku-Klux-Klan. Gibt es den auch in der Provinz? Sicher, aber Ashley erzählt euch natürlich nichts davon. Die Klan-Leute sind verpflichtet, zu schweigen. Nächtlich reiten sie, als Gespenster verkleidet, herum und suchen die Schieber auf, die stehlen und betrügen, und die Neger, die frech werden. Manchmal jagen sie ihnen nur einen Schrecken ein und raten ihnen, sich aus dem Staube zu machen, aber manchmal peitschen sie sie auch aus und ...«, Pitty flüsterte immer leiser, »manchmal schlagen sie sie tot, und sie werden dann irgendwo mit dem Zeichen des Ku-Klux-Klan-Bundes aufgefunden. Die

Yankees sind darüber sehr erbittert und wollen ein Exempel statuieren. Aber Hugh Elsing sagte mir, er glaube nicht, daß sie Butler aufhängen, weil er weiß, wo das Geld ist, und es nur nicht sagen will.«

»Das Geld?«

»Wußtest du das nicht? Habe ich es dir nicht geschrieben? Ach, du bist ja in Tara wie vergraben gewesen. Die ganze Stadt war aufgeregt wie ein Bienenstock, als Kapitän Butler großartig mit Pferd und Wagen und die Taschen voll Geld wieder herkam, während niemand wußte, woher die nächste Mahlzeit nehmen. Alle tobten, daß ein früherer Spekulant, der nur immer über die Konföderierten gelästert hatte, so viel Geld haben sollte, und man platzte vor Neugier, wie er es wohl fertiggebracht habe, sein Vermögen zu retten. Aber niemand hatte den Mut, ihn zu fragen, nur ich, und er lachte nur und sagte: ›Auf ehrliche Weise sicher nicht!‹ Du weißt, wie schwer es ist, etwas Vernünftiges aus ihm herauszubekommen.«

»Das Geld hat er doch bei der Blockade verdient.«

»Natürlich ein wenig davon. Aber das ist nur ein Tropfen gegen das, was der Mann wirklich besitzt. Alle, auch die Yankees, glauben, er habe Millionen Golddollar irgendwo versteckt, die eigentlich der konföderierten Regierung gehörten.«

»Millionen ... in Gold?«

»Ja, Herzchen, wo ist denn sonst all unser konföderiertes Geld hingekommen! Irgend jemand muß es doch haben, und so wird Kapitän Butler es sein. Die Yankees meinten, Präsident Davis habe es, als er aus Richmond floh, aber als sie ihn fingen, hatte er kaum einen Cent. Im Staatsschatz war überhaupt kein Geld, als der Krieg zu Ende war, und alle meinten, einige von den Blokkadebrechern hätten es, und schwiegen darüber still.«

»Millionen ... in Gold!«

»Hat Kapitän Butler nicht Tausende von Ballen Baumwolle nach England und Nassau gebracht, um sie für die konföderierte Regierung zu verkaufen?« fragte Pitty triumphierend. »Nicht nur seine eigenen, sondern auch Regierungsware, und du weißt doch, was die Baumwolle während des Krieges in England gebracht hat! Jeden Preis, der gefordert wurde. Er reiste als freier Agent im Auftrage der Regierung und sollte die Baumwolle verkaufen und dagegen Kanonen hereinbringen. Nun, die Blockade wurde zu dicht, er konnte die Kanonen nicht mehr hereinbekommen, und deshalb hat er viele Millionen Dollar auf den englischen Banken liegen. Denn daß er das Geld dort auf den Namen der Regierung hinterlegt hat, machst du mir nicht weis. Seit der Übergabe spricht alle Welt davon, und als die Yankees ihn wegen des Niggers verhafteten, müssen sie davon Wind bekommen haben, denn sie setzten ihm hart zu, er solle bekennen, wo das Geld steckt. Die ganzen Gelder der konföderierten Regierung gehören doch jetzt den Yankees, nach ihrer Meinung wenigstens. Aber Kapitän Butler sagt, er wisse nichts. Dr. Meade meint, sie sollten ihn auf alle Fälle hängen, nur sei der Galgen für einen Dieb und Schieber noch viel zu gut ... Aber Kindchen, wie siehst du aus? Wird dir schwach? Habe ich dich aufgeregt? Ach, ich weiß, er war ja einmal ein Verehrer von dir, aber ich dachte, ihr hättet euch längst überworfen.«

»Wir sind nicht mehr befreundet«, erwiderte Scarlett mit einiger Anstrengung. »Während der Belagerung habe ich mich mit ihm entzweit. Wo ist er?«

»Im Spritzenhaus drüben beim Marktplatz. Ja, die Yankees benutzen es jetzt als Militärgefängnis. Sie kampieren in Baracken rings um das Rathaus am Marktplatz, und das Spritzenhaus liegt dicht dabei. Da sitzt also Kapitän Butler. Und denke dir, was für eine drollige Geschichte ich gerade gestern über Kapitän Butler gehört habe. Du weißt, wie gepflegt er immer aussah, richtig wie ein Dandy. Aber im Spritzenhaus wollen sie ihn nicht baden lassen, und jeden Tag fängt er wieder davon an, daß er baden will, und schließlich haben sie ihn auf den Platz geführt vor einen langen Pferdetrog, worin das ganze Regiment gebadet hatte. Dort könne er baden. Aber er sagte, sein edler Südstaatendreck sei ihm lieber als Yankeedreck und ...«

Scarlett hörte die vergnügte Stimme munter weiterplätschern. Aber die Worte verstand sie nicht mehr. Sie hatte nur zwei Gedanken im Kopf. Rhett hatte mehr Geld, als sie sich träumen ließ, und er saß im Gefängnis. Die Tatsache, daß er vielleicht gehenkt werden sollte, veränderte die Sachlage ein wenig, ging ihr aber nicht weiter nahe. Ihr Geldbedürfnis war so verzweifelt, daß sie sich über Rhetts weiteres Schicksal keine Gedanken machte. Außerdem war sie beinahe Dr. Meades Meinung und fand den Galgen noch zu gut für ihn. Jemand, der eine Frau mitten in der Nacht zwischen zwei Armeen sitzenließ und einfach fortging, um für eine schon verlorene Sache zu kämpfen, verdiente den Galgen. Wenn sie es fertigbrachte, ihn zu heiraten, während er im Gefängnis saß, fielen ihr all die Millionen zu und gehörten ihr, falls er hingerichtet wurde. Und wenn eine Heirat unmöglich war, konnte sie vielleicht ein Darlehen von ihm haben, wenn sie versprach, ihn nach seiner Freilassung zu heiraten, oder ihm verspräche ... oh, alles verspräche! Und wenn sie ihn dann henkten, kam der Tag der Abrechnung nicht mehr. Einen Augenblick flammte ihre Phantasie hell auf bei dem Gedanken, durch das gütige Dazwischentreten der Yankees reiche Witwe zu werden. Millionen in Gold. Dann konnte sie Tara instand setzen lassen und meilenweit Baumwolle pflanzen. Konnte hübsche Kleider tragen, und Suellen und Carreen auch, dann konnten sie alles essen, was sie wollten. Und Wade konnte dicker werden und bekam warmes Zeug und eine Erzieherin und ging später auf die

Universität. Ein Arzt konnte nach Pa sehen. Und Ashley, was konnte sie nicht alles für Ashley tun!

Plötzlich erwachte sie aus ihrem Traum und sah Mammy in der Tür stehen, die Hände unter der Schürze, in den Augen ihren durchdringenden, wachsamen Blick. Wie lange mochte Mammy dagestanden und alles gehört und beobachtet haben?

»Miß Scarlett sieht müde aus, sie geht wohl besser ins Bett.«

»Ja, ich bin müde.« Scarlett stand auf. »Ich fürchte, ich habe mich erkältet. Tante Pitty, wäre es dir unangenehm, wenn ich morgen im Bett bliebe und keine Besuche machte? Ich möchte doch so gern auf Fannys Hochzeit. Und wenn meine Erkältung schlimmer wird, kann ich nicht hingehen. Ein Tag im Bett wäre solch ein Genuß für mich.«

Mammys Blick wurde besorgt, als sie Scarletts Hände fühlte und ihr ins Gesicht sah. Sie sah ganz gewiß nicht wohl aus. Ihre Aufregung war plötzlich abgeflaut. Sie war blaß und zitterte.

»Deine Hand ist wie Eis, Püppchen. Du kommst jetzt ins Bett, und ich mache dir Tee und lege dir einen heißen Ziegelstein ins Bett, damit du schwitzt.«

»Wie unbedacht von mir«, klagte die alte Dame, »da schwatze ich nun immer und denke nicht an dich. Ja, Herzchen, du sollst den ganzen Tag im Bett bleiben und dich ausruhen, und wir können zusammen plaudern. O je, aber nein! Ich habe Mrs. Bonnell versprochen, sie zu besuchen. Sie liegt mit Grippe im Bett. Ihre Köchin auch. Mammy, wie gut, daß du da bist, du mußt morgen mit mir hingehen und mir helfen.«

Mammy führte Scarlett die dunkle Treppe hinauf und redete allerlei sorgenvolles Zeug über kalte Hände und zu dünne Schuhe in sich hinein, und Scarlett war es ganz zufrieden. Wenn sie Mammys Argwohn auch ferner beschwichtigen und sie morgen aus dem Hause entfernen konnte, dann ging alles gut. Dann konnte sie zum Gefängnis und Rhett besuchen. Als sie die Treppe hinaufging, begann es leise zu donnern. Und sie dachte, wie sehr das doch dem Kanonendonner gliche. Ihr schauderte. Der Donner würde in alle Ewigkeit für sie immer nur Geschützfeuer und Krieg bedeuten.

XXXIV

Am nächsten Morgen schien nur hin und wieder die Sonne, und der scharfe Wind rüttelte an den Fensterscheiben. Scarlett war froh, daß der Regen vom vorigen Abend aufgehört hatte. Sie hatte lange wach gelegen und auf ihn gelauscht. Er hätte ihr das Samtkleid und den Hut gänzlich verdorben. Ihre Stimmung hob sich. Sie gab sich Mühe, matt auszusehen und allerlei krächzende Geräusche von sich zu geben, bis Tante Pitty, Mammy und Onkel Peter sich zu Mrs. Bonnell auf den Weg machten. Als endlich die Gartenpforte zuschlug, sprang sie aus dem Bett und holte ihr neues Kleid aus dem Schrank. Der Schlaf hatte sie erquickt und gekräftigt, und aus dem harten, kalten Inneren ihres Herzens schöpfte sie Mut. Die Aussicht, sich an Verstand und Schlagfertigkeit mit einem Mann – wer es auch sein möge – zu messen, hatte etwas Anfeuerndes, und nach monatelangem Ringen mit immer neuen, unfaßlichen Enttäuschungen erschien es ihr wie ein Genuß, endlich einem bestimmten Gegner gegenüberzustehen, den sie aus eigener Kraft aus dem Sattel heben konnte.

Es war nicht leicht, sich ohne Hilfe anzuziehen, aber schließlich wurde sie damit fertig, setzte den Hut mit seiner kecken Feder auf und lief in Tante Pittys Zimmer, um sich vor dem langen Spiegel zu putzen. Wie hübsch sah sie aus! Unter dem mattgrünen Samt des Hutes glänzten ihre Augen wie Smaragde. Das Kleid stand ihr unvergleichlich schön. Wie gut tat es, wieder zu wissen, daß man hübsch und anziehend war. Sie beugte sich vor, küßte ihr Spiegelbild und lachte über ihre eigene Albernheit. Sie öffnete Tante Pittys Schrank, nahm einen schwarzen Tuchmantel heraus, den Pitty nur sonntags trug, und zog ihn an.

Dann steckte sie die Diamantohrringe an, die sie aus Tara mitgebracht hatte, und warf den Kopf zurück, um zu prüfen, wie es wirkte. Sie durfte nicht vergessen, ihren Kopf manchmal zurückzuwerfen, wenn sie bei Rhett war. Tanzende, klirrende Ohrringe gaben einem Mädchen etwas Mutwilliges, und das gefiel den Männern.

Zu schade, daß keine Handschuhe da waren – nie konnte eine Frau sich ohne sie als echte Dame fühlen. Scarlett hatte keine mehr gehabt, seitdem sie aus Atlanta geflohen war. Während der Gartenarbeit auf Tara waren ihre Hände rauh geworden und sahen nicht mehr hübsch aus. Aber sie konnte Tante Pittys kleinen Sealmuff mitnehmen und die Hände darin verbergen. Es vollendete ihre elegante Erscheinung. Wer sie jetzt sah, kam nicht auf den Gedanken, daß Armut und Mangel ihr über die Schultern blickten. Rhett durfte nicht denken, daß etwas anderes als zärtliche Gefühle sie zu ihm trieben.

Während Cookie unbekümmert in der Küche sang, schlich sie die Treppe hinunter und stahl sich aus dem Hause. Rasch lief sie die Bäckerstraße entlang, um den neugierigen Blicken der Nachbarn zu entgehen, und setzte sich in der Efeustraße vor einem abgebrannten Haus auf den Prellstein, um zu warten, ob nicht ein vorüberkommender Wagen sie mitnähme. Ihre Hosenspitzen flatterten im Wind. Die Sonne tauchte zwischen den hastenden Wolken auf und unter und erhellte die Straße mit einem wechselnden Licht, das keine Wärme brachte. Sie wickelte sich fest in Tante Pittys leichten Mantel und schauderte. Als sie sich endlich erhob, um den langen Weg durch die Stadt zu Fuß anzutreten, erschien ein Lastwagen. Darin saß eine alte Frau und trieb ein störrisches Maultier an. Sie fuhr in der Richtung nach dem Rathaus und nahm Scarlett widerwillig mit, ließ aber durchblicken, daß ihr Kleid, ihr Hut und ihr Muff keine Gnade vor ihren Augen fänden.

»Sie hält mich für ein Frauenzimmer«, dachte Scarlett, »und vielleicht mit Recht.«

Als sie endlich den Marktplatz erreichten und die hohe weiße Kuppel des Rathauses vor ihnen emporragte, bedankte sie sich und stieg aus. Sie blickte sich vorsichtig um, ob sie auch nicht beobachtet werde, kniff sich in die Wangen, um ihnen Farbe zu geben, und biß sich auf die Lippen, damit sie rot würden. Sie rückte den Hut zurecht, strich sich das Haar glatt und musterte den Platz.

Das zweistöckige Rathaus aus roten Backsteinen hatte dem Brand standgehalten, aber es wirkte verlassen und verwahrlost unter dem grauen Himmel. Rings um das Gebäude und auf dem ganzen viereckigen Platz, in dessen Mittelpunkt es stand, lagen Reihe an Reihe die schmutzigen hölzernen Baracken. Überall lungerten Soldaten herum, und sinkenden Mutes betrachtete Scarlett sie. Wie sollte sie in diesem feindlichen Lager nach Rhett suchen? Sie spähte nach dem Spritzenhaus und sah, daß die breiten Bogentüren mit schweren Stangen verschlossen waren und zwei Schildwachen zu beiden Seiten des Gebäudes auf und ab gingen. Darin saß Rhett. Aber was sollte sie den Wachtsoldaten sagen, und was würden sie ihr erwidern? – Sie straffte die Schultern. Wenn sie keine Angst gehabt hatte, einen Yankee niederzuschießen, so wollte sie sich auch nicht davor fürchten, einen anderen anzureden.

Behutsam machte sie sich über die schmutzige Straße auf den Weg, bis sie vor der Schildwache stand, die sie anhielt.

»Was wünschen Sie, Miß?« Der Mann sprach mit dem fremdartigen Nasallaut des mittleren Westens, aber es klang höflich und ehrerbietig.

»Ich möchte jemanden dort drinnen besuchen. Einen Gefangenen.«

»Ja, ich weiß nicht!« Der Mann kratzte sich hinter dem Kopf. »Die nehmen es mit dem Besuch mächtig genau.« Er hielt inne und sah sie scharf an.

»Um Gottes willen, Miß, weinen Sie nicht! Gehen Sie da hinüber zum Wachtkommando und fragen Sie den Offizier, dann kriegen Sie sicher die Erlaubnis.«

Er wandte sich an einen anderen Posten, der langsam seine Runde abschritt: »Heda, Will, komm mal her!«

Der zweite Wachtsoldat, ein großer Mann mit hochgeschlossenem blauen Überrock, aus dem ein martialischer schwarzer Schnurrbart herausquoll, kam durch den Schlamm auf sie zugestapft.

»Du bringst die Dame zum Wachtkommando!«

Scarlett bedankte sich und folgte dem Posten.

»Nehmen Sie sich in acht, daß Sie sich nicht den Fuß verstauchen«, sagte der Mann und nahm ihren Arm. »Heben Sie lieber die Röcke auf, daß sie nicht im Dreck schleifen.«

Die Stimme, die hinter dem Schnurrbart hervorkam, klang gleichfalls nasal, aber freundlich und angenehm, und die Hand faßte sie ehrerbietig und fest. Die Yankees waren vielleicht gar nicht so schlimm.

»Ein mächtig kalter Tag für eine Dame zum Ausgehen«, sagte ihr Begleiter. »Kommen Sie von weit her?«

»Allerdings, vom anderen Ende der Stadt.« Ihr wurde ganz warm, so freundlich klang die Stimme.

»Bei solchem Wetter sollte eine Dame nicht ausgehen«, tadelte der Mann. »Wo die Grippe überall in der Luft liegt! Hier sind Sie beim Wachtkommando.«

Scarlett blickte zu dem freundlichen alten Haus auf, das vor ihr stand, und hätte weinen mögen. Viele Gesellschaften hatte sie während des Krieges hier mitgemacht, schön und lustig war es gewesen, und nun wehte eine große Unionsflagge darüber.

»Gehen Sie nur hinein, Miß, und fragen Sie nach dem Hauptmann.«

Sie schritt die Stufen hinauf und streichelte das zerbrochene weiße Geländer. Dann öffnete sie die Haustür. Drinnen war es dunkel und kalt wie in einer Gruft. An der geschlossenen Flügeltür, die einst zum Eßzimmer geführt hatte, lehnte ein Wachtposten.

»Ich möchte den Hauptmann sprechen«, sagte sie.

Er schlug die Türen auseinander, und klopfenden Herzens, rot vor Verlegenheit und Aufregung, trat sie ein. Ein dumpfer, muffiger Geruch von Feuerqualm, Tabakdunst, Leder, Staub und Schweiß erfüllte das Zimmer. Sie hatte einen verworrenen Eindruck von nackten Wänden mit zerrissenen Tapeten, einer Reihe von blauen Überröcken und weichen Filzhüten, die an Nägeln hingen, einem prasselnden Feuer, einem langen Tisch mit Papieren und einer Gruppe von Offizieren in blauen Uniformen mit Messingknöpfen.

Sie schluckte. Dann hatte sie ihre Stimme wiedergefunden. Die Yankees durften nicht merken, daß sie Angst hatte. Sie mußte so hübsch und unbekümmert wie nur möglich wirken.

»Sie wünschen?« sagte ein dicker Mann mit aufgeknöpftem Waffenrock.

»Ich möchte einen Gefangenen besuchen, Kapitän Rhett Butler.«

»Schon wieder Butler! Der Mann ist aber beliebt!« lachte der Hauptmann und nahm einen Zigarrenstummel aus dem Mund. »Sie sind mit ihm verwandt, Miß?«

»Ja, seine Schwester.«

Er lachte laut. »Hat der aber eine Menge Schwestern! Gestern war auch eine hier.«

Scarlett errötete. Eins von den Frauenzimmern, mit denen Rhett Umgang hatte, wahrscheinlich die Watling. Die Yankees dachten, sie wäre auch so eine. Es war unerträglich. Selbst nicht für Tara wollte sie noch eine Minute länger hierbleiben und sich beleidigen lassen. Sie wandte sich zur Tür und ergriff zornig den Drücker, aber sogleich stand ein anderer Offizier neben ihr, glatt rasiert und jung, mit freundlichen, vergnügten Augen.

»Einen Augenblick, gnädige Frau. Wollen Sie sich nicht hier ans Feuer setzen? Da ist es schön warm. Ich sehe einmal zu, was sich tun läßt. Wie ist Ihr Name? Die Dame, die gestern vorsprach, hat er nicht empfangen wollen.«

Scarlett sank in den angebotenen Stuhl, starrte den dicken Hauptmann an und nannte schließlich ihren Namen. Der nette junge Offizier schlüpfte in seinen Mantel und verließ das Zimmer. Dankbar streckte sie die Füße ans Feuer und spürte zum erstenmal, wie kalt sie waren. Hätte sie doch, wie sie es eigentlich vorhatte, in den einem Schuh ein Stück Pappe über das Loch in der Sohle gelegt. Nach einer Weile hörte sie Stimmen vor der Tür, dazwischen Rhetts Lachen. Die Tür öffnete sich, ein kalter Zug fegte durchs Zimmer, und Rhett erschien, ohne Hut, einen langen Mantelkragen lässig über die Schultern geworfen. Er war schmutzig und unrasiert und ohne Krawatte. Aber trotz dieses vernachlässigten Äußeren hatte er immer noch etwas Flottes an sich, und seine dunklen Augen blickten freudig, als er sie sah.

»Scarlett!« Mit beiden Händen hielt er ihre Hände gefaßt, und wie immer hatte sein Druck etwas Erwärmendes, Belebendes und Erregendes. Ehe sie sich's versah, hatte er sich niedergebeugt und ihr die Wange geküßt. Als sie vor ihm zurückschreckte, strich er ihr zärtlich über die Schultern und sagte »Meine süße kleine Schwester!« und lachte zu ihr hernieder, als weidete er sich daran, weil sie seine Zärtlichkeit hilflos über sich ergehen lassen mußte. Sie mußte ihm zulächeln, ob sie wollte oder nicht, als er die Lage so auszunutzen verstand. Was für ein Halunke er doch war! Das Gefängnis hatte ihn nicht eine Spur verändert.

Der fette Hauptmann mit der Zigarre im Mund knurrte den jungen Offizier mit den lustigen Augen an: »Ganz gegen die Vorschrift. Er sollte im Spritzenhaus bleiben. Sie kennen die Befehle.«

»Ach, um Himmels willen, Henry! Die Dame erfröre uns ja in der Scheune da.«

»Schon gut, aber auf Ihre Verantwortung!«

»Ich versichere Ihnen, meine Herren«, sagte Rhett und wendete sich zu den Offizieren, ließ aber Scarletts Schultern nicht los, »meine Schwester hat mir keine Sägen und Feilen für einen Fluchtversuch mitgebracht.«

Alles lachte, und Scarlett sah sich rasch um. Gott im Himmel, sollte sie sich vor sechs Yankeeoffizieren mit Rhett Butler unterhalten? War er ein so gefährlicher Häftling, daß sie ihn nicht aus den Augen lassen durften? Der junge Offizier fing ihren enttäuschten Blick auf, öffnete eine Tür und sprach leise mit zwei Soldaten, die bei seinem Eintritt aufsprangen. Sie nahmen ihre Gewehre und traten auf den Flur hinaus.

»Wenn Sie wünschen, können Sie sich ins Ordonnanzzimmer setzen«, sagte der junge Offizier, »aber versuchen Sie nicht etwa, durch jene Tür auszureißen. Die Leute stehen draußen davor.«

»Du siehst, was für ein gefährlicher Patron ich bin, Scarlett«, sagte Rhett. »Es ist sehr freundlich von Ihnen, Herr Hauptmann.«

Er verbeugte sich nachlässig, nahm Scarletts Arm, zog sie vom Stuhl empor und schob sie in das Ordonnanzzimmer. Nie erinnerte sie sich später daran, wie dies Zimmer ausgesehen hatte, nur, daß es eng, halbdunkel und nicht sonderlich warm war, daß beschriebenes Papier an den schadhaften Wänden klebte und die Stühle Sitze aus Kuhfellen hatten.

Als Rhett die Tür hinter sich geschlossen hatte, trat er rasch auf sie zu und beugte sich über sie. Sie merkte seine Absicht und wandte flink den Kopf weg, lächelte ihn aber aus den Augenwinkeln vieldeutig an.

»Darf ich dich jetzt wirklich nicht küssen?«

»Auf die Stirn, wie ein guter Bruder«, antwortete sie sittsam.

»Nein, besten Dank. Dann warte ich lieber und hoffe auf Besseres.« Seine Augen suchten ihre Lippen und weilten einen Augenblick darauf. »Aber wie lieb von Ihnen, mich zu besuchen! Sie sind der erste ehrbare bürgerliche Mensch, der seit meiner Einkerkerung zu mir kommt, und im Gefängnis lernt man Freunde schätzen. Wann sind Sie in die Stadt gekommen?«

»Gestern nachmittag.«

»Und heute früh sind Sie schon hier? Ach, das ist ja mehr als lieb!« Er lächelte zu ihr nieder, und zum erstenmal sah sie den Ausdruck echter, herzlicher Freude auf seinem Gesicht. Innerlich bebte Scarlett vor Aufregung und senkte wie in Verlegenheit den Kopf.

»Natürlich bin ich sofort gekommen. Tante Pitty hat mir gestern abend von Ihnen erzählt. Ich ... ich konnte die ganze Nacht nicht schlafen, immer mußte ich daran denken, wie schrecklich es ist. Ach, Rhett, ich bin ja so unglücklich!«

»Aber Scarlett!«

Es klang weich, und es lag ein bebender Unterton darin, und als sie in sein dunkles Gesicht sah, war von der zynischen Lustigkeit, die sie so gut an ihm kannte, nichts mehr darin zu finden. Vor seinem unverhüllten Blick senkte sie von neuem die Lider, dieses Mal in echter Verwirrung.

»Es ist schon der Mühe wert, im Gefängnis zu sitzen, wenn man Sie so plötzlich wiedersieht und so sprechen hört. Ich wollte meinen Ohren nicht trauen, als man mir Ihren Namen meldete. Sehen Sie, ich hatte nicht erwartet, daß Sie mir meine patriotische Anwandlung an dem Abend auf der Landstraße bei Rough and Ready verzeihen könnten, aber dies heißt doch, daß Sie mir wirklich verziehen haben?«

Wieder, selbst nach so langer Zeit, regte sich der Zorn in ihr, als sie sich jener Nacht entsann, aber sie unterdrückte ihn und warf den Kopf zurück, daß die Ohrringe tanzten.

»Nein, ich habe Ihnen nicht verziehen«, sagte sie.

»Wieder eine Hoffnung dahin. Und das, nachdem ich mich meinem Vaterlande zur Verfügung gestellt und barfuß im Schnee bei Franklin gekämpft und mir für meine Mühe die schönste Ruhr geholt habe, die Sie sich vorstellen können.«

»Davon will ich nichts hören«, erwiderte sie und lächelte ihn dazu aus ihren schrägen Augen an. »Ich finde immer noch, daß Sie an jenem Abend scheußlich gegen mich gewesen sind, und werde es Ihnen wohl nie verzeihen. Was hätte mir alles zustoßen können!«

»Aber es ist Ihnen ja nichts zugestoßen. Mein Vertrauen auf Sie war berechtigt. Ich wußte, Sie würden glücklich nach Hause kommen, und wehe dem Yankee, der Ihnen in den Weg geraten wäre.«

»Rhett, warum in aller Welt sind Sie noch in letzter Minute in den Krieg gegangen, da Sie doch wußten, daß es alles umsonst war! Haben Sie nicht immer über die Narren gespottet, die hinausgingen und sich totschießen ließen?«

»Scarlett, verschonen Sie mich, ich schäme mich noch jetzt halbtot, wenn ich daran denke.«

»Es ist gut, wenn Sie sich schämen, mich so behandelt zu haben.«

»Das ist ein Mißverständnis. Nicht darum plagt mich mein Gewissen, daß ich Sie damals verlassen habe. Aber daß ich dann in den Krieg zog! Wenn ich daran denke, wie ich in Lackstiefeln und weißem Leinenanzug, nur mit einem Paar Duellpistolen zur Armee ging, alle die Meilen in der Kälte und im Schnee, bis meine Stiefel durchlöchert waren und ich keinen Mantel mehr hatte und nichts zu essen! Ich begreife nicht, daß ich nicht desertierte. Es war der reine Wahnsinn. Aber das liegt einem im Blut. Einer verlorenen Sache kann keiner vom Süden widerstehen. Nun, aber mir genügt es, daß Sie mir verziehen haben.«

»Das habe ich gar nicht. Sie sind ein Biest.« Dieses letzte Wort aber sprach sie in so süßem Ton aus, als sei es eine Liebkosung.

»Flunkern Sie nicht, Sie haben mir verziehen. Junge Damen wagen sich nicht aus reiner Menschenliebe an Schildwachen der Yankees heran, noch dazu so schön angetan mit Samt und Federn und einem Sealmuff, um einen Gefangenen zu besuchen. Ach, Scarlett, wie hübsch sehen Sie aus! Gott sei Dank, daß Sie nicht in Lumpen oder in Trauer gekommen sind! Drehen Sie sich um, liebes Kind, lassen Sie sich anschauen!«

Sie lachte und drehte sich mit ausgebreiteten Armen auf den Zehenspitzen um, daß die Reifen in die Höhe wippten und die Spitzenhose hervorschaute. Seine schwarzen Augen umfaßten sie vom Hut bis zu den Sohlen mit einem Blick, dem nichts entging, jenem wohlbekannten, entblößenden Blick, bei dem sie immer eine Gänsehaut bekam.

»Sie sehen sehr wohlhabend und sehr schön aus, zum Anbeißen! Wenn die Yankees nicht draußen stünden – aber hier sind Sie ganz sicher. Setzen Sie sich. Ich will mir nichts herausnehmen wie das letztemal, da ich Sie sah. Aber, seien Sie ehrlich, Scarlett, fanden Sie nicht, Sie waren damals ein wenig eigensüchtig? Denken Sie doch, was ich alles für Sie getan habe, mein Leben habe ich aufs Spiel gesetzt, um ein Pferd für Sie zu stehlen, und was für eins! Und was bekam ich? Harte Worte und einen noch viel härteren Schlag ins Gesicht.«

»Müssen Sie denn immer für eine Mühe bezahlt werden?«

»Aber selbstverständlich! Ich bin ein Ungeheuer an Eigennutz, wie Sie wissen sollten. Wenn ich etwas gebe, will ich immer dafür bezahlt bekommen.«

Es fröstelte sie ein wenig bei diesen Worten, aber sie nahm sich zusammen und klirrte wieder mit den Ohrringen.

»Ach, Sie tun ja nur so, Rhett.«

»Nein, wie haben Sie sich aber verändert« lachte er. »Wer hat denn einen Christenmenschen aus Ihnen gemacht? Miß Pittypat hat mir von Ihnen erzählt, mir aber nicht anvertraut, daß Sie lieb und freundlich geworden seien. Erzählen Sie mir von sich, Scarlett. Was haben Sie getrieben, seitdem ich Sie zuletzt sah?«

Das alte, gereizte Widerstreben, das er immer in ihr weckte, flackerte in ihrem Herzen empor, und es verlangte sie danach, ihm eine abweisende Antwort zu geben. Aber sie lächelte, und die Grübchen erschienen auf ihren Wangen. Er hatte seinen Stuhl dicht neben sie geschoben, sie lehnte sich zu ihm hinüber und legte ihm wie unbewußt die Hand sanft auf den Arm.

»Oh, mir ist es recht gut gegangen, und auf Tara ist jetzt alles herrlich instand. Natürlich haben wir eine schreckliche Zeit durchgemacht, unmittelbar nach Shermans Durchmarsch. Aber schließlich hat er das Haus nicht niedergebrannt, und die Schwarzen haben das meiste Vieh in den Waldsumpf getrieben und gerettet. Letzten Herbst haben wir eine schöne Ernte gehabt. Zwanzig Ballen. Das ist natürlich so gut wie nichts im Vergleich zu dem, was Tara eigentlich abwirft, aber wir haben nicht mehr viele Ackerknechte. Pa sagt, nächstes Jahr gehe es noch besser. Aber Rhett, es ist jetzt so langweilig auf dem Lande. Es gibt keine Bälle und keine Gartenfeste mehr, und die Leute reden nur noch über die schlechten Zeiten. Ach, ich habe es satt. Vorige Woche wurde es mir zu dumm. Pa sagte, ich müsse ein bißchen fort und mich amüsieren. Deshalb bin ich hergekommen, um mir ein paar Kleider machen zu lassen. Dann gehe ich nach Charleston und besuche meine Tante. Ich freue mich so darauf, wieder auf Bälle zu gehen.«

Außerordentlich zufrieden mit dieser Schilderung hielt sie inne.

»Wunderschön sehen Sie im Ballkleid aus, mein Herz, und leider wissen Sie es auch. Aber der wahre Grund für Ihre Besuchsreise wird wohl sein, daß Sie mit den ländlichen Liebhabern fertig sind und nun in anderen Jagdgründen neue suchen!«

Scarlett war froh, daß Rhett die letzten Monate nicht im Lande gewesen war, sonst hätte er niemals so Lächerliches behaupten können. Aber sie kicherte verlegen in sich hinein, als gäbe sie zu, daß er recht habe.

»Ach Gott«, sagte sie wegwerfend.

»Was für eine herzlose kleine Person Sie sind, Scarlett!« Er lächelte wieder auf die alte Art mit dem spöttisch heruntergezogenen Mundwinkel. Aber sie spürte, wie zärtlich er es meinte. »Sie wissen natürlich, daß Sie mehr Charme haben, als gesetzlich erlaubt sein sollte. Ich habe oft darüber nachgedacht, was Sie eigentlich an sich haben, daß ich so unausgesetzt an Sie denken muß, denn ich habe viele Frauen gekannt, die hübscher, klüger, aufrichtiger und ich fürchte auch gütiger waren als Sie. Und doch sind Sie mir seltsamerweise nie aus dem Gedächtnis gekommen. Selbst während der Monate nach der Kapitulation, als ich in Frankreich und England war und nichts von Ihnen sah und hörte, lagen Sie mir immer im Sinn, und ich fragte mich, was Sie wohl trieben.«

Er hatte sie also nicht vergessen! Er benahm sich fast wie ein Gentleman. Nun brauchte sie nichts weiter zu tun, als die Rede auf ihn selbst zu bringen, dann konnte sie ihm anvertrauen, daß auch sie ihn nicht vergessen habe, und dann ... Ganz sanft drückte sie seinen Arm und ließ die Grübchen von neuem spielen.

»Aber Rhett, was Sie nicht alles reden, um mich zum besten zu haben! Ich weiß nur zu gut, daß Sie nie wieder einen Gedanken an mich verschwendet haben, nachdem Sie mich damals in Nacht und Nebel sitzenließen. Machen Sie mir nicht weis, daß Sie unter all den hübschen französischen und englischen Mädchen noch an mich gedacht haben. Aber ich bin auch nicht den ganzen Weg hierhergekommen, um von Ihnen so dummes Zeug zu hören. Ich komme, weil ...«

»Weil?«

»O Rhett, Sie tun mir ja so schrecklich leid! Ich habe solche Angst um Sie! Wann wird man Sie denn aus diesem schrecklichen Gefängnis herauslassen?«

Sofort hatte er ihre Hand in der seinen gefaßt und preßte sie gegen seinen Arm.

»Das macht Ihnen alle Ehre. Wann ich herauskomme, weiß kein Mensch. Wahrscheinlich, wenn sie den Strick ein bißchen länger gezogen haben.«

»Den Strick?«

»Jawohl, ich werde wohl mit dem Strick um den Hals von hier Abschied nehmen.«

»Man wird Sie doch nicht im Ernst aufhängen wollen?«

»Wenn sie ein paar Beweise mehr gegen mich finden, doch.«

»Ach Gott, Rhett!« Sie griff sich nach dem Herzen.

»Täte Ihnen das leid? Wenn es Ihnen leid genug tut, bedenke ich Sie in meinem Testament.«

Unbekümmert lachten seine schwarzen Augen sie an. Er preßte ihre Hand. Sein Testament! Hastig schlug sie die Augen nieder, um sich nicht zu verraten. Aber doch wohl nicht schnell genug, denn plötzlich blinkten seine Augen neugierig auf.

»Nach der Meinung der Yankees muß mein Testament ungeheuerlich ausfallen. Man scheint sich im Augenblick sehr für meine Geldverhältnisse zu interessieren. Täglich werde ich vor eine andere Instanz zum Verhör geschleppt, und man stellt mir die dümmsten Fragen. Anscheinend munkelt man, ich hätte mich mit dem mysteriösen Goldschatz der Konföderierten Staaten davongemacht.«

»Und? Haben Sie nicht ...«

»Scarlett, Sie wissen so gut wie ich, daß die konföderierte Regierung keine Münze, sondern eine Druckerpresse unterhalten hat.«

»Aber woher haben Sie all Ihr Geld? Aus Spekulationen?«

»Was Sie nicht für Gewissensfragen stellen!«

Zum Teufel mit ihm! Natürlich hatte er das Geld! Sie regte sich so auf, daß es ihr schwer wurde, eine sanfte Miene und einen zärtlichen Ton zu bewahren.

»Rhett, ich bin ganz außer mir, daß Sie hier sitzen. Besteht denn gar keine Hoffnung, daß Sie wieder herauskommen?«

»›Nihil desperandum‹ ist mein Motto.«

»Was heißt das?«

»Das heißt ›vielleicht‹, meine reizende Ignorantin.«

Sie ließ die langen Wimpern aufwärts beben, um ihn voll anzusehen. Dann schlug sie sie wieder nieder.

»Ach, Sie sind ja viel zu gewitzt, um sich aufhängen zu lassen. Sie denken sich etwas Kluges aus, um die Yankees übers Ohr zu hauen, und entwischen! Und dann ...«

»Und dann?« fragte er leise und lehnte sich dicht an sie.

»Nun, ich ...« Errötend brachte sie eine reizende Verwirrung zustande. Das Erröten fiel ihr nicht schwer, denn das Herz hämmerte ihr wie eine Trommel. »Rhett, es tut mir so leid, was ich da ... an dem Abend, zu Ihnen gesagt habe, Sie wissen ja ... bei Rough and Ready. Ach, ich hatte ja solche Angst und war ganz außer mir, und Sie waren so ...«

Sie senkte den Blick noch tiefer und sah, wie seine braune Hand die ihre immer fester faßte. »Und damals dachte ich, ich könnte Ihnen nie und nimmer verzeihen! Aber als Tante Pitty mir gestern sagte, daß ... daß sie Sie aufhängen wollten, kam es auf einmal über mich und ich ...«

Mit einem raschen, flehenden Blick voll unendlichen Herzwehs schaute sie ihm in die Augen. »Ach, Rhett, ich sterbe, wenn sie dich aufhängen! Das ertrage ich nicht! Siehst du, ich ...«, und wieder ließ sie die Lider sinken, weil sie das heiße Funkeln seiner Augen nicht mehr aushielt. »Im nächsten Augenblick fange ich an zu weinen«, dachte sie, ganz außer sich vor Verwunderung. »Soll ich es soweit kommen lassen? Wie wird es wirken?«

Er sagte rasch: »Mein Gott, Scarlett, du kannst doch nicht meinen, daß du ...« Seine Hände umschlossen die ihren so fest, daß es schmerzte.

Sie drückte die Augen sehr fest zu, damit die Tränen herauskämen, und vergaß auch nicht, ihm ihr Gesicht ein klein wenig zuzuwenden, damit er sie küssen könnte. Nun würde sie seine Lippen wieder auf den ihren fühlen, diese festen, fordernden Lippen, deren sie sich plötzlich so lebhaft entsann, daß ihr ganz matt wurde. Aber er küßte sie nicht. Eigentümlich enttäuscht öffnete sie die Augen einen schmalen Spalt weit und blickte ihn verstohlen an. Sein schwarzer Kopf war über ihre Hände gebeugt, nun hob er die eine und küßte sie, und dann nahm er die andere und legte sie sich an die Wange. Sie hatte etwas Gewaltsameres erwartet und erschrak fast über eine so sanfte, liebevolle Zärtlichkeit. Was mochte jetzt in seinem Gesicht geschrieben stehen? Sie wußte es nicht, sein Kopf war geneigt.

Rasch blickte sie wieder zu Boden, damit er nicht plötzlich aufschaute und in ihrem Gesicht läse. Der Triumph in ihren Augen mußte ja deutlich erkennbar sein. Nun drehte er ihre Hand um und wollte auch die Innenfläche küssen, da zog er plötzlich hörbar den Atem ein. Sie blickte auf ihre eigenen Handflächen, und es packte sie die kalte Angst. Das war ja die Handfläche einer fremden Frau, nicht Scarlett O'Haras weiche weiße, gepflegte Hand. Es war eine rauhe, sonnenverbrannte Arbeitsfaust voller Sommersprossen. Die Nägel waren eingerissen und unregelmäßig. Derbe Schwielen bedeckten die Innenflächen. Eine kaum vernarbte Blase saß am Daumen. Die rote Narbe an der Stelle, wo sie sich vorigen Monat kochendes Fett über die Hand gegossen hatte, fiel grell ins Auge. Entsetzt schaute sie das alles an, und ohne weiter nachzudenken, ballte sie die Hand zur Faust.

Noch immer hob er nicht den Kopf, noch immer konnte sie sein Gesicht nicht sehen. Mit unerbittlichen Fingern öffnete er die Faust und starrte sie an, ergriff ihre andere Hand, hielt sie beide schweigend nebeneinander und betrachtete sie lange.

»Sieh mich an«, sagte er endlich, hob den Kopf, und seine Stimme klang sehr ruhig. »Mach nicht ein so sittsames Gesicht.«

Ohne es zu wollen, begegnete sie seinem Blick mit trotziger und banger Miene. Er hatte die schwarzen Brauen in die Höhe gezogen, seine Augen drohten.

»Es ist dir also sehr gut gegangen auf Tara. Hast so viel Geld auf die Seite gebracht, daß du auf Besuchsreisen gehen kannst. Und was hast du mit deinen Händen gemacht? Gepflügt?«

Sie versuchte, sie ihm zu entreißen, aber er hielt sie ganz fest und glitt mit dem Daumen über ihre Schwielen.

»Das sind nicht die Hände einer Dame«, sagte er und warf sie ihr in den Schoß.

»Halten Sie den Mund!« Einen Augenblick erleichterte es sie ungemein, aus ihrem Gefühl kein Hehl mehr zu machen. »Geht es Sie etwas an, was ich mit meinen Händen mache?«

»Oh, ich Schaf«, dachte sie leidenschaftlich, »warum habe ich nicht Tante Pittys Handschuhe mitgenommen! Es war mir nicht klar, daß meine Hände so schlimm aussähen. Natürlich mußte er das merken. Nun habe ich mir alles verdorben.«

»Ihre Hände gehen mich freilich gar nichts an«, sagte Rhett kühl und lehnte sich gleichmütig, mit gänzlich ausdruckslosem Gesicht in seinen Stuhl zurück.

Er wollte Schwierigkeiten machen. Nun, das mußte sie sanftmütig hinnehmen, so unangenehm es auch war, wenn sie noch retten wollte, was zu retten war.

»Sie sind aber schrecklich schlecht, sich über meine Hände aufzuhalten! Nur weil ich vorige Woche ohne Handschuhe ausgeritten bin und sie mir verdorben habe.«

»Ausgeritten?« sagte er mit demselben ausdruckslosen Ton. »Gearbeitet haben Sie mit den Händen da, gearbeitet wie ein Neger. Warum haben Sie mir vorgelogen, alles stehe zum besten auf Tara?«

»Hören Sie, Rhett ...«

»Wenn wir nun die Wahrheit ergründeten? Was ist denn der wirkliche Zweck Ihres Besuches? Fast hätte ich Ihnen geglaubt und gemeint, Sie kämen meinetwegen.«

»Das tue ich auch!«

»Gottbewahre! Ihnen macht es nichts aus, wenn sie mich an den höchsten Galgen hängen, den es gibt. Das steht klar und deutlich auf Ihrem Gesicht geschrieben, so wie die harte Arbeit in Ihren Händen. Sie wollen etwas von mir, und darum setzen Sie sich vor mir in Szene. Warum sagen Sie mir nicht offen, was es ist? Wenn ich etwas an Frauen schätze, so ist es Offenheit. Aber nein, Sie klingeln lieber mit Ihren Ohrringen und machen Possen wie eine Dirne mit einem künftigen Kunden.«

Bei den letzten Worten erhob er nicht etwa seine Stimme, aber Scarlett empfand sie wie einen Peitschenhieb, und verzweifelt sah sie ihre Hoffnung auf einen Heiratsantrag zunichte werden. Hätte er vor Wut und verletzter Eitelkeit getobt wie andere Männer, sie wäre mit ihm fertig geworden. Seine tödlich ruhige Stimme ängstigte sie. Sie wußte sich nicht mehr zu helfen. Obwohl Rhett Butler ein Gefangener war und die Yankees sich im Nebenzimmer aufhielten, ging ihr plötzlich auf, wie gefährlich es war, sich mit ihm einzulassen.

»Mein Gedächtnis läßt mich manchmal im Stich«, fuhr er fort. »Ich hätte wissen sollen, daß Sie genauso sind wie ich und nie etwas ohne Grund tun. Nun, lassen Sie uns sehen. Was kann wohl Ihre heimliche Absicht gewesen sein, Mrs. Hamilton? Sie können doch unmöglich so töricht sein, von mir einen Heiratsantrag zu erwarten.«

Sie wurde rot und gab keine Antwort.

»Sie können doch unmöglich vergessen haben, was ich Ihnen so oft sagte: daß das Heiraten mir nicht liegt.«

Als sie schwieg, wurde er plötzlich heftig. »Sie hatten es nicht vergessen? Antworten Sie mir.«

»Ich hatte es nicht vergessen«, sagte sie kläglich.

»Was Sie doch für eine Spielernatur sind«, höhnte er. »Nun, da ich eingesperrt bin, fern von jeder weiblichen Gesellschaft, halten Sie mich für so wenig Herr meiner selbst, daß ich nach Ihnen schnappen sollte wie die Forelle nach der Fliege!«

»Das hast du doch getan«, dachte Scarlett in der Verzweiflung ihres Herzens, »und wenn meine Hände nicht gewesen wären ...«

»So, der größere Teil der Wahrheit wäre nun heraus. Fehlt nur noch der Beweggrund. Versuchen wir, ihn ans Licht zu ziehen. Warum wollten Sie mich zur Ehe verleiten?«

Seine Stimme klang jetzt ganz freundlich, fast lag ein leiser Neckton darin, und sie faßte sich ein Herz. Vielleicht war doch noch nicht alles verloren. Natürlich mußte sie alle Hoffnung auf eine Heirat aufgeben. Aber fast war sie froh darüber. Dieser unerschütterliche Mann hatte etwas Beängstigendes für sie. Der Gedanke, ihn zu heiraten, war fürchterlich. Aber wenn sie es geschickt anfing, konnte sie sich vielleicht noch ein Darlehen sichern. Sie gab ihrem Gesicht einen kindlichen Ausdruck.

»Ach, Rhett, Sie könnten mir so sehr helfen ... wenn Sie lieb sein wollten ...«

»Nichts wäre mir lieber als lieb sein.«

»Rhett, um unserer alten Freundschaft willen tun Sie mir einen Gefallen!«

»Endlich kommt die Dame mit den schwieligen Händen mit der Wahrheit heraus! Nein, Kranken- und Gefangenenbesuche wären nicht die richtige Rolle für Sie. Was wollen Sie? Geld?«

Mit dieser unverblümten Frage hatte er alle ihre Hoffnungen zerstört, auf den Umwegen des Herzens an ihr Ziel zu gelangen.

»Seien Sie nicht so schrecklich, Rhett«, schmeichelte sie. »Ich brauche wirklich Geld. Sie sollen mir dreihundert Dollar leihen.«

»Endlich! Man sagt Liebe und meint Geld. Echt weiblich! Brauchen Sie das Geld sehr dringend?«

»Nicht so furchtbar dringend ... aber gebrauchen könnte ich es.«

»Dreihundert Dollar. Das ist eine ganze Menge. Wozu brauchen Sie es?«

»Um die Steuern auf Tara zu bezahlen.«

»Was für eine Bürgschaft geben Sie mir?«

»Eine was?«

»Bürgschaft, Sicherheit. Ich will doch nicht all das Geld verlieren.« Seine Stimme klang seidenweich, aber sie merkte es nicht. Vielleicht ging doch noch alles gut aus.

»Meine Ohrringe.«

»Ich habe kein Interesse für Ohrringe.«

»Ich gebe Ihnen eine Hypothek auf Tara.«

»Was soll ich mit einem Bauernhof anfangen?«

»Es ist eine gute Plantage. Sie haben keine Verluste. Ich zahle es Ihnen mit der nächsten Baumwollernte zurück.«

»Das ist mir nicht sicher genug.« Er schaukelte im Stuhl und steckte die Hände in die Taschen. »Die Baumwollpreise fallen. Die Zeiten sind schwer, und das Geld liegt fest.«

»Ach, Rhett, Sie necken mich ja nur. Sie haben doch Millionen.«

Seine Augen funkelten boshaft, als er sie betrachtete. »Es geht also alles ganz gut, und Sie brauchen das Geld nicht so sehr dringend, und das freut mich zu hören. Ich freue mich immer, wenn es alten Freunden gut geht.«

»Ach, Rhett, um Gottes willen!« Mit ihrem Mut und ihrer Fassung war es vorbei.

»Sprechen Sie leiser, oder sollen die Yankees Sie hören? Ich hoffe nicht. Hat Ihnen schon einmal jemand gesagt, daß Sie Katzenaugen haben ... Augen wie eine Katze im Dunkeln?«

»Ach, Rhett, lassen Sie das! Ich will Ihnen alles sagen. Ich brauche das Geld ja so dringend. Ich habe gelogen. Es steht durchaus nicht alles zum besten, sondern so schlecht wie nur irgend möglich. Vater ist ... nicht ganz beieinander. Seit Mutters Tod ist er wunderlich und kann mir überhaupt nicht helfen. Wir haben keinen einzigen Knecht, der die Baumwolle bestellt, und ich muß so viele satt machen, uns alle dreizehn. Und die Steuern! Seit über einem Jahr sind wir am Verhungern. Ach, Sie können es ja nicht wissen! Wir haben nie genug zu essen gehabt, und es ist entsetzlich, hungrig aufzuwachen und hungrig schlafen zu gehen. Wir haben kein warmes Zeug, und die Kinder frieren und sind immer krank.«

»Woher haben Sie das hübsche Kleid?«

»Wir haben es aus Mutters Vorhängen gemacht«, sagte sie, allzu verzweifelt, um die Schande zu verhehlen. »Hunger und Kälte kann ich aushalten, aber jetzt haben die Schieber uns die Steuern erhöht, und das Geld muß sofort gezahlt werden, und alles, was ich besitze, ist ein einziges Fünfdollarstück. Ich muß doch Geld für die Steuern haben. Wenn ich sie nicht bezahle, dann verliere ich Tara, und von Tara kann ich mich nicht trennen!«

»Warum haben Sie mir das alles nicht gleich gesagt, anstatt über mein empfindliches Herz herzufallen, das immer schwach genug ist, wenn hübsche Damen im Spiele sind! Nein, Scarlett, weinen Sie nicht. Sie haben es mit allem versucht, nur damit noch nicht, und ich glaube nicht, daß ich das aushalte. Ich leide ja schon Qualen der Enttäuschung, weil Sie es auf mein Geld und nicht auf meine reizende Person abgesehen haben.«

Hastig blickte sie zu ihm auf. Hatte sie ihm wirklich weh getan? Lag ihm wirklich etwas an ihr? Hatte er ihr einen Antrag machen wollen in dem nämlichen Augenblick, da er in ihre Hände schaute? Oder hatte es wieder so ein schmähliches Ansinnen werden sollen wie schon zweimal früher? Vielleicht konnte sie ihn besänftigen. Aber seine schwarzen Augen musterten sie keineswegs liebevoll von Kopf bis Fuß, und er lachte in sich hinein.

»Ihre Bürgschaft genügt mir nicht. Ich bin kein Pflanzer. Was haben Sie mir sonst zu bieten?«

Nun war es soweit. Sie schöpfte tief Atem und begegnete nüchtern seinem Blick. Alle Spielerei war abgetan. Sie stürzte sich voller Entschlossenheit auf das Ärgste.

»Ich habe mich selbst.«

»Ja?«

Ihr Gesicht straffte sich, bis, es fast eckig war. Ihre Augen schimmerten wie Smaragde. »Erinnern Sie sich der Nacht vor Tante Pittys Tür während der Belagerung? Sie sagten, daß Sie mich haben wollten.«

Lässig lehnte er sich mit dem Stuhl zurück und blickte ihr in das gespannte Gesicht. Seine eigene Miene war unergründlich. Immer noch sagte er nichts. »Sie sagten, Sie hätten nie eine Frau so begehrt wie mich. Wenn Sie mich wollen, können Sie mich haben. Ich will alles tun, was Sie verlangen, aber um Gottes willen, schreiben Sie mir einen Scheck aus. Mein Wort halte ich. Ich schwöre, ich breche es nicht.«

Seltsam sah er sie an, immer noch unergründlich. Als sie hastig weitersprach, wußte sie nicht, was in ihm vorging. Wenn er doch nur ein Wort sprechen wollte! Die Wangen wurden ihr heiß.

»Ich muß das Geld schnell haben, Rhett. Sie setzen uns sonst auf die Straße, und dann gehört Tara dem verfluchten Sklavenaufseher.«

»Einen Augenblick. Wie kommen Sie darauf, daß ich Sie immer noch begehren sollte? Wie kommen Sie darauf, daß Sie dreihundert Dollar wert seien? Die meisten Frauen machen es billiger.«

Sie errötete bis unter die Haarwurzeln, aufs tiefste gedemütigt.

»Warum sind Sie hierhergekommen? Warum geben Sie das Gut nicht auf und wohnen bei Miß Pitty? Ihnen gehört ja die Hälfte des Hauses.«

»Um Gottes willen«, fuhr sie auf, »sind Sie verrückt? Ich kann doch Tara nicht verlorengeben. Es ist meine Heimat. Ich lasse es nicht aus den Händen, solange ein Atemzug in mir ist!«

»Die Iren sind doch ein ganz sonderbares Volk«, sagte er, setzte den Stuhl wieder auf den Boden und zog die Hände aus den Taschen. »Immer nehmen sie gerade das Verkehrte am wichtigsten. Das Land zum Beispiel. Ein Stück Erde ist doch wie das andere. Nun, kommen wir also zum Abschluß. Sie haben einen geschäftlichen Vorschlag gemacht. Ich gebe Ihnen dreihundert Dollar, dafür werden Sie meine Geliebte.«

»Ja.« Als das widerwärtige Wort heraus war, wurde ihr etwas leichter ums Herz. Die Hoffnung regte sich wieder. Er hatte gesagt: »Ich gebe Ihnen.« In seinen Augen funkelte es teuflisch, als belustige ihn das Ganze über die Maßen.

»Als ich die Unverfrorenheit hatte, Ihnen den gleichen Vorschlag zu machen, wiesen Sie mich aus dem Hause. Auch hatten Sie etliche sehr unschöne Bemerkungen für mich und sagten, Sie wollten kein Dutzend Bälger. Nein, mein Kind. Sich selbst zum Vergnügen wollten Sie nicht, aber jetzt wollen Sie doch, um sich den Wolf von der Tür zu halten. Ja, alle Tugend ist nur eine Preisfrage.«

»Beleidigen Sie mich nur, aber geben Sie mir das Geld.«

Sie atmete jetzt leichter. Natürlich hatte Rhett seiner Natur gemäß das Bedürfnis, sie soviel wie möglich zu quälen und zu beleidigen. Sie konnte es alles ertragen. Tara war es wert. Einen kurzen Augenblick war es Hochsommer, blauer Nachmittagshimmel, und sie lag verschlafen im dichten Klee auf dem Rasen in Tara und blickte zu den wallenden Wolkenschlössern hinauf, umduftet von weißen Blüten, umsummt von dem Treiben der emsigen Bienen. Nachmittagsstille. Nur der ferne Klang der Erntewagen, die aus den roten Feldern heimkehrten. Das wog alles reichlich auf.

Sie hob den Kopf. »Wollen Sie mir das Geld geben?«

»Nein«, sagte er gelassen.

Einen Augenblick konnte sie das Wort nicht fassen.

»Selbst wenn ich wollte, könnte ich es Ihnen nicht geben. Ich habe keinen Cent in Atlanta. Ich habe Geld, gewiß, aber nicht hier. Und ich sage nicht, wo es ist, noch wieviel es ist. Wollte ich einen Wechsel darauf ausstellen, so fielen die Yankees wie die Wölfe über mich her, und dann hätten wir beide nichts.«

Ihr Gesicht bekam plötzlich einen bleichen grünen Ton. Die Sommersprossen um die Nase wurden sichtbar, und ihr Mund verzog sich wie Geralds in einem Anfall von Jähzorn. Mit einem unartikulierten Schrei sprang sie in die Höhe. Nebenan verstummte es plötzlich. Rasch wie ein Panther war Rhett an ihrer Seite, seine Hand lag schwer auf ihrem Mund, sein Arm umfaßte sie fest. Sie wehrte sich wie toll und versuchte, ihn in die Hand zu beißen und gegen die Schienbeine zu treten, und in ihrem zerbrochenen Stolz wollte sie vor Wut, Verzweiflung und Haß schreien. Sie wand und krümmte sich hin und her in dem eisernen Griff seines Armes, das Herz hämmerte ihr zum Zerspringen, das enge Korsett schnürte ihr die Luft ab. Er hielt sie so unbarmherzig fest, daß es weh tat, seine Hand über ihrem Mund griff ihr grausam in den Kiefer. Unter seiner braunen Haut war er erblichen. Seine Augen blickten hart und gespannt, als er sie völlig vom Boden hochhob bis an seine Brust, sich auf den Stuhl setzte und sie trotz ihres wilden Sträubens auf seinem Schoß festhielt.

»Kind, um Gottes willen, schweig! Nicht schreien! Sie kommen sofort herein, wenn du schreist, bitte, beruhige dich! Sollen die Yankees dich in diesem Zustand sehen?«

Es kam ihr nicht mehr darauf an, ob sie gesehen wurde. Sie verspürte nur die wilde Begier, ihn umzubringen, aber ihr schwanden die Sinne. Sie konnte nicht atmen, er erwürgte sie fast. In den Armen, die sie umfaßten, bebte sie vor hilfloser Wut. Da wurde seine Stimme leise und undeutlich, sein Gesicht über ihr begann sich zu drehen, in einem beklemmenden Nebel, der dichter und dichter wurde, bis sie ihn nicht mehr sah und überhaupt nicht mehr wahrnahm.

Als sie mit schwachen, ziellosen Bewegungen zum Bewußtsein zurückkehrte, fühlte sie sich bis ins Mark erschöpft und verwirrt. Sie lag in einen Stuhl zurückgelehnt. Ihr Hut war heruntergefallen. Rhett klopfte ihr auf die Handgelenke, seine schwarzen Augen forschten besorgt in ihrem Gesicht. Der nette junge Offizier versuchte ihr ein Glas Branntwein einzuflößen und hatte etwas davon vergossen, daß es ihr den Hals herablief.

Andere Offiziere standen hilflos herum und flüsterten miteinander.

»Ich bin ... wohl ... ohnmächtig gewesen«, seufzte sie, und ihre Stimme klang aus solcher Ferne, daß es sie selber erschreckte. »Trink«, sagte Rhett, nahm das Glas und hielt es ihr an die Lippen. Jetzt fiel ihr alles Geschehene wieder ein. Matt schaute sie ihm in die Augen, zu müde zum Zorn.

»Bitte, mir zuliebe.«

Sie schluckte, würgte und hustete, aber er goß es ihr in den Mund. Sie tat einen großen Zug. Das scharfe Getränk brannte ihr im Halse.

»Ich glaube, es geht ihr jetzt besser, meine Herren«, sagte Rhett. »Ich danke Ihnen. Als ihr aufging, daß ich hingerichtet werden sollte, versagten ihr die Kräfte.«

Die Blauröcke räusperten sich verlegen und verließen einer nach dem andern das Zimmer. Der junge Offizier blieb in der Tür zurück.

»Kann ich noch etwas für Sie tun?«

»Nein, danke schön.«

Er ging hinaus und schloß die Tür hinter sich.

»Trink noch etwas«, sagte Rhett.

Sie nahm noch einen Schluck, die Wärme verbreitete sich durch ihren Körper, in den zitternden Beinen spürte sie wieder Kraft. Sie stieß das Glas fort und versuchte aufzustehen, aber er drückte sie in den Stuhl zurück.

»Lassen Sie mich los. Ich gehe jetzt.«

»Noch nicht. Einen Augenblick. Du könntest sonst wieder ohnmächtig werden.«

»Lieber werde ich auf der Straße ohnmächtig, als daß ich weiter bei Ihnen bleibe.«

»Ich will aber nicht, daß du auf der Straße in Ohnmacht fällst.«

»Lassen Sie mich. Ich hasse Sie!«

Bei diesen Worten kehrte ein schwaches Lächeln auf sein Gesicht zurück.

»Das klingt schon mehr nach dir. Du scheinst dich besser zu fühlen.«

Einen Augenblick lehnte sie sich zurück und suchte sich den Zorn zur Hilfe zu rufen, um ihre Kräfte zu sammeln. Aber sie war zu müde, um zu hassen. Ihr war alles einerlei. Bleischwer wog die Niederlage auf ihrem Gemüt. Sie hatte alles aufs Spiel gesetzt und alles verloren. Nicht einmal der Stolz war ihr geblieben. Mit Tara und allen Hoffnungen war es aus. Als sie die Augen endlich wieder öffnete und ihm ins Gesicht blickte, war der Zorn wieder erwacht. Rhett sah ihre schrägen Augenbrauen sich zusammenziehen und lächelte sein altes Lächeln. »Nun ist dir wieder wohl, ich sehe es deinem bösen Gesicht an.«

»Selbstverständlich, es geht mir ausgezeichnet. Und Sie, Rhett Butler, der Sie schon nach meinen ersten Worten alles wußten und auch, daß Sie mir das Geld nicht geben würden, hätten mich nicht weitersprechen lassen sollen und mir das ersparen können ...«

»Dir ersparen und alles das nicht hören, was du gesagt hast? O nein. Ich habe so wenig Zerstreuung hier und kann mich nicht entsinnen, je etwas so Schönes gehört zu haben.«

Er lachte kurz und spöttisch auf. Sie sprang empor und hob ihren Hut auf. Plötzlich faßte er sie bei den Schultern. »Fühlst du dich wohl genug, um vernünftig zu reden?«

»Lassen Sie mich los.«

»Sag mir das eine. War ich das einzige Eisen, das du im Feuer hattest?« Seine Augen spähten scharf nach jeder Veränderung in ihrem Gesicht.

»Was geht Sie das an?«

»Mehr, als du meinst. Hast du noch mehr Männer am Bändel? Nein? Unglaublich, kaum vorstellbar. Nun, es wird sich schon jemand finden, der dein Angebot annimmt, dessen bin ich so sicher, daß ich dir einen kleinen Rat geben möchte.«

»Ich brauche Ihren Rat nicht.«

»Doch, hör zu, denn er ist gut. Wenn du etwas von einem Mann erreichen willst, dann falle nicht so mit der Tür ins Haus wie vorhin. Fange es reizvoller und verführerischer an, du erreichst mehr damit. Früher verstandest du dich wunderbar darauf. Als du mir eben eine Bürgschaft anbotest, machtest du ein Gesicht dazu wie Stein. Augen wie deine habe ich in zwanzig Schritt Entfernung über einer Duellpistole gesehen. Sie sind kein erfreulicher Anblick. Sie fachen in der Brust eines Mannes keine Glut an. So behandelt man Männer nicht.«

»Sie brauchen mir nicht zu sagen, wie ich mich zu benehmen habe«, erwiderte sie und setzte mit matten Händen den Hut auf. Wie konnte er nur so spaßen, wenn ihm der Strick um den Hals lag. Sie bemerkte es nicht einmal, daß er die Hände in den Taschen zur Faust geballt hatte, als stemmte er sich gegen die eigene Ohnmacht.

»Kopf hoch«, sagte er, als sie sich die Hutbänder zuband. »Du sollst zu meiner Hinrichtung kommen, das gleicht dann alles aus, was ich bei dir auf dem Kerbholz habe, auch dies hier, und ich will dich in meinem Testament bedenken.«

»Danke schön. Aber vielleicht hängen sie Sie erst an den Galgen, wenn es für meine Steuern zu spät ist«, zahlte sie ihm plötzlich mit gleicher Münze heim, und sie meinte auch, was sie sagte.

XXXV

Als sie aus dem Gebäude heraustrat, goss es in Strömen, und der Himmel war aschgrau. Die Soldaten hatten in ihren Baracken Schutz gesucht, und die Straßen waren menschenleer. Kein Fuhrwerk war zu sehen. Sie mußte den langen Weg zu Fuß nach Hause gehen.

Die Wärme des Branntweins verlor sich. Ihr schauderte im kalten Wind, und wie Nadeln stachen ihr die eisigen Tropfen ins Gesicht. Tante Pittys leichter Mantel war bald durchnäßt und hing in nassen Falten um sie her. Ihr Samtkleid wurde verdorben, die Schwanzfeder auf dem Hut hing triefend herab, als hätte ihr ursprünglicher Besitzer sie durch den nassen Hühnerhof von Tara geschleift. Die Platten des Fußsteiges waren zerbrochen und stellenweise überhaupt nicht mehr vorhanden. Dort watete sie bis über die Enkel im Schlamm. Ihre Schuhe blieben darin stecken, als sei es Leim. Manchmal verlor sie einen. Wenn sie sich bückte, um ihn wieder anzuziehen, geriet der Saum ihres Kleides in den Schmutz. Dann versuchte sie nicht mehr, den Pfützen aus dem Wege zu gehen, sondern trat stumpfsinnig hinein und ließ den Rock hinter sich herschleifen. Der nasse Unterrock und die Hosen schlugen ihr kalt um die Enkel, aber nun machte es nichts mehr, daß das Kleid, von dem sie so viel erwartet hatte, hin war.

Wie konnte sie je nach Tara zurückkehren! Wie konnte sie allen dort unter die Augen treten und ihnen sagen, daß sie samt und sonders fortmußten, Gott weiß wohin? Wie sollte sie sich von alledem trennen, den roten Feldern, den hohen Kiefern, den sumpfigen Weiden und dem stillen Friedhof, wo Ellen im Schatten der Zedern lag?

Der Haß gegen Rhett brannte ihr im Herzen. Ja, der Galgen war noch zu gut für ihn! Gott sei Dank, er konnte sie jetzt in ihren triefenden Kleidern, mit dem halb aufgelösten Haar und ihren klappernden Zähnen nicht sehen. Wie häßlich mußte sie aussehen. Wie würde er sie auslachen!

Die Neger, an denen sie vorbeikam, grinsten ihr unverschämt ins Gesicht und stießen sich laut lachend an, wenn sie im Schmutz ausglitt oder stehenblieb, um sich den Schuh wieder anzuziehen. Wie durften sie sich unterstehen zu lachen, diese schwarzen Affen! Wie durften sie sich unterstehen, eine Scarlett O'Hara so frech anzugrinsen! Mit Wonne hätte sie sie alle auspeitschen lassen, bis ihnen das Blut den Rücken hinablief. Die Yankees waren verrückt, daß sie diesen Leuten die Freiheit gaben, die Freiheit, sich über Weiße lustig zu machen.

Als sie die Washingtonstraße hinunterging, war alles um sie herum ebenso trübselig wie ihr eigenes Herz. Hier war nichts von dem fröhlich geschäftigen Treiben, das ihr in der Pfirsichstraße aufgefallen war. Viele schöne Häuser hatten hier einst gestanden, aber nur wenige waren wieder aufgebaut worden. Verräucherte Fundamente und einsame schwarze Schornsteine, die man jetzt »Shermans Wachtposten« nannte, tauchten bedrückend oft auf. Grasbewachsene Gartenwege führten zu den Ruinen der Häuser hinauf, frühere Rasen waren von welkem Unkraut ganz zugedeckt, auf den Prellsteinen standen noch die wohlbekannten Namen, an den Pfählen daneben aber würde nun nie wieder ein Pferd angebunden werden. Kalter Wind und eisiger Regen, Straßenschlamm und kahle Bäume, trostlose Öde und Stille. Ihre Füße waren so naß, und bis nach Hause war es so weit!

Hinter sich hörte sie Pferdehufe durch die Pfützen patschen. Ein Pferd mit einem Einspänner kam langsam die Straße herauf. Als sie sich umdrehte, sah sie den Fahrer nur eben über die Schutzdecke hervorschauen, die vom Spritzbrett bis an sein Kinn reichte. Das Gesicht kam ihr bekannt vor, und plötzlich hörte sie ein verlegenes Räuspern, und eine vertraute Stimme rief sie an: »Das kann doch unmöglich Miß Scarlett sein!«

»Ach, Mr. Kennedy! Mein Lebtag habe ich mich nicht so gefreut, jemanden zu treffen.« Er wurde rot vor Vergnügen bei der unzweifelhaften Aufrichtigkeit ihrer Worte, entledigte sich rasch eines Stromes von Tabaksaft nach der anderen Seite des Wagens, sprang hurtig heraus, schüttelte ihr begeistert die Hand und half ihr in den Wagen.

»Miß Scarlett, was machen Sie denn ganz allein hier in dieser Gegend? Wissen Sie nicht, wie gefährlich das heutzutage ist? Und wie durchnäßt Sie sind! Wickeln Sie sich diese Decke um die Füße.«

Während er sich um sie bemühte, gab sie sich dem schwelgerischen Genusse hin, jemanden für sich sorgen zu lassen. Es tat so gut, auch wenn es nur eine alte Jungfer in Hosen war wie Frank Kennedy. Besonders beruhigend wirkte es nach Rhetts Roheit. Wie wohl es tat, ein Gesicht aus der Provinz zu sehen, wenn sie so fern vom Hause weilte! Ihr fiel auf, wie gut er angezogen war, und auch sein Einspänner war neu. Das Pferd sah jung und wohlgenährt aus, aber Frank schien alt für seine Jahre geworden zu sein, älter als damals am Weihnachtsabend auf Tara. Er war gelb im Gesicht und mager, seine Augen waren trübe und lagen tief in den losen Falten seines Gesichts. Sein rötlicher Bart war spärlicher als je, von Tabaksaft beschmutzt und so ausgefranst, als kratzte er sich ständig darin. Aber er war guter Dinge und machte einen anderen Eindruck als die kummervollen, müden Gesichter, die Scarlett sonst überall fand.

»Ich freue mich, Sie zu sehen«, sagte er herzlich. »Ich wußte nicht, daß Sie in der Stadt sind. Miß Pittypat habe ich erst vorige Woche gesehen, und sie hat mir nichts davon gesagt. Ist sonst noch jemand aus Tara mitgekommen?«

Er dachte an Suellen, der alte Narr.

»Nein«, sagte sie und wickelte sich in die warme Decke. »Ich bin allein gekommen und habe mich bei Tante Pitty nicht angemeldet.«

Er schnalzte dem Pferd. Es zog an und suchte sich vorsichtig seinen Weg über die schlüpfrige Straße.

»Alles wohl auf Tara?«

Sie mußte sich etwas ausdenken, worüber sie sich mit ihm unterhalten konnte, aber das Sprechen wurde ihr so schwer. Nach der Niederlage war ihr Gemüt wie Blei, und sie verlangte nichts anderes, als sich in die warme Decke zu hüllen und nicht an Tara zu denken. Könnte sie ihn doch nur dazu bringen, über irgend etwas zu reden, das ihn die ganze Fahrt nach Hause beschäftigte, damit sie nur von Zeit zu Zeit »Wie nett« und »Sie sind aber tüchtig« dazwischenzumurmeln brauchte.

»Mr. Kennedy, ist das eine Überraschung, Sie zu sehen. Ich weiß, es ist schlecht von mir, daß ich mich so lange nicht um meine alten Freunde bekümmert habe, aber ich wußte nicht, daß Sie hier in Atlanta sind. Ich meine doch, mir hat jemand erzählt, Sie seien in Marietta.«

»Ich habe in Marietta zu tun, eine ganze Menge«, sagte er. »Hat Miß Suellen Ihnen nicht erzählt, daß ich mich in Atlanta niedergelassen habe? Wissen Sie denn noch nichts von meinem Laden?«

Sie entsann sich, daß Suellen etwas über Frank und einen Laden geschwatzt hatte, aber sie hatte nicht weiter darauf geachtet. Es hatte ihr genügt zu wissen, daß Frank Kennedy noch lebte und ihr eines Tages Suellen abnehmen würde.

»Nein, kein Wort«, log sie. »Sie haben einen Laden? Müssen Sie aber tüchtig sein!«

Ein bißchen gekränkt sah er aus, als er hörte, Suellen habe die Neuigkeit nicht bekanntgemacht, aber über die Schmeichelei strahlte er wieder. »Ja, ich habe einen Laden, einen ganz guten, glaube ich. Sie sagen, ich wäre der geborene Kaufmann.« Er lachte befriedigt sein albernes, gackerndes Lachen, das ihr immer so auf die Nerven fiel.

Eingebildeter alter Esel, dachte sie.

»Oh, sicher werden Sie mit allem, was Sie anfangen, Erfolg haben, Mr. Kennedy, aber wie in aller Welt haben Sie das angestellt? Noch Weihnachten vor einem Jahr erzählten Sie, Sie hätten keinen Cent.«

Er räusperte sich, kratzte sich am Bart und lachte nervös und schüchtern, wie es seine Art war. »Nun, das ist eine lange Geschichte, Miß Scarlett. Sie erinnern sich, als wir zuletzt auf Proviantsuche nach Tara kamen? Nun, bald darauf meldete ich mich an die Front. Bei der Intendantur hielt ich es nicht mehr aus. Überhaupt war sie überflüssig geworden, denn wir konnten so gut wie nichts mehr für die Armee auftreiben, und da dachte ich, ein felddienstfähiger Mann habe seinen Platz vorn in der Gefechtslinie. Da habe ich dann eine Zeitlang bei der Kavallerie mitgekämpft, bis ich einen Schulterschuß bekam.«

Er sah sehr stolz aus, und Scarlett sagte: »Wie fürchterlich!«

»Es war nur eine Fleischwunde«, sagte er wegwerfend. »Ich wurde in ein Lazarett im Süden geschickt, und als ich fast geheilt war, kamen die Yankees. Da ging es heiß her! Wir waren ganz unvorbereitet und mußten alle helfen, die Heeresvorräte und Lazarettbestände zum Abtransport an die Eisenbahn zu tragen. Einen Zug hatten wir beinahe vollgeladen, als die Yankees zum anderen Ende der Stadt einmarschierten. Da machten wir uns, so schnell wir konnten, davon. Ja, das war ein trauriger Anblick, als wir da oben auf dem Zug saßen und die Yankees die Vorräte, die wir am Bahnhof zurückgelassen hatten, in Brand steckten. Sie haben fast eine halbe Meile von allem, was wir da aufgestapelt hatten, abgebrannt. Wir sind nur mit dem nackten Leben davongekommen.«

»Wie fürchterlich!«

»Ja, fürchterlich, das ist das richtige Wort. Nun, unsere Leute waren damals wieder in Atlanta, und auch wir wurden dahin geschickt. Dann war der Krieg bald zu Ende, und da gab es eine Menge Porzellan, Feldbetten, Matratzen und Decken, die niemandem gehörten. Freilich, nach den Bestimmungen der Kapitulation hatten die Yankees Anspruch darauf, nicht wahr?«

»Mm«, sagte Scarlett tief in Gedanken. Ihr wurde jetzt wärmer, und sie fühlte sich schläfrig.

»Ich weiß nicht, ob ich recht daran getan habe«, fuhr er etwas wehleidig fort. »Aber was hätten die Yankees mit all dem Kram anfangen sollen? Sie hätten ihn wahrscheinlich verbrannt, und nach meiner Meinung gehörte er immer noch den Konföderierten. Verstehen Sie, was ich meine?«

»Mm.«

»Ich freue mich, daß Sie mir beistimmen, Miß Scarlett. Gewissermaßen bedrückt es mich doch. Glauben Sie, daß ich recht gehandelt habe?«

»Selbstverständlich«, antwortete sie und überlegte, was er wohl gesagt haben mochte. Er focht irgendeinen Kampf mit seinem Gewissen aus. Wenn jemand so alt war wie Frank Kennedy, sollte er doch gelernt haben, sich nicht über solche Lappalien den Kopf zu zerbrechen. Er war immer zimperlich und altjüngferlich gewesen.

»Es freut mich, daß Sie das sagen. Nach der Kapitulation besaß ich etwa zehn Silberdollar und sonst nichts auf der Welt. Sie wissen ja, wie sie in Jonesboro in meinem Hause und in meinem Laden gewütet haben. Ich wußte nicht, was ich anfangen sollte. Dann habe ich mit den zehn Dollar auf einen alten Laden bei Five Points ein Dach setzen lassen, habe die Lazarettbestände dorthin gebracht und angefangen, sie zu verkaufen. Jedermann brauchte Betten, Porzellan und Matratzen, und ich verkaufte sie billig, weil ich mir einbildete, der Kram gehörte den anderen Leuten ebensogut wie mir. Aber ich habe Geld damit gemacht und mehr solchen Kram gekauft, und der Laden ging ausgezeichnet. Ich glaube, ich kann eine ganze Menge Geld damit verdienen, wenn die Zeiten besser werden.«

Bei dem Wort »Geld« wurde Scarlett wieder munter. »Geld haben Sie verdient?«

Ihre Anteilnahme ließ ihn ersichtlich aufblühen. Außer Suellen hatten wenig Frauen mehr als die oberflächlichste Höflichkeit für ihn übrig gehabt, und es schmeichelte ihm sehr, daß eine frühere Gesellschaftskönigin wie Scarlett ihm zuhörte. Er ließ das Pferd im Schritt geben, um nicht eher nach Hause zu kommen, als bis er seine Geschichte beendet hatte.

»Ein Millionär bin ich nicht, Miß Scarlett, und im Vergleich zu meinem früheren Vermögen klingt, was ich jetzt habe, bescheiden. Dieses Jahr habe ich tausend Dollar verdient. Fünfhundert Dollar sind natürlich für neue Waren, Reparaturen und Miete draufgegangen. Aber fünfhundert waren rein verdient, und da alles besser geht, müßte ich eigentlich nächstes Jahr zweitausend verdienen, und die kann ich gut gebrauchen. Und sehen Sie, ich habe ja noch ein Eisen im Feuer.«

Seitdem es sich um Geld handelte, war sie ganz bei der Sache. Sie verschleierte ihre Augen mit den langen Wimpern und rückte ihm etwas näher.

»Was wollen Sie damit sagen, Mr. Kennedy?«

Er lachte und schlug das Pferd mit den Zügeln. »Ich langweile Sie sicher mit meinen geschäftlichen Gesprächen. Eine hübsche Frau wie Sie braucht von solchen Sachen nichts zu wissen.«

Der alte Narr! »Ach, ich weiß, in Geschäftssachen bin ich eine Gans, aber es interessiert mich so! Bitte, erzählen Sie mir alles, und was ich nicht verstehe, können Sie mir ja erklären.«

»Also, mein anderes Eisen ist eine Sägemühle. Ich habe sie noch nicht gekauft, aber ich will es tun. Jenseits der Pfirsichstraße wohnt ein Mann namens Johnson, der seine gern verkaufen möchte. Er braucht sofort bares Geld, deshalb will er sie verkaufen, aber dort bleiben und sie gegen Wochenlohn für mich betreiben. Es ist eine der wenigen Mühlen in dieser Gegend. Die meisten haben die Yankees zerstört. Und eine Sägemühle ist eine Goldgrube, denn heute kann man für Bauholz jeden Preis bekommen. Die Leute haben nicht genug Wohnungen und bauen wie verrückt. Sie können gar nicht schnell genug Bauholz bekommen. Alles strömt nach Atlanta, alle die Leute vom Lande, die ohne Schwarze mit dem Ackerbau nicht mehr weiterkommen, und die Yankeeschieber, die im trüben fischen wollen. Ich sage Ihnen, aus Atlanta wird bald eine große Stadt. Die Leute brauchen Bauholz für ihre Häuser, und deshalb will ich die Mühle kaufen, sobald ich wieder etwas Bargeld habe. Nächstes Jahr um diese Zeit hoffe ich schon mehr Luft zu haben. Und Sie werden wohl wissen, warum ich rasch zu Geld kommen will, nicht wahr?«

Er errötete und gackerte wieder. »Er denkt an Suellen«, dachte Scarlett angewidert. Einen Augenblick erwog sie, ob sie ihn nicht bitten sollte, ihr dreihundert Dollar zu leihen, aber sie verwarf den Einfall wieder, denn er würde ihr das Geld doch nicht geben. Er hatte es sich schwer erarbeitet, um Suellen im Frühling zu heiraten. Selbst wenn sie jetzt seine Gefühle ausnutzte, ihm seine Pflichten gegenüber seiner künftigen Familie vorhielt und sich so ein Darlehen erschlich – Suellen würde es doch nie erlauben. Suellen machte sich immer mehr Gedanken darüber, daß sie eine alte Jungfer wurde, und setzte sicher Himmel und Hölle in Bewegung, um einen Aufschub der Heirat zu verhindern.

Was hatte dieses ewig jammernde Mädchen nur an sich, daß dieser alte Narr es sich in den Kopf gesetzt hatte, ihr ein weiches Nest zu bereiten. Eins stand fest: sobald Sue ein wenig Geld bekam, spielte sie sich unerträglich auf und dachte nicht daran, einen Cent zur Unterhaltung von Tara beizusteuern. Sie würde sich nichts daraus machen, ob die Plantage versteigert oder abgebrannt würde, solange sie nur hübsche Kleider und ein »Mrs.« vor ihrem Namen hatte. Als Scarlett sich Suellens sichere Zukunft und das fragwürdige Schicksal von Tara ausmalte, empörte sie sich über die Ungerechtigkeit des Lebens. Plötzlich wurde ein Entschluß in ihr geboren.

Suellen sollte Frank, seinen Laden und seine Sägemühle nicht bekommen! Scarlett wollte es selber haben. Sie dachte an Tara und an Jonas Wilkerson, der wie eine Giftschlange davor lauerte, und sie griff nach dem letzten

Strohhalm, den sie noch über dem Schiffbruch ihres Lebens treiben sah. Rhett hatte versagt, dafür hatte der Herrgott ihr Frank geschickt.

Ihre Finger krampften sich zusammen, als sie blicklos in den Regen hinausschaute. »Kann ich ihn dazu bringen, daß er Sue vergißt und auf der Stelle um mich anhält? Wenn ich schon Rhett fast bis zum Antrag getrieben habe, sollte es mir bei Frank sicherlich gelingen!« Mit bebenden Lidern sah sie ihn an. »Ein schöner Mann ist er nicht«, dachte sie kühl. »Er hat schlechte Zähne, sein Atem riecht nicht gut, und er ist so alt, daß er mein Vater sein könnte. Außerdem ist er nervös und schüchtern und meint es immer so gut. Trostlosere Eigenschaften kann ich mir an einem Manne nicht vorstellen. Aber wenigstens ist er ein Gentleman, und ich glaube fest, ich hielte es leichter mit ihm aus als mit Rhett. Jedenfalls ist leichter mit ihm fertig zu werden, und mir bleibt keine Wahl.«

Sie war wieder ganz munter geworden und hatte ihre nassen, kalten Füße vergessen. Aus halbgeschlossenen Augen blickte sie Frank so unverwandt an, daß er unruhig wurde und sie die Blicke rasch wieder niederschlug in Gedanken an Rhetts Worte: »Augen wie deine habe ich über einer Duellpistole gesehen ... sie fachen in der Brust keine Glut an!«

»Was ist, Miß Scarlett? Friert Sie?«

»Ja«, sagte sie hilflos. »Ist es Ihnen unangenehm ...«, sie hielt schüchtern inne. »Ist es Ihnen unangenehm, wenn ich eine Hand in Ihre Manteltasche stecke? Es ist so kalt, und mein Muff ist durchnäßt.«

»Aber durchaus nicht! Und Sie haben keine Handschuhe! O je, wie bin ich doch rücksichtslos, so die Straße entlangzuschleichen und das Blaue vom Himmel zu schwatzen, während Sie sich nach dem Ofen sehnen. Hüh, Sally! Ach, und nun habe ich so viel von mir erzählt, daß ich Sie gar nicht gefragt habe, was Sie eigentlich bei solchem Wetter in dieser Gegend zu tun haben.«

»Ich war im Hauptquartier bei den Yankees«, antwortete sie, ehe sie es recht bedachte. Seine rötlichen Brauen hoben sich erstaunt.

»Heilige Mutter Gottes, gib mir eine einleuchtende Lüge ein«, betete sie hastig. Frank durfte niemals wissen, daß sie Rhett besucht hatte. Er hielt Rhett für einen Erzlumpen, mit dem zu sprechen für eine anständige Dame unmöglich war.

»Ich bin dort gewesen, um zu sehen, ob jemand von den Offizieren mir etwas von meinen Stickereien abkauft, um es seiner Frau mitzubringen. Ich kann gut sticken.«

Entgeistert sank er in seinen Sitz zurück, halb verblüfft, halb entsetzt.

»Sie sind zu den Yankees gegangen? Aber, Miß Scarlett, das sollten Sie nicht tun! Ihr Vater weiß doch sicher nichts davon! Und Miß Pittypat ...«

»Oh, ich sterbe, wenn Sie Tante Pitty etwas davon sagen!« rief sie in ehrlicher Angst und brach in Tränen aus. Das wurde ihr nicht schwer, weil ihr jämmerlich zumute war. Aber die Wirkung war erstaunlich. Verlegener und hilfloser hätte Frank nicht sein können, wenn sie plötzlich angefangen hätte, sich auszuziehen. Ein paarmal schlug er mit der Zunge und stammelte: »O je, o je«, und machte ein paar sinnlose Handbewegungen dazu. Der verwegene Gedanke ging ihm durch den Kopf, daß er sie an sich ziehen und streicheln sollte, aber das hatte er noch nie bei einer Frau getan, und er wußte nicht, wie er es anfangen sollte. Scarlett O'Hara, die schöne, hochmütige Scarlett, weinte hier in seinem Wagen. Scarlett O'Hara, die Stolzeste der Stolzen, versuchte den Yankees Handarbeiten zu verkaufen! Ihm brannte das Herz.

Sie schluchzte weiter und sagte hin und wieder ein paar Worte. Er entnahm daraus, daß es auf Tara nicht zum besten stand. Mr. O'Hara war noch ganz und gar nicht wieder er selbst, und sie hatte für die vielen hungrigen Münder nicht genug zu essen. Daher hatte sie nach Atlanta kommen und versuchen müssen, etwas zu verdienen. Frank schlug wieder mit der Zunge und entdeckte plötzlich, daß ihr Kopf an seiner Schulter lag. Wie er dahin gekommen war, war ihm nicht ganz klar. Er hatte ihn sicher nicht dahin gelegt, aber nun war er da. Scarlett schluchzte hilflos an seiner mageren Brust, ein aufregendes, noch nie dagewesenes Erlebnis. Schüchtern streichelte er ihr über die Schultern, zuerst zaghaft, und als sie ihn nicht zurückstieß, wurde er kühn und streichelte rechtschaffen drauflos. Ach, das süße, kleine, hilflose weibliche Ding! Und wie tapfer und töricht, mit der Nadel Geld verdienen zu wollen! Aber mit den Yankees Geschäfte machen – das ging zu weit.

»Ich sage Miß Pitty nichts, aber Sie müssen mir versprechen, Miß Scarlett, daß Sie so etwas nie wieder tun.«

Ihre nassen grünen Augen suchten hilflos die seinen.

»Aber, Mr. Kennedy, irgend etwas muß ich doch tun. Ich muß doch für meinen armen kleinen Jungen sorgen. Es ist ja niemand da, der sich um uns kümmert.«

»Sie sind eine tapfere kleine Frau«, redete er ihr zu. »Aber so etwas dürfen Sie nicht tun. Ihre Familie stürbe ja vor Scham.«

»Aber was soll ich dann tun?« Die schwimmenden Augen blickten zu ihm auf und hingen an seinen Lippen, als sei er allwissend.

»Nun, im Augenblick fällt mir nichts ein, aber ich will es mir durch den Kopf gehen lassen.«

»Ach, tun Sie das, bitte! Sie sind ja so tüchtig, Frank.«

Sie hatte ihn noch nie beim Vornamen angeredet, aber es war ihm ein freudiger Schreck und eine Überraschung, es zu hören. Das arme Kind war anscheinend so außer sich, daß es sein Versehen nicht einmal bemerkte, und er hatte gütige, ritterliche Gefühle für sie. Wenn er für Suellen O'Haras Schwester etwas tun könnte, er täte es sicherlich. Er zog ein rot bedrucktes Kattuntaschentuch hervor und gab es ihr. Sie trocknete sich die Tränen, und um ihren Mund schimmerte ein Lächeln.

»Ich bin ein so dummes Gänschen«, entschuldigte sie sich, »bitte, verzeihen Sie.«

»Sie sind gar kein dummes Gänschen, sondern eine tapfere kleine Frau, und schleppen sich mit einer Last, die für Sie zu schwer ist. Miß Pitty ist Ihnen, fürchte ich, keine Hilfe dabei. Sie hat den größten Teil ihres Vermögens verloren, und auch Mr. Henry ist schlimm daran. Hätte ich doch ein Heim, in dem ich Ihnen Schutz bieten könnte! Aber, Miß Scarlett, wenn Suellen und ich verheiratet sind, haben wir immer Platz für Sie und für Wade.«

Nun kam der große Augenblick! Der Himmel schickte ihr diese Gelegenheit. Sie brachte ein erschrockenes, verlegenes Gesicht zustande, öffnete den Mund, als wollte sie rasch etwas sagen, und klappte ihn wieder zu.

»Als ob Sie nicht wüßten, daß ich diesen Frühling Ihr Schwager werden soll«, spaßte er nervös, und als er Tränen in ihren Augen sah, fragte er erschrocken: »Was ist los? Miß Sue ist doch nicht krank?«

»Ach nein, nein!«

»Ist etwas nicht in Ordnung? Sie müssen es mir sagen.«

»Ach, das kann ich ja nicht. Das habe ich nicht gewußt. Ich war ganz sicher, sie hätte es Ihnen geschrieben. Oh, wie gemein!«

»Miß Scarlett, was ist geschehen?«

»Ach, Frank, ich wollte es ja nicht verraten, aber ich dachte selbstverständlich, Sie wüßten es ... sie hätte es Ihnen geschrieben.«

»Was geschrieben?« Er zitterte am ganzen Leibe.

»Ach, einem so guten Mann wie Ihnen so etwas anzutun!«

»Was hat sie getan?«

»Sie hat es Ihnen nicht geschrieben? Ach, sie hat sich wohl geschämt, es zu schreiben. Sie sollte sich auch schämen. Ach, so eine gemeine Schwester!«

Jetzt war Frank soweit, daß er nicht einmal mehr eine Frage über die Lippen brachte. Mit grauem Gesicht starrte er sie an. Die Zügel lagen schlaff in seiner Hand.

»Nächsten Monat heiratet sie Tony Fontaine. Ach, Sie tun mir ja so leid, Frank. Daß gerade ich Ihnen das erzählen muß! Sie hatte keine Lust mehr zu warten, und fürchtete sich davor, eine alte Jungfer zu werden.«

Mammy stand vor der Haustür, als Frank Scarlett aus dem Wagen half. Anscheinend stand sie schon lange dort, denn ihr Kopftuch war feucht, und der alte Schal, den sie sich fest um die Schultern zog, zeigte Regenspuren. Ihr runzliges schwarzes Gesicht war ein Bild von Zorn und Besorgnis zugleich. Ihre Unterlippe war so weit vorgeschoben, wie Scarlett es noch nie gesehen hatte.

Sie warf einen raschen Blick auf Frank, und als sie ihn erkannte, sah ihr Gesicht plötzlich ganz anders aus – Freude, Verwunderung und beinahe etwas wie Schuldbewußtsein kamen darin zum Vorschein. Mit lebhaften Begrüßungsworten watschelte sie Frank entgegen und grinste und knickste, als er ihr die Hand gab.

»Ach, das tut gut, jemanden von zu Hause zu sehen. Wie geht es Ihnen, Mr. Kennedy? Sie sehen aber fein und großartig aus! Hätte ich gewußt, daß Miß Scarlett mit Ihnen aus war, dann hätte ich mich nicht so geängstigt und hätte gewußt, daß sie gut aufgehoben ist. Ich komme nach Hause, da ist sie weg, und ich bin ganz außer mir und verliere den Kopf und meine, sie rennt ganz allein in der Stadt herum, noch dazu bei all dem freigelassenen Niggerpack, das in den Straßen herumlungert. Warum hast du mir das nicht gesagt, daß du ausgehst, Püppchen, du mit deiner Erkältung?«

Scarlett blinzelte Frank verstohlen zu, und bei all seinem Kummer lächelte er doch, als ihr Blick ihm Schweigen auferlegte und ihn so in einer kleinen Verschwörung zum Mitwisser machte.

»Lauf und hol mir trockenes Zeug, Mammy«, sagte sie, »und heißen Tee.«

»Herrjemine, dein neues Kleid ist hin«, knurrte Mammy. »Das wird aber schwer sein, bis ich es getrocknet und gebürstet habe, daß du es heute abend zur Hochzeit anziehen kannst.«

Sie ging hinein. Scarlett lehnte sich dicht zu Frank hinüber und flüsterte: »Kommen Sie doch zum Abendessen, wir sind so allein. Wir gehen nachher zur Hochzeit, kommen Sie doch mit! Und sagen Sie bitte Tante Pitty nichts von Suellen. Es würde ihr solchen Kummer machen, und mir ist es unerträglich, daß meine Schwester ...«

»Nein, ganz gewiß nicht«, sagte Frank hastig und verlegen.

»Sie sind heute so lieb zu mir gewesen und haben mir so wohlgetan. Jetzt habe ich richtig wieder etwas Mut.« Sie drückte ihm die Hand zärtlich zum Abschied und richtete das volle Geschütz ihrer Augen auf ihn.

Mammy, die gleich hinter der Tür wartete, sah sie mit einem forschenden Blick an und folgte ihr keuchend die Treppe hinauf ins Schlafzimmer. Schweigend zog sie ihr die nassen Kleider aus und hängte sie über die Stühle. Schweigend steckte sie Scarlett ins Bett. Als sie ihr eine Tasse heißen Tee und einen heißen Ziegelstein in Flanell heraufbrachte, blickte sie zu ihr hernieder und sagte – noch nie war etwas aus Mammys Munde einer Bitte um Entschuldigung so nahegekommen –: »Lämmchen, warum hast du deiner Mammy nicht gesagt, was du vorhattest, dann hätte ich nicht den ganzen

Weg nach Atlanta mitgebraucht. Für solches Gelaufe bin ich zu alt und zu dick.«

»Was soll das heißen?«

»Püppchen, mir machst du nichts vor, ich kenne dich, und ich habe eben Master Kennedys Gesicht gesehen und dein Gesicht. Und dein Gesicht kann ich lesen wie der Pfarrer die Bibel, und ich habe dich auch mit ihm über Miß Suellen tuscheln hören, und wenn ich eine Ahnung gehabt hätte, daß du hinter Master Kennedy her bist, wäre ich zu Hause geblieben, wo ich hingehöre.«

»Nun«, sagte Scarlett kurz, kuschelte sich unter die Decke und gab sich darein, daß Mammy von der Spur nicht abzubringen war. »Was dachtest du denn?«

»Kind, gestern hat mir dein Gesicht nicht gefallen, und mir fiel ein, Miß Pitty hatte an Miß Melly geschrieben, daß dieser Schuft von Butler furchtbar viel Geld hat, und was ich höre, vergesse ich nicht. Aber Master Frank, das ist ein Gentleman, auch wenn er nicht so hübsch aussieht.«

Scarlett blickte sie scharf an, und Mammy erwiderte den Blick mit gelassener Allwissenheit.

»Was willst du also nun tun? Bei Suellen schwatzen?«

»Ich will dir helfen, Master Frank Kennedy Freude machen, wo ich immer kann!« Damit stopfte Mammy Scarlett die Decke fest um den Hals herum.

Eine Weile lag Scarlett schweigend da, während Mammy sich im Zimmer zu schaffen machte, erleichtert, daß es zwischen ihnen keiner weiteren Worte bedurfte. Mammy verstand und schwieg. In ihr hatte Scarlett einen Helfer gefunden, der die Dinge noch nüchterner ansah als sie selbst. Aus den rot geäderten weisen alten Augen blickte sie tief und klar – unbeirrbar wie nur der Wilde oder das Kind es vermag, und keinerlei Gewissen focht sie an, wenn ihrem Liebling eine Gefahr drohte. Scarlett war ihr Baby, und was Baby wollte, dazu verhalf Mammy ihm gern, auch wenn es jemand anderem gehörte. Suellens und Franks Rechte kamen ihr nicht in den Sinn. Scarlett war in Not, und Scarlett war Miß Ellens Tochter. Mammy trat, ohne einen Augenblick zu zögern, auf ihre Seite.

Scarlett spürte die stumme Verstärkung, und als der heiße Ziegelstein ihr die Füße wärmte, loderte die Hoffnung hoch auf, die auf dieser kalten Heimfahrt nur matt geglommen hatte. Ein neues lebhaftes Kraftgefühl durchpulste sie mit gewaltigen Schlägen.

»Gib mir den Spiegel, Mammy«, sagte sie.

»Bleib mit den Schultern unter der Decke!« befahl Mammy und reichte ihr den Handspiegel mit einem Lächeln auf den Lippen.

Scarlett schaute sich an. »Ich bin weiß wie ein Gespenst, und mein Haar ist struppig wie ein Pferdeschwanz.«

»Du siehst nicht so hübsch aus, wie du kannst.«

»Regnet es noch?«

»Das weißt du doch.«

»Einerlei, du mußt für mich in die Stadt.«

»Nicht, wenn es so gießt.«

»Doch, sonst gehe ich selbst.«

»Was gibt es denn so Eiliges? Ich finde, du hast heute genug getan.«

»Du mußt mir«, sagte Scarlett und betrachtete sich sorgfältig im Spiegel, »eine Flasche Kölnisch Wasser holen. Du sollst mir das Haar waschen und es mit Kölnisch Wasser spülen. Und kaufe Quittensamengelee zum Glätten.«

»Bei dem Wetter wasche ich dir nicht das Haar, und du gießt dir kein Kölnisches Wasser auf den Kopf wie ein flottes Frauenzimmer, nicht, so lange ich noch Atem in mir habe.«

»Sieh in meinem Portemonnaie nach, hol das Fünfdollarstück heraus und geh damit in die Stadt. Und da du doch einmal in der Stadt bist, könntest du mir auch ein Töpfchen Rouge mitbringen.«

»Was ist das?« fragte Mammy argwöhnisch.

Scarlett begegnete ihrem Blick mit einer Kälte, die sie durchaus nicht empfand. »Einerlei, fordere es.«

»Ich kaufe nichts, wenn ich nicht weiß, was es ist.«

»Farbe ist das, fürs Gesicht. Steh nicht so da und bläh dich auf wie eine Kröte. Geh jetzt.«

»Farbe!« platzte Mammy heraus. »Farbe fürs Gesicht! Du bist ja jetzt so groß, daß ich dir keinen Klaps mehr geben kann. Aber so empört bin ich mein Lebtag noch nicht gewesen, du hast wohl den Verstand verloren! Miß Ellen dreht sich noch im Grabe um. Willst du dir das Gesicht anmalen wie so eine ...«

»Du weißt, daß auch Großmama Robillard sich das Gesicht malte.«

»Ja, und nur einen Unterrock trug und ihn durch Wasser zog, damit er klebte und die Beine zeigte, aber das heißt noch nicht, daß du es auch darfst. Die Zeit war schamlos, als die alte Miß Robillard jung war, aber die Zeiten ändern sich, jawohl ...«

»Himmel noch einmal!« Scarlett fuhr aus dem Bett und warf die Decke zurück. »Du kannst schnurstracks nach Tara zurückfahren!«

»Du kannst mich nicht zurückschicken, wenn ich nicht will«, rief Mammy hitzig. »Ich bleibe einfach hier und geh du wieder zu Bett, und willst du dir jetzt gerade eine Lungenentzündung holen, und leg das Korsett hin, und bei diesem Wetter gehst du nirgends hin, Miß Scarlett! Herrgott, siehst du deinem Vater ähnlich! Marsch ins Bett, Farbe kann und will ich dir nicht kaufen, und ich sterbe ja vor Scham, wenn alle wissen, was für eine du bist, Miß

Scarlett, du siehst so süß und hübsch aus, du brauchst dich nicht anzumalen, nur schlechte Weiber brauchen solches Zeug!«

»Sie erreichen auch etwas damit.«

»Jesus, hör einer an. Sag nicht so etwas Schlechtes, und laß die nassen Strümpfe liegen, und ich will es nicht haben, daß du dir solches Zeug selber kaufst, dann erscheint mir Miß Ellens Geist. Kriech wieder ins Bett, ich gehe schon, vielleicht finde ich einen Laden, wo sie uns nicht kennen.«

Abends bei Elsings, als Fanny glücklich getraut war und der alte Levi und seine Musikanten die Instrumente zum Tanz stimmten, blickte Scarlett fröhlich umher. Es war so aufregend, wieder auf einer Gesellschaft zu sein. Sie freute sich, wie herzlich sie aufgenommen worden war. Als sie an Franks Arm ins Haus trat, hatte sich alles mit Freudenrufen auf sie gestürzt, sie geküßt und ihr die Hand geschüttelt und ihr gesagt, wie schrecklich man sie vermißt hätte und daß sie nie wieder nach Tara zurückkehren dürfe. Die Männer hatten mit ritterlicher Haltung vergessen, was sie vor Zeiten alles getan hatte, um ihnen das Herz zu brechen, und die Mädchen, daß sie nichts unversucht gelassen hatte, um ihnen die Verehrer auszuspannen. Sogar Mrs. Merriwether, Mrs. Whiting, Mrs. Meade und andere alte Damen, die zuletzt so kühl zu ihr gewesen waren, hatten alles Trennende vergessen und dachten nur daran, daß auch Scarlett die gemeinsame Not mit durchlitten hatte und Tante Pittys Nichte und Charles' Witwe war. Sie küßten sie, sprachen liebevoll und tränenreich vom Hinscheiden ihrer armen Mutter und fragten sie nach ihrem Vater und den Schwestern aus. Alle erkundigten sich nach Melanie und Ashley und fragten, warum nicht auch sie nach Atlanta zurückgekehrt seien.

Bei aller Freude über diesen Empfang spürte Scarlett doch ein leises Unbehagen über das Aussehen ihres Samtkleides. Es fühlte sich noch immer feucht an und hatte Flecken am Saum, obwohl Mammy und Cookie es mit dem Dampfkessel und einer sauberen Haarbürste bearbeitet und vor dem offenen Feuer gewaltig hin und her geschwenkt hatten. Scarlett hatte das Gefühl, alle müßten bemerken, daß es nicht trocken war, und daraus schließen, es sei ihr einziges hübsches Kleid. Tröstlich war nur, daß die Kleider der meisten anderen Damen noch schlimmer aussahen. Sie waren alt und sorgsam geflickt. Ihr Kleid war das einzige neue und nicht geflickte auf der ganzen Gesellschaft, außer Fannys Brautkleid aus weißem Atlas.

Sie dachte daran, was Tante Pitty ihr über die Armut Elsings erzählt hatte, und wunderte sich, woher das Geld für das Atlaskleid, für die Erfrischungen, den Zimmerschmuck und die Musik wohl gekommen sein mochte. Eine solche Hochzeit in so schweren Zeiten kam Scarlett ebenso verschwenderisch vor wie die Grabsteine der Tarletons. Die Tage waren vorüber, da das Geld zum Fenster hinausgeworfen werden durfte. Warum hielten die Leute an den Formen der alten Zeit fest, wenn die alte Zeit dahin war!

Aber sie schüttelte die Verstimmung ab. Ihr Geld war es nicht, und sie wollte sich das Vergnügen des Abends nicht dadurch verderben, daß sie sich über die Dummheit der anderen ärgerte.

Es stellte sich heraus, daß sie den Bräutigam gut kannte. Es war Tommy Wellburn aus Sparta, den sie 1863 mit einer Schulterwunde gepflegt hatte. Damals war er ein hübscher junger Kerl von sechs Fuß Größe gewesen und hatte gerade sein Medizinstudium aufgegeben, um bei der Reiterei einzutreten. Jetzt sah er aus wie ein kleiner alter Mann, so gebückt ging er infolge seiner Hüftwunde, das Gehen machte ihm einige Schwierigkeit, und er humpelte, wie Tante Pitty bemerkt hatte, auf wenig schöne Weise. Aber er schien sich gar nichts daraus zu machen oder es vielleicht nicht einmal recht zu wissen. Er hatte alle Hoffnungen aufgegeben, sein Studium fortzusetzen, und arbeitete jetzt als Bauunternehmer mit irischen Arbeitern am Bau des neuen Hotels. Scarlett wunderte sich, daß er in seinem Zustand einen so schweren Beruf ausüben konnte, stellte aber keine Fragen, da sie sich voll Bitterkeit vergegenwärtigte, daß eigentlich alles möglich sei, wenn die Not es verlangte.

Tommy und Hugh Elsing und der kleine affenähnliche René Picard standen um sie herum und unterhielten sich mit ihr, während Stühle und Möbel gegen die Wand geschoben wurden, um für den Tanz Platz zu schaffen. Hugh hatte sich, seitdem Scarlett ihn zuletzt gesehen hatte, nicht verändert. Er war immer noch der magere, empfindsame Junge mit der hellbraunen Haarlocke, die ihm in die Stirn hing, und den zarten, unpraktischen Händen. René war seit dem Urlaub, da er Maybelle Merriwether geheiratet hatte, ein anderer geworden. Immer noch hatte er den gallischen Funken in den schwarzen Augen und die kreolische Lebenslust, aber bei all seinem leichtherzigen Gelächter hatte das Gesicht doch etwas Hartes bekommen, das früher nicht darin gewesen war, und die übertriebene Eleganz, die ihn in seiner auffallenden Zuavenuniform ausgezeichnet hatte, war vollständig verschwunden.

»Wangen wie Rosen und Augen wie Smaragde!« Damit küßte er Scarlett die Hand und huldigte dem Rouge, das sie aufgelegt hatte. »Schön wie damals, als ich Sie zum ersten Male auf dem Basar erblickte, wissen Sie es noch? Ich habe nie vergessen, wie Sie mir Ihren Ehering in den Korb warfen. Nie hätte ich gedacht, daß Sie so lange warten würden, ehe Sie sich einen zweiten Ring an den Finger steckten.«

»Und ich hätte nie gedacht, daß Sie einmal einen Pastetenwagen fahren würden, René Picard«, erwiderte sie. Anstatt sich über seinen unstandesgemäßen Beruf zu schämen, freute er sich offensichtlich, lachte laut auf und schlug Hugh auf den Rücken.

»Getroffen!« sagte er. »Madame Merriwether, die Frau Schwiegermutter, hat es von mir verlangt. Die erste Arbeit, die ich in meinem Leben tue, ich, René Picard, der dazu geschaffen ist, Vollblutpferde zu züchten und Geige zu spielen! Jetzt fahre ich den Pastetenwagen, und es macht mir Spaß. Madame Belle-Mère erreicht von den Männern, was sie will. Wenn sie der General gewesen wäre, dann hätten wir den Krieg gewonnen, was, Tommy?«

»Ein wunderlicher Geschmack«, dachte Scarlett, »mit Vergnügen einen Pastetenwagen zu fahren, wenn seine Familie am Mississippi zehn Quadratmeilen ihr eigen genannt und außerdem ein großes Haus in New Orleans besessen hat!«

»Wenn unsere Schwiegermütter an der Front gewesen wären, hätten wir die Yankees in einer Woche geschlagen«, bestätigte Tommy und ließ die Augen auf die schlanke Gestalt seiner neuen Schwiegermutter hinüberschweifen.

»Wir haben ja nur so lange ausgehalten, weil die Frauen die Sache nicht verlorengeben wollten.«

»Weil sie niemals etwas verlorengeben!« erwiderte ihnen Hugh mit stolzem, aber doch ein wenig schiefem Lächeln. »Hier ist heute abend nicht eine Frau, die sich ergeben hat, einerlei, was die Männer in Appomattox taten, und dabei ist es viel schlimmer für sie, als es für uns war. Wir konnten uns wenigstens im Kämpfen austoben.«

»Und sie im Hassen«, schloß Tommy. »Was, Scarlett? Den Frauen geht es viel näher als uns, wie die Männer heruntergekommen sind. Hugh sollte Richter werden. René sollte in Europa gekrönten Häuptern etwas vorgeigen.« Er duckte sich, als René neben ihm zum Schlage ausholte. »Und ich sollte Arzt werden.«

»Geben Sie uns Zeit«, rief René. »Dann werde ich der Pastetenfürst des Südens! Und mein guter Hugh der Feuerholzkönig, und du, Tommy, hältst dir irische Sklaven statt der schwarzen. Welche Wandlung, was für ein Spaß! Und was ist aus Ihnen geworden, Madame Scarlett, und aus Madame Melanie? Melken Sie Kühe, pflücken Sie Baumwolle?«

»Nein, ganz gewiß nicht«, erwiderte Scarlett kühl und begriff nicht, daß René sich so vergnügt mit dem schweren Dasein abfinden konnte. »Das tun unsere Schwarzen.«

»Madame Melanie hat ihren Sohn ›Beauregard‹ genannt, höre ich? Bestellen Sie ihr, ich, René Picard, fände das schön und außer ›Jesus‹ gäbe es keinen besseren Namen.« Obwohl er lächelte, glühten seine Augen vor Stolz bei dem Namen von Louisianas kühnem Helden.

»Nun, wie wäre es mit ›Robert Edward Lee‹?« meinte Tommy. »Ich gönne dem alten Beau zwar den Ruhm, aber mein erster Junge soll ›Bob Lee Wellburn‹ heißen.«

René lachte und zuckte die Achseln. »Ich will Ihnen einen Witz erzählen, aber es ist eine wahre Geschichte, und Sie sehen daraus, wie wir Kreolen über unseren tapferen Beauregard und Ihren General Lee denken. Im Zuge bei New Orleans traf ein Mann aus Virginia, der unter General Lee gedient hatte, einen Kreolen aus Beauregards Truppen. Der Mann aus Virginia redete und redete, wie General Lee dies getan und jenes getan hätte. Der Kreole machte ein höfliches Gesicht und eine krause Stirn dazu, als suche er sich auf etwas zu besinnen, und endlich sagte er lächelnd: ›General Lee, ach ja, jetzt weiß ich! Ist das nicht der Mann, über den General Beauregard sich lobend geäußert hat?‹«

Scarlett versuchte mitzulachen, aber sie konnte an der Geschichte nichts Witziges finden, höchstens, daß die Kreolen ebenso eingebildet waren wie die Leute aus Charleston und Savannah. Übrigens hatte sie immer gefunden, Ashleys Junge hätte nach seinem Vater heißen sollen.

Als die Musikanten genug gelärmt und gestimmt hatten, setzten sie mit »Old Dan Tucker« ein, und Tommy wandte sich zu Scarlett: »Wollen Sie tanzen? Ich freilich muß mir die Ehre versagen, aber Hugh oder René ...«

»Nein, danke, ich bin noch in Trauer«, sagte Scarlett schnell. »Ich möchte nicht tanzen.«

Sie sah Frank Kennedy in der Menge neben Mrs. Elsing stehen und winkte ihn heran. »Ich setze mich da drüben in den Erker. Wenn Sie mir etwas zu essen bringen wollen, können wir gemütlich miteinander plaudern.«

Als er sich eifrig entfernte, um ihr ein Glas Wein und ein papierdünnes Stückchen Kuchen zu holen, setzte sie sich am Ende des Wohnzimmers in den Erker und legte die Falten ihres Rockes so geschickt, daß man die schlimmsten Stellen nicht sah. Ihr demütigendes Erlebnis mit Rhett am Morgen war wie ausgelöscht durch die Erregung, wieder in Gesellschaft zu sein und Musik zu hören. Morgen würde sie sich über die Schmach, die Rhett ihr angetan, und über Frank Kennedys verwirrtes Herz den Kopf zerbrechen, aber nicht heute abend. Heute abend war sie lebendig bis in die Fingerspitzen, ihre Augen funkelten, und alle Sinne waren voll froher Erwartung.

Aus dem Erker überblickte sie den riesigen Salon, beobachtete die Tänzer. Wie schön war früher das Zimmer gewesen! Der Parkettfußboden hatte wie Glas geglänzt, der Kronleuchter hatte mit seinen unzähligen Prismen jeden Strahl der vielen Kerzen, die er trug, zurückgeworfen und als glitzernde Diamanten im Zimmer verstreut. Die alten Porträts an den Wänden hatten würdig mit der gastfreundlichen Miene alter Zeiten auf die Gäste herabgeschaut. Das größte der weichen Sofas aus Rosenholz hatte in dem Erker gestanden, wo sie jetzt saß. Es war immer ihr Lieblingsplatz gewesen. Von hier aus hatte man den Blick über den Salon und über das Eßzimmer mit dem ovalen Mahagonitisch, an dem zwanzig Gäste Platz hatten, auf den schweren Anrichtetisch und das Büfett mit dem gewichtigen Silber, den siebenarmigen Leuchtern, den Pokalen, Kannen und Gläsern. Im ersten Kriegsjahr hatte Scarlett hier oft gesessen, immer einen eleganten Offizier neben sich, hatte der Geige, dem Akkordeon und dem Banjo zugehört und das aufregende Schurren der tanzenden Füße an sich vorbeiziehen lassen.

Heute gab der Kronleuchter kein Licht. Er war verbogen, und die meisten Prismen waren zerbrochen, denn die Yankees hatten ihn als Zielscheibe für ihre Stiefel benutzt. Heute brannte nur eine Öllampe und einige wenige Kerzen, und das Feuer im Kamin trug das meiste zur Erleuchtung des Zimmer bei. In seinem Licht trat die hoffnungslose Verschrammtheit des alten Fußbodens hervor. Auf der verblichenen Tapete waren noch die Vierecke, wo früher die Porträts gehangen hatten, zu sehen, und breite Spalten im Stuck mahnten an die Granate, die über dem Hause geplatzt und Teile des Daches und des zweiten Stocks weggerissen hatte. Der schwere alte Mahagonitisch mit dem Kuchen und den Weinkannen darauf war immer noch das Hauptstück des leeren Raumes, aber auch er war verschrammt, und die zerbrochenen Beine waren ungeschickt ausgebessert worden. Die Anrichte, das Silber und die feinen gedrechselten Stühle waren verschwunden, verschwunden waren die altgoldenen Damastvorhänge an den hohen Glastüren, und nur ein Rest der Spitzengardine, sauber ausgeflickt, war geblieben.

An der Stelle des geschweiften Sofas stand jetzt eine harte, nicht allzu bequeme Bank. Scarlett setzte sich mit möglichst viel Anmut und Leichtigkeit darauf und wünschte, ihr Rock wäre in einem Zustand, der ihr das Tanzen erlaubte. Es täte so gut, einmal wieder zu tanzen. Aber natürlich konnte sie mit Frank in dieser Abgeschiedenheit weiter kommen als in einem atemlosen Galopp. Hier konnte sie gespannt seinen Schilderungen zuhören und ihn zu immer unüberlegteren Ergüssen ermuntern.

Wahrhaftig, die Musik war einladend. Sehnsüchtig klappte sie mit dem Schuh den Takt um die Wette mit dem großen Plattfuß des alten Levi, der schrill das Banjo schlug und die Figuren der Quadrille aufrief:

»Ole Dan Tucker trank sich eins an!
(Partner jetzt drehen!)
Purzelt ins Feuer der arme Mann!
(Schleifen die Damen!)«

Nach den öden, aufreibenden Monaten in Tara war es so wohltuend, wieder Musik und das Geräusch tanzender Füße zu hören. Es war, als wäre man tot gewesen und stünde wieder auf. Fast schien es, als seien die frohen Tage von ehemals wieder da. Wenn Scarlett die Augen schloß, konnte sie sich fast einbilden, es habe sich nichts geändert. Wenn sie dann aber aufblickte und die alten Herren im Eßzimmer beim Wein beobachtete, die verheirateten Frauen, die längs den Wänden saßen und nicht mehr den Fächer, sondern die Hand vor den Mund hielten, wenn sie miteinander sprachen, die trippelnden jungen Tänzer, dann kam es plötzlich kalt und erschreckend über sie, daß es alles anders geworden war, als wären die vertrauten Gesichter Gespenster. Lag das alles nur daran, daß sie fünf Jahre älter geworden war? Nein, es war mehr als die Wirkung der verronnenen Zeit. Etwas war aus ihrer ganzen Welt entwichen. Vor fünf Jahren hatte ein Gefühl der Sicherheit sie alle zusammen umhegt, in seinem Schutz hatten sie geblüht. Mit ihm war der Zauber des ganzen alten Lebensstils dahin. Gewiß, auch Scarlett hatte sich verändert, aber ihre Verwandlung war anders als die der andern, und das beunruhigte sie. Sie beobachtete sie und fühlte sich fremd unter ihnen, als käme sie aus einer anderen Welt und spräche eine Sprache, die niemand verstand. Aber das war ja dasselbe Gefühl, das sie Ashley gegenüber hatte. Bei ihm und anderen Leuten seiner Art fühlte sie sich ausgeschlossen von etwas, das sie nicht verstand. Ihre Gesichter und ihr Benehmen hatten sich kaum geändert. Eine Würde, die an kein Alter gebunden war, eine zeitlose Ritterlichkeit haftete ihnen immer noch an. Aber eine unstillbare Bitterkeit, die sie mit ins Grab nehmen würden, zu tief, um sie in Worten auszudrücken, hatte sich dazu gesellt. Es war ein leise sprechendes, verbittertes, müdes Geschlecht, das geschlagen war und die Niederlage nicht zugeben wollte, das gebrochen war und doch immer noch aufrecht stand. Sie waren vernichtet und hilflos, die Bewohner eines eroberten Landes. Sie sahen ihre Heimat von Feinden zertreten, ihre Gesetze von Eindringlingen geschändet. Die früheren Sklaven wurden unverschämt, die Männer waren des Stimmrechts beraubt, und die Frauen wurden beleidigt. Und sie dachten an zahllose Gräber.

Alles hatte sich geändert, nur die alten Formen nicht. Sie mußten erhalten werden, denn außer ihnen war nichts geblieben. Die Menschen hielten fest an dem, was ihnen das Vertrauteste und Liebste war, an ihrer gelassenen Art, ihrer Höflichkeit, dem angenehmen Obenhin ihrer Beziehungen und vor allem an der schützenden Ritterlichkeit, die die Männer den Frauen gegenüber bewahrten. Fast gelang es ihnen, den Anschein zu erwecken, als könnten sie immer noch die Damen vor allem Rohen beschützen, was nicht vor das Auge einer Frau gehörte. Scarlett fand das die Höhe der Lächerlichkeit. Es gab nur noch wenig, was nicht auch den verwöhntesten Frauen in diesen fünf Jahren widerfahren wäre. Sie hatten die Verwundeten gepflegt und den Sterbenden die Augen zugedrückt, sie hatten die Leiden des Krieges, der Feuersbrunst und der Zerstörung erfahren, sie hatten Entsetzen, Flucht und Hunger kennengelernt.

Aber einerlei, was sie mit Augen gesehen und mit den Händen verrichtet hatten und noch verrichten mußten, sie blieben vornehme Damen und Herren, Könige im Exil – verbittert, unnahbar und zurückhaltend, voller Güte gegeneinander und dabei hart wie Diamanten und so glashell und spröde wie die Kristalle an den zerbrochenen Kronleuchtern über ihren Köpfen. Die alten Zeiten waren vergangen, aber diese Menschen gingen ihren Weg weiter, als wären die alten Zeiten noch da, in der leichten Haltung der Muße, entschlossen, nicht dem Gelde nachzujagen wie die Yankees, entschlossen, nichts von der alten Art aufzugeben.

Scarlett wußte, daß auch sie sich sehr verändert hatte. Sonst hätte sie all das nicht tun können, was sie seit ihrem letzten Aufenthalt in Atlanta getan hatte. Sonst hätte das nicht für sie in Betracht kommen können, was sie jetzt so verzweifelt wünschte. Aber zwischen der Härte der andern und ihrer eigenen war ein Unterschied, welcher, konnte sie im Augenblick nicht feststellen. Vielleicht bestand er darin, daß es für sie nichts gab, was sie unter keinen Umständen tun würde, und für die andern so vieles, was sie um keinen Preis tun würden, und wenn es sie das Leben kostete. Vielleicht auch darin, daß sie keine Hoffnung mehr hatten und mit lächelnder Miene das Leben an sich vorüberziehen ließen. Das aber konnte Scarlett nicht.

Sie konnte nicht das Leben an sich vorbeigehen lassen. Sie mußte es leben, und es war zu unbarmherzig, zu feindlich, als daß sie auch nur hätte versuchen können, es mit einem Lächeln zu beschönigen. Den liebenswürdigen Mut und den unerschütterlichen Stolz ihrer Freunde erkannte Scarlett nicht. Sie sah nur eine törichte Halsstarrigkeit, die wohl die Tatsachen zur Kenntnis nahm, aber sich lächelnd weigerte, ihnen ins Gesicht zu sehen.

Als sie den Tänzern zuschaute und ihre vom Tanz erhitzten Gesichter sah, fragte sie sich, ob nicht die gleichen Dinge, von denen sie selbst sich gehetzt fühlte, auch jene vorwärts trieben: die toten Liebsten, die verkrüppelten Gatten, die hungrigen Kinder, die Felder, die ihren Händen entglitten, das geliebte Heim, in dem nun Fremde wohnten. Natürlich fühlten sie das alles auch! Scarlett kannte ihr Verhältnisse kaum weniger gründlich als die eigenen. Die gleichen Verluste hatten sie erlitten, die gleichen Entbehrungen, und mit den gleichen Schwierigkeiten hatten sie sich herumgeschlagen. Aber das alles hatte eine andere Wirkung auf sie gehabt. Die Gesichter, die sie vor sich sah, waren keine Gesichter, sondern Masken, ausgezeichnete Masken, die niemals abfielen.

Wenn jene aber unter den grausamen Umständen ebenso schmerzlich zu leiden hatten wie sie – und das hatten sie –, wie konnten sie sich dann so fröhlich, so leichtherzig geben? Warum wollten sie so scheinen? Das ging über Scarletts Horizont und ärgerte sie wohl auch ein wenig. Sie konnte nicht wie diese Menschen sein und dem Untergang einer Welt gleichmütig zusehen, als ginge es sie nichts an. Sie fühlte sich gejagt wie ein Fuchs und floh mit zerspringendem Herzen, um sich in den Bau zu retten, ehe die Hunde über sie herfielen.

Plötzlich haßte sie sie alle, weil sie anders waren als sie selbst und ihren Verlust mit einer Haltung trugen, die sie nicht aufbringen konnte und wollte. Sie haßte diese lächelnden, leichtfüßigen Fremden, diese stolzen Narren, die auf etwas stolz waren, was sie verloren hatten, ja anscheinend stolz darauf waren, daß sie es verloren hatten. Die Frauen blieben Damen, obwohl Magdarbeit ihr täglich Brot war und sie nicht wußten, woher das nächste Kleid nehmen. Scarlett aber konnte sich nicht als Dame fühlen, trotz ihrem Samtkleide und ihrem duftenden Haar, trotz der vornehmen Abstammung, auf die sie pochen konnte, und dem Reichtum, den sie einst besessen hatte. Die rauhe Berührung mit der roten Erde von Tara hatte alle Vornehmheit von ihr abgestreift. Sie würde sich nicht als Dame fühlen, bis ihr Tisch wieder mit Silber und Kristall beladen war und würzige Speisen darauf dampften, bis sie ihre eigenen Pferde im Stall und einen eigenen Wagen hatte, bis schwarze Hände und nicht weiße die Baumwolle von Tara pflückten. Dies war der Unterschied! Die Dummköpfe sahen nicht ein, daß man ohne Geld keine Dame sein konnte!

Aber als ihr dies aufging, blieb ihr dennoch irgendwie bewußt, daß die andern mit ihrer Haltung, so töricht sie schien, doch recht hatten. Ellen hätte das auch gefunden. Das beunruhigte sie. Eigentlich sollte sie gleichfalls des inbrünstigen Glaubens leben, daß eine geborene Dame auch in der Armut Dame bleibe. Aber sie vermochte es nicht. In diesem einen Punkt hatten die Yankees recht, auch wenn sie sonst überall irrten; es gehörte Geld dazu, Dame zu sein. Ellen hätte sich auch der äußersten Armut nie geschämt, aber Scarlett schämte sich, weil sie wirkliche Not litt und Negerarbeit tun sollte. Warum strebten diese stolzen Narren nicht vorwärts, strengten jeden Nerv an und setzten selbst die Ehre und den guten Namen aufs Spiel, um wieder zu gewinnen, was sie verloren hatten! Vielen von ihnen schien es immer noch unter jeder Würde, dem Gelde nachzujagen. Sie hielten alles ungeschminkte Geldverdienen, ja schon ein Gespräch über Geld für unvornehm. Freilich gab es Ausnahmen. Mrs. Merriwether und ihre Bäckerei, René, der einen Pastetenwagen fuhr, Hugh Elsing, der Feuerholz spaltete und an den Türen feilbot, Tommy, der als kleiner Bauunternehmer arbeitete, und Frank, der den Mut hatte, einen Laden zu eröffnen. Aber wie sah es mit den anderen aus? Die Pflanzer bebauten ein paar Morgen und fristeten ein kümmerliches Leben. Die Anwälte und Ärzte warteten auf Klienten und Patienten, die nicht kamen; und all die übrigen, die in sorgloser Muße von ihren Einkünften gelebt hatten? Was wurde aus ihnen?

Nein, Scarlett wollte nicht geduldig darauf warten, daß ihr ein Wunder zu Hilfe käme. Ihr Vater hatte als armer Einwanderer angefangen und Taras weite Felder erworben. Was er getan hatte, konnte seine Tochter auch. Sie nahm nicht mit dem Stolz vorlieb, eine Sache, die jedes Opfer wert war, verloren zu haben. Jene schöpften Mut aus der Vergangenheit, sie aber schöpfte ihn aus der Zukunft. Für den Augenblick war Frank Kennedy ihre Zukunft. Er hatte einen Laden und bares Geld, und wenn es ihr gelang, ihn und sein Geld zu heiraten, konnte sie Tara ein weiteres Jahr halten. Alsdann mußte er die Sägemühle kaufen. Sie sah ja mit eigenen Augen, wie rasch die Stadt wieder aufgebaut wurde und daß ein Holzhandel eine Goldgrube sein mußte.

Aus den dunklen Tiefen ihres Gedächtnisses stiegen die Worte wieder auf, die Rhett in den ersten Kriegsjahren von seinem Geld gesagt und die sie damals nicht verstanden hatte: »Aus dem Untergang einer Kultur läßt sich ebensoviel Geld machen wie aus dem Aufbau einer neuen.« Diesen Untergang hatte er vorausgesehen, und er hatte recht. Noch jetzt konnte man viel Geld machen, wenn man keine Angst hatte zu arbeiten oder zuzugreifen.

Mit einem Glase Brombeerwein in der einen und einem Stück Kuchen auf einer Untertasse in der anderen Hand kam Frank auf sie zu, und sie zwang sich zu einem Lächeln. Auf die Frage, ob Tara eine Heirat mit Frank lohne, verfiel sie nicht mehr. Sie wußte, daß es lohnte, und weitere Gedanken verschwendete sie nicht daran.

Sie lächelte zu ihm empor, als sie an dem Wein nippte, und wußte, daß ihre Wangen ein schöneres Rot aufwiesen als die der Tänzer. Sie raffte den Rock zusammen, um Frank neben sich Platz zu machen, und wedelte lässig mit dem Taschentuch, damit ihm der Duft des Kölnischen Wassers in die Nase dränge. Sie war sehr stolz darauf, denn niemand sonst im Zimmer hatte Parfüm, und Frank hatte es bemerkt. In einem Anfall von Kühnheit hatte er ihr zugeflüstert, sie sei so rosig und dufte so süß wie eine Rose.

Wäre er nur nicht so schüchtern! Er erinnerte sie an ein scheues altes Feldkaninchen. Hätte er nur etwas von der glühenden Leidenschaftlichkeit der Tarletonschen Jungens oder etwas von Rhett Butlers grober Unverfrorenheit! Dann freilich besäße er auch den Spürsinn, die Verzweiflung zu wittern, die unmittelbar hinter ihren züchtig auf und nieder schlagenden Lidern lauerte. Aber er kannte die Frauen so wenig, daß er nichts von dem ahnte, was in ihr vorging. Das war ihr Glück, aber ihre Achtung vor ihm wuchs nicht.

XXXVI

VIERZEHN TAGE DARAUF HEIRATETE SIE FRANK KENNEDY, NACHdem er ihr so stürmisch den Hof gemacht hatte, daß sie ihm errötend gestand, es benähme ihr den Atem und sie vermöchte seiner Glut nicht länger zu widerstehen.

Er wußte nicht, daß sie in diesen zwei Wochen Nacht für Nacht zähneknirschend auf und ab gegangen war, weil er ihre ermunternden Winke gar zu langsam begriff, und daß sie gebetet hatte, kein Brief von Suellen möge ihn zur Unzeit erreichen und ihre Pläne durchkreuzen. Sie dankte Gott dafür, daß ihre Schwester eine so nachlässige Briefschreiberin war, die zwar von Herzen gern einen Brief bekam, ihn aber nur sehr ungern beantwortete. Die Möglichkeit jedoch, daß sie es gerade jetzt einmal tat, drohte bis zur letzten Minute … bis zur letzten Minute, und damit quälte sie sich in den langen Nachtstunden, während sie auf dem kahlen Fußboden ihres Schlafzimmers, Ellens verblichenen Schal über dem Nachthemd fest um die Schultern gewickelt, auf und ab wanderte. Frank wußte nicht, daß sie einen wortkargen Brief von Will bekommen hatte, in welchem stand, Jonas Wilkerson sei zum zweitenmal auf Tara erschienen, und als er von Scarletts Reise nach Atlanta erfahren habe, sei er so unverschämt geworden, daß Ashley und Will ihn mit Gewalt hätten hinauswerfen müssen. Wills Brief hämmerte ihr nochmals ein, was sie nur allzugut wußte: daß die Zeit immer kürzer wurde, bis der Steuerzuschlag fällig wurde. Eine ingrimmige Verzweiflung trieb sie vorwärts, indes die Tage dahinflogen. Am liebsten hätte sie das Stundenglas selbst in die Hand genommen und den Sand zurückgehalten, daß er nicht hinabrinne.

Aber sie verbarg ihre Gefühle so geschickt und spielte ihre Rolle so vortrefflich, daß Frank keinen Verdacht schöpfte und nichts anderes sah als das, was sie ihm vorspielte – die hübsche, hilflose junge Witwe Charles Hamiltons, die ihn Abend für Abend in Miß Pittys Salon begrüßte und in atemloser Bewunderung zuhörte, wenn er von seinen Zukunftsplänen erzählte. Ihr herzliches Mitgefühl und ihre lebhafte Anteilnahme an allem, was er äußerte, waren Balsam auf die Wunde, die Suellens vermeintliche Untreue ihm geschlagen hatte. Eine schmerzliche Betroffenheit über das Verhalten seiner Verlobten erfüllte sein Herz, und tief verwundet war seine Eitelkeit, die scheue, empfindliche Eitelkeit eines alternden Junggesellen, der weiß, daß er nichts Anziehendes für Frauen hat. Der Gedanke, an Suellen zu schreiben und ihr Vorwürfe zu machen, war ihm schrecklich. Aber er konnte sein Herz dadurch erleichtern, daß er mit Scarlett über sie sprach. Ohne sich unschwesterlich über Suellen zu äußern, konnte sie ihm doch sagen, wie gut sie seinen

Kummer verstehe und welch liebevolle Behandlung er von einer Frau verdiene, die ihn wirklich zu würdigen wisse. Die kleine Mrs. Hamilton war ein so hübsches rotwangiges Persönchen, das abwechselnd über ihre traurige Lage gar schwermütig seufzte und dann lustig und lieblich wie zierliche Silberglocken lachte, wenn er einen kleinen Spaß machte, um sie aufzumuntern. In ihrem grünen Kleid, das Mammy jetzt wieder völlig gesäubert hatte, kam ihre schlanke Figur mit der zierlichen Taille auf das reizendste zur Geltung, und der feine Duft, der ihrem Taschentuch und ihrem Haar entströmte, war berückend. Es war eine Schande, daß eine so hübsche kleine Frau allein und hilflos in der rauhen Welt stehen sollte, deren Erbarmungslosigkeit sie nicht erkannte, ohne Mann und Bruder, ja ohne Vater, sie zu beschützen. Frank erschien diese Welt als ein allzu unwirtlicher Aufenthalt für eine einsame Frau, und darin stimmte Scarlett von Herzen, wenn auch stillschweigend, mit ihm überein.

Er kam jeden Abend. Die Atmosphäre in Tante Pittys Haus war wohltuend. Mammy empfing ihn an der Haustür mit dem Lächeln, das sie nur wenigen Bevorzugten gönnte. Pitty versorgte ihn mit Kaffee, dem sie einen Schuß Branntwein hinzufügte, und Scarlett schien jedes Wort aus seinem Munde zu verschlingen. Manchmal nahm er sie nachmittags im Wagen mit auf seine Geschäftswege. Das waren lustige Fahrten, weil sie so viele dumme Fragen stellte – »echt weibliche«, sagte er sich mit Befriedigung. Er mußte über ihre Unwissenheit in Geschäften lachen; sie aber lachte mit und sagte: »Sie können nicht von einer dummen kleinen Frau wie mir erwarten, daß sie sich auf die Angelegenheiten der Männer versteht.«

Ihr gegenüber hatte er zum erstenmal in seinem altjüngferlichen Dasein das Gefühl, er sei ein starker, aufrechter Mann, von Gott edler geschaffen als andere Männer, damit er hilflose Frauen beschütze.

Als sie schließlich zusammen vor dem Altar standen, ihre kleine Hand vertrauensvoll in der seinen, während ihre niedergeschlagenen Wimpern dichte schwarze Halbkreise auf ihre rosigen Wangen zeichneten, wußte er immer noch nicht, wie es eigentlich zugegangen war. Er wußte nur, daß er zum erstenmal in seinem Leben etwas romantisch Aufregendes getan hatte. Er, Frank Kennedy, hatte dieses entzückende Wesen hingerissen und in seinen starken Armen aufgefangen. Es war ein berauschendes Gefühl.

Kein Freund, kein Verwandter war bei ihrer Trauung zugegen. Die Trauzeugen waren Fremde, die von der Straße hereingerufen waren. Darauf hatte Scarlett bestanden, und er hatte widerstrebend nachgegeben. Er hätte gern seine Schwester und seinen Schwager dabeigehabt, und ein Empfang in Miß Pittys Salon im fröhlichen Freundeskreis mit Tischreden auf die Braut hätte ihn glücklich gemacht. Scarlett aber wollte nicht einmal erlauben, daß Pitty kam. »Nur wir beide, Frank«, bettelte sie und drückte ihm zärtlich den Arm. »Es soll wie eine Entführung sein. Ich habe mir immer gewünscht, mit jemandem durchzugehen und dann zu heiraten. Geliebter, ich bitte dich, mir zuliebe.«

Das zärtliche Wort, das seinem Ohr noch so neu war, und die hellen Tränen, die aus ihren grünen Augen perlten, als sie flehend zu ihm aufschaute, gaben den Ausschlag. Schließlich mußte der Mann seiner Braut Zugeständnisse machen, besonders was die Form der Hochzeit betraf, denn die Frauen legten ja so viel Wert auf Sentimentalitäten.

Und ehe er es sich versah, war er verheiratet.

Nicht eben gern, weil damit seine Hoffnung, die Sägemühle sofort zu kaufen, zerbrach, aber verwirrt durch ihr süßes Drängen, gab er ihr die dreihundert Dollar. Er konnte es nicht dahin kommen lassen, daß ihre Familie Tara räumen mußte. Seine Enttäuschung verlor sich, als er sie vor Glück strahlen sah, und verschwand völlig bei ihrer liebevollen Art, seine Großmut anzuerkennen. Noch nie hatte eine Frau so viel Aufhebens um ihn gemacht, und so fand er schließlich doch, daß das Geld gut angewandt wäre.

Scarlett schickte Mammy sofort nach Tara mit dem dreifachen Auftrag, Will das Geld zu geben, ihre Heirat mitzuteilen und Wade nach Atlanta zu bringen. Nach zwei Tagen bekam sie ein paar kurze Zeilen von Will, die sie nicht aus der Hand gab und mit großer Freude immer wieder las. Will schrieb, die Steuern seien bezahlt und Jonas Wilkerson habe ein recht saures Gesicht dazu gemacht, aber bisher nicht weiter gedroht. Will schloß mit einem unbestimmten Glückwunsch. Sie wußte, er hatte sie verstanden und zollte ihr weder Lob noch Tadel. Aber was wohl Ashley dachte, fragte sie sich fieberhaft. »Was muß er jetzt von mir halten, nach alledem, was ich ihm vor so kurzer Zeit im Obstgarten auf Tara gesagt habe?«

Sie bekam auch einen Brief von Suellen in mangelhafter Orthographie voll wilder Schmähungen, von Tränen verwischt, so giftig und so wahr in dem Urteil über ihren Charakter, daß sie ihn nie vergaß und der Schreiberin nie verzieh. Aber Suellens Worte konnten ihre Freude darüber nicht trüben, daß Tara nun wenigstens aus der unmittelbaren Gefahr gerettet war.

Es ging ihr nicht leicht ein, daß jetzt Atlanta und nicht mehr Tara ihr ständiger Wohnsitz war. In ihrem verzweifelten Bestreben, das Geld aufzutreiben, hatte einzig und allein der Gedanke an Tara und das ihm drohende Schicksal in ihr Platz gehabt. Noch bei ihrer Hochzeit hatte sie mit keinem Gedanken daran gedacht, daß sie die Sicherheit ihrer Heimat mit der eigenen dauernden Verbannung bezahle. Nun war es geschehen, und nun kam ihr die

Erkenntnis und damit ein Heimweh, das schwer zu überwinden war. Aber sie wollte die Folgen ihres Tuns auch tragen. Sie war Frank so dankbar dafür, daß er Tara gerettet hatte, daß sie eine warme Zuneigung für ihn fühlte und von Herzen den Vorsatz gefaßt hatte, es solle ihn nie gereuen, sie geheiratet zu haben.

Die Damen von Atlanta kannten die Angelegenheiten ihrer Nachbarn kaum weniger als die eigenen und fanden sie viel interessanter. Man wußte allgemein, daß Frank Kennedy und Suellen O'Hara seit langem miteinander einig waren. Er hatte schon geäußert, er habe die Absicht, im Frühling zu heiraten. Es war also nicht zu verwundern, daß auf die Nachricht, er habe in der Stille Scarlett geheiratet, ein Sturm von Klatsch und Mutmaßungen folgte. Mrs. Merriwether, die immer dafür sorgte, daß ihre Neugier nicht lange unbefriedigt blieb, fragte ihn auf den Kopf zu, was er sich dabei denke, die eine Schwester zu heiraten, wenn er mit der andern verlobt sei. Als einzige Antwort, berichtete sie Mrs. Elsing, habe er sie nur dumm angesehen. Aber nicht einmal die beherzte Mrs. Merriwether wagte es, Scarlett auf die Sache anzusprechen. Zwar machte sie in diesen Tagen einen ehrbaren und lieben Eindruck, aber in ihren Augen war eine Genugtuung zu lesen, die die anderen ärgerte und die doch niemand zu stören wagte.

Sie wußte, daß Atlanta über sie herzog, aber sie kehrte sich nicht daran. Tara war gerettet, und nun mochten die Leute reden. Sie hatte zuviel anderes im Kopf. Das wichtigste war nun, Frank schonend beizubringen, daß sein Laden mehr abwerfen müßte. Nach dem Schreck, den Jonas Wilkerson ihr eingejagt hatte, fand sie keine Ruhe mehr, solange sie und Frank nicht einiges Geld liegen hatten. Aber auch, wenn kein Notfall eintrat, mußte Frank mehr Geld verdienen, damit sie genug für die Steuern des nächsten Jahres zurücklegen konnte. Außerdem ließ sie nicht los, was Frank über die Sägemühle gesagt hatte. Eine Mühle mußte viel einbringen, da unerhörte Preise für Holz bezahlt wurden, und es wurmte sie, daß Franks Geld nicht für die Steuern und den Kauf der Mühle obendrein ausgereicht hatte. Sie beschloß, daß der Laden unter allen Umständen mehr Geld abwerfen müsse, und das schleunigst, damit Frank die Mühle kaufen konnte, ehe ein anderer sie ihm wegschnappte.

Wäre sie ein Mann, so wollte sie die Mühle schon bekommen. Könnten sie nicht eine Hypothek auf den Laden aufnehmen, um das Geld flüssig zu machen? Aber als sie am Tage nach ihrer Hochzeit behutsam damit herausrückte, lächelte Frank nur und empfahl ihr, sich das hübsche Köpfchen nicht mit Geschäften zu beschweren. Es überraschte ihn, daß sie überhaupt wußte, was eine Hypothek war, und im ersten Augenblick belustigte es ihn. Aber seine Lustigkeit verging ihm rasch, und in den ersten Tagen seiner Ehe erschrak er nicht wenig. Einmal hatte er ihr unvorsichtigerweise erzählt, gewisse Leute [er hütete sich, Namen zu nennen] wären ihm Geld schuldig, könnten aber im Augenblick nicht zahlen, und es widerstrebe ihm natürlich, alte Freunde und Leute aus guter Familie zu drängen. Er sollte bald bereuen, je davon gesprochen zu haben, denn sie kam immer wieder darauf zurück. Mit reizendster Kindermiene erklärte sie ihm, sie sei nur so neugierig, und er müsse ihr erzählen, wer ihm Geld schuldig sei und wieviel. Frank aber hatte immer Ausflüchte, hustete nervös, winkte mit der Hand ab und ärgerte sie immer wieder mit seinen Bemerkungen über ihr hübsches Köpfchen.

Allmählich dämmerte es ihm, daß dieses hübsche Köpfchen zugleich ein sehr guter Kopf für Zahlen war, ja, ein viel besserer als sein eigener, und diese Erkenntnis beunruhigte ihn. Er war wie vom Donner gerührt, als er dahinterkam, daß sie so geschwind wie der Wind eine lange Zahlenreihe im Kopf addieren konnte, während er Papier und Bleistift brauchte, sobald es sich um mehr als drei Ziffern handelte. Brüche bereiteten ihr nicht die geringste Schwierigkeit. Er sah eigentlich etwas Unschickliches darin, daß eine Frau sich auf Bruchrechnung und geschäftliche Dinge verstand und meinte, eine mit so unweiblichen Fähigkeiten ausgestattete Frau sollte lieber so tun, als habe sie sie nicht. Jetzt redete er mit ihr über Geschäfte ebenso ungern, wie er es vor der Heirat gern getan hatte. Damals hatte er gemeint, das alles gehe über ihren Horizont, und hatte seine Freude daran gehabt, ihr dies und jenes zu erklären. Nun erkannte er, daß sie alles nur zu gut verstand, und entrüstete sich wie alle Männer über die Doppelzüngigkeit der Frauen. Wie alle Männer war er enttäuscht, als er sehen mußte, daß eine Frau Verstand hatte.

Nie bekam jemand zu wissen, wann Frank in seiner Ehe erfuhr, daß Scarlett ihn getäuscht hatte. Vielleicht dämmerte ihm die Wahrheit, als Tony Fontaine sichtlich ahnungslos in Geschäften nach Atlanta kam. Unmittelbarer vielleicht erfuhr er es aus Briefen seiner Schwester in Jonesboro, die sich über seine Heirat höchlichst wunderte. Ganz gewiß erfuhr er es nicht von Suellen selbst. Sie schrieb ihm nie wieder, und natürlich konnte er ihr brieflich nichts erklären. Was sollten auch Erklärungen noch frommen, nachdem er geheiratet hatte? Immerhin folterte ihn der Gedanke, daß Suellen nie die Wahrheit erfahren und immer denken würde, er habe sie ohne jeden Grund sitzenlassen. Wahrscheinlich dachten das alle und verurteilten ihn deswegen. Er hatte nicht die Möglichkeit, sich reinzuwaschen. Ein Mann konnte doch nicht überall herumerzählen, er habe wegen einer Frau den Kopf verloren, und ein Gentleman konnte nicht öffentlich bekanntmachen, daß seine Frau ihn mit einer Lüge eingefangen habe.

Scarlett war seine Frau und hatte ein Recht darauf, daß er unter allen Umständen zu ihr hielt. Im übrigen konnte er einfach nicht glauben, daß sie ihn kalt und ohne jede Neigung geheiratet hatte. Solchen Gedanken ertrug seine männliche Eitelkeit nicht. Da war noch die Auffassung angenehmer, sie habe sich so plötzlich in ihn verliebt, daß sie auch eine Lüge nicht gescheut hatte, um ihn zu bekommen. Aber es war doch sehr schwer, aus alledem klug zu werden. Er wußte, daß er für eine Frau, die halb so alt war wie er und obendrein hübsch und klug, kein sonderlich ansehnlicher Fang war. Aber Frank war ein Gentleman und behielt seine Zweifel für sich. Scarlett war seine Frau, er durfte sie nicht mit verfänglichen Fragen beleidigen, die ohnehin zu nichts führen konnten.

Zudem hatte er keineswegs den Wunsch, das Geschehene ungeschehen zu machen, denn seine Ehe ließ sich auf das glücklichste an. Scarlett war eine reizende, prickelnde Frau, vollkommen in allem, wenn sie nur nicht so sehr ihren eigenen Kopf gehabt hätte. Schon früh lernte Frank in seiner Ehe, daß das Leben höchst angenehm war, wenn er seiner Frau ihren Willen ließ. Dann war sie froh wie ein Kind, lachte fortwährend, machte dumme kleine Witze, saß ihm auf dem Knie und zupfte ihn am Bart, bis er hätte schwören können, zwanzig Jahre jünger zu sein. Seine Schuhe standen am Kamin, wenn er abends heimkam, sie war liebevoll besorgt wegen seiner nassen Füße und seines endlosen Schnupfens und dachte daran, daß er besonders gern Hühnermagen aß und drei Löffel Zucker in den Kaffee nahm. Ja, es lebte sich gar süß und behaglich mit Scarlett ... solange er ihr ihren Willen ließ.

Nach vierzehntägiger Ehe bekam Frank die Grippe, und Dr. Meade schickte ihn ins Bett. Im ersten Kriegsjahr hatte er schon einmal zwei Monate mit Lungenentzündung im Lazarett gelegen und sich seither immer vor einem neuen Anfall gefürchtet. Er war deshalb heilfroh, als er unter drei Dekken lag und die heißen schweißtreibenden Tränke zu sich nahm, die Mammy und Tante Pitty ihm stündlich brachten.

Die Krankheit zog sich hin, und Frank wurde immer besorgter um seinen Laden. Ein junger Gehilfe vertrat ihn und kam allabendlich, um über die Umsätze des Tages zu berichten. Aber Frank war nicht befriedigt. Er klagte darüber so viel, bis Scarlett, die auf eine solche Gelegenheit nur gewartet hatte, ihm ihre kühle Hand auf die Stirn legte und sagte: »Lieber, ich werde böse, wenn du dich so aufregst. Ich gehe selber und sehe nach dem Rechten.«

Sie ging, nachdem sie lächelnd seine Einwände zum Schweigen gebracht hatte. In den drei Wochen ihrer jungen Ehe war sie fieberhaft beschäftigt gewesen, die Bücher einzusehen und herauszubekommen, wie die Geschäfte standen. Was für ein Glück, daß er im Bett liegen mußte!

Der Laden lag in der Nähe von Five Points. Sein neues Dach stach grell von den verräucherten alten Mauern ab, hölzerne Sonnendächer beschatteten den Fußsteig bis zur Straßenkante, und an den langen Eisenstangen, die die

Pfosten miteinander verbanden, waren Pferde und Maultiere angebunden. Drinnen im Laden sah es ungefähr wie in Bullards Laden in Jonesboro aus. Nur saßen keine Müßiggänger um den rotglühenden Ofen und spien Tabaksaft in die Sandnäpfe. Der Laden war größer als der Bullardsche und viel dunkler. Die hölzernen Sonnendächer ließen kaum etwas von dem winterlichen Tageslicht herein. Drinnen war es dämmerig, und nur von den Seitenwänden droben kam ein Lichtstrahl durch die von Fliegen beschmutzten kleinen Fenster. Der Fußboden war mit feuchtem Sägemehl bedeckt, überall lag Schmutz und Staub. Vorn im Laden, wo die hohen Borde ins Dunkel aufstiegen, mit bunten Stoffballen, Porzellan, Kochgerät und Kurzwaren besetzt, sah es fast ordentlich aus. Aber hinten, in einem abgetrennten Raum, herrschte das wahre Chaos.

Die Waren waren hier in kunterbuntem Durcheinander unmittelbar auf dem festgestampften Erdboden aufgehäuft. Im Halbdunkel sah sie Kisten und Ballen, Pflüge, Pferdegeschirr, Sättel und billige Särge aus Tannenholz. Altes Mobiliar türmte sich im Dunkeln. Stücke aus allen Holzarten, verschlissene Brokat- und Roßhaarpolster leuchteten fremd aus ihrer schmierigen Umgebung. Sätze von Nachtgeschirren, Schalen und Eimern standen überall herum, und an den vier Wänden befanden sich tiefe Fächer, in denen es so dunkel war, daß man die Lampe dicht heranbringen mußte, um zu erkennen, daß sie Sämereien, Nägel, eiserne Haken und Tischlerwerkzeug enthielten.

»Eigentlich hätte ein so pedantischer Mensch wie Frank seinen Kram besser in Ordnung halten sollen«, dachte Scarlett und wischte sich die schmutzigen Hände ab. »Dies ist ja ein Schweinestall. So kann man doch keinen Laden aufziehen! Wenn man nur das Zeug abstaubte und nach vorn stellte, wo die Leute es sehen könnten, ließe es sich viel rascher verkaufen.«

Wenn schon sein Inventar in solchem Zustand war, wie mußte es dann erst in den Büchern aussehen!

Sie beschloß, sich jetzt sein Kontobuch vorzunehmen, ergriff die Lampe und ging wieder nach vorn in den Laden. Willie, der Gehilfe, hatte offenbar wenig Lust, ihr den großen Band mit dem schmutzigen Rücken auszuhändigen. Bei all seiner Jugend schien er Franks Ansicht zu teilen, daß die Frauen im Geschäft nichts zu suchen haben. Scarlett schnitt ihm scharf das Wort ab und schickte ihn zu Tisch. Als er fort war, wurde ihr wohler; seine mißbilligenden Blicke hatten sie geärgert. Sie machte es sich auf einem Rohrstuhl neben dem zischenden Ofen bequem, zog den einen Fuß unter den Oberschenkel und klappte das Buch auf dem Schoß auf. Es war Mittagszeit, die Straßen waren menschenleer, keine Kunden kamen, und so hatte sie den Laden für sich allein.

Langsam blätterte sie um und prüfte die Kolonnen der Namen und Ziffern in Franks gestochener Handschrift. Es war ganz, wie sie erwartet hatte. Sie runzelte die Stirn über dies neue Zeugnis seiner mangelnden kaufmännischen Begabung. Mindestens fünfhundert Dollar standen aus, einige schon seit Monaten. Viele Schuldner – darunter Merriwethers und Elsings – waren ihr wohlbekannt. Bei Franks wegwerfenden Bemerkungen über das Geld, das gewisse Leute ihm schuldig wären, hatte sie sich kleine Summen vorgestellt. Nun aber dies hier!

»Wenn sie nicht bezahlen können, warum kaufen sie dann immer weiter?« dachte sie aufgebracht. »Und wenn er weiß, daß sie nicht zahlen können, warum verkauft er ihnen wieder etwas? Viele von ihnen könnten bezahlen, wenn er sie nur dazu veranlassen wollte. Elsings sicher, da sie Fanny ein neues Atlaskleid und eine teure Hochzeit geben konnten. Frank ist zu gutmütig, und das nutzen die Leute aus. Hätte er nur die Hälfte dieses Geldes eingetrieben, er hätte die Sägemühle kaufen können und dabei noch das Geld für meine Steuern übrig gehabt.«

Weiter dachte sie: »Nun aber stelle man sich Frank vor, wenn er eine Sägemühle betreibt! Heiliger Strohsack! Wenn er schon den Laden wie eine wohltätige Stiftung aufzieht, wie will er dann mit einer Sägemühle Geld verdienen? Die käme ja binnen einem Monat zur Zwangsversteigerung. Wahrhaftig, ich könnte den Laden besser führen als er, und die Sägemühle auch, wenn ich auch nichts vom Holzhandel verstehe.«

Ein verblüffender Gedanke, daß eine Frau ebenso gut oder besser als ein Mann Geschäfte machen konnte. Ein umstürzender Gedanke für Scarlett, die in der herkömmlichen Auffassung erzogen war, daß die Männer allwissend und die Frauen unwissend seien. Natürlich war sie längst dahintergekommen, daß es nicht ganz so war, aber ihr Geist hing immer noch an der so angenehmen Vorstellung. Noch nie hatte sie diesen außerordentlichen Gedanken in Worte gefaßt. Ganz still saß sie da, mit dem schweren Buch auf ihrem Schoß, den Mund vor Überraschung ein klein wenig geöffnet, und überlegte sich, daß sie ja auch auf Tara in den Elendsmonaten Männerarbeit, und zwar gute, getan hatte. Sie hatte ohne männliche Hilfe die Plantage bewirtschaftet, bis Will kam. Mit dieser Erkenntnis wallte der Stolz mächtig in ihr auf. Ein heftiges Verlangen trieb sie, selber Geld zu machen wie die Männer, Geld, das ihr gehörte, um das sie keinen Mann zu bitten brauchte und für das sie niemandem Rechenschaft schuldig war. »Hätte ich nur Geld genug, die Mühle selber zu kaufen!« sagte sie laut vor sich hin und seufzte: »Die sollte aber summen! Und keinen Span gäbe ich auf Kredit weg.«

Sie seufzte noch einmal. Geld konnte sie nirgends bekommen, es kam also nicht in Betracht. Frank mußte einfach die Schulden einziehen und die Mühle kaufen. Wenn er sie erst hatte, würde sich schon ein Weg finden, sie geschickter zu betreiben als den Laden. Sie riß hinten aus dem Buch eine Seite heraus und begann die Liste der Schuldner aufzuschreiben, die seit mehreren Monaten keine Zahlung mehr geleistet hatten. Dies mußte sie mit Frank besprechen, sobald sie nach Hause kam. Sie mußte ihm begreiflich machen, daß auch alte Freunde Rechnungen zu bezahlen hatten, selbst wenn es peinliche Mahnungen kostete. Frank geriet dann wahrscheinlich außer sich. Er war so schüchtern, daß er lieber das Geld verloren gab, als es auf geschäftlichem Wege einzutreiben. Wahrscheinlich würde er sagen, es habe ja niemand Geld zum Bezahlen flüssig. Das mochte stimmen. Armut war ihr wahrhaftig nichts Neues. Aber fast jeder hatte etwas Silber und einigen Schmuck beiseite gelegt und besaß noch ein wenig Grundbesitz. Daran konnte Frank sich schadlos halten, wenn es an Barmitteln fehlte.

Sie hörte ihn im Geist schon stöhnen, wenn sie mit solchen Vorschlägen käme. Seinen Freunden Schmuck und Landbesitz fortnehmen! Aber es mußte sein.

Sie war emsig mit Schreiben beschäftigt, das Gesicht ganz kraus vor Eifer, die Zunge zwischen den Zähnen, als die Tür aufging und ein eiskalter Zugwind durch den Laden fegte. Ein großer Mann trat in den dunklen Raum und kam leichten Schrittes, wie ein Indianer, näher. Sie blickte auf. Es war Rhett Butler.

Er strahlte in einem neuen Anzug und einem Mantel mit elegantem Cape, das ihm über die breiten Schultern herabhing. Den Zylinder nahm er mit einer tiefen Verbeugung ab, als ihre Augen seinem Blick begegneten. Die Hand legte er an die fleckenlose, gefältelte Hemdbrust, die weißen Zähne blitzten grell in seinem braunen Gesicht, die dreisten Augen maßen sie von oben bis unten.

»Meine liebe Mrs. Kennedy«, sagte er und ging auf sie zu. »Meine liebe, liebe Mrs. Kennedy!« Dann brach er in ein schallendes Gelächter aus.

Zuerst erschrak sie so heftig, als wäre ein Gespenst in den Laden eingedrungen, dann zog sie hastig ihren Fuß unter dem Oberschenkel hervor, setzte sich aufrecht und blickte ihn kalt an.

»Was wollen Sie hier?«

»Ich habe Miß Pitty besucht und von Ihrer Heirat gehört, und nun komme ich eilends her, um Ihnen Glück zu wünschen.«

Bei der Erinnerung daran, wie er sie gedemütigt hatte, wurde sie schamrot. »Woher nehmen Sie die Dreistigkeit, mir ins Gesicht zu sehen?« fuhr sie los.

»Umgekehrt! Woher nehmen Sie die Dreistigkeit, mir ins Gesicht zu sehen?«

»Oh, Sie sind der ärgste ...«

»Wollen wir nicht die Friedenspfeife rauchen?« lächelte er zu ihr hernieder, ein breites, blitzendes Lächeln, unverschämt, aber ohne Beschämung für ihn und ohne Verurteilung für sie. Wider Willen mußte sie auch lächeln, aber es kam etwas schief heraus, und ihr war nicht wohl dabei zumute.

»Schade, daß sie Sie nicht aufgehängt haben!«

»Der Ansicht sind auch andere, fürchte ich. Komm, Scarlett, nicht so formell. Du siehst aus, als habest du einen Ladestock verschluckt, und das steht dir nicht gut. Du hast doch reichlich Zeit gehabt, dich von meinem kleinen Spaß zu erholen.«

»Spaß? Ich werde ihn nie vergessen.«

»O doch! Und du runzelst nur so entrüstet die Brauen, weil du das ehrbar und schicklich findest. Darf ich mich setzen?«

»Nein.«

Er ließ sich in den Stuhl neben sie fallen und grinste. »Ich sehe, du hast nicht einmal vierzehn Tage auf mich warten können«, sagte er mit theatralischem Seufzer. »Welch ein wankelmütiges Weib!«

Als sie nicht antwortete, fuhr er fort: »Unter uns Freunden – uns beiden alten vertrauten Freunden – gesagt, Scarlett, wäre es nicht klüger gewesen, zu warten, bis ich aus dem Gefängnis kam? Oder war die Ehe mit dem alten Kennedy so viel verlockender als das illegitime Verhältnis mit mir?«

Wie immer, wenn sein Spott ihren Ingrimm weckte, hatte ihr Ingrimm mit dem Lachen über seine Unverfrorenheit zu kämpfen.

»Reden Sie doch nicht so albernes Zeug.«

»Wärest du wohl so gut, meine Neugierde über einen Punkt, der mir schon lange Unbehagen bereitet, zu befriedigen? Hast du niemals eine frauliche Abneigung, eine zarte Scheu gespürt, nicht einen, nein, zwei Männer zu heiraten, für die du weder Liebe noch auch nur Neigung empfandest? Oder bin ich über die zarten Seelen unserer Frauen aus dem Süden falsch unterrichtet?«

»Rhett!«

»Nun, schließlich ist es ja auch nach europäischem Sittenkodex ein Unsinn, daß Eheleute sich lieben sollen. Eine Geschmacklosigkeit, und wer wollte das bestreiten. Ich habe immer das Gefühl gehabt, daß die Auffassung der Europäer die richtige ist. Die Ehe aus Konvenienz, die Liebe zum Genuß. Das ist eine vernünftige Einteilung, nicht wahr? Du bist dem alten Lande doch weniger fern, als ich dachte.«

»Was Sie nicht alles reden!« erwiderte sie kühl. Und um auf etwas anderes zu kommen, fragte sie: »Wie sind Sie denn aus dem Gefängnis herausgekommen?«

»Ach«, antwortete er mit einer flüchtigen Handbewegung. »Das war nicht schwer. Sie haben mich heute früh entlassen. Ich habe ein feines Erpressungsmanöver gegen einen Freund in Washington spielen lassen, der ziemlich hoch im Rate der Vereinigten Staaten sitzt. Ein großartiger Kerl. Einer jener wakkeren Unionpatrioten, von denen ich seinerzeit Musketen und Reifröcke für die Konföderierten gekauft habe. Als ihm meine Notlage in passender Form gemeldet wurde, machte er schleunigst seinen Einfluß geltend, und ich wurde freigelassen. Einfluß ist alles, Scarlett. Denke daran, wenn du einmal verhaftet wirst. Einfluß ist alles. Schuld und Unschuld sind nur Doktorfragen.«

»Ich möchte einen Eid darauf schwören, daß Sie nicht unschuldig waren.«

»Nein, jetzt, da ich aus dem Netz heraus bin, gebe ich offen zu, daß ich schuldig bin wie Kain. Ich habe den Neger umgebracht. Er wurde unverschämt gegen eine Frau, und was blieb einem Gentleman da anderes übrig? Und da ich nun einmal beim Beichten bin, muß ich auch bekennen, daß ich einen Yankeesoldaten nach einer kleinen Meinungsverschiedenheit in einer Kneipe erschossen habe. Diese Lappalie ist mir aber nicht angekreidet worden, und so hängt deswegen vielleicht längst irgendein anderer armer Teufel am Galgen.«

Er erzählte so fröhlich von seinen Mordtaten, daß ihr das Blut erstarrte. Worte der Entrüstung drängten sich ihr auf die Lippen. Aber plötzlich mußte sie des Marodeurs gedenken, der unter der Laube zu Tara begraben lag. Er hatte ihr Gewissen nicht mehr belastet als ein Ungeziefer, auf das man tritt. Sie konnte nicht über Rhett zu Gericht sitzen, wenn sie ebenso schuldig war wie er.

»Und da ich nun doch einmal mein Herz ausschütte, muß ich dir im strengsten Vertrauen sagen – erzähle es nur nicht Miß Pitty –, daß ich das Geld habe. Es liegt sicher auf einer Bank in Liverpool.«

»Das Geld?«

»Ja, das Geld, auf das die Yankees so gierig waren. Scarlett, ich habe dir die Summe, die du von mir haben wolltest, nicht aus Böswilligkeit vorenthalten. Hätte ich einen Wechsel darüber ausgestellt, so wären sie ihm auf die Spur gekommen, und ich fürchte, du hättest dann keinen Cent davon zu sehen bekommen. Das einzig Richtige für mich war, überhaupt nichts zu tun. Das Geld lag ja sicher. Wäre es zum Schlimmsten gekommen, hätten sie sein Versteck ausfindig gemacht und versucht, es mir fortzunehmen, dann hätte ich jeden Yankeepatrioten, der mir während des Krieges Munition und Kanonen verkauft hat, mit Namen genannt. Das hätte einen großen Skandal gegeben, denn manche von ihnen haben jetzt sehr hohe Stellungen in Washington. Die Drohung, mein Gewissen in dieser Richtung zu erleichtern, hat mir in der Tat zur Freiheit verholfen.«

»Wollen Sie damit sagen, daß Sie ... daß Sie wirklich das Gold der Konföderierten haben?«

»Nicht das ganze, Gott behüte! Es müssen fünfzig oder noch mehr frühere Blockadebrecher sein, die eine Menge nach England und Kanada in Sicherheit gebracht haben. Wir waren recht unbeliebt bei den Konföderierten, die weniger gerissen waren als wir. Ich habe annähernd eine halbe Million. Denke nur, Scarlett, eine halbe Million Dollar! – Wenn du nur deine feurige Natur noch ein wenig gebändigt und dich nicht gleich kopfüber in die Ehe gestürzt hättest!«

Eine halbe Million Dollar. Fast wurde ihr bei dem Gedanken an das viele Geld körperlich elend. Sein Hohn glitt an ihr ab, sie hörte die Worte nicht einmal. Es war kaum zu glauben, daß es in dieser bitteren, verarmten Welt überhaupt noch so viel Geld gab, so unerhört viel Geld. Und das hatte nun jemand, der sich gar nichts daraus machte. Sie aber hatte nur einen kränkelnden ältlichen Mann und seinen kleinen schmutzigen Kramladen als Schutzwall zwischen sich und der feindlichen Welt. Daß ein Schuft wie Rhett so viel haben sollte und sie mit ihrer schweren Last nur so wenig, war unbillig vom Schicksal. Sie haßte ihn, wie er dasaß, geschniegelt und gebügelt, und sich über sie lustig machte. Aber sie wollte ihn nicht in seinem Dünkel bestärken durch Schmeicheleien über seine Geschicklichkeit. Sie suchte nach recht bösen, schneidenden Worten, mit denen sie ihm weh tun konnte.

»Sie halten es wohl für recht, das Geld der Konföderierten für sich zu behalten? Das ist es aber nicht. Es ist ganz gemeiner Diebstahl, und Sie wissen es sehr wohl!«

»O je! Wie die Trauben doch heutzutage sauer sind!« sagte er und verzog sein Gesicht. »Aber wen habe ich denn eigentlich bestohlen?«

Sie schwieg und überlegte, wen er denn eigentlich bestohlen habe. Er hatte nichts anderes getan, als was Frank im kleinen getan hatte.

»Die Hälfte des Geldes ist mein rechtmäßiges Eigentum«, fuhr er fort, »redlich verdient mit Hilfe von redlichen Patrioten, die nichts daran fanden, die Union hinterrücks auszuverkaufen gegen hundert Prozent Gewinn auf ihre Ware. Einen Teil habe ich mit meinem kleinen Baumwollgeschäft zu Anfang des Krieges gemacht, mit der Baumwolle, die ich damals billig kaufte und mit einem Dollar das Pfund losschlug, als die britischen Spinnereien danach schrien. Ein Teil stammt aus Nahrungsmittelspekulationen. – Warum sollten nun die Yankees die Früchte meiner Arbeit ernten? Der Rest gehört wirklich der konföderierten Regierung. Er stammt aus Regierungsware, die ich glücklich durch die Blockade brachte und in Liverpool zu schwindelnden Preisen verkaufte. Die Baumwolle, die mir übergeben worden war, damit ich Leder, Gewehre und Maschinen dafür einkaufte. In der ehrlichen Absicht, das zu tun, habe ich sie auch übernommen. Ich hatte den Auftrag, das Gold auf meinen eigenen Namen in englischen Banken stehenzulassen, damit ich

Kredit hätte. Als dann die Blockade so eng wurde, daß kein Schiff mehr herein und hinaus konnte, blieb das Geld in England. Was sollte ich damit machen? Wie ein Schafskopf alles wieder abheben und versuchen, es nach Wilmington zu bringen, damit die Yankees es abfingen? War es meine Schuld, daß die Blockade undurchdringlich wurde? Meine Schuld, daß unsere Sache fehlschlug? Das Geld gehörte der konföderierten Regierung. Jetzt aber gibt es keine konföderierte Regierung mehr, wenn es auch einige Leute immer noch nicht wahrhaben wollen. Wem soll ich das Geld geben? Den Yankees? Es wäre mir schrecklich, wenn man mich für einen Dieb hielte.«

Er zog ein Etui aus der Tasche, nahm eine lange Zigarre heraus, roch befriedigt daran und tat, als blickte er Scarlett ängstlich forschend an und als hinge er an ihren Lippen.

»Die Pest soll ihn holen«, dachte sie. »Er ist mir immer um einen Sprung voraus. Immer stimmt etwas nicht in seiner Beweisführung, aber nie kann ich den Finger darauf legen und genau sagen, was es ist.«

»Sie können es«, erwiderte sie mit Würde, »unter die Bedürftigen verteilen. Eine konföderierte Regierung gibt es nicht mehr, wohl aber Konföderierte genug samt ihren Familien, die am Hungertuch nagen.«

Er warf den Kopf zurück und lachte. »Nie bist du so reizend, wie wenn du mit solchen Heucheleien herauskommst«, rief er belustigt. »Sag doch lieber die Wahrheit, Scarlett. Du kannst ja nicht lügen. Die Iren sind die kümmerlichsten Lügner auf der Welt. Um die selige Konföderation hast du nie einen Pfifferling gegeben, und um die hungrigen Konföderierten gibst du noch weniger. Du würdest dich gewaltig aufregen, wenn ich mit dem Vorschlag käme, all das Geld fortzugeben, es sei denn, ich gäbe dir zuerst den Löwenanteil.«

»Ich brauche Ihr Geld nicht«, antwortete sie und versuchte, eine kalte Würde zu wahren.

»Nein, wirklich? Und dabei juckt dir schon die Hand danach, zuzugreifen. Ich brauchte dir nur ein goldenes Fünfdollarstück zu zeigen, und schon würdest du dich darauf stürzen.«

»Wenn Sie gekommen sind, mich zu beleidigen und wegen meiner Armut zu verhöhnen, dann adieu!« gab sie zurück und versuchte, das schwere Buch vom Schoß loszuwerden, um aufzustehen und ihren Worten mehr Nachdruck zu geben. Sofort stand er neben ihr, beugte sich lächelnd über sie und drückte sie in ihren Stuhl zurück.

»Wann wirst du dir endlich abgewöhnen, aus der Haut zu fahren, sobald dir jemand die Wahrheit sagt? Dir selber macht es nie das geringste aus, andern die Wahrheit zu sagen. Ist es nicht recht und billig, wenn du sie selber auch einmal zu hören bekommst? Ich beleidige dich gar nicht, ich bewundere deinen Erwerbssinn.«

Sie war nicht ganz sicher, was er mit »Erwerbssinn« meinen mochte, aber doch wurde ihr ein wenig weicher zumute.

»Ich bin nicht gekommen, um mich an deiner Armut zu weiden, sondern um dir langes Leben und Glück in der Ehe zu wünschen. Übrigens, was meinte denn Schwester Sue zu deinem Diebstahl?«

»Zu meinem was?«

»Dazu, daß du ihr Frank vor der Nase weggestohlen hast.«

»Das habe ich nicht.«

»Nun, streiten wir uns nicht um Worte. Was hat sie dazu gesagt?«

»Nichts«, erwiderte Scarlett.

Seine Augen blinzelten sie ungläubig an. »Wie selbstlos von ihr! Aber nun erzähle mir etwas von deiner Armut. Nach deinem kleinen Spaziergang ins Gefängnis neulich habe ich doch ein Recht, etwas darüber zu hören. Hat Frank nicht so viel Geld, wie du gehofft hast?«

Vor seiner Unverschämtheit gab es kein Entrinnen. Entweder mußte sie sich mit ihr abfinden oder ihm die Tür weisen. Jetzt aber wollte sie ihn dabehalten. Seine Worte waren hart, aber es war die Härte der Wahrheit. Er wußte, was sie getan hatte und warum, und er dachte anscheinend deswegen nicht schlechter von ihr. Obwohl seine Fragen peinlich unverblümt waren, zeugten sie doch von einer freundschaftlichen Anteilnahme. Er war einer, dem sie die Wahrheit sagen konnte, und das tat ihr wohl. Es war schon so lange her, daß sie über sich selbst und ihre Beweggründe jemandem die Wahrheit hatte sagen können. Sobald sie aussprach, was sie dachte, tat alle Welt entrüstet. Ein Gespräch mit Rhett war nur mit der Erleichterung und dem Behagen zu vergleichen, das ein Paar alte Schuhe bot, nachdem man in zu engen getanzt hatte.

»Du hast das Geld für die Steuern bekommen? Sage mir nicht, daß auf Tara noch der Wolf vor der Tür steht.«

Ein neuer Ton klang in seiner Stimme. Sie blickte auf, um seinen dunklen Augen zu begegnen, und gewahrte etwas darin, was sie zuerst erschreckte und verwirrte, aber dann ein Lächeln hervorzauberte, ein zutrauliches, reizendes Lächeln, das nur noch selten auf ihrem Gesicht zu sehen war. Was für ein elender Querkopf war er doch, aber wie nett konnte er zuweilen sein! Jetzt begriff sie, warum er eigentlich gekommen war. Nicht, um sie zu verhöhnen, sondern um sich zu überzeugen, ob sie das Geld, nach dem sie so verzweifelt verlangt hatte, auch bekommen hätte. Kaum in Freiheit, war er eilends zu ihr gegangen, ohne sich jedoch seine Eile anmerken zu lassen, um ihr das Geld zu leihen, falls sie es noch brauchte, und doch quälte und kränkte er sie. Und hätte sie ihm den Grund seines Besuches auf den Kopf zugesagt, er hätte ihn sicher geleugnet. Er war einfach unbegreiflich. Hielt er wirklich mehr von ihr als er zugab? Oder trieb ihn doch etwas anderes zu ihr? Wer konnte es wissen? Bei ihm war das Wunderlichste möglich.

»Nein«, sagte sie. »Der Wolf steht nicht mehr vor der Tür. Ich habe das Geld bekommen.«

»Aber nicht kampflos, möchte ich wetten. Hast du es fertiggebracht, dich zu beherrschen, bis du den Trauring am Finger hattest?«

Sie versuchte, ihr Lächeln zu unterdrücken, als sie ihr Verhalten so richtig beim Namen genannt hörte, aber wider Willen kamen ihr die Grübchen. Er setzte sich wieder und streckte behaglich die langen Beine von sich.

»Also, erzähle mir etwas von deiner Armut. Hat Frank Kennedy, der Narr, dich über seine geschäftlichen Aussichten getäuscht? Er sollte gründlich verdroschen werden dafür, daß er eine hilflose Frau hinters Licht geführt hat. Komm, Scarlett, sag mir alles. Du solltest vor mir keine Geheimnisse haben. Das Ärgste über dich weiß ich ja.«

»Ach, Rhett, Sie sind der ärgste ... ich weiß nicht, was. Nein, beschwindelt hat er mich nicht eigentlich, aber ...« Plötzlich wurde ihr zum Genuß, sich die Last von der Seele zu reden. »Rhett, wenn Frank nur eintreiben wollte, was die Leute ihm schuldig sind, hätte ich keine Sorgen mehr. Fünfzig Kunden haben Schulden bei ihm. Er will sie nicht drängen. Er behauptet, unter Gentlemen könnte man das nicht tun. Es kann Monate dauern, bis wir das Geld bekommen, und vielleicht bekommen wir es nie.«

»Und was schadet das? Habt ihr unterdessen nicht genug zum Leben?«

»Doch, aber ... nun, ich könnte gerade jetzt ein bißchen Geld gut gebrauchen.« Sie lebte auf, als sie an die Sägemühle dachte. Vielleicht ...?

»Wozu? Noch mehr Steuern?«

»Geht Sie das eigentlich etwas an?«

»Allerdings, denn du machst alle Anstalten, mich um ein Darlehen anzugehen. Oh, ich kenne sie alle, diese Vorbereitungen. Und ich will Ihnen sogar etwas leihen, sogar, meine liebe Mrs. Kennedy, ohne die reizende Bürgschaft, die Sie mir kürzlich anboten. Freilich – sollten Sie darauf bestehen, dann selbstverständlich.«

»Sie sind der gemeinste ...«

»Durchaus nicht, ich möchte Ihnen nur alle Befangenheit nehmen. Ich weiß, der Punkt macht Ihnen doch Kopfzerbrechen. Nicht viel, aber ein bißchen. Ich will dir gern das Geld leihen, nur möchte ich gern wissen, wofür du es ausgibst, und das Recht habe ich doch, meine ich. Wenn du dir hübsche Kleider oder einen Wagen kaufen willst, nimm es und meinen Segen dazu. Aber wenn es für ein Paar neue Hosen für Ashley Wilkes bestimmt ist, dann, fürchte ich, kann ich es dir nicht geben.«

Sie erglühte vor Zorn und stotterte, bis sie endlich Worte fand.

»Ashley Wilkes hat nie einen Cent von mir angenommen! Ich könnte ihm nicht einen Cent aufdrängen, und wenn er verhungern müßte! Sie verstehen ihn nicht, Sie werden nie begreifen, wie ehrenhaft und stolz er ist. Sie können ihn ja auch nicht verstehen, weil Sie ...«

»Nicht schimpfen! Sonst zahle ich dir mit gleicher Münze heim. Du vergißt, daß Miß Pitty mich über dich auf dem laufenden gehalten hat, und die gute Seele sagt jedem mitfühlenden Zuhörer alles, was sie weiß. Ashley Wilkes ist die ganze Zeit seit seiner Heimkehr auf Tara gewesen. Ich weiß auch, daß du dich sogar darein gefunden hast, seine Frau um dich zu haben, was dir recht sauer geworden sein mag. Gewiß ...«, er unterbrach sich mit einer lässigen Handbewegung, »Ashley steht zu hoch für mein irdisches Fassungsvermögen. Ich weiß. Aber vergiß nicht, daß ich deine zärtliche Szene mit ihm auf Twelve Oaks sehr interessiert angehört habe, und mir schwant, keiner von euch hat sich seither verändert. Damals machte er keine besonders überirdische Figur, wenn ich mich recht erinnere, und eine viel bessere wird er auch jetzt nicht machen. Warum geht er nicht mit seiner Familie fort und sucht sich Arbeit? Warum bleibt er auf Tara? Es ist natürlich nur eine Schrulle von mir, aber ich habe nicht die Absicht, dir einen Cent für Tara zu leihen, um ihn damit zu unterstützen. Unter Männern gibt es eine sehr unschöne Bezeichnung für jemand, der sich von einer Frau unterstützen läßt.«

»Wie können Sie sich unterstehen, so etwas zu sagen! Er hat gearbeitet wie ein Ackerknecht!« Bei all ihrer Wut wollte ihr das Herz brechen bei dem Gedanken an das Leben, das Ashley jetzt führte.

»Ja, Goldes wert wird dir seine Hilfe gewesen sein! Wir wollen ihm zubilligen, daß er tut, was er kann. Aber ich bin überzeugt, daß ihr nicht viel Nutzen von ihm habt. Aus einem Wilkes machst du nie einen Ackerknecht oder sonst etwas Nützliches. Diese Sorte Mensch ist nur zur Verzierung da. Nun, glätte dein gesträubtes Gefieder und überhöre freundlich meine Flegeleien, soweit sie den ehrenwerten Mr. Ashley betreffen. Sonderbar, wie beharrlich solche Illusionen auch in einem so harten Schädel wie dem deinen haften. Wieviel Geld willst du haben, und wofür brauchst du es?«

Als sie nicht antwortete, wiederholte er: »Wozu willst du es verwenden? Wenn du kannst, sag mir die Wahrheit, das hilft dir weiter als eine Lüge. Wenn du mir etwas vorlügst, komme ich doch dahinter, und es wäre für dich peinlich. Vergiß nie, Scarlett, ich kann alles von dir vertragen, nur keine Lügen. Deine Abneigung gegen mich, deine Wutausbrüche und all dein zänkisches Wesen, aber keine Lügen. Wofür also willst du es haben?«

Seine Angriffe gegen Ashley hatten sie in solchen Zorn versetzt, daß sie ihm am liebsten ins Gesicht gespien hätte. Aber die kalte Hand der nüchternen Überlegung hielt sie zurück. Mühsam würgte sie ihren Zorn hinunter und suchte sich eine würdevolle Haltung zu geben. Er lehnte sich in dem Stuhl zurück und streckte die Beine zum Ofen.

»Was mir auf der ganzen Welt am meisten Spaß macht«, bemerkte er, »ist doch der Anblick deiner Seelenkämpfe, wenn in dir etwas Grundsätzliches und etwas Praktisches, wie zum Beispiel Geld, einander ins Gehege kommen. Ich weiß wohl, das Praktische trägt immer den Sieg davon, aber ich muß in deiner Nähe bleiben, um zu sehen, ob nicht doch eines schönen Tages dein besseres Ich die Oberhand gewinnt. Wenn dieser Tag kommt, packe ich meinen Koffer und verlasse Atlanta für immer. Es gibt zu viele Frauen, bei denen das bessere Ich immerfort die Oberhand gewinnt ... Aber zurück zum Geschäft. Wieviel und wofür?«

»Ich weiß nicht genau, wieviel ich brauche«, sagte sie verstimmt. »Ich möchte eine Sägemühle kaufen und kann sie, glaube ich, billig bekommen. Dann brauche ich zwei Leiterwagen und zwei Maultiere. Und ein Pferd und einen Einspänner für meinen persönlichen Gebrauch.«

»Eine Sägemühle?«

»Ja, und wenn Sie mir das Geld leihen, beteilige ich Sie zur Hälfte daran.«

»Was in aller Welt soll ich mit einer Sägemühle anfangen?«

»Geld verdienen. Einen Haufen Geld können wir damit verdienen. Oder aber ich zahle Ihnen Zinsen auf das Darlehen. Warten Sie, was ist ein guter Zinsfuß?«

»Fünfzig Prozent gilt als sehr gut.«

»Fünfzig ... ach, Sie machen ja Spaß. Hören Sie auf zu lachen. Ich meine es ernst.«

»Darum lache ich ja gerade. Ich möchte wissen, ob außer mir jemand ahnt, was in diesem Kopf hinter dem trügerisch süßen Gesicht vorgeht.«

»Wer fragt auch danach? Hören Sie zu, Rhett, ob Ihnen das nicht nach einem guten Geschäft klingt. Frank hat mir von jemandem erzählt, der eine Sägemühle hat und sie verkaufen will. Er hat es ziemlich eilig, zu Geld zu kommen, und will sie billig hergeben. Viele Sägemühlen gibt es hier in der Gegend jetzt nicht, und bei all den Neubauten könnten wir das Holz spielend loswerden. Der Mann will bleiben und die Mühle gegen Lohn weiterführen. Frank hätte die Mühle selbst gekauft, wenn er Geld hätte. Eigentlich hat er sie mit dem Geld kaufen wollen, das er mir für die Steuern gegeben hat.«

»Armer Frank! Was wird er dazu sagen, wenn du ihm erzählst, du hast sie ihm vor der Nase weggekauft? Und wie willst du ihm erklären, ohne deinen Ruf in Gefahr zu bringen, daß ich dir das Geld geliehen habe?«

Daran hatte Scarlett noch nicht gedacht. »Nun, ich verschweige es ihm einfach.«

»Er wird es sich aber doch denken können, daß du es dir nicht aus den Rippen geschnitten hast.«

»Nun, ich kann ihm ja sagen, daß ich Ihnen meine Diamantohrringe verkauft hätte. Das will ich auch tun. Es ist meine – wie nennt man es? – Bürgschaft.«

»Deine Ohrringe will ich aber nicht haben.«

»Aber ich brauche sie nicht und mag sie nicht. Eigentlich gehören sie mir gar nicht.«

»Wem denn?«

Ihr Geist flog zurück zu jenem heißen Mittag über dem verlassenen Tara und zu dem Toten im blauen Rock, der im Flur hingestreckt lag.

»Ein Erbstück von einem Toten. Sie gehören mir rechtmäßig. Nehmen Sie sie doch. Ich will sie nicht haben, ich hätte lieber das Geld dafür.«

»Herrgott«, fuhr er ungeduldig auf. »Kannst du denn immer nur an Geld denken?«

»Allerdings«, erwiderte sie freimütig und blickte ihn mit harten grünen Augen an. »Hätten Sie erlebt, was ich erlebt habe, dann täten Sie es auch. Mir ist aufgegangen, daß Geld das Wichtigste auf der Welt ist, und Gott ist mein Zeuge, ich habe nicht die Absicht, je im Leben wieder ohne Geld dazustehen.« Sie entsann sich der heißen Sonnenstrahlen, des weichen roten Erdbodens unter ihrem schwindelnden Kopf, des Negergeruchs aus der Hütte hinter den Ruinen von Twelve Oaks und des Refrains, zu dem ihr Herz geschlagen hatte: »Nie wieder hungern, nie wieder hungern!«

»Eines Tages will ich Geld haben, viel Geld, damit ich alles essen kann, wozu ich Lust habe. Dann kommen mir weder Maisbrei noch getrocknete Erbsen mehr auf den Tisch, und ich will etwas Hübsches anzuziehen haben, und alles soll aus Seide sein …«

»Alles?«

»Alles«, wiederholte sie kurz und hielt sich nicht damit auf, über seine Anzüglichkeiten zu erröten.

»Ich will so viel Geld haben, daß die Yankees mir niemals Tara nehmen können. Ein neues Dach soll Tara haben und eine neue Scheune, Maultiere zum Pflügen und so viel Baumwolle, wie Sie noch nie beieinander gesehen haben. Und Wade soll nie erfahren, was es heißt, das Notwendigste zu entbehren. Nie! Alles, was er sich nur wünschen kann, soll er haben. Und meine ganze Familie soll nie wieder hungern. Das ist mein voller Ernst. Jedes Wort. Sie in Ihrem Eigennutz verstehen das ja nicht. Sie haben es nie erlebt, daß Schieber Sie vor die Tür setzen wollten, es hat Sie nie gefroren, Sie sind nie in Lumpen gegangen, nie haben Sie sich totzuarbeiten brauchen, um nicht zu verhungern!«

Er erwiderte ruhig: »Ich war acht Monate in der konföderierten Armee. Ich wüßte nicht, wo man den Hunger besser kennenlernen könnte.«

»Die Armee, pah! Sie haben nie Baumwolle zu pflücken und Mais zu jäten gehabt. Sie haben ... lachen Sie mich nicht aus!«

Seine Hände lagen wieder auf den ihren, als ihr Ton immer härter und lauter wurde.

»Ich habe dich nicht ausgelacht. Ich lachte nur über den Unterschied zwischen deinem Aussehen und dem, was du in Wirklichkeit bist. Ich dachte an das erste Mal, da ich dich auf dem Gartenfest bei Wilkes sah. Du hattest ein grünes Kleid und feine grüne Schuhe an und warst umringt von lauter Männern. Ganz erfüllt von dir selbst. Ich wette, damals wußtest du nicht, wieviel Cents ein Dollar hat. Damals hattest du nur einen Gedanken im Kopf, und das war, wie du Ashley ...«

Mit einem Ruck zog sie ihm die Hände weg. »Wenn wir uns weiter vertragen wollen, dürfen Sie kein Wort mehr über Ashley Wilkes sagen. Über ihn geraten wir uns doch nur in die Haare, weil Sie ihn nicht verstehen.«

»Aber du verstehst ihn wie ein offenes Buch!« sagte Rhett boshaft. »Nein, Scarlett, wenn ich dir Geld leihen soll, behalte ich mir das Recht vor, über Ashley Wilkes so viel zu sprechen, wie es mir paßt. Ich verzichte auf das Recht, Zinsen für mein Darlehen zu nehmen. Auf dieses Recht aber nicht, denn ich möchte noch manches über den jungen Mann wissen.«

»Mit Ihnen habe ich nicht über ihn zu reden«, antwortete sie kurz.

»Doch, das mußt du! Siehst du, ich habe den Geldbeutel. Eines Tages, wenn du reich bist, hast du vielleicht die Macht, anderen ein Gleiches zu tun. Es liegt auf der Hand, daß du ihn gern hast ...«

»Sie irren sich.«

»Oh, es geht ganz klar aus dem Ungestüm hervor, mit dem du für ihn eintrittst.«

»Ich dulde nicht, daß Sie meine Freunde verhöhnen.«

»Nun, lassen wir das einen Augenblick auf sich beruhen. Hat er dich noch gern, oder hat er dich in Rock Island vergessen? Am Ende hat er doch inzwischen eingesehen, was für ein Juwel von Frau er besitzt?«

Als die Rede auf Melanie kam, konnte Scarlett sich kaum beherrschen, nicht alles hervorzusprudeln, was sie wußte: daß es nur die Ehre wäre, die Ashley an Melanie binde. Sie öffnete den Mund, um etwas zu entgegnen, aber schloß ihn wieder.

»Ach so. Er ist also immer noch nicht vernünftig genug, Mrs. Wilkes richtig zu würdigen. Und die Härten der Gefangenschaft haben seine Glut für dich nicht dämpfen können.«

»Ich sehe die Notwendigkeit nicht ein, das zu besprechen.«

»Ich wünsche es aber zu besprechen«, erwiderte Rhett, und in seiner Stimme klang ein Unterton, den Scarlett sich nicht zu deuten wußte und ungern hörte. »Bei Gott, ich will darüber sprechen und erwarte, daß du mir antwortest. Er ist also noch in dich verliebt?«

»Nun, und wenn!« Scarletts Gereiztheit stieg. »Ich will nicht über ihn sprechen, weil Sie ihn und seine Art zu lieben doch nicht begreifen. Die einzige Liebe, von ... der Sie etwas verstehen, ist ... nun, was Sie mit Frauenzimmern wie der Watling betreiben.«

»Oh«, sagte Rhett leise, »ich bin also nur fleischlicher Gelüste fähig?«

»Nun, das ist doch wahr.«

»Jetzt verstehe ich, warum du nicht mit mir darüber sprechen willst. Meine unreinen Hände und Lippen besudeln die Reinheit seiner Liebe.«

»Ja, so ungefähr.«

»Mich interessiert eine so reine Liebe.«

»Werden Sie nicht geschmacklos, Rhett Butler. Wenn Sie so gemein sind zu glauben, daß je etwas Unrechtes zwischen uns geschehen ist ...«

»Oh, darauf bin ich eigentlich nie gekommen. Aber darum interessiert es mich gerade. Warum ist denn nie etwas Unrechtes zwischen euch geschehen?«

»Wenn Sie meinen, Ashley könnte ...«

»Ah, also Ashley hat den Kampf um die Reinheit gekämpft, nicht du. Scarlett, du solltest dich nicht gar so schnell verraten.«

Verwirrt und empört schaute Scarlett in sein glattes, undurchdringliches Gesicht.

»Reden wir nicht weiter darüber. Ich brauche Ihr Geld nicht. Gehen Sie also!«

»Oh, mein Geld brauchst du doch, und wenn wir nun einmal soweit sind, warum sollen wir nicht weiterreden. Ein so keusches Idyll zu besprechen, kann doch niemandem etwas schaden, wenn kein Unrecht geschehen ist. Ashley liebt dich also um deines Geistes, deiner Seele und deines edlen Charakters wegen?«

Scarlett wand sich unter seinen Worten. Selbstverständlich, deswegen liebte Ashley sie. Das Bewußtsein machte ihr ja das Leben unerträglich, das Bewußtsein, daß Ashley, durch die Ehe gebunden, sie aus der Ferne um des Schönen willen liebte, das tief in ihr verborgen lag und das nur er allein erkannte. Wenn aber Rhett es ans Licht zerrte, nahm es sich gar nicht so schön aus, besonders nicht in dem trügerischen glatten Ton, dessen sich sein Sarkasmus bediente.

»Die Erkenntnis, daß es in dieser bösen Welt noch solche Liebe geben kann, schenkt mir meine Jünglingsideale wieder«, fuhr er fort. »Seine Liebe zu dir hat also nichts von Fleischeslust? Sie wäre dieselbe, wenn du häßlich wärest? Wenn du deine weiße Haut nicht hättest und deine grünen Augen, bei denen ein Mann sich immer fragen muß, was du wohl tun würdest, wenn er dich in die Arme nähme. Und die Art, wie du dich in den Hüften wiegst, die jeden berücken muß? Und die Lippen, die ... aber ich darf meine Fleischeslust nicht überhandnehmen lassen. Das alles sieht Ashley nicht? Oder sieht er es und bleibt davon unberührt?«

Gegen ihren Willen dachte Scarlett an den Tag im Obstgarten, da Ashleys Arme sie packten und schüttelten und sein Mund heiß auf dem ihren lag, als wollte er nie wieder von ihr lassen. Sie wurde dunkelrot, und Rhett bemerkte es wohl.

In seiner Stimme bebte es fast vor Zorn. »Ich verstehe, er liebt dich nur um deines Geistes willen.«

Wie durfte er mit seinen schmutzigen Fingern in dem einzigen Schönen und Heiligen ihres Lebens herumstöbern und es erniedrigen! Kalten Blutes zerbrach er ihre innersten Schranken, und was er wissen wollte, kam ans Licht.

»Freilich, das tut er!« rief sie laut und drängte den Gedanken an Ashleys Lippen zurück.

»Mein Kind, er weiß überhaupt gar nicht, daß du einen Geist hast. Liebte er deinen Geist, so hätte er nicht nötig, sich gegen dich zu wehren, was er doch getan haben muß, um seine Liebe heilig zu halten, nicht wahr? Er hätte ruhig schlafen können, denn ein Mann darf getrost Geist und Seele einer Frau lieben und kann dabei ein ehrenhafter Gentleman bleiben und seiner eigenen Frau die Treue halten. Aber es muß wohl schwer mit der Wilkesschen Ehre zu vereinbaren sein, deinen Leib so zu begehren, wie er es tut.«

»Sie beurteilen alle Menschen nach Ihrer eigenen Niedrigkeit.«

»Oh, ich habe nie geleugnet, daß ich dich begehre, falls du das damit sagen willst. Aber gottlob brauche ich mich mit keiner Ehre herumzuschlagen. Was ich haben will, nehme ich mir, wenn ich es bekommen kann, und ringe weder mit Engeln noch mit Teufeln. Mußt du aber Ashley eine süße Hölle bereitet haben! Fast kann er mir leid tun.«

»Ich ... ich ihm eine Hölle bereitet?«

»Ja, du! Er hatte dich als beständige Versuchung vor Augen, aber wie die meisten Menschen seines Schlages zog er das, was unter seinesgleichen für Ehre gilt, dem kleinsten bißchen Liebe vor. Und nun sieht es mir fast so aus, als hätte der arme Teufel weder Ehre noch Liebe mehr, um sich daran zu wärmen.«

»Wohl hat er Liebe, denn er liebt mich.«

»So? Dann sag mir noch eines, und wir sind für heute damit durch, und du kannst mein Geld bekommen und es meinetwegen in den Rinnstein werfen.« Rhett stand auf und warf die halb aufgerauchte Zigarre in den Spucknapf. Wieder lag in seinen Bewegungen jene Gelockertheit der Wilden und jene gebändigte Kraft, die Scarlett an dem Abend wahrgenommen hatte, da Atlanta fiel. Es war etwas Unheimliches, fast Beängstigendes. »Wenn er dich liebt, warum zum Teufel hat er dir dann erlaubt, nach Atlanta zu gehen und nach Geld für die Steuern zu suchen? Ehe ich eine Frau, die ich liebe, das tun ließe, würde ich ...«

»Er wußte nichts davon!«

»Ist es dir nie in den Sinn gekommen, daß er es hätte wissen müssen?« Das klang nach kaum noch unterdrückter Wildheit. »Wenn er dich so liebt, wie du behauptest, hätte er wissen müssen, wessen du in der Verzweiflung fähig bist. Er hätte dich lieber umbringen müssen als dich hierher reisen lassen. Und nun gar zu mir! Herrgott im Himmel!«

»Aber er wußte es nicht!«

»Wenn er es nicht erriet, ohne daß du es ihm sagtest, weiß er überhaupt nichts von dir und deinem kostbaren Geist.«

Wie ungerecht er war! Als ob Ashley ein Gedankenleser wäre! Und als ob er sie hätte halten können, auch wenn er es gewußt hätte! Doch plötzlich ging ihr auf, daß Ashley sie in der Tat hätte zurückhalten können. Hätte er ihr damals im Obstgarten die leiseste Andeutung gemacht, daß es zwischen ihnen eines Tages anders werden könnte, dann hätte sie nie daran gedacht, zu Rhett zu gehen. Ein Wort der Zärtlichkeit, nur eine Liebkosung zum Abschied, als sie in den Zug stieg, hätte sie zurückgehalten. Aber er hatte nur von der Ehre gesprochen. Oder ... sollte Rhett doch recht haben? Hatte Ashley gewußt, was sie vorhatte? Rasch wies sie den häßlichen Gedanken von sich. Ashley würde nie auf den Verdacht kommen, daß sie etwas so Unmoralisches auch nur in Betracht ziehen könnte. Dazu war er zu vornehm. Rhett wollte ihr nur ihre Liebe zerstören, wollte erniedrigen, was ihr das Wertvollste war. Eines Tages, dachte sie böse, wenn erst der Laden wieder flott war, die Mühle gut ging und sie Geld besaß, dann sollte Rhett Butler für alles, was er ihr jetzt an Schmach und Schimpf antat, büßen.

Er stand vor ihr und schaute leise belustigt auf sie herab. Seine Erregung war vorüber. »Was liegt Ihnen denn überhaupt an alledem?« fragte sie. »Das ist meine und Ashleys Sache und nicht Ihre.«

Er zuckte die Achseln. »Nur dies eine. Ich habe eine tiefe, sachliche Bewunderung dafür, was du alles aushalten kannst, Scarlett. Ich möchte deinen Mut nicht zwischen allzu vielen Mühlsteinen zerrieben sehen. Zuerst Tara, das allein erfordert schon einen ganzen Mann. Dazu kommt dein kranker Vater. Er kann dir nie eine Hilfe sein. Dann die Mädchen und die Schwarzen, und nun hast du noch einen Ehemann auf dich genommen und womöglich auch noch Miß Pittypat. Du hast genug zu tragen, auch ohne daß du Ashley Wilkes und seine Familie auf dem Halse hast.«

»Ich habe ihn nicht auf dem Halse, er hilft mir ...«

»Um Gottes willen«, er wurde ungeduldig, »schweig davon. Er ist keine Hilfe, du hast ihn auf dem Halse, du oder jemand anders, bis er stirbt. Persönlich habe ich es jetzt satt, von ihm zu reden. Wieviel Geld willst du haben?«

Schimpfworte drängten sich ihr auf die Lippen. Nach all den Kränkungen, die er ihr angetan hatte, glaubte er noch, sie würde sein Geld annehmen. Aber sie sprach die Worte nicht aus. Wie wunderbar wäre es, seine Hilfe verschmähen und ihm die Tür weisen zu dürfen! Aber solchen Luxus konnten sich nur die Reichen, Gesicherten leisten. Solange sie arm war, mußte sie solche Auftritte über sich ergehen lassen. Aber länger auch nicht! War sie reich – ach, welch herzerwärmender Gedanke! –, dann brauchte sie nicht mehr hinzunehmen, was ihr zuwider war, nicht mehr zu entbehren, was sie sich wünschte, dann brauchte sie nur mit den Menschen höflich zu sein, die ihr gefielen. Dann schickte sie alle anderen zum Teufel und Rhett Butler zuerst. Sie lächelte fast. Rhett lächelte auch.

»Du bist eine hübsche Frau, Scarlett, hauptsächlich wenn du dir eine Teufelei ausdenkst. Und wenn du mir nur deine Grübchen zeigst, kaufe ich dir ein ganzes Dutzend Maultiere, falls du sie brauchen kannst.«

Die Ladentür öffnete sich, und der junge Gehilfe, der mit einem Federkiel sich in den Zähnen stocherte, erschien. Scarlett stand auf, sie hatte ihren Entschluß gefaßt, zog sich den Schal um die Schultern und band sich die Hutbänder unter dem Kinn fest zusammen. »Haben Sie heute nachmittag zu tun? Können Sie jetzt mitkommen?«

»Wohin?«

»Zur Mühle. Ich habe Frank versprochen, nicht allein aus der Stadt hinauszufahren.«

»Zur Mühle, bei diesem Regen?«

»Ja. Ich möchte sie jetzt kaufen, ehe Sie sich anders besinnen.«

Er lachte so laut, daß der Junge hinter dem Ladentisch auffuhr und ihn neugierig anschaute.

»Haben Sie vergessen, daß Sie verheiratet sind? Mrs. Kennedy kann es sich nicht leisten, mit einem Schurken wie Butler über Land zu fahren. Denken Sie gar nicht an Ihren Ruf?«

»Ich will die Mühle haben, ehe Sie sich eines Besseren besinnen oder Frank dahinterkommt, daß ich sie kaufe. Seien Sie kein Waschlappen. Was schadet das bißchen Regen? Schnell, kommen Sie.«

Die Sägemühle! Frank stöhnte jedesmal, wenn er daran dachte, und wünschte, er hätte sie nie erwähnt. Schlimm genug, daß sie ausgerechnet dem Kapitän Butler ihre Ohrringe verkaufte und die Mühle erwarb, ohne ihren eigenen Mann auch nur zu fragen. Schlimmer aber war noch, daß sie ihm die Geschäftsführung nicht überließ. Es machte einen schlechten Eindruck – als ob sie ihm und seinem Können nichts zutraute.

Frank hatte wie alle Männer, die er kannte, das Bedürfnis, seine Frau durch seine geistige Überlegenheit zu leiten, und fand, sie müsse sich seinen Ansichten widerspruchslos fügen und keine eigenen haben. An sich hätte er seiner Frau gern ihren Willen gelassen. Es konnte selten schaden, den niedlichen Launen der Frau nachzugeben. Er war von milder, sanfter Gemütsart und konnte einer Frau schwer etwas abschlagen. Es wäre ihm ein Genuß gewesen, solch einem sanften kleinen Ding seine törichten Einfälle zu befriedigen und es liebevoll ein wenig auszuschelten. Was aber Scarlett sich in den Kopf gesetzt hatte, ging über den Spaß.

Zum Beispiel diese Sägemühle. Es war der größte Schreck seines Lebens, als sie ihm auf seine Frage mit süßem Lächeln mitteilte, sie gedenke sie selber zu führen.

»Ich will selbst in den Holzhandel«, so drückte sie sich aus. Nie konnte er sein Entsetzen, als er dies hörte, wieder vergessen. ›Selbst in den Holzhandel.‹ Es war unausdenkbar. In Atlanta gab es keine Frau, die geschäftlich tätig war. Frank hatte überhaupt nie gehört, daß so etwas irgendwo vorkäme. Wenn Frauen das Unglück hatten, etwas Geld verdienen zu müssen, um in diesen schweren Zeiten die Ihren zu unterstützen, taten sie es auf stille, frauliche Art. Sie buken wie Mrs. Merriwether, malten Porzellan, nähten oder hatten Pensionäre wie Mrs. Elsing und Fanny, unterrichteten in der Schule wie Mrs. Meade und gaben Musikstunden wie Mrs. Bonnell. Diese Damen verdienten Geld, blieben aber dabei im Hause, wie es sich für eine Frau gehört. Aber eine Frau, die sich in die rauhe Welt der Männer wagte, ihnen im Geschäft Konkurrenz machte, sich von ihnen anrempeln ließ und sich dem Schimpf und dem Klatsch aussetzte ... Wo sie es gar nicht einmal nötig hatte, da sie einen Mann besaß, der imstande war, reichlich für sie zu sorgen!

Frank hatte gehofft, sie triebe nur einen Spaß mit ihm, einen Spaß von fragwürdigem Geschmack, aber er erkannte bald, daß sie es ernst meinte. Sie nahm wirklich den Betrieb der Sägemühle in die Hand. Sie stand früher auf als er, fuhr über die Pfirsichstraße hinaus und kam häufig erst nach Hause, wenn er schon längst den Laden abgeschlossen und zu Tante Pitty zum Abendessen heimgekehrt war. Sie fuhr all die Meilen nach der Mühle hinaus mit dem mißbilligenden Onkel Peter als einzigem Schutz, und die Wälder steckten doch voll von freigelassenen Niggern und allerhand Yankeegesindel.

Frank konnte nicht mitfahren. Der Laden nahm all seine Zeit in Anspruch. Aber als er es ihr verbieten wollte, erwiderte sie kurz: »Wenn ich nicht auf den aalglatten Schuft, den Johnson, ein Auge habe, stiehlt er mir mein Holz und verkauft es und steckt das Geld in die Tasche. Wenn ich jemand Zuverlässiges finde, der mir den Betrieb abnehmen kann, dann brauche ich nicht mehr so oft hinüber und kann in der Stadt das Holz verkaufen.«

In der Stadt Holz verkaufen! Das war das Allerschlimmste. Häufig machte sie sich wirklich in der Mühle einen Tag frei und bot ihr Holz in der Stadt feil. Dann wünschte sich Frank, er könnte sich in dem dunklen Hinterraum seines Ladens verstecken und brauchte keinen Menschen mehr zu sehen. Seine Frau verkaufte Holz!

Es wurde fürchterlich über sie geklatscht. Über ihn wahrscheinlich auch, weil er es zuließ, daß sie sich so wenig fraulich aufführte. Es war ihm höchst peinlich, wenn ein Kunde über den Ladentisch zu ihm sagte: »Vorhin habe ich Mrs. Kennedy gesehen, drüben bei ...« Jeder erzählte es ihm mit hämischer Schadenfreude. Jeder sprach davon, was gegenüber, wo das neue Hotel gebaut wurde, geschehen war.

Scarlett war vorgefahren, gerade als Tommy Wellburn von jemand anderem Holz kaufte, war zwischen all den rohen irischen Maurerleuten, die die Fundamente legten, aus dem Wagen gestiegen und hatte Tommy kurz und bündig mitgeteilt, er würde betrogen. Ihr Holz sei besser und obendrein billiger, und um es ihm zu beweisen, addierte sie eine lange Zahlenreihe im Kopf und machte ihm an Ort und Stelle einen Kostenanschlag. Schlimm genug, daß sie sich zwischen all die fremden Arbeiter drängte, aber noch viel schlimmer war es für eine Frau, öffentlich zu zeigen, daß sie so gut rechnen konnte. Als Tommy ihren Kostenanschlag annahm und ihr den Auftrag erteilte, hatte Scarlett sich nicht etwa sofort verabschiedet, sondern war noch eine Weile geblieben und hatte sich mit Johnnie Gallegher unterhalten, dem irischen Vorarbeiter, einem hartgesottenen kleinen Gnom von sehr schlechtem Ruf. Die Stadt hielt sich wochenlang darüber auf.

Um das Unglück vollzumachen, verdiente sie wirklich Geld mit der Mühle, und keinem Mann konnte es mit einer Frau, die bei einer so unfraulichen Tätigkeit auch noch Erfolg hatte, recht geheuer sein. Sie händigte ihm das Geld nicht aus, um es im Laden anzulegen – nicht einmal einen Teil davon. Das meiste ging nach Tara, und sie schrieb Will Benteen endlose Briefe, worin sie ihm genau auseinandersetzte, wie er es zu verwenden habe. Außerdem teilte sie Frank mit, sobald die Reparaturen auf Tara fertig sein würden, gedenke sie ihr Geld in Hypotheken anzulegen.

»O je, o je«, stöhnte Frank, wenn er nur daran dachte. Wieso mußte eine Frau überhaupt wissen, was eine Hypothek war!

In dieser Zeit steckte Scarlett voll von Plänen, und Frank fand einen immer schrecklicher als den anderen. Sie sprach sogar davon, auf dem Grundstück, wo ihr Speicher gestanden hatte, ehe Sherman ihn niederbrannte, eine Kneipe zu errichten. Frank war kein Abstinenzler, aber gegen ein solches Vorhaben wehrte er sich fieberhaft. Der Besitz einer Kneipe war ein schlechtes Geschäft, das niemandem Glück brachte, fast so schlecht wie die Verpachtung eines Hauses an ein Bordell. Warum dies so sei, konnte er ihr nicht erklären, und auf seine lahmen Argumente antwortete sie nur: »Ach was, dummes Zeug!«

»Kneipen sind immer sehr gute Mieter, hat Onkel Henry gesagt«, erzählte sie ihm. »Sie zahlen regelmäßig ihre Miete, und ich könnte mit dem minderwertigen Holz, das sich nicht verkaufen läßt, eine billige Kneipe aufbauen und eine gute Miete dafür bekommen. Und mit der Miete und dem Ertrag der Mühle und den Hypothekenzinsen könnte ich noch mehr Sägemühlen kaufen.«

»Liebling, zu was brauchst du denn noch mehr Sägemühlen?« entsetzte sich Frank. »Du solltest die eine, die du hast, verkaufen. Du reibst dich dabei auf, und du weißt, wie schwer es ist, die freien Neger zur Arbeit anzuhalten.«

»Die freien Neger taugen allerdings nichts«, stimmte ihm Scarlett bei und überhörte seine Andeutung vollkommen. »Johnson sagt, wenn er morgens zur Arbeit kommt, weiß er nie, ob seine Belegschaft vollzählig ist oder nicht. Man kann sich auf die Schwarzen nicht mehr verlassen. Sie arbeiten ein paar Tage und dann feiern sie, bis sie ihren Lohn ausgegeben haben, und man muß damit rechnen, daß die ganze Belegschaft einen über Nacht sitzenläßt. Je mehr ich von der Negerbefreiung erlebe, desto verbrecherischer finde ich sie. Es ist der Verderb der Schwarzen. Tausende von ihnen arbeiten überhaupt nicht mehr, und die wenigen, die wir für die Mühle kriegen können, sind so faul und untüchtig, daß sie die Bezahlung nicht lohnen. Wenn man sie aber ausschimpft oder ihnen gar zu ihrem Seelenheil ein paar überzieht, so fallen die Leute von der Freilassungsbehörde wie die Geier über einen her.«

»Liebling, du erlaubst doch Mr. Johnson nicht, die Neger zu schlagen?«

»Unsinn«, erwiderte sie ungeduldig. »Ich habe doch gerade gesagt, die Yankees würden mich ins Gefängnis stecken, wenn ich es täte.«

»Ich wette, dein Pa hat in seinem ganzen Leben keinen Schwarzen geschlagen«, sagte Frank.

»Nur ein einziges Mal. Einen Stalljungen, der nach einem Jagdtag das Pferd nicht abgerieben hatte. Aber das kann man gar nicht vergleichen. Freie Neger sind etwas anderes, denen bekäme es ganz ausgezeichnet, wenn sie einmal tüchtig ausgepeitscht würden.«

Frank war nicht nur über die Ansichten und Pläne seiner Frau entgeistert, sondern über die ganze Veränderung, die in den paar Monaten seit der Hochzeit mit ihr vorgegangen war. Dies war nicht das sanfte, süße frauliche Geschöpf, das er geheiratet hatte. In seiner kurzen Freierszeit hatte er gemeint, nie habe sich eine Frau so reizend weiblich, so unwissend, schüchtern und hilflos angestellt. Nun trat sie dem Leben überall männlich entgegen. Trotz ihrer Rosenwangen, ihrer Grübchen und ihrem hübschen Lächeln sprach und handelte sie wie ein Mann. Ihre Stimme klang schroff und entschieden. Sie faßte rasch und ohne mädchenhaftes Zagen ihre Entschlüsse. Sie wußte, was sie wollte, und suchte es auf dem kürzesten Wege wie ein Mann durchzusetzen, nicht aber auf den versteckten Umwegen, die der Frau eigen sind. Wohl hatte Frank auch schon früher herrschsüchtige Frauen gekannt. Atlanta hatte, wie alle Städte des Südens, ein gut Teil Matronen, mit denen nicht gut Kirschen essen war. Niemand konnte gebieterischer auftreten als die korpulente Mrs. Merriwether, überlegener als die zarte Mrs. Elsing oder geschickter und zielbewußter als die silberhaarige Mrs. Whiting mit ihrer sanften Stimme. Aber welche Mittel diese Damen auch anwandten, um ihren Willen durchzusetzen, immer waren es weibliche Mittel. Sie unterließen dabei nie, die Ansichten der Männer ehrerbietig gelten zu lassen, einerlei ob sie sich danach richteten oder nicht. Sie waren höflich genug, so zu tun, als ließen sie sich von den Männern leiten, und darauf kam es an. Scarlett aber wurde ganz allein fertig und führte ihre Angelegenheiten auf so männliche Art und Weise, daß die ganze Stadt über sie herzog. »Und«, dachte Frank kläglich, »wahrscheinlich auch über mich, weil ich das alles dulde.«

Und dann Rhett Butler! Seine häufigen Besuche bei Tante Pitty waren von allen Demütigungen die ärgsten. Frank hatte ihn nie leiden können, auch als er vor dem Kriege mit ihm geschäftlich zu tun hatte. Oft hatte er den Tag verwünscht, da er Rhett nach Twelve Oaks mitgenommen und bei seinen Freunden eingeführt hatte. Er verachtete ihn wegen seiner gewissenlosen Spekulationen während des Krieges und weil er nicht an der Front gewesen war. Von Rhetts achtmonatigem Heeresdienst bei den Konföderierten wußte nur Scarlett, denn Rhett hatte sie mit gutgespieltem Schaudern angefleht, seine »Schande« niemandem zu verraten. Am meisten aber verachtete Frank ihn, weil er das Gold der Konföderierten für sich behielt, während ehrliche Männer wie Admiral Bulloch und andere in derselben Lage dem Bundesschatz Tausende zurückerstattet hatten. Aber, ob Frank damit einverstanden war oder nicht, Rhett kam häufig zu Besuch.

Vor der Welt galten seine Besuche Tante Pitty, und sie war töricht genug, es zu glauben und sich damit wichtig zu tun. Aber Frank hatte das unbehagliche Gefühl, was ihn ins Haus ziehe, sei gar nicht Tante Pitty. Der kleine Wade, der sich doch vor den meisten Menschen scheute, hatte ihn sehr gern und sagte zu Franks Ärger sogar »Onkel Rhett«. Frank wurde den Gedanken nicht los, daß Rhett während des Krieges bei Scarlett den Beschützer gespielt und sie damit ins Gerede gebracht hatte. Er konnte sich gut vorstellen, daß jetzt ärger denn je über sie geklatscht wurde. Zwar hatte keiner von seinen Freunden den Mut, ihm etwas davon zu sagen, obwohl sie aus ihrer Meinung über Scarletts Sägemühle keinen Hehl machten. Aber es fiel ihm doch auf, daß Scarlett und er immer seltener zu Mahlzeiten und Gesellschaften eingeladen wurden und daß immer weniger Leute sie besuchten. Scarlett hatte für die meisten ihrer Nachbarn nicht viel übrig und war mit ihrer Mühle viel zu beschäftigt, als daß sie den Verkehr entbehrte. Ihr war es einerlei, wenn die Besuche ausblieben. Aber Frank empfand es bitter.

Sein Leben lang hatte er sich von dem Satz leiten lassen: »Was sagen die Leute?«, und jetzt mußte er wehrlos die unaufhörlichen Verstöße seiner Frau gegen die gesellschaftlichen Sitten mit ansehen. Er empfand, daß ihn alle über die Achsel ansahen, weil er Scarlett gestattete, sich zu »emanzipieren«. Aber wenn er ihr mit Einwendungen, Vorwürfen oder Verboten kam, entlud sich ein Gewitter über seinem Haupte. Sie konnte schneller in Wut geraten und länger böse bleiben, als er es je bei einer Frau erlebt hatte. Selbst wenn alles zum besten stand, war es oft erschreckend, wie schnell und vollständig sich die lustige, liebevolle Gattin, die ein Liedchen vor sich hin summte, während sie durchs Haus ging, in einen ganz anderen Menschen verwandeln konnte: er brauchte nur zu sagen: »An deiner Stelle würde ich ...«, dann brach der Sturm schon los. Ihre schwarzen Brauen zogen sich zusammen und stießen in einem scharfen Winkel über der Nase aufeinander. Sie hatte den Jähzorn eines Tataren und das Temperament einer Wildkatze. Es war ihr einerlei, was sie sagte und wie tief sie ihn verletzte. Düstere Wolken hingen dann über dem Hause. Frank ging zeitig in den Laden und blieb dort bis spät in die Nacht. Pitty verkroch sich in ihr Schlafzimmer wie ein aufgeschrecktes Kaninchen in seinen Bau. Wade und Onkel Peter zogen sich in die Wagenremise zurück, und Cookie hielt sich wohlweislich in der Küche und versagte es sich, mit erhobener Stimme Gott den Herrn in Liedern zu preisen. Nur Mammy ließ Scarletts Ausbrüche gleichmütig über sich ergehen: sie hatte bei Gerald O'Hara eine jahrelange Übung darin genossen.

Scarlett hatte gar nicht die Absicht, heftig zu werden, und trug den besten Willen im Herzen, Frank eine gute Gattin zu sein, denn sie hatte ihn gern und war ihm dankbar dafür, daß er Tara gerettet hatte. Aber er stellte ihre Geduld zu oft auf die Probe. Sie konnte einen Mann nicht achten, der sich so von ihr unterkriegen ließ, und die zaghafte Schüchternheit, mit der er jeder unangenehmen Lage begegnete, reizte sie unerträglich. Aber über all das hätte sie hinwegsehen können, seitdem einige ihrer Geldfragen gelöst waren, hätte sie nicht immer wieder zu ihrer Erbitterung entdecken müssen, daß Frank kein guter Kaufmann war, noch wollte, daß sie einer wäre.

Wie sie es erwartet hatte, weigerte er sich, das Geld für die unbezahlten Rechnungen einzutreiben, bis sie ihn dazu zwang. Dann tat er es voller Zaghaftigkeit und bat fast noch deswegen um Entschuldigung. Einen weiteren Beweis dafür, daß die Familie Kennedy nie mehr als das Nötigste zum Leben haben würde, wenn sie nicht selbst das Geld verdiente, brauchte Scarlett nicht. Frank wäre zufrieden gewesen, den Rest seines Lebens in seinem schmutzigen kleinen Laden zu vertrödeln. Ihm blieb anscheinend verborgen, auf wie gebrechlichen Füßen seine Existenz stand und wie sehr es darauf ankam, in diesen schweren Zeiten, da Geld der einzige Schutz gegen immer neues Unheil war, mehr Geld zu verdienen. Er war so altmodisch, daß es sie zur Verzweiflung trieb, und verlangte, eigensinnig alles auf die alte Art zu machen, deren Zeit doch längst vorüber war. Ihm fehlte es völlig an Wagemut. Sie aber besaß genug davon und gedachte, sich dessen zu bedienen, ob es Frank nun gefiel oder nicht. Sie brauchte Geld, und sie verdiente es mit saurer Arbeit. Das mindeste, was sie dabei von Frank verlangte, war, daß er sie bei ihren Unternehmungen ungeschoren ließ.

Bei ihrer Unerfahrenheit war es keine Kleinigkeit, die Sägemühle in Gang zu halten, und die Konkurrenz war schärfer als im Anfang. Deshalb war sie meist abgespannt, sorgenvoll und gereizt, wenn sie abends nach Hause kam. Wenn dann Frank zaghaft hüstelte und sagte: »Liebling, das täte ich aber nicht«, oder: »An deiner Stelle, Liebling, unterließe ich das lieber«, reichte ihre Kraft höchstens noch dazu aus, daß sie sich ihre Wutanfälle verbiß, und manchmal langte es nicht einmal dazu. Wenn er nicht den Schneid hatte, in die Welt zu gehen und Geld zu verdienen, warum hatte er fortwährend etwas an ihr zu bemängeln! Was machte es in diesen Zeiten aus, ob sie weiblich war oder nicht, zumal ihre unweibliche Sägemühle das Geld einbrachte, das sie so dringend brauchten, sie, ihre Familie, Tara und Frank nicht minder.

Frank wollte seine Ruhe haben. Der Krieg, der ihm eine Zeit gewissenhafter Pflichterfüllung gewesen war, hatte ihm Gesundheit und Vermögen gekostet und ihn zum alten Manne gemacht; nun verlangte er vom Leben nur noch Frieden und Freundlichkeit und liebevolle Gesichter um sich her und die Anerkennung seiner Freunde. Bald bemerkte er, daß der häusliche Friede teuer erkauft werden mußte. Er mußte Scarlett ihren Willen lassen, was auch immer sie sich vornahm. So erkaufte er sich denn den Frieden, da er ein müder Mann war, zu ihren Bedingungen. Manchmal fand er, es sei wirklich Lohn genug, sie lächeln zu sehen, wenn sie ihm in kalter Abenddämmerung die Tür öffnete und ihn aufs Ohr, die Nase oder andere ungeeignete Stellen küßte oder wenn ihr Kopf sich nächtlich unter der warmen Decke verschlafen an seine Schulter schmiegte. Zu Hause konnte es so reizend sein, wenn Scarlett ihren Willen bekam, aber der Friede, den er sich erwarb, war nur hohler Schein, denn er hatte ihn mit allem bezahlt, was er in der Ehe für das Rechte hielt.

»Eine Frau sollte mehr auf ihr Haus und ihre Familie achthaben und sich nicht herumtreiben wie ein Mann«, sagte er bei sich. »Wenn sie nur ein Kind bekäme …«

Er lächelte, wenn er daran dachte, und er dachte sehr oft daran. Scarlett aber hatte ihn nicht darüber im Zweifel gelassen, daß sie kein Kind haben wollte. Freilich, die Kleinen pflegten nicht zu warten, bis sie eingeladen wurden, und Frank wußte, daß viele Frauen sagten, sie wollten keine Kinder haben. Aber das war alles nur Angst und Albernheit, und wenn Scarlett ein Kind hätte, dann hätte sie es sicher lieb und bliebe gern zu Hause und nähme sich seiner an wie alle Frauen. Dann war sie gezwungen, die Mühle zu verkaufen, und mit seinem Kummer war es vorbei. Jede Frau brauchte ein Kind zu ihrem völligen Glück, und Frank wußte, daß Scarlett nicht glücklich war. Sowenig er auch von Frauen verstand, so blind war er doch nicht, zu verkennen, wie unglücklich sie war. Manchmal wachte er in der Nacht auf und hörte sie leise ins Kissen weinen. Das erste Mal, als er davon erwachte, daß das Bett unter ihrem Schluchzen bebte, hatte er sie erschrocken gefragt: »Liebling, was ist dir?« und war mit dem leidenschaftlichen Ausruf »Ach, laß mich in Ruhe!« zum Schweigen verwiesen worden.

Ja, ein Kind würde sie glücklich machen und von all den Dingen, die sie nichts angingen, ablenken. Manchmal seufzte Frank und meinte, er habe einen in allen Edelsteinfarben funkelnden tropischen Vogel eingefangen, während ihm doch mit einem Zaunkönig ebenso gut, ja sogar besser gedient gewesen wäre.

XXXVII

In einer wilden, regnerischen Aprilnacht kam Tony Fontaine auf schaumbedecktem, todmüdem Pferd von Jonesboro nach Atlanta geritten, klopfte an Scarletts Tür und weckte sie und Frank aus dem Schlaf. Das Herz schlug ihnen bis in den Hals. Dann bekam Scarlett zum zweitenmal in vier Monaten deutlich zu fühlen, was der »Wiederaufbau« mit allem, was dazu gehörte, zu bedeuten hatte. Jetzt verstand sie, was Will mit den Worten gemeint hatte: »Unsere Schwierigkeiten haben erst angefangen.« Jetzt wußte sie, daß Ashleys trostlose Worte im Obstgarten zu Tara die Wahrheit sprachen: »Was uns allen nun bevorsteht, ist schlimmer als der Krieg – schlimmer als das Gefangenenlager – schlimmer als der Tod.«

Zum erstenmal hatte sie dem »Wiederaufbau« in die Augen gesehen, als

Jonas Wilkerson sie von Tara hatte vertreiben wollen. Aber bei Tonys Ankunft wurde sie all dessen auf noch viel schrecklichere Weise gewahr. Tony kam im Dunkeln, im peitschenden Regen und war ein paar Minuten später in die Nacht zurückgekehrt, aber in dieser kurzen Zwischenzeit lüftete er von einem ungeahnten Schreckensbild den Vorhang, der sich nun nie wieder schließen konnte, wie sie sich hoffnungslos gestand. In dieser fürchterlichen Nacht, als der Klopfer in so dringender Hast gegen ihre Tür hämmerte, stand sie auf dem Treppenabsatz, wickelte sich fest in ihren Schlafrock und schaute gespannt in die Halle hinunter; einen einzigen Blick konnte sie in Tonys braunes schwermütiges Gesicht werfen, ehe er sich vorbeugte und die Kerze in Franks Hand ausblies. Sie lief im Dunkeln hinunter, faßte die kalte, nasse Hand und hörte ihn flüstern: »Sie sind hinter mir her ... ich gehe nach Texas, mein Pferd ist halbtot ... Ich bin am Verhungern. Ashley sagte, ihr ... Kein Licht machen! Weckt die Schwarzen nicht auf ... Ich möchte euch nicht in Gefahr bringen.«

Als die Küchengardinen geschlossen und alle Läden heruntergelassen waren, duldete er, daß eine Kerze angezündet wurde, und sprach in abgerissenen Sätzen zu Frank, während Scarlett eilig etwas für ihn zu essen suchte. Er hatte keinen Mantel und war bis auf die Haut durchnäßt. Er war ohne Hut gekommen, und das schwarze Haar klebte ihm an dem schmalen Schädel. Aber die Lustigkeit der Fontaineschen Jungens, eine schauerliche Lustigkeit an diesem Abend, sprühte ihm aus den Augen, als er den Whisky, den sie ihm brachte, hinunterstürzte. Scarlett dankte Gott, daß Tante Pitty ungestört oben schnarchte. Sie wäre in Ohnmacht gefallen, hätte sie diese geisterhafte Erscheinung gesehen.

»Ein verfluchter Lump weniger«, sagte Tony und ließ sich ein zweites Glas einschenken. »Ich bin scharf geritten. Es kostet mich den Kopf, wenn ich nicht rasch hier fortkomme. Aber es lohnt sich, bei Gott! Ich versuche, nach Texas durchzukommen. Ashley war mit mir in Jonesboro und hat mir gesagt, ich sollte zu euch gehen. Ich muß ein anderes Pferd haben, Frank, und Geld. Mein Pferd ist am Verrecken. Den ganzen Weg hierher ging es auf Leben und Tod. Ich bin heute vom Hause fortgeritten, als wäre der Satan hinter mir her, ohne Mantel, ohne Hut und ohne einen einzigen Cent. Viel Geld gibt's ja zu Hause ohnehin nicht.«

Er lachte und fiel hungrig über das kalte Maisbrot und die Rüben her, auf denen dicke weiße Flocken erstarrten Fettes lagen.

»Du kannst mein Pferd haben«, sagte Frank ruhig. »Ich habe nur zehn Dollar bei mir, aber wenn du bis morgen früh warten kannst ...«

»Zum Teufel, ich kann nicht warten!« rief Tony erregt, aber vergnügt. »Sie sind mir unmittelbar auf den Fersen. Viel Vorsprung hatte ich nicht. Hätte

Ashley mich nicht weggerissen und aufs Pferd gesetzt, so wäre ich Esel dageblieben, und sie hätten mir den Hals langgezogen. Guter Junge, der Ashley.«

Also hatte Ashley etwas mit diesem rätselhaften Vorfall zu tun. Scarlett überlief es kalt. Sie fuhr sich mit der Hand an den Hals. Hatten die Yankees Ashley jetzt zu fassen? Warum fragte Frank ihn nicht, was das alles zu bedeuten hatte? Warum nahm er das alles so kühl und selbstverständlich hin?

»Was ...?« fing sie mühsam an, »wer ...?«

»Der alte Aufseher deines Vaters, der verfluchte Jonas Wilkerson.«

»Hast du ihn ... ist er tot?«

»Mein Gott, Scarlett O'Hara?« sagte Tony ungeduldig. »Wenn ich jemand an die Kehle gehe, meinst du, ich gäbe mich damit zufrieden, ihn ein bißchen mit der stumpfen Seite des Messers zu kratzen, was? Nein, bei Gott, ich habe ihn kaltgemacht.«

»Gut«, sagte Frank leichthin. »Ich habe den Kerl nie leiden können.«

Scarlett sah ihn an. Das war nicht der wehleidige Frank, den sie kannte, der nervöse Bartkratzer, der sich so leicht ins Bockshorn jagen ließ. Er hatte etwas Straffes und Kaltblütiges und machte keine unnötigen Worte in der Not. Er war ein Mann, und Tony war ein Mann, und alles dies war Männerangelegenheit, und die Frau hatte keinen Teil daran.

»Aber Ashley ... hat er ...?«

»Nein. Er wollte ihn um die Ecke bringen, aber ich sagte, ich hätte ein Recht darauf, weil Sally meine Schwägerin ist, und schließlich nahm er Vernunft an. Er ging mit mir nach Jonesboro für den Fall, daß Wilkerson mir zuvorkäme. Aber ich glaube nicht, daß der gute Ashley Scherereien davon hat. Ich hoffe nicht. Hast du ein bißchen Marmelade für das Maisbrot? Kannst du mir etwas zum Mitnehmen einpacken?«

»Ich schreie, wenn du mir nicht alles erzählst.«

»Warte, bis ich fort bin, und dann schreie, wenn du durchaus mußt. Ich erzähle es dir, während Frank das Pferd sattelt. Der verdammte Wilkerson hatte uns schon Unglück genug gebracht. Die Geschichte mit euern Steuern kennst du. Das war eine von seinen Gemeinheiten. Aber das Schlimmste war, wie er die Schwarzen aufwiegelte. Das hätte mir früher jemand sagen sollen, daß ich die Schwarzen noch einmal hassen würde! Die armen Niggerseelen glauben Wort für Wort, was diese Schufte ihnen einreden und vergessen, was wir alles für sie getan haben. Nun reden die Yankees davon, die Schwarzen sollen das Stimmrecht bekommen und wir nicht. Es gibt ja kaum eine Handvoll von Demokraten in der ganzen Provinz, denen nicht das Stimmrecht entzogen ist, seitdem keiner mehr abstimmen darf, der für die Konföderierten gekämpft hat. Wenn sie den Negern das Stimmrecht geben, ist es mit uns aus. Verflucht noch mal, es ist doch unser Staat! Er gehört doch nicht den Yankees! Bei Gott, Scarlett, es ist nicht zu ertragen, und es wird auch nicht ertragen! Wir tun etwas dagegen, und wenn es wieder Krieg gibt! Bald haben wir die Nigger als Richter und als Gesetzgeber, schwarze Affen aus den Dschungeln ...«

»Bitte, erzähl rasch, was du getan hast.«

»Gib mir noch ein Stück von dem Brot, ehe du es einpackst. – Es wurde ruchbar, daß Wilkerson mit seiner Niggergleichmacherei zu weit gegangen war. Er trichterte es den schwarzen Eseln ein, als bekäme er dafür bezahlt, und er hatte die Dreistigkeit ... die ...«, Tony schluckte verlegen, »zu sagen, die Nigger hätten ein Recht auf ... auf ... weiße Frauen.«

»Tony, nein!«

»Bei Gott, doch! Kein Wunder, daß dir schlecht wird; aber zum Teufel, Scarlett, das kann dir doch nicht neu sein. Hier in Atlanta haben sie es ihnen auch vorgeredet.«

»Das ... wußte ich nicht.«

»Nun, Frank hat es dir wohl verschwiegen. Jedenfalls meinten wir alle, es sei an der Zeit, Mr. Wilkerson einmal vertraulich vorzunehmen. Weißt du noch, der schwarze Kerl, der Eustis, der bei uns Vorarbeiter war? Der kam heute an die Küchentür, als Sally Mittagessen kochte, und ... was er zu ihr sagte, weiß ich nicht. Ich werde es wohl nie erfahren. Ich hörte sie aufschreien und stürzte in die Küche, und da stand er, besoffen wie eine Spielmannshure. Verzeih, Scarlett, es fuhr mir so heraus.«

»Weiter!«

»Ich schoß ihn nieder, und als Mutter herbeigelaufen kam, um nach Sally zu sehen, stieg ich aufs Pferd und ritt nach Jonesboro zu Wilkerson. Er war schuld. Ohne ihn hätte der verdammte schwarze Esel nicht im Traum an so etwas gedacht. Als ich bei Tara vorbeikam, traf ich Ashley, und natürlich kam er mit. Er sagte, ich solle es ihm überlassen, weil Wilkerson sich so auf Tara benommen hätte, aber ich sagte, das sei meine Sache, weil Sally die Frau meines toten Bruders ist, und den ganzen Weg haben wir uns deswegen gezankt. Als wir in die Stadt kamen, was meinst du wohl, Scarlett, ich hatte nicht einmal eine Pistole mitgenommen. Ich war so wütend, daß ich sie im Stall vergessen hatte.«

Er hielt inne und knabberte an dem zähen Maisbrot. Scarlett schauderte. Die mörderischen Wutanfälle der Fontaines hatten schon immer in der Provinz von sich reden gemacht.

»Deshalb mußte ich mit dem Messer auf ihn los. Ich fand ihn in der Bar. Ashley hielt die anderen zurück, ich bekam ihn in eine Ecke, und ehe ich mich an ihn machte, habe ich ihm auch gesagt, weswegen. Es war vorüber, ehe ich mich recht versah«, sagte Tony nachdenklich. »Ich kam erst wieder zu mir, als Ashley mich glücklich im Sattel hatte und mich hierherschickte. Er ist zu gebrauchen, wenn es darauf ankommt. Er verliert den Kopf nicht.«

Frank kam mit seinem Mantel über dem Arm herein und gab ihn Tony. Es war sein einziger warmer Mantel, aber Scarlett ließ ihn gewähren. Sie stand in dieser rein männlichen Angelegenheit ganz abseits.

»Aber Tony, du bist doch zu Hause unentbehrlich. Wenn du zurückgingst und alles erklärtest ...«

»Frank, du hast eine dumme Frau«, grinste Tony und mühte sich in den Mantel hinein. »Sie glaubt, die Yankees belohnen einen dafür, daß er die Nigger von seinen Frauen fernhält. Jawohl, mit Standgericht und Strick. Gib mir einen Kuß, Scarlett, Frank nimmt es nicht übel, ich sehe dich vielleicht nie wieder. Texas ist weit weg. Zu schreiben werde ich wohl nicht wagen. Also, bestellt zu Hause, daß ich heil bis hierher gekommen bin.«

Sie ließ sich von ihm küssen, und die beiden Männer gingen in den strömenden Regen hinaus und standen noch einen Augenblick im Gespräch vor der Tür. Dann hörten sie Hufe durchs Wasser patschen, und Tony war fort. Sie öffnete die Tür einen Spalt und sah Frank, wie er ein keuchendes, stolperndes Pferd in den Stall führte. Sie schloß die Tür wieder und setzte sich mit zitternden Knien.

Jetzt wußte sie, was Wiederaufbau hieß – so genau, als wäre ihr Haus von nackten Wilden umringt, die drohend herankrochen. Jetzt fiel ihr manches wieder ein, worauf sie in letzter Zeit wenig geachtet hatte. Gespräche, die sie aufgefangen hatte, ohne zuzuhören. Unterhaltungen von Männern, die plötzlich stockten, wenn sie ins Zimmer kam, Geringfügigkeiten, denen sie keine Bedeutung beigemessen hatte, Franks fruchtlose Warnungen, sie solle nicht mit dem alten Onkel Peter als einzigem Schutz zur Mühle hinausfahren. Nun fügte sich das alles zu einem grauenhaften Bild zusammen.

Die Neger hatten die Oberhand, und hinter ihnen standen die Bajonette der Yankees. Man konnte umgebracht und vergewaltigt werden, und nichts wurde dagegen getan. Wenn jemand sich rächte, so wurde er von den Yankees aufgehängt, ohne von Richtern und Geschworenen verhört zu werden. Die Yankeeoffiziere konnten, ohne sich im geringsten um irgendwelche Gesetze zu kümmern, ein Standgericht inszenieren und einem Südstaatler den Strick um den Hals legen.

»Was sollen wir tun?« dachte sie und rang in hilfloser Herzensangst die Hände. »Was sollen wir gegen solche Lumpen machen, die einen Kerl wie Tony aufhängen wollen, nur weil er einen betrunkenen Nigger und einen weißen Schuft umgebracht hat, um die Frauen seiner Familie zu beschützen. Es ist nicht zu ertragen!« Sie erbebte, zum erstenmal in ihrem Leben sah sie

Menschen und Ereignisse von ihrer eigenen Person losgelöst und erkannte, daß es nicht allein auf die verängstigte, hilflose Scarlett ankam. Im ganzen Süden waren Tausende von Frauen in der gleichen Lage wie sie, und Tausende von Männern, die bei Appomattox die Waffen niedergelegt hatten, waren entschlossen, sie wieder zu ergreifen und zum Schutz ihrer Frauen auf der Stelle das Leben zu wagen.

In Tonys Gesicht hatte etwas gelegen, dessen Abglanz sie auch auf Franks Mienen und neuerdings bei noch mehr Männern in Atlanta wahrgenommen hatte, ohne daß sie sich überlegt hatte, was es bedeute. Es war ein anderer Ausdruck als die hilflose Müdigkeit, die nach der Kapitulation auf den Gesichtern der Heimkehrenden gelegen hatte. Die gelähmten Nerven all dieser Männer wurden wieder lebendig. Der alte Geist erwachte von neuem. Sie nahmen sich die Ereignisse wieder zu Herzen, mit kalter, erbarmungsloser Bitterkeit, und dachten wie Tony: »Es ist nicht zu ertragen!«

In den Gesichtern der beiden Männer, die jetzt eben über die Kerzenflamme hinweg einander ins Auge blickten, hatte sie etwas gelesen, was ihr Mut und Angst zugleich machte: den Zorn, der keine Worte fand, und die Entschlossenheit, die vor nichts zurückschreckt.

Zum ersten Male fühlte sie sich mit ihren Landsleuten verbunden, einig in ihren Befürchtungen, ihrer Bitterkeit und ihrer Entschlossenheit. Nein, es war nicht zu ertragen. Der Süden war zu schön, als daß er kampflos preisgegeben werden durfte. Die Yankees sollten ihn nicht zertrampeln. Er durfte nicht an unwissende Neger, die von Whisky und Freiheit besoffen waren, ausgeliefert werden.

Als Scarlett an Tonys plötzliche Ankunft und raschen Abschied dachte, fiel ihr die alte Geschichte von Gerald wieder ein, der nach einem Mord, welcher für ihn und die Seinen kein Mord war, bei Nacht und Nebel aus Irland hatte fliehen müssen. Geralds leidenschaftliches Blut strömte auch durch ihre Adern, und sie erinnerte sich der heißen Wonne, mit der sie den marodierenden Yankee niedergeschossen hatte. Gewalttat lag ihnen allen im Blut, gefährlich dicht unter der Oberfläche, unmittelbar unter dem liebenswürdigen, verbindlichen Äußeren. Alle Männer, die sie kannte, waren im Grunde so, sogar Ashley mit seinen verträumten Augen und sogar der zimperliche alte Frank. Gewalttätig und mordlustig waren sie, wenn es darauf ankam. Auch Rhett, der gewissenlose Taugenichts, hatte einen Neger erschlagen, weil er unverschämt gegen eine Frau gewesen war.

Als Frank hustend und triefend vor Nässe hereinkam, sprang sie auf.

»Ach, Frank, wie lange soll das noch dauern?«

»Solange uns die Yankees drangsalieren.«

»Kann denn niemand etwas dabei tun?«

Frank strich sich mit müder Hand über den nassen Bart. »Es geschieht schon etwas.«

»Was denn?«

»Warum davon reden, ehe wir etwas erreicht haben? Vielleicht dauert es jahrelang, vielleicht bleibt es im Süden immer so.«

»Nein, nein!«

»Liebling, komm ins Bett, dich friert, du zitterst ja.«

»Wann wird das alles anders?«

»Wenn wir alle wieder wählen können. Wenn jeder, der für den Süden gekämpft hat, seinen Wahlzettel für einen Südstaatler und Demokraten abgeben kann.«

»Einen Wahlzettel?« Sie war verzweifelt. »Was hilft denn ein Wahlzettel, wenn die Schwarzen verrückt werden, weil die Yankees ihnen das Herz gegen uns vergiften!«

Frank fuhr geduldig in seinen Erklärungen fort, aber der Gedanke, daß Wahlzettel der Not abhelfen sollten, war zu verwickelt, als daß sie ihm folgen konnte. Voller Dankbarkeit überlegte sie sich, daß Jonas Wilkerson ihnen nun nie wieder auf Tara das Leben zur Hölle machen konnte, und dachte an Tony. »Die armen Fontaines! Nun ist nur noch Alex da, und auf Mimosa gibt es so viel Arbeit. Warum hatte Tony nicht soviel Verstand, es nachts und heimlich zu tun! Er könnte sich daheim bei der Frühjahrsbestellung viel nützlicher machen als in Texas.«

Frank legte den Arm um sie. Gewöhnlich tat er es zaghaft, als wüßte er im voraus, daß er ungeduldig abgewehrt werden würde. Aber heute nacht hatten seine Augen einen fernen Blick, und sein Arm umfaßte sie fest.

»Liebling, es gibt Dinge, die wichtiger sind als das Pflügen. Die Schwarzen im Zaum halten und den Lumpen entgegentreten, das gehört auch dazu. Solange wir noch solche Kerle wie Tony haben, brauchen wir uns im Süden nicht viel Sorge zu machen. Komm ins Bett.«

»Aber Frank ...«

»Wenn wir nur zusammenstehen und den Yankees nicht nachgeben, sind wir eines Tages Sieger. Zerbrich dir nicht das hübsche Köpfchen darüber, Liebling. Diese Sorge überlaß nur den Männern. Vielleicht erleben wir es nie, aber vielleicht kommt es eines Tages doch. Die Yankees werden es allmählich müde, uns zu quälen, wenn sie sehen, daß sie uns nichts anhaben können. Und dann wird es wieder eine anständige Welt geben, in der wir leben und unsere Kinder aufziehen können.«

Sie dachte an Wade und an das Geheimnis, das sie seit ein paar Tagen schweigend mit sich herumtrug. Nein, ihre Kinder sollten nicht in diesem Wirrwarr von Haß und Elend aufwachsen, umgeben von Bitterkeit und Brutalität, von Mühsal und Ungewißheit. Ihre Kinder sollten nicht erfahren, was das alles war. Sie sollten nichts als Milde und Herzlichkeit, warme Kleider und gutes Essen kennenlernen.

Frank meinte, das Stimmrecht könnte ihnen dazu verhelfen. Aber was machte ein Stimmzettel aus! Die guten Familien im Süden bekamen ihn doch nicht wieder. Es gab nur ein einziges sicheres Bollwerk gegen alles Ungemach, das das Schicksal bringen konnte, und das war Geld. Fieberhaft verlangte sie nach Geld, nach viel Geld, das sie vor dem Unglück beschützte.

Unvermittelt erzählte sie ihm, daß sie ein Kind erwarte.

Nach Tonys Flucht wurde Tante Pittys Haus noch wochenlang immer wieder von den Soldaten der Yankees durchsucht. Zu jeder beliebigen Zeit drangen sie unangemeldet ein. Sie schwärmten durch alle Zimmer, stellten Fragen, öffneten Schränke, stöberten in Waschkörben herum und schauten unter die Betten. Die Militärbehörde hatte erfahren, daß Tony den Rat bekommen hatte, zu Pitty zu gehen, und sie war überzeugt, er halte sich dort oder irgendwo in der Nachbarschaft versteckt.

Infolgedessen hatte Tante Pitty unaufhörlich ihre Zustände und war stündlich darauf gefaßt, daß ein Offizier oder eine Abteilung Soldaten in ihr Schlafzimmer eindränge. Weder Frank noch Scarlett hatten etwas von Tonys kurzem Besuch verlauten lassen, deshalb hätte die alte Dame, auch wenn sie gewollt hätte, gar nichts verraten können. Sie war vollkommen aufrichtig in ihren aufgeregten Beteuerungen, sie habe Tony Fontaine nur einmal im Leben, und zwar Weihnachten 1862, gesehen.

»Und«, fügte sie atemlos und dienstbeflissen hinzu, wenn die Yankees sie ausfragten, »damals war er vollständig betrunken.«

Scarlett hatte in den ersten Stadien ihrer Schwangerschaft allerlei körperliches Unbehagen auszustehen und wurde hin und her gerissen zwischen wildem Haß gegen die Blauröcke, die bei ihr eindrangen und häufig Kleinigkeiten, die es ihnen angetan hatten, mitnahmen, und ebenso wilder Angst, Tony möchte sie noch allesamt ins Verderben reißen. Die Gefängnisse waren von Leuten überfüllt, die wegen viel geringerer Vergehen hinter Schloß und Riegel saßen. Wenn ihnen nur ein Jota der Wahrheit nachgewiesen wurde, so kamen sowohl sie wie Frank wie auch die unschuldige Pitty unfehlbar ins Gefängnis. Seit einiger Zeit wurde in Washington für eine Einziehung des gesamten Rebellenbesitzes Stimmung gemacht, um die Kriegsschuld der Vereinigten Staaten damit zu bezahlen, und seitdem wurde Scarlett die ärgsten Befürchtungen nicht mehr los. Dazu kam, daß in Atlanta wilde Gerüchte umgingen, wer gegen das Militärgesetz verstieße, müsse mit seinem Vermögen dafür büßen, und Scarlett zitterte davor, daß Frank und sie nicht nur die Freiheit, sondern auch Haus, Laden und Mühle verlieren könnten. Und selbst wenn ihr Vermögen nicht beschlagnahmt und eingezogen wurde, war es doch so gut wie verloren, denn wer sollte sich um das Geschäft kümmern, wenn Frank und sie im Gefängnis saßen?

Sie grollte Tony, daß er ihnen so viel Sorge gebracht hatte. Wie hatte er das seinen Freunden zumuten können? Nie wieder wollte sie jemandem helfen, wenn hernach die Yankees zur Strafe dafür wie ein Hornissenschwarm über sie herfielen. Nein, sie wollte ihre Tür vor jedem verschließen, der Hilfe suchte. Nur vor Ashley nicht! Nach Tonys Besuch fuhr sie wochenlang bei jedem Laut auf der Straße aus unruhigen Träumen auf, voller Angst, es könnte Ashley sein, der gleichfalls nach Texas fliehen müßte. Wie es um ihn stand, wußte sie nicht, denn sie wagte nichts über Tonys mitternächtliches Auftauchen nach Tara zu schreiben. Ihre Briefe konnten von den Yankees abgefangen werden und auch über die Plantage Unheil bringen. Als aber Woche um Woche verging und sie keine schlechten Nachrichten bekam, sagte sie sich, Ashley müsse mit heiler Haut davongekommen sein. Schließlich hörten die Yankees auf, sie zu belästigen.

Aber auch diese Erleichterung befreite Scarlett nicht von dem Grauen, das über sie gekommen war, als Tony an ihre Tür klopfte; es war schwerer zu ertragen als die Angst vor den Granaten bei der Belagerung oder vor Shermans Soldaten in der letzten Zeit des Krieges. Es war, als hätte Tonys Auftauchen in der wilden Regennacht ihr eine Binde von den Augen genommen und sie gezwungen, der wahren, unablässigen Gefährdung ihres Lebens ins Gesicht zu sehen.

Wenn Scarlett sich in diesem kalten Frühling des Jahres 1866 in ihrer Umgebung umsah, wurde ihr klar, was dem ganzen Süden bevorstand. Sie mochte schwerer arbeiten, als je ihre Sklaven es getan hatten, sie mochte durch ihre eigene Entschlossenheit Schwierigkeiten überwinden, für die ihr vergangenes Leben ihr keinerlei Rüstzeug mitgegeben hatte, dennoch konnte das wenige, was sie so schwer errungen hatte, ihr jeden Augenblick wieder entrissen werden. Es gab für sie keine gesetzliche Hilfe, keine Instanz, wo sie ihr Recht verlangen konnte, außer den Standgerichten mit ihrer schrankenlosen Willkür. Nur für die Neger gab es noch Gesetz und Recht. Der Süden lag vor den Yankees im Staub, und dabei sollte es bleiben. Es war, als habe eine boshafte Riesenhand dieses Land niedergeworfen, und die Herren von einst waren hilfloser, als ihre früheren Sklaven je gewesen waren.

In Georgia lag eine starke Besatzungsarmee, und Atlanta hatte seinen reichlichen Anteil daran. Überall hatten die Befehlshaber der Truppen vollkommene Macht über die bürgerliche Bevölkerung, ja die Macht über Leben und Tod, und sie machten davon Gebrauch. Sie konnten die Bewohner für jedes Vergehen und auch ohne Vergehen gefangensetzen, ihr Vermögen einziehen und sie aufhängen. Sie konnten sie mit einander widersprechenden Verordnungen bis aufs Blut peinigen, mit Anweisungen über ihren Geschäftsbetrieb, über die Löhne, die sie zu zahlen hatten, darüber, was sie öffentlich oder zu Hause sagen und in ihren Zeitungen schreiben durften. Sie schrieben vor, wann und wo sie ihren Müll abzuladen hatten, sie entschieden darüber, welche Lieder die Töchter und Frauen der Besiegten singen durften, und das Anstimmen von »Dixie« oder der »Schönen blauen Flagge« war ein Vergehen, das kaum leichter wog als Verrat. Sie verfügten, daß keiner, der nicht den Treueid geleistet hatte, einen Brief durch die Post bekommen konnte, und hin und wieder kam es auch zu Heiratsverboten, wenn die Paare den verhaßten Eid nicht geschworen hatten. Alle diese Verordnungen wurden auf das strengste gehandhabt.

Die Zeitungen wurden so scharf beaufsichtigt, daß öffentlich nicht gegen die Ungerechtigkeit und Räubereien des Militärs Verwahrung eingelegt werden konnte, und wenn ein einzelner sich zur Wehr setzte, stand Gefängnis darauf. In den Gefängnissen wimmelte es von angesehenen Bürgern, und sie blieben dort ohne jede Hoffnung auf baldige Aburteilung. Die Geschworenengerichte und die Habeas-Corpus-Akte waren praktisch außer Kraft gesetzt. Die Zivilgerichte arbeiteten noch, aber unter der Aufsicht des Militärs, das in den Rechtsgang nach Belieben eingreifen konnte, und Bürger, die das Unglück hatten, verhaftet zu werden, waren dem Militär auf Gnade und Ungnade ausgeliefert. Der bloße Verdacht, sich aufsässig gegen die Regierung geäußert zu haben oder am Ku-Klux-Klan beteiligt zu sein, die Klage eines Negers, der sich von einem Weißen von oben herab behandelt fühlte, genügte, einen Angeschuldigten ins Gefängnis zu bringen. Beweise und Zeugenaussagen wurden nicht verlangt. Die Anklage allein genügte. Und dank der Hetze der Freilassungsbehörde fanden sich immer wieder Neger, die bereitwillig Anzeige gegen Weiße erstatteten.

Die Neger hatten das Stimmrecht noch nicht bekommen, aber der Norden war gewillt, es ihnen zu gewähren. Sie sollten zugunsten des Nordens stimmen, und daher war nichts für die Neger gut genug. Die Yankees nahmen bei allen vorkommenden Fällen ihre Partei, und der sicherste Weg für einen Weißen, sich ins Unglück zu stürzen, war ein Streit mit einem Neger, einerlei, welcher Art.

Die früheren Sklaven waren jetzt die Herren, und mit Hilfe der Sieger standen die Niedrigsten und Unwissendsten obenan. Die Besseren von ihnen, die die Freilassung verschmähten, hatten ebenso schwer zu leiden wie ihre weißen Herren. Die Haussklaven, der höherstehende Teil der schwarzen Bevölkerung, blieben zu Tausenden bei ihren weißen Herrschaften und taten schwere Arbeit, die in früheren Zeiten unter ihrer Würde gewesen war. Auch viele treue Ackerknechte weigerten sich, von dieser Freiheit Gebrauch zu machen, doch stammten die schlimmsten Unruhestifter in den Horden der Freigelassenen zum großen Teil aus der Klasse der Feldsklaven.

In den Zeiten der Sklaverei waren diese niedrigen Schwarzen von den Haus- und Hofnegern als minderwertige Geschöpfe verachtet worden. Wie Ellen hatten auch andere Plantagenbesitzerinnen im ganzen Süden die Negerkinder eine regelrechte Erziehung durchmachen lassen und dabei die besten für die verantwortlichen Stellen ausgesondert. Wer auf den Acker gewiesen wurde, hatte zu den Unfähigsten, Trägsten, Unzuverlässigsten oder auch Unehrlichsten gehört, und nun machte diese niedrigste Klasse der schwarzen Gesellschaft dem Süden das Leben zur Qual.

Mit Hilfe der gewissenlosen Abenteurer, die in der Freilassungsbehörde saßen, und unterstützt durch den Haß der Nordstaaten, der in seinem Fanatismus fast etwas Religiöses hatte, fanden sich die früheren Ackerknechte plötzlich im Besitz der Macht. Sie benahmen sich dabei so, wie es von Köpfen niedrigsten Verstandes zu erwarten war. Gleich Affen und kleinen Kindern, die man auf Kostbarkeiten losläßt, von deren Wert sie keinen Begriff hatten, kamen sie außer Rand und Band, sei es aus viehischer Zerstörungswut, sei es einfach aus Unwissenheit.

Zur Ehre der Neger, auch der einfältigsten, konnte immer wieder beobachtet werden, daß nur wenige aus Bosheit handelten, und diese hatten schon in den Tagen der Sklaverei zum Abschaum gehört. Als Menschenklasse waren sie kindlichen Gemüts, leicht lenkbar und aus langer Übung gewohnt zu gehorchen. Früher hatten ihre weißen Besitzer ihnen befohlen; jetzt hatten sie eine neue Klasse von Herren, die Behörde und die Schieber, und deren Befehl lautete: »Ihr seid so gut wie jeder Weiße, also handelt danach. Sobald ihr den Wahlzettel für die Republikaner abgeben könnt, bekommt ihr das Eigentum der Weißen. Es ist so gut, als hättet ihr es schon. Nehmt es, wenn ihr wollt.«

Geblendet von solchen Märchen, erblickten sie in der neuen Freiheit ein unaufhörliches Fest, ein tägliches Gelage, einen Karneval der Faulheit, der Dieberei und der Frechheit. Vom Lande strömten sie in Scharen in die Stadt, und in den ländlichen Bezirken lag die Feldarbeit danieder. Schon wimmelte es in Atlanta von ihnen, und noch immer kamen sie zu Hunderten herbei, faul und gefährlich infolge der neuen Lehre, die ihnen beigebracht wurde. In den schmutzigen Hütten, in denen sie zusammengepfercht hausten, brachen Blattern, Typhus und Tuberkulose aus. In früheren Zeiten waren sie gewohnt gewesen, in Krankheitsfällen von ihrer Herrin gepflegt zu werden; jetzt wußten sie sich nicht zu helfen. Früher hatten sie die Fürsorge für ihre Alten und

Kleinen ihren Besitzern überlassen, jetzt fühlten sie sich für ihre Hilfsbedürftigen nicht verantwortlich. Die Freilassungsbehörde aber steckte viel zu tief in der Politik, um einzuspringen, wo früher die Plantagenbesitzer für sie gesorgt hatten.

Verlassene Negerkinder liefen wie scheue Tiere durch die Stadt, bis gutherzige Weiße sie in ihrer Küche aufnahmen und großzogen. Schwarze Greise saßen einsam, ratlos und verängstigt mitten im städtischen Getriebe auf dem Bordstein und flehten die vorübergehenden Damen an: »Missis, bitte Missis, schreiben Sie an meinen alten Herrn, daß ich hier bin. Dann kommt er und holt seinen alten Nigger wieder. O Jesus, Jesus, ich habe genug von der Freiheit!«

Als die Freilassungsbehörde erkannte, was sie angerichtet hatte, versuchte sie, die Schwarzen zu ihren früheren Eigentümern zurückzuschicken. Ihnen wurde gesagt, wenn sie zurückkehrten, so täten sie es als freie Arbeiter, für die in einem geschriebenen Vertrage der Tagelohn festgelegt werde. Die Älteren kehrten daraufhin zu den Plantagen zurück und lagen den verarmten Pflanzern, die nicht das Herz hatten, sie abzuweisen, mehr als je zur Last. Aber die Jüngeren blieben in Atlanta. Sie wollten überhaupt nicht mehr arbeiten. Wozu arbeiten, wenn man satt war?

Zum erstenmal in ihrem Leben konnten die Nigger so viel Whisky bekommen, wie sie nur wollten. In den Zeiten der Sklaverei hatten sie ihn überhaupt nur zum Weihnachtsfest gekostet, wenn jeder mit seinem Geschenk auch seinen ›Tropfen‹ bekam. Jetzt waren es nicht nur die Agitatoren der Behörden und die Schieber, die sie zum Saufen und Raufen ermunterten, sondern auch der Whisky selbst, und Ausschreitungen waren unvermeidlich. Weder Leben noch Eigentum war vor ihnen sicher, und die rechtlosen Weißen zitterten vor ihnen. Die Männer wurden auf der Straße von betrunkenen Schwarzen angepöbelt, Häuser und Scheunen nachts in Brand gesteckt, Pferde, Rinder und Hühner wurden bei hellichtem Tage gestohlen, Verbrechen jeder Art begangen, und nur wenige Frevler kamen vors Gericht.

All diese Schandtaten und Bedrohungen waren jedoch nichts im Vergleich zu der Gefährdung der weißen Frauen, die, zum großen Teil durch den Krieg des männlichen Schutzes beraubt, allein, in abgelegenen Gegenden und an einsamen Landstraßen wohnten. Die große Anzahl der Sittlichkeitsverbrechen an Frauen, die fortwährende Gefahr für das Leben ihrer Gattinnen und Töchter brachte die Männer des Südens in kalte, bebende Wut und rief über Nacht den Ku-Klux-Klan ins Leben. Gegen diese unterirdische Organisation ereiferten sich die Zeitungen des Nordens am heftigsten, weil sie keine Ahnung von der tragischen Notwendigkeit hatten, der sie ihre Entstehung verdankte. Der Norden verlangte, daß jedes Mitglied des Ku-Klux-Klan zu Tode gehetzt und gehängt werde, weil sie zu einer Zeit, da die ordentlichen Gerichte und die bürgerliche Ordnung durch die Eroberer aufgehoben worden waren, die Bestrafung von Verbrechen selbst in die Hand genommen hatten.

Es bot sich das merkwürdige Schauspiel, daß die eine Hälfte eines Volkes versuchte, der anderen Hälfte mit der Spitze des Bajonetts die Herrschaft der Neger aufzuzwingen, von denen viele vor kaum einem Menschenalter noch in den Urwäldern Afrikas gelebt hatten. Sie sollten das Stimmrecht bekommen, und den meisten ihrer früheren Eigentümer wurde es verweigert. Der Süden sollte niedergehalten werden, und die politische Entrechtung der Weißen war eines der Mittel dazu. Die meisten von denen, die für die Konföderierten gekämpft, ein Amt unter ihrer Regierung innegehabt und ihnen Beistand und Unterstützung gewährt hatten, durften nicht abstimmen, hatten bei der Wahl der Beamten nicht mitzureden und standen wehrlos unter der Fremdherrschaft. Viele Männer urteilten sehr nüchtern über General Lees Wort und Beispiel und waren wie er bereit, den Treueid zu leisten, Bürger zu werden und das Vergangene zu vergessen, aber es wurde ihnen nicht erlaubt. Andere, denen man nichts in den Weg gelegt hätte, weigerten sich und verschmähten es, einer Regierung Treue zuschwören, die sie absichtlich jeder Grausamkeit und Demütigung auslieferte. Scarlett hörte immer wieder, bis sie hätte schreien mögen, das Wort: »Ich hätte den verfluchten Eid längst geleistet, wenn sie ehrlich und anständig mit uns umgingen. Ich will mich wohl in die Union zurückgliedern lassen, aber, bei Gott, nicht mit den Methoden dieses ›Wiederaufbaues‹!«

In all diesen sorgenvollen Tagen und Nächten quälte sich Scarlett mit schrecklicher Angst. Die immerwährende Bedrohung durch die entfesselten Neger und Yankees ließ ihr keine Ruhe. Selbst in ihren Träumen sah sie beständig das Gespenst der Vermögensbeschlagnahme vor sich; und ihr graute vor schlimmeren Schrecknissen, die noch kommen konnten. Die eigene Hilflosigkeit und die ihrer Freunde und des ganzen Südens drückte sie nieder, und es war nicht zu verwundern, daß ihr in diesen Tagen immer wieder Tony Fontaines leidenschaftliche Worte in den Sinn kamen: »Bei Gott, Scarlett, es ist nicht zu ertragen, und es wird auch nicht ertragen!«

Trotz Krieg, Feuersbrunst und Wiederaufbau war Atlanta jetzt wieder eine auflebende Stadt. In mancher Beziehung glich es der jungen, geschäftigen Niederlassung aus der Frühzeit der Konföderierten Staaten. Schlimm war es nur, daß die vielen Soldaten auf der Straße nicht die richtige Uniform trugen, daß das Geld in den falschen Händen war und die Neger faulenzten, während ihre früheren Besitzer hungerten und sich plagten. Unter der Oberfläche herrschten Elend und Angst, von außen gesehen aber schien es eine Stadt voll hastender Geschäftigkeit, die rasch aus den Trümmern emporwuchs. Es war, als könnte Atlanta nicht anders als in der Hast leben, wie auch die jeweiligen Umstände sein mochten. Savannah, Charleston, Augusta, Richmond, New Orleans hasteten nie. Das war geschmacklos und yankeehaft. Gerade damals aber war Atlanta geschmackloser und yankeehafter als je zuvor und je nachher. Neue Leute strömten von allen Seiten herbei, von morgens bis abends war des Gewimmels und Getöses in den Straßen kein Ende. Die protzigen Equipagen der Offiziersdamen und der Kriegsgewinnler bespritzten die altersschwachen Einspänner der Alteingesessenen mit Dreck, und zwischen die ehrsamen Wohnhäuser der früheren Zeit schoben sich die prunkvollen Neubauten der vermögenden Fremden.

Der Krieg hatte die Bedeutung Atlantas für den Süden ein für allemal erwiesen, und der Name der bisher unbedeutenden Stadt war weit und breit bekannt geworden. Die Eisenbahnlinien, um die Sherman einen ganzen Sommer lang gekämpft, für die er Tausende von Männern geopfert hatte, brachten der Stadt, die ihnen ihr Dasein verdankte, auch jetzt wieder neues Leben. Wie vor der Zerstörung fand das ganze Leben und Treiben eines weiten Bezirks in Atlanta seinen Mittelpunkt, und der Zuzug von mehr oder weniger willkommenen neuen Einwohnern war gewaltig.

Die hereinströmenden Schieber machten Atlanta zu ihrem Hauptquartier und prallten auf den Straßen mit Vertretern der ältesten Familien aus dem Süden zusammen, die gleichfalls neu zuzogen. Familien vom Lande, die von Shermans Soldaten gebrandschatzt worden waren und ohne Sklaven ihre Baumwolle nicht mehr bestellen konnten, siedelten nach Atlanta über. Täglich kamen neue Zuwanderer aus Tennessee und den beiden Carolinas, wo der Wiederaufbau auf der Bevölkerung noch schwerer lastete als in Georgia. Viele Iren und Deutsche, die als Söldner in der Unionsarmee mitgekämpft hatten, ließen sich nach ihrer Verabschiedung in Atlanta nieder. Die Frauen und Familien der Yankees, die in Atlanta in Garnison lagen, waren in den Kriegsjahren neugierig auf den Süden geworden und vermehrten nun ebenfalls die Bevölkerung der Stadt.

Tosendes Leben erfüllte die Stadt, die weit offen wie ein Grenzort dalag und sich keine Mühe gab, ihre Laster und Sünden zu verbergen. Kneipen schossen über Nacht wie Pilze aus der Erde, oft zwei und drei in einem Häuserblock, und nach einbrechender Dunkelheit waren die Straßen voll schwarzer und weißer Betrunkener, die zwischen Bordstein und Hausmauer hin und her taumelten. Meuchelmörder, Taschendiebe und Prostituierte lauerten in den finsteren Gassen und unter den Bäumen auf ihre Opfer. Spielhöllen standen in voller Blüte, und es verging kaum eine Nacht ohne Schießerei und Messerstecherei. Die ehrsamen Bürger waren entsetzt, als Atlanta plötzlich ein blühendes, verrufenes Unzuchtsviertel hatte, größer und belebter als vor dem Kriege. Die ganze Nacht klimperten dort hinter herabgelassenen Jalousien die Klaviere, Gelächter und wüste Lieder schallten auf die Straße, dazwischen war hin und wieder ein Schrei oder ein Pistolenschuß zu hören. Die Insassen dieser Häuser waren dreister als die Dirnen der Kriegszeit. Sonntags nachmittags rollten sogar die eleganten geschlossenen Wagen der Frauenzimmer durch die Hauptstraße, voll von aufgeputzten Mädchen, die hinter herabgelassenen Seidengardinen ein wenig Luft schöpfen wollten.

Unter diesen Weibern war Belle Watling die bekannteste. Sie hatte jetzt ein eigenes Haus eröffnet, ein großes zweistöckiges Gebäude, neben dem sich die Nachbarhäuser wie schäbige Kaninchenställe ausnahmen. Unten befand sich eine lange elegante, mit Ölgemälden ausstaffierte Bar, und jeden Abend spielte dort eine Negerkapelle. Die oberen Gemächer, hieß es, seien mit den schönsten Plüschmöbeln, schweren Spitzenvorhängen und ausländischen Spiegeln in Goldrahmen hergerichtet. Die zwölf Mädchen, die zur Hauseinrichtung gehörten, waren zwar ausgiebig geschminkt, aber hübsch; sie verhielten sich auch ruhiger als die Insassen der anderen Häuser. Wenigstens wurde zu Belle Watling selten die Polizei gerufen.

Dieses Haus war etwas, worüber die Matronen von Atlanta am eifrigsten tuschelten; die Geistlichen bezeichneten es in vorsichtigen Ausdrücken als einen Pfuhl der Sünde, ein Ärgernis und einen Schandfleck für die Stadt. Jeder wußte, daß eine Person wie Belle Watling selbst nie so viel Geld hatte verdienen können, um ein derartig üppiges Lokal zu errichten. Es mußte jemand mit Vermögen hinter ihr stehen. Rhett Butler hatte nie den Anstand gehabt, seine Beziehungen zu ihr zu leugnen. Es lag auf der Hand, daß er und kein anderer der Geldgeber war. Belle selbst machte einen überaus wohlhabenden Eindruck, wenn man sie in ihrem geschlossenen Wagen mit dem unverschämten gelben Neger auf dem Bock vorbeifahren sah. Sobald ihre schönen Braunen auf der Straße erschienen, liefen die kleinen Kinder, die ihren Müttern entwischen konnten, zusammen, um nach ihr auszuspähen, und flüsterten erregt: »Das ist sie! Das ist die alte Belle! Ich habe ihr rotes Haar gesehen!«

Neben den zerschossenen Häusern, die mit alten Balkenresten und rauchgeschwärzten Backsteinen ausgeflickt waren, erhoben sich die schönen Häuser der Schieber und Kriegsgewinnler, mit Mansardendächern, Giebeln, Türmchen und Fenstern aus Buntglas und mit großen Rasenplätzen davor. Nacht für Nacht strahlte das neue Gaslicht aus diesen Fenstern, Musik und das Geräusch tanzender Füße scholl in die Dunkelheit hinaus. Frauen in pompösen grellen Seidenkleidern schlenderten auf den langen Veranden hin und her, begleitet von Männern im Frack; Sektkorken knallten, und auf Spitzentischtüchern wurden Diners von sieben Gängen serviert. Hinter den schadhaften Türen der alten Häuser hingegen herrschten die Armut und der Hunger um so härter, weil nach außen hin stolze Gleichgültigkeit gegen alle leiblichen Genüsse zur Schau getragen wurde. Dr. Meade konnte unerfreuliche Geschichten von Familien erzählen, die aus ihrem Herrenhaus in eine Pension übergesiedelt waren und schließlich von dort in irgendein schmutziges Zimmer einer Hintergasse. Er hatte viele Patientinnen, die an Herzschwäche oder Entkräftung litten. Er wußte und verbarg es ihnen auch nicht, daß es sich in Wahrheit um ein langsames Verhungern handelte. Er konnte von der Schwindsucht erzählen, die ganze Familien verheerte, von der Rose, die früher nur bei den Ärmsten vorgekommen war und nun auch Atlantas beste Familien nicht verschonte. Die Säuglinge hatten dünne, rachitische Beine, und die Mütter konnten sie nicht stillen. Einst pflegte der alte Doktor Gott ehrfürchtig für jedes Kind zu danken, das er zur Welt beförderte. Jetzt hielt er das Leben nicht mehr für eine Wohltat. Es war für die ganz Kleinen eine zu harte Welt, und viele starben in den ersten Monaten.

Helle Lichter und Wein, Musik und Tanz, Brokat und Linnen in den protzigen Neubauten und gleich um die Ecke Kälte und langsamer Hungertod, Gefühllosigkeit und Anmaßung bei den Siegern, bitteres Leid und Haß bei den Besiegten.

XXXVIII

Scarlett sah dies alles, erlebte es Tag für Tag, kam auch des Nachts nicht davon los und war in beständiger Angst, was als nächstes geschehen könnte. Sie wußte, sie und Frank standen schon auf der schwarzen Liste der Yankees, Tonys wegen, und jeden Augenblick konnte das Unglück über sie hereinbrechen. Aber gerade jetzt konnte sie sich unmöglich dahin zurückwerfen lassen, von wo sie ausgegangen war, gerade jetzt, da ein Kind kommen sollte, da die Mühle den ersten Gewinn abwarf und Tara auf ihre Zuschüsse angewiesen war, bis im Herbst die Baumwolle hereinkam. Ach, und wenn sie nun alles verlieren sollte! Wieder von vorn anfangen müßte! Mit ihren schwachen Waffen den Kampf gegen die tolle Welt führen, mit ihren roten Lippen und grünen Augen, mit ihrem gescheiten, aber ungeübten Hirn sich gegen die Yankees und alles, was sie mit sich brachten, behaupten! Müde vor Grauen, war sie überzeugt, daß sie sich lieber umbringen als noch einmal von vorn anfangen würde.

In dem Chaos dieses Frühlings 1866 hatte sie nur den einen Gedanken: mit der Mühle Geld zu verdienen. Geld gab es genug in Atlanta, die Fülle der Neubauten gab ihr die gewünschte Gelegenheit, und wenn sie nur nicht ins Gefängnis kam, konnte sie sicher Geld verdienen. Aber dann, so sagte sie sich wieder und wieder, müßte sie leise treten und vorsichtig sein, sich Beleidigungen und Ungerechtigkeiten gefallen lassen und nie einen Schwarzen noch einen Weißen vor den Kopf stoßen, der ihr schaden konnte. Sie haßte die unverschämten freigelassenen Neger so gut wie jeder andere, und sie erzitterte jedesmal vor Grimm, wenn sie ihre frechen Bemerkungen und ihr herausforderndes Gelächter hörte, sobald sie vorüberging. Aber nicht ein einziges Mal schaute sie sie auch nur mit Verachtung an. Sie haßte die Schieber und die Gesinnungslumpen, die mühelos reich wurden, während sie sich abplagte, aber sie sagte nichts. Niemand in Atlanta konnte eine größere Abscheu vor den Yankees haben als sie, denn der bloße Anblick einer blauen Uniform ließ die Wut in ihr hochsteigen, aber sogar im Familienkreise schwieg sie darüber. Mochten andere ins Gefängnis kommen, weil sie ihre Gesinnung aussprachen, und aufgehängt werden, weil sie dem Ku-Klux-Klan angehörten. Mochten andere Frauen stolz darauf sein, daß ihre Männer mittaten, mochten andere schäumen und kochen vor Wut und Pläne schmieden, um zu ändern, was doch nicht zu ändern war. Was lag an dem Stimmzettel, wenn es in Wirklichkeit darauf ankam, das tägliche Brot und ein Dach über dem Kopf zu haben und nicht ins Gefängnis zu wandern! Mochte Gott sie nur bis zum Juni vor dem Unheil bewahren!

Nur bis zum Juni! Von da ab mußte Scarlett zu Hause bleiben, bis das Kind geboren war. Schon schüttelten die Leute die Köpfe über sie, weil sie sich in ihrem Zustand überhaupt noch zeigte. Das tat eine Dame nicht. Schon drangen Frank und Pitty in sie, sich zu schonen, und sie hatte ihnen versprochen, im Juni mit der Arbeit aufzuhören.

Nur bis zum Juni! Bis dahin mußte die Mühle so gut gehen, daß sie sich nicht mehr selbst darum zu kümmern brauchte, bis dahin mußte sie so viel Geld haben, daß sie wenigstens notdürftig gegen Unvorhergesehenes geschützt war. Und es gab soviel zu tun! Sie wünschte, der Tag hätte doppelte Stunden, sie zählte die Minuten und trachtete fieberhaft nur nach Geld und immer mehr Geld.

Weil sie den zaghaften Frank ständig anspornte, ging der Laden jetzt besser, und sogar einige der ausstehenden Gelder kamen herein. Aber all ihre Hoffnungen hatte sie auf die Sägemühle gesetzt. Die Nachfrage nach Baumaterial war so groß, daß sie nicht befriedigt werden konnte. Die Preise für Holz, Ziegel und Steine zogen an, und Scarlett hielt die Mühle vom frühen Morgen bis zum abendlichen Laternenlicht in Betrieb. Einen Teil jedes Tages verbrachte sie hier und hatte ihre Augen überall, um der Dieberei Johnsons, von der sie überzeugt war, ein Ende zu machen. Aber den größten Teil der Zeit fuhr sie in der Stadt bei Bauherren, Unternehmern und Zimmerleuten umher, besuchte sogar Fremde, von deren Bauplänen sie gehört hatte, und schmeichelte ihnen das Versprechen ab, nur bei ihr zu kaufen. Bald war sie eine bekannte Gestalt, wie sie neben ihrem würdevollen, mißbilligenden alten Kutscher in ihrem Einspänner saß, die Wagendecke hoch heraufgezogen, die kleinen behandschuhten Hände im Schoß gefaltet. Tante Pitty hatte ihr eine hübsche, grüne Mantille gemacht, die ihre Figur verbarg, und einen grünen Pfannkuchenhut, der zu ihren grünen Augen paßte; in dieser kleidsamen Aufmachung fuhr sie immer auf ihre Geschäftswege. Eine Spur von Rouge auf den Wangen, ein noch schwächerer Hauch von Kölnisch Wasser, und sie war reizend – solange sie im Wagen sitzenblieb und ihre Figur nicht zeigte. Und sie brauchte fast nie auszusteigen. Wenn sie lächelte und winkte, kamen die Männer an den Wagen und standen oft ohne Hut im Regen, um geschäftlich mit ihr zu verhandeln.

Sie war nicht die einzige, die die Gelegenheit erkannt hatte, mit Holz Geld zu verdienen. Aber sie fürchtete ihre Konkurrenten nicht. Sie war sich ihrer Tüchtigkeit bewußt und sah, daß sie es mit jedem aufnehmen konnte. Sie war Geralds Tochter, und der kluge kaufmännische Sinn, den sie geerbt hatte, schärfte sich noch durch die Not. Zuerst hatten die anderen Holzhändler über sie gelacht und gutmütig auf die Frau herabgesehen, die Geschäfte machen wollte. Aber jetzt lachten sie nicht mehr, sondern verfluchten sie im stillen, wenn sie vorüberfuhr. Daß sie eine Frau war, kam ihr häufig zugute, denn sie konnte, wenn es nötig war, so hilflos und bittend dreinschauen, daß alle Herzen schmolzen; sie konnte als die schüchterne kleine, aber tapfere Frau auftreten, die durch die Bitterkeit des Lebens gezwungen war zu arbeiten und verhungern mußte, wenn die Kunden ihr das Holz nicht abkauften. Sobald sie aber mit ihrer Fraulichkeit nichts ausrichtete, wurde sie kalt und geschäftlich und scheute sich nicht, ihre Konkurrenten mit eigenem Verlust zu unterbieten, falls sie damit einen neuen Kunden erwerben konnte. Sie scheute sich auch nicht, minderwertige Waren zu gutem Preise zu verkaufen, wenn sie glaubte, vor Entdeckung sicher zu sein, und machte sich kein Gewissen daraus, die anderen Holzhändler in Verruf zu bringen. Als sei es ihr in der Seele zuwider, so unerfreuliche Dinge ans Licht zu bringen, erzählte sie einem künftigen Kunden dann seufzend, das Holz der Konkurrenz sei viel zu teuer, außerdem mulmig, voller Astlöcher und von kümmerlichster Qualität. Als sie das erstemal solche Lügen vorbrachte, erschrak sie über sich selbst, wie leicht und natürlich ihr die Unwahrheit von den Lippen ging, und sie fühlte sich schuldig, wenn ihr plötzlich durch den Sinn zog: »Was würde Mutter dazu sagen?«

Was Ellen von einer Tochter denken würde, die log und derartige Geschäftspraktiken anwandte, stand außer Zweifel. Ungläubig würde sie sein und vor Schreck sich kaum zu helfen wissen, sanfte Worte würde sie sprechen, die dennoch einen Stachel hinterließen, Worte von Ehre und Redlichkeit, von Wahrheit und den Pflichten gegenüber den Mitmenschen. Scarlett wurde das Herz schwer, wenn sie sich den Gesichtsausdruck ihrer Mutter vorstellte. Aber dann verblich das Bild vor dem harten, skrupellosen und gierigen Trieb, der in den hungrigen Tagen auf Tara in ihr erwacht war und in der gegenwärtigen Unsicherheit des Lebens immer noch zunahm. Und sie dachte bei ihren Geschäften nicht mehr an Ellen und bereute nie wieder irgend etwas, was sie tat, um andere zu übervorteilen. Zudem wußte sie sich völlig sicher, denn die Ritterlichkeit des Südens schützte sie. Eine Dame aus dem Süden konnte zwar über einen Herrn Unwahrheiten erzählen, aber ein Herr aus dem Süden konnte nicht eine Dame der Lüge beschuldigen. Die Konkurrenten konnten nur innerlich toben und im engsten Familienkreis den Wunsch aussprechen, Mrs. Kennedy möge nur einmal für fünf Minuten ein Mann sein.

Ein armer Teufel, der an der Decaturstraße gleichfalls eine Mühle betrieb, versuchte in der Tat einmal, Scarlett mit ihren eigenen Waffen zu bekämpfen und nannte sie öffentlich eine Schwindlerin; aber es schadete ihm mehr, als es ihm nützte, denn alles war entsetzt, daß jemand etwas so Empörendes von einer Dame aus guter Familie sagen konnte, wenn sie sich auch noch so unweiblich aufführte. Scarlett quittierte seine Beschimpfungen mit würdevollem Schweigen und widmete fortan ihm und seinen Kunden ihre ganze Aufmerksamkeit. Sie unterbot ihn so erbarmungslos und lieferte mit geheimem Stöhnen eine so vorzügliche Ware, um ihre Ehrlichkeit zu beweisen, daß er bald bankrott war. Dann kaufte sie zu Franks Entsetzen seine Mühle zu einem Preis, den sie selber diktierte.

Als sie sie in Besitz hatte, erhob sich das schwierige Problem, einen vertrauenswürdigen Mann zu finden, der sie führen konnte. Einen zweiten Johnson wollte sie nicht haben. Sie wußte genau, daß er immer noch ihr Holz hinter ihrem Rücken verkaufte. Aber sie meinte, es würde nicht schwer sein, den Richtigen zu finden. War nicht jeder arm wie Hiob, und waren nicht die Straßen voll von Männern, die früher reich gewesen waren und jetzt nach Arbeit und Verdienst suchten? Es verging kein Tag, ohne daß Frank einem hungernden Veteranen Geld gab oder Pitty und Cookie für abgezehrte Bettler etwas zu essen einpackten.

Aber von diesen Leuten wollte Scarlett keinen haben. »Was soll ich mit jemandem, der nach einem Jahr noch keine Arbeit gefunden hat?« dachte sie sich. »Wenn sie sich den neuen Verhältnissen noch immer nicht angepaßt haben, werden sie sich auch mir nicht anpassen. Wie geprügelte Hunde sehen sie alle aus. Ich will jemanden, der tüchtig und tatkräftig ist, wie Renny oder Tommy Wellburn oder Kells Whiting oder einen von den Simmonsschen Jungen. Denen steht nicht die Resignation auf der Stirn geschrieben, sondern man sieht ihnen an, daß sie zu handeln verstehen.«

Die Simmons aber, die eine Ziegelei eröffnet hatten, und Kells Whiting, der ein Präparat aus der Küche seiner Mutter verkaufte, das unter Garantie nach sechsmaligem Gebrauch auch das wolligste Negerhaar glättete, lächelten zu Scarletts Überraschung nur höflich und lehnten dankend ab. Sie versuchte es noch bei mehreren anderen, aber gleichfalls ohne Erfolg. Verzweifelt erhöhte sie ihr Gehaltsangebot, bekam aber trotzdem nichts als Absagen. Einer von Mrs. Merriwethers Neffen bemerkte, zwar schätze er es nicht besonders, einen Karren zu ziehen, aber es sei doch sein eigener Karren, und ehe er sich von Scarlett Dampf machen ließe, fahre er lieber langsamer unter eigenem Dampf.

Eines Nachmittags hielt Scarlett mit ihrem Einspänner neben René Picards Pastetenwagen und rief René und den verkrüppelten Tommy Wellburn an, der sich von seinem Freunde mitnehmen ließ. »Hören Sie zu, Renny, warum kommen Sie nicht zu mir und arbeiten bei mir? Ein Mühlenbetrieb ist eine angesehenere Tätigkeit als einen Pastetenwagen fahren. Sie sollten sich schämen.«

»O je, ich sterbe vor Scham«, grinste René. »Aber wer möchte wohl noch angesehen sein? Mein ganzes Leben war ich angesehen, bis der Krieg mich in Freiheit gesetzt hat wie die Schwarzen. Nun brauche ich nie wieder würdevoll zu tun und mich zu langweilen. Ich bin frei wie der Vogel! Ich liebe meinen Pastetenwagen, mein Maultier und die guten Yankees, die so freundlich Madame Belle-mères Pasteten kaufen. Nein, Madame Scarlett, ich muß Pastetenkönig bleiben! Das ist meine Bestimmung! Wie Napoleon folge ich meinem Stern!« Theatralisch schwenkte er seine Peitsche.

»Aber Sie sind doch nicht dazu erzogen, Pasteten zu verkaufen, ebensowenig wie Tommy, sich mit irischen Maurern herumzuschlagen.«

»Und Sie sind wohl dazu erzogen, eine Sägemühle zu betreiben?« entgegnete Tommy, und es zuckte ihm um die Mundwinkel. »Jawohl, ich sehe die kleine Scarlett vor mir, wie sie sich ans Knie der Mutter schmiegt und ihre Lektion aufsagt: ›Verkaufe nie gutes Holz, wenn du für schlechtes einen besseren Preis bekommst.‹«

René lachte schallend, und seine kleinen Affenaugen funkelten vor Vergnügen, als er Tommy auf seinen verkrümmten Rücken schlug.

»Seien Sie nicht so unverschämt«, sagte Scarlett kalt, denn sie sah wenig Witz in Tommys Bemerkung. »Natürlich bin ich nicht dazu erzogen worden, eine Sägemühle zu führen.«

»Ich wollte gar nicht unverschämt sein. Aber Sie betreiben eine Sägemühle, ob Sie nun dazu erzogen sind oder nicht, und machen Ihre Sache sogar gut. Nun, soweit ich sehe, tut von uns im Augenblick niemand das, was er eigentlich vorhatte. Aber wir schlagen uns trotzdem durch. Ein kläglicher Wicht, wer sich hinsetzt und weint, weil das Leben nicht so ist, wie er es erwartet hat. Warum suchen Sie sich nicht einen unternehmenden Schieber, Scarlett, der bei Ihnen arbeitet?«

»Schieber stehlen alles, was nicht niet- und nagelfest ist. Ich möchte einen anständigen Mann aus guter Familie, tüchtig, ehrlich und tatkräftig …«

»Viel verlangen Sie ja nicht, aber für das Geld, das Sie bieten, bekommen Sie das nicht. Solche Männer haben alle etwas zu tun gefunden, außer den völlig Verstümmelten, vielleicht nicht genau das, was ihnen auf den Leib geschrieben ist, aber etwas Eigenes, das ihnen lieber ist als die Arbeit unter einer Frau.«

»Männer sind doch recht unvernünftig, nicht wahr – wenn man der Sache auf den Grund geht?«

»Mag sein, aber sie haben auch ihren Stolz«, sagte Tommy schlicht.

»Stolz! Stolz schmeckt vorzüglich, besonders wenn er recht knusprig und mit Windbeuteln garniert ist«, sagte Scarlett patzig.

Die beiden Männer lachten, aber Scarlett spürte ihre vereinte männliche Mißbilligung. Was Tommy sagte, traf auf alle zu, an die sie sich gewandt hatte oder hatte wenden wollen. Alle hatten sie zu tun und arbeiteten schwer, schwerer als sie es sich vor dem Kriege je hatten träumen lassen. Sie taten nicht immer, was sie sich vorgenommen hatten und was ihnen am leichtesten gefallen wäre oder wozu sie erzogen worden waren. Aber sie taten etwas. Die Zeiten waren schwer, man konnte nicht wählerisch sein. Und wenn sie gescheiterten Hoffnungen nachtrauerten und einen zerstörten Lebensstil sich zurücksehnten, so erfuhr das niemand. Sie führten einen neuen Krieg, der härter war als der letzte, und ihnen lag wieder etwas am Leben, sie nahmen es ebenso ernsthaft und packten es ebenso frisch an wie vor dem großen Einschnitt, den der Krieg für ihr Leben bedeutete.

»Scarlett«, sagte Tommy verlegen, »es ist mir schrecklich, Sie um einen Gefallen zu bitten, nachdem ich unverschämt gegen Sie gewesen bin, aber ich tue es trotzdem. Vielleicht kann es Ihnen auch etwas nützen. Mein Schwager, Hugh Elsing, geht mit Holz hausieren und hat nicht viel Glück dabei. Außer den Yankees geht jetzt jedermann in den Wald und sammelt sich sein Feuerholz selber … Ich weiß, die ganze Familie Elsing schlägt sich sehr schwer durch. Ich tue, was ich kann, aber, sehen Sie, ich habe Fanny zu ernähren und muß mich auch um meine Mutter und um zwei verwitwete Schwestern drüben in Sparta kümmern. Hugh ist anständig, und einen anständigen Menschen wollen Sie ja haben, und ehrlich ist er auch …«

»Aber ... ja, hätte Hugh ein wenig Grips, so hätte er es mit seinem Feuerholz schon zu etwas gebracht!«

Tommy zuckte die Achseln. »Sie sind sehr hart in der Art, wie Sie so etwas ansehen, Scarlett«, erwiderte er, »aber überlegen Sie es sich mit Hugh. Vielleicht machen seine Ehrlichkeit und sein Fleiß doch seinen Mangel an Grips wett.«

Scarlett antwortete nicht, denn sie wollte nicht zu unhöflich sein, aber für sie gab es wenige Eigenschaften, wenn überhaupt eine, die für Mangel an Verstand entschädigen konnten.

Nachdem sie die ganze Stadt noch länger erfolglos abgesucht hatte, entschied sie sich schließlich doch für Tommys Vorschlag und fragte Hugh Elsing. Während des Krieges war er ein schneidiger, tüchtiger Offizier gewesen, aber zwei schwere Verwundungen und vier Jahre im Feld hatten offenbar seine ganze Lebenskraft verbraucht, und er stand den Härten des Lebens ratlos wie ein Kind gegenüber. Wenn er sein Feuerholz feilbot, lag oft in seinen Augen der Ausdruck eines Hundes, der sich verlaufen hat. Er war durchaus nicht der Mann, den sie gesucht hatte.

»Er ist dumm«, dachte sie. »Er hat keine Ahnung von Geschäften, ich wette, er weiß nicht, wieviel zwei mal zwei ist. Aber wenigstens ist er ehrlich und begaunert mich nicht.«

Damals hatte Scarlett in ihrem eigenen Herzen nur wenig Raum für Ehrlichkeit, aber auf das, was sie bei sich selbst so gering einschätzte, legte sie um so größeren Wert bei anderen.

»Ein Jammer, daß Johnnie Gallegher an Tommy Wellburns Bau gebunden ist«, dachte sie. »Er ist genau der Mann, den ich brauche, hart wie Eisen und glatt wie eine Schlange, aber ehrlich, wo Ehrlichkeit sich bezahlt macht. Ich verstehe ihn, und er versteht mich. Wir könnten sehr gut zusammen arbeiten. Vielleicht kann ich ihn bekommen, wenn das Hotel fertig ist. Nun, solange behelfe ich mich mit Hugh und Johnson. Wenn ich Hugh die neue Mühle übergebe und Johnson die alte lasse, kann ich in der Stadt bleiben und mich um den Absatz kümmern, und bis ich Johnnie bekomme, muß ich es eben riskieren, daß Johnson mich bestiehlt. Wäre er doch nur kein Dieb! Ich könnte auf der einen Hälfte des Grundstücks, das Charles mir hinterlassen hat, ein Holzlager anlegen. Wenn Frank sich doch nur nicht so darüber aufregen wollte, daß ich auf der anderen Hälfte eine Kneipe bauen will! Aber ich baue sie doch, sobald Geld genug da ist, einerlei, ob er sich die Haare rauft. Wäre er doch nur nicht so zart besaitet! Ach Gott, und wenn ich doch nicht gerade jetzt ein Kind bekommen sollte! Bald kann ich nicht mehr ausgehen. Und wenn mich doch nur die verfluchten Yankees in Ruhe lassen wollten! Wenn ...«

Wenn, wenn, wenn! So viel Wenns gab es im Leben und nirgends ein wenig Gewißheit. Niemals konnte man sich sicher fühlen; die Angst, alles zu verlieren und wieder hungern und frieren zu müssen, ließ einen nicht los. Allerdings verdiente Frank jetzt etwas mehr Geld, aber immer war er erkältet und mußte oft tagelang zu Bett bleiben. Wenn er nun arbeitsunfähig wurde! Nein, auf ihn war nicht allzusehr zu rechnen. Rechnen durfte sie überhaupt nur auf sich selbst. Aber was sie verdienen konnte, war so jämmerlich wenig. Was wollte sie nur anfangen, wenn die Yankees kamen und ihr alles fortnahmen? Wenn, wenn, wenn!

Die Hälfte ihres Verdienstes schickte sie monatlich an Will nach Tara; mit einem Teil trug sie ihr Darlehen bei Rhett ab, und den Rest legte sie zurück. Kein Geizhals zählte sein Geld häufiger als sie und hatte größere Angst, es zu verlieren. Auf die Bank wollte sie es nicht legen. Die machte womöglich Bankrott, oder die Yankees konnten alle Einlagen beschlagnahmen. Deshalb trug sie, soviel sie konnte, auf dem Leib und versteckte die Scheine in kleinen Paketen überall im Hause, unter einem losen Stein im Kamin, in einer Bildmappe und zwischen den Blättern der Bibel. Mit der Zeit wurde sie immer gereizter, denn jeder ersparte Dollar bedeutete zugleich, einen Dollar mehr zu verlieren, wenn das Unglück über sie kam.

Frank, Pitty und die Dienstboten ließen ihre Launen mit aufreizender Sanftmut über sich ergehen, weil sie sie ihrer Schwangerschaft zuschrieben und ihre wahre Ursache nicht ahnten. Frank wußte, daß schwangere Frauen Anspruch auf Nachsicht hatten. Deshalb legte er seinen Stolz für eine Weile ab und sagte nichts mehr darüber, daß sie in ihrem Zustand die Mühle führte und sich in der Stadt sehen ließ, was sich für eine Dame nicht gehörte. Ihr Benehmen war ihm eine Quelle dauernder Verlegenheit, aber er meinte, nun könnte er es noch ein Weilchen länger ertragen. Wenn das Kind erst da war, dann war sie ja wieder das süße frauliche Geschöpf, um das er geworben hatte. Aber was er auch tat, um sie zu besänftigen, ihr Jähzorn ließ nicht nach, und oft kam sie ihm wie eine Besessene vor.

Wovon sie eigentlich besessen war und was sie wie eine Irrsinnige überkam, das durchschaute wohl niemand. Es war der leidenschaftliche Drang, ihre Angelegenheiten in Ordnung zu bringen, ehe sie sich hinter verschlossene Türen zurückziehen mußte – möglichst viel Geld zu haben, wenn die Sintflut ihr wieder über den Hals kommen sollte, und gegen das steigende Meer des Yankeehasses einen festen Damm aus barer Münze zu errichten. Geld war ihr ein und alles. Wenn sie überhaupt an das Kind dachte, so geschah es in ohnmächtiger Wut darüber, wie ungelegen es kam.

»Tod, Steuern und Geburt kommen immer zur Unzeit!«

Atlanta hatte schon genug Anstoß daran genommen, daß Scarlett als Frau eine Sägemühle führte, aber allmählich kam man zu der Überzeugung, daß diese Frau vor nichts zurückschreckte. Ihr scharfes Geschäftsgebaren war unerhört – ihre selige Mutter war doch eine Robillard! Und die Art, wie sie sich weiter auf der Straße zeigte, obwohl doch jeder sah, daß sie in anderen Umständen war, konnte man nur noch unanständig nennen. Keine anständige weiße Frau und nur wenige schwarze verließen das Haus, sobald sie schwanger waren, und Mrs. Merriwether meinte entrüstet, Scarlett würde ihr Kind noch auf der Straße bekommen, wenn sie sich weiter so aufführte.

Aber alles bisherige Kopfschütteln war nichts gegen den Klatsch, der jetzt durch die Stadt zu summen begann. Scarlett machte nicht nur Geschäfte mit den Yankees, allem Anschein nach fand sie geradezu Vergnügen daran.

Mrs. Merriwether und viele andere hatten gleichfalls mit den Eindringlingen aus dem Norden geschäftlich zu tun, aber mit dem Unterschied, daß es ihnen höchst unangenehm war und sie das auch deutlich zu erkennen gaben. Scarlett hingegen machte es Spaß, oder wenigstens tat sie so, was nicht minder arg war. Sie war wahrhaftig schon bei Frauen von Yankeeoffizieren zum Tee gewesen! Ja, das einzige, wovor sie noch haltmachte, war, sie zu sich ins Haus zu laden, und das wohl auch nur aus Rücksicht auf Pitty und Frank.

Scarlett wußte wohl, wie sehr sie ins Gerede gekommen war, aber sie kehrte sich nicht daran. Sie haßte die Yankees immer noch genauso ingrimmig wie damals, als sie kamen, um Tara niederzubrennen, aber sie konnte ihren Haß verbergen. Wollte sie Geld verdienen, so mußten die Yankees herhalten, und nach ihrer bisherigen Erfahrung waren freundliche Mienen und gute Worte immer noch das sicherste Mittel, Geschäfte zu machen. Eines Tages, wenn sie steinreich war und ihr Geld irgendwo versteckt hatte, wo die Yankees es nicht finden konnten, ja, dann wollte sie ihnen laut und deutlich ihre Meinung sagen und sie nicht mehr im Zweifel darüber lassen, wie sie sie haßte und verachtete. Aber bis dahin forderte der gesunde Menschenverstand, sich gut mit ihnen zu stellen. War das Heuchelei, so sollte Atlanta nur ruhig darüber klatschen.

Sich mit den Offizieren anzufreunden, war, wie sie bald merkte, nicht schwerer als zahme Vögel zu schießen. Es waren einsame Verbannte in Feindesland, und in einer Stadt, wo jede anständige Frau ihren Rock raffte, wenn sie ihnen begegnete und aussah, als möchte sie sie am liebsten anspeien, lechzten viele von ihnen nach gesellschaftlichem Umgang mit einer Dame. Sonst hatten nur Dirnen und Negerfrauen ein freundliches Wort für sie. Aber Scarlett war trotz ihrer geschäftlichen Tätigkeit sichtlich eine Dame aus bester Familie, und sie freuten sich ihres strahlenden Lächelns und ihrer heiter blickenden grünen Augen.

Wenn sie aus dem Wagen heraus mit ihnen sprach und ihre Grübchen spielen ließ, wurde Scarletts Widerwille oft so übermächtig, daß sie sich die Verwünschungen kaum noch verbeißen konnte, die sie ihnen am liebsten ins Gesicht geschleudert hätte. Aber sie beherrschte sich und merkte bald, daß sich die Yankees ebenso leicht um den Finger wickeln ließen wie die Männer aus dem Süden – nur war dies früher eine hübsche Zerstreuung gewesen und jenes jetzt ein bitteres Geschäft. Sie spielte die Rolle einer zarten, vornehmen Dame, die in Not geraten war. Mit würdiger Zurückhaltung wußte sie ihre Opfer stets im richtigen Abstand zu halten und sich trotzdem so liebenswürdig zu geben, daß die Offiziere ihrer nicht ohne Wärme gedachten.

Diese Wärme kam Scarlett sehr zustatten – wie sie es beabsichtigt hatte. Viele Offiziere der Garnison, die nicht wußten, wie lange sie noch in Atlanta bleiben würden, ließen ihre Frauen und Kinder nachkommen. Da Hotels und Pensionen überfüllt waren, bauten sie sich kleine Häuser und waren froh, ihr Holz bei der liebenswürdigen Mrs. Kennedy kaufen zu können, die sie höflicher behandelte als irgend jemand sonst in der Stadt. Auch die Schieber und Gesinnungslumpen, die mit ihrem neuen Reichtum schöne Wohnhäuser, Läden und Hotels bauten, fanden es viel angenehmer, mit Scarlett in Verbindung zu treten als mit den früheren konföderierten Soldaten, die zwar nicht unhöflich waren, aber ihnen mit ihrer formellen Höflichkeit ihren Haß doppelt zu fühlen gaben.

Und so kauften sie, weil Mrs. Kennedy hübsch und reizend war und zuweilen ganz ratlos und unglücklich anmuten konnte, gern in ihrem Holzlager und auch in Franks Laden und waren dabei überzeugt, einer wackeren kleinen Frau zu helfen, deren Mann offensichtlich zu untüchtig war, um sie zu ernähren. So sah Scarlett ihr Geschäft wachsen und sicherte sich nicht nur mit dem Gelde der Yankees die Gegenwart, sondern mit ihrer Freundschaft auch die Zukunft.

Ihre Beziehungen zu den Offizieren so zu erhalten, wie sie es wünschte, war leichter, als sie erwartet hatte, denn alle empfanden anscheinend eine scheue Ehrfurcht vor den Damen aus dem Süden. Bald aber stellte sich heraus, daß der Verkehr mit den Frauen der Offiziere Anforderungen stellte, mit denen Scarlett nicht gerechnet hatte. Zwar gab sie nichts darum, mit ihnen in Berührung zu kommen, und hätte es sogar am liebsten vermieden. Aber diese Frauen waren entschlossen, mit ihr zu verkehren. Sie empfanden eine gewaltige Neugier in bezug auf den Süden und seine Frauen, und Scarlett gab ihnen die erste Gelegenheit, sie zu befriedigen. Die anderen Damen aus Atlanta wollten nichts mit ihnen zu tun haben und weigerten sich sogar, sie in der Kirche zu grüßen. Als deshalb Scarlett in Geschäften zu ihnen ins Haus kam, war es ihnen wie eine Erhörung ihrer Gebete. Oft, wenn Scarlett vor einem Yankeehaus in ihrem Wagen saß und sich mit dem Hausherrn über Tragbalken und Schindeln unterhielt, kam seine Frau heraus, mischte sich in das Gespräch und bestand darauf, daß Scarlett zu einer Tasse Tee hereinkam. Sie lehnte dies nur selten ab, so sehr ihr der Gedanke auch zuwider war. Sie hoffte immer auf eine Gelegenheit, den Damen taktvoll nahezulegen, ihren Bedarf in Franks Laden zu decken. Oft freilich wurde ihre Selbstbeherrschung auf eine harte Probe gestellt, wenn das Gespräch auf persönliche Dinge kam und die Frauen sich dabei selbstgerecht und herablassend nach allen möglichen Gepflogenheiten des Südens erkundigten.

Für diese Frauen der Yankees war »Onkel Toms Hütte« eine Offenbarung, die nur der Bibel nachstand, und sie wollten wissen, wie viele Bluthunde jeder Südstaatler zum Aufspüren seiner entlaufenen Sklaven hielte. Sie wollten Scarlett nicht glauben, als sie ihnen erzählte, daß sie in ihrem Leben nur einen einzigen Bluthund gesehen habe, und das sei ein sanfter kleiner Hund und keinesfalls eine riesige und wilde Dogge gewesen. Dann wollten sie über das fürchterliche glühende Eisen Auskunft haben, mit dem die Pflanzer die Gesichter ihrer Sklaven brandmarkten, über die Knuten, mit denen sie sie zu Tode peitschten, und außerdem bezeigten sie nach Scarletts Gefühl ein geradezu widerwärtiges Interesse an den sexuellen Verhältnissen der Sklaven. Besonders zuwider war ihr dies angesichts der ungeheuren Zunahme an Mulattenkindern in Atlanta, seitdem die Soldaten der Yankees sich in der Stadt niedergelassen hatten.

Jede andere Frau in Atlanta wäre vor Empörung vergangen bei so viel scheinheiliger Unwissenheit, aber Scarlett gelang es, sich zu beherrschen. Das wurde ihr nicht einmal schwer, da diese Yankeefrauen mehr ihre Verachtung als ihren Zorn herausforderten. Schließlich waren sie eben nur Yankees, und von Yankees war nichts Besseres zu erwarten. Was da in aller Harmlosigkeit ihrem Vaterland, ihren Landsleuten und deren Moral an Kränkungen zugefügt wurde, glitt von ihr ab und erregte niemals mehr als sorgfältig verborgenen Hohn in ihr, bis etwas geschah, wobei sie ganz krank vor Wut wurde und was ihr zeigte, falls das überhaupt noch nötig war, welcher Abgrund zwischen Norden und Süden klaffte und wie völlig unmöglich es war, ihn je zu überbrücken.

Als sie eines Nachmittags mit Onkel Peter heimfuhr, kam sie an dem Hause vorüber, in dem die Familien dreier Offiziere, die sich mit Scarletts Holz ihre eigenen Häuser bauten, notdürftig untergebracht waren. Die drei Frauen standen auf dem Gartenweg, als sie vorbeifuhr, und winkten ihr. Sie kamen an die Pforte und begrüßten sie mit einem Akzent, bei dem sie immer das Gefühl hatte, man könnte den Yankees fast alles verzeihen, nur ihre Sprache nicht.

»Sie wollte ich gerade sprechen, Mrs. Kennedy«, sagte eine große hagere Frau aus Maine. »Ich hätte gern von Ihnen eine Auskunft über diese finstere Stadt.«

Scarlett schluckte die Beschimpfung Atlantas mit der Verachtung hinunter, die ihr gebührte, und lächelte ihr liebenswürdigstes Lächeln. »Nun, worüber kann ich Sie aufklären?«

»Meine Bridget, unser Kinderfräulein, ist wieder nach Norden zurückgefahren, sie wollte keinen Tag länger hier unter den Negern bleiben. Nun machen die Kinder mich halb verrückt. Bitte, raten Sie mir, woher ich ein neues Kindermädchen bekommen kann. Ich weiß nicht, wohin ich mich wenden soll.«

»Das sollte nicht so schwer sein«, lachte Scarlett. »Wenn Sie eine Schwarze finden, die frisch vom Lande hereingekommen und noch nicht durch die Freilassungsbehörde verdorben ist, so ist Ihnen damit aufs allerbeste gedient. Bleiben Sie einfach vor Ihrer Pforte stehen, und fragen Sie jede Schwarze, die vorübergeht.«

Die drei Frauen erhoben ein großes Geschrei. »Meinen Sie, ich vertraue meine Kleinen einem Nigger an?« entrüstete sich die Frau aus Maine. »Ich suche ein gutes irisches Kindermädchen.«

»Ich fürchte, irische Dienstboten werden Sie in Atlanta kaum finden«, antwortete Scarlett kühl. »Ich persönlich habe noch nie ein weißes Dienstmädchen gesehen und möchte auch keines im Hause haben. Ich versichere Ihnen«, ein kleiner spöttischer Unterton lief ihr unversehens unter, »die Schwarzen sind keine Menschenfresser und ganz vertrauenswürdig.«

»Du meine Güte, nein! Ich möchte keinen Schwarzen im Hause haben. Was für ein Gedanke! Ich traue ihnen nicht über den Weg, und daß sie meinen Kleinen anfassen sollten ...«

Scarlett gedachte Mammys gütiger, derber Hände, die in Ellens Diensten und für sie und Wade rauh geworden waren. Was wußte diese Fremde davon, wie liebevoll und tröstlich schwarze Hände sein konnten, wie unfehlbar sie zu beruhigen, zu streicheln, zu liebkosen verstanden?

Sie lachte kurz auf. »Sonderbar, daß Sie so denken. Sie haben sie doch befreit.«

»Herrgott! Ich nicht, junge Frau«, lachte die Dame aus Maine. »Ich habe nie einen Neger gesehen, bis ich vor vier Wochen in den Süden gekommen bin, und kann es verschmerzen, wenn ich nie wieder einen sehe. Mir kommt die Gänsehaut bei ihrem Anblick. Ich könnte keinem von ihnen trauen.«

Schon ein Weilchen hatte Scarlett gespürt, daß Onkel Peter schwer atmete und steif dasaß, während er unverwandt dem Pferd auf die Ohren starrte. Ihre Aufmerksamkeit wurde gewaltsam auf ihn gelenkt, als die Frau aus Maine plötzlich in Lachen ausbrach und ihn ihren Freundinnen zeigte.

»Seht einmal, der alte Nigger bläht sich auf wie eine Kröte«, kicherte sie. »Wahrscheinlich ein altes Verzugskind von Ihnen? Hier im Süden verstehen sie nicht, mit den Niggern umzugehen. Sie verwöhnen sie zu Tode.«

Peter zog den Atem ein, auf seiner runzeligen Stirn erschienen tiefe Furchen, aber er blickte, ohne mit der Wimper zu zucken, geradeaus. In seinem ganzen Leben hatte noch kein Weißer ihn »Nigger« genannt. Andere Neger wohl manchmal, aber nie ein Weißer. Und für nicht vertrauenswürdig, für ein altes Verzugskind angesehen zu werden – er, Peter, die würdevolle Stütze der Familie Hamilton seit einem Menschenalter!

Scarlett spürte mehr, als daß sie sah, wie das schwarze Kinn vor gekränktem Stolz zu beben begann, und eine mörderische Wut packte sie. Mit ruhiger Verachtung hatte sie diese Frauensperson das konföderierte Heer bespötteln, Jeff Davis verlästern und ihre Landsleute beschuldigen hören, daß sie ihre Sklaven mordeten und folterten. Wenn sie Vorteil davon gehabt hätte, so würde sie selbst Beschimpfungen ihrer eigenen Tugend und Ehrlichkeit ruhig hingenommen haben. Aber als sie sah, wie diese Frauen dem alten treuen Schwarzen mit ihren dummen Bemerkungen weh taten, zündete es bei ihr wie in einem Pulverfaß. Einen Augenblick schaute sie die große Sattelpistole in Peters Gürtel an, und die Hand juckte ihr danach. Den Tod hätten sie verdient, diese unverschämten, unwissenden, anmaßenden Eroberer. Aber sie biß die Zähne zusammen, bis ihr die Kiefermuskeln hervortraten, und sagte sich, die Zeit sei noch nicht gekommen, da man den Yankees freiheraus die Meinung sagen konnte. Eines Tages sollte es geschehen, bei Gott, ja! Aber jetzt noch nicht.

»Onkel Peter gehört zur Familie«, sagte sie mit bebender Stimme.

»Guten Abend. Fahr zu, Peter.«

Onkel Peter gab dem Pferde so unvermittelt heftig die Peitsche, daß das erschrockene Tier mit einem Satz ansprang, und als der Wagen plötzlich anfuhr, hörte Scarlett die Frau aus Maine ganz verdutzt sagen: »Zur Familie? Sie meint doch nicht zur Verwandtschaft? Er ist aber doch so auffallend schwarz!«

»Zum Teufel mit ihnen! Sie sollten vom Angesicht der Erde ausgelöscht werden. Wenn ich je zu Geld komme, spucke ich ihnen ins Gesicht!«

Sie blickte zu Peter hinüber und sah, wie ihm eine Träne die Nase herunterlief. Da regte sich in ihr eine so leidenschaftliche Zärtlichkeit und ein so tiefer Schmerz über seine Demütigung, daß ihr die Augen brannten. Ihr war, als hätte sie mit ansehen müssen, wie man ein Kind unsinnig roh mißhandelte. Diese Weiber hatten Onkel Peter weh getan – Peter, der mit dem alten Oberst Hamilton den mexikanischen Krieg mitgemacht hatte, der seinen Herrn im Arm gehalten, als er starb, der Melanie und Charles aufgezogen und die hilflose, närrische Pittypat behütet hatte, als sie floh, der ein Pferd aufgetrieben hatte, mit dem er sie nach der Kapitulation durch ein vom Krieg verwüstetes Land von Macon nach Atlanta zurückbrachte. Und diese Frauen sagten, sie könnten den Niggern nicht trauen!

»Peter«, sagte sie mit bebender Stimme und legte ihm die Hand auf den mageren Arm. »Ich schäme mich in meiner Seele wegen deiner Tränen. Was schert das dich? Es sind ja nur verdammte Yankees!«

»Sie reden von mir, als bin ich ein Maultier und verstehe sie nicht, und als bin ich aus Afrika und weiß nicht, wovon sie sprechen!« Peter schnaufte vernehmlich. »Und sie nennen mich Nigger, und mich hat noch nie ein Weißer ›Nigger‹ genannt, und altes Verzugskind nennen sie mich und sagen, Niggern kann man nicht trauen! Mir nicht trauen! Als der alte Master Oberst starb, hat er doch zu mir gesagt: ›Peter, du sorgst für meine Kinder und paßt gut auf die junge Miß Pittypat auf‹, sagte er, ›sie hat nicht mehr Verstand als ein Hüpfergras.‹ Und ich habe all die Jahre gut auf sie aufgepaßt ...«

»Der Engel Gabriel hätte es nicht besser machen können«, suchte Scarlett ihn zu beruhigen, »ohne dich hätten wir gar nicht leben können.«

»Jawohl, Missis, vielen Dank auch, Missis. Das weiß ich, und Sie wissen es auch, aber die Yankees wissen es nicht und wollen es nicht wissen. Was mischen die sich in unsern Kram, Miß Scarlett? Sie verstehen uns Konföderierte ja doch nicht!«

Scarlett erwiderte nichts. In ihr kochte noch immer der Zorn, den sie den Yankeefrauen gegenüber nicht hatte loswerden können. Die beiden fuhren schweigend heim. Peter hörte auf zu schnaufen, aber allmählich schob sich seine Unterlippe heraus, bis sie beängstigend weit hervortrat. Seine Empörung stieg in dem Maße, wie er die ursprüngliche Kränkung verschmerzte.

Scarlett dachte: »Verfluchte dumme Narren sind doch die Yankees. Diese Weiber meinen, weil Onkel Peter schwarz ist, habe er keine Ohren, zu hören, und kein Gefühl, empfindlich wie ihr eigenes, das schmerzt, wenn es verletzt wird. Sie wissen nicht, daß Neger behutsam behandelt werden wollen wie Kinder, geleitet, gelobt, gestreichelt, ausgescholten. Sie verstehen nichts von den Negern und von den Beziehungen zwischen ihnen und uns. Und doch haben sie den Krieg geführt, um sie zu befreien, und nachdem sie sie befreit haben, wollen sie nichts mit ihnen zu tun haben, höchstens, um die Südstaatler mit ihnen zu terrorisieren. Sie mögen sie nicht, sie trauen ihnen nicht, sie begreifen sie nicht, und doch erheben sie beständig ein Geschrei, wir im Süden verstünden nicht, sie zu behandeln.«

Einem Schwarzen nicht trauen! Scarlett traute ihnen weit mehr als den meisten Weißen, sicherlich mehr als allen Yankees. Sie hatten eine Treue gegen ihre Herren, eine Liebe und Unermüdlichkeit, die allen Prüfungen standhielten und für kein Geld der Welt feil waren. Sie dachte an die paar Getreuen, die in Tara zurückgeblieben waren, als die Yankees einbrachen, wo sie doch hätten fliehen und zur Truppe übergehen können, um in sicherer Muße zu leben. Aber sie waren dageblieben. Sie dachte an Dilcey, wie sie im Baumwollfeld an ihrer Seite gearbeitet hatte, an Pork, der in fremden Hühnerhöfen sein Leben gewagt hatte, damit die Familie zu essen hätte, an Mammy, die mit ihr nach Atlanta gekommen war, um auf sie aufzupassen, damit sie kein Unrecht täte. Sie dachte an die Sklaven ihrer Nachbarn: sie hatten ihren weißen Eigentümern treu zur Seite gestanden, ihre Herrinnen beschützt, während die Männer an der Front waren; sie waren durch alle Schrecken des Krieges mit ihnen geflohen, hatten die Verwundeten gepflegt, die Toten begraben, die Beraubten getröstet; sie hatten gearbeitet, gebettelt und gestohlen, damit der Tisch ihrer Herren nicht leer werde. Und auch jetzt noch, da die Freilassungsbehörde ihnen das Blaue vom Himmel versprach, hielten sie zu ihren weißen Herrschaften und arbeiteten schwerer als jemals in den Zeiten der Sklaverei. Aber die Yankees verstanden das nicht und würden es auch nie begreifen.

»Und doch haben sie euch befreit«, sagte sie laut.

»Nein, Missis, mich haben sie nicht befreit, ich lasse mich von solchem Pack nicht befreien. Ich gehöre noch immer Miß Pittypat, und wenn ich sterbe, legt sie mich ins Hamiltonsche Familiengrab, wo ich hingehöre. Meine Miß bekommt Zustände, wenn ich ihr erzähle, wie Sie mich von den Yankeefrauen haben beleidigen lassen.«

»Das habe ich doch nicht getan!« rief Scarlett erschrocken.

»Das haben Miß doch getan!« Peter schob die Lippe womöglich noch weiter vor. »Die Sache ist so: Sie und ich, wir hatten nichts bei den Yankees zu suchen, dann konnten sie mich auch nicht beleidigen. Wenn Sie nicht mit ihnen sprechen, hatten sie auch keine Gelegenheit, mich wie ein Maultier und einen aus Afrika zu behandeln. Und Sie sind nicht einmal für mich eingetreten.«

»Aber ich habe ihnen doch gesagt, du gehörst zur Familie!« Der Tadel traf Scarlett tief.

»Das ist nicht eintreten für mich, das ist bloß Tatsache«, erwiderte Peter. »Miß Scarlett, Sie brauchen ja keinen Umgang mit den Yankees zu haben, das hat auch keine andere Dame. Miß Pitty würde an solchem Pack nicht ihre kleinen Schuhe abwischen, und es wird ihr nicht gefallen, wenn sie hört, was sie von mir gesagt haben.«

Peters Vorwurf schmerzte Scarlett tiefer als alles, was Frank, Pitty oder die Nachbarn je gesagt hatten, und ärgerte sie so, daß sie den alten Schwarzen für ihr Leben gern geschüttelt hätte, bis ihm die zahnlosen Kiefer zusammenklappten. Peter sprach die Wahrheit, aber es war ihr unerträglich, sie von einem Neger, und gar von einem Neger ihrer Familie zu hören. Einem Südstaatler konnte nichts Schmählicheres begegnen, als daß seine Dienstboten schlecht von ihm dachten.

»Ein altes Verzugskind!« knurrte Peter. »Miß Pitty erlaubt mir nun sicher nicht mehr, Sie auszufahren, nein bestimmt nicht, Missis!«

»Tante Pitty wird auch weiter von dir verlangen, daß du mich ausfährst«, sagte sie streng, »also schweig davon.«

»Ich kriege es im Rücken«, prophezeite Peter düster. »Mein Rücken tut mir gerade jetzt so weh, daß ich mich gar nicht aufrecht halten kann. Meine Miß verlangt nicht von mir, daß ich ausfahre, wenn es mir so da im Rücken sitzt ... Miß Scarlett, Sie haben gar nichts davon, daß Sie bei den Yankees und bei weißen Schurken gut angeschrieben sind, wenn Ihre eigenen Leute nichts von Ihnen halten.«

Damit war die Lage so treffend wie nur möglich gekennzeichnet, und Scarlett verfiel in ein grimmiges Schweigen. Freilich, die Eindringlinge und Eroberer waren mit ihr zufrieden, ihre Familie dagegen und ihre Nachbarn waren es nicht. Sie wußte alles, was in der Stadt über sie geredet wurde. Und nun war auch Peter so unzufrieden mit ihr, daß er sich nicht mehr öffentlich mit ihr zeigen wollte. Das setzte allem die Krone auf.

Bisher hatte sie sich aus der Meinung der Leute nichts gemacht, sie sogar verachtet, aber bei Peters Worten entbrannte ein bitterer Groll in ihr, der bewirkte, daß ihr die Nachbarn fast ebenso verhaßt wurden wie die Yankees.

»Was geht es die Leute an, was ich tue«, dachte sie. »Sie denken wohl, es macht mir Vergnügen, mit den Yankees zu verkehren und mich wie eine Pflückerin auf dem Feld abzuschinden. Sie machen mir meine schwere Arbeit nur noch schwerer! Aber es ist mir einerlei, was sie denken. Es soll mir einfach einerlei sein, ich kann es mir nicht leisten, mir auch das noch zu Herzen zu nehmen. Aber eines Tages ... eines Tages ...«

Ach, eines Tages! Wenn es wieder Ordnung auf der Welt gab, dann wollte auch sie sich endlich zurücklehnen und die Hände in den Schoß legen und eine vornehme Dame sein, wie Ellen, hilflos und behütet, wie es sich für eine Dame geziemt. Wenn sie nur erst wieder Geld hatte! Dann konnte sie sich erlauben, gütig und sanft zu sein wie Ellen und an andere zu denken und an das, was sich schickt. Dann verlief ihr Leben ohne Angst, geruhsam und friedlich. Dann hatte sie Zeit, mit ihren Kindern zu spielen und bei ihrem Unterricht zuzuhören. Dann gab es lange, warme Nachmittage, dann kamen Damen zu Besuch, und beim Rascheln der Taftunterröcke und dem ebenmäßigen Wedeln der Palmenfächer reichte sie Tee, Brötchen und Kuchen und verplauderte in Muße die Stunden. Gütig wollte sie gegen die Unglücklichen sein, den Armen wollte sie Geschenke bringen und den Kranken kräftige Nahrung, und alle, die es nicht so gut hatten wie sie, wollte sie in ihrem schönen

Wagen ausfahren. Dann war sie eine Dame nach echter Art des Südens, wie ihre Mutter eine gewesen war. Dann liebten alle sie, wie sie Ellen geliebt hatten, rühmten ihr nach, wie selbstlos sie sei, und nannten sie »gütige Fee«.

Ihre Freude an solchen Luftschlössern wurde nicht im mindesten durch die Erkenntnis getrübt, daß sie ja eigentlich gar nicht den Wunsch hatte, selbstlos, barmherzig und gütig zu sein; sie wollte nur in dem Rufe stehen, all dies zu sein. Die Maschen ihres Hirns waren zu weit, da rannen solch feine Unterschiede ungefiltert hindurch. Ihr genügte, daß eines Tages, wenn sie erst wieder Geld hatte, jeder mit ihr zufrieden sei.

Eines Tages! Jetzt nicht, jetzt nicht, was auch die Leute reden mochten. Jetzt hatte sie keine Zeit, eine vornehme Dame zu sein.

Peter hielt Wort. Tante Pitty bekam ihre Zustände, und Peters Leiden nahm über Nacht einen solchen Umfang an, daß er nie wieder den Wagen fuhr. Künftig fuhr Scarlett allein, und die Schwielen in ihren Händen, die schon fast verschwunden waren, kamen wieder.

Der Frühling ging hin. Die kühlen Regengüsse des April wurden von der balsamischen Wärme und Farbenpracht des Mai abgelöst. Die Wochen waren voll von Arbeit und Sorge, Scarletts Schwangerschaft behinderte sie immer mehr. Die alten Freunde wurden kühler und die Angehörigen immer noch freundlicher, noch aufreizender besorgt und immer noch blinder für das, was Scarlett eigentlich wollte. In diesen Tagen der Sorge und des Kampfes gab es auf der Welt für sie nur einen einzigen verläßlichen und verständnisvollen Menschen, und das war Rhett Butler. Seltsam, daß gerade er ihr in diesem Licht erschien, denn er war unstet wie Quecksilber und widerspenstig wie ein böser Geist, der frisch aus der Unterwelt kam, aber er gab ihr etwas, was kein anderer ihr entgegenbrachte und was sie nie von ihm erwartet hatte: Mitgefühl.

Häufig war er von Atlanta abwesend und befand sich auf einer seiner geheimnisvollen Reisen nach New Orleans, die er ihr nie näher erklärte, von denen sie aber in einem Anflug von Eifersucht glaubte, daß sie einer oder gar mehreren Frauen galten. Seitdem jedoch Onkel Peter sich geweigert hatte, sie zu kutschieren, blieb er immer häufiger und immer länger in Atlanta.

Wenn er hier war, verbrachte er den größten Teil seiner Zeit beim Spiel in den Hinterräumen des Etablissements »Mädchen von heute« oder in Belle Watlings Bar; dort zechte er mit den reichen Yankees und schwatzte mit Schiebern über Geldprojekte, wodurch er sich in der Stadt noch verhaßter machte als seine Genossen. Er machte jetzt keine Besuche mehr bei Tante Pitty, wahrscheinlich um Frank und die alte Dame zu schonen, die über einen männlichen Besuch, solange Scarlett in anderen Umständen war, entsetzt gewesen wären. Aber zufällig traf er Scarlett fast jeden Tag. Immer wieder kam er an ihren Einspänner herangeritten, wenn sie einsame Strecken über die Pfirsichstraße oder die Decaturstraße hinaus bis zu den Mühlen fuhr. Jedesmal hielt er an und sprach mit ihr, und manchmal band er sein Pferd hinten an den Wagen und kutschierte sie auf ihren Rundfahrten. Sie wurde jetzt leichter müde, als sie zugeben mochte, und im stillen war sie ihm dankbar, wenn er ihr die Zügel abnahm. Er verließ sie jedesmal, ehe sie wieder in die Stadt kamen, aber ganz Atlanta wußte von ihren Zusammentreffen, und die Klatschmäuler konnten ihre stattliche Liste von Scarletts Verstößen gegen die Schicklichkeit abermals verlängern.

Oftmals fragte sie sich, ob er sie wirklich nur zufällig treffe. Als die Wochen vergingen und die Erregung in der Stadt über Schandtaten der Neger zunahm, kam es immer häufiger vor. Aber warum suchte er sie gerade jetzt auf, da sie am unvorteilhaftesten aussah? Absichten hatte er sicher nicht auf sie, wenn er überhaupt je solche gehabt hatte, worüber ihr jetzt oft Zweifel aufstiegen. Seit Monaten hatte er nicht einmal im Spaß mehr auf ihr peinliches Gespräch im Gefängnis angespielt. Ashley hatte er nie mehr erwähnt, auch keinerlei ungezogene Bemerkungen darüber gemacht, daß er »sie begehre«. Sie aber hielt es für das beste, den schlafenden Löwen nicht zu wecken, und fragte nicht weiter danach, was sein häufiges Auftauchen zu bedeuten habe. Endlich kam sie zu dem Schluß, er suche sie nur auf, um nicht allein zu sein, weil er außer dem Spiel so gut wie nichts zu tun hatte und nur so wenige unterhaltsame Freunde in Atlanta besaß.

Welches seine Gründe auch sein mochten, seine Gesellschaft war ihr höchst willkommen. Er hörte geduldig ihre Klagen über verlorene Kunden und faule Schuldner, über Johnsons Betrügereien und Hughs Untüchtigkeit an. Er sprach ihr seine Anerkennung für das aus, was sie erreicht hatte, während Frank immer nur nachsichtig dazu lächelte und Tante Pitty ganz benommen nichts anderes als »O je!« zu sagen wußte. Sie war überzeugt, daß er ihr des öfteren Geschäfte zuführte, obwohl er es immer leugnete. Er war ja mit allen reichen Yankees und Schiebern eng vertraut. Sie wußte, was sie von ihm zu halten hatte, und traute ihm nie ganz über den Weg, aber sie freute sich doch immer, wenn er ihr an einer einsamen Strecke auf seinem hohen Rappen entgegengeritten kam. Sobald er dann zu ihr in den Wagen stieg und ihr mit irgendeinem Scherzwort die Zügel aus der Hand nahm, fühlte sie sich trotz all ihrer Sorgen und ihres zunehmenden Leibesumfanges wieder jung und vergnügt. Über fast alles konnte sie mit ihm reden und brauchte ihre Beweggründe und Herzensmeinungen nicht ängstlich zu verbergen. Es fehlte ihr auch nie an Gesprächsstoff, wie in der Unterhaltung mit Frank und sogar mit Ashley – wenn sie aufrichtig gegen sich selbst sein wollte. In der Unterhaltung mit Ashley gab es so vieles, was sie um der Ehre willen nicht berühren durfte, und vor lauter Unaussprechbarem fiel ihr schließlich überhaupt nichts mehr ein. Es tat wohl, einen Freund wie Rhett zu haben, seitdem er aus unerklärlichen Gründen beschlossen hatte, sich in ihrer Gegenwart anständig zu benehmen. Es tat um so wohler, als sie nur noch wenige Freunde hatte.

»Rhett«, fragte sie kurz nach Onkel Peters Ultimatum voller Ungestüm, »warum behandeln mich die Leute hier in der Stadt so schändlich und ziehen so über mich her? Man kann wirklich nicht sagen, über wen sie ärger lästern, über mich oder über die Schieber! Ich kümmere mich doch nur um meine Angelegenheiten und tue niemandem etwas Böses.«

»Daß Sie niemandem etwas Böses tun, liegt wohl nur daran, daß es Ihnen bisher an der Gelegenheit dazu fehlt, und davon haben die Leute eine unbestimmte Ahnung.«

»Ach bitte, bleiben Sie ernst. Die Leute machen mich ganz wild. Ich versuche doch nur, ein bißchen Geld zu verdienen.«

»Sie sind nur ein bißchen anders als andere Frauen und haben damit einigen Erfolg gehabt. Ich habe Ihnen ja schon gesagt, daß das die einzige Sünde ist, die keine Gesellschaft verzeiht. Sei anders und du wirst verdammt! Scarlett, die bloße Tatsache, daß Sie mit Ihrer Mühle Erfolg haben, ist schon eine Beleidigung für jeden Mann, der keinen Erfolg hat. Vergessen Sie nicht, ein wohlerzogenes weibliches Wesen gehört ins Haus und sollte nichts von dieser rohen, betriebsamen Welt wissen.«

»Aber wenn ich zu Hause geblieben wäre, dann hätte ich ja gar kein Zuhause mehr, wo ich bleiben könnte.«

»Sie hätten eben mit Anstand und Stolz verhungern sollen.«

»Ach, dummes Zeug. Sehen Sie doch Mrs. Merriwether an, die verkauft den Yankees Pasteten, und das ist viel schlimmer, als eine Mühle zu betreiben, und Mrs. Elsing läßt sich Nähaufträge geben und nimmt Pensionäre, und Fanny macht fürchterliche Porzellanmalerei, die kein Mensch gebrauchen kann und jeder ihr nur aus Mildtätigkeit abkauft.«

»Kind, Sie verkennen, worauf es ankommt. Die haben keinen Erfolg, und daher kränken sie die Herren nicht in ihrem flammenden Stolz. Die Herren der Schöpfung können immer noch sagen: ›Ihr armen süßen Dummerchen, wie quält ihr euch ab!‹ Außerdem empfinden die Damen, von denen Sie sprechen, keine Freude, keinen Genuß bei der Arbeit. Sie tun es nur so lange, bis irgendein Mann daherkommt und ihnen die unweibliche Last wieder abnimmt, und sie sorgen auch dafür, daß alle Welt das weiß. Deshalb tun sie auch allen Menschen leid. Aber dir sieht man es an, daß du freiwillig arbeitest und dir von keinem Mann freiwillig etwas abnehmen läßt, und deshalb kann kein Mensch Mitleid mit dir haben, und das verzeiht Atlanta dir nicht. Man hat doch so gern mit anderen Leuten Mitleid!«

»Wenn Sie doch nur gelegentlich einmal ernst sein möchten ...«

»Kennen Sie das orientalische Sprichwort ›Die Hunde bellen, aber die Karawane zieht weiter‹? Lassen Sie sie bellen. Ihre Karawane, fürchte ich, hält doch keiner auf.«

»Warum aber müssen sie es mir denn durchaus übelnehmen, daß ich ein wenig Geld verdiene?«

»Man kann nicht alles haben, Scarlett. Entweder können Sie auf so unweibliche Art Geld verdienen, wie Sie es tun, dann müssen Sie in Kauf nehmen, daß man Ihnen auf Schritt und Tritt die kalte Schulter zeigt – oder aber Sie bleiben arm und vornehm und haben Freunde in Scharen. Sie haben Ihre Wahl getroffen.«

»Arm will ich nicht sein«, warf sie rasch ein. »Aber ... ich habe doch das Richtige gewählt, nicht wahr?«

»Wenn es Ihnen vor allem um Geld zu tun ist ...«

»Freilich um Geld, mehr als um alles andere.«

»Dann haben Sie das einzig Richtige gewählt. Aber allerdings hängt, wie an fast allem, was man begehrt, auch hieran eine Buße: die Einsamkeit.«

Darauf verstummte sie. Er hatte recht. Wenn sie ernstlich darüber nachdachte, sah sie, daß sie wirklich einsam war. Sie hatte nicht eine einzige Frau mehr als Gefährtin. Während der Kriegsjahre konnte sie ihre Mutter besuchen, wenn ihr das Herz schwer war. Nach Ellens Tod hatte sie immer noch Melanie, obwohl nichts sie mit Melanie verband als die gemeinsame schwere Arbeit auf Tara. Jetzt war niemand mehr da, denn Tante Pitty hatte keine Ahnung von dem Leben außerhalb des engen Kreises, über dessen Ergehen sie Bescheid wußte.

»Ich glaube«, begann sie zögernd, »ich war immer einsam, was weibliche Gesellschaft anbelangt. Was mich bei den Damen von Atlanta verhaßt macht, ist eigentlich gar nicht meine Arbeit. Sie haben mich ohnehin nie gern gehabt. Kein weibliches Wesen hat mich jemals liebgehabt, außer meiner Mutter. Auch meine Schwestern nicht. Ich weiß nicht, warum. Aber schon vor dem Kriege, ja, ehe ich Charles heiratete, hatten die Damen an allem, was ich tat, etwas auszusetzen.«

»Sie vergessen Mrs. Wilkes«, erwiderte Rhett mit einem kleinen boshaften Schimmer in den Augen. »Sie ist immer mit Ihnen durch dick und dünn gegangen. Ich glaube, bis auf einen Mord würde sie immer alles gutheißen, was Sie tun.«

Scarlett dachte verstimmt: »Sogar den Mord hat sie gutgeheißen.« Sie lachte wegwerfend. »Ach, Melly«, sagte sie und fügte dann wehmütig hinzu:

»Es macht mir nicht gerade Ehre, daß Melly als einzige Frau mein Tun gutheißt. Sie hat nicht mehr Verstand als ein Perlhuhn, und wenn sie nur etwas gesunden Menschenverstand hätte ...« Verwirrt hielt sie inne.

»... dann würde ihr einiges aufgehen, was sie nicht gutheißen könnte«, endigte Rhett. »Nun, davon wissen Sie natürlich mehr als ich.«

»Ach, ich verfluche Ihr gutes Gedächtnis und Ihre schlechten Manieren!«

»Ihre ungerechte Unfreundlichkeit übergehe ich mit dem Schweigen, das sie verdient, und komme wieder auf unser voriges Thema. Eins muß ich Ihnen sagen. Sobald man anders ist, ist man auch allein, nicht nur innerhalb der eigenen Generation, sondern sogar in der der Eltern und der Kinder. Sie alle verstehen Sie in keinem Punkt und nehmen an allem Anstoß, was Sie tun. Aber Ihre Großeltern wären wahrscheinlich stolz auf Sie gewesen und hätten von Ihnen gesagt: ›Das ist noch Holz vom alten Stamm‹, und Ihre Enkel werden später neidisch seufzen: ›Was für ein Galgenstrick muß Großmama doch gewesen sein!‹ – und sie werden versuchen, es Ihnen nachzutun.«

Scarlett mußte lachen. »Manchmal treffen Sie wirklich den Nagel auf den Kopf. Da war zum Beispiel meine Großmama Robillard. Mammy drohte mir immer mit ihr, wenn ich ungezogen war. Großmama war kalt wie ein Eiszapfen und nahm es mit ihren und anderer Leute Manieren höllisch genau, aber sie hat dreimal geheiratet, und alle möglichen Duelle sind ihretwegen ausgefochten worden. Sie benutzte Rouge und trug unerhört tief ausgeschnittene Kleider und kein ... nun ... hm ... nicht viel darunter.«

»Und Sie haben sie gewaltig bewundert, wenn Sie auch immer versucht haben, Ihrer Mutter zu gleichen. Ich hatte einen Großvater von der Butlerschen Seite, der war Seeräuber.«

»Wahrhaftig? Doch nicht von der Sorte der Totschläger und Halsabschneider?«

»Wenn damit Geld zu machen war, wird er wohl auch Leute umgebracht haben. Auf jeden Fall hat er sich so viel zusammengegaunert, daß mein Vater recht vermögend war. Aber die Familie bezeichnete ihn immer vorsichtig als ›Seemann‹ und ›Kapitän‹. Er kam längst vor meiner Geburt bei einer Kneipenrauferei ums Leben. Ich brauche Ihnen nicht zu sagen, daß bei seinem Tode seine Kinder erleichtert aufatmeten. Der alte Herr war meistens betrunken, er pflegte dann wohl auch zu vergessen, daß er ein ehrbarer früherer Seemann war, und erzählte einiges aus seinem Leben, so daß den Kindern die Haare zu Berge standen. Ich habe ihn immer bewundert und ihm viel mehr nachgeeifert als meinem Vater. Mein Vater war ein liebenswürdiger Herr von ehrenhaftem Lebenswandel und voll frommer Redensarten. Sehen Sie, so geht es. Ihre Kinder werden sicher ebensowenig mit Ihnen einverstanden sein wie heute schon die Damen Merriwether und Elsing und ihr ganzer Schlag.

Wahrscheinlich werden Ihre Kinder sanfte, sittsame Geschöpfe, wie meistens die Kinder von Dickschädeln. Und um sie vollends zu verweichlichen, werden Sie vermutlich wie jede Mutter alles daransetzen, daß sie nie all die Mühsal kennenlernen, die Sie erlebt haben. Aber das ist alles verkehrt. Das Unglück stärkt den Menschen oder es zerbricht ihn. Beifall können Sie erst von Ihren Enkeln erwarten.«

»Ja, wie unsere Enkel wohl ausfallen!«

»Unsere? Wollen Sie damit andeuten, daß Sie und ich gemeinsame Enkelkinder haben werden? Pfui, Mrs. Kennedy!«

Plötzlich wurde Scarlett sich bewußt, was sie da gesagt hatte, und sie errötete. Sie schämte sich nicht nur seines Scherzes, sondern dachte wieder an ihren zunehmenden Körperumfang. Weder sie noch er hatten je auf ihren Zustand angespielt. Sie hatte sich immer, wenn er dabei war, die Wagendecke bis unter die Achseln hochgezogen, auch an warmen Tagen, und sich nach Frauenart in dem Glauben getröstet, man sähe ihr nichts an, wenn sie sich so zudecke. Plötzlich wurde sie wütend über ihren Zustand, wütend vor Scham, daß er davon wußte.

»Aus dem Wagen, Sie Schmutzfink«, sagte sie mit bebender Stimme.

»Ich bleibe sitzen«, erwiderte er gelassen. »Ehe Sie nach Hause kommen, ist es dunkel, und beim nächsten Brunnen hat sich eine neue Kolonie von Schwarzen in den Zelten und Blockhütten gebildet, Nigger schlimmster Sorte, höre ich, und ich sehe nicht ein, warum Sie dem tatendurstigen Ku-Klux-Klan Anlaß geben sollten, heute abend die Nachthemden anzuziehen und auszureiten.«

»Hinaus!« schrie sie und zerrte an den Zügeln. Da wurde ihr plötzlich schlecht. Rasch hielt er das Pferd an, gab ihr zwei reine Taschentücher und hielt ihr geschickt den Kopf über den Wagenrand. Einen Augenblick drehten sich schwindelerregend die Strahlen der Nachmittagssonne, die niedrig durch die frisch begrünten Bäume schien, in einem Wirbel von Grün und Gold. Als der Anfall vorüber war, barg sie den Kopf in den Händen und weinte vor Scham. Sie hatte sich nicht nur vor den Augen eines Mannes erbrochen – das Schrecklichste, was einer Frau widerfahren konnte –, sondern die beschämende Wirklichkeit ihrer Schwangerschaft war an den Tag gekommen. Ihr war zumute, als könnte sie Rhett nie wieder in die Augen sehen. Daß ihr dies gerade bei diesem Mann zustoßen mußte, der keine Achtung vor der Frau hatte! Sie weinte und war auf einen derben Witz gefaßt, den sie ihm nie würde verzeihen können.

»Sei nicht so dumm«, sagte er ruhig. »Es ist dumm von dir, dich bis zu Tränen zu schämen. Komm, Scarlett, sei kein Kind, du mußt doch wissen, daß mir deine Schwangerschaft bekannt war. Ich bin doch nicht blind.«

»Ach«, seufzte sie beklommen und preßte ihr Gesicht nur noch fester in die Hände. Schon das Wort war ihr schrecklich. Frank sprach verlegen von ihren »Umständen«, wenn er ihre Schwangerschaft meinte. Gerald hatte zartfühlend von einem »Familienereignis« gesprochen, wenn er auf derartiges anspielte. Die Damen pflegten es vornehm mit »in Verlegenheit sein« zu bezeichnen.

»Du bist ein Kind, wenn du meinst, ich hätte es nicht gesehen, weil du dich unter der heißen Decke verkriechst. Natürlich wußte ich es, warum hätte ich denn sonst ...«

Plötzlich hielt er inne, und sie schwiegen beide. Er faßte die Zügel, schnalzte dem Pferd und unterhielt sich ruhig weiter mit ihr, und während ihr seine weiche Mundart ins Ohr drang, schwand allmählich das Rot aus ihrem gesenkten Gesicht.

»Ich hätte nicht geglaubt, daß Sie sich daran stoßen könnten, Scarlett. Ich hätte Sie für eine vernünftige Person gehalten und bin enttäuscht. Ist es denn möglich, daß Sie in Ihrem Herzen immer noch so verschämt sind? Ich fürchte, nun bin ich wirklich kein Gentleman mehr, weil ich davon gesprochen habe. Ich weiß, ich bin kein Gentleman, da mir schwangere Frauen nicht so peinlich sind, wie es sich gehörte. Es ist mir durchaus möglich, sie als normale Menschen zu betrachten, ohne zu Boden oder zum Himmel oder sonst irgendwohin ins Weltall zu starren, nur um ihre Taille nicht zu sehen, sie aber dann mit jenem verstohlenen Blick zu verfolgen, den ich immer für ungemein unanständig gehalten habe. Warum auch, es ist doch ein ganz natürlicher Zustand. Die Europäer sind darin viel vernünftiger als wir. Sie wünschen werdenden Müttern Glück zu dem, was sie erwarten. Wenn ich auch nicht gerade so weit gehen will, so finde ich es doch immerhin vernünftiger als unsere Art, krampfhaft darüber hinwegzusehen. Es ist ein Naturzustand, und die Frau sollte stolz darauf sein und sich nicht hinter verschlossenen Türen verstecken, als hätte sie ein Verbrechen begangen.«

»Stolz?« Es klang wie ein erstickter Schrei. »Stolz ... ach!«

»Sind Sie denn nicht stolz darauf, ein Kind zu bekommen?«

»Du lieber Gott, nein! Ich hasse kleine Kinder!«

»Sie meinen Franks Kind?«

»Einerlei, wessen Kind!«

Einen Augenblick wurde ihr wieder übel, da sie abermals einen Fauxpas begangen hatte, Rhett aber redete leichthin weiter, als hätte er es nicht bemerkt.

»Da bin ich anders. Ich habe kleine Kinder gern.«

»Gern?« Das Wort erstaunte sie so, daß sie ihre Verlegenheit ganz vergaß. »Was sind Sie doch für ein Lügner!«

»Ich habe Babys gern und kleine Kinder auch, bis sie heranwachsen und die Denkgewohnheiten der Großen annehmen mitsamt ihrer Fähigkeit zu lügen, zu betrügen und sich gemein zu benehmen. Das kann Ihnen doch nicht neu sein. Sie wissen doch, wie gern ich Wade Hampton habe, wenn er auch nicht ganz der Junge ist, wie er sein sollte.«

»Das ist wahr«, dachte Scarlett plötzlich verwundert. Er hatte wirklich Freude daran, mit Wade zu spielen, und brachte ihm oft Geschenke mit.

»Da wir uns nun endlich offen über dieses schreckliche Thema ausgesprochen haben und Sie zugeben, daß Sie ein Kind erwarten, will ich Ihnen etwas sagen, was ich Ihnen schon seit Wochen habe sagen wollen ... zweierlei. Erstens ist es gefährlich für Sie, allein zu fahren. Das wissen Sie auch. Es ist Ihnen oft genug gesagt worden. Wenn es Ihnen persönlich auch einerlei ist, ob Sie einmal vergewaltigt werden oder nicht, so müssen Sie sich doch die Folgen überlegen. Mit Ihrem Eigensinn können Sie sich in die Lage bringen, die unsere tapferen Mitbürger dann zwingen würde, Sie zu rächen und ein paar Schwarze aufzuhängen. Damit aber schaffen sie sich wieder die Yankees auf den Hals, und einer von ihnen muß sicher daran glauben. Sind Sie nie auf den Gedanken gekommen, daß die Damen Sie vielleicht auch deshalb nicht mögen, weil Ihr Betragen ihre Ehemänner und Söhne an den Galgen bringen kann? Wenn der Ku-Klux-Klan noch mehr unter den Negern aufräumt, nehmen die Yankees Atlanta so hoch, daß Sherman der Stadt noch wie ein Engel vorkommen wird. Ich weiß, was ich sage. Ich bin doch mit den Yankees auf du und du. Schmählich zu sagen, aber sie behandeln mich wie einen der Ihren und reden offen mit mir. Sie wollen den Ku-Klux-Klan vernichten, und wenn sie die ganze Stadt auf einmal abbrennen und jeden zehnten Mann aufhängen müßten. Das könnte unangenehm werden für Sie, Scarlett, dann könnten Sie Ihr Geld verlieren, und man kann nie wissen, wo ein Präriebrand aufhört, wenn er einmal angefangen hat. Vermögenseinziehung, Steuererhöhung, Geldstrafen für verdächtige Frauen, von allem ist die Rede gewesen. Der Ku-Klux ...«

»Kennen Sie irgendeinen vom Ku-Klux-Klan? Ist Tommy Wellburn, Hugh oder ...«

Er zuckte die Achseln. »Woher soll ich das wissen? Ich bin ein Überläufer und Gesinnungslump. Ich hänge mein Mäntelchen nach dem Winde. Meinen Sie, ich erfahre so etwas? Aber ich weiß von Männern, die den Yankees verdächtig sind. Eine falsche Bewegung, und der Strick liegt ihnen um den Hals. Ich weiß zwar, Scarlett, es kommt Ihnen auf das Leben Ihrer Mitbürger wenig an, aber Ihre Mühle verlören Sie nicht gern! Ihrem trotzigen Gesicht sehe ich an, daß ich keinen Glauben bei Ihnen finde und meine Worte auf steinigen Boden fallen. Ich kann Ihnen also nur sagen, behalten Sie stets die Pistole in

Reichweite, und wenn ich in der Stadt bin, will ich versuchen, zur Hand zu sein, damit ich Sie fahren kann.«

»Rhett, haben Sie wirklich ... um mich zu beschützen ...?«

»Jawohl, mein Kind, mich drängt meine weitberühmte Ritterlichkeit, Sie zu beschützen.« Wieder tanzten spöttische Lichter in seinen schwarzen Augen, und aller Ernst wich aus ihrem Gesicht. »Und warum? – Um meiner tiefen Liebe zu Ihnen willen, Mrs. Kennedy. Jawohl, ich habe im stillen nach Ihnen gehungert und gedürstet und Sie von ferne angebetet; da ich aber ein Ehrenmann bin wie Mr. Ashley Wilkes, habe ich es Ihnen verborgen. Sie sind, Gott sei es geklagt, Frank Kennedys Gattin, und die Ehre hat mir verboten, Ihnen mein Herz zu offenbaren. Aber sogar Mr. Wilkes' Ehre bekommt ja gelegentlich einen Sprung, und die meinige bekommt ihn jetzt. Ich enthülle Ihnen also meine heimliche Leidenschaft und mein ...«

»Um Himmels willen, seien Sie still«, unterbrach ihn Scarlett. Wie immer ärgerte sie sich, wenn er sie zum besten hatte; auch lag ihr nichts daran, daß Ashley und seine Ehre wiederum zum Gesprächsstoff herhalten sollten. »Und was war das zweite, was Sie mir sagen wollten?«

»Was? Sie schneiden mir einfach das Wort ab, wenn ich mein liebendes, gefoltertes Herz vor Ihnen entblöße? – Nun, das zweite ist folgendes.« Die spöttischen Lichter waren wieder erloschen, sein Gesicht war dunkel und unbewegt. »Sie müssen etwas wegen des Pferdes tun. Es ist störrisch und im Maul hart wie Eisen, ermüdend zu fahren, nicht wahr? Wenn es einmal durchgehen sollte, können Sie es unmöglich halten, und wenn Sie in einem Graben umwerfen, können Sie mitsamt dem Kind dabei umkommen. Sie sollten ihm ein möglichst schweres Gebiß anschaffen oder aber es gegen ein sanfteres Tier umtauschen.«

Sie blickte in sein glattes, ganz ausdrucksloses Gesicht, und plötzlich schwand ihr Ärger, wie ihr die Verlegenheit geschwunden war, nachdem sie mit ihm über ihre Schwangerschaft gesprochen hatte. Eben erst war er so gut zu ihr gewesen und hatte ihr, als sie vor Scham vergehen wollte, ihre Unbefangenheit zurückgegeben. Und jetzt war er noch gütiger und sehr besorgt wegen des Pferdes. Dankbarkeit regte sich in ihr. Warum konnte er nicht immer so sein?

»Das Pferd läßt sich schwer lenken«, stimmte sie demütig bei. »Manchmal tun mir noch die ganze Nacht die Arme weh, weil ich so zerren muß. Tun Sie damit, was Sie für das beste halten.«

Seine Augen funkelten boshaft. »Das klingt ja wieder ganz sanftmütig und weiblich, Mrs. Kennedy, gar nicht so herrisch wie gewöhnlich. Man muß nur mit Ihnen umzugehen wissen, dann werden Sie wie Ton in des Töpfers Hand.«

Sie machte ein böses Gesicht und geriet von neuem in Hitze.

»Jetzt machen Sie aber, daß Sie aus dem Wagen kommen, sonst gibt's eins mit der Peitsche. Ich weiß gar nicht, warum ich Sie überhaupt so lange dulde und nett mit Ihnen bin. Sie haben weder Manieren noch Moral und sind überhaupt ein … ein … hinaus mit Ihnen, im Ernst!«

Als er aber ausgestiegen war und sein Pferd hinten vom Wagen losgemacht hatte und sie von der dämmerigen Straße her aufreizend anlachte, konnte sie im Davonfahren ein Lächeln nicht unterdrücken. Ja, er war ungezogen und unberechenbar, man wußte nie, woran man mit ihm war und wann die stumpfe Waffe, die man ihm in einem unbedachten Augenblick in die Hand gab, zur haarscharfen Klinge wurde. Aber schließlich wirkte er doch belebend wie ein heimliches Glas Schnaps.

In diesen Monaten hatte Scarlett mit Schnaps umzugehen gelernt. Wenn sie spätnachmittags durchnäßt und mit steifen, schmerzenden Gliedern nach stundenlanger Fahrt im Einspänner heimkam, hielt sie nur noch der Gedanke an die Flasche aufrecht, die in ihrer obersten Schreibtischschublade vor Mammys Späheraugen wohlverwahrt und verschlossen stand. Dr. Meade hatte noch nicht daran gedacht, ihr zu sagen, daß eine Frau in ihrem Zustand nicht trinken dürfe. Er hatte nie gesehen, daß eine anständige Frau überhaupt ein stärkeres Getränk als Fuchstraubenwein zu sich nahm, höchstens natürlich ein Glas Sekt auf einer Hochzeit oder einen Glühwein, wenn sie schwer erkältet im Bett lag. Freilich gab es unselige Frauen, die zur ewigen Schande ihrer Familie tranken, ebenso wie es wahnsinnige oder geschiedene Frauen gab oder solche, die wie Miß Susan B. Anthony meinten, die Frauen müßten das Stimmrecht bekommen. Aber soviel auch der Doktor an Scarlett auszusetzen hatte – daß sie trank, kam ihm nicht in den Sinn.

Scarlett hatte herausgefunden, daß ein Schuß Branntwein vor dem Abendessen ihr unendlich wohltat. Sie konnte ja rasch ein paar Kaffeebohnen kauen und mit Kölnisch Wasser gurgeln, um den Geruch zu vertreiben. Warum regten sich die Leute so auf, wenn Frauen tranken, wo doch die Männer, sooft sie nur wollten, sich schwere Räusche antranken? Manchmal, wenn Frank neben ihr lag und schnarchte, daß sie nicht einschlafen konnte, wenn sie sich herumwälzte und sich mit der Angst vor der Armut, dem Grauen vor den Yankees, dem Heimweh nach Tara oder der Sehnsucht nach Ashley halb tot quälte, meinte sie, ohne die Branntweinflasche müßte sie den Verstand verlieren. Sobald ihr die schöne traute Wärme durch die Adern rann, schwanden alle Sorgen. Nach drei Gläsern konnte sie sich jedesmal sagen: »Ich will morgen über diese Sache nachdenken, morgen werde ich eher und besser damit fertig.«

Aber es gab Nächte, da auch der Branntwein ihren Kummer nicht stillen konnte. Nächte, in denen das Heimweh nach Tara so stark in ihr wurde, daß es sogar die Angst vor dem Verlust der Mühle verdrängte. Manchmal war ihr zumute, als müsse sie in Atlanta ersticken bei all dem Lärm, den Neubauten, den fremden Gesichtern und den engen Straßen voller Pferde und Lastwagen und wogender Menschenmengen. Sie hatte Atlanta lieb, aber ach, der süße Friede, die ländliche Ruhe auf Tara, die roten Felder mit den dunklen Kiefern am Rande! Könnte sie nur nach Tara zurück, einerlei, wie schwer das Leben dort sein mochte, und bei Ashley sein, nur einmal ihn sehen und sprechen hören und sich an dem Bewußtsein stärken, daß er sie liebte! Bei jedem Brief von Melanie, in dem es hieß, es gehe ihnen gut, bei jeder Mitteilung von Will über das Pflügen, Pflanzen und Pflegen der Baumwolle sehnte sie sich aufs neue nach Hause.

»Ich fahre im Juni hin, dann kann ich hier doch nichts mehr anfangen, ich fahre für ein paar Monate nach Hause«, dachte sie und faßte neuen Mut.

Sie fuhr im Juni nach Hause, aber nicht, wie sie es sich gewünscht hatte. In den ersten Tagen des Monats kamen ein paar Zeilen von Will, in denen stand, daß Gerald gestorben sei.

XXXIX

Der Zug hatte grosse Verspätung, und die tiefblaue Junidämmerung breitete sich schon über die Landschaft, als Scarlett in Jonesboro ausstieg. Aus den wenigen Läden und Häusern des Ortes, die stehengeblieben waren, fiel gelber Lampenschein. Zwischen den Gebäuden an der Hauptstraße klafften breite Lücken zerschossener und niedergebrannter Häuser, und Gebäude mit Granatlöchern im Dach und teilweise weggerissenem Gemäuer starrten stumpf und dunkel auf sie herab. Ein paar Reitpferde und Maultiergespanne waren draußen an den hölzernen Sonnendächern vor Bullards Laden angebunden. Die staubige rote Straße war wie ausgestorben, nichts war zu hören als hin und wieder ein Ruf oder ein trunkenes Gelächter, das aus der Kneipe am unteren Ende der Straße in die stille Abendluft drang.

Der Bahnhof war in der Schlacht abgebrannt und seitdem nicht wieder aufgebaut. An seiner Stelle stand nur ein hölzerner Schuppen ohne Wände, die die Witterung abhalten konnten. Scarlett ging darunter auf und ab und setzte sich dann auf eins der leeren Fässer, die offenbar als Sitzgelegenheit dorthin gestellt waren. Sie schaute die Straße hinauf und hinab nach Will Benteen aus. Er hätte hiersein sollen, um sie abzuholen. Er mußte doch wissen, daß sie sich sofort auf die Bahn setzte, nachdem sie seine knappe Mitteilung von Geralds Tod erhalten hatte.

Sie war so eilig abgefahren, daß sie in ihrer kleinen Reisetasche nur ein Nachthemd und eine Zahnbürste, aber nicht einmal Wäsche zum Wechseln mit sich führte. Sie fühlte sich sehr unbehaglich in dem engen schwarzen Kleid, das sie sich von Mrs. Meade geborgt hatte, weil sie keine Zeit fand, sich selbst noch Trauerkleidung zu besorgen. Mrs. Meade war mager geworden, und da Scarlett schwanger war, saß das Kleid doppelt unbequem. Sogar in ihrem Schmerz um Gerald dachte sie noch an ihre äußere Erscheinung und schaute mit Widerwillen an sich herunter. Ihre Figur war völlig dahin, Gesicht und Fußgelenke waren geschwollen. Bisher hatte sie sich wenig daraus gemacht, wie sie aussah, aber jetzt sollte sie in einer Stunde Ashley begegnen, und da war es ihr wieder wichtig. In all ihrem tiefen Kummer war ihr doch der Gedanke schrecklich, daß sie mit dem Kinde eines anderen unter dem Herzen vor ihn treten sollte. Sie liebte ihn und er liebte sie, und dies unwillkommene Kind erschien ihr wie ein Beweis der Untreue gegen ihre Liebe. Aber so peinlich es ihr auch war, daß er sie plump und schwerfällig sehen sollte, sie konnte dem jetzt nicht entgehen.

Ungeduldig klopfte sie mit dem Fuß. Will hätte sie abholen sollen. Sie konnte natürlich zu Bullard hinübergehen und nach ihm fragen oder jemanden dort bitten, sie nach Tara zu fahren, falls sich herausstellte, daß er nicht kommen konnte. Aber sie wollte nicht zu Bullard. Es war Sonnabend abend, und vermutlich hatte sich die Hälfte aller Männer aus der Provinz dort versammelt. In diesem schlechtsitzenden schwarzen Kleid, das ihren Zustand eher betonte als verhüllte, mochte sie sich nicht zeigen. Auch scheute sie die vielen Worte herzlicher Teilnahme, mit denen sie dort sicher überschüttet wurde. Sie wollte keine Anteilnahme, sie fürchtete in Tränen auszubrechen, sobald jemand nur Geralds Namen nannte. Weinen aber wollte sie nicht. Wenn sie einmal damit anfing, so wurde es sicher wie damals, als sie in die Mähne des Pferdes hineinschluchzte, in jener grauenvollen Nacht, da Atlanta fiel und Rhett sie in der Dunkelheit der nächtlichen Straße allein ließ. Dann kamen die entsetzlichen Tränen, die ihr das Herz zerrissen und nicht wieder versiegten.

Nein, sie wollte nicht weinen! Wieder stieg es ihr in den Hals, wie schon so oft, seitdem die Todesnachricht gekommen war. Aber Tränen halfen ja nichts, sondern schwächten und verwirrten sie nur. Warum hatten Will oder Melanie oder die Mädchen ihr nicht geschrieben, daß Gerald krank war? Sie wäre mit dem ersten Zug nach Tara gefahren, um ihn zu pflegen, und hätte, wenn nötig, einen Arzt aus Atlanta mitgebracht. Es war zu dumm von ihnen! Brachten sie denn nichts ohne sie fertig? Sie konnte doch nicht an zwei Orten zugleich sein. Sie tat weiß Gott in Atlanta für sie alles, was sie nur konnte.

Sie wurde unruhig und nervös auf ihrem Faß, als Will immer noch nicht erschien. Wo steckte er nur? Da knirschte hinter ihr der Schotter unter den Geleisen, sie wendete sich mühsam um und sah Alex Fontaine mit einem Sack Hafer auf der Schulter über die Schienen auf einen Leiterwagen zugehen.

»Herrje, Scarlett, bist du es?« rief er, setzte den Sack ab und kam herbeigelaufen, um ihr die Hand zu geben. Sein verbittertes braunes kleines Gesicht war voller Freude. »Wie schön, daß du da bist! Will ist beim Schmied und läßt das Pferd beschlagen. Der Zug hatte Verspätung, da meinte er, es wäre noch Zeit genug. Soll ich ihn holen?«

»Ja, bitte, Alex«, sagte sie und lächelte in all ihrer Betrübnis. Es tat so gut, wieder ein Gesicht aus der Provinz zu sehen.

»Ach ... mm ... Scarlett«, begann er unbeholfen, »das mit deinem Vater tut mir aber furchtbar leid.«

»Danke«, antwortete sie und wünschte, er hätte es nicht gesagt. Bei seinen Worten sah sie Geralds blühendes Gesicht wieder deutlich vor sich und hörte seine schallende Stimme.

»Wir sind hier alle mächtig stolz auf ihn, wenn dich das trösten kann, Scarlett«, fuhr Alex fort und ließ ihre Hand los. »Wir finden, er ist einen richtigen Soldatentod gestorben in einer richtigen Soldatensache.«

Was mochte er nur damit meinen? Soldatentod? Hatte ihn jemand erschossen? War er mit einem der Gesinnungslumpen in Streit geraten wie Tony? Aber mehr durfte sie jetzt nicht hören. Wenn sie von Gerald sprach, mußte sie weinen, und weinen durfte sie nicht, ehe sie nicht glücklich bei Will im Wagen saß und aus dem Ort heraus war, wo kein Fremder sie sah. Will störte dabei nicht, er war wie ein Bruder.

»Alex, ich möchte nicht davon sprechen«, sagte sie kurz.

»Das kann ich dir nachfühlen, Scarlett«, erwiderte Alex, und der Zorn stieg ihm dunkel ins Gesicht. »Wenn das meine Schwester wäre, dann ... Scarlett, ich habe noch nie hart über eine Frau gesprochen, aber nach meiner Meinung verdiente Suellen die Peitsche.«

Was für ein dummes Zeug sprach er jetzt? Was hatte Suellen damit zu tun?

»Leider muß ich sagen, daß hier alle ebenso über sie denken wie ich. Will ist der einzige, der für sie eintritt, und natürlich Miß Melanie, aber die ist ja eine Heilige und läßt auf keinen etwas kommen, und ...«

»Ich habe dir doch gesagt, ich wollte nicht davon sprechen«, sagte sie kalt, aber Alex ließ sich nicht einschüchtern. Er machte ein Gesicht, als verstünde er ihre Schroffheit, und das ärgerte sie. Sie wollte nicht von einem Außenstehenden etwas Schlechtes über ihre Familie hören. Daß sie keine Ahnung hatte, was geschehen war, brauchte er nicht zu wissen. Warum hatte Will ihr nicht ausführlich über alles geschrieben?

Wenn Alex sie nur nicht so scharf ansehen wollte! Sie merkte, wie er ihren

Zustand gewahr wurde, und genierte sich. Was aber in Wirklichkeit Alex durch den Kopf ging, als er sie da in der Dämmerung verstohlen betrachtete, war etwas anderes. Er fand ihr Gesicht so völlig verändert, daß er kaum begriff, wie er sie überhaupt erkannt hatte. Vielleicht kam es daher, daß sie ein Kind erwartete. Manche Frauen sahen dann ganz entstellt aus. Natürlich hatte auch der Tod des alten O'Hara sie sehr mitgenommen. Sie war seine Lieblingstochter gewesen. Aber nein, die Veränderung ging tiefer. Sie sah eigentlich besser aus als das letztemal, da er sie gesehen hatte. Jedenfalls so, als hätte sie jetzt täglich drei richtige, kräftige Mahlzeiten. Ihre Augen hatten auch nicht mehr den Blick eines gehetzten Tieres, das Verängstigte und Verzweifelte war aus ihnen gewichen, sie waren hart geworden, Scarlett hatte etwas Herrisches, Selbstbewußtes und Entschlossenes in ihrem Ausdruck, selbst wenn sie lächelte. Sicherlich mußte der alte Frank gehörig nach ihrer Pfeife tanzen. Ja, sie hatte sich verändert. Gewiß, sie war eine hübsche Frau, alles Niedliche, Weiche, Weibliche jedoch hatte sich aus ihrem Gesicht verloren, und der schmeichlerische Augenaufschlag vor Männern, der aussah, als traue sie ihnen mehr als dem lieben Gott, war gänzlich verschwunden.

Aber hatten sie sich nicht alle verändert? Alex blickte an seinem groben Anzug hinunter und machte wieder sein verbittertes Gesicht. Zuweilen, wenn er nachts wach lag und sich den Kopf zerbrach, wie seine Mutter zu ihrer Operation und der kleine Junge des armen toten Joe zu einer vernünftigen Erziehung und endlich er selbst zu einem neuen Maultier gelangen sollte, wünschte er sich wohl, es wäre immer noch Krieg und würde nie anders. Damals wußten sie gar nicht, wie gut sie es hatten. Bei der Truppe hatten sie immer etwas zu essen, wenn es auch nur Maisbrot war, es gab immer jemanden, der Befehle erteilte, nie aber das quälende Gefühl, vor unlösbaren Aufgaben zu stehen. Die einzige Sorge war gewesen, daß sie mit dem Leben davonkamen. Und dann Dimity Munroe. Alex wollte sie heiraten und konnte es doch nicht, da er schon für so viele aufzukommen hatte. Seit langem liebte er sie, und nun welkten die Rosen auf ihren Wangen und die Freude in ihren Augen. Wenn nur Tony nicht hätte fliehen müssen. Mit einer zweiten männlichen Kraft auf dem Gut wären sie schon über das Ärgste hinweg. Sein lieber kleiner Bruder mit seinem Jähzorn saß nun ohne einen Cent irgendwo im Westen. Ja, sie hatten sich alle verändert. Es war kein Wunder. Er seufzte schwer.

»Ich habe dir noch nicht dafür gedankt, was ihr für Tony getan habt«, sagte er. »Ihr habt ihm doch weitergeholfen, und das war famos von euch. Ich habe hintenherum erfahren, daß er heil in Texas angelangt ist ... Ich hatte Angst, euch brieflich danach zu fragen: Hast du oder hat Frank ihm Geld geliehen? Ich möchte es zurückgeben ...«

»Ach, bitte, Alex, jetzt nicht«, wehrte Scarlett ab. Dieses eine Mal wollte sie nichts von Geld wissen.

Alex schwieg, und endlich sagte er: »Ich hole dir Will, und morgen kommen wir alle zur Beerdigung hinüber.«

Gerade, als er sich seinen Hafersack wieder auf die Schulter lud, kam ein Leiterwagen mit wackeligen Rädern aus einer Seitengasse geschwenkt und auf sie zugerüttelt. Von dem Sitz herab rief Will ihr entgegen: »Entschuldigen Sie, daß ich so spät komme, Scarlett!«

Steifbeinig kletterte er aus dem Wagen, humpelte heran, beugte sich über Scarlett und küßte sie auf die Wange. Will hatte ihr noch nie einen Kuß gegeben und auch noch nie vor ihrem Namen das ›Miß‹ ausgelassen. Deshalb wunderte sie sich zwar, aber das Herz ging ihr dabei auf, und sie freute sich sehr. Er half ihr behutsam über das Rad in den Wagen hinein, und als sie sich umschaute, erkannte sie in dem alten gebrechlichen Gefährt dasselbe wieder, mit dem sie aus Atlanta geflohen war. Wie hatte es überhaupt so lange zusammenhalten können? Will mußte es meisterhaft ausgebessert haben. Ein wenig sonderbar wurde ihr doch zumute bei dem Anblick und der Erinnerung an jenen Abend. Und wenn sie barfuß laufen mußte und es bei Tante Pitty weniger zu essen geben sollte, sie wollte dafür sorgen, daß auf Tara ein neuer Wagen angeschafft wurde und dieser ins Feuer wanderte.

Will sagte eine ganze Weile gar nichts, und Scarlett war ihm dankbar dafür. Er warf den schäbigen Strohhut nach hinten in den Wagen, schnalzte dem Pferde, und sie fuhren davon. Will war immer noch der alte, hager und unbeholfen, mit rötlichem Haar und sanften Blicken, geduldig wie ein Lasttier.

Der Ort blieb hinter ihnen zurück, und sie bogen in die rote Landstraße ein, die auf Tara zuführte. Am Rande des Himmels glomm immer noch ein schwaches Rosenrot, golden und im zartesten Grün ruhten die bauschigen Federwolken. Die Stille der ländlichen Dämmerung senkte sich herab, beruhigend wie ein Gebet. Wie hatte sie es überhaupt all die Monate fern von hier aushalten können, ohne die Luft des Landes und den frischen Geruch der Erde, fern von den süßen Sommernächten? Der feuchte rote Boden roch so würzig, so heimatlich und vertraut, daß sie am liebsten ausgestiegen wäre und sich eine Handvoll Erde geholt hätte. Der Jelängerjelieber, der die ausgewaschenen roten Hänge an der Straße mit einem Gewirr von Grün überspann, duftete überwältigend stark wie immer nach Regen. Es war der süßeste Duft, den sie kannte. Über ihrem Kopf wirbelte plötzlich mit flinken Schwingen ein Schwarm Mauerschwalben, und hin und wieder flitzte ein aufgeschrecktes Kaninchen quer über die Straße, der weiße Schwanz wippte wie eine Puderquaste aus Daunen. Mit Freude sah Scarlett, wie gut die Baumwolle stand, als sie zwischen den bestellten Feldern dahinfuhren, wo die grünen Büsche stämmig aus der roten Erde wuchsen. Wie schön war das alles! Der weiche graue Nebel über den sumpfigen Niederungen, die rote Erde, die junge Baumwolle, die welligen Felder mit den sich schlängelnden grünen Pflanzenreihen und die schwarzen Kiefern, die gleich düsteren Mauern im Hintergrund ragten. Wie hatte sie nur Atlanta so lange ertragen können!

»Scarlett, ehe ich Ihnen von Mr. O'Hara erzähle – und ich erzähle Ihnen alles, bis wir zu Hause sind –, möchte ich über etwas anderes Ihre Meinung hören. Sie sind ja wohl jetzt das Haupt der Familie.«

»Ja, Will.«

Einen Augenblick wendete er ihr seinen milden, ganz sachlichen Blick zu.

»Ich möchte Ihre Zustimmung haben, daß ich Suellen heirate.«

Scarlett hielt sich am Sitz fest, denn sie wäre fast vor Überraschung hintenübergefallen. Suellen heiraten! Sie hatte es nicht für möglich gehalten, daß sich noch jemand finden würde, der Suellen heiratete, nachdem sie ihr Frank Kennedy weggenommen hatte. Wer trug denn wohl Verlangen nach Suellen?

»Aber Will!«

»Das heißt wohl, daß Sie nichts dagegen haben?«

»Dagegen? Nein, aber ... Will, ich bin ganz sprachlos. Sie wollen Suellen heiraten? Will, ich dachte immer, Sie hätten Carreen gern.«

Will wandte kein Auge vom Pferd und trieb es mit lockeren Zügeln an. In seinem Gesicht veränderte sich nichts. Aber ihr war, als hätte er leise geseufzt.

»Das war einmal«, sagte er.

»Will sie denn nichts von Ihnen wissen?«

»Ich habe sie nie gefragt.«

»Ach, Will, Sie sind zu dumm. Fragen Sie sie doch. Sie ist doppelt soviel wert wie Suellen.«

»Scarlett, Sie wissen vieles nicht, was in Tara vorgegangen ist. Sie haben uns die letzten Monate nicht viel Aufmerksamkeit geschenkt.«

»So, meinen Sie das?« brauste sie auf. »Was habe ich denn wohl in Atlanta getan? Glauben Sie etwa, ich sei vierspännig gefahren und auf Bälle gegangen? Habe ich euch nicht jeden Monat Geld geschickt? Habe ich nicht die Steuern bezahlt und das Dach dicht machen lassen und einen neuen Pflug und Maultiere gekauft? Habe ich nicht ...«

»Sie brauchen nicht nach irischer Art aus der Haut zu fahren«, fiel er ihr unerschütterlich ins Wort. »Wenn jemand weiß, was Sie geleistet haben, so bin ich es. Zwei Männer hätten es nicht so geschafft wie Sie.«

Ein wenig besänftigt fragte sie: »Nun, also, was soll denn das heißen?«

»Gewiß, Sie haben uns das Dach über dem Kopf und die gefüllte Speisekammer erhalten, das leugne ich nicht, aber Sie haben sich nicht viel Gedanken darüber gemacht, was hier auf Tara in unseren Köpfen vor sich gegangen ist. Scarlett, ich mache es Ihnen nicht zum Vorwurf. So sind Sie nun einmal. Was in anderen Köpfen vorgeht, hat Sie nie sonderlich interessiert. Was ich Ihnen nun erklären möchte, ist, daß ich Miß Carreen nie gefragt habe, weil ich wußte, es hätte doch keinen Zweck. Sie ist wie eine kleine Schwester zu mir gewesen und spricht auch wohl mit mir offener als mit jemandem sonst. Aber über den toten Tarletonjungen kommt sie nun einmal nicht hinweg, und ich kann Ihnen auch ebensogut jetzt gleich sagen, daß sie nach Charleston in ein Kloster will.«

»Sie machen wohl Spaß?«

»Ich wußte, daß es Sie erschrecken würde, und wollte Sie nur darum bitten, Scarlett, suchen Sie sie nicht davon abzubringen, schelten Sie nicht mit ihr und lachen Sie sie nicht aus. Lassen Sie sie gewähren, es ist ihr einziger Wunsch. Ihr Herz ist gebrochen.«

»Ja, du meine Güte! Viele haben ein gebrochenes Herz und laufen deshalb noch nicht gleich ins Kloster. Sehen Sie mich an, ich habe meinen Mann verloren ...«

»Aber das hat Ihnen nicht das Herz gebrochen«, sagte Will ruhig, zupfte einen Strohhalm vom Wagen, steckte ihn in den Mund und kaute bedächtig daran. Wie immer, wenn jemand ihr die volle Wahrheit sagte, war sie bei der ihr angeborenen Ehrlichkeit entwaffnet. Einen Augenblick schwieg sie und suchte sich an die Vorstellung, daß Carreen eine Nonne werden sollte, zu gewöhnen.

»Versprechen Sie mir, sie in Ruhe zu lassen.«

»Nun ja, ich verspreche es.« Sie sah Will mit einigem Staunen und mit einem ganz neuen Verständnis an. Er hatte Carreen geliebt und liebte sie noch so sehr, daß er für sie eintrat und ihr den Abschied von der Welt zu erleichtern suchte. Und trotzdem wollte er Suellen heiraten.

»Aber was ist denn nun eigentlich mit Suellen? Sie lieben sie doch nicht? Oder etwa doch?«

»O ja, in gewisser Hinsicht schon.« Er nahm den Strohhalm aus dem Mund und betrachtete ihn nachdenklich. »Suellen ist gar nicht so schlimm, wie Sie denken, Scarlett. Ich glaube, wir kommen recht gut miteinander aus. Was Suellen fehlt, ist nur ein Mann und Kinder, das, was jede Frau braucht.«

Eine Zeitlang rüttelte der Wagen über die ausgefahrene Straße, ohne daß einer der beiden etwas sprach. Scarlett dachte angestrengt nach. Alledem mußte noch etwas anderes, etwas Tieferes, Wesentlicheres zugrunde liegen, das den stillen, sanften Will veranlaßte, die ewig unzufriedene Suellen heiraten zu wollen.

»Sie haben mir den wahren Grund nicht gesagt. Wenn ich das Haupt der Familie bin, so kann ich beanspruchen, ihn zu erfahren.«

»Sie haben recht«, entgegnete Will, »und Sie werden mich verstehen. Ich kann Tara nicht lassen. Es ist meine Heimat, Scarlett, die einzige wirkliche Heimat, die ich in meinem Leben gehabt habe, und ich habe jeden Stein dort lieb. Ich habe dort gearbeitet, als sei es mein Eigentum, und wenn man von Herzen Arbeit an etwas wendet, gewinnt man es lieb. Verstehen Sie, was ich meine?«

Sie verstand, was er meinte, und ihr Herz kam ihm warm entgegen, weil er das, was ihr das Liebste war, auch liebhatte.

»Und ich sehe die Dinge jetzt so an: Ihr Pa ist nicht mehr da. Carreen geht ins Kloster. Da bleiben Suellen und ich allein übrig, und ich könnte natürlich nicht auf Tara bleiben, wenn ich Suellen nicht heirate. Sie wissen, wie die Leute reden.«

»Aber Will, da sind doch Melanie und Ashley ...«

Als Ashleys Name fiel, wandte er sich ihr zu und sah sie mit seinen blassen unergründlichen Augen an. Wieder hatte sie das Gefühl, daß Will von ihr und Ashley alles wußte, alles verstand und weder ja noch nein dazu sagte.

»Sie gehen bald fort.«

»Fort? Wohin? Tara ist ihnen doch auch Heimat.«

»Nein, es ist nicht ihre Heimat. Das ist es ja, worunter Ashley leidet. Tara ist nicht sein Heim, und er hat dort nicht das Gefühl, sein Brot zu verdienen. Er ist nur ein kümmerlicher Landwirt, und das weiß er auch. Weiß Gott, er tut sein Bestes, aber er ist nicht dafür geschaffen. Wenn er Holz spaltet, so ist es der reine Zufall, wenn ihm das Beil nicht in den Fuß geht. Er kann ebensowenig wie sein kleiner Junge den Pflug gerade in der Furche halten, und was er alles von Zucht und Pflege des Viehs nicht versteht, damit könnte man Bücher füllen. Es ist nicht seine Schuld. Er ist nicht dafür geboren, und es bedrückt ihn, daß er als Mann auf Tara von der Mildtätigkeit einer Frau lebt und es ihr nicht vergelten kann.«

»Mildtätigkeit? Hat er das gesagt?«

»Nein, kein Wort hat er gesagt. Sie kennen Ashley, aber ich sehe es ihm an. Gestern abend, all wir alle bei Ihrem Pa wachten, habe ich ihm erzählt, ich hätte Suellen gefragt und sie habe ja gesagt. Da sagte Ashley, es sei ihm eine Erleichterung. Er sei sich wie ein Hund vorgekommen, daß er immer weiter auf Tara bliebe. Aber er habe gemeint, da nun Mr. O'Hara tot sei, müßten er und Melly weiterbleiben, nur damit Suellen und ich nicht ins Gerede kämen. Bei der Gelegenheit hat er mir erzählt, daß er weg wolle und arbeiten.«

»Arbeiten? Wo denn? Was denn?«

»Ich weiß nicht genau, was er vorhat. Er sagte, er wolle nach dem Norden. Er hat einen Freund in New York, der ihm geschrieben hat, er könnte dort in einer Bank arbeiten.«

»Nein, nein!« Dieser Ausruf kam aus Scarletts tiefstem Herzen, und Will schaute sie so wissend an wie zuvor.

»Vielleicht ist es wirklich besser, er geht nach dem Norden.«

»O nein, das glaube ich nicht.«

Ihr Geist arbeitete fieberhaft. Ashley durfte nicht nach dem Norden! Dann sah sie ihn womöglich niemals wieder. Obwohl sie ihn seit Monaten nicht gesehen und seit dem verhängnisvollen Gespräch im Obstgarten nicht allein mit ihm gesprochen hatte, war doch kein Tag vergangen, da sie nicht an ihn gedacht und sich nicht gefreut hatte, daß er unter ihrem Dach in guter Hut war. Sie hatte an Will keinen Dollar geschickt ohne den frohen Gedanken, daß er Ashley das Leben erleichtern sollte. Allerdings, er war kein guter Landwirt und war zu Besserem geboren. Er war geboren zu herrschen, in einem großen Hause zu wohnen, schöne Pferde zu reiten, Gedichte zu lesen und die Neger anzuweisen, was sie zu tun hatten. Daß es keine Herrenhäuser, keine Pferde, keine Neger und nur noch wenig Bücher gab, änderte daran nichts. Ashley war nicht dazu geschaffen, hinter dem Pflug zu gehen und Zaunpfähle zu spalten. Kein Wunder, daß er aus Tara weg wollte.

Aber aus Georgia durfte er nicht fort! Wenn es sein mußte, wollte sie Frank schon dazu bringen, ihn in seinem Laden zu beschäftigen und den Jungen, der jetzt hinterm Ladentisch stand, zu entlassen. Aber nein, Ashleys Platz war ebensowenig hinter dem Ladentisch wie hinter dem Pflug. Ein Wilkes als Ladenverkäufer, das durfte nicht sein. Es mußte doch noch etwas anderes ... natürlich, ihre Mühle! Ihr fiel ein solcher Stein vom Herzen, daß sie lächeln konnte. Aber ob er ihr Anerbieten annahm? Ob er das nicht auch wieder für Mildtätigkeit hielt? Sie mußte es ihm so darstellen, als ob er ihr damit einen Gefallen täte. Sie würde Johnson kündigen und Ashley die alte Sägemühle übergeben, während Hugh die neue führte. Sie würde Ashley auseinandersetzen, daß Frank bei seiner schlechten Gesundheit schon übergenug im Laden zu tun habe und ihr nicht helfen könne, und auch ihr Zustand sollte herhalten, ihn zu überzeugen, daß sie Hilfe brauchte. Sie mußte es so darstellen, als könne sie seine Hilfe gegenwärtig einfach nicht entbehren. Sie würde ihn zur Hälfte an der Mühle beteiligen, wenn er sie übernehmen wollte. Sie war bereit, alles zu tun, um ihn nur in der Nähe zu haben und sein helles Lächeln aufleuchten zu sehen, alles, um vielleicht einmal einen unbewachten Blick aus seinen Augen zu erhaschen, aus dem sie las, daß er noch etwas auf sie gab. Aber sie gelobte sich, ihn niemals wieder zu Worten der Liebe zu treiben und ihn niemals seine dumme Ehre vergessen zu lassen, die er höher hielt als die Liebe. Sie mußte einen Weg finden, ihn ihren neuen Vorsatz auf zarte Weise wissen zu lassen. Sonst lehnte er womöglich ab aus Scheu vor einem solchen Auftritt wie jenem letzten, schrecklichen.

»Ich kann ihm in Atlanta eine Stelle verschaffen«, sagte sie.

»Nun, das ist Ihre und Ashleys Sache«, meinte Will und nahm den Strohhalm wieder in den Mund. »Hüh, Sherman. – Scarlett, ich muß Sie noch um etwas bitten, ehe ich Ihnen von Ihrem Pa erzähle. Sie dürfen nicht über Suellen herfallen. Was sie getan hat, hat sie getan. Wenn Sie ihr die Haare einzeln ausreißen, so macht das Mr. O'Hara nicht wieder lebendig. Übrigens war sie ehrlich davon überzeugt, das Rechte zu tun.«

»Danach wollte ich Sie schon fragen. Was ist denn eigentlich mit Suellen? Alex sprach in Rätseln und sagte, sie verdiene die Peitsche. Was hat sie denn getan?«

»Ja, man ist hier ziemlich aufgebracht über sie. Alle, die ich heute nachmittag in Jonesboro traf, schwuren, sie beim nächsten Zusammentreffen in Stücke zu reißen, aber sie werden wohl darüber hinwegkommen. Aber zuerst versprechen Sie mir, nicht über sie herzufallen. Ich will keinen Streit heute abend, wo Mr. O'Hara tot im Hause liegt.«

Er wollte keinen Streit! Scarlett war entrüstet. Er sprach, als gehöre ihm Tara schon. Aber dann dachte sie an Gerald, der tot im Hause lag, und plötzlich fing sie an zu schlucken, zu weinen und bitterlich zu schluchzen. Will legte den Arm um sie, zog sie so nahe zu sich heran, daß es ihr wohltat, und sagte nichts.

Als sie langsam die dunkle Landstraße hinunterrumpelten, ihr Kopf mit dem schiefen Hut an seiner Schulter, hatte sie den Gerald der letzten zwei Jahre vergessen, den schwachsinnigen alten Herrn, der die Tür anstarrte und auf seine Frau wartete, die doch nie mehr hereintreten würde. Sie hatte den springlebendigen, schneidigen Alten mit seiner lockigen weißen Mähne vor sich, wie er vor Lebenslust strotzte und mit den Füßen stampfte, und sie gedachte seiner derben Späße und seiner Großherzigkeit. Sie erinnerte sich, wie sie ihn als Kind für den wunderbarsten Mann gehalten hatte, ihren lärmenden Vater, der sie vor sich auf den Sattel nahm, wenn er über Zäune setzte, ihr die Hosen stramm zog, wenn sie ungezogen war, dem dann die Tränen kamen, wenn sie schrie, so daß er ihr Geldstücke gab, um sie zu beruhigen. Sie erinnerte sich daran, wie er aus Charleston und Atlanta mit Geschenken beladen heimkehrte, die eigentlich nie recht brauchbar waren, und lächelte unter Tränen, als sie daran dachte, wie er in der Morgendämmerung vom Gerichtstag in Jonesboro sternhagelbetrunken nach Hause kam, über Zäune setzte und übermütig sein »Hab' ich mein grünes Kleidchen an« schmetterte, und wie er dann morgens, ach so beschämt, Ellen unter die Augen trat. Nun war er wieder bei Ellen.

»Warum habt ihr mir nicht geschrieben, daß er krank ist? Ich wäre doch sofort hergekommen …«

»Er war gar nicht krank, nicht eine Minute. Hier, Kind, nimm mein Taschentuch, und ich will dir erzählen.«

Sie putzte sich die Nase mit seinem buntbedruckten Taschentuch, denn sie hatte sich nicht einmal eins aus Atlanta mitgebracht, und rückte sich wieder bequem in seinem Arm zurecht. Will war doch wirklich nett, nichts konnte ihn aus der Fassung bringen.

»Also, Scarlett, es war so. Du hast uns ja immer das Geld geschickt, und Ashley und ich, wir haben die Steuern bezahlt und das Maultier gekauft und den Samen und was nicht alles. Auch ein paar Schweine und Hühner. Miß Melly hat ausgezeichnet für die Hühner gesorgt, jawohl. Eine großartige Frau, Miß Melly. Wie dem auch sei, nachdem wir alles mögliche für Tara gekauft hatten, war für Krimskrams nichts mehr übrig, aber keiner von uns hat darüber geklagt, nur Suellen. Miß Melanie und Miß Carreen blieben im Hause und trugen ihre alten Kleider, als wenn sie noch stolz auf sie wären. Aber, Scarlett, du kennst ja Suellen. Sie hat sich nie ans Entbehren gewöhnen können. Immer wurmte es sie, daß sie ein altes Kleid anziehen mußte, wenn ich sie mit nach Jonesboro oder nach Fayetteville nahm. Besonders, weil ein paar von den Schieberweibern immer nach der neuesten Mode aufgeputzt herumstolzierten. Ja, die Frauen der verdammten Yankees, die in der Freilassungsbehörde sitzen, die verstehen sich aufzutakeln. Deshalb ist es für die Damen aus der Provinz immer so etwas wie eine Ehrensache gewesen, ihre schäbigsten Kleider anzuziehen, wenn sie in die Stadt fahren, damit alle sehen, daß ihnen nichts daran liegt und sie stolz auf ihre alten Kleider sind. Aber Suellen nicht. Sie wollte auch noch Pferd und Wagen haben und sagte, du hättest ja auch einen Wagen.«

»Nur einen alten Einspänner«, rief Scarlett entrüstet.

»Einerlei. Ich will dir aber noch etwas anderes sagen. Was Suellen nie verwunden hat, ist, daß du Frank Kennedy geheiratet hast, und ich kann es ihr nicht verdenken. Weißt du, gegen die leibhaftige Schwester war das ein schlechter Streich.«

Scarlett hob den Kopf von seiner Schulter, wie eine gereizte Klapperschlange, die zubeißen will. »So, ein schlechter Streich? Halt deinen schlechten Mund, Will Benteen! Was kann ich dafür, daß er mich lieber hatte als sie?«

»Du bist ein gerissenes Mädchen, Scarlett, und wirst schon etwas dafür können, daß er dich lieber hatte. Mädchen können immer etwas dafür. Du hast sicherlich das Deine getan. Du bist eine mächtig anziehende kleine Person, wenn du willst, aber trotzdem. Er hatte doch um Suellen angehalten. Noch eine Woche, ehe du nach Atlanta gingst, bekam sie einen zuckersüßen Brief von ihm, worin stand, daß sie nun bald heiraten wollten, sobald er etwas Geld zurückgelegt hätte. Sie hat mir den Brief gezeigt.«

Scarlett schwieg. Sie wußte, daß er die Wahrheit sprach, und ihr fiel nichts ein, was sie dagegen hätte vorbringen können. Sie hatte nicht erwartet, daß gerade Will über sie zu Gericht sitzen würde. Übrigens hatte die Lüge, mit der sie Frank gewonnen hatte, ihr Gewissen nie sonderlich bedrückt. Wer seine Verehrer nicht zu halten verstand, dem geschah es recht, wenn er sie verlor.

»Komm, Will, sei nicht böse«, sagte sie. »Wenn Suellen ihn geheiratet hätte, meinst du, sie hätte einen Cent an Tara oder an einen von uns gewendet?«

»Ich habe ja gesagt, du kannst mächtig anziehend sein, wenn du willst.« Will drehte sich ihr mit einem stillen Lachen zu. »Nein, ich glaube nicht, daß wir je einen Cent vom Gelde des guten Frank zu sehen bekommen hätten. Aber deshalb kommst du doch nicht darum herum, daß es ein schlechter Streich war. Wenn du die Mittel durch den Zweck heiligen willst, so geht das mich nichts an. Ich habe kein Recht, dir deswegen Vorwürfe zu machen. Aber, wie dem auch sei, Suellen ist seitdem wie eine giftige Hornisse. Ich glaube nicht, daß ihr an dem guten Frank allzuviel lag, aber sie fühlte sich doch schrecklich in ihrer Eitelkeit verletzt und redete immer davon, wie du nun schöne Kleider hättest und einen Wagen und in Atlanta lebtest, während sie auf Tara begraben ist. Sie hat doch nun einmal Besuche, Gesellschaften und schöne Kleider gern. Das weißt du. Ich mache ihr keinen Vorwurf daraus. Die Frauen sind nun einmal so. Nun, vor einem Monat nahm ich sie mit nach Jonesboro. Sie machte Besuche, während ich zu tun hatte, und als ich sie nach Hause fuhr, war sie zwar mäuschenstill, aber so aufgeregt, als ob sie platzen wollte. Ich dachte, sie hätte irgendeinen interessanten Klatsch gehört, und achtete weiter nicht darauf. Zu Hause lief sie eine Woche lang mit geschwollenem Kamm herum und war sehr aufgeregt, redete aber nicht viel. Sie ging hinüber nach Pine Bloom und besuchte Miß Cathleen Calvert. Ach, Scarlett, du weinst dir über Miß Cathleen noch die Augen aus. Das arme Mädchen wäre auch besser tot als mit dem kümmerlichen Yankee, dem Hilton, verheiratet. Weißt du, daß er die Plantage hoch belastet hatte und aufgeben mußte und daß sie nun von dort fort müssen?«

»Nein, das wußte ich nicht und will es auch nicht wissen. Ich will über Pa hören.«

»Dazu komme ich jetzt«, sagte Will geduldig. »Als sie von dort zurückkam, meinte sie, wir alle hätten Hilton verkannt. Sie nannte ihn Mr. Hilton und sagte, er sei ein tüchtiger Mann, und wir haben sie ausgelacht. Dann fing sie plötzlich an, nachmittags immer mit deinem Pa spazierenzugehen, und oft, wenn ich vom Felde heimkam, sah ich sie auf der Friedhofsmauer mit ihm sitzen und heftig auf ihn einreden und mit den Händen fuchteln. Dann sah der alte Herr sie immer ein bißchen ratlos an und schüttelte den Kopf. Du weißt ja, wie er war, und er wurde immer verstörter und wußte kaum noch, wo er war und wer wir waren. Einmal sah ich sie auf das Grab deiner Mutter zeigen, und er fing an zu weinen. Und als sie einmal ganz aufgeregt und ganz glücklich nach Hause kam, habe ich eine Unterredung mit ihr gehabt, aber eine scharfe, das kann ich dir sagen. ›Miß Suellen‹, habe ich gesagt, ›warum in drei Teufels Namen quälen Sie Ihren armen Pa und erinnern ihn an Ihre arme Ma? Meistens ist ihm gar nicht klar, daß sie tot ist, und nun kommen Sie und reiben es ihm unter die Nase.‹ Aber sie warf nur den Kopf zurück und lachte: ›Kümmern Sie sich um Ihre eigenen Angelegenheiten. Sie werden sich eines Tages noch alle freuen.‹ Miß Melanie hat mir gestern abend erzählt, daß Suellen ihr von ihren Plänen gesprochen hat, sie habe aber keine Ahnung gehabt, daß es Suellen Ernst damit war. Sie sagte, sie habe nicht darüber gesprochen, weil sie den bloßen Gedanken so unerhört fand.«

»Welchen Gedanken? Kommst du denn nie zur Sache? Wir sind schon halbwegs zu Hause, und ich will von Pa hören.«

»Das versuche ich dir ja auch zu erzählen«, erwiderte Will. »Und weil wir schon fast zu Hause sind, halte ich wohl besser hier an, bis ich fertig bin.«

Er zog die Zügel an und ließ das schnaufende Pferd halten. Sie standen an der jetzt wild ins Kraut geschossenen Jasminhecke, die den Besitz der Familie MacIntosh bezeichnete. Wenn Scarlett unter den dunklen Bäumen hindurchblickte, konnte sie gerade noch die hohen, gespenstischen Schornsteine erblicken, die immer noch die schweigenden Trümmer überragten. Ihr wäre lieber gewesen, Will hätte woanders gehalten.

»Kurz, sie wollte darauf hinaus, daß die Yankees die Baumwolle bezahlten, die sie verbrannt, das Vieh, das sie fortgetrieben, und die Zäune, die sie niedergerissen hatten.«

»Die Yankees?«

»Hast du nicht davon gehört? Die Regierung zahlt ihren Parteigängern im Süden alle Entschädigungsansprüche für zerstörtes Eigentum.«

»Gewiß habe ich davon gehört«, sagte Scarlett. »Aber was hat das mit uns zu tun?«

»Sehr viel, nach Suellens Ansicht. Als ich sie damals mit nach Jonesboro nahm, traf sie Mrs. MacIntosh, und es fiel Suellen auf, was für elegante Kleider sie anhatte, und sie konnte es sich nicht versagen, danach zu fragen. Mrs. MacIntosh machte sich sehr wichtig, erzählte, ihr Mann habe bei der Bundesregierung einen Entschädigungsantrag wegen Eigentumszerstörung eines treuen Unionfreundes gestellt, der den Konföderierten in keiner Form Vorschub und Beistand geleistet habe.«

»Sie haben wirklich nie jemandem Hilfe geleistet, diese Schotten-Iren.«

»Das mag richtig sein. Ich kenne sie nicht. Jedenfalls hat die Regierung ihnen, ich habe vergessen, wieviel tausend Dollar ausgezahlt, eine ganz hübsche Summe war es jedenfalls. Das brachte Suellen auf ihren Gedanken. Eine Woche hat sie darüber nachgedacht und uns nichts gesagt, weil sie wußte, wir würden sie nur auslachen. Aber mit irgend jemandem mußte sie darüber reden, deshalb ging sie zu Miß Cathleen hinüber, und Hilton, der verdammte weiße Lümmel, hat ihr allerlei Flöhe ins Ohr gesetzt. Er wies sie darauf hin, daß Pa ja nicht einmal hier geboren sei, er habe nicht mitgekämpft, keine Söhne an der Front gehabt und auch nie ein Amt unter der konföderierten Regierung gehabt. Wir könnten also behaupten, Mr. O'Hara sei ein treuer Anhänger der Union gewesen. Lauter solchen Unsinn redete er ihr ein, und sie kam nach Hause und fing an, Mr. O'Hara zu bearbeiten. Scarlett, ich wette, dein Pa hat meistens gar nicht verstanden, wovon sie überhaupt sprach. Damit hat sie gerechnet und gehofft, er würde den Treueid leisten und nicht einmal wissen, daß er es tat.«

»Pa den Treueid leisten!« schrie Scarlett.

»In den letzten Monaten war er richtig schwachsinnig geworden. Darauf wird sie sich wohl verlassen haben. Vergiß nicht, von uns ahnte ja niemand etwas. Wir wußten, daß sie irgend etwas im Schilde führte, aber nicht, daß sie deine tote Ma benutzte, um ihm vorzuhalten, seine Töchter gingen in Lumpen, wo er doch von den Yankees hundertfünfzigtausend Dollar bekommen könnte.«

»Hundertfünfzigtausend Dollar«, murmelte Scarlett vor sich hin, und ihr Grauen vor dem Treueid schwand. Was für einen Haufen Geld! Um das zu bekommen, brauchte man nur der neuen Regierung den Treueid zu leisten, welcher besagt, daß man immer die Regierung unterstützt und nie ihren Feinden Beistand und Vorschub geleistet habe. Hundertfünfzigtausend Dollar für eine so kleine Lüge. Sie konnte Suellen nicht verurteilen. Gott im Himmel, deswegen hatte Alex sie auspeitschen wollen, deswegen wollte die ganze Provinz sie in Stücke reißen? Zu dumm waren sie alle. Was konnten sie mit dem Geld nicht alles anfangen. Was machte eine so kleine Lüge denn aus. Schließlich war alles, was man den Yankees abnehmen konnte, ehrlich verdientes Geld, einerlei, wie man dazu kam.

»Gestern gegen Mittag, als Ashley und ich Zaunpfähle schnitten, holte sich Suellen diesen Wagen hier und setzte deinen Pa hinein, und auf und davon ging es zur Stadt. Keiner wußte etwas davon. Miß Melly hatte eine unbestimmte Vorstellung, was vor sich gehen sollte, aber sie betete, daß Suellens Sinn sich ändern möge, und sagte uns anderen nichts davon. Sie konnte es einfach nicht begreifen, daß Suellen so etwas wirklich tun würde.

Heute habe ich erfahren, wie sich alles zugetragen hat. Der feige Lump Hilton hatte einigen Einfluß auf die anderen Gesinnungslumpen und Republikaner in der Stadt. Suellen hatte mit ihm abgemacht, sie sollten alle etwas von dem Gelde abbekommen – wieviel, weiß ich nicht –, wenn sie andeutungsweise bestätigen wollten, daß Mr. O'Hara ein treuer Freund der Union sei, und verlauten ließen, daß er Ire sei und nicht mitgekämpft habe und so weiter, und sein Gesuch befürworteten. Dein Pa sollte nichts weiter tun als den Eid leisten und die Urkunde unterschreiben, dann sollte es nach Washington gehen.«

Sie leierten den Eid auch mit Windeseile herunter, und er sagte nichts, und alles ging gut, bis sie ihn so weit hatten, daß er unterschreiben sollte. Da kam der alte Herr ja wohl einen Augenblick wieder zur Besinnung und schüttelte den Kopf. Ich glaube kaum, daß er gewußt hat, was das alles zu bedeuten hatte, aber es war ihm zuwider, und Suellens Gehabe ärgerte ihn schließlich. Da hat sie dann wohl eine Art Nervenanfall bekommen, nach alledem, was sie schon deswegen durchgemacht hatte. Sie ging mit ihm aus dem Büro und fuhr mit ihm die Straße auf und nieder und redete auf ihn ein, von deiner Ma, die ihn aus dem Grabe bedrohe, weil er ihre Kinder darben lasse, wo er doch für sie sorgen könne. Die Leute haben mir erzählt, dein Vater habe da im Wagen gesessen und geweint wie ein Kind. Das tat er ja immer, wenn er an deine Mutter dachte. Alle Leute haben die beiden im Wagen gesehen, und Alex Fontaine kam heran, um zu fragen, was los sei, aber Suellen wurde grob und sagte, das gehe ihn nichts an, und er machte wütend kehrt.

Ich weiß nicht, wie sie auf den Gedanken gekommen ist. Aber irgendwann am Nachmittag verschaffte sie sich eine Flasche Branntwein, brachte Mr. O'Hara in das Büro zurück und schenkte ihm immer wieder ein. Scarlett, wir haben hier auf Tara seit einem Jahr keinen Alkohol mehr gehabt, nur das bißchen Brombeer- und Fuchstraubenwein, den Dilcey macht, und Mr. O'Hara war es nicht mehr gewohnt. Er wurde richtig betrunken, und nachdem Suellen ihm stundenlang vorgeredet und vorgejammert hatte, gab er nach und war bereit, alles zu unterzeichnen, was sie wollte. Sie holte die Urkunde wieder hervor, und in dem Augenblick, als er die Feder ansetzte, machte Suellen ihren großen Fehler. Sie sagte: ›So, nun werden wohl Slatterys und MacIntoshs sich nicht mehr so aufspielen.‹ Weißt du, Slatterys hatten eine große Summe auf ihre kleine Bude angemeldet, die die Yankees verbrannt haben, und Emmies Mann hat noch die Bezahlung in Washington für sie durchgesetzt.

Sie haben mir erzählt, als Suellen diese beiden Namen aussprach, habe dein Pa sich hoch aufgerichtet und in die Brust geworfen und sie richtig scharf angesehen. Auf einmal hatte er seine fünf Sinne beieinander und sagte: ›Haben Slatterys und MacIntoshs so etwas unterschrieben?‹ Und Suellen wurde nervös und sagte ja und nein und alles durcheinander und fing an zu stottern.

Da fuhr er sie laut an: ›Sag, haben dieser verfluchte Oranier und dieser verdammte Prolet so etwas unterschrieben?‹ Und Hilton, der Wicht, sagte ganz aalglatt: ›Ja, Mr. O'Hara, das haben sie, und einen ganzen Haufen Geld haben sie dafür bekommen, und das werden Sie nun auch.‹

Da brach dann der alte Herr los und brüllte wie ein Stier. Alex Fontaine sagte, er habe es in der Kneipe unten an der Straße gehört. In einem Irisch, so breit, daß man es mit dem Messerrücken durchschneiden konnte, legte er los. ›Und ihr habt euch eingebildet, ein O'Hara auf Tara träte in die dreckigen Fußspuren eines verfluchten Oraniers und dieses elenden Proleten?‹ Er riß das Papier mittendurch, warf es Suellen ins Gesicht und brüllte sie an: ›Du bist nicht meine Tochter!‹ Und ehe man sich dessen versah, war er auf der Straße.

Alex sagte, wie einen wütenden Stier habe man ihn herausstürzen sehen, und zum erstenmal habe er ganz wieder wie früher ausgesehen. Getorkelt habe er, so betrunken sei er gewesen, und aus Leibeskräften habe er geflucht. Alex meinte, so großartige Flüche hätte er lange nicht gehört. Alex hatte sein Pferd draußen stehen, und mir nichts, dir nichts ist dein Pa darauf gestiegen und in einer Staubwolke, daß man daran ersticken konnte, losgejagt, mit einem Fluch bei jedem Atemzug.

Ja, und gegen Sonnenuntergang saßen Ashley und ich auf den Verandastufen und blickten mit großer Sorge die Straße hinunter. Miß Melly weinte oben auf ihrem Bett und wollte uns nichts sagen. Auf einmal hörten wir Hufschlag auf der Straße und jemand grölen wie bei der Fuchsjagd, und Ashley sagte: ›Sonderbar! Das klingt wie Mr. O'Hara, wenn er uns vor dem Kriege besuchte.‹

Und dann sahen wir ihn ganz unten an der Koppel. Er mußte dort über den Zaun gesetzt sein. Wie der leibhaftige Satan kam er den Hügel herauf und sang, was das Zeug hielt, als scherte ihn nichts mehr auf der Welt. Ich wußte gar nicht, daß dein Pa solche Stimme hatte. Er sang ›Peggy in der kleinen Chaise‹ und schlug mit seinem Hut im Takt auf das Pferd ein. Es ging wie toll. Er zog die Zügel nicht an, als er nach oben kam, und wir sahen, daß er wieder über den Zaun wollte. In Todesangst sprangen wir auf. Er schrie: ›Paß auf, Ellen! Jetzt nehme ich noch diesen!‹ Aber vor dem Zaun setzte sich das Pferd auf die Hinterhand und wollte nicht anspringen, und dein Pa stürzte kopfüber nach vorn. Er hat nicht gelitten. Er war tot, als wir hinkamen. Hat wohl das Genick gebrochen.«

Will wartete einen Augenblick, ob sie noch etwas sagen wollte, als sie aber schwieg, nahm er die Zügel. »Hüh, Sherman«, sagte er, und das Pferd setzte sich wieder in Bewegung.

XL

In dieser Nacht schlief Scarlett nur wenig. Als die Morgendämmerung anbrach und die Sonne über den schwarzen Kiefern auf den Hügeln im Osten auftauchte, stand sie aus ihrem zerwühlten Bett auf, setzte sich auf einen Hocker ans Fenster, legte den müden Kopf auf die Arme und blickte über die Wirtschaftsgebäude und den Obstgarten von Tara hinüber auf die Baumwollfelder. Alles war taufrisch, still und grün, und der Anblick brachte ihrem wunden Herzen etwas Trost und Linderung. Wie wohlgehegt und wohlgepflegt lag Tara in seinem Frieden da, obwohl sein Herr tot war. Das niedrige Blockhaus, wo die Hühner hausten, war gegen Ratten und Wiesel mit Lehm verputzt und sauber geweißt, ebenso das Stallgebäude. Der Garten war zwischen den Maisreihen und dem gelben Kürbis, den braunen Bohnen und den Rüben sauber gejätet und mit einem ordentlichen Zaun eingefriedigt. Der Obstgarten war vom Unterholz befreit, und unter den langen Baumreihen wuchsen nur Gänseblümchen. Im Sonnenschein leuchteten die Äpfel und der rosa Flaum der Pfirsiche matt auf. Dahinter schlängelten sich die grünen Baumwollreihen unter dem stillen goldenen Morgenhimmel. Die Enten und Hühner watschelten und stolzierten den Feldern zu, unter den Baumwollstauden fanden sie die köstlichsten Würmer und Larven in der weichen, gepflügten Erde.

Scarlett schwoll das Herz vor Liebe und Dankbarkeit gegen Will, der all das vollbracht hatte. Wenn sie auch Ashley von ganzem Herzen Gerechtigkeit widerfahren lassen wollte, so konnte sie doch nicht glauben, daß er der Urheber all dieses Wohlstandes sei. Dies blühende Tara war nicht das Werk eines aristokratischen Plantagenbesitzers, sondern das eines schwer arbeitenden unermüdlichen Kleinfarmers, der seine Scholle liebt. Es war jetzt eine ›Zwei-Pferde-Farm‹, nicht mehr die herrschaftliche Plantage mit Koppeln voller Maultiere und schöner Pferde und unabsehbaren Baumwoll- und Maisfeldern. Aber alles, was angebaut war, stand gut, und die noch brachliegenden Felder konnten wieder kultiviert werden, wenn die Zeiten besser wurden. Dann würde ihr ausgeruhter Boden noch reichere Frucht tragen.

Will hatte mehr getan als nur ein paar Felder bebaut. Unerbittlich hatte er die beiden Feinde des georgianischen Pflanzers, den Kiefernsämling und die Brombeere, bekämpft. Hier hatten sie nicht hinterrücks Garten, Baumwollfeld und Weide erobert und sich frech bis an die Haustür ausgebreitet wie auf zahllosen Plantagen im ganzen Staat.

Scarletts Herzschlag wollte aussetzen bei dem Gedanken, wie nahe Tara daran gewesen war, wieder der Wildnis zu verfallen. Will und sie hatten gemeinsam ein gutes Stück Arbeit geleistet. Die Yankees, die Schieber und die Übergriffe der Natur hatten sie abgewehrt. Was aber das schönste war, Will hatte ihr gesagt, wenn im Herbst die Baumwolle hereinkam, brauchte sie kein Geld mehr zu schicken, vorausgesetzt, daß nicht ein neuer Schieber sein Auge auf Tara warf und die Steuern abermals schwindelnd in die Höhe trieb. Scarlett konnte beurteilen, wie schwer Will es ohne ihre Hilfe haben würde, aber sie bewunderte und achtete seinen Selbständigkeitsdrang. Solange er den Posten einer angestellten Hilfskraft innehatte, nahm er Geld von ihr entgegen, aber jetzt, als ihr Schwager und als Hausherr, wollte er auf eigenen Füßen stehen. Ja, Will war ein Geschenk Gottes.

Am Abend vorher hatte Pork neben Ellens Grab die neue Grube geschaufelt und stand nun, mit dem Spaten in der Hand, bei dem feuchten roten Lehm, den er so bald wieder an seinen Platz werfen sollte. Scarlett stand hinter ihm im Schatten einer knorrigen Zeder mit niederhängenden Ästen, durch die die heiße Morgensonne spielte, und bemühte sich, nicht in die Grube vor ihr zu schauen. Jim Tarleton, der kleine Hugh Munroe, Alex Fontaine und der jüngste Enkel des alten McRae trugen langsam und unbeholfen Geralds Sarg auf zwei Eichenbalken den Weg vom Haus herunter. Hinter ihnen kam in ehrfürchtigem Abstand die große Schar der Nachbarn und Freunde, stumm, jeder für sich, alle schäbig gekleidet. Als sie den sonnigen Gartenweg daherkamen, beugte Pork den Kopf auf den Spatengriff und weinte, und Scarlett sah überrascht und teilnahmslos, daß sein wolliger Kopf, der noch so kohlschwarz gewesen war, als sie nach Atlanta ging, jetzt zu ergrauen begann.

Müde dankte sie Gott, daß sie sich am Abend vorher völlig ausgeweint hatte und nun trocknen Auges aufrecht dazustehen vermochte. Das Schluchzen Suellens, die unmittelbar hinter ihr stand, reizte sie unerträglich, und sie mußte die Faust ballen, um sich nicht umzudrehen und ihr in das geschwollene Gesicht zu schlagen. Suellen hatte, ob willentlich oder nicht, den Tod ihres Vaters herbeigeführt und sollte wenigstens den Anstand haben, sich vor der feindseligen Nachbarschaft zusammenzunehmen. Kein Mensch hatte heute morgen mit ihr gesprochen oder ihr auch nur einen teilnehmenden Blick gegönnt. Sie hatten Scarlett geküßt und ihr die Hand gedrückt, Carreen und sogar auch Pork ein paar freundliche Worte zugeflüstert, aber Suellen hatten sie alle wie Luft behandelt.

Nach der Auffassung der Leute hatte sie etwas noch Schlimmeres getan als ihren Vater ermordet. Sie hatte ihn zu beschwatzen versucht, dem Süden die Treue zu brechen, und das empfand diese grimmig festgefügte Gemeinschaft als einen Schlag gegen ihre eigene gemeinsame Ehre. Sie hatte die feste Front gesprengt, in der die Provinz der Welt entgegentrat. Mit ihrem Versuch, von den Yankees Geld zu erschleichen, hatte sie sich auf eine Stufe mit den Schiebern und Gesinnungslumpen gestellt, mit den Feinden, die sie noch ingrimmiger haßten als alle Soldaten der Yankees. Sie, die Tochter einer alten treuen konföderierten Pflanzerfamilie, war zum Feinde übergelaufen und hatte damit über jede Familie der Provinz Schande gebracht.

Die Trauernden waren tiefbekümmert und zugleich hell empört, vor allem drei – der alte McRae, Geralds Gefährte, seitdem er vor vielen Jahren aus Savannah nach dem Norden gekommen war, Großmama Fontaine, die ihn als Ellens Gatten liebhatte, und Mrs. Tarleton, die ihm näherstand als all ihren anderen Nachbarn, weil er, wie sie oft sagte, der einzige in der Provinz war, der einen Hengst von einem Wallach unterscheiden konnte.

Der Anblick dieser drei düsteren Gesichter in dem dämmerigen Salon, wo Gerald aufgebahrt lag, war Ashley und Will nicht geheuer gewesen, und sie hatten sich in Ellens Schreibzimmer zur Beratung zurückgezogen. »Einer von den dreien hat vor, über Suellen zu sprechen«, sagte Will und biß seinen Strohhalm mittendurch. »Sie meinen, das sei notwendig und ihr gutes Recht. Mag sein, es ist nicht meine Sache, darüber zu entscheiden. Aber, Ashley, ob sie recht haben oder nicht, wir dürfen es uns als die Männer der Familie nicht bieten lassen, und dann gibt es Krach. Mit dem alten McRae ist nichts anzufangen, weil er stocktaub ist und nicht hört, wenn ihn jemand zum Schweigen bringen will, und du weißt, niemand auf Gottes Erdboden kann Großmama Fontaine daran hindern, ihre Meinung zu sagen, wenn sie es will. Hast du gesehen, wie Mrs. Tarleton jedesmal mit ihren rotbraunen Augen rollt, wenn sie Suellen anschaut? Sie hat schon die Ohren zurückgelegt und hält kaum noch an sich. Wenn sie etwas sagen, können wir nicht schweigen, und wir haben es auf Tara auch ohne Streit mit den Nachbarn schon schwer genug.«

Ashley seufzte sorgenvoll. Er kannte das heiße Blut seiner Nachbarn besser als Will und wußte wohl, daß vor dem Kriege reichlich die Hälfte aller Streitigkeiten und auch etliche Schießereien ihren Ursprung in der Gepflogenheit hatten, am Sarge von verstorbenen Nachbarn ein paar Worte zu reden. Meistens waren es Worte der äußersten Verherrlichung, manchmal aber auch nicht. Manchmal wurden Sätze, die die höchste Bewunderung ausdrücken sollten, von den überreizten Verwandten des Toten mißdeutet, und kaum fielen die ersten Erdschollen auf den Sarg, so begann die Fehde.

Da kein Priester zugegen war, sollte Ashley an Hand von Carreens Andachtsbuch den Trauergottesdienst abhalten. Das Angebot der Methodisten- und Baptistenprediger in Jonesboro und Fayetteville, am Grabe auszuhelfen, war in schonender Form zurückgewiesen worden. Carreen, eine frommere Katholikin als ihre Schwester, war ganz außer sich gewesen, daß Scarlett versäumt hatte, aus Atlanta einen Pfarrer mitzubringen, und hatte sich mit der Hoffnung getröstet, daß der Priester, der Will und Suellen trauen sollte, zugleich Gerald eine Totenmesse lesen würde. Sie war es, die gegen die benachbarten protestantischen Geistlichen Einspruch erhob; dann hatte sie Ashley die Sorge für die Feierlichkeiten übertragen und ihm Stellen in ihrem Buch angestrichen, die er vorlesen sollte. Ashley lehnte an dem alten Sekretär und war sich seiner Verantwortung, Zwistigkeiten fernzuhalten, wohl bewußt. Aber er kannte die leicht entzündbare Gemütsart der Leute und wußte nicht recht, wie er seiner Aufgabe gerecht werden sollte.

»Es hilft alles nichts, Will«, sagte er und wühlte mit der Hand in seinem blonden Haar. »Ich kann weder Großmama Fontaine noch den alten McRae zu Boden schlagen, noch Mrs. Tarleton die Hand vor den Mund halten. Sie werden sicher sagen, Suellen sei eine Mörderin und Verräterin und ohne sie wäre Mr. O'Hara noch am Leben, und das wird noch das wenigste sein. Eine verfluchte Sitte, diese barbarischen Grabreden.«

»Ja, Ashley«, sagte Will bedächtig, »aber es soll niemand etwas gegen Suellen sagen. Laß sie denken, was sie Lust haben. Überlaß das nur mir. Wenn du mit Bibeltext und Gebet fertig bist und fragst, ob noch jemand ein paar Worte sagen möchte, so schaust du mich an, damit ich zuerst sprechen kann.«

Scarlett sah den Sargträgern zu, wie sie sich bemühten, ihre Last durch den schmalen Eingang in den Friedhof zu bringen, und dachte nicht an Streitereien nach der Beerdigung. Sie dachte schweren Herzens, daß sie mit Gerald das, was sie noch mit dem alten glücklichen und sorglosen Leben verband, zu Grabe trug.

Schließlich wurde der Sarg neben der Grube niedergesetzt, und die Männer streckten ihre schmerzenden Finger. Ashley, Melanie und Will traten nacheinander in die Umfriedigung und stellten sich hinter die O'Haraschen Töchter. Alle nächsten Nachbarn, die drinnen Platz finden konnten, standen hinter ihnen, die anderen außerhalb der Umfassungsmauer. Scarlett sah sie jetzt zum erstenmal beisammen und war überrascht und gerührt, wie viele gekommen waren. Bei den Schwierigkeiten des Reisens war ihnen das um so höher anzurechnen. Fünfzig bis sechzig Leute waren anwesend, einige kamen von so weit her, daß sie sich kaum vorstellen konnte, wie sie es rechtzeitig erfahren hatten. Ganze Familien aus Jonesboro, Fayetteville und Lovejoy waren gekommen, mit ihnen ein paar schwarze Dienstboten, viele Kleinfarmer von jenseits des Flusses, Maisbauern aus dem Urwald und allerlei Trapper aus den Niederungen. Das waren hagere bärtige Leute in selbstgewebten Anzügen, mit Bärenmützen auf dem Kopf. Das Gewehr hatten sie bequem im Arm und den Tabakpriem in der Backe. Die Frauen waren mitgekommen, ihre bloßen Füße drückten sich tief in die weiche Erde ein. Unter den breitrandigen Hüten sahen die Gesichter gelb und malariakrank, aber blitzsauber aus, nur auf der Oberlippe saßen ihnen Reste von Schnupftabak; die frisch gebügelten Kattunkleider waren blank gestärkt.

Die nächsten Nachbarn waren vollzählig erschienen. Großmama Fontaine, welk, runzlig und gelb wie ein alter, mausernder Vogel, lehnte sich auf ihren Stock. Hinter ihr standen Sally Munroe-Fontaine und die junge Miß Fontaine. Vergebens zupften sie die alte Frau am Rock und versuchten ihr zuzuflüstern, sie möge sich auf die niedrige Mauer setzen. Großmamas Mann, der alte Doktor, war nicht da, er war vor zwei Monaten gestorben, und aus ihren alten Augen war viel von der hellen, boshaften Freude am Leben verschwunden. Cathleen Calvert-Hilton stand allein, wie es einer Frau zukam, deren Mann die Tragödie mitverschuldet hatte. Ihr verblichener Sonnenhut verbarg ihr gesenktes Gesicht. Scarlett sah mit Schrecken, daß ihr Perkalkleid Fettflecke aufwies, daß ihre Hände sommersprossig und unsauber waren. Unter den Fingernägeln hatte sie schwarze Halbmonde. Cathleen hatte nichts von guter Familie mehr an sich. Sie sah wie eine arme Farmersfrau aus, ja schlimmer, nach verarmten, verwahrlosten Proleten – nach nichts.

»Bald wird sie Tabak schnupfen, wenn sie es nicht schon tut«, dachte Scarlett voller Grauen. »Ach, du lieber Gott, wie ist sie heruntergekommen!«

Schaudernd wandte sie die Augen von Cathleen ab. Ihr wurde klar, wie schmal doch die Kluft war, die die guten Familien von der Unterschicht trennte.

»Hätte ich nicht so viel Mut gehabt, ich wäre heute auch soweit«, dachte sie voller Stolz. Cathleen und sie hatten nach dem Ende des Krieges mit den gleichen Waffen begonnen – mit leeren Händen und dem Hirn in ihrem Kopf. »Ich habe noch ganz gut abgeschnitten«, dachte sie, hob das Kinn und lächelte.

Aber mitten im Lächeln hielt sie inne, als sie Mrs. Tarletons entsetzte Augen auf sich ruhen sah, rotgeweinte Augen, die erst Scarlett vorwurfsvoll anblickten und sich dann wieder mit einem wilden Groll, der nichts Gutes bedeutete, Suellen zuwandten. Hinter ihr und ihrem Mann standen die vier Töchter, deren rote Locken schlecht zu der Feierlichkeit und der Trauer paßten und deren rotbraune Augen immer noch feurig und gefährlich wie die Augen kräftiger junger Tiere dreinschauten.

Die Füße kamen zur Ruhe, die Hüte wurden abgenommen, die Hände falteten sich und die Röcke hörten auf zu rascheln, als Ashley mit Carreens zerlesenem Andachtsbuch vortrat. Einen Augenblick neigte er still den Kopf, die Sonne glänzte auf seinem goldblonden Haar, tiefe Stille legte sich über die Menge, so tief, daß das Säuseln des Windes in den Magnolienblättern deutlich zu hören war und der ferne Ruf der Spottdrossel unerträglich laut und traurig klang. Ashley begann die Gebete, und alle Köpfe neigten sich, während seine klangvolle, schöne Stimme die kurzen, würdevollen Worte dahinrollen ließ.

Scarlett würgte es im Halse. »Wie schön ist seine Stimme! Wie ich mich freue, daß Ashley Pa diese letzte Ehre erweisen kann! Er ist mir lieber als ein Priester. Es ist schöner, daß Pa von einem der Seinen ins Grab gelegt wird, als von einem Fremden.«

Als Ashley an die Stelle in den Gebeten kam, wo von den Seelen im Fegefeuer die Rede ist – Carreen hatte sie für ihn angestrichen –, schloß er unvermittelt das Buch. Nur Carreen bemerkte, was er ausließ, und blickte ihn verwundert an, als er das »Vaterunser« begann. Ashley wußte, daß die Hälfte der Anwesenden nie vom Fegefeuer gehört hatte und daß die, die davon wußten, sich persönlich beleidigt fühlten, wenn er im Gebet auch nur die Möglichkeit zugab, daß ein so vortrefflicher Mann wie Gerald O'Hara nicht geradeswegs in den Himmel kam. Deshalb ließ er das Fegefeuer aus. Die Versammlung stimmte herzhaft in das Vaterunser mit ein, aber die Stimmen versickerten in einem befangenen Schweigen, als er das »Ave Maria« begann. Sie hatten das Gebet nie gehört und blickten einander verstohlen an, als die O'Haraschen Töchter, Melanie und die Dienstboten von Tara respondierten: »Heilige Maria, Mutter Gottes, bitte für uns Sünder jetzt und in der Stunde unseres Todes. Amen.«

Dann hob Ashley den Kopf und stand einen Augenblick unschlüssig da. Die Zuhörer blickten erwartungsvoll auf ihn, während sie es sich nach der langen Andacht etwas bequemer machten. Sie warteten darauf, daß er in dem Gottesdienst fortfahren sollte. Niemandem kam in den Sinn, daß die katholischen Sterbegebete schon zu Ende sein könnten. In der Provinz dauerte eine Beerdigung immer sehr lange. Die Baptisten- und Methodistenprediger, die sie abhielten, hatten keine vorgeschriebenen Gebete, sondern extemporierten je nach den Umständen und hörten selten auf, ehe nicht die ganze Trauergemeinde in Tränen schwamm und die weiblichen Verwandten des Toten in ihrem Schmerz laut schluchzten. Niemand wußte besser als Ashley, daß die Besucher befremdet und empört sein würden, wenn mit diesen kurzen Gebeten der Gottesdienst an der Bahre ihres geliebten Freundes zu Ende war. Wenn er jetzt schloß, wurde darüber wochenlang überall gesprochen, und in der Provinz würde es heißen, die O'Haraschen Töchter hätten ihrem Vater nicht die gebührende Ehre erwiesen.

Mit einem raschen Blick bat er deshalb Carreen um Entschuldigung, neigte wieder den Kopf und begann, die Litanei der Anglikanischen Hochkirche, die er oft bei dem Begräbnis von Sklaven in Twelve Oaks verlesen hatte, auswendig herzusagen.

»Ich bin die Auferstehung und das Leben ... wer an mich glaubt ... der soll nimmermehr sterben.« Der Text fiel ihm nur stockend wieder ein, deshalb sprach er langsam und schwieg auch hin und wieder ein Weilchen, um zu warten, daß die Sätze aus seinem Gedächtnis aufstiegen. Aber diese gemessene Wiedergabe machte die Worte noch eindrucksvoller, und wer vorher trockenen Auges geblieben war, suchte jetzt nach dem Taschentuch. Es waren alles strenggläubige Methodisten und Baptisten, sie hielten dies für die katholische Totenmesse und kamen von ihrer anfänglichen Meinung ab, der katholische Gottesdienst sei kalt und pfäffisch. Scarlett und Suellen wußten ebensowenig, was verlesen wurde, aber auch sie fanden die Worte schön und tröstlich. Nur Melanie und Carreen merkten, daß hier ein gläubiger katholischer Ire mit der Liturgie der Kirche von England zur letzten Ruhe bestattet wurde. Carreen war halb besinnungslos vor Kummer, und Ashleys Verhalten tat ihr zu weh, als daß sie einzugreifen vermochte.

Als Ashley geendet hatte, öffnete er die großen, traurigen grauen Augen und ließ sie über die Menge schweifen. Nach einer Weile begegneten sie Wills Blick, und er sagte: »Will jemand von den Anwesenden noch ein paar Worte sagen?«

Mrs. Tarleton zuckte unruhig, aber weiter kam sie nicht, denn schon humpelte Will Benteen heran, stellte sich zu Häupten des Sarges und fing an zu sprechen.

»Freunde«, begann er in seiner stillen, ausdruckslosen Art. »Sie meinen vielleicht, ich maße mir mehr an, als mir zukommt, wenn ich als erster spreche, da ich doch Mr. O'Hara erst vor einem Jahr kennengelernt habe, während Sie alle ihn seit zwanzig Jahren und länger kennen. Aber dies sei meine Entschuldigung: hätte er einen Monat länger gelebt, so hätte ich das Recht gehabt, ihn ›Vater‹ zu nennen.«

Eine Welle des Erstaunens lief durch die Anwesenden. Sie waren alle zu wohlerzogen, um miteinander zu tuscheln, aber ein Füßescharren wurde hörbar, und sie schauten auf Carreens gesenkten Kopf. Jeder wußte von seiner stummen Verehrung für sie. Will sah, wohin alle Blicke sich wendeten, und fuhr fort, als hätte er es nicht bemerkt.

»Da ich also Miß Suellen heirate, sobald der Priester aus Atlanta kommt, glaubte ich, ich hätte vielleicht das Recht, als erster zu sprechen.«

Der letzte Teil seiner Worte ging in einem Tuscheln und Brummen unter, das wie ein erregtes Bienengesumm durch die Versammlung lief. Empörung und Enttäuschung lagen darin. Jeder hatte Will gern und achtete ihn hoch, weil er so viel für Tara getan hatte, jeder wußte, daß seine Neigung Carreen galt, und so wollte ihnen die Kunde, daß er die Verfemte heiraten wollte, nicht eingehen. Der gute alte Will nahm die gräßliche, aber falsche kleine Suellen O'Hara zur Frau!

Einen Augenblick war die Atmosphäre zum Zerreißen gespannt. Mrs. Tarleton schoß Blitze, ihre Lippen formten tonlose Worte, mitten in das Schweigen hinein ertönte die Stimme des alten McRae, der seinen Enkel bat, ihm das eben Gesagte mitzuteilen. Will bot ihnen allen seine immer noch ruhige Stirn, aber in seinen wasserblauen Augen lag etwas, was sie davor warnte, ein Wort gegen seine künftige Frau zu sagen. Einen Augenblick schwankte die Waage zwischen der allgemeinen aufrichtigen Zuneigung zu Will und der Abneigung gegen Suellen. Will siegte. Er fuhr fort, als habe sich die kurze Pause ganz natürlich aus seiner Rede ergeben.

»Ich habe Mr. O'Hara nicht in seinen besten Jahren gekannt wie Sie alle. Persönlich habe ich nur den vornehmen alten Herrn gesehen, der nicht mehr ganz er selber war. Aber ich habe von Ihnen allen über ihn gehört, was er früher war, und ich möchte das eine sagen, er war ein streitbarer Ire, ein Gentleman aus dem Süden und ein getreuer Konföderierter, wie nur je einer gelebt hat. Eine bessere Mischung gibt es nicht, und viele wie ihn werden wir wohl auch nicht mehr erleben. Denn die Zeiten, die solche Männer hervorbrachten, sind dahin wie er selbst. Er ist in einem fremden Lande geboren, aber er war ein so echter Georgianer wie nur irgendeiner von uns, die wir ihn betrauern. Unser Leben hat er gelebt, unser Land hat er geliebt, und wenn wir es recht besehen, ist er auch für unsere Sache gestorben, nicht anders als ein Soldat. Er war einer von uns, mit unseren guten und unseren schlechten Seiten, unseren Stärken und Schwächen. Wenn er zu etwas entschlossen war, konnte nichts ihn zurückhalten, er kannte keine Furcht vor irgendeinem Menschen auf Gottes weiter Erde, und nichts, was von außen kam, konnte ihn überwinden. Er fürchtete sich nicht vor der englischen Regierung, als sie ihn aufhängen wollte. Er verschwand einfach und verließ die Heimat. Und als er als ein armer Schlucker hierherkam, auch da war er nicht bange. Er ging an die Arbeit und verdiente sich sein Vermögen. Er hatte auch keine Angst, sich mit diesem Lande hier einzulassen, das zum Teil doch wüst und von den Indianern kaum verlassen war, er aber machte aus der Wüste eine große Plantage. Und als der Krieg ausbrach und sein Geld zu schwinden begann, war ihm auch nicht bange davor, wieder arm zu werden. Als die Yankees nach Tara kamen und ihn hätten brandschatzen und umbringen können, ließ er sich nicht unterkriegen. Er stellte sich einfach fest auf seine beiden Füße und hielt stand. Darum sage ich, er hatte unsere guten Seiten. Wir alle lassen uns von nichts unterkriegen, was von außen kommt.

Aber er hatte auch unsere Schwächen, denn von innen heraus war er unterzukriegen. Ich will damit sagen: was die ganze Welt nicht fertiggebracht hatte, das vollbrachte sein eigenes Herz. Als Mrs. O'Hara starb, starb auch sein Herz, und das warf ihn um. Der Mann, den wir hier noch umhergehen sahen, war nicht mehr er selbst.«

Will hielt inne und ließ die Augen ruhig im Kreise der Gesichter wandern. Da standen die Nachbarn in der heißen Sonne wie gebannt, und aller Zorn, den sie gegen Suellen hegten, war verflogen. Einen Augenblick ruhten Wills Augen auf Scarlett und zogen sich in feinen Fältchen an den Winkeln zusammen, als lächelte er ihr innerlich Trost zu. Scarlett, die mit dem aufsteigenden Schluchzen gekämpft hatte, fühlte sich wirklich getröstet. Will redete vernünftig und machte keine salbungsvollen Worte von einem Wiedersehen in einer besseren Welt und von der Unterwerfung unter Gottes Willen. Und Scarlett hatte immer Trost und Kraft aus allem geschöpft, was vernünftig war.

»Keiner von Ihnen soll geringer von ihm denken, weil er auf diese Weise zusammengebrochen ist. Sie alle und auch ich, wir sind wie er. Wir haben dieselben Schwächen und denselben Mangel. Nichts, was auf zwei Beinen steht, kriegt uns unter, wie auch er sich weder von den Yankees noch von den Schiebern, weder von den schweren Zeiten noch den hohen Steuern, noch selbst vom Hunger unterkriegen ließ. Aber die Schwäche unserer Herzen kann uns zu jeder Stunde überwältigen. Man braucht dazu nicht, wie Mr. O'Hara, jemanden, den man liebt, zu verlieren. Jeder hat einen anderen Lebenskern. Aber für Menschen, deren Lebenskern zersprungen ist, für die ist es besser, sie sterben. Für die ist heute in der Welt kein Platz, und ihnen ist wohler, wenn sie tot sind. Deshalb sage ich, wir haben alle keine Ursache, um Mr. O'Hara zu trauern. Die Zeit zu trauern war damals, als Sherman durchkam und als Mrs. O'Hara starb. Nun ist er wieder dort, wo sein Herz schon so lange ist, und ich sehe keinen Grund, zu trauern, es sei denn, wir wären verflucht eigensüchtig, und das sage ich, weil ich ihn liebgehabt habe, als sei er mein eigener Vater. Und weiter soll hier nichts gesprochen werden, wenn es Ihnen recht ist. Die Angehörigen sind allzuschwer getroffen, um noch zuhören zu können. Wir täten ihnen damit nichts Gutes.«

Will schwieg, dann wendete er sich leise an Mrs. Tarleton: »Wäre es vielleicht möglich, gnädige Frau, daß Sie mit Scarlett ins Haus gingen? Es ist nicht gut für sie, daß sie so lange in der Sonne steht, und auch Großmama Fontaine sieht nicht mehr frisch aus, mit Verlaub zu sagen.«

Scarlett schrak bei diesem jähen Übergang zusammen und wurde rot vor Verlegenheit, als alle Blicke sich auf sie richteten. Warum mußte Will sie in ihrer schon deutlich sichtbaren Schwangerschaft bloßstellen? Empört sah sie ihn an, aber vor Wills gelassenem Blick schaute sie zu Boden. »Ich weiß, was ich tue«, schienen seine Augen zu sagen.

Schon jetzt war er der Herr im Hause. Scarlett wandte sich hilflos zu Mrs. Tarleton, weil sie keine Szene machen wollte. Es war Will gelungen, diese Frau von Suellen abzulenken und auf das sie jederzeit fesselnde Thema der Geburt, sei es eines Tieres oder eines Menschen, zu bringen, und sie nahm Scarlett beim Arm. »Komm mit ins Haus, Kindchen.«

Ihr Gesicht bekam den gütigen Ausdruck tiefster Anteilnahme, und Scarlett ließ sich willig durch die Menge, die eine schmale Gasse für sie freigab, hindurchführen. Ein Murmeln des Mitgefühls erhob sich, als sie dahinschritt, und ein paar Hände streckten sich ihr entgegen, um sie zu trösten und zu streicheln. Als sie an Großmama Fontaine vorbeikam, streckte ihr die alte Dame die dürren Knochenfinger entgegen und sagte: »Gib mir deinen Arm, Kind«, und mit einem strengen Blick auf Sally und die junge Miß fügte sie hinzu: »Nein, bleibt ihr da, ich will euch nicht haben.«

Langsam schritten sie durch die Menge, die sich hinter ihnen wieder zusammenschloß, und gingen den schattigen Weg zum Hause zurück. Mrs. Tarletons hilfreiche Hand stützte Scarlett so kräftig, daß sie sich bei jedem Schritt fast vom Boden aufgehoben fühlte.

»Warum hat Will das getan?« erhitzte sich Scarlett, als sie außer Hörweite waren. »Er hat ja förmlich gesagt: Seht sie an, sie bekommt ein Baby!«

»Aber, liebstes Kind, das ist doch auch so, nicht wahr?« sagte Mrs. Tarleton. »Will hatte ganz recht. Es war unvernünftig von dir, da in der heißen Sonne zu stehen, du hättest in Ohnmacht fallen und zu früh niederkommen können.«

»Will dachte nicht an eine Frühgeburt«, sagte Großmama ein wenig außer Atem, als sie mühsam über den Parkrasen zu den Verandastufen gelangten, mit einem grimmigen und wissenden Lächeln. »Will ist ein schlauer Bursche. Er wollte weder dich, Beatrice, noch mich länger am Grabe haben. Er fürchtete, daß wir etwas sagen wollten, und wußte sehr gut, dies war die einzige Art, uns loszuwerden. Und noch mehr. Er wollte Scarlett nicht dabei haben, wenn die Erdschollen auf den Sarg niederfielen. Er hat ganz recht. Merk dir das, Scarlett, solange du den dumpfen Ton nicht hörst, ist der Tote für dich nicht wirklich tot. Aber wenn du das gehört hast ... es ist der fürchterlichste Ton, den es gibt ... Hilf mir die Stufen hinauf, gib mir die Hand, Beatrice, Scarlett braucht deinen Arm ebensowenig, wie sie Krücken braucht, und ich bin nicht mehr frisch, wie Will ganz richtig sagte ... Will wußte, daß du deines Vaters Liebling warst, und wollte es dir nicht noch schwerer machen, als es ohnehin ist. Für deine Schwestern, meinte er wohl, wäre es nicht so schlimm. Suellen wird durch ihre Schande aufrechtgehalten und Carreen von ihrem Gott. Aber du hast nichts, was dich aufrechthält, nicht wahr, Kind?«

»Nein«, antwortete Scarlett und half der alten Dame die Stufen hinauf, überrascht von der Wahrheit, die die schnarrende Stimme da aussprach. »Ich hatte niemals etwas, was mich aufrechthielt – nur Mutter.«

»Und als du sie verlorst, da hast du dann gemerkt, daß du allein stehen kannst, nicht wahr? Einige Leute können das nicht, zu denen gehörte dein Vater. Will hat recht. Sei nicht traurig. Er konnte ohne Ellen nicht auskommen und ist glücklicher dort, wo er jetzt ist. Auch ich werde glücklicher sein, wenn ich erst wieder bei dem alten Doktor bin.«

Sie sprach ohne jegliches Verlangen nach Mitgefühl, und deshalb sagten die beiden ihr auch kein teilnehmendes Wort. Sie sprach so frisch und natürlich, als lebte ihr Mann noch und sei nur in Jonesboro, und eine kurze Fahrt im Einspänner könnte sie wieder mit ihm vereinen. Großmama war zu alt und hatte zuviel gesehen, als daß sie den Tod noch fürchten konnte.

»Aber ... Sie können doch auch allein stehen«, sagte Scarlett.

Die alte Dame sah sie mit ihren hellen Blicken wie aus Vogelaugen an.

»Ja, aber es ist zuweilen höllisch ungemütlich.«

»Hören Sie mal, Großmama«, warf Mrs. Tarleton ein, »so sollten Sie aber nicht zu Scarlett sprechen. Sie ist ohnehin völlig herunter. Die Fahrt hierher, das enge Kleid, der Kummer und die Hitze, das genügt schon zu einer Fehlgeburt, da brauchen Sie nicht auch noch von Grab und Schmerz zu reden.«

»Heiliger Strohsack«, rief Scarlett ärgerlich dazwischen. »Ich bin gar nicht herunter. Ich gehöre nicht zu den zimperlichen Rührmichnichtan, die gleich einen Umschlag bekommen!«

»Das kann man nie wissen«, sagte Mrs. Tarleton überlegen. »Ich habe mein Erstes verloren, als ich einen Bullen einen von unseren Schwarzen aufspießen sah. Du erinnerst dich doch meiner roten Stute Nellie, die sah so gesund aus wie keine andere, aber sie war nervös und hochgezüchtet, und hätte ich nicht aufgepaßt, so hätte sie ...«

»Still, Beatrice«, sagte Großmama. »Bei Scarlett gibt es keine Fehlgeburt, dafür stehe ich ein. Wir wollen uns hier in die Halle setzen, wo es kühl ist. Es geht hier ein so angenehmer Luftzug. Hol uns doch ein Glas Buttermilch, Beatrice, wenn es welche gibt. Oder sieh in der Speisekammer nach, ob etwas Wein da ist. Mir täte ein Gläschen ganz gut. Wir wollen hier sitzen bleiben, bis die Leute ins Haus kommen, um sich zu verabschieden.«

»Scarlett sollte ins Bett«, drängte Mrs. Tarleton und maß Scarlett mit der sachverständigen Miene einer Frau, die die Dauer einer Schwangerschaft auf die Minute genau ausrechnet.

»Mach, daß du fortkommst«, sagte Großmama und gab ihr einen Stoß mit ihrem Stock, und Mrs. Tarleton ging nach der Küche, warf den Hut nachlässig auf die Anrichte und fuhr sich mit den Händen durch das feuchte rote Haar.

Scarlett lehnte sich in den Stuhl zurück und machte die beiden oberen Knöpfe ihrer engen Taille auf. In der hohen Halle war es kühl und dämmerig, und der leichte Luftzug, der durch das ganze Haus strich, war erquickend nach der sonnigen Hitze. Sie blickte in das Wohnzimmer, wo Gerald aufgebahrt gelegen hatte, dann riß sie die Gedanken von ihm los und schaute sich Großmama Robillards Bildnis an, das über dem Kamin hing. Das von Bajonetten zerstochene Porträt mit den hochgetürmten Haaren und der tief dekolletierten Brust übte mit seiner kühlen Unerschütterlichkeit, wie immer, eine kräftigende Wirkung auf sie aus.

»Ich weiß nicht, was Beatrice Tarleton schwerer getroffen hat, der Verlust der Jungen oder der Pferde«, sagte Großmama Fontaine. »Um Jim und die Mädchen hat sie sich nie viel gekümmert, das weißt du. Sie gehört zu den Leuten, von denen Will gesprochen hat. Ihr Lebenskern ist zersprungen. Manchmal denke ich, ob sie nicht auch noch eines Tages den Weg deines Vaters geht. Sie war niemals glücklich, wenn nicht Pferde oder Menschen vor ihrer Nase jungten, und keins von den Mädchen ist verheiratet oder hat hier in der Provinz überhaupt noch Aussicht auf einen Mann. Deshalb hat sie nichts, woran sie ihr Herz hängen kann. Wäre sie nicht so wirklich von innen heraus vornehm, so könnte sie richtig gewöhnlich werden … Hat Will die Wahrheit gesagt? Will er Suellen heiraten?«

»Ja«, erwiderte Scarlett und schaute der alten Dame voll ins Auge. Sie konnte sich der Zeit noch gut erinnern, da sie eine Todesangst vor Großmama Fontaine hatte. Nun, inzwischen war sie herangewachsen und wollte ihr schon sagen, sie möge sich zum Teufel scheren, wenn sie sich in die Angelegenheiten auf Tara einmischen wollte.

»Er könnte eine Bessere finden«, sagte Großmama offenherzig. »So, meinen Sie?« sagte Scarlett hochmütig.

»Mal schnell herunter von dem hohen Roß, mein Fräulein«, sagte die alte Dame scharf. »Ich werde deine werte Schwester ungeschoren lassen, was ich wohl kaum getan hätte, wenn ich auf dem Friedhof geblieben wäre. Ich meine nur, es gibt so wenig Männer in der Nachbarschaft, daß Will eigentlich jedes Mädchen hätte bekommen können. Da sind doch Beatrices vier Wildkatzen, die Munroeschen Mädchen und die McRaeschen.«

»Er heiratet Sue, und damit basta!«

»Sie hat Glück, daß sie ihn bekommt.«

»Tara hat Glück, daß es ihn bekommt.«

»Du hast Tara lieb, nicht wahr?«

»Ja.«

»So lieb, daß du nichts dagegen hast, wenn deine Schwester unter ihrem Stande heiratet – solange es nur ein Mann ist, der sich um Tara kümmert?«

»Unter ihrem Stande?« Scarlett stutzte bei dem Gedanken. »Was liegt an ihrem Stande? Wenn ein Mädchen nur einen Mann bekommt, der für sie sorgt!«

»Darüber läßt sich streiten«, sagte die alte Dame. »Manche würden sagen, du sprichst sehr verständig, andere, du zerbrächst Schranken, an die niemand rühren sollte. Will ist ganz gewiß nicht aus guter Familie, und das waren immerhin einige von deinen Vorfahren.«

Die scharfen, alten Augen wanderten zu dem Bildnis Großmama Robillards.

Scarlett dachte an den hageren, unscheinbaren, sanften Will, der immer und ewig an seinem Strohhalm kaute, an sein ganzes Auftreten, das eine völlige Energielosigkeit vortäuschte und das den meisten weißen Angestellten und kleinen Farmern eigentümlich war. Hinter ihm stand keine lange Ahnenreihe von Reichtum, Ansehen und Geblüt. Der erste aus Wills Familie, der Georgias Boden betreten hatte, mochte womöglich ein Schuldsklave gewesen sein. Will hatte keine höhere Schule besucht, vier Jahre Waldschule waren alles, was er an Bildung aufzuweisen hatte. Er war ehrlich und anständig, geduldig und ausdauernd in der Arbeit, aber von vornehmem Blut war er bestimmt nicht. Nach den Maßstäben der Robillards stieg Suellen zweifellos herunter.

»Du bist also damit einverstanden, daß Will in eure Familie eintritt?«

»Ja«, antwortete Scarlett nachdrücklich und bereit, beim geringsten abfälligen Wort über die alte Dame herzufallen.

»Du darfst mir einen Kuß geben«, sagte Großmama zu ihrer Überraschung und lächelte so anerkennend, wie sie nur konnte. »Ich habe dich bisher nie besonders gern gehabt, Scarlett. Du warst immer hart wie eine Nuß, auch schon als Kind, und harte Frauenzimmer mag ich nicht, mit Ausnahme von mir selber. Aber mir gefällt die Art, wie du mit den Dingen fertig wirst. Du machst nicht viel Wesens um das Unabänderliche, auch wenn es weh tut. Du nimmst deine Hindernisse wie ein gutes Jagdpferd.«

Scarlett lächelte unsicher und berührte gehorsam die welke Wange, die sich ihr bot, mit den Lippen. Es machte ihr Freude, ein anerkennendes Wort zu hören, auch wenn sie den Sinn nicht recht verstand.

»Viele hier werden etwas daran auszusetzen haben, daß du Sue einen mittellosen Mann heiraten läßt – wenn auch jeder Will gern hat. Sie werden in demselben Atemzug sagen, was für ein feiner Kerl er ist und wie schrecklich es für eine O'Hara ist, unter ihrem Stande zu heiraten. Aber laß dich das nicht kümmern!«

»Was die Leute reden, hat mich noch nie gekümmert.«

»Davon habe ich gehört.« Die alte Stimme klang ein wenig herb. »Also kehre dich nicht daran, was die Leute reden. Die Ehe wird jedenfalls gut ausfallen. Will wird natürlich immer wie ein armer Schlucker aussehen, und richtiger sprechen lernen wird er in der Ehe auch nicht. Selbst wenn er ein

Vermögen herauswirtschaftete, wird er Tara doch nie den Glanz verleihen, den dein Vater ihm gab. Arme haben keinen Glanz. Aber Will ist im Herzen ein Gentleman. Er besitzt den richtigen Instinkt. Nur ein geborener Gentleman kann so genau ausdrücken, was uns fehlt, wie er es vorhin getan hat. Die ganze Welt kann uns nichts anhaben, aber wir selber kriegen uns unter, indem wir uns zu schmerzlich nach dem verzehren, was wir nicht mehr haben ... und zuviel von Erinnerungen leben. Ja, Will wird für Suellen und Tara ein Segen sein.«

»Sie billigen also, daß ich ihm erlaube, sie zu heiraten?«

»Beim Himmel, nein!« Die alte Stimme klang müde und bitter, aber kraftvoll. »Billigen, daß Arme in gute Familien hineinheiraten? Pff! Findest du es etwa schön, wenn man einen Ackergaul mit einer Vollblutstute paart? Gewiß, Arme können gute, ehrenhafte Leute sein, aber ...«

»Aber Sie meinten doch eben, es gäbe eine gute Ehe!« Scarlett wußte nicht mehr, was sie denken sollte.

»Gewiß, es ist gut für Suellen, Will zu heiraten ... irgend jemanden zu heiraten, wenn du so willst, denn sie braucht dringend einen Mann, und wo sollte sie sonst einen hernehmen? Und wo solltest du sonst jemanden finden, der Tara so gut bewirtschaftet? Aber das will noch nicht heißen, daß mir das Ganze irgendwie besser gefällt als dir.«

»Aber es gefällt mir doch«, dachte Scarlett und versuchte dahinterzukommen, was die alte Dame denn eigentlich meinte. »Ich freue mich, daß Will sie heiratet. Wie kommt sie darauf, daß ich etwas dagegen haben könnte? Sie meint, es verstehe sich von selbst, weil sie etwas dagegen hat.« Sie war verwirrt und schämte sich fast ein wenig, wie immer, wenn andere ihre eigenen Gefühle und Beweggründe ihr unterschoben in der Meinung, sie teile sie.

Großmama fächelte sich mit ihrem Palmblatt und fuhr eifrig fort: »Ich billige die Heirat ebensowenig wie du. Aber ich bin eine praktische Frau, und das bist du auch. Und wenn mir etwas Unangenehmes begegnet, das sich nicht ändern läßt, so finde ich, es hat keinen Zweck, zu schreien und mit den Füßen zu trampeln. So wird man mit dem Auf und Ab des Lebens nicht fertig. Das weiß ich, weil meine eigene und des alten Doktors Familie das Auf und Ab reichlich durchgekostet haben, und wenn unsereins einen Wahlspruch hat, so lautet er: ›Mach kein Geschrei, lächle und warte deine Zeit ab.‹ So haben wir allerlei überdauert, weil wir lächelnd abwarteten, und wissen jetzt, wie man es macht. Wir haben es lernen müssen. Wir haben immer aufs falsche Pferd gesetzt. Wir sind mit den Hugenotten aus Frankreich, mit den Kavalieren aus England, mit dem Prinzen Charlie aus Schottland geflohen, von den Negern aus Haiti vertrieben und nun von den Yankees geschlagen worden. Aber in ein paar Jahren sind wir immer wieder obenauf. Weißt du, warum?«

Sie warf den Kopf zurück, und Scarlett fand, sie gleiche völlig einem weisen alten Papagei.

»Nein, wie sollte ich das wissen«, antwortete sie höflich. Aber es langweilte sie gründlich, genau wie damals, als Großmama ihre Erinnerungen an den Indianeraufstand auskramte.

»Ich will dir sagen, warum. Wir beugen uns vor dem Unabänderlichen. Wir sind kein Weizen, wir sind Buchweizen. Wenn ein Unwetter kommt, legt es reifen Weizen um, weil er trocken ist und sich vor dem Winde nicht biegt. Aber reifer Buchweizen ist voll Saft und biegt sich. Wenn der Wind vorüber ist, richtet er sich wieder auf und steht stark und aufrecht wie zuvor. Wir sind kein steifnackiges Geschlecht. Wir sind sehr biegsam, wenn der Sturm weht, denn wir wissen, es lohnt sich. Wenn schwere Zeiten kommen, beugen wir uns vor dem Unausweichlichen, ohne zu klagen. Wir arbeiten, lächeln und warten unsere Zeit ab. Wir geben uns wohl auch flüchtig mit geringeren Leuten ab und nehmen, was sie uns zu bieten haben. Wenn wir aber wieder stark genug sind, geben wir ihnen einen Fußtritt, nachdem wir sie als Sprossen benutzt haben, um wieder in die Höhe zu kommen. Das ist das Geheimnis, wie man nicht untergeht, mein Kind.« Nach einer Pause setzte sie hinzu: »Ich gebe es an dich weiter.«

Die alte Dame schwatzte vor sich hin, als amüsiere sie sich über ihre eigenen Worte, trotz des Giftes, das sie enthielten. Sie sah aus, als erwarte sie, daß Scarlett sich dazu äußere, aber die hatte sich wenig dabei denken können, ihr fiel nichts ein, was sie erwidern konnte.

»Jawohl«, fuhr die alte Miß fort, »unsereins läßt sich wohl zu Boden drücken, aber wir richten uns wieder auf, und das kann ich von sehr vielen hier nicht behaupten. Sieh dir Cathleen Calvert an, was aus der geworden ist. Eine Proletarierin! Sie steht jetzt viel tiefer als der Mann, den sie geheiratet hat. Sieh dir McRaes an. Hilflos liegen sie am Boden und wissen nicht, was sie tun sollen. Sie verjammern ihre Tage über die gute alte Zeit. Sieh dir ... ja, eigentlich alle hier in der Provinz an, bis auf meinen Alex und meine Sally, dich selbst und Jim Tarleton und seine Töchter und noch einige wenige. Der Rest ist untergegangen, weil er nicht Saft und Kraft hatte, sich wieder aufzurichten. Für die Leute gab es nichts anderes auf der Welt als Geld und Schwarze ... und jetzt, da es kein Geld und keine Schwarzen mehr gibt, dauert es höchstens noch ein Menschenalter, dann sind sie alle armer Pöbel.«

»Sie vergessen Wilkes.«

»Nein, die habe ich nicht vergessen. Ich wollte nur höflich sein und sie nicht nennen, da Ashley doch in diesem Hause Gast ist. Aber da du nun von ihnen anfängst ... schau sie dir doch an! India, die, soviel ich höre, schon eine vertrocknete alte Jungfer ist und sich als Witwe aufspielt, weil Stu Tarleton gefallen ist. Warum versucht sie nicht, ihn zu vergessen und einen anderen Mann zu bekommen? Freilich, jung ist sie nicht mehr, aber ein Witwer mit Familie wäre doch am Ende zu finden, wenn sie sich Mühe gäbe. Und die arme Honey war immer nur ein mannstolles dummes Ding und hatte nicht mehr Verstand als ein Perlhuhn, und Ashley ... nun, sieh ihn dir doch an!«

»Ashley ist ein feiner Kerl«, fing Scarlett hitzig an.

»Das habe ich nie geleugnet, aber er ist so hilflos wie eine Schildkröte, wenn sie auf dem Rücken liegt. Wenn Wilkes diese schwere Zeit heil überstehen, so ist es Mellys Verdienst, nicht Ashleys.«

»Melly! Aber Großmama! Was fällt Ihnen ein! Ich habe lange genug mit Melly gelebt. Sie ist kränklich und so bange, daß sie nicht den Schneid hat, eine Gans zu verscheuchen.«

»Nun sag mir in aller Welt, wozu braucht man denn Gänse zu verscheuchen? Mir ist das immer wie eine Zeitverschwendung vorgekommen. Die Gänse läßt sie wohl ruhig schnattern, aber sie ist imstande und verscheucht dir die ganze Yankeeregierung, oder wer sonst ihren kostbaren Ashley, ihren Jungen oder was ihr am Herzen liegt bedroht. Sie macht es nicht wie du, Scarlett, und auch nicht wie ich. Deine Mutter hätte es wohl ebenso gemacht, wenn sie noch lebte. Melly erinnert mich immer an deine Mutter, als sie noch jung war ... Vielleicht bringt sie Wilkes heil durch.«

»Na ja, Melly ist ein liebes Ding. Aber gegen Ashley sind Sie sehr ungerecht. Er ist ...«

»Teufel auch! Ashley ist zum Bücherlesen geboren und zu weiter nichts. Damit zieht man sich nicht aus der Patsche, in der wir alle bis über die Ohren stecken. Soviel ich höre, pflügt in der ganzen Provinz keiner so unbeholfen und schlecht wie er. Sieh dagegen meinen Alex an! Vor dem Kriege ein geschniegelter Nichtsnutz, der nur seine neueste Krawatte im Kopfe hatte, sich betrank, Leute niederschoß und hinter Mädchen her war, die auch nicht sonderlich viel taugten. Und jetzt? Jetzt hat er die Landwirtschaft gelernt, weil er mußte, sonst wäre er verhungert und wir alle mit ihm. Jetzt zieht er die beste Baumwolle in der Provinz ... jawohl, Miß. Viel bessere als ihr auf Tara. Und er versteht, mit Schweinen und Hühnern umzugehen. Ja, er ist ein feiner Bursche, und wenn er noch so oft in Hitze gerät. Er versteht seine Zeit abzuwarten und sich nach dem Wetter zu richten, und wenn all das Elend mit diesem ›Wiederaufbau‹ glücklich überstanden ist, dann, sollst du sehen, ist mein Alex ebenso reich, wie sein Vater und sein Großvater es waren. Aber Ashley ...«

Scarlett war gekränkt. Sie wollte auf Ashley nichts kommen lassen. »Das sind alles nur große Worte«, sagte sie kühl.

»Unsinn«, erwiderte Großmama und sah sie dabei scharf an. »Du machst es genauso, seitdem du in Atlanta bist. O ja, wir hören von deinen Streichen, auch wenn wir hier in der Provinz begraben sind. Auch du hast dich gewandelt im Wandel der Zeit. Es ist uns bekanntgeworden, wie du dich mit Yankees und Schiebern anbiederst, um ihnen Geld abzunehmen, und tust, als könntest du kein Wässerlein trüben. Nur zu! Hol jeden Cent heraus, den du bekommen kannst, aber wenn du Geld genug hast und all diese Leute nicht mehr ausnutzen kannst, gib ihnen einen Tritt. Vergiß das ja nicht und tu es kräftig, denn man geht leicht zugrunde, wenn man Gesindel an den Rockschößen hängen hat.«

Scarlett sah sie an und furchte die Stirn, so schwer gingen ihr diese Worte ein. Immer noch konnte sie sich nichts dabei denken, auch ärgerte es sie, daß Ashley sich wie eine Schildkröte auf dem Rücken anstellen sollte.

»Ich glaube, Sie irren sich in Ashley«, sagte sie hartnäckig.

»Scarlett, dafür hast du keinen Blick.«

»Das meinen Sie«, erwiderte Scarlett abweisend. Am liebsten hätte sie der Alten eins auf den Mund gegeben.

»Gewiß, du verstehst dich auf Dollars und Cents, das tun die Männer auch. Aber du verstehst dich nicht auf Menschen, wie richtige Frauen es tun, gar nicht verstehst du dich darauf.«

Scarletts Augen begannen Funken zu sprühen. Ihre Finger ballten sich zur Faust und spreizten sich wieder.

»Nun habe ich dich fuchsteufelswild gemacht, was?« fragte die alte Dame und lächelte. »Das wollte ich gerade.«

»Was sagen Sie? Und warum, wenn ich fragen darf?«

»Oh, ich habe meine guten Gründe, kann ich wohl sagen.«

Großmama sank in ihren Stuhl zurück, und es kam Scarlett auf einmal zum Bewußtsein, wie unglaublich müde und alt sie aussah. Die winzigen, klauenartigen Hände, die sie über dem Fächer gefaltet hatte, waren gelb und wächsern wie Totenhände. Da kam Scarlett ein Gedanke, der all ihren Ärger vertrieb. Sie beugte sich über die Alte und faßte eine ihrer Hände.

»Sie liebe, liebe alte Schwindlerin«, sagte sie zärtlich. »Von allem war ja kein Wort ernst gemeint. Sie haben mich nur ärgern wollen, um mich von Pa abzulenken, nicht wahr?«

»Quatsch«, knurrte die alte Miß und zog ihr die Hand weg. »Zum Teil deswegen, ja, aber zum Teil habe ich dir auch die Wahrheit gesagt, und du bist nur zu dumm, es zu merken.«

Mit einem feinen Lächeln jedoch nahm sie ihren Worten den Stachel. Der Groll um Ashleys willen verschwand aus Scarletts Herzen. Es tat gut zu wissen, daß die Alte das alles nicht ernst gemeint hatte.

»Trotz allem, ich danke Ihnen. Es ist gut von Ihnen, daß Sie mit mir gesprochen haben, und es freut mich, daß Sie Wills und Suellens wegen auf meiner Seite sind, wenn sonst auch viele Leute etwas dagegen haben.«

Mrs. Tarleton trat mit zwei Gläsern Buttermilch wieder in die Halle. Alles Hausfrauliche ging ihr schlecht von der Hand. Aus beiden Gläsern schwappte die Milch über.

»Ich mußte ganz bis zum Kühlhaus gehen, um sie zu finden«, sagte sie. »Trinkt rasch, die Leute kommen schon vom Friedhof zurück. Scarlett, läßt du es wirklich zu, daß Suellen Will heiratet? Gewiß, er ist viel zu gut für sie, aber du weißt, er ist mittellos und ...«

Scarletts Blicke trafen Großmama. In den alten Augen glomm ein boshafter Funken auf, und die ihren spiegelten ihn wider.

XLI

Nachdem die letzten Lebewohl gesagt hatten und Räderklang und Hufschlag verstummt waren, ging Scarlett in Ellens Schreibzimmer und holte etwas Glänzendes aus einem Versteck zwischen den vergilbten Papieren in den Fächern des Sekretärs, wo sie es gestern abend verborgen hatte. Sie hörte Pork im Eßzimmer schluchzen, während er den Tisch deckte, und rief ihn herein. Er kam zu ihr. Sein schwarzes Gesicht war hilflos wie das eines verirrten herrenlosen Hundes.

»Pork«, sagte sie streng, »wenn du noch einmal weinst, dann ... dann weine ich auch. Das muß aufhören.«

»Jawohl, Miß Scarlett. Ich gebe mir auch Mühe. Aber immer, wenn ich mir Mühe gebe, denke ich an Master Gerald, und ...«

»Dann also laß das Denken. Ich kann jeden Menschen weinen sehen, aber dich nicht. Siehst du«, sagte sie sanfter, »ich kann es nicht, weil ich weiß, daß du ihn liebgehabt hast. Schnupf dich aus, Pork, ich habe etwas für dich.«

Ein wenig Neugierde flackerte in Porks Augen auf, während er sich geräuschvoll die Nase putzte, aber es war wohl mehr höflich als echt gemeint.

»Weißt du noch den Abend, da du angeschossen wurdest, weil du einen Hühnerstall geplündert hattest?«

»Herr Jesus, Miß Scarlett, ich habe doch nie ...«

»Das hast du wohl, also mach mir jetzt nichts mehr vor. Erinnerst du dich wohl, daß ich dir damals sagte, ich wollte dir eine Uhr schenken?«

»Jawohl, Missis, das weiß ich noch. Ich dachte, Sie haben es vergessen.«

»Nein, das habe ich nicht. Hier ist sie.«

Sie hielt ihm eine schwere Uhr aus massivem Gold mit schöner Treibarbeit hin, an der eine Kette mit vielen Berlocken und Petschaften hing.

»Um Himmels willen, Miß Scarlett!« Pork war ganz erschrocken. »Das ist ja Master Geralds Uhr, danach hat er doch millionenmal gesehen.«

»Ja, es ist Pas Uhr, Pork, und ich schenke sie dir. Nimm sie.«

»O nein, Missis!« Entsetzt wich Pork zurück. »Das ist die Uhr eines weißen Gentleman und noch dazu Master Geralds. Wie können Sie mir davon reden, daß ich sie haben soll, Miß Scarlett! Die Uhr gehört doch von Rechts wegen dem kleinen Wade Hampton.«

»Sie gehört dir. Was hat denn Wade Hampton je für Pa getan? Hat er für ihn gesorgt, als er krank und schwach war? Hat er ihn gebadet und angezogen und rasiert? Hat er bei ihm ausgehalten, als die Yankees kamen? Hat er für ihn gestohlen? Sei kein Esel, Pork. Wenn jemand die Uhr verdient hat, so bist du es, und ich weiß, Pa findet das auch.«

Sie nahm die schwarze Hand in die ihre und legte die Uhr hinein. Pork betrachtete sie ehrfürchtig, und allmählich begann sein Gesicht zu leuchten. »Für mich, Miß Scarlett? Wahrhaftig?«

»Ja, wirklich!«

»Ach dann ... dank auch schön, Missis.«

»Soll ich sie mit nach Atlanta nehmen und etwas hineingravieren lassen?«

»Grabieren? Was heißt das?« Porks Stimme klang argwöhnisch.

»Es heißt, etwas hinten darauf schreiben lassen, vielleicht: Dem guten und treuen Diener zum Lohn.«

»Nein, Missis. Dank auch, Missis. Lassen Sie nur das Grabieren sein.« Pork trat einen Schritt zurück und hielt die Uhr ganz fest.

Ein Lächeln zuckte um Scarletts Lippen. »Was ist, Pork? Glaubst du, ich bringe sie dir nicht wieder?«

»Doch, Missis, nur, Missis, Sie könnten sich doch vielleicht anders besinnen.«

»Nein, so etwas tue ich nicht.«

»Aber Sie könnten sie doch vielleicht verkaufen, sie ist sicher eine Masse wert.«

»Meinst du, ich verkaufe Pas Uhr?«

»Wenn Sie das Geld brauchen, doch.«

»Dafür verdienst du Schläge, Pork. Ich habe Lust, dir die Uhr wieder fortzunehmen.«

»Nein, Missis, das tun Sie nicht!« Zum erstenmal erschien ein schwaches Lächeln auf Porks vergrämtem Gesicht. »Ich kenne Sie, Miß Scarlett ... und ...«

»Nun, Pork?«

»Wenn Sie nur mit den Weißen halb so nett wären wie mit den Negern, dann würden Sie es auch besser haben.«

»Ich habe es gar nicht so schlecht«, erwiderte sie. »Und nun hol Mr. Ashley und sag ihm, ich möchte ihn sofort hier sprechen.«

Ashley saß auf Ellens kleinem Schreibtischstuhl, der sich in seiner Zierlichkeit winzig unter seinem hochgewachsenen Körper ausnahm, während Scarlett ihm eine Beteiligung von fünfzig Prozent an der Sägemühle anbot. Nicht ein einziges Mal begegneten seine Augen ihrem Blick, nicht ein Wort warf er ein. Er saß da und blickte auf seine Hände herunter. Er drehte sie langsam und beschaute sie zuerst innen und dann außen, als hätte er sie nie vorher gesehen. Trotz harter Arbeit waren sie immer noch schlank und fein und für Farmerhände merkwürdig gut gepflegt.

Sein gesenkter Kopf und sein Schweigen brachten sie etwas in Verwirrung. Sie gab sich doppelte Mühe, ihm das Mühlengeschäft verlockender darzustellen. Sie bot dazu all den Zauber des Lächelns und der Blicke auf, der ihr eigen war, aber vergebens, denn er schaute nicht auf. Wenn er sie doch nur ansehen wollte! Sie ließ nicht im geringsten durchblicken, daß sie durch Will über Ashleys Absicht, nach dem Norden zu gehen, unterrichtet war; sie redete so, als stände seiner Einwilligung zu ihrem Plan nichts im Wege. Immer noch sprach er kein Wort, und schließlich verklangen ihre Worte im Schweigen. In seinen schlanken Schultern lag etwas von straffer Entschlossenheit, was sie beunruhigte. Er konnte doch nicht ablehnen! Was in aller Welt hätte ihn dazu bewegen sollen?

»Ashley«, fing sie wieder an und hielt inne. Sie hatte eigentlich ihre Schwangerschaft nicht für sich anführen wollen und hatte sich vor dem Gedanken gescheut, daß Ashley sie überhaupt so entstellt sehen sollte, aber als alles andere ihm offenbar keinen Eindruck machte, beschloß sie doch, ihren Zustand und ihre Hilflosigkeit als letzten Trumpf auszuspielen. »Du mußt nach Atlanta kommen, ich kann deine Hilfe jetzt nicht entbehren, weil ich mich nicht selbst um die Mühle kümmern kann. Es wird Monate dauern, bis ich wieder soweit bin. Denn ... siehst du ...«

»Bitte!« sagte er rauh. »Mein Gott, Scarlett!«

Er stand mit einem Ruck auf und ging ans Fenster, drehte ihr den Rücken zu und beobachtete die Enten, die feierlich eine hinter der anderen über den Hof zogen.

»Magst du ... siehst du mich deshalb nicht an?« fragte sie hilflos. »Ich weiß, mein Aussehen ...«

Wie der Blitz drehte er sich um, und seine grauen Augen schauten die ihren mit einer solchen Innigkeit an, daß sie sich an die Kehle faßte.

»Dein Aussehen!« sagte er kurz und heftig. »Du weißt doch, für mich bist du immer schön!«

Glückseligkeit überflutete sie, bis ihr die Augen von Tränen schimmerten. »Wie lieb von dir, das zu sagen! Ich schämte mich schon so vor dir.«

»Warum solltest du dich schämen? Ich sollte mich schämen, nicht du. Wäre ich nicht so blind und töricht gewesen, so wärst du jetzt nicht so schlimm daran. Nie hättest du Frank Kennedy geheiratet. Ich hätte dich nie und nimmer aus Tara fortlassen dürfen. Oh, wie war ich blind! Ich hätte dich kennen sollen. Ich hätte wissen müssen, daß du verzweifelt warst und in deiner Verzweiflung zu allem fähig warst. Ich hätte ...«

Er hatte ein völlig verstörtes Gesicht, und ungestüm schlug Scarlett das Herz. Es reute ihn, daß er nicht mit ihr davongegangen war!

»Ich hätte fortgehen und Mord und Totschlag begehen sollen, um dir das Geld für die Steuern zu beschaffen. Das war das mindeste, das ich tun konnte dafür, daß du uns als Bettler aufgenommen hast. Ach, wie habe ich von vornherein alles falsch gemacht!«

Enttäuschung preßte ihr das Herz zusammen und trübte ihr die Freude. Sie hatte etwas anderes zu hören gehofft.

»Ich wäre auf jeden Fall gegangen«, sagte sie müde. »Ich hätte ja nicht zulassen können, daß du so etwas tätest, und was geschehen ist, ist geschehen.«

»Ja, es ist nicht mehr zu ändern«, sagte er langsam und bitter. »Du hättest nicht geduldet, daß ich etwas Unehrenhaftes täte, aber dich selbst hast du an einen Mann verkauft, den du nicht liebst, und du trägst sein Kind, damit wir nicht Hunger leiden. Es war lieb von dir, daß du mich in meiner Hilflosigkeit beschütztest.«

Die Schärfe seines Tones verriet eine ungeheilte Wunde, die ihn im innersten Herzen schmerzte, und sie schämte sich bei seinen Worten. Er sah es sofort ihren Augen an, und sein Gesicht wurde weich.

»Du meinst doch nicht, ich mache dir Vorwürfe? Lieber Gott, Scarlett. O nein, du bist die tapferste Frau, die mir je begegnet ist. Mir selber mache ich Vorwürfe.«

Er wandte sich um und blickte wieder aus dem Fenster; seine Schultern hatten etwas von ihrer Straffheit eingebüßt. Eine lange Weile schwieg Scarlett. Sie hoffte, die Stimmung würde wiederkehren, in der er von ihrer Schönheit gesprochen hatte, und sie wartete, daß er noch mehr Worte spräche, an denen sie noch lange zehren könnte. Sie hatte ihn so viele Monate nicht gesehen und nur von Erinnerungen gelebt, bis diese fast verbraucht waren. Sie wußte, daß er sie noch liebte. Das verriet sich in jeder Miene, in jedem bitteren Wort der

Selbstbeschuldigung und in seinem Groll gegen Franks Kind, das sie unter ihrem Herzen trug. Sie sehnte sich schmerzlich danach, dies ausgesprochen zu hören, ihm ein Geständnis seiner Liebe zu entlocken, aber sie wagte nichts zu sagen. Sie dachte daran, wie sie ihm versprochen hatte, sich ihm nie wieder an den Hals zu werfen. Traurig erkannte sie, daß sie ihr Wort halten mußte, wenn Ashley in ihrer Nähe bleiben sollte. Ein Aufschrei der Liebe und Sehnsucht, ein Blick, der nach seinen Armen verlangte, und alles war für immer entschieden. Dann ging Ashley nach New York, und das durfte er nicht.

»O Ashley, mach dir keine Vorwürfe. Wie solltest denn du daran schuld sein? Aber nun kommst du doch nach Atlanta und hilfst mir, nicht wahr?«

»Nein!«

»Ashley!« Fast brach ihre Stimme vor Schmerz und Enttäuschung. »Ich habe doch auf dich gezählt. Ich brauche dich so nötig. Frank kann mir nicht helfen. Er hat soviel im Laden zu tun, und wenn du nicht kommst, weiß ich nicht, wer mir helfen soll. Wer in Atlanta tüchtig ist, hat mit seinen eigenen Angelegenheiten zu tun, und die anderen sind so unfähig ...«

»Es nützt dir nichts, Scarlett.«

»Willst du damit sagen, daß du lieber nach New York zu den Yankees möchtest als nach Atlanta kommen?«

»Wer hat dir das gesagt?« Er drehte sich um und sah sie an. Ein müder Ärger furchte ihm die Stirn.

»Will.«

»Ja, ich habe mich entschieden, nach dem Norden zu gehen. Ein alter Freund, der vor dem Kriege die Europareise mit mir gemacht hat, bietet mir eine Stellung in der Bank seines Vaters an. Es ist besser so, Scarlett. Ich kann dir doch nichts nützen. Ich verstehe nichts vom Holzgeschäft.«

»Vom Bankgeschäft verstehst du noch weniger. Das ist viel schwieriger! Und ich würde bestimmt deiner Unerfahrenheit viel mehr zugute halten als die Yankees.«

Er zuckte zusammen, und sie merkte, daß sie das nicht hätte sagen dürfen. Er wendete sich ab und blickte wieder zum Fenster hinaus.

»Ich will keine Nachsicht. Ich will auf eigenen Füßen stehen und für nichts Besseres gelten, als ich bin. Was habe ich denn bis jetzt mit meinem Leben angefangen? Es wird Zeit, daß ich etwas daraus mache ... oder durch eigene Schuld herunterkomme. Ich bin schon allzulange dein Gast.«

»Aber ich biete dir doch eine fünfzigprozentige Beteiligung an der Mühle, Ashley! Du ständest dort ja auf eigenen Füßen, denn es wäre doch dein eigenes Geschäft.«

»Es käme doch auf dasselbe heraus, denn ich kann mir ja die Beteiligung nicht kaufen. Ich müßte sie als Geschenk annehmen. Ich habe schon zuviel

Geschenke von dir angenommen – Kost und Obdach und sogar Kleidung für mich, Melanie und das Kind, und ich habe dir nichts dafür gegeben.«

»Aber das hast du doch! Will hätte nicht ...«

»O ja, ich kann schon ganz gut Feuerholz spalten.«

»Ach, Ashley!« rief sie verzweifelt, und Tränen traten ihr bei seinem höhnischen Ton in die Augen. »Was ist mit dir geschehen? Du sprichst so hart und bitter! So warst du sonst nicht.«

»Was mit mir geschehen ist? Etwas ganz Merkwürdiges, Scarlett. Ich habe nachgedacht. Ich glaube, seit dem Kriegsschluß habe ich nicht wirklich nachgedacht, bis du fortgegangen bist. Ich lebte eigentlich nur halb, und es genügte mir, wenn ich etwas zu essen und ein Bett zum Schlafen hatte. Aber als du nach Atlanta gingst und die Last eines Mannes auf dich nahmst, sah ich auf einmal, daß ich ja gar kein Mann mehr war ... daß ich weniger taugte als eine Frau! Mit solchen Gedanken lebt es sich nicht gut, und ich habe nicht die Absicht, es noch länger zu tun. Andere kamen aus dem Kriege und hatten weniger als ich, und sieh sie dir jetzt an. Deshalb gehe ich nach New York.«

»Ach, ich verstehe dich nicht! Wenn du Arbeit haben willst, warum geht es nicht in Atlanta ebensogut wie in New York?«

»Nein, Scarlett. Dies ist für mich die letzte Möglichkeit. Ich will nach dem Norden. Wenn ich in Atlanta für dich arbeite, bin ich auf immer verloren.«

Das Wort: »Verloren – verloren – verloren« hallte erschreckend in ihrem Herzen nach wie eine Totenglocke. Rasch blickte sie ihm in die Augen, aber sie waren weit geöffnet und kristallgrau und blickten durch sie hindurch in ein Jenseits, in ein Schicksal, das sie weder sehen noch verstehen konnte.

»Verloren? Willst du damit sagen ... hast du etwas getan, wofür die Yankees in Atlanta dich belangen könnten? Hast du vielleicht Tony geholfen oder ... ach, Ashley, bist du vielleicht im Ku-Klux-Klan?«

Aus der Ferne kehrte sein Blick blitzschnell zu ihr zurück, und er lächelte ein kurzes Lächeln, das gar nicht erst bis zu seinen Augen gelangte.

»Ach, ich hatte vergessen, wie wörtlich du alles nimmst. Nein, vor den Yankees fürchte ich mich nicht, aber wenn ich nach Atlanta gehe und wieder etwas von dir annehme, muß ich für immer jede Hoffnung begraben, einmal selbständig dazustehen.«

»Ach«, seufzte sie erleichtert auf, »wenn es weiter nichts ist!«

»Nein. Weiter nichts«, lächelte er wieder, und sein Lächeln war noch frostiger als zuvor. »Nur mein männlicher Stolz ist es, meine Selbstachtung oder, wenn du es so nennen magst, meine unsterbliche Seele.«

»Aber«, sagte sie und suchte schnell nach einem anderen Ausweg, »wenn du mir die Mühle nach und nach abkaufst ...«

»Scarlett«, fiel er ihr heftig ins Wort, »ich sage dir, nein! Ich habe noch andere Gründe.«

»Was für Gründe?«

»Du kennst sie gut.«

»Ach ... das? Das ... das hat nichts zu sagen«, versicherte sie ihm rasch. »Vorigen Winter habe ich es dir draußen im Obstgarten versprochen, und mein Versprechen halte ich und ...«

»Dann bist du deiner selbst gewisser als ich. Ich kann mich nicht auf mich verlassen. Ich hätte das nicht sagen sollen, aber du sollst mich doch verstehen, Scarlett. Ich will nicht mehr davon reden. Das ist erledigt. Wenn Will und Suellen heiraten, gehe ich nach New York.«

Groß und stürmisch schauten seine Augen in die ihren, dann aber ging er rasch durchs Zimmer. Schon lag seine Hand auf der Türklinke. Zu Tode erschrocken schaute Scarlett ihn an. Das Gespräch war zu Ende, und sie hatte verloren. Von der Anstrengung und dem Kummer des letzten Tages und der neuen Enttäuschung zermürbt, versagten plötzlich ihre Nerven, und sie schrie auf: »Ashley!«, warf sich auf das eingesessene Sofa und brach in leidenschaftliches Weinen aus.

Sie hörte seine unsicheren Schritte von der Tür zurückkommen und seine hilflose Stimme dicht über ihrem Kopf immer wieder ihren Namen sagen. Da kamen eilige Füße aus der Küche durch die Halle gelaufen, und Melanie stürzte mit großen, erschrockenen Augen ins Zimmer.

»Scarlett ... Das Kind ist doch nicht ...?«

Scarlett vergrub den Kopf in dem staubigen Polster und schrie abermals auf. »Ashley ... er ist so gemein. So hundsgemein!«

»Ashley, was hast du ihr getan?« Melanie warf sich neben dem Sofa zu Boden und umfaßte Scarlett. »Was hast du gesagt, wie konntest du! Das Kind kann ja kommen! Liebling, leg den Kopf an meine Schulter! Was ist geschehen?«

»Ashley ... er ist so ... so eigensinnig und so gemein!«

»Ashley, was soll ich von dir denken! Wie kannst du sie in ihrem Zustand so in Aufregung bringen ... Wo Mr. O'Hara kaum unter der Erde ist!«

»Laß ihn in Ruhe!« fuhr Scarlett Melanie an und hob den Kopf mit einem Ruck von ihrer Schulter. Ihr widerspenstiges schwarzes Haar löste sich aus dem Netz, ihr Gesicht war tränennaß. »Er hat das Recht, zu tun, was er will!«

»Melanie«, sagte Ashley mit schneeweißem Gesicht, »hör zu. Scarlett war so freundlich, mir in Atlanta ein Stellung als Leiter ihrer Sägemühle anzubieten ...«

»Leiter!« rief Scarlett empört. »Ich habe ihm eine fünfzigprozentige Beteiligung angeboten und er ...«

»Und ich habe ihr gesagt, daß ich mich schon gebunden habe, nach dem Norden zu gehen.«

»Ach«, schluchzte Scarlett von neuem. »Ich habe ihm immer wieder gesagt, wie dringend nötig ich ihn habe. Daß ich keinen finde, der die Mühle übernehmen kann, daß doch das Kind kommt ... und er will nicht! Und nun ... nun muß ich die Mühle verkaufen und bekomme überhaupt nichts dafür und habe Verluste und vielleicht müssen wir hungern, aber das ist ihm alles einerlei. Er ist so gemein!«

Wieder legte sie den Kopf an Melanies schmale Schulter, und sobald sich die Hoffnung leise regte, wich auch etwas von ihrer echten Seelenqual. Sie spürte, daß sie in Melanies treuem Herzen eine Verbündete hatte. Wie eine kleine zielbewußte Taube stieß Melanie auf Ashley zu und hackte zum erstenmal in ihrem Leben mit dem Schnabel auf ihn ein.

»Ashley, wie konntest du das ablehnen! Nach allem, was sie für uns getan hat! Wie undankbar! Und sie ist doch jetzt so hilfsbedürftig! Wie unritterlich von dir! Sie hat uns geholfen, als wir Hilfe brauchten, und nun läßt du sie im Stich, wenn sie dich braucht.«

Verstohlen blickte Scarlett zu Ashley und sah die Überraschung und Unsicherheit in seinem Gesicht geschrieben stehen, während er in Melanies dunkle empörte Augen blickte. Scarlett selber war überrascht über Melanies heftige Angriffe. Sie hielt doch sonst ihren Mann für hoch erhaben über weibliche Vorwürfe, und über seinen Entscheidungen standen für sie nur noch die Ratschlüsse Gottes.

»Melanie«, fing er an und breitete hilflos die Hände aus.

»Ashley, wie kannst du überhaupt zögern? Denk doch, was sie für uns getan hat! Für mich! Ich wäre in Atlanta umgekommen, damals, als Beau kam, wenn sie nicht gewesen wäre. Sie hat ... sie hat einen Yankee ums Leben gebracht, um uns vor ihm zu schützen! Hast du das gewußt? Für uns hat sie einen Mann erschossen. Und sie hat gearbeitet und sich abgemüht, ehe du und Will nach Hause kamt, nur damit wir zu essen hatten. Und wenn ich daran denke, wie sie gepflügt und gepflückt hat, könnte ich ... ach, mein Liebling.«

Rasch beugte sie den Kopf und küßte mit inniger Zärtlichkeit Scarletts wirres Haar. »Und das erste Mal, da sie uns um etwas bittet ...«

»Du brauchst mir nicht zu sagen, was sie für uns getan hat.«

»Ashley, und denk doch nur, was es für uns bedeutet, in Atlanta zu leben und nicht unter den Yankees! Da sind Tantchen und Onkel Henry und alle unsere Freunde. Beau bekommt Spielgefährten und kann zur Schule gehen. Wenn wir nach dem Norden gingen, könnten wir ihn nicht in die Schule schicken, wo er mit den Yankeekindern zusammenkommt und mit Negerjungen in der Klasse sitzt. Wir müßten eine Erzieherin nehmen, und ich weiß nicht, wie wir das bezahlen sollten.«

»Melanie«, sagte Ashley mit tödlich ruhigem Ton, »möchtest du wirklich so gern nach Atlanta? Du hast es nie gesagt, als wir davon sprachen, nach New York zu gehen.«

»Ja, aber als wir davon sprachen, dachte ich, in Atlanta gäbe es keine Möglichkeit für dich, und außerdem war es nicht meine Sache, etwas zu sagen. Die Frau hat die Pflicht zu gehen, wohin der Mann geht. Aber da Scarlett uns braucht und eine Stellung für dich hat, die nur du ausfüllen kannst, können wir nach Hause! Nach Hause!« Es klang beseligt, und sie drückte Scarlett an sich. »Dann sehe ich Five Points wieder und die Pfirsichstraße und alles, ach, wie ich das alles vermißt habe! Vielleicht können wir ein eigenes kleines Häuschen haben! Mir macht es nichts aus, wenn es klein und altmodisch ist, aber ein eigenes Häuschen!«

Ihre Augen glühten vor Begeisterung. Die beiden anderen schauten sie an. Ashley wie vor den Kopf geschlagen, Scarlett halb überrascht und halb beschämt. Es war ihr nie in den Sinn gekommen, daß Melanie Atlanta so sehr vermißte und sich dahin zurücksehnte. Sie hatte einen so zufriedenen Eindruck in Tara gemacht, daß Scarlett über ihr Heimweh ganz erschrocken war.

»Aber Scarlett, wie lieb von dir, dir das alles für uns auszudenken! Du wußtest, wie sehr ich mich nach Hause sehnte.«

Wie immer, wenn Melly ihr edle Beweggründe, die sie nicht hatte, zuschrieb, schämte und ärgerte sich Scarlett, und auf einmal konnte sie weder Ashley noch Melanie in die Augen sehen.

»Wir könnten ein eigenes Häuschen haben! Ist dir klar, daß wir fünf Jahre verheiratet sind und noch kein Heim gehabt haben?«

»Du kannst mit uns bei Tante Pitty wohnen. Das ist doch dein Heim«, sagte Scarlett leise, während sie mit einem Kissen spielte und niederblickte, um den Triumph zu verbergen, der in ihr aufstieg, da der Wind sich gedreht hatte.

»Nein. Das würde zu eng für uns alle. Aber ich danke dir trotzdem, Liebes. Wir nehmen uns ein Häuschen! Ach, Ashley, bitte, sag ja!«

»Scarlett«, sagte Ashley mit tonloser Stimme, »sieh mich an.«

Erschrocken blickte sie auf und schaute in ein Paar graue Augen voll bitterer, müder Hoffnungslosigkeit. »Scarlett, ich komme nach Atlanta ... gegen euch beide komme ich nicht an.«

Er drehte sich um und ging aus dem Zimmer. Der Triumph in Scarletts Herzen wurde durch eine bohrende Angst getrübt. Den gleichen Ausdruck wie jetzt hatte er auch vorhin in den Augen, als er sagte, ginge er nach Atlanta, so wäre er für immer verloren.

Nachdem Suellen und Will geheiratet hatten und Carreen nach Charleston in ein Kloster gegangen war, kamen Ashley, Melanie und der kleine Beau nach Atlanta und brachten Dilcey mit, die für Küche und Kind sorgen sollte. Prissy und Pork sollten so lange in Tara bleiben, bis Will andere Schwarze bekommen hatte, die ihm auf dem Felde halfen, dann sollten auch sie in die Stadt kommen.

Das kleine Backsteinhaus, das Ashley für seine Familie erwarb, lag in der Efeustraße unmittelbar hinter Tante Pittys Haus, die beiden Hintergärten stießen aneinander und waren nur durch eine ausgewachsene und verwilderte Ligusterhecke getrennt. Melly hatte es eigens aus diesem Grund gewählt. Am ersten Morgen nach ihrer Rückkehr nach Atlanta hatte sie lachend und weinend Scarlett und Tante Pitty umarmt und gesagt, sie sei so lange von ihren Lieben getrennt gewesen, daß sie jetzt nicht nahe genug bei ihnen sein könne.

Das Haus hatte ursprünglich zwei Stockwerke gehabt, aber das Obergeschoß war während der Belagerung von Granaten zerstört worden, und als der Eigentümer nach Friedensschluß zurückkam, hatte er nicht das Geld, ein neues zu bauen. Er hatte sich damit begnügt, auf den unversehrt gebliebenen Stock ein flaches Dach zu setzen, was dem Gebäude etwas Untersetztes und Unförmiges gab, so wie Kinder sich ein Haus aus Schuhkästen erbauen. Es hatte einen hohen, großen Keller und wirkte mit seiner breiten, geschwungenen Freitreppe ein wenig lächerlich. Aber der flachgedrückte Kasten wurde durch zwei herrliche alte Eichen, in deren Schatten er stand, verschönt, und eine Magnolie voll weißer Blüten zwischen den staubigen Blättern wuchs dicht neben der Haustreppe. Der breite grüne Rasen, bedeckt mit üppigem Klee, war von struppigem Liguster eingefaßt, den süßduftender Jelängerjelieber überall durchzog. Von niedergebrochenen alten Stämmen rankten sich hier und da Rosen ins Gras, und weiße und rosa Myrten blühten so friedlich, als wäre kein Krieg über sie hingegangen und als hätten keine Yankeepferde ihre Äste benagt.

Scarlett fand, es sei die häßlichste Wohnung, die ihr je vorgekommen war, aber Melanie fand selbst Twelve Oaks in all seiner Großartigkeit nicht schöner als dies. Es war ihr eigen, und Ashley, Beau und sie waren endlich unter eigenem Dach vereint.

Aus Macon, wo sie und Honey seit 1864 gelebt hatten, kam India Wilkes zurück, um jetzt bei ihrem Bruder zu wohnen. In dem kleinen Hause wurde es dadurch noch enger. Aber Ashley und Melanie hießen sie willkommen. Die Zeiten hatten sich geändert, das Geld war knapp, aber an dem unverbrüchlichen Gesetz des Südens, daß eine Familie armen oder unverheirateten weiblichen Verwandten stets gern einen Platz bei sich einräumte, hatte nichts etwas ändern können.

Honey hatte geheiratet, und zwar, wie India erzählte, unter ihrem Stande: einen groben Westler aus Mississippi, der sich in Macon niedergelassen hatte, mit rotem Gesicht, lauter Stimme und munterem Wesen. India war mit der Verbindung nicht einverstanden gewesen und hatte sich deshalb im Haus ihres Schwagers nicht glücklich gefühlt. Sie freute sich über die Nachricht, daß Ashley ein eigenes Heim habe, weil sie nun eine Umgebung, die nicht zu ihr paßte, verlassen konnte und nicht mehr unter dem Anblick ihrer Schwester in ihrem törichten Glück mit einem Manne, der ihrer nicht wert war, zu leiden brauchte.

Die übrige Familie fand insgeheim, die ewig kichernde, törichte Honey habe es viel besser getroffen, als man erwarten konnte, und war höchlich verwundert, daß sie überhaupt einen Mann erwischt hatte. Er war ein Gentleman und nicht unbemittelt, aber India, die in Georgia geboren und in den Traditionen von Virginia aufgewachsen war, hielt jeden, der nicht von der Ostküste stammte, für einen Bauernlümmel und Barbaren. Wahrscheinlich war Honeys Mann ebenso glücklich, sie los zu sein, wie sie ihn mit Freuden verlassen hatte, denn mit India war nicht mehr leicht auszukommen.

Der Mantel der Altjüngferlichkeit lag ihr nun endgültig über den Schultern. Sie war fünfundzwanzig Jahre alt und sah dementsprechend aus, deshalb brauchte sie sich nun nicht mehr um ein anziehendes Äußeres zu bemühen. Die blassen, wimpernlosen Augen blickten unverschleiert und unerbittlich in die Welt, die schmalen Lippen waren und blieben hochmütig zusammengepreßt. Sie trug eine stolze Würde zur Schau, die ihr seltsamerweise besser zu Gesicht stand als die gekünstelte mädchenhafte Lieblichkeit, die sie in Twelve Oaks an den Tag gelegt hatte. Sie hatte fast die Stellung einer Witwe. Jeder wußte, daß Stuart Tarleton sie geheiratet hätte, wäre er nicht bei Gettysburg gefallen, und deshalb wurde ihr die Achtung zuteil, die einer Frau gebührt, die, wenn auch nicht geheiratet, so doch geliebt worden ist.

Die sechs Zimmer des Häuschens an der Efeustraße waren bald mit billigen Möbeln aus Fichten- und Eichenholz aus Franks Laden eingerichtet. Da Ashley keinen Cent besaß und auf Kredit kaufen mußte, konnte er nur das Allerbilligste und Allernotwendigste erwerben. Das setzte Frank, der viel von Ashley hielt, in Verlegenheit, und auch Scarlett war unglücklich darüber. Sie sowohl wie Frank hätten mit Freuden unentgeltlich die feinsten Stücke aus Mahagoni und geschnitztem Rosenholz, die der Laden aufwies, hergegeben, aber Wilkes lehnten beharrlich ab. Das Haus war peinlich kahl und unschön, und Scarlett fand es schrecklich, daß Ashley ohne Teppiche und Vorhänge hausen mußte. Aber er schien seine Umwelt gar nicht zu bemerken, und Melanie war so glücklich, zum erstenmal in ihrer Ehe ein Heim zu haben, daß sie auf diese Wohnung sogar stolz war. Scarlett hätte Qualen der Demütigung ausgestanden, wenn ihre Freunde sie ohne Portieren, Teppiche, Kissen und ohne die angemessene Anzahl Stühle, Teetassen oder Löffel angetroffen hätten. Aber Melanie empfing die Gäste in ihrem Hause so unbefangen, als nenne sie die schönsten Plüschvorhänge und Brokatsofas ihr eigen.

Obwohl sichtlich glücklich, fühlte Melanie sich dennoch nicht recht wohl. Der kleine Beau hatte sie ihre Gesundheit gekostet, und die schwere Arbeit, die sie seit seiner Geburt auf Tara getan hatte, hatte ihre schwachen Kräfte weiter verbraucht. Sie war so mager, als wollten ihre feinen Knochen aus der weißen Haut hervorbrechen. Aus einiger Entfernung sah sie wie ein kleines Mädchen aus, wenn sie im Hintergarten mit ihrem Jungen spielte, so unglaublich zierlich war ihre Taille, und Figur hatte sie eigentlich überhaupt nicht mehr. Ihre Brust trat kaum hervor, ihre Hüften waren schmal wie die des kleinen Beau, und da sie weder eitel war noch nach Scarletts Ansicht verständig genug, Rüschen in ihre Taille und eine Wattierung hinten in ihr Korsett zu nähen, so fiel ihre Magerkeit sehr auf. Wie ihr Körper war auch ihr Gesicht mager und außerdem zu bleich, und ihre seidigen, gewölbten Brauen, zart wie Schmetterlingsfühler, hoben sich allzu schwarz von der farblosen Haut ab. In ihrem Gesichtchen waren die Augen zu groß, um schön zu sein, mit den dunklen Ringen darunter wirkten sie riesenhaft. Aber ihr Ausdruck hatte sich seit ihrer sorglosen Mädchenzeit nicht verändert. Krieg, ständige Schmerzen und schwere Arbeit hatten ihre liebliche Ruhe nicht zu trüben vermocht. Es waren die Augen einer glücklichen Frau, die alle Stürme umtoben konnten, ohne an den heiteren Kern ihres Wesens zu rühren.

Wie brachte sie es nur fertig, ihre Augen so zu erhalten! dachte Scarlett neidisch. Ihr war bewußt, daß die ihren manchmal gleich denen einer hungrigen Katze dreinschauten. Was hatte doch Rhett einmal von Melanies Augen gesagt ... sie seien wie Kerzen, oder so ähnlich törichtes Zeug ... ach ja, wie zwei gute Werke in einer bösen Welt. Sie waren wirklich wie Kerzen, die vor jedem Wind geschützt waren, zwei sanfte Lichter, die vor Glück leuchteten, weil sie wieder daheim bei ihren Freunden war.

Das Häuschen war immer voller Menschen. Melanie war schon als Kind ein Liebling der Gesellschaft gewesen, und nun strömte die halbe Stadt herbei, um sie daheim willkommen zu heißen. Jeder brachte irgendein Geschenk für die Hauseinrichtung mit, Nippessachen, Bilder und silberne Löffel, leinene Kissenbezüge, Tischtücher, Flickenteppiche – Kleinigkeiten, die vor Sherman gerettet und sorgsam behütet worden waren, die ihre Eigentümer aber nun, wie sie schworen, durchaus nicht mehr gebrauchen konnten.

Alte Herren, die mit ihrem Vater im mexikanischen Feldzug gewesen waren, kamen zu ihr und brachten Freunde mit, die die liebreizende Tochter des alten Obersten Hamilton kennenlernen wollten. Die alten Freundinnen ihrer

Mutter sammelten sich um sie, denn Melanie war von einer Ehrerbietung gegen ältere Leute, die in dieser wüsten, manierlosen Zeit für alte Damen sehr tröstlich war. Ihre Altersgenossinnen, die jungen Frauen, Mütter und Witwen hingen an ihr, weil sie dasselbe durchgemacht hatte wie sie und davon nicht verbittert, sondern nur noch mitfühlender geworden war. Und junge Leute kamen, wie junge Leute es immer tun, einfach weil sie sich bei ihr gut unterhielten und die Freunde trafen, die sie treffen wollten.

Um Melanies taktvolle Person, die sich nie selbst in den Vordergrund schob, bildete sich bald ein Kreis der besten Elemente, die aus Atlantas Vorkriegsgesellschaft übriggeblieben waren, alle arm, aber stolz, selbstbewußt und tapfer. Es war, als hätte die Gesellschaft Atlantas nach den Verwüstungen der letzten Jahre hier einen unerschütterlichen Kern gefunden, um den sie sich neu bilden konnte.

Melanie war jung, aber sie hatte alle Eigenschaften, die man hochschätzte, Armut und den Stolz darauf, arm zu sein, den Mut, der nicht klagt, Fröhlichkeit, Gastfreiheit, Güte und vor allem die Treue zu dem Althergebrachten. Melanie lehnte es ab, sich umzuwandeln und zuzugeben, daß in dieser veränderten Welt Grund vorhanden sei, sich gleichfalls zu verändern. In ihrem Heim schien die alte Zeit wieder aufzublühen, die Menschen faßten Mut und verachteten noch mehr als sonst den Trubel wüsten Lebens und unmäßigen Aufwandes, der die emporgekommene Schicht der Schieber und neureichen Republikaner mit sich fortriß.

Wenn man ihr in das junge Gesicht mit seiner unwandelbaren Treue zur alten Zeit sah, konnte man für einen Augenblick all die Verräter an der eigenen Lebensform, deren es so viele gab, vergessen. Da waren Männer aus guter Familie, die, von der Armut zur Verzweiflung getrieben, zum Feinde übergegangen und Republikaner geworden waren. Sie hatten von den Eroberern Stellungen angenommen, damit ihre Familie nicht mehr von Wohltätigkeit zu leben brauchte. Da waren junge ehemalige Soldaten, die sich nicht zutrauten, in langen Jahren geduldig ein Vermögen aufzubauen. Diese Jünglinge arbeiteten unter Rhett Butlers Führung Hand in Hand mit den Schiebern in Geldgeschäften höchst unerquicklicher Art.

Schlimmer noch als all diese Verräter waren die Töchter aus einigen der besten Familien Atlantas. Diese Mädchen waren erst nach der Kapitulation herangewachsen, besaßen nur kindliche Erinnerungen an den Krieg und hatten nichts von der Bitterkeit, die die Älteren erfüllte. Sie hatten keinen Mann und keinen Liebsten verloren. Von dem vergangenen Reichtum und seiner Pracht wußten sie kaum etwas – aber die Offiziere der Yankees sahen gut aus und waren elegant angezogen, und vor allem hatten sie keine Sorgen. Sie gaben die herrlichsten Bälle und fuhren mit den schönsten Pferden und beteten die Mädchen aus dem Süden an. Sie behandelten sie wie Königinnen und hüteten sich wohl, ihren empfindlichen Stolz zu kränken. Warum also sollten sie nicht mit ihnen verkehren?

Sie waren so viel erfreulicher als die einheimischen Liebhaber, diese schäbig gekleideten, ernsthaften Männer, die so schwer zu arbeiten hatten, daß ihnen wenig Zeit für Zerstreuungen blieb. So kam es, daß eine ganze Anzahl Mädchen mit Yankeeoffizieren durchgebrannt war, zum bittersten Kummer ihrer Familien. Brüder schnitten ihre Schwestern auf der Straße, und Mütter und Väter erwähnten den Namen ihrer Töchter nicht mehr. Bei dem Gedanken an solche Tragödien rann denen, deren Wahlspruch lautete: »Nie nachgeben!«, das Grauen durch die Adern, das ihnen erst vor Melanies sanftem unwandelbarem Gesicht verging. Sie war, wie die alten Damen sagten, den jungen Mädchen der Stadt ein leuchtendes Vorbild. Und weil sie sich mit ihrer Tugend nicht brüstete, hegten die jungen Mädchen keinen Groll gegen sie.

Niemals kam es Melanie in den Sinn, daß sie zum Mittelpunkt einer neuen Gesellschaft wurde. Sie fand es nur nett von den Leuten, daß sie sie besuchten und sie zu ihren Nähzirkeln, kleinen Tanzfesten und Musikabenden aufforderten. Atlanta war immer musikalisch gewesen und hatte gute Musik gepflegt, trotz der höhnischen Bemerkungen der Schwesterstädte aus dem Süden über den Bildungsmangel der Stadt, und jetzt lebte dies musikalische Interesse mit um so größerer Begeisterung wieder auf, je schwerer die Zeit mit ihren Spannungen zu ertragen war. Bei den Klängen von Musik vergaß man die unverschämten schwarzen Gesichter und die blauen Uniformen auf der Straße leichter.

Mit einiger Verlegenheit fand Melanie sich plötzlich an der Spitze des neu gegründeten »Sonnabend-Zirkels für Musik«, der regelmäßig am letzten Abend der Woche zusammenkam. Sie konnte sich ihre Wahl selber nur damit erklären, daß sie jeden auf dem Klavier zu begleiten vermochte, sogar die beiden Fräulein McLure, die durchaus Duette singen wollten, obwohl sie keine Spur von Gehör hatten.

Der wirkliche Grund aber war, daß Melanie es mit diplomatischem Geschick verstanden hatte, den Herrenklub und mehrere Damenkränzchen, die das Harfen-, Mandolinen- oder Gitarrenspiel pflegten, in diesem »Sonnabend-Zirkel« zu verschmelzen. Was fortan in Atlanta an musikalischen Aufführungen geboten wurde, war des Zuhörens wohl wert. Ja, es hieß, das »Zigeunermädchen« sei hier viel schöner aufgeführt worden als je von Berufsmusikern in New York und New Orleans. Nachdem es Melanie gelungen war, auch das »Harfnerinnen-Kränzchen« zum Beitritt zu bewegen, sagte Mrs. Merriwether zu den Damen Meade und Whiting, sie müsse die Gesamtleitung übernehmen, denn wer mit den Harfnerinnen fertig würde, der würde mit jedem Menschen fertig. Mrs. Merriwether selbst begleitete den Chor der Methodistenkirche auf der Orgel und hatte als Orgelspielerin nicht viel Achtung vor Harfen und Harfnerinnen.

Des weiteren war Melanie sowohl von dem »Verein zur Verschönerung der Soldatengräber« wie von der »Nähgemeinschaft für die Witwen und Waisen der Konföderierten« zur Schriftführerin ernannt worden. Diese neue Ehrung wurde ihr nach einer erregten gemeinsamen Sitzung der beiden Vereine angetragen, die in Tätlichkeiten zu enden und lebenslängliche Freundschaften zu zerreißen drohte. In dieser Sitzung hatte sich die Frage erhoben, ob auf dem Grabe eines Unionssoldaten, falls es neben dem eines konföderierten Soldaten läge, das Unkraut auch zu beseitigen sei oder nicht. Die verwahrlosten Yankeegräber nämlich machten alle Anstrengungen der Damen, die Ruhestätten ihrer eigenen Toten zu verschönern, zuschanden. Jäh loderte das Feuer des Zwistes empor, das unter engen Taillen geschwelt hatte. Die beiden Organisationen spalteten sich und standen einander unversöhnlich gegenüber. Die Nähgemeinschaft war für, die Damen aus dem Verschönerungsverein waren ungestüm gegen das Jäten.

Mrs. Meade sprach diesen Damen aus der Seele, als sie sagte: »Auf den Yankeegräbern Unkraut jäten? Für zwei Cents grübe ich alle Yankees aus und würfe sie auf den Schindanger der Stadt.«

Nach diesen tönenden Worten sprangen die Mitglieder beider Vereinigungen von ihren Sitzen, jede Dame sagte ihre Meinung, und keine hörte zu. Die Sitzung wurde in Mrs. Merriwethers Salon abgehalten, und Großpapa Merriwether, der in die Küche verbannt worden war, berichtete später, es wäre genau solch Getöse gewesen wie bei dem Artilleriefeuer, das die Schlacht bei Franklin eröffnete. Und, fügte er hinzu, in der Schlacht bei Franklin sei es viel weniger lebensgefährlich zugegangen als bei dieser Damensitzung.

Wie es geschah, wußte niemand, aber Melanie brach sich durch die aufgeregte Menge Bahn und verschaffte sich mit ihrer sanften Stimme im Tumult Gehör. Die Angst vor der empörten Versammlung schnürte ihr den Hals zu, aber sie ließ nicht locker und rief immer wieder: »Aber bitte, meine Damen«, bis der Lärm sich legte.

»Ich wollte sagen ... ich meine, ich habe schon lange nachgedacht, wir ... wir sollten dort nicht nur das Unkraut ausjäten, sondern Blumen pflanzen. Es ist mir einerlei, was Sie von mir denken, aber wenn ich Blumen zum Grabe des lieben Charlie bringe, lege ich auch einige auf das Grab des unbekannten Yankee daneben. Es ... es sieht gar so verlassen aus.«

Wieder machte sich die Aufregung in lauten Worten Luft, und diesmal waren die beiden Organisationen einer Meinung: »Auf Yankeegräber! Aber

Melanie, wie kannst du!« – »Sie haben doch Charlie ums Leben gebracht!« – »Und auch dich beinahe!« – »Sie hätten ja Beau bei der Geburt umbringen können!« – »Sie haben doch versucht, Tara niederzubrennen!«

Melanie stützte sich auf ihre Stuhllehne, schier zerschmettert von der Wucht einer Mißbilligung, wie sie sie noch nie kennengelernt hatte.

»Meine Damen«, flehte sie, »bitte, lassen Sie mich ausreden! Ich weiß, ich habe nicht das Recht, etwas dazu zu sagen, denn außer Charlie habe ich keinen meiner Lieben verloren, und ich weiß, Gott sei Dank, wo er liegt. Aber es sind heute viele unter uns, die nicht wissen, wo ihre Söhne, ihr Mann oder ihr Bruder begraben liegen, und ...«

Sie konnte nicht weitersprechen. Im Zimmer war es jetzt totenstill.

Mrs. Meades flammende Augen blickten düster. Sie hatte nach der Schlacht die lange Reise nach Gettysburg gemacht, um Darcys Leiche heimzubringen, aber das Grab war nicht zu finden gewesen. Mrs. Allan zuckte es um den Mund. Ihr Mann und ihr Bruder waren bei dem unseligen Streifzug Morgans nach Ohio mitgeritten, und als letztes hatte sie von ihnen gehört, daß sie am Ufer des Ohio beim Sturmangriff der feindlichen Kavallerie gefallen waren. Sie wußte nicht, wo sie lagen. Mrs. Allisons Sohn war in einem Gefangenenlager im Norden gestorben, und sie war zu arm, um seine Leiche heimholen zu können. Andere hatten in den Verlustlisten gelesen »vermißt, wahrscheinlich tot« und weiter nichts mehr von denen gehört, die sie hatten ausmarschieren sehen.

Sie schauten Melanie an, und ihre Augen schienen zu sagen: »Warum reißt du die Wunden auf? Wer nicht weiß, wo sie liegen, dessen Wunde heilt nie.«

Melanie schöpfte Kraft aus der Stille im Zimmer.

»Ihre Gräber liegen irgendwo im Lande der Yankees, wie die Yankeegräber hier, und wie schrecklich wäre es für uns, wenn eine Yankeefrau sagte, sie wolle sie ausgraben und ...«

Mrs. Meade stieß einen kurzen Laut des Grauens hervor.

»Aber wie wohl täte es uns zu wissen, daß irgendwo Yankeefrauen auf den Gräbern unserer Männer das Unkraut entfernten und sie mit Blumen schmückten, obwohl es feindliche Gräber sind. Wenn Charlie tot im Norden läge, wäre es mir ein Trost zu wissen, daß jemand ... Ach, meine Damen, es ist mir einerlei, wie Sie denken ...« Jetzt brach ihre Stimme wieder: »Ich trete aus beiden Vereinen aus und werde von jetzt ab jedes Unkraut, das ich auf einem Yankeegrab finde, ausraufen und Blumen darauf pflanzen ... und ... ich möchte einmal sehen, wer mich daran hindert!«

Bei diesem trotzigen Schluß brach Melanie in Tränen aus und suchte sich unsicher einen Weg zur Tür.

Eine Stunde später, als Großpapa Merriwether sich glücklich in das Etablissement »Mädchen von heute« in Sicherheit gebracht hatte, berichtete er Onkel Henry Hamilton, nach diesen Worten hätten alle miteinander geweint und Melly umarmt; die Geschichte habe in allgemeiner Liebe und Rührseligkeit geendet und Melanie sei von beiden Vereinigungen zur Schriftführerin ernannt worden.

»Ja, sie wollen wirklich Unkraut jäten, aber das Schlimme dabei ist, Dolly hat erklärt, es würde mir die größte Freude machen, dabei zu helfen, weil ich sonst nichts zu tun habe. Ich habe nichts gegen die Yankees, und Melly hat ganz recht, und alle anderen hatten unrecht. Aber daß ich in meinem Alter und mit meinem Rheuma noch Unkraut jäten soll, das geht mir doch über die Hutschnur.«

Melanie war im Damenvorstand des Waisenhauses und beteiligte sich an der Büchersammlung für den neugebildeten Bibliotheksverein junger Männer. Sogar der Thespisverein, der einmal im Monat Liebhabervorstellungen gab, erhob Anspruch auf sie. Sie war zu schüchtern, um selber hinter dem Rampenlicht der Petroleumlampen aufzutreten, aber sie konnte Kostüme aus Safransäcken nähen, wenn andere Stoffe nicht zu haben waren. Sie gab im Shakespeare-Lesezirkel den Ausschlag dafür, daß die Werke des Dichters abwechselnd mit denen von Dickens und Bulwer-Lytton gelesen werden sollten, aber nicht Lord Byrons Gedichte, wie ein junger, leichtlebiger Junggeselle, der Mitglied des Zirkels war, vorgeschlagen hatte.

An den Spätsommerabenden war ihr kleines, schwach erleuchtetes Haus immer voll von Gästen. Stühle gab es nie genug, und oft saßen die Damen auf den Stufen vor der Haustür, umgeben von Männern, die es sich auf dem Geländer, auf Kisten oder unten auf dem Rasen bequem machten. Manchmal, wenn Scarlett die Gäste auf dem Gras sitzen und Tee trinken sah, das einzige, was Wilkes ihnen als Bewirtung bieten konnten, wunderte sie sich, wie unbefangen Melanie ihre Armut zeigte. Ehe Scarlett nicht Tante Pittys Haus so eingerichtet hatte, wie es vor dem Kriege gewesen war, und ehe sie nicht ihren Gästen guten Wein, Pfefferminz-Whisky, gebackenen Schinken und kalte Rehkeule vorsetzen konnte, beabsichtigte sie nicht, jemanden einzuladen, besonders nicht so angesehene Gäste, wie Melanie sie bei sich sah.

General John B. Gordon, Georgias großer Kriegsheld, war oft mit seiner Familie dort. Pater Ryan, der Dichter-Priester der Konföderierten, versäumte nie bei Melanie vorzusprechen, wenn er durch Atlanta kam. Er bezauberte den Kreis, der sich einfand, mit seinem Geist und ließ sich meist nicht lange nötigen, seine unsterblichen Dichtungen ›Lees Schwert‹ oder ›Das besiegte Banner‹ vorzutragen, die die Damen jedesmal zu Tränen rührten. Alex Stephens, der frühere Vizepräsident der Konföderierten Staaten, kam jedesmal, wenn er in der Stadt war, und sobald sein Besuch bekannt wurde, füllte sich das Haus, und stundenlang blieben die Leute im Banne des gebrechlichen Kranken mit der klingenden Stimme. Meist war auch ein Dutzend Kinder dabei, die schläfrig im Arm der Eltern einnickten, weil sie stundenlang über ihre übliche Schlafenszeit hinaus aufbleiben mußten. Die Kinder sollten in späteren Jahren einmal sagen können, der große Vizepräsident habe sie geküßt und sie hätten die Hand gefaßt, die die große Sache mit geführt hatte. Das durften sie nicht versäumen. Jede bedeutende Persönlichkeit, die in die Stadt kam, fand den Weg zu Melanies Haus, und oft übernachteten sie dort. Dann reichte das kleine Gebäude mit dem flachen Dach nicht. India mußte auf einer Matratze im Kinderzimmer schlafen, und Dilcey schlüpfte eilig durch die hintere Hecke, um sich bei Tante Pittys Cookie die Eier fürs Frühstück zu leihen. Aber Melanie spielte die Gastgeberin mit so vornehmer Liebenswürdigkeit, als wohnte sie in einem Herrenhause.

Nein, Melanie kam niemals auf den Gedanken, daß die Leute sich um sie scharten wie um eine geliebte Schlachtenfahne. Und sie war erstaunt und verlegen, als Dr. Meade nach einem reizenden Abend in ihrem Hause, wo er sich hochverdient gemacht hatte, indem er die Rolle des Macbeth las, ihr die Hand küßte und dazu einiges in demselben Ton, in dem er einst von »unserer glorreichen Sache« zu sprechen pflegte, zu ihr sagte:

»Meine liebe Miß Melly, es ist immer ein Vorzug, bei Ihnen zu weilen, denn Sie und die Damen, die Ihnen gleichen, sind unser aller Herz, das einzige, was uns übriggeblieben ist. Die Feinde haben uns die Blüte unserer männlichen Jugend und das Lachen unserer jungen Frauen genommen. Sie haben unsere Gesundheit zerrüttet, unser Leben entwurzelt und unsere Kultur erschüttert. Sie haben unseren Wohlstand zerstört und uns um fünfzig Jahre zurückgeworfen, aber wir wollen wieder aufbauen, weil es Herzen gibt wie das Ihre, auf das wir bauen können. Solange wir das haben, gönnen wir den Yankees alles übrige.«

Bis Scarletts Figur einen solchen Umfang annahm, daß auch Tante Pittys großer Schal ihren Zustand nicht mehr verhüllte, schlüpften sie und Frank häufig durch die Hecke, um die Sommerabende in der Gesellschaft vor Melanies Haus zu verbringen. Immer setzte sich Scarlett tief in den schützenden Schatten, wo sie nicht nur selber unauffällig blieb, sondern auch Ashley nach Herzenslust betrachten konnte.

Was sie hierhin zog, war allein Ashley, denn die Unterhaltungen langweilten sie und machten sie traurig. Sie folgten alle einem festen Programm. Zuerst kam die schwere Zeit, dann die politische Lage und dann unweigerlich der Krieg. Die Damen jammerten über die Teuerung und fragten die Herren, ob wohl die guten Zeiten je wiederkehren würden. Die allwissenden Herren sagten aber jedesmal, ja, das würden sie, es sei nur eine Frage der Zeit. Die Damen wußten, daß die Herren die Unwahrheit sagten, und die Herren waren sich dessen auch bewußt, aber sie logen zuversichtlich weiter, und die Damen taten so, als glaubten sie ihnen. Jeder wußte, daß die schweren Zeiten bleiben würden.

Wenn die schweren Zeiten erledigt waren, sprachen die Damen von der zunehmenden Unverschämtheit der Neger, den Schandtaten der Schieber und dem demütigenden Anblick der herumlungernden Yankeesoldaten. Was meinten die Herren? Würden die Yankees je mit dem Wiederaufbau von Georgia fertig? Die Herren meinten beruhigend, Georgia sei im Handumdrehen wieder aufgebaut, sobald erst die Demokraten wieder wählen dürften. Die Damen waren so rücksichtsvoll, nicht zu fragen, wann das der Fall sein würde. Dann war die Politik erledigt, und das Gespräch wandte sich dem Kriege zu.

Wo zwei Konföderierte zusammentrafen, gab es immer nur dieses Thema, und wo ein Dutzend und mehr beieinander waren, war es eine ausgemachte Sache, daß der Krieg theoretisch noch einmal von Anfang bis Ende durchgefochten wurde, und das Wörtchen »wenn« spielte in den Unterhaltungen die größte Rolle.

»Wenn England uns anerkannt hätte ...« – »Wenn Jeff Davis alle Baumwolle requiriert und vor der Blockade nach England gebracht hätte ...« – »Wenn Longstreet bei Gettysburg die Befehle ausgeführt hätte ...« – »Wenn wir Stonewall Jackson nicht verloren hätten ...« – »Wenn Vicksburg nicht gefallen wäre ...« – »Wenn wir noch ein Jahr durchgehalten hätten ...« – »Wenn sie nicht Johnston durch Hood ersetzt hätten ...« und »Wenn sie Hood bei Dalton an Stelle von Johnston den Oberbefehl gegeben hätten ...«

Wenn! Wenn! Wenn! Die weichen, schleppenden Stimmen belebten sich immer wieder mit der gleichen Erregung, während sie dort in der stillen Dunkelheit miteinander sprachen – der Infanterist, der Kavallerist, der Artillerist, sie alle beschworen Erinnerungen aus den Tagen, da das Leben immer in Hochflut dahinströmte; in all der winterlichen Kälte ihres trostlosen Sonnenuntergangs gedachten sie der stolzen Sommertage ihres Lebens.

»Sie sprechen nicht von etwas anderem«, dachte Scarlett. »Sie werden auch nie von etwas anderem sprechen – bis an ihren Tod.«

Sie schaute um sich und sah die kleinen Jungen im Arm ihres Vaters liegen, hörte sie schneller atmen und sah ihre Augen glühen, wenn von mitternächtlichen Ausfällen und wilden Reiterangriffen und flatternden Fahnen die Rede war.

»Ach, und auch die Kinder werden nie von etwas anderem sprechen. Ihnen wird es wunderbar und glorreich erscheinen, gegen die Yankees zu kämpfen und blind und verstümmelt – oder überhaupt nicht wieder heimzukehren. Alle denken sie gern an den Krieg und sprechen gern davon. Ich aber nicht! Ich möchte es alles vergessen, wenn ich könnte!«

Es überlief sie, wenn Melanie alte Geschichten aus Tara erzählte und Scarlett zur Heldin machte, wie sie den Eindringlingen entgegentrat und Charles' Degen rettete oder das Feuer löschte. Scarlett war bei solchen Erinnerungen weder froh noch stolz. Sie wollte nicht mehr daran denken. Ach, warum konnten sie niemals vergessen! Warum nicht vorwärts blicken, anstatt zurück!

Aber keiner wollte vergessen. Keiner, nur sie. Daher war Scarlett froh, als sie Melanie sagen konnte, daß sie, selbst in der Dunkelheit, nicht mehr zu kommen vermöchte. Melanie verstand sie ohne weiteres, weil sie in allem, was mit Geburt zu tun hatte, überempfindlich war. Melanie hätte für ihr Leben gern ein zweites Kind gehabt, aber sowohl Dr. Meade wie Dr. Fontaine hatten gesagt, an einer zweiten Entbindung müsse sie zugrunde gehen. Sie ergab sich nur ungern in ihr Schicksal und verbrachte die meiste Zeit mit Scarlett und freute sich an der fremden Schwangerschaft, als wäre es die eigene. Scarlett, der das erwartete Kind nicht willkommen war, sah darin die Höhe der Albernheit und Sentimentalität, sagte sich aber gleichzeitig schadenfroh, daß das Urteil der Ärzte jede wirklich innige Beziehung zwischen Ashley und seiner Frau unmöglich machte.

Scarlett sah Ashley häufig, aber niemals allein. Er sprach jeden Abend auf dem Heimweg von der Sägemühle bei ihr vor, um Bericht zu erstatten, aber Frank und Pitty waren meistens dabei oder auch, was noch störender war, Melanie und India. Sie konnte nur geschäftliche Fragen stellen und Vorschläge machen und dann sagen: »Nett von dir, daß du hereingeschaut hast. Gute Nacht!«

Wenn sie nur kein Kind bekommen sollte! Hier war doch eine gottgesandte Gelegenheit, jeden Morgen, fern von allen Späheraugen, mit ihm zur Mühle zu fahren, durch die einsamen Wälder, wo sie sich in die Heimat zurückdenken konnten, in die geruhsamen Tage, die sie vor dem Krieg dort miteinander verlebt hatten.

Nein, sie wollte ihn nicht verleiten, auch nur ein einziges Wort der Liebe zu sagen! Von Liebe sollte nicht mehr die Rede sein, sie hatte es sich geschworen. Aber wenn sie mit ihm allein war, ließ er doch vielleicht die Maske unpersönlicher Höflichkeit fallen, die er seit seiner Ankunft in Atlanta trug. Vielleicht war er dann wieder der alte Ashley, wie sie ihn vor dem Gartenfest gekannt hatte, ehe das erste Wort von Liebe zwischen ihnen gefallen war. Wenn sie sich nicht lieben durften, so konnten sie doch wieder Freunde sein, und sie konnte ihr kaltes, einsames Herz an seiner Freundschaft wärmen. Wäre nur das Kind erst da und alles vorüber!

Aber nicht nur der Wunsch, bei ihm zu sein, quälte sie in ihrer hilflosen Ungeduld. Sie war in den Betrieben nötig. Die Mühlen hatten Verluste gehabt, seitdem sie nicht mehr persönlich die Aufsicht führte und alles Ashley und Hugh überließ.

Hugh war unfähig, wenn er sich auch noch so große Mühe gab. Er war ein schlechter Kaufmann und noch schlechterer Betriebsführer. Man konnte ihm den Preis drücken. Wenn es einem gerissenen Unternehmer einfiel, die Waren schlechtzumachen, so meinte Hugh, er habe als Gentleman um Entschuldigung zu bitten und den Preis herabzusetzen. Als sie den Preis erfuhr, den er für ein ansehnliches Quantum Dielenholz erzielt hatte, brach sie in zornige Tränen aus. Die beste Qualität Dielenholz, die die Mühle je herausgebracht hatte, und er hatte es einfach verschenkt! Mit der Belegschaft wurde er auch nicht fertig. Die Neger bestanden auf täglicher Auszahlung, und häufig vertranken sie ihren Lohn und erschienen am nächsten Morgen nicht zur Arbeit. Dann mußte Hugh neue Arbeiter auftreiben, der Mühlenbetrieb fing zu spät an, und Hugh kam tagelang nicht in die Stadt, um das Holz zu verkaufen.

Als Scarlett sah, wie ihm der Gewinn durch die Finger glitt, geriet sie über ihre Ohnmacht und seine Dummheit in Raserei. Sobald sie wieder arbeiten konnte, wollte sie ihn entlassen und einen anderen anstellen. Mit jedem anderen mußte es besser gehen. Auch wollte sie sich nicht mehr von den freigelassenen Negern zum besten halten lassen. Wer konnte denn mit diesen freigelassenen Negern was schaffen, wenn sie alle paar Tage feierten!

»Frank«, sagte sie nach einer stürmischen Aussprache mit Hugh über die Arbeiterfrage, »ich bin entschlossen, die Mühle mit Sträflingen zu betreiben. Ich habe mit Johnnie Gallegher, Tommy Wellburns Vorarbeiter, darüber gesprochen, welche Plage wir damit hätten, die Schwarzen zur Arbeit anzuhalten, und er fragte mich, warum ich keine Sträflinge nähme. Das leuchtet mir ein. Er sagte, ich bekäme sie ungefähr umsonst und könnte sie spottbillig beköstigen. Es ließe sich so viel Arbeit aus ihnen herausholen, wie ich nur wollte, ohne daß die Freilassungsbehörde ihre Nase dareinstecke ... Sobald Johnnie Galleghers Vertrag mit Tommy abläuft, kommt er zu mir und übernimmt Hughs Mühle. Wer dies Gelichter von wilden Iren, die er jetzt unter sich hat, zur Arbeit treiben kann, der versteht auch aus Sträflingen was herauszuholen.«

Sträflinge! Frank war sprachlos. Sträflinge mieten, das war von all den wilden Plänen, auf die Scarlett je verfallen war, der allerschlimmste, schlimmer noch als ihr Einfall, eine Kneipe zu bauen. Jedenfalls kam es Frank und den Kreisen, in denen er verkehrte, so vor. Das neue System, Sträflinge zu vermieten, war eine Folge der Armut des Staates nach dem Kriege. Der Staat konnte seine Sträflinge nicht mehr unterhalten und vermietete sie an Unternehmer, die große Belegschaften brauchten, beim Eisenbahnbau, in den Wäldern und in den Holzlagern. Wenn Frank und seine stillen, kirchentreuen Freunde diese Notwendigkeit auch einsahen, beklagten sie das Verfahren darum nicht minder. Manche von ihnen hatten nicht einmal die Sklaverei gutgeheißen und fanden dies viel schlimmer als alle Sklaverei.

Scarlett wollte Sträflinge mieten! Wenn sie das tat, konnte Frank den Leuten nicht mehr ins Gesicht sehen. Das war ein Handel mit Menschenleibern, der der Prostitution gleichkam. Es war eine Sünde, die auf seinem Gewissen lasten würde, wenn er es duldete.

Aus der festen Überzeugung, daß es ein wirkliches Unrecht sei, schöpfte Frank den Mut, es Scarlett zu verbieten, und zwar so nachdrücklich, daß sie verdutzt schwieg. Um ihn zu beruhigen, sagte sie schließlich ganz demütig, sie habe nicht im Ernst die Absicht gehabt. Sie habe nur Hugh und die freigelassenen Neger so satt, daß sie in Hitze geraten sei. Im stillen freilich dachte sie weiter daran. Sträflingsarbeit war die Lösung eines ihrer schwersten Probleme.

Sie seufzte. Wenn nur wenigstens eine der beiden Mühlen etwas einbringen wollte, so ließe es sich noch ertragen. Aber auch Ashley fuhr mit seiner Mühle kaum besser als Hugh.

Im Anfang war Scarlett erschrocken und enttäuscht, daß Ashley nicht doppelt soviel aus der Mühle herauswirtschaftete wie sie. Er hatte einen so scharfen Blick und hatte so viel gelesen, da mußte er doch eigentlich große Erfolge haben und einen Haufen Geld verdienen. Aber es gelang ihm nicht besser als Hugh. Bei beiden die gleiche Unerfahrenheit, die gleichen Irrtümer, das gleiche Fehlen jedes kaufmännischen Blickes und die gleiche Zaghaftigkeit!

In ihrer Liebe fand Scarlett reichliche Entschuldigung für Ashley und maß die beiden mit verschiedenem Maß. Hugh war hoffnungslos dumm, während Ashley nur unerfahren war. Aber ohne daß sie es wollte, mußte sie sich doch eingestehen, daß Ashley nie im Kopf einen raschen Überschlag zu machen und den richtigen Preis anzugeben vermöchte, so wie sie es konnte. Manchmal fragte sie sich, ob er wohl je zwischen Verschalungen und Schwellen würde unterscheiden lernen. Und weil er selbst ein Gentleman war, traute er auch jedem hergelaufenen Schuft und hätte mehrfach Geld verloren, wenn sie nicht taktvoll eingegriffen hätte. Und wenn er gar jemanden gern hatte – und er hatte viele Leute gern –, gab er ihnen das Holz auf Kredit und kam nicht auf den Gedanken, sich nach der Zahlungsfähigkeit des Kunden zu erkundigen. Darin war er nicht besser als Frank.

Aber sicher lernte er es mit der Zeit! Bis dahin hatte sie mit seinen Fehlern die liebevolle Nachsicht und Geduld einer Mutter. Jeden Abend, wenn er müde und entmutigt zu ihr kam, war sie unermüdlich in schonenden, hilfreichen Anregungen. Aber trotz alledem behielten seine Augen immer ihren eigentümlich toten Blick. Sie verstand ihn nicht, und das ängstigte sie. Er war ganz anders geworden als früher. Könnte sie nur einmal mit ihm allein sein, dann fand sie vielleicht heraus, was es war.

Sie hatte viele schlaflose Nächte deswegen. Sie sorgte sich um ihn, teils weil er unglücklich war und teils weil seine unglückliche Stimmung seine Begabung zum Holzhandel nicht eben förderte. Es war eine Qual, ihre Mühlen in den Händen zweier so schlechter Kaufleute zu sehen, und es brach ihr das Herz, wenn die Konkurrenz ihr die besten Kunden wegnahm, nachdem sie so schwer gearbeitet und so behutsam für die Monate ihrer Abwesenheit Vorsorge getroffen hatte. Wenn sie nur erst wieder an die Arbeit könnte! Dann wollte sie Ashley schon anleiten. Johnnie Gallegher konnte dann die andere Mühle betreiben und sie den Verkauf in die Hand nehmen, und dann ging alles prächtig. Hugh aber konnte einen Lieferwagen fahren, wenn er noch für sie arbeiten wollte. Für etwas anderes taugte er nicht.

Freilich machte Gallegher bei all seiner Tüchtigkeit auch einen ziemlich gewissenlosen Eindruck, aber woher sollte sie einen Besseren nehmen? Warum hatten nur alle, die sowohl tüchtig wie ehrlich waren, eine solche Abneigung, unter ihr zu arbeiten? Wenn nur einer von ihnen an Hughs Stelle zu ihr kommen wollte, hätte sie nicht so viele Sorgen mehr, aber ...

Tommy Wellburn war trotz seines verkrüppelten Rückens der meistbeschäftigte Bauunternehmer der Stadt, und es hieß, er verdiene Geld wie Heu. Mrs. Merriwether und René kamen gut vorwärts und hatten jetzt eine Bäckerei in der Stadt eröffnet. René leitete sie mit echt französischer Sparsamkeit, und Großpapa Merriwether fuhr Renés Pastetenwagen und war froh, seiner Kaminecke entronnen zu sein. Die Simmonsschen Jungen hatten so viel zu tun, daß sie in ihrer Ziegelbrennerei mit drei Schichten arbeiteten. Kells Whiting heimste Geld mit seinem Haarglättemittel ein, weil er den Negern weismachte, mit wolligem Haar dürften sie keinen Republikaner wählen.

Allen tüchtigen jungen Leuten, die sie kannte, ging es ähnlich, den Ärzten, den Anwälten, den Ladenbesitzern. Die Apathie, die sie unmittelbar nach dem Kriege befallen hatte, war völlig verschwunden, und sie waren alle so eifrig dabei, Geld zu verdienen, daß keiner Zeit hatte, ihr zu helfen. Zeit hatten nur Leute von der Art Hughs ... oder Ashleys.

Ein Geschäft führen und gleichzeitig ein Kind bekommen – das war eine schöne Bescherung!

»Dies ist das letzte«, erklärte sie fest entschlossen. »Ich will nicht jedes Jahr ein Kind bekommen wie andere Frauen. Dann müßte ich ja jedes Jahr sechs Monate lang die Mühle sich selbst überlassen. Dabei kann ich es mir nicht leisten, auch nur einen Tag fernzubleiben. Ich sage Frank, daß ich keine Kinder mehr haben will.«

Frank wünschte sich eine große Familie, aber sie wollte schon mit ihm fertig werden. Ihr Entschluß war gefaßt. Dies war ihr letztes Kind. Die Sägemühlen waren wichtiger!

XLII

Scarlett brachte ein Mädchen zur Welt, ein winziges kahlköpfiges Etwas, häßlich wie ein haarloser Affe und Frank lächerlich ähnlich. Außer dem verliebten Vater konnte niemand etwas Schönes an dem Kind wahrnehmen, aber die Nachbarn waren so freundlich, zu sagen, daß alle häßlichen Babys später einmal hübsch würden. Sie wurde Ella Lorena genannt. Ella nach ihrer Großmutter Ellen und Lorena, weil für Mädchen dieser Name gerade die große Mode war, wie Robert E. Lee und Stonewall Jackson für Jungen und Abraham Lincoln und Emancipation für Negerkinder.

Sie wurde mitten in einer Woche geboren, da Atlanta sich in rasender Aufregung befand und die Luft mit kommendem Unheil geladen war. Ein Neger, der sich mit der Vergewaltigung einer weißen Frau großgetan hatte, war tatsächlich verhaftet worden, aber ehe er vor den Richter gebracht werden konnte, hatte der Ku-Klux-Klan das Gefängnis überfallen und ihn aufgehängt. Der Klan war eingeschritten, um dem bisher nicht genannten Opfer die öffentliche Aussage vor Gericht zu ersparen. Ihr Vater und ihr Bruder hätten sie eher erschossen als zugelassen, daß sie sich vor aller Welt mit ihrer Schande bloßstellte. Da hielten es die Familien der Stadt für eine vernünftige, ja für die einzig anständige und mögliche Lösung, eigenmächtig an dem Neger Justiz zu üben. Aber die militärischen Machthaber tobten, denn sie sahen nicht ein, warum das Mädchen nicht öffentlich Zeugnis ablegen sollte.

Die Soldaten verhafteten, wen sie nur konnten, und gelobten, den Klan vom Erdboden zu vertilgen, und wenn sie in Atlanta jeden Weißen ins Gefängnis stecken müßten. Die erschrockenen Neger ließen finster etwas von Rache und Brandstiftung verlauten. Gerüchte von Massenhinrichtungen, die die Yankees vornehmen wollten, falls die Schuldigen gefunden würden, und von einem allgemeinen Aufstand der Neger schwirrten durch die Luft. In der Stadt blieb man hinter geschlossenen Türen und verriegelten Läden zu Hause, und die Männer scheuten sich, ihren Geschäften nachzugehen und Frau und Kinder schutzlos daheim zu lassen. Erschöpft lag Scarlett im Bett und dankte Gott, daß Ashley zu vernünftig und Frank zu alt und zaghaft war, dem Klan anzugehören. Fürchterlich, wenn man in jeder Minute darauf gefaßt sein müßte, daß die Yankees über einen der beiden herfielen und ihn festnähmen! Es stand gerade schlimm genug für alle. Warum mußten die jungen Tollköpfe im Klan die Yankees so reizen. Wahrscheinlich war dem Mädchen in Wirklichkeit gar nichts geschehen. Vielleicht hatte sie in ihrer Angst nur den Kopf verloren, und um ihretwillen mußte nun eine ganze Anzahl von Männern ihr Leben lassen.

Den Leuten war zumute, als brenne vor ihren Augen eine Zündschnur langsam ab, und jeden Augenblick könne die Flamme beim Pulverfaß anlangen. Aber in dieser nervenzerreißenden Atmosphäre kam Scarlett rasch wieder zu Kräften. Ihre gesunde Natur, die ihr durch die schwere Zeit auf Tara geholfen hatte, kam ihr auch jetzt zustatten. Vierzehn Tage nach Ella Lorenas Geburt saß sie im Bett und wetterte über ihre Untätigkeit. Nach drei Wochen stand sie auf und erklärte, jetzt nach den Mühlen sehen zu wollen. Beide lagen still, weil sowohl Hugh wie Ashley sich nicht getrauten, ihre Familien tagsüber allein zu lassen.

Dann fiel der Schlag.

In seinem Vaterstolz faßte Frank sich ein Herz und verbot Scarlett, das Haus zu verlassen, bis die Gefahr vorüber wäre. Sein Verbot hätte sie nicht angefochten, aber er hatte auch ihr Pferd und ihren Wagen in einem Mietsstall untergestellt und Weisung gegeben, daß sie nur ihm selbst ausgeliefert werden dürften. Und, was noch schlimmer war, er und Mammy hatten, während sie im Bett lag, geduldig das Haus abgesucht und ihre versteckten Geldvorräte ans Tageslicht gebracht. Frank hatte sie bei der Bank auf seinen Namen hinterlegt, und deshalb konnte sie sich jetzt nicht einmal ein Gefährt mieten.

Scarlett wütete gegen Frank und gegen Mammy, dann verlegte sie sich aufs Bitten, und schließlich weinte sie einen ganzen Morgen wie ein eigensinniges Kind, das seinen Willen nicht bekommt. Aber was sie auch anstellen mochte, das einzige, was sie zu hören bekam, war: »Still, still, Liebling, du bist noch ein krankes kleines Mädchen!« oder »Miß Scarlett, wenn du nicht gleich ruhig bist, wird dir die Milch sauer und das Baby kriegt Kolik, so sicher, wie eine Kanone aus Eisen ist.«

In ihrer Wut stürzte Scarlett durch den Hintergarten zu Melanie und schüttete ihr das Herz aus. Sie werde zu Fuß nach den Mühlen gehen, sie werde jedermann erzählen, was für ein Ungeziefer sie geheiratet habe, sie lasse sich nicht wie ein ungezogenes kleines Kind behandeln. Sie werde eine Pistole mitnehmen und jeden niederschießen, der sie bedrohe. Einen habe sie schon erschossen, und mit Wonne, jawohl, mit Wonne schieße sie auch einen zweiten nieder. Sie werde …

Melanie, die sich kaum vor ihre eigene Tür wagte, erschrak gewaltig. »Ach, um Himmels willen, sei nicht so leichtsinnig! Wenn dir etwas zustößt, dann sterbe ich!«

»Ich will aber! Ich will! Ich gehe zu Fuß ...«

Melanie sah sie an. Das war nicht der Nervenanfall einer Frau, die die Schwächen des Wochenbettes noch nicht überwunden hatte. In Scarletts Gesicht prägte sich dieselbe halsbrecherische und rücksichtslose Entschlossenheit aus, die Melanie oft in Gerald O'Haras Zügen wahrgenommen hatte, wenn er mit dem Kopf durch die Wand wollte. Sie legte die Arme um Scarlett und drückte sie fest an sich.

»Es ist alles meine Schuld, weil ich nicht so tapfer bin wie du und Ashley die ganze Zeit bei mir zu Hause behalte, wenn er in die Mühle muß. Ach, was bin ich für ein Hasenfuß! Liebling, ich will Ashley sagen, daß ich nicht die leiseste Angst habe, und will zu Tante Pitty gehen und bei euch bleiben, dann kann er wieder an die Arbeit gehen ...«

Nicht einmal sich selbst mochte Scarlett eingestehen, daß sie Ashley eigentlich für unfähig hielt, mit den Schwierigkeiten fertig zu werden. Sie fuhr Melanie an: »Was in aller Welt soll Ashley in der Mühle ausrichten, wenn er deinetwegen keine Minute Ruhe hat. Alle sind sie ja so scheußlich mit mir! Nicht einmal Onkel Peter will mit mir fahren. Aber ich kehre mich nicht daran, ich gehe allein, jeden Schritt Weges gehe ich zu Fuß und treibe schon irgendwo ein paar Schwarze zum Arbeiten auf!«

»Nein, das darfst du nicht! Dir könnte etwas Schreckliches passieren. Die Shantytown-Siedlung an der Landstraße nach Decatur soll von Niggern wimmeln, und du mußt daran vorbei. Ich will es mir überlegen, aber versprich mir, daß du heute noch nichts unternimmst. Inzwischen fällt mir schon etwas ein. Versprich mir, daß du nach Hause gehst und dich hinlegst. Du siehst wirklich schlecht aus. Versprich es mir!«

Scarlett versprach es mürrisch, weil sie von ihrem Zorn so erschöpft war, daß ihr gar nichts anderes übrigblieb. Sie ging nach Hause und lehnte dort hartnäckig alle Versöhnungsversuche ab.

Am Nachmittag stapfte eine seltsame Gestalt durch Melanies Hecke in Pittys Hintergarten. Offenbar war es einer von den Leuten, von denen Mammy und Dilcey sprachen als von dem »Gesindel, das Miß Melanie auf der Straße aufsammelt und bei sich im Keller schlafen läßt«.

In Melanies Kellergeschoß waren drei Räume, die früher als Dienstbotenzimmer und Weinkeller gedient hatten. In dem einen schlief Dilcey, und die beiden anderen waren ständig von einem Strom elend zerlumpter Gäste in Anspruch genommen. Woher sie kamen und wohin sie gingen, wußte nur Melanie, und niemand außer ihr wußte, wo sie sie auftrieb. Vielleicht sammelte sie sie tatsächlich von der Straße auf. Ebenso wie die Großen sich in ihrem Salon zusammenfanden, so fanden die Unglücklichen den Weg in ihren Keller, wo sie Kost und Nachtlager fanden und noch ein Paket Nahrungsmittel mit auf den Weg bekamen. Meist waren es frühere Soldaten der konföderierten Armee, von der rauheren, analphabetischen Sorte, Heimatlose und Alleinstehende, die durch das Land wanderten und Arbeit suchten.

Oft nächtigten dort braune verhutzelte Frauen vom Lande mit einer Schar strohblonder Kinder, Frauen, die Mann und Hof im Kriege verloren hatten und nach Verwandten suchten, die sich in alle Winde zerstreut hatten. Manchmal geriet die Nachbarschaft in Aufruhr, wenn Fremde da waren, die wenig oder gar kein Englisch sprachen und durch farbenglühende Berichte von leicht erworbenem Reichtum nach dem Süden gelockt worden waren. Einmal hatte auch ein Republikaner dort geschlafen, jedenfalls behauptete Mammy steif und fest, es sei einer gewesen, denn sie könne einen Republikaner wittern wie ein Pferd eine Klapperschlange. Aber niemand glaubte Mammy. Irgendwo mußte Melanies Menschenfreundlichkeit doch wohl eine Grenze haben.

»Ja«, dachte Scarlett, die in der bleichen Novembersonne mit der Kleinen auf dem Schoß vor der Seitentür saß, »das ist wieder eine von Melanies lahmen Enten.« Übrigens war er wirklich lahm.

Der Mann, der durch den Hintergarten herankam, humpelte wie Will Benteen auf einem Holzbein. Es war ein großer, hagerer alter Mann mit einer rötlich leuchtenden, schmutzigen Glatze und einem so langen grauen Bart, daß er ihn in den Gürtel stecken konnte. Seinem verwitterten Gesicht nach zu urteilen, mußte er über sechzig zählen, aber sein Körper hatte nichts von der Schlaffheit des Alters. Er bewegte sich linkisch, aber trotz seines Holzbeins doch so flink wie eine Schlange.

Er stieg die Stufen hinauf und kam auf Scarlett zu, und noch ehe er sich durch seine Aussprache mit dem schnarrenden »R« und dem näselnden Tonfall als Mann aus den Bergen auswies, hatte Scarlett ihn als solchen erkannt. Bei all seinem schmutzigen, zerlumpten Zeug hatte er, wie die meisten Gebirgler, einen wilden, schweigsamen Stolz an sich, so daß man sich ihm gegenüber nichts herausnehmen mochte. Sein Bart war von Tabaksaft beschmutzt, und ein großer Priem in der einen Backe verunstaltete sein Gesicht. Die Nase war schmal und knochig, die langen, buschigen Brauen waren emporgedreht, in seinen Ohren wuchsen üppige Haarbüschel, daß sie wie Luchsohren aussahen. Unter der einen Braue war die Augenhöhle leer, und eine Narbe lief von dort die Backe herunter, schräg durch den Bart. Das andere Auge war klein, hell und kalt, unerschütterlich und unbewegt. Er trug eine schwere Pistole offen am Hosenbund, und aus seinem zerlumpten Stiefelschaft schaute der Griff eines Buschmessers hervor.

Scarletts Blick erwiderte er kalt und spuckte, ehe er zu sprechen anfing, über das Geländer. In seinem einen Auge war Verachtung, nicht für sie persönlich, sondern für das ganze Weibergeschlecht zu lesen.

»Mrs. Wilkes schickt mich, ich soll für Sie arbeiten«, sagte er kurz. Er sprach gleichsam mit eingerosteter Stimme, als wäre es ihm ungewohnt, und seine Worte kamen langsam, fast mühselig. »Archie ist mein Name.«

»Es tut mir leid, daß ich keine Arbeit für Sie habe, Mr. Archie.«

»Archie ist mein Vorname.«

»Entschuldigen Sie, und wie ist Ihr Nachname?«

Er spuckte wieder. »Das ist wohl meine Sache«, sagte er. »Archie genügt.«

»Ich lege keinen Wert auf Ihren Nachnamen. Ich habe keine Arbeit für Sie.«

»Ich glaube doch. Mrs. Wilkes regte sich darüber auf, daß Sie so dumm sein wollen, allein herumzulaufen, und sie hat mich hergeschickt, damit ich Sie fahre.«

»So?« Scarlett war empört, über die Grobheit des Mannes und darüber, daß Melly sich in ihre Angelegenheiten mischte.

Sein eines Auge blickte sie mit einer ganz unpersönlichen Feindseligkeit an. »Ja. Eine Frau braucht es einem Mann nicht extra schwerzumachen, wenn er versucht, sie zu beschützen. Wenn Sie durchaus herumlaufen müssen, fahre ich Sie. Ich hasse die Nigger und die Yankees auch.«

Er schob seinen Tabakspriem in die andere Backe und setzte sich unaufgefordert auf die obere Stufe. »Ich will nicht behaupten, daß ich gern mit Frauen herumfahre, aber Mrs. Wilkes ist gut gegen mich gewesen und hat mich in ihrem Keller schlafen lassen, und sie schickt mich her, ich soll Sie fahren.«

»Aber ...«, fing Scarlett hilflos an, dann hielt sie inne und betrachtete ihn sich genauer. Darauf lächelte sie. Dieser ältliche Desperado gefiel ihr zwar gar nicht, aber seine Gegenwart würde vieles vereinfachen. Mit ihm an ihrer Seite konnte sie in die Stadt und nach den Mühlen fahren und Kunden besuchen. Jeder mußte sie für sicher halten, wenn er neben ihr saß, und im übrigen sah er so aus, daß von vornherein jeder Klatsch unmöglich war.

»Abgemacht«, sagte sie. »Das heißt, wenn mein Mann einverstanden ist.«

Nachdem Frank mit Archie unter vier Augen gesprochen hatte, gab er widerstrebend seine Zustimmung und wies den Mietsstall an, Pferd und Einspänner herauszugeben. Es enttäuschte und schmerzte ihn, daß Scarlett sich auch als Mutter nicht, wie er gehofft, veränderte, aber wenn sie durchaus zu ihren verfluchten Mühlen wollte, war Archie ein wahres Geschenk Gottes.

So fing eine Beziehung an, über die Atlanta anfangs verblüfft war. Archie und Scarlett bildeten ein sonderbares Paar: der wilde, schmutzige Alte, dessen Holzbein steif über das Spritzbrett hinausstak, und die sorgfältig angezogene, hübsche junge Frau mit der geistesabwesend gerunzelten Stirn. Immer und überall, innerhalb und außerhalb Atlantas waren sie zu sehen. Selten sprachen sie miteinander, sichtlich waren sie einander unsympathisch und doch durch beiderseitiges Bedürfnis, seinerseits nach Geld, ihrerseits nach Schutz, aneinander gebunden. Wenigstens, sagten die Damen der Stadt, ist es anständiger, als mit Rhett Butler herumzufahren. Sie fragten sich neugierig, wo Rhett geblieben sein mochte. Vor drei Monaten hatte er plötzlich die Stadt verlassen, und niemand wußte, wo er war, auch Scarlett nicht.

Archie war ein wortkarger Mann. Er sprach nur, wenn er angeredet wurde, und antwortete meist nur mit einem Grunzen. Jeden Morgen kam er aus Melanies Keller und setzte sich bei Tante Pitty auf die vordere Haustreppe. Dort kaute und spuckte er, bis Scarlett herauskam und Peter den Einspänner aus dem Stall holte. Onkel Peter hatte vor ihm kaum weniger Angst als vor dem Teufel und vor dem Ku-Klux-Klan, und sogar Mammy beschrieb furchtsam einen Bogen um ihn. Archie haßte die Neger. Sie wußten es und fürchteten ihn. Sein Waffenarsenal hatte er durch eine zweite Pistole verstärkt, und sein Ruf verbreitete sich weithin unter der schwarzen Bevölkerung. Er brauchte nicht ein einziges Mal seine Pistole herauszuziehen oder die Hand an den Gürtel zu legen. Die moralische Wirkung genügte, kein Neger wagte auch nur zu grinsen, wenn Archie in Sichtweite war.

Einmal fragte Scarlett ihn, warum er die Neger haßte, und war überrascht, von ihm eine Antwort zu bekommen, denn gewöhnlich sagte er auf Fragen nur: »Das wird wohl meine Sache sein.«

»Ich hasse sie, wie alle im Gebirge sie hassen. Wir haben sie nie gemocht und nie welche gehalten. Die Nigger haben den Krieg angefangen. Auch darum hasse ich sie.«

»Aber Sie waren doch auch mit im Krieg.«

»Das wird wohl das Vorrecht des Mannes sein. Die Yankees hasse ich auch – noch mehr als die Nigger, und am meisten hasse ich schwatzhafte Weiber.«

Solche unverblümten Grobheiten brachten Scarlett in stille Wut, und sie sehnte sich, ihn los zu sein. Aber wie sollte sie ohne ihn auskommen? Wie konnte sie sich sonst frei bewegen? Er war grob und schmutzig, gelegentlich roch er auch reichlich stark, aber er erfüllte seinen Zweck. Er fuhr sie zu den Mühlen und wieder zurück und auf Kundenbesuche, und während sie sich unterhielt und Weisungen gab, spuckte er und starrte in die Ferne. Wenn sie aus dem Wagen stieg, stieg er hinterher und wich nicht von ihrer Seite.

Hielt sie sich zwischen rohen Arbeitern, Negern und Yankees auf, so stand er höchstens einen Schritt von ihr entfernt.

In kurzer Zeit gewöhnte sich Atlanta daran, Scarlett mit ihrer Leibwache zu sehen, und alsbald begannen die anderen Damen sie um ihre Bewegungsfreiheit zu beneiden. Seit der Lynchjustiz des Ku-Klux-Klan waren die Frauen so gut wie eingemauert, nicht einmal in die Stadt gingen sie, um Besorgungen zu machen, wenn nicht mindestens ein halbes Dutzend von ihnen sich zusammenfand. Von Natur gesellig, wurden sie bald nervös, ließen ihren Stolz beiseite und baten Scarlett, ihnen Archie auszuleihen. Wenn sie ihn nicht brauchte, ließ sie sich herab, ihn den anderen Damen zu überlassen.

Bald wurde Archie in Atlanta eine unentbehrliche Einrichtung. Die Damen bewarben sich um die Wette um seine freie Zeit. Selten verging ein Morgen, da nicht zur Frühstücksstunde ein Kind oder ein schwarzer Dienstbote ein paar Zeilen brachte, in denen stand: »Wenn Sie Archie heute nachmittag nicht brauchen, bitte überlassen Sie ihn mir, ich möchte Blumen auf den Kirchhof bringen.« – »Ich muß zur Putzmacherin.« – »Darf Archie Tante Nelly ein bißchen spazierenfahren?« – »Ich muß einen Besuch in der Peterstraße machen, und Großpapa kann nicht mitkommen, da er sich nicht wohl fühlt; könnte wohl Archie ...«

Archie fuhr sie alle, die Mädchen, die Frauen, die Witwen, und allen bezeugte er dieselbe unerbittliche Verachtung. Es war kein Zweifel, außer Melanie mochte er die Frauen ebensowenig leiden wie die Neger und die Yankees. Zuerst nahmen die Damen an seiner Grobheit Anstoß dann gewöhnten sie sich daran, und da er sich, abgesehen von regelmäßigen Tabaksaftexplosionen, ganz still verhielt, so wurde er ihnen bald ebenso selbstverständlich wie die Pferde, die er fuhr, und sie vergaßen, daß er überhaupt da war. Mrs. Merriwether berichtete sogar Mrs. Meade in allen Einzelheiten über das Wochenbett ihrer Nichte, ehe sie sich überhaupt bewußt wurde, daß Archie auf dem Bock saß.

Zu keiner anderen Zeit wäre so etwas denkbar gewesen. Vor dem Kriege hätten die Damen ihn nicht einmal in ihrer Küche geduldet. Sie hätten ihm Essen durch die Hintertür gereicht und ihn seiner Wege geschickt. Aber jetzt war seine beruhigende Gegenwart ihnen willkommen. Dieser grobe, ungebildete, schmutzige Mensch stand als Bollwerk zwischen den Damen und den Schrecknissen der Stadt. Er war weder Freund noch Dienstbote, sondern eine bezahlte Leibwache zum Schutze der Frauen, während ihre Männer tagsüber der Arbeit nachgingen oder abends vom Hause fort waren.

Es kam Scarlett so vor, als wäre Frank sehr oft abends von zu Hause fort, seitdem Archie sie beschützte. Er sagte, er habe im Laden die Bilanz zu machen und es sei so viel zu tun, daß er während der Arbeitsstunden wenig Zeit daran wenden könne. Dann wieder hatte er kranke Freunde, an deren Bett er sitzen mußte, außerdem kam die Organisation der Demokraten jeden Mittwochabend zusammen, um zu beraten, wie man wieder in den Besitz des Stimmrechts gelangen könnte, und Frank versäumte nie eine Sitzung. Scarlett meinte, die Vereinigung täte nicht viel anderes, als darüber zu reden, daß General John B. Gordon jedem anderen Heerführer außer General Lee überlegen sei, und außerdem den Krieg immer erneut wieder durchzufechten. Jedenfalls bemerkte sie keinen Fortschritt, was die Wiedererwerbung des Wahlrechts anging. Aber Frank hatte offenbar Freude an den Sitzungen, denn an solchen Abenden blieb er endlos lange aus.

Auch Ashley wachte bei kranken Freunden und nahm an den Sitzungen der Demokraten teil, und in der Regel war er an denselben Abenden fort wie Frank. Dann geleitete Archie Tante Pitty, Scarlett, Wade und die kleine Ella Lorena durch den Hintergarten zu Melanie, und die beiden Familien verbrachten den Abend gemeinsam. Die Damen nähten, während Archie in seiner ganzen Länge auf dem Sofa im Salon lag und schnarchte, wobei sein grauer Bart bei jedem rasselnden Atemzug emporwehte. Niemand hatte ihn aufgefordert, sich auf das Sofa niederzulegen, und da es das hübscheste Möbel des Hauses war, seufzten die Damen insgeheim jedesmal, wenn er sich mit seinen Stiefeln auf das gute Polster legte. Aber niemand hatte den Mut, ihm etwas zu sagen, besonders, nachdem er bemerkt hatte, es sei ein Glück, daß er einen so festen Schlaf habe, sonst würde er noch verrückt, wenn die Damen wie eine Schar Perlhühner gackerten.

Manchmal überlegte sich Scarlett, woher Archie wohl gekommen und wie sein Leben verlaufen sein mochte, ehe er Melanies Keller bezog. Aber sie fragte ihn nicht. In seinem grimmigen einäugigen Gesicht war etwas, was die Neugier abschreckte. Sie wußte nur, daß seine Sprechweise die des nördlichen Berglandes war, daß er Kriegsdienste getan und kurz vor der Kapitulation Auge und Bein verloren hatte. Ein Zornesausbruch gegen Hugh Elsing brachte jedoch endlich die Wahrheit über Archies Vergangenheit an den Tag.

Eines Morgens fuhr der alte Mann Scarlett nach Hughs Mühle, und als sie ankamen, lag sie still. Kein Neger war zu erblicken, und Hugh saß niedergeschlagen unter einem Baum. Seine Belegschaft war am Morgen nicht erschienen, und nun wußte er nicht, was er tun sollte. Scarlett war außer sich und scheute sich nicht, ihren Ärger Hugh fühlen zu lassen. Sie hatte gerade einen Auftrag, zudem einen dringenden, auf eine große Menge Holz bekommen. Sie hatte ihre ganze Energie, ihren Charme und ihre Gewandtheit daransetzen müssen, ihn zu erlangen, und nun lag die Mühle still.

»Fahren Sie mich zur anderen Mühle«, befahl sie Archie. »Ja, ich weiß, es ist ein langer Weg, und wir bekommen kein Mittagessen, aber wofür bezahle ich Sie sonst? Mr. Wilkes muß seine Arbeit unterbrechen und mir schleunigst dieses Quantum fertigstellen. Aber womöglich arbeitet seine Belegschaft auch nicht! Hölle und Teufel! Etwas so Unzurechnungsfähiges wie Hugh Elsing ist mir noch nicht vorgekommen. Wenn nur erst Johnnie Gallegher mit den Läden fertig ist, die er baut, werde ich ihn an Hughs Stelle nehmen. Was geht es mich an, daß er bei den Yankees war? Er arbeitet, einen faulen Iren habe ich noch nicht gesehen. Und von den freigelassenen Negern habe ich genug. Ich nehme mir Johnnie Gallegher und miete mir ein paar Sträflinge.«

Mit einem bösen Blick seines einen Auges wandte sich Archie zu ihr. Kalter Zorn lag in seiner eingerosteten Stimme. »Wenn Sie Sträflinge nehmen, gehe ich«, sagte er.

Scarlett erschrak. »Gott im Himmel, warum?«

»Sträflinge mieten, das kenne ich. Ich nenne das Sträflinge morden. Menschen kaufen, als wären es Maultiere, und sie schlechter behandeln als Maultiere! Geschlagen werden sie, zu essen kriegen sie nichts, und so bringt man sie um. Wem liegt etwas daran? Dem Staat nicht. Er bekommt die Mietgebühren. Den Leuten, die die Sträflinge gemietet haben, auch nicht. Sie wollen sie nur möglichst billig abfüttern und soviel Arbeit aus ihnen herausholen, wie sie nur können. Zum Teufel, Miß. Ich habe nie viel von Weibern gehalten, und jetzt halte ich noch weniger von ihnen.«

»Was geht es Sie eigentlich an?«

»Allerlei«, sagte Archie kurz und, nach einer Pause: »ich bin wohl an die vierzig Jahre Sträfling gewesen.«

Scarlett blieb der Mund offenstehen, erschreckt drückte sie sich in die Kissen. Dies also war des Rätsels Lösung. Darum hatte er seinen Nachnamen, seinen Geburtsort und alles und jedes über sein Vorleben verschwiegen, darum fiel ihm das Sprechen so schwer, daher kam sein kalter Menschenhaß. Vierzig Jahre! Da mußte er ja zu lebenslänglicher Haft verurteilt sein, und die Lebenslänglichen waren ...

»Wegen Mord?«

»Ja«, antwortete Archie kurz und trieb das Pferd mit den Zügeln an. »Meine Frau.«

Scarlett klappte vor Angst mit den Augenlidern. Unter seinem Bart schien er den Mund zu verziehen, als lächle er bitter über ihre Furcht. »Ich bringe Sie nicht um, Miß, deshalb machen Sie sich keine Sorge. Es gibt nur einen Grund, eine Frau umzubringen.«

»Sie haben Ihre Frau ermordet!«

»Sie lag bei meinem Bruder. Er ist davongekommen. Bereuen tu ich's nicht. Solche Frauenzimmer muß man umbringen. Das Gesetz hat kein

Recht, einen dafür ins Gefängnis zu bringen, aber mich haben sie doch hineingesteckt.«

»Aber wie sind Sie denn herausgekommen? Entwischt? Begnadigt?«

»Was man so begnadigt nennt.« Seine dicken grauen Augenbrauen zogen sich zusammen, als fiele es ihm schwer, die Worte aneinanderzureihen. »Damals, vierundsechzig, als Sherman durch Georgia zog, saß ich in Milledgeville genau vierzig Jahre lang. Der Gefängnisdirektor rief uns alle zusammen und sagte: ›Die Yankees kommen, sie morden und brennen.‹ Wenn mir nun etwas noch verhaßter ist als die Nigger und die Weiber, dann sind es die Yankees.«

»Warum? ... Haben Sie überhaupt einen Yankee gekannt?«

»Nein, Miß, aber ich habe von ihnen gehört. Sie sollen sich immer in anderer Leute Sachen mischen. Solche Leute hasse ich. Was hatten sie in Georgia zu suchen, unsere Nigger loszulassen und die Häuser niederzubrennen und das Vieh abzuschlachten! Also, der Gefängnisdirektor sagte, die Armee brauchte Soldaten, und wer mitginge, sollte frei sein, wenn der Krieg aus wäre ... falls er dann noch lebte. Aber uns Lebenslängliche, uns Mörder, wolle die Armee nicht. Wir sollten in ein anderes Gefängnis geschickt werden. Ich sagte ihm, ich wäre jemand anderes als die andern Lebenslänglichen, ich hätte nur meine Frau umgebracht und die hätte es verdient und ich wollte mit gegen die Yankees gehen. Der Mann verstand, wie ich die Sache ansah, und ließ mich mit den anderen Gefangenen hinaus.«

Er machte eine Pause und grunzte.

»Richtig komisch. Sie haben mich eingesteckt, weil ich jemand umgebracht habe, und sie ließen mich wieder heraus, mit einem Gewehr und meiner Begnadigung, damit ich noch mehr umbrächte. Wir aus Milledgeville haben gut gekämpft und gemordet, und viele von uns sind gefallen. Ich habe keinen gekannt, der desertiert ist. Und bei der Kapitulation wurden wir frei. Ich habe dies Bein hier und das eine Auge verloren. Aber ich bereue es nicht.«

»Ach«, sagte Scarlett matt.

Sie suchte sich daran zu erinnern, was sie damals, als die letzten verzweifelten Anstrengungen gemacht wurden, Shermans Armee standzuhalten, von der Freilassung der Sträflinge aus Milledgeville gehört hatte. Frank hatte Weihnachten 1864 davon gesprochen. Was hatte er doch gesagt? Aber ihre Erinnerungen an jene Zeiten gingen wirr durcheinander. Wieder empfand sie die wilde Angst jener Tage, hörte die Kanonen der Belagerer, sah Wagen auf Wagen bluttriefend über die rote Landstraße fahren, sah die Landwehr ausmarschieren, die kleinen Kadetten und Knaben wie Phil Meade und die Greise wie Onkel Henry und Großpapa Merriwether. Auch die Sträflinge waren ausmarschiert, um im Untergang der Konföderierten mit zu fallen und in Schnee und Hagel zu erfrieren, während jenes letzten Feldzuges nach Tennessee.

Einen kurzen Augenblick dachte sie, wie dumm es doch von diesem Alten gewesen sei, für einen Staat zu kämpfen, der ihm vierzig Lebensjahre genommen hatte. Georgia hatte ihm seine Jugend und seine Mannesjahre genommen um eines Verbrechens willen, das für ihn kein Verbrechen war, und doch hatte er für Georgia freiwillig sein Bein und sein Auge hingegeben. Die bitteren Worte, die Rhett am Anfang des Krieges sagte, fielen ihr wieder ein: er wolle nicht für eine Gesellschaft kämpfen, die ihn ausgestoßen habe. Aber als die Not am höchsten stieg, war er doch für diese Gesellschaft in den Kampf gezogen, genau wie Archie. Alle diese Männer aus dem Süden, ob hoch, ob niedrig, kamen ihr vor wie gefühlsselige Narren, die weniger um ihre heile Haut gaben als um große Worte, die nichts bedeuteten.

Ihre Augen fielen auf Archies sehnige Hände, seine beiden Pistolen und sein Messer, und wieder packte sie die Angst. Liefen noch mehr solcher früheren Sträflinge frei herum wie er, Diebe, Desperados, Mörder, denen im Namen der Konföderation ihre Verbrechen verziehen waren? Jeder Fremde auf der Straße konnte dann ja ein Mörder sein. Wenn Frank je die Wahrheit über Archie erfuhr, war der Teufel los. Tante Pitty gar würde vor Schreck tot umfallen, und Melanie – fast wünschte Scarlett, ihr die Wahrheit über Archie zu sagen. Das geschähe ihr ganz recht. Was brauchte sie solch Gesindel aufzulesen und ihren Freunden und Verwandten anzuhängen?

»Nun ... es ... es freut mich, daß Sie mir das gesagt haben, Archie. Ich sage es niemandem weiter. Für Mrs. Wilkes und die anderen Damen wäre es furchtbar, wenn sie es erführen.«

»Pah! Miß Wilkes weiß es. Ich habe es ihr an dem Abend gesagt, als ich zuerst in ihrem Keller schlafen durfte. Sie meinen doch nicht etwa, ich ließe mich von einer Dame wie ihr ins Haus aufnehmen, ohne es ihr zu sagen?«

Scarlett war sprachlos. Melanie wußte, daß dieser Mann ein Mörder war, ein Frauenmörder, und hatte ihm nicht die Tür gewiesen? Sie hatte ihm ihren Jungen, ihre Tante, ihre Schwägerin und all ihre Freundinnen anvertraut. Und sie selbst, die furchtsamste aller Frauen, hatte sich nicht gescheut, mit ihm allein im Hause zu bleiben.

»Miß Wilkes ist für eine Frau wirklich verständig. Sie stimmte mir bei, daß ein Lügner immer weiter lügt und ein Dieb immer weiter stiehlt, aber einen Mord begeht man nur einmal im Leben. Für sie hat einer, der für die Konföderierten mitgekämpft hat, alles Schlechte gesühnt. Das finde ich zwar nicht, aber ich habe nichts Schlechtes getan, als ich meine Frau umbrachte ... Ja, Miß Wilkes ist wirklich verständig für eine Frau. Und das sage ich Ihnen, der Tag, wo Sie Sträflinge mieten, ist mein letzter Tag bei Ihnen.«

Scarlett antwortete nicht, aber sie dachte: »Je eher, desto lieber. Ein Mörder!«

Es gab überhaupt keine Worte dafür, daß Melly ihn aufgenommen und ihren Freunden verheimlicht hatte, daß er ein Zuchthäusler war. Der Heeresdienst sühnte also einen Mord! Melanie verwechselte das wohl mit der Taufe! Aber wenn es sich um die Konföderation und um ihre Veteranen handelte, war Melly nun einmal nicht zurechnungsfähig. Scarlett verwünschte die Yankees leidenschaftlicher denn je und kreidete ihnen auch dies an. Es war ihre Schuld, wenn eine Frau sich gezwungen sah, zu ihrem Schutz einen Mörder neben sich zu haben.

Als Scarlett mit Archie in der kühlen Dämmerung nach Hause fuhr, sah sie vor dem Etablissement »Mädchen von heute« allerlei Pferde, Einspänner und Leiterwagen stehen. Ashley saß auf seinem Pferd mit einem angespannten und aufmerksamen Gesichtsausdruck. Die Simmonsschen Jungens lehnten aus ihrem Einspänner heraus, und Hugh Elsing, dem die Haarlocke über die Stirn fiel, fuchtelte mit beiden Händen in der Luft. Großpapa Merriwethers Pastetenwagen stand im Mittelpunkt der erregten Gruppe, und als Scarlett näher kam, sah sie, daß Tommy Wellburn und Onkel Henry Hamilton sich neben ihm auf dem engen Sitz drängten.

Wenn nur – dachte Scarlett ärgerlich – Onkel Henry nicht auf diesem Gestell nach Hause fährt. Als ob er nicht selbst ein Pferd hätte. Das tut er nur, damit er jeden Abend mit Großpapa in die Kneipe gehen kann.

Als sie herankam, teilte sich die Spannung, die in der Luft lag, unwillkürlich auch ihr mit. »Hoffentlich«, dachte sie, »ist nicht wieder jemand vergewaltigt worden. Wenn der Ku-Klux-Klan noch einen einzigen Neger lyncht, lassen die Yankees nichts mehr von uns nach!« Dann sagte sie zu Archie: »Halten Sie!«

»Sie wollen doch wohl nicht vor einer Kneipe halten«, sagte Archie.

»Hören Sie nicht, halten Sie! Guten Abend, alle miteinander. Ashley, Onkel Henry, hat wieder jemand eine Dummheit gemacht? Ihr seht alle aus...«

Alle wandten sich nach ihr um und griffen an die Hüte, aber in den Augen glühte die Erregung.

»Dummheit oder nicht«, knurrte Onkel Henry, »es kommt darauf an, wie man's ansieht. Mir scheint, die Gesetzgebende Versammlung hätte gar nicht anders handeln können.«

»Die Gesetzgebende Versammlung?« dachte Scarlett erleichtert. Die interessierte sie wenig. Sie hatte etwas anderes befürchtet. »Was hat die Gesetzgebende Versammlung denn verbrochen?«

»Rundweg geweigert hat sie sich, die Verfassungsänderung zu ratifizieren«, sagte Großpapa Merriwether stolz. »Die sollen uns kennenlernen!«

»Wir werden das aber verdammt noch einmal ausbaden müssen – Verzeihung, Scarlett«, sagte Ashley.

»Ach, für die Verfassungsänderung?« fragte Scarlett und versuchte, ein verständnisvolles Gesicht dazu zu machen. Politik ging über ihren Horizont. Vor einiger Zeit war eine dreizehnte Verfassungsänderung ratifiziert worden, vielleicht war es auch die sechzehnte gewesen, was aber ›ratifizieren‹ hieß, davon hatte sie keine Ahnung. Aber immer bekamen bei solchen Fragen die Männer heiße Köpfe. Etwas von ihrer Ahnungslosigkeit zeigte sich in ihrem Gesicht, und Ashley lächelte.

»Es handelt sich um die Verfassungsänderung, die den Schwarzen das Stimmrecht gibt«, erklärte er ihr. »Sie ist der Gesetzgebenden Versammlung vorgelegt worden, und die hat sich geweigert, zu ratifizieren.«

»Zu dumm! Die Yankees werden uns ja doch zwingen, das auszulöffeln.«

»Das meinte ich eben, als ich sagte, wir würden es ausbaden müssen«, sagte Ashley.

»Ich bin stolz auf die Gesetzgebende Versammlung und ihren Mut«, rief Onkel Henry laut. »Sie können es uns nicht zu schlucken geben, wenn wir es nicht schlucken wollen.«

»Das können sie doch und werden es auch tun.« Ashleys Stimme klang ruhig, aber seine Augen flackerten. »Für uns wird dadurch alles nur noch schwerer.«

»Ach, Ashley, schwerer als jetzt kann es nicht werden!«

»Doch, es kann noch schlimmer werden. Wenn sie uns nun Schwarze ins Parlament setzen und einen schwarzen Gouverneur geben? Auch die Militärherrschaft kann noch ärger werden.«

Scarlett machte große Augen vor Angst, als ihr aufging, um was es sich handelte.

»Ich habe überlegt, was wohl das beste für Georgia und für uns alle wäre.« Ashleys Gesicht war abgespannt. »Ob es klüger wäre, dagegen anzukämpfen, wie die Versammlung es getan hat, den Norden gegen uns aufzubringen und uns wieder die ganze Yankeearmee auf den Hals zu hetzen, damit sie uns das Stimmrecht der Schwarzen aufzwingt, ob wir wollen oder nicht – oder unseren Stolz herunterzuschlucken, so gut wir können, und gute Miene zum bösen Spiel zu machen, damit alles so glimpflich wie möglich abläuft. Schließlich kommt es auf dasselbe heraus. Wir müssen doch schlucken, was sie uns eingeben wollen, und tun vielleicht klüger, nicht erst hinten auszuschlagen.«

Scarlett hörte kaum, was er sagte. Natürlich sah er wieder beide Seiten der

Sache. Sie aber sah nur die eine: was dieser Schlag ins Gesicht der Yankees für sie persönlich bedeuten könnte.

»Du willst doch ein Radikaler werden und republikanisch wählen, Ashley?« höhnte Großpapa Merriwether.

Gespanntes Schweigen. Scarlett sah Archie rasch nach der Pistole greifen und dann innehalten. Archie hielt Großpapa für einen alten Windbeutel und sagte das auch häufig. Miß Melanies Mann sollte er jedenfalls nicht beleidigen, ob Miß Melanies Mann nun Unsinn redete oder nicht.

Alle Ratlosigkeit war plötzlich aus Ashleys Augen verschwunden, sie flammten vor Zorn, aber ehe er etwas sagte, fuhr Onkel Henry auf Großpapa los. »Du gottverdammter – Verzeihung, Scarlett – du Esel! Sag so etwas nicht zu Ashley!«

»Er kann sich ja selber wehren, du brauchst für ihn nicht einzuspringen«, versetzte der Alte kalt. »Er redet wie ein Gesinnungslump. Gib das nur zu, zum Teufel.«

»Ich habe nicht an die Lossagung geglaubt«, sagte Ashley mit zornbebender Stimme, »aber als Georgia sich lossagte, habe ich mitgemacht. Ich habe nicht an den Krieg geglaubt, aber ich habe ihn mitgekämpft, und ich glaube nicht daran, daß es Zweck hat, die Yankees noch wütender zu machen. Wenn aber die Versammlung sich dafür entscheidet, so stehe ich zu ihr. Ich ...«

»Archie«, sagte Onkel Henry plötzlich. »Fahr mit Scarlett nach Hause. Hier ist nicht der Ort für sie. Gleich hebt das Fluchen und Schimpfen an. Fahr zu, Archie. Gute Nacht, Scarlett.«

Als sie die Pfirsichstraße hinunterfuhren, pochte Scarlett das Herz vor Angst. Ob das törichte Verhalten des Parlaments wohl ihre Sicherheit bedrohte und die Yankees so aufbrachte, daß ihre Mühlen gefährdet waren?

»Oha, meine Herren«, knurrte Archie. »Es soll ja wohl Hunde geben, die den Mond anbellen. Diese Gesetzgeber hätten ebensogut ›Hurra, Jeff Davis und die Südstaaten!‹ schreien können, damit hätten sie ungefähr ebensoviel erreicht. Die Yankees schwärmen nun mal für die Neger und haben sich in den Kopf gesetzt, sie zu unseren Herren zu machen. Aber bewundern muß man den Mut der Abgeordneten doch!«

»Bewundern? Bewundern? Erschossen sollten sie werden. Sie erreichen nur, daß die Yankees wie die Geier über uns herfallen. Warum konnten sie nicht radi ... rati ... oder was sie sollten und den Yankees nachgeben, anstatt sie zu reizen? Nachgeben müssen wir doch und können es ebensogut jetzt wie später.«

Archie sah sie lange mit kalten Augen an. »Nachgeben ohne Kampf? Weiber haben nicht mehr Stolz als Ziegen.«

Als Scarlett zehn Sträflinge, fünf für jede Mühle, mietete, machte Archie seine Drohung wahr und wollte nichts mehr mit ihr zu tun haben. Melanies dringende Bitten und Franks Versprechen, ihn höher zu entlohnen – nichts konnte ihn bewegen, die Zügel wieder in die Hand zu nehmen. Bereitwillig geleitete er Melanie, Pitty, India und ihre Freundinnen durch die Stadt, aber Scarlett nicht. Er weigerte sich sogar, die anderen Damen zu fahren, wenn Scarlett mit im Wagen saß. Es war peinlich, daß der alte Grobian über sie zu Gericht saß, um so peinlicher, als ihre Familie und ihre Freunde ihm beistimmten, wie sie genau wußte.

Frank versuchte, sie von ihrem Entschluß abzubringen. Ashley weigerte sich zunächst, mit Sträflingen zu arbeiten, und nur Tränen, flehentliche Bitten und das Versprechen, später wieder freigelassene Schwarze anzustellen, sobald die Zeiten besser würden, konnten ihn umstimmen. Die Nachbarn machten aus ihrer Mißbilligung so wenig Hehl, daß es Frank, Pitty und Melanie schwer wurde, ihnen überhaupt noch ins Gesicht zu sehen. Sogar Peter und Mammy erklärten, Sträflinge anzustellen bringe kein Glück, und jeder hielt es für Unrecht, das Unglück anderer auf solche Weise auszunutzen.

»Aber ihr hattet doch nichts dagegen, Sklaven für euch arbeiten zu lassen«, sagte Scarlett empört.

Aber das war etwas anderes. Die Sklaven waren nicht unglücklich. Den Negern war es in der Sklaverei viel besser ergangen als jetzt in der Freiheit. Wie gewöhnlich bestärkte der allgemeine Widerstand Scarlett nur in ihrem Vorhaben. Sie entfernte Hugh aus seiner leitenden Stellung, gab ihm einen Holzwagen zu fahren und schloß endgültig mit Johnnie Gallegher ab.

Er war anscheinend der einzige, der mit ihren Sträflingen einverstanden war. Er nickte kurz mit seinem runden Schädel und sagte, das sei gescheit von ihr. Scarlett sah sich den kleinen ehemaligen Jockei an, wie er da auf seinen kurzen Säbelbeinen mit dem harten geschäftsmäßigen Ausdruck in seinem Gnomengesicht vor ihr aufgepflanzt stand, und dachte: »Wer den hat reiten lassen, dem lag an seinem Pferd nicht viel. Ich ließe ihn an meine Pferde nicht auf zehn Schritt heran.«

Aber ihm eine Belegschaft von Sträflingen anzuvertrauen, trug sie keine Bedenken.

»Sie geben mir also freie Hand mit der Belegschaft?« fragte er, und seine grauen Augen waren kalt wie grauer Achat.

»Völlig freie Hand. Alles, was ich von Ihnen verlange, ist, daß Sie die Mühle in Gang halten und mir alle bestellten Quantitäten Holz rechtzeitig liefern.«

»Soll besorgt werden«, sagte Johnnie kurz. »Ich kündige Mr. Wellburn.« Als er sich im Gedränge der Maurer, Zimmerleute und Steinträger verlor, fühlte Scarlett sich wieder erleichtert und besserer Stimmung. Johnnie war für sie der Rechte, zäh und hart und ohne Gefühlsduselei. Der irische Gauner, wie er im Buche steht, hatte Frank verächtlich von ihm gesagt, aber gerade deshalb schätzte ihn Scarlett. Ein Ire, der entschlossen war, etwas zu erreichen, war bei der Arbeit viel wert. Sie fühlte sich ihm näher verwandt als manchem ihres eigenen Standes, denn Johnnie kannte den Wert des Geldes.

Schon die erste Woche seiner Geschäftsleitung rechtfertigte alle ihre Hoffnungen. Er leistete mit fünf Sträflingen mehr, als Hugh mit seinen zehn freien Negern je fertiggebracht hatte. Außerdem hatte Scarlett jetzt mehr Muße als je seit ihrer Rückkehr nach Atlanta, weil er sie nicht gern im Betrieb sah und ihr das auch freimütig sagte.

»Sie kümmern sich um Ihren Verkauf, und ich kümmere mich um meine Sägerei«, sagte er kurz. »Ein Sträflingslager ist kein Aufenthalt für eine Dame, und wenn es Ihnen sonst niemand sagt, so sagt Johnnie Gallegher es Ihnen jetzt. Ich liefere Ihnen das Holz und damit basta. Mir paßt es nicht, daß Sie täglich hinter mir stehen wie hinter Mr. Wilkes. Er hat es nötig, ich nicht.«

Scarlett blieb also, wenn auch ungern, Johnnies Mühle fern, aus Angst, er könnte wieder kündigen. Seine Bemerkung, Ashley habe einen Aufpasser nötig, gab ihr einen Stich ins Herz, weil mehr Wahrheit darin lag, als sie sich eingestehen mochte. Ashley kam mit seinen Sträflingen nicht viel weiter als mit freien Arbeitern – warum, wußte er freilich nicht anzugeben. Außerdem machte er ein Gesicht, als schämte er sich, Sträflinge als Arbeiter zu beschäftigen, und war gegen Scarlett dieser Tage ziemlich wortkarg.

Scarlett sah mit Sorge, wie er sich veränderte. In seinem blonden Haar zeigte sich das erste Grau, und müde ließ er die Schultern hängen. Selten nur glitt ein Lächeln über sein Gesicht. Er war nicht mehr der freundliche Ashley, der es ihr vor Jahren angetan hatte. Er sah aus, als nage ein geheimer, kaum zu ertragender Kummer an seinem Herzen, sein Mund war so fest geschlossen, so freudlos, daß es sie bestürzte und schmerzte. Sie sehnte sich danach, mit Gewalt seinen Kopf an ihre Schulter zu ziehen, das ergrauende Haar zu streicheln und ihn zu bitten: »Sag mir, was dich bedrückt, ich helfe dir, und es wird alles wieder gut!«

Aber sein förmliches, abweisendes Wesen machte ihn unnahbar.

XLIII

Es war einer der seltenen Dezembertage, wo die Sonne fast so warm wie im Spätsommer schien. In Tante Pittys Garten hingen noch dürre rote Blätter an den Eichen, und das welke Gras hatte immer noch einen gelbgrünen Schimmer. Scarlett trat mit der Kleinen auf dem Arm vor die Seitentür und setzte sich in ein sonniges Eckchen auf einen Schaukelstuhl. Sie trug ein neues grünes Kleid aus feinem Stoff mit endlosen Metern schwarzer Zickzacklitze und eine neue Spitzenhaube, die Tante Pitty ihr für den Hausgebrauch genäht hatte. Beides stand ihr ausgezeichnet, und sie wußte es und hatte viel Freude daran. Es tat so gut, wieder hübsch zu sein, nachdem man monatelang so abschreckend ausgesehen hatte.

Als sie sich so, mit der Kleinen auf dem Schoß, im Stuhl wiegte und vor sich hin summte, hörte sie Hufschlag die Straße heraufkommen, spähte neugierig durch das Gewirr der kahlen Weinranken und erkannte Rhett Butler, der auf das Haus zugeritten kam.

Seit Monaten war er nicht mehr in Atlanta gewesen. Kurz nach Geralds Tod und lange vor Ella Lorenas Geburt hatte er sich zuletzt sehen lassen. Sie hatte ihn manchmal vermißt, aber jetzt hätte sie ihn von Herzen gern gemieden, ja, bei dem Anblick seines dunklen Gesichts erschrak sie voller Schuldbewußtsein. Eine Sache, die Ashley betraf, beschwerte ihr Gewissen, und sie wollte durchaus nicht mit Rhett darüber sprechen und wußte doch, daß er sie dazu zwingen würde, mochte sie sich auch noch so dagegen wehren.

Er hielt an der Pforte und schwang sich leicht aus dem Sattel, und als sie ihm beklommen zusah, fand sie, er gleiche einer Figur in Wades Bilderbuch. »Ihm fehlen nur die Ohrringe und das Messer zwischen den Zähnen«, dachte sie. »Nun, ob er ein Seeräuber ist oder nicht, er soll mir heute nicht den Hals abschneiden.«

Als er den Weg heraufkam, holte sie ihr reizendstes Lächeln hervor und rief ihm einen Gruß entgegen. Ein Glück, daß sie das neue Kleid und die hübsche Haube trug und so gut aussah! Als seine Augen über sie hinglitten, merkte sie, daß auch er sie hübsch fand.

»Ein Neugeborenes! Aber Scarlett, welche Überraschung!« lachte er und neigte sich nieder, um von Ella Lorenas häßlichem Gesichtchen die Decke wegzuziehen.

»Seien Sie kein Narr«, entgegnete sie errötend. »Wie geht es? Sie sind lange fortgewesen.«

»Das bin ich. Geben Sie mir das Baby, Scarlett. Oh, ich weiß, wie man Babys anfaßt. Ich habe viele seltsame Talente. Der sieht Frank aber ähnlich, bloß der Vollbart fehlt noch.«

»Der bleibt hoffentlich weg. Es ist ein Mädchen.«

»Ein Mädchen? Noch besser. Jungens sind eine Plage. Bekommen Sie nur nicht noch einen Jungen, Scarlett.«

Sie wollte gerade abweisend erwidern, sie wünsche überhaupt keine Kinder mehr zu haben, weder Jungen noch Mädchen, aber sie besann sich rechtzeitig und lächelte, während sie nach einem Gesprächsstoff suchte, mit dem sie den bösen Augenblick, den sie fürchtete, hinauszögern könnte.

»Haben Sie eine schöne Reise gehabt, Rhett? Wohin ist es denn dieses Mal gegangen?«

»Nach Kuba, nach New Orleans und anderen Orten. Hier, Scarlett, nehmen Sie Ihr Kleines zurück. Sie fängt an zu sabbern, und ich kann nicht an mein Taschentuch. Es ist gewiß ein schönes Kind, aber meine Hemdbrust wird naß.«

Sie nahm das Kind wieder auf ihren Schoß, und Rhett machte es sich auf dem Geländer bequem und zog eine Zigarre aus seinem silbernen Etui.

»Immer gehen Sie nach New Orleans«, sagte sie und zog ein Gesicht dazu, »und nie wollen Sie mir erzählen, was Sie da zu tun haben.«

»Ich bin ein schwer arbeitender Mann, Scarlett, und werde wohl in Geschäften dort sein ...«

»Sie und schwer arbeiten!« Sie lachte. »Sie haben Ihr Lebtag nicht gearbeitet, dazu sind Sie viel zu faul. Sie können ja nichts als die Schieber bei ihren Gaunereien finanzieren und dafür den halben Gewinn einstecken und die Yankeebeamten bestechen, um uns Steuerzahler mit ausrauben zu dürfen.«

Er warf den Kopf zurück und lachte.

»Aber Sie würden für Ihr Leben gern so viel Geld haben, daß Sie auch Beamte bestechen könnten.«

»Schon der Gedanke ...« Sie setzte sich in Positur.

»Aber vielleicht verdienen Sie ja auch Geld genug, um eines Tages im großen Stil mit Bestechungen zu arbeiten. Vielleicht machen Ihre Sträflinge Sie noch reich.«

Sie war betroffen. »Woher wissen Sie denn das jetzt schon wieder?«

»Ich bin gestern abend angekommen und in das ›Mädchen von heute‹ gegangen. Da erfährt man alle Neuigkeiten der Stadt. Es ist eine richtige Klatschbörse, noch besser als ein Damen-Nähzirkel. Alle haben sie mir erzählt, daß Sie eine Belegschaft gemietet und den kleinen Halunken Gallegher damit betraut haben, sie zu Tode zu schinden.«

»Das ist gelogen«, sagte sie zornig. »Er schindet sie nicht, dafür passe ich auf.«

»So?«

»Selbstverständlich, wie können Sie so etwas von mir denken.«

»Bitte tausendmal um Verzeihung, Mrs. Kennedy. Ihre Motive sind ja immer über jeden Vorwurf erhaben. Jedenfalls ist Johnnie Gallegher ein so eiskalter Leuteschinder, wie ich nur einen kenne. Sehen Sie ihm gut auf die Finger, sonst haben Sie Unannehmlichkeiten mit dem Inspektor, wenn er vorbeikommt.«

»Kümmern Sie sich um Ihre Sachen, und ich kümmere mich um meine«, sagte sie entrüstet. »Ich will kein Wort mehr über Sträflinge hören. Alle benehmen sich scheußlich deswegen gegen mich. Meine Arbeiter sind meine Sache. Außerdem haben Sie mir noch nicht erzählt, was Sie in New Orleans machen. Sie fahren so oft dahin, und jeder sagt ...« Sie schwieg. So weit hatte sie nicht gehen wollen.

»Was sagt jeder?«

»Daß Sie dort eine Geliebte haben und daß Sie heiraten wollen. Ist das wahr?«

So lange schon hätte sie das gern gewußt, daß sie sich nicht enthalten konnte, ihn rundheraus danach zu fragen. Ein ganz feiner Eifersuchtsstich traf sie bei dem Gedanken, daß Rhett heiraten könnte, warum, konnte sie sich nicht einmal erklären.

Seine liebenswürdigen Augen wurden plötzlich aufmerksam. Er hielt ihren Blick fest, bis sie ein klein wenig errötete. »Würde Ihnen das etwas ausmachen?«

»Es täte mir freilich leid, Ihre Freundschaft zu verlieren«, sagte sie höflich, und um möglichst unbeteiligt auszusehen, beugte sie sich über Ella Lorena und zog ihr die Decke dichter um den Kopf.

Er lachte kurz auf und sagte: »Sieh mich an, Scarlett.«

Widerstrebend blickte sie auf und wurde noch roter.

»Sie können Ihren neugierigen Freundinnen erzählen, wenn ich je heiraten sollte, so geschähe es, weil ich die Frau, die ich haben will, auf andere Weise nicht bekommen kann. Und so sehr ist es mir noch nie um eine Frau zu tun gewesen, daß ich sie wirklich heiraten müßte.«

Jetzt war sie ernstlich verwirrt und verlegen, denn sie gedachte des Abends auf ebendieser Veranda, damals während der Belagerung der Stadt, da er gesagt hatte: »Heiraten liegt mir nicht«, und ihr ganz obenhin vorgeschlagen hatte, seine Geliebte zu werden. Sie gedachte auch der schrecklichen Stunde im Gefängnis und schämte sich noch in der Erinnerung. Langsam ging ein boshaftes Lächeln über sein Gesicht, als er in ihren Augen las.

»Aber ich will Ihre unfeine Neugierde befriedigen, da Sie mir so schonungslose Fragen stellen. Mich zieht keine Geliebte nach New Orleans, sondern ein Kind, ein kleiner Junge.«

»Ein kleiner Junge!« Vor Schreck über diese unerwartete Auskunft erholte sie sich augenblicklich von ihrer Verwirrung.

»Ja, ich bin sein gesetzlicher Vormund und trage die Verantwortung für ihn. Er ist in New Orleans auf der Schule, und dort besuche ich ihn oft.«

»Und bringen ihm etwas mit?« Deshalb also, dachte sie, weiß er immer, mit was für Geschenken er Wade eine Freude machen kann.

»Ja«, sagte er kurz und widerwillig.

»Ist er hübsch?«

»Hübscher, als für ihn gut ist.«

»Ein netter kleiner Junge?«

»Nein. Ein richtiger Schlingel. Ich wollte, er wäre nie geboren. Jungen machen einem viel Sorge. Wollen Sie sonst noch etwas wissen?«

Plötzlich sah er ärgerlich und düster aus, als reue es ihn schon, überhaupt davon gesprochen zu haben.

»Wenn Sie mir nicht mehr erzählen wollen, nein«, erwiderte sie von oben herab, obwohl sie vor Neugier brannte. »Aber als Vormund kann ich Sie mir ganz und gar nicht vorstellen.« Sie lachte und hoffte, ihn damit aus der Fassung zu bringen.

»Nein, das kann ich mir denken. Ihr Vorstellungsvermögen ist überhaupt ziemlich beschränkt.«

Er sagte nichts mehr und rauchte eine Zeitlang schweigend seine Zigarre. Sie suchte nach einem groben Klotz auf diesen groben Keil, konnte aber keinen finden.

»Es wäre mir lieb, wenn Sie niemandem etwas davon sagen würden«, sagte er endlich. »Obwohl ich befürchte, das ist von einer Frau zuviel verlangt.«

»Ich kann schweigen«, sagte sie gekränkt.

»So? Ich freue mich immer, unerwartete Eigenschaften an meinen Freunden zu entdecken. Nun seien Sie wieder gut, Scarlett. Entschuldigen Sie, daß ich grob war, aber Sie hatten es für Ihre Neugierde verdient. Schenken Sie mir ein Lächeln und lassen Sie uns ein paar Minuten nett miteinander sein, ehe ich von etwas Unangenehmem anfangen muß.«

»Oje«, dachte sie, »nun fängt er von Ashley an«, und rasch lächelte sie und zeigte ihre Grübchen. »Wo sind Sie sonst noch gewesen, Rhett? Doch nicht die ganze Zeit in New Orleans?«

»Nein, den letzten Monat war ich in Charleston. Mein Vater ist gestorben.«

»Ach, das tut mir leid.«

»Nicht nötig. Ihm hat es sicher nicht leid getan, aus dem Leben zu gehen, und mir tut es nicht leid, daß er tot ist.«

»Aber Rhett, sagen Sie nicht etwas so Schreckliches!«

»Viel schrecklicher wäre es, ich heuchelte ein trauriges Gesicht, wo ich doch nicht traurig bin, meinen Sie nicht auch? Wir haben einander nie liebgehabt, und ich entsinne mich keiner Zeit, da der alte Herr nicht erzürnt über mich gewesen wäre. Ich glich seinem Vater zu sehr, den er nicht leiden konnte. Als ich heranwuchs, wuchs seine Abneigung, und ich gebe zu, ich habe nicht viel getan, um dem abzuhelfen. Alles, was ich nach dem Wunsch meines Vaters sein und tun sollte, langweilte mich zu Tode, und schließlich setzte er mich ohne einen Cent vor die Tür, ohne andere Kenntnisse als die eines Charlestoner Gentlemans: die eines guten Pistolenschützen und eines ausgezeichneten Pokerspielers. Er faßte es anscheinend als eine persönliche Beleidigung auf, daß ich dann nicht verhungerte, sondern mit großem Gewinn Poker spielte, und als ich zum erstenmal wieder nach Hause kam, verbot er meiner Mutter, mich zu sehen. Und während des ganzen Krieges, als ich vor Charleston durch die Blockade fuhr, konnte meine Mutter mich nur heimlich treffen. Das hat natürlich meine Liebe zu ihm nicht vergrößert.«

»Ach, das wußte ich ja alles gar nicht.«

»Er war, was man einen vornehmen alten Herrn nach der alten Schule nennt. Das heißt, er war unwissend, dickköpfig, unduldsam und unfähig, irgend etwas anderes zu denken, als die anderen alten Herren der alten Schule auch dachten. Jedermann bewunderte ihn ungemein dafür, daß er nichts mehr von mir wissen wollte und mich zu den Toten zählte. ›So dich dein rechtes Auge ärgert, reiße es aus.‹ Ich war sein rechtes Auge und sein ältester Sohn, und er riß mich aus, daß es eine Art hatte.«

Er lächelte ein wenig, als belustige ihn die Erinnerung.

»Das alles hätte ich ihm verziehen, aber was er meiner Mutter und meiner Schwester nach dem Kriege angetan hat, das kann ich nicht verzeihen. Sie waren so gut wie mittellos. Das Haus auf der Plantage war niedergebrannt, aus den Reisfeldern war wieder Sumpfland geworden. Das Stadthaus ging für die Steuern weg. Sie haben in zwei Zimmern gehaust, die man keinem Neger zumuten möchte. Ich habe meiner Mutter Geld geschickt, aber mein Vater schickte es mir zurück – schmutziges Geld, verstehst du? Und mehrmals bin ich nach Charleston gefahren und habe meiner Schwester heimlich Geld zugesteckt. Aber der Alte kam jedesmal dahinter, und es setzte einen Tanz, bis dem armen Kind das Leben nicht mehr lebenswert schien. Und immer bekam ich das Geld zurück. Wie sie sich durchgeschlagen haben, weiß ich nicht ... Doch, ich weiß es. Mein Bruder hat gegeben, was er konnte, obwohl er nicht viel zu geben hat und auch nichts von mir annehmen will. – Spekulantengeld bringt kein Glück, verstehst du! – Und von der Mildtätigkeit der Freunde ... Ihre Tante Eulalie ist sehr gut gegen sie gewesen. Sie war eine von Mutters besten Freundinnen. Sie hat ihnen etwas anzuziehen geschenkt und … du lieber Gott, meine Mutter, die von Wohltätigkeit lebt!«

Es war eins der wenigen Male, da sie ihn ohne Maske sah, und sein Gesicht war hart von ehrlichem Haß gegen seinen Vater und bitterem Kummer wegen seiner Mutter.

»Tante Lalie! Lieber Himmel, Rhett, die hat ja doch selbst kaum mehr, als was ich ihr schicke.«

»Aha, daher also! Wie taktlos von Ihnen, meine Liebe, angesichts meiner Demütigung damit zu prahlen! Erlauben Sie, daß ich es Ihnen erstatte?«

»Mit Vergnügen!« Scarletts Mund verzog sich plötzlich zu einem Lächeln, und er erwiderte es.

»Nein, Scarlett, wie dir bei dem Gedanken an einen Dollar die Augen funkeln! Bist du ganz sicher, daß du außer deinem irischen nicht auch noch schottisches oder gar jüdisches Blut in den Adern hast?«

»Seien Sie nicht so gehässig! Ich wollte Ihnen das mit Tante Lalies Geld nicht unter die Nase reiben, aber ehrlich gesagt, sie meint, ich schwimme im Geld. Sie verlangt immer mehr, und ich habe weiß Gott genug auf dem Hals und kann nicht noch ganz Charleston durchfüttern. Woran ist Ihr Vater gestorben?«

»Er wird wohl auf vornehme Manier verhungert sein – hoffe ich wenigstens. Es wäre ihm recht geschehen. Er wollte Mutter und Rosemary mit verhungern lassen. Jetzt ist er tot, da kann ich ihnen helfen. Ich habe ihnen ein Haus auf der Schanze gekauft, und sie haben Dienstboten, die für sie sorgen, aber natürlich darf kein Mensch erfahren, daß das Geld von mir stammt.«

»Warum denn nicht?«

»Mein Kind, Sie kennen doch Charleston. Sie waren ja auf Besuch dort. Arm darf eine Familie sein, aber ihren Stolz muß sie wahren, und das könnte sie nicht, wenn ruchbar würde, daß das Geld eines Spielers, Spekulanten und Schiebers dahintersteht. Nein, sie haben überall erzählt, mein Vater habe eine riesige Lebensversicherung hinterlassen. Er habe sich wie ein Bettler zu Tode gehungert, um die Prämien zu zahlen, damit sie nach seinem Tode versorgt seien. Nun gilt er als ein noch größerer Gentleman alter Schule als vorher, ja als Märtyrer für seine Familie. Hoffentlich dreht er sich im Grabe um, weil Mutter und Rosemary jetzt trotz alldem, was er dagegen unternommen hat, gut leben. Nur aus einem Grunde tut es mir leid, daß er tot ist, denn er wollte gern sterben und freute sich darauf.«

»Warum?«

»Ach, er ist eigentlich schon damals gestorben, als Lee sich ergab. Du kennst den Typ. Er konnte sich nie in die neue Zeit finden und verschwatzte sein Leben in Gesprächen über die guten alten Tage.«

»Rhett, ob wohl alle alten Leute so sind?«

Sie dachte an Gerald und an das, was Will über ihn gesagt hatte.

»Gott bewahre! Sieh dir doch nur deinen Onkel Henry an und den alten Löwen Merriwether, um nur zwei zu nennen. Sie haben noch einmal zu leben angefangen, als sie mit der Landwehr ausmarschierten, und mir scheint, sie sind inzwischen mit jedem Tage jünger und bissiger geworden. Heute morgen begegnete ich dem alten Merriwether, wie er Renés Pastetenwagen fuhr und auf das Pferd einschimpfte wie ein Maultierschinder aus der Armee. Er sagte mir, er fühle sich um zehn Jahre jünger, seitdem er dem Hause und den Zimperlichkeiten seiner Schwiegertochter entronnen sei. Und dein Onkel Henry führt Krieg mit den Yankees vor Gericht, wo immer er kann, und beschützt – ich fürchte unentgeltlich – Witwen und Waisen, daß es eine Lust ist. Wäre nicht der Krieg gekommen, er hätte sich längst zurückgezogen und seinen Rheumatismus gepflegt. Sie sind wieder jung, weil sie sich wieder nützlich machen und unentbehrlich fühlen. Sie haben die neue Zeit gern, in der die Alten wieder etwas gelten. Aber es gibt viele, auch junge Leute, die wie mein Vater und wie der Ihre empfinden. Sie können und wollen sich nicht in die Zeit finden, und damit komme ich auf das Unangenehme, was ich mit Ihnen zu besprechen habe, Scarlett.«

Sein plötzlicher Gedankensprung brachte sie aus der Fassung. Sie wußte, jetzt mußte es kommen.

»Ich kenne Sie und durfte weder wahre noch aufrichtige noch faire Handlungsweise von Ihnen erwarten. Aber ich war dumm genug, Ihnen zu vertrauen.«

»Was wollen Sie damit sagen?«

»Das werden Sie schon wissen. Jedenfalls machen Sie ein sehr schuldbewußtes Gesicht. Als ich auf dem Wege hierher die Efeustraße entlangritt, wer rief mich da aus einer Hecke hervor an? Mrs. Ashley Wilkes. Natürlich habe ich gehalten und mit ihr geplaudert. Wir haben uns sehr nett unterhalten. Sie hatte mir immer noch sagen wollen, wie tapfer sie es von mir gefunden habe, noch in zwölfter Stunde mit in den Krieg zu ziehen.«

»Was für ein dummes Zeug! Wegen Ihrer Heldentat hätte sie in jener Nacht sterben können.«

»Das hätte sie dann wohl in der Überzeugung getan, ihr Leben für die gute Sache zu opfern. Als ich sie fragte, was sie in Atlanta mache, war sie ganz überrascht über meine Unkenntnis und erzählte mir, Sie hätten Mr. Wilkes zum Teilhaber in Ihrer Mühle gemacht.«

»Nun, und?« fragte Scarlett kurz.

»Als ich Ihnen das Geld lieh, geschah es unter der einzigen Bedingung, der Sie auch zustimmten, es solle nicht zur Unterstützung von Ashley Wilkes verwendet werden.«

»Sie werden ausfallend. Ich habe Ihnen das Geld zurückgezahlt. Die Mühle gehört mir, und was ich damit tue, geht niemand etwas an.«

»Wollen Sie so gut sein und mir sagen, womit das Geld zur Rückzahlung des Darlehens verdient worden ist.«

»Mit dem Holzhandel natürlich.«

»Also mit dem Gelde, das ich Ihnen lieh, um das Geschäft anzufangen. Mein Geld ist zu Ashleys Unterstützung ausgegeben worden. Sie haben überhaupt keine Ehre im Leib, und hätten Sie das Darlehen nicht zurückgezahlt, ich forderte es jetzt zurück und brächte, falls Sie nicht zahlen könnten, Ihr Hab und Gut öffentlich unter den Hammer.«

Er sagte das leichthin, aber seine Augen flackerten vor Zorn.

Eilig trug Scarlett den Angriff ins feindliche Lager. »Warum hassen Sie Ashley eigentlich? Sind Sie eifersüchtig auf ihn?«

Kaum hatte sie das gesagt, so hätte sie sich die Zunge abbeißen mögen. Er warf den Kopf zurück und lachte, bis sie rot vor Scham wurde.

»Auch noch eingebildet bei so viel Ehrlosigkeit!« rief er. »Wollen Sie denn Ihr Leben lang die Gesellschaftskönigin der Provinz bleiben, wie? Sie glauben, Sie seien immer noch der kleine Racker, nach dem sich jeder Mann vor Liebe verzehrt?«

»Ich denke nicht daran«, erhitzte sie sich. »Aber ich kann nicht einsehen, warum Sie Ashley so hassen, und nur so kann ich es mir erklären.«

»Denk dir lieber etwas anderes aus, schöne Zauberin, denn diese Erklärung stimmt nicht. Ich Ashley hassen? Ich hasse ihn nicht, und ich liebe ihn nicht. Für ihn und seinesgleichen habe ich nur Mitleid.«

»Mitleid?«

»Ja, und ein wenig Verachtung. Ach, plustern Sie sich nur auf wie ein Truthahn und sagen Sie mir, er wiege tausend Schurken wie mich auf und ich solle mich nicht unterstehen, ihn zu verachten. Wenn Sie sich wieder beruhigt haben, will ich Ihnen sagen, was ich meine, falls es Sie interessiert.«

»Das tut es aber nicht.«

»Trotzdem will ich es Ihnen sagen. Daß Sie sich weiter in dem schönen Wahn wiegen, ich sei eifersüchtig, ist mir unerträglich. Ashley tut mir leid, weil er eigentlich schon tot sein sollte und doch noch lebt, und ich verachte ihn, weil er nicht weiß, was er mit sich anfangen soll, seitdem seine Welt dahin ist.«

Dieser Gedanke kam ihr bekannt vor. Ihr war, als hätte sie ähnliches schon gehört, aber wann und wo, darauf konnte sie sich nicht besinnen. Sie kam auch nicht dazu, richtig darüber nachzudenken, denn sie war allzu böse auf Rhett.

»Wenn es nach Ihnen ginge, wären überhaupt alle anständigen Leute im Süden tot.«

»Und wenn es nach ihnen selbst ginge, so wären alle diese Ashleys auch lieber tot mit einem ordentlichen Grabstein über sich, auf dem zu lesen stünde ›Hier ruht ein Soldat der konföderierten Armee, der für das Südland fiel‹ oder ›Dulce et decorum est‹ oder sonst eine der beliebten Grabinschriften.«

»Ich sehe nicht ein, wieso.«

»Sie sehen nie etwas ein, was nicht in fußhohen Buchstaben geschrieben steht und Ihnen unter die Nase gehalten wird. Für viele Leute würde der Tod nur bedeuten, daß sie ihre Sorgen los wären, daß keine unlösbaren Probleme mehr vor ihnen stünden. Außerdem würden ihre Nachkommen durch viele Generationen stolz auf sie sein. Auch sagt man, die Toten seien glücklich. Halten Sie Ashley Wilkes für glücklich?«

Sie entsann sich des Ausdrucks, den sie in Ashleys Augen gesehen hatte, und schwieg.

»Ist er glücklich oder ist es Hugh Elsing oder Dr. Meade? Glücklicher, als Ihr oder mein Vater es war?«

»Nein, vielleicht nicht so glücklich, wie sie sein könnten, weil sie all ihr Geld verloren haben.«

Er lachte.

»Weil sie ihr Geld verloren haben? Nein, mein Kind. Ich sage Ihnen ja, sie haben ihre Welt verloren. Sie sind wie Fische auf dem Trocknen. Sie sind dazu erzogen worden, eine bestimmte Person zu sein, bestimmte Dinge zu tun und eine bestimmte Stellung auszufüllen. Aber diese Personen, Dinge und Stellungen sind ein für allemal verschwunden, seit dem Tage, da General Lee in Appomattox eintraf. Scarlett, mach nicht solch dummes Gesicht! Was soll denn Ashley Wilkes anfangen, seitdem sein Haus nicht mehr steht, seine Plantage für Steuern draufgegangen ist und zwanzig Gentlemen für einen Cent zu haben sind? Kann er mit seinem Kopf und seinen Händen arbeiten? Ich wette, Sie haben reißend Geld verloren, seitdem er die Mühle übernommen hat.«

»Das habe ich nicht.«

»Vortrefflich. Darf ich einmal an einem Sonntagabend, wenn Sie Zeit haben, Ihre Bücher durchsehen?«

»Zum Teufel können Sie gehen, und nicht erst, wenn Sie Zeit haben, sondern meinethalben augenblicklich.«

»Herzliebchen, beim Teufel war ich schon. Das ist ein sehr stumpfsinniger Geselle. Dahin möchte ich nicht noch einmal, nicht einmal für Sie ... Sie haben Geld von mir angenommen, als Sie es dringend brauchten, und haben damit gearbeitet. Wir hatten ein Abkommen getroffen, wie es verwendet werden sollte. Das Abkommen haben Sie nicht eingehalten. Denken Sie doch daran, Sie allerliebste kleine Schwindlerin, daß der Tag kommt, da Sie wieder einmal Geld von mir werden leihen wollen. Sie werden von mir verlangen, daß ich es Ihnen zu unglaublich niedrigem Zinssatz leihe, damit Sie mehr Mühlen und mehr Maultiere kaufen und mehr Kneipen bauen können. Und nach dem Geld können Sie dann lange pfeifen.«

»Danke schön«, sagte sie kalt, aber ihre Brust hob und senkte sich heftig vor Wut. »Wenn ich Geld brauche, leihe ich es mir von der Bank.«

»So? Versuchen Sie es nur. Ich besitze ziemlich viel Aktien der Bank.«

»Ach!«

»O ja, ich bin auch an ein paar ehrlichen Unternehmungen beteiligt.«

»Es gibt noch andere Banken ...«

»Eine ganze Menge. Aber ich werde tun, was ich kann, damit Sie nicht einen Cent von den Banken bekommen, und wenn Sie sich auf den Kopf stellen. Sie können zu den neureichen Wucherern gehen, wenn Sie Geld brauchen.«

»Das werde ich mit Vergnügen tun.«

»Es wird Ihnen wenig Vergnügen machen, ihre Zinssätze zu hören. Mein liebes Kind, in der Geschäftswelt pflegen sich krumme Wege unfehlbar zu rächen. Sie hätten mit mir offener spielen sollen.«

»Ein großartiger Kerl sind Sie, wahrhaftig! Sie sind reich und mächtig und hacken doch noch Leuten, denen es schlecht geht, wie Ashley und mir, die Augen aus.«

»Stellen Sie sich nicht mit ihm auf eine Stufe. Ihnen geht es nicht schlecht, und nichts wirft Sie um. Er aber ist aus dem Sattel geworfen und kommt auch nicht wieder hoch, wenn nicht jemand mit Energie hinter ihm steht und ihn sein Lebtag leitet und behütet. Ich habe keine Lust, mein Geld zum Besten solcher Leute herzugeben.«

»Sie hatten doch nichts dagegen, mir zu helfen, als es mir schlechtging.«

»Es war ein interessantes Risiko, mein Kind, und ich hatte nun einmal auf Sie gesetzt. Warum? Weil Sie sich nicht einfach auf Ihre männlichen Verwandten verließen und den guten alten Zeiten nachjammerten. Sie haben Ihre Ellbogen gebraucht, und nun steht Ihr Vermögen auf gesunden Grundlagen: auf dem gestohlenen Geld aus der Brieftasche eines Toten und auf dem unterschlagenen Schatz der Konföderierten. Auf Ihrer Kreditseite stehen Mord, Gattendiebstahl, versuchte Unzucht, Lüge, rücksichtslose Geschäftsmethoden und Kniffe aller Art, die keine allzu genaue Nachprüfung vertragen. Lauter bewundernswerte Dinge, die zeigen, daß Sie eine energische, entschlossene Person sind und eine gute Geldanlage. Leuten zu helfen, die sich selber helfen können, macht Freude. Dieser altrömischen Matrone Mrs. Merriwether leihe ich ohne Schuldschein zehntausend Dollar. Mit einem Korb Pasteten hat sie angefangen, und schauen Sie sie jetzt an! Eine Bäckerei, in der ein

Dutzend Leute angestellt ist, der alte Großpapa glücklich mit seinem Lieferwagen und der faule kleine Kreole René, der schwer arbeitet und es sogar gern tut. Oder den armen Teufel Tommy Wellburn, der die Arbeit zweier Männer mit seinem halben Mannskörper tut, und das ausgezeichnet, oder – nun, ich will Sie nicht weiter langweilen.«

»Sie langweilen mich wirklich. Sie langweilen mich bis zum Wahnsinn«, sagte Scarlett kalt, in der Hoffnung, ihn zu ärgern und von dem unseligen Thema Ashley abzulenken. Aber er lachte nur kurz auf und hob ihren Fehdehandschuh nicht auf.

»Solche Leute sind es wert, daß ihnen geholfen wird. Aber Ashley Wilkes ... pah! In einer Welt wie der unsern, wo das Unterste zuoberst gekehrt ist, ist diese Sorte Mensch wert- und nutzlos. Sie geht zugrunde. Warum auch nicht? Diese Leute verdienen es nicht, am Leben zu bleiben, weil sie nicht kämpfen wollen und überhaupt nicht wissen, wie man kämpft. Dies ist nicht das erste Mal, daß in der Welt alles auf den Kopf gestellt wird, und es wird auch nicht das letzte Mal sein. Es ist schon oft vorgekommen und wird noch oft wieder vorkommen. Und jedesmal verlieren alle Leute alles, und alle sind gleich. Und dann geht das Spiel von neuem an, ohne jeden anderen Einsatz als den gescheiten Kopf und eine starke Hand. Aber Leute wie Ashley haben weder den gescheiten Kopf noch die starke Hand, oder wenn sie sie haben, tragen sie Bedenken, davon Gebrauch zu machen. Deshalb gehen sie unter, und das geschieht ihnen recht. Es ist ein Naturgesetz, und die Welt fährt ohne sie besser. Aber immer gibt es ein paar Stahlharte, die durchkommen und mit der Zeit genau dort wieder anfangen, wo sie standen, ehe die Welt auf den Kopf gestellt wurde.«

»Sie sind doch selber arm gewesen! Ihr Vater hat Sie ohne einen Cent vor die Tür gesetzt«, sagte Scarlett wütend. »Ich sollte denken, Sie müßten Ashley verstehen und mit ihm fühlen.«

»Ich verstehe ihn schon«, entgegnete Rhett, »aber wenn ich mit ihm fühle, soll mich der Teufel holen. Nach der Kapitulation hatte Ashley viel mehr, als ich damals hatte, als ich hinausgeworfen wurde. Wenigstens hatte er Freunde, die ihn aufnahmen, und ich war ein Verstoßener. Aber was hat Ashley mit sich angefangen?«

»Wenn Sie ihn mit sich selbst vergleichen, Sie eingebildeter Tropf, nun, er ist nicht wie Sie, gottlob! Er hat seine Hände nicht besudeln wollen wie Sie, durch Geschäfte mit Schiebern, Gesinnungslumpen und Yankees. Er ist ein Mann von Ehre und Gewissen.«

»Aber Ehre und Gewissen haben ihn nicht daran gehindert, Geld und Hilfe von einer Frau anzunehmen.«

»Was hätte er sonst tun sollen?«

»Was geht das mich an? Ich weiß nur, was ich getan habe und heute tue. Und ich weiß, was andere fertiggebracht haben. Wir sahen in dem Untergang einer Kultur eine Chance und machten daraus, soviel wir konnten. Einige auf redliche, andere auf fragwürdige Weise, und wir machen noch heute das Beste daraus. Die Ashleys dieser Welt haben immer die gleichen Möglichkeiten wie wir, aber sie greifen nicht zu. Sie sind eben nicht tüchtig, und nur der Tüchtige ist wert, am Leben zu bleiben.«

Sie hörte kaum, was er sagte, denn deutlich kehrten ihr die Erinnerungen zurück. Sie spürte wieder den kalten Wind, der durch den Obstgarten von Tara fegte, und sah Ashleys graue Augen durch sie hindurchschauen. Was hatte er noch gesagt? Einen sonderbar fremd klingenden Namen, und dann hatte er vom Ende der Welt gesprochen. Damals hatte sie nicht verstanden, was er damit meinte, jetzt aber dämmerte ihr die verworrene Erkenntnis, und zugleich befiel sie ein müder Überdruß.

»Ach ja, Ashley sagte ...«

»Was sagte er?«

»Einmal auf Tara sagte er etwas von einer ... einer Götterdämmerung und vom Ende der Welt und noch mehr solchen Unsinn.«

»So, die Götterdämmerung!« Rhetts Augen waren gespannt, »und was weiter?«

»Ich weiß es nicht mehr genau. Ja, etwas von den Starken, die durchkommen, und den Schwachen, die ausgeschieden werden wie die Spreu.«

»Gut, also weiß er es. Das macht es noch schlimmer für ihn. Die meisten wissen es nicht und werden es auch niemals begreifen. Sie wundern sich ihr Leben lang darüber, daß der verlorene Zauber nicht wiederzufinden ist, und dulden einfach in stolzem, untüchtigem Schweigen. Er aber begreift es und weiß, daß er zur Spreu gehört.«

»O nein, das tut er nicht, solange ich noch atme!«

Er sah sie ruhig an, sein braunes Gesicht war ganz regungslos.

»Scarlett, wie haben Sie es nun fertiggebracht, seine Einwilligung zu erlisten und ihm die Mühle zu übertragen? War es ein hartes Stück Arbeit?«

Wie der Blitz fiel ihr die Szene mit Ashley nach Geralds Begräbnis wieder ein, aber sie schob die Erinnerung rasch von sich.

»Warum denn?« erwiderte sie entrüstet. »Als ich ihm auseinandersetzte, daß ich seine Hilfe brauchte, weil ich dem Pfuscher, der die Mühle bisher leitete, nicht traute und Frank zuviel zu tun hatte und weil ich ... nun, weil ich Ella Lorena erwartete, hat er mir gern zugesagt.«

»Wozu doch eine Mutterschaft gut ist! Damit also haben Sie ihn herumgekriegt. Und jetzt haben Sie den armen Teufel so weit, wie Sie ihn haben wollten, haben ihn durch Verpflichtungen so gut gefesselt, wie nur einen Ihrer

Sträflinge durch seine Ketten. Ich wünsche euch beiden viel Vergnügen! Aber wie ich schon am Anfang dieser Unterredung sagte – keinen Cent bekommen Sie von mir mehr für Ihre kleinen, unfeinen Anschläge, Sie doppelzüngiges Geschöpf!«

Zorn und Enttäuschung schnitten ihr ins Herz. Eine Zeitlang hatte sie geplant, noch einmal Geld von Rhett zu leihen, um ein Grundstück in der Stadt zu kaufen und dort ein Holzlager zu errichten.

»Ich brauche Ihr Geld nicht«, fuhr sie los, »ich verdiene Geld wie Heu, seitdem Johnnie Gallegher die Mühle führt und ich keine freigelassenen Neger mehr beschäftige. Ich habe einiges Geld auf Hypotheken gegeben, und im Laden bringt das Geschäft mit den Negern auch eine Menge ein.«

»Ja, das habe ich gehört. Wie gescheit von Ihnen, die Hilflosen und die Unwissenden, die Witwen und Waisen zu bestehlen! Wenn Sie durchaus stehlen müssen, Scarlett, warum nicht von den Reichen und Starken, anstatt von den Armen und Schwachen? Seit Robin Hood hat das bis auf den heutigen Tag immer für hochanständig gegolten.«

»Weil«, sagte Scarlett kurz, »es erheblich leichter und sicherer ist, von den Armen zu stehlen, wie Sie es nennen.«

Er lachte lautlos in sich hinein, daß seine Schultern bebten.

»Bravo, Sie sind doch wenigstens ein ehrlicher Halunke, Scarlett.«

Ein Halunke! Seltsam, daß das Wort sie verletzte. Sie war kein Halunke, sagte sie sich ungestüm. Jedenfalls wollte sie keiner sein. Sie wollte eine vornehme Dame sein. Einen Augenblick lang dachte sie an ihre Mutter, die sich unermüdlich im Dienste anderer aufrieb – geliebt, geachtet und verehrt –, und ihr wurde weh ums Herz.

»Wenn Sie versuchen wollen mich zu quälen«, sagte sie müde, »es hat keinen Zweck. Ich weiß, ich bin gegenwärtig bedenkenloser, als ich sein sollte. Nicht so gut und freundlich, wie ich es meiner Erziehung nach sein sollte. Aber ich kann nichts dafür, Rhett. Wirklich nicht. Was hätte ich sonst tun sollen? Was wäre mit uns allen geschehen, wenn ich den Yankee, der damals nach Tara kam, geschont hätte? Er hätte mich ... Nein, daran mag ich nicht einmal denken. Oder wenn ich zu Jonas Wilkerson, als er uns das Haus fortnehmen wollte, höflich und rücksichtsvoll gewesen wäre? Wo säßen wir alle jetzt? Und wenn ich lieb und einfältig geblieben wäre, wenn ich Frank nicht wegen der faulen Schuldner in den Ohren gelegen hätte ... ja, was dann? Vielleicht bin ich ein Schurke, aber ich will nicht immer ein Schurke bleiben, Rhett. Die letzten Jahre jedoch ... und auch jetzt noch ... was hätte ich denn tun sollen? Wie hätte ich anders handeln können? Ich hatte immer das Gefühl, ich ruderte ein schwerbeladenes Boot mitten im Sturm. Ich hatte solche Mühe, es über Wasser zu halten, daß ich mir über nebensächliche Dinge, über gute Manieren und dergleichen keine Gedanken machen konnte. Ich hatte zu große Angst, das Boot könnte mir vollaufen. Deshalb habe ich alles, was mir entbehrlich schien, über Bord geworfen.«

»Stolz und Ehre, Wahrheit, Tugend und Güte«, zählte er mit seidenweichem Ton auf. »Sie haben recht, Scarlett. Das sind entbehrliche Dinge, wenn ein Boot am Versinken ist. Aber was tun Ihre Freunde? Entweder sie bringen ihr Schiff sicher mit unbeschädigter, vollständiger Ladung an Land, oder sie gehen mit stolz wehender Flagge unter.«

»Narren sind sie allesamt«, sagte sie kurz. »Jedes zu seiner Zeit. Wenn ich viel Geld habe, will ich auch wieder anständig sein, dann trübe ich kein Wässerchen mehr. Dann kann ich es mir leisten.«

»Dann kannst du es dir wieder leisten, aber tust es nicht mehr. Was einmal über Bord geworfen ist, läßt sich schwer wieder bergen, und wenn man es wiederhat, ist es meistens so beschädigt, daß nichts mehr damit anzufangen ist. Ich fürchte, wenn Sie sich eines Tages die Ehre, die Tugend und die Güte, die Sie über Bord geworfen haben, wieder auffischen, dann haben alle diese schönen Dinge sich im Wasser schwerlich zu ihrem Vorteil verwandelt.«

Plötzlich stand er auf und griff nach seinem Hut.

»Sie gehen?«

»Ja. Atmen Sie nicht auf? Ich überlasse Sie dem, was von Ihrem Gewissen noch übrig ist.«

Er schaute schweigend zu der Kleinen hinab und streckte einen Finger aus, damit sie danach greife.

»Frank platzt wohl vor Stolz?«

»Selbstverständlich.«

»Er hat viele Pläne für das Kind?«

»Nun ja, Sie wissen, wie Väter sich mit ihren Babys anstellen.«

»Dann sagen Sie ihm«, sagte Rhett plötzlich mit sonderbar verändertem Gesichtsausdruck, »sagen Sie ihm, wenn er seine Pläne für das Kind in Erfüllung gehen sehen will, so soll er lieber abends öfter zu Hause bleiben.«

»Was wollen Sie damit sagen?«

»Genau was ich sage. Zu Hause bleiben soll er.«

»Sie gemeiner Kerl! Den armen Frank zu verdächtigen, er ...«

»Ach du lieber Gott!« Rhett lachte laut auf. »Das wollte ich damit nicht sagen, daß er sich mit Weibern herumtriebe! Frank! Du lieber Gott!«

Immer noch lachend ging er die Stufen hinunter.

XLIV

Es war ein kalter und windiger Märznachmittag, und Scarlett zog sich die Wagendecke bis unter die Arme hinauf, als sie über die Landstraße nach Decatur zu Johnnie Galleghers Mühle hinausfuhr. Es war gefährlich, allein zu fahren, das wußte sie, gefährlicher als je zuvor, denn jetzt waren die Neger völlig außer Rand und Band. Wie Ashley prophezeit hatte, mußte man es jetzt ausbaden, daß die Gesetzgebende Versammlung sich geweigert hatte, die Verfassungsänderung zu ratifizieren. Der wütende Norden hatte die glatte Ablehnung als eine Ohrfeige empfunden, und die Vergeltung hatte nicht auf sich warten lassen. Der Norden war entschlossen, dem Staat das Stimmrecht der Neger aufzuzwingen, und zu diesem Zweck war Georgia als Aufruhrgebiet erklärt und dem schärfsten Kriegsrecht unterstellt worden. Ja, Georgias Dasein als Staat hatte aufgehört, Georgia bildete jetzt zusammen mit Florida und Alabama den »Militärbezirk Nr. 3« unter dem Oberbefehl eines Bundesgenerals.

War das Leben schon vorher unsicher und gefährlich gewesen, so war es jetzt doppelt schlimm. Die vorjährigen Verfügungen der Militärbehörden, die man schon als überaus scharf empfunden hatte, waren milde im Vergleich zu denen, die General Pope jetzt erließ. Mit der Aussicht auf die Negerherrschaft war die Zukunft dunkel und hoffnungslos, und der verbitterte Staat quälte und wand sich hilflos. Den Negern stieg ihre unerwartete Wichtigkeit zu Kopf, sie waren sich des Rückhaltes, den sie an der Yankeearmee hatten, bewußt, und ihre Schandtaten nahmen zu. Niemand war vor ihnen sicher.

In diesen wilden Zeiten stand Scarlett schwere Angst aus, aber sie ließ sich nicht beirren. Immer noch fuhr sie allein auf ihre Geschäftswege, Franks Pistole stak in der Polsterung des Einspänners. Im stillen verwünschte sie das Parlament, das dieses neue Unheil über sie alle gebracht hatte. Welchen Segen hatte diese tapfere, edle Standhaftigkeit denn nun gestiftet? Alles war nur noch schlimmer geworden.

Als sie sich dem Wege näherte, der durch die kahlen Bäume in die Flußniederung hinab nach der Shantytown-Siedlung führte, schnalzte sie dem Pferd, um es anzutreiben. Es war ihr nie recht geheuer, wenn sie an diesem schmutzigen Gewimmel von Lehmhütten und alten Armeezelten vorüberfuhr. Von allen Orten in und bei Atlanta hatte es den denkbar schlechtesten Ruf, denn hier hauste der Auswurf der Neger, schwarze Frauenzimmer und weißes Gesindel schlimmster, verkommenster Art. Es galt als Zufluchtsort für schwarze und weiße Verbrecher, und hier pflegten die Behörden zuerst nach Leuten, die sie suchten, zu fahnden. Schießereien und Messerstechereien waren hier an der Tagesordnung, so daß die Behörden sich selten die Mühe machten, einzugreifen, und es gewöhnlich den Leuten überließen, ihre dunklen Angelegenheiten untereinander abzumachen. In den Wäldern dahinter lag eine Brennerei, die einen billigen Maiswhisky herstellte, und zur Nachtzeit hallte es in den Hütten am Fluß von betrunkenem Gegröle und Gefluche.

Sogar die Yankees gaben zu, daß es ein verpesteter Ort sei, der niedergelegt werden müßte, aber sie unternahmen keine Schritte in der Richtung. Die Bewohner von Atlanta und Decatur, die die Straße zwischen den beiden Städten benutzen mußten, gaben ihrer Empörung laut Ausdruck. Die Männer lokkerten ihre Pistolen im Halfter, wenn sie durch Shantytown mußten, und keine anständige Frau ging freiwillig dort vorbei, auch nicht unter dem Schutz ihres eigenen Mannes, weil meistens betrunkene Negerweiber an der Straße saßen und den Vorübergehenden unflätige Worte nachriefen.

Solange Archie neben ihr saß, hatte sich Scarlett keine Gedanken gemacht, an Shantytown vorbeizufahren, weil auch das unverschämteste schwarze Frauenzimmer nicht einmal zu lachen wagte, wenn sie entlangkam. Aber seitdem sie allein fahren mußte, war es schon zu allerlei sehr unliebsamen Vorfällen gekommen. Die Negerdirnen legten es offenbar darauf an, ihr Mütchen an ihr zu kühlen, wenn sie vorüberfuhr. Sie konnte nichts tun als sie übersehen und innerlich rasen. Sie konnte sich nicht einmal dadurch trösten, daß sie mit ihren Nachbarn und Verwandten über die Vorfälle sprach, denn sie bekam lediglich ein triumphierendes »Hast du vielleicht etwas anderes erwartet?« zu hören; ihre Familie regte sich zudem schrecklich auf und versuchte, sie im Hause festzuhalten. Sie aber hatte nicht die Absicht, ihre Fahrten aufzugeben.

Gottlob saßen heute keine zerlumpten Weiber am Straßenrand. Als sie an dem Weg vorbeikam, der nach Shantytown hinabführte, sah sie angewidert da unten in den schrägen Strahlen der Nachmittagssonne ein paar baufällige Hütten liegen. Es wehte ein eisiger Wind, und die Düfte von Holzrauch, gebratenem Schweinefleisch und ungesäuberten Abtritten schlugen ihr in die Nase. Sie wandte sich rasch ab und trieb das Pferd scharf vorwärts, um die Straßenbiegung zu gewinnen. Als sie eben erleichtert aufatmen wollte, schlug ihr vor Schreck das Herz im Hals, denn ein riesiger Neger kam lautlos hinter einer großen Eiche hervor. Sie verlor nicht die Fassung, sondern brachte das Pferd sofort zum Stehen und griff nach Franks Pistole.

»Was wollen Sie!« rief sie schroff. Der große Neger duckte sich wieder hinter die Eiche, und ängstlich klang es aus dem Versteck hervor:

»Herrje, Miß Scarlett schießen doch nicht Big Sam tot!« Big Sam! Einen Augenblick konnte sie es nicht fassen. Big Sam, der Vorarbeiter auf Tara, den sie zuletzt während der Belagerung gesehen hatte! Was in aller Welt …

»Komm her und laß sehen, ob du wirklich Big Sam bist!«

Widerstrebend kam er aus seinem Versteck hervor, eine riesige, zerlumpte Gestalt, barfuß, in Baumwollhosen und einer blauen Uniformjacke, die für seinen großen Körper viel zu kurz und zu eng war. Als sie sah, daß es wirklich Big Sam war, schob sie die Pistole wieder in die Polsterung und lächelte freudig.

»O Sam, das ist aber nett, daß ich dich mal wiedersehe.«

Sam kam an den Wagen gelaufen, seine Augen rollten vor Freude, und die weißen Zähne blitzten. Er ergriff ihre ausgestreckte Hand mit seinen beiden schwarzen Tatzen, die so groß wie Keulen waren. Seine Zunge, rosa wie eine Wassermelone, leckte hervor, der ganze Körper wand sich in beglückten Verrenkungen, so lächerlich wie eine Bulldogge, wenn sie ihre Sprünge macht.

»Oje, oje, das aber schön, wieder einen von der Familie sehen!« jubelte er und preßte ihr die Hand, bis sie meinte, ihre Knochen müßten zerbrechen. »Wie kommen es, daß Miß wie ein Mann eine Pistole mitnehmen, Miß Scarlett?«

»Es gibt so viele gemeine Leute, Sam, daß ich sie mitnehmen muß. Was in aller Welt hast du in einem Ort wie Shantytown zu suchen? Du bist doch ein ehrbarer Schwarzer. Und warum bist du nicht in die Stadt gekommen und hast mich besucht?«

»Ach Gott, Missis, ich nicht wohnen in Shantytown. Ich nur für eine Weile hier, wohnen mögen ich hier auch nicht um alle Welt. Nie im Leben ich solches Niggerpack gesehen. Ich gar nicht wissen, daß Miß in Atlanta! Ich dachte, Miß in Tara, und ich wollten nach Tara, wenn irgend ging.«

»Bist du seit der Belagerung die ganze Zeit in Atlanta gewesen?«

»Nein, Missis, ich weit weg immer gereist.« Er gab endlich ihre Hand frei, und sie bewegte unter Schmerzen die Finger, um zu sehen, ob die Knochen noch heil waren. »Wissen Miß noch, wann mich zuletzt gesehen haben?«

Scarlett entsann sich des heißen Tages, ehe die Belagerung begann, da sie und Rhett im Wagen gesessen hatten und der Trupp Neger mit Big Sam an der Spitze die staubige Straße hinunter laut singend nach den Schützengräben marschiert war. Sie nickte.

»Also, dann ich haben gearbeitet wie ein Gaul und Brustwehren aufwerfen und Sandsäcke füllen, bis die Konföderierten aus Atlanta weg. Der Gentleman Hauptmann fiel, und niemand war da, der Big Sam sagen, was er tun sollen, deshalb ich einfach in die Büsche gehen. Ich denken, versuchen nach Tara gehen, aber dann hören, daß da herum alles niedergebrannt. Ich auch nicht wissen, wo der Weg, und ich bange, Landjäger mich abfassen, weil ohne Paß. Dann die Yankees kommen, und ein Gentleman Oberst mich wohl gern mögen und bei sich behalten, damit ich für sein Pferd und seine Stiefel sorgen. Ja, Missis. Ich Leibdiener wie Pork, und dabei eigentlich doch nur Feldnigger.

Ich ihm sagen, daß ich Feldnigger, und er ... Miß Scarlett, die Yankees sein dumme Leute! Er Unterschied nicht wissen! Mich bei sich behalten und mit mir nach Savannah gehen, als General Sherman da sein. Ach, Jesus, so was Fürchterliches wie da auf Weg nach Savannah ich mein Lebtag nicht gesehen! Alles gestohlen und alles verbrannt ... Haben sie Tara niedergebrannt, Miß Scarlett?«

»Angesteckt haben sie es, aber wir haben das Feuer gelöscht.«

»Oh, Missis, das gut zu hören. Auf Tara ich zu Hause, und dahin zurück mögen. Und als Krieg aus, Gentleman Oberst zu mir sagen: ›Du Sam, mit mir nach Norden kommen, ich bezahle dir auch guten Lohn!‹ Dann ich mit Oberst nach Norden gehen. Ja, in Washington gewesen und nach Nu-York, und dann nach Boston, wo Oberst lebt. Ja, Missis, ich ein Reisenigger! Und bei den Yankees sein auf Straßen mehr Wagen und Pferde als Pflastersteine. Die ganze Zeit ich bange, sie mich überfahren!«

»Ist es schön da oben im Norden, Sam?«

Sam kratzte sich den wolligen Kopf.

»Ja ... nein! Der Oberst mächtig vornehmer Gentleman! Aber seine Frau, die was anderes. Die mich das erstemal ›Mister‹ genannt. Ja, Missis, das sie tun, und beinahe ich lang hingeschlagen, als sie das sagen. Der Oberst ihr sagen, sie mich Sam nennen, und dann sie das auch tun. Aber all die Yankees mich zuerst, wenn mich sehen, ›Mister O'Hara‹ nennen und mich auffordern, mich zu ihnen setzen, als sein ich gerade einer von ihnen! Aber ich mich noch nie zu weißen Herrschaften setzen, und zu alt, um das lernen. Sie behandeln mich, als bin ich genau einer wie sie, Miß Scarlett, aber sie mich doch nicht leiden mögen ... keinen Nigger sie leiden mögen, und bange vor mir, weil ich so groß. Und mich immer nach den Bluthunden fragen, mit denen ich gehetzt, und wieviel Prügel ich kriegen in Tara! Und als ich ihnen sagen, nie kein Mensch von uns Prügel kriegen, und wie gut immer Miß Ellen zu Niggern, und die ganze Woche bei mir gewacht, als ich Lungenentzündung haben, mir keiner glauben. Und dann ich Sehnsucht nach Miß Ellen und Tara kriegen, nicht zum Aushalten, und eines Nachts ausgekniffen und ganzen Weg nach Atlanta auf Frachtwagen gesessen. Wenn Miß Scarlett mir Fahrkarte nach Tara kaufen, ich mich aber mächtig freuen! Miß Ellen und Master Gerald wiedersehen! Von Freiheit ich nun dicke genug. Ich wieder jede Woche Schwarzsauer essen mögen und mir wieder jemand sagen, was ich tun und nicht tun, und mich pflegen, wenn ich krank. Wenn ich wieder Lungenentzündung kriegen ... dann Yankee-Damen mich auch pflegen? Nein, Missis, sie mich ›Mister O'Hara‹ nennen, aber nicht pflegen wollen. Aber Miß Ellen mich pflegen, wenn ich krank und ... was ist los, Miß Scarlett?«

»Pa und Mutter sind beide tot, Sam.«

»Tot? Machen keinen Spaß mit mir, Miß Scarlett! So dürfen Miß nicht mit mir Spaß machen!«

»Es ist kein Spaß, Sam, es ist wahr. Mutter starb, als Shermans Leute durch Tara kamen, und Pa ist im vorigen Juni von uns gegangen. Ach, Sam, nicht weinen, bitte nicht! Ich kann es einfach nicht aushalten. Laß uns jetzt nicht mehr davon sprechen. Ich erzähle dir alles ein andermal. Miß Suellen ist auf Tara und hat einen tüchtigen Mann geheiratet, Mr. Will Benteen. Und Miß Carreen ist in einem ...«

Sie besann sich. Was ein Kloster war, konnte sie dem weinenden Riesen doch nicht klarmachen. »Sie lebt jetzt in Charleston. Aber Pork und Prissy sind auf Tara ... Komm, Sam, putz dir die Nase. Willst du wirklich nach Hause?«

»Ja, Missis. Aber ich es mir anders denken mit Miß Ellen und ...«

»Sam, willst du in Atlanta bleiben und bei mir arbeiten? Was meinst du dazu? Ich brauche einen Kutscher, sehr nötig sogar, weil so viel gemeines Gesindel unterwegs ist.«

»Ja, Missis, den brauchen Miß sicher. Ich wollen schon sagen, Miß dürfen nicht so allein herumfahren. Miß haben ja keine Ahnung, wie gemein viele Nigger jetzt gerade hier in Shantytown. Hier nicht sicher für Miß. Ich erst zwei Tage in Shantytown, aber ich schon welche hören, die von Miß reden. Und gestern, als Miß vorbeifahren und die schwarzen Weiber Miß anschreien, ich Miß wiedererkennen, aber so schnell gefahren, daß ich nicht mitkönnen, und den Niggern ich das Fell versohlt, kann ich Miß sagen! Haben Miß nicht bemerkt, heute sich hier keiner blicken lassen?«

»Das habe ich gemerkt, und ich danke dir dafür, Sam. Also, was meinst du dazu, mein Kutscher zu werden?«

»Dank auch, Missis, aber ich gehen doch besser nach Tara.«

Big Sam blickte zu Boden und zog verlegen mit dem nackten Zeh Striche auf der Erde. Ihm war sichtlich unbehaglich zumute.

»Aber warum denn? Ich gebe dir guten Lohn. Du mußt bei mir bleiben.«

Das große schwarze Gesicht blickte zu ihr auf, dumm und leicht zu durchschauen wie das eines Kindes. Furcht lag darin. Er kam dicht an sie heran und flüsterte ihr zu: »Miß Scarlett, ich müssen aus Atlanta weg, ich müssen nach Tara, wo sie mich nicht finden. Ich ... ich haben einen abgemurkst.«

»Einen Schwarzen?«

»Nein, Missis, einen Weißen. Einen Yankeesoldaten, und sie mich suchen, und darum stecken ich hier in Shantytown.«

»Wie kam denn das?«

»Er betrunken und sagen etwas, das ich mir nicht gefallen lassen, und auf einmal meine Hände an seinem Hals ... ich ihn gar nicht totmachen wollen, Miß Scarlett, aber meine Hände so stark, und da er tot. Und ich so bange. Ich nicht wissen, was machen! Deshalb hier ankommen und mich verstecken.«

»Du sagst, daß sie hinter dir her sind. Wissen sie denn, daß du es gewesen bist?«

»Ja, Missis. Ich so groß, mich jeder kennen. Ich wohl der größte Neger in Atlanta. Sie schon gestern nach hier draußen hinter mir her, aber ein Niggermädchen haben mich in Höhle im Wald verstecken, bis sie wieder weg.«

Einen Augenblick sah Scarlett mit gerunzelter Stirn vor sich hin. Es war ihr durchaus nicht schrecklich, daß Sam einen Mord begangen hatte. Sie war nur enttäuscht, daß sie ihn nicht als Kutscher haben konnte. Ein großer Neger, so wie Sam, wäre eine ebenso gute Leibwache wie Archie. Nun, sie mußte ihn auf irgendeine Weise nach Tara bringen. Die Behörden durften ihn um keinen Preis erwischen. Er war ein viel zu wertvoller Neger, um gehängt zu werden. Von allen Vorarbeitern auf Tara war er der beste gewesen. Daß er frei war, kam Scarlett nicht in den Sinn. Er gehörte ihr noch, genauso wie Pork und Mammy, Peter, Cookie und Prissy. Er gehörte noch ›zur Familie‹, und deshalb mußte sie ihn schützen.

»Ich schicke dich heute abend nach Tara«, sagte sie schließlich. »Hör zu, Sam, ich muß noch ein Stückchen weiterfahren, aber vor Sonnenuntergang bin ich wieder hier. Du wartest hier auf mich, bis ich zurückkomme. Sag niemandem, wohin du gehst, und wenn du einen Hut hast, bring ihn mit, dann kannst du dein Gesicht darunter verstecken.«

»Ich keinen Hut.«

»Hier ist ein Vierteldollarstück. Du kaufst dir einen Hut von einem der Shantyneger und triffst mich hier wieder.«

»Ja, Missis.« Sein Gesicht glühte, so erleichtert fühlte er sich, daß er wieder jemanden hatte, der ihm sagte, was er tun sollte.

Nachdenklich fuhr Scarlett weiter. Will würde sich bestimmt über einen guten Ackerknecht auf Tara freuen. Pork war auf dem Feld nie zu brauchen gewesen und änderte sich wohl auch nicht mehr. Wenn Sam auf der Plantage war, konnte Pork nach Atlanta zu Dilcey kommen, wie sie ihm bei Geralds Tod versprochen hatte.

Als sie bei der Mühle ankam, ging die Sonne gerade unter. Sie war ungern zu so später Stunde noch unterwegs. Johnnie Gallegher stand in der Tür der elenden Hütte, die als Küche für das kleine Holzlager diente. Auf einem Holzklotz vor der Wellblechbaracke, die als Schlafraum diente, saßen vier von den fünf Sträflingen, die Scarlett Johnnies Mühle zugeteilt hatte. Ihre Sträflingskleidung war schmutzig und verschwitzt, die Fesseln klirrten an ihren Fußgelenken, sobald sie eine müde Bewegung machten. Sie hatten etwas

Stumpfes und Verzweifeltes an sich. Scarlett betrachtete ihre abgezehrten, kränklichen Gestalten genauer. Als sie sie vor kurzem gemietet hatte, war es eine ganz handfeste Mannschaft gewesen. Sie blickten nicht einmal auf, als sie aus dem Wagen stieg, aber Johnnie kam auf sie zu und zog nachlässig den Hut. Sein kleines braunes Gesicht war hart wie eine Nuß, als er sie begrüßte.

»Die Leute sehen nicht gut aus«, sagte sie unwillig. »Sie gefallen mir nicht, und wo ist der fünfte?«

»Schläft«, sagte Johnnie lakonisch. »Behauptet, er ist krank.«

»Was fehlt ihm?«

»Faulheit.«

»Ich will ihn mir mal ansehen.«

»Lassen Sie das, er liegt wohl nackend. Morgen ist er wieder bei der Arbeit.«

Scarlett zögerte und sah einen der Sträflinge matt den Kopf erheben und Johnnie mit erbittertem Haß anblicken, ehe er wieder zu Boden sah.

»Haben Sie die Leute gepeitscht?«

»Mrs. Kennedy, wer von uns beiden hat die Mühle zu leiten? Sie haben sie mir übertragen und mir gesagt, ich sollte freie Hand haben. Sie haben doch nicht über mich zu klagen? Schaffe ich nicht doppelt soviel wie Mr. Elsing?«

»Ja, das tun Sie«, antwortete Scarlett, aber ein Grabesschauer überlief sie. Das Lager mit seinen häßlichen Baracken hatte etwas Unheimliches, was es unter Hugh Elsing nicht gehabt hatte, etwas so Einsames und von aller Welt Abgetrenntes, daß sie fröstelte. Diese Sträflinge waren gänzlich fern von allen anderen Menschen und Johnnie Gallegher auf Gnade und Ungnade ausgeliefert, und wenn er sich einfallen ließ, sie auszupeitschen oder sonst zu mißhandeln, erfuhr sie sicher nichts davon. Und die Sträflinge trauten sich bestimmt nicht, sich bei ihr zu beschweren, aus Angst, wenn sie fort war, noch härter bestraft zu werden.

»Die Leute sehen abgefallen aus. Was geben Sie ihnen zu essen? Ich gebe, weiß Gott, so viel für ihre Kost aus, daß sie fett dabei werden könnten wie die Schweine. Vorigen Monat haben mich Mehl und Fleisch allein dreißig Dollar gekostet. Was bekommen sie heute abend?«

Sie ging zur Küchenbaracke hinüber und blickte hinein. Eine feiste Mulattin, die über einen rostigen alten Herd gebeugt stand, machte einen flüchtigen Knicks, als sie Scarlett sah, und rührte weiter in einem Topf, in dem schwarzgefleckte Erbsen kochten. Scarlett wußte, daß Johnnie mit ihr lebte, hielt es aber für richtig, es schweigend zu übersehen. Außer den Erbsen und einer Form mit Maisbrot wurde offenbar nichts zubereitet.

»Weiter haben Sie nichts für die Leute?«

»Nein, Missis.«

»Haben Sie kein Fleisch mit den Erbsen zusammengekocht?«

»Nein, Missis.«

»Keinen Speck? Solche Erbsen haben doch ohne Speck keinen Sinn. Es steckt nicht die geringste Kraft darin. Warum nehmen Sie keinen Speck?«

»Master Johnnie sagt, es hat keinen Zweck, Fleisch hineinzukochen.«

»Speck sollen Sie hineintun. Wo haben Sie Ihre Vorräte?«

Die Mulattin rollte verängstigt die Augen und wies auf einen kleinen Wandschrank, der als Speisekammer diente. Scarlett öffnete die Tür. Am Boden stand ein offenes Faß Maismehl, dann war noch ein Sack mit Mehl da, außerdem ein Pfund Kaffee, etwas Zucker, ein Krug Sirup und zwei Schinken. Von dem frisch gekochten Schinken auf dem Bord waren ein paar Scheiben abgeschnitten. Wütend wandte sich Scarlett zu Johnnie Gallegher und schaute ihm in die kalten, bösen Augen.

»Wo sind die fünf Sack weißes Mehl, die ich vorige Woche herausgeschickt habe, der Sack Zucker und der Kaffee? Fünf Schinken habe ich schicken lassen und zehn Pfund Fleisch, und wer weiß wieviel Bataten und irische Kartoffeln. Wo ist das alles? Das kann doch unmöglich in einer Woche verbraucht worden sein, selbst wenn die Leute täglich fünf Mahlzeiten bekommen hätten. Verkauft haben Sie es! Jawohl, das haben Sie, Sie Dieb! Meine schönen Vorräte haben Sie verkauft und das Geld eingesteckt. Den Leuten geben Sie getrocknete Erbsen und Maisbrot zu essen. Kein Wunder, daß sie so mager sind. Platz da!«

Sie stürmte an ihm vorbei aus der Tür.

»Sie dahinten ... jawohl, Sie! Kommen Sie einmal her!«

Der angerufene Mann stand auf und kam verlegen auf sie zu. Seine Fußfesseln klirrten, und sie sah, daß die bloßen Fußgelenke rot und entzündet waren, wo das Eisen gescheuert hatte.

»Wann haben Sie zuletzt Schinken gegessen?«

Der Mann blickte zu Boden.

»Heraus mit der Sprache!«

Immer noch stand der Mann schweigend und eingeschüchtert vor ihr. Endlich blickte er auf, sah Scarlett flehend ins Gesicht und schlug die Augen wieder nieder.

»Sie haben Angst, etwas zu sagen? Schön, gehen Sie in die Speisekammer und holen den Schinken vom Bord. Rebekka, geben Sie ihm das Messer. Nehmen Sie ihn mit zu den anderen Leuten und verteilen ihn. Rebekka, geben Sie den Leuten Zwieback und Kaffee und reichlich Sirup dazu. Schnell, ich will sehen, daß es auch geschieht.«

»Das ist Mr. Johnnies Mehl und sein Privatkaffee«, stammelte Rebekka erschrocken.

»Mr. Johnnies! Zum Donnerwetter, dann ist es wohl auch sein Privatschinken! Tun Sie, was ich sage. Marsch, an die Arbeit. Johnnie Gallegher, kommen Sie mit mir heraus an den Wagen.«

Vorsichtig stelzte sie über den schmutzigen Hof und stieg in den Wagen. Mit grimmiger Befriedigung sah sie, wie die Männer über den Schinken herfielen und sich gierig die Stücke in den Mund stopften, als fürchteten sie, er könnte ihnen wieder fortgenommen werden.

»Sie sind ein Erzhalunke!« schrie sie Johnnie an, als er neben dem Rad stand, den Hut aus der finsteren Stirn geschoben. »Sie können mir das Geld für meine Vorräte gleich wieder aushändigen. In Zukunft bringe ich sie Ihnen täglich selbst und weise sie Ihnen nicht mehr monatlich zu. Dann können Sie mich nicht betrügen.«

»In Zukunft bin ich nicht mehr hier«, sagte Johnnie Gallegher.

»Soll das heißen, daß Sie gehen?«

Einen Augenblick lag es Scarlett auf der Zunge, zu sagen: »Fort mit Schaden!« Aber die kühle Vorsicht hielt sie zurück. Was sollte sie anfangen, wenn Johnnie kündigte? Er hatte doppelt soviel Holz geliefert wie Hugh, und gerade jetzt hatte sie einen besonders großen und obendrein sehr eiligen Auftrag auszuführen. Das Holz mußte sie nach Atlanta hereinbekommen. Wenn Johnnie ging, wem sollte sie dann ihre Mühle übergeben?

»Ja, ich gehe. Sie haben mir die Mühle zu selbständiger Leitung übergeben und mir gesagt, Sie erwarten weiter nichts von mir, als daß ich möglichst viel Holz herauswirtschaftete. Sie haben mir nicht gesagt, wie ich die Mühle betreiben soll. Ich habe keine Lust, mir Vorschriften darüber machen zu lassen. Wie ich die Holzlieferungen schaffe, geht Sie nichts an. Sie können sich nicht über meine Arbeit beschweren. Ich habe Ihnen viel Geld eingebracht, und ich habe mein Gehalt verdient – und was nebenher für mich abfiel. Und nun kommen Sie daher, mischen sich ein, fragen mich aus und untergraben meine Autorität vor den Leuten. Wie soll ich jetzt noch Disziplin halten? Und wenn die Leute wirklich einmal einen übergezogen bekommen? Das faule Gesindel verdient es nicht besser. Und wenn ich sie wirklich nicht mäste und vollstopfe? Was sie bekommen, ist noch zu gut für sie. Entweder kümmern Sie sich um Ihre Angelegenheiten und lassen mich machen, was ich will, oder ich gehe noch heute abend.«

Sein hartes kleines Gesicht sah noch härter aus als sonst. Scarlett saß in einer Zwickmühle. Was sollte sie anfangen, wenn er heute abend ging? Sie konnte nicht die ganze Nacht hierbleiben und die Sträflinge selber bewachen!

Johnnie mußte ihren Augen wohl etwas von ihrer Verlegenheit ansehen, denn unvermerkt wandelte sich sein Ausdruck, und sein Gesicht verlor etwas von seiner Härte. Es klang ungezwungen, als er sagte: »Es wird spät,

Mrs. Kennedy, und Sie sollten lieber nach Hause fahren. Wir wollen uns doch nicht wegen einer solchen Kleinigkeit überwerfen, nicht wahr? Ziehen Sie mir vom nächsten Monatsgehalt zehn Dollar ab, und wir machen einen Strich darunter.«

Unwillkürlich wanderten Scarletts Augen zu der elenden Schar hinüber, die am Schinken nagte, und sie dachte an den Kranken, der in der zugigen Baracke lag. Sie sollte eigentlich Johnnie Gallegher fortschicken, denn er war ein Dieb und ein roher Patron, und man konnte nicht wissen, wie er die Sträflinge behandelte, wenn sie nicht da war. Aber andererseits war er tüchtig, und sie brauchte, weiß Gott, einen tüchtigen Mann. Sie konnte ihn nicht entbehren. Er brachte ihr Geld ein. Sie mußte eben dafür sorgen, daß die Sträflinge künftig ihre gebührende Ration bekamen.

»Ich ziehe Ihnen zwanzig Dollar vom Gehalt ab«, sagte sie kurz, »und morgen früh komme ich wieder, und wir sprechen weiter darüber.«

Sie nahm die Zügel. Sie wußte, es würde nicht weiter darüber gesprochen werden. Die Sache war erledigt, und das wußte auch Johnnie.

Während sie den Seitenweg zur Landstraße hinunterfuhr, kämpfte ihr Gewissen mit ihrer Geldgier. Sie durfte diesem Burschen keine Menschenleben auf Gnade und Ungnade überlassen. Wenn einer von ihnen starb, so war sie ebensogut schuld daran wie er. Aber auf der anderen Seite – nun, man brauchte ja schließlich nicht Sträfling zu werden. Wer die Gesetze übertrat und sich erwischen ließ, verdiente sein Los. Das erleichterte ihr das Gewissen. Aber als sie die Straße hinunterfuhr, verfolgten die stumpfen, abgezehrten Gesichter der Sträflinge sie noch lange.

»Ich will später daran denken«, entschied sie, schob die Gedanken in die Rumpelkammer ihres Gehirns und schloß die Tür dahinter zu.

Die Sonne war völlig untergegangen, als sie die Straßenbiegung bei Shantytown erreichte. Die Wälder um sie her lagen im Dunkel. Es war bitter kalt geworden, ein eisiger Wind wehte durch die finsteren Wälder, daß die kahlen Äste knackten und die welken Blätter raschelten. Noch nie war sie so spät allein unterwegs gewesen. Es war ihr durchaus nicht geheuer, und sie wünschte, sie wäre schon zu Hause angelangt.

Big Sam war nirgends zu sehen, und als sie anhielt, um auf ihn zu warten, machte sie sich Sorge um ihn und fürchtete, daß die Yankees ihn am Ende schon erwischt hätten. Dann hörte sie Schritte den Weg von der Siedlung heraufkommen und seufzte erleichtert auf.

Aber es war nicht Sam, der an der Straßenbiegung erschien.

Es war ein großer, zerlumpter Weißer und ein untersetzter, kohlschwarzer

Neger, der Brust und Schultern wie ein Gorilla hatte. Rasch trieb sie das Pferd mit den Zügeln an und griff nach der Pistole. Das Pferd setzte sich in Trab, aber als der Weiße plötzlich die Hand hob, scheute es.

»Meine Dame«, sagte er, »haben Sie einen Vierteldollar? Ich bin hungrig!«

»Gehen Sie aus dem Weg«, antwortete sie so ruhig sie konnte. »Ich habe kein Geld. Hü!«

Mit einer plötzlichen Bewegung hatte der Mann das Pferd beim Zügel.

»Pack zu!« rief er dem Neger zu, »sie wird das Geld wohl auf der Brust haben.«

Was nun geschah, war für Scarlett wie ein böser Traum, es ging alles so rasch. Blitzschnell hob sie die Pistole, ein Instinkt warnte sie davor, sie auf den Weißen abzuschießen, damit sie nicht das Pferd träfe. Als der Neger widerlich grinsend auf sie zugestürzt kam, drückte sie kurzweg gegen ihn ab. Ob sie ihn getroffen hatte oder nicht, erfuhr sie nie, denn im nächsten Augenblick umklammerte jemand ihr Handgelenk, daß es fast zerbrach, und entriß ihr die Pistole. Der Neger war so dicht bei ihr, daß sein ekler Dunst auf sie einströmte, er versuchte, sie über die Wagenwand herauszuzerren. Mit ihrer freien Hand wehrte sie sich wie toll und kratzte ihm ins Gesicht, dann griff seine große Hand ihr an die Kehle, und ihr Kleid zerriß krachend vom Hals bis zum Gürtel. Die schwarze Hand zuckte zwischen ihren Brüsten ... Grauen und Ekel, wie sie sie noch nie verspürt hatte, überkamen sie, und sie kreischte wie eine Irrsinnige.

»Halt ihr den Mund zu! Zieh sie heraus!« schrie der Weiße, und die schwarze Hand tastete ihr über das Gesicht. Sie biß mit aller Gewalt zu und kreischte von neuem, hörte aber zugleich den Weißen fluchen und gewahrte jetzt eine dritte Gestalt auf der dunklen Straße. Die schwarze Hand ließ von ihrem Mund ab, der Neger tat einen Satz, da fiel Big Sam über ihn her.

»Schnell, Missis!« brüllte Sam und rang mit dem Neger. Scarlett griff schreiend und am ganzen Leibe zitternd nach Peitsche und Zügel und schlug mit beiden auf das Pferd ein. Es sprang an, die Räder fanden Widerstand und gingen dann über etwas Weiches hinweg. Es war der Weiße, den Sam niedergeschlagen hatte.

In wahnsinniger Angst gab sie dem Pferd immer wieder die Peitsche. Es sprengte davon, daß der Wagen hin und her schwankte. Dabei war sie sich bewußt, daß jemand hinter ihr herlief, und trieb schreiend das Pferd immer wieder an. Wenn der schwarze Kerl sie noch einmal zu fassen bekäme, dann starb sie, noch ehe er zupacken konnte.

Hinter ihr gellte eine Stimme: »Miß Scarlett, halt!«

Ohne die Fahrt zu bremsen, sah sie sich schaudernd um. Big Sam stürmte die Straße hinunter hinter ihr her. Seine langen Beine arbeiteten wie die Kolben einer Maschine. Sie hielt, als er herankam. Er warf sich in den Wagen und drängte sie mit seinem Riesenkörper zur Seite. Sein Gesicht troff von Schweiß und Blut. Er keuchte:

»Sein Miß verletzt? Haben sie Miß was getan?«

Sie konnte kein Wort hervorbringen, sah aber, wohin seine Augen blickten, bevor er sich rasch abwendete, und wurde gewahr, daß ihr Kleid vom Hals bis zum Gürtel offen war und der nackte Busen und das Korsett hervorschauten. Mit bebender Hand hielt sie die beiden Hälften des Kleides über der Brust zusammen, senkte den Kopf und brach in angstvolles Schluchzen aus.

»Zügel her!« Sam nahm sie ihr weg. »Hü, Gaul!«

Die Peitsche klatschte. Das erschrockene Pferd stob in wildem Galopp davon, der Wagen drohte in den Graben zu kippen.

»Hoffentlich sein das schwarze Vieh tot. Ich nicht erst nachgesehen«, keuchte Sam. »Aber wenn er Miß was getan, ich umkehren, damit ich auch ganz sicher, Miß Scarlett.«

»Nein ... nein ... fahr zu«, schluchzte sie.

XLV

Als Frank an diesem Abend Scarlett, Tante Pitty und die Kinder bei Melanie ablieferte und mit Ashley die Straße hinunterritt, wäre Scarlett vor Wut und gekränktem Selbstgefühl schier umgekommen. Wie konnte er gerade heute abend zu einer politischen Versammlung gehen? Eine politische Versammlung! An dem Abend, da sie überfallen worden war und Gott weiß was ihr hätte zustoßen können. Wie gefühllos, wie selbstsüchtig von ihm! Überhaupt hatte er die ganze Geschichte von dem Augenblick an, da sie schluchzend mit ihrem zerrissenen Kleid von Sam ins Haus getragen worden war, mit einer unerhörten Ruhe hingenommen. Nicht ein einziges Mal hatte er sich im Bart gekratzt, als sie ihm in ihrer Aufregung berichtete. Er hatte sie nur ganz sanft gefragt: »Liebste, bist du verletzt ... oder ist es nur der Schreck?«

Der Zorn hatte ihr die Worte verschlagen, aber Sam hatte gemeint, es wäre wohl nur der Schreck.

»Sie haben gerade das Kleid zerrissen, da ich auch schon kommen.«

»Du bist ein guter Junge, Sam, ich vergesse dir das nicht. Kann ich nicht irgend etwas ...«

»Ja, Master, Sie können mich nach Tara schicken, so schnell es nur geht. Die Yankees sein hinter mir her.«

Auch das hatte Frank ruhig hingenommen und nichts weiter gefragt. Er hatte ungefähr ein ebensolches Gesicht gemacht wie an dem Abend, da Tony an ihre Tür geklopft hatte, und wieder hatte er so getan, als wäre es eine ausschließlich männliche Angelegenheit, die mit möglichst wenig Worten und ohne Aufregung zu erledigen sei.

»Geh, setz dich in den Wagen. Peter kann dich heute abend bis Rough and Ready fahren, bis zum Morgen kannst du dich im Walde verstecken und dann mit dem Zug nach Jonesboro fahren, das ist sicherer ... Komm, Liebling, laß das Weinen! Nun ist alles überstanden, und eigentlich ist dir ja gar nichts geschehen. Miß Pitty, könnte ich wohl Ihr Riechsalz bekommen? Mammy, hol Miß Scarlett ein Glas Wein.«

Scarlett war von neuem in Tränen ausgebrochen, diesmal in Tränen der Wut. Sie erwartete Trost, Empörung und Rachedrohungen. Ihr wäre sogar lieber gewesen, er hätte sie tüchtig ausgescholten und gesagt, gerade vor solchen Vorfällen habe er sie ja immer gewarnt. Statt dessen tat er die Gefahr, in der sie geschwebt hatte, als etwas Geringfügiges ab! Natürlich war er liebevoll und zart mit ihr, aber offenbar nicht recht bei der Sache, als hätte er etwas viel Wichtigeres im Kopf.

Und nun entpuppte sich dieses unerhört Wichtige als eine kleine politische Versammlung!

Sie wollte ihren Ohren nicht trauen, als er ihr sagte, sie solle sich umziehen und fertigmachen, damit er sie für den Abend zu Melanie hinüberbringen könne. Dabei konnte er sich doch denken, wie sehr das Erlebnis sie mitgenommen hatte und wie wenig Lust sie verspürte, bei Melanie zu sitzen, während ihr müder Körper und ihre empörten Nerven nach der Entspannung unter der warmen Bettdecke schrien, nach einem heißen Ziegelstein, der ihr die Füße erwärmte, und einem heißen Glühwein, der ihre Ängste einschläferte. Wenn er sie wirklich liebte, hätte ihn gewiß nichts von ihrer Seite vertreiben können. Er wäre zu Hause geblieben, hätte ihr die Hand gehalten und ihr immer wieder von neuem versichert, daß es seinen Tod bedeutet hätte, wenn ihr etwas zugestoßen wäre. Das sollte er aber auch zu hören bekommen, wenn er heute abend spät heimkehrte und sie mit ihm allein war.

Melanies kleines Wohnzimmer sah so friedlich und heiter aus wie immer abends, wenn Frank und Ashley abwesend waren und die Frauen sich dort mit ihrer Näharbeit zusammenfanden. Das Kaminfeuer gab Wärme und Freundlichkeit. Die Lampe auf dem Tisch goß ihren ruhigen gelben Schein über die vier glatten Scheitel, die über die Näharbeit gebeugt waren. Vier Röcke bauschten sich züchtig, und acht kleine Füße ruhten zierlich auf niedrigen Schemeln. Durch die offene Tür des Kinderzimmers drangen die ruhigen Atemzüge Wades, Ellas und Beaus. Archie saß auf einem Hocker am

Kamin, mit dem Rücken gegen das Feuer, die Backe vom Tabak ausgeweitet, und schnitzte emsig an einem Stück Holz. Der Gegensatz zwischen dem schmutzigen behaarten Alten und den vier zierlichen und gepflegten Damen war so groß wie zwischen einem bösen alten Wachhund und vier jungen Kätzchen.

Melanies sanfte Stimme verbreitete sich mit leiser Entrüstung über die neuesten Zänkereien bei den Harfnerinnen. Die Damen hatten sich mit dem Herrenklub »Frohsinn« nicht über das Programm ihres nächsten Vortragsabends einigen können und am Nachmittag Melanie mitgeteilt, sie wollten aus dem Musikzirkel ganz ausscheiden. Melanie hatte all ihre diplomatische Kunst aufbieten müssen, um sie zu einem Aufschub zu bewegen.

Scarlett hätte in ihrem überreizten Zustand schreien mögen: »Ach, die verdammten Harfnerinnen!« Sie wollte von ihrem schrecklichen Erlebnis sprechen und barst vor Begierde, es in allen Einzelheiten zu erzählen, um die eigene Angst damit zu beruhigen, daß sie die andern ängstigte. Sie hätte so gern erzählt, wie tapfer sie sich benommen habe, nur um sich durch den Klang ihrer eigenen Worte davon zu überzeugen, daß sie es wirklich gewesen war. Aber sobald sie darauf zu sprechen kam, steuerte Melanie jedesmal die Unterhaltung gewandt auf andere, harmlosere Gebiete. Das reizte Scarlett nahezu unerträglich. Sie waren ebenso gemein wie Frank.

Wie konnten die drei nur so ruhig und gelassen dasitzen, wenn sie einem so furchtbaren Schicksal nur mit knapper Not entronnen war. Sie erwiesen ihr nicht einmal die einfachste Höflichkeit: zuzuhören, wenn sie sich den Schrekken von der Seele reden wollte.

Die Ereignisse des Nachmittags hatten sie heftiger erschüttert, als sie sich selbst eingestehen mochte. Sobald sie das böse schwarze Gesicht, das aus dem Schatten des dämmerigen Waldweges sie anstarrte, wieder vor sich sah, begann sie zu zittern. Wenn sie an die schwarze Tatze auf ihrer Brust dachte und was geschehen wäre, wenn Big Sam nicht dazwischengekommen wäre, senkte sie den Kopf tiefer und kniff die Augen fest zusammen. Je länger sie in dem stillen Zimmer saß und zu nähen versuchte, während Melanie erzählte, desto schmerzhafter spannten sich ihre Nerven. Jeden Augenblick meinte sie, sie müßten mit jenem schrillen Ton zerreißen, mit dem eine Banjosaite platzt.

Archie ärgerte sie mit seinem Schnitzen, und sie sah ihn finster an. Plötzlich kam es ihr sonderbar vor, daß er dasaß und an einem Stück Holz herumschnitt, während er doch sonst lang auf dem Sofa lag und so gewaltig schnarchte, daß sein Bart bei jedem rasselnden Atemzug emporwehte. Und noch sonderbarer war es, daß weder Melanie noch India ihm nahelegten, ein Stück Papier für seine Späne auf den Fußboden zu breiten. Der Teppich vor dem Kamin war schon ganz mit ihnen besät, aber sie schienen es nicht zu bemerken.

Plötzlich wandte Archie sich dem Feuer zu und spuckte einen Strom Tabaksaft mit solcher Gewalt hinein, daß die Damen zusammenzuckten, als sei eine Bombe geplatzt.

»Müssen Sie denn durchaus so laut spucken?« fragte India mit solcher Nervosität, daß ihre Stimme zitterte. Überrascht schaute Scarlett zu ihr hin. India war sonst immer so beherrscht.

Archie gab India Blick und Ton zurück

»Das werde ich wohl müssen«, sagte er kalt und spuckte abermals. Melanie warf India einen tadelnden Blick zu.

»Ich war immer so froh, daß der liebe Papa nicht kaute«, fing plötzlich Pitty an. Melanies Stirn furchte sich, sie fuhr herum und sprach so scharfe Worte, wie Scarlett noch nie von ihr gehört hatte.

»Nun sei aber still, Tantchen! Das ist taktlos.«

»Ach Gott!« Pitty ließ die Näherei in den Schoß fallen. »Ich weiß gar nicht, was euch allen heute abend fehlt. Du und India, ihr seid so nervös und gereizt wie zwei alte Schachteln.«

Niemand antwortete. Melanie entschuldigte sich nicht einmal, sondern nahm mit wahrem Ungestüm ihre Näherei wieder auf.

»Du machst ja Riesenstiche«, erklärte Pitty mit einiger Genugtuung, »du wirst sie alle wieder aufmachen müssen. Was ist dir nur?«

Melanie gab immer noch keine Antwort.

Fehlte ihnen denn wirklich irgend etwas? Scarlett überlegte sich, ob sie vor lauter eigener Angst es vielleicht nicht bemerkt hätte. In der Tat, trotz Melanies Versuchen, den Abend so hinzubringen wie die andern fünfzig, die sie wohl schon miteinander verbracht hatten, herrschte eine andere Stimmung als sonst, eine Unruhe, die nicht nur von dem Schrecken und der Empörung über den Vorfall bei Shantytown herrühren konnte. Scarlett warf ihren Gefährtinnen verstohlene Blicke zu und fing dabei einen langen, prüfenden Blick von India auf, in dessen kalter Tiefe sie etwas Stärkeres als Haß und etwas Beleidigenderes als Verachtung zu erkennen glaubte.

»Meint sie etwa, was geschehen ist, sei meine Schuld?« dachte Scarlett empört.

Dann wandte India sich zu Archie, während aller Ärger wieder aus ihrem Gesicht geschwunden war, und sie sah ihn fragend und voll verschleierter Angst an. Er aber wich ihrem Blick aus und sah dafür Scarlett genauso hart und kalt und prüfend an, wie India es getan hatte.

Dumpfe Stille legte sich über das Zimmer, und Melanie nahm das Gespräch nicht wieder auf. In dem Schweigen hörte Scarlett draußen den Wind heftiger wehen. Sie begann eine Spannung zu spüren, die in der Luft lag und sich immer noch zu verdichten schien. Archie hatte einen wachsamen lauernden Ausdruck, und seine buschigen Ohren waren gespitzt wie die eines Luchses. Melanie und India hoben jedesmal, wenn Hufschlag auf der Straße erklang, den Kopf von ihrer Näherei, und sobald nur die brennenden Scheite im Kamin leise knackten, fuhren sie auf, als wären es schleichende Schritte.

Da war etwas nicht in Ordnung, und Scarlett überlegte, was es wohl sein mochte. Ein Blick in Tante Pittys rundliches, argloses Gesicht sagte ihr, daß die alte Dame ebenso ahnungslos war wie sie. Aber Archie, Melanie und India wußten etwas. In der Stille vermeinte Scarlett förmlich zu spüren, wie in Indias und Melanies Köpfen die Gedanken ebenso toll herumwirbelten wie Eichhörnchen in einem Käfig. Sie warteten auf etwas und konnten es nicht durch vorgetäuschte Unbefangenheit verbergen. Ihre innere Unrast teilte sich Scarlett mit und machte sie noch gereizter als zuvor. Sie hantierte ungeschickt mit der Nadel, stach sich in den Daumen und stieß einen Schmerzenslaut aus. Alle fuhren in die Höhe. Sie drückte auf den Daumen, bis ein hellroter Blutstropfen zum Vorschein kam.

»Ich habe einfach nicht die Ruhe, zu nähen«, erklärte sie plötzlich und warf ihre Arbeit auf den Fußboden. »Ich bin so nervös, daß ich schreien könnte. Ich will nach Hause, ich will zu Bett. Frank hätte nicht ausgehen sollen. Er redet das Blaue vom Himmel herunter, wie er die Frauen vor den Schwarzen und Schiebern schützen wolle, und wenn es an der Zeit ist, etwas zu tun, wo ist er dann? Zu Hause? Sorgt er für mich? Nein, er bummelt mit einer ganzen Schar von Männern herum, die auch nichts tun als reden und ...«

Ihre funkelnden Augen stutzten, als sie Indias Gesicht erblickte, und sie hielt inne. India atmete rasch, ihre bleichen wimpernlosen Augen hefteten sich mit tödlicher Kälte auf Scarletts Gesicht.

»Wenn es dir nicht allzu unangenehm ist, India«, unterbrach sie sie höhnisch, »so wäre ich dir dankbar, wenn du mir sagen wolltest, warum du mich den ganzen Abend so anstarrst. Bin ich grün im Gesicht geworden, oder sonst etwas?«

»Es ist mir gar nicht unangenehm, es dir zu sagen, ich tue es mit Vergnügen«, erwiderte India mit glitzernden Augen. »Es ist mir schrecklich, daß du von einem ganzen Mann wie Mr. Kennedy so geringschätzig sprichst. Wenn du wüßtest ...«

»India«, warnte Melanie und packte krampfhaft ihr Nähzeug.

»Ich werde meinen Mann wohl besser kennen als du«, versetzte Scarlett. Bei der Aussicht auf den ersten offenen Streit, den sie mit India hatte, hob sich ihre Stimmung ein wenig. Melanie blickte India an, und widerwillig schloß diese den Mund. Aber gleich darauf begann sie von neuem, eiskalt und voller Haß.

»Mir wird ganz übel, Scarlett O'Hara, wenn du von Beschützen sprichst. Du willst gar nicht beschützt werden, sonst hättest du dich nicht seit Monaten in Gefahr begeben und dich in der Stadt herumgetrieben und vor fremden Männern zur Schau gestellt, damit sie dich bewundern. Was du heute nachmittag erlebt hast, hast du verdient, und wenn es eine Gerechtigkeit gäbe, wäre es dir noch viel schlimmer ergangen.«

»O India, schweig!« rief Melanie dazwischen.

»Laß sie nur reden«, fuhr Scarlett auf, »mir ist es ein Genuß. Ich habe immer gewußt, wie sie mich haßt und daß sie nur eine zu große Heuchlerin war, um es zuzugeben. Wenn sie selber nur hoffen könnte, daß jemand sie bewunderte, sie liefe von morgens bis abends nackt durch die Stadt.«

India war aufgesprungen. Ihr magerer Körper bebte unter der Beleidigung. »Ja, ich hasse dich«, sagte sie mit klarer, vibrierender Stimme. »Nicht aus Heuchelei habe ich geschwiegen, sondern aus einem anderen Grunde, den du nicht begreifen kannst, weil dir die einfachste Höflichkeit und jede gute Erziehung abgeht. Wenn wir nicht alle zusammenhalten und unsere eigenen kleinen Gehässigkeiten unterdrücken, können wir nicht hoffen, die Yankees je zu überwinden. Das hat mir den Mund verschlossen. Du aber ... du hast getan, was du konntest, um das Ansehen anständiger Leute zu schädigen ... du hast gearbeitet und deinen guten Mann in Schande gebracht, hast den Yankees und all dem Gesindel ein Recht gegeben, uns zu verhöhnen. Die Yankees wissen nicht, daß du nicht eine der Unseren bist und es niemals warst. Die Yankees haben nicht so viel Verstand, um zu sehen, daß dir jede Vornehmheit fehlt. Und als du durch die Wälder fuhrst, hast du jede Frau in der Stadt, die sich anständig benimmt, gleichfalls einem Überfall ausgesetzt weil du das schwarze und weiße Gesindel in Versuchung geführt hast, und das Leben unserer Männer hast du in Gefahr gebracht, weil sie unbedingt ...«

»Mein Gott, India!« rief Melanie laut, und trotz ihrer Wut wußte Scarlett nicht, was sie sagen sollte, als sie Melanie den Namen des Herrn unnützlich führen hörte. »Du mußt schweigen! Sie weiß doch nichts und ... Schweig jetzt! Du hast versprochen ...«

»Aber Kinder!« flehte Miß Pittypat mit zitternden Lippen.

»Was weiß ich nicht?« Scarlett sprang wütend auf die Füße und stellte sich Indias kalten, durchdringenden Blicken und Melanies flehenden Augen.

»Hühnervolk!« sagte Archie plötzlich voller Verachtung. Ehe jemand ihm antworten konnte, stand er plötzlich auf. »Da kommt einer den Gartenweg herauf. Mr. Wilkes ist es nicht. Laßt das Gegacker!«

In seinen Worten klang die Autorität des Mannes, und plötzlich schwiegen die Frauen, und der Zorn schwand aus ihren Gesichtern, als er durch das Zimmer an die Tür stapfte.

»Wer ist da?« fragte er, noch ehe der Türklopfer angeschlagen hatte.

»Kapitän Butler. Lassen Sie mich hinein!«

Melanie war so schnell an der Tür, daß ihre Reifröcke heftig schwankten und ihre Hosen bis zum Knie freigaben, und ehe Archie die Hand auf die Klinke legen konnte, riß sie die Tür auf. Rhett Butler stand auf der Schwelle, den weichen schwarzen Hut tief in die Stirn gezogen. Der Sturm peitschte seinen Capemantel in klatschenden Falten um ihn her. Dieses Mal hatten seine guten Manieren ihn im Stich gelassen. Er nahm weder den Hut ab, noch beachtete er die andern im Zimmer. Er hatte nur Augen für Melanie und fragte sie grußlos und schroff:

»Wohin sind sie gegangen? Sagen Sie es rasch. Es geht auf Leben und Tod.«

Scarlett und Pitty sahen einander erschrocken und verwundert an, und wie eine magere alte Katze strich India durchs Zimmer zu Melanie. »Sag ihm nichts«, zischelte sie rasch, »er ist ein Spion, einer von den Lumpen.«

Rhett gönnte ihr nicht einmal einen Blick.

»Schnell. Mrs. Wilkes! Vielleicht ist noch Zeit.«

Melanie war offenbar vor Schreck gelähmt und starrte ihm nur ins Gesicht.

»Was um Gottes willen ...«, fing Scarlett an.

»Mund halten«, verwies Archie sie kurz. »Sie auch, Miß Melly. Hinaus mit dir, zur Hölle, du verdammter Lump!«

»Nein, Archie, nein!« Melanie legte ihre zitternde Hand auf Rhetts Arm, als wollte sie ihn vor Archie schützen. »Was ist geschehen? Woher ... woher wissen Sie ...«

In Rhetts dunklem Gesicht kämpfte die Ungeduld mit der Höflichkeit.

»Du lieber Gott, Mrs. Wilkes, sie sind doch alle von Anfang an verdächtig gewesen. Sie waren nur zu schlau ... bis heute abend. Woher ich es weiß? Ich habe mit zwei betrunkenen Yankee-Hauptleuten Poker gespielt, die haben sich verplappert. Die Yankees wußten, daß es heute abend etwas geben werde, und haben sich darauf vorbereitet. Die Narren sind in die Falle gegangen.«

Es war, als schwankte Melanie unter der Wucht eines schweren Schlages, aber Rhetts Arm umfaßte sie, damit sie nicht falle.

»Sag es ihm nicht! Er stellt dir eine Falle!« mischte India sich wieder ein und starrte Rhett an. »Hast du nicht gehört, daß er heute abend mit Yankees zusammen war?«

Immer noch blickte Rhett sie nicht an. Seine Augen schauten inständig in Melanies bleiches Gesicht. »Sagen Sie, wohin sind sie gegangen? Haben sie einen Treffpunkt?«

Obwohl Scarlett nichts von alledem verstand, glaubte sie doch, noch nie ein so leeres und ausdrucksloses Gesicht wie jetzt Rhett Butlers gesehen zu haben. Aber offenbar entdeckte Melanie etwas anderes darin, etwas, was ihr Vertrauen einflößte. Sie straffte ihren kleinen Körper ein wenig, so daß er des stützenden Armes nicht mehr bedurfte, und sagte ruhig, wenn auch mit zitternder Stimme: »Draußen an der Decaturstraße bei Shantytown. Sie treffen sich in dem Keller der alten Sullivanschen Plantage, die halb abgebrannt ist.«

»Danke. Ich reite schnell hin. Wenn die Yankees herkommen, wissen Sie alle von nichts.«

Im Nu war er verschwunden, und sein schwarzer Mantel verschmolz mit der Nacht. Sie konnten kaum begreifen, daß er wirklich dagewesen war, bis sie den Kies stieben und den tollen Hufschlag eines davongaloppierenden Pferdes hämmern hörten.

»Die Yankees kommen?« schrie Pitty. Sie brach auf dem Sofa zusammen, allzu verängstigt, um zu weinen.

»Was soll das alles? Wovon sprach er denn eigentlich? Wenn ihr es mir nicht sagt, werde ich verrückt!« Scarlett packte Melanie und schüttelte sie so ungestüm, als wollte sie die Antwort mit Gewalt aus ihr herausschütteln.

»Wovon er sprach? Davon, daß du wahrscheinlich Ashleys und Franks Tod verschuldet hast!« Trotz der Todesangst klang es wie Triumph in Indias Stimme. »Laß Melly in Ruhe, sie fällt gleich in Ohnmacht.«

»Nein, das tue ich nicht«, flüsterte Melanie und hielt sich an der Stuhllehne fest.

»Mein Gott, ich verstehe nichts! Ashleys Tod! Bitte, sag mir doch ...«

Wie eine rostige Türangel knarrte Archies Stimme in Scarletts Worte hinein:

»Hinsetzen!« befahl er kurz. »Nehmen Sie die Arbeit wieder auf und sehen Sie alle aus, als sei nichts geschehen. Wer weiß, ob die Yankees nicht seit Sonnenuntergang ums Haus herumspionieren. Hinsetzen, sage ich, nähen!«

Zitternd gehorchten sie, und sogar Pitty nahm mit fliegenden Fingern eine Socke zur Hand, während sie mit den Augen eines verängstigten Kindes im Kreise herumforschte.

»Wo ist Ashley? Was ist mit ihm, Melly?« begann Scarlett wieder.

»Und dein Mann? Für ihn interessierst du dich wohl nicht?« Indias bleiche Augen glühten in wilder Bosheit, während sie das zerrissene Handtuch, das sie gestopft hatte, zerknüllte und wieder glättete.

»India, bitte!« Melanie hatte ihre Stimme in der Gewalt; aber ihr bleiches, verzerrtes Gesicht und ihre gequälten Augen zeigten an, welche Überwindung es sie kostete. »Scarlett, vielleicht hätten wir es dir sagen sollen. Aber du hast heute so viel durchgemacht, daß wir ... daß Frank meinte ... und du warst immer so gegen den Klan ...«

»Den Klan?«

Zuerst sprach Scarlett das Wort aus, als hätte sie es noch nie gehört und verstünde seine Bedeutung nicht, dann aber kreischte sie fast: »Den Klan! Ashley ist doch nicht im Klan? Frank kann doch unmöglich ... er hat es mir doch versprochen!«

»Natürlich ist Mr. Kennedy im Klan und auch Ashley! Alle Männer, die wir kennen!« antwortete India mit lauter Stimme. »Es sind doch Männer, nicht wahr, weiße Männer aus den Südstaaten. Du hättest stolz auf ihn sein sollen, anstatt ihn hinausschleichen zu lassen, als sei es eine Schande ...«

»Ihr alle habt längst von alldem gewußt, nur ich ...«

»Wir fürchteten, es regte dich zu sehr auf«, sagte Melanie bekümmert.

»Dahin also gehen sie, wenn sie von ihren politischen Versammlungen reden. Und er hat mir doch versprochen ... nun kommen die Yankees und nehmen mir meine Mühlen und den Laden fort und stecken ihn ins Gefängnis ... ach, wovon sprach denn nur Rhett Butler?«

Indias Augen blickten angstvoll in Melanies. Scarlett stand auf und schleuderte ihr Nähzeug auf den Boden. »Wenn ihr es mir nicht sagt, gehe ich in die Stadt und sehe selbst nach. Dann frage ich jeden, dem ich begegne, bis ich ...«

»Hinsetzen!« befahl Archie und blickte sie mit seinem einen Auge scharf an. »Ich will es Ihnen sagen. Weil Sie sich heute nachmittag herumgetrieben und durch Ihre eigene Schuld in Gefahr gebracht haben, sind Mr. Wilkes und Mr. Kennedy und die anderen heute nacht fort, um den Nigger und den Weißen umzubringen, wenn sie sie zu fassen bekommen, und ganz Shantytown auszuräuchern. Und wenn der Lump da eben die Wahrheit gesprochen hat, haben die Yankees Verdacht geschöpft oder Wind bekommen und Truppen geschickt, ihnen aufzulauern. Unsere Leute sind in die Falle gegangen. Und wenn Butler nicht die Wahrheit gesprochen hat, dann ist er ein Spion und zeigt sie jetzt den Yankees an, und sie werden gleichfalls erschossen. Wenn er sie aber anzeigt, dann bringe ich ihn um, und wenn es die letzte Tat meines Lebens sein sollte. Wenn sie aber davonkommen, müssen sie alle nach Texas fliehen und kommen vielleicht niemals wieder. Das ist alles Ihre Schuld. An Ihren Händen klebt Blut.«

Zorn vertrieb die Angst aus Melanies Gesicht, als sie in Scarletts Zügen das Begreifen dämmern sah, und dann überkam sie wieder das Entsetzen. Sie stand auf und legte Scarlett die Hand auf die Schulter.

»Noch ein solches Wort, und du verläßt das Haus, Archie«, sagte sie streng. »Es ist nicht ihre Schuld. Sie hat nur getan, was sie für nötig hielt, und auch unsere Männer haben getan, was sie für nötig hielten. Man muß tun, was man muß. Wir denken und handeln nicht alle gleich, und es ist Unrecht, die anderen nach uns selbst zu beurteilen. Wie können Sie und India nur so grausam reden, wenn ihr Mann und meiner vielleicht ...«

»Horch«, unterbrach Archie sie leise, »still, Missis, da kommen Pferde.«

Melanie sank in einen Stuhl, nahm eins von Ashleys Hemden in die Hand, beugte sich darüber und begann geistesabwesend die Fältchen in schmale Streifen zu zerreißen.

Der Hufschlag wurde lauter, und Pferde trabten auf das Haus zu, Trensen klirrten leise, Leder knarrte, Stimmen wurden vernehmlich. Als die Reiter hielten, erhob sich eine Stimme im Befehlston über die andern. Schritte gingen am Haus vorbei nach der hinteren Veranda. Sie spürten tausend feindliche Augen durch das unverhängte Vorderfenster auf sich gerichtet. Die vier Frauen beugten sich klopfenden Herzens über ihre Arbeit. Die Nadeln flogen. Scarlett schrie das Herz in der Brust: »Ich habe Ashley umgebracht! Ich habe ihn getötet!« Und in diesem schauerlichen Augenblick kam ihr gar nicht der Gedanke, daß sie auch Frank getötet haben könnte. In ihrem Geiste hatte nur das eine Bild Raum: Ashley am Boden liegend vor Yankee-Reitern, Blut im blonden Haar.

Als es laut und hastig an die Tür klopfte, sah sie Melanie an. Über deren gespanntes Gesicht kam ein ganz neuer Ausdruck, dieselbe Leere, die sie soeben auf Rhett Butlers Gesicht wahrgenommen hatte. Es war der ausdruckslose, leere Blick des Pokerspielers, der im Spiel nur mit einem Paar Zweien bluffen will.

»Archie, machen Sie die Tür auf«, sagte sie ruhig.

Archie steckte sich das Messer in den Stiefel, löste die Pistole am Hosenband, humpelte zur Tür und riß sie auf. Pitty quiekte leise wie eine Maus, die spürt, daß die Falle zuschnappt, als sie in der Tür einen Yankeeoffizier stehen sah, hinter dem sich eine ganze Abteilung Blauröcke herandrängte. Scarlett sah mit einer gewissen Erleichterung, daß sie diesen Offizier kannte. Es war Hauptmann Tom Jaffery, einer von Rhetts Freunden. Sie hatte ihm Holz zum Bau eines Hauses verkauft und wußte, daß er ein Gentleman war. Vielleicht schleppte er sie also nicht ins Gefängnis. Er erkannte sie auf der Stelle, nahm den Hut ab und verbeugte sich etwas verlegen.

»Guten Abend, Mrs. Kennedy. Welche von den Damen ist Mrs. Wilkes?«

»Ich bin Mrs. Wilkes«, antwortete Melanie und stand auf. So klein sie war, strahlte sie doch Würde aus. »Welchem Umstande verdanke ich Ihr Eindringen?«

Der Blick des Hauptmanns durchforschte rasch das ganze Zimmer, ruhte einen Augenblick auf jedem Gesicht und schweifte dann über Tisch und Hutständer, als suche er nach Spuren männlicher Gegenwart.

»Ich möchte Mr. Wilkes und Mr. Kennedy sprechen, wenn ich bitten darf.«

»Die sind nicht hier«, sagte Melanie ruhig.

»Ist das sicher?«

»Daß Sie mir nicht Mrs. Wilkes' Worte anzweifeln«, sagte Archie mit gesträubtem Bart.

»Entschuldigen Sie, Mrs. Wilkes, ich wollte nicht unhöflich sein. Wenn Sie mir Ihr Wort geben, durchsuche ich das Haus nicht.«

»Sie haben mein Wort. Aber suchen Sie nur, wenn Sie wollen. Die beiden Herren sind in der Stadt auf einer Sitzung in Mr. Kennedys Laden.«

»Im Laden sind sie nicht. Heute abend war auch keine Sitzung«, antwortete der Offizier verdrossen. »Wir warten draußen, bis sie zurückkommen.«

Er verbeugte sich kurz, ging hinaus und zog die Tür hinter sich zu. Drinnen vernahmen sie, gedämpft durch den Wind, den scharfen Befehl: »Das Haus umstellen. Ein Mann an jedes Fenster und jede Tür.« Schwere Schritte erklangen. Scarlett unterdrückte einen Schreckensschrei, als sie im Dunkeln bärtige Gesichter zum Fenster hereinschauen sah. Melanie griff nach einem Buch, das auf dem Tisch lag. Es war ein zerlesenes Exemplar von Victor Hugos ›Les Misérables‹, einem Buch, für das die konföderierten Soldaten schwärmten. Sie hatten es alle am Lagerfeuer gelesen und nannten es mit grimmigem Vergnügen: ›Lee's Misérables‹. Sie schlug es aufs Geratewohl auf und begann mit klarer, eintöniger Stimme vorzulesen.

»Nähen!« kommandierte Archie in heiserem Flüsterton, und die drei Frauen, durch Melanies kühle Stimme beruhigt, nahmen die Arbeit wieder auf und senkten die Köpfe.

Wie lange Melanie unter den wachsamen Augen da drinnen vorlas, wußte Scarlett nie. Ihr schienen es Stunden. Sie verstand kein Wort. Jetzt fing sie an, auch an Frank zu denken. Daraus also erklärte sich seine scheinbare Ruhe heute abend. Er hatte ihr versprochen, daß er mit dem Klan nichts zu tun haben wollte. Ach, gerade ein Unheil dieser Art hatte sie immer gefürchtet. Nun war die Arbeit des ganzen vergangenen Jahres umsonst. All ihre Kämpfe und Sorgen, all die Mühsal im Regen und in der Kälte, alles war vergebens. Wer hätte es dem zaghaften alten Frank zugetraut, daß er in das hitzköpfige Treiben des Klans verwickelt wurde! Vielleicht war er in diesem Augenblick schon tot, und wenn er noch lebte und die Yankees ihn erwischten, wurde er gehängt. Und Ashley ebenfalls!

Ihre Fingernägel gruben sich in die Handflächen, bis blutrote Halbmonde darin zum Vorschein kamen. Wie konnte Melly so ruhig weiter und immer weiter vorlesen, wenn Ashley der Strick drohte, wenn er womöglich schon tot war! Aber etwas in der kühlen, leisen Stimme, die da Jean Valjeans Schicksale vortrug, hielt sie im Gleichgewicht und hinderte sie daran, aufzuspringen und zu schreien.

Ihre Gedanken flogen zu jener Nacht zurück, da Tony Fontaine abgehetzt, erschöpft und ohne einen Cent zu ihnen gekommen war. Hätte er damals nicht ihr Haus erreicht und Geld und ein frisches Pferd bekommen, er hinge längst am Galgen. Wenn Frank und Ashley in diesem Augenblick nicht schon tot waren, so waren sie so schlimm daran wie Tony und noch schlimmer. Da das Haus von Soldaten umzingelt war, konnten sie nicht herein, um Geld und Mäntel zu holen, ohne abgefaßt zu werden. Wahrscheinlich hatte jedes Haus die Straße hinauf und hinunter die gleiche Yankeewache. Sie konnten sich auch nicht an Freunde um Hilfe wenden. Vielleicht ritten sie jetzt schon wie gehetzt durch die Nacht auf dem Weg nach Texas.

Aber Rhett! Vielleicht hatte Rhett sie ja rechtzeitig erreicht. Rhett hatte stets viel Geld bei sich. Vielleicht konnte er ihnen so viel leihen, daß sie durchkamen. Aber das war doch sonderbar. Warum sollte Rhett sich eigentlich um Ashleys Rettung bemühen? Er hatte ihn nicht gern, ja, er verachtete ihn unverhohlen. Warum also ... aber das Rätsel ging in der erneut auf sie einstürmenden Angst um Ashleys und Franks Leben unter.

»Ach, es ist alles meine Schuld«, jammerte sie in ihrem Herzen. »India und Archie haben ganz recht. Alles meine Schuld. Aber ich habe auch weder Ashley noch Frank für so töricht gehalten, dem Klan beizutreten. Und ich habe auch nie für möglich gehalten, daß mir wirklich etwas zustoßen könnte. Ich konnte doch nicht anders! Melly hat wahr gesprochen. Man tut, was man muß, und ich mußte die Mühlen in Gang halten. Ich mußte Geld haben! Und nun werde ich wohl alles verlieren und bin selber schuld daran.«

Nach einer langen Weile wurde Melanies Stimme unsicher, wurde leiser und schwieg. Sie wandte den Kopf zum Fenster und machte große Augen, als ob kein Yankeesoldat durch die Scheibe sie wieder anstarrte. Alle hoben sie jetzt lauschend die Köpfe. Draußen erklang gedämpft, vom Winde hergetragen, Pferdegetrappel und Gesang. Es war das abscheulichste und verhaßteste aller Lieder, das Lied von Shermans Leuten »Auf dem Marsch durch Georgia«, und der Sänger war Rhett Butler.

Kaum hatte er die ersten beiden Zeilen beendet, als zwei andere angetrunkene Stimmen ihn anpöbelten, wütende und blöde Stimmen, die über die eigenen Worte stolperten und sie lallend durcheinanderbrachten. Ein rasches Kommando von Hauptmann Jaffery erscholl auf der vorderen Veranda, eilige Schritte folgten. Aber die Damen blickten einander verdutzt an. Die weinseligen Stimmen, die sich mit Rhett herumzankten, waren Ashleys und Hugh Elsings.

Auf dem Gartenweg tönten die Stimmen nun lauter, Hauptmann Jafferys fragend und kurzangebunden, Hughs schrill in blödem Gelächter, Rhetts tief und gewaltig, Ashleys seltsam unwirklich, als er brüllte: »Was zum Teufel, was zum Teufel!«

Das kann nicht Ashley sein, dachte Scarlett ungestüm. Er betrinkt sich nie, und Rhett ... ja, aber wenn Rhett betrunken ist, wird er doch stiller und immer stiller und nie so laut wie jetzt.

Melanie stand auf. Archie erhob sich mit ihr. Sie hörten den Hauptmann draußen im Befehlston sagen: »Diese beiden sind verhaftet.«

Archies Hand schloß sich über dem Griff seiner Pistole.

»Nein«, flüsterte Melanie entschieden, »nein, das überlassen Sie mir.«

Scarlett bemerkte in ihrem Gesicht denselben Ausdruck wie damals auf Tara, als sie oben an der Treppe gestanden und, den schweren Säbel in der Hand, auf den erschossenen Yankee heruntergeschaut hatte. Es war der Ausdruck einer sanften, schüchternen Seele, die durch die Umstände zur Tücke und Wildheit einer Tigerin gestählt ist. Sie stieß die Haustür auf.

»Bringen Sie ihn herein, Kapitän Butler«, rief sie ihm in klarem Ton entgegen, in dem ein ätzendes Gift mitklang. »Sie haben ihn wohl wieder betrunken gemacht. Bringen Sie ihn herein!«

Von dem dunklen, windigen Gartenweg her sagte der Offizier: »Es tut mir leid, Mrs. Wilkes, aber Ihr Gatte und Mr. Kennedy sind verhaftet.«

»Verhaftet? Wegen Trunkenheit? Wenn in Atlanta jeder wegen Trunkenheit verhaftet werden sollte, so säße die ganze Yankeegarnison im Gefängnis. Bringen Sie ihn herein, Kapitän Butler, das heißt, wenn Sie überhaupt selber gehen können.«

Scarletts Geist arbeitete nicht sehr rasch, und einen Augenblick begriff sie überhaupt nichts. Sie wußte, daß weder Ashley noch Rhett betrunken waren und daß auch Melanie das wußte, und dabei schrie die sonst so sanfte, feine Frau wie ein Xanthippe, obendrein noch vor den Yankees, die beiden seien so betrunken, daß sie nicht allein gehen könnten!

Ein kurzer, gemurmelter Wortwechsel, mit Flüchen durchsetzt, und unsichere Tritte kamen die Stufen herauf, in der Tür erschien Ashley mit schneeweißem Gesicht, schwankendem Kopf und zerzaustem Blondhaar, seine hohe Gestalt vom Hals bis zu den Knien in Rhetts schwarzen Capemantel gehüllt. Hugh Elsing und Rhett, beide nicht allzu sicher auf den Beinen, stützten ihn an beiden Seiten, und ohne ihren Beistand wäre er ohne Zweifel zu Boden gefallen. Ihnen folgte der Yankee-Hauptmann; halb argwöhnisch, halb belustigt stand er in der offenen Tür, seine Leute schauten ihm neugierig über die Schultern. Der kalte Wind fegte durchs Haus.

Scarlett blickte entsetzt und ratlos zu Melanie hinüber und wieder zurück auf Ashleys zusammensinkende Gestalt, und allmählich ging ihr ein Licht auf. Fast hätte sie ausgerufen: »Er kann doch unmöglich betrunken sein!« Aber sie biß sich rechtzeitig auf die Zunge. Ihr wurde klar, daß sie einer Komödie zusah, einer verzweifelten Komödie, bei der es um Leben und Tod ging. Sie selbst hatte keine Rolle darin, auch Tante Pitty nicht, aber alle anderen; sie warfen sich die Stichworte zu wie Schauspieler in einem oft geprobten Stück. Sie begriff nur die Hälfte, aber gerade genug, um den Mund zu halten.

»Setzen Sie ihn auf den Stuhl!« befahl Melanie entrüstet, »und Sie, Kapitän Butler, verlassen Sie sofort mein Haus! Wie können Sie sich unterstehen, sich hier blicken zu lassen, nachdem Sie ihn wieder in solchen Zustand versetzt haben?«

Die Männer ließen Ashley auf einen Schaukelstuhl nieder. Rhett taumelte, griff nach der Stuhllehne, um nicht zu fallen, und redete den Hauptmann in schmerzlichem Ton an: »Das ist nun mein Dank, da hörst du es, das habe ich davon, daß ich ihm die Polizei vom Hals gehalten und ihn nach Hause gebracht habe, trotz all seinem Gegröle und Gekratze!«

»Und Sie, Hugh Elsing, schämen Sie sich nicht? Was wird Ihre arme Mutter sagen? Betrunken und mit einem Yankeeknecht und Gesinnungslumpen wie Kapitän Butler unterwegs. Ach, und Mr. Wilkes, wie können Sie so etwas tun?«

»Melly, ich bin gar nicht so furchtbar betrunken«, lallte Ashley, und bei diesen Worten fiel er vornüber und lag mit dem Gesicht auf dem Tisch, den Kopf auf den Armen.

»Archie, bringen Sie ihn in sein Zimmer und stecken Sie ihn ins Bett ... wie gewöhnlich!« befahl Melanie.

»Tante Pitty, bitte mach schnell sein Bett zurecht und ... oh, oh, oh«, plötzlich brach sie in Tränen aus. »Wie konnte er nur! Er hatte mir doch versprochen ...«

Archie hatte Ashley schon untergefaßt, und Pitty war erschrocken und unentschlossen aufgestanden, als der Hauptmann einschritt.

»Fassen Sie ihn nicht an, er ist in Haft. Feldwebel!«

Als der Feldwebel ins Zimmer trat, das Gewehr schußbereit, legte Rhett, sichtlich bemüht, geradezustehen, dem Hauptmann die Hand auf den Arm. »Tom, weswegen nimmst du ihn denn wieder fest, so furchtbar betrunken ist er gar nicht. Ich habe ihn schon schlimmer gesehen.«

»Zum Teufel mit der Trunkenheit«, fluchte der Hauptmann. »Meinetwegen kann er auch im Rinnstein liegen. Ich bin kein Polizist. Er und Mr. Elsing sind verhaftet wegen Beteiligung an einem Überfall des Klans auf Shantytown heute abend. Ein Neger und ein Weißer sind dabei umgekommen. Mr. Wilkes war der Anführer.«

»Heute abend?« Rhett fing an zu lachen. Er lachte so laut, daß er sich auf das Sofa setzte und den Kopf in die Hände barg. »Doch nicht heute abend, Tom?« sagte er, als er wieder sprechen konnte: »Die beiden sind ja mit mir zusammen gewesen, die ganze Zeit seit acht Uhr, als sie in der Versammlung sein sollten.«

»Mit dir, Rhett? Aber ...«, der Hauptmann runzelte die Stirn und schaute unsicher auf den schnarchenden Ashley und seine weinende Frau. »Aber wo seid ihr denn gewesen?«

»Das mag ich nicht sagen«, erwiderte Rhett und warf Melanie den schlauen Blick eines Betrunkenen zu.

»Sag es!«

»Komm mit raus auf die Veranda, da sag ich es dir.«

»Du sollst es mir jetzt sagen.«

»Es ist mir peinlich vor den Damen. Wenn die Damen aus dem Zimmer gehen möchten ...«

»Ich bleibe hier«, Melanie trocknete sich zornig die Augen mit dem Taschentuch. »Ich habe ein Recht, es zu erfahren. Wo ist mein Mann gewesen?«

»In Belle Watlings Freudenhaus«, sagte Rhett und machte ein betretenes Gesicht. »Er war da und Frank Kennedy und Hugh und Dr. Meade und noch eine ganze Gesellschaft. Ein großes Fest haben sie gegeben, sehr fein, Sekt, Mädchen ...«

»Bei ... bei Belle Watling?« Melanies Stimme stieg in solche Höhe, daß sie brach. Es klang so herzzerreißend, daß alle sie entsetzt anschauten. Sie griff sich mit der Hand an die Brust, und ehe Archie sie auffangen konnte, war sie ohnmächtig hingesunken. Ein allgemeines Durcheinander folgte, Archie hob sie auf, India lief in die Küche und holte Wasser, Pitty und Scarlett fächelten sie und klopften ihr den Puls, während Hugh Elsing immer wieder brüllte: »Da habt ihr die Bescherung, da habt ihr die Bescherung!«

»Nun weiß es bald die ganze Stadt«, sagte Rhett ingrimmig. »Kannst zufrieden sein, Tom. Morgen spricht keine Frau in Atlanta ein Wort mehr mit ihrem Mann.«

»Rhett, ich hatte ja keine Ahnung ...« Obwohl der eisige Wind durch die offene Tür dem Hauptmann in den Rücken blies, war er in Schweiß gebadet. »Hör zu. Kannst du einen Eid darauf leisten, daß die beiden bei ... bei Belle waren?«

»Ja, zum Teufel«, brummte Rhett. »Geh doch hin und frag Belle selbst, wenn du mir nicht glaubst. So, ich trage jetzt Mrs. Wilkes in ihr Zimmer. Gib sie her, Archie, jawohl, ich kann sie tragen. Miß Pitty, gehen Sie mit der Lampe voran.«

Mit Leichtigkeit nahm er Archie Melanies schlaffen Körper ab.

»Sie bringen Mr. Wilkes zu Bett, Archie. Ich will ihn nicht mehr sehen nach dieser Geschichte.«

Pittys Hand zitterte so, daß die Sicherheit des Hauses durch die Lampe schwer bedroht war, aber doch hielt sie sie fest und trottete in das dunkle Schlafzimmer voran. Archie faßte grunzend Ashley unter und zerrte ihn hoch.

»Aber … aber ich muß diese Leute verhaften!«

Rhett drehte sich in dem dunklen Gang um.

»Dann verhafte sie morgen früh. Sie können in einem solchen Zustand ja doch nicht fortlaufen. Ich habe noch nie gewußt, daß es verboten ist, sich in einem Freudenhaus zu besaufen. Du lieber Gott, es sind fünfzig Zeugen da, die beweisen können, daß die beiden bei Belle waren.«

»Fünfzig Zeugen finden sich immer, wenn bewiesen werden soll, daß ein Südstaatler irgendwo gewesen ist, wo er nicht war«, sagte der Hauptmann unwirsch. »Sie kommen mit, Mr. Elsing. Mr. Wilkes gebe ich frei auf das Ehrenwort von …«

»Ich bin Mr. Wilkes' Schwester. Ich bürge dafür, daß er sich morgen meldet«, sagte India kalt. »Jetzt aber gehen Sie bitte. Für diesen Abend haben Sie genug Unruhe gestiftet.«

»Es tut mir außerordentlich leid.« Der Hauptmann verbeugte sich verlegen. »Ich hoffe nur, sie können ihre Anwesenheit bei … hm … Miß … Mrs. Watling beweisen. Wollen Sie Ihrem Bruder sagen, daß er morgen früh vor dem Generalprofos zum Verhör zu erscheinen hat?«

India grüßte kalt zurück, legte die Hand auf den Türdrücker und gab damit schweigend zu verstehen, daß sein schleuniger Abgang erwünscht sei. Der Offizier und der Feldwebel zogen sich zurück und nahmen Hugh Elsing mit. Sie warf die Tür hinter ihnen ins Schloß. Ohne Scarlett auch nur anzusehen, ging sie rasch von einem Fenster zum andern und ließ die Jalousien herunter. Scarlett versagten die Knie. Sie umklammerte den Stuhl, auf dem Ashley gesessen hatte, um wieder zu sich zu kommen. Ihr Blick fiel auf einen dunklen, feuchten Fleck, größer als ihre Hand, auf dem Rückenkissen des Stuhles. Sie wußte nicht, was sie davon halten sollte, fühlte nach und hatte zu ihrem Entsetzen etwas Rotes und Klebriges an der Hand. »India«, flüsterte sie, »India, Ashley … er ist verwundet.«

»Dumme Gans! Meintest du, er sei wirklich betrunken?«

India ließ die letzte Jalousie herab und lief nach dem Schlafzimmer, Scarlett hinter ihr drein. Rhetts schwerer Körper versperrte die Tür, aber über seine Schultern hinweg sahen sie Ashley bleich und still auf seinem Bett liegen. Melanie schnitt merkwürdig gewandt für jemand, der soeben noch ohnmächtig war, sein blutgetränktes Hemd mit der Stickschere auseinander. Archie hielt die Lampe übers Bett, um ihr zu leuchten, und einer seiner knorrigen Finger lag an Ashleys Handgelenk.

»Ist er tot?« schrien beide Mädchen auf einmal.

»Nein, nur bewußtlos nach dem Blutverlust. Der Schuß ging durch die Schulter«, sagte Rhett.

»Warum haben Sie ihn hergebracht, Sie Dummkopf!« schrie India ihn an. »Ich will zu ihm. Lassen Sie mich durch! Warum haben Sie ihn hergebracht, hierher, wo er verhaftet werden mußte!«

»Zum Fliehen war er zu schwach. Ich konnte ihn sonst nirgends hinbringen, Miß India. Außerdem, soll er als Flüchtling weiterleben wie Tony Fontaine? Soll ein Dutzend Ihrer Freunde den Rest ihres Lebens unter falschem Namen in Texas zubringen? Wir haben ja die Möglichkeit, sie alle freizubekommen, wenn Belle …«

»Lassen Sie mich hinein!«

»Nein, Miß Wilkes. Es gibt Arbeit für Sie. Sie müssen einen Doktor holen. Aber nicht Dr. Meade. Er ist in die Sache verwickelt und wird wohl gerade augenblicklich von den Yankees verhört. Holen Sie einen anderen Arzt. Haben Sie Angst, im Dunkeln allein hinauszugehen?«

»Nein«, sagte India, und ihre beiden Augen glitzerten. »Ich habe keine Angst.« Sie nahm Melanies Kapuzenmantel, der am Haken hing. – »Ich hole den alten Dr. Dean.« Ihre Stimme klang nicht mehr so aufgeregt. Sie zwang sich zur Ruhe. »Es tut mir leid, daß ich Sie einen Spion genannt habe. Ich begriff nicht, was Sie taten. Ich bin in tiefster Seele dankbar für das, was Sie für Ashley getan haben, und ich verachte Sie trotzdem.«

»Freimut weiß ich zu schätzen. Ich danke Ihnen dafür.« Rhett verbeugte sich, seine Lippen zogen sich in den Winkeln belustigt nach abwärts. »Jetzt laufen Sie, und wenn Sie zurückkommen und sehen irgendeine Spur von Soldaten beim Haus, so kommen Sie nicht wieder herein.«

Noch einen langen, angsterfüllten Blick warf India auf Ashley, dann hüllte sie sich in den Mantel, lief über den Flur zur Hintertür und verschwand in der Nacht.

Scarlett schaute sich die Augen aus, an Rhetts Gestalt vorbei, und als sie sah, wie Ashley seine Augen aufschlug, begann ihr Herz wieder zu schlagen. Melanie griff nach einem zusammengefalteten Handtuch, das an dem Waschtisch hing, und preßte es ihm gegen die blutende Schulter. Er lächelte ihr matt und beruhigend zu. Scarlett fühlte Rhetts harten, durchdringenden Blick auf sich ruhen und wußte, daß ihr ganzes Herz in ihren Zügen offen dalag, aber es war ihr einerlei.

Ashley blutete, verblutete vielleicht, und sie, die ihn liebte, hatte ihm die Schulter durchbohrt. Sie wollte an sein Bett und dort auf die Knie sinken und ihn umfangen, aber ihre Knie zitterten so, daß sie nicht zu gehen vermochte. Die Hand am Munde, stand sie mit großen Augen da, während Melanie ihm ein frisches Handtuch gegen die Schultern preßte, so fest, als wollte sie ihm das Blut in den Körper zurücktreiben. Aber das Handtuch rötete sich wieder wie durch einen Zauber.

Wie konnte ein Mensch so bluten und doch am Leben bleiben? Aber gottlob traten ihm keine Blasen auf die Lippen, die schaumigen roten Blasen, die Vorboten des Todes, die sie von jenem fürchterlichen Tage der Schlacht am Pfirsichbach so genau kannte, als die Verwundeten auf Tante Pittys Rasen mit blutendem Munde starben.

»Nur Mut«, sagte Rhett. Es klang hart und höhnisch. »Der stirbt nicht. Nehmen Sie die Lampe und leuchten Sie Mrs. Wilkes. Archie muß Botengänge machen.«

Archie blickte über die Lampe zu Rhett.

»Von Ihnen lasse ich mir nicht befehlen«, sagte er kurz und schob seinen Tabakpriem in die andere Backe.

»Sie tun, was er Ihnen sagt«, befahl Melanie streng, »und das schleunigst. Alles, was Kapitän Butler Ihnen sagt! Scarlett, nimm die Lampe.«

Scarlett trat vor, griff nach der Lampe und hielt sie mit beiden Händen. Ashley hatte die Augen wieder geschlossen, seine nackte Brust hob sich mühsam und senkte sich rasch, und der rote Strom sickerte zwischen Melanies Fingern hervor. Undeutlich hörte sie Archie durch das Zimmer zu Rhett hinüberhumpeln und Rhetts leise rasche Worte. Ihre Gedanken kreisten so sehr um Ashley, daß sie von Rhetts Geflüster nur abgerissene Bruchstücke verstand: »Nehmen Sie mein Pferd ... draußen angebunden ... reiten Sie wie der Teufel.«

Archie murmelte eine Frage in den Bart, und Rhett antwortete: »Die alte Sullivansche Plantage. Die Gewänder stecken oben in dem dickeren der beiden Schornsteine. Die sollen Sie verbrennen.«

»Hm«, grunzte Archie.

»Da sind zwei ... Männer im Keller. Legen Sie sie auf das Pferd, so gut sie können, und bringen Sie sie auf das leere Grundstück hinter Belles Haus, das zwischen dem Haus und den Schienen. Vorsicht. Wenn jemand Sie sieht, hängen Sie am Galgen wie wir alle. Bringen Sie sie auf das Grundstück und legen Sie Pistolen neben sie. Stecken Sie sie ihnen in die Hand. Hier, nehmen Sie meine.«

Scarlett sah, wie Rhett unter seinen Rockschößen zwei Pistolen hervorzog und Archie in den Gürtel steckte.

»Geben Sie mit jeder einen Schuß ab. Es muß wie eine gewöhnliche Schießerei aussehen. Begriffen?«

Archie nickte verständnisinnig, und wider Willen glänzte ihm das kalte Auge vor Hochachtung. Scarlett aber war weit davon entfernt, etwas zu begreifen. Die letzte halbe Stunde hatte einem bösen Traum so ähnlich gesehen, daß sie das Gefühl hatte, es könne nichts mehr einfach und klar vonstatten gehen. Rhett hingegen beherrschte die verworrene Situation offenbar vollständig, und das war ihr ein kleiner Trost.

Archie wandte sich zum Gehen, dann drehte er sich plötzlich wieder um und sah Rhett fragend an.

»Er?«

»Ja.«

Archie grunzte und spuckte auf den Boden. »Nun ist der Teufel los«, sagte er und humpelte durch den Flur nach der Hintertür.

Bei diesen letzten geflüsterten Worten stiegen neuer Argwohn und neue Angst in Scarletts Brust empor, gleich einem eiskalten, fortwährend anschwellenden Klumpen.

»Wo ist Frank?« schrie sie.

Rhett kam eiligst durchs Zimmer ans Bett, sein schwerer Körper wiegte sich leicht und geräuschlos wie der einer Katze.

»Alles zu seiner Zeit«, sagte er mit einem flüchtigen Lächeln. »Halten Sie die Lampe still, Scarlett, Sie wollen doch wohl Mr. Wilkes nicht aufbrennen. Miß Melly ...«

Melanie blickte auf wie ein Soldat, der einen Befehl entgegennimmt. Bei der allgemeinen Spannung fiel es ihr nicht auf, daß Rhett sie zum erstenmal vertraulich mit dem Namen anredete, bei dem sonst nur Verwandte und gute Freunde sie riefen.

»Verzeihung, ich meine, Mrs. Wilkes ...«

»Ach, Kapitän Butler, Sie brauchen sich nicht zu entschuldigen, mir wäre es eine Ehre, wenn Sie mich Melly nennten. Mir ist, als wären Sie mein Bruder ... oder mein Vetter ... Wie kann ich Ihnen je genug danken?«

»Vielen Dank«, sagte Rhett und machte ein beinahe verlegenes Gesicht. »Aber Miß Melly, es tut mir so leid, daß ich sagen mußte, Mr. Wilkes wäre bei Belle Watling gewesen. Es ist mir nicht lieb, daß ich ihn und die anderen mit dergleichen in Berührung gebracht habe. Aber ich mußte rasch denken, als ich von hier fortritt, und das war die einzige Ausflucht, die mir einfiel. Ich wußte, mein Wort würde gelten, weil ich so viele Bekannte unter den Offizieren der Yankees habe. Sie erweisen mir die zweifelhafte Ehre, mich beinahe als einen der Ihren zu betrachten, weil sie wissen, wie ... na, sagen wir, wie unbeliebt ich bei meinen Landsleuten bin. Sehen Sie, ich saß in den frühen Abendstunden in Belles Bar beim Poker. Das können mir ein Dutzend Yankees bezeugen, und Belle und die Mädels lügen mit Hochgenuß, bis sie schwarz werden, und bezeugen, Mr. Wilkes und die andern wären den ganzen Abend ... oben gewesen. Die Yankees werden ihnen glauben. Darin sind die Yankees sonderbar. Es kommt ihnen nicht in den Sinn, daß auch Frauen dieses ... dieses Gewerbes einer heißen Vaterlandsliebe fähig sind. Keiner einzigen Dame aus Atlanta würden die Yankees glauben, aber ... einer Halbweltdame glauben sie aufs Wort. Und ich hoffe, mit dem Ehrenwort eines Gesinnungslumpen und etlicher Halbweltdamen kommen die Herren glücklich davon.«

Bei den letzten Worten umspielte ein hämisches Grinsen seinen Mund, aber es verschwand, als Melanie strahlend vor Dankbarkeit zu ihm aufschaute.

»Kapitän Butler, Sie sind ein ganzer Mann! Und wenn Sie gesagt hätten, mein Mann und die andern seien heute abend mitten in der Hölle gewesen, ich hätte es Ihnen nicht übelgenommen. Denn ich weiß, und jeder, auf den es ankommt, weiß es ebenfalls, daß mein Mann noch nie an einem so schrecklichen Ort gewesen ist.«

»Aber«, begann Rhett verlegen, »... er war heute abend wirklich bei Belle.«

Melanie richtete sich kühl auf.

»Diese Lüge glaube ich Ihnen nie und nimmer.«

»Bitte, Miß Melly, hören Sie zu. Als ich heute abend auf die alte Sullivansche Plantage hinüberkam, traf ich Mr. Wilkes verwundet an, und bei ihm waren Hugh Elsing, Dr. Meade und der alte Merriwether ...«

»Doch nicht der alte Herr!« unterbrach ihn Scarlett erschrocken.

»Männer sind nie zu alt, um Dummheiten zu machen. Und Ihr Onkel Henry.«

»Gnädiger Gott«, schrie Tante Pitty.

»Die anderen hatten sich nach dem Zusammenstoß mit den Soldaten zerstreut, und die paar, die zusammengeblieben waren, hatten die Sullivanplantage nochmals aufgesucht, um ihre Gewänder im Schornstein zu verstecken und zu sehen, wie schwer Mr. Wilkes verwundet war. Wäre die Wunde nicht gewesen, so wären sie jetzt alle miteinander Hals über Kopf nach Texas unterwegs, aber er konnte nicht weit reiten, und sie wollten ihn nicht verlassen. Wir brauchten einen Beweis, daß sie anderswo waren, als wo sie in Wirklichkeit gesteckt hatten, und deshalb führte ich sie auf Schleichwegen zu Belle Watling.«

»Ach so ... jetzt verstehe ich Sie. Bitte verzeihen Sie meine Grobheit, Kapitän Butler. Ich sehe ein, daß es nötig war, sie dahin zu bringen. Aber ... man hat sie doch sicher hineingehen sehen.«

»Niemand hat uns gesehen. Wir sind durch eine geheime Hintertür hineingegangen, die auf die Schienen führt. Sie ist immer abgeschlossen, und immer ist es dort dunkel.«

»Wie sind Sie denn dann ...?«

»Ich habe einen Schlüssel«, sagte Rhett kurz und schaute Melanie ruhig in die Augen.

Als seine Worte ihr in ihrer vollen Bedeutung aufgingen, war sie so betroffen, daß sie den Verband von der Wunde gleiten ließ.

»Ich wollte nicht neugierig sein«, sagte sie vor sich hin, und ihr bleiches Gesicht wurde rot, während sie das Handtuch hastig wieder zurechtschob.

»Es tut mir leid, daß ich einer Dame so etwas mitteilen muß.«

»Es ist also wahr«, dachte Scarlett, und es durchfuhr sie sonderbar. »Er lebt wirklich mit der Watling. Ihr Haus gehört ihm.«

»Ich habe mit Belle gesprochen und ihr alles auseinandergesetzt. Wir haben eine Liste der Männer gemacht, die heute nacht dabei waren, und sie und die Mädchen werden bezeugen, daß sie alle heute nacht in ihrem Hause waren. Um uns recht auffällig fortgehen zu lassen, hat sie dann die beiden Desperados, die bei ihr Ordnung halten, damit beauftragt, uns mit Gewalt die Treppe herunter und durch die Bar zu schleifen und als betrunkene Ruhestörer auf die Straße zu setzen.«

Er grinste bei dieser Erinnerung. »Dr. Meade wirkte als Trunkenbold nicht sehr überzeugend. Aber Ihr Onkel Henry und der alte Merriwether waren ausgezeichnet. An ihnen sind zwei große Schauspieler verlorengegangen. Sie hatten sichtlich ihre Freude daran. Onkel Henry hat, fürchte ich, ein geschwollenes Auge, weil Mr. Merriwether seine Rolle gar zu eifrig spielte. Er ...«

Die Hintertür flog auf, und India kam herein, hinter ihr der alte Dr. Dean mit verwehtem weißem Haar, die dicke abgetragene Tasche unter dem Mantel. Er nickte den Anwesenden hastig zu und nahm das Handtuch von Ashleys Schulter. »Zu hoch für die Lunge«, sagte er. »Wenn das Schlüsselbein nicht gesplittert ist, hat es nichts zu sagen. Bringen Sie mir reichlich Handtücher, gnädige Frau, und Watte, wenn Sie haben, und etwas Branntwein.«

Rhett nahm Scarlett die Lampe ab und setzte sie auf den Tisch, während Melanie und India dem Arzt eilig das Gewünschte beschafften.

»Hier ist nichts für Sie zu tun. Kommen Sie mit ins Wohnzimmer an den Kamin.« Rhett nahm Scarlett beim Arm und schob sie aus dem Zimmer. Seine Hand und seine Stimme waren ungewöhnlich sanft. »Sie haben einen scheußlichen Tag gehabt, nicht wahr?«

Sie ließ sich ohne Widerstand hinüberführen, und ein Schauder überlief sie, obwohl sie jetzt neben dem Feuer stand. Der Klumpen der Angst und des Argwohnes in ihrer Brust schwoll wieder an. Es war mehr als Argwohn, es war beinahe Gewißheit, furchtbare Gewißheit. Sie blickte in Rhetts unbewegtes Gesicht hinauf und brachte einen Augenblick kein Wort hervor. Dann:

»War Frank auch bei … Belle Watling?«

»Nein.«

Rhetts Stimme klang schroff.

»Archie bringt ihn auf das leere Grundstück neben Belles Haus. Er ist tot. Kopfschuß.«

XLVI

Im Norden der Stadt taten diese Nacht wenige ein Auge zu. Mit India Wilkes' Schattengestalt, die lautlos durch Hintergärten schlüpfte, eindringlich durch das Küchenfenster flüsterte und in die windige Finsternis wieder verschwand, verbreitete sich die Nachricht von dem Unheil, das über den Klan gekommen war, und von dem klugen Eingreifen Rhett Butlers. Verzweiflung und bange Hoffnung blieben auf Indias Spuren zurück.

Von außen gesehen lagen die Häuser schwarz und schweigend in tiefem Schlummer da, drinnen aber wisperte und flüsterte es bis zum Morgengrauen. Nicht nur wer den nächtlichen Überfall mitgemacht hatte, sondern jedes Mitglied des Klans war zur Flucht bereit. Fast in jedem Stall an der Pfirsichstraße standen die Pferde gesattelt, Pistolen im Halfter und Proviant in der Satteltasche. Das einzige, was einen allgemeinen Aufbruch verhinderte, war Indias geflüsterte Botschaft. »Kapitän Butler sagt, zu Hause bleiben sei besser. Die Straßen werden bewacht. Er hat alles mit der Watling verabredet …« In dunklen Zimmern flüsterten die Männer: »Aber warum soll ich dem Butler trauen, dem verdammten Lumpen, das kann eine Falle sein!« Und Frauenstimmen flehten: »Geh nicht fort! Wenn er Ashley und Hugh gerettet hat, rettet er vielleicht alle. Wenn India und Melanie ihm trauen …« Und in halbem Vertrauen blieben sie zu Hause, weil ihnen kein anderer Weg offenstand.

In den ersten Nachtstunden hatten die Soldaten an ein Dutzend Türen geklopft, und wer nicht sagen konnte oder wollte, wo er gewesen war, wurde abgeführt. René Picard und einer von Mrs. Merriwethers Neffen, die Simmonsschen Jungen und Andy Bonnell waren unter denen, die die Nacht im Gefängnis verbringen mußten. Sie hatten an dem unglückseligen Streifzug teilgenommen, aber ihre Gefährten nach der Schießerei verloren, und auf dem raschen Ritt nach Hause wurden sie abgefaßt, ehe sie etwas von Rhetts Kriegslist erfuhren. Glücklicherweise antworteten sie auf Befragen einhellig, wo sie den Abend verbracht hätten, sei ihre eigene Sache und ginge keinen verfluchten Yankee etwas an. Sie waren eingesperrt worden und sollten am Morgen weiter verhört werden. Der alte Merriwether und Onkel Henry erklärten ganz schamlos, sie hätten den Abend bei Belle Watling verbracht, und als Hauptmann Jaffery ärgerlich bemerkte, für dergleichen seien sie doch wohl zu alt, wollten sie ihn fordern.

Belle Watling öffnete dem Hauptmann auf sein Klopfen selber die Tür, und ehe er etwas sagen konnte, rief sie ihm schon entgegen, das Haus sei für die Nacht geschlossen. In den frühen Abendstunden sei eine Bande Zankhähne und Trunkenbolde gekommen, hätte eine Rauferei angefangen, alles durcheinandergebracht, die schönsten Spiegel zerschlagen und die jungen Damen so erschreckt, daß das ganze Geschäft für die Nacht verdorben sei. Wollte aber der Hauptmann Jaffery zu trinken haben, die Bar sei noch offen …

Hauptmann Jaffery spürte deutlich, wie seine Leute grinsten, und hatte das hilflose Gefühl, im Nebel zu kämpfen. Er erklärte, er wolle weder die jungen Damen noch etwas zu trinken, sondern er wolle wissen, ob Belle die Namen der Raufbolde kenne. O ja, Belle kannte sie, es waren ihre Stammgäste. Sie kamen jeden Mittwochabend und nannten sich die Mittwochsdemokraten. Was sie darunter verständen, wisse sie nicht und frage auch nicht danach. Wenn sie ihr keinen Schadenersatz für die zertrümmerten Spiegel auf dem oberen Flur leisteten, wollte sie sie verklagen. Sie habe ein anständiges Haus … Und ohne zu zögern leierte Belle die Namen von zwölf Verdächtigen herunter. Hauptmann Jaffery lächelte säuerlich.

»Diese verfluchten Rebellen sind ebenso vorzüglich organisiert wie unser Geheimdienst«, sagte er. »Sie und Ihre Mädchen haben morgen vor dem Generalprofos zu erscheinen.«

»Wird der die Kerle dann verurteilen, meine Spiegel zu bezahlen?«

»Zum Teufel mit Ihren Spiegeln. Lassen Sie Rhett Butler dafür bezahlen. Ihm gehört doch das Haus, nicht wahr?«

Ehe der Morgen graute, wußte jede der beteiligten Familien über den ganzen Vorgang Bescheid. Auch die Neger, denen nichts gesagt worden war, wußten dank ihres rätselhaften Telegraphensystems, dem die Weißen nie beikommen konnten, Bescheid. Jeder kannte die Einzelheiten des Streifzuges, wußte von dem Tod Frank Kennedys und des verkrüppelten Tommy Wellburn, und wie Ashley verwundet worden war, als er Franks Leiche forttrug.

Der bittere Haß der Frauen gegen Scarlett, die die ganze Tragödie verursacht hatte, wurde ein wenig gemildert durch den Tod ihres Mannes und durch die Tatsache, daß sie davon wußte und es doch nicht zugeben konnte und auf den traurigen Trost verzichten mußte, seine Leiche für sich zu fordern. Bis am Morgen die Toten identifiziert waren und die Behörde Scarlett benachrichtigte, durfte sie nichts wissen. Frank und Tommy lagen mit ihren Pistolen in der kalten Hand still zwischen dem welken Unkraut auf dem leeren Grundstück. Die Yankees würden feststellen, sie hätten einander in der Trunkenheit bei einer Rauferei um eins der Watlingschen Mädchen erschossen. Das Mitgefühl für Fanny, Tommys Frau, die gerade ein Kind bekommen hatte, war groß, aber niemand konnte sie in der Dunkelheit besuchen und trösten, weil eine Abteilung Yankees das Haus umzingelt hielt und auf Tommys Rückkehr wartete. Eine andere Abteilung bewachte Tante Pittys Haus und wartete auf Frank.

Ehe der Morgen dämmerte, war bereits durchgesickert, daß das Verhör vor dem Militärgericht noch am gleichen Tage stattfinden sollte. Die Bürger, denen nach der schlaflosen Nacht und dem qualvollen Warten die Augen schwer waren, wußten, daß die Sicherheit ihrer angesehensten Mitbürger auf dreierlei beruhte: auf der Fähigkeit Ashleys, geradezustehen und vor dem Militärgericht zu erscheinen, als litte er lediglich an übermächtigen Kopfschmerzen, auf Belle Watlings Aussage, daß die Männer den ganzen Abend bei ihr zugebracht hätten, und auf Rhett Butlers Wort, daß er mit ihnen zusammen gewesen sei.

Das demütigte die Stadt aufs tiefste. Belle Watling! Ihr sollte man das Leben der Männer verdanken! Frauen, die ostentativ auf die andere Straßenseite gegangen waren, sobald sie Belle begegneten, zitterten vor Angst, sie würde es ihnen nun nachtragen. Nicht ganz so entehrend wie die Frauen fanden es die Männer, Belle ihr Leben zu verdanken, denn viele von ihnen hielten sie für ein braves Frauenzimmer. Was an ihnen nagte, war vielmehr, daß sie Leben und Freiheit dem Spekulanten und Lumpen Rhett Butler verdankten. Belle und Rhett! Die stadtbekannte Halbweltdame und der bestgehaßte Mann der Stadt, den beiden waren sie nun verpflichtet!

Was sie vollends in ohnmächtige Wut versetzte, war die feste Überzeugung, den Yankees zum Gespött zu dienen. O ja, die Yankees und die Schieber lachten jetzt. Zwölf hervorragende Bürger der Stadt als Belle Watlings Stammgäste entlarvt, zwei von ihnen in einem Streit um eine Prostituierte umgekommen, andere vor die Tür gesetzt, weil ihr Rausch sogar Belle zuviel geworden war, noch andere in Haft, wo sie nicht zugeben wollten, daß sie in jenem Hause waren, obwohl jedermann es wußte!

Atlanta hatte recht. Die Yankees, die so lange die Kälte und Verachtung der Südstaatler hatten hinnehmen müssen, barsten vor Lachen. Die Offiziere weckten ihre Kameraden und berichteten ihnen lang und breit, was sich ereignet hatte. Ehemänner holten ihre Frauen bei Sonnenaufgang aus dem Bett und erzählten ihnen so viel, wie Frauen anstandshalber hören durften, und die Damen zogen sich rasch an, klopften an die Tür ihrer Nachbarin und verbreiteten die schöne Geschichte weiter.

Die Yankeedamen waren entzückt und lachten, bis die Tränen ihnen die Wangen herunterliefen. Das also war die Ritterlichkeit und Vornehmheit des Südens! Vielleicht waren die Damen, die den Kopf so hoch getragen und jedes Entgegenkommen hochmütig abgewiesen hatten, jetzt weniger unnahbar, da jedermann wußte, wo ihre Männer sich aufzuhalten pflegten, wenn sie in eine politische Versammlung gingen. ›Politische Versammlung‹! Ausgerechnet, es war zum Lachen.

Aber bei all ihrem Spott empfanden sie doch Teilnahme für Scarlett und ihr trauriges Schicksal. Schließlich war sie doch eine der wenigen Damen in Atlanta, die höflich gegen die Yankees gewesen war. Scarlett hatte sie schon dadurch für sich eingenommen, daß sie arbeitete, weil ihr Mann sie nicht ordentlich ernähren konnte oder wollte. Wenn das arme Ding auch nur einen kümmerlichen Mann gehabt hatte, so war es doch schrecklich für sie, daß er ihr untreu gewesen war, doppelt schrecklich, daß er dabei ums Leben gekommen war. Schließlich war ein armer Mann immer noch besser als gar kein Mann, und die Yankeedamen beschlossen, besonders nett gegen Scarlett zu sein. Aber den anderen, den Damen Meade, Merriwether, Elsing, Wellburn und vor allem Mrs. Wilkes wollten sie ins Gesicht lachen, sooft sie sie sahen. Vielleicht lernten sie dann, sich künftig etwas höflicher zu benehmen.

Dasselbe und ähnliches wurde in den dunklen Zimmern auf der Nordseite der Stadt in den Nachtstunden getuschelt. Die Damen von Atlanta beteuerten ihren Männern, sie kehrten sich nicht für einen Pfifferling daran, was die Yankees von ihnen dächten. Aber innerlich kam ihnen doch ein Spießrutenlaufen bei den Indianern noch erträglicher vor, als sich von den Yankees auslachen lassen zu müssen, ohne ihnen die Wahrheit sagen zu können.

Dr. Meade war gekränkt in seiner Würde und außer sich über die schiefe Stellung, in die Rhett ihn und die andern hineinmanövriert hatte, und sagte zu seiner Frau, wenn er nicht fürchten müßte, die andern bloßzustellen, so würde er lieber die Wahrheit gestehen und sich aufhängen lassen als zuzugeben, er sei bei Belle Watling gewesen.

»Dir wird damit ein Schimpf angetan, Mrs. Meade!« schäumte er.

»Aber jeder weiß doch, daß du nicht da warst ... um ...«

»Die Yankees wissen es nicht. Und sie müssen es sogar glauben, wenn wir mit heiler Haut davonkommen wollen. Die werden lachen. Der bloße Gedanke, daß jemand es glaubt und darüber lacht, macht mich rasend. Für dich ist es beleidigend, weil ... liebes Kind, ich bin dir immer treu gewesen.«

»Das weiß ich.« In der Dunkelheit lächelte Mrs. Meade und gab dem Doktor ihre magere Hand. »Aber lieber wäre mir, es wäre wirklich wahr, als daß dir ein Haar gekrümmt würde.«

»Mrs. Meade, weißt du auch, was du da sagst?« Der Doktor war entgeistert über den unerwarteten Realismus seiner Frau.

»Ja, das weiß ich. Ich habe Darcey verloren, ich habe Phil verloren, und nun bist du alles, was ich noch habe, und lieber wäre mir, du schlügest in jenem

Lokal deinen dauernden Aufenthalt auf, als daß ich auch dich noch hergeben müßte.«

»Du redest irre! Du kannst doch unmöglich meinen, was du sagst.«

»Mein alter Dummkopf«, sagte Mrs. Meade zärtlich und lehnte ihren Kopf an seinen Arm.

Der Doktor kochte im stillen und streichelte ihr die Wange. Dann brach er von neuem los: »Daß man diesem Butler zu Dank verpflichtet sein muß! Dagegen ist der Galgen ein Kinderspiel. Nein, selbst wenn ich ihm mein Leben zu verdanken habe, höflich kann ich gegen ihn nicht sein. Seine Unverschämtheit schreit gen Himmel, und seine schamlose Geldschneiderei bringt mich zum Rasen. Ich soll mein Leben einem Manne verdanken, der nicht mitgekämpft hat ...«

»Melly sagt, er habe sich nach Atlantas Fall gestellt.«

»Das ist gelogen. Miß Melly fällt auf jeden Schurken herein. Was ich nur nicht begreifen kann, ist, warum er sich all diesen Ungelegenheiten aussetzt. Es ist mir gräßlich, es zu sagen, aber es wird über ihn und Mrs. Kennedy geredet. Ich habe sie voriges Jahr oft zusammen gesehen. Er muß es wohl um ihretwillen getan haben.«

»Um Scarletts willen hätte er keinen Finger gerührt. Da hätte er doch mit Vergnügen Frank Kennedy hängen sehen. Ich glaube, es ist wegen Melly ...«

»Mrs. Meade, du kannst doch unmöglich damit andeuten wollen, daß zwischen den beiden irgend etwas vorgefallen ist!«

»Ach, sei nicht so dumm. Sie hat ihn, seitdem er damals im Kriege versucht hat, Ashley austauschen zu lassen, immer unbegreiflich gern gehabt. Und das muß man ihm lassen, wenn er bei ihr ist, grinst er nie so unflätig wie sonst. Er ist höflich und rücksichtsvoll zu ihr, ein ganz anderer Mensch. Aus der Art, wie er mit Melly umgeht, sieht man, daß er anständig sein könnte, wenn er nur wollte. Ich denke mir, er tut das alles ...« Sie zögerte. »Du wirst das aber nicht gern hören.«

»Gern höre ich überhaupt nichts von der ganzen Geschichte.«

»Nun, mir scheint, teils tut er es Mellys wegen, aber hauptsächlich, weil er uns allen damit einen Riesenstreich spielen konnte. Wir haben ihn so gehaßt und es ihm so deutlich gezeigt, und nun hat er euch hereingelegt und vor die Wahl gestellt, entweder auszusagen, ihr wäret bei Belle Watling gewesen, und damit uns alle vor den Yankees zu blamieren, oder die Wahrheit zu gestehen und aufgehängt zu werden. Er weiß, daß wir nun alle ihm und seiner ... Geliebten zu Dank verpflichtet sind und daß uns allen eigentlich der Galgen lieber wäre als das. Oh, ich wette, er hat seine helle Freude daran!«

Der Doktor stöhnte. »Er sah wirklich aus, als mache es ihm Spaß, als er uns in dem Lokal die Treppe hinaufführte.«

»Doktor ...« Mrs. Meade wollte nicht recht mit der Sprache heraus. »Wie war es denn dort eigentlich?«

»Was sagst du da, Mrs. Meade?«

»Da bei ihr. Wie sieht es da aus? Gibt es da Kronleuchter mit Prismen? Rote Plüschvorhänge und mannshohe Spiegel mit vergoldeten Rahmen? Und die Mädchen ... hatten sie etwas an?«

»Herr du meine Güte!« Der Doktor war wie vom Donner gerührt. Nie hatte er geahnt, daß eine keusche Frau von so verzehrender Neugier nach ihren unkeuschen Schwestern geplagt werden könnte. »Wie kannst du nur solche Fragen stellen? Du bist nicht bei Sinnen. Ich will dir ein Beruhigungspulver mischen.«

»Ich will kein Schlafmittel, ich will es wissen! Dies ist die einzige Gelegenheit in meinem Leben, zu erfahren, wie es in einem verrufenen Hause aussieht, und nun bist du so gemein und erzählst es mir nicht!«

»Ich habe überhaupt gar nichts gesehen. Ich versichere dir, es war mir so furchtbar peinlich, mich an einem solchen Ort aufzuhalten, daß ich kein Auge für meine Umgebung hatte«, erwiderte der Doktor sehr förmlich. Die unerwartete Aufklärung über das Wesen seiner Frau brachte ihn ärger aus dem Gleichgewicht als alles andere, was sich an diesem Abend schon ereignet hatte. »Sei mir nicht böse, aber ich will jetzt versuchen, noch ein wenig zu schlafen.«

»Nun, dann schlafe nur«, antwortete sie hörbar enttäuscht. Als aber dann der Doktor sich bückte, um seine Stiefel auszuziehen, klang ihre Stimme aus der Dunkelheit wieder ganz zuversichtlich. »Dolly wird aus dem alten Merriwether schon alles herausbekommen haben. Sie kann mir davon erzählen.«

»Himmel, Mrs. Meade, du willst mir doch nicht einreden, daß anständige Frauen untereinander von so etwas reden!«

»Mach, daß du ins Bett kommst«, sagte Mrs. Meade.

Am nächsten Tage schneite und regnete es durcheinander, aber als die winterliche Dämmerung vorrückte, hörte es auf. Ein kalter Wind wehte. In ihren Mantel gehüllt, ging Melanie angstvoll ihren Gartenweg hinunter, hinter einem fremden schwarzen Kutscher her, der sie geheimnisvoll an einen vor dem Hause haltenden geschlossenen Wagen gebeten hatte.

Als sie herantrat, ging die Wagentür auf, und in dem dämmerigen Inneren sah sie eine Frau sitzen.

»Bitte, steigen Sie ein und setzen Sie sich zu mir, Mrs. Wilkes«, kam es mit einiger Verlegenheit aus der Tiefe des Wagens heraus. Die Stimme kam Melanie bekannt vor.

»Ach, Sie sind Miß ... Mrs. Watling!« rief Melanie. »Ich hatte so sehr den Wunsch, Sie zu sehen. Sie müssen hereinkommen.«

»Das kann ich nicht, Mrs. Wilkes.« Es klang ganz erschrocken. »Steigen Sie nur ein und bleiben Sie bitte einen Augenblick bei mir.«

Melanie stieg in den Wagen, und der Kutscher schlug hinter ihr die Tür zu. Sie setzte sich neben Belle und suchte nach ihrer Hand. »Wie kann ich Ihnen je für das danken, was Sie heute getan haben! Wir können Ihnen alle gar nicht dankbar genug sein.«

»Mrs. Wilkes, den Brief hätten Sie mir aber heute morgen nicht schicken sollen! Gewiß, ich bin stolz darauf, daß ich einen Brief von Ihnen bekommen habe, aber die Yankees hätten ihn doch abfangen können. Und daß Sie mich besuchen wollen, um mir zu danken ... ja, Mrs. Wilkes, Sie haben wohl ganz den Kopf verloren! So ein Gedanke! Sobald es dunkel wurde, bin ich hergekommen, um Ihnen zu sagen, daß an so etwas nicht zu denken ist. Ja ... ich ... Sie ... das schickt sich doch nicht!«

»Es soll sich nicht schicken, daß ich eine gute Frau besuche, die meinem Mann das Leben gerettet hat, und ihr dafür danke?«

»Ach was, Mrs. Wilkes! Sie wissen doch, was ich meine.«

Melanie schwieg einen Augenblick. Die Andeutung machte sie verlegen. Diese gutaussehende, schlicht angezogene Frau da in dem dämmerigen Wagen sah eigentlich nicht so aus und sprach auch nicht so, wie sie es sich von einer solch verrufenen Person, einer Bordellwirtin, vorgestellt hatte. Sie sprach ein bißchen gewöhnlich und bäuerisch, aber nett und warmherzig.

»Sie haben sich großartig vor dem Profos benommen, Mrs. Watling! Sie und die anderen ... Ihre ... die jungen Damen, haben unseren Männern das Leben gerettet!«

»Mr. Wilkes hat es großartig gemacht. Ich weiß gar nicht, wie er überhaupt auf den Beinen stehen und seine Aussage machen und dazu noch so kaltblütig dreinschauen konnte. Er blutete ja wie ein Schwein, als ich ihn gestern abend sah. Geht es ihm schon wieder besser, Mrs. Wilkes?«

»Ja, vielen Dank. Der Doktor sagte, es sei nur eine Fleischwunde, wenn er auch schrecklich viel Blut verloren hat. Heute morgen war er ... nun, er hatte sehr viel Alkohol in sich, sonst hätte er wohl kaum die Kraft gehabt, so gut durchzukommen. Aber sie haben ihn gerettet, Mrs. Watling. Als Sie wütend wurden und von Ihren zerbrochenen Spiegeln redeten, klang es so ... so überzeugend!«

»Dank auch schön, Mrs. Wilkes. Aber Kapitän Butler hat es doch auch fein gemacht, nicht wahr?« sagte Belle mit verstecktem Stolz in der Stimme.

»Oh, er war prachtvoll!« versicherte Melanie warm. »Die Yankees konnten gar nicht anders als seiner Aussage glauben. Er hat die ganze Sache famos gehandhabt. Ich kann ihm nie dankbar genug sein, und auch Ihnen nicht. Wie gut … wie lieb Sie sind.«

»Schönsten Dank auch, Mrs. Wilkes. Ich habe es gern getan. Ich hoffe nur, es ist Ihnen nicht peinlich, daß ich ausgesagt habe, Mr. Wilkes sei bei mir Stammgast. Er ist niemals, das wissen Sie doch …«

»Ja, ich weiß. Nein, es ist mir durchaus nicht peinlich. Ich bin Ihnen viel zu dankbar.«

»Wetten, daß die anderen Damen mir gar nicht dankbar sind«, sagte Belle plötzlich giftig. »Und auch Kapitän Butler hat keinen Dank davon, wette ich. Die hassen ihn nur noch mehr deswegen. Sie sind sicher die einzige Dame, die auch nur ›danke‹ zu mir sagt. Die anderen werden mir auch jetzt noch nicht ins Gesicht sehen, wenn sie mich auf der Straße treffen. Aber das ist mir egal, meinetwegen hätten all ihre Männer baumeln können. Aber bei Mr. Wilkes war es mir nicht egal. Sehen Sie, ich weiß noch immer, wie gut Sie im Krieg zu mir waren, damals wegen des Geldes für das Lazarett. Hier in der Stadt ist noch nie eine Dame gut zu mir gewesen, und wenn jemand gut zu mir ist, vergesse ich es nicht. Ich habe gedacht, Sie würden ja eine Witwe mit einem kleinen Jungen, wenn sie Mr. Wilkes aufhängen und … einen süßen kleinen Jungen haben Sie, Mrs. Wilkes. Ich habe auch einen Jungen, deshalb kann ich …«

»Ach, wirklich? Wohnt er …«

»O nein, er ist nicht in Atlanta. Er ist noch nie hiergewesen. Er ist auf einer Schule. Ich habe ihn nicht wiedergesehen, seitdem er klein war … Nun, jedenfalls, als Kapitän Butler sagte, ich solle für die Leute flunkern, wollte ich wissen, wer es war, und als ich hörte, Mr. Wilkes wäre dabei, habe ich keinen Augenblick geschwankt. Ich habe zu meinen Mädchen gesagt: ›Ich haue euch blau und braun, wenn ihr nicht extra betont, ihr wäret den ganzen Abend mit Mr. Wilkes zusammen gewesen‹, habe ich ihnen gesagt.«

Melanie wurde immer verlegener, als Belle so freimütig von ihren Mädchen sprach. »Oh, das war lieb von Ihnen … und von den … Mädchen auch.«

»Ja, Mrs. Wilkes, Sie haben es auch verdient«, sagte Belle warm. »Aber für den ersten besten hätte ich es nicht getan. Wenn es bloß der Mann von dieser Mrs. Kennedy gewesen wäre, hätte ich keinen Finger gerührt, einerlei, was Kapitän Butler gesagt hätte.«

»Warum denn nicht?«

»Mrs. Wilkes, in meinem Beruf erfährt man so allerlei. Das könnte schon eine ganze Masse feiner Damen überraschen und in Wut bringen, wenn sie ahnen würden, was wir alles von ihnen wissen. Ich sage Ihnen, die taugt nichts, die hat ihren Mann und den guten Wellburn umgebracht, so gut, als hätte sie sie selber niedergeschossen. Das hat sie alles auf dem Gewissen. Wozu mußte sie sich in Atlanta herumtreiben und den Negern den Kopf warm machen! Keine einzige von meinen Mädchen ...«

»Sie dürfen nicht so häßlich von meiner Schwägerin sprechen!« Melanie wurde steif und kühl.

Belle legte bittend die Hand auf Melanies Arm und zog sie hastig wieder zurück. »Nicht böse werden, bitte, Mrs. Wilkes. Das kann ich nicht aushalten, nachdem Sie so gut zu mir gewesen sind. Ich habe nicht daran gedacht, wie gern Sie sie haben. Es tut mir leid, daß ich das gesagt habe. Es tut mir auch so leid, daß der arme Mr. Kennedy tot ist. Das war ein netter Mann. Ich habe einiges von dem Kram bei mir zu Hause bei ihm gekauft, und er hat mich immer freundlich behandelt. Aber Mrs. Kennedy ... die ist eben nicht so Klasse wie Sie, Mrs. Wilkes. Sie ist ein eiskaltes Frauenzimmer, ich kann nichts dafür, aber das finde ich ... Wann wird Mr. Kennedy begraben?«

»Morgen früh ... Und Sie tun Mrs. Kennedy unrecht. Sie ist ganz gebrochen vor Kummer.«

»Mag sein«, sagte Belle ziemlich ungläubig. »Jetzt muß ich aber weiter. Ich bin bange, der Wagen wird erkannt, wenn ich noch länger hierbleibe, und das wäre nicht gut für Sie. Und, Mrs. Wilkes, wenn Sie mich einmal auf der Straße treffen, dann ... brauchen Sie nicht mit mir zu sprechen, ich verstehe es schon.«

»Ich bin stolz darauf, wenn ich mit Ihnen sprechen kann, und stolz darauf, daß ich Ihnen zu Dank verpflichtet bin. Hoffentlich sehen wir uns einmal wieder.«

»Nein«, sagte Belle, »das schickt sich nicht. Gute Nacht!«

XLVII

Scarlett sass in ihrem Schlafzimmer, nippte an dem Abendessen, das Mammy ihr hereingebracht hatte, und lauschte dem Sturm, der durch die Nacht brauste. Das Haus war furchtbar still, noch stiller als vor ein paar Stunden, da Frank noch im Salon aufgebahrt lag. Da waren leise Schritte zu hören gewesen, gedämpfte Stimmen, vorsichtiges Klopfen an der Haustür, Nachbarn, die flüsternd ihr Beileid aussprachen, und gelegentlich ein Schluchzen von Franks Schwester, die aus Jonesboro zur Beerdigung gekommen war.

Aber jetzt war das Haus in Schweigen gehüllt. Obwohl die Tür offenstand, vernahm sie von unten keinen Laut. Wade und die Kleine waren bei Melanie, seitdem Franks Leiche nach Hause gebracht worden war, und Wades Kindergetrippel und Ellas Geplärr fehlten ihr. In der Küche herrschte Waffenstillstand, und nichts war von dem sonst üblichen Zank zwischen Peter, Mammy und Cookie zu vernehmen. Sogar Tante Pitty schaukelte nicht auf ihrem knarrenden Stuhl in der Bibliothek, weil sie Scarlett in ihrem Kummer schonen wollte.

Niemand kam zu ihr herein, alle glaubten, sie wolle mit ihrem Schmerz allein sein, aber das gerade wollte sie am allerwenigsten. Hätte allein ihr Schmerz ihr Gesellschaft geleistet, sie hätte ihn ertragen, wie sie schon andere Schmerzen ertragen hatte. Aber zu dem betäubenden Gefühl des Verlustes traten Angst und Reue und die Qual des plötzlich erwachten Gewissens. Zum erstenmal in ihrem Leben bereute sie etwas, was sie getan hatte, und sie warf in abergläubischer Angst bange Seitenblicke nach dem Bett, in dem sie mit Frank gelegen hatte.

Sie hatte Frank umgebracht, so gewiß, als hätte sie mit eigener Hand das Gewehr abgedrückt. Er hatte sie gebeten, nicht allein herumzufahren, aber sie hatte nicht auf ihn gehört, und nun hatte ihr Eigensinn ihn das Leben gekostet. Dafür mußte Gott sie bestrafen. Aber etwas anderes noch lag ihr schwerer und banger auf dem Gewissen als sein Tod – etwas, was sie nie angefochten hatte, bis sie ihn im Sarge liegen sah. Sein totes Antlitz hatte etwas rührend Hilfloses gehabt, das sie anklagte. Gott strafte sie sicher dafür, daß sie ihn geheiratet hatte, wo er doch Suellen liebte. Einst würde sie sich vor dem Richterstuhl dafür zu verantworten haben, daß sie ihn damals in seinem Wagen auf dem Rückweg vom Yankeelager mit einer Lüge gewonnen hatte.

Vergebens suchte sie sich jetzt damit zu rechtfertigen, daß der Zweck das Mittel heilige, daß sie dazu gezwungen gewesen sei, ihn zu betrügen, weil zu viele Menschenschicksale von ihr abgehangen hätten. Schonungslos stand die Wahrheit vor ihr. Kalten Blutes hatte sie ihn geheiratet und für ihre Zwecke ausgenutzt und in den letzten sechs Monaten, in denen sie ihn hätte sehr glücklich machen können, hatte sie ihn unglücklich gemacht. Nun wurde sie dafür gestraft, daß sie ihre Herrschsucht, ihre Sticheleien, ihren Jähzorn und ihren Eigensinn an ihm ausgelassen hatte, daß sie gegen seinen Willen die Mühlen betrieben und die Kneipe gebaut, die Sträflinge angestellt und alle seine Freunde verscheucht und ihn in Unehre gebracht hatte.

Sie hatte ihn sehenden Auges tief unglücklich gemacht, und er hatte als Gentleman alles ertragen. Nur einmal hatte sie ihn wirklich beglückt, als sie ihm Ella geschenkt hatte. Und doch wußte sie, daß Ella nie geboren wäre, wenn sie es hätte verhindern können.

Ihr schauderte. Was hätte sie nicht darum gegeben, daß Frank noch lebte und sie lieb und gut zu ihm sein könnte, um alles wiedergutzumachen. Ach, wäre Gott nur nicht lauter Zorn und Rache! Schliche die Zeit doch nicht so, wäre das Haus nur nicht so still! Ach, und wäre sie doch nicht so allein!

Wäre nur Melanie bei ihr, Melanie könnte sie beruhigen. Aber Melanie war zu Hause und pflegte Ashley. Einen Augenblick dachte Scarlett daran, Pittypat zu rufen, aber sie konnte sich nicht dazu entschließen. Pitty machte wahrscheinlich alles noch viel schlimmer, denn sie betrauerte Frank aufrichtig. Er hatte ihr im Alter näher gestanden als seiner Frau. Sie hatte ihn liebgehabt. Er hatte Pittys Bedürfnis nach ›einem Mann im Haus‹ in vollendeter Weise befriedigt, hatte ihr kleine Geschenke und harmlosen Klatsch, Witze und Geschichten mit nach Hause gebracht, hatte ihr abends die Zeitung vorgelesen und ihr die Tagesfragen erklärt, während sie seine Socken stopfte. Sie hatte ihn gehegt und gepflegt, sie hatte sich besondere Gerichte für ihn ausgedacht und sich seiner während seiner ewigen Erkältungen mit rührender Zärtlichkeit angenommen. Nun vermißte sie ihn bitter und sagte immer wieder, während sie sich die rotgeschwollenen Augen trocknete: »Wäre er doch nur nicht zum Klan gegangen!«

Wäre doch nur irgend jemand da, der sie trösten und ihre Ängste beschwichtigen, der ihr nur ein wenig dies verworrene Grauen erklären könnte, bei dem ihr so elend und kalt und schwer ums Herz war! Wäre nur Ashley ... aber auch davor graute ihr. Fast hätte sie auch Ashley umgebracht, wie Frank. Und wenn Ashley je erfuhr, wie sie Frank belogen hatte, um ihn einzufangen, und wie gemein sie gegen Frank gewesen war, so konnte er sie überhaupt nicht mehr lieben. Ashley war ehrenhaft, wahrhaft und gütig, sein Blick war klar und unbestechlich. Wüßte er die ganze Wahrheit, so würde er sie verstehen. O ja, nur allzugut! Aber lieben konnte er sie dann nicht mehr. Deshalb durfte er die Wahrheit nie erfahren, er durfte ja nicht aufhören, sie zu lieben. Wie sollte sie denn weiterleben können, wenn seine Liebe, die geheime Quelle ihrer Kraft, ihr genommen würde? Aber was für ein Trost wäre es, ihm den Kopf an die Schulter zu legen und sich auszuweinen und die drückende Schuld sich vom Herzen zu reden!

Das stille Haus, durch das der Tod geisterte, bedrückte sie so schwer, daß sie es nicht mehr aushielt. Vorsichtig stand sie auf, zog die Tür halb zu und wühlte in der unteren Kommodenschublade zwischen ihrer Wäsche. Sie holte Tante Pittys ›Ohnmachtsflasche‹ hervor, die sie dort versteckt hatte, und hielt sie gegen die Lampe. Sie war fast zur Hälfte geleert. So viel konnte sie doch seit gestern abend unmöglich getrunken haben! Sie goß sich einen großen Schluck Branntwein ins Wasserglas und trank ihn mit einem Zuge aus. Ehe es Morgen wurde, mußte sie die Flasche mit Wasser auffüllen und in Pittys Schrank zurückstellen. Kurz vor der Beerdigung, als die Sargträger etwas zu trinken verlangten, hatte Mammy danach gesucht, und schon herrschte Gewitterschwüle in der Küche, weil Mammy, Cookie und Peter sich gegenseitig in Verdacht hatten.

Der Branntwein wärmte sie mit wohligem Feuer. Dem kam nichts gleich, wenn man ein Bedürfnis danach hatte. Ja, eigentlich tat er immer gut, viel wohler als der fade Wein. Warum in aller Welt eine Frau wohl Wein, aber keinen Schnaps trinken durfte? Mrs. Merriwether und Mrs. Meade hatten beim Begräbnis höchst augenfällig geschnüffelt und vielsagende Blicke ausgetauscht. Die falschen Katzen!

Sie goß sich noch einen Schluck ein. Wenn sie heute abend einen kleinen Schwips bekam, so schadete es nichts. Sie ging ja doch bald zu Bett und konnte mit Kölnisch Wasser gurgeln, ehe Mammy heraufkam. Hätte sie sich doch so vollständig und sinnlos betrinken können wie Gerald früher an den Gerichtstagen! Dann könnte sie vielleicht Franks eingefallene Züge vergessen, die sie anklagten, erst sein Leben zerstört und dann ihn getötet zu haben.

Ob wohl jeder in der Stadt meinte, sie habe ihn umgebracht? Bei der Beerdigung war man kühl gegen sie gewesen, und nur die anwesenden Frauen der Yankeeoffiziere hatten ihr Teilnahme bezeigt. Aber was scherte es sie! Wie unwichtig war es neben dem, was sie vor Gott zu verantworten hatte!

Sie trank noch einmal und schauderte, als das scharfe Getränk ihr den Hals hinabrann. Immer noch wurde sie den Gedanken an Frank nicht los. Wie dumm von den Männern, zu behaupten, Branntwein brächte Vergessen! Ehe sie sich nicht völlige Bewußtlosigkeit antrank, sah sie doch unausgesetzt Franks Gesicht vor sich, wie er sie das letztemal angesehen hatte, als er sie bat, nicht allein auszufahren, schüchtern, als wolle er ihr seine stummen Vorwürfe gleichsam abbitten.

Da schlug drunten dumpf der Klopfer an die Haustür, daß das ganze Haus widerhallte. Sie hörte Pittys watschelnden Schritt in der Halle, und es wurde geöffnet. Dann folgte eine Begrüßung, das Weitere war nicht zu unterscheiden. Wohl ein Nachbar, der sein Beileid ausdrücken oder einen Kuchen bringen wollte. Pitty hatte so etwas gern. Sie empfand einen feierlich schwermütigen Genuß daran, Kondolenzbesuche zu empfangen.

Als eine klangvolle, weiche Männerstimme Pittys Trauergeflüster übertönte, wußte Scarlett, wer es war, und fühlte sich auf einmal froh und leicht. Es war Rhett. Sie hatte ihn nicht gesehen, seitdem er ihr Franks Tod mitgeteilt hatte, und nun war sie im tiefsten Herzen überzeugt, er sei der einzige Mensch, der ihr heute zu helfen vermöchte.

»Ich glaube, sie empfängt mich«, drang Rhetts Stimme zu ihr herauf.

»Aber sie hat sich doch hingelegt, Kapitän Butler, und will niemanden sehen. Sie ist vollkommen gebrochen, das arme Kind. Sie ...«

»Ich glaube, für mich ist sie zu sprechen. Bitte sagen Sie ihr, daß ich morgen fahre und wohl eine Zeitlang fortbleibe. Es handelt sich um etwas Wichtiges.«

»Aber …«, hauchte Tante Pitty.

Scarlett lief auf den Flur hinaus, wobei sie verwundert bemerkte, daß ihre Knie ein wenig schwankten, und lehnte sich über das Geländer.

»Ich komme sofort, Rhett«, rief sie hinunter.

Flüchtig sah sie in Pittypats rundliches Gesicht, das sich nach oben wandte und sie voller Staunen und Mißbilligung wie mit Eulenaugen anblickte. »Nun weiß es die ganze Stadt, daß ich mich am Begräbnistage meines Mannes wieder unschicklich benehme«, dachte Scarlett, als sie in ihr Zimmer zurücklief und sich die Haare glättete. Sie knöpfte sich die schwarze Taille bis zum Kinn zu und steckte den Kragen mit Pittypats Trauerbrosche fest. »Besonders hübsch sehe ich nicht aus«, dachte sie, als sie sich in dem Spiegel sah, »zu blaß und aufgeregt.« Schon streckte sie die Hand nach der Schatulle aus, in der sie ihr Rouge verwahrte, besann sich aber eines Besseren. Die arme Pitty würde völlig das Gleichgewicht verlieren, wenn sie gar so rosig und blühend herunterkäme. Sie nahm Kölnisch Wasser in den Mund und spülte ihn sorgfältig aus.

Dann raschelte sie die Treppe hinunter zu den beiden, die immer noch in der Halle standen, denn Scarletts Dazwischentreten hatte Pitty so aus der Fassung gebracht, daß sie darüber vergessen hatte, Rhett hereinzubitten. Er war, ganz wie es sich gehört, in Schwarz gekleidet, sein Hemd gestärkt und gefältelt, und er benahm sich genau so, wie die Sitten es einem alten Freunde vorschrieben, der einen Beileidsbesuch macht, so makellos korrekt, daß es ans Komische streifte. Er entschuldigte sich geziemend, daß er Scarlett störe, und bedauerte, daß es ihm in der Eile, in der er vor seiner Abreise seine Geschäfte zu ordnen hätte, nicht möglich gewesen sei, dem Begräbnis beizuwohnen.

»Warum in aller Welt mag er nur gekommen sein?« dachte Scarlett verwundert. »Er meint ja kein Wort ernst.«

»Es ist mir schrecklich, Sie zu dieser Zeit zu überfallen, aber ich habe etwas Geschäftliches mit Ihnen zu besprechen, das keinen Aufschub duldet, etwas, was Mr. Kennedy und ich gemeinschaftlich in die Wege geleitet haben …«

»Ich wußte nicht, daß Mr. Kennedy und Sie geschäftlich miteinander zu tun hatten«, sagte Tante Pitty, fast entrüstet, daß ihr von Franks Tätigkeit etwas entgangen war.

»Mr. Kennedy war ein Mann mit vielseitigen Interessen«, sagte Rhett ehrerbietig. »Sollen wir ins Wohnzimmer gehen?«

»Nein«, wehrte Scarlett entsetzt mit einem Blick auf die geschlossenen Flügeltüren ab. Dort im Wohnzimmer sah sie immer noch den Sarg stehen und meinte, sie könne es nie wieder betreten. Dieses Mal verstand Pitty den Wink, wenn auch ungern.

»Bitte geht in die Bibliothek, ich muß noch nach oben zu meiner Flickerei. Ich habe sie letzte Woche gänzlich liegenlassen.«

Sie ging die Treppe hinauf und sah sich noch einmal vorwurfsvoll um, was aber weder Scarlett noch Rhett bemerkten. Er trat zur Seite und ließ sie in die Bibliothek vorangehen.

»Was für Geschäfte hatten Sie denn mit Frank?« fragte sie ohne weitere Einleitung.

Er kam näher heran und flüsterte: »Überhaupt keine, ich wollte nur Miß Pitty aus dem Wege gehen.« Er hielt inne und beugte sich über sie. »Es hat keinen Zweck, Scarlett.«

»Was?«

»Das Kölnisch Wasser!«

»Ich weiß wahrhaftig nicht, was Sie meinen.«

»Sie wissen es ganz genau. Sie haben ziemlich viel getrunken.«

»Und wenn schon. Was geht es Sie an?«

»Die Höflichkeit in Person, selbst noch in den Tiefen des Schmerzes! Trinken Sie nicht allein, Scarlett, die Leute kommen doch dahinter, und es verdirbt den guten Ruf, und es ist ein schlechter Zeitvertreib, ganz für sich allein zu trinken. Was ist dir, mein Liebling?«

Er führte sie an das Rosenholzsofa, und sie setzte sich schweigend. »Darf ich die Tür zumachen?«

Wenn Mammy die geschlossene Tür sah, würde es tagelang Ermahnungen und Vorwürfe setzen, aber schlimmer noch war es, wenn Mammy die Bemerkungen über das Trinken behorchte. Sie nickte, und Rhett zog die Schiebetür zusammen. Als er sich dann neben sie setzte und mit dunklen Augen eindringlich in ihrem Gesicht forschte, wich ihre Totenblässe vor dem Leben, das er ausstrahlte, und das Zimmer wurde wieder gemütlich und anheimelnd, der Lampenschein rosig und warm.

»Was ist dir denn, mein Liebling?«

Niemand auf der Welt verstand das alberne Kosewort so einschmeichelnd zu sagen wie Rhett, auch wenn er nur Spaß machte. Aber er sah jetzt gar nicht danach aus, als ob er nur Spaß machte. Sie blickte gequält zu ihm auf und fühlte sich merkwürdig getröstet durch die unerforschliche Leere in seinem Gesicht. Sie wußte gar nicht, warum; er war doch ein unberechenbarer und gefühlloser Mensch. Vielleicht, weil sie einander so sehr glichen? Manchmal kam es ihr vor, als seien alle, die sie bisher gekannt hatte, fremde Menschen für sie … bis auf Rhett.

»Kannst du es mir nicht sagen?« Merkwürdig sanft faßte er ihre Hand. »Ist es noch etwas außer dem Tode des guten Frank? Brauchst du Geld?«

»Geld, o Gott, nein! Ach Rhett, mir ist so bange.«

»Sei kein Dummkopf, Scarlett. Dir ist dein Lebtag noch nicht bange gewesen.«

»Doch, Rhett, mir ist bange!«

Die Worte sprudelten rascher hervor, als sie sie aussprechen konnte. Ihm konnte sie alles sagen, denn er war selbst ein so schlechter Kerl gewesen, daß er sie nicht verurteilen konnte. Wie wunderbar, jemanden zu kennen, der schlecht, ehrlos, gerissen und verlogen war, wenn die ganze Welt voller Menschen steckte, die aus Angst um ihre Seele nicht lügen mochten und lieber verhungerten, als daß sie etwas Unehrenhaftes taten!

»Ich habe solche Angst davor, daß ich sterbe und in die Hölle komme.« Wenn er sie jetzt auslachte, dann starb sie auf der Stelle, aber er lachte nicht.

»Du bist doch ganz gesund ... und vielleicht gibt es gar keine Hölle.«

»Doch, Rhett! Das wissen Sie doch.«

»Freilich weiß ich es. Aber sie ist schon hier auf der Erde und nicht erst nach dem Tode. Wenn wir tot sind, Scarlett, ist es aus. Deine Hölle ist jetzt hier.«

»O Rhett, das ist Gotteslästerung.«

»Und doch sehr tröstlich. Sag, warum kommst du denn in die Hölle?« Jetzt neckte er sie. Sie sah es in seinen Augen glitzern, aber es war ihr einerlei. Seine Hände waren stark und warm, es tat wohl, sich an ihnen festzuhalten.

»Rhett, ich hätte Frank nicht heiraten dürfen. Es war unrecht von mir. Er war Suellens Verehrer, sie hat er geliebt und nicht mich. Ich habe ihm aber vorgelogen, sie wolle Tony Fontaine heiraten.«

»So also hat es sich zugetragen! Ich habe es schon immer gern wissen wollen.«

»Und dann habe ich ihn unglücklich gemacht. Ich habe ihn zu allem möglichen gezwungen, was er gar nicht wollte, zum Beispiel dazu, daß er seine Rechnungsbeträge eintrieb von Leuten, die eigentlich nicht zahlen konnten. Es hat ihm so weh getan, daß ich die Mühlen betrieb und die Kneipe baute und Sträflinge anstellte. Er mochte vor Schande den Leuten kaum noch in die Augen sehen. Rhett, und ich habe ihn umgebracht. Ja, das habe ich! Ich wußte nicht, daß er im Klan war. Ich hatte keine Ahnung davon, daß er so viel Mut hatte, aber ich hätte es wissen müssen. Ich habe ihn getötet.«

»›Wird denn das ganze Weltmeer des mächtigen Neptun das Blut mir waschen von meiner Hand?‹«

»Was?«

»Einerlei. Weiter.«

»Weiter? Das ist alles. Ist das noch nicht genug? Ich habe ihn geheiratet, ich habe ihn unglücklich gemacht, ich habe ihn getötet. O mein Gott, wie habe ich das nur tun können! Ich habe ihn angelogen und geheiratet. Es kam mir alles ganz recht vor, als ich es tat, aber nun erkenne ich, wie unrecht es war. Rhett, es ist, als hätte ich das alles gar nicht selbst getan. Ich war so gemein zu ihm, aber ich bin doch eigentlich gar nicht so gemein. Ich bin gar nicht so erzogen, und Mutter ...« Sie schwieg und schluckte. Den ganzen Tag war sie dem Andenken an Ellen aus dem Wege gegangen, aber jetzt konnte sie ihr Bild nicht länger verscheuchen.

»Ich habe oft gedacht, wie sie wohl gewesen sein mag. Mir scheint, du gleichst deinem Vater sehr.«

»Mutter war ... ach, Rhett, zum erstenmal bin ich froh, daß sie tot ist. Da kann sie mich doch nicht sehen. Sie hat mich nicht erzogen, so gemein zu sein. Sie war gütig gegen jedermann. Ihr wäre lieber gewesen, ich wäre verhungert, als daß ich so etwas getan hätte. Und ich wäre doch so gern genau wie sie gewesen in allem, was ich tue, und ich bin nicht ein bißchen wie sie. Ich hatte nicht mehr daran gedacht – ich hatte so viel anderes zu denken –, aber ich wollte wie sie sein und nicht wie Pa. Ich habe ihn liebgehabt, aber er war so ... so rücksichtslos. Rhett, manchmal habe ich mir solche Mühe gegeben, nett mit den Leuten und gut zu Frank zu sein, aber dann kam der böse Traum wieder und machte mich so schrecklich bange, daß ich am liebsten den Leuten ihr Geld einfach weggerissen hätte, ob es mir gehörte oder nicht.«

Die Tränen strömten ihr übers Gesicht. Sie achtete dessen nicht und krampfte die Hand so fest zusammen, daß sich ihre Nägel ins Fleisch gruben.

»Was für ein Traum?« Es klang ernst und beruhigend.

»Ach, Rhett, mir träumte so oft, ich wäre wieder auf Tara, gleich nach Mutters Tod, nachdem die Yankees da waren. Mich überläuft es kalt, wenn ich daran denke. Ich sehe es wieder vor mir, alles ist abgebrannt und totenstill, und wir haben nichts zu essen. Ach, immer habe ich im Traum wieder Hunger. Ich habe Hunger und all die anderen, Pa und die Mädchen, und die Schwarzen auch. Dann sage ich mir in einem fort, wenn ich hier erst durch bin, dann will ich nie und nimmermehr Hunger leiden, und dann verschwindet der Traum in einem grauen Nebel, und ich laufe und laufe in den grauen Nebel hinein, so schnell, daß mir das Herz schier zerspringt, und etwas jagt hinter mir her und mir geht die Luft aus, und dabei muß ich immer denken, wenn ich nur hinkomme, bin ich in Sicherheit. Aber ich weiß gar nicht, wohin ich eigentlich kommen soll. Und dann wache ich auf, eiskalt vor Grauen und so bange, daß ich wieder Hunger leiden müßte. Und dann kommt es mir immer so vor, als gäbe es auf der ganzen Welt nicht Geld genug, um mich von der Angst vor dem Hunger zu befreien. Und dann war Frank immer so zaghaft und schlafmützig, daß er mich rasend machte und mir die Geduld riß. Er wird es wohl nicht verstanden haben, ich konnte es ihm auch nie begreiflich machen. Ich habe immer gedacht, ich könnte es eines Tages wieder gutmachen, wenn wir Geld hätten und ich nicht solche Angst zu haben brauchte, wieder hungern zu müssen. Und nun ist er tot, und es ist zu spät. Auch mir schien, als ich es tat, alles recht und gut. Und nun ist alles unrecht, was ich getan habe. Wenn ich noch einmal von vorn anfangen sollte, ich machte es alles ganz, ganz anders.«

»Scht«, sagte er, löste ihr die verkrampften Hände und zog ein reines Taschentuch aus der Tasche. »Trockne dir die Tränen. Es hat keinen Sinn, daß du dir das Herz zerreißt.«

Sie nahm das Taschentuch und trocknete sich die feuchten Wangen. Ein klein wenig Trost kam über sie, als sie etwas von ihrer Last auf seine breiten Schultern abgeschoben hatte. Sein Gesicht war ruhig, und selbst der leicht verzogene Mund war tröstlich und schien ihr fast ein Beweis dafür, daß ihre Qual und Verwirrung grundlos waren.

»Ist dir nun besser? Dann wollen wir der Sache einmal auf den Grund gehen. Du sagtest, wenn du es noch einmal zu machen hättest, würdest du es alles ganz anders machen. Ist das auch wahr? Denk nach. Meinst du wirklich?«

»Gott ...«

»Nein, du tätest dasselbe noch einmal. Hast du denn eine andere Wahl gehabt?«

»Nein.«

»Was also reut dich?«

»Ich war so gemein, und nun ist er tot!«

»Und wenn er nicht tot wäre, wärest du immer noch gemein. Wenn ich recht verstehe, bist du eigentlich nicht deshalb betrübt, weil du an Frank schlecht gehandelt hast, sondern nur, weil du Angst hast, in die Hölle zu kommen. Habe ich recht?«

»Ich weiß nicht ... es geht so durcheinander.«

»Ja, es geht ziemlich durcheinander. Du bist in derselben Lage wie der Dieb, der auf frischer Tat ertappt wird und nun nicht traurig ist, daß er gestohlen hat, sondern daß er ins Gefängnis muß. Wenn du nicht die dumme Vorstellung hättest, du wärest zum ewigen Feuer verdammt, wärest du eigentlich ganz froh, Frank los zu sein.«

»Aber, Rhett!«

»O bitte, du bist jetzt einmal beim Beichten und solltest lieber die Wahrheit beichten als eine vertuschte Lüge. Hat dein ... hm ... Gewissen dich damals sehr bedrückt, als du dich erbotest, jenes Kleinod, das kostbarer ist als das Leben, für dreihundert Dollar herzugeben?«

Der Schnaps fing jetzt an, ihr den Kopf zu benebeln. Sie fühlte sich schwindlig und gleichzeitig ein wenig übermütig. Es hatte keinen Zweck, ihm etwas vorzulügen. Er las ihre Gedanken.

»Damals habe ich nicht viel an Gott gedacht ... oder an die Hölle, und wenn ich es tat ... so meinte ich, Gott würde mich schon verstehen.«

»Aber daß er auch versteht, warum du Frank geheiratet hast, das traust du ihm nicht zu?«

»Rhett, wie können Sie so von Gott sprechen, wenn Sie doch glauben, es gäbe gar keinen.«

»Aber du glaubst an einen Gott des Zornes, und darauf kommt es im Augenblick an. Warum sollte er dich nicht verstehen? Tut es dir leid, daß Tara noch dein eigen ist und keine Schieber dort wohnen? Reut es dich, daß du nicht mehr Hunger leidest und in Lumpen gehst?«

»O nein!«

»Hattest du denn irgendeine andere Möglichkeit, als Frank zu heiraten?«

»Nein.«

»Er brauchte dich doch nicht zu nehmen, nicht wahr? Die Menschen können doch tun, was sie wollen. Und er brauchte sich doch nicht von dir zu etwas, was er nicht wollte, zwingen zu lassen?«

»Ich weiß nicht recht ...«

»Scarlett, wozu zerbrichst du dir den Kopf? Wenn du es noch einmal machen müßtest, du würdest noch einmal zur Lüge getrieben sein und er dazu, dich zu heiraten. Du würdest dich wieder in Gefahr begeben, und er müßte dich rächen. Hätte er Schwester Sue geheiratet, sie hätte vielleicht seinen Tod nicht herbeigeführt, aber sie hätte ihn vielleicht dafür doppelt so unglücklich gemacht wie du. Anders hätte es nicht gehen können.«

»Aber ich hätte doch liebevoller zu ihm sein können.«

»Das hättest du wohl – wenn du nicht du wärest. Aber du bist dazu geboren, jeden beherrschen zu wollen, der sich von dir unterkriegen läßt. Die Starken sind zum Beherrschen geboren und die Schwachen zum Unterkriegen. Frank ist allein an seinem Schicksal schuld. Warum ist er dir nicht mit der Peitsche gekommen? Ich wundere mich über dich, Scarlett, daß du so spät im Leben noch ein Gewissen entwickelst. Ein Opportunist wie du sollte lieber keines haben.«

»Ein Oppor ... was ist das?«

»Ein Mensch, der die Gelegenheit nutzt.«

»Ist das unrecht?«

»Es hat immer in schlechtem Ruf gestanden, besonders bei denen, die ihre Gelegenheiten nicht nutzen ...«

»Ach, Rhett, nun machen Sie wieder Unsinn. Ich dachte schon, Sie wollten nett sein.«

»Nett ist es auch ... für mich. Scarlett, Liebling, du hast einen Schwips, das ist es.«

»Sie unterstehen sich ...«

»Ja, ich unterstehe mich. Du bist nahe an dem, was man nicht sehr fein das ›heulende Elend‹ nennt, und deshalb will ich von etwas anderem reden und dir etwas erzählen, was dich vielleicht aufmuntert. Ich bin nämlich heute abend hergekommen, um dir eine Neuigkeit zu erzählen, ehe ich fortgehe.«

»Wo gehen Sie hin?«

»Nach England, wohl auf ein paar Monate. Vergiß jetzt dein Gewissen, Scarlett. Ich habe keine Lust, mich weiter mit dir über dein Seelenheil zu unterhalten. Bist du denn gar nicht neugierig auf meine Neuigkeit?«

»Aber ...«, begann sie matt und verstummte wieder. Vor dem Schnaps, der ihre Gewissensbisse abstumpfte, und vor Rhetts spöttelnden und doch tröstlichen Worten wich Franks bleicher Geist in die Finsternis zurück. Vielleicht hatte Rhett recht. Vielleicht verstand Gott sie. Sie war wieder so weit erholt, daß sie die quälenden Gedanken beiseite schieben und beschließen konnte: »Über all das denke ich morgen nach.«

»Was haben Sie denn für Neuigkeiten?« fragte sie mit Anstrengung, putzte sich die Nase mit Rhetts Taschentuch und strich das Haar zurück, das angefangen hatte, sich zu lösen.

»Dies ist meine Neuigkeit«, antwortete er und lächelte auf sie hernieder. »Ich begehre dich immer noch mehr als irgendeine Frau, die ich in meinem Leben gesehen habe, und da Frank nun nicht mehr da ist, dachte ich, es interessiert dich vielleicht.«

Scarlett riß ihm die Hände weg und sprang auf die Füße.

»Sie sind der gemeinste Patron auf Gottes Erdboden! Was kommen Sie mir ausgerechnet heute mit Ihren niederträchtigen ... ach, ich hätte wissen sollen, daß Sie sich niemals ändern! Und Frank ist kaum unter der Erde. Wenn Sie nur eine Spur von Anstand hätten ... Verlassen Sie das Haus!«

»Bitte, sei still, sonst kommt im nächsten Augenblick Miß Pittypat«, sagte er und blieb ruhig sitzen, langte aber hinauf und faßte ihre beiden Fäuste. »Ich fürchte, du mißverstehst mich.«

»Mißverstehen?« Sie suchte sich loszureißen. »Es war deutlich genug. Lassen Sie mich los und packen Sie sich fort! Eine solche Geschmacklosigkeit ist mir noch nicht vorgekommen! Ich ...«

»Still!« sagte er. »Ich mache dir einen Heiratsantrag. Muß ich denn erst vor dir niederknien, ehe du mir das glaubst?«

Sie hauchte »Oh!« und ließ sich auf das Sofa fallen. Mit offenem Mund starrte sie ihn an und wußte nicht recht, ob ihr vielleicht der Alkohol blauen

Dunst vormachte. Zusammenhanglos fielen ihr seine höhnischen Worte wieder ein: »Liebes Kind, Heiraten liegt mir nicht.« Sie war betrunken, oder aber er war verrückt. Er sah indessen keineswegs so aus, sondern ganz ruhig, als ob er über das Wetter spräche, und sein glatter schleppender Tonfall schlug ihr ohne jedes Pathos ans Ohr.

»Ich habe dich immer haben wollen, Scarlett. Vom ersten Tage an, da ich dich in Twelve Oaks sah, als du die Vase zerschmettertest und fluchtest und zeigtest, daß du keine Dame bist. Ich habe dich immer haben wollen, so oder so. Aber da du und Frank jetzt ein bißchen Geld verdient habt, weiß ich, daß du mir nie wieder mit interessanten Vorschlägen über Darlehen, Bürgschaften und dergleichen kommen wirst. Ich sehe deshalb ein, daß ich dich heiraten muß.«

»Rhett Butler, ist dies wieder einer von Ihren gemeinen Späßen?«

»Ich lege meine Seele vor dir bloß, und du bist voller Argwohn! Nein, Scarlett, dies ist eine Liebeserklärung, ganz bona fide und in allen Ehren. Ich gebe zu, daß es nicht so überaus geschmackvoll ist, gerade in diesem Augenblick damit zu kommen, aber ich habe eine ausgezeichnete Entschuldigung für meinen Mangel an Kinderstube. Ich fahre morgen für längere Zeit fort, und wollte ich bis zu meiner Rückkehr warten, so fürchte ich, du heiratest inzwischen jemand anders, der etwas Geld hat. Daher dachte ich, warum dann nicht mich und mein Geld? Scarlett, ich mag wirklich nicht mein Leben lang auf der Lauer liegen, um dich gerade zwischen zwei Ehemännern abzufassen.«

Es war sein Ernst. Daran war kein Zweifel. Ihr war der Mund ganz trokken, als ihr diese Erkenntnis aufging. Sie schluckte und schaute ihm in die Augen, um darin einen Aufschluß zu finden. Seine Augen lachten sie an, aber in ihrer Tiefe lag etwas anderes, was sie nie vorher gesehen hatte, ein Glanz, der sich nicht enträtseln ließ. Bequem und nachlässig saß er da, aber sie spürte, daß er sie so scharf beobachtete wie die Katze das Mausloch. Seine Ruhe barg eine mühsam gezügelte Kraft, vor der sie ein wenig erschrocken zurückscheute.

Er machte ihr wirklich einen Heiratsantrag. Er vollbrachte das Unglaubliche. Einst hatte sie Pläne geschmiedet, wie sie ihn quälen wollte, wenn es je dazu käme. Einst hatte sie gedacht, falls er je das Wort aussprechen würde, wollte sie ihn demütigen, ihm ihre Macht zu kosten geben und ihre boshafte Freude daran haben. Nun hatte er das Wort gesprochen, und all ihre Pläne kamen ihr nicht einmal in den Sinn, denn er war sowenig in ihrer Macht wie nur je. Im Gegenteil, er beherrschte die Lage so völlig, daß sie verwirrt wie ein junges Mädchen beim ersten Heiratsantrag nur erröten und stammeln konnte.

»Ich … ich werde nie wieder heiraten.«

»O doch, das tust du. Du bist zum Heiraten geboren. Warum also nicht mich?«

»Aber, Rhett, ich liebe Sie doch gar nicht.«

»Das ist kein Nachteil. Ich entsinne mich auch nicht, daß bei deinen anderen Eheversuchen die Liebe eine Rolle gespielt hätte.«

»Wie können Sie das sagen. Sie wissen doch, ich hatte Frank sehr gern.« Er erwiderte nichts.

»Ja, wirklich!«

»Nun, darüber wollen wir uns nicht streiten. Willst du dir meinen Vorschlag überlegen, während ich fort bin?«

»Rhett, ich mag nichts aufschieben. Ich sage es Ihnen lieber gleich. Ich fahre bald heim nach Tara, ich möchte für eine lange Zeit nach Hause, und heiraten will ich nicht wieder.«

»Nein? Warum nicht?«

»Ach Gott … einerlei, warum. Ich bin eben nicht gern verheiratet.«

»Aber, mein armes Kind, du bist ja auch nie richtig verheiratet gewesen. Wie könntest du denn wissen, wie das ist? Ich gebe zu, du hast Pech gehabt – weil du einmal aus Trotz und das andere Mal des Geldes wegen geheiratet hast. Ist dir nie der Gedanke gekommen, du könntest auch einmal zum Vergnügen heiraten?«

»Zum Vergnügen? Reden Sie keinen Unsinn. Heiraten ist kein Vergnügen.«

»Nein? Aber warum nicht?«

Sie hatte sich ein wenig beruhigt, und mit der Ruhe kam ihr auch all ihre angeborene Unverblümtheit zurück, und der Schnaps half nach.

»Den Männern macht es Spaß … Gott weiß, warum. Begriffen hab' ich es nie. Aber alles, was die Frau davon hat, ist: etwas zu essen, eine Menge Arbeit, die Narrheiten des Mannes, die sie über sich ergehen lassen muß, und jedes Jahr ein Kind.«

Er lachte so laut, daß es durch die Stille schallte. Scarlett hörte die Küchentür gehen.

»Scht! Mammy hat Ohren wie ein Luchs, und es gehört sich nicht, daß man lacht, wenn eben erst … Still, nicht lachen! Es ist doch wahr. Ja, das ist das Vergnügen. Nichts weiter!«

»Ich habe dir ja gesagt, du hast Pech gehabt, und deine Worte beweisen es. Einmal hast du einen Knaben und das nächste Mal einen alten Mann geheiratet. Und obendrein wird dir deine Mutter wohl gesagt haben, Frauen müßten ›diese Dinge‹ ertragen um der Mutterfreuden willen, die sie reichlich entschädigen. Das ist aber alles ganz verkehrt. Probiere doch einmal, einen richtigen

Mann zu heiraten, der einen schlechten Ruf hat und mit Frauen umzugehen weiß. Das macht Spaß!«

»Nun werden Sie wieder richtig roh und eingebildet, und es ist wohl Zeit, daß wir Schluß machen. Es wird ja ... ja einfach ordinär.«

»Aber ganz vergnüglich, nicht wahr? Du hast dich doch sicher noch niemals über eheliche Beziehungen unterhalten, auch nicht mit Charles und Frank.« Sie sah ihn finster an. Rhett wußte zuviel. Woher er das wohl alles hatte, was er von der Frau wußte? Es war schon geradezu unanständig.

»Mach kein böses Gesicht. Wann wollen wir also heiraten, Scarlett? Ich will gar nicht drängen. Wir wollen die Anstandsfrist einhalten. Übrigens, wie lange dauert die eigentlich?«

»Ich habe gar nicht gesagt, daß ich Sie heiraten will, und es schickt sich nicht, heute von so etwas zu reden.«

»Ich sagte dir ja schon, warum ich davon reden muß. Ich reise morgen ab, aber ich bin ein feuriger Freier und kann meine Leidenschaft nicht länger zügeln. Vielleicht kommt dir meine Werbung zu überstürzt?«

Sie erschrak, so plötzlich hatte er sich vom Sofa herunter auf die Knie niedergelassen, und die Hand gar zierlich aufs Herz gelegt, deklamierte er zungenfertig:

»Vergeben Sie mir, wenn ich Sie mit dem Ungestüm meines Gefühls erschrecke. Meine liebe Scarlett – meine liebe Mrs. Kennedy, meine ich, es kann Ihnen nicht verborgen geblieben sein, daß seit einiger Zeit die Freundschaft, die ich für Sie im Herzen hegte, zu einem tieferen Gefühl herangereift ist, einem schöneren, reineren und heiligeren Gefühl. Darf ich es Ihnen nennen? Ach, es ist die Liebe, die mich so verwegen macht.«

»Bitte, stehen Sie auf«, flehte sie. »Es sieht gar zu dumm aus. Wenn nun Mammy hereinkommt und Sie sieht!«

»Sie wäre sprachlos und würde ihren Augen nicht trauen, an mir zum erstenmal Spuren guter Erziehung zu finden«, sagte Rhett und stand anmutig wieder auf. »Komm, Scarlett, du bist kein Kind, kein Schulmädchen, und kannst mich unmöglich mit albernen Vorwänden von Schicklichkeit und dergleichen hinhalten. Sag, daß du mich heiraten willst, wenn ich zurückkomme, oder, bei Gott, ich gehe nicht fort. Dann bleibe ich hier und spiele jede Nacht die Gitarre unter deinem Fenster und singe aus Leibeskräften und kompromittiere dich so schändlich, daß du mich um deines Rufes willen doch heiraten mußt.«

»Rhett, seien Sie doch vernünftig. Ich will überhaupt niemanden heiraten.«

»Nein? Du sagst mir nicht den wahren Grund. Mädchenhafte Scheu kann es nicht sein. Was also?«

Plötzlich dachte sie an Ashley und sah ihn so lebendig vor sich, als stünde er leibhaftig vor ihr mit seinem Sonnenhaar, seinen verträumten Augen, voller Würde, so ganz anders als Rhett. Er war der eigentliche Grund dafür, daß sie nicht wieder heiraten wollte. Gegen Rhett hatte sie nichts, sie hatte ihn zuzeiten sogar herzlich gern. Aber sie gehörte Ashley für immer und ewig. Charles und Frank hatte sie in Wirklichkeit nie angehört, aber auch Rhett konnte sie nie wirklich gehören. Jedes Stück von ihr, eigentlich alles, was sie getan, erstrebt und erreicht hatte, gehörte Ashley und war aus Liebe zu ihm geschehen. Sie gehörte Ashley und Tara. Was sie Charles und Frank an Lächeln, Lachen und Küssen geschenkt hatte, gehörte Ashley, wenn er auch nie Anspruch darauf erhoben hatte noch erheben würde. In den geheimen Tiefen ihres Wesens wohnte das Verlangen, sich ihm zu bewahren, obwohl sie wußte, daß er sie sich niemals nehmen würde.

Sie wußte nicht, daß ihr Gesicht sich verändert hatte und bei ihrer Träumerei so weich geworden war, wie Rhett es noch nie an ihr gesehen hatte. Er betrachtete die schrägen grünen Augen, die groß und verschleiert dreinschauten, betrachtete den zärtlichen Zug um ihren Mund, und ihm stockte der Atem. Dann verzog sich sein einer Mundwinkel mit einem heftigen Zucken; in leidenschaftlicher Ungeduld brachte er hervor:

»Scarlett O'Hara, du bist verrückt!«

Ehe sie sich aus ihren Träumen sammeln konnte, hatte er sie plötzlich umschlungen, so sicher und fest wie einst vor langer Zeit auf der dunklen Landstraße nach Tara. Wieder empfand sie die überwältigende Hilflosigkeit, die Lust, hinzusinken, die wogende Wärme, unter der sie ermattete. Und Ashley Wilkes' ruhiges Gesicht verschwamm und löste sich in nichts auf. Er bog ihr den Kopf über seinen Arm zurück und küßte sie, zuerst weich, dann plötzlich mit immer steigender Leidenschaft, bis sie sich an ihn klammerte als an das einzig Feste im Taumel einer schwankenden Welt. Seine fordernden Lippen drängten sich zwischen ihre bebenden, daß alle Nerven in ihr erschauerten und Empfindungen in ihr erwachten, von denen sie nie etwas gespürt hatte, und ehe sich ihr alles im Schwindel drehte und auflöste, wurde sie inne, daß sie ihn wiederküßte.

»Hör auf ... ich bitte dich ... ich werde ohnmächtig«, flüsterte sie und suchte kraftlos, ihm ihren Kopf zu entziehen. Er aber drückte ihn wieder fest gegen seine Schulter, und flüchtig erblickte sie wie im Nebel sein Gesicht. Seine Augen waren weit geöffnet und hatten einen eigentümlichen Glanz. Das Beben seines Armes erschreckte sie.

»Du sollst auch ohnmächtig werden, die Besinnung will ich dir rauben. Nun ist es endlich soweit. Keiner von den Tröpfen, die du gehabt hast, hat dich so geküßt, weder dein Charles, noch dein Frank, noch dein dummer Ashley ...«

»Bitte …«

»Dein dummer Ashley, sage ich. Gentlemen sind sie alle. Was wissen sie von Frauen? Was haben sie von dir gewußt? Ich aber kenne dich.«

Wieder lag sein Mund auf dem ihren, und sie ließ es kampflos geschehen, zu schwach, den Kopf abzuwenden, zu schwach sogar, es auch nur zu wollen. Das Herz hämmerte ihr so gewaltig, daß sie erbebte. Seine Kraft und ihre haltlose Schwäche ängstigten sie. Was wollte er noch? Wenn er nicht aufhörte, schwanden ihr unfehlbar die Sinne. Wenn er doch aufhören … ach, wenn er doch niemals aufhören wollte!

»Sag ja!« Sein Mund war dicht über ihr. Seine Augen waren nahe und ungeheuer groß, sie erfüllten die ganze Welt. »Sag ja, verdammt, oder …«

Ganz leise war ihr das ›Ja‹ entfahren, ehe sie es sich versah, fast als hätte sein Wille es ohne ihr Zutun hervorgebracht. Aber schon während sie es aussprach, kam plötzlich Ruhe über sie. Es drehte sich nicht mehr in ihrem Kopf, sogar die Betäubung des Alkohols ließ nach. Sie hatte versprochen, ihn zu heiraten, und wollte es doch gar nicht. Sie wußte nicht, wie es alles gekommen war, und doch tat es ihr nicht leid. Es kam ihr jetzt ganz natürlich vor, daß sie ›Ja‹ gesagt hatte – fast wie ein Eingriff von oben, als ordne eine stärkere Hand als die ihre, was sie anging und bedrückte.

Er tat einen raschen Atemzug, als sie ›Ja‹ sagte, und beugte sich über sie zu neuen Küssen. Schon schlossen sich ihre Augen, und ihr Kopf sank zurück. Aber er hob den Kopf wieder, und sie spürte eine sachte Enttäuschung.

Eine Weile saß er ganz steif und hielt ihren Kopf an seiner Schulter; sie fühlte, wie er seinen bebenden Arm zur Ruhe zwang. Er gab sie ein klein wenig frei und schaute auf sie hinab. Sie öffnete die Augen und sah, daß der beängstigende Glanz aus den seinen gewichen war. Doch etwas hielt sie davon zurück, seinem Blick zu begegnen. Eine Verwirrung überwältigte sie, so daß sie die Augen niederschlagen mußte.

Er sprach und es klang sehr ruhig. »War das dein Ernst? Willst du es nicht wieder zurücknehmen?«

»Nein.«

»Hast du es nicht nur gesagt, weil – wie geht doch die Redensart? – ›meine Glut dich hinriß‹?«

Sie konnte nicht antworten, sie wußte nicht, was sie darauf antworten sollte, und ihm ins Auge sehen konnte sie auch nicht. Er faßte sie unter das Kinn und hob ihr Gesicht zu sich empor.

»Ich habe dir einmal gesagt, alles könnte ich von dir ertragen, nur keine Lüge. Jetzt sag mir die Wahrheit. Warum hast du ›Ja‹ gesagt?«

Noch immer brachte sie kein Wort hervor, aber sie gewann doch etwas von ihrer Haltung zurück. Sie hielt die Augen züchtig gesenkt, und um ihren Mund erschien ein kleines Lächeln.

»Sieh mich an. Wegen meines Geldes?«

»Aber, Rhett! Was für eine Frage.«

»Sieh mir ins Gesicht und mach keine süßen Redensarten. Ich bin nicht Charles oder Frank oder sonst einer von den Jungen aus der Provinz, die auf deine bebenden Augenlider hereinfallen. War es wegen meines Geldes?«

»Ja, zum Teil.«

»Zum Teil?«

Es ärgerte ihn anscheinend nicht. Er tat einen raschen Atemzug, gab sich einen Ruck und löschte etwas von der Erregung, die ihre Worte in seine Augen gebracht hatten – die sie in ihrer Verwirrung gar nicht gewahrt hatte.

»Ach«, stammelte sie hilflos, »Geld hilft einem doch wirklich, weißt du. Frank hat mir nicht allzuviel hinterlassen. Aber außerdem ... nun, Rhett, du weißt ja, wir kommen gut miteinander aus, und du bist unter allen Männern, die mir bisher begegnet sind, der einzige, der von einer Frau die Wahrheit ertragen kann, und es wäre doch nett, einen Mann zu haben, der mich nicht für eine dumme Gans hält und erwartet, daß ich ihm etwas vorlüge und ... nun ja, ich habe dich gern.«

»Mich gern?«

»Gott ja«, gab sie ärgerlich zurück. »Wenn ich sagte, ich wäre wahnsinnig verliebt, so löge ich, und, was noch schlimmer wäre, du wüßtest es auch ganz genau.«

»Manchmal habe ich den Eindruck, du treibst es mit deiner Aufrichtigkeit zu weit. Findest du nicht, jetzt wäre es für dich an der Zeit, ›Ich liebe dich, Rhett‹ zu sagen, selbst wenn es gelogen wäre?«

Worauf wollte er nur hinaus? Sie verwirrte sich immer mehr. So sonderbar sah er aus, gespannt, verletzt, spöttisch. Er ließ sie los und steckte die Hände tief in die Hosentaschen, und sie sah, wie er sie darin zur Faust ballte.

»Und wenn es mich einen Ehemann kostet, ich sage dir die Wahrheit«, dachte sie grimmig. Wie immer, wenn er sie peinigte, stieg ihr das Blut zu Kopf.

»Es wäre gelogen, Rhett, und wir haben es doch nicht nötig, die Narrheit bis zum Ende zu treiben, nicht wahr? Ich habe dich gern, wie ich dir sagte. Du weißt, wie es um mich steht. Du hast mir einmal gesagt, du liebtest mich zwar nicht, aber wir hätten doch viel miteinander gemein. Alle beide Schurken – so drücktest du dich aus ...«

»Mein Gott«, flüsterte er und wendete sich rasch ab. »In die eigene Grube gefallen.«

»Was sagst du?«

»Nichts!« Er schaute sie an und lachte, aber es war kein frohes Lachen. »Bestimme den Tag, mein Kind.« Wieder lachte er, beugte sich nach vorn und küßte ihre Hände. Ihr wurde leichter, als die Verstimmung vorüber war und seine gute Laune sichtlich wiederkehrte, und sie lächelte auch.

Einen Augenblick spielte er mit ihrer Hand. »Bist du beim Romanlesen einmal auf die altbekannte Situation gestoßen, wo die bisher unbeteiligte Frau sich in ihren eigenen Mann verliebt?«

»Du weißt, ich lese keine Romane.« Dann versuchte sie, auf seinen Spaß einzugehen. »Außerdem hast du einmal gesagt, es sei die Höhe der Geschmacklosigkeit, wenn Mann und Frau einander liebten.«

»Einmal habe ich wohl reichlich viel verdammtes, irrsinniges Zeug geredet«, gab er ihr schroff zurück und stand auf.

»Nicht fluchen!«

»Daran mußt du dich gewöhnen und selbst auch fluchen lernen. An alle meine schlechten Angewohnheiten mußt du dich gewöhnen, das gehört nun einmal mit zu dem Preis, den du dafür bezahlen mußt, daß du mich ... gern hast und deine schönen Pfötchen auf mein Geld legen darfst.«

»Nun werde mir nicht etwa böse, weil ich dich nicht anlüge und deiner Eitelkeit schmeichle. Du liebst mich doch auch nicht. Warum sollte ich dich denn lieben?«

»Nein, mein Kind, ich liebe dich nicht mehr als du mich. Und wenn ich es täte, du wärest die allerletzte, der ich es sagte. Gott sei dem Manne gnädig, der dich einmal wirklich liebte. Du brächest ihm das Herz, mein Liebling, du grausames, gefährliches Raubtier, die du so achtlos und gleichgültig bist, daß du dir nicht einmal die Mühe nimmst, deine Krallen einzuziehen.«

Mit einem Ruck riß er sie zu sich herauf und küßte sie von neuem, aber dieses Mal fühlten sich seine Lippen anders an. Ihm war wohl einerlei, ob er ihr weh tat – vielleicht wollte er ihr gar weh tun, ihr Schimpf antun. Seine Lippen wanderten ihr die Kehle hinunter, und schließlich preßte er sie auf den Taft, der ihre Brust bedeckte, so fest und so lange, daß sein Atem ihr heiß bis auf die Haut drang. Sie entriß ihm ihre Hände und stieß ihn in gekränkter Schamhaftigkeit zurück.

»Laß das! Wie darfst du dich unterstehen!«

»Das Herz klopft dir wie einem Kaninchen«, spottete er, »und für bloßes Gernhaben fast zu schnell, sollte ich meinen. Aber ich bilde mir nichts ein. Sei wieder gut und tu nicht gar so jungfräulich. Sag mir lieber, was ich dir aus England mitbringen soll. Einen Ring? Wie hast du ihn am liebsten?«

Einen Augenblick schwankte sie zwischen dem Interesse, das seine letzten Worte bei ihr erweckten, und dem weiblichen Verlangen, weiter die entrüstete Unschuld zu spielen.

»Ach … einen Diamantring, Rhett! Bitte, kauf mir einen ganz großen!«

»Damit du vor deinen verarmten Freundinnen damit prahlen kannst: ›Seht, was ich mir eingefangen habe!‹ Schön, du sollst einen großen haben, einen so großen, daß deine weniger glücklichen Freundinnen sich damit trösten können, es sei einfach ordinär, so große Steine zu tragen.«

Plötzlich stand er schroff auf und ging durchs Zimmer. Sie folgte ihm verwundert an die geschlossene Tür.

»Was ist, wohin gehst du?«

»Nach Hause, fertig packen.«

»Ach, aber …«

»Aber was?«

»Nichts. Glückliche Reise!«

»Danke.«

Er öffnete die Tür und trat in den Flur hinaus. Scarlett folgte ihm unentschlossen und ungewiß, was nun geschehen solle, ein bißchen enttäuscht über den jähen Stimmungsumschlag. Er zog den Mantel an und griff nach Hut und Handschuhen.

»Ich schreibe dir. Gib mir Nachricht, wenn du dich noch anders besinnst.«

»Willst du mich denn nicht …«

»Nun?« Offenbar hatte er Eile.

»Bekomme ich nicht einmal einen Abschiedskuß?« flüsterte sie, denn sie wußte, daß die Wände Ohren hatten.

»Meinst du nicht, für einen Abend wäre genug geküßt?« gab er zurück und schmunzelte, »für eine verschämte, wohlerzogene junge Frau … aber habe ich dir nicht gleich gesagt, daß es Spaß macht?«

»Du bist und bleibst unmöglich«, rief sie in hellem Zorn aus, ohne Rücksicht auf Mammy. »Mir macht es nichts aus, wenn du nie wiederkommst.«

Sie drehte sich um und rauschte zur Treppe in der Erwartung, seine warme Hand würde sie packen und zurückhalten. Aber er öffnete nur die Haustür, und ein kalter Luftzug wehte herein.

»Ich komme aber doch wieder«, sagte er, ging hinaus und ließ sie unten an der Treppe stehen und die Tür anschauen, die er hinter sich geschlossen hatte.

Der Ring, den Rhett aus England mitbrachte, war in der Tat so groß, daß es Scarlett peinlich war, ihn zu tragen. Sie hatte prunkvollen, kostbaren Schmuck für ihr Leben gern, empfand aber das unbehagliche Gefühl, daß jedermann mit Recht sagen konnte, der Ring sei ordinär. Es war ein vierkarätiger Diamant, von Smaragden eingefaßt. Er reichte ihr bis zum Fingergelenk hinauf, und es sah aus, als zöge sein Gewicht die Hand zu Boden. Scarlett hatte den Verdacht, Rhett habe sich große Mühe mit dem Entwurf des Ringes gegeben und ihn aus lauter Bosheit so protzig wie möglich bestellt.

Bis Rhett wieder in Atlanta war und der Ring an ihrem Finger stak, sagte sie niemand etwas von ihren Absichten. Auch ihrer Familie nicht, und als sie endlich ihre Verlobung anzeigte, brach ein Sturm erbitterten Klatsches los. Seit der Geschichte mit dem Klan waren, abgesehen von den Yankees und den Schiebern, Rhett und Scarlett die unbeliebtesten Einwohner der Stadt geworden. Mit Scarlett war schon seit dem längst vergangenen Tage, da sie die Witwentrauer für Charles Hamilton abgelegt hatte, keine Seele mehr einverstanden. Die Mißbilligung hatte wegen ihres unweiblichen Verhaltens in der Mühlenangelegenheit, ihres unschicklichen Benehmens während der Schwangerschaft und vieler anderer Anstößigkeiten immer mehr zugenommen. Als sie aber die Ursache zu Franks und Tommys Tode wurde und das Leben etlicher anderer Bürger in Gefahr brachte, steigerte sich die allgemeine Abneigung zu öffentlicher Verurteilung.

Was Rhett anging, so hatte er sich den Haß der Stadt schon durch seine Spekulationen während des Krieges zugezogen und war dann durch seine Verbindungen mit den Yankees nicht eben beliebter geworden. Was aber den wildesten Haß der Damen von Atlanta erregte, war merkwürdigerweise die Tatsache, daß er einigen von Atlantas angesehensten Bürgern das Leben gerettet hatte.

Zwar hatten sie nichts dagegen, daß ihre Männer noch am Leben waren, aber sie nahmen es sich tief zu Herzen, daß sie das einem Menschen wie Rhett und einer so peinlichen Komödie wie der, die er eingefädelt hatte, verdankten. Monatelang hatten sie bei dem Gelächter und dem Spott der Yankees Folterqualen erlitten. Die Damen meinten, und sprachen es auch aus, daß Rhett die Angelegenheit, wäre ihm wirklich nur an dem Wohl des Klans gelegen gewesen, auf etwas weniger unschickliche Art hätte beilegen können. Sie behaupteten, er habe geflissentlich Belle Watling hineingezogen, um die anständigen Leute der Stadt zu blamieren, und verdiene daher weder Dank für die Rettung noch Vergebung seiner früheren Sünden.

Diese Damen mit ihrer Bereitschaft zur Güte, ihrem Zartgefühl für die Bekümmerten, ihrer Standhaftigkeit in der Not konnten unerbittlich wie Furien gegen einen Abtrünnigen sein, der die kleinste Vorschrift ihres ungeschriebenen Sittenkodex übertrat. Der Kodex war einfach: Verehrung für die Südstaaten und ihre Veteranen, treues Einhalten der alten Formen, Stolz in der Armut, eine offene Hand für die Freunde und nie endender Haß gegen die Yankees. Scarlett und Rhett aber hatten gegen jedes einzelne dieser Gesetze verstoßen.

Die Männer, denen Rhett das Leben gerettet hatte, versuchten aus Gefühlen des Anstandes und der Dankbarkeit, ihre Frauen zum Stillschweigen zu bringen, aber ohne wesentlichen Erfolg. Schon ehe die bevorstehende Heirat bekannt wurde, waren die beiden höchst unbeliebt gewesen, aber man konnte doch noch die äußere Höflichkeit ihnen gegenüber wahren. Jetzt aber war auch dies nicht mehr möglich. Die Nachricht von ihrer Verlobung kam so unerwartet und erschütternd wie eine Explosion. Die Stadt schien in ihren Grundfesten zu wanken, und auch die sanftmütigsten Frauen sagten hitzig ihre Meinung. Kaum ein Jahr nach dem Tode Franks, den sie doch auf dem Gewissen hatte, heiratete sie diesen Butler, der Eigentümer eines Bordells war und mit den Yankees und Schiebern in Gaunergeschäften unter einer Decke steckte! Getrennt waren die beiden noch zu ertragen gewesen, ihre unverschämte Verbindung war es nicht mehr. Gemein und niederträchtig waren sie einer wie der andere. Sie verdienten, aus der Stadt verjagt zu werden.

Vielleicht wäre Atlanta mit den beiden noch glimpflicher verfahren, wenn ihre Verlobung nicht gerade zu einer Zeit bekanntgeworden wäre, da Rhetts Kumpane unter den Schiebern und Gesinnungslumpen den ehrbaren Bürgern widerwärtiger waren denn je. Da im Widerstand des Staates Georgia gegen die Yankeeherrschaft eben das letzte Bollwerk gefallen war, hatte sich der Haß gegen die Yankees und all ihre Mitläufer bis zur Siedeglut erhitzt. Der lange Feldzug, der begonnen hatte, als Sherman vor vier Jahren nach Süden vorrückte, hatte seinen Höhepunkt erreicht, der Staat war auf das tiefste gedemütigt.

Drei Jahre des »Wiederaufbaus« und der Schreckensherrschaft waren vergangen. Jedermann hatte gedacht, es stünde schon so schlimm, daß es nicht ärger kommen könnte. Aber jetzt merkte Georgia, daß die bösesten Zeiten gerade erst begonnen hatten.

Drei Jahre lang hatte die Bundesregierung versucht, dem Staat fremde Ideen und ein fremdes Regiment aufzuzwingen, und mit Hilfen der Armee, die die Durchführung der Verordnungen garantierte, war es ihr zum großen Teil auch gelungen. Aber lediglich die Militärmacht hielt das neue Regiment aufrecht. Der Staat stand nur äußerlich unter der Herrschaft der Yankees. Georgias Führer kämpften noch immer für das Recht des Staates, sich nach seinen eigenen Grundsätzen selber zu regieren. Allen Versuchen, sie in die Knie zu zwingen und die Annahme des Diktats aus Washington als eigenes Staatsgesetz von ihnen zu erreichen, hatten sie bisher widerstanden.

Offiziell hatte Georgias Regierung niemals klein beigegeben, aber sie hatte einen aussichtslosen Kampf geführt und ihn immer aufs neue verloren. Ein Sieg war unmöglich, der Widerstand jedoch hatte das Unvermeidliche wenigstens hinausgezögert. Viele andere Staaten des Südens hatten schon schwarze

Analphabeten in hohen öffentlichen Stellungen sitzen und Parlamente, die von Negern und Schiebern beherrscht wurden. Noch war Georgia, dank seinem hartnäckigen Widerstand, dieser tiefsten Erniedrigung entronnen. Fast drei Jahre lang blieb das Kapitol des Staates noch in der Hand der Weißen und der Demokraten. Da das Militär sich überall einmischte, konnten die Beamten des Staates wenig mehr tun als Proteste einlegen. Die Macht hatten sie nur dem Namen nach, aber es war ihnen doch wenigstens gelungen, die Regierung den alteingesessenen Einwohnern Georgias vorzubehalten. Jetzt war es auch damit vorbei.

Genau wie vor vier Jahren Johnston und seine Leute Schritt für Schritt von Dalton nach Atlanta zurückgetrieben worden waren, so mußten auch die Demokraten in Georgia von 1865 an Schritt für Schritt zurückweichen. Die Macht der Bundesregierung war beständig ausgedehnt worden. Gewaltakt über Gewaltakt und eine Flut militärischer Erlasse hatten den bürgerlichen Behörden alle Macht geraubt. Schließlich waren in Georgia als einer Militärprovinz die Wählerlisten den Negern geöffnet worden, einerlei, ob die Gesetze des Staates es zuließen oder nicht.

Eine Woche, ehe Scarlett und Rhett ihre Verlobung anzeigten, war ein neuer Gouverneur gewählt worden. Der Kandidat der südlichen Demokraten war General John B. Gordon, einer der angesehensten und beliebtesten Bürger Georgias. Der Gegenkandidat war ein Republikaner namens Bullock. Die Wahl hatte drei Tage statt einen gedauert. Ganze Wagenladungen von Negern waren in der Eisenbahn von Stadt zu Stadt gefahren und hatten unterwegs in jedem Bezirk gewählt. Selbstverständlich hatte Bullock gesiegt.

Hatte die Eroberung Georgias durch Sherman Erbitterung erregt, so steigerte sich der Haß bei dem endgültigen Einzug der Schieber, Yankees und Neger in das Kapitol des Staates in einem Grade, wie Georgia es noch nicht erlebt hatte. Atlanta und ganz Georgia schäumten und tobten. Rhett Butler aber war mit dem verhaßten Bullock befreundet!

Scarlett, die, wie immer, für alles, was nicht unmittelbar vor ihrer Nase geschah, wenig Aufmerksamkeit übrig hatte, wußte kaum, daß eine Wahl stattfand. Rhett hatte sich nicht daran beteiligt, und seine Beziehungen zu den Yankees waren die alten geblieben. Aber die Tatsache, daß Rhett ein Parteigänger und Freund Bullocks war, blieb bestehen. Wenn die Heirat zustande kam, stand auch Scarlett auf der feindlichen Seite. Atlanta war nicht gesonnen, mit jemandem, der ins feindliche Lager übergelaufen war, nachsichtig und milde zu verfahren. Da die Verlobungsnachricht gerade in diesem Zeitpunkt kam, gedachte die Stadt alles Bösen, was sie von dem Paar wußte, und vergaß alles Gute.

Scarlett wußte, daß die Stadt brodelte, aber den Umfang der öffentlichen

Entrüstung erkannte sie doch erst, als Mrs. Merriwether von ihren kirchlichen Kreisen vorgeschickt wurde, um mit ihr zu ihrem eigenen Besten zu reden.

»Weil deine eigene liebe Mutter tot ist und Miß Pitty, da sie doch unverheiratet ist, nicht geeignet ist, über ein solches Thema mit dir zu reden, fühle ich mich berufen, Scarlett, dich zu warnen. Kapitän Butler ist nicht der Mann, den eine Frau aus guter Familie heiraten kann.«

»Er hat es fertiggebracht, Großpapa Merriwether und Ihrem Neffen mit heiler Haut aus der Klemme zu helfen.«

Mrs. Merriwether schwoll der Kamm. Vor kaum einer Stunde hatte sie eine ärgerliche Unterredung mit Großpapa gehabt. Der alte Herr hatte gemeint, sein Kopf müsse ihr wohl eben nicht viel bedeuten, wenn sie nicht einige Dankbarkeit gegen Rhett Butler empfände, ob er nun ein Lump sei oder nicht.

»Er hat uns allen nur einen schmutzigen Streich spielen wollen, um uns vor den Yankees zu blamieren«, fuhr Mrs. Merriwether fort. »Du weißt so gut wie ich, daß der Mann ein Schurke ist. Das ist er immer gewesen, und jetzt ist er es mehr denn je. Er ist einfach nicht der Mann, den ein anständiges Haus empfängt.«

»Nein? Wie sonderbar, Mrs. Merriwether! Während des Krieges ist er oft genug in Ihrem Salon gewesen. Er hat doch auch Maybelle ihr weißseidenes Hochzeitskleid geschenkt? Oder irre ich mich?«

»Während des Krieges war das alles anders. Anständige Leute gingen mit allen möglichen Menschen um, die nicht ganz ... es geschah alles um der Sache willen. Du kannst doch nicht im Ernst daran denken, einen Mann zu heiraten, der nicht mitgekämpft und die Leute verhöhnt hat, die sich stellten.«

»Er hat aber mitgekämpft. Er war acht Monate an der Front. Den letzten Feldzug hat er mitgemacht, bei Franklin war er dabei und auch, als General Johnston sich ergab.«

»Davon habe ich nie gehört«, sagte Mrs. Merriwether ungläubig. »Aber er ist doch nicht verwundet worden«, schloß sie triumphierend.

»Es sind nicht alle verwundet worden.«

»Wer irgend etwas ist, ist auch verwundet worden. Ich für meine Person kenne keinen Mann, der unverwundet geblieben ist.«

Das brachte Scarlett in Harnisch.

»Dann werden wohl alle, die Sie gekannt haben, zu dumm gewesen sein, um zu wissen, wann man bei einem Regenschauer unter Dach geht. Ich will Ihnen etwas sagen, Mrs. Merriwether, und Sie können es allen Ihren Freundinnen weitergeben. Ich heirate Kapitän Butler, und wenn er auf der Seite der Yankees mitgekämpft hätte, wäre es mir auch einerlei.«

Als die würdige Matrone mit vor Wut bebender Haube das Haus verließ, wußte Scarlett, daß sie jetzt statt einer mißbilligenden Freundin eine offene Feindin hatte. Aber sie machte sich nichts daraus. Was Mrs. Merriwether auch sagte oder tat, sie focht es nicht an. Sie kehrte sich nicht daran, was die Leute sagten – mit der einzigen Ausnahme von Mammy.

Sie hatte es hingenommen, daß Pitty bei der Nachricht in Ohnmacht fiel. Sie hatte sich dagegen verhärtet, daß Ashley plötzlich alt aussah und ihren Blick mied, als er ihr Glück wünschte. Tante Paulines und Tante Eulalies Briefe aus Charleston, in denen die alten Damen wie vom Donner gerührt ihr die Heirat untersagten und ihr mitteilten, sie untergrübe nicht nur ihre eigene gesellschaftliche Stellung, sondern auch die all ihrer Verwandten, hatten sie nur amüsiert. Sie hatte sogar gelacht, als Melanie mit Sorgenfalten auf der Stirn in aufrichtigem Ernst erklärte: »Natürlich ist er viel besser, als die meisten Leute ahnen. Es war gut und klug von ihm, wie er Ashley gerettet hat. Er hat ja auch für die Konföderierten mitgekämpft. Aber meinst du nicht, Scarlett, du solltest deinen Entschluß lieber nicht überstürzen?«

Nein, sie machte sich nichts daraus, was sie alle sagten, mit Ausnahme von Mammy. Mammys Worte gingen ihr sehr nahe und machten sie sehr zornig.

»Ich habe wohl gesehen, daß du eine große Menge tust, was Miß Ellen weh täte, wenn sie es sähe, und das hat mir sehr viel Kummer gemacht. Aber dieses hier ist das Allerschlimmste. Pack heiraten! Ja, Misses, Pack sage ich! Erzähl mir nicht, daß er von vornehmen Herrschaften abstammt. Das macht nichts aus, Pack kommt von ganz oben und von ganz unten, und Pack bleibt Pack. Ja, Miß Scarlett, ich habe mit angesehen, wie du Miß Honey Mister Charles weggenommen hast, und hast dir doch nichts aus ihm gemacht. Ich habe mit angesehen, wie du deiner eigenen Schwester Mister Frank gestohlen hast, und ich habe stillgeschwiegen zu vielerlei. Wenn du schlechtes Holz als gutes Holz verkauft hast und über die anderen Holzgentlemen Lügen gebracht hast und wenn du allein herumgefahren bist und wenn du dich den befreiten Niggern ausgesetzt hast, so lange, bis Mister Frank erschossen wurde. Und den Sträflingen hast du nicht so viel zu essen gegeben, daß sie Leib und Seele zusammenhalten konnten, und ich habe stillgeschwiegen, auch wenn Miß Ellen im Lande der Verheißung sagte: ›Mammy, Mammy, du paßt nicht ordentlich auf mein Kind auf!‹ Ja, Misses, für das alles habe ich eingestanden, aber hierfür nun nicht mehr, Miß Scarlett. Weißes Pack darfst du nicht heiraten, nicht, solange ich Atem im Leibe habe.«

»Ich heirate den, der mir paßt«, sagte Scarlett kalt. »Mir scheint, du vergißt, wer du bist, Mammy.«

»Das wird auch höchste Zeit! Wenn ich dir dies nicht sage, wer soll es dir denn sonst sagen?«

»Ich habe mir die Sache überlegt, Mammy, und ich finde, das beste ist, du gehst wieder nach Tara. Ich gebe dir etwas Geld mit.«

Mammy richtete sich zu ihrer vollen Würde auf.

»Ich bin aber frei, Miß Scarlett, du kannst mich nirgends hinschicken, wenn ich nicht will. Und wenn ich nach Tara zurückgehe, so tue ich das nur, wenn du mitgehst, und ich verlasse Miß Ellens Kind nicht, und niemand bringt mich hier weg, und Miß Ellens Enkelkinder lasse ich auch nicht einem so ordinären Stiefvater, daß er sie erzieht, und hier bin ich, und hier bleibe ich.«

»Du sollst nicht bei mir im Hause bleiben und ungezogen gegen Kapitän Butler sein. Ich heirate ihn und damit Schluß.«

»Ich habe aber noch eine Menge zu sagen«, gab Mammy bedächtig zurück, und ihre trüben alten Augen flammten kriegerisch. »Ich dachte nicht, daß ich das noch einmal zu einer von Miß Ellens Fleisch und Blut sagen muß. Hör zu, Miß Scarlett, du bist nur ein Maultier im Pferdegeschirr. Man kann einem Maultier die Hufe blank reiben und das Fell striegeln und sein ganzes Geschirr mit Messing beschlagen und es vor einen feinen Wagen spannen, und es bleibt doch ein Maultier, und jeder merkt es. Und mit dir ist es genauso. Du hast seidene Kleider und die Mühlen und den Laden und das Geld und tust, als bist du ein schönes Pferd, und du bist doch nur ein Maultier, und jeder sieht es dir an, und dieser Butler ist gut und fein gestriegelt wie ein Pferd, aber er ist ein Maultier im Pferdegeschirr, wie du.«

Mammy sah ihre Herrin durchdringend an. Scarlett war sprachlos und erbebte unter der Kränkung.

»Wenn du sagst, du willst ihn heiraten, dann tust du es wohl, weil du ein Dickkopf bist wie dein Pa. Aber das merke dir, Miß Scarlett, ich gehe nicht weg. Ich bleibe hier und passe auf alles auf.«

Ohne eine Antwort abzuwarten, drehte Mammy sich um und ließ Scarlett stehen. Wenn sie gesagt hätte: »Bei Philippi sehen wir uns wieder!«, hätte es nicht unheilvoller klingen können.

Auf der Hochzeitsreise in New Orleans erzählte Scarlett Rhett, was Mammy gesagt hatte. Zu ihrer Überraschung und Empörung lachte er über Mammys Vergleich vom Maultier im Pferdegeschirr.

»So kurz und bündig habe ich noch keine tiefe Wahrheit ausdrücken hören«, sagte er. »Mammy ist eine weise alte Seele und einer der wenigen Menschen, an deren Achtung und Wohlwollen mir liegt. Da ich aber ein Maultier bin, wird mir wohl keines von beiden je zuteil werden. Sie schlug sogar das Zehndollarstück aus, das ich ihr in meinem Liebeswerben nach der Hochzeit zum Geschenk machen wollte. Ich habe wenige Leute gesehen, die nicht beim Anblick von Geld butterweich werden. Aber sie blickte mir ins Auge, dankte und sagte, sie sei keiner von den freigelassenen Niggern und brauche mein Geld nicht.«

»Warum regt sie sich eigentlich so auf? Warum gackern sie alle über mich wie eine Schar von Perlhühnern? Wen ich heirate und wie oft ich heirate, ist doch meine Sache. Ich habe nie die Nase in fremde Angelegenheiten gesteckt. Warum tun es die andern?«

»Mein Liebling, die Welt kann so gut wie alles verzeihen, nur nicht, daß man seine Nase nicht in fremder Leute Angelegenheiten steckt. Aber warum zeterst du eigentlich wie eine verbrühte Katze? Du hast doch oft genug gesagt, du machtest dir nichts aus dem Gerede der Leute. Willst du es ihnen denn jetzt nicht beweisen? Du hast dich so oft in Kleinigkeiten ihrem Tadel ausgesetzt, daß du nicht erwarten kannst, in einer großen Sache dem Klatsch zu entrinnen. Du hast doch gewußt, daß es Geschrei geben würde, wenn du einen Bösewicht wie mich heiratest. Wäre der Bösewicht ein armer Schlucker von einfacher Herkunft, wären die Leute nicht so wütend. Aber ein vermögender und erfolgreicher Bösewicht, das ist natürlich unverzeihlich.«

»Wenn du doch nur einmal ernst wärest!«

»Ich bin sehr ernst. Für einen Mann Gottes ist es immer ärgerlich, wenn der Gottlose blüht wie ein Magnolienbaum. Kopf hoch, Scarlett! Hast du mir nicht einmal gesagt, du wolltest hauptsächlich deswegen Geld haben, damit du jeden Menschen zum Teufel jagen kannst? Jetzt hast du Gelegenheit.«

»Aber hauptsächlich warst du es ja, den ich zum Teufel jagen wollte«, lachte Scarlett.

»Willst du das immer noch?«

»Vielleicht nicht ganz so oft wie sonst.«

»Tue es, sooft du willst, wenn es dich glücklich macht.«

»Besonders glücklich macht es mich gerade nicht«, sagte Scarlett, neigte sich zu ihm und küßte ihn flüchtig.

Rasch flackerte sein dunkles Auge vor ihrem Gesicht und suchte nach etwas in ihren Augen, was er nicht fand. Dann lachte er kurz auf.

»Denk nicht mehr an Atlanta und die alten Klatschmäuler. Ich bin mit dir nach New Orleans gefahren, damit du dich amüsierst, und das sollst du nun auch.«

Fünftes Buch

XLVIII

Das Leben gefiel ihr jetzt gut, besser als je in der ganzen Zeit seit dem Frühling vor dem Kriege. New Orleans war eine fremdartige, schillernde Stadt, und Scarlett genoß sie mit der ungestümen Freude eines lebenslänglichen Gefangenen, der begnadigt worden ist. Die Schieber plünderten die Stadt aus, viele redliche Leute waren aus ihrem Heim vertrieben worden und wußten nicht, woher sie die nächste Mahlzeit nehmen sollten – und auf dem Stuhl des Gouverneurs saß ein Neger. Aber das New Orleans, das Rhett ihr zeigte, war der vergnügteste Ort, den sie je gesehen hatte. Die Leute, die sie traf, hatten offenbar so viel Geld, wie sie nur haben wollten, und überhaupt keine Sorgen. Rhett stellte sie Dutzenden von Damen vor, hübschen Frauen in prächtigen Gewändern, Frauen mit weichen Händen, die nichts von harter Arbeit wußten, Frauen, die über alles lachten und sich nie über dumme, ernste Fragen und schwere Zeiten unterhielten. Und die Männer, die sie traf, wie waren sie aufregend! Ganz anders als die Männer von Atlanta. Sie rissen sich darum, mit ihr zu tanzen und ihr die gewagtesten Höflichkeiten zu sagen, als sei sie eine gefeierte junge Schönheit.

Die Männer hatten denselben harten, rücksichtslosen Gesichtsausdruck wie Rhett. Ihre Augen waren immer auf der Hut wie bei Menschen, die schon zu lange in steter Gefahr gelebt haben, um wieder ganz arglos sein zu können. Keine Vergangenheit schienen sie zu haben und keine Zukunft. Sie lenkten höflich ab, wenn Scarlett sie im Laufe der Unterhaltung fragte, wer, wie und wo sie gewesen wären, ehe sie nach New Orleans kamen. Schon das war ihr fremd, denn in Atlanta hatte jeder neue Ankömmling, wenn er aus gutem Hause war, große Eile, sich auszuweisen, voller Stolz von Heimat und Familie zu erzählen und in dem verwickelten Netz von Verwandtschaft, das sich über den ganzen Süden breitete, seine Fäden aufzuweisen.

Aber hier war es eine schweigsame Gesellschaft, in der jeder seine Worte behutsam wählte. Zuweilen, wenn Rhett mit ihnen allein und Scarlett im Nebenzimmer war, hörte sie Gelächter und Bruchstücke von Unterhaltungen, die sie nicht verstand, halbe Worte und rätselhafte Namen. Von Kuba und Nassau in den Blockadetagen war die Rede, von Goldgraben, Waffenschmuggel und Freibeuterei. Einmal brach bei ihrem plötzlichen Erscheinen ein Gesprach über die Schicksale von Quantrills Guerillabande kurz ab, und sie erhaschte nur noch die Namen von Frank und Jesse James.

Alle aber hatten sie gute Manieren und einen noch besseren Schneider. Und augenscheinlich zollten sie alle Scarlett große Bewunderung. Deshalb machte es ihr wenig aus, wenn sie darauf beharrten, ausschließlich in der Gegenwart zu leben. Worauf es wirklich ankam, war, daß sie Rhetts Freunde waren und große Häuser und schöne Equipagen hatten. Sie fuhren mit ihr und Rhett aus und gaben Gesellschaften ihnen zu Ehren. Scarlett hatte sie alle sehr gern. Rhett lachte, als sie ihm das sagte.

»Das habe ich mir gedacht«, erwiderte er belustigt.

»Warum denn nicht?« Wie immer, wenn er lachte, wurde sie argwöhnisch.

»Es sind alles fragwürdige, minderwertige Existenzen, schwarze Schafe, Gauner und Abenteurer, eine Aristokratie von Schiebern. Sie haben alle mit Nahrungsmittelspekulationen ihr Vermögen gemacht, genau wie dein dich liebender Gatte, mit zweifelhaften Regierungsaufträgen oder auf sonstigen dunklen Wegen, in die man lieber nicht hineinleuchtet.«

»Das glaube ich nicht, du ziehst mich nur auf. Es sind doch sehr anständige Leute.«

»Die anständigen Leute in der Stadt nagen am Hungertuch«, erwiderte Rhett, »und wohnen vornehm in ein paar Löchern, und nicht einmal dort würden sie mich empfangen. Siehst du, Kind, während des Krieges habe ich hier einige meiner ruchlosen Geschäfte abgewickelt, und die Leute haben ein verteufelt langes Gedächtnis! Scarlett, du bist mir ein wahres Labsal. Unfehlbar bringst du es fertig, dir die verkehrten Leute und verkehrten Dinge herauszusuchen.«

»Sie sind aber doch deine Freunde.«

»Ja, aber ich habe nun einmal an Schuften meine Freude. Meine früheste Jugend habe ich als Spieler auf einem Flußschiff verbracht, und ich verstehe solche Naturen. Aber mir ist auch klar, was sie sind. Du hingegen ...«, er lachte wieder, »du hast keine Witterung für Menschen und kannst wertlos und wertvoll nicht voneinander unterscheiden. Manchmal kommt es mir so vor, als wären die einzig vornehmen Damen, mit denen du überhaupt je umgegangen bist, deine Mutter und Miß Melly, und keine von ihnen scheint einen großen Eindruck auf dich gemacht zu haben.«

»Melly! Aber die ist doch alltäglich wie das liebe Brot und immer spießig angezogen und sagt nicht ein Wort, das von ihr selber stammt.«

»Ach, verschonen Sie mich mit Ihrer Eifersucht, Mylady. Schönheit macht noch keine Dame und Kleider keine Vornehmheit.«

»Nein, wirklich? Warte nur, Rhett, das will ich dir schon zeigen. Wir haben jetzt Geld, und ich werde die vornehmste Dame unter der Sonne sein.«

»Da bin ich aber neugierig«, sagte er.

Noch aufregender als ihr Umgang waren die Kleider, die Rhett ihr kaufte, und deren Farben, Stoffe und Muster er selber aussuchte. Reifröcke waren nicht mehr Mode. Die neuen Modelle waren reizend. Die Röcke waren vorn straff gezogen und hinten über eine Turnüre drapiert und mit Blumenkränzen, Schleifen und Spitzenfallen garniert. Sie dachte an die diskreten Reifröcke der Kriegsjahre und genierte sich ein bißchen, die neumodischen Röcke zu tragen, weil sich unleugbar der Bauch darin abzeichnete. Und die niedlichen kleinen Hüte, die in Wirklichkeit gar keine Hüte waren, sondern nur ein winziges flaches Etwas, mit Früchten, Blumen, wippenden Federn und flatternden Bändchen überladen, und tief über dem einen Auge getragen wurden.

Wäre Rhett doch nur nicht so töricht gewesen und hätte die falschen Löckchen verbrannt, mit denen sie ihrem Knoten aus dem indianerhaft glatten Haar, der hinten aus den kleinen Hüten hervorsah, etwas nachhelfen wollte!

Und die feine Wäsche, die in Klöstern genäht wurde! Bezaubernd war sie, und Scarlett hatte eine ganze Reihe Garnituren davon, Hemden, Nachthemden und Unterröcke aus feinstem Leinenbatist mit zierlicher Stickerei und winzigen Säumen. Und die Seidenschuhe, die Rhett ihr kaufte. Drei Zoll hohe Hacken hatten sie und riesige glitzernde Schnallen. Und seidene Strümpfe, ein Dutzend Paare und keins davon mit baumwollenem Rand. Was für Reichtümer!

Verschwenderisch kaufte sie Geschenke für die Familie ein. Einen zottigen Bernhardinerhund für Wade, der sich schon immer einen gewünscht hatte, ein Angorakätzchen für Beau, ein Korallenarmband für die kleine Ella, einen schweren Halsschmuck mit Mondsteintropfen für Tante Pitty, eine vollständige Shakespeare-Ausgabe für Melanie und Ashley, eine vornehme Livree und einen seidenen Kutscherzylinder mit einer großen Kokarde an der Seite für Onkel Peter, dazu Kleiderstoffe für Dilcey und Cookie und kostspielige Gaben für jedermann auf Tara.

»Was hast du denn für Mammy gekauft?« fragte Rhett, als er die Geschenke durchsah, die auf dem Bett in ihrem Hotelzimmer ausgebreitet lagen, und den Bernhardiner und das Kätzchen ins Ankleidezimmer brachte.

»Nicht ein Stück. Sie ist zu scheußlich. Warum soll ich ihr etwas mitbringen, wo sie uns Maultiere schimpft?«

»Daß du es immer krummnimmst, wenn dir jemand die Wahrheit sagt, mein Herz! Du mußt Mammy etwas mitbringen. Es bräche ihr das Herz, wenn du es nicht tätest, und ein Herz wie ihres ist zu kostbar, als daß es brechen dürfte.«

»Ich bringe ihr nicht ein Stück mit. Sie hat es nicht verdient.«

»Dann kaufe ich ihr etwas. Ich weiß noch, wie meine Mammy immer sagte, wenn sie in den Himmel komme, wolle sie einen Taftunterrock anhaben, der so steif sei, daß er allein stehen könne, und so raschelte, daß der Herrgott meinen würde, es seien die Engelsflügel. Ich kaufe Mammy roten Taft und laß einen eleganten Unterrock für sie machen.«

»Sie wird ihn von dir nicht annehmen und lieber sterben als ihn tragen.«

»Davon bin ich auch überzeugt, aber mir liegt daran, ihr etwas mitzubringen, und deshalb soll sie ihn haben.«

Die Läden in New Orleans waren prunkvoll und aufregend. Mit Rhett Einkäufe zu machen, war ein richtiges Abenteuer. Auch mit ihm zu essen, war ein Abenteuer, noch aufregender als die Einkäufe.

Er wußte, was man bestellen mußte und wie es zubereitet sein sollte. Der Wein, die Schnäpse und der Sekt aus New Orleans waren ihr neu und belebten sie. Sie kannte ja nur selbstgemachten Brombeer- und Fuchstraubenwein und den Branntwein aus Tante Pittys Ohnmachtsflasche. Ach, das herrliche Essen, das Rhett bestellen konnte! In New Orleans waren die Mahlzeiten das Schönste von allem. Im Andenken an die grausamen Hungertage von Tara und die Lebensmittelknappheit der späteren Zeit hatte Scarlett das Gefühl, sie könne von diesen üppigen Gerichten nie genug bekommen. Eibisch-Schoten und kreolische Langusten, Tauben in Wein, Austern in lockeren Pasteten mit sämiger Soße, Pilze, Bries und Truthahnleber, pikant in Öl und Zitrone gebackener Fisch. Ihr Appetit versagte nie. Jedesmal, wenn sie an die ewigen Erdnüsse, getrockneten Erbsen und Süßkartoffeln auf Tara dachte, verspürte sie aufs neue den Drang, in kreolischen Leckerbissen zu schlemmen.

»Du ißt, als wäre jede Mahlzeit deine letzte«, sagte Rhett. »Iß den Teller nicht mit, Scarlett, in der Küche gibt es sicher mehr. Du brauchst es nur dem Kellner zu sagen. Wenn du ein solcher Vielfraß bleibst, wirst du so feist werden wie die kubanischen Damen, und ich lasse mich von dir scheiden.«

Aber sie streckte ihm nur die Zunge aus und bestellte noch mehr von der schweren Torte mit Schokoladenüberguß und Meringefüllung.

Es war eine Lust, so viel Geld auszugeben, wie man wollte, und nicht die Cents zu zählen, weil man sie sparen mußte, um Steuern zu zahlen und Maultiere zu kaufen; eine Lust, mit reichen, vergnügten Leuten zusammen zu sein und nicht mit vornehmen Armen wie in Atlanta. Eine Lust war es, rauschende Brokatkleider zu tragen, die die Taille vorteilhaft betonten und den ganzen Hals frei ließen, ebenso die Arme und nicht allzuwenig vom Busen, und von den Männern bewundert zu werden. Eine Lust, alles zu essen, was man wollte, ohne daß jemand nörgelte, man benähme sich unfein. Und dann der Spaß, so viel Champagner zu trinken, wie es ihr beliebte! Das erstemal trank sie zuviel und schämte sich, als sie am nächsten Morgen mit grausigen Kopfschmerzen aufwachte und sich erinnerte; auf dem ganzen Rückweg ins Hotel im offenen Wagen auf den Straßen von New Orleans »Die schöne blaue Flagge« gesungen zu haben. Noch niemals hatte sie eine angetrunkene Dame gesehen; die einzige Betrunkene, deren sie sich zu entsinnen vermochte, war die Watling an dem Tage, da Atlanta fiel. Sie wußte kaum, wie sie Rhett unter die Augen treten sollte, so groß schien ihr ihre Schande. Aber er lachte nur darüber. Er lachte über alles, was sie tat, als sei sie ein spielendes Kätzchen.

Aufregend war es überhaupt, mit ihm auszugehen, denn er sah vorzüglich aus. Sie hatte nie so recht auf seine Erscheinung geachtet, und in Atlanta war man immer so sehr mit seinen Mängeln beschäftigt gewesen, daß von seinem Äußeren nie die Rede war. Aber hier in New Orleans bemerkte sie, wie andere Frauen ihm nachschauten und welchen Eindruck es auf sie machte, wenn er sich über ihre Hand beugte. Die Entdeckung, daß andere Frauen sich für ihren Mann interessierten und sie womöglich beneideten, machte sie nun auf einmal stolz, wenn sie an seiner Seite ging.

»Wir sind ja wohl ein schönes Paar«, dachte sie mit Vergnügen.

Ja, die Ehe war ein Vergnügen, wie Rhett vorausgesagt hatte, und nicht nur das, sondern sie lernte auch viel. Das war an sich schon merkwürdig, weil sie gemeint hatte, das Leben könne ihr nicht viel Neues mehr zeigen. Jetzt aber kam sie sich wie ein Kind vor, dem jeder Tag eine andere Entdeckung beschert.

Zuerst lernte sie, daß die Ehe mit Rhett etwas ganz anderes war als die Ehen mit Charles oder Frank. Die beiden hatten sie mit Hochachtung behandelt und sich vor ihren Zornesausbrüchen gefürchtet. Sie hatten um ihre Gunst geworben, und wenn es ihr beliebte, hatte sie sich ihnen huldreich gezeigt. Rhett hatte keine Angst vor ihr und wohl auch nicht allzuviel Hochachtung, wie ihr häufig schien. Was er wollte, das tat er, und wenn es ihr nicht gefiel, lachte er sie einfach aus. Sie liebte ihn nicht, aber es war zweifellos aufregend, mit ihm zu leben. Das Aufregendste an ihm war, daß er sich auch in den Ausbrüchen seiner Leidenschaft, die manchmal mit Grausamkeit und manchmal mit aufreizender Lustigkeit gewürzt waren, immer zurückzuhalten und seine Erregung immer noch zu zügeln schien.

»Das kommt wahrscheinlich, weil er mich nicht richtig liebt«, dachte sie und war es ganz zufrieden. »Es wäre mir schrecklich, wenn er sich einmal in irgendeiner Richtung völlig gehen ließe.« Aber der Gedanke daran reizte doch ihre Neugierde in höchstem Maße.

In dem Zusammenleben mit Rhett erfuhr sie viel über ihn und hatte doch gedacht, sie kenne ihn schon gründlich. Seine Stimme lernte sie kennen, die bald seidenweich wie ein Katzenfell, bald aber hart und spröde klingen und von Flüchen knattern konnte. Mit scheinbar aufrichtiger Teilnahme konnte er Geschichten von Mut und Ehre, von Tugend und Liebe aus den fernen Orten, wo er gewesen war, erzählen und dann mit kältestem Zynismus die wüstesten Anekdoten daranfügen. Eigentlich durfte kein Mann seiner Frau so etwas erzählen, aber es war unterhaltsam und kam einem rohen und ursprünglichen Zug ihres Wesens entgegen. Eine Weile konnte er der leidenschaftlichste, zärtlichste Liebhaber sein und gleich darauf sich in einen spottenden Teufel verwandeln, der das Pulverfaß in ihr zur Explosion brachte und sich freute, wenn die Funken stoben. Sie machte die Erfahrung, daß seine Liebenswürdigkeiten immer zweischneidig waren und seine zärtlichsten Flüsterworte immer etwas Vieldeutiges und Verdächtiges hatten. Kurz, in diesen vierzehn Tagen in New Orleans lernte sie alles an ihm kennen, nur nicht, was er in Wirklichkeit war.

Manchmal schickte er morgens das Mädchen weg und brachte ihr selbst das Frühstück. Dann fütterte er sie wie ein Kind, nahm ihr die Haarbürste aus der Hand und bürstete ihr das lange dunkle Haar, bis es knisterte und Funken sprühte. An anderen Tagen wieder riß er sie brutal aus tiefem Schlaf, zog ihr alle Decken weg und kitzelte ihr die nackten Fußsohlen. Zuweilen hörte er ernsthaft zu, wenn sie ihm Einzelheiten aus ihrer geschäftlichen Tätigkeit erzählte, und nickte beifällig zu ihrem Scharfsinn. Dann wieder nannte er ihre Art des Gelderwerbs Dreckfegerei, Straßenraub und Erpressung. Er nahm sie mit ins Theater und flüsterte ihr, um sie zu ärgern, ins Ohr, solche Vergnügungen werde Gott wohl kaum billigen, und in die Kirche, wo er mit unterdrückter Stimme unanständige Witze erzählte und ihr dann Vorwürfe machte, wenn sie lachte. Er ermunterte sie, offen ihre Meinung zu sagen und sich schnippisch und gewagt zu geben. Sie schnappte beißende Worte und spöttische Redensarten von ihm auf und lernte, sie selber mit Genuß zu gebrauchen, weil sie ihr ein Machtgefühl über die Menschen verliehen. Aber sie besaß nicht den Humor, der seine Bosheit milderte, und nicht sein Lächeln, mit dem er sich selbst zugleich mit den anderen verspottete.

Er lehrte sie wieder spielen, was sie fast vergessen hatte. Das Leben war gar zu ernst und grausam gewesen. Er verstand zu spielen und riß sie mit sich fort. Aber er spielte niemals wie ein Junge. Er war ein Mann, und alles, was er tat, gemahnte sie daran. Sie konnte nicht von der Höhe weiblicher Überlegenheit auf ihn herabschauen und lächeln, wie die Frauen von jeher über die

Possen der Männer, die im Herzen noch Knaben sind, über das Kind im Manne gelächelt haben.

Das ärgerte sie ein bißchen, denn wie schön wäre es doch, sich Rhett überlegen fühlen zu können! Alle anderen Männer, die sie gekannt hatte, ließen sich mit einem herablassenden »Wie kindlich!« abtun: ihr Vater, die Zwillinge Tarleton mit ihren Neckereien und gerissenen Streichen, die kleinen Fontaines mit ihren kindischen Wutanfällen, Charles, Frank und alle, die ihr während des Krieges den Hof gemacht hatten – alle außer Ashley. Nur Ashley und Rhett entzogen sich ihrem Verständnis und ihrer Überlegenheit, denn beide waren erwachsen und hatten keinerlei knabenhafte Züge in ihrem Wesen.

Sie verstand Rhett nicht und gab sich auch weiter keine Mühe, ihn zu verstehen, obwohl einiges an ihm ihr gelegentlich Kopfzerbrechen verursachte, zum Beispiel die Art, wie er sie manchmal anschaute, wenn er meinte, sie merkte es nicht. Wenn sie sich rasch umdrehte, ertappte sie ihn häufig dabei, daß er sie mit wachsamen, wißbegierigen und abwartenden Augen beobachtete.

»Warum siehst du mich so an wie die Katze das Mausloch?« fragte sie ihn einmal ärgerlich.

Aber inzwischen hatte sich sein Ausdruck schon wieder verändert, und er lachte. Bald vergaß sie es und ließ schließlich in allem, was Rhett anging, vom Rätselraten ab. Er war so unberechenbar, daß es keinen Zweck hatte, sich seinetwegen Gedanken zu machen, und das Leben war sehr schön – solange sie nicht an Ashley dachte.

Rhett ließ ihr wenig Muße, an Ashley zu denken. Tagsüber kam ihr kaum je der Gedanke an ihn, aber in der Nacht, wenn sie müde vom Tanzen war und ihr der Kopf vom vielen Sekt schwindelte, dann dachte sie an ihn. Oft, wenn sie schläfrig in Rhetts Armen lag und der Mond ihnen aufs Bett schien, malte sie sich aus, wie glücklich das Leben sein könnte, wenn jetzt Ashleys Arme sie fest umfaßten. Wenn jetzt Ashley es wäre, der sich ihr schwarzes Haar übers Gesicht zöge und um den Hals wickelte.

Einmal seufzte sie bei solchen Vorstellungen traurig auf und drehte den Kopf zum Fenster. Da fühlte sie, wie der starke Arm unter ihrem Nacken hart wie Eisen wurde und hörte in der Stille Rhetts Stimme: »Gott verdamme deine falsche kleine Seele für alle Ewigkeit zur Hölle!«

Dann stand er auf, zog sich an und ging, ohne ihrer erschrockenen Fragen zu achten, aus dem Zimmer. Am nächsten Morgen, als sie frühstückte, erschien er wieder, zerzaust, betrunken und in schlimmster Spötterlaune, entschuldigte sich nicht und erklärte nicht, wo er gewesen war.

Scarlett stellte keine Fragen und behandelte ihn kühl, wie es sich für eine gekränkte Gattin ziemt. Als sie fertig gefrühstückt hatte, zog sie sich an, während er ihr aus trüben Augen zusah, und ging aus, um Einkäufe zu machen. Als sie zurückkam, war er fort und erschien erst zum Abendessen wieder.

Es war eine schweigsame Mahlzeit. Scarlett war verstimmt. Es war ihr letztes Abendessen in New Orleans, und gar zu gern wollte sie doch dem Hummer Gerechtigkeit widerfahren lassen. Aber unter Rhetts seltsamen Blicken hatte sie keinen Genuß daran. Trotzdem aß sie reichlich und trank viel Champagner dazu. Vielleicht war das die Ursache, daß ihr in der Nacht der alte Alpdruck wiederkehrte. Sie war wieder auf Tara, und Tara war verödet. Mutter war gestorben und mit ihr alle Kraft und Weisheit der Welt. Sie hatte niemand mehr auf Erden, an den sie sich wenden und auf den sie sich verlassen konnte. Etwas Schreckliches war ihr auf den Fersen. Sie lief, bis ihr das Herz zerspringen wollte, lief und lief durch den dichten schwimmenden Nebel, schrie und suchte blindlings nach dem sicheren Hafen, dem namenlosen, unbekannten, der irgendwo im Dunst um sie her verborgen lag.

Sie erwachte in Schweiß gebadet und schluchzte keuchend. Rhett beugte sich über sie und nahm sie wortlos in den Arm wie ein Kind. Er drückte sie an sich, seine festen Muskeln und sein wortloses Gemurmel trösteten und beruhigten sie, bis sie aufhörte zu schluchzen.

»Ach, Rhett, mich fror und hungerte so, ich war so müde und konnte es doch nicht finden. Ich jagte durch den Nebel, jagte und jagte und konnte es nicht finden.«

»Was konntest du nicht finden, Liebling?«

»Ich weiß es nicht. Wüßte ich es doch!«

»Ist es wieder der alte Traum?«

»Ach ja.«

Er bettete ihren Kopf behutsam aufs Kissen, suchte in der Dunkelheit und zündete eine Kerze an. Es wurde hell, aber sein Gesicht mit den blutunterlaufenen Augen und den scharfen Zügen war unerforschlich wie ein Stein. Sein Hemd war bis zum Gürtel offen und zeigte die braune Brust mit den dichten schwarzen Haaren. Scarlett zitterte noch vor Angst, aber sie fand Trost an dieser starken und unerschütterlichen Brust und flüsterte: »Halt mich fest, Rhett.«

»Mein Liebling«, sagte er hastig, nahm sie auf den Arm, setzte sich mit ihr auf einen großen Stuhl und wiegte sie auf seinem Schoß.

»Ach, Rhett, Hunger haben ist so schrecklich.«

»Es muß wohl schrecklich sein, im Traum zu hungern, nachdem man ein Diner von sieben Gängen mit einem riesigen Hummer hinter sich hat.« Er lächelte, aber mit gütigen Augen.

»Ach, Rhett, ich laufe und laufe in einem fort und suche und kann doch nicht finden, was ich eigentlich suche. Immer bleibt es im Nebel verborgen. Wenn ich es nur finden könnte, ich wäre für alle Zeiten vor Hunger und Kälte geschützt.«

»Ist es ein Mensch oder eine Sache, was du suchst?«

»Ich weiß nicht. Ich habe nie darüber nachgedacht. Rhett, glaubst du, ich werde je einmal träumen, daß ich den Zufluchtsort erreiche?«

»Nein«, sagte er und strich ihr über das wirre Haar, »das glaube ich nicht. So sind Träume nicht. Aber ich glaube, wenn du dich daran gewöhnst, es alle Tage sicher und warm zu haben und dich gut zu ernähren, hört der Traum von selber auf, Scarlett. Ich sorge dafür, daß dir nichts mehr geschieht.«

»Wie lieb von dir, Rhett!«

»Vielen Dank für den Brosamen von deinem Tisch, du reiche Frau. Scarlett, jeden Morgen, wenn du aufwachst, sollst du dir sagen: Ich brauche nie mehr Hunger zu leiden und mir kann nichts zustoßen, solange Rhett da ist und die Regierung der Vereinigten Staaten bestehen bleibt.«

»Die Regierung der Vereinigten Staaten?« fragte sie und fuhr erschrocken mit immer noch tränennassen Wangen empor.

»Das weiland konföderierte Geld ist jetzt eine ehrbare Frau geworden. Ich habe den größten Teil davon in Staatspapieren angelegt.«

»Heiliger Strohsack!« Scarlett setzte sich aufrecht und vergaß die Ängste, die sie eben noch gequält hatten. »Willst du damit sagen, daß du dein Geld den Yankees geliehen hast?«

»Gegen gute Zinsen.«

»Und wenn sie hundert Prozent geben, du mußt sofort verkaufen! Was für ein Gedanke! Die Yankees können mit deinem Geld arbeiten!«

»Und was soll ich dann damit tun?« fragte er lächelnd und bemerkte, daß sie nicht mehr so große erschrockene Augen machte.

»Nun, Grundbesitz in Five Points kaufen. Ich wette, für dein Geld kannst du ganz Five Points haben.«

»Nein, danke. Five Points möchte ich nicht. Seitdem die Schieberregierung nun wirklich die Macht in Georgia hat, kann man nie wissen, was geschieht. Der Geierschwarm, der jetzt aus allen Himmelsrichtungen auf Georgia niederstößt, soll nichts abbekommen. Ich spiele ein bißchen mit ihnen, verstehst du, wie es sich für einen rechten Gesinnungslumpen gehört, aber trauen tue ich ihnen nicht. Ich lege mein Geld nicht in Grundbesitz an, da sind mir Papiere lieber; die kann man verstecken, und Grundbesitz zu verstecken ist nicht so leicht.«

»Glaubst du …«, fing sie an und erbleichte, weil sie an ihre Mühlen und den Laden dachte.

»Ich weiß nicht. Mach nicht solch ängstliches Gesicht, Scarlett. Unser reizender neuer Gouverneur ist ein guter Freund von mir. Es ist nur, weil die Zeiten so unsicher sind, da möchte ich nicht viel Geld in Grundbesitz festlegen.«

Er schob sie auf das eine Knie, lehnte sich zurück, langte nach einer Zigarre und zündete sie sich an. Sie ließ die bloßen Füße baumeln, betrachtete das Spiel der Muskeln auf seiner braunen Brust und vergaß ihre Ängste.

»Dabei fällt mir ein, Scarlett«, sagte er, »ich will ein Haus bauen. Frank hast du so lange zugesetzt, bis er einwilligte, bei Tante Pitty zu wohnen. Aber bei mir geht das nicht. Ihre täglichen drei Ohnmachtsanfälle könnte ich schwerlich aushalten, und außerdem glaube ich, Onkel Peter ermordet mich eher, als daß er mich am heiligen Herde der Hamiltons aufnimmt. Miß India Wilkes kann bei Miß Pitty wohnen und ihr den ›bösen Mann‹ vom Halse halten. Wenn wir nach Atlanta zurückkommen, wohnen wir in den Hochzeitszimmern im Hotel National, bis unser Haus fertig ist. Vor unserer Abreise feilschte ich gerade um das große Grundstück an der Pfirsichstraße neben dem Leydenschen Hause. Du weißt, welches ich meine?«

»Ach, Rhett, wie herrlich! Ich wünsche mir doch so sehr ein eigenes Haus, ein ganz, ganz großes.«

»Endlich etwas, worin wir einig sind. Was meinst du zu weißer Stuckarbeit und schmiedeeisernen Gittern, wie bei den Kreolenhäusern hier?«

»O nein, Rhett. Nichts Altmodisches wie die Häuser hier in New Orleans. Ich weiß genau, was ich möchte. Es ist auch das Neueste. Ich habe ein Bild davon gesehen in – warte einmal – in ›Harpers Woche‹ war es, die ich durchgeblättert habe. Es war gebaut wie ein Schweizer Chalet.«

»Ein Schweizer – was?«

»Ein Chalet.«

»Buchstabiere das.«

Sie tat es.

»Ach so«, sagte er und strich sich den Schnurrbart.

»Es war ganz herrlich und hatte ein hohes Mansardendach mit einem Lattenzaun obendrauf und einen Turm aus nachgemachten Schindeln an jedem Ende. Die Türme hatten Fenster mit roten und blauen Scheiben. Fabelhaft sah es aus.«

»Das Geländer an der Haustreppe war wohl ausgesägt?«

»Ja.«

»Und vom Dach der Veranda hing holzgeschnitztes Spitzenwerk?«

»Ja. Du hast wohl schon so eins gesehen?«

»Freilich. Aber nicht in der Schweiz. Die Schweizer sind ein sehr begabtes Volk und haben Sinn für architektonische Schönheit. Möchtest du denn wirklich ein solches Haus haben?«

»O ja.«

»Und ich hatte gehofft, im Zusammenleben mit mir möchte sich vielleicht dein Geschmack bessern. Warum willst du nicht ein Kreolenhaus oder ein Kolonialhaus mit sechs weißen Säulen?«

»Ich sage dir ja, ich will nicht so etwas Spießiges und Altmodisches. Und drinnen wollen wir rote Tapeten und rote Samtportieren an allen Flügeltüren haben, ach ja, und neue, teure Nußbaummöbel und schwere, dicke Teppiche. – Ach, Rhett, wenn die Leute unser Haus sehen, werden sie vor Neid platzen.«

»Ist es denn durchaus nötig, daß sie uns alle beneiden? Nun, wenn du willst, sollen sie platzen. Aber, Scarlett, kommt dir gar nicht der Gedanke, daß es kaum sehr geschmackvoll ist, ein Haus so verschwenderisch einzurichten, wenn alle anderen ringsumher arm sind?«

»Ich will es aber so haben«, sagte sie eigensinnig. »Jeder, der gemein zu mir gewesen ist, soll platzen. Und große Gesellschaften will ich geben, damit die ganze Stadt bereut, so scheußlich über uns hergezogen zu sein.«

»Aber wer kommt zu deinen Gesellschaften?«

»Die ganze Stadt natürlich.«

»Das glaube ich kaum. Die Garde stirbt, aber sie ergibt sich nicht.«

»Ach, Rhett, was du nicht alles redest! Wenn du Geld hast, bist du immer beliebt.«

»Im Süden nicht. Es ist leichter, daß ein Kamel durch ein Nadelöhr gehe, als daß Kriegsgewinnler in gute Häuser Einlaß finden. Und was gar uns Gesinnungslose betrifft – denn das sind wir beide, mein Herz –, so können wir von Glück sagen, wenn sie uns nicht anspucken. Aber wenn du es versuchen willst, stehe ich dir bei und werde sicherlich deinen Feldzug aufs innigste mitgenießen. Und da wir doch einmal beim Geld sind – versteh mich recht, für das Haus und für deinen persönlichen Firlefanz kannst du so viel Geld haben, wie du willst. Wenn du aber Schmuck willst, so suche ich ihn dir aus, denn du, meine Herzallerliebste, hast einen gar zu grauenhaften Geschmack. Und soviel du willst für Wade und Ella. Und wenn es Will Benteen mit der Baumwolle nicht glückt, will ich gern einspringen und deinem weißen Elefanten in der Clayton-Provinz, den du so lieb hast, auf die Beine helfen. Das ist doch sehr nett von mir, nicht wahr?«

»Gewiß, du bist sehr freigebig.«

»Aber hör genau zu. Keinen Cent bekommst du für den Laden und keinen Cent für deine Feuerholzfabrik.«

»Ach ...«, sagte Scarlett und machte ein langes Gesicht. Während der ganzen Hochzeitsreise hatte sie sich überlegt, wie sie ihm am besten beibringen könnte, daß sie tausend Dollar brauchte, um fünfzig Quadratfuß Land zur Vergrößerung ihres Holzlagers zu kaufen.

»Du hast doch sonst immer so großzügig getan und behauptet, du machtest dir nichts aus dem Klatsch über meine Geschäfte, und nun bist du doch wie alle andern und hast Angst, man könnte sagen, bei uns zu Hause hätte ich die Hosen an.«

»Nun, wer bei Butlers die Hosen anhat, darüber werden schon keine Zweifel aufkommen«, lächelte Rhett. »Laß die Tröpfe nur reden. Ich bin sogar so unfein, auf eine tüchtige Frau stolz zu sein. Du sollst den Laden und die Mühlen ruhig weiterbetreiben. Sie gehören deinen Kindern. Wenn Wade erst groß ist, wird es ihm nicht lieb sein, von seinem Stiefvater abzuhängen, und dann kann er die Leitung übernehmen. Aber kein Cent von meinem Gelde geht in dein und Franks Geschäft.«

»Warum nicht?«

»Weil mir nichts daran liegt, Ashley Wilkes zu unterstützen.«

»Fängst du schon wieder davon an?«

»Du hast mich gefragt, warum, und ich sage dir meinen Grund. Und noch etwas. Bilde dir ja nicht ein, du könntest mich mit falscher Buchführung hintergehen und mir etwas darüber vorflunkern, wieviel deine Kleider kosten und wieviel der Hausstand verbraucht, und dir dann von dem Geld mehr Maultiere und Ashley noch eine Mühle kaufen. Ich habe vor, deine Ausgaben einzusehen und zu prüfen. Was das Leben kostet, weiß ich. Du brauchst gar nicht gekränkt zu sein. Du brächtest dergleichen fertig. Ich traue dir das zu. Dir ist alles zuzutrauen, wenn es sich um Tara und Ashley handelt. Tara meinetwegen, bei Ashley jedoch muß ich abstoppen. Ich lasse dir die Zügel locker, mein Liebling, aber vergiß nicht, daß ich trotzdem mit Kandare und mit Sporen reite.«

XLIX

Mrs. Elsing horchte nach dem Flur hinaus, und als Melanies Schritte nach der Küche verklangen, wo verheißungsvoll mit Geschirr geklappert und mit Silber geklirrt wurde, wandte sie sich zu den Damen zurück, die mit Nähzeug auf dem Schoß im Salon im Kreise saßen, und sagte leise: »Ich persönlich habe nicht die Absicht, Scarlett zu besuchen, weder jetzt noch später«, und ihr frostig vornehmes Gesicht sah noch kälter aus als sonst.

Die anderen Mitglieder des »Nähzirkels für die Witwen und Waisen der Konföderierten« ließen die Nadel ruhen und rückten eifrig ihre Schaukelstühle näher zusammen. Alle hatten sie längst darauf gebrannt, sich über Scarlett und Rhett auszusprechen, aber Melanies Gegenwart hatte sie daran gehindert. Gerade am Tage vorher war das junge Paar aus New Orleans zurückgekehrt und bewohnte jetzt die Hochzeitszimmer im Hotel National.

»Hugh sagt, ich müsse einen Höflichkeitsbesuch machen, weil Kapitän Butler ihm gewissermaßen das Leben gerettet hat«, fuhr Mrs. Elsing fort, »und die arme Fanny meint dasselbe und sagt, sie will es tun. Ich habe ihr gesagt: ›Fanny, wäre Scarlett nicht gewesen, Tommy wäre heute noch am Leben.‹ Und Fanny war so unverständig zu erwidern: ›Mutter, ich besuche nicht Scarlett, ich besuche Kapitän Butler. Er hat sein Bestes getan, um Tommy zu retten, und wenn es ihm nicht gelang, ist es nicht seine Schuld.‹«

»Junge Leute sind doch zu albern«, sagte Mrs. Merriwether. »Besuch machen, das fehlte gerade!« Empörung schwellte ihr den mächtigen Busen, als sie daran dachte, wie Scarlett sie mit ihrer Warnung vor der Ehe mit Rhett hatte abfahren lassen. »Meine Maybelle ist ebenso albern wie Fanny. Sie und René wollen durchaus einen Besuch machen, weil Butler ihn vor dem Galgen bewahrt hat. Ich habe ihnen aber gesagt, wenn Scarlett sich nicht so benommen hätte, wäre René nie in Lebensgefahr gekommen. Papa Merriwether will auch einen Besuch machen und faselt, er wenigstens sei dem Schuft dankbar, wenn ich es auch nicht wäre. Da hört doch alles auf! Ich jedenfalls lasse mich nicht blicken. Scarlett hat sich mit ihrer Heirat unmöglich gemacht. Schlimm genug, daß der Bursche Kriegsgewinnler ist und an unserem Hunger Geld verdient hat, jetzt steckt er auch noch mit den Schiebern und Gesinnungslumpen unter einer Decke und ist der Freund – ja wirklich – der Freund des Gouverneurs, des elenden Bullock. Da Besuche machen? Das wäre noch schöner!«

Mrs. Bonnell seufzte. Wie ein dicker brauner Zaunkönig sah sie aus, und mit fröhlichen Augen blickte sie um sich.

»Sie wollen ja nur einen einzigen Höflichkeitsbesuch machen, Dolly ... ich weiß nicht, ob das so verkehrt ist. Soviel ich weiß, wollen alle Männer, die an dem Abend dabeigewesen sind, einen Besuch machen, und das finde ich ganz richtig. Es liegt mir doch schwer auf der Seele, daß Scarlett die Tochter ihrer Mutter ist. Ich bin in Savannah mit Ellen Robillard zur Schule gegangen. Sie war ein prachtvolles Mädchen, und ich hatte sie sehr lieb. Wenn nur ihr Vater die Heirat mit ihrem Vetter Philippe nicht hintertrieben hätte! Der Junge war im Grunde gar kein schlechter Mensch. Jungens müssen nun einmal über die Stränge schlagen. Aber Ellen mußte durchaus davonlaufen und den alten O'Hara heiraten, und nun hat sie eine Tochter wie Scarlett. Es hilft nichts, im Andenken an Ellen muß ich wenigstens einmal hin.«

»Gefühlsduselei!« schnob Mrs. Merriwether energisch. »Kitty Bonnell, du willst zu einer Frau ins Haus gehen, die kaum ein Jahr nach dem Tode ihres Mannes wieder geheiratet hat?«

»Und die Mr. Kennedys Tod auf dem Gewissen hat?« warf India kühl, aber in ätzendem Ton dazwischen. Sobald sie an Scarlett dachte, fiel es ihr schwer, auch nur die Höflichkeit zu wahren. Denn immer und immer wieder mußte sie zugleich an Stuart Tarleton denken. »Ich meine immer, schon ehe Mr. Kennedy erschossen wurde, muß mehr zwischen ihr und diesem Butler vorgegangen sein, als die meisten denken.«

Ehe die Damen sich von ihrem Entsetzen über diese Bemerkung, nun gar aus dem Munde einer Jungfrau, erholen konnten, stand Melanie auf der Schwelle. Sie waren so vertieft in ihren Klatsch gewesen, daß sie Melanies leichte Schritte nicht gehört hatten, und nun saßen sie vor ihrer Gastgeberin da wie Schulmädchen, die der Lehrer beim Tuscheln ertappt. Jetzt kam zu all ihrer Entrüstung noch der blasse Schreck, als sie Melanies verwandeltes Gesicht sahen. Ganz rot war sie geworden in ihrem Zorn. Die sanften Augen sprühten Funken, und die Nasenlöcher bebten. Niemand hatte Melanie je zornig gesehen. Keine der anwesenden Damen hielt sie dessen überhaupt für fähig. Sie hatten sie alle lieb, aber sie hielten sie für die denkbar sanfteste, gefügigste junge Frau, ganz Ehrerbietung gegen Ältere und ohne jede eigene Meinung.

»Wie kannst du nur, India!« rief sie mit leiser, bebender Stimme. »Wohin soll die Eifersucht dich noch treiben? Schäme dich!«

India wurde blaß und hob stolz den Kopf.

»Ich nehme nichts zurück«, sagte sie kurz, und innerlich kochte sie.

Ich eifersüchtig? – dachte sie bei sich. Mit Stuart Tarleton, mit Honey und Charles im Gedächtnis hatte sie wohl guten Grund, auf Scarlett eifersüchtig zu sein, guten Grund, sie zu hassen, besonders seitdem sie Scarlett im Verdacht hatte, daß sie auch noch Ashley irgendwie in ihre Netze verstrickt habe. Ich könnte dir allerlei über Ashley und deine teure Scarlett erzählen, dachte sie und erwog mit zerrissenem Herzen, ob sie Ashley lieber durch Stillschweigen schonen oder vor Melly und aller Welt gewaltsam bloßstellen sollte. Dann mußte Scarlett ihn wohl oder übel freigeben. Aber jetzt war es noch nicht an der Zeit. Sie hatte keine Beweise, nur ihren Argwohn.

»Ich nehme nichts zurück«, wiederholte sie.

»Dann trifft es sich gut, daß du nicht mehr bei mir im Hause lebst«, sagte Melanie in eisigem Ton.

India sprang auf, das Blut schoß ihr in das kränkliche Gesicht.

»Melanie, du ... meine Schwägerin ... du willst doch nicht mit mir Streit anfangen wegen dieser schamlosen Person ...«

»Scarlett ist gleichfalls meine Schwägerin«, erwiderte Melanie und blickte India kühl in die Augen, als wären sie einander völlig fremd, »und steht mir näher als eine leibhaftige Schwester. Du scheinst vergessen zu haben, wieviel ich ihr verdanke. Ich aber habe es nicht vergessen. Sie hat mir während der ganzen Belagerung zur Seite gestanden, als sogar Tante Pitty nach Macon geflohen war, und auch sie hätte nach Hause gehen können. Sie hat mir mein Kind geholt, als die Yankees schon beinahe in Atlanta waren, und die Mühe nicht gescheut, mich und Beau damals auf der furchtbaren Fahrt nach Tara mitzunehmen, obwohl sie uns ebensogut hier in einem Lazarett hätte den Yankees in die Hände fallen lassen können. Sie hat mich gepflegt und gefüttert, auch wenn sie müde war und selber Hunger leiden mußte. Weil ich krank und schwach war, hatte ich auf Tara die beste Matratze. Als ich wieder gehen konnte, bekam ich das einzige Paar heile Schuhe im Hause. Du kannst vergessen, India, was sie für mich getan hat, ich aber nicht. Und als Ashley krank und zermürbt nach Hause kam und kein Heim hatte und keinen Cent in der Tasche, hat sie ihn aufgenommen wie eine Schwester. Und als wir dachten, wir müßten nach dem Norden, und uns das Herz brach, weil wir Georgia verlassen sollten, sprang Scarlett ein und gab ihm die Leitung der Mühle. Und Kapitän Butler hat Ashley aus lauter Herzensgüte das Leben gerettet, obwohl Ashley ganz gewiß nichts von ihm zu erwarten hatte. Deshalb bin ich Scarlett und Butler dankbar, ja, sehr dankbar. Du aber, India, wie kannst du vergessen, was Ashley und ich Scarlett schuldig sind? Wie kannst du das Leben deines Bruders so gering achten, daß du die Ehre seines Retters antastest! Auf die Knie sinken solltest du vor Scarlett und Kapitän Butler und tätest ihnen damit noch lange nicht genug!«

»Nun hör aber mal, Melly!« Mrs. Merriwether hatte sich wieder gesammelt. »So darfst du nicht mit India sprechen.«

»Was Sie über Scarlett gesagt haben, habe ich gleichfalls gehört«, Melanie fuhr herum und über die beleibte alte Dame her mit der Miene eines Fechters, der den einen Gegner abgetan hat und nun die Klinge wütend auf den anderen zückt. »Und auch Ihre Worte, Mrs. Elsing. Was Sie in Ihren kleinlichen Herzen von ihr denken, geht mich nichts an, das können Sie mit sich selbst abmachen. Aber was Sie in meinem Hause oder in meinem Beisein von ihr sagen, das geht mich allerdings an. Wie können Sie überhaupt etwas so Furchtbares nur denken und nun gar sagen! Halten Sie so wenig von den Männern Ihrer Familien, daß Sie sie lieber tot als lebendig wüßten? Verspüren Sie denn gar keinen Funken Dankbarkeit gegen den Mann, der sie mit eigener Lebensgefahr gerettet hat? Die Yankees hätten doch auch ihn für ein Mitglied des Klans halten können, wenn die ganze Wahrheit ans Licht gekommen wäre, und hätten ihn aufhängen können. Für Ihre Männer hat er sein Leben aufs Spiel gesetzt, für Ihren Schwiegervater, Mrs. Merriwether, für Ihren Schwiegersohn und Ihre beiden Neffen. Für Ihren Bruder, Mrs. Bonnell. Für Ihren Sohn und Ihren Schwiegersohn,

Mrs. Elsing. Undankbare Seelen sind Sie! Ich verlange, daß Sie mich alle um Entschuldigung bitten!«

Mrs. Elsing hatte ihre Näharbeit in den Kasten gestopft und stand nun mit fest geschlossenen Lippen da.

»Hätte ich je geahnt, daß du so ungezogen sein kannst, Melly ... nein, ich bitte dich nicht um Entschuldigung. India hat recht. Scarlett ist ein leichtsinniges und schamloses Frauenzimmer. Ich kann nicht vergessen, wie sie sich während des Krieges aufgeführt hat, ich kann nicht vergessen, daß sie sich wie das niedrigste Gesindel benimmt, seitdem sie zu Gelde gekommen ist ...«

»Sie können nur nicht vergessen«, fiel Melanie ihr ins Wort und stemmte die beiden kleinen Fäuste in die Seite, »daß sie Hugh entlassen hat, weil er zu untüchtig ist, um ihr die Mühle zu führen.«

»Melly!« ächzten viele Stimmen im Chor.

Mrs. Elsing warf den Kopf zurück und schritt zur Tür. Als aber ihre Hand auf der Klinke lag, blieb sie stehen und drehte sich um.

»Melly«, sagte sie in plötzlich verwandeltem Ton, »Liebling, es bricht mir das Herz. Ich war die beste Freundin deiner Mutter, ich bin Dr. Meade zur Hand gegangen, als er dich in diese Welt beförderte, und ich habe dich so lieb wie ein eigenes Kind. Wenn es sich um etwas Wichtiges handelte, täte es nicht so weh, dich so sprechen zu hören. Aber wegen einer Frau wie Scarlett O'Hara, die ebensogut dir wie einer von uns einen niedrigen Streich spielen kann ...«

Bei Mrs. Elsings ersten Worten kamen Melanie die Tränen in die Augen, aber als die alte Dame fortfuhr, wurde ihr Gesicht wieder hart.

»Eins möchte ich ein für allemal klarstellen. Wer Scarlett nicht besucht, braucht auch mich nicht wieder zu besuchen.«

Unter lautem Stimmengewirr kamen die Damen in die Höhe. Mrs. Elsing ließ ihren Nähzeugkasten fallen und lief, die falschen Stirnlöckchen verrutscht, ins Zimmer zurück.

»Das darf nicht sein!« jammerte sie. »Das darf einfach nicht sein! Du bist nicht bei Sinnen, Melly, du weißt nicht, was du sagst. Du sollst meine Freundin bleiben und ich die deine. Dies darf auf keinen Fall zwischen uns treten.«

Sie weinte, und plötzlich lag ihr Melly in den Armen. Auch sie weinte, erklärte aber unter Schluchzen, sie habe Wort für Wort ernst gemeint. Mehrere der anderen Damen brachen gleichfalls in Tränen aus. Mrs. Merriwether trompetete laut in ihr Taschentuch und umhalste Mrs. Elsing und Melanie beide miteinander. Tante Pitty, die dem ganzen Auftritt wie versteinert zugesehen hatte, sank plötzlich in eine der wenigen echten Ohnmachten, die ihr in ihrem Leben zustießen. In all dem Durcheinander von Tränen und Küssen und eilig hervorgeholtem Riechsalz und Schnaps gab es nur ein einziges ruhiges Gesicht, ein einziges Paar trockene Augen. India Wilkes verließ unbemerkt von allen das Haus.

Als Großpapa Merriwether mehrere Stunden danach Onkel Henry Hamilton in dem »Mädchen von heute« traf, berichtete er voller Hochgenuß über die Ereignisse des Morgens, wie er sie von Mrs. Merriwether erfahren hatte. Er war beseligt, daß jemand sich ein Herz gefaßt und seiner herrschgewaltigen Schwiegertochter die Stirn geboten hatte. Er jedenfalls hatte noch nie den Mut dazu gehabt.

»Und was hat die Gänseherde schließlich beschlossen?« fragte Onkel Henry ärgerlich.

»Weiß der Teufel«, sagte Großpapa. »Mir scheint, Melly hat auf der ganzen Linie gesiegt. Ich wette, sie machen alle wenigstens einmal ihren Besuch. Henry, von deiner Nichte halten die Leute wirklich etwas.«

»Melly ist verrückt. Die Damen haben ganz recht. Scarlett ist eine lockere Motte, und ich sehe nicht ein, warum Charlie sie geheiratet hat«, sagte Onkel Henry düster. »Aber auf ihre Weise hat Melly auch wieder recht. Es ist nicht mehr als anständig, daß die Familien der Männer, denen Butler das Leben gerettet hat, dort einen Besuch machen. Wenn ich der Sache richtig auf den Grund gehe, habe ich übrigens gar nicht so viel gegen Butler. Er hat sich damals, als er uns vorm Galgen bewahrte, als ein ganzer Mann gezeigt. Wer mir im Magen liegt, das ist Scarlett. Sie ist reichlich dreist. Mehr als ihr gut ist. Nun, ich muß jedenfalls hin. Schieber hin, Schieber her, Scarlett ist schließlich meine angeheiratete Nichte. Ich hatte vor, heute nachmittag hinzugehen.«

»Ich gehe mit, Henry, Dolly wird freilich ganz außer Rand und Band sein, wenn sie das hört. Gönne mir noch einen Schluck.«

»Nein, wir wollen Kapitän Butler um ein Gläschen schädigen. Er hat immer guten Schnaps, das muß ihm der Neid lassen.«

Rhett hatte gesagt, die alte Garde werde sich nicht ergeben, und so geschah es auch. Er wußte, wie wenig die paar Besuche, die sie bekamen, zu bedeuten hatten und welchem Umstand er sie überhaupt zu verdanken hatte. Die Familien der Männer, die an der unseligen Unternehmung des Klans beteiligt waren, kamen wohl anfangs, dann aber auffallend selten und luden ihrerseits Butlers nicht zu sich ein.

Rhett sagte, sie wären überhaupt nicht gekommen, hätten sie nicht befürchtet, daß Melanie sonst Gewalt anwenden würde. Wie er darauf kam, wußte Scarlett nicht. Wie sollte es denn möglich sein, daß Melanie gegen Leute wie die Damen Elsing und Merriwether Gewalt anwendete? Daß sie nicht wiederkamen, focht sie nicht an, ja, sie bemerkte es kaum, denn in ihren Räumen drängten sich Gäste ganz anderer Art. »Neue Leute« hießen sie bei den alteingesessenen Familien Atlantas, wenn sie nicht mit noch unliebenswürdigeren Bezeichnungen tituliert wurden.

Im Hotel National wohnten eine Menge »neuer Leute«, die wie Rhett und Scarlett darauf warteten, daß ihre Häuser fertig wurden – vergnügte reiche Leute, ganz ähnlich wie Rhetts Freunde in New Orleans, elegant gekleidet, freigebig und von nicht näher bestimmbarem Vorleben. Alle waren sie Republikaner und hatten in Atlanta Geschäfte, die mit der Staatsregierung zusammenhingen. Was das für Geschäfte waren, wußte Scarlett nicht und gab sich auch nicht die Mühe, es zu erfahren.

Rhett hätte ihr erklären können, um was es sich handelte. Es waren die Geschäfte von Geiern bei einem verendenden Tier. Sie witterten den Tod von fern, und die Gier, sich zu sättigen, zog sie unfehlbar an. Eine Selbstverwaltung gab es in Georgia nicht mehr, der Staat war hilflos, und die Abenteurer schwärmten von allen Seiten herein.

Die Frauen von Rhetts Kumpanen kamen in Scharen, um ihre Antrittsbesuche zu machen, ebenso die »neuen Leute«, denen sie bei ihrem Holzhandel schon begegnet war. Rhett meinte, da sie das Holz für ihre Neubauten bei ihr gekauft hätten, solle sie sie auch empfangen. Als sie sie bei sich sah, fand sie es angenehm, mit ihnen umzugehen. Sie waren reizend angezogen und sprachen nie vom Krieg und den schweren Zeiten, sondern beschränkten ihre Unterhaltung auf die neuesten Moden, auf Skandalgeschichten und auf Whist. Scarlett, die bisher nie Karten gespielt hatte, fand rasch Gefallen am Spiel und wurde in kurzer Zeit eine gute Spielerin.

Sobald sie im Hotel war, fanden sich eine Menge Whistspieler bei ihr ein. Aber in jenen Tagen war sie nicht oft in ihren Zimmern. Sie hatte zuviel mit dem Neubau des Hauses zu tun, um sich mit Besuch abzugeben. Am liebsten wollte sie alle ihre geselligen Freuden und Pflichten verschieben bis zu dem Tage, da der Bau fertig war und sie als die Herrin des schönsten Hauses von Atlanta und als Gastgeberin der erlesensten Gesellschaften der Stadt in Erscheinung treten könnte.

An den langen warmen Tagen sah sie ihr Haus in rotem Stein und grauen Schindeln prunkvoll emporsteigen, bis es jedes andere in der Pfirsichstraße überragte. Die Mühlen und den Laden überließ sie sich selbst und verbrachte ihre Zeit auf dem Grundstück, focht Meinungsverschiedenheiten mit den Zimmerleuten aus, zankte sich mit den Maurern herum und hetzte den Bauunternehmer zu größerer Eile. Als die Mauern rasch in die Höhe stiegen, sah sie befriedigt, daß das Haus schöner und größer als jedes andere der Stadt zu werden versprach. Sogar noch eindrucksvoller als das nahe gelegene James-

Haus, das gerade als Amtswohnung für den Gouverneur Bullock gekauft worden war.

Der Palast des Gouverneurs tat mit ausgesägtem Schmuck an Geländer und Dachrinnen sein Bestes, aber gegen das vielfältige Schnitzwerk an Scarletts Haus kam er nicht auf. Er hatte einen Tanzsaal, aber im Vergleich zu dem Riesenraum, der in Scarletts Haus den ganzen dritten Stock einnahm, wirkte er nur wie ein Billardtisch. Ihr Haus stach in der Tat an allem Erdenklichen den Gouverneurspalast und jedes andere Haus in der Stadt aus, an Kuppeln und Türmen, Türmchen und Erkern, Blitzableitern und den zahlreichen Fenstern mit bunten Scheiben.

Ein Balkon, zu dem an den vier Seiten des Gebäudes vier Treppen hinaufführten, umgab das ganze Haus. Der Garten war geräumig und schön angepflanzt, darin verstreut standen ländliche Eisenbänke und ein gußeiserner Pavillon, den die elegante Welt von damals »Gazebo« nannte und der, wie man Scarlett versicherte, in rein gotischem Stil errichtet war, sowie zwei große Standbilder aus Gußeisen, einen Hirsch und eine Bulldogge, so groß wie ein Shetland-Pony, darstellend. Für Wade und Ella, die von der Größe und dem Prunk und dem modischen Halbdunkel ihres neuen Heims etwas verstört waren, waren diese beiden Eisentiere das einzig Erfreuliche.

Innen wurde das Haus ganz nach Scarletts Wünschen eingerichtet. Die Fußböden waren mit dicken roten Teppichen ausgelegt, rote Samtportieren hingen an den Türen, und die neuesten Hochglanzmöbel in schwarzem Nußbaum mit Schnitzereien, wo nur ein Plätzchen zum Schnitzen war, luden zum Sitzen ein; sie waren aber mit glattem Roßhaar so stramm gepolstert, daß die Damen sich nur vorsichtig darauf niederließen; zu leicht konnte man heruntergleiten. An den Wänden hingen überall Spiegel in vergoldeten Rahmen, zum Teil mannshoch; es waren, wie Rhett nachlässig bemerkte, genau solche wie in Belle Watlings Lokal. Dazwischen hingen Stahlstiche in schweren Rahmen, etliche acht Fuß lang, die Scarlett eigens aus New York hatte kommen lassen. Die Wände waren mit dunklen, reichgemusterten Tapeten bedeckt, die Zimmer waren sehr hoch und zu allen Tageszeiten dämmerig, da die Fenster ganz mit pflaumenfarbenen Samtportieren verhängt waren, die fast alles Sonnenlicht fernhielten.

Im ganzen war es eine atembeklemmende Behausung, und wenn Scarlett auf den weichen Teppichen einherschritt und tief in die weichen Federbetten versank, gedachte sie der kalten Fußböden und der Strohmatratzen auf Tara und war zufrieden. Für sie war es das schönste und am elegantesten eingerichtete Haus, das sie kannte. Rhett meinte, es wäre ein Alptraum. »Aber wenn es dich glücklich macht ... wohl bekomm's.«

»Ein Fremder, der nie etwas von uns gehört hätte«, sagte er, »wüßte trotzdem, daß Schiebergeld in dem Haus steckt. Unrecht Gut gedeihet nicht. Dieses Haus ist der Beweis dafür. Es ist das richtige Kriegsgewinnlerhaus.«

Aber Scarlett, zum Überlaufen voll von Stolz und Glück und tausend Plänen für die Gesellschaften, die sie geben wollte, wenn sie erst eingerichtet waren, kniff ihn übermütig ins Ohrläppchen und sagte: »Dummes Zeug, was du nicht alles redest!«

Sie hatte längst begriffen, daß Rhett ihr mit Vorliebe, wo er nur konnte, Wasser in den Wein goß und daß er ihr jeden Spaß verderben würde, wenn sie sich seine Sticheleien zu Herzen nahm. Dann konnte sie sich zwar mit ihm zanken, aber es lag ihr nichts daran, die Klingen mit ihm zu kreuzen, denn sie zog regelmäßig den kürzeren. Daher hörte sie meistens nicht zu, und wenn sie einmal zuhörte, so suchte sie seine Worte ins Lächerliche abzubiegen. So ging es wenigstens eine Zeitlang gut.

Auf der Hochzeitsreise und meistens auch während ihres Aufenthaltes im Hotel National hatten sie auf gute Art miteinander gelebt. Aber kaum waren sie in das neue Haus eingezogen, kaum hatte Scarlett ihre neuen Freunde um sich versammelt, da kam es oft ganz plötzlich zu scharfen Auftritten. Aber der Streit dauerte nie lange. Es war bei Rhett unmöglich, weil er ihren hitzigen Worten gegenüber nur kühl und gleichmütig abzuwarten pflegte, bis er sie an einer verwundbaren Stelle treffen konnte. Sie stritt, aber Rhett stritt nicht mit. Er sagte ihr nur unmißverständlich seine Meinung über sie selbst, ihre Handlungsweise, ihr Haus und ihren Umgang. Und seine Meinung war zum Teil so, daß sie sie auf die Dauer nicht als Spaß betrachten konnte.

Als sie zum Beispiel beschloß, den Namen »Kennedys Warenhaus« durch etwas Eindrucksvolleres zu ersetzen, bat sie ihn, sich etwas auszudenken, worin das Wort »Emporium« vorkäme. Rhett brachte den Namen »Caveat Emporium« in Vorschlag und versicherte ihr, er passe ausgezeichnet zu den Waren, die in dem Laden verkauft würden. Sie fand, es klinge großartig, und ließ sogar schon das Ladenschild anfertigen, als Ashley ihr in großer Verlegenheit die Worte übersetzte. Rhett aber wollte sich über ihre Wut totlachen.

Und dann die Art, wie er Mammy behandelte! Mammy war nie um einen Zoll von ihrer Ansicht abgewichen, daß Rhett ein Maultier in Pferdegeschirr sei. Sie war höflich, aber kühl gegen ihn und nannte ihn immer »Kap'n Butler«, aber nie »Mister Rhett«. Sie machte keinen Knicks, als Rhett ihr den roten Unterrock schenkte, und zog ihn auch niemals an. Ella und Wade hielt sie von Rhett fern, soviel sie konnte, obwohl Wade Onkel Rhett vergötterte und Rhett den Jungen sichtlich liebhatte. Aber anstatt Mammy zu entlassen oder kurz angebunden und streng gegen sie zu sein, behandelte Rhett sie mit der äußersten Ehrerbietung und viel ritterlicher als die Damen aus Scarletts neuer Bekanntschaft, ja ritterlicher als Scarlett selbst. Immer bat er Mammy um

Erlaubnis, ehe er mit Wade ausritt, und fragte sie um Rat, wenn er für Ella Puppen kaufte. Mammy aber war kaum noch höflich gegen ihn.

Scarlett fand, Rhett müsse Mammy fest anfassen, wie es dem Hausherrn zukam, aber Rhett lachte nur und sagte, in Wirklichkeit sei ja Mammy der Herr im Hause.

Er brachte Scarlett zur Raserei, wenn er ganz kühl bemerkte, er sei darauf gefaßt, daß er in ein paar Jahren sehr viel Mitleid mit ihr werde haben müssen, denn dann sei es mit der republikanischen Herrschaft in Georgia vorbei und die Demokraten kämen wieder an die Macht.

»Wenn die Demokraten erst wieder ihren eigenen Gouverneur und ihr eigenes Parlament haben, werden alle deine ordinären republikanischen Freunde vom Schachbrett hinuntergeschoben werden und wieder in Bars bedienen oder Mülleimer ausleeren, wie es sich für sie gehört. Dann sitzt du zwischen zwei Stühlen und hast weder einen republikanischen noch einen demokratischen Freund. Denk also lieber nicht an später.«

Scarlett lachte, und nicht mit Unrecht, denn damals saß Bullock fest auf dem Stuhl des Gouverneurs, siebenundzwanzig Neger saßen in der Gesetzgebenden Versammlung, und Tausende von demokratischen Wählern Georgias waren politisch entrechtet.

»Die Demokraten kommen nie wieder. Sie machen die Yankees nur immer noch wütender und schieben den Tag, der sie zurückbringen könnte, immer weiter hinaus. Alles, was sie können, ist große Töne reden und sich nächtlich in Ku-Klux-Klan-Gewändern herumtreiben.«

»Sie kommen doch wieder. Ich kenne die Südstaatler, ich kenne die Leute von Georgia, es ist eine zähe, halsstarrige Gesellschaft. Müssen sie noch einmal Krieg führen, um wiederkommen zu können, so führen sie eben noch einmal Krieg. Müssen sie schwarze Stimmen kaufen, wie die Yankees es getan haben, dann kaufen sie sie; und wenn sie zehntausend Tote zur Wahl schicken müssen, wie die Yankees es ihnen vorgemacht haben, so gibt jede Leiche auf jedem Friedhof in Georgia ihren Wahlzettel ab. Unter der segensreichen Regierung unseres guten Freundes Rufus Bullock werden noch Zustände einreißen, daß Georgia ihn wieder auskotzt.«

»Rhett, drück dich nicht so ordinär aus! Du redest, als würde es mich nicht freuen, wenn die Demokraten zurückkämen. Du weißt genau, wie sehr es mich freuen würde. Meinst du, ich sehe gern die Soldaten der Yankees immer noch hier herumlungern! Ich bin doch geborene Georgianerin. Nichts wäre mir lieber, als daß die Demokraten wiederkämen. Aber sie tun es nie im Leben, und wenn sie kämen, warum sollte es unseren Freunden schaden? Ihr Geld bleibt ihnen doch, nicht wahr?«

»Wenn sie es zusammenhalten, ja. Aber ich traue keinem von ihnen die Fähigkeit zu, sein Geld länger als fünf Jahre zu behalten, wenn ich sehe, wie sie es zum Fenster hinauswerfen. Wie gewonnen, so zerronnen. Ihr Geld wird ihnen nicht gut bekommen, ebensowenig, wie mein Geld dir gut bekommt. Ein Pferd hat es aus dir sicher nicht gemacht, nicht wahr, mein hübsches Maultierchen?«

Der Zank, der sich aus dieser Anzüglichkeit ergab, dauerte mehrere Tage. Nachdem Scarlett vier Tage lang gemault und unter beredtem Schweigen vergebens eine Bitte um Entschuldigung von ihm gefordert hatte, ging Rhett nach New Orleans, nahm trotz Mammys Einspruch Wade mit und blieb dort, bis Scarletts Wut sich ausgetobt hatte. Aber der Stachel blieb haften. Sie hatte ihm nicht beikommen können.

Als er kühl und liebenswürdig aus New Orleans zurückkehrte, schluckte sie ihren Zorn herunter und beschloß, es später auszufechten. Jetzt wollte sie sich nicht mit etwas Unerfreulichem herumschlagen, sondern glücklich sein, denn sie hatte den Kopf von der ersten Gesellschaft voll, die sie in dem neuen Hause geben wollte. Es sollte eine riesige Soiree werden, mit Palmen und Orchestermusik. Die ganzen Veranden und Türen sollten mit Tuch ausgeschlagen werden, und ein Souper sollte es geben, daß einem schon im voraus der Mund wässerte. Jeden wollte sie einladen, den sie überhaupt in Atlanta kannte, alle alten Freunde und all die neuen, die sie seit ihrer Hochzeitsreise kennengelernt hatte. In ihrer Vorfreude auf diese Gesellschaft vergaß sie Rhetts Bissigkeiten und war glücklicher als seit Jahren, wenn sie sich ihren großen Empfang ausmalte.

Es war doch eine Freude, reich zu sein und Gesellschaften geben zu können, ohne nachzurechnen, was es kostete, die teuersten Möbel, die elegantesten Kleider und die herrlichsten Speisen zu bestellen und keinen Augenblick an die Rechnung zu denken! Wie schön war es, Tante Pauline und Tante Eulalie in Charleston und Will auf Tara einen Scheck auf eine stattliche Summe zu schicken! Ach, all die eifersüchtigen Tröpfe, die da behaupteten, Geld sei nicht alles! Wie verschroben von Rhett zu meinen, sie habe nichts davon!

Scarlett schickte all ihren alten Freunden und Bekannten eine Einladung, auch denen, die sie nicht leiden konnte – selbst Mrs. Merriwether, die bei ihrem Besuch im Hotel National fast schon unhöflich gewesen war, und Mrs. Elsing mit ihrer eisigen Kälte. Auch Mrs. Meade und Mrs. Whiting lud sie ein, obwohl sie wußte, daß diese Damen sie ebenfalls nicht leiden konnten und auch wohl nicht einmal die richtigen Kleider für einen so anspruchsvollen Abend zur Verfügung hatten. Scarletts Abendempfang zur Einweihung ihres neuen Hauses, ihr »crush«, wie man ein solches Mittelding zwischen Soiree und Ball jetzt nannte, war das aufsehenerregendste Ereignis, das Atlanta je erlebt hatte.

An dem Abend waren das Haus und der mit Tuch ausgeschlagene Balkon mit Gästen überfüllt, die ihren Sektpunsch tranken, ihre Pasteten und gebakkenen Austern in saurer Sahne aßen und nach der Musik des hinter Palmen und Gummibäumen verborgenen Orchesters tanzten. Aber niemand von denen, die Rhett als »die alte Garde« bezeichnete, war dabei, bis auf Melanie und Ashley, Tante Pitty und Onkel Henry, Dr. Meade und Frau und Großpapa Merriwether.

Viele von der alten Garde hatten sich anfangs, wenn auch widerstrebend, bereit gefunden, die Gesellschaft mitzumachen. Einige hatten Melanies wegen zugesagt, andere aus dem Gefühl heraus, Rhett für seine mehrfachen Lebensrettungen Dank schuldig zu sein. Aber zwei Tage zuvor wurde es in Atlanta ruchbar, daß auch der Gouverneur Bullock eingeladen sei. Die alte Garde tat daraufhin ihre Mißbilligung durch einen Stapel von Kärtchen kund, auf denen Scarletts freundliche Einladung mit Bedauern abgelehnt wurde, und auch die kleine Schar derer, die gekommen waren, verabschiedete sich verlegen, aber entschlossen, sobald der Gouverneur das Haus betrat.

Scarlett war vor Zorn über diese Kränkung so fassungslos und aufgebracht, daß ihr die Gesellschaft völlig verleidet war. Ihr eleganter »crush«! Mit so viel Liebe hatte sie alles angeordnet, und nun waren nur ganz wenige alte Freunde und gar keine der alten Feinde gekommen, all die Herrlichkeit zu bewundern! Als der letzte Gast im Morgengrauen nach Hause gegangen war, würde sie geweint und getobt haben, hätte sie nicht Rhetts schallendes Gelächter gefürchtet und Angst gehabt, in seinen glitzernden schwarzen Augen die Worte »Ich habe es dir ja gleich gesagt« zu lesen, auch ohne daß er sie aussprach. Deshalb verschluckte sie mit bittersüßer Miene ihren Groll und tat, als mache sie sich nichts daraus.

Nur Melanie gegenüber gestattete sie sich am folgenden Morgen die Wohltat eines Zornausbruches.

»Du hast mich gekränkt, Melly Wilkes, und Ashley und die anderen dazu angestachelt, mich gleichfalls zu kränken. Du weißt sehr gut, daß sie niemals so früh nach Hause gegangen wären, hättest du sie nicht mit Gewalt fortgetrieben. O ja, ich habe es wohl gesehen! Gerade, als ich Gouverneur Bullock zu dir bringen und ihn dir vorstellen wollte, bist du wie ein Hase davongelaufen.«

»Ich habe ja nicht geglaubt ... ach, ich konnte es ja nicht glauben, daß er wirklich kommen würde«, antwortete Melanie ganz unglücklich, »wenn auch alle sagten ...«

»Alle? Dann haben sie also alle wieder über mich gequatscht und geklatscht«, rief Scarlett wütend. »Du willst doch nicht etwa sagen, auch du wärest nicht gekommen, wenn du gewußt hättest, der Gouverneur sei da.«

»Freilich«, sagte Melanie leise mit gesenkten Augen. »Liebes, dann hätte ich es nicht übers Herz gebracht zu kommen.«

»Zum Teufel, dann hättest du mich also auch wie alle die anderen gekränkt!«

»Ach, barmherziger Himmel«, klagte Melanie in ihrer Herzensbedrängnis. »Ich wollte dich doch nicht kränken. Du bist doch meine Schwester, Liebes, die Witwe meines geliebten Charlie, und ich ...«

Schüchtern legte sie die Hand auf Scarletts Arm, aber Scarlett schüttelte sie ab und wünschte nichts sehnlicher, als so laut zu toben wie Gerald in seinem Jähzorn. Melanie aber stellte sich ihrem Zorn. Als sie Scarlett in die blitzenden grünen Augen sah, strafften sich ihre zarten Schultern, und wie ein Mantel legte sich in seltsamem Gegensatz zur Kindlichkeit ihrer Gestalt und ihres Gesichtes eine ernste Würde um sie.

»Es tut mir leid, wenn es dich kränkt, Liebes, aber mit Gouverneur Bullock oder irgendeinem Republikaner oder Gesinnungslumpen kann ich nicht zusammenkommen. Das will ich nicht, weder bei dir noch sonst irgendwo. Nein, auch nicht, wenn ich ...« Melanie suchte nach dem Ärgsten, was sie sich ausdenken konnte, »auch nicht, wenn ich unhöflich sein müßte.«

»Hast du an meinen Freunden etwas auszusetzen?«

»Nein, Liebes, aber es sind deine Freunde und nicht meine.«

»Bist du unzufrieden mit mir, weil ich den Gouverneur bei mir empfange?«

Melanie war in die Enge getrieben, aber sie schaute Scarlett fest ins Auge.

»Liebe, was du auch tust, du hast immer einen guten Grund dafür. Ich habe dich lieb und vertraue dir und habe kein Recht, dich zu verurteilen, und dulde es auch von keinem anderen in meiner Gegenwart. Aber ... ach, Scarlett!« Plötzlich sprudelten die Wort ihr hervor, heiße, rasche Worte, und in ihrer leisen Stimme grollte unversöhnlicher Haß. »Kannst du denn vergessen, was diese Leute uns angetan haben? Kannst du den Tod des lieben Charlie vergessen und Ashleys zerstörte Gesundheit und den Untergang von Twelve Oaks? Ach, Scarlett, du kannst doch unmöglich den schrecklichen Menschen vergessen, den du niedergeschossen hast, als er sich an dem Nähkasten deiner Mutter vergriff! Du kannst doch nicht vergessen haben, wie Shermans Leute auf Tara hausten und uns sogar die Leibwäsche stahlen. Und wie sie versuchten, Tara niederzubrennen, und die Stirn hatten, meines Vaters Degen anzurühren! Ach, Scarlett, die uns damals ausgeraubt und gequält und dem Hungertode preisgegeben haben, sind dieselben, die du in dein

Haus einlädst. Dieselben, die die Schwarzen zu Herren über uns gesetzt haben, die uns ausplündern und unseren Männern das Wahlrecht nehmen! Ich kann es ihnen nicht vergessen! Und ich will es nicht. Auch Beau soll es nicht vergessen. Meine Enkel will ich lehren, diese Menschen zu hassen, und meine Urenkel auch, wenn Gott mir ein so langes Leben schenken sollte. Scarlett, wie kannst du es nur vergessen?«

Melanie hielt inne, um Atem zu schöpfen, und Scarlett sah sie groß an. Die bebende Gewalt in Melanies Stimme hatte sie so erschreckt, daß sie ihren eigenen Groll darüber vergaß.

»Wofür hältst du mich?« fragte sie scharf. »Natürlich denke ich daran! Aber all das ist vergangen, Melly. An uns ist es, zu retten, was zu retten ist, und das versuche ich. Gouverneur Bullock und die besseren Republikaner können uns viel nützen, wenn wir sie richtig behandeln.«

»Gute Republikaner gibt es nicht«, schnitt Melanie kurz ab, »und ich brauche ihre Hilfe nicht. Ich will auch nicht retten, was zu retten ist ... wenn es nur mit den Yankees geht.«

»Mein Gott, Melly, warum so bitterböse?«

»Ach Gott!« Melanie machte ein ganz schuldbewußtes Gesicht! »Was habe ich alles nur dahergeredet! Scarlett, ich wollte dir nicht zu nahe treten und dir auch keine Vorwürfe machen. Alle Menschen denken verschieden, und jeder von uns hat ein Recht auf die eigene Meinung. Sieh, Liebes, ich habe dich lieb, das weißt du, und daran kann sich nichts ändern, was du auch tust. Und du hast doch auch mich noch lieb, nicht wahr? Oder mußt du mich nun hassen? Scarlett, wenn je etwas zwischen uns träte, so hielte ich es nicht aus, nach allem, was wir zusammen durchgemacht haben! Sag, du bist mir doch nicht böse?«

»Dummes Zeug, Melly, was für ein Sturm im Wasserglas«, sagte Scarlett mit einigem Widerstreben, aber die Hand, die sie scheu am Arm faßte, schüttelte sie nicht ab.

»Nun ist alles wieder gut«, sagte Melanie beglückt und fügte leise hinzu: »Wir wollen einander besuchen wie immer, nicht wahr? Wenn du Republikaner und Yankees erwartest, läßt du es mich einfach wissen, und dann bleibe ich zu Hause.«

»Es ist mir höchst gleichgültig, ob du kommst oder nicht.« Damit setzte Scarlett sich den Hut auf und rauschte davon. Eine kleine Genugtuung für ihre gekränkte Eitelkeit nahm sie doch mit nach Hause – Melanies schmerzlichen Ausdruck bei ihren letzten Worten.

In den Wochen nach der ersten Gesellschaft kam es Scarlett oft sauer an, nach wie vor gegen die Meinung der Leute gleichgültig zu scheinen. Als die alten Freunde mit Ausnahme von Melly und Pitty, Onkel Henry und Ashley sie nicht mehr besuchten und sie nicht zu ihren eigenen bescheidenen Geselligkeiten einluden, war sie aufrichtig verwundert und verletzt. Hatte sie sich nicht alle Mühe gegeben, die Streitaxt zu begraben und diesen Leuten zu zeigen, daß sie ihnen all ihren Klatsch hinter ihrem Rücken nicht nachtrug? Sie mußten doch wissen, daß sie dem Gouverneur genausowenig gewogen war wie sie alle und ihn nur aus Gründen der Zweckmäßigkeit höflich behandelte! Die Narren! Wäre nur jedermann höflich zu den Republikanern, dem Staate Georgia wäre bald geholfen.

Sie war sich nicht klar darüber, daß sie das lose Band, das sie noch mit den alten Zeiten und den alten Freunden verknüpfte, mit einem einzigen Hieb entzweigeschnitten hatte. Nicht einmal Melly hätte den zerrissenen Faden wieder anspinnen können. Und Melanie, im tiefsten Herzen befremdet und verletzt und dennoch unbeirrt in ihrer Treue, versuchte es nicht einmal. Selbst wenn Scarlett zu der alten Lebensart und den alten Freunden hätte zurückkehren wollen – es gab jetzt kein Zurück mehr. Ihr gegenüber war das Antlitz der Stadt versteinert, und der Haß gegen das Regiment Bullocks traf auch sie. Ein kalter, unbeirrbarer Haß ohne Feuer und Flammen. Scarlett hatte ihr Schicksal an den Feind geknüpft. Wohin sie auch der Geburt und der Herkunft nach gehören mochte, sie wurde künftig zu den Überläufern, den Niggerfreunden, den Verrätern, den Republikanern gerechnet – zu den Gesinnungslumpen.

Es dauerte noch eine Weile, daß Scarlett innerlich darunter litt, dann aber wurde sie wirklich so gleichgültig, wie sie sich bisher gestellt hatte. Nie hatte sie sich lange bei den Schwankungen menschlicher Neigung aufgehalten, und wenn sie auf dem einen Wege nicht weiterkam, hatte sie nie lange Trübsal geblasen. Bald fragte sie überhaupt nicht mehr danach, was Merriwethers, Elsings, Whitings, Bonnells, Meades und die anderen über sie dachten. Melanie verkehrte ja noch bei ihr und brachte Ashley mit, und an Ashley lag ihr am meisten. Und immer gab es noch Leute genug in Atlanta, die ihre Feste besuchten und viel besser zu ihr paßten als jene engherzigen Narren. Sie konnte, sooft sie wollte, ihr Haus mit Gästen füllen, die viel amüsanter und viel eleganter waren als die törichten, verrannten alten Dickköpfe, deren Mißfallen sie erregt hatte. Diese Leute waren erst unlängst nach Atlanta gezogen. Einige waren Bekannte von Rhett, andere hatten mit ihm in den geheimnisvollen Angelegenheiten zu tun, von denen er immer nur sagte: »Geschäfte, weiter nichts, mein Herzchen.« Einige hatten Scarlett getroffen, als sie im Hotel National wohnten, einige waren Bekannte des Gouverneurs Bullock.

Es war eine buntscheckige Gesellschaft, in der sie sich fortan bewegte. Gelerts gehörten dazu, die schon in einem Dutzend verschiedener Staaten herumgekommen waren und jeden anscheinend eiligst verlassen hatten, sobald ihre Schiebungen an den Tag kamen; Conningtons, deren Beziehungen zu der Freilassungsbehörde eines abgelegenen Staates ihnen auf Kosten der unwissenden Schwarzen, deren sie sich angeblich anzunehmen hatten, viel Geld eingebracht hatten; Deals, die der konföderierten Regierung so lange Schuhe aus »Lederersatz« verkauft hatten, bis sie schließlich das letzte Kriegsjahr wohl oder übel in Europa zubringen mußten; Hundons, die in vielen Städten steckbrieflich gesucht wurden, sich aber trotzdem häufig mit Erfolg um Staatsaufträge bewarben; Carahans, die in einer Spielhölle angefangen hatten und nun mit dem höheren Einsatz von Staatsgeldern für den Bau einer nur auf dem Papier stehenden Eisenbahn spielten; Flahertys, die 1861 Salz für einen Cent das Pfund gekauft und ein Vermögen gemacht hatten, als es 1863 auf fünfzig Cents stieg; und Barts, die in einer Großstadt des Nordens während der ganzen Kriegszeit das größte Bordell besessen hatten und nun in den ersten Kreisen der »Gesellschaft« verkehrten.

Das war jetzt Scarletts enger Freundeskreis, aber zu ihren größeren Empfängen kamen auch Menschen von Welt und Bildung, Menschen aus allerbesten Familien. Außer dem Schieberadel waren auch Leute von gediegenerem Schlage nach Atlanta übergesiedelt, die von der großen geschäftlichen Betriebsamkeit in dieser Zeit der Expansion angezogen wurden. Reiche Yankeefamilien schickten ihre Söhne nach dem Süden, damit sie in dem neuen Grenzgebiet Pionierarbeit täten, und verabschiedete Yankeeoffiziere ließen sich zu dauerndem Aufenthalt in der Stadt nieder, die zu erobern sie so harte Kämpfe gekostet hatte. Als Fremde in einer fremden Stadt nahmen sie im Anfang die Einladung zu den üppigen Gesellschaften der reichen, gastfreien Mrs. Butler an, aber bald verloren sie sich wieder aus ihrem Kreise. Es waren anständige Menschen, die nur einer kurzen Bekanntschaft mit den Schiebern und ihrer Atmosphäre bedurften, um sie ebenso zu verabscheuen, wie es die alten Georgianer taten. Manche von ihnen wurden Demokraten und noch begeistertere Südstaatler als die alteingesessenen Familien.

Andere, die nicht in Scarletts Kreis paßten, blieben nur darin, weil sie anderswo nicht willkommen waren. Ihnen wären die ruhigen Salons der alten Garde viel angenehmer gewesen, aber die alte Garde wollte von ihnen nichts wissen. Darunter waren die Schulvorsteherinnen aus dem Norden, die erfüllt von dem Verlangen hergekommen waren, die Neger geistig zu heben, und die Gesinnungslumpen, die als gute Demokraten geboren, aber nach der Kapitulation Republikaner geworden waren.

Es war schwer zu sagen, welche Klasse unter der alteingesessenen Bürgerschaft ärger verhaßt war, die weltfremden Schulmamsells der Yankees oder die Gesinnungslumpen. Wahrscheinlich kamen jene doch noch ein wenig besser weg. Von ihnen konnte man zur Not noch sagen: »Was kann man schließlich von Niggerfreunden aus dem Norden erwarten? Daß sie den Nigger für nichts Geringeres halten als sich selbst, ist nur natürlich.« Aber für echte Georgianer, die aus Gewinnsucht Republikaner geworden waren, gab es keine Entschuldigung.

»Für uns ist der Hunger immer noch gut genug, also auch für euch«, meinte die alte Garde. Viele der früheren konföderierten Soldaten, die die wahnsinnige Angst eines Mannes kannten, wenn er seine Familie in Not sieht, waren nachsichtig gegen ihre früheren Kameraden, die ihre politische Farbe gewechselt hatten, damit ihre Familie satt wurde. Die Frauen aber nicht, und sie standen als unbeugsame Macht hinter dem Gesetz der Gesellschaft. Die verlorene Sache war jetzt stärker und ihrem Herzen teurer, als sie es je auf der Höhe des Ruhmes gewesen war. Jetzt glich sie einem Fetisch. Alles, was mit ihr zusammenhing, war heilig, die Gräber der Gefallenen, die Schlachtfelder, die zerfetzten Fahnen, die Degen, die zu Hause über Kreuz in der Halle hingen, die verblichenen Briefe von der Front, die Veteranen. Diese Frauen gaben den früheren Feinden keinen Pardon, und weder Beistand noch Trost war von ihnen zu erwarten. Scarlett aber rechnete zu den Feinden.

Die gemischte Gesellschaft, die durch die politischen Wechselfälle zusammengewürfelt worden war, hatte nur eins gemeinsam, das Geld. Da die meisten vor dem Kriege kaum mehr als fünfundzwanzig Dollar auf einmal besessen hatten, gaben sie sich jetzt einer wahren Orgie des Geldausgebens hin, wie Atlanta sie noch nicht erlebt hatte.

Seitdem die Republikaner an der Macht waren, war die Stadt in eine Periode unerhörtester Verschwendung eingetreten, und die gesellschaftlichen Formen waren nur wie ein dünner Lack, der das Laster und die Gemeinheit notdürftig bedeckte. Nie zuvor war die Kluft zwischen reich und arm so groß gewesen. Wer oben schwamm, hatte keinen Gedanken für die weniger Glücklichen mehr übrig – natürlich mit Ausnahme der Neger, für die das Beste eben gut genug war, die besten Schuhe und Wohnungen, die elegantesten Kleider, die schönsten Vergnügungen. Politisch bedeuteten sie die Macht, weil die Stimme jedes Negers zählte. Die verarmten Bürger von Atlanta konnten verhungern und auf der Straße tot umfallen. Die reich gewordenen Republikaner kehrten sich nicht daran.

Von dieser Woge der Gemeinheit ließ Scarlett sich im Triumph dahintragen, jung verheiratet, wie sie war, blendend hübsch in ihren schönen Kleidern, mit dem festen Rückhalt an Rhetts Vermögen. Es war eine Zeit, wie sie ihrer Natur lag, roh, glanzvoll und protzig, mit aufgetakelten Frauen, prunkvollen Häusern, mit zuviel Schmuck, zuviel Pferden, zuviel zu essen und zu trinken. Wenn Scarlett in seltenen Augenblicken einmal darüber nachdachte, war sie sich bewußt, daß nach Ellens strengem Maßstabe keine von den Frauen, mit denen sie jetzt Umgang pflegte, eine Dame war. Aber seit jenem längst vergangenen Tage, da sie im Wohnzimmer von Tara beschlossen hatte, Rhetts Geliebte zu werden, hatte sie Ellens Gebote zu oft übertreten, als daß sie jetzt noch Gewissensbisse darüber hätte empfinden können.

Mochten die neuen Freunde auch strenggenommen keine Ladies und keine Gentlemen sein, so waren sie doch amüsant, wie Rhetts Freunde in New Orleans, viel unterhaltsamer als die trübseligen, Shakespeare lesenden und zur Kirche gehenden Freunde ihrer früheren Atlantaer Zeit. Seit Ewigkeiten hatte sie sich, mit Ausnahme ihrer kurzen Hochzeitsreise, nicht so amüsiert. Sie hatte sich auch niemals so sicher gefühlt. Jetzt konnte ihr nichts mehr zustoßen. Jetzt wollte sie tanzen, spielen und in Saus und Braus leben, wollte in gutem Essen und feinen Weinen schwelgen, sich in Seide und Atlas kleiden und auf weichen Federbetten und schön gepolsterten Sesseln sich des Lebens freuen. Und sie genoß alles ausgiebig. Ermuntert durch Rhetts belustigtes Gewährenlassen, frei von den Beschränkungen ihrer Kindheit, ja frei von der Todesangst vor der Armut, leistete sie sich allen Luxus, den sie sich je erträumt hatte. Sie sagte und tat nur, was ihr beliebte, und wenn sie jemanden nicht leiden mochte, so schickte sie ihn zum Teufel.

Ein Freudenrausch hatte sie überkommen wie jeden, dessen Dasein der strengen Gesellschaft geflissentlich ins Gesicht schlägt, den Spieler, den Hochstapler, den Abenteurer und alle, die sich durch ihre eigene Gescheitheit durchsetzen. Sie sagte und tat, was ihr gefiel, und schon kannte ihre Dreistigkeit keine Grenzen mehr.

Sie genierte sich nicht, ihre neuen Freunde von oben herab zu behandeln, und gegen niemand war sie unverschämter als gegen die Offiziere der Yankees und ihre Familien. Unter all den verschiedenartigen Menschen, die nach Atlanta strömten, war das Militär die einzige Klasse, dic zu empfangen oder auch nur zu dulden sie sich weigerte. Sie gab sich ausgesprochen Mühe, ungezogen gegen sie zu sein. Melanie war nicht die einzige, die nicht vergessen konnte, was die blaue Uniform bedeutete. Für Scarlett war sie auf alle Zeiten mit den Schrecken der Belagerung und der Flucht, mit Plünderung und Brandschatzung, mit verzweifelter Armut und zermürbender Arbeit verknüpft, jetzt konnte sie sich erlauben, jede blaue Uniform, die sie zu Gesicht bekam, zu beleidigen. Sie benahm sich in der Tat beleidigend.

Einmal wies Rhett sie nachlässig darauf hin, daß die meisten Männer, die in ihr Haus kamen, vor nicht allzu langer Zeit noch ebenfalls die blaue Uniform getragen hätten. Sie erwiderte nur, ein Yankee sei gar kein richtiger Yankee, wenn er nicht die blaue Uniform anhabe. Worauf Rhett achselzuckend erwiderte: »Beständigkeit, welch ein Juwel bist du!«

Weil Scarlett die blaue Uniform haßte, liebte sie es, den Offizieren so über den Mund zu fahren, daß die Armen gar nicht wußten, was sie davon denken sollten. Meistens waren es durchaus ruhige, wohlerzogene Leute, die sich in Feindesland einsam fühlten und Heimweh nach dem Norden hatten, sich auch wohl des Gesindels ein wenig schämten, das zu stützen sie die Aufgabe hatten. Es war eine sehr viel erfreulichere Schicht als die, in der Scarlett verkehrte. Die Offiziersdamen waren begreiflicherweise befremdet, daß Mrs. Butler mit einer Frau wie der rothaarigen Bridget Flaherty befreundet war, ihnen aber die ausgesuchtesten Kränkungen zufügte.

Auch die intimen Freundinnen mußten sich jedoch von Scarlett viel gefallen lassen. Sie nahmen es indessen gern in Kauf. Sie sahen in Scarlett nicht nur Reichtum und Eleganz, sondern auch die alte Zeit verkörpert mit ihren alten Namen, ihren alten Familien, ihrem Herkommen, was sie sich alles so gern zu eigen gemacht hätten. Daß die alten Familien, nach denen sie so heiß begehrten, Scarlett ausgestoßen hatten, wußten die Damen der neuen Aristokratie freilich nicht. Sie wußten nur, daß Scarletts Vater ein großer Sklavenbesitzer und ihre Mutter eine Robillard aus Savannah gewesen sei; ihr Mann aber war Rhett Butler aus Charleston, und das genügte ihnen. Für sie war Scarlett der Keil, der ihnen den Eintritt in die gute alte Gesellschaft, die sich ihnen nicht öffnen wollte, ermöglichen konnte. Für sie war überhaupt Scarlett die Gesellschaft in Person. Da sie alle keine echten Damen waren, durchschauten sie Scarletts Unmöglichkeit ebensowenig, wie sie selber sie erkannte. Sie nahmen Scarlett für das, was sie selber zu sein glaubte, und ließen sich von ihr alles gefallen, ihren Hochmut, ihre Launen, ihren Jähzorn, ihre Anmaßung, ihre unverblümte Grobheit und Offenheit in bezug auf die Mängel der anderen.

Sie waren erst so kürzlich aus dem Nichts emporgestiegen und noch so unsicher, daß ihnen doppelt daran lag, gebildet zu erscheinen. Sie scheuten sich, ihren Ärger zu zeigen und auf einen groben Klotz einen groben Keil zu setzen, weil sie um jeden Preis als Damen gelten wollten. Sie taten zart besaitet, züchtig und unschuldig. Wenn man sie reden hörte, hätte man glauben können, sie hätten weder Beine noch natürliche Körperfunktionen, noch irgendwelche Kenntnis von der bösen Welt. Wer hätte gedacht, daß die rothaarige Bridget Flaherty mit ihrer weißen Haut und einem so breiten Irisch, daß man es mit dem Messerrücken zerschneiden konnte, ihres Vaters versteckte Ersparnisse gestohlen hatte, um nach Amerika zu gehen und in einem New Yorker Hotel Stubenmädchen zu werden! Und wer die launische Geziertheit Sylvia Conningtons und Mamie Barts auf sich wirken ließ, ahnte nicht, daß jene in der Kneipe ihres Vaters aufgewachsen war und in der Bar bedient hatte, während diese aus ihres Mannes eigenem Bordell stammte, wie man munkelte. Jetzt waren es zarte, sorglich umhegte Geschöpfe.

Die Männer hatten zwar Geld verdient, fanden sich aber weniger leicht in die neuen Formen und hatten wohl auch weniger Geduld, die Anforderungen der Vornehmheit zu erfüllen. Meist tranken sie auf Scarletts Gesellschaften zuviel, und dann gab es hinterher häufig einen oder auch mehrere unerwartete Logiergäste. Sie tranken nicht wie die Männer, die Scarlett als Mädchen gekannt hatte, sie bekamen aufgedunsene Gesichter, wurden stumpfsinnig, geschmacklos und unanständig, und mochte Scarlett auch noch soviel Spucknäpfe auffällig aufstellen, am Morgen nach einer Gesellschaft zeigten die Teppiche doch jedesmal wieder Spuren von Tabaksaft.

Sie verachtete diese Leute, aber sie hatte ihren Spaß an ihnen. Zu ihrem Vergnügen lud sie sie ein, und aus Verachtung schickte sie sie, sooft sie sich an ihnen ärgerte, wieder fort. Sie ließen sich alles gefallen.

Sie ließen sich sogar Rhett gefallen, was schwieriger war, denn Rhett durchschaute sie, und sie wußten es. Er scheute sich nicht, sie bloßzustellen, daß sie nackend dastanden. Er schämte sich seines Werdeganges nicht und tat so, als dächten jene ebenso unbefangen über ihre Anfänge. Selten versäumte er eine Gelegenheit, Dinge zu sagen, die nach stillschweigendem Übereinkommen besser ungesagt blieben.

Man war nie sicher davor, daß er über ein Punschglas hinweg etwa höflich bemerkte: »Ralph, ich hätte mein Vermögen lieber mit dem Verkauf von Goldkuxen an Witwen und Waisen machen sollen wie du, anstatt mit Blockadeschifferei. Es ist so viel sicherer.« Oder: »Nun, Bill, hast wohl wieder einmal ein paar tausend Aktien nicht vorhandener Eisenbahnen verkauft?« Oder: »Gratuliere zum Staatsauftrag! Zu ärgerlich nur, daß du so viel Schmiergeld dafür hast geben müssen.«

Die Damen fanden ihn widerwärtig und unausstehlich. Die Männer sagten hinter seinem Rücken, er sei ein ekelhafter Kerl und ein Schweinehund. Das neue Atlanta hatte für ihn nicht mehr übrig als das alte. Er aber ging belustigt und voller Verachtung seinen Weg, gefeit gegen das Gerede der Umwelt und höflich auf eine Art, die beleidigend wirkte. Für Scarlett war er immer noch ein Rätsel, über das sie sich aber nicht länger den Kopf zerbrach. Sie war überzeugt, daß ihm nichts Freude machte oder je Freude machen könnte, daß er entweder schmerzlich nach etwas verlangte, was er nicht bekam, oder aber überhaupt niemals nach etwas verlangt hatte und deshalb gegen alles gleichgültig war. Er lachte über alles, was sie sagte, bestärkte sie in ihren Extravaganzen und Unverschämtheiten, verspottete ihre Anmaßungen und – bezahlte ihre Rechnungen.

L

Auch in Stunden grösster Vertraulichkeit blieb Rhett bei seiner unerschütterlichen glatten Höflichkeit. Dennoch hatte Scarlett immer das Gefühl, daß er sie heimlich beobachtete, und sie wußte, daß sie nur plötzlich den Kopf zu wenden brauchte, um ihn auf einem forschenden, erwartungsvollen Blick, dem Ausdruck einer fast beängstigenden Geduld zu ertappen, den sie nicht verstand.

Manchmal war es sehr angenehm, mit ihm zu leben, trotz seiner unglückseligen Angewohnheit, keine Lüge, keine Verstellung, keine Aufschneiderei durchzulassen. Er hörte zu, wenn sie von dem Laden, den Mühlen, der Kneipe, den Sträflingen und den Kosten für ihren Unterhalt erzählte, und gab klugen, nüchternen Rat. Er hatte immer wieder Lust an den Bällen und Gesellschaften, die sie so liebte, und besaß einen unerschöpflichen Vorrat derber Anekdoten, die er ihr an den wenigen Abenden, die sie allein verbrachten, wenn der Tisch abgedeckt war und Schnaps und Kaffee vor ihnen standen, auftischte. Sie machte die Erfahrung, daß er ihr alles gewährte, was sie wünschte, und ihr auf jede Frage, die sie stellte, Antwort gab, solange sie offen und ehrlich vorging, ihr aber alles verweigerte, was sie hintenherum durch Kniffe, Winkelzüge und weibliche Künste zu erlangen suchte. Er hatte eine Art, sie zu durchschauen und einfach auszulachen, die sie immer wieder entwaffnete und hilflos ihm auslieferte.

Angesichts des liebenswürdigen Gleichmuts, mit dem er sie zu behandeln pflegte, fragte Scarlett sich häufig, wenn auch ohne wirklich dringende Neugierde, warum er sie wohl geheiratet habe. Männer heirateten aus Liebe oder des Geldes wegen oder um ein Heim und Kinder zu haben; er aber hatte sie aus keinem dieser Gründe genommen. Er liebte sie sicherlich nicht, ihr schönes Haus nannte er eine architektonische Mißgeburt und sagte, er möchte überhaupt lieber in einem gut geführten Hotel leben als zu Hause. Auch machte er nie eine Andeutung, daß er sich ein Kind wünschte, wie Charles und Frank es getan hatten. In einer Anwandlung von Koketterie fragte sie ihn einmal, warum er sie geheiratet habe, und geriet in Wut, als er ihr mit lustig funkelnden Augen antwortete: »Ich habe dich geheiratet, mein Schatz, weil ich dich als Schoßhündchen haben wollte.«

Nein, die üblichen Heiratsgründe anderer Männer bewegten ihn nicht. Er hatte sie einzig und allein geheiratet, weil er sie haben wollte und auf anderem Wege nicht bekam. Das hatte er an jenem Abend, da er um sie anhielt, offen gesagt. Er hatte sie begehrt, genau wie er Belle Watling begehrt hatte. Das war kein angenehmer Gedanke, im Gegenteil, es war eigentlich eine glatte Beleidigung. Aber sie schüttelte den Gedanken daran ab, wie sie alles Unerfreuliche abzuschütteln gelernt hatte. Sie hatten einen Pakt geschlossen, und sie ihrerseits war damit ganz zufrieden. Sie hoffte, er sei es auch, dachte aber nicht weiter darüber nach.

Allein eines Nachmittags, als sie Dr. Meade wegen einer Verdauungsstörung zu Rate zog, teilte er ihr eine unerfreuliche Tatsache mit, die sich nicht ohne weiteres abschütteln ließ. Mit einem echten Haß in den Augen stürmte sie in der Abenddämmerung nach Hause und sofort in ihr Schlafzimmer und sagte Rhett, sie erwarte ein Kind.

Er hatte es sich in einem seidenen Schlafrock bequem gemacht und war in eine Wolke von Zigarrenrauch gehüllt, er blickte sie scharf an, während sie sprach. Aber er erwiderte nichts. Er beobachtete sie schweigend, und während er auf ihr nächstes Wort wartete, lag etwas merkwürdig Gespanntes in seiner Haltung, das ihr jedoch entging. Sie war in heller Empörung und Verzweiflung und hatte für nichts anderes Sinn.

»Du weißt doch, ich will keine Kinder mehr haben! Ich habe überhaupt nie eins haben wollen. Immer, wenn es gerade bergauf geht, bekomme ich ein Kind! Sitz nur nicht da und lach mich aus! Du willst ja auch keins! Ach, heilige Mutter Gottes!«

Seine Züge verhärteten sich kaum merklich, seine Augen wurden ausdruckslos.

»Nun, wir können es ja Miß Melly geben. Hast du mir nicht erzählt, sie sei so hirnverbrannt, sich noch ein Kind zu wünschen?«

»Ach, ich könnte dich totschlagen! Ich will es gar nicht erst haben, sage ich dir, ich will nicht!«

»Nicht? Sprich ruhig weiter.«

»Aber dagegen kann man doch etwas tun. Oh, ich bin nicht mehr die Unschuld vom Lande. Jetzt weiß ich, daß eine Frau keine Kinder zu haben braucht, wenn sie nicht will. Es gibt Mittel ...«

Er war aufgesprungen und hatte sie beim Handgelenk gepackt, das Gesicht voll wilder, jagender Angst. »Scarlett, bist du wahnsinnig? Sag mir die Wahrheit, du hast doch nichts unternommen?«

»Nein, aber ich will. Meinst du, ich will mir wieder die ganze Figur verderben, nachdem ich eben wieder die richtige Taillenweite habe und mein Leben genieße und ...«

»Woher hast du das? Wer hat dir so etwas gesagt?«

»Mamie Bart ... sie ...«

»Die Hurenwirtin kennt natürlich solche Kniffe. Diese Frau kommt mir nicht wieder ins Haus, verstehst du? Es ist mein Haus, und ich habe hier zu sagen. Du wirst kein Wort mehr mit ihr sprechen.«

»Ich tu, was mir paßt. Laß mich los. Was geht dich das an.«

»Ob du ein Kind oder zwanzig hast, ist mir einerlei, aber nicht, ob du stirbst.«

»Ich ... sterben?«

»Ja, sterben. Mamie Bart wird dir wohl nicht erzählt haben, in welche Gefahr sich eine Frau begibt, wenn sie so etwas tut.«

»Nein«, sagte Scarlett zögernd. »Sie sagte nur, das brächte alles fein in Ordnung.«

»Bei Gott, ich schlage sie tot«, tobte Rhett, das Gesicht dunkel vor Wut. Er schaute hernieder auf Scarletts tränenüberströmtes Gesicht, und sein Zorn legte sich etwas, aber seine Züge waren immer noch hart und regungslos. Plötzlich nahm er sie auf den Arm, setzte sich auf den Stuhl und drückte sie ganz fest an sich, als fürchte er, sie könnte ihm verlorengehen. »Hör zu, mein Kleines. Du solltest nicht so leichtsinnig mit deinem Leben umgehen, verstehst du? Du lieber Gott, ich brauche Kinder ebensowenig wie du, aber ich kann sie doch ernähren. Solche Dummheiten will ich nicht wieder von dir hören. Und wenn du dich unterstehst, das zu versuchen, Scarlett ... ich habe einmal ein Mädchen daran sterben sehen. Es war nur eine ... nun, aber ein hübsches, gutes Ding trotzdem. Es ist kein leichter Tod, sage ich dir. Ich ...«

»Aber Rhett!« Sie erschrak. So bewegt hatte er auf einmal gesprochen. Noch nie hatte sie ihn so gesehen.

»Wo ... wer?«

»In New Orleans. Das ist Jahre her. Ich war noch jung und eindrucksfähig.« Plötzlich beugte er den Kopf und begrub die Lippen in ihrem Haar. »Du sollst dein Kind bekommen, Scarlett, und wenn ich dir für die neun Monate Handschellen anlegen muß.«

Sie setzte sich auf seinen Schoß und sah ihm mit unverhüllter Neugier ins Gesicht. Unter ihrem forschenden Blick wurde es im Nu wieder glatt und höflich, als habe ein Zauber alle Empfindungen fortgewischt. Er hob die Brauen und zog die Mundwinkel herab.

»Bin ich dir denn so viel?« fragte sie und senkte die Lider.

Gleichmütig streifte sie sein Blick, als wollte er abschätzen, wieviel Koketterie hinter dieser Frage steckte, und als er las, was ihr Verhalten in Wahrheit bedeutete, antwortete er obenhin.

»Nun ja, siehst du, ich habe schon allerlei Geld an dich gewendet, und es wäre mir sehr ärgerlich, es zu verlieren.«

Melanie kam aus Scarletts Zimmer, müde von der Anstrengung, aber zu Tränen beglückt über die Geburt von Scarletts Tochter. Rhett stand in höchster Spannung in der Halle, von weggeworfenen Zigarrenstummeln umgeben, die Löcher in den Teppich gebrannt hatten.

»Sie können jetzt hineingehen, Kapitän Butler«, sagte sie schüchtern.

Schnell ging er an ihr vorbei, und Melanie sah im Fluge, wie er sich über das winzige, nackte Geschöpf auf Mammys Schoß beugte; dann machte Dr. Meade die Tür schon wieder zu. Melanie sank auf einen Stuhl und errötete vor Verlegenheit, daß sie, ohne es zu wollen, diesen intimen Augenblick miterlebt hatte.

»Ach, wie lieb!« dachte sie bei sich. »Was hat der arme Kapitän Butler sich für Sorgen gemacht! Und die ganze Zeit hat er keinen Schluck getrunken. Wie rücksichtsvoll! Viele Männer sind doch ganz betrunken, wenn ihre Kinder endlich zur Welt kommen. Ich glaube, ein Schluck täte ihm gut. Ob ich es ihm sage? Nein, das wäre vorlaut von mir.«

Dankbar lehnte sie sich in ihren Stuhl zurück. Der Rücken tat ihr weh und fühlte sich an, als wolle er in der Taille durchbrechen. Ach, die glückliche Scarlett. Hätte sie selbst nur auch Ashley bei sich gehabt, an dem furchtbaren Tage, da Beau kam. Sie hätte nicht soviel gelitten. Wäre doch das kleine Mädchen hinter der geschlossenen Tür dort ihres und nicht Scarletts! Ach, wie schlecht ich doch bin, dachte sie schuldbewußt. Ich trachte nach ihrem Kind, und dabei ist Scarlett doch so gut gegen mich gewesen. Vergib mir, Herr. Ich möchte ja auch eigentlich gar nicht Scarletts Baby haben ... aber so sehr gern ein eigenes!

Sie schob sich ein kleines Kissen in den schmerzenden Rücken und dachte voll Verlangen an eine eigene kleine Tochter. Aber Dr. Meade wollte nicht mit sich reden lassen. Sie selbst war zwar durchaus bereit, für ein zweites Kind ihr Leben aufs Spiel zu setzen, aber davon wollte Ashley nichts wissen. Ein Mädchen! Wie würde sich Ashley über ein kleines Mädchen freuen!

Ein Mädchen! Erschreckt fuhr Melanie auf. Sie hatte ja Kapitän Butler gar nicht gesagt, daß es ein Mädchen war! Natürlich hatte er einen Jungen erwartet. Melanie wußte, daß der Frau ein Mädchen ebenso willkommen ist wie ein Junge, aber für einen Mann, besonders für einen so eigenwilligen wie Rhett, war ein Mädchen ein Schlag ins Gesicht, ein Makel an seiner Manneswürde. Wäre Melanie Butlers Frau gewesen, sie wäre lieber bei der Geburt gestorben, als daß sie ihm eine Tochter geboren hätte.

Aber Mammy, die mit breitem Grinsen aus dem Zimmer gewatschelt kam, beruhigte sie und gab ihr zugleich das Rätsel auf, was für ein Mann Kapitän Butler denn nun eigentlich sei.

»Als ich eben das Kind gebadet habe«, sagte Mammy, »habe ich Mister

Rhett ein bißchen um Entschuldigung gebeten, daß es kein Junge ist. Aber Jesus, Miß Melly, wissen Sie, was er gesagt hat? ›Willst du still sein, Mammy‹, hat er gesagt, ›was soll ich mit einem Jungen, Jungen sind kein Spaß, machen nur Sorge, aber Mädchen machen Spaß, ich gäbe dies Mädchen nicht für ein Dutzend Jungen her.‹ Dann wollte er mir das Kind splitternackt, wie es war, wegnehmen, und ich habe ihm aber einen Klaps gegeben und gesagt: ›Benehmen Sie sich, Mister Rhett! Wir wollen einmal abwarten, bis Sie einen Jungen bekommen, dann lache ich aber, wenn Sie vor Freude brüllen.‹ Da hat er gegrinst und den Kopf geschüttelt. Er hat gesagt: ›Mammy, du bist ein Schafskopf, von Jungen hat niemand etwas, das siehst du doch an mir.‹ Ja, Miß Melly, er hat sich wie ein Gentleman benommen«, schloß Mammy gnädig, und es entging Melanie nicht, daß Rhett bei Mammy vieles wiedergutgemacht hatte. »Vielleicht habe ich Mister Rhett auch ein bißchen Unrecht getan, und heute ist ein Glückstag für mich, Miß Melly. Nun habe ich schon drei Generationen Robillard-Mädchen in Windeln gewickelt. Ein richtiger Glückstag.«

Für einen im Hause aber war es kein Glückstag. Wade Hamilton trieb sich trübselig im Eßzimmer umher, von allen übersehen oder gelegentlich auch ausgescholten. Schon ganz früh hatte Mammy ihn aus dem Schlaf geweckt, ihn eilig angezogen und mit Ella zu Tante Pitty gebracht. Als einzige Erklärung wurde ihm gesagt, Mutter sei krank, und der Lärm beim Spielen könnte sie stören. Bei Tante Pitty stand alles auf dem Kopf, die alte Dame hatte ihre Zustände bekommen und sich ins Bett gelegt, Cookie pflegte sie, und Peter hatte schlecht und recht ein Frühstück für die Kinder zusammengebraut. Im Laufe des Morgens bekam Wade Angst. Wenn nun Mutter starb? Auch andere Jungen hatten ihre Mutter verloren. Er hatte seine Mutter sehr lieb, beinahe ebensosehr, wie er sich vor ihr fürchtete, und die Vorstellung, schwarze Pferde mit Straußenfedern am Geschirr könnten sie auf einem schwarzen Leichenwagen wegfahren, wie er es bei anderen gesehen hatte, fiel ihm so schwer auf seine kleine Brust, daß er kaum zu atmen vermochte. Mittags schlüpfte er davon, rannte nach Hause, die Angst saß ihm auf den Fersen. Onkel Rhett, Tante Melly oder Mammy sagten ihm sicher die Wahrheit.

Aber Onkel Rhett und Tante Melly waren nirgends zu sehen, und Mammy und Dilcey liefen mit Handtüchern und heißem Wasser treppauf, treppab und bemerkten ihn gar nicht. Von oben hörte er hin und wieder Dr. Meades Stimme; einmal hörte er auch seine Mutter stöhnen und brach in Schluchzen aus. Um sich zu trösten, bändelte er mit dem honiggelben Kater an, der auf der sonnigen Fensterbank lag. Endlich kam Mammy, die immer so gut zu ihm war, die Treppe herunter, jetzt aber machte sie ein böses Gesicht und schalt: »Du bist doch der ungezogenste Junge, den ich kenne! Habe ich dich nicht zu Miß Pitty geschickt? Lauf schnell wieder hin!«

»Muß Mutter ... muß sie sterben?«

»Herr Jesus, sterben? Nein, du Quälgeist. Mein Gott, sind Jungens eine Plage. Mach, daß du fortkommst!«

Aber Wade ging nicht fort. Er zog sich hinter die Portieren in der Halle zurück. Mammys Worte hatten ihn nicht recht überzeugt. Eine halbe Stunde später kam Tante Melly die Treppe eilig herunter. Sie sah blaß und müde aus, aber sie lächelte vor sich hin. Als sie sein betrübtes Gesichtchen erblickte, sagte sie erschrocken und ärgerlich, wie sie sonst nie tat: »Wade, das ist aber unartig von dir. Warum bist du nicht bei Tante Pitty geblieben?«

»Muß Mutter sterben?«

»Gott bewahre, du dummer kleiner Junge!« Dann wurde sie freundlich. »Dr. Meade hat ihr gerade ein niedliches kleines Baby gebracht, eine süße kleine Schwester für dich, mit der du spielen kannst, und wenn du ganz artig bist, darfst du sie heute abend sehen. Nun lauf hinaus, spiel und sei ganz leise.«

Wade schlüpfte in das stille Eßzimmer. Seine kleine Welt war ins Wanken geraten. War denn an diesem sonnigen Tag, da die Großen sich so merkwürdig benahmen, nirgends Platz für einen verängstigten siebenjährigen kleinen Jungen? Er setzte sich in den Erker und knabberte an einem Blatt der Begonie, die im Blumenkasten in der Sonne wuchs. Es war so scharf, daß ihm die Tränen in die Augen traten, er fing an zu weinen. Mutter mußte doch wohl sterben, niemand achtete auf ihn, und alle rasten sie durchs Haus, nur wegen eines neuen Babys, eines kleinen Mädchens. Wade hatte für Babys wenig Interesse und noch weniger für Mädchen. Das einzige kleine Mädchen, das er genau kannte, war Ella, und bisher hatte sie ihm weder Achtung noch Zuneigung abgewinnen können.

Nach einer langen Pause kamen Dr. Meade und Onkel Rhett die Treppe herunter und standen in leisem Gespräch in der Halle. Als Onkel Rhett die Tür hinter dem Doktor geschlossen hatte, kam er ins Eßzimmer und goß sich aus der Karaffe ein großes Glas ein, dann erst sah er Wade. Er lächelte. So hatte Wade ihn noch nie lächeln sehen. Sein strahlendes Gesicht machte ihm Mut, er sprang von der Fensterbank und lief zu ihm hin. »Du hast eine kleine Schwester bekommen«, sagte Rhett und kniff ihn ein wenig in den Arm, »das schönste Baby, das du je gesehen hast. Aber was gibt es denn da zu weinen?«

»Mutter ...«

»Mutter ist gerade beim Essen. Sie bekommt einen ganz großen Teller voll Huhn mit Reis und eine Tasse Kaffee, und nach einer kleinen Weile machen wir ihr Sahneeis, und dann bekommst du auch zwei Teller davon ab, wenn du magst. Und deine kleine Schwester will ich dir auch zeigen.«

Wade fiel ein solcher Stein vom Herzen, daß ihm ganz schwach wurde. Er versuchte, etwas Nettes über die kleine Schwester zu sagen, brachte es aber nicht fertig. Alle interessierten sich nur für dies Mädchen. Aus ihm machte sich niemand etwas, nicht einmal Tante Melly und Onkel Rhett.

»Onkel Rhett«, fing er schließlich an, »mögen die Leute Mädchen lieber als Jungen?«

Rhett setzte sein Glas aus der Hand, sah Wade scharf in das kleine Gesicht und blickte ihn mit plötzlichem Verstehen an.

»Nein, das kann man eigentlich nicht sagen«, antwortete er ernsthaft, als überlegte er sich die Sache genau. »Das kommt wohl nur daher, daß Mädchen ärgere Quälgeister sind als Jungen, und um Quälgeister kümmert man sich immer mehr als um jemanden, der einen nicht stört.«

»Aber Mammy hat gesagt, Jungens sind Quälgeister!«

»Ach, Mammy war ein bißchen aus dem Häuschen und hat es nicht ernst gemeint.«

»Onkel Rhett, hättest du nicht lieber einen kleinen Jungen gehabt als ein kleines Mädchen?« fragte Wade hoffnungsvoll.

»Nein«, antwortete Rhett sofort, und als der Kleine ein langes Gesicht machte, fuhr er rasch fort: »Warum sollte ich denn einen Jungen haben wollen, wenn ich schon einen habe?«

»Du hast einen?« Wade blieb der Mund offenstehen. »Wo denn?«

»Hier steht er ja«, antwortete Rhett, hob das Kind auf und setzte es sich aufs Knie. »Du bist mein Junge, mehr Jungen brauche ich nicht, mein Sohn.«

In diesem Augenblick fühlte Wade sich so glücklich und geborgen, daß er fast wieder angefangen hätte zu weinen. Es gluckste ihm im Hals, und er barg den Kopf an Rhetts Weste.

»Du bist doch mein Junge, nicht wahr?«

»Kann man denn ... kann man der Junge von zwei Männern sein?« fragte Wade, und die Treue zu dem Vater, den er nie gekannt hatte, rang mit der Liebe zu dem, der ihn so verständnisvoll an sich drückte.

»Das kann man«, erwiderte Rhett fest. »Genauso, wie du Mutters Junge sein kannst und außerdem Tante Mellys.«

Das leuchtete Wade ein. Dabei konnte er sich etwas denken. Er lächelte und rieb sich schüchtern an Rhetts Arm.

»Du verstehst was von kleinen Jungens, nicht wahr, Onkel Rhett?«

Rhetts dunkles Gesicht bekam wieder die alten scharfen Furchen, und seine Lippen zuckten.

»Ja«, sagte er bitter, »das tue ich.«

Plötzlich verspürte Wade wieder Angst, und etwas wie Eifersucht überkam ihn. Onkel Rhett dachte gar nicht an ihn, sondern an jemand anders.

»Hast du denn noch mehr kleine Jungens?«

Rhett stellte ihn wieder auf die Füße.

»Ich will noch einen Schluck trinken, und das sollst du auch, Wade, deinen ersten Schluck Wein auf die Gesundheit der neuen kleinen Schwester.«

»Hast du noch mehr ...«, fing Wade wieder an. Dann sah er Rhett die Rotweinkaraffe in die Hand nehmen und vergaß alles andere darüber, daß er nun mit einem Glas Wein anstoßen sollte wie die Großen.

»Ach, ich darf ja nicht, Onkel Rhett. Ich habe Tante Melly versprochen, so lange nicht zu trinken, bis ich mit der Universität fertig bin, und wenn ich es bis dahin nicht tue, schenkt sie mir eine Uhr.«

»Und ich schenke dir eine Kette dazu, diese hier, die ich trage, wenn du willst«, sagte Rhett und lächelte wieder. »Tante Melly hat ganz recht, aber sie hat von Schnaps gesprochen und nicht von Wein. Wein trinken wie ein Gentleman mußt du lernen, mein Sohn, und dies ist gerade der richtige Tag, damit anzufangen.«

Sorgsam verdünnte er den Rotwein mit Wasser, bis das Getränk nur noch einen leichten roten Schimmer hatte, dann gab er Wade das Glas. In diesem Augenblick kam Mammy ins Eßzimmer. Sie hatte sich umgezogen und trug ihr bestes schwarzes Sonntagskleid mit frisch gestärkter Schürze und Haube. Als sie hereingewatschelt kam, wiegte sie sich fortwährend in den Hüften, und in ihren Röcken rauschte und raschelte es wie Seide. Ein breites Lächeln entblößte ihren fast zahnlosen Kiefer.

»Gratuliere auch, Mister Rhett«, sagte sie.

Wade stockte mit dem Glase an seinen Lippen. Mammy hatte doch den Stiefvater nie leiden können. Nie hatte sie ihn anders angeredet als »Kap'n Butler« und war nie anders als würdevoll und kühl gegen ihn gewesen. Nun stand sie strahlend vor ihm und nannte ihn »Mister Rhett«. Heute stand aber auch alles auf dem Kopf.

»Du nimmst wohl lieber Rum als Rotwein«, sagte Rhett und holte eine kleine dicke Flasche aus dem Schrank. »Ist es nicht ein prachtvolles Baby?«

»Das ist es«, antwortete Mammy und schmatzte, als sie das Glas nahm.

»Hast du schon einmal ein so schönes gesehen?«

»Nun, Miß Scarlett war wohl auch beinahe so schön, als sie kam, aber doch nicht ganz.«

»Noch ein Glas! Hör mal, Mammy ...« Es klang streng, aber er zwinkerte mit den Augen: »Was hör' ich denn da rascheln?«

»Ach Gott, Mister Rhett, das ist doch nur mein rotseidener Unterrock«, kicherte Mammy und drehte sich, bis ihr mächtiger Körper wackelte.

»Nur dein Unterrock? Das glaube ich nicht. Es hört sich ja an wie ein ganzer Sack voll welker Blätter. Zeig mal her. Heb mal deinen Rock hoch.«

»Ach, Mister Rhett, Sie sind ein Schlimmer! O Gott!«

Mammy quiekte ein bißchen, trat zurück, hob in einer Entfernung von einem Meter sittsam ihr Kleid um ein paar Zoll in die Höhe und ließ die Rüsche eines roten Taftunterrockes sehen.

»Du hast aber lange gebraucht, bis du ihn angezogen hast«, knurrte Rhett, in seinen schwarzen Augen jedoch lachte es.

»Ja, Master, viel zu lange.«

Dann sagte Rhett etwas, was Wade nicht verstand.

»Kein Maultier im Pferdegeschirr mehr?«

»Mister Rhett, das war aber schlecht von Miß Scarlett, daß sie Ihnen das weitergesagt hat. Sie wollen es doch einer alten Niggerfrau nicht nachtragen?«

»Nein, ich trage es dir nicht nach. Ich wollte nur wissen, wie wir jetzt miteinander stehen. Trink noch ein Glas, Mammy, du kannst die ganze Flasche bekommen. Trink, Wade, stoß mit uns an.«

»Schwesterchen soll leben!« rief Wade und trank das Glas leer. Er verschluckte sich, es gab ein großes Gehuste und Gekrächze, und die beiden anderen klopften ihm lachend auf den Rücken.

Von dem Augenblick an, da Rhett die Tochter geboren war, wunderten sich alle, die ihn sahen, über ihn, und manches feststehende Urteil über ihn geriet ins Wanken. Wer hätte es gedacht, daß gerade er so ungeniert und offenherzig seinen Vaterstolz zeigen werde, besonders angesichts der peinlichen Tatsache, daß sein Erstgeborenes nur ein Mädchen war!

Seine Vaterwürde wurde ihm auch keineswegs langweilig, was manchen Frauen zu heimlichem Neid gereichte, deren Männer sich schon lange vor der Taufe nicht mehr um ihr Kind kümmerten. Auf der Straße nahm er die Leute beim Westenknopf und erzählte lang und breit, was für Fortschritte das Kind machte, ohne auch nur seinem Berichte anstandshalber die heuchlerische Einleitung vorauszuschicken: »Natürlich findet jeder sein eigenes Kind fabelhaft, aber ...« Er fand seine Tochter wirklich fabelhaft und mit anderen gar nicht zu vergleichen. Als die neue Kinderfrau das Baby an einem Stück fetten Schweinefleisch lutschen ließ und dadurch den ersten Durchfall verschuldete, lachten sich gesetztere Eltern über Rhetts Benehmen halbtot. Er ließ sofort Dr. Meade und zwei andere Ärzte kommen und wurde nur mit Mühe davon abgehalten, die unglückliche Kinderfrau mit der Reitpeitsche zu schlagen. Sie wurde entlassen, und es folgte eine Reihe neuer Kinderfrauen, von denen jede höchstens eine Woche blieb. Keine konnte den anspruchsvollen Vater zufriedenstellen.

Auch Mammy betrachtete die Kinderfrauen, die kamen und gingen, mit Mißfallen. Auf jede fremde Negerin war sie eifersüchtig und sah nicht ein, warum sie nicht selber für das Baby mitsamt Wade und Ella sollte sorgen können. Allein, Mammy wurde alt, und Rheumatismus hemmte ihren Schritt. Rhett hatte nicht den Mut, dies als Grund für die Anstellung einer anderen Wärterin anzugeben. Er sagte ihr lieber, in seiner Stellung könne er es sich nicht leisten, nur eine Kinderfrau zu beschäftigen, das mache sich nicht gut. Er wolle zwei für die schwerere Arbeit anstellen, ihr aber die Oberaufsicht überlassen. Das leuchtete Mammy durchaus ein. Eine zahlreiche Dienerschaft hob zugleich mit Rhetts Ansehen auch das ihre. Aber freigelassenes Niggerpack wollte sie in ihrer Kinderstube nicht dulden. Deshalb ließ Rhett Prissy aus Tara kommen. Er kannte ihre Fehler, aber schließlich gehörte sie zur Familie. Dazu lieferte Onkel Peter noch eine Großnichte namens Lou, die einer von Miß Pittys Kusinen gehört hatte.

Noch ehe Scarlett wieder aufstehen konnte, fiel ihr Rhetts Vaterstolz auf, und wenn Besuch kam, war er ihr schon ein wenig peinlich. Es war schön und gut, wenn ein Mann sein Kind liebhatte, aber die Liebe so zu zeigen, war doch etwas unmännlich. Er sollte lieber unbekümmert und überlegen tun wie andere Männer.

»Du machst dich lächerlich«, sagte sie gereizt, »und ich sehe nicht ein, warum.«

»Nicht? Das kann ich mir denken. Es kommt daher, daß dies Kind der erste Mensch ist, der mir ganz und gar gehört.«

»Mir gehört sie doch auch!«

»Nein, du hast deine beiden anderen Kinder. Dies ist meines.«

»Zum Teufel«, sagte Scarlett, »ich habe es doch zur Welt gebracht. Und, mein Lieber, ich gehöre dir doch auch?«

Rhett schaute sie über den schwarzen Kopf des Kindes an und lächelte sonderbar.

»Meinst du wirklich, mein Kind?«

Nur Melanies Erscheinen erstickte einen der raschen, hitzigen Auftritte im Keime, zu denen es jetzt so leicht zwischen ihnen kam. Scarlett schluckte ihren Zorn hinunter und sah zu, wie Melanie das Kind auf den Arm nahm. Man hatte sich auf die Namen Eugenie Victoria für das Kind geeinigt; aber an diesem Nachmittag gab Melanie ihm, ohne es zu wissen, einen anderen Namen, der an ihm haftenblieb, genau wie »Pittypat« alle Erinnerung an den Namen Sarah Jane ausgelöscht hatte.

Rhett hatte sich über das Kind gebeugt und gesagt, die Augen seien erbsengrün.

»Gott bewahre«, protestierte Melanie und dachte nicht daran, daß Scarletts Augen ungefähr solche Tönung aufwiesen. »Sie werden blau wie Mr. O'Haras Augen, blau wie die ›bonnie blue flag‹, die schöne blaue Flagge.«

»Bonnie Blue Butler«, lachte Rhett, nahm ihr das Kind ab und betrachtete sich die kleinen Augen genauer, und »Bonnie« wurde sie genannt, bis auch ihre Eltern sich kaum noch erinnerten, daß sie auf den Namen zweier Königinnen getauft worden war.

LI

Als Scarlett endlich wieder ausgehen konnte, liess sie sich von Lou so fest schnüren, wie es irgend auszuhalten war, dann legte sie sich das Meßband um die Taille. »Fünfzig Zentimeter!« Sie stöhnte. Das hatte sie nun davon. Ihre Taille war so dick wie Tante Pittys, fast so dick wie Mammys.

»Zieh noch fester an, Lou, und sieh, ob du es nicht auf sechsundvierzig Zentimeter bringst, sonst passe ich in keines von meinen Kleidern hinein.«

»Dann reißen die Schnüre«, sagt Lou. »Missis sind eben dicker geworden, dabei ist nichts zu machen.«

»Dabei ist doch etwas zu machen«, dachte Scarlett bei sich, als sie wütend die Nähte ihres Kleides auseinanderriß, um die fehlenden Zentimeter auszulassen. »Ich bekomme eben keine Kinder mehr.«

Bonnie war wirklich ein hübsches Baby und machte ihr Ehre. Rhett vergötterte die Kleine, aber mehr Kinder wollte Scarlett nicht haben. Wie sie das anfangen wollte, war ihr allerdings nicht recht klar, denn mit Rhett wurde man nicht so leicht fertig wie mit Frank, Rhett hatte keine Angst vor ihr und machte sicher Schwierigkeiten. Da er so vernarrt in Bonnie war, würde er sicher nächstes Jahr einen Jungen haben wollen, wenn er auch noch soviel davon schwatzte, er wolle jeden Jungen, den sie ihm schenkte, ertränken. Nun, sie wollte ihm ganz gewiß keinen schenken und auch kein Mädchen mehr. Drei Kinder waren für eine Frau genug.

Als Lou die Nähte wieder zusammengenäht und geglättet und Scarlett das Kleid zugeknöpft hatte, bestellte sie den Wagen und fuhr zum Holzlager hinaus. Auf der Fahrt wurde sie bald guten Mutes und vergaß ihre Taille, denn im Lager wollte sie Ashley sprechen und die Bücher mit ihm durchsehen. Wenn sie Glück hatte, traf sie ihn allein an. Es war Wochen vor Bonnies Geburt gewesen, daß sie ihn zuletzt gesehen hatte. In ihrem hochschwangeren Zustand hatte sie ihn auch gar nicht sehen wollen. Während dieser ganzen Zeit aber hatte sie das tägliche Zusammentreffen mit ihm doch sehr vermißt, ebenso die Tätigkeit im Geschäft und das Gefühl der Wichtigkeit, das damit verbunden war. Sie brauchte natürlich nicht mehr zu arbeiten. Sie hätte die Mühlen leicht verkaufen und das Geld für Wade und Ella anlegen können. Aber dann hätte sie Ashley so gut wie gar nicht mehr gesehen, nur noch auf Gesellschaften und unter vielen anderen Leuten. Mit Ashley zusammen zu arbeiten aber war ihre größte Freude.

Als sie sich dem Lager näherte, sah sie mit Wohlgefallen, wie hoch das Holz gestapelt dalag und wie viele Kunden anwesend waren und sich mit Hugh Elsing unterhielten. Sechs Maultiergespanne waren da, und sechs Wagen wurden von den schwarzen Fahrern beladen. »Sechs Gespanne«, dachte sie stolz. »Das habe ich alles allein zustande gebracht.«

Ashley kam an die Tür des kleinen Kontors, seine Augen strahlten, sie wiederzusehen. Er half ihr aus dem Wagen und führte sie hinein, als wäre sie eine Königin.

Aber ihre Freude wurde ein wenig getrübt, als sie die Bücher mit ihm durchging und sie mit denen Johnnie Galleghers verglich. Ashley hatte nur knapp seine Unkosten gedeckt, und Johnnie hatte einen ansehnlichen Gewinn herausgewirtschaftet. Sie hütete sich, etwas zu sagen, als sie die Seiten miteinander verglich, aber Ashley sah es ihrem Gesicht an.

»Scarlett, es tut mir leid, ich kann nur sagen, du hättest mich lieber mit freien Schwarzen arbeiten lassen sollen als mit Sträflingen. Ich glaube, mit ihnen käme ich besser zurecht.«

»Schwarze! Aber ihr Lohn richtet uns ja zugrunde! Sträflinge sind spottbillig. Wenn Johnnie soviel mit ihnen leistet ...«

Ashleys Augen blickten ihr über die Schulter hinweg auf etwas, das sie nicht sah, und die Freude darin war erloschen.

»Ich kann nicht mit Sträflingen wirtschaften wie Johnnie Gallegher. Ich kann keine Menschen schinden.«

»Heiliger Strohsack! Johnnie versteht es wunderbar. Ashley, du bist eben zu weichherzig. Johnnie hat mir gesagt, sobald sich jemand um die Arbeit drücken wolle, melde er sich bei dir krank und du gebest ihm einen Tag frei. Du lieber Gott! So verdient man kein Geld. Wenn es nicht gerade ein gebrochenes Bein ist, heilt man fast jede Krankheit am besten durch eine Tracht Prügel.«

»Scarlett, hör auf! Ich kann das von dir nicht hören!« rief Ashley, und seine Augen kehrten voller Zorn zu ihr zurück, daß sie kurz abbrach. »Ist dir denn nicht klar, daß es Menschen sind, darunter kranke, unterernährte, verelendete ... ach, Scarlett, ich kann es nicht mit ansehen, wie du durch ihn verrohst, die du immer so lieb warst ...«

»Wie ... ich ... durch ihn? Was?«

»Ja, ich muß es dir sagen, wenn ich auch kein Recht dazu habe. Bei Rhett Butler. Alles, was er anrührt, vergiftet er. Und nun hat er dich genommen, du Liebe, Großherzige, Sanfte, denn das warst du trotz aller deiner Keckheit und hat dies aus dir gemacht ... hartherzig und unmenschlich bist du bei ihm geworden.«

»Ach«, hauchte Scarlett schuldbewußt und doch glücklich, weil sie Ashley ihretwegen so tief bewegt sah und weil er sie immer noch lieb fand. Gottlob, er gab Rhett die Schuld an ihrer Hartherzigkeit. Rhett hatte zwar gar nichts damit zu tun, und es war alles ihre Schuld, aber es konnte Rhett nichts schaden, wenn ihm noch etwas mehr angekreidet wurde.

»Wäre es doch irgend jemand anders, mir machte es nichts aus ... aber Rhett Butler! Ich sehe ja, was er dir angetan hat. Ohne daß du es merkst, zwingt er deine Gedanken in dieselbe Bahn, der seine eigenen folgen. O ja, ich weiß, das darf ich nicht sagen. Er hat mir das Leben gerettet, und ich muß ihm dankbar sein. Aber bei Gott, ich wollte, es wäre ein anderer gewesen! Ich habe auch nicht das Recht, mit dir so zu sprechen ...«

»Doch, Ashley, du hast das Recht dazu ... du und kein anderer ...«

»Ich sage dir, ich kann es nicht mit ansehen, wie deine feine Natur unter ihm vergröbert, wie deine Schönheit und dein Zauber der Macht eines Mannes ausgeliefert sind, der ... ach, wenn ich mir denke, daß er dich anrührt, könnte ich ...«

»Gleich küßt er mich!« frohlockte Scarlett innerlich. »Und es ist dann nicht einmal meine Schuld.« Sie neigte sich ihm entgegen, aber auf einmal zuckte er zurück, als ginge ihm auf, daß er zuviel gesagt hatte ... Dinge, die er nicht hatte sagen wollen.

»Vergib mir, Scarlett. Ich sage deinem Mann nach, er sei kein Gentleman, und beweise durch meine Worte, daß ich selbst keiner bin. Niemand hat das Recht, einen Mann bei seiner Frau anzuschwärzen. Dafür gibt es keine Entschuldigung ... nur ...« Er stockte und verzog schmerzlich das Gesicht. Sie wartete atemlos.

»Nein, dafür gibt es überhaupt keine Entschuldigung.«

Während des Heimwegs befand sich Scarletts Gemüt in einem Aufruhr. Es gab überhaupt keine Entschuldigung, außer ... der einen, daß er sie liebte. Der Gedanke, daß sie in Rhetts Armen lag, hatte ihn so in Wut gebracht, wie sie es nicht für möglich gehalten hätte. Oh, wie gut sie ihn verstand! Wüßte sie nicht, daß er und Melanie nicht anders als geschwisterlich zusammen leben durften, ihr Leben wäre eine Qual. Rhetts Umarmungen also machten sie gemein, verrohten sie. Nun, wenn Ashley das fand ..., sie konnte diese Umarmungen entbehren! Wie süß, wie romantisch wäre es, einander körperlich treu zu sein, obgleich man mit einem andern verheiratet war. Diese Vorstellung nahm sie ganz gefangen, und sie fand Freude an ihr. Außerdem hatte sie eine praktische Seite. Sie bekam dann keine Kinder mehr.

Als sie nach Hause kam und den Wagen fortschickte, schwand etwas von dem Hochgefühl, das Ashleys Worte ihr verliehen hatten, bei der Aussicht, Rhett mit ihrem Wunsch nach getrennten Schlafzimmern und allem, was sich daraus ergab, unter die Augen zu kommen. Das würde sehr schwierig werden. Dazu kam die Unmöglichkeit, Ashley zu sagen, daß sie sich ihm zuliebe Rhett entzöge. Schließlich war ein Opfer, von dem keiner wußte, zwecklos. Wie doch Sittsamkeit und Zartgefühl alles unnütz erschwerten! Könnte sie nur mit Ashley so offen sein wie mit Rhett! Einerlei, sie wollte es Ashley schon beibringen.

Sie ging die Treppe hinauf und öffnete die Tür zum Kinderzimmer. Da saß Rhett mit Ella auf dem Schoß an Bonnies Wiege, und Wade breitete den Inhalt seiner Taschen vor ihm aus. Es war ein Segen, daß Rhett so kinderlieb war und sich soviel mit den Kleinen abgab. So viele Stiefväter wollten von den Kindern aus einer früheren Ehe nichts wissen.

»Ich möchte dich sprechen«, sagte sie und ging weiter ins Schlafzimmer. Es mußte gleich sein, solange ihr Entschluß noch frisch war und Ashleys Liebe ihr Kraft gab.

»Rhett«, fing sie ohne weiteres an, als er die Tür hinter sich geschlossen hatte, »ich bin fest entschlossen, keine Kinder mehr zu bekommen.«

Wenn er bei dieser unerwarteten Mitteilung erschrak, so zeigte er es jedenfalls nicht. In aller Ruhe ging er an einen Stuhl, setzte sich darauf und wippte mit ihm nach hinten.

»Mein Herz, ich habe dir ja schon vor Bonnies Geburt gesagt, ich machte mir nichts daraus, ob du ein Kind hättest oder zwanzig.«

Wie boshaft von ihm, den Problemen so glatt aus dem Wege zu gehen, als brauche man sich nur nichts aus Kindern zu machen, um ihr Erscheinen tatsächlich zu verhindern.

»Ich finde, drei sind genug. Ich habe nicht die Absicht, jedes Jahr eins zu bekommen.«

»Drei ist wohl eine ganz passende Zahl.«

»Du weißt sehr gut ...«, fing sie an, und vor Verlegenheit stieg ihr das Blut in die Wangen. »Du weißt doch, was ich meine?«

»Allerdings. Bist du dir klar darüber, daß ich mich von dir scheiden lassen kann, wenn du mir meine ehelichen Rechte verweigerst?«

»So niedrige Gedanken kannst auch nur du haben.« Sie ärgerte sich, daß alles anders kam, als sie es sich vorgestellt hatte. »Hättest du nur einen Funken von Ritterlichkeit, dann wärest du ... dann wärest du nett wie ... nun, denke doch zum Beispiel an Ashley Wilkes. Melanie darf keine Kinder mehr bekommen, und er ...«

»Ganz Ashley, der kleine Gentleman.« In Rhetts Augen begann es sonderbar zu schillern. »Bitte, sprich weiter.«

Scarlett schluckte, weil sie ja schon am Ende war und nichts mehr zu sagen hatte. Sie sah ein, wie töricht ihre Hoffnung gewesen war, sich über etwas so Wichtiges freundschaftlich einigen zu wollen, besonders mit einem so selbstsüchtigen Patron wie Rhett.

»Du warst heute auf dem Holzlager, nicht wahr?«

»Was hat das damit zu tun?«

Geschmeidig stand er auf, und als er bei ihr war, faßte er sie unters Kinn und hob ihr Gesicht mit einem Ruck zu sich empor.

»Wie unglaublich kindlich du bist! Mit drei Männern hast du gelebt und weißt immer noch nichts von der männlichen Natur. Du scheinst uns für alte Weiber zu halten, die über die Jahre hinaus sind.«

Er kniff sie zum Spaß ein bißchen ins Kinn und ließ die Hand fallen. Er zog seine eine schwarze Braue hoch und betrachtete sie lange mit kühlem Blick.

»Scarlett, laß dir eins gesagt sein. Wenn du mitsamt deinem Bett noch irgendeine Anziehungskraft für mich hättest, mich hielte keine Bitte und keine verschlossene Tür ab. Was ich dann auch täte, ich täte es ohne jegliche Scham, denn ich habe einen Pakt mit dir geschlossen ... ich habe ihn gehalten, du aber brichst ihn jetzt. Behalte also ruhig dein keusches Bett, mein Kind.«

»Soll das etwa heißen«, fuhr Scarlett fort, »dir läge nichts daran ...«

»Du bist meiner überdrüssig geworden, nicht wahr? Nun, bei Männern kommt der Überdruß noch eher als bei Frauen. Spiel nur die Heilige, Scarlett. Viel mutest du mir damit nicht zu. Mich läßt es kalt.« Er zuckte grinsend die Achseln. »Zum Glück ist die Welt voller Betten ... und die meisten Betten sind voller Frauen.«

»Du willst damit doch nicht sagen, daß du wirklich ...«

»Du liebe Einfalt! Selbstverständlich! Ein Wunder nur, daß ich nicht schon lange meiner Wege gegangen bin. Ich habe die Treue nie als eine Tugend betrachtet.«

»Ich schließe einfach jede Nacht die Tür zu!«

»Wozu die Mühe? Wenn ich dich begehrte, mich hielte kein Schloß ab.«

Er drehte sich um, als sei das Gespräch beendet, und verließ das Zimmer. Scarlett hörte ihn wieder ins Kinderzimmer gehen, wo die Kleinen ihn freudig begrüßten. Sie ließ sich auf einen Stuhl fallen. Nun hatte sie ihren Willen. Dies hatte sie gewollt und Ashley auch. Aber es machte sie nicht froh. Sie war schwer in ihrer Eitelkeit verletzt. Es kränkte sie, daß Rhett es so leicht genommen hatte, daß er sie nicht begehrte und sie auf eine Stufe mit anderen Frauen in anderen Betten stellte.

Wenn sie nur wüßte, wie sie in zarter Form Ashley zu verstehen geben könnte, daß sie und Rhett nicht mehr wirklich Mann und Frau waren. Aber sie sah keine Möglichkeit dazu. Alles kam ihr fürchterlich verfahren vor. Fast wünschte sie sich, sie hätte nicht davon angefangen. Nun mußte sie auf die langen, lustigen Unterhaltungen im Bett verzichten, wenn Rhetts Zigarre in der Finsternis glühte. Und wie würde sie die Beruhigung in seinen Armen entbehren, wenn sie voller Grauen aus den kalten Nebeln ihres Traumes erwachte.

Auf einmal war sie sehr unglücklich. Sie legte den Kopf auf die Armlehne und weinte.

LII

An einem regnerischen Nachmittag, bald nach Bonnies erstem Geburtstag, lungerte Wade im Wohnzimmer herum und ging hin und wieder ans Fenster, um seine Nase an der triefenden Scheibe plattzudrücken. Er war ein schmächtiger, saft- und kraftloser Junge, klein für seine acht Jahre, still, fast scheu, und er sprach nie, wenn er nicht angeredet wurde. Er langweilte sich sehr und wußte sichtlich nicht, was er anfangen sollte. Ella spielte in der Ecke mit ihrer Puppe, Scarlett saß an ihrem Schreibtisch und murmelte vor sich hin, während sie eine lange Zahlenreihe addierte, und Rhett lag auf dem Fußboden und ließ seine Uhr an der Kette herabbaumeln, gerade so weit, daß Bonnie sie nicht erreichen konnte.

Nachdem Wade sich etliche Bücher geholt und mit einem tiefen Seufzer polternd hatte zu Boden fallen lassen, drehte Scarlett sich ärgerlich um.

»Himmel noch einmal, Wade! Lauf hinaus und spiel!«

»Das kann ich nicht, es regnet.«

»So? Dann fang irgend etwas an. Du machst mich nervös, wenn du so herumhängst. Sag Pork, er soll anspannen und dich zu Beau zum Spielen hinüberbringen.«

»Beau ist nicht zu Hause«, seufzte Wade, »er ist bei Raoul Picard zum Geburtstag eingeladen.«

Raoul Picard war der kleine Sohn Maybelle und René Picards, ein widerwärtiger kleiner Balg, fand Scarlett, mehr Affe als Kind.

»Dann besuch jemand anders … wen du willst. Geh und laß Pork anspannen.«

»Kein Junge ist zu Hause«, antwortete Wade. »Alle sind bei Raoul zum Geburtstag.«

Das unausgesprochene Wort »Alle, bis auf mich« lag in der Luft. Aber Scarlett war mit ihren Gedanken ganz bei den Büchern und merkte es nicht. Rhett erhob sich zu sitzender Stellung und sagte: »Warum bist du nicht auch auf Raouls Geburtstag, mein Sohn?«

Wade schurrte mit den Füßen und machte ein unglückliches Gesicht. »Ich bin nicht eingeladen.«

Rhett überließ seine Uhr Bonnies zerstörenden Händen und sprang auf. »Laß die verdammten Zahlen, Scarlett. Warum ist Wade nicht zu Raouls Geburtstag eingeladen?«

»Um Himmels willen, Rhett, stör mich jetzt nicht. Ashley hat da ein furchtbares Durcheinander in den Abrechnungen angerichtet. Raouls Geburtstag? Es ist ja nichts Ungewöhnliches, daß Wade nicht eingeladen wird; und wäre er eingeladen, so ließe ich ihn nicht hingehen. Raoul ist Mrs. Merriwethers Enkel, und Mrs. Merriwether empfängt eher einen freigelassenen Nigger in ihrem allerheiligsten Salon als einen von uns.«

Rhett betrachtete Wades Gesicht nachdenklich und sah das Kind zusammenzucken. »Komm her, mein Sohn«, sagte er und zog den Jungen zu sich heran. »Möchtest du gern zu Raouls Geburtstag?«

»Nein«, sagte Wade tapfer und schaute zu Boden.

»Hm. Sag einmal, Wade, gehst du zu dem kleinen Joe Whiting oder Frank Bonnell, wenn die Geburtstag haben, oder sonst zu irgendeinem von deinen Spielkameraden?«

»Nein, Onkel Rhett, ich werde nie mehr eingeladen.«

»Wade, du lügst!« Scarlett drehte sich heftig um. »Vorige Woche warst du dreimal auf Kindergesellschaften, bei Barts, bei Gelerts und bei Hundons.«

»Eine erlesenere Auswahl von Maultieren in Pferdegeschirren hättest du kaum zusammenstellen können.« Rhetts Stimme verfiel wieder in ihren weichen Singsang. »Hast du dich da gut amüsiert? Heraus mit der Sprache!«

»Nein, Onkel Rhett.«

»Warum denn nicht?«

»Ich ... ich weiß nicht. Mammy sagt, das ist weißes Pack.«

»Jetzt zieh ich aber Mammy das Fell über die Ohren!« Scarlett sprang auf. »Und du, Wade, wenn du so von Mutters Freunden sprichst ...«

»Der Junge sagt die Wahrheit und Mammy auch«, fiel Rhett ein, »aber du erkennst natürlich die Wahrheit nie, und wenn du mit ihr auf der Straße zusammenprallst. Beruhige dich, mein Sohn, du brauchst nicht mehr in eine Gesellschaft zu gehen, die du nicht magst.« Er zog einen Geldschein aus der Tasche. »Sag Pork, er soll anspannen und mit dir in die Stadt fahren. Kauf dir etwas zum Naschen, eine ganze Menge, damit du tüchtig Bauchweh bekommst.«

Strahlend steckte Wade das Geld in die Tasche und blickte fragend zu seiner Mutter hinüber. Aber sie beobachtete Rhett mit gefurchter Stirn. Er hatte Bonnie vom Fußboden genommen und wiegte sie auf dem Schoß, ihr Gesichtchen gegen das seine gedrückt. In seinen Zügen konnte sie nicht lesen, in seinen Augen aber lag beinahe etwas wie Angst – Angst und Schuldbewußtsein.

Bei der Freigebigkeit seines Stiefvaters faßte Wade sich ein Herz und kam scheu auf ihn zu. »Onkel Rhett, darf ich dich etwas fragen?«

»Natürlich.« Rhett blickte sorgenvoll ins Weite und drückte Bonnies Kopf fester an sich. »Was willst du denn wissen, Wade?«

»Onkel Rhett, bist du ... warst du mit im Kriege?«

Sofort waren Rhetts Augen wieder zur Stelle und blickten ihn scharf an, aber er fragte nur ganz obenhin.

»Warum fragst du, mein Sohn?«

»Joe Whiting hat gesagt, du hättest nie mitgekämpft, und Frankie Bonnell auch.«

»Aha«, sagte Rhett, »und was hast du darauf geantwortet?«

Wade machte ein beklommenes Gesicht.

»Ich sagte, ich wüßte es nicht.« Und dann plötzlich: »Aber das war mir einerlei. Verhauen hab' ich sie doch. Bist du denn im Kriege gewesen, Onkel Rhett?«

»Ja«, sagte Rhett mit plötzlicher Heftigkeit. »Ich war im Krieg, und acht Monate lang bin ich an der Front gewesen. Die ganze Zeit von Lovejoy bis Franklin in Tennessee. Ich war auch dabei, als Johnston sich ergab.«

Wade machte ein glückliches Gesicht, aber Scarlett lachte.

»Ich dachte, du schämtest dich deiner Kriegsdienstzeit«, sagte sie. »Du hast mir doch gesagt, ich sollte nichts davon erzählen.«

»Still«, erwiderte er kurz. »Bist du nun zufrieden, Wade?«

»Ja, Onkel Rhett. Ich wußte ja, daß du im Kriege gewesen bist. Du warst nicht bange, wie die Jungens sagen. Aber warum bist du nicht mit den Vätern der anderen Jungens zusammen gewesen?«

»Weil die Väter der anderen kleinen Jungen so dumm waren, daß sie in die Infanterie gesteckt werden mußten. Ich kam aus der Kriegsschule und mußte deshalb zur Artillerie, zur aktiven Artillerie, nicht in die Landwehr. Man muß schon allerhand können, wenn man bei der Artillerie ist.«

»Das kann ich mir denken«, sagte Wade mit strahlendem Gesicht. »Bist du verwundet worden, Onkel Rhett?«

Rhett zögerte.

»Erzähl ihm doch von deiner Ruhr«, höhnte Scarlett.

Rhett setzte die Kleine behutsam auf den Fußboden und zog Hemd und Unterhemd aus dem Hosenbund. »Komm her, Wade, ich will dir zeigen, wo ich verwundet worden bin.«

Aufs höchste gespannt kam Wade näher und folgte Rhetts Finger mit den Augen. Eine lange, hervortretende Narbe lief ihm quer über die braune Brust bis hinunter auf den muskulösen Unterleib. Es war ein Andenken an eine Messerstecherei in den kalifornischen Goldfeldern, aber das wußte Wade nicht. Er atmete schwer vor lauter Glück.

»Du bist wohl auch so tapfer gewesen wie mein Vater, Onkel Rhett?«

»Beinahe, aber ganz nicht«, erwiderte Rhett und stopfte sich das Hemd in die Hose. »Nun aber lauf und kauf dir etwas Schönes für deinen Dollar und prügle mir jeden Jungen windelweich, der behauptet, ich wäre nicht an der Front gewesen.«

Wade sprang vergnügt hinaus und rief Pork, und Rhett nahm die Kleine wieder an sich.

»Wozu nun all die Lügen, mein tapferer Krieger?« fragte Scarlett.

»Ein Junge muß stolz auf seinen Vater sein ... und auf seinen Stiefvater auch. Er soll sich nicht vor den anderen Schlingeln schämen. Kinder sind doch grausam! ... Ich habe nie darüber nachgedacht, wieviel das bedeutet«, fügte er nachdenklich hinzu. »Er wird sicher schon sehr darunter gelitten haben. Für Bonnie muß das anders werden.«

»Was muß anders werden?«

»Meinst du, meine Bonnie solle sich ihres Vaters schämen? Nicht auf Gesellschaften eingeladen werden, wenn sie neun oder zehn Jahre ist? Meinst du, ich wollte sie solchen Demütigungen aussetzen wie Wade für etwas, das nicht ihre, sondern deine und meine Schuld ist?«

»Ach, Kindergesellschaften!«

»Aus Kindergesellschaften wird der erste Ball. Meinst du, ich lasse meine Tochter abseits von allem aufwachsen, was in Atlanta zu den guten Familien gehört? Ich habe nicht die Absicht, sie nach Norden zu schicken, damit sie dort zur Schule und auf Gesellschaften geht ... nur weil sie hier und in Charleston, Savannah oder New Orleans nicht empfangen wird. Sie soll nicht gezwungen sein, einen Yankee oder einen Fremden zu heiraten, weil keine gute Familie aus dem Süden sie haben will, weil ihre Mutter ein törichtes Frauenzimmer und ihr Vater ein Schuft war.«

Wade war wieder an die Tür gekommen und hatte die Worte voller Neugierde und Betroffenheit mit angehört.

»Bonnie kann doch Beau heiraten, Onkel Rhett!«

Der Zorn wich aus Rhetts Gesicht, als er sich nach dem Kleinen umdrehte.

Mit offenbarem Ernst, wie immer, wenn er mit Kindern zu tun hatte, ging er darauf ein.

»Wahrhaftig, du hast recht, Wade. Bonnie kann Beau Wilkes heiraten. Und wen nimmst du?«

»Oh, ich heirate niemanden«, sagte Wade ernsthaft und schwelgte in dem Genuß einer Unterhaltung von Mann zu Mann. Außer Tante Melly war Onkel Rhett der einzige, der nie an ihm herumerzog, sondern ihm immer Mut machte. »Ich gehe nach Harvard und werde ein Rechtsanwalt wie mein Vater, und dann werde ich ein tapferer Soldat, genau wie er.«

»Wenn Melly doch nur ihren Mund halten wollte«, ereiferte sich Scarlett. »Wade, du gehst mir nicht nach Harvard. Das ist eine Yankeeschule. Du gehst in die Georgia-Universität, und wenn du damit fertig bist, kannst du das Geschäft übernehmen, und ob Vater ein tapferer Soldat war ...«

»Still!« sagte Rhett scharf. Ihm war der strahlende Glanz in Wades Augen nicht entgangen, als der Kleine von seinem Vater sprach, den er nie gekannt hatte.

»Werde nur ein tapferer Mann wie dein Vater, Wade, der ein Held war, und laß dir von niemandem etwas anderes aufbinden. Er hat doch deine Mutter geheiratet? Damit hat er sich ein für allemal als Held erwiesen. Ich sorge schon dafür, daß du nach Harvard kommst und Rechtsanwalt wirst. Nun geh und sage Pork, er solle dich zur Stadt fahren.«

»Ich wäre dir dankbar, wenn du die Sorge für die Zukunft meiner Kinder mir überließest«, brauste Scarlett auf, als Wade sich gehorsam getrollt hatte.

»Du bist nur eine so verflucht schlechte Erzieherin. Ella und Wade hast du glücklich alle Möglichkeiten versperrt, aber bei Bonnie erlaube ich das nicht. Bonnie wird eine kleine Prinzessin, und alle Leute auf Gottes Erdboden sollen sich um sie reißen. Es soll keinen Ort geben, wo sie nicht hingehen kann. Gott im Himmel, meinst du, ich lasse sie unter dem Gesindel aufwachsen, das dir das Haus füllt?«

»Für dich sind diese Leute doch gut genug ...«

»Und noch viel zu gut für dich, mein Herz. Aber nicht für Bonnie. Meinst du, ich lasse sie einen aus dieser Gaunerbande heiraten, mit der du deine Tage verbringst? Meine Bonnie mit ihrem Butlerblut und ihrem Robillardschen Einschlag?«

»Die O'Haras ...«

»Die O'Haras mögen einst Könige von Irland gewesen sein, aber dein Vater war nur ein gerissener kleiner Ire, und du bist auch nichts Besseres. Und auch mit mir ist nicht alles, wie es sein sollte. Ich bin durchs Leben gejagt, als sei der Satan hinter mir her. Was ich tat, danach fragte ich nicht, denn es gab ja nichts, woran mein Herz hing. Aber an Bonnie hängt mein Herz. Gott, was für ein Tropf bin ich gewesen! Bonnie wird ja in Charleston nicht empfangen, und wenn meine Mutter, Tante Eulalie und Tante Pauline sich dafür auf den Kopf stellen, und hier ebensowenig, wenn wir nicht schleunigst etwas dafür tun ...«

»Ach, Rhett, das nimmst du so schwer? Du bist komisch. Mit unserem Geld ...«

»Zum Teufel mit unserem Geld! Was ich für Bonnie haben will, ist für all unser Geld nicht zu haben. Mir wäre lieber, Picards lüden Bonnie zu trockenem Brot in ihr jämmerliches Haus ein oder Elsings in ihren baufälligen Stall, als daß sie auf einem republikanischen Eröffnungsball die Schönheitskönigin wäre. Scarlett, das hast du sehr dumm angefangen. Schon vor Jahren hättest du deinen Kindern einen Platz in der Gesellschaft sichern sollen. Das hast du versäumt. Du hast dir nicht einmal die Mühe gegeben, deine eigene Stellung zu bewahren. Aber du wirst dich kaum noch ändern. Du bist zu geldgierig und herrschsüchtig.«

»Mir kommt das Ganze wie ein Sturm im Wasserglas vor«, sagte Scarlett kühl und blätterte in ihren Papieren zum Zeichen, daß das Gespräch für sie zu Ende sei.

»Uns kann nur Mrs. Wilkes helfen; du aber tust, was du kannst, sie zu kränken und uns zu entfremden. Ach, verschone mich mit deinen Bemerkungen über ihre Armut und ihre spießigen Kleider. Sie ist der Mittelpunkt von allem, was in Atlanta gediegen und von Wert ist. Gottlob, daß wir sie haben. Sie muß mir helfen.«

»Was gedenkst du denn zu tun?«

»Tun? Ich gedenke, jedem alten Drachen der alten Garde hier in Atlanta schönzutun, insbesondere der Merriwether, der Elsing, der Whiting und der Meade. Und wenn ich vor jeder feisten alten Katze, die mich nicht ausstehen kann, auf dem Bauch kriechen muß, so tue ich es eben. Ihrer Kühle werde ich mit Sanftmut begegnen und meine Untaten bereuen. Zu ihrer verdammten Wohltätigkeit werde ich beitragen, und in ihre langweiligen Kirchen werde ich gehen. Ich werde nicht mehr verheimlichen, daß ich auch an der Front war. Ich werde mich damit großtun, und wenn es zum Schlimmsten kommt, trete ich in ihren verdammten Klan ein ... wenn ich auch hoffe, daß mir der gnädige Gott eine so schwere Buße ersparen wird. Ich werde mich auch nicht mehr genieren, die Esel, die ich vorm Strick gerettet habe, daran zu erinnern, was sie mir schuldig sind. Du aber, Verehrteste, wirst es gütig unterlassen, hinter meinem Rücken wieder zu zerstören, was ich aufbaue, und den Leuten, denen ich den Hof mache, die Hypotheken zu kündigen oder ihnen mulmiges Holz zu verkaufen oder ihnen irgendeinen Schimpf anzutun. Und Gouverneur Bullock kommt mir nicht wieder ins Haus.

Hörst du? Und von dieser Bande eleganter Gauner, mit denen du verkehrst, auch niemand mehr. Solltest du dich über meine Bitte hinwegsetzen und sie dennoch einladen, so wirst du dich in die peinliche Lage bringen, deine Gäste ohne den Hausherrn empfangen zu müssen. Wenn sie dieses Haus betreten, halte ich mich solange in Belle Watlings Bar auf und sage jedem, der es hören will, daß ich keinen Wert darauf lege, mit diesen Leuten unter einem Dache zu sein.«

Scarlett war tief betroffen und lachte kurz auf.

»Der Flußschiffspieler und Kriegsgewinnler will also ein ehrsamer Bürger werden? Nun, als erster Schritt zur Besserung wäre da wohl der Verkauf von Belle Watlings Haus anzuraten.«

Das war ein Schuß ins Ungewisse, denn ganz genau wußte sie nicht, ob ihm das Haus eigentlich gehörte. Er lachte, als lese er ihre Gedanken.

»Danke schön für den guten Rat!«

Einen ungünstigeren Zeitpunkt für seine Rückkehr zu einem ehrbaren Lebenswandel hätte Rhett sich nicht aussuchen können. Weder vorher noch nachher hatte der Titel »Republikaner« und »Gesinnungslump« einen solchen Mißklang, denn gerade damals stand die Korruption des Schieberregiments auf ihrem Höhepunkt, und seit der Kapitulation war Rhetts Name unauflöslich mit Yankees, Republikanern und Gesinnungslumpen verknüpft.

Im Jahre 1866 hatten die Bewohner von Atlanta in ohnmächtiger Wut gemeint, schlimmer als unter der damaligen harten Militärherrschaft könne es nicht werden, aber erst jetzt unter Bullock lernten sie das Ärgste kennen. Dank dem Stimmrecht der Neger saßen die Republikaner und ihre Anhänger fest im Sattel und drangsalierten die ohnmächtige Minderheit auf das rücksichtsloseste.

Unter den Negern war verbreitet worden, in der Bibel seien nur zwei politische Parteien genannt, die »Puplikaner« und dic Sünder. Kein Neger wollte nun einer Partei angehören, die ausschließlich aus Sündern bestehe, daher schlossen sie sich ohne Zögern den Republikanern an. Die neuen Machthaber ließen sie immer von neuem abstimmen und weiße Proletarier und Gesinnungslumpen in hohe Posten hineinwählen, sogar auch einige Neger, die dann in der Gesetzgebenden Versammlung den größten Teil der Zeit Erdnüsse knabberten und die Füße aus den ungewohnten neuen Schuhen herauszogen und wieder hineinsteckten. Nur wenige von ihnen konnten lesen und schreiben. Sie kamen frisch vom Baumwollfeld und der Zuckerrohrplantage, hatten aber die Macht, über Steuern und Anleihen abzustimmen und ungeheure Spesen für sich selbst und ihre Freunde zu beschließen. Der Staat wankte unter der Last der Steuern, die zähneknirschend gezahlt wurden. Die Steuerzahler wußten genau, daß ein großer Teil der zu öffentlichen Zwecken bewilligten Gelder seinen Weg in private Taschen fand.

Das Staatskapitol war umlagert von einem Schwarm von Gründern und Spekulanten, von Leuten, die sich um Staatsaufträge bewarben oder auf andere Weise inmitten der Orgie des Geldausgebens ihr Schäfchen ins trockene bringen wollten. Viele wurden auf die schamloseste Art reich. Ohne alle Schwierigkeiten waren staatliche Zuschüsse zum Bau von Eisenbahnen zu bekommen, die nie gebaut wurden, zum Ankauf von Wagen und Lokomotiven, die nie angeschafft wurden, zur Errichtung öffentlicher Gebäude, die nur in den Köpfen derer, die sie projektierten, vorhanden waren.

In Millionenbeträgen wurden Staatsanleihen aufgelegt, die meisten in offenkundig betrügerischer Absicht und ohne gesetzliche Handhabe. Der Mann, der den Staatsschatz zu verwalten hatte, Republikaner, aber ehrlich, legte Verwahrung gegen die ungesetzlichen Emissionen ein und verweigerte seine Unterschrift, aber weder er noch andere, die die Mißstände abzustellen suchten, konnten gegen den Strom schwimmen.

Die Staatseisenbahn, die früher ein Aktivposten im Budget gewesen war, kostete den Staat jetzt Millionen. Sie war überhaupt kein Eisenbahnbetrieb mehr, sondern ein bodenloser Trog, in dem die Schweine soffen und sich wälzten. Viele Beamte waren aus politischen Gründen ernannt worden, ohne Rücksicht auf Kenntnisse. Dreimal soviel Leute, wie erforderlich waren, wurden angestellt. Die Republikaner bekamen Ausweise für Freifahrten, ganze Wagenladungen von Negern wurden auf vergnüglichen Reisen durch den Staat von einem Wahllokal zum anderen zu immer neuen Abstimmungen in derselben Wahl befördert.

Diese Mißwirtschaft verbitterte die Steuerzahler ganz besonders, weil aus dem Ertrag der Bahn staatliche Freischulen unterhalten werden sollten. Es wurde nichts verdient, sondern es wurden nur Schulden gemacht, und mit den Freischulen war es daher nichts. Nur wenige hatten die Mittel, ihre Kinder in die privaten Schulen zu schicken. Eine ganze Generation wuchs in Unwissenheit heran und säte Unbildung auf Jahre hinaus.

Aber viel tiefer als die Empörung über diese Mißwirtschaft ging im Volke der Groll darüber, daß der Gouverneur den Staat in Washington verleumdete. Sobald Georgia sich gegen die Korruption zur Wehr setzte, fuhr der Gouverneur eilends nach dem Norden und berichtete vor dem Kongreß von Schandtaten der weißen Bevölkerung gegen die Neger, von aufständischen Verschwörungen und der Notwendigkeit eines drakonischen Militärregiments. Dabei verlangte keine Seele in Georgia nach Zwist mit den Schwarzen. Zwischenfälle wurden nach Kräften vermieden, niemand wollte einen zweiten Krieg, und niemand sehnte sich nach der Herrschaft der Bajonette. Georgia wollte nur Ruhe, um sich zu erholen. Aber solange die »Greuelfabrik« des Gouverneurs im Gange war, sah der Norden in Georgia immer nur ein rebellisches Land, das hart angefaßt werden mußte – und das geschah denn auch.

Für die Bande, die Georgia an der Kehle hatte, war es ein Hauptspaß. Nach Leibeskräften und Herzenslust wurde eingeheimst, was einzuheimsen war, mit einer zynischen Gelassenheit gegenüber offenen Diebstählen an höchsten Stellen, bei der einem wohl das Grausen ankommen konnte. Da half nichts, sich dagegen zu wehren. Das Regiment wurde durch das Militär der Vereinigten Staaten gestützt und gehalten.

Atlanta verfluchte Bullock und seine ganze Anhängerschaft, und zu dieser gehörte Rhett. Es hieß, er habe bei all ihren Machenschaften die Hand im Spiel gehabt. Und jetzt auf einmal begann er, energisch gegen denselben Strom zu schwimmen, von dem er sich bisher hatte treiben lassen.

Schlau und bedächtig leitete er seinen Feldzug ein, um nicht als Leopard, dem über Nacht die Flecke aus dem Fell verschwunden sind, in Atlanta dazustehen. Er mied seine fragwürdigen Spießgesellen und ließ sich nicht mehr in der Gesellschaft von Yankees und Republikanern blicken. Er besuchte demokratische Zusammenkünfte und gab in aller Öffentlichkeit seinen Stimmzettel für die Demokraten ab. Er spielte nicht mehr so hoch und trank nicht mehr soviel. Wenn er überhaupt zu Belle Watling ging, tat er es verstohlen spätabends nach Art ehrbarer Bürger und band nicht mehr nachmittags sein Pferd vor der Tür an, damit alle sähen, daß er sich drinnen aufhielt.

Die Gemeinde der anglikanischen Kirche fiel vor Schreck fast aus ihrem Gestühl, als er mit Wade an der Hand auf Zehenspitzen etwas zu spät zum Gottesdienst kam. Besonders über Wades Erscheinen war die Gemeinde erstaunt, denn der kleine Junge galt als katholisch. Jedenfalls war Scarlett katholisch oder wurde wenigstens dafür gehalten. Aber sie hatte seit Jahren keinen Fuß mehr in die Kirche gesetzt. Die Religion war ihr entschwunden wie so viele andere von Ellens Lehren. Jedermann dachte, sie vernachlässige die religiöse Erziehung des Jungen und rechnete es Rhett hoch an, daß er das Versäumte nachzuholen suchte, auch wenn er in die anglikanische Kirche statt in die katholische ging.

Rhett konnte ganz ernsthaft und wirklich reizend sein, wenn er seine Zunge im Zaum zu halten geruhte. Das hatte er seit Jahren nicht getan, aber jetzt gab er sich ernsthaft und warmherzig, wie auch seine Westen etwas dezentere Farbtöne zeigten. Mit den Männern, die ihm ihr Leben verdankten, auf freundschaftlichen Fuß zu kommen, war nicht schwer. Sie hätten ihm längst ihre Achtung bewiesen, hätte er nicht durchblicken lassen, daß ihm nicht viel daran gelegen war. Jetzt fanden Hugh Elsing, René, die beiden Simmons, Andy Bonnell und die anderen ihn angenehm: überaus bescheiden, was seine eigenen Verdienste betraf, und geradezu verlegen, sobald sie davon sprachen, was sie ihm zu verdanken hätten.

»Das war nicht der Rede wert«, sagte er wohl. »An meiner Stelle hätten Sie alle dasselbe getan.«

Er zeichnete eine hübsche Summe zur Restaurierung der anglikanischen Kirche und einen großen, aber nicht protzigen Beitrag für den Verein zur Verschönerung der Soldatengräber. Aus Anlaß dieser Stiftung suchte er Mrs. Elsing auf und bat sie voller Verlegenheit, nicht darüber zu sprechen, was, wie er sehr gut wußte, das beste Mittel war, die Sache unter die Leute zu bringen. Und Mrs. Elsing ging es sehr gegen den Strich, sein Geld, das »Spekulantengeld«, anzunehmen, aber der Verein benötigte es dringend.

»Ich wundere mich, daß gerade Sie einen Beitrag zeichnen«, sagte sie eisig.

Als Rhett ihr dann mit angemessen ernster Miene gestand, die Erinnerung an frühere Waffengefährten, die tapferer als er gewesen seien, aber nicht so viel Glück gehabt hätten und nun in unbekannten Gräbern ruhten, habe ihn zu seiner Stiftung veranlaßt, blieb Mrs. Elsing ihr aristokratischer Mund offenstehen. Dolly Merriwether hatte ihr zwar erzählt, daß Scarlett behauptet habe, Kapitän Butler sei doch an der Front gewesen, aber natürlich hatte sie es nicht geglaubt. Kein Mensch hatte es geglaubt.

»Sie waren an der Front? Welches war denn Ihre Kompanie ... Ihr Regiment?«

Rhett machte die Angaben.

»Ach, bei der Artillerie! Alle meine Bekannten waren bei der Kavallerie und der Infanterie, daher also kommt es ...« Sie brach etwas verwirrt ab und war darauf gefaßt, in seinen Augen die Bosheit aufglimmen zu sehen. Aber er blickte nur zu Boden und spielte mit seiner Uhrkette.

»Ich wäre gern zur Infanterie gegangen«, erwiderte er und überhörte ihre Andeutung völlig. »Aber ich war auf der Militärschule gewesen – mein Examen habe ich freilich nicht gemacht, infolge eines Dummenjungenstreichs –, und deshalb steckten sie mich in die Artillerie, die aktive Artillerie, nicht in die Landwehr. In jenem Feldzug benötigten sie Leute mit technischen Kenntnissen. Die Verluste waren schwer gewesen, und viele Artilleristen waren gefallen. Ich war recht einsam bei der Artillerie und kannte keine Menschenseele. Ich glaube, ich habe während meiner ganzen Dienstzeit überhaupt niemand aus Atlanta gesehen.«

»Ach so!« Mrs. Elsing wußte nicht weiter. War er wirklich an der Front gewesen, so hatte sie ihm Unrecht getan, denn sie hatte viele scharfe Bemerkungen über seine Feigheit gemacht, die jetzt ihr Gewissen bedrückten. »Aber warum haben Sie denn niemals jemandem von Ihrem Frontdienst erzählt? Sie tun ja gerade, als schämten Sie sich dessen.«

Rhett machte sein ausdrucksloses Gesicht und blickte ihr gerade in die Augen.

»Mrs. Elsing«, erwiderte er ernst, »glauben Sie mir, auf meinen Dienst in der konföderierten Armee bin ich stolzer als auf alles, was ich sonst getan habe und noch tun kann.«

»Aber warum haben Sie ihn denn immer verheimlicht?«

»Ich schämte mich davon zu sprechen, in Gedanken an ... frühere Verfehlungen.«

Mrs. Elsing berichtete Mrs. Merriwether in allen Einzelheiten über seinen Beitrag und ihre Unterhaltung.

»Ich gebe dir mein Wort, Dolly, als er sagte, er schäme sich, traten mir die Tränen in die Augen. Ja, ich habe beinahe geweint.«

»Das ist ja der höhere Unsinn!« Mrs. Merriwether konnte es nicht glauben. »Aber warte, das will ich schnell herausbekommen. Wenn er bei der Artillerie war, brauche ich nur an Oberst Carleton zu schreiben, um die Wahrheit zu erfahren. Er ist mit der Tochter einer Schwester meines Großvaters verheiratet.«

Sie schrieb an Oberst Carleton und war ganz bestürzt, als sie eine wahre Lobeshymne über Rhetts militärische Eigenschaften bekam. »Ein geborener Artillerist, ein tapferer Soldat, ein Gentleman, der nie klagt, ein bescheidener Mann, der sogar das Offizierspatent ausschlug, als es ihm angeboten wurde.«

»Nun bin ich aber sprachlos«, sagte Mrs. Merriwether und zeigte Mrs. Elsing den Brief. »Vielleicht haben wir den Taugenichts verkannt. Wir hätten doch lieber Scarlett und Melanie glauben sollen, als sie behaupteten, er habe sich gleich nach dem Fall von Atlanta gestellt. Aber trotzdem ist und bleibt er ein Gesinnungslump, und ich mag ihn nicht!«

»Und doch«, entgegnete Mrs. Elsing unsicher, »ich weiß nicht, wie es kommt, aber so schlimm finde ich ihn gar nicht. Wer für die Konföderation gekämpft hat, kann nicht durch und durch schlecht sein. Die Schlechtere von den beiden ist jedenfalls Scarlett. Weißt du, Dolly, ich glaube beinahe, er schämt sich seiner Frau und ist nur zu sehr Gentleman, um es sich anmerken zu lassen.«

»Er schämt sich? Pah! Die beiden sind aus demselben Holz geschnitzt. Wie kommst du auf so dumme Gedanken?«

»Das ist gar nicht so dumm«, wehrte sich Mrs. Elsing. »Denk dir, gestern fuhr er die drei Kinder, auch das Baby, bei strömendem Regen in der Pfirsichstraße spazieren und brachte mich im Wagen nach Hause, und als ich sagte: ›Kapitän Butler, Sie haben wohl den Verstand verloren, daß Sie bei solcher

Nässe die Kinder ausfahren?‹, da sagte er kein Wort und machte nur ein verlegenes Gesicht. Aber Mammy rückte mit der Sprache heraus und sagte, das ganze Haus sei voll von weißem Pack und da wäre es im Regen gesünder für die Kinder als zu Hause.«

»Und was sagte er dazu?«

»Was sollte er dazu sagen? Er sah Mammy nur böse an und überging es. Du weißt ja, Scarlett hat gestern nachmittag eine große Whistgesellschaft mit all diesen ordinären Frauenzimmern gegeben. Er wollte wohl nicht, daß sie sein Baby küßten.«

»Gott ja«, sagte Mrs. Merriwether schwankend, aber doch auf ihrem Standpunkt beharrend. In der nächsten Woche sollte allerdings auch sie kapitulieren.

Rhett hatte jetzt einen Schreibtisch in der Bank. Was er an diesem Schreibtisch tat, wußten die erstaunten Bankbeamten nicht zu sagen, aber ihm gehörte ein großes Aktienpaket, so daß sie gegen seine Anwesenheit nicht gut etwas einwenden konnten. Nach einer Weile vergaßen sie auch, daß sie ihn ungern sahen, denn er hielt sich still und höflich und verstand etwas vom Bankgeschäft und von Geldanlagen. Jedenfalls saß er den ganzen Tag an seinem Pult und gab sich allen Anschein von Fleiß, denn er wollte mit seinen ehrbaren Mitbürgern, die arbeiteten, auf gleichem Fuße leben.

Mrs. Merriwether hatte, da sie ihre immer besser gehende Bäckerei erweitern wollte, von der Bank zweitausend Dollar Kredit haben wollen und ihr Haus als Sicherheit angeboten, war aber abschlägig beschieden worden, da das Haus schon mit zwei Hypotheken belastet war. Die wohlbeleibte alte Dame wollte gerade aus der Bank hinausrauschen, als Rhett Butler sie begrüßte, von ihrer Enttäuschung hörte und ärgerlich sagte: »Das muß irgendein fürchterlicher Irrtum sein, Mrs. Merriwether. Gerade Sie sollten sich wegen einer Sicherheit keine Sorge zu machen haben. Ich persönlich hätte Ihnen das Geld auf Ihr bloßes Wort hin geliehen. Eine Dame, die ein Geschäft aufbaut, wie Sie, ist die denkbar sicherste Kapitalanlage. Gerade Menschen wie Ihnen will ja die Bank Kredite gewähren! Bitte, setzen Sie sich einen Augenblick hier auf meinen Stuhl, und ich will mich gleich um die Sache kümmern.«

Als er zurückkam, erklärte er mit dem liebenswürdigsten Lächeln, es läge, ganz wie er sich's gedacht habe, ein Irrtum vor. Die zweitausend Dollar ständen ihr jederzeit zur Verfügung und brauchten nur abgehoben zu werden, und was ihr Haus beträfe – vielleicht wäre sie so liebenswürdig, dies hier zu unterschreiben.

Mrs. Merriwether, empört und beleidigt, daß sie eine Gefälligkeit von diesem Mann annehmen mußte, bedankte sich nicht eben überschwenglich.

Er bemerkte es aber nicht und sagte, während er sie an die Tür geleitete: »Mrs. Merriwether, ich habe immer eine große Hochachtung vor Ihrem Wissen gehabt. Ob Sie mir wohl helfen können ...?«

Die alte Dame nickte so unmerklich, daß die Straußenfedern auf ihrem Hut sich kaum bewegten.

»Als Maybelle klein war und am Daumen lutschte, was haben Sie dagegen getan?«

»Wie bitte?«

»Meine Bonnie lutscht am Daumen. Ich kann es ihr nicht abgewöhnen.«

»Sie sollten es ihr abgewöhnen«, sagte Mrs. Merriwether energisch, »sonst bekommt sie einen häßlichen Mund.«

»Ich weiß, ich weiß! Und sie hat einen wunderhübschen Mund. Aber was soll ich dabei machen?«

»Das müßte Scarlett doch wissen«, sagte Mrs. Merriwether kurz. Rhett betrachtete seine Stiefel und seufzte. »Ich habe versucht, ihr Seife unter die Fingernägel zu streichen«, sagte er und überhörte ihre letzte Bemerkung.

»Seife! Ach was! Seife nützt gar nichts. Ich habe auf Maybelles Daumen Chinin getan, und das kann ich Ihnen sagen, Kapitän Butler, an dem Daumen hat sie so bald nicht wieder gelutscht.«

»Chinin! Auf diesen Gedanken wäre ich nie gekommen. Ich kann Ihnen gar nicht dankbar genug sein, Mrs. Merriwether. Ich habe mir schon große Sorgen deswegen gemacht.«

Sein Lächeln war so liebenswürdig und dankbar, daß Mrs. Merriwether einen Augenblick ganz unsicher wurde, und als sie sich von ihm verabschiedete, lächelte auch sie. Es war ihr schrecklich, Mrs. Elsing zu gestehen, daß sie den Mann verkannt habe, aber sie war eine ehrliche Natur und sagte, etwas Gutes müsse doch an einem Manne sein, der sein Kind so liebe. Ein Jammer, daß Scarlett sich gar nicht um ein so hübsches Ding wie Bonnie bekümmere! Daß der Mann versuchte, sein kleines Mädchen ganz allein aufzuziehen, hatte doch etwas Rührendes. – Das wußte Rhett auch ganz genau, und wenn er Scarlett dabei in Verruf brachte, so machte er sich nichts daraus.

Sobald Bonnie laufen konnte, nahm er sie dauernd mit, im Wagen oder vorn auf dem Sattel. Wenn er nachmittags aus der Bank nach Hause kam, ging er in der Pfirsichstraße mit ihr spazieren. Er faßte sie an der Hand, richtete seine langen Schritte nach ihrem winzigen Getrappel und antwortete geduldig auf ihre tausend Fragen. Bei Sonnenuntergang hielten sich die Leute in ihren Vordergärten und auf den Veranden vor den Eingangstüren auf. Und da Bonnie ein so hübsches, zutrauliches Geschöpf war mit ihrem schwarzen Lockengewirr und ihren leuchtenden blauen Augen, so widerstanden wenige der Versuchung, sie anzureden. Aber Rhett drängte sich in solche Gespräche nie ein, sondern stand ein wenig abseits und strahlte förmlich Vaterstolz aus vor Genugtuung über die Beachtung, die seine Tochter überall fand.

Atlanta hatte ein gutes und argwöhnisches Gedächtnis und bedachte sich lange, ehe es seine Meinung änderte. Die Zeiten waren schwer, und der Groll gegen jeden, der etwas mit Bullock und den Seinen zu tun hatte, war bitter. Aber Bonnie hatte den Zauber, den sowohl Scarlett wie Rhett in ihren besten Augenblicken haben konnten, in sich vereint und war nun der winzige Keil, den Rhett in die starre Ablehnung Atlantas hineintrieb.

Bonnie wuchs rasch heran, und jeder Tag zeigte es deutlicher, daß Gerald O'Hara ihr Großvater gewesen war. Sie hatte kurze stämmige Beine, große, echt irische blaue Augen, dazu ein kleines eckiges Kinn, das auf die Kraft und Entschlossenheit hindeutete, den eigenen Willen durchzusetzen. Auch Geralds Jähzorn hatte sie geerbt, dem sie in tobendem Geschrei Luft machte. Aber sobald ihr Wunsch erfüllt wurde, war auch ihr Zorn schon verraucht, und solange ihr Vater sich in der Nähe aufhielt, wurden ihre Wünsche stets eiligst erfüllt. Er verhätschelte sie trotz aller Bemühungen Mammys und Scarletts, ihn daran zu hindern. Sie machte ihm in allen Dingen Freude. Nur eins gefiel ihm nicht: ihre Angst vor der Dunkelheit.

Bis sie zwei Jahre alt war, hatte sie bereitwillig in der Kinderstube geschlafen, die sie mit Wade und Ella teilte. Dann fing sie ohne ersichtlichen Grund an zu schluchzen, sobald Mammy aus dem Zimmer watschelte und die Lampe mitnahm. Bald wachte sie auch in den späten Nachtstunden auf, schrie vor Angst, erschreckte die beiden anderen Kinder und weckte sämtliche Hausbewohner aus dem Schlaf. Einmal mußte Dr. Meade geholt werden, und als er als Ursache dieser Angstausbrüche einfach böse Träume bezeichnete, fertigte Rhett ihn kurz ab. Alles, was aus Bonnie selbst herauszubekommen war, bestand in dem einen Wort »dunkel«.

Scarlett wurde leicht mit dem Kind böse und neigte dazu, es zu schlagen. Sie wollte ihm nicht nachgeben und die Lampe im Kinderzimmer brennen lassen, weil Wade und Ella dann nicht schlafen konnten. Rhett war besorgt, ging aber sanft zu Werke und versuchte, noch mehr aus der Kleinen herauszubekommen. Zu Scarlett sagte er kalt, wenn geprügelt werden müsse, so wolle er persönlich diese Strafe vollziehen, und zwar an ihr.

Es endete damit, daß Bonnie aus dem Kinderzimmer genommen und in das Zimmer gebettet wurde, wo Rhett jetzt allein schlief. Ihr Kinderbett wurde neben sein großes Bett gestellt, und eine abgeblendete Lampe brannte die ganze Nacht auf dem Tisch. Die Geschichte machte die Runde durch die ganze Stadt. Es lag doch zweifellos etwas Unpassendes darin, daß ein kleines

Mädchen mit seinem Vater in einem Zimmer schlief, auch wenn es erst zwei Jahre alt war. Scarlett litt in zwiefacher Hinsicht unter dem Gerede. Einmal wurde dadurch außer jeden Zweifel gestellt, daß sie und ihr Mann jetzt in getrennten Zimmern schliefen, was an sich schon empörend war. Ferner fanden alle Leute, wenn ein Kind Angst habe, allein zu schlafen, gehöre es zu seiner Mutter, und Scarlett getraute sich nicht, sich damit zu entschuldigen, daß sie in einem erhellten Zimmer nicht schlafen könne. Übrigens hätte Rhett gar nicht erlaubt, daß die Kleine bei ihr schlief.

»Du wachst ja doch nicht auf, bevor sie nicht aus Leibeskräften schreit, und dann schlägst du sie womöglich«, sagte er kurz.

Scarlett ärgerte sich darüber, daß er sich Bonnies nächtliche Ängste so zu Herzen nahm, aber sie meinte, gelegentlich ließe sich die Sache schon wieder in Ordnung bringen und dann könnte das Kind ja wieder bei den anderen schlafen. Alle Kinder hatten Angst vor Dunkelheit, und dagegen war nur mit Strenge etwas auszurichten. Rhett wollte sie ja nur ärgern und als schlechte Mutter hinstellen, als Vergeltung dafür, daß sie ihn aus ihrem Schlafzimmer verbannt hatte.

Seit jenem Abend, da sie ihm gesagt hatte, sie wolle keine Kinder mehr haben, hatte er ihr Zimmer nicht wieder betreten noch auch nur auf die Türklinke gedrückt. Beim Abendessen hatte er häufiger am Tisch gefehlt als daran gesessen, bis er wegen der Angstausbrüche Bonnies wieder häuslicher wurde. Manchmal war er die ganze Nacht fortgeblieben, und Scarlett, die hinter ihrer abgeschlossenen Tür wach lag und die Uhr die frühen Morgenstunden schlagen hörte, überlegte sich, wo er wohl sein mochte. Er hatte damals gesagt: »Es gibt andere Betten, mein Kind!« Obwohl dieser Gedanke ihr eine Qual war, konnte sie doch nichts daran ändern. Was sie auch sagen mochte, alles führte unfehlbar zu einem bösen Auftritt, bei dem es Bemerkungen über ihre verschlossene Tür setzte und über Ashley, der wahrscheinlich damit im Zusammenhang stehe. Ja, seine törichte Behauptung, Bonnie müsse in einem erhellten Zimmer schlafen, und zwar in seinem, war nur eine Niedertracht, um sich an ihr zu rächen.

Welche Bedeutung er Bonnies Ängsten beimaß und wie leidenschaftlich er an dem Kinde hing, ging ihr erst in einer schrecklichen Nacht auf, die die ganze Familie nicht wieder vergessen sollte.

Rhett hatte an diesem Tage einen früheren Kameraden aus der Zeit der Blockadeschiffahrt getroffen, und sie hatten einander viel zu erzählen. Wo sie miteinander getrunken hatten, wußte Scarlett nicht, vermutete aber, daß es bei Belle Watling gewesen war. Nachmittags kam er nicht wie sonst nach Hause, um mit Bonnie spazierenzugehen. Auch zum Abendessen ließ er sich nicht sehen. Bonnie, die den ganzen Nachmittag aus dem Fenster nach ihm ausgeschaut hatte, weil sie ihm ihre Sammlung arg verstümmelter Käfer und Kakerlaken zeigen wollte, war schließlich trotz Jammerns und Sträubens von Lou zu Bett gebracht worden. Entweder hatte Lou vergessen, die Lampe anzuzünden, oder sie war ausgebrannt. Niemand wußte genau, was geschehen war, aber als Rhett endlich etwas angetrunken nach Hause kam, befand sich das ganze Haus in Aufruhr, und schon im Stall hörte er das Kind schreien. Es war im Dunkeln aufgewacht und hatte nach ihm gerufen, und er war nicht dagewesen. Alle die namenlosen Schreckgespenster, die Bonnies kleine Phantasie bevölkerten, mußten über sie hergefallen sein. Die beruhigenden hellen Lichter, die Scarlett und die Dienstboten heraufbrachten, konnten sie nicht beschwichtigen, und Rhett, der mit großen Sätzen die Treppe heraufkam, sah aus wie jemand, der dem leibhaftigen Tod ins Angesicht blickt.

Als er sie endlich auf den Arm genommen und aus ihrem Keuchen und Schluchzen nur das eine Wort »dunkel« herausbekommen hatte, wendete er sich wie ein Rasender gegen Scarlett und die Schwarzen.

»Wer hat das Licht ausgemacht? Wer hat sie im Dunkeln allein gelassen? Prissy, dafür ziehe ich dir das Fell über die Ohren!«

»Allmächtiger, Mister Rhett! Ich war es ja gar nicht! Lou war es!«

»Um Gottes willen, Mister Rhett ...«

»Halt's Maul! Du weißt, was ich befohlen habe. Bei Gott, ich will dir ... hinaus mit dir! Daß du mir nicht wieder vor die Augen kommst! Scarlett, gib ihr Geld und sorge dafür, daß sie fort ist, ehe ich hinunterkomme. Jetzt schert euch alle zum Teufel!«

Die Neger flohen, Lou, das Unglückswurm, heulte laut in ihre Schürze. Nur Scarlett blieb da. Es war ihr schmerzlich, daß ihr Lieblingskind sich zusehends in Rhetts Armen beruhigte, während es in den ihren so kläglich geschrien hatte. Es war ihr schmerzlich zu sehen, wie die kleinen Ärmchen sich um seinen Hals legten, und zu hören, wie sie mit erstickter Stimme erzählte, was sie so geängstigt hatte, während sie als Mutter aus ihr nichts Zusammenhängendes hatte herausbekommen können.

»Also auf deiner Brust hat es gesessen«, sagte Rhett leise. »War es denn sehr groß?«

»O ja, furchtbar groß. Und die Klauen!«

»Aha, Klauen! Nein so was. Natürlich wache ich die ganze Nacht bei dir und schieße es tot, wenn es wiederkommt.« Rhetts Ton war voller Liebe und Teilnahme und beruhigte Bonnie. Ihr Schluchzen verebbte nach und nach, ihre Stimme wurde freier, als sie das Ungeheuer, das sie heimgesucht hatte, in einer Sprache, die nur er verstand, ausführlich beschrieb. Es ärgerte Scarlett, daß Rhett so darüber sprach, als handele es sich um etwas Wirkliches; aber er gab ihr nur ein Zeichen, daß sie schweigen solle. Als Bonnie endlich eingeschlafen war, legte er sie ins Bett und deckte sie sorglich zu.

»Dieses Niggermädchen wird bei lebendigem Leibe geschunden«, sagte er ganz ruhig. »Deine Schuld ist es auch. Du hättest heraufkommen und nachsehen sollen, ob die Lampe brannte.«

»Sei kein Narr, Rhett«, flüsterte sie. »Sie ist nur so geworden, weil du ihr immer nachgegeben hast. Viele Kinder haben Angst im Dunkeln, aber sie kommen darüber hinweg. Wade war auch bange, aber ich habe ihn nicht verwöhnt. Wenn du sie nur ein paar Nächte lang ruhig schreien läßt ...«

»Ruhig schreien läßt!« Einen Augenblick meinte Scarlett, er wolle sie schlagen. »Entweder bist du verrückt oder die unmenschlichste Frauensperson, die mir je vorgekommen ist!«

»Sie soll nicht nervös und feige werden.«

»Feige? Himmeldonnerwetter! Nichts ist an ihr feige, gar nichts. Aber du hast keine Phantasie und kannst nicht ahnen, wie Menschen sich quälen, die eine haben. Und nun gar ein Kind! Wenn etwas mit Klauen und Hörnern käme und sich dir auf die Brust setzte, würdest du es dann fertigbringen, das einfach zur Hölle zu schicken? Den Teufel würdest du! Vielleicht entsinnst du dich gütigst daran, Madame, daß ich dich habe aufwachen sehen und schreien hören wie eine verbrannte Katze, nur weil du im Traum durch den Nebel gelaufen warst. Es ist noch gar nicht so lange her.«

Scarlett wußte darauf nichts zu erwidern. An ihre Träume ließ sie sich ungern erinnern. Auch war es ihr unbehaglich, daran zu denken, daß Rhett sie ungefähr ebenso getröstet hatte wie soeben Bonnie. Deshalb griff sie ihn rasch von einer anderen Seite an.

»Du tust ihr immer nur ihren Willen und ...«

»Und das will ich auch weiter tun. Dann wächst sie schließlich darüber hinaus und vergißt es.«

»Dann«, sagte Scarlett bissig, »wenn du Kindermädchen spielen willst, tätest du vielleicht besser daran, nachts nach Hause zu kommen und zur Abwechslung vielleicht auch einmal nüchtern.«

»Ich werde früh nach Hause kommen, aber, wenn es mir paßt, sternhagelbesoffen!«

Künftig kam er wirklich früh heim, längst vor Bonnies Schlafenszeit. Er saß bei ihr und hielt ihr die Hand, bis der Schlaf ihr die Finger löste. Erst dann schlich er hinunter, ließ aber die Lampe hell brennen und die Tür offenstehen, damit er hören konnte, wenn sie aufwachte und Angst bekam. Nie wieder sollte sie sich im Dunkeln fürchten müssen. Der ganze Haushalt wurde durch die Sorge um die Lampe in Atem gehalten. Scarlett, Mammy, Prissy und

Pork gingen immer wieder auf Zehenspitzen hinauf, um nachzusehen, ob sie noch brenne.

Rhett kam sogar nüchtern nach Hause, aber das war nicht etwa Scarletts Werk. Seit Monaten hatte er viel getrunken, und eines Abends roch sein Atem besonders stark nach Whisky. Er hob Bonnie auf, setzte sie sich auf die Schulter und fragte: »Hast du denn nicht ein Küßchen für deinen Papi?«

Sie rümpfte die kleine Stupsnase und sträubte sich in seinen Armen, um wieder auf den Boden zu gelangen.

»Nein«, sagte sie treuherzig, »pfui!«

»Was?«

»Du stinkst ja. Das tut Onkel Ashley nicht.«

»Ich verfluchter Kerl«, sagte er reuevoll und setzte sie nieder. »Daß ich in meinem eigenen Hause einen kleinen Mäßigkeitsapostel finden würde, hätte ich mir nicht träumen lassen.«

Künftig aber beschränkte er seinen Alkoholgenuß auf ein Glas Wein nach dem Abendessen, und Bonnie, die immer die letzten Tropfen aus seinem Glase trinken durfte, fand durchaus nicht, daß der Wein schlecht rieche. Die Folge war, daß die Aufgedunsenheit, die schon angefangen hatte, den scharfen Umriß seiner Wangen zu verwischen, allmählich wieder verschwand und die Ringe unter seinen schwarzen Augen nicht mehr so dunkel und hart wirkten. Weil Bonnie gern mit ihm vorn im Sattel ausritt, kam er auch mehr ins Freie. Die Sonne verbrannte ihm sein braunes Gesicht, und er sah dunkler aus als je. Er sah auch wohler aus, war öfter fröhlich und glich wieder dem schneidigen jungen Blockadebrecher, der Atlanta in der ersten Kriegszeit in Atem gehalten hatte.

Auch wer nie etwas für ihn übrig gehabt hatte, mußte lächeln, wenn er mit der kleinen Gestalt vorn im Sattel vorüberritt. Damen, die bisher gemeint hatten, keine Frau könne sich mit ihm sehen lassen, blieben stehen und redeten ihn auf der Straße an, um Bonnie zu bewundern. Selbst die strengsten alten Matronen kamen zu der Überzeugung, ein Mann, mit dem sich über die kleinen Leiden und Freuden der Kindheit so gut reden lasse wie mit ihm, könne nicht ganz schlecht sein.

LIII

Es war Ashleys Geburtstag, und am Abend gab Melanie ihm zur Überraschung eine Gesellschaft. Jeder wußte davon, nur Ashley nicht. Sogar Wade und der kleine Beau waren eingeweiht und kamen sich mit dem Geheimnis, das sie niemandem erzählen durften, sehr wichtig vor. Alle guten Familien Atlantas waren eingeladen und hatten zugesagt. Unter ihnen waren General Gordon und seine Familie sowie Alexander Stephens, der hoffte, daß seine schwankende Gesundheit es zulasse, und sogar Bob Toombs, der »Sturmvogel der Konföderierten«, wurde erwartet.

Den ganzen Morgen war Scarlett mit Melanie, India und Tante Pitty in dem Häuschen umhergelaufen und hatte die Neger angewiesen, frische Gardinen aufzuhängen, das Silber zu putzen, den Fußboden zu bohnern, zu kochen, zu rühren und die Speisen abzuschmecken. Scarlett hatte Melanie noch nie so glücklich und aufgeregt gesehen.

»Siehst du, Liebes, Ashley hat noch nie an seinem Geburtstag eine Gesellschaft gehabt, seit ... erinnerst du dich noch des Gartenfestes in Twelve Oaks, damals, als wir hörten, daß Lincoln die Freiwilligen aufrief? Seitdem hat er zum Geburtstag nie mehr Gäste gehabt. Und er arbeitet so schwer und ist so müde, wenn er abends nach Hause kommt, daß er dieses Mal seinen Geburtstag völlig vergessen hat. Das wird aber eine Überraschung, wenn nach dem Abendessen alles herbeiströmt!«

»Wie soll es denn mit den Laternen auf dem Rasen werden, damit Mr. Wilkes sie nicht zu früh sieht, wenn er nach Hause kommt?« fragte Archie mürrisch.

Er hatte den ganzen Morgen scheinbar teilnahmslos, in Wirklichkeit aber voller Neugierde dagesessen und den Vorbereitungen zugesehen. Er war noch nie hinter den Kulissen einer großen Gesellschaft gewesen, es war für ihn ein neues Erlebnis. Er machte zwar offenherzig seine Glossen darüber, wie die Weiber umherliefen, als stünde das Haus in Brand, aber keine zehn Pferde hätten ihn von dem Schauspiel wegbringen können. Die Laternen aus buntem Papier, von Mrs. Elsing und Fanny angefertigt und farbig bemalt, hatten es ihm besonders angetan, weil er dergleichen noch nie gesehen hatte. Sie waren in seinem Kellerzimmer versteckt gewesen, und er hatte sie sich eingehend betrachtet.

»Mein Gott, daran habe ich ja gar nicht gedacht«, rief Melly. »Archie, ein Glück, daß Sie davon sprechen. Was soll ich machen? Sie müssen in den Gebüschen versteckt aufgehängt und erst angezündet werden, wenn die Gäste kommen. Scarlett, kannst du mir Pork dafür herüberschicken, während wir zu Abend essen?«

»Mrs. Wilkes, Sie sind zwar verständiger als die meisten Weiber, aber den Kopf verlieren Sie doch auch zu leicht«, sagte Archie. »Der dumme Nigger wird mit den Dingern nie fertig! Er wird sie in Brand stecken. Ich hänge sie Ihnen auf, wenn Sie bei Tisch sitzen.«

»Ach, Archie, das ist aber nett von Ihnen!« Melanie sah ihn mit dankbaren Kinderaugen an. »Ich weiß gar nicht, was ich ohne Sie anfangen sollte. Meinen Sie, man könnte die Kerzen jetzt schon hineinstecken?«

»Warum denn nicht?« brummte Archie unfreundlich und stelzte auf die Kellertreppe zu.

»Nein, die Freundlichkeit in Person ist er nicht«, kicherte Melanie, als der bärtige Alte die Treppe hinunterstapfte. »Ich hatte ihn schon immer dazu anstellen wollen, die Laternen aufzuhängen ... aber du weißt ja, wie er ist. Was man ihm aufträgt, tut er nie, und nun sind wir ihn eine Weile los. Die Schwarzen sind so bange vor ihm, daß sie überhaupt nichts tun, solange er in Reichweite ist.«

»Melanie, in meinem Hause würde ich die alte Teufelsfratze nicht dulden«, sagte Scarlett unwillig. Sie haßte Archie ebenso, wie er sie haßte; die beiden sprachen kaum ein Wort miteinander. Nur in Melanies Hause ertrug er ihre Anwesenheit, aber selbst hier starrte er sie argwöhnisch und voll kalter Verachtung an. »Er wird dich noch in Ungelegenheiten bringen, das sage ich dir.«

»Ach, er ist ganz harmlos, wenn man ihm um den Bart geht und so tut, als könnte man ohne ihn nicht fertig werden«, meinte Melanie. »Und er hängt so an Ashley und Beau, daß ich mich immer ganz sicher fühle, wenn er in der Nähe ist.«

»Du meinst wohl: an dir, Melly«, sagte India, und ein leises Lächeln erwärmte ihre kalten Züge, als ihre Blicke liebevoll auf ihrer Schwägerin ruhten. »Ich glaube, du bist der erste Mensch, den der alte Grobian liebhat ... seit seiner Frau. Er sehnt sich förmlich danach, daß jemand dich beleidigt, damit er ihn umbringen und dir damit seine Hochachtung beweisen kann.«

»Was du nicht alles redest, India!« Melanie errötete. »Er hält mich für eine schrecklich dumme Gans, das weißt du ganz gut.«

»Mir scheint, es kommt gar nicht darauf an, was der alte dreckige Bergschrat findet«, sagte Scarlett schroff. Der Gedanke daran, wie Archie sie wegen der Sträflinge abgekanzelt hatte, brachte sie immer in Wut. »Ich muß jetzt fort. Ich muß zum Essen und dann in den Laden, das Personal auszahlen, und nach dem Holzlager und den Fahrern und Hugh ihren Lohn geben.«

»Du gehst nach dem Holzlager?« fragte Melanie. »Ashley kommt am späten Nachmittag auch dorthin, um Hugh zu sprechen. Könntest du ihn vielleicht bis fünf Uhr dort festhalten? Sonst erwischt er uns womöglich gerade dabei, wie wir einen Kuchen verzieren, oder bei etwas Ähnlichem, und dann ist es mit der Überraschung aus.«

Scarlett lächelte, und ihre gute Laune war wiederhergestellt. »Ich will ihn schon festhalten«, sagte sie.

Bei diesen Worten blickten Indias blasse wimpernlose Augen sie durchbohrend an. »Immer sieht sie mich so sonderbar an, wenn ich von Ashley spreche«, dachte Scarlett.

»Halt ihn doch womöglich noch länger fest ... solange du kannst«, sagte Melanie. »Nach fünf Uhr fährt dann India hin und holt ihn ab. Scarlett, bitte komm heute abend recht früh, du sollst doch jede Minute meiner Gesellschaft miterleben.«

Als Scarlett nach Hause fuhr, dachte sie verdrossen: »Ich soll jede Minute der Gesellschaft miterleben ... aber warum hat sie mich nicht aufgefordert, mit ihr, India und Tante Pitty die Gäste zu empfangen?«

Für gewöhnlich legte Scarlett keinen Wert darauf, bei Melanies armseligen Gesellschaften zu empfangen. Aber dies war die größte, die sie gab, und außerdem Ashleys Geburtstag, und Scarlett hätte von Herzen gern an Ashleys Seite gestanden und mit ihm die Gäste willkommen geheißen. Aber sie wußte, warum sie dazu nicht aufgefordert wurde, und hätte sie es nicht gewußt, so hätten Rhetts Worte sie darüber aufgeklärt.

»Ein Gesinnungslump soll empfangen, wenn die angesehensten Konföderierten und Demokraten erwartet werden? Deine Begriffe sind ebenso anmutig wie konfus. Du hast es nur Mellys Treue zu verdanken, daß du überhaupt eingeladen wirst.«

Am Nachmittag zog Scarlett sich sorgfältiger als gewöhnlich für ihre Fahrt zum Holzlager an. Sie trug ihr neues mattgrünes Changeant-Taftkleid, das in bestimmtem Licht lila schimmerte, und den neuen blaßgrünen Hut, der ringsum mit dunkelgrünen Straußenfedern besetzt war. Wenn nur Rhett erlauben wollte, daß sie sich Ponies schnitte und auf der Stirn kräuseln ließe, wieviel besser sähe dann der Hut noch aus! Aber er hatte erklärt, er würde ihr den Kopf kahlscheren, wenn sie sich Stirnlöckchen schneiden ließe, und die letzte Zeit hatte er sie so abscheulich behandelt, daß sie es ihm wohl zutraute.

Es war ein besonders warmer Nachmittag, und das Herz tanzte ihr wie immer, wenn sie zu Ashley fuhr. Wenn sie die Fahrer und Hugh zeitig auszahlte, gingen sie vielleicht nach Hause und ließen sie mit Ashley allein in dem kleinen Kontor auf dem Holzlager. Sie hatte dieser Tage auch gar zu wenig Gelegenheit gehabt, Ashley allein zu sehen, und Melanie hatte sie gebeten, ihn dort festzuhalten. Ein merkwürdiger Gedanke!

Frohen Herzens langte sie im Laden an und zahlte ihre Angestellten aus, ohne auch nur nach dem Tagesgeschäft zu fragen. Es war Sonnabend, der größte Geschäftstag der Woche, weil alle Bauern zur Stadt kamen, um Einkäufe zu machen.

Unterwegs hielt sie wohl ein dutzendmal an, um sich vor den Schieberbekannten, die ihr begegneten, sehen zu lassen. Sie war glücklich, sie sah bestrickend aus, und ihr wurde gehuldigt wie einer Königin. Deshalb kam sie später auf dem Holzplatz an, als sie vorgehabt hatte. Hugh und die Fahrer saßen schon auf einem Holzstapel und warteten auf sie.

»Ist Ashley da?«

»Ja, im Kontor«, sagte Hugh, und der sorgenvolle Ausdruck, den sein Gesicht für gewöhnlich trug, wich beim Anblick ihrer glücklichen, lebensprühenden Augen. »Er versucht … er sieht die Bücher durch, wollte ich sagen.«

»Ach, damit soll er sich heute nicht plagen«, erwiderte sie und fügte dann leiser hinzu: »Melly hat mich hergeschickt, um ihn hier festzuhalten, bis zu Hause alles in Ordnung ist.«

Hugh lächelte. Er war auch unter den Gästen, er hatte Gesellschaften gern und glaubte, Scarlett an den Augen abzulesen, daß es ihr ebenso ging. Sie zahlte die Fahrer und Hugh aus, ließ sie dann stehen und wendete sich dem Kontor zu. Auf Begleitung legte sie sichtlich keinen Wert. Ashley kam ihr vor der Tür entgegen und stand mit seinem hellen Haar in der Nachmittagssonne, auf den Lippen ein feines, fast spöttisches Lächeln.

»Aber Scarlett, was machst du denn zu dieser Tageszeit hier? Warum bist du nicht bei mir zu Hause und hilfst Melly die Überraschungen vorbereiten?«

»Ashley, was höre ich! Du darfst doch nichts davon wissen! Melly wird schrecklich enttäuscht sein, wenn du nicht überrascht bist.«

»Oh, das soll mir niemand anmerken. So überrascht, wie ich heute abend bin, ist noch niemand in Atlanta gewesen«, versetzte Ashley mit lachenden Augen.

»Sag einmal, wer war so gemein, es dir zu verraten?«

»So ziemlich jeder, den Melly eingeladen hat. General Gordon war der erste. Er sagte, seiner Erfahrung nach gäben die Frauen immer gerade dann eine Überraschungsgesellschaft, wenn man sich für den Abend vorgenommen habe, sämtliche Gewehre im Haus zu putzen. Alsdann hat Großpapa Merriwether mich gewarnt. Er erzählte, Mrs. Merriwether habe ihm einmal überraschenderweise Gäste eingeladen und sei selbst am meisten überrascht gewesen, weil Großpapa sich insgeheim sein Rheuma mit einer Flasche Whisky habe kurieren wollen und zu betrunken war, um sich außerhalb des Bettes blicken zu lassen. Oh, alle Männer, die einmal selber so etwas durchgemacht haben, haben mich gewarnt!«

»Diese gemeinen Kerle!« Scarlett mußte aber doch lachen.

Wenn er so lächelte, war er wieder der alte Ashley, den sie auf Twelve

Oaks gekannt hatte. Die Luft war lau, die Sonne schien milde. Ashley sah so froh aus und sprach so ungezwungen, daß das Herz ihr vor Glück hüpfte. Es schwoll ihr in der Brust, bis es sie vor lauter heißen ungeweinten Freudentränen schmerzte. Auf einmal war sie wieder sechzehn Jahre alt und glücklich und atemlos vor Erregung. Sie verspürte den tollen Drang, sich den Hut vom Kopf zu reißen und ihn mit Jubelgeschrei in die Luft zu werfen. Dann überlegte sie sich, wie Ashley darüber wohl erschrecken würde. Und plötzlich mußte sie lachen, und sie lachte laut heraus, bis ihr die Tränen kamen. Er aber stimmte von Herzen in ihr Gelächter ein, denn er meinte, sie lache über die freundschaftliche Verräterei der Herren, die Melanies Geheimnis ausgeplaudert hatten.

»Komm herein, Scarlett, ich bin gerade bei den Büchern.«

Sie trat in das kleine Stübchen, das in der Nachmittagshitze glühte, und setzte sich vor den Schreibtisch. Ashley folgte ihr und ließ sich auf der Kante des Tisches nieder, seine langen Beine baumelten lässig herunter. »Ach, wir wollen uns heute nachmittag nicht mit den Büchern plagen, Ashley, ich habe einfach keine Lust. Wenn ich einen neuen Hut aufhabe, ist mir, als seien mir alle Zahlen aus dem Kopf geflogen.«

»Wenn der Hut so hübsch ist wie dieser, können auch mir alle Zahlen gestohlen bleiben«, versetzte er. »Scarlett, du wirst jedesmal hübscher.«

Er faßte sie lächelnd bei beiden Händen und breitete ihre Arme ganz weit aus, um ihr Kleid sehen zu können. »Du bist zu hübsch! Und du wirst wohl überhaupt nicht älter.«

Auf einmal wurde ihr klar, daß sie, ohne es zu wissen, sich gerade dies gewünscht hatte. Den ganzen frohen Nachmittag hatte sie sich nach der Wärme seiner Hände gesehnt, nach der Zärtlichkeit seiner Augen und nach einem Wort, das sein Gefühl verriet. Heute waren sie zum erstenmal seit jenem kalten Tage im Obstgarten von Tara wieder ganz allein, zum erstenmal begegneten sich ihre Hände anders als gesellschaftlich. All die langen Monate hatte sie nach einer wärmeren Berührung gelechzt, aber jetzt …

Sonderbar, daß die Berührung seiner Hände sie nicht erregte. Sonst war sie bei seiner bloßen Nähe schon erbebt. Jetzt empfand sie nur eine merkwürdige Wärme von Freundschaft und Zufriedenheit. Kein Fieber sprang aus seinen Händen in die ihren über; in ihnen kam ihr Herz zu glückseliger Ruhe. Das war ihr rätselhaft und verwirrend. War er denn nicht immer noch ihr Ashley, ihr strahlender sonniger Geliebter?

Aber sie schlug sich diesen Gedanken aus dem Kopf. Es genügte ihr, daß sie bei ihm war und er sie bei den Händen hielt und lächelte, ganz freundschaftlich, ohne Fieber und ohne Zwang. Wie seltsam, daß dies möglich war, da doch so viel Ungesagtes zwischen ihnen schwebte. Er lächelte, als wären sie nur immer miteinander glücklich gewesen. Zwischen seinen Augen und den ihren stand keine Schranke mehr, lag keine Ferne, die sie zurückscheuchte. Sie lachte.

»Ach, Ashley, ich werde alt und gebrechlich.«

»Nanu? Das sieht man dir aber nicht an! Scarlett, auch wenn du sechzig Jahre alt bist, wirst du dich für mich nicht verändert haben. Immer sehe ich dich vor mir wie damals auf dem Gartenfest unter der Eiche, mit einem Dutzend junger Männer um dich herum. Ich kann dir noch genau sagen, wie du angezogen warst, in Weiß, mit zierlichen grünen Blümchen und einem weißen Spitzenschal über den Schultern. Kleine grüne Schuhe hattest du an mit schwarzen Schnüren, und auf dem Kopf trugst du einen riesigen Florentinerhut mit langen grünen Bändern. Das Kleid kenne ich auswendig. Als ich gefangen war und es mir gar so schlecht ging, holte ich meine Erinnerungen hervor und betrachtete sie wie Bilder, die kleinsten Einzelheiten fielen mir wieder ein …«

Plötzlich brach er ab, und das warme Licht erlosch in seinen Augen. Sanft ließ er ihre Hände los. Erwartungsvoll saß sie da und lauschte auf seine nächsten Worte.

»Seitdem sind wir beide eine lange Strecke gewandert, nicht wahr, Scarlett? Wege, die zu gehen wir nicht gedacht hatten. Du bist rasch auf dem kürzesten Wege vorangekommen. Ich langsam und widerstrebend.«

Wieder setzte er sich auf den Tisch und sah sie an, und wieder glitt ein leises Lächeln über sein Gesicht. Aber es war nicht das Lächeln, das sie soeben noch so beglückt hatte. Dieses Mal war es ein trauriges Lächeln.

»Ja, du bist schnell hierhergelangt, und mich hast du an deinen Wagenrädern mitgeschleift. Manchmal frage ich mich, was ohne dich wohl aus mir geworden wäre.«

Rasch sprang sie ihm bei, um ihn gegen sich selbst zu verteidigen, um so rascher, als ihr in den Sinn kam, was Rhett darüber gesagt hatte. »Aber ich habe doch nie etwas für dich getan, Ashley, ohne mich wärst du genauso dran wie jetzt. Eines Tages wärest du ein reicher und großer Mann geworden, genau wie du es jetzt werden wirst.«

»Nein, Scarlett, Anlage zum Großen habe ich nie gehabt. Wenn du nicht gewesen wärest, ich wäre wohl untergegangen und verkommen – wie die arme Cathleen Calvert und so mancher andere, der früher einen großen alten Namen trug.«

»Ach, Ashley, sprich nicht so, es klingt so traurig.«

»Nein, ich bin gar nicht traurig. Jetzt nicht mehr. Ich war es einmal. Jetzt bin ich nur noch …«

Er hielt inne, und urplötzlich las sie seine Gedanken. Zum erstenmal in ihrem Leben wußte sie, was Ashley dachte, wenn seine Augen groß und abwesend durch sie hindurchschauten. Solange ihr das Herz in wilder Liebe geschlagen hatte, waren seine Gedanken ihr verschlossen geblieben. Aber in der Ruhe der Freundschaft, die nun zwischen ihnen lag, konnte sie ihm folgen und ihn verstehen. Traurig war er jetzt nicht mehr. Früher war er traurig gewesen, jetzt hatte er sich mit Entsagung in das Leben gefunden.

»Schrecklich ist es, wenn du so sprichst«, wehrte sie ungestüm ab. »Das klingt ganz nach Rhett. Immer wieder kommt er mit der alten Leier, daß nur die durchkämen, die sich in die Zeit schicken ... bis ich vor Langerweile heulen könnte.«

Ashley lächelte.

»Ist dir schon einmal der Gedanke gekommen, Scarlett, daß Rhett und ich im tiefsten Grunde gleich sind?«

»O nein! Du bist so vornehm und ehrenhaft, und er ...«

Verlegen brach sie ab.

»Doch, wir sind gleich. Wir stammen aus den gleichen Kreisen und sind nach derselben Schablone zu derselben Denkweise erzogen. Unterwegs haben wir uns dann nach verschiedenen Seiten gewendet. Wir denken noch gleich, aber wir ziehen verschiedene Folgerungen daraus. Zum Beispiel hat keiner von uns an den Krieg geglaubt, aber ich habe mich gestellt und mitgekämpft, und er hat sich bis kurz vor dem Ende abseits gehalten. Wir wußten beide, daß der Krieg ein großer Irrtum war. Wir wußten beide, daß wir ihn verlieren mußten. Ich war bereit, auf verlorenem Posten zu kämpfen, und er nicht. Manchmal denke ich, er habe recht gehabt, und dann wieder ...«

»Ach, Ashley, willst du denn immer die beiden Seiten einer Sache sehen?« fragte sie, aber nicht mehr so ungeduldig, wie sie es wohl früher getan hätte. »Kein Mensch kommt weiter, wenn er immer beide Seiten betrachtet.«

»Das ist richtig, Scarlett. Aber wohin geht denn der Weg eigentlich? Ich habe es mir oft überlegt. Siehst du, ich habe nie etwas erreichen wollen. Ich wollte nur ich selbst sein.«

Wohin der Weg ging? Eine dumme Frage. Zu Geld und Sicherheit natürlich. Und doch ... sie wurde unsicher. Sie hatte so viel Geld und Sicherheit, wie man sich in dieser unsicheren Welt nur wünschen konnte, aber wenn sie ehrlich darüber nachdachte, war sie nicht glücklich dabei geworden – wenn auch die Hetze und die Angst vor dem Kommenden aufgehört hatten. »Hätte ich Geld und Sicherheit und dich dazu, dann hätte ich mein Ziel erreicht«, dachte sie und schaute ihn voll innigem Verlangen an. Aber sie sprach die Worte nicht aus, denn sie fürchtete, den Zauber zu brechen, der zwischen ihnen lag.

»Nur du selbst willst du sein?« lachte sie ein wenig betreten. »Ich war niemals ich selbst, und darunter habe ich am schwersten gelitten. Und wohin ich will, nun, da wäre ich inzwischen wohl angelangt. Reich und gesichert wollte ich sein und ...«

»Aber Scarlett, bist du nie auf den Gedanken gekommen, daß es mir ganz einerlei ist, ob ich reich oder arm bin?«

Nein, auf den Gedanken, jemand könne nicht reich sein wollen, war sie allerdings nie verfallen.

»Ja, aber was willst du denn?«

»Ich weiß es nicht mehr. Früher wußte ich es, aber ich habe es beinahe vergessen. Vor allem wollte ich meine Ruhe haben, wollte nicht von Menschen geplagt werden, die mir nicht liegen, und nicht Dinge tun müssen, die ich nicht will. Vielleicht ... wünsche ich mir die alten Zeiten zurück, aber sie kommen nie wieder. Und die Erinnerung daran und an die Welt, die um uns her zugrunde gegangen ist, läßt mir keine Ruhe.«

Scarlett hielt jetzt den Mund eigensinnig geschlossen. Was er meinte, wußte sie gut. Schon der Ton seiner Stimme beschwor das Vergangene herauf, wie nichts anderes es hätte zurückrufen können, und das Herz wurde ihr auf einmal schwer, als auch sie daran zurückdachte. Aber seit dem Tage, da sie elend und verlassen in dem Garten von Twelve Oaks gelegen und gesagt hatte: »Ich will nicht zurückschauen«, hatte sie sich von dem Vergangenen abgewendet.

»Mir ist das Heute lieber«, sagte sie, mied jedoch seinen Blick. »Jetzt geschieht doch immer etwas Neues und Aufregendes. Das Leben glitzert. Die alten Zeiten waren so farblos.« (Ach, die geruhsamen Tage, die warme, stille Dämmerung auf dem Lande! Das weiche, klingende Lachen, das aus den Negerhütten hervorscholl! Der warme Goldton, der damals über dem Leben lag, und die tröstliche Gewißheit, daß jeder neue Tag das alte Glück wiederbrachte! Wer könnte euch verleugnen!)

»Mir ist das Heute lieber«, wiederholte sie, aber mit bebender Stimme. Er glitt vom Tisch herunter, lachte leise und ungläubig. Dann faßte er sie unters Kinn und bog ihr Gesicht zu sich empor.

»Ach, Scarlett, du kannst ja gar nicht lügen. Gewiß, das Leben hat jetzt etwas Glitzerndes, wenn du so willst, aber gerade das ist sein Elend. Die alten Zeiten hatten nichts Glitzerndes, aber sie hatten einen Zauber der Schönheit und einen geruhsamen Glanz.«

Ihre Empfindungen wurden hin und her gerissen. Sie schlug die Augen nieder. Der Klang seiner Stimme, die Berührung seiner Hand stießen leise die Tür wieder auf, die sie für immer geschlossen hatte. Hinter der Tür lag die Schönheit der alten Zeit. Es hungerte sie danach.

Er ließ die Hand von ihrem Kinn sinken und nahm ganz sanft eine ihrer Hände zwischen seine beiden.

»Weißt du noch?« sagte er, und warnend läutete eine Glocke in ihrem Innern: Nicht zurückschauen! Nicht zurückschauen!

Aber sie achtete ihrer nicht und stürzte sich kopfüber in die glückselige Flut. Endlich verstand sie ihn, endlich waren ihre Seelen einander begegnet. Dieser Augenblick war allzu kostbar, sie durfte ihn nicht verlieren, wieviel Herzweh daraus auch entsprang.

»Weißt du noch?« Und unter dem Zauber seiner Stimme verschwanden die kahlen Wände des kleinen Kontors. Die Jahre rollten zurück. Sie ritten wieder auf schmalen Wegen zusammen über Land, durch einen längst vergangenen Frühling. Während er sprach, drückte er ihre Hand fester, seine Stimme hatte das schwermütig Berückende eines halb vergessenen Liedes. – Sie hörte wieder das lustige Geklingel der Geschirre. Sie reiten unter Ligusterbüschen zu Tarletons zum Gartenfest. Wie lacht sie sorglos, wie glitzert die Sonne auf seinem silbriggoldenen Haar, wie stolz sitzt er zu Pferde in seiner lässigen Anmut! In seiner Stimme klingt Musik, die Musik der Geigen und Banjos, nach denen in dem weißen Hause getanzt wird. Von der fernen dunklen Flußniederung her ertönt das Gebell der Hofhunde. Droben steht kühl der herbstliche Mond, aus der mit Stechpalmen bekränzten Bowle duftet der weihnachtliche Eierpunsch, und schwarze und weiße Gesichter lächeln glücklich dazu. Alte Freunde strömen wieder herbei und lachen, als seien sie nicht schon jahrelang tot: Stuart und Brent, langbeinig, rothaarig und den Kopf voller Streiche, Tom und Boyd, wild wie junge Pferde, Joe Fontaine mit den heißen schwarzen Augen und Cade und Raiford Calvert mit ihrer müden Anmut. Auch John Wilkes ist wieder da, und Gerald, von Schnäpsen gerötet – dazu ein Duft und ein Geraschel, das ist Ellen, und über allem das Gefühl der Geborgenheit, die Gewißheit, daß auf das Glück des Heute unfehlbar das des Morgen folgt. –

Ashley schwieg. Sie sahen einander still in die Augen. Zwischen ihnen lag die verlorene sonnige Jugend, die sie so gedankenlos miteinander geteilt hatten.

»Jetzt weiß ich, warum du nicht glücklich sein kannst«, dachte sie traurig. »Bisher habe ich es nie verstanden. Auch nicht, warum ich selber nie glücklich war, aber ... wir reden ja wie alte Leute! Wie alte Leute, die auf fünfzig Jahre zurückblicken«, kam es ihr auf einmal trostlos zum Bewußtsein. »Wir sind doch nicht alt!«

Aber als sie Ashley so ansah, war er plötzlich nicht mehr der glänzende Jüngling. Gesenkten Hauptes schaute er, tief in Gedanken verloren, auf ihre Hand hinunter, die er immer noch hielt, und sie gewahrte, wie grau sein helles Haar geworden war, silbergrau, wie Mondschein auf einem stillen Gewässer. All die leuchtende Schönheit des Aprilnachmittags war plötzlich entschwunden, und die schwermütige Süße der Erinnerung war bitter wie Galle geworden.

»Ich hätte nicht zurückblicken dürfen«, dachte sie ganz verzweifelt. »Es tut allzu weh und zerreißt einem das Herz. Und das ist Ashleys Leiden. Er kann überhaupt nicht mehr vorwärtsblicken. Die Gegenwart sieht er nicht, die Zukunft fürchtet er, und deshalb blickt er zurück. Jetzt endlich verstehe ich ihn. Ach, Ashley, Geliebter, du darfst nicht zurückblicken! Ich hätte mich nicht von dir verleiten lassen sollen, von alten Zeiten zu sprechen. Es kommt nichts dabei heraus als herzzerbrechendes Weh.«

Sie stand auf. Immer noch hielt er ihre Hand. Sie mußte fort. Sie durfte nicht hierbleiben und an die Vergangenheit denken und ihm in sein müdes, trauriges, trostloses Gesicht, sein Gesicht, wie es heute war, sehen.

»Wir haben einen langen Weg zurückgelegt, Ashley«, sagte sie und versuchte, ihre Stimme in die Gewalt zu bekommen und des Würgens im Halse Herr zu werden. »Wir dachten es uns so schön, nicht wahr?« Und dann brach es aus ihr hervor: »Ach, Ashley, alles ist ganz anders gekommen, als wir dachten!«

»Das ist immer so«, erwiderte er. »Das Leben ist nicht verpflichtet, uns zu geben, was wir von ihm erwarten. Wir müssen nehmen, was kommt, und dankbar sein, daß es nichts Schlimmeres ist.«

Auf einmal wurde ihr ganz dumm ums Herz vor Weh und Müdigkeit, als sie die lange Strecke zurückblickte, die sie aus jenen Zeiten bis hierher gewandert war. Sie sah die Scarlett O'Hara von damals vor sich, die gern Verehrer und hübsche Kleider hatte und eines Tages, wenn sie Zeit hätte, eine vornehme Dame werden wollte wie Ellen. Die Tränen traten ihr in die Augen und rollten ihr langsam die Wangen herab. Stumm blickte sie zu ihm auf wie ein Kind, das sich nicht mehr zu helfen weiß. Er sprach kein Wort, er nahm sie sanft in die Arme, drückte ihren Kopf an seine Schulter und legte ihre Wange an die seine. Sie ließ es still geschehen, ihre Arme umschlangen ihn. In seiner tröstenden Umarmung versiegte der jähe Tränenstrom. In seinen Freundesarmen lag es sich gut. Nur er, der mit ihr ihre Jugend geteilt hatte und nun ihre Erinnerungen teilte, der wußte, woher sie kam und wer sie war – nur er konnte sie verstehen.

Sie vernahm draußen Schritte, aber sie achtete nicht darauf und meinte, es seien die Fahrer, die nach Hause gingen. Sie rührte sich nicht und lauschte dem ruhigen Schlag seines Herzens. Da riß er sich plötzlich heftig von ihr los. Überrascht schaute sie zu ihm auf. Er blickte über ihre Schulter hinweg nach der Tür.

Sie drehte sich um. Da stand India mit schneeweißem Gesicht, Flammen in den blassen Augen, und neben ihr Archie, bösartig wie ein einäugiger Papagei. Hinter ihnen stand Mrs. Elsing.

Wie sie aus dem Kontor herauskam, daran konnte sie sich später nicht mehr erinnern. Auf Ashleys Befehl ging sie sofort hinaus und ließ ihn und Archie zu einer bitterbösen Unterredung in dem kleinen Raum zurück. India und Mrs. Elsing standen vor der Tür und kehrten ihr den Rücken. Scham und Angst jagten sie nach Hause. In ihrer Vorstellung nahm Archie mit seinem Patriarchenbart das Aussehen eines rächenden Engels aus dem Alten Testament an.

Ihr Haus lag leer und still im Sonnenuntergang da: Die Dienstboten waren alle zu einer Beerdigung gegangen. Die Kinder spielten in Melanies Garten. Melanie ...

Melanie! Scarlett überlief es kalt bei dem Gedanken an sie, als sie die Treppe in ihr Zimmer hinaufging. Nun erfuhr Melanie alles. India hatte gesagt, sie wolle es ihr erzählen. Oh, India erzählte es ihr mit Hochgenuß, ohne Rücksicht darauf, ob sie Ashley beschmutzte und Melanie verletzte – wenn sie nur Scarlett Schaden zufügen konnte. Und auch Mrs. Elsing würde reden, obwohl sie eigentlich gar nichts gesehen hatte, denn sie hatte hinter India und Archie in der Tür gestanden.

Zur Zeit des Abendessens würde die ganze Stadt es wissen und bis zum morgigen Frühstück auch jeder Neger. Heute abend auf der Gesellschaft steckten die Damen nun die Köpfe zusammen und tuschelten. Scarlett Butler stürzte von ihrer stolzen, machtvollen Höhe herab! Und das Gerede würde alles vergröbern, und es gab kein Mittel, dem Einhalt zu tun. Bei der Tatsache, daß Ashley sie weinend im Arm gehalten hatte, würde es nicht bleiben. Noch vor Dunkelwerden würde es heißen, sie seien beim Ehebruch ertappt worden. Scarlett dachte erbittert: Wären wir damals Weihnachten während seines Urlaubs überrascht worden, wie ich ihn zum Abschied küßte, oder im Obstgarten, als ich ihn anflehte, mit mir zu fliehen, ach, wären wir nur irgendeinmal ertappt worden, da wir wirklich schuldig waren, es wäre nicht so schlimm. Aber nun, da er mich so ganz nur als Freund in die Arme schloß ... Niemand würde es glauben. Sie hatte keinen einzigen Freund, der für sie eintrat. Keine einzige Stimme würde sich erheben und sprechen: »Ich glaube nicht, daß sie etwas Unrechtes getan hat.« Sie hatte die alten Freunde allzulange tief gekränkt, nun fand sich für sie kein Verteidiger mehr. Und ihre neuen Freunde, die im stillen unter ihrer Unverschämtheit litten, waren froh, einmal über sie herziehen zu können. Ihr traute jedermann alles zu, wenn es auch manchem leid tun mochte, daß ein Mann wie Ashley Wilkes in eine so schmutzige Affäre verwickelt war. Wie immer wurde natürlich die Frau verurteilt, und über die Schuld des Mannes zuckte man nur die Achseln. Und hatte man nicht diesmal recht, war sie ihm nicht in die Arme gesunken? Oh, sie wollte es schon auf sich nehmen, verleumdet und geschmäht zu werden, all das hinterhältige Grinsen und Tuscheln wollte sie ertragen, wenn es sein mußte. Nur Melanie nicht! Melanie nicht! Warum Melly mehr als alles andere ihr auf der Seele lag, wußte sie nicht. Sie war so verängstigt und von alter Schuld bedrückt, daß sie sich darüber keine Rechenschaft ablegen konnte. Aber sie brach in Tränen aus, als sie sich Melanies Augen bei Indias Bericht vorstellte. Ob sie Ashley verließ? Was blieb ihr denn anderes übrig, wenn sie ihre Würde wahren wollte? Und Ashley und ich, was sollen wir tun – dachte sie halb von Sinnen, und die Tränen strömten ihr übers Gesicht. Ach, Ashley stirbt ja vor Scham und haßt mich, weil ich das über ihn gebracht habe. Und plötzlich stockten ihr die Tränen. Ein Todesschrecken fuhr ihr durchs Herz: Rhett! Was würde Rhett tun?

Vielleicht erfuhr er es gar nicht. Wie lautete doch das alte Sprichwort? »Der Ehemann erfährt es immer zuletzt.« Vielleicht erzählte es ihm niemand. Es gehörte schon Mut dazu, Rhett so etwas zu erzählen. Er stand in dem Ruf, zuerst zu schießen und dann zu fragen. Lieber Gott, laß keinen so tapfer sein, es ihm zu sagen! Aber nun fiel ihr Archies Gesicht im Kontor wieder ein: das kalte farblose Auge, das ihr und allen Frauen Unheil verhieß. Archie fürchtete weder Gott noch Menschen und haßte jede leichtfertige Frau. Eine hatte er so gehaßt, daß er sie umgebracht hatte. Er hatte übrigens gesagt, er wolle es Rhett erzählen. Er erzählte es ihm sicher und ließ sich auch durch Ashley nicht davon abbringen. Wenn Ashley nicht Archie tötete, erzählte der Alte es Rhett, weil er es für seine Christenpflicht hielt.

Sie zog sich aus und legte sich aufs Bett. Ihre Gedanken drehten sich ohne Unterlaß immer im Kreise. Könnte sie nur ihre Tür abschließen und für alle Ewigkeit keinen Menschen mehr zu Gesicht bekommen! Vielleicht kam Rhett heute abend noch nicht dahinter. Sie wollte ihm sagen, sie habe Kopfweh und keine Lust, auf die Gesellschaft zu gehen. Bis zum Morgen fiel ihr dann sicher eine Entschuldigung ein, etwas Stichhaltiges, was sie zu ihrer Verteidigung anführen könnte.

»Jetzt will ich nicht daran denken«, sagte sie verzweifelt und barg ihr Gesicht in die Kissen. »Jetzt denke ich nicht mehr darüber nach, lieber später, wenn ich es ertragen kann.« Sie hörte die Dienstboten mit Dunkelwerden zurückkommen. Es kam ihr vor, als gingen sie merkwürdig leise bei den Vorbereitungen des Abendessens zu Werke. Oder war es nur ihr schlechtes Gewissen? Mammy klopfte an die Tür, aber Scarlett schickte sie fort und sagte, sie wolle nichts essen. Die Zeit verging, und endlich hörte sie Rhett die Treppe heraufkommen. Sie hielt den Atem an und nahm alle Kraft zusammen, um ihm entgegenzutreten, aber er ging in sein Zimmer. Er wußte wohl nichts. Immer noch richtete er sich nach ihrer eisigen Bitte, ihr Schlafzimmer nicht zu betreten. Wenn er sie jetzt sähe, müßte ihr Gesicht sie verraten. Sie mußte sich so weit zusammennehmen, daß sie ihm sagen konnte, sie fühle sich zu schlecht, um in die Gesellschaft zu gehen. Nun, sie hatte Zeit genug, sich zu beruhigen. Hatte sie das wirklich? Seit dem furchtbaren Augenblick am Nachmittag wußte sie von keiner Zeit mehr. Sie hörte Rhett eine ganze Weile in seinem Zimmer hantieren und hin und wieder mit Pork sprechen. Immer noch fand sie nicht den Mut, ihn zu rufen. Still lag sie im Dunkeln auf ihrem Bett und schauderte.

Nach einer langen Zeit klopfte er an. Sie versuchte, ihren Ton zu beherrschen, und sagte: »Herein!«

»Werde ich wirklich aufgefordert, das Allerheiligste zu betreten?« fragte er und öffnete die Tür. Es war finster, sie konnte sein Gesicht nicht sehen. Auch seiner Stimme war nichts anzuhören. Er trat ein und schloß die Tür hinter sich.

»Können wir gehen? Bist du fertig?«

»Es tut mir sehr leid, aber ich habe Kopfweh.« Sonderbar, wie natürlich das herauskam. Gott sei Dank, daß es dunkel war. »Ich glaube nicht, daß ich mitgehe. Geh du allein, Rhett, und sage Melly, wie leid es mir täte.«

Es kam eine lange Pause, dann sprach er in seinem weichsten Tonfall in die Finsternis hinein.

»Was bist du doch für ein Feigling!«

Er wußte es! Schaudernd lag sie da und konnte nicht sprechen. Sie hörte ihn im Dunkeln suchen, er zündete ein Streichholz an. Es wurde hell im Zimmer. Er kam ans Bett und schaute auf sie hernieder. Er hatte seinen Frack schon an.

»Steh auf«, sagte er mit einer Stimme, die nichts verriet. »Wir gehen auf die Gesellschaft. Du mußt dich beeilen.«

»Rhett, ich kann nicht. Siehst du nicht ...«

»Ich sehe schon. Steh auf.«

»Rhett, hat Archie sich unterstanden ...«

»Archie hat sich unterstanden. Ein tapferer Kerl ist Archie.«

»Du hättest ihn niederschießen sollen für seine Lüge ...«

»Ich habe nun einmal die merkwürdige Schwäche, Leute, die mir die Wahrheit sagen, nicht niederzuschießen. Aber wir haben jetzt keine Zeit zum Reden, steh auf!«

Sie setzte sich und zog ihren Schlafrock fester um sich, ihre Augen forschten in seinem Gesicht. Es war dunkel und unbewegt.

»Ich gehe nicht mit, Rhett, ich kann nicht, bis dieses ... Mißverständnis aufgeklärt ist.«

»Wenn du dich heute abend nicht zeigst, so kannst du dich dein Lebtag in der Stadt nicht mehr blicken lassen. Eine Dirne kann ich zur Not als meine

Frau dulden, eine feige Memme aber dulde ich nicht. Du kommst heute abend mit, und wenn dich jedermann von Alex Stephens abwärts schneidet und Mrs. Wilkes uns auffordert, das Haus zu verlassen.«

»Rhett, hör mich an.«

»Ich will nichts hören. Wir haben keine Zeit. Zieh dich an.«

»Sie haben es mißdeutet, India, Mrs. Elsing und Archie. Sie hassen mich alle. India haßt mich so sehr, daß sie sich nicht scheut, ihren Bruder zu verleumden, wenn sie mir damit schaden kann. Wenn du mich nur anhören wolltest!«

Ach, Mutter Gottes, dachte sie in ihrer Herzensangst, wenn er nun sagen würde: »Sprich«, was soll ich dann sagen? Wie kann ich es ihm klarmachen?

»Sie haben es natürlich schon allen vorgelogen. Ich kann nicht hingehen.«

»Du kommst mit«, sagte er, »und wenn ich dich beim Genick hinschleifen und dir Schritt für Schritt mit meinem Stiefel in deinen reizenden Hintern nachhelfen soll.«

Seine Augen glänzten eiskalt, als er sie aus dem Bett riß. Er nahm ihr Korsett und warf es ihr zu.

»Zieh an. Ich will dich schnüren. O ja, ich verstehe mich aufs Schnüren. Nein, ich rufe nicht Mammy, denn dann schließt du, feige wie du bist, die Tür ab und verkriechst dich.«

»Ich bin nicht feige«, fuhr sie auf, und bei seiner Beschimpfung verging ihr die Angst. »Ich habe …«

»Ach, verschone mich mit deinem Märchen von dem erschossenen Yankee und Shermans Armee, der du entgegengetreten bist. Du bist feige. Wenn nicht deinetwegen, so mußt du heute abend doch um Bonnies willen gehen. Willst du ihre Aussichten noch weiter verderben? Zieh dein Korsett an, schnell!«

Eilig ließ sie den Schlafrock fallen und stand im Hemd da. Wenn er nur sehen wollte, wie hübsch sie im Hemd war, vielleicht machte er dann nicht mehr ein so fürchterliches Gesicht. Er hatte sie ja seit Ewigkeiten nicht mehr im Hemd gesehen. Aber er schaute nicht hin. Er stand vor ihrem Schrank, musterte rasch ihre Kleider, suchte und nahm ihr neues jadegrünes Moirékleid heraus. Es war vorn tief ausgeschnitten, und der Rock war hinten über eine große Turnüre drapiert, auf der ein Strauß von roten Samtrosen steckte.

»Zieh das an«, sagte er, warf das Kleid aufs Bett und kam auf sie zu. »Kein sittsames frauliches Taubengrün und Lila heute abend. Du sollst deine Flagge am Mast festnageln, sonst streichst du sie mir noch. Und leg tüchtig Rouge auf. Die Frau, die die Pharisäer beim Ehebruch ertappten, sah bestimmt nicht halb so bleich aus wie du. Dreh dich um!«

Er nahm die Korsettschnüre in die Hand und zog so heftig daran, daß sie, beschämt und gepeinigt von seinem unpassenden Ton, angstvoll aufschrie.

»Tut weh, was?« Er lachte kurz auf, sein Gesicht konnte sie nicht sehen. »Schade, daß nicht der Hals drinsteckt.«

In Melanies Haus war jedes Zimmer hell erleuchtet, und schon von fern hörten sie die Musik. Als sie vorfuhren, drang das freudig erregte Gesumme und Geschwätz vieler vergnügter Leute ihnen entgegen. Das Haus war von Gästen überfüllt, die Zimmer waren zu eng, man strömte auf die Veranda heraus, viele saßen auf den Bänken in dem dämmerigen, von Laternen erhellten Garten.

»Ich kann nicht hinein, ich kann es nicht«, dachte Scarlett in ihrem Wagen und zerknüllte ihr Taschentuch. »Ich kann nicht, ich will nicht, ich springe hinaus und laufe weg, einerlei wohin, nach Hause, nach Tara. Warum hat Rhett mich gezwungen, herzukommen! Was werden die Leute tun? Was tut Melanie? Wie sie wohl aussieht? Ach, ich kann ihr nicht unter die Augen treten. Ich laufe davon.«

Als läse Rhett ihre Gedanken, faßte er ihren Arm so fest, daß ihr schien, er müsse braun und blau davon werden. Es war der harte Griff eines rücksichtslosen, ganz fremden Mannes.

»Ich habe noch nie einen feigen Iren gesehen. Wo ist nun dein vielgerühmter Mut?«

»Rhett, ich bitte dich, laß mich nach Hause gehen und dir alles erklären.«

»Erklärungen kannst du mir in alle Ewigkeit noch geben, aber als Märtyrerin im Amphitheater erscheinen kannst du nur diesen einen Abend. Steig aus, mein Herz, ich will zusehen, wie die Löwen dich fressen. Steig aus!«

Wie sie den Gartenweg hinaufkam, wußte sie nicht. Der Arm, an dem sie ging, war hart und fest wie Granit und flößte ihr ein wenig Mut ein. Bei Gott, sie konnte ihnen entgegentreten, und sie wollte es auch. Es war ja nur eine Schar heulender, eifersüchtiger Katzen. Sie wollte schon mit ihnen fertig werden. Sie kehrte sich nicht daran, was sie von ihr dachten. Nur Melanie ... nur Melanie!

Jetzt standen sie vor der Haustür; Rhett, den Hut in der Hand, verbeugte sich nach rechts und links und redete leise und kühl. Die Musik brach ab, als sie hereinkamen, die Menschenmenge brandete ihr verworren entgegen und ebbte wieder zurück, stiller und immer stiller. Wollten sie sie alle schneiden? Heiliger Strohsack, dann sollten sie es tun! Sie warf das Kinn auf und lächelte herausfordernd, und in ihren Augenwinkeln erschienen die Fältchenkränze der Heiterkeit.

Ehe sie sich den Nächststehenden zuwenden konnte, kam jemand durchs Gedränge auf sie zu. Alles ringsum wurde sonderbar still, es griff ihr ans

Herz. Dann kam durch die schmale Gasse auf kleinen eiligen Füßen Melanie daher, um Scarlett schon an der Tür zu begrüßen und anzureden, ehe jemand anders mit ihr sprechen konnte. Sie warf die schmalen Schultern zurück, die dünnen Lippen fest geschlossen, beachtete sie niemanden. Es war, als wäre Scarlett ihr einziger Gast. Sie trat zu ihr und legte den Arm um sie.

»Was für ein entzückendes Kleid du anhast, Liebes!« sagte sie mit ihrer feinen, klaren Stimme. »Willst du ein Engel sein? India konnte heute abend nicht kommen und mir helfen. Möchtest du mit mir die Gäste empfangen?«

LIV

ALS SCARLETT GLÜCKLICH WIEDER IN IHREM ZIMMER WAR, FIEL SIE aufs Bett, ohne sich um das Moirékleid, die Turnüre und die Rosen zu kümmern. Eine ganze Zeit lang konnte sie nur still daliegen und daran denken, wie sie zwischen Melanie und Ashley gestanden und die Gäste begrüßt hatte. Grauenhaft! Lieber träte sie Shermans ganzer Armee entgegen, als dies noch einmal durchzumachen. Schließlich stand sie auf, ging erregt im Zimmer auf und ab und ließ ein Kleidungsstück nach dem andern zu Boden gleiten.

Nach so viel Anspannung setzte nun die Ermattung ein. Ihre Glieder flogen. Die Haarnadeln entglitten ihren Fingern und klirrten zu Boden. Als sie versuchte, sich, wie allabendlich, hundertmal mit der Bürste übers Haar zu streichen, stieß sie sich schmerzhaft gegen die Schläfe. Immer wieder ging sie auf Zehenspitzen an die Tür und horchte hinaus, aber wie ein stummer Abgrund lag unten die Halle.

Als die Gesellschaft zu Ende war, hatte Rhett sie im Wagen allein nach Hause geschickt, und sie hatte Gott für die Galgenfrist gedankt. Er war noch nicht da, gottlob, noch nicht. Heute nacht war sie, die vor Scham und Angst bebte, ihm nicht gewachsen. Wo mochte er stecken? Wahrscheinlich bei jener Person. Zum erstenmal war Scarlett froh, daß Belle Watling auf der Welt war und daß es außerhalb des Hauses einen Ort gab, wo Rhett weilen konnte, bis seine schreckliche Mordlaune verglomm. Es war unrecht, sich zu freuen, daß der Ehemann sich in einem Bordell aufhielt, aber sie konnte nichts dafür. Sie hätte sich selbst über seinen Tod gefreut, wenn sie dadurch diese Nacht vor ihm sicher gewesen wäre.

Morgen ... morgen war auch ein Tag. Morgen wollte sie sich etwas ausdenken, was sie ihrerseits ihm vorhalten konnte, um ihn ins Unrecht zu setzen. Morgen ging ihr die Erinnerung nicht mehr so fürchterlich nach, daß sie an allen Gliedern zittern mußte. Morgen würde sie Ashleys Gesicht nicht mehr so nah vor sich sehen, seinen gebrochenen Stolz, seine Schande, an der sie so viel und er nur so wenig Schuld hatte. Ihr geliebter, makelloser Ashley! Ob er sie nun haßte, weil sie ihn in Schande gebracht hatte? Sicherlich mußte er es, seitdem Melanie sie alle beide gerettet hatte, indem sie durch das feindselige Gedränge auf sie zugekommen war und mit herzlichen, vertrauensvollen Worten den Arm in den ihren gelegt hatte. Wie vollendet hatte sie allen Skandal erstickt, indem sie den ganzen fürchterlichen Abend hindurch nicht von Scarletts Seite gewichen war! Und so waren die Leute zwar alle etwas kühl und betreten, aber doch höflich zu ihr gewesen.

Hinter Melanies Rücken hatte sie vor ihren Feinden, die sie haßten und sie am liebsten in Stücke gerissen hätten, Schutz suchen müssen! Welche Schande! Daß sie gerade in Melanies blindem Vertrauen Zuflucht finden mußte!

Bei diesem Gedanken überlief es Scarlett kalt. Sie mußte trinken, viel trinken, ehe sie sich hinlegen und versuchen konnte zu schlafen. Sie zog einen leichten Schlafrock über das Nachthemd und lief durch den dunklen Flur. Ihre flachen Pantoffeln klapperten laut durch die Stille. Sie war schon halbwegs die Treppe hinunter, da fiel ihr Blick auf die geschlossene Eßzimmertür, und sie sah durch den schmalen Spalt am Boden Licht schimmern. Ihr stockte der Herzschlag. War Rhett doch zu Hause? Er hatte leise durch die Küchentür hereinkommen können. Wenn er da war, so wollte sie schleunigst wieder ins Bett flüchten, um ihn nicht zu sehen. In ihrem Zimmer konnte sie sich einschließen.

Sie bückte sich, um ihre Pantoffeln auszuziehen. Da flog die Tür auf, und Rhett stand als eine schwarze Silhouette vor dem matten Kerzenlicht, riesengroß, ein beängstigender schwarzer Schatten, der ein wenig auf den Füßen schwankte.

»Bitte, kommen Sie herein, Mrs. Butler«, sagte er. Seine Stimme klang belegt.

Er war betrunken und machte keinen Hehl daraus. Das hatte sie an ihm noch nicht erlebt, selbst wenn er noch soviel getrunken hatte. Unentschlossen blieb sie stehen. Da hob er befehlend den Arm.

»Herkommen, verflucht noch mal!« sagte er roh.

Er ist sehr betrunken, dachte sie bebenden Herzens. Gewöhnlich wurde er, je mehr er trank, nur desto manierlicher. Er biß dann wohl mehr als sonst voller Hohn und Spott um sich, aber immer in vollendeter, allzu vollendeter Form.

Er darf nicht merken, daß ich vor ihm Angst habe, dachte sie, zog sich den Schlafrock fester über der Brust zusammen und schritt erhobenen Hauptes mit klappernden Absätzen die Treppe hinunter.

Er trat beiseite und dienerte sie so höhnisch zur Tür herein, daß sie zusammenfuhr. Er hatte seine Jacke ausgezogen, die Krawatte hing zu beiden Seiten des offenen Kragens herunter. Das Hemd klaffte über der schwarzbehaarten Brust. Sein Haar war wüst, die blutunterlaufenen Augen halb geschlossen. Auf dem Tisch brannte eine einzige Kerze, ein winziges Lichtchen, das ungeheure Schatten in das hohe Zimmer warf und den schweren Möbeln das Aussehen stummer sprungbereiter Tiere gab. Auf dem Tisch stand auf einem silbernen Tablett die Kristallkaraffe geöffnet und die Gläser darum.

»Setz dich!« sagte er schroff und folgte ihr ins Zimmer.

Da überkam sie ein neues Grauen, neben dem ihre Angst, ihm unter die Augen zu treten, ihr jetzt geringfügig erschien. Er sah aus, er sprach und benahm sich wie ein Fremder. Niemals hatte sie diesen flegelhaften Rhett gesehen. Nie hatte er sich, auch nicht in den intimsten Augenblicken, anders als selbstbeherrscht gegeben. Auch im Zorn war er stets verbindlich und spöttisch gewesen, und der Whisky hatte ihn darin immer nur bestärkt. Zuerst hatte diese unerschütterliche Lässigkeit sie geärgert, aber mit der Zeit war sie ihr bequem geworden. Sie hatte sich an den Gedanken gewöhnt, es gäbe eigentlich nichts, woran ihm besonders gelegen wäre, und er betrachte alles im Leben, auch sie, als einen mehr oder weniger gelungenen Scherz. Als sie ihm aber jetzt über den Tisch hinweg ins Auge sah, fiel ihr das Herz in die Schuhe. Es gab doch etwas, woran ihm lag, sehr viel lag.

»Warum solltest du auf deinen Schlummertrunk verzichten, auch wenn ich so unerzogen bin, zu Hause zu sein«, sagte er. »Soll ich dir einschenken?«

»Ich wollte gar keinen Schnaps«, entgegnete sie abweisend. »Ich hörte etwas und kam deshalb ...«

»Gar nichts hast du gehört. Hättest du geahnt, daß ich zu Hause war, du wärest nicht heruntergekommen. Ich habe hier gesessen und zugehört, wie du da oben hin und her gerannt bist. Du hast den Schnaps sicherlich dringend nötig. Trink.«

»Ich möchte nicht ...«

Er nahm die Karaffe und pantschte nachlässig ein Glas voll.

»Da«, sagte er und gab es ihr in die Hand. »Du zitterst ja am ganzen Leibe. Verstell dich nicht. Ich weiß, daß du im stillen trinkst, und weiß auch, wieviel. Eine Zeitlang hatte ich vor, dir zu sagen, du solltest dein Vornehmtun aufgeben und in aller Öffentlichkeit trinken, wenn du trinken willst. Mir ist es weiß Gott egal, wenn dir dein Schnaps schmeckt.«

Sie nahm das übervolle Glas und verwünschte ihn im stillen. Er las in ihr wie in einem Buch. Er hatte sie immer durchschaut, und gerade vor ihm hätte sie gern so manches verborgen.

»Trink, sage ich.«

Sie hob das Glas und kippte den Inhalt mit steifem Handgelenk und einer jähen Drehung des Armes hinunter, genauso wie Gerald immer seinen ungemischten Whisky hinuntergestürzt hatte. Dann erst kam ihr zum Bewußtsein, wie unkleidsam und säuferhaft das wirken mußte. Ihm entging es nicht. Seine Mundwinkel zogen sich abwärts.

»Setz dich, dann wollen wir uns recht häuslich und gemütlich über die elegante Gesellschaft unterhalten, der wir eben beigewohnt haben.«

»Du bist betrunken«, sagte sie kühl, »ich gehe zu Bett.«

»Ich bin sogar sehr betrunken und will noch viel betrunkener werden, eh der Abend zu Ende ist. Du aber gehst nicht zu Bett, noch nicht! Setz dich!«

In seiner Stimme klang noch ein Rest des gewohnten kühlen Singsangs; darunter aber spürte sie die nackte Brutalität heraufdrängen – grausam wie ein Peitschenhieb. Sie schwankte unentschlossen. Da stand er neben ihr und packte ihren Arm so fest, daß es schmerzte. Er verrenkte ihn ein wenig, und sie setzte sich schleunigst mit einem leisen Schmerzensschrei. Jetzt verspürte sie wirklich Angst, mehr als je in ihrem Leben. Als er sich über sie beugte, sah sie sein dunkles gerötetes Gesicht und in den Augen immer noch das beängstigende Flackern. In ihren Tiefen lag etwas, was sie nicht erkannte und nicht begriff, etwas, das wilder als Zorn und weher als Schmerz war und ihn ganz und gar beherrschte, so daß ihm die Augen glommen wie glühende Kohlen. Lange schaute er auf sie hernieder, bis endlich der Blick, mit dem sie ihm zu trotzen suchte, auswich und sich zu Boden senkte. Dann ließ er sich ihr gegenüber in einen Stuhl fallen und goß sich noch einen Schnaps ein. Ihr Gehirn arbeitete fieberhaft, sich einen Verteidigungsplan zurechtzulegen. Aber ehe er nicht das Wort ergriff, wußte sie nichts zu sagen, da sie im ungewissen tappte, wessen er sie beschuldigen würde.

»Eine lustige Komödie heute abend, nicht wahr?«

Sie erwiderte nichts und krümmte in ihren Pantoffeln die Zehen vor Anstrengung, ihr Zittern zu meistern.

»Eine lustige Komödie, und keine Rolle fehlte darin. Das Dorf vollzählig versammelt, um die Frau für ihren Fehltritt zu steinigen, der betrogene Ehemann, der sich als Gentleman hinter seine Frau stellt, die betrogene Ehefrau, die in christlicher Nächstenliebe alles mit dem Mantel ihres makellosen Rufes zudeckt, der Liebhaber ...«

»Bitte!«

»Heute abend höre ich kein ›Bitte‹. Es ist zu lustig. Der Liebhaber sah aus wie ein begossener Pudel, als wäre er lieber tot als lebendig. Was mag das für ein Gefühl sein, mein Herz, wenn die Frau, die du haßt, dir beispringt und deine Sünde zudeckt. Setz dich!«

Sie setzte sich.

»Lieber wird sie dir dadurch kaum geworden sein. Nun möchtest du wohl gern wissen, ob sie über dich und Ashley wirklich alles erfahren hat, und, wenn es der Fall ist, warum sie so gehandelt hat ... falls sie es nicht nur tat, um das Gesicht zu wahren. Du wirst es dumm von ihr finden, wenn du auch dadurch mit heiler Haut davongekommen bist.«

»Ich will nichts davon hören ...«

»Doch, du sollst davon hören. Und ich will dir zu deiner Beruhigung sagen, Mrs. Melly ist zwar dumm, aber nicht so, wie du denkst. Ganz offensichtlich hat man es ihr gesagt, aber sie hat es nicht geglaubt. Selbst ihren eigenen Augen traut sie nicht. Sie ist so durch und durch ehrenhaft, daß sie von niemandem, den sie liebt, etwas Unehrenhaftes glauben kann. Ich weiß nicht, was Ashley Wilkes ihr vorgelogen hat. Die ungeschickteste Lüge hat jedenfalls genügt, denn sie liebt Ashley, und sie liebt dich. Ich kann wahrhaftig nicht begreifen warum, aber sie hat dich lieb. Dies Kreuz magst du nun auf dich nehmen.«

»Wenn du nicht so betrunken wärest und so ausfallend sprächest, wollte ich dir alles erklären«, sagte Scarlett, schon wieder einigermaßen gefaßt. »Aber jetzt ...«

»Deine Erklärungen interessieren mich nicht. Ich kenne die Wahrheit besser als du. Bei Gott, wenn du noch einmal von dem Stuhl aufstehst ... Was ich aber noch lustiger finde als die Komödie von heute abend: während du mir so tugendsam um meiner vielen Sünden willen die Freuden deines Bettes verweigertest, gelüstet es dich in deinem Herzen nach Ashley Wilkes. Ja, es gelüstete dich in deinem Herzen. Eine schöne Wendung, was? Es gibt viele schöne Wendungen in jenem Buch, nicht wahr?«

In welchem Buch, in welchem Buch? ging es ihr sinnlos durch den Kopf, während sie die Augen wild im Zimmer umherschweifen ließ.

»Mir wurde die Tür gewiesen, weil meine rohe Glut deinem Zartgefühl zuviel wurde – und weil du keine Kinder mehr haben wolltest. Nein, wie mir das ins Herz schnitt, geliebter Schatz! Ich ging also hin und fand angemessenen Trost; dich aber überließ ich dir selbst und deinem Zartgefühl. Die Zeit hast du damit verbracht, dem geduldig schmachtenden Mr. Wilkes nachzulaufen. Wie mag ihm denn nun eigentlich zumute sein, in drei Teufels Namen? Mit der Seele kann er seiner Frau nicht treu bleiben, und mit dem Leibe kann er ihr nicht untreu werden. Warum kommt er zu keinem Entschluß? Von ihm Kinder zu bekommen, dagegen hättest du wohl nichts – und sie dann als meine auszugeben?«

Mit einem Schrei sprang sie auf. Er aber erhob sich träge und mit einem leisen Lächeln, bei dem ihr das Blut erstarrte, von seinem Platz, drückte sie mit seinen großen braunen Händen auf den Stuhl zurück und beugte sich über sie.

»Sieh dir meine Hände an, liebes Kind«, sagte er und hielt sie ihr vor die Augen. »Ich könnte dich damit ohne weiteres in Stücke reißen und täte es auch, wenn ich dir damit Ashley aus dem Kopf vertreiben könnte. Aber ich fange es besser anders an. Siehst du, ich kann dir meine Hände zu beiden Seiten an die Schläfen legen und deinen Schädel wie eine Walnuß zerdrücken. Das würde sein Bild für immer auslöschen.«

In roher Liebkosung griffen seine Hände ihr unter dem gelösten Haar an den Kopf und hoben das Gesicht zu ihm empor. Sie blickte in das Antlitz eines betrunkenen fremden Mannes. An körperlichem Mut hatte es ihr nie gefehlt. Im Angesicht der Gefahr strömte er ihr heiß in die Adern zurück. Ihr Rücken straffte sich, ihre Augen wurden schmal.

»Du Säufer«, sagte sie, »Hände weg!«

Zu ihrer Überraschung nahm er sie wirklich weg, setzte sich auf die Tischkante und schenkte sich noch einen Schnaps ein.

»Ich habe immer deinen Schneid bewundert, mein Kind«, sagte er, »am meisten aber jetzt, da du so in die Enge getrieben bist.«

Sie zog sich den Schlafrock fester um die Schultern. Ach, könnte sie nur in ihr Schlafzimmer und die schwere Tür abschließen. Sie mußte ihn sich auf irgendeine Weise vom Leibe halten, ihn anherrschen, bis er sich fügte – dieser Rhett, den sie noch nie so gesehen hatte. Gelassen stand sie auf, obwohl ihr die Knie bebten, raffte den Schlafrock fest um die Hüfte und schüttelte sich das Haar aus dem Gesicht.

»Das bin ich keineswegs. Von dir, Rhett Butler, kann ich nicht in die Enge getrieben werden«, sagte sie schneidend. »Du bist ja nur ein betrunkenes Vieh, du hast so lange mit schlechten Frauenzimmern zusammengesteckt, daß du überhaupt nur noch Schlechtigkeiten begreifst. Ashley und mich kannst du nicht begreifen. Du hast allzulange im Schmutz gelebt, etwas anderes kennst du nicht. Du bist auf etwas eifersüchtig, was du nicht verstehst. Gute Nacht!«

Sie drehte sich um und ging zur Tür. Da hielt sein tolles Gelächter sie zurück. Sie schaute sich um und sah, wie er durch das Zimmer auf sie zugetaumelt kam. Wenn er nur mit diesem entsetzlichen Lachen aufhören wollte! Was gab es denn bei alledem zu lachen? Als er vor ihr stand, wich sie zur Tür hinaus und fand sich gegen die Wand gedrängt. Schwer legte er ihr die Hände auf die Schultern.

»Laß das Lachen!«

»Ich lache, weil du mir leid tust.«

»Du kannst dir selber leid tun.«

»Bei Gott, ja, du tust mir leid, mein Kind, mein hübsches Dummköpfchen. Das tut weh, was? Du erträgst ja weder Gelächter noch Mitleid.«

Er hörte auf zu lachen und lehnte sich so schwer auf ihre Schultern, daß es schmerzte. Sein verändertes Gesicht kam ihr immer näher, bis der starke Whiskygeruch seines Atems ihr Schwindel erregte.

»Eifersüchtig bin ich? Warum auch nicht! O ja, ich bin eifersüchtig auf Ashley Wilkes. Wie sollte ich nicht? Du brauchst weiter nichts zu sagen und zu erklären. Ich weiß wohl, daß du mir körperlich treu geblieben bist, das war es doch wohl, was du mir sagen wolltest. Das habe ich die ganze Zeit gewußt, all die Jahre. Woher? Oh, ich kenne Ashley Wilkes und seinesgleichen. Er ist ein Gentleman, und das, mein Kind, ist mehr als man von uns beiden behaupten kann. Wir beide sind nicht vornehm, wir haben keine Ehre, deshalb blühen und gedeihen wir wie die Magnolienbäume.«

»Laß mich los. Ich will nicht hier stehen und mich beschimpfen lassen.«

»Ich beschimpfe dich nicht. Ich preise deine körperliche Treue. Du hast mich nicht getäuscht. Du hältst die Männer für so dumm. Aber es tut nie gut, die Stärke des Gegners zu unterschätzen. Ich bin kein Tropf. Meinst du, ich wüßte nicht, daß du in meinen Armen gelegen und dir dabei vorgestellt hast, ich wäre Ashley Wilkes?«

Ihr blieb der Mund offenstehen. Angst und Erstaunen malten sich deutlich auf ihrem Gesicht.

»Schön ist so etwas, ganz gespenstisch sogar, als lägen drei im Bett, in das nur zwei gehören.« Er rüttelte sie an den Schultern, verbiß sich einen Schluckauf und lächelte spöttisch.

»O ja, du bist mir treu geblieben, weil Ashley dich nicht wollte. Zum Teufel auch, deinen Körper hätte ich ihm gegönnt. Am Körper liegt nicht viel, schon gar nicht an einem Frauenkörper. Aber ich mißgönne ihm dein Herz und deine süße, harte, skrupellose, eigensinnige Seele. Er will deine Seele nicht, der Trottel. Ich aber mache mir nichts aus deinem Körper. Frauen sind billig zu haben. Deine Seele will ich und dein Herz. Und die werden mir nie gehören, ebensowenig wie Ashleys Seele je dir gehören kann. Sieh, deshalb tust du mir leid.«

In all ihrer Angst und Verwirrung fühlte sie gut seinen Hohn.

»Ich ... dir leid?«

»Ja, weil du solch ein Kind bist, Scarlett. Ein Kind, das nach dem Mond verlangt. Was aber soll ein Kind mit dem Mond anfangen, wenn es ihn bekommt? Was tätest du wohl mit Ashley? Ja, du tust mir leid, weil du mit beiden Händen dein Glück wegwirfst und nach etwas verlangst, was dich nimmermehr glücklich machen kann. Du tust mir leid, weil du in deiner Dummheit nicht weißt, daß es Glück nur gibt, wo Gleiches sich mit Gleichem paart. Wäre ich tot, wäre Miß Melly tot und du hättest deinen ehrenwerten Geliebten – meinst du, du wärest glücklich mit ihm? Teufel nein! Nie würdest du ihn begreifen, nie wissen, was in ihm vorgeht, und ihn ebensowenig verstehen wie Musik und Dichtung und Bücher und überhaupt alles, was nicht Dollar und Cent ist. Wir beide hingegen, teures Weib meines Herzens, könnten vollkommen glücklich sein, wenn du uns nur ein klein bißchen dazu hättest verhelfen wollen, denn wir sind einander merkwürdig gleich. Beide sind wir Schurken und beide schrecken wir vor nichts zurück, wenn wir etwas wollen. Wir hätten glücklich sein können, denn ich habe dich geliebt, Scarlett, und kenne dich bis ins Mark, wie Ashley es niemals könnte, und wenn er es täte, müßte er dich verachten. Aber nein, du mußt dein Leben lang hinter einem Manne herschmachten, den du nicht verstehst. Ich aber, Geliebte, schmachte weiter den Huren nach, und damit fahren wir wohl immer noch besser als manch anderes Paar.«

Plötzlich gab er sie frei und taumelte zur Karaffe zurück. Einen Augenblick konnte sich Scarlett nicht rühren. Die Gedanken rasten ihr durch den Kopf. Keiner von ihnen ließ sich fassen und untersuchen. Rhett hatte gesagt, er liebte sie. War das sein Ernst? Oder war er nur betrunken? War es vielleicht einer seiner entsetzlichen Späße? Und Ashley ... nach dem Mond ... griff sie denn nach dem Mond? Blitzschnell war sie im dunklen Flur, als wären böse Geister hinter ihr her. Wenn sie doch nur bis in ihr Zimmer gelangte! Ihr Fuß knickte um, der Pantoffel rutschte ab, sie blieb stehen und schleuderte ihn wütend von sich. Da stand Rhett im Dunkeln neben ihr. Leichtfüßig wie ein Indianer war er ihr nachgelaufen. Sein Atem schlug ihr heiß ins Gesicht, roh faßten seine Hände ihr unter den Schlafrock und packten sie auf der bloßen Haut.

»Mich hast du auf die Straße gewiesen und bist ihm nachgelaufen. Bei Gott, heute nacht sollen nur zwei in meinem Bett liegen!«

Im Schwung hob er sie hoch, nahm sie auf den Arm und stürzte die Treppe hinauf. Ihr Kopf lag hart an seine Brust gepreßt, sein Herz hämmerte an ihrem Ohr. Er tat ihr weh, dumpf schrie sie auf vor Angst. Hinauf ging es in der schwarzen Dunkelheit. Sie war vor Angst von Sinnen. Ein wahnsinniger fremder Mann hatte sie gepackt, in unbekannter schwarzer Finsternis, die schwärzer war als der Tod. Der Tod selbst trug sie davon. Halb erstickt an seiner Brust tat sie einen gellenden Schrei. Da blieb er auf dem Treppenabsatz stehen, drehte sie in seinen Armen um, beugte sich zu ihr hinab und begann sie wild und zügellos zu küssen, und alles andere versank in ihrem Gemüt bis auf die Finsternis, in die sie nun selbst versank, bis auf seine Lippen und ihre. Er wankte, als stünde er im Sturm. Seine Lippen wanderten von den ihren abwärts bis dahin, wo der Schlafrock herabgeglitten war, und trafen auf ihr bloßes Fleisch. Er stammelte Unverständliches, seine Küsse weckten in ihr nie gefühlte Empfindungen. Sie war ein Stück Finsternis gleich ihm, und nichts war in diesem Augenblick mehr als nur seine Lippen und die ihren. Sie versuchte zu sprechen, aber seine Lippen verschlossen ihren Mund. Plötzlich durchzuckte es sie wild, wie es sie noch nie durchzuckt hatte – Freude, Angst, Wahnsinn, Erregung, Hingabe an diese allzu starken Arme, diese allzu wilden Lippen und an das allzu rasende Schicksal. Zum erstenmal in ihrem Leben war sie einem begegnet, der stärker war als sie, den sie weder beherrschen noch unter ihren Willen zwingen konnte, einem, der sie beherrschte und unter seinen Willen zwang. Ihre Arme schlangen sich um seinen Hals, sie wußte nicht wie, ihre Lippen bebten unter den seinen, und wieder ging es hinauf und hinauf in die Finsternis, in die weiche, wirbelnde, alles umhüllende Finsternis.

Als sie am andern Morgen erwachte, war Rhett fort. Wäre nicht das zerwühlte Kissen neben ihr gewesen, sie hätte die Ereignisse der Nacht für einen wilden, wahnwitzigen Traum gehalten. Als sie daran zurückdachte, wurde sie glühendrot und zog sich die Decke bis zum Halse hinauf. Da lag sie, im Sonnenlicht gebadet, und versuchte, die wirren Eindrücke in ihrem Kopf zu ordnen.

Im Vordergrund stand zweierlei. Sie hatte jahrelang mit Rhett gelebt, Tisch und Bett mit ihm geteilt, sich mit ihm gezankt und sein Kind unter dem Herzen getragen – und doch kannte sie ihn nicht. Der Mann, der sie im Finstern die Treppe hinaufgetragen hatte, war ein fremder Mann, von dessen Dasein sie keine Ahnung gehabt hatte, und obwohl sie jetzt versuchte, ihn zu hassen, vermochte sie es doch nicht. Er hatte sie erniedrigt und geschändet, er hatte sie eine wilde, tolle Nacht lang gewaltsam genommen, und ihr war es eine Wonne gewesen.

Ach, sie sollte sich schämen und vor dem Gedanken an das Geschehene das Haupt verhüllen. Eine Dame, eine wirkliche Dame, konnte nach solcher Nacht den Kopf nie wieder hochhalten. Aber stärker als die Scham war der Nachklang der Wonne, der seligen Hingabe. Zum erstenmal in ihrem Leben hatte sie sich lebendig gefühlt und eine hinreißende, urgewaltige Leidenschaft empfunden, so gewaltig wie damals die Angst, da sie aus Atlanta floh, so schwindelerregend, daß es nur mit dem kalten Haß verglichen werden konnte, mit dem sie auf Tara den Yankee niedergeschossen hatte.

Rhett liebte sie. Wenigstens hatte er es gesagt, und wie konnte sie noch daran zweifeln? Wie seltsam und befremdlich, wie unglaublich, daß er sie liebte, dieser fremde Wüstling, neben dem sie so kühl gelebt hatte. Sie wußte nicht recht, was sie von dieser Entdeckung halten sollte. Da ging ihr etwas auf, worüber sie auf einmal laut lachen mußte. Er liebte sie, und nun hatte sie ihn also endlich in ihrer Gewalt! Fast hatte sie vergessen, wie sie ihn schon früher hatte umgarnen wollen, damit sie über seinem unverschämten schwarzen Kopf die Peitsche schwingen könnte. Nun kam ihr die Lust daran zurück und tat ihr wohl. Eine einzige Nacht war sie auf Gnade und Ungnade sein gewesen, aber jetzt hatte sie die schwache Stelle in seiner Rüstung erkannt. Nun hatte sie ihn so weit, wie sie ihn haben wollte.

Bei der Vorstellung, ihm in nüchternem Tageslicht Aug in Auge wieder zu begegnen, befiel sie eine nervöse, prickelnde Scheu, die aber voll erregenden Genusses war.

»Ich ängstige mich wie eine Braut«, dachte sie, »und das vor Rhett.« Bei diesem Gedanken fing sie an wie närrisch zu kichern.

Aber Rhett erschien nicht zu Tisch, und auch beim Abendessen saß er nicht an seinem Platz. Die Nacht verging, eine lange Nacht, in der sie bis zum Morgengrauen wach lag und horchte, ob nicht die Haustür ginge. Aber er kam nicht. Als der zweite Tag ohne eine Nachricht von ihm verfloß, war sie außer sich vor Enttäuschung und Angst. Sie ging zur Bank, er war nicht da. Sie ging in den Laden, und sobald die Tür sich öffnete und ein Kunde eintrat, blickte sie klopfenden Herzens auf und hoffte, es wäre Rhett. Sie fuhr zum Holzlager und schalt mit Hugh, bis er sich hinter einem Bretterstapel versteckte. Aber Rhett suchte auch dort nicht nach ihr.

Sie konnte es nicht über sich bringen, bei Freunden zu fragen, ob man ihn gesehen hätte. Unmöglich konnte sie sich bei den Dienstboten nach ihm erkundigen, obwohl sie das Gefühl hatte, sie wüßten alle etwas, was sie nicht wußte. Die Neger wußten immer alles. Mammy war in diesen Tagen ungewöhnlich still. Sie beobachtete Scarlett aus den Augenwinkeln und sagte nichts. Als die zweite Nacht vorüber war, entschloß sich Scarlett, zur Polizei zu gehen. Vielleicht hatte er einen Unfall gehabt, vielleicht hatte sein Pferd ihn abgeworfen, und er lag irgendwo hilflos im Graben. Vielleicht – schrecklicher Gedanke –, vielleicht war er tot.

Als sie nach dem Frühstück in ihr Zimmer ging und sich den Hut aufsetzte, vernahm sie einen raschen Schritt auf der Treppe. Ganz matt vor Dankbarkeit sank sie aufs Bett. Da trat Rhett herein, frisch rasiert und frisiert, nüchtern, aber mit blutunterlaufenen Augen und vom Trunke gedunsenem Gesicht. Er grüßte sie obenhin mit der Hand und sagte: »Hallo.«

Wie konnte der Mann einfach »Hallo« sagen, nachdem er zwei Tage ohne jede Erklärung weggeblieben war? Wie konnte er die Erinnerung an eine solche Nacht so nebensächlich abtun? Das konnte er nur, wenn – ein schreckliches Licht ging ihr auf –, wenn solche Nächte für ihn nichts Besonderes waren. Sie brachte kein Wort hervor, und all die hübschen Bewegungen, all das reizende Lächeln, womit sie sich an ihm hatte versuchen wollen, waren vergessen. Er kam nicht einmal zu ihr, um ihr den üblichen flüchtigen Kuß zu geben, sondern schaute sie nur mit seiner glimmenden Zigarre in der Hand grinsend an.

»Wo ... wo bist du gewesen?«

»Binde mir doch nicht auf, daß du es nicht weißt! Ich dachte, die ganze Stadt wüßte es inzwischen. Aber vielleicht wissen es alle, nur du nicht. Du kennst das alte Sprichwort: Die Ehefrau erfährt es immer zuletzt.«

»Was soll das heißen?«

»Ich dachte, nachdem die Polizei vorletzte Nacht bei Belle war ...«

»Bei Belle? Dem Frauenzimmer! Du hast bei ihr ...«

»Natürlich. Wo sollte ich sonst gewesen sein? Du hast dir doch keine Sorge um mich gemacht?«

»Du bist von mir zu ... Oh!«

»Scarlett, spiel nicht die betrogene Gattin. Das mit Belle weißt du doch längst.«

»Von mir bist du zu Belle gegangen, nach ... nach ...«

»Ach so.« Er machte eine flüchtige Handbewegung. »Ich verlerne noch all meine Manieren. Entschuldige bitte mein Benehmen bei unserem letzten Beisammensein. Ich war schwer betrunken, wie du wohl weißt, und von deinen Reizen völlig hingerissen. Soll ich sie dir erst aufzählen?«

Plötzlich kam sie die Lust an, zu weinen, sich auf ihr Bett zu werfen und ohne Ende zu schluchzen. Er hatte sich nicht verändert, nichts hatte sich verändert. Nur sie war eine Gans gewesen, eine alberne, eingebildete, dumme Gans, und hatte geglaubt, er liebe sie. Es war nur einer von seinen widerwärtigen, weinseligen Streichen gewesen. In der Trunkenheit hatte er sie genommen und genossen wie jede beliebige Person aus Belles Lokal, und nun war er wieder da, beleidigend, höhnisch und nicht zu fassen. Sie schluckte die Tränen herunter und raffte sich auf. Er durfte nie und nimmer erfahren, was sie gedacht hatte. Wie er wohl lachte, wenn er es wüßte! Rasch sah sie zu ihm auf und erhaschte wieder den alten rätselhaften, beobachtenden Blick in seinen Augen, der so aufmerksam und angespannt war, als hinge sein Herz an ihren nächsten Worten, als hoffte er – ja, was hoffte er eigentlich? Daß sie sich lächerlich machte und heulte, damit er etwas zu lachen habe? Das fiel ihr nicht ein. Ihre schrägen Brauen zogen sich vor Haß zusammen.

»Mir schwante längst, was für Beziehungen du zu der Person unterhieltest.«

»Dir schwante? Warum hast du mich nicht längst danach gefragt und deine Neugierde befriedigt? Ich hätte es dir nicht verschwiegen. Ich habe seit dem Tage mit ihr gelebt, da ihr beide, du und Ashley Wilkes, beschlossen habt, mir mein eigenes Schlafzimmer anzuweisen.«

»Du hast die Dreistigkeit, vor mir, deiner Frau, damit großzutun, daß ...«

»Verschone mich mit deiner moralischen Entrüstung. Dir war es immer völlig einerlei, was ich tat, solange ich nur deine Rechnungen bezahlte. Daß ich in letzter Zeit kein Engel gewesen bin, weißt du, und ob du meine Frau bist ... seitdem Bonnie da ist, kann davon wohl kaum noch die Rede sein. Du warst eine schlechte Kapitalanlage, Scarlett. Belle war eine bessere.«

»Kapitalanlage? Du willst doch damit nicht sagen, daß du ihr ...«

»›Etabliert‹ habe ich sie, so lautet wohl der technische Ausdruck. Belle ist eine tüchtige Frau. Ich wollte ihr auf die Beine helfen, sie brauchte nichts weiter als Geld, um ein eigenes Lokal aufzumachen. Du solltest eigentlich am besten wissen, daß eine Frau Wunder tun kann, wenn sie nur ein bißchen Geld hat.«

»Du vergleichst mich ...?«

»Nun, ihr seid beide nüchterne Geschäftsfrauen und habt es beide zu etwas gebracht. Darin ist dir Belle freilich überlegen, daß sie eine warmherzige, gutmütige Seele ist.«

»Verlaß das Zimmer!«

Er schlenderte zur Tür, die eine Augenbraue spöttisch hinaufgezogen. Wie konnte er sie nur so beschimpfen, dachte sie voller Schmerz und Wut. Er tat, was er nur konnte, um sie zu kränken und zu erniedrigen. Der Gedanke, wie sehr sie sich nach ihm gesehnt hatte, während er betrunken in einem Bordell lag und sich mit der Polizei herumschlug, folterte sie.

»Geh aus dem Zimmer und komm mir nie wieder herein. Ich habe es dir schon einmal gesagt, und du warst nicht Gentleman genug, es zu verstehen. Künftig schließe ich die Tür ab.«

»Mach dir doch nicht die Mühe.«

»Ich schließe ab. Nachdem du dich neulich nacht so ekelhaft wie ein Betrunkener aufgeführt hast ...«

»Aber Herzblättchen, doch nicht ekelhaft!«

»Hinaus!«

»Beruhige dich, ich gehe schon. Ich verspreche dir, dich nie wieder zu belästigen, ein für allemal. Und da fällt mir ein: wenn dir mein schändliches Benehmen neulich zuviel geworden ist, so willige ich gern in eine Scheidung. Gib mir nur Bonnie, und ich bin mit allem einverstanden.«

»Ich denke nicht daran, meine Familie durch eine Scheidung in Verruf zu bringen.«

»Wäre Miß Melly tot, du besännest dich nicht lange. Mir schwirrt der Kopf, wenn ich daran denke, wie rasch du dann auf die Scheidung dringen würdest.«

»Willst du jetzt gehen?«

»Jawohl, ich gehe. Ich bin nur nach Hause gekommen, um dir das zu sagen. Ich gehe nach Charleston und New Orleans und ... nun, auf Reisen für recht lange Zeit. Ich fahre heute.«

»Was du sagst!«

»Und Bonnie nehme ich mit. Laß die dumme Prissy ihre kleinen Siebensachen packen. Prissy kommt auch mit.«

»Mein Kind lasse ich nicht aus dem Hause.«

»Mrs. Butler, es ist auch mein Kind. Sie werden wohl kaum etwas dagegen haben, daß ich mit ihr die Großmutter in Charleston besuche?«

»Großmutter? Was du nicht sagst! Meinst du, ich gäbe dir das Kind mit, wenn du dich jeden Abend betrinkst und sie womöglich in solche Lokale mitnimmst wie Belles?«

Er schmiß die Zigarre auf den Fußboden, wo sie auf dem Teppich weiterqualmte, und der Geruch versengter Wolle stieg ihnen in die Nase. Im nächsten Augenblick stand er neben ihr, das Gesicht dunkel vor Wut.

»Wärst du ein Mann, ich bräche dir dafür das Genick. Dir aber kann ich nur raten, dein gotteslästerliches Maul zu halten. Meinst du, ich habe Bonnie nicht viel zu lieb, als daß ich ... meine Tochter! Du bist irre. Du tust fromm und mütterlich, und dabei ist noch jede Katze eine bessere Mutter als du. Was hast du jemals für die Kinder getan? Wade und Ella haben eine Todesangst vor dir, und wäre nicht Melanie Wilkes, sie wüßten überhaupt nicht, was Liebe und Zärtlichkeit ist. Aber Bonnie, meine Bonnie! Meinst du, ich könnte nicht besser für sie sorgen als du? Meinst du, ich lasse dich mit ihr herumkeifen und sie verschüchtern, wie du es mit Wade und Ella schon getan hast? Teufel, nein! In einer Stunde hat sie mit ihren Sachen reisefertig zu sein, oder der Sturm von neulich nacht soll dir noch milde vorkommen gegen das, was dann geschieht. Ich habe schon immer gemeint, eine Fuhrmannspeitsche müßte dir sehr guttun.«

Er machte kehrt, ehe sie etwas erwidern konnte, und verließ raschen Schrittes das Zimmer. Sie hörte ihn über den Flur ins Spielzimmer der Kinder gehen und die Tür öffnen. Sofort erscholl ein dreistimmiges Freudengeheul, Bonnies Stimme übertönte die andern.

»Papi, wo bist du gewesen?«

»Im Hasenland! Hatte fast ein Karnickel für Bonnie am Wickel. Gib deinem allerliebsten Papi einen Kuß, Bonnie – du auch, Ella!«

LV

»Liebes, ich will keinerlei Erklärung von dir haben und überhaupt nichts weiter davon hören«, sagte Melly entschieden, legte sanft ihre kleine Hand auf Scarletts gequälte Lippen und brachte sie zum Schweigen. »Du beleidigst dich selbst und Ashley und mich, wenn du meinst, zwischen uns bedürfe es erklärender Worte. Wir drei haben doch so viele Jahre wie die Soldaten zusammen gegen die ganze Welt gekämpft, da schäme ich mich in deiner Seele, wenn du meinst, ein müßiger Klatsch könne zwischen uns treten. Bildest du dir denn ein, ich könnte glauben, daß du und mein Ashley ... was für eine Vorstellung! Ist dir denn nicht klar, daß ich dich besser kenne als irgend jemanden auf der Welt? Meinst du, ich hätte alle deine wunderbaren, selbstlosen Handlungen für Ashley, Beau und mich vergessen? Das Leben hast du mir gerettet, vor dem Hunger hast du uns bewahrt, alles, alles hast du für uns getan. Meinst du, ich könnte daran zurückdenken, wie du fast barfuß mit zerschundenen Händen hinter dem Pferd des Yankees in der Ackerfurche gegangen bist, nur damit das Kleine und ich zu essen hätten – und dann so Fürchterliches von dir glauben? Kein Wort mehr will ich von dir hören, Scarlett O'Hara, kein Wort!«

»Aber ...« Scarlett suchte nach Worten, schließlich gab sie es auf.

Vor einer Stunde hatte Rhett mit Bonnie und Prissy die Stadt verlassen, und sie war in ihrer Schande und ihrem Ingrimm nun mutterseelenallein. Dazu kam die Schuld ihrer Liebe zu Ashley, und jetzt noch Melly, die für sie eintrat – das alles zusammen war mehr, als sie ertragen konnte. Hätte Melly India und Archie geglaubt und sie fortan geschnitten oder auch nur frostig behandelt, sie hätte den Kopf hoch tragen und sich mit allen Waffen ihrer Rüstkammer den Rückzug decken können. Nun aber stand Melly wie eine feine, blanke Klinge zwischen ihr und der Verfemung, kampflustig, leuchtenden Auges und voller Vertrauen. Nun sah Scarlett als einzig anständigen Weg nur noch ein offenes Bekenntnis vor sich, das von jenem fernen Anfang auf der sonnigen Veranda in Tara an alles rückhaltlos preisgab.

Ihr Gewissen trieb sie dazu, das lange unterdrückte, aber nie völlig ertötete, das nach Beichte und Sühne verlangende katholische Gewissen. »Bekenne deine Sünden und tue Buße dafür in Reue und Zerknirschung«, hatte Ellen ihr hundertmal gesagt, und an diesem Wendepunkt ihres Lebens bekam Ellens Erziehung wieder Gewalt über sie. Alles wollte sie bekennen, jeden Blick, jedes Wort, jede kleinste Zärtlichkeit, dann linderte Gott ihren Schmerz und gab ihr Frieden. Ihre Buße würde dann der schreckliche Anblick sein, wie in Melanies Gesicht sich das Vertrauen und die Liebe in ungläubiges Entsetzen, in Abscheu verwandelte. Ach nein, dachte sie in ihrer Not, mein Leben lang Melanies Gesicht vor mir sehen in der Gewißheit, daß sie um all meine Niedrigkeit, Treulosigkeit, Falschheit und Heuchelei weiß ... nein, die Buße ist allzuschwer.

Früher hatte sie sich wohl an der Vorstellung berauscht, wie sie Melanie die Wahrheit höhnisch ins Gesicht schleudern und dabei ihr törichtes Paradies zusammenstürzen sehen wollte, und sie hatte gemeint, die Schadenfreude könne alles, was sie dabei verlöre, aufwiegen. Aber nun hatte sich über Nacht alles verändert, und sie wünschte sich nichts weniger als das. Woher das kam, wußte sie nicht. In ihrem Kopf war der Tumult widerstreitender Vorstellungen so groß, daß sie sie unmöglich ordnen konnte. Sie wußte nur, daß sie leidenschaftlich danach trachtete, sich Melanies gute Meinung zu erhalten, wie sie einst danach gestrebt hatte, vor ihrer Mutter sittsam, gütig und mit reinem Herzen dazustehen. Sie wußte nur, daß sie nichts danach fragte, was die Welt, was Ashley und Rhett von ihr dachten – aber Melanie durfte nicht anders von ihr denken als bisher.

Ihr graute davor, Melanie die Wahrheit zu sagen, aber einer ihrer seltenen Anfälle von Ehrlichkeit zwang sie dazu. Deshalb war sie an dem Morgen, nachdem Rhett und Bonnie das Haus verlassen hatten, sofort zu ihr gegangen.

Aber nach ihren ersten, rasch hervorgesprudelten Worten hatte Melanie sie gebieterisch zum Schweigen verwiesen. Scarlett stand schamrot vor den dunkeln Augen, die vor Liebe und Zorn blitzten, und erkannte schweren Herzens, daß der Friede und die Ruhe nach einer Beichte ihr nie beschieden sein würden. Melanie hatte mit ihren ersten Worten ihr diesen Weg für immer abgeschnitten, und eins der wenigen reifen Gefühle, die sich je in ihr regten, führte sie zu der Erkenntnis, daß es reine Selbstsucht wäre, ihr gefoltertes Herz zu erleichtern. Damit hätte sie ihre Last dem Herzen eines unschuldigen, vertrauensvollen Menschen aufgebürdet. Dafür, daß Melanie für sie eingetreten war, stand sie nun in ihrer Schuld, und diese Schuld war nur durch Schweigen abzuzahlen. Das wäre in der Tat ein grausamer Lohn, wenn sie Melanies Lebensglück mit der schrecklichen Eröffnung zerstörte, daß ihr Mann ihr mit ihrer geliebten Freundin die Treue brach!

»Ich kann es ihr nicht sagen«, dachte sie trostlos, »und wenn mein Gewissen mich dafür langsam tötet.« Rhetts Bemerkung kam ihr wieder in den Sinn: »Von keinem, den sie liebt, kann sie etwas Unehrenhaftes glauben ... Das Kreuz magst du nun auf dich nehmen.«

Ja, dieses Kreuz mußte sie nun bis zu ihrem Tode tragen. Schweigend mußte sie diese Qual in ihrem Innern erdulden, bei jeder liebevollen Bewegung Melanies mußte sie den Schrei unterdrücken: »Ich bin es nicht wert!«

»Wäre sie nur nicht so dumm, nur nicht ein so liebes, vertrauensvolles, einfältiges Ding, es wäre nicht halb so schwer.« Diese Last war wohl von allen, die sie geschleppt hatte, die schwerste und härteste.

Melanie saß ihr gegenüber auf einem niedrigen Stuhl, die Füße fest auf einer Ottomane, die Knie emporgezogen wie ein kauerndes Kind, eine Stellung, die sie nie eingenommen hätte, hätte nicht ihr Zorn sie alle Schicklichkeit vergessen lassen. Sie war mit einer Handarbeit beschäftigt und fuhr mit der Nadel so gewaltsam hin und her, als gebrauchte sie ein Rapier im Duell.

In solchem Zorn hätte Scarlett mit beiden Füßen gestampft und dazu gebrüllt wie Gerald in seinen besten Tagen, hätte für all die Falschheit und Niedertracht der Menschen Gott zum Zeugen angerufen und mit Racheschwüren gedroht, daß einem das Blut in den Adern erstarrte. Melanies inneren Aufruhr aber zeigten nur die blitzende Nadel und die zusammengezogenen, zarten Augenbrauen an. Ihr Ton war kühl, ihre Worte kamen bestimmter hervor als sonst; aber die Scheltworte, die sie sprach, waren ihr wesensfremd, äußerte sie doch kaum je eine bestimmte Ansicht und nie ein unfreundliches Wort. Auf einmal spürte Scarlett, daß die Wilkes und Hamiltons eines Zornes fähig waren, der den O'Haraschen noch übertraf.

»Ich habe es gründlich satt, die Leute über dich herziehen zu hören«, rief Melanie. »Dies setzt allem Bisherigen die Krone auf. Es muß etwas dagegen geschehen. Alles kommt nur daher, daß die Leute eifersüchtig auf dich sind, weil du tüchtig bist und vorwärtskommst. Du hast es zu etwas gebracht, wo viele Männer versagt hätten. Deshalb brauchst du nicht böse mit mir zu werden, mein Herz, ich meine durchaus nicht, daß du dich unweiblich betragen oder emanzipiert hättest, wie so viele behaupten. Das ist einfach nicht wahr. Die Leute verstehen dich nur nicht. Sie können eine tüchtige Frau nicht ertragen. Aber deine Tüchtigkeit und dein Erfolg geben ihnen noch lange nicht das Recht zu reden, du und Ashley ... oh, ihr himmlischen Mächte!«

Die sanfte Gewaltsamkeit dieses letzten Ausrufs hätte auf Männerlippen fast etwas Lästerliches gehabt. Scarlett starrte Melanie an, erschrocken über einen Ausbruch, der ihr so wenig ähnlich sah.

»Und dann kommen sie mit den schmutzigen Lügen die sie zusammenbrauen, zu mir ... Archie, India und Mrs. Elsing! Wie konnten sie sich unterstehen! Mrs. Elsing ist freilich nicht hiergewesen, dazu hatte sie natürlich nicht den Mut. Aber sie hat dich immer gehaßt, weil du beliebter warst als Fanny. Ganz wutentbrannt war sie, als du Hugh die Leitung der Mühle abnahmst. Aber daran hast du recht getan, denn er ist ein kümmerlicher, untüchtiger Tagedieb!« So grausam tat Melanie den Spielgefährten und den Verehrer ihrer Backfischjahre ab. »Archies wegen mache ich mir bittere Vorwürfe. Ich hätte dem alten Schuft kein Obdach gewähren sollen, das haben mir alle gesagt, aber ich wollte nicht hören. Er mochte dich nicht, Herz, wegen der Sträflinge, aber wer ist er, daß er über dich urteilen darf? Ein Mörder, ein Frauenmörder! Und nach allem, was ich für ihn getan habe, kommt er und sagt mir ... Oh, ich hätte es nicht bedauert, wenn Ashley ihn erschossen hätte. Nun, ich habe ihn seiner Wege geschickt, kann ich dir sagen. Er hat mich kennengelernt! Er hat die Stadt verlassen. – Und India, das niederträchtige Ding! Ach, das erstemal, da ich euch beide zusammen sah, ist es mir nicht entgangen, wie eifersüchtig sie war und dich haßte, weil du so viele Verehrer hattest und so viel hübscher warst als sie. Besonders Stuart Tarletons wegen hat sie dich gehaßt. Über Stuart hat sie so lange gegrübelt – es ist mir schrecklich, so etwas über Ashleys Schwester zu sagen, aber ich glaube, das viele Grübeln hat ihren Sinn verstört. Anders kann ich mir ihre Handlungsweise nicht erklären ... Ich habe ihr das Haus verboten und ihr gesagt, wenn sie dich auf so gemeine Weise verleumdet, würde ich sie öffentlich eine Lügnerin nennen.«

Melanie schwieg, und plötzlich schwand der Zorn aus ihrem Gesicht, und tiefer Kummer malte sich darin. Melanie besaß den leidenschaftlichen Familiensinn, der den Bewohnern Georgias eigen ist. Der Gedanke an einen Familienzwist zerriß ihr das Herz. Einen Augenblick schwankte sie, aber Scarlett hatte den ersten Platz in ihrem Herzen inne, und so fuhr sie fort: »Sie ist auch immer eifersüchtig gewesen, weil ich dich am liebsten habe. Sie kommt nie wieder in mein Haus, und das Haus, das sie aufnimmt, werde ich nie betreten. Ashley stimmt mit mir darin überein, aber es hat ihm fast das Herz gebrochen, daß seine eigene Schwester so etwas ...«

Als Ashleys Name fiel, gaben Scarletts überreizte Nerven nach, und sie brach in Tränen aus. Sollte sie denn nie aufhören, ihm weh zu tun? Ihr einziger Wunsch war immer gewesen, ihn glücklich zu machen, aber bei allem, was sie tat, fügte sie ihm Schmerz zu. Sie hatte ihn zugrunde gerichtet, seinen Stolz und seine Selbstachtung gebrochen und ihm den inneren Frieden und die Seelenruhe eines unbescholtenen Charakters geraubt. Und nun hatte sie ihn seiner heißgeliebten Schwester entfremdet! Damit Scarletts Ruf gerettet und Melanies Glück erhalten werde, hatte India geopfert und als verlogene, eifersüchtige alte Jungfer hingestellt werden müssen, obwohl sie mit jedem Argwohn, den sie gehegt, und mit jedem Wort der Anklage, das sie geäußert hatte, im Recht war. Wenn Ashley India ins Auge sah, sollte er fortan immer die Wahrheit darin erblicken, die Wahrheit, den Vorwurf und die kalte Verachtung, in der die Wilkes Meister waren.

Scarlett wußte ja, daß ihm die Ehre über das Leben ging, und konnte sich gut in seine Qual hineinversetzen. Wie sie selber mußte auch er sich hinter Melanie verkriechen. Als Frau hätte sie ihn höher geachtet, wenn er Archie erschossen und sich vor Melanie und der Welt zu allem bekannt hätte. Sicher, es war unbillig, dies zu verlangen, aber Rhetts Sticheleien kamen ihr nicht aus dem Sinn. Ging Ashley wirklich als Mann aus dieser Verstrickung hervor? Von nun an sollte unmerklich der Strahlenkranz verblassen, mit dem sie ihn seit den ersten Tagen, da sie sich in ihn verliebte, geschmückt hatte. Der Makel der Schande und Schuld, der auf ihr lag, ging auch auf ihn über. Heftig wehrte sie sich gegen den Gedanken, aber um so bitterer mußte sie weinen.

»Still, still!« rief Melanie, ließ ihre Handarbeit fallen, stürzte aufs Sofa und zog Scarletts Kopf an ihre Schulter. »Ich hätte gar nicht davon sprechen und dich nicht so quälen sollen. Es muß ja auch dir furchtbar nahegehen! Wir wollen nie wieder davon anfangen, weder untereinander noch anderen Menschen gegenüber. Dann ist es, als sei es nie geschehen. Aber«, fügte sie ruhig und fest hinzu: »India und Mrs. Elsing sollen mich kennenlernen. Sie sollen nur ja nicht glauben, daß sie über meinen Mann und meine Schwägerin ungestraft Lügen in die Welt setzen dürfen. Ich werde dafür sorgen, daß sie sich nicht mehr in Atlanta blicken lassen können, und wer ihnen glaubt und sie bei sich empfängt, ist mein Feind.«

Scarlett schaute bekümmert in die Zukunft und wußte, daß sie die Ursache zu einer Fehde war, die die Stadt und ihre Familien auf Menschenalter hinaus entzweien würde.

Melanie hielt Wort. Nie wieder erwähnte sie Scarlett und Ashley gegenüber den Vorfall, und auch mit anderen sprach sie sich nicht darüber aus. Sie wahrte eine kühle Gleichgültigkeit, die sich im Nu in eisige Steifheit verwandeln konnte, sobald jemand darauf anzuspielen wagte. In den Wochen, die auf ihre Gesellschaft folgten, gab sie, während Rhett auf Reisen war und die Stadt vor aufgeregtem Klatsch brodelte, Scarletts Verleumdern keinen Pardon, selbst wenn es alte Freunde und Blutsverwandte waren. Sie sprach nicht, sie handelte.

Wie eine Klette hängte sie sich an Scarlett. Wenn Scarlett allmorgendlich in den Laden und zum Holzlager hinausfuhr, begleitete Melanie sie. Sie bestand darauf, daß Scarlett nachmittags spazierenfuhr, obwohl sie wenig Neigung verspürte, sich angaffen zu lassen, und fuhr mit. Sie nahm Scarlett mit, wenn sie zu den verschiedenen Besuchstagen ging, und trieb sie mit sanfter Gewalt in Salons, in denen sie seit über zwei Jahren nicht gesessen hatte. Energisch gab sie zu verstehen, daß, wer sie liebe, gefälligst auch ihre Freundin zu lieben habe, und machte dabei mit der verblüfften Hausfrau die übliche Konversation.

An solchen Nachmittagen mußte Scarlett früh kommen und so lange bleiben, bis der letzte Besuch gegangen war. Dadurch sahen sich die Damen des Vergnügens beraubt, die Köpfe zusammenzustecken, zu munkeln und zu mutmaßen – was denn auch eine gelinde Entrüstung hervorrief. Diese Besuche waren für Scarlett eine ganz besondere Pein, aber sie wagte nicht, sich Melanie darin zu versagen. Angenehm war es nicht, zwischen lauter Frauen zu sitzen, die sich die Köpfe zerbrachen, ob sie wohl wirklich beim Ehebruch ertappt worden wäre, und die nur aus Liebe oder Freundschaft zu Melanie überhaupt mit ihr sprachen. Aber nachdem sie Scarlett einmal empfangen hatten, konnten sie sie fortan nicht mehr schneiden.

Es war bezeichnend für den Ruf, dessen sich Scarlett erfreute, daß man, wenn man sie verteidigte oder verurteilte, eigentlich nie von ihrer persönlichen Unantastbarkeit ausging. »Ich traue ihr alles zu« war der bezeichnende Ausdruck für die allgemeine Auffassung. Scarlett hatte zu viele Feinde, als daß sie jetzt wirkliche Verbündete hätte haben können. Ihre Worte und Taten brannten noch in allzu vielen Herzen, und es wurde nicht viel danach gefragt, ob dieser Skandal ihr noch schade oder nicht. Viel dringender lag allen die Frage am Herzen, ob Melanie oder India ein Unrecht geschehe oder nicht. Die Aufregung drehte sich weit mehr um diese beiden als um Scarlett. Im Mittelpunkt stand die Frage: Hat India gelogen?

Wer sich auf Melanies Seite schlug, führte triumphierend an, daß Melanie jetzt doch beständig mit Scarlett zusammen sei. Eine Frau von Melanies hohen Grundsätzen konnte doch wohl nicht für eine Frau eintreten, die schuldig geworden war, und nun gar mit Melanies eigenem Gatten. Unmöglich! India war eine verschrobene alte Jungfer, die Scarlett haßte und verleumdete und die es verstanden hatte, Archie und Mrs. Elsing ihre Lügen einzureden.

Aber, so fragten Indias Verteidiger, wenn Scarlett unschuldig ist, wo steckt dann Kapitän Butler? Warum steht er nicht seiner Frau zur Seite und stärkt ihr den Rücken? Auf diese Frage gab es keine Antwort. Als die Wochen dahingingen und schließlich ruchbar wurde, daß Scarlett schwanger sei, nickten die Verbündeten Indias voller Befriedigung. Kapitän Butlers Kind konnte es nicht sein. Allzulange schon war die Entfremdung der Gatten ein öffentliches Geheimnis, allzulange schon hatte die Stadt an den getrennten Schlafzimmern der beiden Anstoß genommen.

So ging der Klatsch um und spaltete die Stadt und selbst die eng verbundenen Familien Hamilton, Wilkes, Burr, Whitman und Winfield in zwei Parteien. In diesen Familien mußte jeder einzelne sich entscheiden, Neutralität gab es nicht, dafür sorgte Melanie mit kühler Würde und India mit ätzender Bitterkeit. Aber auf welche Seite sich die Familienmitglieder auch schlugen, alle waren sie Scarlett als der Ursache des ganzen Zwistes gram und fanden, sie sei all die Aufregung nicht wert. Welcher Meinung sie auch anhingen, sie beklagten von Herzen, daß India sich nicht gescheut hatte, ihre schmutzige Wäsche in aller Öffentlichkeit zu waschen und Ashley in einen so erniedrigenden Skandal hineinzuziehen. Da es aber einmal geschehen war, traten viele für sie und gegen Scarlett ein, während die andern, die an Melanie hingen, sich um Melanie und Scarlett scharten.

Halb Atlanta war mit Melanie und India verwandt oder behauptete wenigstens, es zu sein. Die Verzweigungen der Vettern- und Schwagerschaften waren so verflochten und verzwickt, daß nur ein geborener Georgianer sie entwirren konnte. Die Familien Hamilton und Wilkes hatten immer zusammengehalten und in Zeiten der Not aller Feindschaft der Welt eine unerschütterliche Phalanx entgegengestellt, einerlei, wie der einzelne im stillen über den andern dachte. Mit Ausnahme des Guerillakrieges zwischen Tante Pitty und Onkel Henry, der jahrelang Stoff zur Heiterkeit gegeben hatte, war es nie und nirgends je zu offenen Zwistigkeiten gekommen. Es waren alles sanftmütige, stille und zurückhaltende Leute, die keine Neigung für die freundschaftlichen Zänkereien hatten, die bei den meisten Familien von Atlanta üblich waren.

Aber jetzt waren sie in zwei Lager gespalten, und die Stadt durfte zusehen, wie Vettern und Kusinen fünften und sechsten Grades einander bei diesem schändlichsten aller Skandale in die Haare gerieten. Das brachte die größten Schwierigkeiten mit sich und stellte die nicht verwandte Hälfte der Stadt vor harte Probleme, weil die Fehde zwischen Melanie und India so gut wie jede gesellschaftliche Vereinigung zerschlug. Der Thalia-Verein, der Nähzirkel für die Witwen und Waisen der Gefallenen, der Verein zur Verschönerung der Konföderiertengräber, der Sonnabendzirkel für Musik, das Damen-Tanzkränzchen, der Leseklub junger Männer – alles wurde in Mitleidenschaft gezogen, selbst die vier Kirchen in ihren Wohltätigkeitsorganisationen und Missionsgesellschaften. Man mußte mit äußerster Behutsamkeit vorgehen, um zu vermeiden, daß Mitglieder der beiden kriegführenden Parteien gleichzeitig in dasselbe Komitee zu sitzen kamen.

An ihren regelmäßigen Besuchstagen saßen die Damen zwischen vier und sechs Uhr wie auf Kohlen, ob nicht vielleicht Melanie und Scarlett erschienen, während India und ihre Gefolgschaft noch anwesend waren.

Von der ganzen Familie hatte die arme Tante Pitty am meisten auszustehen. Sie, die sich nichts weiter wünschte, als behaglich im liebevollen Verwandtenkreise dahinzuleben, wäre bei dieser Gelegenheit von Herzen gern Hund und Hase zugleich gewesen, aber das ließen weder die Hasen noch die Hunde zu.

India wohnte bei Tante Pitty, und wenn Pitty sich zu Melanie bekannte, was ihr Herzenswunsch war, dann zog India aus. Wenn aber India auszog, was sollte die arme Pitty dann machen? Allein konnte sie nicht leben. Sie hätte eine Fremde zu sich nehmen oder ihr Haus abschließen und zu Scarlett ziehen müssen, aber sie hatte eine Ahnung, als sei Kapitän Butler daran nicht viel gelegen. Sie konnte auch bei Melanie in dem Stübchen wohnen, das Beau als Kinderzimmer diente. Aber wenn sie auch India mit ihrer trockenen, eigensinnigen Art und ihrem Fanatismus nicht übermäßig gern hatte, so konnte sie doch dank ihr das gemütliche Heim für sich haben, und bei Pitty gab das persönliche Behagen leichter den Ausschlag als eine moralische Überzeugung. India blieb also da.

Aber ihre Gegenwart machte Tante Pitty arg zu schaffen, denn sowohl Scarlett wie Melanie zogen daraus den Schluß, daß sie auf Indias Seite stünde. Scarlett weigerte sich kurz und bündig, Pitty weiter mit Geld zu unterstützen, solange India mit ihr unter einem Dache lebte. Ashley schickte India jede Woche Geld, aber jedesmal ließ India es wortlos zurückgehen, was der alten Dame durchaus nicht recht war. In dem roten Backsteinhaus hätte die nackte Armut Einzug gehalten, wäre nicht Onkel Henry eingesprungen, von dem Geld anzunehmen Pitty jedoch als eine tiefe Demütigung empfand.

Pitty liebte Melanie mehr als alle anderen Menschen, mit Ausnahme von sich selbst, und Melly benahm sich jetzt gegen sie kühl und höflich wie eine Fremde. Obwohl sie so gut wie in Pittys Hintergarten wohnte, kam sie nicht ein einziges Mal mehr durch die Hecke herein, während sie doch sonst fortwährend bei ihr aus und ein gegangen war. Pitty besuchte sie hingegen, weinte und beteuerte ihr ihre Liebe und Anhänglichkeit, aber Melanie lehnte alle Erörterungen ab und erwiderte die Besuche nicht.

Pitty wußte ganz genau, wieviel sie Scarlett verdankte – eigentlich ihre ganze Existenz. Jedenfalls hatte Scarlett ihr in den schweren Tagen nach dem Kriege, als ihr nur zwischen Henry und dem Hunger die Wahl blieb, das Heim aufrechterhalten, sie ernährt und gekleidet und ihr die Stellung in der Gesellschaft gewahrt. Seitdem Scarlett sich verheiratet und ihr eigenes Haus bezogen hatte, war sie die Freigebigkeit selbst, und was den beängstigenden und doch so bestrickenden Kapitän Butler anging – wenn er ihr mit Scarlett einen Besuch gemacht hatte, fand sie oft auf ihrer Konsole ein funkelnagelneues Portemonnaie mit Geldscheinen, oder ein Spitzentaschentüchlein mit Goldstücken darin war ihr hinterrücks in den Nähkasten geschmuggelt worden. Rhett schwur jedesmal, er wisse nichts davon, und beschuldigte sie in wenig feinem Ton, sie habe gewiß einen heimlichen Verehrer, wobei dann gewöhnlich noch auf den backenbärtigen Großpapa Merriwether angespielt wurde.

Ja, Pitty schuldete Melanie Liebe und verdankte Scarlett ihr gesichertes Dasein. Was aber verband sie mit India? Gar nichts, nur daß Indias Anwesenheit sie davor bewahrte, ihr angenehmes Leben aufgeben und selbständig Entscheidungen treffen zu müssen. Es war alles höchst peinlich und äußerst schandbar. Pitty, die ihr Leben lang nie selbständig eine Entscheidung getroffen hatte, ließ alles gehen, wie es ging, und verweinte dabei viele Stunden ungetröstet.

Schließlich glaubten einige Leute wirklich an Scarletts Unschuld, nicht dank ihrer Tugend, sondern weil Melanie daran glaubte. Andere machten innerlich ihre Vorbehalte, gaben sich aber höflich gegenüber Scarlett, weil sie Melanie gern hatten und sich ihre Freundschaft nicht verscherzen wollten. Indias Parteigänger grüßten sie kalt oder schnitten sie offen. Das war höchst ärgerlich und peinlich, aber Scarlett mußte immerhin einsehen, daß die ganze Stadt gegen sie gestanden und sie ausgestoßen hätte, wäre nicht Melanie so rasch und entschlossen für sie eingetreten.

LVI

Rhett blieb ein Vierteljahr weg, und die ganze Zeit hörte Scarlett kein Sterbenswort von ihm. Sie wußte nicht, wo er sich aufhielt, und hatte nicht einmal eine Ahnung, ob er überhaupt wiederkäme. Die ganze Zeit ging sie erhobenen Hauptes und wehen Herzens ihren Geschäften nach. Sie fühlte sich körperlich nicht wohl, aber auf Melanies Geheiß ging sie täglich in den Laden und versuchte, sich wenigstens oberflächlich um die Mühlen zu kümmern. Aber der Laden hatte plötzlich keinen Reiz mehr für sie, und obwohl das Geschäft sich gegen das vorige Jahr verdreifacht hatte und viel Geld einbrachte, ließ es sie gleichgültig. Mit den Angestellten war sie sehr ungnädig. Johnnie Galleghers Mühle ging gut, und das Holzlager verkaufte seine Bestände mit Leichtigkeit, aber was auch Johnnie sagte oder tat, es mißfiel ihr alles. Johnnie, nicht minder irisch als sie, bekam schließlich bei ihren Nörgeleien einen Wutanfall und drohte zu kündigen, nachdem er einen langen Wortschwall mit der Wendung geschlossen hatte: »Sie können mir den Buckel herunterrutschen, Missis!« Sie mußte ihn schließlich demütig um Entschuldigung bitten, um ihn zu besänftigen.

Nach Ashleys Mühle ging sie nicht ein einziges Mal, auch nicht ins Holzlager, wenn sie glaubte, sie würde ihn dort antreffen. Sie wußte, daß er sie mied und daß ihre beständige Gegenwart bei ihm zu Hause – auf Melanies unentrinnbare Einladungen hin – ihm eine Qual war. Nie sprachen sie unter vier Augen miteinander, und dabei verlangte sie verzweifelt danach, ihn nach manchem zu fragen. Sie wollte wissen, ob er sie nun haßte, sie wollte wissen, was er zu Melanie gesagt habe; er aber wahrte den Abstand und flehte sie schweigend an, gleichfalls zu schweigen. Der Anblick seines Gesichts, das unter den Gewissensbissen gealtert und eingefallen war, machte ihr das Herz noch schwerer, und obendrein wurmte es sie, daß seine Mühle allwöchentlich mit Verlust abschloß. Aber auch darüber mußte sie schweigen.

Seine Hilflosigkeit allen Dingen gegenüber ärgerte sie. Sie wußte zwar nicht zu sagen, was er tun sollte, aber sie hatte das Gefühl, irgend etwas müsse er tun. Rhett hätte ganz gewiß irgend etwas getan. Rhett tat immer etwas, wenn auch das Verkehrte; und ohne es zu wollen, mußte sie ihn deswegen achten.

Nachdem ihr erster Zorn über Rhett und sein schimpfliches Betragen verraucht war, fing sie an, ihn zu vermissen, und sie vermißte ihn immer mehr, als ein Tag nach dem andern ohne Nachricht von ihm verging. Aus dem Wirrwarr von Seligkeit und Wut, Herzweh und verletztem Stolz, in dem er sie zurückgelassen hatte, blieb nichts als eine tiefe Niedergeschlagenheit übrig, die sie wie mit Krähenflügeln beschattete. Sie vermißte ihn und den leichten kecken Ton, durch den er sie mit seinen Geschichten so herzhaft zum Lachen brachte, sein hämisches Grinsen, das alle Schwierigkeiten auf ein richtiges Maß einschränkte, und sogar seine Spöttereien, die sie zu zornigen Gegenhieben reizten. Vor allen Dingen vermißte sie ihn, weil sie ihm nicht wie sonst alles erzählen konnte. In dieser Hinsicht war Rhett unübertrefflich. Harmlos und stolz konnte sie ihm berichten, wie sie die Leute über das Ohr gehauen hatte, und war seines Beifalls sicher. Wenn sie dergleichen andern gegenüber auch nur flüchtig erwähnte, nahmen sie sogleich Anstoß daran.

Sie fühlte sich vereinsamt ohne ihn und Bonnie. Sie vermißte das Kind schmerzlicher, als sie es für möglich gehalten hätte. Die letzten bösen Worte, die Rhett ihr wegen Wade und Ella an den Kopf geworfen hatte, fielen ihr wieder ein, und sie versuchte, sich in Gesellschaft der Kinder über die leeren Stunden hinwegzuhelfen. Aber es gelang ihr nicht. Rhetts Worte und die Art, wie sich die Kinder gegen sie verhielten, öffneten ihr die Augen für eine erschreckend bittere Wahrheit. Als beide Kinder klein waren, war sie zu beschäftigt mit ihren Geldangelegenheiten und zu reizbar gewesen, um ihr Vertrauen und ihre Liebe zu gewinnen. Jetzt aber war es zu spät – oder aber sie besaß nicht die Geduld und die Weisheit, in ihre kleinen verschwiegenen Herzen einzudringen.

Ella! Scarlett sah zu ihrem Verdruß, daß Ella ohne jeden Zweifel ein törichtes Kind war. Ihr kleiner Geist konnte sich nicht länger mit einem Gegenstand beschäftigen, als ein Vogel auf einem Ast sitzen blieb, und sogar wenn Scarlett ihr Geschichten erzählte, schweifte die Kleine kindisch ab und unterbrach sie mit Fragen, die nicht dazugehörten, und ehe Scarlett eine Antwort finden konnte, war die Frage schon wieder vergessen. Und Wade? Rhett hatte vielleicht recht. Dem Jungen war wirklich bange vor ihr. Das war ihr unverständlich und schmerzte sie. Warum sollte ihr eigener Junge, ihr einziger Junge Angst vor ihr haben? Wenn sie ihn auszuforschen suchte, sah er sie nur mit Charles' sanften braunen Augen an, wand sich vor Verlegenheit und trat von einem Fuß auf den anderen. Bei Melanie dagegen sprudelte er vor Lebendigkeit über und brachte ihr alles, was seine Taschen enthielten, vom Fischköder bis zu alten Bindfäden.

Es ließ sich nicht leugnen, daß Melanie mit Kindern umzugehen verstand. Ihr kleiner Beau war der manierlichste und reizendste Junge in Atlanta. Mit ihm kam Scarlett weiter als mit ihrem eigenen Sohn, weil der kleine Beau Erwachsenen gegenüber unbefangen war und ihr unaufgefordert aufs Knie kletterte, sooft er sie sah. Er war ein schöner blonder Junge, ganz wie Ashley. Wenn nur Wade so wäre wie Beau! Der Grund dafür, daß Melanie soviel mit ihm anzufangen wußte, war selbstverständlich, daß sie nur dieses eine Kind hatte und sich nicht hatte sorgen und schinden müssen wie Scarlett. Wenigstens versuchte Scarlett es sich so zu erklären. Dennoch war sie ehrlich genug, sich einzugestehen, daß Melanie Kinder sehr liebhatte und mit Freuden ein Dutzend zur Welt gebracht hätte. Jetzt überschüttete sie Wade und die Nachbarskinder mit ihrem Überschuß an Mutterliebe.

Scarlett konnte nie vergessen, wie sie eines Tages erschrak, als sie bei Melanie vorfuhr, um Wade abzuholen, und schon in der Einfahrt ihres Sohnes Stimme einen durchaus überzeugend klingenden Rebellenruf ausstoßen hörte – Wade, der zu Hause immer nur mäuschenstill war! –, mannhaft unterstützt von Beaus schrillem Kriegsgeschrei. Als sie ins Wohnzimmer kam, gingen die beiden gerade mit Holzschwertern auf das Sofa los und hielten verlegen inne, als sie sie gewahr wurden. Hinter dem Sofa aber war lachend, nach ihren Haarnadeln und fliegenden Löckchen greifend, Melanie aufgetaucht.

»Hier ist Gettysburg«, erklärte sie, »ich bin der Yankee, und es ist mir elend schlecht, gegangen. Dies ist General Lee«, sie wies auf Beau, »und dies ist General Pickett«, damit legte sie Wade den Arm um die Schulter.

Ja, Melanie hatte eine Art, mit Kindern umzugehen, die Scarlett nie begreifen konnte.

»Wenigstens Bonnie hat mich lieb«, dachte sie bei sich, »und spielt gern mit mir.« Aber sie konnte sich nicht verhehlen, daß Bonnie ihr bei weitem Rhett vorzog. Vielleicht sah sie Bonnie überhaupt niemals wieder! Rhett konnte für immer nach Persien oder Ägypten gefahren sein, sie hatte keine Ahnung, wo er steckte.

Als Dr. Meade ihr sagte, sie wäre schwanger, war sie sehr erstaunt. Sie hatte sich ihr Befinden aus Stoffwechselstörungen und überreizten Nerven erklärt. Dann aber kam ihr plötzlich jene wilde Nacht in den Sinn, und sie wurde dunkelrot. Aus jenen Augenblicken höchster Wonne erwuchs also ein Kind! Zum erstenmal in ihrem Leben freute sie sich auf ein Kind. Wenn es nur ein Junge würde! Ein ganzer Kerl, nicht ein so zaghaftes Geschöpf wie Wade. Nun würde sie ja Muße haben, sich ihm zu widmen, und Geld, um seinen Lebensweg zu ebnen. Nun wollte sie glücklich sein! Sie war drauf und dran, Rhett unter der Adresse seiner Mutter in Charleston die Neuigkeit zu schreiben. Jetzt sollte er nach Hause kommen. Schrecklich, wenn er nun bis nach der Geburt des Kindes fortblieb! Wenn sie ihm aber schrieb, dann würde er denken, sie habe Sehnsucht nach ihm, und würde sich darüber lustig machen. Das ging nicht an, dergleichen durfte er niemals denken.

Sie war sehr froh, daß sie ihrem ersten Antrieb nicht gefolgt war, als sie durch einen Brief von Tante Pauline aus Charleston zum erstenmal wieder von Rhett hörte. Er war dort anscheinend bei seiner Mutter zu Besuch. Es war tröstlich, ihn noch in den Vereinigten Staaten zu wissen, wenn auch Tante Paulines Brief sie in Wut brachte. Rhett hatte sie und Tante Eulalie mit Bonnie besucht, und der Brief war des Lobes voll.

»Was für ein süßes Kind! Wenn sie erwachsen ist, wird sie sicher eine richtige Schönheit. Aber wer ihr den Hof macht, bekommt es unweigerlich mit Kapitän Butler zu tun. Einen so liebevollen Vater habe ich noch nicht gesehen. Kind, ich muß Dir ein Geständnis machen. Ich hatte immer das Gefühl, Deine Heirat mit ihm sei ein furchtbarer Mißgriff. In Charleston hörte man ja nicht viel Gutes von ihm und hat das innigste Mitgefühl für seine Familie. Eulalie und ich, wir wußten nicht einmal recht, ob wir ihn überhaupt empfangen sollten, aber schließlich ist die liebe Kleine ja unsere Großnichte. Doch als Kapitän Butler dann zu uns kam, waren wir auf das angenehmste überrascht und sahen ein, wie unchristlich es ist, auf müßigen Klatsch zu hören. Er ist ja einfach charmant. Wir finden ihn auch gutaussehend, und er macht einen gesetzten, ritterlichen Eindruck und hängt so sehr an Dir und dem Kind.

Und nun, meine Liebe, muß ich Dir etwas schreiben, was uns zu Ohren gekommen ist und was Eulalie und ich durchaus nicht glauben wollten. Wir hatten gehört, Du beschäftigtest Dich manchmal in einem Laden, den Mr. Kennedy Dir hinterlassen hat, und haben es natürlich nicht geglaubt. Wir sehen ja ein, daß es sich damals in den schrecklichen Nachkriegsjahren vielleicht nicht ganz vermeiden ließ, jetzt aber liegt doch keinerlei Notwendigkeit dafür mehr vor! Kapitän Butler befindet sich in sehr guten Verhältnissen und ist in der Lage, alles, was Dir an Geschäft und Vermögen gehört, für Dich zu verwalten. Wir mußten dann erfahren, daß das Gerücht der Wahrheit entspricht, und sahen uns gezwungen, Kapitän Butler unumwunden danach zu fragen, was für uns alle äußerst peinlich war.

Gegen seinen Willen brachten wir aus ihm heraus, Du seiest immer den ganzen Morgen im Laden und ließest niemand anders an die Buchführung heran. Auch gestand er ein, Du wärest an einer oder mehreren Sägemühlen beteiligt – wir sind deswegen nicht weiter in ihn gedrungen, es war uns neu und hat uns sehr aufgebracht – und müßtest infolgedessen allein oder in der Begleitung eines Raufboldes ausfahren, von dem Kapitän Butler uns versicherte, er sei ein Mörder. Wir haben ihm angemerkt, wie sehr er es sich zu Herzen nimmt. Er muß ein ungemein nachsichtiger, ja ein viel zu nachsichtiger Ehemann sein. Scarlett, das muß aufhören! Deine Mutter ist nicht mehr am Leben, und deshalb muß ich es Dir untersagen. Was werden Deine Kinder denken, wenn sie groß werden und erfahren, Du habest ein Geschäft gehabt! Wie demütigend für sie, sich sagen zu müssen, Du habest Dich den Roheiten ungebildeter Leute und den Gefahren gewissenlosen Geredes ausgesetzt! Ein so unweibliches ...«

Scarlett las nicht weiter und schleuderte den Brief mit einem Fluch zu Boden. Sie sah Tante Pauline und Tante Eulalie vor sich, wie sie in ihrem baufälligen Hause auf der Schanze über sie zu Gericht saßen. Dabei hatten sie doch außer Scarletts monatlicher Beihilfe kaum noch etwas, was sie vor dem Hunger bewahrte. Unweiblich? Bei Gott, hätte sie sich nicht unweiblich benommen, Tante Pauline und Tante Eulalie hätten heute kein Dach mehr über dem Kopf. Was fiel Rhett ein, ihnen von dem Laden, der Buchführung und den Sägemühlen zu erzählen! Gegen seinen Willen? Sie wußte ganz genau, wie es ihm Spaß machte, sich vor den alten Damen gesetzt, ritterlich und charmant zu geben und sich als treusorgenden Gatten und Vater aufzuspielen. Mit wahrem Hochgenuß mußte er den Armen von ihrem Laden, ihren Sägemühlen, ihrer Kneipe erzählt haben. Er war doch ein Satan. Wie konnte er nur an solchen Bosheiten Vergnügen finden?

Aber bald verlor sich auch dieser Zorn in völlige Gleichgültigkeit. In letzter Zeit hatte das Leben kaum noch etwas Verlockendes und Zündendes mehr für sie. Könnte sie sich doch wieder für Ashley erwärmen, ach, oder käme doch Rhett nach Hause und brächte sie wieder zum Lachen!

Ohne Anmeldung waren sie eines Tages wieder da. Ihr erstes Lebenszeichen war das Gepolter, mit dem die Koffer auf den Boden der Halle abgeladen wurden, und Bonnies Stimme, als sie »Mutti!« rief.

Scarlett stürzte aus ihrem Zimmer an die Treppe und sah, wie ihre Tochter die kurzen runden Beine reckte, um die Stufen zu erklimmen – ein gottergebenes gestreiftes Kätzchen fest an die Brust gedrückt.

»Hat Großmama mir geschenkt!« rief sie ihr in großer Aufregung entgegen und packte das Kätzchen beim Genick.

Scarlett nahm sie stürmisch auf den Arm und küßte sie, voller Dankbarkeit, daß des Kindes Gegenwart es ihr ersparte, Rhett unter vier Augen zu begrüßen. Über Bonnies Kopf hinweg sah sie ihn unten in der Halle, wie er den Droschkenkutscher bezahlte. Er blickte herauf, sah sie, zog mit großer Gebärde den Hut und verbeugte sich. Als sie ihm in die dunklen Augen sah, hüpfte ihr das Herz. Einerlei, wie er war, einerlei, was er getan hatte, er war wieder zu Hause, und sie war froh.

»Wo ist Mammy?« fragte Bonnie und sträubte sich in Scarletts Armen. Ungern stellte sie das Kind wieder auf die Füße.

Es war doch nicht so einfach, wie sie sich gedacht hatte, Rhett so obenhin zu begrüßen, wie sie es für richtig hielt. Und nun gar die Neuigkeit von dem Kinde, das sie erwartete!

Sie schaute ihm ins Gesicht, als er die Treppe heraufkam, in das dunkle, gleichgültige, leere, undurchdringliche Gesicht. Nein, sie wollte lieber noch warten. Hier auf der Stelle konnte sie es ihm nicht sagen. Und doch gebührte solche Kunde dem Manne zuerst. Männer freuten sich immer darüber, aber sie glaubte nicht, daß er sich freuen würde.

Sie stand auf dem Treppenabsatz ans Geländer gelehnt, neugierig, ob er sie wohl küssen werde. Er tat es nicht. Er sagte nur: »Sie sehen blaß aus, Mrs. Butler. Ist das Rouge knapp geworden?«

Kein Wort, daß er sie vermißt hatte – er hätte es ja nicht ernst zu meinen brauchen. Wenigstens hätte er ihr doch vor Mammy, die nach einem Knicks Bonnie ins Kinderzimmer geleitete, einen Kuß geben können. Er stand neben ihr auf dem Treppenabsatz und maß sie flüchtig mit den Augen.

»Kann etwa deine Blässe bedeuten, du habest mich vermißt?« fragte er. Seine Lippen lächelten dazu, aber seine Augen nicht.

So also hatte er es mit ihr vor, abscheulich wie nur je. Auf einmal erregte das Kind unter ihrem Herzen ihr Ekel. Die beglückende Last wurde zur beschwerlichen Bürde und der Mann, der da mit dem breitrandigen Panamahut an der Hüfte lässig vor ihr stand, zum bittersten Feinde, zur Ursache aller Kümmernisse. Gift lag in ihrem Blick, und das Lächeln wich aus ihren Zügen, als sie ihm erwiderte:

»Wenn ich blaß bin, so ist es allerdings deine Schuld; aber nicht daher kommt es, daß ich dich vermißt hätte, du eingebildeter Mensch, sondern …« Ach, so hatte sie es ihm nicht mitteilen wollen, aber die hitzigen Worte quollen ihr auf die Lippen, und sie sprudelte sie hervor, ohne

Rücksicht darauf, daß die Dienstboten es hören konnten: »Ich erwarte ein Kind!«

Er zog ganz plötzlich den Atem ein und sah sie an. Schnell trat er vor, als wollte er ihr die Hand auf den Arm legen, aber sie wich ihm aus, und vor dem Haß in ihren Augen verdunkelte sich sein Gesicht.

»Ach«, sagte er kühl, »wer ist denn der glückliche Vater? Ashley?«

Sie packte den Treppenpfosten so krampfhaft, daß die Ohren des geschnitzten Löwen sich ihr schmerzhaft in die Handflächen bohrten. So gut sie ihn auch kannte, auf diese Beleidigung war sie nicht gefaßt gewesen. Natürlich sagte er es nur im Scherz, aber ein so ungeheuerlicher Scherz war nicht mehr zu ertragen. Sie hätte ihm gern mit den scharfen Nägeln die Augen ausgekratzt und den eigentümlichen Schimmer darin für immer gelöscht.

»Verdammter ...«, fing sie an, ihre Stimme bebte vor hilfloser Wut, »du ... du weißt ganz genau, daß es deins ist. Du willst es nicht? Ich will es auch nicht. Nein, von einem Schuft wie dir will wohl keine Frau ein Kind. Wäre es doch – ach Gott – wäre es doch das Kind des ersten besten, nur nicht deins!«

Auf einmal veränderte sich sein sonnenverbranntes Gesicht, es zuckte auf wie unter einem Stich. War es Zorn? War da nicht noch etwas, was sich ihrem Begreifen entzog? »Da!« dachte sie in rasender Freude, »jetzt habe ich ihm weh getan!«

Schon wieder lag die alte unbewegliche Maske über seinen Zügen. Er strich sich den Bart. »Gib die Hoffnung nicht auf«, sagte er, wendete sich ab und schritt die Treppe hinauf, »vielleicht wird es ja eine Fehlgeburt.«

Verworren schoß es ihr durch den Kopf, was es heißt, ein Kind zu gebären, die qualvolle Übelkeit, das mühselige Warten, der schwellende Leib, die Stunden der Wehen, all das, was kein Mann je begreift. Er aber wagte zu scherzen. Zerkratzen hätte sie ihn mögen. Nur Blut auf seinem dunklen Gesicht konnte ihr die Herzensqual noch stillen. Wie eine Katze sprang sie auf ihn los. Erschrocken trat er einen Schritt beiseite und hob den Arm, um sie abzuwehren. Sie stand auf der Kante auf der obersten frisch gebohnerten Stufe, als sie mit voller Wucht auf seinen ausgestreckten Arm schlug und das Gleichgewicht verlor. Blindlings faßte sie nach dem Treppenpfosten, griff aber vorbei und fiel rücklings die Treppe hinunter. Als sie aufschlug, spürte sie einen betäubenden Stich zwischen den Rippen, hatte aber nicht mehr die Kraft, sich zu halten, und überschlug sich immer weiter, bis sie ganz unten an der Treppe liegen blieb.

Abgesehen von ihren Wochenbetten, die kaum mitzählten, war Scarlett zum erstenmal in ihrem Leben krank. Damals war ihr durchaus nicht so verlassen und bange zumute gewesen wie jetzt in ihrer fassungslosen Schwäche und ihren schrecklichen Schmerzen. Sie wußte, daß sie kränker war, als man sich getraute ihr zu sagen. Ihr dämmerte matt, daß sie vielleicht sterben müßte. Die gebrochene Rippe stach bei jedem Atemzug, der Kopf tat ihr weh, das zerschundene Gesicht und der ganze Körper schienen bösen Geistern ausgeliefert zu sein, die sie mit glühenden Zangen zwickten und mit stumpfen Messern zersägten, und in den kurzen Atempausen, die sie ihr gewährten, war sie so kraftlos, daß ihr die deutliche Empfindung ihrer selbst erst mit ihren Peinigern wiederkam. Nein, dies war etwas ganz anderes als das Wochenbett. Zwei Stunden nach Wades, Ellas und Bonnies Geburt hatte sie doch wieder tüchtig essen können, aber jetzt wurde ihr schon bei dem Gedanken an etwas anderes als kaltes Wasser übel und schwach.

Wie leicht war es, ein Kind zu bekommen – aber es nicht zu bekommen, wie schwer! Seltsam, wie es sie in all ihren Schmerzen immer durchfuhr, daß dieses Kind nun nicht zur Welt kommen sollte. Seltsamer noch, daß es das erste Kind war, auf das sie sich wirklich gefreut hatte. Sie suchte darüber nachzudenken, aber ihr Kopf war zu müde. In ihm hatte nur eins Raum: die Angst vor dem Tode. Der Tod war in ihrem Zimmer, und sie hatte nicht die Kraft, ihm die Stirn zu bieten. Sie hatte Angst. Sie brauchte jemand Starkes, der ihr beistand, der ihr die Hand hielt und den Tod abwehrte, bis sie wieder kräftig genug war, ihren Kampf selber zu kämpfen.

Ihre Wut war in den Schmerzen untergegangen, und sie verlangte nach Rhett. Aber er war nicht da. Sie konnte es nicht über sich bringen, ihn kommen zu lassen.

Ihre letzte Erinnerung an ihn war sein Gesicht in dem Augenblick, da er sie unten an der Treppe im dunklen Flur aufhob, ein bleiches Gesicht, in dem die furchtbare Angst alles andere ausgelöscht hatte. Dabei hatte er mit heiserer Stimme nach Mammy gerufen. Sie entsann sich dunkel, daß sie hinaufgetragen wurde; was dann geschehen war, wußte sie nicht mehr. Seitdem gab es nur Schmerzen und immer wieder Schmerzen, flüsternde Stimmen im Zimmer, Tante Pittys Schluchzen, Dr. Meades barsche Anweisungen, eilige Schritte auf der Treppe, die dann über den Flur geschlichen kamen, und zuletzt wie ein blendender Blitzstrahl die Erkenntnis der Todesnähe, die Angst, aus der sie plötzlich laut, laut einen Namen rufen wollte. Aber aus dem Schrei wurde nur ein Flüstern.

Doch auf das hilflose Flüstern kam sofort Antwort irgendwoher aus der Dunkelheit neben dem Bett, und die leise Stimme, nach der sie verlangt hatte, wiegte sie gleichsam ein.

»Hier bin ich, Liebes. Ich bin doch die ganze Zeit bei dir.«

Angst und Tod wichen leise zurück, als Melanie ihre Hand nahm und sie sich sanft an die kühle Wange legte. Scarlett versuchte sich umzudrehen und ihr Gesicht zu sehen, aber sie konnte es nicht. Melly sollte ein Kind bekommen, die Yankees kamen. Die Stadt war ein Flammenmeer, sie mußten fliehen. Aber Mellys Kind kam, sie konnte nicht fort, sie mußte dableiben, bis das Kind da war, und stark sein, weil Melly ihre Kraft brauchte. Melly hatte solche Schmerzen. Glühende Zangen zwickten sie, Messer folterten sie, sie mußte Mellys Hand halten.

Aber Dr. Meade war doch gekommen, obwohl ihn die Soldaten auf dem Bahnhof so nötig brauchten. Er sagte: »Sie phantasiert. Wo ist Kapitän Butler?«

Die Nacht war dunkel und dann wieder hell. Manchmal lag sie selbst in Wehen, manchmal war es Melanie, die schrie, aber die ganze Zeit war Melly bei ihr, ihre Hände waren kühl, sie schluchzte nicht und fuchtelte nicht sinnlos umher wie Tante Pitty. Sobald Scarlett die Augen aufschlug, sagte sie: »Melly?«, und die Stimme antwortete. Gewöhnlich begann sie dann zu flüstern: »Rhett ... Rhett soll kommen.« Aber dann erinnerte sie sich wie aus einem Traum, daß er nichts von ihr wissen wollte.

Rhetts Gesicht war dunkel wie das eines Indianers und bleckte höhnisch die weißen Zähne. Sie verlangte nach ihm, aber er wollte sie nicht.

Einmal sagte sie wieder: »Melly«, und Mammys Stimme antwortete: »Ich bin es bloß, Kind«, und man legte ihr ein kaltes Tuch auf die Stirn. Sie aber jammerte: »Melly, Melly!«, immer wieder. Doch eine ganze Weile kam Melanie nicht, denn Melanie saß auf Rhetts Bettkante, er aber lag schluchzend und betrunken am Boden mit dem Kopf in ihrem Schoß.

Immer, wenn Melanie aus Scarletts Zimmer gekommen war, hatte sie ihn bei weit offener Tür auf seinem Bett sitzen und quer über den Flur die Tür des Krankenzimmers anstarren sehen. Das Zimmer war unaufgeräumt, voller Zigarrenstummel und unangerührter Speisen. Das Bett war zerwühlt, er saß darauf, unrasiert und plötzlich ganz hager, und rauchte ohne Unterlaß. Er stellte nie eine Frage, wenn er sie sah. Jedesmal blieb sie ein Weilchen in der Tür stehen und gab ihm Nachricht: »Es tut mir leid, heute geht es weniger gut«, oder: »Nein, sie hat noch nicht nach Ihnen gefragt, sie phantasiert ja noch«, oder: »Sie müssen nicht die Hoffnung aufgeben. Ich mache Ihnen heißen Kaffee und bringe Ihnen etwas zu essen. Sie machen sich noch selber krank.«

Das Herz krampfte sich ihr vor Mitleid zusammen, obwohl sie fast zu müde war, um überhaupt noch etwas zu empfinden. Wie konnten nur die Leute immer schlecht über ihn reden und ihm nachsagen, er sei herzlos und böse und halte Scarlett die Treue nicht, wo er doch hier vor ihren Augen abmagerte und die Qual ihm auf dem Gesicht geschrieben stand? Trotz ihrer Müdigkeit versuchte sie, noch freundlicher zu sein als sonst, wenn sie ihm aus dem Krankenzimmer berichtete. Er sah aus wie eine verdammte Seele, die ihr Urteil erwartet, wie ein Kind in einer plötzlich feindlich gewordenen Welt. Vor Melly freilich wurde mancher zum Kind.

Als sie aber schließlich voller Freude an seine Tür kam, um ihm zu sagen, es ginge Scarlett besser, sah sie etwas, worauf sie nicht gefaßt war. Auf dem Nachttisch stand eine halbleere Whiskyflasche, und das Zimmer war von Schnapsgeruch erfüllt. Er sah mit verglasten Augen zu ihr empor, seine Kiefer bebten trotz seiner Anstrengung, die Zähne zusammenzubeißen.

»Sie ist tot?«

»O nein, es geht ihr viel besser.«

Er sagte: »Ach mein Gott«, und bedeckte das Gesicht mit den Händen. Sie sah seine breiten Schultern schaudern und beben, während sie ihn mitleidig betrachtete, und als sie sah, daß er weinte, verwandelte sich ihr Erbarmen in Entsetzen. Melanie hatte noch nie einen Mann weinen sehen, und nun weinte dieser überlegene, spöttische Rhett, der in jedem Augenblick Herr seiner selbst war!

Sein verzweifeltes, ersticktes Schluchzen ängstigte sie. Ihr kam der entsetzliche Gedanke, er sei am Ende betrunken. Vor Trunkenheit hatte Melanie Angst. Als er den Kopf hob und sie seine Augen erblickte, kam sie eilig herein, zog leise die Tür hinter sich zu und trat zu ihm. Einen Mann hatte sie noch nie weinen sehen, aber sie hatte schon viele Kindertränen getrocknet. Als sie ihm die weiche Hand auf die Schulter legte, schlangen sich seine Arme plötzlich um ihre Röcke. Ehe sie sich's versah, saß sie auf seinem Bett, er aber lag auf dem Boden, mit dem Kopf in ihrem Schoß, und hielt sie mit Armen und Händen krampfhaft umklammert, bis es ihr weh tat.

Sie streichelte ihm sanft den schwarzen Kopf und sagte beschwichtigend: »Still, still! Sie wird ja wieder gesund.«

Bei ihren Worten griff er noch fester zu und begann zu sprechen, rasch, heiser, stammelnd, wie zu einem Grabe, das sein Geheimnis bewahrt. Zum erstenmal in seinem Leben brach alles aus ihm hervor, und ohne Erbarmen entblößte er vor Melanie sein ganzes Herz. Verständnislos, aber ganz mütterlich hörte sie ihm zu. Er sprach in abgerissenen Sätzen, den Kopf in ihrem Schoß, und zerrte an den Falten ihres Rockes. Zuweilen kamen die Worte verschwommen und gedämpft, dann aber viel zu deutlich an ihr Ohr, harte bittere Worte, Bekenntnisse, Selbsterniedrigungen, Dinge, die sie nicht einmal unter Frauen hatte nennen hören, Geheimnisse, die ihr die Scham heiß in die Wangen trieben, wobei sie nur dankbar war, daß er sie nicht sehen konnte.

Sie streichelte ihm den Kopf, als wäre es der kleine Beau, und sagte: »Still, Kapitän Butler, das dürfen Sie mir nicht erzählen! Sie sind ja ganz außer sich. Still!« Aber der wilde Wortschwall ergoß sich weiter, und er klammerte sich an ihr Kleid, als sei es seine letzte Hoffnung.

Er legte sich Taten zur Last, von denen sie nichts verstand, undeutlich vernahm sie dazwischen den Namen Belle Watlings; dann wieder schüttelte er sie gewaltsam und schrie: »Ich habe Scarlett umgebracht, ich habe sie getötet! Das verstehen Sie nicht. Sie wollte das Kind nicht ...«

»Nun schweigen Sie aber! Sie wissen nicht, was Sie sagen! Ein Kind nicht wollen? Jede Frau will doch ...«

»Nein, nein! Sie wollen Kinder haben, aber Scarlett nicht, nicht von mir ...«

»Seien Sie still.«

»Sie verstehen das nicht. Sie wollte kein Kind, und ich habe dies ... dies Kind ... alles ist meine Schuld! Wir hatten nicht miteinander geschlafen ...«

»Scht, Kapitän Butler! Das schickt sich doch nicht.«

»Ich war betrunken und von Sinnen und wollte ihr weh tun, weil sie mir weh getan hatte, ich wollte ... und tat es auch ... aber sie wollte mich nicht. Sie hat mich nie gewollt, und ich habe doch versucht ... ich habe mir solche Mühe gegeben, um ...«

»Ach bitte!«

»Ach, ich wußte von diesem Kinde gar nichts, bis neulich, als sie fiel. Sie wußte nicht, wo ich war, und konnte es mir nicht schreiben ... Sie hätte es mir auch nicht geschrieben, wenn sie es gewußt hätte. Ich sage Ihnen, ich wäre geradewegs nach Hause gekommen, hätte ich nur gewußt, ob sie mich zu Hause haben wollte oder nicht ...«

»Ja, ja, ich weiß, Sie wären gekommen!«

»Mein Gott, ich bin wahnsinnig gewesen, all die Wochen wahnsinnig und betrunken, und als sie es mir sagte, dort auf der Treppe ... was habe ich getan? Was habe ich gesagt? Gelacht habe ich: ›Gib die Hoffnung nicht auf, vielleicht wird es eine Fehlgeburt‹, habe ich gesagt, und sie ...«

Plötzlich verfärbte sich Melanie, und ihre Augen wurden ganz groß vor Grauen, als sie auf den gequälten schwarzen Kopf in ihrem Schoß herniederblickte. Die Nachmittagssonne schien zum offenen Fenster herein, und plötzlich gewahrte sie wie zum erstenmal seine großen braunen Hände mit den dichten schwarzen Haaren darauf. Unwillkürlich schreckte sie davor zurück, so raubgierig und grausam sahen sie aus, und doch so gebrochen und hilflos, wie sie da ihren Rock umklammerten.

War es denn möglich, daß er die schändlichen Lügen über Scarlett und Ashley geglaubt hatte und eifersüchtig geworden war? Freilich, er hatte ja die

Stadt unmittelbar nach dem Ausbruch des Skandals verlassen. Aber nein, das konnte nicht sein. Er ging doch oft so plötzlich auf Reisen. Den Klatsch konnte er nicht geglaubt haben. Dazu war er zu klug, und hätte ihm das ans Herz gegriffen, so hätte er gewiß versucht, Ashley zu erschießen; wenigstens aber hätte er Aufklärung verlangt.

Nein, das konnte es nicht sein. Es kam wohl nur daher, daß er betrunken und vor Kummer krank war und seine Gedanken wie in Fieberphantasien mit ihm durchgingen. Solche Anspannungen konnten Männer nicht so gut aushalten wie Frauen. Etwas hatte ihn aus dem Gleichgewicht gebracht. Vielleicht hatte er mit Scarlett eine kleine Meinungsverschiedenheit gehabt, die er nun vergrößerte. Vielleicht war einiges von dem Fürchterlichen, das er erzählte, sogar wahr, aber alles konnte nicht wahr sein – das letzte sicherlich nicht! Das konnte kein Mann zu einer Frau sagen, die er so leidenschaftlich liebte, wie dieser Mann hier Scarlett liebte. Melanie hatte nie das Böse und Grausame gesehen; nun sah sie es zum erstenmal, und es war ihr so unbegreiflich, daß sie es nicht glauben konnte. Er war betrunken und krank, und mit kranken Kindern mußte man Nachsicht haben.

»So, so«, summte sie. »Ganz still, ich verstehe schon.«

Heftig hob er den Kopf, blickte sie aus seinen blutunterlaufenen Augen an und schleuderte gewaltsam ihre Hände weg.

»Nein, beim Himmel, Sie verstehen mich nicht! Das können Sie nicht verstehen! Um das zu verstehen, sind Sie zu gut. Sie glauben mir nicht ... aber es ist alles wahr. Ich bin ein Schwein. Wissen Sie auch, warum ich es getan habe? Aus Wut. Ich war verrückt vor Eifersucht. Sie hat sich nie etwas aus mir gemacht, und ich dachte, ich könnte sie dazu zwingen. Ich war ihr immer gleichgültig. Sie liebt mich nicht. Sie hat mich nie geliebt. Sie liebt ...«

Sein leidenschaftlicher, trunkener Blick begegnete ihren Augen, und mit offenem Mund hielt er inne, als begriffe er erst jetzt, mit wem er sprach. Ihr Gesicht war bleich und abgespannt, aber ihre Augen waren ruhig und lieb, voller Mitleid, ganz und gar ungläubig. Eine leuchtende Klarheit lag darin, und die Unschuld aus ihrer sanften braunen Tiefe traf ihn wie ein Schlag ins Gesicht, so daß sich der Alkohol in seinem Hirn verflüchtigte und er mitten in seinem tollen, rasenden Wortschwall innehielt. Es verklang im Gemurmel, er senkte die Augen und rang nach Fassung.

»Ich bin ein Schwein«, stammelte er und ließ den Kopf müde in ihren Schoß zurücksinken, »aber ein solches Schwein bin ich doch nicht, und wenn ich es Ihnen sagte, Sie glaubten es mir ja doch nicht, nicht wahr? Sie sind zu gut, um es mir zu glauben. Ich habe noch nie jemand gekannt, der wirklich gut war. Sie würden es mir nicht glauben, nicht wahr?«

»Nein, ich würde es Ihnen nicht glauben«, sagte Melanie beruhigend und begann wieder, sein Haar zu streicheln. »Sie wird wieder gesund. Nein, Kapitän Butler, nicht weinen! Sie wird ja wieder gesund.«

LVII

Einen Monat später setzte Rhett eine blasse, magere Frau in den Zug nach Jonesboro. Wade und Ella, die mitreisen sollten, waren schweigsam. Das stille weiße Gesicht der Mutter war ihnen nicht geheuer. Sie drängten sich an Prissy; sogar für ihr Kindergemüt hatte die unpersönliche Kühle zwischen der Mutter und dem Stiefvater etwas Beklemmendes.

Obwohl Scarlett noch sehr schwach war, fuhr sie doch nach Tara heim. Sie hatte das Gefühl, ersticken zu müssen, wenn sie noch einen Tag länger in Atlanta bliebe und ihr müder Geist immer erneut die tief ausgefahrenen Geleise nutzloser Gedanken durchliefe, um über die verzweifelte Lage nachzudenken, in der sie sich befand. Sie war krank an Leib und Seele und stand wie ein verlassenes Kind in einem düsteren Traumland, wo kein vertrautes Wahrzeichen ihr mehr den Weg wies.

Wie sie einst vor einer feindlichen Armee aus Atlanta geflohen, so floh sie auch jetzt wieder und drängte ihren Kummer zurück und verschanzte sich hinter ihrem gewohnten: »Ich will jetzt nicht daran denken, denn ich halte es nicht aus. Morgen denke ich darüber nach, morgen ist auch ein Tag.« Ihr war, als müsse all ihr Kummer von ihr abfallen, wenn sie nun in die Stille der grünen Baumwollfelder heimkehrte, und als könne sie erst dann aus ihren zerrütteten Gedanken wieder etwas formen, wovon sie leben durfte.

Rhett blickte dem Zug nach, bis er außer Sicht war. In seinem Gesicht lag eine grüblerische Bitterkeit, die furchtbar anzusehen war. Er seufzte auf, schickte den Wagen weg, bestieg sein Pferd und ritt die Efeustraße hinunter zu Melanie.

Es war ein warmer Morgen, und Melanie saß auf ihrer weinumrankten Veranda vor ihrem Stopfkorb, in dem die Socken sich türmten. Sie war verwirrt und bestürzt, als sie Rhett vom Pferde steigen und die Zügel über den Arm der gußeisernen Negerfigur werfen sah, die an der Straßenecke stand. Seit dem schrecklichen Tage, da Scarlett so krank und er so fassungslos und betrunken gewesen war, hatte sie ihn nicht wieder unter vier Augen gesehen. Betrunken! Melanie dachte nicht gern daran. Während Scarletts Genesungszeit hatte sie nur flüchtig mit ihm gesprochen und dabei Mühe gehabt, ihm ins Auge zu sehen. Er war liebenswürdig wie immer gewesen und hatte sich nie durch ein Wort oder einen Blick das Erschütternde anmerken lassen, das zwischen ihnen vorgegangen war. Ashley hatte ihr einmal erzählt, Männer erinnerten sich oft nicht daran, was sie im Rausch gesagt und getan hätten. Melanie betete inbrünstig, Kapitän Butler möge sein Gedächtnis in dieser Hinsicht im Stich lassen. Das Blut stieg ihr in die Wangen, als er den Gartenweg heraufkam. Vielleicht wollte er nur fragen, ob Beau heute Bonnie besuchen könne. So geschmacklos konnte er doch nicht sein, ihr für ihren damaligen Beistand zu danken!

Sie stand auf und ging ihm entgegen. Wie immer fiel ihr auf, wie leicht sein Gang im Verhältnis zu seinem Körper war.

»Ist Scarlett abgereist?«

»Ja, Tara wird ihr guttun«, versetzte er lächelnd. »Manchmal meine ich, sie gliche dem Riesen Antäus, der jedesmal stärker wurde, wenn er die Muttererde berührte. Es bekommt Scarlett nicht gut, wenn sie von dem Flecken roter Erde, den sie liebhat, zu lange fernbleibt. Der Anblick der wachsenden Baumwolle wird ihr besser helfen als Dr. Meades sämtliche Medikamente.«

»Wollen Sie sich nicht setzen?« fragte Melanie, und ihre Hände zitterten.

Er war so sehr groß und männlich, und das Männliche brachte sie immer aus der Fassung. Es ging eine Macht und eine Lebenskraft davon aus, neben der sie sich noch kleiner und schwächer fühlte, als sie war. So sonnverbrannt und gewaltig sah er aus, die starken Muskeln seiner Schultern spannten das weiße Leinenzeug und flößten ihr Angst ein. Es kam ihr ganz unmöglich vor, so viel Kraft und Verwegenheit je zu ihren Füßen gesehen und den schwarzen Kopf auf ihrem Schoß gehalten zu haben.

»Miß Melly«, begann er sanft, »soll ich lieber fortgehen? Sagen Sie es mir bitte ganz offen.«

»Ach Gott«, dachte sie bei sich, »er weiß es noch, und er weiß auch, wie unruhig ich bin.«

Flehend blickte sie zu ihm auf, aber plötzlich schwanden ihre Befangenheit und Verwirrung. Seine Augen blickten so ruhig, freundlich und verständnisvoll, daß sie gar nicht begriff, wie sie so töricht hatte sein können, sich aufzuregen. Sein Gesicht sah müde und sehr, sehr traurig aus. Wie hatte sie ihm nur die Ungezogenheit zutrauen können, davon anzufangen, was sie beide lieber vergaßen!

»Armer Kerl, er macht sich so viel Sorge um Scarlett«, dachte sie, brachte ein Lächeln zustande und sagte: »Nehmen Sie doch bitte Platz, Kapitän Butler.«

Schwer ließ er sich auf den Stuhl fallen und sah ihr zu, wie sie ihre Stopfarbeit wieder zur Hand nahm.

»Miß Melly, ich möchte Sie um einen sehr großen Gefallen bitten.« Er lächelte und sein Mund verzog sich. »Ich rechne auf Ihre Hilfe bei einem Betrug, vor dem Sie sich doch sicher scheuen.«

»Einem Betrug?«

»Ja, ich möchte etwas Geschäftliches mit Ihnen besprechen.«

»O je! Da sollten Sie sich aber lieber an Mr. Wilkes wenden. In geschäftlichen Sachen bin ich eine Gans. Ich bin nicht so tüchtig wie Scarlett.«

»Scarlett, fürchte ich, ist tüchtiger, als ihr gut ist«, erwiderte er, »und gerade davon wollte ich mit Ihnen sprechen. Sie wissen, wie krank sie gewesen ist. Wenn sie von Tara zurückkommt, stürzt sie sich natürlich mit Feuereifer wieder auf den Laden und die Mühlen, denen ich von Herzen wünsche, sie möchten eines Tages in die Luft fliegen. Ich fürchte für Scarletts Gesundheit, Miß Melly.«

»Ja, sie tut viel zuviel. Sie müssen sie zurückhalten und dafür sorgen, daß sie sich schont.«

Er lachte.

»Sie wissen doch, wie eigensinnig sie ist. Niemals versuche ich, sie zu etwas zu überreden. Sie will sich nicht helfen lassen, von mir nicht und von niemandem. Ich habe versucht, sie dazu zu bewegen, ihren Anteil an den Mühlen zu verkaufen, aber sie will nicht. Und nun, Miß Melly, kommt das Geschäftliche. Ich weiß, daß Scarlett den Rest ihres Anteils an den Mühlen gern an Mr. Wilkes verkaufen würde, aber an keinen andern, und ich möchte, daß Mr. Wilkes ihn kauft.«

»Du liebe Zeit, das wäre wunderhübsch, aber …« Melanie brach ab und biß sich auf die Lippen. Sie konnte mit einem Außenstehenden nicht über Geldsachen sprechen. Trotz Ashleys Verdienst bei der Mühle hatten sie nie recht genug. Sie machte sich schon Sorge darüber, daß sie so wenig zurücklegte. Sie wußte nicht, wo das Geld blieb. Ashley gab ihr genug für den Haushalt, aber wenn Extraausgaben notwendig wurden, waren sie oft knapp dran. Ihre Arztrechnungen waren hoch, und teuer waren die Bücher und die Möbel, die Ashley in New York bestellte. Außerdem gab es immer eine Anzahl Landstreicher, die sie im Keller schlafen ließ, beköstigte und bekleidete. Auch mochte Ashley keinem, der in der konföderierten Armee gedient hatte, je ein Darlehen abschlagen.

»Miß Melly, ich möchte Ihnen das Geld leihen«, sagte Rhett.

»Das ist reizend von Ihnen, aber wir können es vielleicht nie zurückzahlen.«

»Ich will es auch nicht zurückgezahlt haben. Bitte, seien Sie nicht böse, Miß Melly, hören Sie mich zu Ende an. Wenn Scarlett damit aufhört, täglich meilenweit zu den Mühlen zu fahren und sich dabei aufzureiben, so ist mir das Vergütung genug. Der Laden reicht aus, sie zu beschäftigen, verstehen Sie mich nicht?«

»Nun ja ...«, sagte Melanie unsicher.

»Sie möchten doch ein Pony für Ihren Jungen haben, nicht wahr? Er soll doch auf die Universität und nach Harvard und auf eine Europareise?«

»O freilich!« Melanie strahlte, wie immer, wenn von Beau die Rede war. »Am liebsten soll er alles haben ... Ach, man ist heutzutage so arm ...«

»Mr. Wilkes könnte eines Tages einen Haufen Geld mit den Mühlen verdienen«, sagte Rhett. »Es würde mich freuen, wenn Beau alles Schöne bekäme, was er verdient.«

»Kapitän Butler, Sie sind ein Schlauberger«, lächelte Melanie. »Sie packen mich bei meinem Mutterstolz, ich lese in Ihnen wie in einem offenen Buch.«

»Das will ich nicht hoffen«, erwiderte Rhett, und zum erstenmal war wieder der alte Schimmer in seinen Augen zu sehen. »Darf ich Ihnen also das Geld leihen?«

»Wo aber fängt der Betrug an?«

»Wir müssen eine Verschwörung aushecken, um sowohl Scarlett wie Mr. Wilkes hinters Licht zu führen.«

»Ach nein, das möchte ich nicht!«

»Wenn Scarlett wüßte, daß ich hinter ihrem Rücken etwas einfädele, selbst wenn es zu ihrem Besten geschieht – nun, Sie wissen ja, wie leicht sie in Hitze gerät –, und Mr. Wilkes, fürchte ich, lehnt jedes Darlehen, das ich ihm anbiete, ab. Deshalb dürfen sie beide nicht wissen, woher das Geld kommt.«

»Ach, Mr. Wilkes sagt sicher nicht nein, wenn er weiß, um was es sich handelt. Er hält doch soviel von Scarlett.«

»Ja, das tut er freilich«, sagte Rhett glattzüngig. »Aber trotzdem wird er ablehnen. Sie wissen, wie stolz die Wilkes sind.«

Melly war ganz unglücklich. »Im Ernst, Kapitän Butler, meinen Mann könnte ich nicht betrügen.«

»Nicht einmal, um Scarlett zu helfen?« Rhett machte ein sehr enttäuschtes Gesicht. »Sie hat Sie doch so lieb.«

In Melanies Wimpern schimmerten Tränen.

»Sie wissen ja, ich täte alles auf der Welt für sie. Nie und nimmer kann ich ihr auch nur zum Teil vergelten, was sie für mich getan hat.«

»Ja«, sagte er kurz, »ich weiß, was sie für Sie getan hat. Könnten Sie nicht Mr. Wilkes sagen, das Geld sei ein Vermächtnis von einem Verwandten?«

»Ach, Kapitän Butler, meine Verwandten haben samt und sonders keinen roten Heller.«

»Wenn ich nun also Mr. Wilkes das Geld mit der Post schicke, ohne den Absender anzugeben, könnten Sie wohl dafür sorgen, daß die Mühlen davon gekauft werden und daß es nicht an verarmte frühere Konföderierte verschenkt wird?«

Zunächst machte sie bei diesen Worten ein etwas gekränktes Gesicht, als wäre in ihnen etwas Abfälliges über Ashley enthalten gewesen, aber Rhett lächelte so verständnisvoll, daß sie sein Lächeln erwiderte.

»Darauf können Sie sich verlassen.«

»Also abgemacht? Und es wird unser Geheimnis bleiben?«

»Aber ich habe doch nie etwas vor meinem Manne geheimgehalten.«

»Davon bin ich überzeugt, Miß Melly.«

Als sie ihn ansah, fand sie, daß sie ihn doch immer richtig beurteilt hatte, während viele andere Leute ihm bitter Unrecht taten. Es hieß er sei roh, höhnisch, ungezogen, ja unehrlich. Freilich gaben jetzt viele aus den besten Familien zu, daß sie sich in ihm geirrt hätten. Sie jedenfalls hatte von Anfang an gewußt, daß er ein prachtvoller Mensch war. Sie hatte von ihm immer nur Güte, Rücksicht, tiefste Ehrerbietung und viel, viel Verständnis erfahren. Und wie er Scarlett liebte! Wie schön es von ihm war, seiner Frau auf diesem Umweg etwas von der Last, die sie trug, abnehmen zu wollen!

Das Herz trat ihr auf die Zunge. »Welch ein Glück Scarlett mit einem Manne hat, der so gut zu ihr ist!«

»Meinen Sie? Ich fürchte, Scarlett ist anderer Meinung. Vor allem aber möchte ich auch gegen Sie gut sein, Miß Melly. Ihnen würde ich mehr damit geben als Scarlett.«

»Mir?« fragte sie höchst erstaunt. »Ach, Sie meinen Beau!«

Er nahm seinen Hut und stand auf. Einen Augenblick schaute er herab auf das unscheinbare, herzförmige Gesichtchen mit dem spitz zulaufenden Haaransatz, der einer Witwenhaube glich, und den ernsten dunklen Augen, auf dieses ganz unweltliche, dem Leben schutzlos preisgegebene Gesicht.

»Nein, nicht Beau. Ich möchte Ihnen etwas geben, was noch mehr ist als Beau, wenn Sie sich das überhaupt vorstellen können.«

»Nein, das kann ich nicht«, erwiderte sie verwirrt. »Nichts auf der Welt ist mir soviel wert wie Beau, bis auf Ash ... auf Mr. Wilkes.«

Rhett sagte nichts und blickte auf sie hernieder. Sein dunkles Gesicht war ganz ruhig.

»Es ist furchtbar lieb von Ihnen, daß Sie etwas für mich tun wollen, Kapitän Butler, aber ich habe doch schon so viel Glück. Ich habe alles, was eine Frau sich überhaupt wünschen kann.«

»Das ist schön«, sagte Rhett in plötzlich sehr ernstem Ton. »Ich will dafür sorgen, daß Sie es auch behalten.«

Als Scarlett aus Tara zurückkam, war die ungesunde Blässe aus ihrem Gesicht verschwunden, ihre Wangen waren wieder runder geworden und schimmerten rosig. Ihre grünen Augen funkelten in alter Lebendigkeit. Zum erstenmal seit Wochen lachte sie laut auf, als Rhett und Bonnie sie, Wade und Ella am Bahnhof abholten – vor Vergnügen und vor Ärger. Rhett trug zwei schwankende Truthahnfedern am Hut, Bonnie hatte ihr schrecklich zerrissenes Sonntagskleid an, über ihre Bäckchen liefen lauter indigoblaue Streifen, und in den Locken stak ihr eine Pfauenfeder, die halb so lang war wie sie selbst. Offenbar hatten die beiden gerade Indianer gespielt, als es Zeit wurde, an den Zug zu gehen, und aus Rhetts hilflos lustigem Gesicht und Mammys grollendem Mißmut war klar zu ersehen, daß Bonnie nicht einmal, um ihre Mutter abzuholen, sich ordentlich hatte anziehen lassen wollen.

Scarlett sagte: »Oh, ihr schrecklichen Strolche!«, gab dem Kind einen Kuß und bot Rhett die Wange. Der Bahnhof war überfüllt, sonst hätte sie diese Liebesbezeigung nicht gefordert. Trotz ihrer Verlegenheit über Bonnies Aussehen entging ihr nicht, wie alle Leute über Vater und Tochter lächelten, nicht abfällig, sondern belustigt und von Herzen freundlich. Jedermann wußte, daß Scarletts Jüngste den Vater unter dem Pantoffel hatte, und Atlanta hatte seinen Spaß und seine helle Freude daran. Rhetts große Liebe zu dem Kinde hatte viel dazu beigetragen, seinen Ruf in der Meinung der Leute wiederherzustellen.

Auf dem Weg nach Hause war Scarlett noch ganz erfüllt von den Neuigkeiten aus der Provinz. Bei dem heißen, trockenen Wetter höre man schier die Baumwolle wachsen, so schnell gehe es, aber Will meine, die Baumwollpreise würden zum Herbst sinken. Suellen erwarte wieder ein Kind – Scarlett buchstabierte dies, damit die Kleinen es nicht verständen –, und Ella habe sich erstaunlich temperamentvoll gezeigt und Suellens älteste Tochter gebissen – was die kleine Susie auch verdient habe, fügte Scarlett hinzu, denn sie sei das Abbild ihrer Mutter. Aber Suellen sei wütend geworden, und sie hätten sich herzerquickend miteinander gezankt, genau wie in alter Zeit. Wade habe ganz allein einen Fischotter zur Strecke gebracht. Randa und Camilla Tarleton unterrichteten in der Schule – ein Witz, was? Kein Tarleton habe noch je das Wort »Katze« buchstabieren können! Betsy Tarleton habe einen dicken einarmigen Mann aus Lovejoy geheiratet, und das Ehepaar ziehe mit Hetty und Jim Tarleton gute Baumwolle auf Fairhill. Mrs. Tarleton besitze wieder eine Mutterstute und ein Fohlen und sei so glücklich, als wären es eine Million Dollar. In dem alten Calvertschen Hause wohnten jetzt Neger! Ein ganzer Schwarm, und das Haus gehöre ihnen wirklich. Sie hätten es in der öffentlichen Versteigerung gekauft.

Alles sei dort verfallen, es sei ein Jammer. Wo Cathleen und ihr nichtsnutziger Mann geblieben seien, wisse niemand. Alex heirate Sally, die Witwe seines Bruders – eine sonderbare Vorstellung, nachdem sie jahrelang in demselben Hause gewohnt hätten. Es heiße allgemein, es sei eine Vernunftehe. Die Leute fingen an, sich darüber aufzuhalten, daß sie nach dem Tode der alten wie der jungen Miß dort ganz allein hausten. Dimity Munroe habe es fast das Herz gebrochen, aber es geschehe ihr ganz recht. Hätte sie nur einen Funken Energie in sich gehabt, sie hätte sich längst einen anderen Mann gekapert, anstatt zu warten, bis Alex genug Geld hätte, um sie zu heiraten.

So schwatzte Scarlett lustig weiter. Aber es gab manches in der Provinz, was sie verschwieg, manches, woran man nur mit Schmerzen denken konnte. Sie war mit Will über Land gefahren und hatte versucht zu vergessen, daß einst all die Tausende von Morgen fruchtbaren Landes voll grüner Baumwolle gestanden hatten. Jetzt wurde eine Plantage nach der anderen wieder zum Urwald, trübselig wucherten Gräser, Zwergeichen und verkümmerte Kiefern um schweigende Trümmer und auf den früheren Äckern und breiteten sich unmerklich immer weiter aus. Wo früher hundert Morgen unter den Pflug kamen, wurde jetzt nur noch einer bebaut. Es war wie eine Fahrt durch gestorbenes Land.

»Dieses Gebiet kommt in fünfzig Jahren nicht wieder in Kultur – wenn überhaupt je«, hatte Will gesagt. »Tara ist die beste Farm in der Provinz, dank dir, Scarlett, und mir. Aber es ist eine Farm für zwei Maultiere und keine Plantage mehr. Nach Tara kommt der Fontainesche Besitz und dann Tarletons. Viel Geld verdienen sie nicht, aber sie halten sich und haben Mut. Die meisten anderen Leute und die anderen Plantagen hingegen ...«

Nein, Scarlett erinnerte sich ungern an die verödete Provinz. Und jetzt kam sie ihr neben dem betriebsamen und aufblühenden Atlanta noch trostloser vor.

»Ist hier etwas vorgefallen?« fragte sie, als sie endlich zu Hause waren und auf der vorderen Veranda saßen. Während des ganzen Heimwegs hatte sie rasch und ohne Unterlaß aus Angst vor einer Gesprächspause geredet. Seit dem Tage, da sie die Treppe heruntergefallen war, hatte sie mit Rhett kein Wort unter vier Augen mehr gesprochen und verlangte auch nicht sonderlich danach. Sie wußte nicht, wie er innerlich zu ihr stand. Während ihrer traurigen Genesungszeit war er die Freundlichkeit selber gewesen, doch auf eine ganz unpersönliche Art, wie ein Fremder. Er war all ihren Wünschen zuvorgekommen, hatte dafür gesorgt, daß die Kinder ihr nicht lästig fielen, und sich um Laden und Mühlen gekümmert. Aber nicht ein einziges Mal hatte er gesagt: »Es tut mir leid.« Vielleicht tat es ihm auch wirklich nicht leid. Vielleicht glaubte er immer noch, das nie geborene Kind sei nicht seins. Woher sollte sie wissen, was hinter diesem liebenswürdigen dunklen Gesicht vorging? Aber zum erstenmal in ihrer Ehe hatte er Anwandlungen von Ritterlichkeit gehabt und den Wunsch durchblicken lassen, das Leben möge seinen Gang weitergehen, als sei nie etwas Unerfreuliches zwischen ihnen geschehen und als hätten sie, meinte Scarlett verzagt, überhaupt nie etwas miteinander zu schaffen gehabt. Nun, wenn er es so wollte, auch diese Rolle vermochte sie zu spielen.

»Alles in Ordnung?« wiederholte sie. »Sind die neuen Schindeln für den Laden da? Bist du die Maultiere auf gute Art losgeworden? Um Himmels willen, Rhett, nimm die Federn vom Hut, du siehst ganz närrisch damit aus und gehst womöglich noch damit in die Stadt, weil du nicht daran denkst, sie herunterzunehmen.«

»Nein«, rief Bonnie und griff abwehrend nach dem Hut ihres Vaters.

»Hier ist alles in schönster Ordnung«, antwortete Rhett. »Bonnie und ich haben uns gut miteinander vertragen. Ihr Haar ist wohl kaum gekämmt worden, seitdem du fort bist. Nicht an den Federn lutschen, Liebling, es könnte Schmutz daran sein! Ja, die Schindeln sind gedeckt, und für die Maultiere habe ich einen guten Preis bekommen. Nein, etwas Neues ist nicht geschehen. Alles geht seinen langweiligen Gang.«

Dann fügte er noch hinzu, als fiele es ihm ganz nebenher ein: »Der ehrenwerte Ashley war gestern abend da. Er fragte mich, ob du wohl Lust hättest, ihm deinen Anteil an seiner Mühle und deine andere Mühle zu verkaufen.«

Scarlett hielt ihren Schaukelstuhl an und hörte auf, sich mit dem Truthahnfächer zu fächeln.

»Verkaufen? Wo in aller Welt hat denn Ashley das Geld her? Du weißt doch, sie haben nie einen Cent. Melanie gibt immer sofort aus, was er verdient.«

Rhett zuckte die Achseln. »Ich habe sie immer für eine anspruchslose kleine Person gehalten, aber ich bin ja mit den Einzelheiten des Wilkesschen Familienlebens nicht so vertraut wie du.«

Diese Stichelei erinnerte wieder an Rhetts alte Art, und Scarlett ärgerte sich.

»Lauf in den Garten, Kind«, sagte sie zu Bonnie. »Mutter will etwas mit Vater besprechen.«

»Nein«, sagte Bonnie bestimmt und kletterte auf Rhetts Schoß.

Scarlett machte ein böses Gesicht, was Bonnie in einer so verblüffenden Ähnlichkeit mit Gerald O'Hara zurückgab, daß Scarlett lachen mußte.

»Laß sie nur hier«, sagte Rhett behaglich. »Woher er das Geld hat? Wie es scheint, hat es ihm jemand geschickt, der in Rock Island unter seiner Pflege die Blattern glücklich überstanden hat. Es gibt also noch Dankbarkeit, man braucht den Glauben an die Menschheit nicht ganz aufzugeben.«

»Wer war das? Jemand Bekanntes?«

»Der Brief kam aus Washington und trug keine Unterschrift. Ashley wußte nicht recht, wer der Schreiber sein könnte. Selbstlose Leute wie Ashley tun ja so viel Gutes in der Welt, daß sie nicht alles im Gedächtnis behalten können.«

Wäre sie nicht über Ashleys unverhofften Reichtum so überrascht gewesen, sie hätte den Fehdehandschuh aufgenommen, obwohl sie auf Tara beschlossen hatte, sich nie wieder mit Rhett in einen Streit über Ashley einzulassen. Sie stand in dieser Sache doch auf allzu unsicheren Füßen, und ehe sie nicht genau wußte, woran sie mit beiden Männern war, lag ihr nichts daran, sich ausholen zu lassen.

»Er will mir die Anteile abkaufen?«

»Ja. Ich habe ihm natürlich gesagt, du dächtest nicht daran.«

»Wenn du doch meine Angelegenheiten mir selber überlassen wolltest!«

»Du trennst dich ja nicht von den Mühlen. Ich habe ihm gesagt, er wisse so gut wie ich, daß du durchaus in alles deine Nase stecken müßtest. Wenn er nun das Ganze kauft, kannst du ihm nicht mehr in alles dreinreden.«

»Du hast dich unterstanden, ihm so etwas über mich zu sagen?«

»Warum nicht? Ist es etwa nicht wahr? Ich glaube, er war ganz meiner Ansicht, aber er war natürlich zu sehr Gentleman, um es auszusprechen.«

»Gelogen ist es«, brauste Scarlett auf. »Ich verkaufe sie ihm!«

Bis zu diesem Augenblick hatte sie niemals daran gedacht, sich von den Mühlen zu trennen, und aus verschiedenen Gründen hätte sie sie gern behalten. Ihr geldlicher Wert sprach dabei noch am wenigsten mit. In den letzten Jahren hätte sie sie jederzeit für eine hohe Summe losschlagen können, aber sie hatte alle Angebote abgelehnt. Die Mühlen waren der greifbare Beweis für das, was sie ohne jede Hilfe und unter den ungünstigsten Umständen geleistet hatte. Sie war stolz auf sie und auf sich selbst. Vor allem aber wollte sie sie behalten, weil sie die einzige Möglichkeit boten, ihr noch einen Weg zu Ashley offenzulassen. Wenn sie die Mühlen aus den Händen gab, konnte sie Ashley nur noch selten sehen, unter vier Augen wohl überhaupt niemals mehr. Das aber war ihr unmöglich! Sie wußte nicht, wie er jetzt zu ihr stand und ob nicht seit jenem furchtbaren Abend von Melanies Gesellschaft seine Liebe im Gefühl tiefster Beschämung untergegangen war. Im Geschäftsbetrieb fanden sich viele Gelegenheiten, sich mit ihm zu unterhalten, ohne daß jemand auf den Gedanken kam, sie liefe ihm nach. Mit der Zeit wollte sie schon alles zurückgewinnen, was sie etwa in seinem Herzen eingebüßt hatte. Wenn sie aber die Mühlen verkaufte ...

Nein, sie hatte es nicht wollen. Aber die wenig schmeichelhafte, wenn auch völlig wahrheitsgetreue Art, in der Rhett sie Ashley dargestellt hatte, war ein Stachel, der sie nun einmal zum Entschluß trieb, Ashley solle die Mühlen haben, und zwar zu einem so niedrigen Preis, daß er gar nicht anders konnte als ihre Großzügigkeit bewundern.

»Ich verkaufe sie«, rief sie wütend. »Was sagst du dazu?«

Eine Spur von Triumph lag in Rhetts Augen, als er sich bückte, um Bonnie das Schuhband zuzubinden.

»Es wird dich noch reuen«, sagte er.

Schon jetzt reuten sie die hastigen Worte. Hätte sie sie an irgend jemand anders gerichtet, sie hätte sie widerrufen, ohne sich dessen zu schämen. Warum war sie nur damit herausgeplatzt? Mit zornig gefurchter Stirn sah sie Rhett an. Er beobachtete sie mit seinem alten wachsamen Blick wie die Katze das Mauseloch. Als er ihre finstere Miene gewahrte, lachte er, daß seine weißen Zähne blitzten. Scarlett hatte das unbestimmte Gefühl, ihm in eine Falle gegangen zu sein.

»Hast du etwa deine Finger darin?« fragte sie argwöhnisch.

»Ich?« In gespieltem Erstaunen zog er die Augenbrauen hoch. »Mich solltest du doch besser kennen. Ich tue nie in aller Welt etwas Gutes, wenn ich es irgend vermeiden kann.«

Am selben Abend noch verkaufte sie Ashley die Mühlen mit den gesamten Anteilen, die sie daran hatte. Sie machte dabei nicht einmal ein schlechtes Geschäft. Ashley schlug ihre erste, niedrige Forderung aus und hielt sich an den höchsten Preis, der ihr je dafür geboten worden war. Als sie dann den Vertrag unterschrieben hatte und die Mühlen endgültig los war, als Melanie Rhett und Ashley ein Glas Wein reichte, um den Abschluß würdig zu begehen, kam Scarlett sich so verloren vor, als habe sie eins ihrer Kinder verkauft.

Die Mühlen waren ihre Lieblinge, ihr ganzer Stolz gewesen, das Werk ihrer kleinen tatkräftigen Hände. Mit einer bescheidenen Mühle hatte sie angefangen, damals in den bösesten Tagen der Not, da Atlanta sich aus einem Trümmerhaufen mühsam emporzuringen begann. Unter Kämpfen und Listen hatte sie ihr Werk über die dunkle Zeit hinübergerettet, da die Yankees sie ständig zu berauben drohten, das Geld entwertet war und die besten Männer an die Wand gestellt wurden. Jetzt begannen die Narben sich zu schließen, neue Gebäude wuchsen überall empor, jeder Tag führte der Stadt frisches Blut zu; jetzt hatte Scarlett zwei schöne Mühlen, zwei Holzlager und ein Dutzend Maultiergespanne. Der Abschied ging ihr so nahe, als schlösse sich für immer eine Tür und trennte sie von einem Teil ihres Lebens, von einem harten und rauhen Abschnitt, an den sie mit einer solchen Befriedigung zurückdachte, daß es dem Heimweh nahekam.

Sie hatte das Geschäft aufgebaut, und nun hatte sie es verkauft. Was sie vor allem bedrückte, war die Gewißheit, daß Ashley alles wieder verlieren würde, sobald sie das Steuer nicht mehr in der Hand hielt. Ashley traute jedem und wußte selber noch immer kaum die Brettersorten zwei-zu-vier und sechs-zu-acht zu unterscheiden. Nun konnte sie ihm nicht mehr mit ihrem Rat beistehen, nur weil Rhett ihm gesagt hatte, sie habe die Neigung, ihre Nase in alles hineinzustecken.

»Der verwünschte Rhett«, dachte sie bei sich, und als sie ihn beobachtete, verstärkte sich in ihr die Überzeugung, daß er die ganze Geschichte eingefädelt habe. Wie und warum, wußte sie freilich nicht. Er sprach mit Ashley, und es fielen Worte, bei denen sie auf einmal scharf aufhorchen mußte.

»Sie werden nun wohl die Sträflinge auf der Stelle zurückschicken?« sagte er.

Die Sträflinge zurückschicken, wie kam er darauf? Rhett wußte doch ganz genau, daß die Mühlen nur bei der billigen Sträflingsarbeit Gewinn abwerfen konnten; wie kam er dazu, sich so bestimmt über Ashleys künftige Handlungsweise zu äußern?

»Ja, sie gehen sofort«, erwiderte Ashley und vermied es, Scarlett anzusehen, die wie vom Donner gerührt war.

»Hast du den Verstand verloren?« fuhr sie ihm dazwischen. »Der ganze Gewinn, der dann noch bleibt, wird für die Miete draufgehen; und was für Arbeiter sind sonst überhaupt zu bekommen?«

»Ich stelle freie Schwarze ein«, sagte Ashley.

»Freie Schwarze? Dummes Zeug! Du weißt doch, was für hohe Löhne die kosten! Außerdem hast du dann keine Minute Ruhe vor den Yankees, die dir auf die Finger sehen, ob du den Leuten auch dreimal täglich Huhn zu essen gibst und sie unter Daunen schlafen läßt. Ziehst du aber einem Drückeberger mal ein paar über, dann gibt es Geschrei, daß es von hier bis Dalton zu hören ist, und du endest im Gefängnis. Sträflinge sind die einzigen ...«

Melanie blickte in den Schoß auf ihre ineinandergekrampften Hände. Ashley machte ein unglückliches, aber fest entschlossenes Gesicht. Einen Augenblick schwieg er. Dann tauschte er mit Rhett einen Blick, und es war, als fände er in Rhetts Augen Verständnis und Ermutigung. Es entging Scarlett nicht.

»Ich arbeite nicht mit Sträflingen, Scarlett«, sagte er ruhig.

»Sieh mal an!« Ihr stockte der Atem. »Warum denn nicht, wenn ich fragen darf? Hast du etwa Angst, man könnte über dich herziehen wie über mich?«

Ashley hob den Kopf.

»Davor fürchte ich mich nicht, solange ich im Recht bin. Aber Sträflingsarbeit ist ein Unrecht, davon war ich immer überzeugt.«

»Und warum?«

»Aus der Zwangsarbeit und dem Elend anderer Menschen Nutzen schlagen, das kann ich nicht.«

»Aber du hast doch Sklaven gehalten.«

»Die haben nicht im Elend gelebt. Außerdem hätte ich sie nach Vaters Tode alle freigelassen, wenn sie nicht schon durch den Krieg befreit worden wären. Aber dies ist etwas anderes. Mit der Zwangsarbeit kann allzuviel Mißbrauch getrieben werden. Vielleicht weißt du es nicht, ich aber weiß es. Ich weiß, daß Johnnie Gallegher mindestens einen Mann in seinem Holzlager auf dem Gewissen hat, vielleicht sogar mehrere. Wem liegt denn was an einem Sträfling? Er behauptet, der Mann sei auf einem Fluchtversuch umgekommen, aber von anderen habe ich es anders gehört. Ich weiß auch, daß er die Leute arbeiten läßt, wenn sie krank sind. Nenne es Aberglauben, wenn du willst, aber Geld, das aus dem Leiden anderer Menschen stammt, kann kein Glück bringen.«

»Heiliger Strohsack! Das heißt also ... du liebe Zeit, Ashley, dir ist doch nicht in den Kopf gestiegen, was Pastor Wallace von der Kanzel gegen unsauberes Geld gewettert hat?«

»Das war gar nicht nötig, es war schon längst meine eigene Auffassung.«

»Dann mußt du ja all mein Geld unsauber nennen«, ereiferte Scarlett sich. »Ich habe mit Sträflingen gearbeitet, ich bin Eigentümer einer Kneipe ...« Sie brach ab, und Wilkes waren beide verlegen. Rhett grinste über das ganze Gesicht. Scarlett verwünschte ihn inbrünstig. »Jetzt denkt er, ich stecke wieder einmal meine Nase in fremde Angelegenheiten, und Ashley denkt genauso. Könnte ich doch den beiden die Schädel zusammenschlagen!« Sie schluckte ihren Grimm herunter und suchte eine würdevoll überlegene Miene anzunehmen, aber ohne viel Erfolg.

»Mir kann es ja gleich sein«, sagte sie.

»Scarlett, denk nicht, daß ich dir Vorwürfe mache. Das tue ich nicht! Wir sehen nun einmal die Dinge verschieden an, und was du für gut hältst, braucht nicht auch für mich gut zu sein.«

Plötzlich verspürte sie ein heißes Verlangen, Rhett und Melanie bis ans Ende der Welt verschwinden zu sehen und mit ihm allein zu sein. Dann könnte sie ihm zurufen: »Ich will doch genauso denken wie du! Sag mir nur, wie du es meinst, damit ich es begreife und sein kann wie du!«

Aber vor Melanie, der der Auftritt unbeschreiblich peinlich war, und vor Rhett, der sie aus der Tiefe seines Lehnstuhles angrinste, konnte sie nur mit soviel Kühle und soviel gekränkter Unschuld als möglich zu ihm sagen: »Selbstverständlich, es ist dein Geschäft, Ashley, und ich denke nicht daran, dir dreinzureden. Aber das muß ich sagen, verstehen kann ich deine Auffassung nicht.«

Ach, wären sie doch nur allein, dann brauchte sie nicht noch kühle Worte, die ihn unglücklich machten, zu ihm zu sprechen!

»Ich habe dich gekränkt, Scarlett, und das wollte ich nicht. Verzeih mir. Ich habe gar nichts andeuten wollen. Ich glaube nur, daß auf gewisse Weise erworbenes Geld kein Glück bringt.«

»Da irrst du dich!« Sie konnte sich nicht länger beherrschen. »Sieh mich doch an. Du weißt, wie ich zu Geld gekommen bin, du weißt, wie es um uns stand, ehe ich Geld verdiente. Du erinnerst dich des Winters auf Tara, als es so kalt war und wir die Teppiche zerschnitten, um Sohlen daraus zu machen, und nicht genug zu essen hatten und uns den Kopf zerbrachen, wie wir Beau und Wade eine gute Erziehung verschaffen sollten. Du erinnerst dich ...«

»Ich erinnere mich«, sagte Ashley müde, »aber lieber vergäße ich es.«

»Du kannst doch nicht behaupten, daß jemand von uns damals glücklich war? Und jetzt? Du hast dein gemütliches Heim und eine gesicherte Zukunft, und wer wohnt so hübsch wie ich? Wer zieht sich so gut an, wer hat so schöne Pferde? Ich führe ein großes Haus, man speist elegant bei mir, meine Kinder haben alles, was sie brauchen. Wie bin ich denn zu all dem Gelde gekommen, das mir das ermöglicht hat? Habe ich es vom Baume geschüttelt? O nein! Sträflinge, Kneipenverpachtung ...«

»Und vergiß auch nicht den ermordeten Yankee«, warf Rhett sanft ein. »Er hat dich zuerst auf die Füße gestellt.«

Scarlett fuhr herum, Zornesworte auf den Lippen.

»Und das Geld hat dich sehr, sehr glücklich gemacht, nicht wahr, mein Herz?« fragte er mit giftig süßem Ton.

Scarlett blieb der Mund offenstehen, sie schaute von einem zum andern. Melanie weinte fast vor Verlegenheit, Ashley war auf einmal blaß und in sich zurückgezogen, und Rhett betrachtete sie über die Zigarre hinweg mit sachlichem Vergnügen. Sie setzte an zu dem Ausruf: »Natürlich, wie sollte es mich nicht glücklich gemacht haben!«

Aber merkwürdig, sie brachte kein Wort über die Lippen.

LVIII

In diesen Wochen nahm Scarlett an Rhett eine Veränderung wahr und wußte nicht recht, ob sie ihr eigentlich gefiel. Er war nüchtern und ruhig und offenbar mit seinen Gedanken ganz woanders. Er kam viel öfter zum Abendessen nach Hause als sonst, behandelte die Dienstboten freundlicher und beschäftigte sich liebevoller auch mit Wade und Ella. Nie spielte er auf Vergangenes an, Erfreuliches oder Unerfreuliches, und wartete anscheinend im stillen ab, ob sie sich daran wagen wolle oder nicht. Scarlett aber hütete ihre Zunge. Es war so viel leichter, sich mit dem erträglichen Heute abzufinden, und das Leben verlief äußerlich ruhig und glatt. Die unpersönliche Höflichkeit, mit der er sie während ihrer Genesungszeit behandelt hatte, behielt er bei und verzichtete darauf, ihr hin und wieder in sanften Tönen einen Stich zu versetzen und ihr mit seinem Spott weh zu tun. Jetzt ging ihr auf, daß er sie früher zwar mit seinen boshaften Glossen oft in Wut gebracht und zu hitzigen Ausfällen angestiftet, zugleich aber doch damit bewiesen hatte, daß ihm an dem, was sie sagte und tat, gelegen war. Sie fragte sich, ob ihm das nun alles ganz gleichgültig geworden sei. Er war höflich, aber ohne jedes Interesse, und sie vermißte seine Anteilnahme, auch wo sie boshaft gewesen war, sie vermißte die alten scharfen Wortgefechte auf Hieb und Stich.

Er war jetzt fast so zuvorkommend gegen sie wie gegen eine Fremde. Wie seine Augen früher ihr gefolgt waren, so folgten sie jetzt Bonnie, als sei der wilde Strom seines Lebens in einen einzigen engen Kanal abgelenkt worden. Manchmal meinte Scarlett, das Leben hätte ganz anders ausfallen können, wenn Rhett ihr nur halb soviel Zärtlichkeiten gegönnt hätte wie Bonnie. Manchmal fiel es ihr schwer zu lächeln, wenn die Leute sagten: »Wie er doch das Kind vergöttert!« Lächelte sie aber nicht, so erregte sie Anstoß, und auch sie selber gestand sich nicht gern ein, auf ein kleines Mädchen, und nun gar auf ihre leibhaftige Lieblingstochter eifersüchtig zu sein. Scarlett wollte immer in den Herzen ihrer Nächsten die Erste sein, und jetzt kam es zutage, daß Rhett und Bonnie einander auf alle Zeiten die liebsten waren.

Rhett kam abends oft spät, aber immer nüchtern nach Hause. Oft hörte sie ihn leise vor sich hin pfeifen, wenn er an ihrer geschlossenen Tür vorbeiging. Manchmal kamen Herren mit ihm spät nach Hause, saßen im Eßzimmer um die Schnapskaraffe und unterhielten sich. Es waren nicht mehr dieselben wie in den ersten Jahren ihrer Ehe. Keine reichen Schieber, Gesinnungslumpen und Republikaner kamen mehr ins Haus. Scarlett schlich manchmal auf Zehenspitzen ans Treppengeländer, horchte hinunter und hörte zu ihrer höchsten Verwunderung die Stimmen René Picards, Hugh Elsings, der Simmons oder Andy Bonnells. Großpapa Merriwether und Onkel Henry waren jedesmal dabei. Einmal hörte sie zu ihrem Erstaunen sogar Dr. Meade. Und früher hatten alle diese Herren den Galgen noch zu gut für Rhett gefunden!

Für sie war dieser Kreis für immer mit Franks Tode verknüpft, und Rhetts spätes Heimkommen gemahnte sie lebhaft an die Zeiten vor der Unternehmung des Klans, bei der Frank umgekommen war. Voller Grauen gedachte sie der Bemerkung Rhetts, er wolle sogar ihrem verdammten Klan beitreten, um ein ehrbarer Bürger zu werden, wenn er auch hoffe, Gott werde ihm eine so schwere Buße ersparen. Wenn er nun auch wie Frank ...?

Eines Abends blieb er noch länger aus als sonst, und sie ertrug die Spannung nicht länger. Als sie seinen Schlüssel im Schloß vernahm, warf sie sich den Schlafrock um, ging in den mit Gas beleuchteten oberen Flur und fing ihn an der Treppe ab. Er war in Gedanken vertieft und machte ein überraschtes Gesicht, als er sie da vor sich stehen sah.

»Rhett, ich muß es wissen! Ich muß wissen, ob du ... ob es wegen des Klans ist, daß du so spät kommst? Gehörst du ...?«

In dem grellen Gaslicht schaute er sie gleichmütig an und lächelte.

»Du bist hinter der Zeit zurück«, sagte er. »In Atlanta gibt es keinen Klan mehr, und wahrscheinlich in ganz Georgia nicht. Du glaubst wohl den Greuelmärchen über den Klan immer noch, die dir deine Freunde unter den Schiebern aufbinden?«

»Keinen Klan mehr? Lügst du das, um mich zu beruhigen?«

»Mein Kind, wann hätte ich dich je beruhigen wollen? Nein, es gibt keinen Klan mehr, denn wir sind zu der Ansicht gekommen, daß er mehr Schaden als Gutes stiftete, weil er die Yankees immer von neuem aufhetzte und Wasser auf die Greuelmühle Seiner Exzellenz des Gouverneurs war. Er weiß, daß er nur so lange an der Macht bleibt, wie er die Bundesregierung und die Yankeezeitungen davon überzeugt, daß in Georgia der Aufruhr gärt und hinter jedem Busch ein Mitglied des Klans auf der Lauer liegt. Um sich zu halten, fabriziert er daher mit aller Gewalt Greuelmärchen, Geschichten, die nie geschehen sind, von getreuen Republikanern, die an den Daumen aufgehängt, und von ehrbaren Schwarzen, die wegen Vergewaltigungen gelyncht worden seien. Er schießt nach einem Ziel, das gar nicht vorhanden ist, und weiß es auch. Vielen Dank für deine Besorgnis, aber der Klan hat seine Tätigkeit schon sehr bald eingestellt, nachdem ich aus einem Konjunkturritter zu einem bescheidenen Demokraten geworden bin.«

Was er von Gouverneur Bullock sagte, ging ihr zum größten Teil zum einen Ohr hinein und zum andern wieder heraus. Sie war ganz erfüllt von der Nachricht, daß es keinen Klan mehr gäbe. Rhett konnte nun nicht mehr umkommen, wie Frank umgekommen war, der Laden und sein Vermögen konnten nicht mehr verlorengehen. Aber eines seiner Worte war ihr vor allem aufgefallen. »Wir«, hatte er gesagt und sich ganz unbefangen mit denen zusammen genannt, die er früher als »die alte Garde« bezeichnet hatte.

»Rhett«, fragte sie plötzlich, »hast du mit der Auflösung des Klans etwas zu schaffen?«

Er schaute sie lange an. »Ja, Kind. Ashley Wilkes und ich tragen die Hauptverantwortung dafür.«

»Ashley ... und du?«

»Ja, die Politik führt seltsame Schlafgenossen zusammen. Weder Ashley noch ich legen besonderen Wert darauf, Schlafgenossen zu sein, aber so ist es nun einmal. Er hat nie an den Klan geglaubt, weil er überhaupt gegen Gewalttaten ist; ich habe nie daran geglaubt, weil ich ihn für eine Dummheit und für ein völlig verfehltes Mittel hielt, das zu erreichen, was wir wollten. Mit ihm hätten wir nur erreicht, daß uns die Yankees bis zum Jüngsten Tag an der Kehle gesessen hätten. Ashley und ich haben gemeinsam die Brauseköpfe überzeugt, daß wir besser fahren, wenn wir die Augen offenhalten, warten und arbeiten, als wenn wir in Nachthemden mit Feuerkreuzen herumziehen.«

»Du willst doch damit nicht sagen, daß die Männer wirklich auf dich gehört haben, auf dich, der du ...«

»Ein Spekulant warst? Ein Gesinnungslump, der mit den Yankees zusammensteckte? Sie vergessen, Mrs. Butler, daß ich jetzt ein angesehener Demokrat bin und geschworen habe, unseren geliebten Staat bis zum letzten Blutstropfen gegen die Räuberbande zu verteidigen. Mein Rat war gut. Sie haben darauf gehört. Mein Rat in anderen politischen Fragen war gleichfalls gut. Wir haben doch jetzt eine demokratische Mehrheit im Parlament, nicht wahr? Und bald, mein Kind, bringen wir auch ein paar von unseren guten Republikanerfreunden vor Gericht. Sie sind ein bißchen zu raubgierig geworden und gehen gar zu offen vor.«

»Du bringst sie ins Gefängnis? Aber es sind doch unsere Freunde! Sie haben dich doch an dem Geschäft mit den Eisenbahnpapieren beteiligt, das dir Tausende eingebracht hat!«

Da grinste Rhett wieder auf seine alte, spöttische Art.

»Oh, ich hege keinen Groll gegen sie, aber ich stehe jetzt auf der anderen Seite, und wenn ich etwas dazutun kann, sie dahin zu bringen, wohin sie gehören, so geschieht es, und es wird meinen Ruf nur heben! Ich kenne gerade genug von diesen Transaktionen und weiß, wie sie von innen aussehen, um dem Parlament, falls es in all das einmal hineinleuchten will, von großem Nutzen sein zu können, und das wird bald geschehen, sollte ich meinen, wenn ich mir die gegenwärtige Lage ansehe. Nach Möglichkeit werden sie auch dem Gouverneur eine Untersuchung anhängen und ihn ins Gefängnis stecken. Sag lieber deinen guten Freunden Gelerts und Hundons, sie möchten sich bereit halten, auf Abruf die Stadt schleunigst zu verlassen. Wenn man den Gouverneur faßt, faßt man sie auch.«

Zu viele Jahre hatten die Republikaner mit Hilfe der Militärmacht Georgia drangsaliert, als daß Scarlett Rhetts hingeworfenen Worten hätte glauben können. Der Gouverneur hatte eine zu feste Stellung, ihm konnte kein Parlament etwas anhaben.

»Was du nicht alles redest!« bemerkte sie.

»Wenn er nicht ins Gefängnis kommt, so wird er doch jedenfalls nicht wiedergewählt. Nächstes Mal bekommen wir zur Abwechslung eine demokratische Regierung.«

»Und dabei willst du am Ende mitwirken?« fragte sie spöttisch.

»Freilich, mein Herz, will ich das, ich tue es jetzt schon. Deshalb komme ich abends so spät nach Hause. Ich arbeite schwerer, als ich je mit der Schaufel während des ›Goldrush‹ gearbeitet habe, um die Wahl zu organisieren. Und das wird Sie nun weiter wurmen, Mrs. Butler, ich steuere auch eine Menge Geld dazu bei. Weißt du noch, als du mir vor Jahren einmal in Franks Laden sagtest, es sei unredlich von mir, das Gold der Konföderierten zu behalten? Wir sind endlich einer Meinung; das Gold der Konföderierten wird nun ausgegeben, und zwar um die Konföderierten wieder an die Macht zu bringen.«

»Was, du wirfst dein Geld in ein Rattenloch?«

»Du nennst die demokratische Partei ein Rattenloch?« Seine Augen lachten sie aus, aber dann wurden sie wieder ruhig und ausdruckslos. »Es ist mir völlig gleichgültig, wer in der Wahl siegt. Das einzige, worauf es mir ankommt, ist, daß alle wissen, ich habe dafür gearbeitet und Geld ausgegeben, das kommt dann Bonnie auf Jahre hinaus zugute.«

»Fast hatte ich schon Angst, du leistetest dir jetzt eine Gesinnung. Aber nun sehe ich ein, daß du bei den Demokraten nicht aufrichtiger bist als überall sonst.«

»Keine Gesinnung, nur eine neue Haut. Wenn du dem Leoparden all seine Flecken abwäschst, er bleibt doch ein Leopard.«

Von den Stimmen auf dem Flur war Bonnie aufgewacht und rief schläfrig, aber gebieterisch: »Papi!« Rhett ging und ließ Scarlett stehen.

»Rhett, einen Augenblick! Ich wollte dir noch etwas sagen. Du darfst Bonnie nicht mehr nachmittags in politische Versammlungen mitnehmen. Wie sieht das aus! Ein kleines Mädchen in solchen Lokalen! Du machst dich damit lächerlich. Ich hatte keine Ahnung, bis Onkel Henry einmal davon sprach, in der Annahme, ich wüßte es.«

Rhett fuhr herum, sein Gesicht war hart.

»Wie kannst du ein Unrecht darin sehen, daß ein kleines Mädchen bei seinem Vater auf dem Schoß sitzt, wenn er sich mit Freunden unterhält? Du magst es albern finden. Es ist aber durchaus nicht albern. Daran denken die Leute noch jahrelang, daß Bonnie auf meinem Schoß gesessen hat, während ich die Republikaner aus dem Staat habe verjagen helfen. Jahrelang werden sich die Leute daran erinnern.« Die Härte schwand wieder aus seinem Gesicht, ein spöttischer Funke tanzte in seinen Augen.

»Weißt du auch, was sie antwortet, wenn man sie fragt, wen sie am liebsten hat? ›Papi und die Demikaten.‹ Und wen sie am meisten haßt: ›Die Sinnungslumpen.‹ Gott sei Dank, so etwas behalten die Leute.«

»Dann sagst du ihr womöglich auch, ich sei ein Gesinnungslump!« rief Scarlett ärgerlich.

»Papi«, rief das Stimmchen jetzt schon böse, und Rhett ging lachend den Flur hinunter zu seiner Tochter.

Im Oktober trat Gouverneur Bullock zurück und floh aus Georgia. Der Mißbrauch öffentlicher Gelder, die Verschwendung, die Korruption hatten unter seiner Verwaltung einen solchen Umfang angenommen, daß das Gebäude von selbst aus dem Gleichgewicht kam und zusammenstürzte. Sogar seine eigene Partei war gespalten, so groß war die allgemeine Empörung. Die Demokraten hatten jetzt die Majorität im Parlament, und das konnte nur eins bedeuten. Bullock wußte, daß ihm eine Untersuchung drohte, bei der mancherlei ans Licht kommen mußte, und wartete sie nicht ab. Heimlich machte er sich in aller Eile aus dem Staube und sorgte dafür, daß sein Rücktritt erst bekannt wurde, als er sicher im Norden saß.

Als acht Tage nach seiner Flucht sein Rücktritt bekanntgegeben wurde, herrschte in Atlanta die freudigste Erregung. Auf den Straßen drängte sich die Menschenmenge, die Männer schüttelten einander lachend die Hände und wünschten sich Glück. Damen fielen einander um den Hals und weinten. Überall wurden zur Feier des Ereignisses Gesellschaften gegeben. Die Feuerwehr hatte alle Hände voll zu tun, die um sich greifenden Freudenfeuer der jubelnden kleinen Jungen zu löschen.

Aus dem Gröbsten war man heraus. Mit dem »Wiederaufbau« war es nun bald vorbei. Allerdings war der stellvertretende Gouverneur ebenfalls ein Republikaner, aber im Dezember war Neuwahl, und an dem Ergebnis bestand nirgends ein Zweifel. Als es dann soweit war, bekam Georgia trotz der verzweifelten Anstrengungen der Republikaner wieder seinen demokratischen Gouverneur.

Die freudige Aufregung war allgemein, aber die Stimmung war doch noch anders als nach Bullocks Flucht. Es war eine vernünftigere, herzlichere Freude, ein Dankgefühl in tiefster Seele. Die Kirchen waren überfüllt, als die Geistlichen Gott in Ehrfurcht für die Befreiung des Staates dankten. Auch Stolz mischte sich in das freudige Hochgefühl, Stolz darauf, daß Georgia den Seinen wiedergegeben war, trotz aller Ränke der Regierung in Washington, trotz der Armee, der Schieber, der Gesinnungslumpen und Republikaner.

Siebenmal hatte der Kongreß drakonische Gesetze gegen den Staat verabschiedet, die ihn in dem Zustand einer eroberten Provinz erhalten sollten, dreimal hatte die Armee alle bürgerlichen Rechte außer Kraft gesetzt. Die Neger hatten sich im Parlament gute Tage gemacht, habgierige Leute von außerhalb hatten den Staat heruntergewirtschaftet, Privatpersonen hatten sich an öffentlichen Geldern bereichert. Quälereien und Gewalttaten aller Art hatte der Staat erlitten und sich hilflos mit Füßen treten lassen müssen. Aber trotz allem war Georgia aus eigener Kraft nun wieder zu sich selbst gekommen.

Nicht jeder freute sich des plötzlichen Umschwungs. In den Reihen der Emporkömmlinge herrschte Bestürzung. Gelerts und Hundons hatten offenbar von Bullocks Flucht Wind bekommen, ehe sein Rücktritt bekannt wurde, und die Stadt schleunigst verlassen. Sie waren wieder in das Nichts verschwunden, aus dem sie aufgetaucht waren. Ihre Spießgesellen, die in Atlanta zurückblieben, wurden ängstlich und unsicher und hockten zusammen, um einander zu beruhigen in der Sorge, was wohl bei den bevorstehenden Untersuchungen alles über ihre eigenen Privatangelegenheiten ans Licht kommen würde. Jetzt waren sie nicht mehr unverschämt, sondern bestürzt, ratlos und bange. Die Damen, die Scarlett besuchten, sagten immer wieder:

»Wer hätte das gedacht? Wir hatten den Gouverneur doch für zu mächtig gehalten. Wir glaubten, er würde ewig bleiben. Wir meinten ...«

Scarlett war nicht minder betroffen von der Wendung der Dinge, obwohl Rhett ihr vorausgesagt hatte, wohin die Ereignisse steuerten. Sie war nicht etwa traurig darüber, daß Bullock weg war und die Demokraten wiederkamen. Wenn es ihr auch niemand glaubte, so freute sie sich doch grimmig darüber, daß das Yankeeregiment endlich zusammengebrochen war. Ihre Nöte aus den ersten Zeiten der Nachkriegsjahre waren ihr noch sehr frisch im Gedächtnis, ihre Sorge, Geld und Eigentum durch die Soldaten und die Schieber zu verlieren. Sie dachte an ihre Hilflosigkeit und all die Ängste zurück, die sie hatte ausstehen müssen, an ihren Haß gegen die Yankees, die dem Süden dieses harte Joch auferlegt hatten. Nie hatte sie aufgehört, sie zu hassen. Aber in dem Bestreben, zu retten, was zu retten war und vollständig sicherzugehen, hatte sie sich zu den Eroberern geschlagen, einerlei, wie sehr sie ihr zuwider waren. Sie hatte sie in ihren Kreis gezogen und sich von ihren alten Freunden und alten Lebensgewohnheiten losgesagt. Nun war es plötzlich mit der Macht der Sieger vorbei. Sie hatte alles auf das Fortbestehen des Bullockschen Regimes gesetzt und hatte verloren.

Als sie Weihnachten 1871 um sich schaute, in der glücklichsten Weihnachtszeit, die die Stadt seit zehn Jahren erlebt hatte, machte sie sich schwere Sorgen. Sie sah, daß Rhett, einst einer der verhaßtesten Männer von Atlanta, jetzt zu den beliebtesten zählte. Er hatte seine republikanischen Ketzereien in

Demut widerrufen und seine Zeit, sein Geld, seine Arbeitskraft und seine Gaben dafür eingesetzt, Georgia wieder aufzurichten. Wenn er lächelnd durch die Straßen ritt und an seinen Hut tippte, vor ihm auf dem Sattel das kleine Bündelchen Bonnie, wurde sein Gruß überall erwidert, und warme Worte und Blicke gaben ihm und dem kleinen Mädchen das Geleit. Sie aber, Scarlett ...

LIX

KEIN ZWEIFEL, BONNIE BUTLER WAR EIN WILDFANG UND BRAUCHTE eine feste Hand. Darüber waren sich alle einig, aber niemand hatte das Herz, dem allgemeinen Liebling die nötige Strenge angedeihen zu lassen. Schon in den Monaten, da sie mit ihrem Vater auf Reisen war, war sie ganz außer Rand und Band geraten. Während des Aufenthaltes in New Orleans und Charleston hatte Rhett ihr erlaubt, so lange aufzubleiben, wie sie wollte, und im Theater, im Restaurant und beim Kartenspiel war sie dann auf seinem Schoß eingeschlafen. Später konnte sie nur noch mit Gewalt zur gleichen Zeit wie die gehorsamere Ella zu Bett gebracht werden. Solange sie mit Rhett auf Reisen war, hatte sie auch alles anziehen dürfen, was ihr gerade gefiel, und seitdem bekam sie einen Wutanfall, wenn Mammy sie in Barchentkleider und Schürzen stecken wollte statt in blauen Taft und Spitzen.

Anscheinend war kaum nachzuholen, was auf Reisen und später während Scarletts Krankheit und Abwesenheit versäumt worden war. Als Bonnie größer wurde, suchte Scarlett sie an Zucht zu gewöhnen, denn ihr Eigenwille nahm überhand – aber ohne viel Erfolg. Rhett trat immer für das Kind ein, einerlei, wie sinnlos ihr Begehren, wie ungezogen ihr Betragen sein mochte. Er ermunterte sie zum Reden und behandelte sie wie eine Erwachsene, hörte ernsthaft zu, wenn sie ihre Meinung sagte, und tat, als richte er sich danach. Die Folge davon war, daß Bonnie andere Leute unterbrach, wenn es ihr paßte, daß sie ihrem Vater widersprach und ihn zurechtwies. Er lachte nur und erlaubte nicht einmal, daß Scarlett dem Mädchen zur Strafe einen Klaps auf die Hand gab.

»Wäre sie nicht ein so süßes Ding, sie wäre einfach unmöglich«, dachte Scarlett wehmütig und merkte, daß ihr Kind ihr an Willenskraft nicht nachstand. »Sie vergöttert Rhett. Ihm zuliebe würde sie sich schon besser aufführen, wenn er sie nur dazu anhalten wollte.«

Aber Rhett zeigte keinerlei Neigung, Bonnie zu erziehen. Was sie auch tat, sie bekam recht, und hätte sie nach dem Mond verlangt, er hätte ihn ihr womöglich vom Himmel heruntergeholt. Sein Stolz auf ihre Schönheit, ihre

Locken, ihre Grübchen, ihre anmutigen kleinen Bewegungen kannte keine Grenzen. Er liebte ihre Schlagfertigkeit, ihr Temperament und die putzige Art, mit der sie ihm ihre Liebe bezeigte. Bei allem Eigensinn war sie so reizend, daß er nicht das Herz hatte, ihren Willen zu beugen. Er war ihr Gott, der Mittelpunkt ihrer kleinen Welt, und das wollte er durch Ermahnungen nicht aufs Spiel setzen.

Sie hing an ihm wie sein Schatten. Sie weckte ihn morgens früher, als ihm lieb war, saß neben ihm beim Frühstück und aß abwechselnd von seinem und von ihrem Teller, sie ritt vor ihm auf dem Sattel und erlaubte niemand anderem als Rhett, sie auszuziehen und in ihr Bettchen neben dem seinen zu legen.

Belustigt und gerührt sah Scarlett, wie das kleine Kind seinen Vater mit eiserner Hand regierte. Wer hätte gedacht, daß gerade Rhett es mit seinen Vaterpflichten so ernst nehmen würde? Aber oftmals durchzuckte es sie doch wie Eifersucht, weil Bonnie mit ihren vier Jahren Rhett besser verstand, als sie ihn je verstanden hatte, und besser mit ihm fertig wurde, als es ihr je gelungen war.

Als Bonnie vier Jahre alt war, fand Mammy es höchst unschicklich, daß ein kleines Mädchen im Herrensitz vor ihrem Pa im Sattel saß und das Kleid ihr in die Luft flog. Rhett ließ es sich gesagt sein wie alles, was Mammy über die richtige Erziehung kleiner Mädchen zu sagen wußte, und das Ergebnis war ein kleines, braun und weiß geflecktes Shetland-Pony mit langer, seidiger Mähne und ebensolchem Schwanz, samt einem zierlichen Damensättelchen mit silbernem Beschlag. Angeblich sollte das Pony allen drei Kindern gehören, und Rhett kaufte auch einen Sattel für Wade, aber Wade hatte seinen Bernhardiner viel lieber, und Ella hatte vor allen Tieren Angst. Das Pony war also Bonnies Eigentum und bekam den Namen »Mr. Butler«. Bonnies Besitzerstolz wurde einzig dadurch getrübt, daß sie nicht mehr rittlings wie ihr Vater sitzen durfte. Als er ihr aber auseinandersetzte, wieviel schwerer es sei, im Damensattel zu reiten, gab sie sich zufrieden und lernte es rasch. Rhett war ungemein stolz auf ihren guten Sitz und ihre leichte Hand.

»Warte nur, bis sie groß genug für die Jagd ist«, prahlte er, »dann kommt ihr auf keinem Gelände jemand gleich. Dann nehme ich sie mit nach Virginia. Dort gibt es richtige Jagden, und nach Kentucky, wo man gute Reiter zu würdigen weiß.«

Als sie ihr Reitkleid bekommen sollte, blieb ihr, wie gewöhnlich, die Wahl der Farbe überlassen, und wie gewöhnlich wählte sie Blau.

»Aber Liebling, nicht den blauen Samt! Der ist für ein Abendkleid für mich«, lachte Scarlett. »Kleine Mädchen tragen hübsches schwarzes Tuch zum Reiten.« Als sie die kleinen Brauen sich furchen sah, wandte sie sich an

Rhett. »Um Himmels willen, sag ihr doch, daß es nicht geht, der Samt wird ja so leicht schmutzig.«

»Ach, laß ihr doch den blauen Samt. Wenn er schmutzig ist, bekommt sie ein neues Kleid«, sagte Rhett gemütlich.

So kam Bonnie zu einem blausamtenen Reitkleid, dessen Rock dem Pony über die Flanke herabhing. Dazu trug sie einen schwarzen Hut mit roter Straußenfeder, weil Tante Mellys Geschichten von Job Stuart und seiner Feder auf dem Hut es ihr angetan hatten. An klaren, sonnigen Tagen ritten die beiden miteinander die Pfirsichstraße entlang, und Rhett zügelte seinen schweren Rappen, daß er mit dem fetten Pony Schritt hielt. Manchmal galoppierten sie zusammen durch die stillen Straßen der Stadt und scheuchten Hühner, Hunde und Kinder auf. Bonnies wirre Locken flogen, sie gab Mr. Butler die Peitsche, Rhett hielt sein Pferd mit fester Hand zurück, und Mr. Butler gewann das Rennen.

Als Rhett ihres Sitzes, ihrer Zügelhaltung und ihrer unbedingten Furchtlosigkeit sicher war, fand er es an der Zeit, daß sie springen lerne, wenn auch nur in den Grenzen, die Mr. Butlers kurze Beine erlaubten. Zu diesem Zweck errichtete er im Hintergarten eine Hürde und zahlte Wash, Onkel Peters kleinem Neffen, fünfundzwanzig Cents den Tag mit dem Auftrag, Mr. Butler das Springen beizubringen. Er fing mit einer Stange zwei Zoll über dem Fußboden an und brachte es schließlich zu einem ein Fuß hohen Sprung.

Diese Regelung mißfiel allen drei Beteiligten, Wash, Mr. Butler und Bonnie. Wash hatte Angst vor Pferden, und nur die fürstliche Bezahlung konnte ihn dazu bewegen, unzählige Male am Tage das störrische Pony über die Stange zu hetzen; Mr. Butler, der sich zwar geduldig von seiner kleinen Herrin am Schwanz ziehen und unaufhörlich die Hufe untersuchen ließ fand doch, der Schöpfer der Ponys habe ihn nicht dazu bestimmt, mit seinem fetten Bauch über eine Stange zu setzen. Bonnie endlich duldete überhaupt nicht gern jemand anderen auf ihrem Pony und zappelte vor Ungeduld, während Mr. Butler Unterricht hatte.

Als Rhett endlich entschied, nun sei das Pony ausreichend geschult und Bonnie könne ihm anvertraut werden, war das Kind über alle Maßen aufgeregt. Gleich beim erstenmal setzte es mit fliegenden Fahnen über die Hürde, und von nun an hatte das Ausreiten mit ihrem Vater für sie keinen Reiz mehr. Scarlett mußte über den Stolz und über die Begeisterung von Vater und Tochter lachen. Sie meinte aber, wenn der Reiz der Neuheit vorüber sei, würde Bonnie sich schon wieder anderen Dingen zuwenden und die Nachbarn ihre Ruhe haben. Doch das Spiel behielt seinen Reiz. Von der Laube ganz hinten im Hintergarten bis an die Hürde lief schon eine kahle Spur, und den ganzen Morgen hallte der Garten wider von Bonnies wildem Geschrei. Großpapa

Merriwether, der 1849 über Utah nach Kalifornien gegangen war, sagte, es klänge genau wie der Kriegsruf der Apachen über einen glücklich skalpierten Feind.

Nach der ersten Woche bettelte Bonnie, die Stange möchte höher gelegt werden, anderthalb Fuß von der Erde.

»Wenn du sechs Jahre alt bist«, sagte Rhett, »bist du groß genug, um höher zu springen, und ich kaufe dir ein größeres Pferd. Mr. Butlers Beine sind nicht lang genug.«

»Das sind sie doch. Ich bin über Tante Mellys Rosen gesprungen, die sind furchtbar hoch.«

»Nein, du mußt warten«, sagte Rhett diesmal sehr entschieden. Aber allmählich schwand seine Entschiedenheit vor dem unaufhörlichen Drängen des Kindes dahin.

»Dann nur zu«, sagte er eines Morgens lachend und stellte die schmale weiße Stange etwas höher. »Wenn du fällst, heul aber nicht und gib mir nicht die Schuld.«

»Mutter!« jauchzte Bonnie und schaute zu Scarletts Schlafzimmer hinauf. »Mutter! Schau her, Papi sagt, ich darf!«

Scarlett war gerade dabei, sich das Haar zu machen. Sie trat ans Fenster und blickte lächelnd auf das aufgeregte kleine Ding hinunter, das in seinem schmutzigen blauen Reitkleid höchst abenteuerlich aussah.

»Ich muß ihr wirklich ein neues machen lassen«, dachte sie. »Aber weiß der Himmel, wie ich sie dazu bringen soll, von dem alten schmutzigen zu lassen.«

»Mutter, paß auf!«

»Ich sehe ja, Kind«, erwiderte Scarlett lächelnd, und als Rhett das Kind aufhob und in den Sattel setzte, rief sie in aufwallendem Stolz über den geraden Rücken und die freie Kopfhaltung Bonnies hinunter: »Fein siehst du aus, mein Liebling!«

»Du auch«, erwiderte Bonnie großmütig, stieß Mr. Butler den Absatz in die Weiche und sprengte durch den Garten nach der Laube zu.

»Paß auf, Mutter! Jetzt nehm' ich auch diesen!« rief sie hinauf und gab Mr. Butler die Peitsche.

›Paß auf! Jetzt nehm' ich auch diesen!‹

Tief unten in Scarletts Gedächtnis schlug eine Glocke an. Die Worte hatten einen unheilverkündenden Klang. Was war das doch? Warum kam sie nicht darauf? Sie schaute auf ihre kleine Tochter herab, die so anmutig auf dem galoppierenden Pferd saß, und plötzlich zogen ihre Brauen sich zusammen, und es durchfuhr sie eiskalt. Bonnie kam herangeprescht, die krausen schwarzen Locken flogen auf, die blauen Augen leuchteten.

»Wie Pas Augen«, dachte Scarlett, »irisch blau, sie ist durch und durch wie er.«

Bei dem Gedanken an Gerald kam ihr die Erinnerung, nach der sie getastet hatte, plötzlich wieder, klar wie ein sommerlicher Blitz, der auf einen Augenblick die ganze Landschaft übernatürlich erhellt. Ihr stockte das Herz. Sie hörte eine irische Stimme singen, hörte den harten Aufschlag rascher Hufe, die die Koppel von Tara hinaufjagten, und eine verwegene Stimme, ganz wie die ihres Kindes, erschallen:

»Paß auf, Ellen! Jetzt nehm ich auch diesen!«

»Nein«, schrie sie hinunter, »nein, Bonnie, halt!« Sie hatte sich kaum zum Fenster hinausgebeugt, da gab es auch schon ein entsetzliches Krachen von splitterndem Holz, einen heiseren Schrei aus Rhetts Munde, am Boden einen Wirrwarr von blauem Samt und schlagenden Hufen. Dann kam Mr. Butler wieder auf die Beine und trabte mit leerem Sattel davon.

Am dritten Abend nach Bonnies Tode kam Mammy mühsam die Hintertreppe zu Melanie hinaufgewatschelt. Sie war ganz in Schwarz gekleidet, von den riesigen Männerschuhen an, die aufgeschlitzt waren, damit ihre Zehen sich frei bewegen konnten, bis zu dem schwarzen Kopftuch. Ihre trüben alten Augen waren blutunterlaufen und rot gerändert, jeder Zoll ihrer riesenhaften Gestalt kündete tiefstes Weh. Ihr runzeliges Gesicht hatte den schwermütig verwunderten Ausdruck eines alten Affen, aber um ihren Mund lag ein Zug fester Entschlossenheit.

Sie wechselte ein paar leise Worte mit Dilcey, die freundlich nickte, als wäre es in der alten Fehde der beiden zu einem stillschweigenden Waffenstillstand gekommen. Dilcey setzte die Schüsseln fürs Abendessen, die sie trug, nieder und ging leise durch die Anrichte ins Eßzimmer. Im nächsten Augenblick stand Melanie in der Küche, mit angstvollem Gesicht, die Serviette in der Hand.

»Miß Scarlett ist doch nicht ...?«

»Miß Scarlett trägt es wie immer«, sagte Mammy bedrückt. »Ich wollte Sie nicht beim Abendessen stören, Miß Melly, ich kann warten, bis Sie fertig sind, und Ihnen dann sagen, was ich auf dem Herzen habe.«

»Das Abendessen kann warten«, sagte Melanie. »Dilcey, trag drinnen weiter auf. Mammy, komm.«

Mammy watschelte hinter ihr her durch den Flur und das Eßzimmer, wo Ashley am oberen Ende saß, neben ihm sein kleiner Beau, der zusammen mit Scarletts Kindern ihm gegenüber ein ungeheures Geklapper mit den Suppenlöffeln vollführte. Wades und Ellas frohe Stimmen füllten das Zimmer. Für sie war es ein Fest, so lange bei Tante Melly zu Besuch sein zu dürfen. Tante Melly war immer so lieb und heute ganz besonders. Der Tod ihrer kleinen Schwester war ihnen nicht weiter nahegegangen. Bonnie war vom Pony gefallen, Mutter hatte lange geweint, und Tante Melly hatte sie mit nach Hause genommen, wo sie im Hintergarten mit Beau spielen und Teekuchen essen durften, soviel sie wollten.

Melanie ging in das mit Büchern vollgestellte kleine Wohnzimmer voran, schloß die Tür und bot Mammy einen Platz auf dem Sofa an.

»Ich wollte ohnehin gleich nach dem Abendessen hinüberkommen«, sagte sie. »Da Kapitän Butlers Mutter jetzt da ist, findet das Begräbnis wohl morgen früh statt?«

»Das Begräbnis, das ist es«, sagte Mammy. »Miß Melly, wir sind alle in schweren Sorgen, und ich wollte Sie zu Hilfe holen. Nichts wie schwere Lasten, Missis, schwere Lasten!«

»Ist Miß Scarlett zusammengebrochen?« fragte Melly ängstlich. »Ich habe sie kaum gesehen, seitdem Bonnie ... sie war immer in ihrem Zimmer, und Kapitän Butler war weg und ...«

Plötzlich flossen Mammy die Tränen über das schwarze Gesicht. Melanie setzte sich zu ihr und streichelte ihr den Arm, und bald hob auch Mammy den Saum ihres schwarzen Rockes und trocknete sich die Augen.

»Sie müssen uns zu Hilfe kommen, Miß Melly, ich habe getan, was ich konnte, aber es hat nichts genützt.«

»Miß Scarlett ...?«

Mammy richtete sich auf. »Miß Melly, Sie kennen Miß Scarlett so gut wie ich. Was das Kind aushalten muß, dazu gibt der liebe Gott ihr auch die Kraft. Dies hat ihr das Herz gebrochen, aber aushalten tut sie es. Ich komme wegen Mister Rhett.«

»Ich wollte ihn ja so gern besuchen, aber jedesmal, wenn ich hinüberkam, war er entweder in der Stadt oder hatte sich in seinem Zimmer eingeschlossen mit ... und Scarlett sah aus wie ein Geist und wollte nichts sagen ... Sprich rasch, Mammy, du weißt ja, ich helfe euch, wenn ich kann.«

Mammy wischte sich mit dem Handrücken die Nase.

»Ich sage ja, Miß Scarlett hält schon aus, was der Herr ihr schickt, sie hat schon viel ausgehalten. Aber Mister Rhett ... ach, Miß Melly, er hat nie etwas aushalten müssen, was er nicht wollte, nie das geringste, und seinetwegen wollte ich Sie sprechen ...«

»Aber ...«

»Miß Melly, Sie müssen heute abend mit nach Hause kommen.« Mammys Ton war drängend. »Vielleicht hört Mister Rhett auf Sie. Er hat immer viel darauf gegeben, was Sie sagten.«

»O Mammy, was ist denn, was meinst du eigentlich?«

Mammy straffte die Schultern.

»Miß Melly, Mister Rhett hat ... hat den Verstand verloren. Wir sollen die kleine Miß nicht wegbringen.«

»Den Verstand verloren? Ach, Mammy, nein!«

»Das ist wirklich wahr, Gott kann es bezeugen. Er will nicht erlauben, daß wir das Kind begraben. Das hat er mir selbst gesagt, noch keine Stunde ist es her.«

»Aber er kann doch nicht ... er ist doch nicht ...«

»Deshalb sage ich ja ... er hat den Verstand verloren.«

»O mein Gott!«

»Miß Melly, ich will Ihnen was erzählen. Eigentlich sollte ich es niemand erzählen, aber Sie gehören doch zu unserer Familie und sind die aller-, allereinzigste, der ich es erzählen kann. Sie wissen ja, wieviel er von dem Kind gehalten hat, so etwas habe ich nie bei einem Manne gesehen, nicht bei einem weißen und nicht bei einem schwarzen. Er sah aus, als würde er auf der Stelle wahnsinnig, als Dr. Meade sagte, das Genick ist gebrochen, und er packte sein Gewehr und lief hinaus und schoß das arme Pony tot, und bei Gott, ich dachte, sich selbst wollte er auch totschießen, und es hat mich ganz verrückt gemacht, Miß Scarlett und all die Nachbarn, die ein und aus gingen, und Mister Rhett, der sich so aufregte und immer nur das Kind festhielt und nicht einmal erlaubte, daß ich ihr das kleine Gesicht wusch, wo der Kies es zerschunden hatte, und als Miß Scarlett wieder zu sich kam, dachte ich, Gott sei Dank, nun können sie sich gegenseitig trösten.«

Wieder tropften Mammy Tränen herunter, aber diesmal wischte sie sie nicht mehr weg.

»Aber als sie wieder zu sich kam, ging sie in das Zimmer, wo er mit Miß Bonnie im Arm saß, und sagte zu ihm: ›Gib mir mein Kind wieder, du hast es auf dem Gewissen.‹«

»Aber nein! Das ist doch unmöglich!«

»Doch, Missis, das hat sie gesagt. ›Du hast es auf dem Gewissen‹, hat sie gesagt, und Mister Rhett tat mir leid, und ich fing an zu weinen, und er sah aus wie ein geprügelter Hund, und ich habe gesagt: ›Geben Sie das Kind seiner Mammy, solche Wirtschaft um meine kleine Miß will ich nicht haben.‹ Und ich habe ihm das Kind weggenommen und es in ihr Zimmer gebracht, und ihr das Gesicht gewaschen, und dann hörte ich sie reden, und beinahe ist mir das Blut erstarrt bei solchen Worten. Miß Scarlett nannte ihn Mörder, weil er es dem Kind erlaubt hatte, so hoch zu springen, und er sagte, Miß Scarlett hätte Bonnie niemals liebgehabt und überhaupt keins von den Kindern ...«

»Hör auf, Mammy! Erzähl mir nicht mehr. Es ist unrecht, daß du so redest!« fiel Melly ihr ins Wort. Ihr graute vor dem Bilde, das Mammys Worte heraufbeschworen.

»Ich weiß ja, das geht mich alles gar nichts an, und ich darf es Ihnen nicht sagen, aber das Herz ist mir zu schwer. Und dann brachte er sie selbst zum Beerdigungsunternehmer und brachte sie wieder zurück und legte sie in ihr Bett in seinem Zimmer, und als Miß Scarlett sagte, sie gehört ins Wohnzimmer in ihren Sarg, da dachte ich, Mister Rhett will sie schlagen, und er sagt ganz eiskalt: ›In mein Zimmer gehört sie.‹ Und er dreht sich zu mir und sagt: ›Mammy, du sorgst dafür, daß sie hierbleibt, bis ich wieder da bin‹, und dann jagt er zum Hause hinaus, steigt aufs Pferd und bleibt bis Sonnenuntergang weg, und als er dann zurückgejagt kommt, sehe ich ihm an, daß er getrunken hat, viel getrunken, aber läßt es sich nicht anmerken. Dann ist er drin und Hals über Kopf die Treppe hinauf, ohne ein Wort zu Miß Scarlett und Miß Pitty und den andern, die zu Besuch da waren, und reißt die Tür zu seinem Zimmer auf und schreit, ich soll herkommen, und als ich gerannt komme, so schnell ich kann, steht er vor dem Bett, und im Zimmer ist es so dunkel, daß ich ihn kaum sehen kann, denn die Läden sind zu, und er schreit mich wie ein Verrückter an: ›Mach die Läden auf, es ist ja dunkel hier drinnen!‹ Ich mache sie auf, und er sieht mich an, und bei Gott, Miß Melly, die Knie zittern mir, so unheimlich sieht er aus, und er schreit: ›Lichter her, viel Lichter, und daß sie mir ja brennen bleiben! Und schließt mir keine Läden und Jalousien zu, ihr wißt doch, Miß Bonnie ist im Dunkeln so bange!‹« Mammys Augen begegneten Melanies entsetztem Blick, und sie nickte düster:

»Das hat er gesagt: ›Miß Bonnie ist im Dunkeln so bange.‹«

Mammy schauderte zusammen.

»Als ich ihm dann ein Dutzend Kerzen brachte, sagte er: ›Raus!‹, und dann schloß er ab, und da sitzt er nun mit der kleinen Miß und macht Miß Scarlett die Tür nicht auf, und wenn sie noch soviel dagegen schlägt und nach ihm schreit. Und so ist es seit zwei Tagen, und von der Beerdigung will er nichts wissen, und morgens schließt er die Tür zu und setzt sich aufs Pferd und reitet weg, und bei Sonnenuntergang kommt er betrunken nach Hause und ißt nicht und schläft nicht, und nun ist seine Ma, die alte Miß Butler aus Charleston, zum Begräbnis da. Auch Miß Suellen und Master Will aus Tara, aber Mister Rhett spricht mit niemandem. Oh, Miß Melly, es ist schrecklich, und es wird noch schlimmer. Was werden die Leute reden!«

Mammy hielt inne und wischte sich wieder die Nase mit der Hand. »Und dann heute abend! Da hat Miß Scarlett ihn oben auf dem Flur abgefangen, als er nach Hause kam, und ist mit ihm hineingegangen und hat gesagt: ›Das Begräbnis ist morgen früh‹, und er hat gesagt: ›Wenn du mir das antust, schlage ich dich morgen tot.‹«

»Ach, er muß ja wirklich den Verstand verloren haben!«

»Ja, Missis, und dann haben sie ganz leise miteinander gesprochen, und ich habe nicht alles gehört, nur, daß er wieder davon anfing, Miß Bonnie ist im Dunkeln so bange, und im Grabe ist es doch furchtbar dunkel, und dann hat Miß Scarlett gesagt: ›Du bist mir der Richtige, jammerst und zeterst und hast sie doch für deinen Stolz in den Tod gejagt.‹ Da hat er gesagt: ›Hast du denn kein Erbarmen?‹ Und sie hat gesagt: ›Nein! Und ein Kind habe ich auch nicht mehr. Und ich habe es satt, wie du dich aufführst seit Bonnies Tod, du machst dich ja zum Skandal in der Stadt, die ganze Zeit bist du betrunken, und wenn du meinst, ich weiß nicht, wo du steckst, dann bist du ein Schafskopf, ich weiß wohl, du bist bei der Person, bei der Belle Watling bist du gewesen.‹«

»Ach, Mammy, nein!«

»Ja, Missis, das hat sie gesagt, und das ist auch wahr, Miß Melly. Nigger wissen immer alles viel eher als die Weißen. Ich wußte schon lange, wo er gewesen war, aber ich habe nichts gesagt, und er hat es auch nicht geleugnet, er sagte: ›Ja, Mrs. Butler, da bin ich gewesen, und du brauchst gar nicht solchen Lärm zu machen. Dir ist es ja doch ganz gleich. Im Bordell fühlt man sich ordentlich geborgen nach der Hölle hier zu Hause. Belle hat das beste Herz von der Welt, sie schleudert mir nicht ins Gesicht, daß ich mein Kind umgebracht habe.‹«

»O mein Gott!« Melanie war bis ins Innerste getroffen.

Ihr eigenes Leben verlief so freundlich, war so behütet und umhegt von Menschen, die sie liebhatten, so voller Glück, daß sie das, was Mammy erzählte, nicht fassen und nicht glauben konnte. Doch unversehens tauchte ihr eine Erinnerung auf, ein Bild, vor dem sie eilig die Augen schloß, wie vor dem Anblick eines nackten Menschen. Damals, als Rhett mit dem Kopf auf ihrem Schoß geweint hatte, war auch Belle Watlings Name gefallen. Aber er liebte doch Scarlett! Darin konnte sie sich unmöglich geirrt haben. Und selbstverständlich liebte Scarlett ihn. Was war denn nur zwischen sie getreten? Wie konnten denn Mann und Frau sich gegenseitig so quälen?

Bekümmert nahm Mammy ihre Geschichte wieder auf.

»Nach einer Weile kommt Miß Scarlett aus dem Zimmer und ist bleich wie ein Tischtuch, hat aber die Zähne zusammengebissen und sieht mich da stehen und sagt: ›Die Beerdigung ist morgen, Mammy.‹ Und dann ist sie an mir vorbei wie ein Geist, und mir dreht sich aber das Herz um, denn was Miß Scarlett sagt, tut sie auch, und was Mister Rhett sagt, tut er auch, und er hat doch gesagt, er will sie totschlagen, wenn sie das tut. Ich bin ganz außer mir, Miß Melly, weil ich nämlich die ganze Zeit etwas auf dem Gewissen habe, und es drückt mich schrecklich. Miß Melly, ich habe der kleinen Miß vor dem Dunkeln bange gemacht.«

»Ach, Mammy, das ist doch jetzt ganz einerlei.«

»Nein, Missis, das ist es gar nicht, das ist ja die Geschichte. Ich dachte, besser ich sage es Mister Rhett, weil es mir gar zu schwer auf dem Gewissen liegt, auch wenn er mich dafür totschlägt, und dann bin ich drinnen, ehe er wieder abschließen kann, und sage: ›Mister Rhett, ich muß etwas beichten.‹ Da fährt er herum wie ein Wahnsinniger und schreit: ›Raus!‹ Ach mein Gott, mein Lebtag bin ich noch nicht so bange gewesen. ›Ach bitte, Mister Rhett‹, sage ich, ›ich muß es sagen, es bringt mich sonst um, ich habe der kleinen Miß vor dem Dunkeln bange gemacht.‹ Den Kopf habe ich ihm hingehalten, Miß Melly, und gedacht, nun schlägt er mich, aber er sagte gar nichts. Da sage ich: ›Ich habe es ja nicht bös gemeint, aber, Mister Rhett, das Kind war auch so unvorsichtig, und vor nichts war ihr bange. Und sie kam immer aus dem Bett, wenn schon alles schlief, und lief barfuß im Hause herum, und mir war so bange, sie kann sich weh tun, und darum habe ich ihr gesagt, im Dunkeln sind böse Geister und der schwarze Mann.‹

Und dann, Miß Melly, wissen Sie, was er dann getan hat? Sein Gesicht wird wieder ganz sanft, er kommt zu mir her und legt mir die Hand auf den Arm, zum erstenmal, daß er das getan hat, und er sagt ›Sie war doch ein tapferes Kind nicht wahr. Vor nichts war ihr bange, nur vor dem Dunkeln.‹ Und als ich anfange zu weinen, sagte er: ›Mammy, Mammy‹, und streichelt mich und sagt: ›Mammy, gräm dich nicht, ich bin froh, daß du es mir gesagt hast, ich weiß, du hast Miß Bonnie lieb, und darum schadet es auch nichts, nur auf das Herz kommt es an.‹ Ja, Missis, das hat mich ein bißchen getröstet, und da habe ich gewagt, ihn zu fragen: ›Mister Rhett, wie wird es denn mit der Beerdigung?‹ Da fährt er wie ein Wilder über mich her und schreit: ›Barmherziger Gott, ich dachte, wenigstens du verstehst mich, wenn mich sonst auch niemand versteht. Glaubst du denn, ich lege mein Kind ins Dunkle, wo ihm davor so bange ist? Ich höre sie ja jetzt noch schreien, wie damals, als sie im Dunkeln aufwachte. Es soll ihr nicht bange sein, hörst du?‹ Miß Melly, da wußte ich, daß er den Verstand verloren hat. Er hat getrunken und braucht Schlaf und was zu essen, aber das ist es nicht allein. Er ist richtig wahnsinnig, und er schiebt mich einfach aus der Tür und sagt: ›Pack dich zum Teufel!‹, und da gehe ich hinunter und denke in meinem Kopf, er hat doch gesagt, es gibt keine Beerdigung, und Miß Scarlett sagt, die Beerdigung ist morgen, und er sagt, er schlägt sie tot. Und all die Verwandten sind im Hause, und die Nachbarn gackern schon davon wie die Perlhühner. Und da habe ich an Sie gedacht, Miß Melly, Sie müssen uns helfen.«

»Ach, Mammy, wie kann ich mich denn da hineinmischen!«

»Wenn Sie es nicht können, wer kann es dann?«

»Aber was soll ich nur dabei tun, Mammy?«

»Ich weiß nicht, Miß Melly, aber etwas können Sie sicher tun. Sie können Mister Rhett zureden, vielleicht hört er ja auf Sie. Er hält soviel von Ihnen, Miß Melly, und Sie wissen es vielleicht nicht, aber immer wieder hat er gesagt, Sie sind die einzige vornehme Dame, die er kennt.«

In großer Verwirrung stand Melanie auf. Ihr schauderte bei dem Gedanken, Rhett zu begegnen. Wie sollte sie dem Manne etwas abringen, der vor Schmerz wahnsinnig war! Das Herz blutete ihr, wenn sie sich vorstellte, daß sie nun in das hellerleuchtete Zimmer gehen sollte, wo sein geliebtes kleines Mädchen lag. Was sollte sie tun? Womit konnte sie Rhett in seinem Kummer trösten und zur Vernunft bringen? Einen Augenblick stand sie unschlüssig da, und durch die geschlossene Tür drang das helle Lachen ihres Jungen an ihr Ohr. Eiskalt durchfuhr sie plötzlich der Gedanke, auch er könne sterben. Wenn nun ihr Beau es wäre, der oben läge, sein kleiner Körper kalt und starr, sein frohes Gelächter für immer verstummt?

»O Gott«, rief sie ganz laut in ihrer Angst, und im Geist drückte sie ihr Kind fest ans Herz. Wie gut konnte sie Rhett alles nachfühlen! Wenn Beau stürbe ... niemals könnte sie ihn fortbringen und in Sturm und Regen und Finsternis allein lassen!

»Der arme, arme Kapitän Butler! Auf der Stelle gehe ich zu ihm.«

Eilig ging sie ins Eßzimmer zurück, sagte Ashley ein paar Worte ins Ohr und erschreckte ihren kleinen Jungen fast damit, wie sie ihn ungestüm an sich preßte und seine blonden Locken inbrünstig küßte.

Ohne Hut lief sie aus dem Hause, die Serviette hielt sie noch immer in der Hand, Mammys alte Beine konnten ihr kaum folgen. Als sie in Scarletts Halle war, nickte sie kurz der Familie zu, die in der Bibliothek versammelt war, die verängstigte Miß Pittypat, die stattliche alte Mrs. Butler, Will und Suellen. Rasch ging sie hinauf, Mammy keuchte hinter ihr her. Einen Augenblick blieb sie vor Scarletts verschlossener Tür stehen, aber Mammy zischelte: »Ach Gott, Missis, lieber nicht!«

Melanie durchschritt den Flur ein wenig langsamer und stand vor Rhetts Zimmer. Einen Augenblick zauderte sie, als wolle sie am liebsten wieder umkehren. Dann aber nahm sie sich zusammen wie ein Soldat vor der Schlacht, klopfte an und rief leise: »Bitte, lassen Sie mich ein, Kapitän Butler. Ich möchte Bonnie noch einmal sehen.«

Rasch öffnete sich die Tür. Mammy wich in den dunklen Flur zurück und sah Rhetts Gestalt riesengroß und dunkel vor den leuchtenden Kerzen stehen. Er schwankte, man roch den Whiskydunst in seinem Atem. Einen Augenblick sah er auf Melanie hernieder, dann nahm er sie beim Arm, zog sie herein und schloß die Tür.

Mammy sank erschöpft auf einen Stuhl, der nahe der Tür stand, ihr unförmiger Körper quoll nach allen Seiten über. Sie saß ganz still, weinte und betete vor sich hin. Hin und wieder hob sie den Saum ihres Kleides und wischte sich die Augen. Aber so angestrengt sie auch horchte, von drinnen drang kein Wort heraus, nur ein leises, häufig unterbrochenes Summen.

Nach einer endlosen Weile öffnete sich die Tür, und Mellys bleiches abgespanntes Gesicht zeigte sich.

»Rasch, bring mir eine Kanne Kaffee und etwas Butterbrot.«

Wenn der Teufel hinter ihr her war, konnte Mammy so flink wie ein geschmeidiges Negermädchen von sechzehn Jahren sein. Ihre Begier, in Rhetts Zimmer zu gelangen, beflügelte sie bei ihrer Arbeit, aber ihre Hoffnung wurde enttäuscht, denn Melanie öffnete die Tür nur einen Spalt breit und nahm ihr das Tablett ab. Lange spitzte Mammy die scharfen Ohren, aber wieder konnte sie nichts verstehen. Sie hörte nur das Geklapper des Geschirrs und Melanies weiche, gedämpfte Stimme, und dann krachte eine Bettstelle wie unter einem schweren Körper, und man hörte Stiefel zu Boden fallen.

Nach einer Pause erschien Melanie an der Tür, aber soviel Mühe Mammy sich auch gab, sie konnte nicht an ihr vorbei ins Zimmer hineinschauen. Melanie sah müde aus, Tränen hingen ihr in den Wimpern, in ihren Zügen aber lag wieder die alte Klarheit.

»Geh, sag Miß Scarlett, Kapitän Butler hat nichts dagegen, daß die Beerdigung morgen stattfindet«, flüsterte sie.

»Gott sei Dank«, stieß Mammy hervor. »Wie in aller Welt ...«

»Nicht so laut! Er will schlafen. Und Mammy, sag auch Miß Scarlett, ich bleibe die ganze Nacht hier. Bring mir etwas Kaffee hierher!«

»Hierher?«

»Ja, ich habe Kapitän Butler versprochen, wenn er sich schlafen legt, wolle ich die ganze Nacht bei Bonnie wachen. Nun geh zu Miß Scarlett, damit sie sich nicht länger ängstigt.«

Mammy machte sich über den Flur auf den Weg. Unter ihrem schweren Körper erzitterte der Fußboden, in ihrem erlösten Herzen aber sang es »Halleluja!« Nachdenklich blieb sie vor Scarletts Tür stehen, in ihrem Kopf gärte es vor Dankbarkeit und Neugier.

»Wie Miß Melly das wohl gemacht hat? Das soll nun einer begreifen! Die Engel streiten wohl auf ihrer Seite. Ich will es Miß Scarlett sagen, daß morgen die Beerdigung ist. Daß aber Miß Melly bei der kleinen Miß wacht, sage ich ihr lieber nicht. Das wird Miß Scarlett gar nicht recht sein.«

LX

Die Welt war aus dem Gleichgewicht. Eine trostlose, beklemmende Verworrenheit drang von allen Seiten wie ein dichter, finsterer Nebel vor und zog sich tückisch um Scarlett zusammen. Diese Verworrenheit ihres ganzen Daseins ging ihr noch tiefer als der Schmerz um Bonnies Tod, dessen erste unerträgliche Seelenqual schon einem Gefühl der müden Ergebung Platz gemacht hatte. Die unheimliche Ahnung kommenden Unheils aber wollte nicht weichen. Ihr war, als lauere etwas Schwarzverhülltes dicht hinter ihr und als verwandelte sich, wo sie auch hintrat, der feste Boden unter ihren Füßen in Treibsand.

Derartige Ängste hatte sie noch nie erlebt. Ihr Leben lang hatte sie mit beiden Füßen fest auf der Erde gestanden und sich nur vor dem Sichtbaren gefürchtet, vor Unbill, Hunger, Armut und vor dem Verlust von Ashleys Liebe. Gefühle zu zergliedern, lag ihr nicht; dennoch versuchte sie es jetzt, aber umsonst. Ihr Lieblingskind hatte sie verloren – das wollte sie ertragen, wie sie schon mehr des Niederschmetternden ertragen hatte. Sie hatte ja ihre Gesundheit wieder, sie besaß so viel Geld, wie sie sich nur wünschen konnte. Auch ihren Ashley hatte sie immer noch, wenn sie ihn auch jetzt immer seltener sah. Nicht einmal die Befangenheit, die seit Melanies unseliger Überraschungsgesellschaft zwischen ihnen herrschte, konnte sie anfechten. Das ging vorüber. Nein, nicht Schmerz, nicht Hunger, nicht den Verlust ihrer Liebe fürchtete sie. Das hätte sie nie so zu Boden gedrückt wie dieses Gefühl völliger Verworrenheit, diese fressende Angst, die dem Grauen ihres alten bösen Traumes so schrecklich ähnelte, dem Traum von einem dichten, wallenden Nebel, in dem sie atemlos umherirrte, ein verlaufenes Kind, das eine Zuflucht sucht und nicht findet.

Sie dachte daran zurück, wie Rhett ihr immer die Ängste weggelacht hatte. Sie spürte im Geiste wieder den Trost, den sie an seiner breiten braunen Brust und in seinen starken Armen gefunden hatte. Sie wendete sich ihm wieder zu. Seit Wochen zum erstenmal sah sie ihn richtig an. Da ward sie einer Veränderung inne und erschrak. Dieser Mann hatte das Lachen verlernt. Von ihm war kein Trost zu erwarten.

Nach Bonnies Tod war sie so empört über ihn gewesen, so tief in ihren eigenen Schmerz versunken, daß sie es nicht über sich gebracht hatte, mehr als einige höfliche Worte vor den Dienstboten an ihn zu richten. Allzu unverwischbar war ihr Bonnies flinkes Getrappel und sprudelndes Gelächter noch in der Erinnerung, als daß sie hätte bedenken können, wie schmerzvoll, schmerzvoller vielleicht noch als sie, auch er an alles zurückdachte.

In diesen Wochen waren sie zuvorkommend wie Fremde einander begegnet, die in dem unpersönlichen Raum eines Hotels zusammentreffen, unter einem Dache wohnen und miteinander zu Tisch gehen, ohne je einen Gedanken auszutauschen.

In ihrer Angst und Einsamkeit hätte sie die Schranke jetzt gern durchbrochen, aber er wahrte den Abstand, als sei ihm daran gelegen, nur das Oberflächlichste mit ihr zu bereden. Nun, da der Zorn verraucht war, wollte sie ihm gern sagen, daß sie ihm an Bonnies Tod keine Schuld gab. In seinen Armen wollte sie sich ausweinen und ihm gestehen, auch sie sei auf des Kindes Reitkünste über die Maßen stolz gewesen und über die Maßen nachsichtig gegen seine kleinen Schmeicheleien. Gern hätte sie sich nun vor ihm gedemütigt und gestanden, daß sie ihm nur aus ihrer eigenen, bitteren Herzensnot die furchtbare Anklage ins Gesicht geschleudert habe, um ihm weh zu tun und damit ihr eigenes Leid zu beschwichtigen. Aber der richtige Augenblick dafür wollte sich nicht einstellen. Rhett schaute sie aus seinen schwarzen ausdruckslosen Augen an und gab ihr nicht die Gelegenheit, zu reden. Und je länger sie sich damit trug, desto schwerer wollte ihr die Bitte um Verzeihung über die Lippen kommen, und schließlich unterblieb sie ganz.

Warum das wohl sein mußte? Rhett war ihr Mann, sie hatten das Bett miteinander geteilt, sie hatten ein Kind gezeugt und geboren und es allzufrüh der Finsternis zurückgeben müssen, sie waren unlösbar aneinander gebunden. Trost gab es für sie nur bei dem Vater dieses Kindes, in dem Austausch von Erinnerungen und gemeinsamen Schmerzen, der zuerst vielleicht weh tut und dennoch lindernd und heilsam sein konnte. Nun aber stand es so zwischen ihnen, daß sie ebensogut einem völlig Fremden hätte in die Arme sinken können.

Er blieb nur selten zu Hause. Saßen sie einmal zusammen beim Abendessen, so war er meistens betrunken, aber anders als früher. Ehedem war sein Wesen unter dem Alkohol immer noch schärfer und bissiger geworden, er hatte von boshaften, witzigen Bemerkungen gesprüht, über die sie wider Willen hatte lachen müssen. Jetzt war er unwirsch und stumm und betrank sich oft im Laufe des Abends bis zur Sinnlosigkeit. Manchmal hörte sie ihn im Morgengrauen zum Hintergarten hereinreiten und bei den Dienstboten anklopfen, damit Pork ihm die Hintertreppe hinaufhelfe und ihn zu Bett bringe. Ihn zu Bett bringen, Rhett Butler, der ohne mit der Wimper zu zucken alle anderen immer unter den Tisch getrunken und dann ins Bett gepackt hatte!

Er war jetzt nachlässig in seinem Äußeren und durchaus nicht mehr elegant und gepflegt wie früher. Der entsetzte Pork mußte ihm jedesmal kräftig zureden, ehe er sich zum Abendessen ein reines Hemd anzog. Der Whisky verriet sich auch in seinen Zügen. Eine ungesunde Gedunsenheit verwischte die harten Linien seines scharfgeschnittenen Kinns, und unter seinen blutunterlaufenen Augen hingen schwere Tränensäcke. Der große Körper mit den festen Muskeln wurde schlaff und weich und zeigte Ansätze zur Beleibtheit.

Oftmals kam er überhaupt nicht nach Hause oder schickte gar Bescheid, er werde auswärts übernachten. Natürlich war es möglich, daß er irgendwo betrunken in einer Kneipe schnarchte, aber Scarlett war immer überzeugt, er halte sich bei Belle Watling auf. Einmal war sie Belle in einem Laden begegnet. Sie war jetzt eine verwelkte, vulgär aussehende Frau, von deren Schönheit nicht mehr viel übrig war. Dennoch hatte sie unter ihrer Schminke und all ihrem Putz etwas Kerngesundes und fast Mütterliches. Anstatt die Augen niederzuschlagen oder aber sie frech anzugaffen, wie andere lockere Frauenzimmer es taten, wenn sie einer Dame begegneten, erwiderte Belle nur einfach und ruhig ihren musternden Blick. Still und fast mitleidig prüfend sah sie sie an, und Scarlett mußte erröten.

Aber zum Schimpfen und Schelten, zu Forderungen und Vorwürfen konnte sie sich jetzt ebensowenig entschließen wie zu der Bitte um Verzeihung für das Unrecht, das sie ihm bei Bonnies Tod angetan hatte. Etwas wie ein tatenloses, verstörtes Staunen hielt sie im Bann, das ihr selbst unbegreiflich war und sie so unglücklich machte, wie sie sich noch nie gefühlt hatte, so einsam, wie sie noch nie gewesen war. Vielleicht hatte sie bis jetzt nie die Zeit gehabt, ganz einsam zu sein. Nun war sie einsam und fürchtete sich. Sie hatte niemanden, zu dem sie gehen konnte, niemanden außer Melanie. Sogar Mammy, ihr Stab und ihre Stütze, war für immer nach Tara zurückgekehrt.

Mammy hatte für ihre Abreise keine deutliche Erklärung gegeben. Traurig hatte sie Scarlett aus ihren müden alten Augen angeblickt, als sie um das Reisegeld bat, und hatte auf Scarletts Fragen und Tränen nur die eine Antwort gehabt: »Mir ist, als sagt Miß Ellen zu mir: ›Mammy, komm nach Hause, deine Arbeit ist getan.‹ Darum will ich nun nach Hause gehen.«

Rhett hatte diesem Gespräch zugehört, er hatte Mammy das Geld gegeben und ihr den Arm gestreichelt.

»Du hast recht, Mammy. Miß Ellen hat ganz recht. Du hast deine Arbeit hier getan. Geh nach Hause und gib mir Bescheid, wenn du irgend etwas brauchst.« Als Scarlett sie von neuem ausfragen wollte, fiel er ihr ins Wort: »Du verstehst das nicht. Halt sie nicht. Wie sollte denn jetzt ein Mensch noch in diesem Hause bleiben mögen?«

Seine Augen flackerten dabei so grell und wild, daß Scarlett erschrocken zurückfuhr.

»Dr. Meade, wäre es möglich, daß er ... daß er den Verstand verloren hat?« fragte sie den Arzt, als ihre Ratlosigkeit sie dorthin getrieben hatte.

»Nein«, erwiderte der Doktor, »aber er säuft wie ein Schlauch, und er wird sich zu Tode saufen, wenn es so weitergeht. Er hat das Kind liebgehabt, Scarlett, und möchte wohl gern vergessen. Ich rate Ihnen gut, Scarlett, schenken Sie ihm wieder ein Kind, so bald wie möglich.«

»Ach«, dachte Scarlett erbittert, als sie das Sprechzimmer verließ, »das ist leichter gesagt als getan.« Gern hätte sie noch ein Kind gehabt, noch mehrere Kinder, wenn sie damit Rhetts Augen ihr unheimliches Flackern nehmen und die schmerzliche Leere ihres eigenen Herzens ausfüllen könnte. Einen Jungen von Rhetts dunkler männlicher Schönheit und ein kleines Mädchen, ach, noch ein kleines Mädchen, hübsch und lustig, voll fröhlichen Trotzes, nicht wie die fahrige kleine Ella. Wenn Gott ihr eins ihrer Kinder nehmen mußte, warum – ach, warum konnte es dann nicht Ella sein? Ella war ihr kein Trost nach Bonnies Hinscheiden. Aber Rhett wollte offenbar keine Kinder mehr haben. Wenigstens kam er nie in ihr Schlafzimmer, obwohl die Tür nicht mehr abgeschlossen war, sondern meist sogar einladend offenstand. Ihm war wohl nicht daran gelegen. Ihm lag an nichts mehr als am Whisky und an jener rothaarigen Person.

Sein witziger Spott war bitter geworden, seine Ausfälle hatten etwas Unmenschliches, seitdem der Humor sie nicht mehr milderte. Nach Bonnies Tode hatten viele Damen aus der Bekanntschaft, deren Herz er durch sein reizendes Verhältnis zu seiner Tochter gewonnen hatte, den Wunsch, ihm eine Freundlichkeit zu erweisen. Voller Teilnahme redeten sie ihn auf der Straße an oder sagten ihm über ihre Hecke hinweg, wie sie mit ihm empfänden. Aber mit Bonnie, der im Grunde all sein liebenswürdiges Wesen gegolten hatte, waren auch seine guten Manieren wieder dahin. Schroff und unhöflich ließ er die wohlmeinenden Damen mit ihrem Beileid stehen.

Aber seltsamerweise ließen sie sich dadurch nicht kränken. Sie verstanden ihn oder glaubten, ihn zu verstehen. Wenn er in der Dämmerung so betrunken heimritt, daß er sich kaum noch im Sattel hielt und jedem, der ihn ansprach, nur ein finsteres Gesicht wies, sagten die Damen: »Armer Kerl« und verdoppelten ihre Freundlichkeit und Güte ihm gegenüber. Er tat ihnen von Herzen leid, wie er da völlig gebrochen nach Hause ritt, und zu Hause erwartete ihn Scarlett als einziger Trost!

Alle wußten sie ja, wie kalt und herzlos sie war, und alle waren entgeistert, wie leicht sie über Bonnies Tod hinwegzukommen schien. Welche Willensanstrengung es sie aber kostete, diesen Schein zu wahren, danach fragte niemand. Für Rhett hatte die ganze Stadt das wärmste Mitgefühl, und er gab nichts darum, ja, er bemerkte es kaum. Für Scarlett aber empfand man nur Abneigung, und diesmal hätte sie um das Mitgefühl ihrer alten Freunde viel gegeben.

Keiner von ihnen suchte sie mehr auf, außer Tante Pitty, Melanie und Ashley. Nur die »neuen Leute« kamen in ihren glänzenden Equipagen vorgefahren, versicherten sie angelegentlich ihres Mitgefühls und erzählten ihr, um sie auf andere Gedanken zu bringen, Klatsch, der sie nicht im geringsten interessierte. Alle die »neuen Leute« waren ihr von Herzen fremd. Sie kannte sie ja nicht und konnte sie auch niemals kennenlernen. Von allem, was sie durchgemacht hatte, ehe sie sich sicher und geborgen in ihrem fürstlichen Hause niederlassen konnte, hatten sie keine Vorstellung; was sie aber selber erlebt hatten, ehe sie sich, angetan mit steifem Brokat, von schönen Pferden in ihrer eleganten Chaise spazierenfahren ließen, davon sprachen sie nicht gern. Sie wußten nichts von Scarletts Kämpfen und Entbehrungen, nichts von all dem Schweren, womit das prächtige Haus und die schönen Kleider, das kostbare Silber und die glänzenden Gesellschaften erkauft waren. Diese »neuen Leute« hatten keinen Begriff davon und fragten nicht danach. Sie kamen von Gott weiß woher und lebten immer nur an der Oberfläche. Keinerlei Erinnerung an Krieg, Hunger und Daseinskampf hatte Scarlett mit ihnen gemein – auch nicht die rote Heimaterde, in der sie wurzelte.

Gern hätte sie jetzt in ihrer Einsamkeit die Nachmittage mit Maybelle und Fanny, mit Mrs. Elsing und Mrs. Whiting, ja sogar mit der herrschgewaltigen Mrs. Merriwether verplaudert – mit jeder beliebigen nachbarlichen Freundin von ehedem. Sie waren ja mit allem vertraut, was sie selbst durchgemacht hatte. Krieg, Feuersbrunst und Entsetzen hatten sie miterlebt und den vorzeitigen Tod geliebter Angehöriger. Sie waren in Lumpen gegangen, hatten gehungert und den Wolf vor der Tür lauern sehen. Sie hatten sich alle aus Trümmern ihr Leben neu erbaut.

Tröstlich wäre es, sich mit Maybelle zu unterhalten. Auch sie hatte ein kleines Kind begraben, das ihr auf der Flucht vor Sherman gestorben war. Fannys Gesellschaft täte ihr wohl, auch sie hatte in den schwarzen Tagen des Kriegsrechts ihren Mann verloren. Und welch grimmiges Vergnügen wäre es, mit Mrs. Elsing zusammen über alte Erinnerungen zu lachen – über das Gesicht, mit dem sie damals auf ihr Pferd einhieb, als sie am Tage von Atlantas Fall durch Five Points galoppierte und alles, was sie an Vorräten glücklich erbeutet hatte, ihr aus dem Wagen polterte. Schön wäre es, mit Mrs. Merriwether, die jetzt von ihrer Bäckerei sorglos lebte, Erinnerungen austauschen zu dürfen. Zu sagen: »Wissen Sie noch, die schweren Zeiten gleich nach der Kapitulation? Wissen Sie noch, wie wir uns den Kopf zerbrachen, woher wir ein Paar Schuhe nehmen sollten? Wie stehen wir jetzt da!«

Ja, das wäre schön. Jetzt begriff sie, warum zwei frühere Konföderierte, sobald sie zusammentrafen, sich mit Genuß über den Krieg unterhalten konnten, voller Stolz und Sehnsucht. Die Zeiten hatten die Herzen erprobt, und man war durchgekommen. Das waren Veteranen. Auch Scarlett war eine Veteranin, aber sie hatte keine Kriegskameraden, mit denen sie die alten Schlachten noch einmal durchleben konnte. Ach, könnte sie doch wieder mit Menschen ihrer Art zusammen sein, die das gleiche durchgemacht hatten und wußten, wie weh es tat – und daß es doch überhaupt erst den Menschen ausmachte!

Aber die Freunde waren ihr entglitten, sie wußte nicht wie. Sie erkannte, daß sie selbst die Schuld daran trug. Bisher hatte sie nie Verlangen nach ihnen empfunden – erst jetzt, seitdem Bonnie tot war und sie einsam und angstvoll an ihrem spiegelnden Eßtisch einem braunen, betrunkenen Fremden gegenübersaß, der vor ihren Augen zugrunde ging.

LXI

Scarlett befand sich in Marietta, als Rhetts dringendes Telegramm kam. In zehn Minuten ging ein Zug nach Atlanta, und sie erwischte ihn noch. Als einziges Gepäck hatte sie ihren Pompadour bei sich. Wade und Ella ließ sie mit Prissy im Hotel zurück.

Atlanta war nur zwanzig Meilen entfernt. Endlos holperte der Zug durch den feuchten Herbstnachmittag und hielt an jedem Seitenweg, um Fahrgäste aufzunehmen. Rhetts Depesche hatte Scarlett einen Todesschrecken eingejagt. Vor Ungeduld hätte sie bei jedem Aufenthalt laut schreien mögen. Durch die Wälder mit ihrem müden, matten Goldton ging es nur langsam an roten Hängen vorbei, die noch immer von Schützengräben durchschnitten waren, an alten Geschützstellungen und unkrautverwachsenen Granattrichtern vorüber, die Straße entlang, auf der Johnstons Leute sich Schritt für Schritt den bitteren Rückzug erkämpft hatten. Jede Station und jede Wegkreuzung, die der Zugführer ausrief, trug den Namen einer Schlacht, bedeutete die Stätte eines Gefechts. Früher hätten sie in Scarlett schreckliche Erinnerungen ausgelöst, jetzt aber hatte sie keinen Gedanken dafür übrig.

Rhetts Telegramm hatte gelautet:

»Mrs. Wilkes krank, sofort kommen.«

Die Dämmerung war schon hereingebrochen, als der Zug in Atlanta einfuhr. Ein leichter Septemberregen verhüllte die Stadt. Matt leuchteten die Gaslaternen, gelbe Flecken im Nebel. Rhett war mit dem Wagen am Bahnhof. Der Anblick seines Gesichts erschreckte sie noch mehr als sein Telegramm. So ausdruckslos hatte sie es noch nie gesehen.

»Sie ist doch nicht ...«, rief sie ihm entgegen.

»Nein, sie lebt noch.« Rhett half ihr in den Wagen. »Zu Mrs. Wilkes, so schnell Sie können«, sagte er zum Kutscher.

»Was fehlt ihr denn? Ich wußte nicht, daß sie krank war. Vorige Woche sah sie noch ganz wohl aus. Ihr ist doch nichts zugestoßen? Ach, Rhett, es kann doch nicht so ernst sein ...«

»Sie liegt im Sterben«, sagte Rhett, und seine Stimme war so ausdruckslos wie sein Gesicht. »Sie möchte dich noch sehen.«

»Melly? Nein, doch nicht Melly? Was ist denn nur mit ihr geschehen?«

»Sie hat eine Fehlgeburt gehabt.«

»Eine Fehlgeburt ... aber Rhett ... sie ...«, stammelte Scarlett. Auch das noch! Es verschlug ihr den Atem.

»Hast du denn nicht gewußt, daß sie ein Kind erwartete?«

Scarlett konnte nicht einmal den Kopf schütteln.

»Ach ja, sie hat es niemandem gesagt. Es sollte eine Überraschung sein. Aber ich habe es gewußt.«

»Du wußtest es? Sie wird es dir doch nicht erzählt haben?«

»Das brauchte sie nicht. Ich wußte es. Sie war die letzten zwei Monate so ... glücklich, das konnte gar keinen anderen Grund haben.«

»Aber Rhett, der Doktor hat doch gesagt, ein zweites Kind wäre ihr Tod.«

»Es ist auch ihr Tod«, sagte Rhett, und dann zum Kutscher: »Um Gottes willen, können Sie nicht schneller fahren?«

»Aber Rhett, sie kann doch nicht daran sterben! Ich habe es doch auch überlebt ...«

»Sie ist nicht so kräftig wie du. Kraft hat sie überhaupt nie gehabt. Sie hatte immer nur Herz.«

Mit einem Ruck hielt der Wagen vor dem niedrigen kleinen Haus. Rhett half Scarlett heraus. Zitternd vor Angst und plötzlich sehr einsam, faßte sie ihn am Arm.

»Du kommst doch mit?«

»Nein«, sagte er und stieg wieder in den Wagen.

Sie flog die Treppe hinauf, lief über die Veranda und stieß die Tür auf. Da standen im gelben Lampenschein Ashley, Tante Pitty und India. Scarlett dachte: »Was hat India hier zu suchen? Melanie hat ihr doch verboten, den Fuß je wieder über ihre Schwelle zu setzen.« Als die drei sie erblickten, standen sie auf, Tante Pitty biß sich auf die bebenden Lippen, um die Fassung zu bewahren. India sah ihr tiefbekümmert und ohne Haß ins Gesicht; Ashley hatte den stumpfen Ausdruck eines Schlafwandlers, und als er auf sie zukam und ihr seine Hand auf den Arm legte, sprach er auch wie im Schlaf.

»Sie hat nach dir verlangt. Sie will dich sehen.«

»Darf ich jetzt zu ihr?« Sie ging auf die geschlossene Tür von Melanies Zimmer zu.

»Nein, jetzt ist Dr. Meade bei ihr. Gut, daß du gekommen bist.«

»So schnell ich konnte.« Scarlett legte Hut und Mantel ab. »Der Zug ... ist sie denn wirklich ... es geht ihr doch besser, nicht wahr, Ashley? So rede doch! Mach nicht solch Gesicht! Sie ist doch nicht ernstlich ...«

»Sie hat immer wieder nach dir gefragt.« Ashley schaute ihr in die Augen, und in seinen Blicken las sie die Antwort auf ihre Frage. Das Herz stand ihr still, dann hub etwas in ihrer Brust an zu hämmern, eine sonderbare Furcht, stärker als Angst, stärker noch als das Leid. »Es kann nicht wahr sein«, dachte sie ungestüm und suchte die Furcht zurückzudrängen. »Ein Arzt kann sich irren, es kann nicht wahr sein, ich kann es nicht glauben. Sonst müßte ich ja schreien. Ich muß an etwas anderes denken.«

»Es ist nicht wahr«, sagte sie heiser und blickte in die drei eingefallenen Gesichter, als fordere sie sie zum Widerspruch auf. »Warum hat Melanie es mir nicht gesagt? Hätte ich es gewußt, ich wäre niemals nach Marietta gegangen.«

Da wachten Ashleys Augen auf und blickten gequält vor sich hin.

»Sie hat es keinem erzählt, Scarlett, dir am allerwenigsten. Sie fürchtete, du würdest schelten. Sie wollte warten, bis keine Gefahr mehr wäre, und euch dann alle überraschen und die dummen Ärzte auslachen. Sie war so glücklich. Du weißt ja, wie ihr Herz daran hing, wie sie sich ein kleines Mädchen wünschte. Alles ging ja so gut, bis ... und ohne jeden Grund kam dann ...«

Leise öffnete sich die Tür zu Melanies Zimmer. Dr. Meade kam heraus und schloß sie wieder. Einen Augenblick stand er stumm da – den grauen Bart tief auf die Brust gesenkt, und sah die vier Menschen an, die, als die Tür ging, zu erstarren schienen. Zuletzt fiel sein Blick auf Scarlett. Als er ihr entgegenkam, sah sie den Gram in seinen Augen, dazu Widerwillen und Verachtung, und schuldbewußt pochte ihr das erschrockene Herz.

»Da sind Sie endlich«, sagte er.

Ehe sie antworten konnte, ging Ashley auf die geschlossene Tür zu.

»Noch nicht«, sagte Dr. Meade. »Sie will erst Scarlett sprechen.«

»Doktor«, sagte India und legte ihm die Hand auf den Arm. Ihre Stimme war ganz tonlos und wirkte dabei noch flehender als ihre Worte.

»Lassen Sie mich einen Augenblick zu ihr. Seit heute morgen bin ich hier und warte ... lassen Sie mich einen Augenblick hinein, ich will ihr sagen, ich muß ihr sagen, daß ich unrecht gehabt habe ...«

Sie sah dabei weder Ashley noch Scarlett an. Dr. Meade warf einen kalten Blick auf Scarlett.

»Wir wollen sehen, Miß India«, sagte er kurz. »Aber nur, wenn Sie mir Ihr Wort geben, daß Sie sie nicht mit Ihrem Bekenntnis anstrengen werden. Sie weiß, daß Sie unrecht hatten, und es beunruhigt sie nur, wenn Sie sie deshalb um Verzeihung bitten.«

Pitty fing schüchtern an: »Bitte, Dr. Meade ...«

»Miß Pitty, Sie schreien mir ja nur und fallen in Ohnmacht.«

Pitty reckte die rundliche kleine Gestalt und gab dem Doktor seinen Blick zurück. Keine Träne war in ihren Augen, sie war ganz Würde.

»Also gut, Kind, aber einen Augenblick noch«, sagte der Doktor freundlicher. »Kommen Sie, Scarlett.«

Auf Zehenspitzen gingen sie durch die Halle nach der geschlossenen Tür. Da packte der Doktor Scarlett fest an der Schulter.

»Hören Sie zu, meine Beste«, flüsterte er kurz, »daß Sie mir keine Szene machen, keine Geständnisse am Totenbett, oder, bei Gott, ich drehe Ihnen den Hals um. Sehen Sie mich nicht so unschuldig an, Sie wissen, was ich meine. Miß Melly soll leicht hinübergehen, Sie aber brauchen sich nicht Ihr Gewissen dadurch zu erleichtern, daß Sie ihr etwas über Ashley sagen. Von mir hat noch keine Frau etwas auszustehen gehabt, aber wenn Sie jetzt nicht den Mund halten, bekommen Sie es mit mir zu tun!«

Ehe sie antworten konnte, öffnete er die Tür, schob sie hinein und schloß dann hinter ihr zu. Das kleine Zimmer mit seinen billigen Nußbaummöbeln lag im Halbdunkel, die Lampe war mit einer Zeitung abgedeckt. Es war so klein und schlicht wie das Zimmer eines Schulmädchens, das schmale Bett mit dem niedrigen Kopfende, die einfachen gerafften Tüllgardinen, der frisch gewaschene, verblichene Flickenteppich auf dem Boden, das alles war so anders als Scarletts eigenes üppiges Schlafzimmer mit den gewaltigen geschnitzten Möbeln, den Brokatvorhängen und dem Teppich mit dem Rosenmuster.

Melanie lag im Bett, ihre flache mädchenhafte Gestalt verlor sich fast unter der Steppdecke. Zwei schwarze Zöpfe lagen zu beiden Seiten ihres Gesichts, die geschlossenen Augen waren tief in violette Ringe gebettet. Scarlett lehnte sich an die Tür und konnte nicht weiter. Selbst in diesem Halbdunkel wirkte Melanies Gesicht wachsgelb, alles Blut des Lebens war herausgeströmt. Die Nase war wie zusammengekniffen. Bis jetzt hatte Scarlett gehofft, daß der Doktor sich irrte, nun aber wußte sie, wie es stand. Während des Krieges hatte sie zu viele Gesichter mit diesem eingekniffenen Zug um die Nase gesehen. Sie wußte, was es unweigerlich zu bedeuten hatte.

Melanie lag im Sterben. Das war nicht zu fassen. Es war unmöglich, Melanie durfte nicht sterben. Gott konnte es nicht zulassen. Scarlett hatte sie doch so bitter nötig. Bislang war es ihr nie in den Sinn gekommen, daß sie Melanie brauchte, jetzt aber ging ihr die Wahrheit auf, überwältigend bis in den tiefsten Grund ihrer Seele. Auf Melanie hatte sie sich verlassen wie auf sich selbst, und hatte es nie gewußt. Nun sollte Melanie sterben, und nun wußte Scarlett, daß sie sie nicht entbehren konnte. Jetzt, während sie sich auf Zehenspitzen der stillen Gestalt näherte und das Entsetzen ihr ans Herz griff, wurde ihr bewußt, daß Melanie ihr Schwert und ihr Schild, ihr Trost und ihre Kraft gewesen war.

»Ich halte sie fest, ich kann sie nicht lassen«, dachte sie bei sich und sank mit raschelnden Röcken neben dem Bett auf die Knie. Sie ergriff die schlaffe Hand, die auf der Decke lag, und erschrak über ihre Kälte.

»Ich bin es, Melanie«, sagte sie.

Melanies Augen öffneten sich ein klein wenig und fielen dann wieder zu, als wäre sie nun überzeugt und beruhigt, daß es wirklich Scarlett war. Nach einer Pause holte sie Atem und flüsterte:

»Versprichst du mir ...«

»Alles!«

»Beau ... sorgst du für ihn?«

Scarlett konnte nur nicken, es würgte ihr in der Kehle, und zum Zeichen ihres Versprechens drückte sie sanft die Hand, die sie in der ihren hielt.

»Ich vermache ihn dir.« Die Spur eines Lächelns umspielte ihren Mund. »Ich habe ihn dir schon einmal vermacht ... weißt du noch ... vor seiner Geburt.«

Und ob sie es noch wußte! Konnte sie denn jene Stunde jemals vergessen? Als wäre der schreckliche Tag leibhaftig wieder da, so deutlich spürte sie die stickige Hitze des Septembernachmittags und ihre Angst vor den Yankees, vernahm den Marschtritt der Truppen auf dem Rückzug und Melanies Stimme, die ihr das Kind anvertraute für den Fall, daß sie sterben sollte – und sie erinnerte sich, daß sie damals Melanie gehaßt hatte und gehofft, sie möge sterben.

»Ich habe sie getötet«, dachte sie in abergläubischer Angst. »So oft habe ich mir gewünscht, sie möge sterben, daß Gott es gehört hat, und nun straft er mich.«

»Ach, Melly, sprich nicht so! Du kommst noch durch ...«

»Nein, versprich es mir.«

Scarlett schluckte.

»Das ist doch selbstverständlich. Er soll sein wie mein eigenes Kind.«

»Universität?« fragte Melanies schwache, kaum hörbare Stimme.

»Gewiß! Universität, Harvard, Europa, alles, was er will ... und ... ein Pony ... Musikstunden ... ach, bitte, bitte, Melanie, nimm alle Kraft zusammen!«

Es wurde wieder still. Sie sah an Melanies Gesicht, wieviel Mühe es sie kostete, weiterzusprechen.

»Ashley«, sagte sie, »Ashley und du ...« Ihre Stimme verlor sich und verstummte.

Da, als Ashleys Name fiel, stand Scarlett das Herz still, kalt wie ein Stein.

Melanie hatte von Anfang an alles gewußt. Scarlett ließ den Kopf auf die Decke sinken. Ein Schluchzen, das ihr im Halse festsaß, sprengte ihr schier die Kehle. Melanie wußte es! Scarlett war jetzt darüber hinaus, sich zu schämen. Als einziges Gefühl blieb ihr die wilde Gewissensqual, daß sie all die langen Jahre hindurch diesem sanften Herzen weh getan hatte. Melanie hatte es gewußt und hatte doch immer als eine treue Freundin zu ihr gehalten. Ach, könnte sie doch all die Jahre noch einmal leben! Sie würde nie wieder auch nur einen Blick mit Ashley tauschen.

»O Gott«, betete sie hastig, »bitte, bitte, laß sie nicht sterben! Ich will alles wiedergutmachen. Gut will ich zu ihr sein, solange ich lebe, ich will kein Wort mehr mit Ashley sprechen, wenn du sie nur wieder gesund machst.«

»Ashley«, sagte Melanie wieder matt und langte mit den Fingern nach Scarletts gesenktem Kopf. Mit Daumen und Zeigefinger zupfte sie sie mit der geringen Kraft eines kleinen Kindes am Haar. Scarlett wußte, was das zu bedeuten hatte Sie sollte Melanie ins Auge schauen, aber sie konnte es nicht. Sie konnte nicht Melanie an den Augen ablesen, daß sie es wußte.

»Ashley«, hauchte Melanie wieder. Scarlett nahm sich zusammen. Wenn sie dereinst beim Jüngsten Gericht Gott ansah und in seinen Augen das Urteil über sich las, es konnte nicht so furchtbar sein wie dies. Gequält hob sie den Kopf.

Sie sah nur die immer gleichen dunklen, liebevollen Augen, die tief eingesunken und schon vom Tode überschattet waren, den immer gleichen zarten Mund, der müde in Schmerzen um Atem rang. Nichts von Vorwurf, nichts von Anklage, nichts von Furcht, nur die Sorge, daß die Kraft zum Sprechen ihr schwinde.

Scarlett war einen Augenblick zu betäubt, um auch nur eine Erleichterung zu fühlen. Dann aber, als sie Melanies Hand fester faßte, durchflutete sie ein warmes Dankgefühl gegen Gott, und zum erstenmal seit ihrer Kindheit sprach sie ein demütiges uneigennütziges Gebet.

»Ich danke dir, Gott. Ich bin es nicht wert, aber ich danke dir, daß du es sie nicht hast wissen lassen.«

»Was ist mit Ashley, Melly?«

»Du ... sorgst du für ihn?«

»Ja, gewiß.«

»Er erkältet sich ... so leicht.«

Eine Weile herrschte Schweigen.

»Kümmerst dich um sein Geschäft ... du verstehst doch?«

»Ich verstehe, ich helfe ihm.«

Dann, mit großer Anstrengung:

»Ashley ist ... so unpraktisch.«

Nur der Tod konnte Melanie das entreißen.

»Sorge für ihn, Scarlett ... aber ... laß es ihn niemals merken.«

»Ich sorge für ihn, und ich sorge für sein Geschäft, und er soll es niemals merken. Nur gute Ratschläge will ich ihm geben.«

Es gelang Melanie, ein wenig zu lächeln, triumphierend fast, als ihre Augen Scarletts Blicke nun wieder begegneten. So wurde der Pakt geschlossen. Eine Frau übergab der andern die Pflicht, Ashley Wilkes vor einer allzu rauhen Welt zu beschirmen, ohne daß er dessen innewerde und sein Mannesstolz darunter leide.

Jetzt beruhigte sich das müde Gesicht wieder, als wäre mit Scarletts Versprechen ihre Seele getröstet.

»Du bist so tüchtig ... so tapfer ... warst immer so gut zu mir ...«

Da brach sich in Scarlett das Schluchzen endlich Bahn, und sie hielt sich die Hand vor den Mund, um es nicht hemmungslos wie ein Kind herauszuschreien: »Ein Satan bin ich gewesen! Bitteres Unrecht habe ich dir angetan! Für dich habe ich nichts getan. Es war alles, alles nur für Ashley.«

Rasch stand sie auf und grub ihre Zähne in den Daumen, um sich wieder in die Gewalt zu bekommen. Rhetts Worte fielen ihr ein: »Sie hat dich lieb, das Kreuz mußt du nun auf dich nehmen.« Von nun ab wog das Kreuz noch schwerer. Schlimm genug, daß sie auf jede Art getrachtet hatte, Melanie ihren Mann wegzunehmen; nun aber legte die Frau, die ihr, solange sie lebte, blind vertraute, ihr auch noch sterbend die gleiche Liebe und das gleiche Vertrauen aufs Gewissen. Nein, sie durfte nichts verraten, durfte ihr nicht einmal sagen: »Nimm alle Kraft zusammen und bleib leben!« Kampflos und leicht, ohne Tränen, ohne Kummer mußte sie sie scheiden lassen.

Die Tür öffnete sich. Dr. Meade stand auf der Schwelle und winkte gebieterisch. Scarlett unterdrückte ihre Tränen, beugte sich über das Bett und legte sich Melanies Hand an die Wange.

»Gute Nacht«, sagte sie ruhiger, als sie es für möglich gehalten hätte.

»Versprich mir ...«, hauchte es ganz, ganz leise.

»Alles, mein Liebling.«

»Kapitän Butler ... sei gut zu ihm. Er liebt dich so sehr.«

»Rhett?« dachte Scarlett bestürzt. Sie konnte sich nichts dabei vorstellen.

»Ja, gewiß«, erwiderte sie mechanisch, streifte die Hand der Sterbenden leise mit den Lippen und legte sie zurück aufs Bett.

»Sagen Sie den Damen, sie sollen hereinkommen«, flüsterte ihr der Doktor zu, als sie zur Tür hinausging.

Durch den Schleier ihrer Tränen sah sie India und Pitty ihm in das Krankenzimmer folgen, die Röcke eng an sich gedrückt, damit sie nicht raschelten. Die Tür schloß sich hinter ihnen. Das Haus war ganz still. Von Ashley war nichts zu sehen. Wie ein ungezogenes Kind, das in die Ecke gestellt ist, legte Scarlett den Kopf an die Wand und preßte die Hand gegen die schmerzende Kehle.

Dort hinter der Tür ging nun Melanie dahin und mit ihr die Kraft, auf die sie sich die vielen Jahre verlassen hatte, ohne es zu wissen. Warum erkannte sie erst jetzt, wie sehr sie Melanie liebte und brauchte? Wer hätte auch in dieser kleinen unscheinbaren Frau eine Säule der Kraft vermutet? In Melanie, die vor Fremden bis zu Tränen schüchtern war und sich scheute, auch nur ihre eigene Meinung laut zu äußern, die sich fürchtete, alten Damen zu mißfallen, Melanie, die nicht den Mut hatte, eine Gans zu verscheuchen? Und dennoch ...

Im Geiste versetzte sich Scarlett um Jahre zurück in den stillen heißen Nachmittag auf Tara, da der graue Pulverdampf über einer Leiche im blauen Rock schwebte und Melanie mit Charles' schwerem Säbel in der Hand oben an der Treppe stand. Es fiel Scarlett wieder ein, wie sie damals gedacht hatte: »Zu dumm! Sie kann den Säbel nicht einmal aus der Scheide ziehen!« Aber jetzt wußte sie, wäre es nötig gewesen, Melanie wäre die Treppe hinuntergestürzt und hätte den Yankee erschlagen oder wäre selber dabei umgekommen.

Ja, damals hatte Melanie mit dem Säbel in der kleinen Faust bereitgestanden, um für sie zu kämpfen.

Und jetzt, da sie trauervoll zurücksah, erkannte Scarlett, wie Melanie immer mit dem Schwerte in der Hand neben ihr gestanden hatte, so selbstverständlich wie ihr eigener Schatten, wie sie sie liebgehabt und mit blinder, leidenschaftlicher Treue für sie gekämpft hatte gegen die Yankees, gegen Feuer, Hunger und Armut, gegen das Urteil der Menschen und sogar gegen die eigene geliebte Familie.

All ihren Mut und ihr Selbstvertrauen fühlte Scarlett langsam verrinnen, als ihr aufging, daß das Schwert, das sie vor der Welt geschützt hatte, jetzt auf immer in der Scheide stak.

»Melanie ist meine einzige Freundin gewesen«, dachte sie in ihrer Verlassenheit, »neben Mutter die einzige Frau, die mich wirklich geliebt hat. Und sie ist auch wie Mutter. Jeder, der sie kannte, hat sich ihr an den Rock gehängt.«

Auf einmal war ihr, als läge Ellen dort hinter der verschlossenen Tür und verließe die Welt zum zweitenmal. Sie stand wieder auf Tara, und die Welt brandete um sie her. Sie aber war untröstlich in der Erkenntnis, daß sie dem Leben nicht gewachsen war ohne die unerklärliche und unüberwindliche Kraft der Schwachen, Sanften und Zarten.

Unschlüssig und angstvoll stand sie in der Halle. Vom Wohnzimmer her warf das flackernde Kaminfeuer große trübe Schatten auf die Wände ringsum. Kein Laut ließ sich hören. Die Stille drang in sie ein wie feiner eisiger Regen. Ashley! Wo war Ashley?

Sie ging ins Wohnzimmer wie ein frierendes Tier, das das Feuer sucht, aber er war nicht da. Sie mußte ihn finden. Melanies Kraft hatte sie erst entdeckt in dem Augenblick, da sie sie verlor, aber Ashley war noch da. Ashley war stark und weise, bei ihm war Trost. In Ashley und seiner Liebe lag die Kraft, an die sich ihre Schwäche lehnen konnte, der Mut, der ihre Angst beruhigte, die Linderung für ihren Gram.

Er mußte wohl in seinem Zimmer sein. Auf Zehenspitzen ging sie durch die Halle und klopfte leise an. Da keine Antwort erfolgte, öffnete sie die Tür. Ashley stand am Toilettentisch und betrachtete ein Paar von Melanies geflickten Handschuhen. Zuerst nahm er den einen und schaute auf ihn, als hätte er ihn noch nie gesehen, dann legte er ihn sachte wieder hin, als wäre er aus Glas, und nahm den anderen zur Hand.

Mit bebender Stimme sagte sie: »Ashley.« Er wendete sich langsam um und sah sie an. All seine verträumte Unnahbarkeit war aus seinen grauen Augen verschwunden, sie waren weit geöffnet und trugen keine Maske. Angst sah sie darin, die ihrer eigenen glich, Hilflosigkeit, die noch schwächer war als die ihre, tiefere Ratlosigkeit, als sie selbst je empfunden hatte. Das Grauen, das sie soeben verspürte, verstärkte sich, als sie sein Gesicht sah. Sie trat zu ihm.

»Mir ist bange«, sagte sie. »Ach, Ashley, halte mich, mir ist so bange!«

Er wendete sich ihr nicht zu, er starrte vor sich hin und packte den Handschuh fest mit beiden Händen. Sie legte ihm die Hand auf den Arm und flüsterte: »Was ist?«

Seine Augen forschten inständig in ihrem Gesicht, suchten, suchten verzweifelt nach etwas, was er nicht darin fand. Endlich sprach er, und es war nicht seine Stimme.

»Mich verlangte nach dir«, sagte er. »Ich wollte zu dir laufen ... laufen wie ein Kind, das sich trösten lassen will ... und nun finde ich ein Kind, das sich noch mehr fürchtet als ich und zu mir gelaufen kommt.«

»Du? Du kannst dich doch nicht fürchten«, rief sie ihm zu. »Dich hat nie etwas geängstigt. Du warst doch immer so stark ...«

»Wenn ich jemals stark war, dann nur, weil sie hinter mir stand«, sagte er mit brechender Stimme, schaute auf den Handschuh hernieder und strich die Finger glatt. »Nun geht alle Kraft, die ich gehabt habe, mit ihr dahin.«

Seine Stimme klang so verzweifelt, daß sie die Hand sinken ließ und vor ihm zurückwich. In dem drückenden Schweigen, das nun eintrat, spürte sie, daß sie ihn eigentlich zum erstenmal in ihrem Leben verstand.

»Aber«, sagte sie langsam. »Du liebst sie doch, Ashley, nicht wahr?«

Es kostete ihn Mühe, zu sprechen.

»Sie ist der einzige meiner Träume, der gelebt und geatmet hat und vor der Wirklichkeit bestand.«

»Träume«, dachte sie, und die alte Gereiztheit wollte sich wieder regen. »Immer Träume, nie ein wenig gesunder Menschenverstand!«

Mit schwerem und ein wenig bitterem Herzen sagte sie: »Du bist ein Tor gewesen. Ashley. Hast du denn nicht gesehen, daß sie millionenmal soviel wert ist wie ich?«

»Scarlett, bitte! Wenn du wüßtest, was ich durchgemacht habe, seitdem der Doktor ...«

»Was du durchgemacht hast! Meinst du, ich ... ach, Ashley, seit Jahren hättest du wissen müssen, daß du sie liebst und nicht mich. Warum hast du das nicht gewußt? Alles wäre dann anders gekommen, ganz anders. Du hättest es erkennen müssen und mich nicht zappeln lassen mit all deinem Gerede von Ehre und Verzicht! Hättest du es mir vor Jahren gesagt ... so oder so hätte ich es ertragen. Aber bis jetzt, bis Melly stirbt, hast du gebraucht, um dahinterzukommen, und nun ist es zu spät. Ach, Ashley, so etwas muß doch der Mann wissen ... die Frau kann es nicht. Es hätte dir doch sonnenklar sein müssen, daß du sie all die Zeit geliebt und mich nur begehrt hast ... wie Rhett die Watling.«

Unter ihren Worten zuckte er zusammen, doch schaute er ihr immer noch in die Augen mit einem Blick, der um Schweigen, um Trost flehte. Jeder Zug in seinem Gesicht gab ihr recht. Schon die gebeugten Schultern zeigten ihr, daß er sich selbst so grausam quälte, wie sie selber es nie vermochte. Stumm stand er vor ihr, den Handschuh in der Faust, als wäre es eine verständnisvolle Hand, und in der Stille, die nun folgte, fiel alle Entrüstung von ihr ab. Das Mitleid kam über sie, mit einem Anflug von Verachtung. Sie machte sich bittere Vorwürfe. Einen geschlagenen wehrlosen Mann trat sie mit Füßen und hatte doch Melanie versprochen, für ihn zu sorgen.

»Kaum habe ich es ihr versprochen, da sage ich ihm gemeine verletzende Worte, die überhaupt nicht gesagt zu werden brauchen. Er weiß, wie es ist, und geht daran zugrunde«, dachte sie untröstlich. »Er ist eben kein erwachsener Mensch. Er ist ein Kind wie ich und ganz krank vor Angst, weil er sie nun verliert. Melanie wußte, was kommen mußte ... Melanie hat ihn viel besser gekannt als ich. Darum auch nannte sie ihn und Beau in einem Atemzug, als sie mir sagte, daß ich für sie sorgen sollte. Wie kann Ashley dies je überstehen? Ich überstehe es, ich halte alles aus. Ich habe schon viel aushalten müssen. Er aber kann es nicht, er hält nichts aus ohne sie.«

»Vergib mir, Lieber«, sagte sie sanft und streckte die Arme aus. »Ich weiß, wie weh es tut. Aber sie weiß ja nichts, ihr ist nie der kleinste Verdacht gekommen ... so gut hat Gott es mit uns gemeint.«

Rasch kam er auf sie zu und umfaßte sie und wußte kaum, was er tat. Sie stellte sich auf die Zehenspitzen, legte ihre warme Wange tröstend gegen die seine und strich ihm über das Haar.

»Weine nicht, Lieber. Ihr zuliebe mußt du tapfer sein. Gleich wird sie dich sehen wollen, dann mußt du tapfer sein. Sie darf nicht merken, daß du geweint hast, sonst quält sie sich.«

Er hielt sie so fest umschlungen, daß sie kaum atmen konnte, und flüsterte mit halberstickter Stimme: »Was soll ich tun? Ich kann nicht ... ich kann nicht ohne sie leben.«

»Ich auch nicht«, dachte sie und sah die langen Jahre ohne Melanie vor sich, die nun kommen sollten, und schloß schaudernd die Augen. Aber mit aller Kraft nahm sie sich zusammen. Jetzt mußte sie für Ashley sorgen. Einst, da sie auf Tara erschöpft und halb betrunken im Mondenschein gelegen, war ihr schon einmal die Erkenntnis gekommen: »Lasten sind für Schultern da, die stark genug sind, sie zu tragen.« Ja, ihre Schultern waren stark und Ashleys nicht. So nahm sie denn die Last auf die Schultern, und mit einer Ruhe, die sie keineswegs wirklich verspürte, küßte sie ihm die nasse Wange, ohne Fieber, ohne Leidenschaft und Verlangen, ganz kühl und sanft.

»Wir kommen schon durch ... so oder so«, sagte sie.

Jäh wurde eine Tür nach der Halle geöffnet, Dr. Meades Stimme ertönte scharf und dringend:

»Ashley! Schnell!«

»Mein Gott, sie ist tot«, dachte Scarlett, »und Ashley war nicht bei ihr, um Abschied zu nehmen.«

»Schnell!« rief sie ihn an und rüttelte ihn, denn er starrte wie betäubt vor sich hin. »Schnell!«

Sie drängte ihn zur Tür hinaus. Von ihrem Wort elektrisiert, lief er in die Halle hinaus, den Handschuh immer noch fest in der Hand. Ein paar rasche Schritte, dann hörte sie die Tür gehen.

»Mein Gott«, sagte sie noch einmal. Langsam ging sie ans Bett, setzte sich darauf und ließ den Kopf in die Hände sinken. Auf einmal fühlte sie sich so müde wie noch nie im Leben. Als dort die Tür ins Schloß fiel, riß die Spannung plötzlich ab, die sie aufrechtgehalten hatte. Sie war zu Tode erschöpft und keines Gefühls mehr mächtig. Nicht Kummer und Gewissensbisse empfand sie mehr, nicht Furcht und Schaudern. Sie war nur müde. Das Hirn tickte ihr dumpf und mechanisch wie die Uhr auf dem Kamin.

Ein Gedanke nur stieg aus ihrer Stumpfheit empor. Ashley liebte sie nicht, hatte sie in Wirklichkeit auch nie geliebt, und diese Erkenntnis tat nicht weh.

Eigentlich sollte sie doch weh tun. Untröstlich sollte sie sein und gebrochenen Herzens mit dem Schicksal hadern. Lange, lange hatte sie sich auf seine Liebe gestützt, auf vielen dunklen Wegen war sie ihr Halt gewesen. Und doch war es so, er liebte sie nicht, und ihr war es gleichgültig. Es war ihr gleichgültig, weil auch sie ihn nicht liebte. Sie liebte ihn nicht, und darum konnte nichts von all seinen Worten und Taten sie mehr schmerzen.

Sie legte sich aufs Bett und rückte den Kopf müde auf dem Kissen zurecht. Vergeblich wehrte sie sich gegen den Gedanken, vergeblich sagte sie sich: »Aber ich liebe ihn doch, ich habe ihn Jahre und Jahre geliebt. Liebe kann doch nicht in einem Augenblick zur Gleichgültigkeit werden!«

Aber Liebe konnte sich wandeln und hatte es getan.

»Er war von jeher überhaupt nur in meiner Einbildung vorhanden«, dachte sie matt. »Ich habe etwas geliebt, was ich mir zurechtgemacht habe, was von vornherein tot war wie Melly jetzt. Ein schönes Gewand habe ich gemacht und mich darein verliebt. Als Ashley dahergeritten kam, ein hübscher Junge, nur ganz, ganz anders, da habe ich ihm das Gewand angezogen und es ihn seither tragen lassen, ob es ihm paßte oder nicht. Wer er in Wirklichkeit war, das habe ich nie gesehen. Die ganze Zeit hindurch habe ich das schöne Gewand geliebt, ihn aber nicht.«

Und nun mußte sie über die Jahre zurückblicken und sah sich in dem grüngeblümten Barchentkleid im Sonnenschein auf Tara stehen, hingerissen von dem jungen Reiter und seinem blonden Haar, das in der Sonne glänzte wie ein silberner Helm. Jetzt erkannte sie deutlich, daß er eigentlich nur eine Kinderlaune von ihr war, so unerheblich wie die Aquamarin-Ohrringe, die sie als verwöhntes kleines Mädchen Gerald abgeschmeichelt hatte. Sobald sie sie besaß, war ihr Wert dahin, wie alles – bis auf Geld – seinen Wert verlor, wenn man es erst einmal hatte. So wäre es ihr auch mit ihm ergangen, hätte sie in jenen ersten längst vergangenen Tagen die Genugtuung gehabt, seine Hand ausschlagen zu können. Hätte sie ihn je in der Gewalt gehabt und ihn Feuer fangen sehen, hätte er eifersüchtig gegrollt und gefleht wie die anderen Jungen, die Betörung wäre ihr vergangen wie Morgendunst vor der Sonne, sobald ihr ein anderer Mann begegnet wäre …

»Wie töricht bin ich gewesen!« dachte sie bitter. »Nun muß ich dafür bezahlen. Nun ist es soweit, wie ich es mir oft gewünscht habe. Melanie sollte sterben, damit ich ihn haben könnte. Nun ist sie tot, nun habe ich ihn und will ihn nicht mehr. Um seiner verwünschten Ehre willen wird er mich fragen, ob ich mich von Rhett scheiden lassen und ihn heiraten will. Heiraten? Nicht geschenkt nähme ich ihn. Und doch habe ich ihn nun mein Leben lang auf dem Halse. Solange ich lebe, muß ich darauf achthaben, daß er nicht verhungert und daß man ihm nicht zu nahe tritt. Er ist noch ein Kind mehr, das mir am

Rock hängt. Meinen Liebsten habe ich verloren und dafür ein Kind mehr. Hätte ich es nicht Melanie versprochen … es machte mir nichts, ihn nie wiederzusehen.«

LXII

SIE HÖRTE DRAUSSEN LEISE STIMMEN, GING AN DIE TÜR UND SAH unten im Flur die verängstigten Schwarzen stehen, Dilcey mit dem schlafenden Beau auf dem Arm, an dem sie sichtlich schwer trug, Onkel Peter in Tränen, Cookie, die sich das breite, nasse Gesicht mit der Schürze trocknete. Alle drei sahen sie Scarlett an und fragten sie stumm, was sie nun tun sollten. Im Wohnzimmer standen India und Tante Pitty und hielten einander wortlos bei der Hand, und dieses eine Mal war von India alle Steifheit gewichen. Gleich den Negern blickten auch sie flehend zu Scarlett auf, daß sie ihnen eine Weisung gebe. Sie ging ins Wohnzimmer, die beiden kamen hinter ihr her.

»Ach, Scarlett«, begann Tante Pitty mit bebender Kinderstimme.

»Sprich kein Wort, oder ich fange an zu schreien«, sagte Scarlett. Sie hatte die Hände in die Seite gestemmt, die überreizten Nerven schärften ihren Ton; der Gedanke, sie solle jetzt von Melanie sprechen und die unvermeidlichen Anordnungen treffen, die ein Todesfall nach sich zieht, preßte ihr von neuem die Kehle zusammen. »Kein Wort, hört ihr?«

Vor ihrem herrischen Ton wichen sie mit hilflos verletztem Ausdruck zurück. »Ich darf vor ihnen nicht weinen«, dachte sie. »Ich darf mich nicht gehenlassen, dann weinen sie auch, und dann fangen die Schwarzen an zu heulen, und wir werden alle verrückt. Ich muß mich zusammennehmen. Es gibt soviel zu tun. Den Bestattungsunternehmer muß ich bestellen und die Beerdigung festsetzen, ich muß dafür sorgen, daß das Haus saubergemacht wird, ich muß zur Stelle sein und für alle Leute freundliche Worte finden, die an meinem Halse weinen wollen. Ashley kann es nicht, Pitty und India können es auch nicht. Ich muß es tun. Ach, immer wieder schwere Lasten, immer die Lasten der andern!«

Sie schaute India und Pitty in die verstörten Gesichter und war zerknirscht. Melanie hätte es nicht gefallen, daß sie so scharf mit den Menschen umging, die sie so liebhatten.

»Seid nicht böse«, brachte sie mühsam hervor. »Es kommt nur daher, daß ich … verzeih, Tantchen, daß ich unfreundlich war. Ich gehe einen Augenblick auf die Veranda. Ich muß jetzt allein sein. Dann komme ich wieder und wir …«

Sie streichelte Tante Pitty und lief an ihr vorüber zur Haustür. Wäre sie eine Sekunde länger dageblieben, mit ihrer Selbstbeherrschung wäre es vorbei gewesen. Sie mußte allein sein. Weinen mußte sie, sonst brach ihr das Herz.

Sie trat auf die dunkle Veranda und zog die Tür hinter sich zu. Die feuchte Nachtluft kühlte ihr das Gesicht. Der Regen hatte aufgehört, sie hörte nur ab und zu das Wasser aus der Dachrinne tropfen, sonst keinen Laut. Die Welt war in dichten, eisigen Nebel gehüllt, der den Hauch des sterbenden Jahres in sich trug. Auf der Straße waren alle Häuser dunkel bis auf eins, das Licht der Lampe kämpfte vergeblich gegen den Nebel an. Goldene Tröpfchen glitzerten im Schein. Ihr war, als läge die ganze Welt in einer regungslosen Hülle von grauem Dunst. Die ganze Welt schwieg.

Sie lehnte den Kopf an einen Pfosten der Veranda und wollte weinen, aber es kamen keine Tränen. Dieses Unglück war für Tränen zu groß. Ihr Körper bebte. Ihr Herz hallte noch wider von dem Krachen, mit dem die beiden unbezwinglichen Burgen ihres Lebens donnernd eingestürzt waren. Eine Weile stand sie da und versuchte die Kraft ihres alten Zauberspruchs: »Morgen denke ich über all das nach, morgen, wenn ich es besser ertrage«, aber der Zauber hatte seine Kraft verloren. An zwei Dinge mußte sie jetzt denken – an Melanie, wie innig sie sie brauchte und liebte, an Ashley und ihren Eigensinn, der sie blind gegen das gemacht hatte, was er in Wirklichkeit war. Daran zu denken aber tat morgen und an jedem kommenden Tag ihres Lebens genauso weh wie jetzt. »Ich kann nicht wieder hinein und mit ihnen sprechen«, dachte sie. »Jetzt kann ich Ashley nicht trösten, heute abend nicht mehr! Morgen früh komme ich zeitig und tue alles, was getan werden muß, und sage die Trostworte, die sie von mir erwarten. Heute abend kann ich es nicht. Ich gehe nach Hause.«

Es waren nur fünf Häuserblocks bis nach Hause. Sie wollte nicht darauf warten, daß der schluchzende Peter den Einspänner anspannte oder Dr. Meade sie nach Hause fuhr. Weder den Tränen des einen noch den schweigenden Vorwürfen des andern fühlte sie sich gewachsen. Rasch lief sie ohne Hut und Mantel die dunklen Verandastufen hinunter in die nebelige Nacht hinein. Sie ging um die Ecke und dann weiter langsam zur Pfirsichstraße hinauf. Sie schritt durch die nasse schweigende Welt, sogar ihre Schritte waren lautlos wie im Traum.

Während sie so hinaufstieg, die Brust beklommen von ungeweinten Tränen, überkam sie ein träumerisches Gefühl, als hätte sie an diesem trüben frostigen Ort unter ähnlichen Umständen schon einmal geweilt, nicht nur einmal, sondern oft. »Zu albern«, dachte sie furchtsam und beschleunigte ihren Schritt. Es waren ihre Nerven, die ihr diesen Streich spielten. Aber das Gefühl wollte nicht weichen und erfüllte unmerklich ihre ganze Seele.

Unsicher spähte sie um sich. Das Gefühl nahm zu, unheimlich und doch vertraut. Witternd hob sie den Kopf wie ein Tier, wenn Gefahr im Anzuge ist. »Es ist nur die Abspannung«, suchte sie sich zu beruhigen, »und die Nacht ist so seltsam. Einen so dichten Nebel habe ich noch nie gesehen ... außer ... außer ...«

Da wußte sie es, und die Angst preßte ihr das Herz zusammen. Ja, jetzt wußte sie es. Hundert Male war sie im Traum durch solchen Nebel geflohen, durch ein gespenstisches Land ohne vertraute Merkzeichen, dicht in kalten Nebel eingehüllt, der von drohenden Geistern und Schatten wimmelte. Träumte sie wieder, war ihr Traum nun Wirklichkeit geworden?

Einen Augenblick entglitt ihr die Wirklichkeit, sie wußte nicht, wo sie war. Das alte Traumgefühl durchwogte sie stärker als je, ihr Herz hämmerte rasend. Wieder stand sie mitten in der Stille des Todes wie damals auf Tara. Alles, worauf es in der Welt ankam, war verschwunden, das Leben lag in Trümmern, das Grauen heulte wie ein Sturmwind in ihrem Herzen. Das Entsetzen legte Hand an sie, und sie fing an zu laufen. Wie sie hundertmal im Traum gelaufen war, so lief sie auch jetzt und floh blindlings dahin, von sinnloser Angst getrieben, in dem grauen Nebel nach dem sicheren Hafen suchend, der irgendwo lag.

So ging sie die dämmerige Straße hinauf, vorgestreckten Kopfes und pochenden Herzens. Die kalte Nachtluft benetzte ihr Antlitz, die Bäume drohten zu ihr herab. Irgendwo in dieser feuchten, stillen Wüste lag der Zufluchtsort! Keuchend stürzte sie weiter hinauf, die nassen Röcke schlugen ihr kalt um die Enkel, die Lunge wollte ihr bersten, das festgeschnürte Korsett preßte ihr die Rippen ins Herz.

Dann tauchte vor ihren Augen ein Licht auf, eine ganze Reihe von trüben, aber wirklichen Lichtern. In ihrem Alpdruck hatte sie sonst nie ein Licht gesehen, nur immer grauen Nebel. Ihr Denken klammerte sich an dieses Licht. Es bedeutete Geborgenheit, Wirklichkeit, Menschen. Sie blieb stehen, krampfte die Hände zusammen und riß sich mit Gewalt aus ihrer Betäubung. Unverwandt starrte sie auf die Reihe von Gaslampen, die ihrem Hirn das Zeichen gegeben hatten. Hier war die Pfirsichstraße, hier war Atlanta und nicht die graue Welt der Geister und des Schlafes. Ganz außer Atem sank sie auf einen Prellstein nieder und suchte ihre Nerven in die Gewalt zu bekommen.

»Ich bin ja wie eine Irre gelaufen«, dachte sie. »Wo wollte ich denn hin?« Da saß sie, die Hand auf dem Herzen, schaute die Pfirsichstraße hinauf und atmete ruhiger. Dort oben lag ihr Haus, hell, als sei in jedem Fenster Licht, über das der Nebel keine Macht hatte. Daheim! Etwas wie Ruhe kam über sie. Nach Hause. Das war es also, wohin sie gewollt hatte. Nach Hause zu Rhett.

Bei dieser Erkenntnis schienen Ketten von ihr abzufallen und mit ihnen die

Angst, die sie verfolgt hatte seit jener Nacht, da sie tödlich erschöpft nach Tara gekommen und die Welt zu Ende gewesen war. Damals war alles dahin gewesen, alle Sicherheit, Kraft und Weisheit, alle Zärtlichkeit und alles Verständnis, was in Ellen den Segen ihrer Mädchenzeit verkörpert hatte. Wohl hatte sie inzwischen die äußere Sicherheit erlangt, aber in ihren Träumen war sie immer noch das geängstigte Kind, das nach der verlorenen Geborgenheit jener entschwundenen Welt auf der Suche war.

Nun erkannte sie den Hafen, den sie in ihren Träumen gesucht, die Stätte des Schutzes, die der Nebel ihr stets verhüllt hatte. Es war nicht Ashley ... nie im Leben! In ihm war nicht mehr Wärme als im Irrlicht, nicht mehr Sicherheit als auf dem Flugsand. Es war Rhett, der starke Arme hatte, sie zu beschützen, eine Brust, an der sie ihren müden Kopf bergen konnte, ein spöttisches Lachen, vor dem ihre Sorgen klein wurden, und ein Verständnis, das wie sie die Wirklichkeit wirklich sah und nicht durch die Schleier hohler Begriffe von Ehre und Opfer entstellte. Er liebte sie! Warum hatte sie nicht erkannt, daß er trotz aller Boshaftigkeit, die ihr das Gegenteil weismachen sollte, sie liebte? Melanie hatte es erkannt und ihr mit dem letzten Atemzug ans Herz gelegt: »Sei gut zu ihm.«

»Ach«, dachte sie bei sich, »Ashley ist nicht der einzige törichte verblendete Mensch. Auch ich hätte sehen müssen.«

Jahrelang hatte sie nun die steinerne Mauer von Rhetts Liebe im Rücken gehabt und so selbstverständlich hingenommen wie Melanies Liebe, in dem eitlen Wahn, sie schöpfe alle Kraft aus sich selbst. Wie sie erst jetzt erkannt hatte, daß Melanie ihr überall zur Seite gestanden, so ging ihr nun auf, daß auch Rhett stets schweigend und hilfsbereit hinter ihr gestanden hatte. Rhett auf dem Basar, wie er ihr die Ungeduld an den Augen ablas und sie zum Tanze führte, Rhett, der ihr die Knechtschaft der Trauer sprengte, Rhett, der sie durch die Feuersbrunst von Atlanta geleitete, Rhett, der ihr das Geld lieh, mit dem sie ihre Existenz gründete, Rhett, der sie tröstete, wenn sie in der Nacht aus Alpdrücken erwachte ... das alles tat doch kein Mann, wenn er eine Frau nicht bis zum Wahnsinn liebte!

Von den Bäumen tropfte die Nässe auf sie herab, aber sie spürte es nicht. Der Nebel umhüllte sie, und sie achtete nicht darauf. Sie dachte an Rhetts braunes Gesicht, seine weißen Zähne und seine dunklen prüfenden Augen, und ein Zittern durchlief sie.

»Ich liebe ihn!« Auch dies nahm sie ohne viel Verwunderung hin, wie ein Kind, das sich etwas schenken läßt. »Wie lange schon, weiß ich nicht, aber es ist so. Wäre nicht Ashley gewesen, ich hätte es längst erkannt. Ich bin überhaupt nie fähig gewesen, die Welt zu sehen, wie sie ist, weil immer Ashley mir im Wege stand.«

Sie liebte ihn, den Taugenichts, den Schurken, der keine Gewissensbisse und keine Ehre kannte, wenigstens nicht die Ehre, die Ashley besaß. »Verwünscht sei Ashleys Ehre«, dachte sie. »Ashleys Ehre hat mich immer im Stich gelassen. Ja, vom ersten Augenblick an, da er nicht aufhörte, mich zu besuchen, obwohl er wußte, daß er Melanie heiraten würde. Rhett aber hat mich nie im Stich gelassen. Auch nicht nach jenem furchtbaren Abend von Mellys Gesellschaft, als er mir den Hals hätte umdrehen sollen. Selbst als er mich in der Nacht auf der Landstraße verließ, wußte er, daß mir nichts geschehen würde. Er wußte, irgendwie käme ich durch. Auch im Gefängnis, als er so tat, als wolle er mich für das Darlehen bezahlen lassen. Er hätte mich nicht genommen, er wollte mich nur prüfen. Immer und immer hat er mich geliebt, und ich bin schlecht gegen ihn gewesen. Immer wieder habe ich ihm weh getan, und er war zu stolz, es sich anmerken zu lassen. Und als Bonnie starb ... ach, wie konnte ich nur!«

Entschlossen stand sie auf. Noch vor einer halben Stunde hatte sie gemeint, sie habe alles auf der Welt verloren, was das Leben lebenswert machte, Ellen, Gerald, Bonnie, Mammy, Melanie und Ashley. Alle hatte sie sie verlieren müssen, ehe sie zu der Erkenntnis kam, daß sie Rhett liebte, weil er stark war und skrupellos, leidenschaftlich und erdhaft wie sie selbst.

»Ich will ihm alles sagen«, nahm sie sich vor. »Er wird mich verstehen, er hat mich immer verstanden. Ich will ihm sagen, wie töricht ich gewesen bin und daß ich ihn liebe und alles wiedergutmachen will.«

Auf einmal fühlte sie sich stark und glücklich. Ihr bangte nicht mehr vor Nebel und Dunkelheit. Frohlockenden Herzens spürte sie, ihr werde nun nie wieder bange sein. Einerlei, was für Nebel ihre Zukunft umwallten, sie wußte, wo ihre Zufluchtsstätte war. Rasch machte sie sich auf den Weg nach Hause. Sie raffte die Röcke zusammen und begann leichtfüßig zu laufen, aber nicht aus Angst. Nun lief sie, weil am Ende der Straße Rhetts Arme sie erwarteten.

LXIII

Die Haustür war nur angelehnt. Atemlos kam Scarlett in die Halle gelaufen und blieb einen Augenblick unter den glitzernden Prismen des Kronleuchters stehen. Bei all seiner Helligkeit war das Haus ganz still. Es war aber nicht die friedliche Stille des Schlummers, sondern eine müde, schlaflose Stille, die nichts Gutes verhieß. Auf den ersten Blick sah sie, daß Rhett sich weder im Salon noch in der Bibliothek befand, und ihr sank das Herz. Wenn er nun fort war ... bei Belle oder wo er sonst die vielen Abende zubrachte! Damit hatte sie nicht gerechnet.

Sie war schon ein paar Stufen hinaufgestiegen, um ihn zu suchen, als sie sah, daß die Tür zum Eßzimmer geschlossen war. Ihr Herz zog sich zusammen vor Scham, als sie der vielen Abende dieses Sommers gedachte, da Rhett dort allein gesessen und getrunken hatte, bis er berauscht war, und Pork kommen mußte, um ihn mit sanfter Gewalt ins Bett zu bringen. Ihre Schuld war es gewesen, aber es sollte anders werden. Alles sollte von nun an anders werden. »Lieber Gott, laß ihn heute abend nicht betrunken sein! Wenn er zuviel getrunken hat, glaubt er mir nicht und lacht mich aus, und das bricht mir das Herz.«

Leise öffnete sie die Tür und spähte hinein. Er rekelte sich in seinem Stuhl am Tisch, eine volle Karaffe stand vor ihm, aber der Kristallstöpsel war noch darauf, und das Glas war unbenutzt. Gottlob, er war nüchtern! Sie machte die Tür auf und mußte an sich halten, nicht zu ihm zu laufen. Als er aber zu ihr hinsah, hielt sie etwas in seinem Blick auf der Schwelle zurück und verschlug ihr die Worte.

Unverwandt sah er sie aus schweren müden Lidern mit dunklen Augen an, in denen kein Funke sprühte. Obwohl ihr das Haar bis auf die Schultern herabfiel, ihre Brust sich atemlos hob und senkte und ihr Kleid mit Schmutz bespritzt war, veränderte seine Miene sich nicht. Nichts von Überraschung, keine Frage, keine spöttisch verzogenen Lippen. Zusammengesunken saß er auf seinem Stuhl, der Anzug warf unordentliche Falten, jede Linie kündete von dem Verfall eines schönen Körpers, der Verrohung eines edlen Gesichts. Trunk und Ausschweifung hatten ihr Werk an dem scharf geprägten Profil getan. Dies war nicht mehr der Kopf eines jungen Heidenfürsten auf frisch gemünztem Golde, sondern ein schlaffer, müder Cäsar auf einem abgegriffenen Kupferstück. Er betrachtete sie, wie sie mit der Hand auf dem Herzen dastand, ruhig, fast freundlich, und es ängstigte sie.

»Komm her, setz dich«, sagte er. »Sie ist tot?«

Sie nickte und kam zaudernd näher, ihr Herz wurde unsicher bei diesem fremden Ausdruck in seinem Gesicht. Ohne aufzustehen, schob er mit dem Fuß einen Stuhl für sie zurecht, und sie sank darauf nieder. Lieber wäre ihr gewesen, er hätte nicht gleich von Melanie angefangen. Sie wollte jetzt nicht von ihr sprechen und die Seelenängste der letzten Stunden nochmals durchleben. Sie konnten ja ihr ganzes Leben lang noch von Melanie reden. So wild trieb sie das Verlangen, ihm zuzurufen: »Ich liebe dich!«, daß sie nur diese eine Nacht, nur diese eine Stunde zu haben vermeinte, um Rhett zu sagen, was ihr auf der Seele brannte. Aber in seinem Gesicht lag etwas, was sie hemmte, und plötzlich schämte sie sich, von Liebe zu sprechen, wo Melanie kaum erkaltet war.

»Gott gebe ihr Frieden«, sagte er bekümmert. »Sie war der einzige durch und durch gütige Mensch, den ich gekannt habe.«

»O Rhett«, jammerte sie. Seine Worte stellten ihr alles Gute, was Melanie für sie getan hatte, allzu lebhaft vor die Seele. »Warum bist du nicht mitgekommen! Es war furchtbar ... ich hatte dich so nötig.«

»Ich hätte es nicht ertragen«, sagte er schlicht und schwieg einen Augenblick. Dann setzte er wieder mühsam an und sagte: »Eine ganz große Dame.«

Sein düsterer Blick ging über ihren Kopf hinweg, und in seinen Augen erkannte sie dasselbe wieder, was sie an dem Abend, da Atlanta fiel, im Flammenschein darin gesehen hatte, damals, als er ihr sagte, er wolle sich der rückflutenden Armee anschließen: das Staunen eines Menschen, der sich selbst genau kennt und dennoch mit einer Spur von Selbstverspottung unerwartete Regungen und Bindungen in sich entdeckt.

Seine schwermütigen Augen blickten über ihre Schultern hinweg, als sähe er Melanie schweigend aus dem Zimmer gehen. In seinem Gesicht lag, wie es von ihr Abschied nahm, kein Kummer und kein Schmerz, sondern nur ein grüblerisches Staunen über sich selbst, nur das jähe Wiederaufleben eines Gefühls, das seit seiner Knabenzeit erstorben war. Er sagte noch einmal: »Eine ganz große Dame.«

Scarlett erschauerte, und die Glut erlosch in ihrem Herzen, die schöne Wärme, die sie auf beschwingten Flügeln nach Hause getrieben hatte. Ihr dämmerte, was in Rhetts Gemüt vorging, als er von diesem einzigen Menschen Abschied nahm, den er auf der Welt hochgeachtet hatte, und wieder überkam sie das trostlose Gefühl der Unwiederbringlichkeit so mächtig, daß es weit über die Gestalt der Toten hinauswuchs. Sie konnte nicht ganz nachfühlen und erkennen, was er empfand, doch ihr war, als hätten auch sie leise raschelnde Kleider gestreift in einer letzten zarten Liebkosung. Durch Rhetts Augen hindurch sah sie es vorüberziehen – nicht eine Frau, sondern eine Sagengestalt, die Verkörperung der sanften, selbstlosen und doch stahlharten Frau, auf die der Süden im Kriege gebaut und in deren stolze liebevolle Arme er nach der Niederlage heimgekehrt war.

Sein Blick kam zurück, seine Stimme hatte einen anderen Ton, kühl und leichthin sagte er:

»Nun ist sie also tot. Jetzt hast du es gut, nicht wahr?«

»Wie kannst du nur so etwas sagen!« Der Pfeil hatte getroffen, rasche Tränen traten ihr in die Augen. »Du weißt doch, wie ich sie geliebt habe!«

»Nein, das kann ich nicht behaupten. Es kommt mir ganz unerwartet, und es macht dir in Anbetracht deiner Vorliebe für minderwertige Naturen Ehre, daß du sie endlich zu würdigen weißt.«

»Wie kannst du nur so reden? Selbstverständlich habe ich gewußt, was ich an ihr hatte. Du aber nicht. Du hast sie nicht so gekannt wie ich! Du hast nicht den Sinn dafür, zu verstehen, wie gut sie war …«

»So? Mag sein …«

»Sie dachte an alle, nur nicht an sich selbst. Ja, und mit ihren letzten Worten sprach sie von dir.«

In seinen Augen leuchtete es von echtem Gefühl auf, als er sich rasch zu ihr umwendete.

»Was hat sie gesagt?«

»Ach, jetzt nicht, Rhett.«

»Sag!«

Sein Ton war kühl, aber seine Hand, die nach ihrem Gelenk griff, tat ihr weh. Sie wollte es ihm nicht sagen, auf diesem Wege hatte sie nicht von ihrer Liebe anfangen wollen, aber gegen seinen Griff kam sie nicht auf.

»Sie hat gesagt … sie hat gesagt … ›Sei gut zu Kapitän Butler, er liebt dich so sehr.‹«

Er sah sie groß an und ließ ihre Hand los. Dann senkten sich die Lider, sein Gesicht war dunkel und leer. Plötzlich stand er auf und ging ans Fenster, zog die Vorhänge auf und schaute gespannt hinaus, als gäbe es draußen etwas anderes zu sehen als blinden Nebel.

»Hat sie sonst noch etwas gesagt?« fragte er, ohne sich umzuwenden.

»Sie hat mich gebeten, für den kleinen Beau zu sorgen, und ich habe versprochen, er soll sein wie mein eigener Junge.«

»Was sonst noch?«

»Sie sagte … Ashley … sie bat mich, ich möge mich auch um ihn kümmern.«

Einen Augenblick schwieg er, dann lachte er leise.

»Es ist wohl sehr bequem, die Einwilligung der ersten Frau zu haben, nicht wahr?«

»Was soll das heißen?«

Er drehte sich um, und in all ihrer Verwirrung überraschte es sie, daß in seinem Gesicht keinerlei Spott zu finden war. Es lag kaum mehr Anteil darin als in dem Gesicht eines Menschen, der sich den letzten Akt einer nicht besonders unterhaltsamen Komödie ansieht.

»Ich sollte denken, das ist deutlich genug. Miß Melly ist tot. Beweise hast du genug, um gegen mich auf Scheidung zu klagen. Dein Ruf ist nicht mehr derart, daß eine Scheidung dir noch viel schaden könnte. Von Religion ist dir nicht viel geblieben, auf die Kirche kommt es also nicht an. Nur zu. Der Traum verwirklicht sich, und Miß Mellys Segen habt ihr obendrein.«

»Scheidung?« rief sie. »Nein, nein!« Ihre Gedanken gingen wild durcheinander, sie sprang auf, stürzte auf ihn zu und packte ihn am Arm. »Ach, das ist ja ganz falsch! Entsetzlich falsch! Ich will mich nicht scheiden lassen, ich ...« Sie brach ab, denn sie fand keine Worte mehr.

Er faßte sie unters Kinn, hob ihr das Gesicht sacht in den Lampenschein und blickte ihr gespannt in die Augen. Sie schaute zu ihm empor, in ihren Augen lag ihr ganzes Herz. Ihre Lippen bebten, als sie zu sprechen versuchte, aber die Worte gehorchten ihr nicht. Sie suchte in seinen Zügen nach einer Antwort auf ihr Gefühl, suchte, ob nicht ein Funke von Hoffnung und Freude darin aufspringe. Jetzt mußte er doch wissen, wie es in ihr aussah! Aber ihre suchenden verlangenden Augen fanden nichts, nur die matte dunkle Leere, die sie so oft zurückgescheucht hatte. Er ließ ihr Kinn los, wendete sich ab und sank wieder müde in seinen Stuhl. Die Glieder streckte er von sich, das Kinn fiel ihm auf die Brust, seine Augen blickten unter den schwarzen Brauen teilnahmslos und nur sachlich forschend zu ihr auf.

Sie folgte ihm und stand mit ineinandergekrampften Fingern vor ihm.

»Du hast dich geirrt«, fing sie wieder an und fand endlich Worte. »Rhett, heute abend, als ich es erkannte, bin ich den ganzen Weg nach Hause gerannt, um es dir zu sagen. Ach, Lieber, ich ...«

»Du bist müde«, sagte er und beobachtete sie noch immer. »Du solltest lieber zu Bett gehen.«

»Aber ich muß es dir sagen!«

»Scarlett«, erwiderte er trostlos, »ich will nichts hören.«

»Aber du weißt ja nicht, was ich dir sagen will.«

»Mein Herz, es steht deutlich genug auf deinem Gesicht geschrieben. Irgend etwas, irgend jemand hat dich zu der Einsicht gebracht, daß der unselige Mr. Wilkes eine taube Nuß ist, so taub, daß nicht einmal du davon satt wirst. Und das gleiche Etwas hat dir mich plötzlich in ein neues verlockendes Licht gesetzt.« Er seufzte ein wenig. »Jetzt hat es keinen Zweck mehr, davon zu reden.«

Scharf zog sie den Atem vor Überraschung ein. Er hatte sie bisher immer mühelos durchschaut. Immer hatte sie ihm deshalb gegrollt, doch nach dem ersten Schreck darüber, daß sie ihm nichts zu verhehlen vermochte, fühlte sie sich jetzt erlöst und von Herzen froh. Er verstand sie, ihr Vorhaben wurde ihr auf wunderbare Weise erleichtert. Es hatte keinen Zweck, davon zu reden! Natürlich war er bitter geworden, weil sie ihn so vernachlässigt hatte, natürlich mißtraute er der plötzlichen Wandlung ihres Herzens. Jetzt mußte sie ihn mit Güte umwerben, mit Liebe überzeugen. Wie gern wollte sie das!

»Liebster, ich will es dir alles sagen.« Sie stützte sich auf die Armlehne seines Stuhles und beugte sich über ihn. »Ich war auf falschen Wegen, auf dummen und törichten ...«

»Scarlett, laß das. Demütige dich nicht vor mir, das kann ich nicht ertragen. Laß uns zum Andenken an unsere Ehe wenigstens ein klein wenig Würde und Haltung übrig. Erspar uns dies Letzte.«

Jäh richtete sie sich auf. Dies Letzte? Was meinte er damit? Dies Letzte? Dies war ja das Erste, jetzt fing es erst an!

»Ich will es dir aber sagen«, begann sie hastig, als fürchtete sie, er könne ihr die Hand auf den Mund legen, damit sie schweige. »Ach, Rhett, Geliebter, ich liebe dich ja so sehr. Seit Jahren muß ich dich geliebt haben und war nur so dumm, daß ich es nicht wußte. Du mußt mir glauben.«

Er sah sie an, wie sie da vor ihm stand, mit einem Blick, daß es ihr bis ins innerste Herz drang. Wohl lag Glauben in seinen Augen, Teilnahme aber kaum. Wollte er denn wirklich noch jetzt boshaft gegen sie sein, sie quälen und ihr mit eigener Münze heimzahlen?

»Gewiß, ich glaube dir«, sagte er endlich, »aber wie steht es mit Ashley Wilkes?«

»Ashley?« Sie machte eine ungeduldige Bewegung. »An ihm liegt mir schon seit Ewigkeiten nichts mehr. Es war ein Traum aus meiner Mädchenzeit, von dem ich mich nicht losmachen konnte. Rhett, mit keinem Gedanken hätte ich mehr an ihn gedacht, hätte ich eher gewußt, was er in Wirklichkeit ist. Er ist ja nur ein hilfloses, verzagtes Geschöpf bei all seinen Worten von Wahrheit und Ehre ...«

»Nein«, sagte Rhett, »wenn du ihn durchaus sehen willst, wie er ist, so sieh ihn auch richtig. Er ist nur ein Gentleman, gefangen in einer Welt, in die er nicht gehört, und er versucht nun, nach den Gesetzen einer vergangenen Welt das wenige daraus zu machen, was er vermag.«

»Ach, Rhett, laß uns nicht von ihm sprechen. Was liegt jetzt an ihm? Freust du dich denn nicht, jetzt, da ich ...«

Als seine müden Augen sie ansahen, brach sie verlegen ab, verschämt wie ein Mädchen vor ihrem ersten Verehrer. Wenn er es ihr doch nur leichter machen wollte! Ach, wenn er doch nur die Arme ausbreiten würde, damit sie ihm dankbar den Kopf an die Brust legen konnte! Ruhten ihre Lippen erst auf den seinen, so würden sie beredter sein als all ihr Gestammel. Aber als sie ihn anschaute, erkannte sie, daß er nicht aus Bosheit so kühl war. Völlig ausgebrannt sah er aus, als könne von allem, was sie sagte, nichts mehr Eindruck auf ihn machen.

»Freuen«, sagte er. »Einst hätte ich Gott mit Fasten gedankt, wenn ich solche Worte aus deinem Munde gehört hätte. Aber jetzt liegt mir nichts mehr daran.«

»Dir liegt nichts daran? Rhett, was redest du? Natürlich liegt dir daran! Du hast mich doch lieb! Melly hat es ja gesagt.«

»Sie hatte recht, soweit sie es begreifen konnte. Aber, Scarlett, ist dir nie der Gedanke gekommen, daß auch die standhafteste Liebe sich einmal erschöpft?«

Sprachlos sah sie ihn an. Ihr Mund war zum »O« gerundet, aber sie brachte keinen Laut hervor.

»Meine ist nun erschöpft«, fuhr er fort. »An Ashley Wilkes und deiner wahnsinnigen Starrköpfigkeit, mit der du wie eine Bulldogge festhältst, was du dir in den Kopf gesetzt hast ... daran hat sie sich erschöpft.«

»Liebe kann sich doch nicht erschöpfen.«

»Deine Liebe zu Ashley hat es auch getan.«

»Aber ich habe ihn in Wirklichkeit doch gar nicht geliebt!«

»Jedenfalls hat es bis heute abend so ausgesehen. Scarlett, ich schelte nicht, ich klage dich nicht an. Die Zeiten sind vorbei. Deshalb erspare mir auch, was du zu deiner Erklärung und Verteidigung sagen willst. Wenn du imstande bist, mir ein paar Minuten zuzuhören, ohne mich zu unterbrechen, will ich dir gern auseinandersetzen, was ich meine, obwohl ich, weiß Gott, keinen Anlaß zu Erklärungen sehe. Es ist doch alles so einfach.«

Sie setzte sich, grell fiel das Gaslicht auf ihr bleiches verstörtes Gesicht. Sie sah in die Augen, die sie so gut und doch so wenig kannte, und lauschte seiner ruhigen Stimme, zunächst ohne das geringste Verständnis. Dies war das erstemal, daß er von Mensch zu Mensch mit ihr sprach, schlicht, wie andere Menschen, auch ohne Stichelei und Spötterei, ohne Rätsel.

»Bist du denn nie auf den Gedanken gekommen, daß ich dich geliebt habe, wie ein Mann eine Frau nur lieben kann? Schon jahrelang, ehe ich dich endlich bekam? Während des Krieges bin ich fortgegangen und habe versucht, dich zu vergessen, aber ich konnte es nicht und mußte immer wieder zu dir zurück. Nach dem Kriege kam ich, auf die Gefahr hin, verhaftet zu werden, zurück, um dich zu suchen. Ich hatte dich so lieb, daß ich vielleicht Frank Kennedy erschossen hätte, wenn er damals nicht gestorben wäre. Ich liebte dich, aber du durftest es nicht wissen. Du verfährst unmenschlich mit dem, der dich liebt. Du läßt dir seine Liebe gefallen und schlägst sie ihm wie eine Peitsche um den Kopf.«

Aus alledem hörte sie nur heraus, daß er sie liebte, und hatte an dem leisen Nachhall von Leidenschaft in seiner Stimme plötzlich wieder ein erregtes Gefallen. Sie hielt den Atem an, lauschte und wartete.

»Ich wußte, daß du mich nicht liebtest, als wir heirateten, ich wußte ja von Ashley, aber ich Tor hatte geglaubt, ich könnte es erreichen, daß du mich mit der Zeit liebgewännest. Lach mich nur aus, wenn du willst. Sieh, ich wollte für dich sorgen, dich verwöhnen, dir schenken, was du dir wünschtest. Ich wollte dich heiraten, dich beschützen und dir in allem, was dich glücklich machte, deine Freiheit lassen, wie ich es dann später bei Bonnie getan habe. Du hattest es so schwer gehabt, Scarlett. Niemand wußte besser als ich, was du durchgemacht hattest. Du solltest nun nicht länger kämpfen. Ich wollte es dir abnehmen. Spielen solltest du wie ein Kind, denn du warst ja ein tapferes, banges, eigensinniges Kind, und das bist du wohl auch jetzt noch. So starrköpfig und so empfindungslos kann nur ein Kind sein.«

Seine Stimme klang ruhig und müde, aber es lag etwas darin, was sie undeutlich an etwas erinnerte. Eine solche Stimme hatte sie schon einmal gehört, an einem anderen Wendepunkt ihres Lebens. Wo war das doch gewesen? Die Stimme eines Mannes, der ohne Erregung, ohne Schwanken und ohne Hoffnung sich selbst und seine Welt ins Auge faßte?

Ach ja ... Ashley war es gewesen, damals in dem winterlichen, sturmdurchfegten Obstgarten auf Tara, als er vom Leben und seinem Schattenspiel in einer müden Unbewegtheit sprach, die hoffnungsloser klang als bittere Verzweiflung. Wie ihr damals ein Grauen angekommen war, so machte ihr jetzt auch Rhetts Ton das Herz bleischwer. Seine Stimme, seine Art noch mehr als seine Worte beunruhigten sie und zeigten ihr, daß die freudige Erregung, die sie soeben empfunden hatte, zur Unzeit gekommen war. Hier stimmte etwas nicht. Sie wußte nicht, was es war, aber gespannt hörte sie ihm zu, und ihre Augen hingen an seinem braunen Gesicht, ob er nicht etwas sage, was ihr die Angst wieder vertriebe.

»Es lag doch auf der Hand, daß wir füreinander bestimmt waren. Aus deiner ganzen Bekanntschaft konnte nur ich dich lieben, nachdem ich erkannt hatte, wie du wirklich bist, hart, habgierig, gewissenlos wie ich. Ich liebte dich und versuchte mein Heil. Ich dachte, Ashley würde in deinem Herzen allmählich verblassen.« Er zuckte die Achseln.

»Ich habe alles versucht, was mir einfiel, und nichts schlug an. Und ich liebte dich so sehr, Scarlett. Hättest du es nur zugelassen, ich hätte dich so sanft und zärtlich geliebt, wie ein Mann eine Frau nur lieben kann. Aber du durftest es nicht wissen, sonst hättest du mich für schwach gehalten und meine Liebe gegen mich ausgespielt. Und immer und überall war Ashley. Es machte mich wahnsinnig. Ich konnte nicht Abend für Abend mit dem Bewußtsein mit dir am Tisch sitzen, daß du wünschtest, an meinem Platz säße er. Ich konnte dich nicht in der Nacht in den Armen halten und zugleich wissen ... einerlei, jetzt liegt nichts mehr daran. Ich begreife kaum noch, wie es mir hat weh tun können. Siehst du, das hat mich zu Belle getrieben. Es liegt eine gewisse tierhafte Beruhigung darin, eine Frau bei sich zu haben, die einen ohne Rückhalt liebt und Hochachtung vor einem hat, weil man ein so feiner Gentleman ist, wenn sie auch eine ungebildete Dirne sein mag. Es tröstet die Eitelkeit. Du warst nie sehr tröstlich, liebe Scarlett.«

»Ach, Rhett«, fing sie an. Daß er die Rede auf Belle gebracht hatte, machte sie vollends unglücklich. Aber er winkte ihr zu schweigen, und fuhr fort.

»Dann kam die Nacht, da ich dich hinauftrug ... da dachte ich ... da hoffte ich ... und hoffte so sehr, daß ich mich schämte, dir am nächsten Morgen zu begegnen, aus Angst, ich hätte mich geirrt und du liebtest mich doch nicht. Ich hatte solche Angst, du könntest mich auslachen, daß ich davonging und mich betrank. Als ich zurückkam, zitterte ich am ganzen Leibe. Wärest du mir nur halbwegs entgegengekommen und hättest mir das kleinste Zeichen gegeben, ich hätte dir die Füße geküßt. Aber es geschah nichts.«

»Aber Rhett, ich habe ja so nach dir verlangt damals, aber du warst so schrecklich! Ja, nach dir verlangt habe ich! Ich habe zum erstenmal gewußt, damals, daß ich dich liebhatte. Ashley war mir seither verleidet, du aber warst so schrecklich zu mir, daß ich ...«

»Nun ja«, sagte er, »dann haben wir uns also mißverstanden. Und jetzt liegt nichts mehr daran. Ich erzähle es dir nur, damit du dir nie wieder Gedanken über all das zu machen brauchst. Als du krank warst, krank durch meine Schuld, stand ich draußen vor deiner Tür und hoffte, du würdest mich rufen. Aber du riefst mich nicht. Da sah ich ein, was für ein Tor ich gewesen war, und alles war vorbei.«

Er schwieg und schaute durch sie hindurch in ein Jenseits, wie Ashley es so oft getan hatte, und sah etwas, was sie nicht sah. Ihr blieb nichts übrig, als ihm wortlos in sein gramvolles Gesicht zu schauen.

»Aber dann kam Bonnie, und es war doch noch nicht alles aus. Ich gefiel mir in dem Gedanken, Bonnie seist du, du als kleines Mädchen, unberührt von Armut und Krieg. Sie glich dir ganz, sie war eigensinnig, tapfer, lustig und temperamentvoll. Ich konnte sie verziehen und verwöhnen, wie ich dich verwöhnen wollte. Aber sie war nicht wie du ... sie hatte mich lieb. Für mich war es ein Segen, daß ich die Liebe, die du nicht wolltest, ihr schenken konnte. Nun hat sie alles mit sich weggenommen.«

Auf einmal tat er ihr so von ganzem Herzen leid, daß sie ihren eigenen Kummer und die bange Frage, worauf seine Worte wohl hinauswollten, darüber vergaß. Zum erstenmal im Leben tat ihr jemand leid, ohne daß sie ihn zugleich verachten mußte, weil es das erstemal war, daß sie überhaupt einen anderen Menschen von fern zu verstehen begann. Sie konnte seine schroffe Verschlossenheit verstehen, weil sie ihrer eigenen so sehr glich, seinen widerhaarigen Stolz, der ihn zwang, seine Liebe zu verbergen, damit sie um Gottes willen nicht zurückgestoßen werde.

»Ach, Geliebter!« Sie trat herzu und hoffte, er werde doch seine Arme ausbreiten und sie auf seine Knie ziehen. »Geliebter, ich bin so tief unglücklich, aber ich will es alles wiedergutmachen. Nun wissen wir voneinander, können glücklich sein ... Rhett, sieh mich an, Rhett! Es können noch Kinder ... nicht wie Bonnie, sondern ...«

»Nein, danke«, sagte Rhett, als lehnte er ein angebotenes Stück Brot ab. »Zum drittenmal setze ich mein Herz nicht aufs Spiel.«

»Rhett, sprich doch nicht so! Ach, wie kann ich es dir nur begreiflich machen. Ich habe dir doch gesagt, wie leid es mir tut.«

»Liebling, du bist ein Kind. Du meinst, wenn du sagst ›Verzeih‹, dann seien die Wunden und Irrungen von Jahren geheilt und alles sei vergessen und gut ... Nimm mein Taschentuch, Scarlett, ich habe noch nie erlebt, daß du in irgendeiner schweren Stunde deines Lebens ein Taschentuch bei dir gehabt hättest.«

Sie nahm das Taschentuch, putzte sich die Nase und setzte sich wieder. Er wollte sie also nicht in die Arme nehmen. Allmählich wurde ihr klar, daß alles, was er von seiner Liebe sagte, nichts mehr bedeutete. Es war ein Märchen aus vergangener Zeit, das er sich betrachtete, als hätte er es nicht selber erlebt. Das war furchtbar. Fast gütig sah er sie mit seinen nachdenklichen Augen an.

»Wie alt bist du, Kind? Du hast es mir nie sagen wollen.«

»Achtundzwanzig«, sagte sie undeutlich in ihr Taschentuch hinein.

»Das ist kein Alter. Du bist noch sehr jung dafür, daß du die ganze Welt gewonnen und deine Seele dabei verloren hast, findest du nicht auch? Mach nicht ein so angstvolles Gesicht. Ich meine damit nicht, daß du wegen deiner Affäre mit Ashley in die Hölle kommst, ich meine es nur bildlich. Seitdem ich dich kenne, hast du zweierlei gewollt: Ashley und so viel Geld, daß dir die ganze übrige Welt gestohlen bleiben konnte. Reich genug bist du jetzt, der Welt hast du deutlich deine Meinung gesagt, und Ashley kannst du haben, wenn du willst. Aber es sieht mir nicht so aus, als ob du nun zufrieden seiest.«

Sie ängstigte sich, aber es war nicht die Angst vor dem Höllenfeuer. Sie dachte: »Meine Seele ist ja Rhett, und ihn verliere ich. Wenn ich ihn aber verliere, ist mir alles andere nichts mehr wert. Wenn ich ihn nur hätte, wäre es mir sogar recht, wieder arm zu sein. Dann schadete es nichts, wenn mich wieder fröre und hungerte. Er kann doch nicht sagen wollen ... nein, das kann er nicht!«

Sie trocknete sich die Augen und sagte in ihrer Herzensangst:

»Rhett, wenn du mich einmal so sehr geliebt hast, so muß doch irgend etwas davon noch übrig sein.«

»Zweierlei, sehe ich, ist mir aus allem geblieben. Gerade das, was dir am meisten verhaßt ist ... Mitleid, und eine seltsame Regung von Güte.«

Mitleid! Güte? »O mein Gott«, dachte sie verzweifelt, »alles andere, nur nicht Mitleid und Güte.« Jedesmal, wenn sie diese beiden Gefühle für jemanden empfunden hatte, so waren sie von Verachtung begleitet gewesen. Verachtete er sie auch? Alles wäre ihr lieber als das, selbst seine zynische Kühle aus der Kriegszeit, die trunkene Tollheit, die ihn, mit ihr auf dem Arm, die Treppe hinaufjagte, damals in der Nacht, als seine rohen Hände ihr weh taten, oder auch die bissigen Worte, die, wie sie jetzt erkannte, nur der verschämte Ausdruck einer wirklichen Liebe gewesen waren. Alles, nur nicht die unpersönliche Güte, die ihm jetzt deutlich auf dem Gesicht geschrieben stand!

»Du willst also damit sagen, daß ich alles zertrümmert habe ... und daß du mich nicht mehr liebst.«

»So ist es.«

»Aber«, sagte sie hartnäckig wie ein Kind, das immer noch meint, wenn es seinen Wunsch ausspreche, sei er schon erfüllt, »ich liebe dich doch!«

»Dann ist das dein Unglück.«

Geschwind blickte sie auf, ob wohl Spott hinter diesen Worten steckte, aber nein, er stellte nur die Tatsache fest. Allein, die Tatsache wollte und konnte sie nimmermehr glauben. Mit ihren schrägen Augen, die in herzbrechendem Eigensinn glühten, sah sie ihn an. Der harte Umriß ihres Unterkiefers, der sich plötzlich in ihren weichen Wangen abzeichnete, war ganz Geralds.

»Mach keinen Unsinn, Rhett! Ich kann dich ...«

In spöttischem Entsetzen hob er die Hand, die schwarzen Brauen zogen sich empor zu ihrem alten höhnischen Halbrund.

»Mach nicht ein gar so energisches Gesicht, Scarlett. Du jagst mir Angst ein. Ich sehe, du hast vor, deine stürmischen Gefühle für Ashley auf mich zu übertragen, und mir bangt um meine Freiheit und meine Gemütsruhe. Nein, Scarlett, ich lasse mich nicht verfolgen wie der unglückselige Ashley. Übrigens fahre ich weg.«

Ihr zitterte das Kinn. Sie verbiß es sich mit Gewalt. Weg? Nur das nicht! Wie konnte sie ohne ihn weiterleben? Alle waren sie weggegangen, an denen ihr lag, bis auf Rhett. Er durfte es nicht. Aber wie sollte sie ihn halten? Gegen seine kühle Überlegenheit, seine gleichmütigen Worte war sie machtlos.

»Ich gehe weg. Ich wollte es dir sagen, wenn du aus Marietta zurückkamst.«

»Du verläßt mich?«

»Spiel nicht die tragische verlassene Frau, Scarlett, die Rolle steht dir schlecht. Du willst also keine Scheidung, nicht einmal eine Trennung. Gut, dann komme ich so oft zurück, daß es kein Gerede gibt.«

»Was schert mich das Gerede«, rief sie trotzig. »Dich will ich, nimm mich mit!«

»Nein«, erwiderte er. Es klang unwiderruflich. Sie war nahe daran, in kindische, ungestüme Tränen auszubrechen. Auf den Boden hätte sie sich werfen mögen und fluchen und schreien und mit den Füßen trampeln. Aber ein Rest von Stolz und Vernunft hielt sie zurück. »Wenn ich das tue«, dachte sie, »lacht er mich nur aus und schaut ruhig zu. Ich darf nicht heulen, ich darf nicht betteln, ich darf nichts tun, was seine Verachtung erregt. Er muß mich wenigstens achten, auch wenn er mich nicht mehr liebt.«

Sie warf das Kinn empor und brachte ganz ruhig heraus:

»Wohin fährst du?«

Etwas wie Bewunderung blitzte in seinen Augen auf, als er antwortete.

»Vielleicht nach England ... oder nach Paris; vielleicht auch nach Charleston, um mich mit den Meinen auszusöhnen.«

»Aber du haßt sie doch! So oft hast du über sie gelacht, und nun ...«

Er zuckte die Achseln.

»Ich lache auch heute noch über sie, aber ich bin des Herumstreichens müde, Scarlett. Ich bin jetzt fünfundvierzig, in dem Alter beginnt der Mensch einiges zu schätzen, was er in der Jugend leichtsinnig verworfen hat, Familienzusammengehörigkeit, Ehre und Sicherheit. Die Wurzeln gehen tief ... O nein! Ich widerrufe nichts, ich bereue nichts, was ich getan habe. Ich habe mein Leben verteufelt genossen, so sehr, daß es anfängt, langweilig zu werden, und ich mich nach etwas anderem umsehe. Mich verlangt nach dem äußeren Schein des Altvertrauten, nach tief verschlafener Ehrbarkeit, nach der Ehrbarkeit anderer Leute, mein Herz, nicht nach meiner eigenen; nach der ruhigen Würde, die das Leben unter den vornehmen Leuten haben kann, nach der heiteren Anmut vergangener Jahre. Als ich jene Zeiten durchlebte, ist mir ihr gelassener Zauber nicht aufgegangen ...«

Wieder war Scarlett in dem windigen Obstgarten auf Tara, wieder hatten Rhetts Augen denselben Ausdruck wie damals Ashleys. Ashleys Worte klangen ihr so deutlich in den Ohren, als spräche jetzt er und nicht Rhett. Einzelne Worte kamen ihr wieder, und wie ein Papagei plapperte sie aus der Erinnerung nach: »Ein Ebenmaß lag darüber wie über der griechischen Kunst.«

Rhett fragte scharf: »Wie kommst du darauf? Gerade das habe ich ja ausdrücken wollen.«

»Das hat ... Ashley einmal von den alten Zeiten gesagt.«

Er zuckte die Achseln, in seinen Augen erlosch der Glanz wieder.

»Immer wieder Ashley«, sagte er und verstummte. Dann begann er von neuem.

»Scarlett, wenn du fünfundvierzig Jahre alt bist, verstehst du vielleicht, was ich meine, und hast dann am Ende all die unechte Vornehmheit und die neureichen Manieren und billigen Gefühle satt. Allerdings zweifle ich auch wieder daran. Dich wird wohl immer der Glanz noch mehr locken als das Gold. Aber ich kann nicht darauf warten und will es auch nicht. Es interessiert mich nicht. Ich will in alten Städten und alten Ländern herumspüren, ob nicht dort noch etwas von den alten Zeiten übriggeblieben ist. Ja, so sentimental bin ich. Atlanta ist mir zu roh und zu neu.«

»Hör auf«, sagte sie plötzlich. Sie hatte kaum zugehört und jedenfalls nichts in sich aufgenommen, aber sie hatte nicht länger die Kraft, seine Stimme ohne jeden Klang von Liebe über sich ergehen zu lassen.

Er schwieg und sah sie belustigt an.

»Verstehst du, was ich meine?« fragte er und stand auf.

Mit der uralten Gebärde des Flehens streckte sie ihm die offenen Hände entgegen, und wieder lag ihr ganzes Herz in ihrem Gesicht.

»Nein, ich weiß nur, daß du mich nicht mehr liebst und daß du weggehst. Ach, Lieber, wenn du gehst, was fange ich nur an?«

Einen Augenblick schwankte er, als erwöge er, ob nicht eine freundliche Lüge wohltätiger wäre als die Wahrheit. Dann zuckte er die Achseln.

»Scarlett, es hat mir nie gelegen, Scherben aufzusammeln und zusammenzukleben und mir einzureden, das geflickte Ganze sei so gut wie neu. Was zerbrochen ist, ist zerbrochen. Lieber denke ich daran zurück, wie es in seinen besten Augenblicken war, als daß ich es kitte und mir die Bruchstellen ansehe, solange ich lebe. Wenn ich jünger wäre ... vielleicht ...«, seufzte er. »Ich bin zu alt, um an solche Gefühlsseligkeiten wie an den reinen Tisch und den neuen Anfang zu glauben. Ich bin zu alt, die Last der beständigen Lüge auf mich zu nehmen, die ein Leben höflicher Illusionslosigkeit mit sich bringt. Ich könnte nicht mit dir leben und aufrichtig gegen dich sein. Nicht einmal jetzt vermag ich dir etwas vorzulügen. Ich wollte wohl, ich könnte es mir sehr zu Herzen nehmen, was du tust und was aus dir wird, aber es geht nicht.«

Er seufzte kurz auf und sagte leichthin, aber weich:

»Mein Kind, es ist mir ganz gleichgültig!«

Schweigend sah sie ihm nach, wie er die Treppe hinaufschritt, und meinte, sie müsse an dem Schmerz in ihrer Kehle ersticken. Dann verklang droben im Flur mit seinen Schritten das letzte, woran in dieser Welt noch ihr Herz hing. Jetzt wußte sie, daß nichts, kein Argument des Gefühls noch der Vernunft, diesen kühlen Kopf von seiner Entscheidung abbringen würde. Wort für Wort hatte er bitter ernst gemeint, so leichthin er auch einiges gesprochen hatte. Sie spürte es deutlich, weil sie in ihm das Unbeirrbare und Unerbittliche erkannte, das sie in Ashley vergebens gesucht hatte.

Von den beiden Männern, die sie geliebt, hatte sie keinen verstanden und darum beide verloren. Undeutlich dämmerte es ihrem Bewußtsein, daß sie Ashley nie geliebt und Rhett nie verloren hätte, hätte sie sie je verstanden. Hatte sie überhaupt einen Menschen jemals verstanden?

Eine barmherzige Stumpfheit senkte sich auf sie. Aber aus langer Erfahrung wußte sie, daß ihr alsbald der bittere Schmerz auf dem Fuße folgen mußte, gleichwie zerrissenes Gewebe unter dem Messer des Chirurgen einen kurzen Augenblick unempfindlich bleibt, ehe die Qual einsetzt.

»Ich will jetzt nicht daran denken!« Verzweifelt nahm sie auch jetzt wieder ihre Zuflucht zu der alten Zauberformel. »Denke ich jetzt darüber nach, daß ich ihn verloren habe, so werde ich wahnsinnig. Ich tue es morgen.«

»Aber«, schrie ihr Herz dann auf in seinem frischen Weh und verdrängte den Zauber, »aber ich kann ihn so nicht gehenlassen! Ich muß ihn zurückhalten, es muß doch ein Mittel geben ...«

»Ich will jetzt nicht daran denken!« sagte sie laut vor sich hin und suchte ihr Herz vor dem aufsteigenden Schmerz zu schützen. »Ich will ... ich will ... ja, morgen will ich heimfahren nach Tara!« Und ihre Lebensgeister regten sich leise von neuem.

Einst war sie in Angst und Demütigung nach Tara zurückgekehrt und aus seinen schützenden Mauern stark und siegbereit wieder hervorgegangen. Was ihr einmal gelungen war, mußte wieder gelingen – so es Gott gefiel! Wie das zugehen sollte, darüber dachte sie freilich nicht nach. Nur eine Atempause wollte sie für ihren Schmerz, eine ruhige Stätte, sich die Wunden zu lecken, einen Hafen, einen neuen Feldzugsplan ungestört zu entwerfen. Als sie so an Tara dachte, war ihr, als lege sich eine leise kühlende Hand auf ihr wundes Herz. Sie sah das weiße Haus vor sich, wie es grüßend aus dem rötlichen Herbstlaub schimmerte; die Stille der ländlichen Dämmerung kam über sie gleich einem Segen, sie spürte den Tau, der felderweit auf die grünen, weiß besternten Stauden herniedersank, und vor ihrem Auge stand die blutrote Erde mit der düsteren Schönheit der Kiefern auf den wogenden Hügeln.

Dieses Bild gab ihr Trost und neue Kraft, und unmerklich schwand die qualvolle, wilde Reue. Einzelheiten tauchten deutlicher vor ihr auf – die dunkle Zedernallee, die nach Tara hinaufführte, die Jasminbüsche, deren saftiges Grün sich von den weißen Mauern abhob, die wehenden weißen Vorhänge. Und Mammy war da! Plötzlich empfand sie ein inbrünstiges Verlangen nach Mammy, wie früher, da sie noch ein kleines Mädchen war, und sehnte sich danach, ihren Kopf an die breite Brust zu legen und die rauhe schwarze Hand auf ihrem Scheitel zu fühlen. Mammy, das letzte, was sie noch mit den alten Zeiten verband!

Mit dem Trotze ihrer Vorfahren, die auch niemals eine unausweichliche Niederlage hinnahmen, warf sie das Kinn empor. Sie konnte Rhett zurückgewinnen. Sie wußte, daß sie es konnte. Es hatte noch keinen Mann gegeben, den sie nicht hätte gewinnen können, wenn sie es sich vorgenommen hatte.

»Morgen auf Tara will ich über das nachdenken. Dann werde ich es ertragen. Morgen wird mir schon einfallen, wie ich ihn mir wieder erobere. Schließlich, morgen ist auch ein Tag.«